Du même auteur, aux éditions Bragelonne :

Les Lames du Roi :
1. *L'Insigne du chancelier*
2. *Le Seigneur des Terres de Feu*
3. *Un ciel d'épées*

La Septième Épée – L'Intégrale de la trilogie

www.bragelonne.fr

Dave Duncan

La Septième Épée

L'Intégrale de la trilogie

Traduit de l'anglais (Canada) par Olivier Debernard

Bragelonne

Collection dirigée par Stéphane Marsan et Alain Névant

Le présent ouvrage est la réédition en un seul volume
de la trilogie *La Septième Épée* parue de 2008 à 2009.

Titres originaux :
The Reluctant Swordsman

The Coming of Wisdom

The Destiny of the Sword

Illustration de couverture : Didier Graffet – Personnages : Miguel Coimbra

ISBN : 978-2-35294-447-8

Bragelonne
60-62, rue d'Hauteville – 75010 Paris

E-mail : info@bragelonne.fr
Site Internet : www.bragelonne.fr

Le Guerrier de la Déesse

La Septième Épée – tome 1

Je dédie avec amour La Septième Épée *à Jenni et Judy,*
qui ont toujours témoigné patience, tendresse et compréhension à leur père,
malgré ses idées étranges et mystérieuses.

Les guerriers

Shonsu – septième rang, un guerrier dont le passé reste mystérieux.

Hardduju – septième rang, premier prévôt de la garde du temple.

Gorramini – quatrième rang, homme de main d'Hardduju.

Nnanji – deuxième rang, guerrier de rang subalterne dans la garde du temple avant de devenir vassal de Shonsu.

Trasingji – cinquième rang, protégé de l'honorable Tarru.

Meliu – quatrième rang, homme de main d'Hardduju.

Coningu – cinquième rang, ancien guerrier, intendant du bâtiment militaire du temple.

Briu – quatrième rang, ancien mentor de l'apprenti Nnanji.

Landinoro – troisième rang, ami de Briu.

Janghiuki – troisième rang, guerrier de la garde.

Ephorinzu – premier rang, connu sous le sobriquet d'Oreille, protégé de Janghiuki.

Ghaniri – quatrième rang, homme de main d'Hardduju.

Imperkanni – septième rang, libre épée.

Yoningu – sixième rang, protégé du seigneur Imperkanni.

Smith – Walter Charles Smith – est décédé au Memorial Sanderson Hospital le 8 avril, à l'âge de trente-six ans, des suites d'une brève maladie. Il laisse derrière lui une sœur, Mme Cecil Smith Paddon, d'Auckland, Nouvelle-Zélande, et un oncle, M. Clyde Franks, de Passadena, Californie. Né à Weyback, province de Saskatchewan, Walter suivit sa scolarité au lycée de Binghamtom, État de New York. Il obtint une licence d'ingénierie à l'université de Waterloo, Ontario, puis un mastère à Harvard. Au cours de ces trois dernières années, il fut directeur de l'usine pétrochimique locale AKL. Sa disparition est une perte cruelle pour les nombreuses personnes qui sont devenues ses amis pendant son court séjour parmi nous, et nous regretterons du fond du cœur ses contributions – tout à la fois spontanées et généreuses – à notre communauté. Walter était membre de *Soyons Unis*, d'*Oncles en Vadrouille*, de la Société historique et, au moment de son trépas, il était également président de l'*Avenue Tennis Club*. Ainsi qu'il l'a souhaité, son corps sera légué à la recherche médicale. Un service commémoratif aura lieu le mardi 12 avril à 14 heures, à l'église unitaire de Parkdale. En lieu et place de fleurs, vous pouvez envoyer vos contributions à *Oncles en Vadrouille*, 1215 River Road.

LIVRE UN

Comment on invoqua le guerrier

— Faites que mon cœur reste fidèle à Vos Lois, fredonna Honakura. Il posa la main gauche, tremblante, sur la surface lisse et brillante du sol carrelé.

— Laissez-moi servir Vos Desseins de toutes mes forces, gémit-il d'un ton plus aigu que d'habitude.

La main droite rejoignit la gauche. Les deux partageaient le même aspect fragile.

— Révélez-moi Votre Volonté.

On arrivait maintenant à la partie ardue : le rituel exigeait qu'il se prosterne et touche le sol couvert de mosaïque du front, mais il n'avait pas réussi cet exploit depuis quinze ans. Il se pencha aussi loin que possible. La Déesse avait choisi de raidir ses vieilles articulations et il faudrait qu'Elle se contente de ses efforts les plus méritoires. Elle le ferait sans l'ombre d'un doute.

Il endura cette torture pendant un moment tandis que lui parvenait le chant tranquille des autres prêtres et prêtresses qui, eux aussi, accomplissaient leurs dévotions matinales non loin de là. Il se remit à genoux en laissant échapper un « Ouuuf ! » de soulagement, un petit soupir inopiné. Il joignit les paumes et Lui lança un regard béat d'admiration. Maintenant, il avait droit à une prière intime et silencieuse, une supplication personnelle. Il savait ce qu'il allait Lui demander – il répétait le même vœu depuis des jours et des jours.

Déesse parmi les déesses, faites quelque chose pour les guerriers de Votre garde !

La divinité ne se manifesta pas, mais le contraire l'aurait étonné. Il ne se tenait pas devant Elle en personne, mais devant une simple image destinée à aider les pauvres mortels à visualiser Sa grandeur. Qui pouvait le savoir mieux qu'un prêtre du septième rang ? Mais Elle entendrait sa prière et, un jour, Elle y répondrait.

— Amen, bredouilla-t-il d'une voix chevrotante.

Il pouvait maintenant se consacrer au programme de la journée, mais il demeura un moment assis sur les talons, mains jointes, songeur. Son regard adorateur contemplait la magnificence de la Très-Haute et le vaste treillage de pierre au-dessus d'Elle, le toit de Son temple, le Saint des Saints ici-bas.

Il devait rencontrer de nombreuses personnes au cours de la journée : le Gardien des Coffres, le Maître de Discipline des Acolytes et bien d'autres. Presque toutes étaient titulaires de postes qu'Honakura avait un jour occupés. Aujourd'hui, il n'était plus que le troisième vice-président du Conseil des Vénérables, mais ce titre innocent était trompeur. Le vieil homme avait découvert depuis bien longtemps qu'il était préférable d'exercer le pouvoir dans l'ombre.

Autour de lui, les prêtres terminaient leurs consécrations matinales. On faisait déjà entrer les premiers pèlerins de la journée afin qu'ils déposent leurs offrandes et présentent leurs suppliques. Bien d'autres suivraient. Les pièces tintaient dans les bols, et on marmonnait des prières à l'incitation silencieuse des religieux. Honakura décida qu'il commencerait lui-même la matinée en guidant quelques dévots. Il appréciait cette tâche, au demeurant très importante lorsqu'on servait la Très-Haute. C'était l'occasion de montrer l'exemple aux plus jeunes. Il baissa les bras et regarda autour de lui dans l'espoir de trouver une âme charitable pour l'aider à se relever – une manœuvre très délicate à son âge.

Aussitôt, une robe brune apparut à ses côtés et des mains puissantes vinrent à son secours. Honakura murmura quelques remerciements et se redressa. Il s'apprêtait à s'éloigner lorsque son sauveur prit la parole.

— Je m'appelle Jannarlu et je suis prêtre du troisième rang...

Il salua son supérieur avec les formules, les gestes et les révérences d'usage. Pendant un instant, son attitude choqua et mécontenta Honakura. Ce jeune homme croyait-il qu'un service aussi insignifiant l'autorisait à s'imposer à un seigneur du septième rang ? Ils étaient devant l'estrade et la statue, dans le Saint des Saints et, même si aucune loi n'y interdisait les conversations ou les salutations formelles, la tradition s'y opposait fermement. Puis, il se souvint de ce Jannarlu. Il s'agissait du petit-fils du vieux Hangafau et on le disait prometteur. Il était impensable que ce jeune homme ignore les convenances. Il devait avoir une bonne raison pour se conduire avec autant de légèreté.

Honakura attendit la fin des salutations et répondit en respectant le rituel.

— Je suis Honakura, prêtre du septième rang...

Une des marques faciales de Jannarlu était encore un peu enflammée : il avait sans doute accédé au troisième rang depuis peu. Il était grand – bien plus grand que le minuscule Honakura. Son corps était osseux et gauche ; son visage s'ornait d'un nez crochu. Honakura songea qu'il avait l'air ridiculement jeune, mais maintenant il avait la même impression chaque fois qu'il croisait un subalterne.

Non loin de là, une vieille dévote laissa tomber une pièce d'or dans un bol et entreprit de supplier la Déesse de la guérir de ses abominables maux de ventre. Derrière, un jeune couple priait pour qu'Elle ne leur envoie pas d'enfant supplémentaire – pendant quelques années au moins.

Honakura eut à peine le temps de terminer ses salutations que Jannarlu s'empressa de reprendre la parole.

— Seigneur ! Un guerrier est arrivé ! Un septième !

Elle avait répondu à ses prières !

— Et vous ne l'avez pas fait entrer ? demanda Honakura avec colère.

Il dut faire un effort pour ne pas crier et cacher ses émotions à d'éventuels regards indiscrets.

Le prêtre du troisième rang tressaillit, mais hocha la tête.

— C'est un Anonyme, seigneur.

Les poumons d'Honakura se vidèrent sous le coup de la surprise. C'était impossible ! Tout le monde pouvait devenir un Anonyme à condition de se couvrir le front et de ne porter que des vêtements noirs – comme un mendiant. Selon la loi, les Anonymes n'avaient pas le droit de transporter quoi que ce soit et devaient se tenir à la disposition de la Déesse. De nombreuses personnes considéraient qu'il s'agissait d'une pénitence particulière et la pratique était donc assez répandue parmi les pèlerins qui se rendaient au temple. Mais il était rarissime qu'un seigneur du septième s'abaisse à cela ! Un tel avilissement était inimaginable pour un guerrier – quel que soit son rang. Et pour un guerrier du septième rang, c'était… une aberration !

D'un autre côté, cela expliquait pourquoi il était arrivé en vie.

Mais le resterait-il ?

— Je lui ai dit de se couvrir, dit Jannarlu d'un ton mal assuré. Il… il a semblé assez heureux de le faire.

Cela sous-entendait un certain manque de sérieux et Honakura lança un regard d'avertissement au jeune homme tout en réfléchissant. Les traits mats et ingrats de Jannarlu semblèrent se teinter d'une légère rougeur.

— Vous n'êtes pas venu jusqu'ici en courant, j'espère ?

Le prêtre du troisième rang secoua la tête.

— Non, seigneur. J'ai suivi…

Il fit un geste en direction de la vieille dévote malade qui se relevait maintenant avec l'aide de sa prêtresse accompagnatrice.

— Bon travail, prêtre ! dit Honakura, soudain apaisé. Allons voir votre merveille. Nous allons marcher lentement en parlant religion. Et nous allons faire un léger détour, s'il vous plaît.

Le jeune homme rougit de plaisir en entendant le compliment et calqua son pas sur celui de son supérieur.

Le grand temple de la Déesse d'Hann n'était pas seulement le bâtiment le plus magnifique et le plus ancien du Monde, selon toute vraisemblance, c'était aussi le plus vaste. Tandis qu'Honakura se détournait de l'estrade, il se retrouva devant une immense surface – un sol multicolore et rutilant qui s'étendait jusqu'aux sept grandes arches formant la façade. Une foule de gens la traversait pour entrer ou sortir – des pèlerins en compagnie de leurs guides cléricaux –, mais elle était si vaste que de simples êtres humains ressemblaient à des excréments de souris. Au-delà des arches, dans la lueur aveuglante du soleil, on apercevait le Canyon, la Rivière et le Jugement dont le grondement parvenait jusqu'au sanctuaire depuis des millénaires. Les temples des divinités mineures se dressaient le long de la large nef et, au-dessus, les fenêtres treillissées luisaient d'éclats rubis, émeraude, améthyste et dorés.

La prière d'Honakura avait été exaucée. Non ! Pas seulement la sienne, celle de bien des gens. Beaucoup de prêtres et de prêtresses avaient sans doute adressé la même supplique chaque matin. Pourtant, c'était à lui qu'on avait apporté la nouvelle. Il devait agir avec précaution, courage et détermination, mais il ressentit une chaude satisfaction à l'idée d'avoir été choisi.

Il lui fallut un certain temps pour atteindre les arches. Avec ce jeune homme surexcité à ses côtés, Honakura songea qu'ils devaient former un couple étrange. Ils étaient tous deux vêtus d'une robe cléricale – bleue pour le septième rang et brune pour le troisième. Jannarlu était grand ; Honakura avait toujours été petit et il était aujourd'hui rabougri, voûté, édenté et chauve. Dans son dos, les jeunes le surnommaient le Singe érudit, ce qui l'amusait d'ailleurs beaucoup : la vieillesse offrait peu de joies. Pendant les heures difficiles et silencieuses de la nuit, il sentait ses os frotter contre les draps et souhaitait qu'Elle le délivre au plus tôt de son calvaire afin de recommencer de zéro. Mais peut-être l'avait-Elle gardé dans ce corps pour qu'il accomplisse un ultime service. Si c'était le cas, le grand jour était sûrement arrivé. Un guerrier du septième rang ! Une denrée rare, ainsi que les prêtres en avaient fait l'expérience. Rare et très précieuse quand on en avait besoin.

Tandis qu'il marchait, il songea que le jeune Jannarlu avait fait preuve d'une grande discrétion en venant le trouver lui plutôt qu'un quelconque bavard de rang intermédiaire. Il fallait le remercier. Et s'assurer de son silence.

—Qui est votre mentor en ce moment ? demanda-t-il. Oui, je le connais. Un saint homme de grande valeur. Mais l'honorable Londossinu est à la recherche d'un autre protégé pour le seconder dans de nouvelles tâches. Des tâches de première importance qui exigent une personne à la fois réservée et discrète…

Honakura jeta un coup d'œil de côté pour observer la réaction du jeune homme. Il le vit rougir de plaisir et d'excitation.

—Je serai honoré, seigneur.

Encore heureux : ce n'était pas tous les jours qu'on proposait un mentor du sixième rang à un prêtre du troisième. Mais Jannarlu sembla comprendre le message.

—Dans ce cas, je parlerai à votre mentor et à l'honorable Londossinu. Je verrai si un transfert est possible. Il faudra attendre que cette histoire de guerrier soit réglée, bien entendu… attendre qu'elle soit réglée de manière satisfaisante.

—Bien entendu, seigneur.

Le jeune homme regardait droit devant lui, mais il ne parvint pas à retenir un sourire.

—Et où en êtes-vous dans vos accoutumances ?

—Je dois entreprendre le cinquième silence la semaine prochaine. (Il poursuivit avec obligeance.) J'ai hâte de commencer.

—Vous commencerez dès que j'aurai rencontré votre merveille, déclara Honakura. (Il gloussa sans bruit.) J'enverrai un message à votre mentor.

Ce jeune homme était habile ! Le cinquième silence durait deux semaines – l'affaire serait certainement réglée d'ici là.

Ils atteignirent enfin les arches. Au-delà, le grand escalier se déroulait vers la cour du temple telle la pente d'une colline. Le sommet était déjà couvert par des rangées de dévots qui patientaient à genoux dans l'ombre. Le soleil tropical les rattraperait plus tard dans la journée, et l'attente se révélerait alors plus pénible.

Par habitude, le prêtre observa les visages des pèlerins les plus proches. Quand leurs regards se croisaient, ils baissaient respectueusement la tête, mais la longue expérience d'Honakura lui avait déjà permis de lire sur leur front les marques hiérarchiques et corporatives. C'était suffisant pour établir un diagnostic préliminaire : un potier du troisième rang, sans doute un ennui de santé ; une célibataire du deuxième, peut-être un problème de stérilité ; un orfèvre du cinquième, une généreuse offrande en perspective.

Peu de gens avaient la tête couverte, et Honakura n'eut guère de mal à identifier le guerrier. Celui-ci s'était rapproché d'une arche latérale, une bonne chose dans la mesure où les gardes d'apparat ne s'éloignaient pas de celle du centre. Ce choix était cependant curieux de la part d'un homme de ce rang. Il devait avoir de sérieux problèmes.

— Je suppose qu'il s'agit du grand ? Très bien. Et si je ne me trompe pas, voici l'honorable Londossinu en personne. Allons donc lui parler tout de suite.

C'était une occasion à ne pas manquer, car, à son âge, Honakura détestait s'encombrer la mémoire. Cette rencontre était sûrement l'œuvre de la Déesse. L'affaire fut réglée en dix mots – accompagnés de quelques regards éloquents, sous-entendus, allusions et insinuations. On changerait de mentors et Londossinu obtiendrait la nomination tant voulue de deux de ses protégés au comité, ainsi que la promotion d'un troisième. Jannarlu tiendrait sa langue. Honakura attendit de voir le jeune homme regagner le temple pour commencer le rituel du silence. Il avait presque oublié les tractations dont il avait été témoin. Rien ne pressait : les Anonymes ne pouvaient apporter la moindre offrande et ne représentaient donc pas une priorité aux yeux des prêtres accompagnateurs.

Oui, c'était là l'œuvre de la Déesse ! On avait envoyé un guerrier de haut rang en réponse à ses prières. Cet homme était arrivé jusqu'ici sain et sauf parce qu'il ne s'était pas fait remarquer… C'était à peine *croyable* ! Il était même parvenu à éviter les deux sentinelles qui s'ennuyaient ferme près de l'arche centrale – ses cheveux longs auraient pu trahir sa profession de guerrier. Que la Déesse soit louée !

Honakura se dirigea vers lui d'un pas tranquille, hochant la tête en réponse aux révérences qu'on lui adressait. Selon la loi, les Anonymes pouvaient seulement être interrogés par un ecclésiastique ou fouillés par un soldat, mais il n'était pas rare que des guerriers novices les tourmentent pour se distraire. Que se passerait-il si quelqu'un s'avisait de rudoyer cet homme avant de s'apercevoir qu'il avait affaire à un guerrier du septième ?

Honakura songea que l'incident serait sans doute des plus divertissants. Mais, par chance, personne n'avait encore découvert son rang.

Honakura atteignit enfin son objectif.

Il était vraiment très grand : même à genoux, ses yeux étaient presque à la hauteur de ceux d'Honakura. Les guerriers étaient souvent de taille modeste, car, pour eux, la vitesse primait la force. Si cet homme était agile de surcroît, il était sans doute un adversaire redoutable. Mais s'il s'agissait d'un guerrier du septième rang, qui pouvait se montrer plus redoutable que lui ? En dehors du bout de tissu noir qui lui ceignait la tête, il ne portait qu'un pagne sale de même couleur. Il était crasseux et couvert de sueur, mais il n'en demeurait pas moins impressionnant du fait de sa taille et de sa jeunesse. Ses cheveux – aussi sombres que ses vêtements – lui tombaient sur les épaules ; ses yeux ressemblaient à deux taches d'encre, au point qu'il était presque impossible de différencier la pupille de l'iris – des yeux volontaires… Ils inspiraient sûrement un terrible effroi lorsqu'ils brillaient de colère. Honakura les observa avec attention et y distingua autre chose : de la douleur, de la peur et du découragement. Ces sentiments étaient courants dans le regard de ceux qui venaient implorer la Déesse – les malades, les mourants, les démunis, les égarés –, mais rarement avec une telle intensité. Honakura fut choqué par la détresse de ce jeune homme en bonne santé. Curieux ! Vraiment très curieux !

— Accompagnez-moi dans un endroit plus calme, dit-il rapidement. Seigneur ?

Le colosse se leva sans effort. Sa tête dépassa celle du vieux prêtre, comme un soleil matinal qui monte dans le ciel. Il était immense et ses muscles saillaient à chaque mouvement. Il était jeune pour un septième rang – même pour un guerrier. Le prêtre Jannarlu du troisième était sans doute plus âgé que lui.

Ils atteignirent l'extrémité de la façade, et Honakura désigna le socle très érodé d'une statue. Le guerrier s'assit sans broncher. Il faisait montre d'une apathie étonnante.

— Oublions l'étiquette pour le moment, dit Honakura à voix basse. (Il était resté debout.) On nous observe. Je m'appelle Honakura et je suis prêtre du septième rang.

— Je m'appelle Shonsu. Je suis guerrier et je suis aussi du septième rang.

Sa voix était en parfaite harmonie avec son corps : sourde comme un coup de tonnerre dans le lointain. L'homme leva la main pour ôter son bandeau, mais Honakura secoua la tête.

— Vous cherchez l'aide de la Déesse ?

— Je suis hanté par un démon, saint homme.

Voilà qui expliquait son regard.

— Les démons peuvent être exorcisés, mais il est rare qu'ils tourmentent une personne de haut rang. Dites-m'en davantage, je vous prie.

Le redoutable jeune homme frissonna.

— Il a la couleur du lait aigre. Des poils jaunes lui couvrent le ventre, les membres et le visage, mais il n'en a pas sur le crâne. C'est comme s'il avait la tête à l'envers.

Honakura frissonna à son tour et fit le signe de la Déesse.

Le guerrier poursuivit.

— Et il n'a pas de prépuce.

— Est-ce que vous connaissez son nom ?

— Oh, oui ! (Shonsu soupira.) Il me bredouille des choses du crépuscule à l'aube. Et, depuis peu, pendant la journée aussi. En général, ce qu'il raconte est incompréhensible, mais j'ai compris qu'il s'appelle Walismiss.

— Walismiss ? répéta Honakura d'un ton dubitatif.

— Walismiss, confirma le guerrier d'une voix qui ne souffrait pas le moindre doute.

Ce nom n'appartenait à aucun des sept cent soixante-dix-sept démons – mais, bien entendu, ces derniers ne disaient jamais la vérité à moins d'être invoqués dans les règles. De plus, les soutras dressaient la liste des plus hideux et des plus grotesques, mais Honakura n'avait jamais entendu parler d'une créature assez vicieuse pour faire pousser des poils sur son visage.

— La Déesse le connaît, et nous pourrons l'exorciser. Quelle offrande Lui ferez-vous en retour ?

Le jeune homme baissa les yeux avec tristesse.

— Seigneur, je n'ai plus rien à donner, sinon ma force et mon habileté.

Étrange ! Cet homme était un guerrier et il ne mentionnait pas son honneur ?

— Vous pourriez servir dans la garde du temple pendant un an ou deux ? proposa Honakura en l'observant avec attention. Le premier prévôt est le valeureux seigneur Hardduju du septième.

Le visage du guerrier se fit dur et il lança un regard revêche au prêtre.

— De combien de septièmes rangs avez-vous besoin dans la garde d'un temple ? demanda-t-il d'un ton méfiant. Et par quel serment serais-je lié ?

Honakura avança ses pions.

— Je ne connais pas grand-chose aux serments des guerriers, seigneur. Et maintenant que vous me le faites remarquer, je ne me rappelle pas que la garde ait déjà inclus plusieurs septièmes en même temps – et je travaille ici depuis plus de soixante ans.

Les deux hommes s'observèrent en silence pendant un moment, puis le guerrier fronça les sourcils. Les personnes de sa caste n'avaient aucun scrupule à s'exterminer les unes les autres, mais ils n'aimaient guère qu'un civil leur prodigue des conseils sur le sujet. Honakura décida d'en révéler un peu plus.

— Il est rare que des guerriers de haut rang visitent le temple. Nous n'en avons pas vu un seul au cours des deux dernières années. Mais, curieusement, j'ai entendu dire que plusieurs d'entre eux – au moins un septième et deux sixièmes – étaient arrivés à Hann en affirmant qu'ils en avaient l'intention.

Les gigantesques poings du guerrier se contractèrent.

— Qu'est-ce que vous insinuez par là ?

l'intérieur d'un cercle, tête baissée et bras écartés ainsi qu'on lui avait demandé de faire. En posant une nappe sur son dos, on aurait obtenu une table assez grande pour y dîner à trois. Les autres prêtres et prêtresses observaient la scène à la dérobée en vaquant à leurs occupations. Les pèlerins furent aimablement dirigés sur les ailes. Le spectacle était très impressionnant.

Honakura ne prêta guère attention aux préliminaires. Il réfléchissait aux prochaines mesures à prendre contre l'innommable Hardduju. La question de l'épée serait vite résolue : il pouvait en demander une à Athinalani, l'armurier. Trouver un kilt bleu du septième rang ne poserait pas davantage de difficultés, et la barrette à cheveux n'était qu'un détail sans importance. Mais les guerriers portaient des bottes très particulières… Si Honakura envoyait quelqu'un en chercher une paire, il éveillerait les soupçons – surtout s'il précisait la taille. De plus, il était à peu près certain que, pour satisfaire au rituel du duel, il fallait absolument que son nouveau champion trouve un témoin. Ces impératifs risquaient de compliquer la situation. Il devrait peut-être faire disparaître ce dangereux jeune homme pendant un jour ou deux, le temps de tout préparer. Mais jusqu'à présent, personne ne savait que le guerrier était là. Une vague de satisfaction submergea Honakura : non seulement la Déesse avait exaucé sa prière à Sa manière, mais Elle le laissait aussi gérer la situation. Il se sentit digne de Sa confiance. Il allait s'assurer qu'aucune erreur ne soit commise.

Le chant atteignit son apogée et, dans un chœur de « Arrière ! », le guerrier releva la tête. Ses yeux ébahis regardèrent d'abord autour de lui avant de se lever vers la Déesse.

Honakura fronça les sourcils. On avait pourtant spécifié à cet imbécile de ne pas bouger.

—Arrière ! clamèrent de nouveau les choristes.

Leur rythme frôlait la perfection.

Le guerrier se redressa soudain, tête en arrière, les yeux tellement écarquillés qu'on en apercevait le blanc à plusieurs mètres à la ronde. Les battements de tambour se firent irréguliers et une trompette lâcha une fausse note.

—Arrière ! cria le chœur pour la troisième fois.

Perandoro leva une coupe d'argent remplie d'eau bénite de la Rivière et en lança le contenu sur la tête du guerrier.

Celui-ci fut saisi de spasmes terrifiants. Bien qu'il fût à genoux, il parvint à bondir en l'air et retomba sur ses pieds. Le pagne sale voltigea et tomba par terre. L'homme resta debout, nu, bras levés, tête en arrière. De l'eau coulait sur son visage et sa poitrine. Il lança un cri si aigu et si fort qu'Honakura eut du mal à croire qu'il sortait d'une gorge humaine. Peut-être pour la première fois dans l'histoire immémoriale du temple, une voix submergea le chœur, les luths, les flûtes et le lointain grondement du Jugement. Un hurlement discordant, bestial et horrible, empli d'un désespoir propre à détruire les âmes. Il se répercuta contre le plafond et se poursuivit pendant une minute interminable, inhumaine et inimaginable. Les chanteurs et les musiciens plongèrent dans un chaos indescriptible tandis que les danseurs trébuchaient et se percutaient. Tous les yeux étaient écarquillés. La cérémonie s'acheva dans un roulement de tambours fracassant et anarchique.

Le guerrier tituba en arrière et s'effondra contre un pilier en marbre. Le silence s'était soudain abattu et la tête heurta les dalles avec un craquement qu'on entendit à plusieurs mètres.

Le colosse resta immobile, son corps gigantesque aussi nu qu'au jour de sa naissance. Son bandeau était tombé, révélant les marques corporatives qui y étaient gravées. Sept épées.

Le temple était un bâtiment dont les origines obscures remontaient au néolithique. Il avait été agrandi à de nombreuses reprises et on avait parfois – souvent – remplacé ses matériaux au fur et à mesure de leur usure ou de leur délabrement.

Mais le temple se composait aussi d'individus qui vieillissaient et étaient renouvelés à un rythme beaucoup plus rapide. Chaque nouvel acolyte regardait avec émerveillement un vieux sage du septième rang et songeait que cet homme avait sans doute côtoyé tel ou tel maître célèbre dans sa jeunesse. Mais le novice oubliait souvent que le vieillard avait fait de même à leur âge et observé des maîtres plus anciens encore. Aussi, tout comme les pierres d'une arche, les prêtres et les prêtresses du temple sortaient-ils des ténèbres du passé pour accéder à la lumière aveuglante de l'avenir. Ils entretenaient les traditions ancestrales et les règles sacrées et ils adoraient la Déesse avec solennité et vénération.

Pourtant, aucun d'eux n'avait déjà assisté à une journée pareille : on aperçut de vieilles prêtresses du sixième rang courir ; on se criait des questions et des réponses au pied même de la Déesse, en violation de toutes les traditions ; des esclaves, des porteurs et des guérisseurs grouillaient dans les endroits les plus sacrés ; des pèlerins déambulaient sans chaperon devant l'estrade ; de vénérables anciens – d'une probité morale irréfutable – conduisirent quatre jeunes novices parmi les plus grands dans de petites pièces discrètes, et leur demandèrent ensuite de se déshabiller et de s'allonger ; trois septièmes rangs furent victimes d'un infarctus avant le repas de midi.

Au centre de cette toile de confusion, l'araignée se nommait Honakura. C'était lui qui avait donné un coup de pied dans la fourmilière. Il rassembla toute son autorité, ses connaissances inégalées sur le fonctionnement du temple, son pouvoir occulte et son intelligence indubitable. Et il s'en servit pour semer le désordre, l'anarchie, le chaos et la panique. Il employa ses talents avec compétence et subtilité. Il donna une avalanche d'ordres péremptoires, incompréhensibles, alambiqués, trompeurs et contradictoires.

Quand le vaillant seigneur Hardduju, premier prévôt de la garde du temple, confirma enfin la présence d'un autre guerrier du septième rang dans l'enceinte cléricale, ladite personne avait disparu sans laisser de trace. Une avalanche de flatteries, de dessous-de-table, de questions et de menaces ne permit pas d'établir où il était passé.

Ce qui, bien entendu, était le but de toute l'opération.

Mais même les meilleurs jours ont une fin. Alors que le dieu Soleil commençait à se lasser de sa gloire et se retirait, le vénérable seigneur Honakura partit chercher repos et tranquillité dans une petite pièce au sommet d'une aile secondaire du temple. Il n'avait pas visité ces lieux depuis des années : ils formaient un labyrinthe encore plus complexe que le reste du bâtiment, mais ils correspondaient parfaitement aux exigences du vieil homme. Il savait que les ennuis le traquaient, alors autant les laisser chercher le plus longtemps possible.

La pièce était minuscule, nue et plus haute que large. Ses murs étaient en grès et le sol était couvert d'un plancher aux lattes balafrées sur lequel était disposé un petit tapis élimé. On pouvait y accéder par deux portes – que des géants auraient pu franchir sans se donner la peine de se pencher. Il n'y avait qu'une seule fenêtre aux vitres en losange. Elle était déformée, poussiéreuse et transformait la lumière en taches vertes et bleues. Le châssis était si voilé qu'il était impossible d'ouvrir les battants et, par conséquent, la pièce était mal aérée et sentait la poussière. Le mobilier se résumait à deux bancs en chêne avec de hauts dossiers. Honakura se jucha sur l'un d'eux et ses jambes se balancèrent sans toucher terre. Il essaya de reprendre son souffle en se demandant s'il avait omis le moindre détail.

On frappa. Un visage familier surgit de derrière une porte et adressa un clin d'œil au vieux prêtre. Celui-ci laissa échapper un soupir et se leva tandis que Dinartura, son neveu, entrait. Le nouveau venu ferma derrière lui et approcha pour accomplir le salut à un supérieur.

— Je suis Dinartura (main droite sur le cœur), guérisseur du troisième (main gauche sur le front), et mon souhait le plus humble et le plus sincère (paumes jointes à la taille) est que la Déesse en personne (ondulation de la main droite) juge profitable de vous accorder une vie longue et heureuse (yeux vers le ciel, mains sur le côté), et qu'elle vous convainque d'accepter mes modestes services zélés (yeux vers le sol), pour vous soutenir par tous les moyens nécessaires dans vos nobles desseins (mains sur le visage, salut).

Honakura répondit par la formule d'acceptation, tout aussi fleurie, et désigna le second banc.

— Comment se porte ta chère mère ?

Dinartura était un jeune homme au dos voûté ; ses cheveux châtain clair étaient déjà rares et son ventre commençait à s'arrondir. Il avait abandonné depuis peu le kilt des novices pour la robe sans manches des ecclésiastiques d'âge mûr – une robe en coton dont la couleur brune annonçait son rang. Il avait aussi pris l'habitude de rapprocher les choses de son nez lorsqu'il voulait les voir. Il était le fils cadet de la sœur d'Honakura et, selon l'avis de ce dernier, une nullité d'un prosaïsme inexcusable et d'une fiabilité sans surprise.

Lorsqu'on eut accordé aux formalités toute l'attention qui leur était due, Honakura prit la parole.

— Comment va le patient ?

Il sourit, mais attendit la réponse avec anxiété.

— Il était encore dans les pommes quand je l'ai quitté. (Dinartura profitait de son lien de parenté pour parler avec désinvolture.) Il a une bosse grosse comme ça sur la tête, mais il n'y a pas de signe de complications. Ses yeux et ses oreilles se portent à merveille. Je pense qu'il va finir par se réveiller, et il sera en pleine forme d'ici un jour ou deux.

Honakura soupira de soulagement, et le guérisseur ajouta aussitôt :

— Si telle est Sa volonté, bien entendu. Les blessures à la tête sont imprévisibles. Si je ne vous connaissais pas, seigneur mon oncle, je me montrerais plus circonspect.

— Nous devons donc faire preuve de patience. Deux jours, dis-tu ?

— Il est sans doute préférable de tabler sur trois. (Le guérisseur ajouta avec une perspicacité inhabituelle :) Surtout si vous comptez lui confier une tâche éreintante. Je pense qu'il sera rétabli quand nous serons obligés de l'attacher pour le garder au lit. (Il s'interrompit.) Puis-je vous demander à quoi rime cette histoire ? Il court de nombreuses rumeurs, mais il n'y en a pas une crédible.

Honakura gloussa et un mince filet de salive s'échappa de sa bouche.

— Trouve la plus improbable de toutes et tu ne seras pas loin de la vérité. Il est donc aux bons soins des infirmières ?

— Bien entendu, seigneur.

Honakura sourit intérieurement en se rappelant les récents événements.

— Ton patient est l'un des cinq jeunes hommes qui ont été blessés au temple aujourd'hui.

— Cinq !

Dinartura observa son oncle de plus près pour s'assurer qu'il ne plaisantait pas.

Le vieux prêtre se demanda un instant ce que cette journée lui avait coûté en termes de pouvoir. Il avait sollicité bon nombre de ses obligés, et rares étaient ceux qui n'avaient pas encore remboursé leurs dettes envers lui. C'était maintenant lui qui avait contracté certaines obligations morales auprès de beaucoup de gens.

— Un triste moment, tu ne trouves pas ? Les malheureux étaient tous allongés, cachés sous des draps, sans bouger ni parler. On les a rapidement emportés à l'abri sur des civières, des chaises à porteurs ou des chariots. Parfois, ce sont des prêtres qui se sont chargés du transport ! Il y avait au moins vingt-deux guérisseurs à l'œuvre – sans compter quelques dizaines d'autres personnes. Deux victimes ont été emmenées sur-le-champ hors du domaine clérical, en ville, mais d'autres allaient de salle en salle. Ils arrivaient dans une pièce pour en ressortir aussitôt... Il y a huit ou neuf infirmeries comme celle-ci. (Il désigna la seconde porte massive en chêne.) Et toutes sont sous bonne garde en ce moment.

Cette issue menait à un autre couloir, mais il ne jugea pas utile de le signaler.

— Gardée par des prêtres, remarqua son neveu. Vous ne faites pas confiance aux guerriers ? J'ai vu mon patient, bien entendu. Est-ce que la garde s'abaisserait vraiment aux actes que vous redoutez ?

Le vieux prêtre hocha la tête avec tristesse.

— Dans ce cas précis, c'est bien possible, mon neveu.

Le temple disposait d'une garde afin de maintenir l'ordre, de protéger les pèlerins et de punir les crimes… Mais qui surveillait les surveillants ?

— J'ai entendu des histoires, murmura Dinartura. À propos de pèlerins attaqués, sur la piste en règle générale. Vous pensez donc que c'est là l'œuvre des guerriers ?

— Ah ! répliqua Honakura avec prudence. Pas en personne. Ce ne sont pas les guerriers qui composent cette ou ces troupes de brigands, mais les bandits ne sont pas pourchassés comme ils devraient l'être. Il y a donc corruption.

— Mais la plupart de nos gardes sont sûrement des gens d'honneur, protesta son neveu. Il n'y a personne en qui vous puissiez avoir confiance ?

Le vieillard soupira.

— Précipite-toi dans la cour, suggéra-t-il. Choisis un guerrier – de troisième ou du quatrième rang – et demande-lui s'il est homme d'honneur. S'il te dit…

Le guérisseur blêmit et fit le signe de la Déesse.

— Je préférerais autant éviter, seigneur !

Honakura gloussa.

— Tu en es sûr ?

— Sûr et certain, je vous remercie, seigneur.

Quel dommage ! La suite aurait été divertissante, songea le vieil homme.

— D'une certaine manière, tu as raison, mon neveu. Je suis persuadé que la plupart d'entre eux sont des personnes honorables, mais chacun a prêté serment à un mentor qui, à son tour, est lié à un autre mentor qui, au bout du compte, a juré fidélité au premier prévôt. Et seul ce dernier a fait allégeance au temple. Alors, s'il n'organise pas des patrouilles afin de protéger la piste, qui va lui suggérer de le faire ? Les autres ne font qu'obéir – sans faire de commentaires. Il est vrai qu'ils doivent surveiller leurs paroles avec plus de soin que nous. Ils courent des dangers plus grands.

Honakura remarqua alors le regard que son neveu braquait sur lui et il sut avec exactitude ce que le jeune homme pensait : *le vieux est encore épatant pour son âge…* Il trouva cela condescendant et très agaçant. Il excellait toujours dans la plupart des domaines, à un point que cette andouille n'atteindrait jamais.

— Et que faites-vous pour y remédier, seigneur oncle ?

La question stupide par excellence, songea Honakura.

— Je prie, bien entendu ! Et aujourd'hui, Elle a répondu à nos prières en envoyant un septième. Elle a invoqué un démon pour le conduire ici.

— Est-ce que vos exorcismes sont toujours aussi violents ? demanda Dinartura.

Le froncement de sourcils d'Honakura le fit tressaillir.

— Les exorcismes sont rares, mais les soutras nous avertissent qu'ils entraînent parfois des réactions extrêmes.

Le vieux prêtre resta un moment silencieux.

Le banc grinça tandis que Dinartura se laissait aller contre le dossier en observant son oncle avec curiosité.

— Ce septième-là ? Mais, alors, pourquoi lui faire insulte en l'installant dans ces quartiers, avec une seule et unique esclave au lieu d'une cohorte de serviteurs ?

Honakura retrouva sa bonne humeur et partit d'un petit rire.

— Parce que je pense que c'est le dernier endroit où on ira le chercher. Cette chaumière humble et minuscule… Elle donne sur une route très passante et il n'a pas de vêtements, alors il n'ira nulle part s'il se réveille. Mais dis-moi un peu… (La curiosité se lisait maintenant sur son visage.) Et l'esclave ? Kikarani m'en avait promis une jolie. À quoi ressemble-t-elle ?

Son neveu fronça les sourcils en réfléchissant.

— Ce n'est qu'une esclave. Je lui ai ordonné de le laver. Elle est grande… et imposante. Oui, elle est assez jolie, je présume. (Il fit un effort de concentration.) Elle dégage une certaine sensualité animale, à supposer qu'on trouve cela attirant.

Une remarque typique de Dinartura ! Au moins, Honakura était encore capable de remarquer une jolie femme. Il connaissait très bien les obligations que la prêtresse Kikarani imposait à ses esclaves. Elle luttait farouchement pour conserver son poste d'hospitalier, et le prêtre imaginait sans mal le genre de filles qui était à son service.

— Mon neveu ! Tu ne lui as pas prêté attention ?

Le visage de Dinartura rosit.

— Je pense qu'elle fera l'affaire, mon oncle. Au cas où le guerrier se réveillerait et souhaiterait meubler son désœuvrement… en constatant qu'il n'a plus de vêtements.

Le vieux prêtre gloussa. Il aurait continué cette conversation avec joie, mais la porte s'ouvrit à toute volée et de puissants éclats de voix montèrent du vestibule. Le premier prévôt entra. Honakura se releva d'un bond et se précipita vers la deuxième issue. Il se tourna dos au battant et regarda le nouveau venu avec une expression aussi impassible que possible.

Hardduju du septième était plus petit que Shonsu, mais il n'en demeurait pas moins imposant ; il avait une quarantaine d'années et commençait à se faire gras ; son cou était inexistant et sa bedaine formait un repli proéminent au-dessus de la taille de son kilt en brocart bleu broché de fil d'or, mais aussi entre les lanières en cuir repoussé de son harnais ; derrière son oreille droite, le pommeau de son épée en filigrane d'or serti de petit rubis étincelait. La barrette qui maintenait sa queue-de-cheval de plus en plus fine était faite des mêmes matériaux – comme le brassard entourant un bras potelé – et elle brillait avec le même éclat doré et flamboyant. Le prévôt portait des bottes en chevrette ornées de grenats. Son visage était empourpré sous l'effet de la colère.

— Ah ! s'exclama-t-il en apercevant Honakura.

Pendant un moment, les deux hommes se toisèrent en silence. Les prêtres et les guerriers refusaient d'imaginer que leur rang fût inférieur à celui de l'autre, mais Hardduju était de loin le plus jeune, il était en visite et il était pressé. Il céda donc à la préséance en tirant son épée d'un geste vif. Le guérisseur tressaillit, mais ce n'était que le début du salut à un égal tel que les guerriers le pratiquaient.

—Je suis Hardduju, guerrier du septième rang…

Quand il eut terminé, Honakura lui adressa la réplique la plus parfaite d'une voix fluette et pâteuse, agitant ses vieilles mains tordues pour accomplir les gestes appropriés.

Derrière le premier prévôt, il aperçut un jeune guerrier musclé du quatrième rang vêtu d'un kilt orange et un esclave chétif avec le pagne noir de sa caste. Ce dernier portait un gros paquet enveloppé dans un manteau. Personne ne lui prêta attention, mais, après un instant d'hésitation, Hardduju présenta l'adepte Gorramini.

Honakura déclina à son tour l'identité du guérisseur Dinartura.

Le premier prévôt se rapprocha alors dangereusement et croisa ses bras épais sur sa poitrine. Il baissa les yeux et lança un regard furieux au petit prêtre.

—Vous avez reçu un guerrier du septième ? aboya-t-il en renonçant à toute diplomatie.

—Je suppose que vous faites référence au redoutable seigneur Shonsu ? demanda Honakura comme s'il pouvait y avoir le moindre doute. J'ai eu le privilège de prêter assistance à ce terrible seigneur au cours de la matinée, en effet.

L'armure de cuir d'Hardduju était juste à la hauteur de ses yeux et le vieil homme se mit à l'examiner avec intérêt.

—Il s'agissait d'un exorcisme, d'après ce que j'ai cru comprendre ?

Le prêtre remarqua que le guerrier faisait des efforts méritoires pour ne pas outrepasser les limites de la courtoisie – et il se promit aussitôt de tout faire pour le faire sortir de ses gonds avant la fin de l'entretien. Il haussa un sourcil invisible en étudiant le harnais et marmonna quelques absurdités à propos de l'éthique des ordres.

—Il aurait été bienséant que le valeureux seigneur vienne me présenter ses respects en arrivant au temple, gronda Hardduju. Mais j'ai entendu dire qu'il n'était pas vêtu de manière appropriée. Par conséquent, je suis venu le saluer et lui souhaiter une prompte guérison.

—Votre courtoisie vous honore, seigneur, déclara Honakura avec un large sourire. Je ne manquerai pas de m'assurer qu'on l'informe de vos bons offices.

Le guerrier se renfrogna.

—J'ai apporté une épée ainsi que diverses parures à son intention.

Pareille chance était inattendue. Honakura se demanda ce que valait l'arme.

—Votre générosité me laisse pantois ! Ayez la bonté de dire à votre esclave de les déposer ici, je vous promets qu'on les lui donnera et qu'on lui fera part de votre bienveillance.

Un grognement sourd s'échappa de la poitrine grasse.

— Je sollicite la permission de lui présenter mes respects en personne. *Maintenant*!

Le vieil homme secoua la tête avec tristesse.

— Il se repose et il a été confié aux soins d'un guérisseur compétent, je peux vous l'assurer.

Hardduju se tourna et observa Dinartura comme s'il s'agissait d'une saleté raclée sur les semelles de ses bottes.

— Un troisième ? Pour s'occuper d'un septième ? Je vais faire mander quelqu'un de plus habile et de plus savant.

— Ce guérisseur talentueux est un de mes neveux, remarqua Honakura d'un ton joyeux.

— Aha ! (Un sourire de satisfaction découvrit les dents d'Hardduju.) J'ai donc trouvé le bon, enfin ! Bien, je ne dérangerai pas le vaillant seigneur trop longtemps, mais je suis fermement décidé à lui présenter mes respects.

Il tendit la main pour ouvrir la porte et Honakura tendit les bras pour l'en empêcher. Il ne craignait pas une réaction violente trop manifeste, car les prêtres étaient des personnes sacro-saintes, mais il savait qu'il s'exposait à de futures perfidies. Par chance, Shonsu réglerait ce problème à sa place dans un jour ou deux.

Pendant un moment, les deux septièmes s'affrontèrent du regard. La main droite du premier prévôt se rapprocha du pommeau de son épée.

— Faites donc, je vous en prie, seigneur, le provoqua Honakura.

Même le gorille du quatrième semblait abasourdi par le geste menaçant d'Hardduju.

Mais l'inconséquence du premier prévôt n'allait pas jusqu'à tirer son arme contre un prêtre du septième. Il souleva le vieil homme comme un enfant et le déposa sur le côté. Puis il ouvrit la porte à toute volée et la franchit d'un pas décidé.

Le jeune guerrier adressa un sourire triomphant à Honakura et s'apprêta à suivre son supérieur. Il faillit tomber à la renverse quand ce dernier le télescopa en regagnant précipitamment la pièce.

Le vieux prêtre lança un clin d'œil à son neveu.

Puis il se tourna poliment vers le premier prévôt.

— Comme je vous l'ai dit, il vous faudra faire preuve de patience, seigneur. (Il fit une pause et ajouta à dessein :) Mais le redoutable seigneur m'a assuré qu'il vous rendrait visite très bientôt.

Le guerrier lui jeta un regard plein de colère – ou bien était-ce de la peur ? Puis il ordonna sèchement à son serviteur de déposer le paquet et sortit en entraînant Gorramini. L'esclave quitta la pièce en fermant la porte sans bruit. Honakura regarda son neveu et ricana en se frottant les mains.

Le vieux prêtre se dirigea vers ses appartements d'un pas chancelant et songea qu'il avait mérité un bain chaud et un bon repas. Mais, en arrivant chez lui, il reconnut à contrecœur que son neveu d'ordinaire si falot avait fait une remarque pleine de bon sens – une fois n'était pas coutume.

Un seigneur du septième risquait fort d'éprouver un certain mécontentement en se réveillant dans une sordide chaumière de pèlerins. Il ne fallait pas s'aliéner un allié aussi précieux et Honakura donna de nouveaux ordres.

Peu après, pas moins de six chaises à porteurs se mirent à circuler sur le domaine clérical, rideaux tirés. Une par une, elles finirent par franchir la porte qui menait en ville et poursuivirent leur chemin. Elles déposèrent des passagers pour en prendre d'autres…

Honakura changea deux fois de véhicule avant d'estimer qu'il en avait fait assez pour embrouiller d'éventuels espions. Il ordonna alors à ses porteurs de sortir de la ville. Il n'y avait qu'un seul chemin qui grimpait avec raideur le flanc de la vallée. Quelques siècles auparavant, un entrepreneur audacieux avait bâti une rangée de chaumières sur le bord de cette route, et les pèlerins pouvaient aujourd'hui y séjourner – elles n'étaient pas destinées aux plus riches, mais pas aux plus pauvres non plus, car ces derniers se contentaient de dormir sous des arbres.

Honakura n'était pas passé par là depuis des années. Il profita d'un interstice entre les rideaux pour observer avec une excitation enfantine l'enchevêtrement de toits et de branchages en contrebas. Au-delà de la ville, on apercevait bien sûr la masse imposante du temple lui-même. Ses flèches dorées luisaient sous les chauds rayons du dieu Soleil maintenant tout proche de l'horizon, près de la colonne de gouttelettes qui se dressait toujours au-dessus du Jugement. Honakura décréta alors que le pire mal de la vieillesse était sans nul doute l'ennui. Voilà bien longtemps qu'il n'avait pas autant apprécié une journée – si longtemps qu'il ne parvint pas à se souvenir de la dernière fois.

La chaise à porteurs s'immobilisa et le prêtre s'en extirpa avec toute la souplesse dont il était capable. Puis il avança vers la chaumière qui se trouvait devant lui et se glissa à travers le rideau de perles suspendu à l'entrée.

L'endroit était encore plus petit et plus misérable qu'il l'imaginait. Il se résumait à quatre murs de pierre suintants de graisse et un toit bas en chaume dégageant une odeur abominable après une journée sous un soleil tropical. Le prêtre constata qu'il y avait une seule fenêtre ainsi qu'un lit bancal et délabré – au point que cela se voyait depuis l'entrée. Des dalles en pierre formaient un sol irrégulier sur lequel étaient posées deux chaises branlantes en bois et une table grossière. Un petit miroir de bronze avait été fixé à un mur. Après deux inspirations, Honakura sentit les relents âcres d'urine et de corps mal lavés malgré la puanteur du chaume. Puces et punaises étaient sûrement comprises dans le prix.

La lumière du soir entrait par la fenêtre, près du lit où le guerrier était allongé sur le dos. Il paraissait encore plus grand que dans les souvenirs d'Honakura et ne portait rien d'autre qu'un bout de tissu posé sur le bas-ventre. Il dormait aussi bien que les bébés sont censés le faire – en théorie du moins.

Une jeune femme était assise sur une chaise, à son chevet, agitant un chasse-mouches avec patience. Elle se jeta à genoux dès qu'elle s'aperçut du rang du visiteur. Honakura lui fit signe de se relever avant de se tourner vers ses porteurs. Ces derniers l'avaient suivi pour déposer un grand panier ainsi que le paquet offert par l'infâme Hardduju. Le vieux prêtre leur ordonna à voix basse de revenir dans une heure.

Il ne faisait aucun doute que le guerrier était toujours vivant, et inconscient. Il n'y avait donc pas de problème pour le moment. Parce qu'il avait taquiné son neveu à ce propos, Honakura prit le temps d'observer l'apparence de la jeune femme avec un peu plus d'attention qu'il l'aurait fait normalement. Elle ne portait qu'une petite tunique noire et, bien entendu, sa coupe de cheveux était courte et approximative. Mais elle était visiblement issue d'un solide cheptel de paysans : elle était grande et bien bâtie ; ses traits manquaient de finesse, mais ils n'en demeuraient pas moins charmants, un peu gâchés par la marque noire des esclaves qui lui partageait le visage dans le sens de la hauteur, de la racine des cheveux jusqu'à la bouche. Sa peau ne présentait aucune trace de petite vérole, ses seins dessinaient deux courbes magnifiques sous le tissu, ses membres étaient harmonieux et ses larges lèvres charnues, attirantes. Honakura fut impressionné. Son prix devait atteindre cinq ou six pièces d'or sur le marché. Il se demanda quelle somme Kikarani en tirait par semaine, et combien il pouvait y avoir de femmes aussi belles dans l'écurie de cette vieille sorcière. Oui, si le guerrier avait besoin de distraction, il trouverait sûrement cette esclave à son goût.

— S'est-il déjà réveillé ?

Elle secoua la tête, un peu anxieuse devant une personne de si haut rang.

— Non, seigneur. (Elle avait une voix de contralto agréable et mélodieuse.) J'ai cru qu'il allait le faire, mais il s'est contenté de gémir. Puis il s'est calmé. Maintenant, il semble juste dormir normalement, seigneur.

L'hypothèse paraissait correcte, et cela dénotait une certaine perspicacité de la part d'un esclave.

Elle avait sûrement suivi les instructions de Dinartura et lavé le guerrier. Il était maintenant présentable. Elle avait même peigné ses longs cheveux noirs.

Honakura hésita, mais s'il y avait vraiment danger – ainsi qu'il le craignait –, chaque visite ne ferait que l'accroître. La victime potentielle devait être avertie.

— Réveillez-le ! ordonna-t-il.

La jeune femme esquissa un mouvement de recul. Elle n'avait sans doute jamais rencontré de septième de sa vie et, aujourd'hui, elle se retrouvait en compagnie de deux d'entre eux.

— Allez, ajouta le vieux prêtre d'un ton plus doux. Je ne le laisserai pas vous manger.

Elle tendit le bras avec précaution et secoua doucement l'épaule du dormeur.

Le guerrier se redressa en position assise.

Le mouvement fut si soudain que la jeune femme bondit en arrière avec un petit cri. Même Honakura recula d'un pas pour s'éloigner du pied du lit. Le patient lança un regard affolé autour de lui, puis ses sourcils noirs et épais se contractèrent tandis qu'il se renfrognait. En un instant, ses yeux examinèrent Honakura, l'esclave et la pièce. Puis il sembla se détendre un peu. Il les observa de nouveau, assis bien droit et parfaitement silencieux. Son regard se fit appréciateur en s'attardant sur la jeune femme, puis se posa enfin sur l'homme qui se tenait devant lui.

— Mais qui êtes-vous, nom de Dieu ? demanda-t-il.

Choqué par cette vulgarité inattendue, Honakura fit un nouveau pas en arrière. Il se rappela alors que, lors de leur première rencontre, ils n'avaient pas respecté le cérémonial des salutations officielles. Bien qu'il soit le plus âgé, le vieil homme commença le salut à un égal.

— Je suis Honakura, prêtre du septième rang, troisième vice-président du Conseil des Vénérables, et je rends grâce à la Très-Haute qui me permet d'assurer à votre grandeur que sa prospérité et son bonheur seront toujours mon désir et le ferment de mes prières.

Le guerrier haussa les sourcils avec incrédulité en entendant cette déclamation accompagnée de gestes élaborés. Il jeta un coup d'œil à la jeune femme pour observer sa réaction. Un long silence s'installa.

Puis il adressa un hochement de tête grave à Honakura.

— Moi de même, je suppose. Je m'appelle Wallie Smith.

Jja se précipita pour aider le vieillard à s'asseoir sur une chaise. Honakura respirait avec difficulté et son visage était devenu gris. La jeune femme avait été surprise en entendant son nom. Ce matin-là, maîtresse Kikarani avait été convoquée au temple et, à peine rentrée, elle s'était répandue en imprécations et invectives contre le saint nom d'Honakura, alternant moments de rage et de terreur. Jja en avait déduit que le prêtre était sûrement une espèce d'ogre gigantesque et effroyable, pas un petit vieillard calme et affable. Elle resta penchée sur lui pendant un moment, inquiète. Devait-elle aller chercher un guérisseur ? Mais c'était au guerrier de prendre une telle décision. Elle entendit un craquement provenant du lit et se retourna. Elle constata que le colosse avait rassemblé ses forces pour s'adosser contre le mur. Il essayait pudiquement d'ajuster le bout de tissu sur son bas-ventre. Jja était sur le point de s'agenouiller à côté du prêtre quand le guerrier lui sourit avec une grande gentillesse et désigna la chaise près du lit.

— Comment vous appelez-vous ? demanda-t-il tandis que la jeune femme s'approchait avec docilité.

— Jja, seigneur.

— Jja ? répéta-t-il comme s'il découvrait le mot. Jja ! Comment est-ce que vous… (Il fronça les sourcils et essaya de nouveau.) Comment est-ce que vous… (Il grommela un juron et essaya encore.) Comment faites-vous les marques pour le dire sur du papier ?

La jeune femme ne comprit pas. L'homme semblait lui-même perplexe.

Le vieux prêtre retrouva une partie de son souffle.

— Seigneur, murmura-t-il d'une voix à peine audible. Ce matin, vous m'avez dit que vous vous nommiez Shonsu.

Le colosse le regarda un moment d'un air menaçant.

— Je ne m'en souviens pas. (Il fronça les sourcils, confus.) En fait, je ne me souviens de rien depuis… depuis un bon bout de temps.

— Vous avez dit que vous vous nommiez Shonsu, répéta Honakura. Et que vous étiez hanté par un démon du nom de Walismiss. Et vous affirmez maintenant être ce Walismiss…

— Un démon ? (Le guerrier éclata d'un rire profond et tonitruant.) Un démon ? Shonsu ? (Il réfléchit un moment.) Shonsu ? (Il avait prononcé ce mot comme s'il lui rappelait vaguement quelque chose.) Quoi qu'il en soit, mon nom est Wallie Smith et je ne suis pas un démon. (Il adressa à Jja un sourire d'une gentillesse inexplicable et murmura :) Je vous le jure !

— Il est certain qu'on ne connaît aucun démon de ce nom, marmonna le vieil homme. Il y a bien un Shaasu, une créature du septième cercle, mais je suis sûr que vous avez dit « Shonsu ».

Le guerrier lança un regard interrogateur à Jja, comme pour savoir si le vieillard était coutumier de ce genre de délire. Puis il abattit une main sur sa cuisse pour écraser un moustique.

Il fixa alors sa jambe, puis son bras sous tous les angles. Il porta une main à son visage et blêmit à son tour.

Il se déplaça à une vitesse ahurissante : il bondit du lit en maintenant le morceau de tissu contre son bas-ventre et traversa la pièce en deux pas pour s'arrêter devant le miroir. Le reflet le fit reculer.

— Oh, mon dieu !

Il se pencha en avant pour observer son visage. Il se caressa le menton, frotta les marques faciales du bout du doigt et tira sur une mèche de ses longs cheveux noirs. Il découvrit la bosse au dos de son crâne et la palpa.

Un certain temps s'écoula. Un groupe de jeunes femmes revenant des champs passa sur la piste. La petite chaumière étouffante se remplit de leurs rires, des propositions égrillardes des garçons qui les suivaient, de leurs plaisanteries et des cris qu'ils adressaient aux demoiselles ou à leurs camarades. Les deux groupes continuèrent à descendre la colline et disparurent en direction de la ville. Le guerrier n'avait pas bougé et était toujours devant le miroir. Il se regardait encore et, parfois, jetait même un coup d'œil sous le bout de tissu plaqué contre son ventre. Il finit par se retourner avec beaucoup de lenteur, le visage totalement fermé. Il s'assit sur le bord du lit et sembla s'affaisser sur lui-même.

— Shonsu, vous avez dit ?

Le vieil homme acquiesça.

— Vous vous êtes cogné la tête, seigneur. Parfois, un tel choc peut provoquer une certaine confusion… Avec tout le respect que je vous dois, seigneur.

— Racontez-moi tout. Depuis le début !

Honakura lança un coup d'œil à Jja.

— Laissez-nous.

Le guerrier n'avait pas bougé, mais sa main était maintenant posée sur le bras de la jeune femme.

— Restez ici, dit-il sans la regarder.

Sa main était massive et puissante. Un tremblement traversa Jja à son contact. Il le sentit. Elle rougit tandis que ses yeux se posaient sur elle. Il lui sourit avec bienveillance et la lâcha.

— Désolé, murmura-t-il.

Un septième qui présentait des excuses à une esclave ? La jeune femme resta médusée au point qu'elle n'entendit pas le début du récit.

Elle fut cependant terrorisée quand le prêtre décrivit le démon. Des poils sur le visage et sur le ventre ? Il devait ressembler à un singe !

Honakura poursuivit d'une voix encore tremblante.

— Je suis venu vous expliquer pour quelles raisons un noble seigneur tel que vous a été logé dans un endroit aussi misérable et sans domesticité digne de lui.

Le guerrier lança un regard vers Jja et lui adressa un clin d'œil.

— Je n'ai rien à redire sur la domesticité.

Le cœur de la jeune femme chavira.

— Vous êtes bien bon, seigneur, continua Honakura sans leur prêter beaucoup d'attention. Mais il n'en reste pas moins que votre vie est en danger. (Et il ajouta aussitôt :) Non pas que je mette vos prouesses en doute, seigneur. Je suis persuadé que vous triompherez d'Hardduju sans le moindre problème. Son septième rang n'est reconnu que dans la vallée ; il a quinze ans de plus que vous et il excelle surtout dans le domaine de la débauche. Mais l'idée d'une possible trahison me tourmente.

Le guerrier secoua la tête avec calme et fronça les sourcils comme s'il ne parvenait pas à croire à tout cela.

— Non, poursuivit Honakura. Je ne crains pas vraiment que des guerriers se déplacent en personne. (Il retrouvait peu à peu des couleurs et sa voix se faisait plus forte.) Je pense plutôt aux brigands dont la sécurité dépend de la corruption des gardes. Cependant, personne ne viendra vous chercher ici, seigneur.

Jja inspira soudain et demeura silencieuse. Elle espéra que les deux hommes ne remarqueraient rien, mais, selon toute évidence, peu de chose échappait à l'attention du guerrier. Ses yeux profonds et terribles se posèrent de nouveau sur elle.

— Vous vouliez dire quelque chose ?

Jja déglutit tant bien que mal.

— Vers midi, seigneur…

— Oui ?

Il hocha la tête pour l'encourager.

— Je suis sortie, seigneur… Juste un court moment, seigneur. Mais il fallait que je me soulage. Je ne suis restée absente qu'un instant.

— Parfait. (Il était d'une patience et d'une attention effrayantes.) Qu'est-ce que vous avez vu ?

Elle raconta qu'elle avait aperçu une prêtresse du cinquième, une petite femme replète d'âge moyen. Elle arrivait par la route et inspectait toutes les chaumières. Jja n'avait jamais vu cela et elle s'était souvenu des instructions insistantes de la maîtresse Kikarani : personne ne devait apprendre où se trouvait le noble seigneur.

Honakura laissa échapper un sifflement de rage.

— C'est bien ce que je redoutais. La corruption a gangrené jusqu'au clergé ! Votre refuge a été découvert, seigneur !

— Attendez une minute, grogna le guerrier. (Il regardait toujours Jja et il lui lança un autre petit sourire.) Est-ce que cette femme est entrée et m'a vu ?

Jja sentit son visage s'empourprer.

— Non, seigneur.

— Mais le simple fait de lui avoir présenté porte close lui a révélé ce qu'elle voulait savoir, dit Honakura avec colère.

Le guerrier l'ignora.

— Qu'est-ce que vous avez fait, Jja ?

La jeune femme baissa la tête et poursuivit dans un murmure : elle s'était déshabillée et avait caché le seigneur avec son corps, en simulant l'acte de joie. La prêtresse n'était pas entrée et il était impossible qu'elle ait pu identifier le guerrier.

Le silence retomba. Jja finit par relever craintivement les yeux et constata que le jeune homme souriait, un large sourire effronté ressemblant à celui d'un petit garçon – ce qui était très surprenant sur des traits si durs.

— Je regrette de ne pas avoir vu ça, dit-il. (Il se tourna vers le prêtre.) Je vous répète que je n'ai rien à redire quant à la domesticité.

Le visage d'Honakura rayonnait.

— C'est un miracle de la Déesse ! En vérité, j'avais raison de croire que c'est Elle qui vous a guidé ici ! Il n'y a pas une esclave sur un million qui aurait eu la présence d'esprit de vous protéger ainsi, seigneur. Ou qui s'en serait donné la peine.

— Une *esclave* ?

Jja trouvait les sourires de cet homme effrayants, mais elle n'avait pas imaginé un seul instant à quoi ses colères pouvaient ressembler.

— C'est pour ça que vous avez une ligne sur la figure ? Est-ce que c'est la marque des *esclaves* ?

Jja hocha la tête avec timidité, et le guerrier reporta sa rage sur le prêtre.

— Et qui possède cette esclave ?

— Je suppose que c'est le temple, ou bien la prêtresse Kikarani. (Le vieil homme ne ressentait aucune peur, mais la réaction du guerrier l'intriguait.) Pourquoi cette question, seigneur ?

Wallie ne répondit pas. Son regard se fit mauvais et se fixa sur un point de l'autre côté de la pièce.

— Dans quelle saloperie est-ce que j'ai pêché un fantasme pareil ? grommela-t-il au bout d'un moment. (Il haussa les épaules et s'adressa de nouveau au prêtre.) Et donc, je suis censé tuer ce... Hardduju, n'est-ce pas ? Et ses amis vont me laisser faire ?

Le vieillard sembla surpris.

— Je me demandais… (Le saint homme s'essuya les lèvres.) Lorsque j'étais enfant, il y a une éternité de cela… Un jour, un guerrier est arrivé en quête d'une recrue. Bien sûr, tous les garçons rêvaient de prêter le serment des guerriers. (Il rit.) Alors, il nous a fait passer une épreuve. Et savez-vous ce qu'il nous a demandé de faire, seigneur ?

— Non, grogna le colosse.

Son visage demeurait dans l'obscurité.

— Il nous a demandé d'attraper des mouches.

— Des mouches ? Avec une épée ?

Le vieil homme rit de nouveau et observa Jja pour vérifier si elle avait remarqué, elle aussi.

— À la main, seigneur. Rares sont ceux capables d'attraper des mouches. Mais vous, vous êtes là, assis, et vous le faites sans même leur accorder un regard.

Dans l'ombre, le colosse rit à son tour, tout bas.

— Mais vous, seigneur Honakura, je suis sûr que vous pourriez les convaincre de descendre d'un arbre rien qu'en les abreuvant de paroles. Nous reprendrons cette discussion demain matin – si vous existez toujours.

Le prêtre se leva. Il paraissait encore plus vieux et plus flétri qu'auparavant. Il s'inclina et murmura des adieux formels à l'intention du guerrier. Puis il franchit le rideau de perles et entreprit de descendre la colline.

Jja se retrouva seule avec le guerrier.

— Saleté de mouches ! grogna le guerrier. Vous avez faim, Jja ?

Elle était au bord de l'inanition. Elle n'avait pas mangé de la journée.

— Je peux aller chercher de la nourriture à la cuisine, seigneur. Mais ce ne sera pas très bon – pour une personne de votre rang, seigneur.

Il ramassa le panier et le posa sur le lit qu'un rayon de lumière éclairait encore.

— J'espère que nous trouverons quelque chose d'intéressant là-dedans. Oui !

Il entreprit de sortir de grands plats en argent enveloppés dans du lin. Il murmura quelque chose sous le coup de la surprise tandis qu'il les disposait sur la petite table bancale.

— Un véritable trésor ! s'exclama le guerrier. Si nous sommes attaqués par des brigands, nous leur lancerons ça à la figure, d'accord ? Et il y a assez de fourchettes et de cuillers pour s'occuper de tout un gang. Serez-vous capable de les repousser avec une fourchette pendant que je cours chercher de l'aide, Jja ?

La jeune femme resta perplexe et hésitante. C'était elle qui aurait dû sortir la nourriture pour lui, pas le contraire, mais elle n'avait jamais vu de tels plats ni senti d'odeurs aussi savoureuses que celles qui flottaient maintenant dans la pièce. Il lui avait posé une question – une plaisanterie, sans aucun doute, mais les esclaves n'étaient pas habitués aux traits d'esprit.

— J'essaierai, seigneur. À condition que vous couriez vite.

Il sourit et ses dents étincelèrent sur son visage brun à peine visible dans la pénombre.

—Voici une chandelle, dit-il. Est-ce que vous savez comment on l'allume ? Parce que moi…

Elle alla chercher un morceau de silex sur une étagère et alluma la bougie. Sur la table, des centaines de flammes minuscules se reflétèrent sur l'argenterie.

—Un dîner aux chandelles pour deux. Veuillez excuser ma tenue décontractée. Et maintenant, asseyez-vous ici et dites-moi : à votre avis, par quoi devrions-nous commencer ?

—Seigneur, protesta-t-elle.

Elle ne pouvait pas manger en compagnie d'un homme libre.

Le guerrier s'immobilisa à l'autre bout de la table, une bouteille dans la main. Son visage et son torse brillaient dans l'obscurité, curieusement éclairés d'en bas par la flamme vacillante et ses mille reflets.

—Quand votre maîtresse… Kikarani ? Quand elle vous a donné des instructions à mon sujet, a-t-elle dit ce que vous deviez faire lorsque je me réveillerais ?

—Oui, seigneur.

Elle baissa les yeux et regarda ses mains.

—Et quels étaient ses ordres ?

Elle sentit l'amusement dans sa question, mais aucune trace de colère ou de menace.

—Je devais faire tout ce que vous me demanderiez, seigneur.

—Hmmm ? Tout ?

Elle hocha la tête, les yeux rivés sur les dalles.

—Il y a certaines choses que je n'ai pas à accorder aux pèlerins, seigneur, même s'ils les demandent. Mais la maîtresse a dit… Elle a dit : « À cet homme, tu ne refuseras rien, rien du tout. Débrouille-toi pour qu'il ne sorte pas de la chaumière. » Voilà, seigneur.

Le guerrier se racla la gorge avec force.

—Parfait. Alors, voici mes ordres. D'abord, arrêtez les « seigneurs » et appelez-moi Wallie. Ensuite, oubliez que vous êtes une esclave et comportez-vous comme une belle et noble dame. Je suppose que la plupart des guerriers avec sept lames sur la figure ont une superbe femme qui les attend dans leur château, quelque part ?

—Je ne sais pas, sei… (L'effort couvrit son front de gouttelettes de sueur, mais elle parvint à articuler :) Wallie.

—Moi non plus. Mais imaginons que je suis un grand guerrier et que vous êtes une grande dame. Et maintenant, dites-moi un peu ce que vous pensez de ce vin, noble Jja.

Elle n'en avait jamais bu de sa vie. Elle ne s'était jamais servie dans des plats en argent. Elle ne s'était jamais assise en compagnie d'un seigneur. Mais elle avait une faim de loup, et la nourriture dépassait tout ce qu'elle avait pu goûter jusque-là : de la viande avec une sauce succulente, accompagnée de légumes délicats et de ce pain blanc et léger qu'elle ne connaissait qu'à travers de vagues rumeurs.

Il se chargea de meubler le silence, devinant peut-être son angoisse et sachant qu'elle n'était pas capable de soutenir une conversation.

— Vous savez, vous êtes vraiment ravissante. Vous devriez laisser pousser vos cheveux, mais c'est vrai qu'il fait très chaud par ici. Vous vous occupez de la lessive, je suppose ? Oui, à cause de vos mains…

» Le noir ne vous va pas du tout, ajouta-t-il un peu plus tard. Je pense que le bleu vous conviendrait davantage. J'ai vraiment fait du bon travail en imaginant une femme telle que vous, mais j'aurais dû vous vêtir d'une robe longue, en soie bleu pâle et brillante… Une robe sans manches, moulante et coupée court… Vous auriez ressemblé à une déesse…

» Le vin n'est pas trop fort ? Il semblerait que nous ayons une tarte aux fruits comme dessert. Il y avait un pot de crème quelque part. Et voici un gâteau. Allez, mangez, il en reste des tonnes…

Il s'agissait d'un rêve, elle en était persuadée. Assise dans une chaude obscurité avec une unique chandelle dont la lumière se reflétait sur l'argenterie et éclairait un grand seigneur qui lui souriait avec une pointe d'espièglerie. Elle n'était pas en compagnie d'un maçon du troisième rang, un vieillard aux mains râpeuses qui accomplissait le pèlerinage pour supplier la Déesse de le guérir de sa toux ; ni d'un berger gris et édenté du quatrième en quête de prospérité pour ses troupeaux. Non, elle était face à un jeune homme très grand et très beau, un jeune homme qui lui souriait en découvrant ses dents blanches et qui l'observait avec des yeux pétillants.

Un rêve au sein d'un rêve, peut-être.

Il faisait attention à elle. Elle connaissait les hommes, elle sentait son désir dans son regard, mais, pour une fois, elle y prenait plaisir. Elle avait essayé de toutes ses forces de se comporter en bonne esclave, de s'amender auprès de la Déesse en remplissant son devoir avec sérieux. Parfois, ce n'était pas facile. Mais ce soir, songea-t-elle, cela ne lui poserait aucun problème. C'était d'ailleurs curieux qu'il ne l'ait pas encore touchée.

Quand ils terminèrent enfin leur repas, le vin lui tournait la tête. Maintenant, c'était sûr, il allait lui demander ce qu'ils demandaient tous. Elle attendit en proie à une étrange excitation qu'elle n'avait jamais ressentie auparavant. Mais rien ne se passa. Il resta assis, un gobelet dans les mains. Son regard triste fixait la chandelle et les papillons affolés qui tournoyaient autour avec frénésie.

Puis il sembla se souvenir de sa présence et chassa sa mélancolie.

— Que diriez-vous de danser ? Quel dommage que je ne puisse pas faire apparaître des musiciens ! Est-ce que vous aimez danser, Jja ?

Elle secoua la tête.

— Je ne sais pas danser… seigneur Wallie. (Mais parce qu'elle ne voulait pas le décevoir – ou peut-être à cause du vin –, elle ajouta avec audace :) Mais je sais un peu chanter.

La nouvelle le réjouit.

— Chantez-moi quelque chose, alors.

Poussée par une témérité plus folle encore, elle entonna une petite chanson d'esclaves.

Dans mes rêves, j'entends qu'on m'appelle,
J'entends qu'on m'appelle, qu'on m'appelle ici,
D'une vie que j'ai abandonnée,
Ou d'un monde qu'il me reste à découvrir.
Un jour, quand la Déesse m'appellera,
Je trouverai cet autre moi :
Un beau jeune homme ou une ravissante dame,
Et de nouveau je serai libre.

Il lui demanda de la chanter une nouvelle fois et écouta les paroles avec attention.

— C'est ainsi que vous expliquez la situation, n'est-ce pas ? Vous pensez que Shonsu vivait dans un monde et Wallie Smith dans un autre, mais qu'ils n'étaient qu'une seule et même personne ? Une âme unique ? Et que, quelque part, elles se sont mélangées ?

Elle hocha la tête.

— On dit que c'est la nature des rêves, sei... Wallie. Ce sont vos autres vies.

Bien loin de qualifier cette hypothèse de stupidité d'esclave, il y réfléchit avec soin.

— Des réincarnations ? Je comprends pourquoi ce concept vous attire, mais on entre dans un monde en naissant et on le quitte en mourant, non ? (Il sourit, mais comme si cela lui demandait un effort.) Si je suis un bébé qui vient de voir le jour, Jja, combien je mesurerai une fois adulte ?

— Je... Je l'ignore, seigneur.

— Pardon ! Je ne devrais pas me moquer de... Je sais que vous essayez de m'aider et je vous en suis reconnaissant. Pourquoi êtes-vous esclave ?

— J'ai été très méchante, seigneur.

— Comment ça ?

— Je ne sais pas, seigneur.

— Vous parlez d'une vie antérieure ?

Elle hocha la tête, un peu perdue. Pourquoi se donner la peine de poser de telles questions ?

Il se renfrogna.

— Alors, les prêtres vous disent d'être bien sage dans cette vie ? Ah !

Il se tut de nouveau, ruminant quelque sombre pensée. Décidément animée par une folle témérité, Jja reprit la parole.

— La Déesse pourvoira à leurs besoins.

— Les besoins de qui ?

Jja sentit qu'elle avait eu tort.

— Les besoins de vos femmes... de vos fils...

pas contentée de créer un pays imaginaire, elle avait bâti tout un monde sur une planète entourée d'anneaux.

La population de cet univers l'étonnait un peu : les gens étaient plutôt petits – mais c'était peut-être une impression due à sa grande taille ; ils avaient tous la peau brune et des cheveux très blonds ou très noirs ; ceux d'une femme à cheval sur une mule présentaient une teinte rousse, mais ils pouvaient être teints. Il s'agissait d'un peuple homogène, sans disparités. La plupart des individus étaient minces et agiles. Ils donnaient l'impression de rire et de parler souvent... Leurs traits étaient vaguement amérindiens ou caucasiens. Ils auraient pu sortir d'un documentaire sur les jungles sud-américaines ou le Sud-Est asiatique. Ils étaient dépourvus de pilosité faciale ; Wallie Smith se frotta le menton : il était parfaitement glabre, et il n'y avait pas la moindre trace de poil sur sa poitrine et sur ses jambes.

D'autres personnes allaient et venaient sur la route : des hommes en pagne, des femmes habillées d'une simple pièce de tissu nouée sous les bras comme des serviettes de bain et couvrant jusqu'aux genoux. Celle de Jja avait été plus courte, mais c'était une prostituée. Le muletier portait une culotte de cuir. Le vieux prêtre était arrivé vêtu d'une toge qui ne laissait voir que sa tête et ses mains. Wallie Smith aperçut alors un couple d'une quarantaine d'années qui se dirigeait vers le convoi. Ils portaient eux aussi des robes, mais sans manches. Le degré de couverture devait donc dépendre de l'âge. L'idée était plutôt bonne : on montrait les jeunes gens avenants et on cachait les personnes âgées. Les habitants de son monde pouvaient apprendre une chose ou deux ici.

Wallie se rappela avec force que tout cela n'était qu'une illusion.

Pourtant, il se sentait si bien ! Et il éprouvait tant de curiosité ! Il mourait d'envie d'explorer cet univers imaginaire, mais il n'avait pas de vêtements. Est-ce que son inconscient lui soufflait de ne pas bouger de sa chambre d'hôpital ?

Il n'avait rien du tout, pas même le bout de tissu dont il s'était servi la veille au soir. Nu comme un nouveau-né ? Il n'avait jamais possédé grand-chose, car il n'était jamais resté très longtemps au même endroit. Enfant, il avait été ballotté sans cesse entre son père et sa mère, entre un oncle et une tante. Puis il était entré à l'université et avait exercé une succession de métiers. Il n'avait jamais eu de racines, pas plus que de biens matériels. Mais de là à ne disposer que d'un simple drap pour tout vêtement !

Tout cela n'est qu'illusion ! Le fruit de ton délire !

Le convoi de mules se remit en route. Wallie observa les passants pendant un moment et se détourna. Il imagina un test et prit son pouls avec soin. Il était lent, bien entendu. Il était impossible de le mesurer avec précision, mais c'était celui d'un athlète. Il se coucha sur les dalles sales et puantes et effectua cinquante pompes à toute allure. Il se mit à genoux et chercha de nouveau son pouls. Il était un peu plus rapide. Wallie Smith ne serait jamais parvenu à accomplir cinquante pompes. Dix ou quinze au maximum – et il aurait aussitôt enchaîné sur un infarctus.

Ce test ne prouvait pas grand-chose.

Une mouche passa près de lui en vrombissant. Il la saisit en plein vol pour vérifier qu'il en était capable. Il l'était, mais cela ne prouvait pas grand-chose non plus.

Un petit garçon traversa le rideau de perles et lui adressa un sourire. Il était maigre et nu ; sa peau était brune et ses cheveux châtains bouclés ; il arborait un visage malicieux et une de ses dents manquait à l'appel. Il devait avoir huit ou neuf ans et portait une petite branche de bois vert couverte de feuilles.

— Bonjour, monsieur Smith !

Son sourire s'élargit.

Wallie se sentit un peu soulagé. C'en était enfin terminé des « seigneurs ». Il resta à genoux : dans cette position, leurs yeux étaient à peu près à la même hauteur.

— Bonjour. Qui es-tu ?

— Je suis un messager.

— Oh ? Moi je trouve que tu ressembles surtout à un petit garçon tout nu. À quoi devrait ressembler un messager ?

L'enfant éclata de rire.

— À un petit garçon tout nu !

Il se hissa sur une chaise.

— J'espérais que tu sois un docteur, dit Wallie.

Mais il avait cruellement conscience de la saleté, des insectes et des odeurs.

Était-il vraiment à l'hôpital ?

Le garçon secoua la tête.

— Il n'y a plus de docteur. On les appelle « guérisseurs » par ici. Et tu ferais bien de les éviter.

Wallie s'assit et croisa les jambes. Sous ses fesses, la pierre était froide et graveleuse.

— Eh bien ! tu m'as appelé « monsieur ». Peut-être que je commence enfin à émerger de ce délire.

L'enfant secoua de nouveau la tête.

— La nuit dernière, tu parlais la langue du Peuple. Tu employais le vocabulaire de Shonsu, c'est pourquoi tu ne parvenais pas à exprimer certains mots que tu voulais dire. C'était un grand guerrier, mais pas vraiment un intellectuel.

Le découragement s'empara de Wallie.

— Si tu étais un vrai petit garçon tout nu, tu ne saurais pas tout cela, et tu ne parlerais pas ainsi.

L'enfant grimaça un nouveau sourire. Il entreprit de balancer ses jambes et posa les mains sur ses cuisses. Il se pencha en avant et arrondit ses épaules minuscules.

— Je n'ai pas dit que c'était ma véritable apparence. J'ai seulement dit que j'étais censé ressembler à ça ! Je dois te convaincre que ce monde est réel et que tu as été amené ici dans un dessein précis.

L'enfant hocha la tête.

—C'est aussi un policier, un juge, et d'autres choses.

—Je suis totalement ignare dans le domaine militaire.

—Tu peux apprendre très facilement. Et tu peux aussi apprendre à manier une épée, si c'est ce qui t'inquiète.

—Je ne peux pas dire que ce genre d'études m'enthousiasme. Mais laisse-moi deviner. La mission consiste à tuer ce Hardduju, n'est-ce pas?

—Non! dit le garçon d'un ton sec. Tu te trompes! Néanmoins, il faudra que tu le fasses. En tant qu'honorable guerrier, il est de ton devoir de maintenir l'honneur de ta profession. Hardduju est un homme vénal.

Wallie se leva. Il traversa la pièce d'un pas nonchalant et alla s'asseoir sur le lit.

—Il semble en effet avoir plus d'ennemis que d'amis. Mais ça ne me regarde pas et personne ne m'a prouvé sa culpabilité par-dessus le marché.

L'enfant se tourna sur la chaise afin d'être face à lui. Il avait l'air furieux.

—Dans son cas, un procès n'est pas nécessaire, car c'est un guerrier. Tu as juste à le défier. Tu n'as pas besoin de prétexte, il ne peut pas refuser. Je t'assure qu'il n'est pas de taille à affronter Shonsu.

Wallie éclata de rire.

—Mais il est tout à fait capable de me battre moi! Sauf au tennis. Est-ce que j'ai le droit de choisir des armes?

Un rictus furieux dévoila les dents du garçon.

—On t'a accordé le langage de Shonsu, monsieur Smith. On peut te donner son talent tout aussi facilement. La mission est importante. Bien plus importante que d'économiser quelques millions sur le coût unitaire du polypropylène par exemple, ou d'évaluer les rapports des experts-conseils sur les systèmes catalytiques d'hydrogénisation.

—Dis donc, fruit de mon imagination, tu as fourré ton nez dans mon bureau, pas vrai? Eh bien! prouve-moi que c'est plus important. Dis-moi un peu quelle est cette mission incontournable.

—*Les dieux ne s'abaissent pas à ça*!

Wallie haussa les épaules.

—Et moi, je ne crois pas en eux.

—Ah! Nous y sommes, n'est-ce pas?

—Accomplis un miracle, suggéra Wallie avec une grimace moqueuse. Transforme cette chaise en trône.

Le visage de l'enfant était dans l'ombre, mais ses yeux brillants semblaient lancer des éclairs.

—Les miracles sont vulgaires! Et on ne les fait pas sur commande! (Son sourire réapparut.) Et puis, si j'accomplissais un miracle, ça ne t'aiderait pas vraiment à croire en la réalité du Monde, pas vrai?

Wallie gloussa et acquiesça. Il se demanda à quelle heure on allait lui servir le petit déjeuner. Le garçon se laissa aller contre le dossier de la chaise trop grande pour lui. Il se plia comme une banane et fixa le colosse le menton contre la poitrine.

— Quelle est la source de la foi ?

Wallie pouvait lui administrer une claque et le jeter dehors, mais comment occuperait-il le reste de sa journée ?

— La foi ? C'est le résultat de ton éducation.

L'enfant ricana.

— Cela ne fait que reposer le problème à la génération antérieure, non ?

— C'est vrai, reconnut Wallie, amusé. Eh bien ! je crois que la foi est une tentative pour attribuer tes propres valeurs à un être omnipotent. Que penses-tu de cette définition ?

— Nulle, répondit le garçon. Pourquoi voudrait-on attribuer je ne sais quoi à je ne sais qui ?

Wallie sentit qu'on le poussait petit à petit à affirmer quelque chose qu'il n'avait aucune envie de dire, mais il ne savait pas trop quoi.

— Pour se persuader qu'il y a une fin heureuse ? Pour expliquer la souffrance en postulant une vérité plus profonde ?

Il avait déjà chaud, bien que le soleil soit encore bas et la journée à peine commencée. Il sentait la sueur couler le long de ses côtes, mais le garçon chétif semblait insensible à la température.

— C'est mieux, dit-il. Maintenant, comment pouvons-nous te donner foi dans le Monde ? Tu as déjà eu un avant-goût de ses plaisirs. Nous devrions peut-être te donner un avant-goût de ses souffrances. Est-ce que les expériences désagréables sont plus crédibles que les expériences agréables ?

— Non !

Cette proposition ne l'enthousiasmait pas outre mesure.

Les yeux sombres cillèrent de nouveau.

— Ainsi donc, tu refuses l'édit de la Déesse ?

Si l'idée n'était pas absurde, Wallie aurait pensé que le petit garçon le menaçait.

— Dis à ta Déesse de m'oublier, déclara Wallie d'un ton ferme. Je n'ai pas la moindre intention de devenir guerrier, que ce soit dans ce monde ou dans un autre.

L'enfant le regarda avec froideur.

— Je ne suis qu'un demi-dieu. Je ne peux pas Lui dire de telles choses. Pourquoi est-ce que tu ne m'accompagnerais pas au temple pour Lui dire toi-même ?

— Moi ? Me prosterner devant une idole ? Une idole d'argile, ou de pierre ?

— De pierre.

— Jamais !

— Et pourquoi pas ? Tu as bien souvent rendu hommage à un drapeau, non ?

Wallie sentit que son interlocuteur avait marqué un point.

— Parce que je croyais en ce qu'il représentait.

Le garçon éclata de rire et bondit sur ses pieds.

— Et ça recommence ! Mais nous ne pouvons pas rester ici plus longtemps. Des assassins sont en route et tu dois partir.

Wallie se leva d'un coup.

—C'est gentil de m'avertir. J'ai besoin d'un pantalon.

L'enfant montra le paquet sur le sol.

—Tu n'as pas encore ouvert ton cadeau.

Pourquoi n'y avait-il pas pensé plus tôt? Il posa le ballot sur le lit et entreprit de le défaire.

—Enfile d'abord le kilt, dit le garçon en le regardant. Il est peut-être un peu court, mais ça ira comme ça. Le harnais, maintenant. Les bottes ne vont pas être à la bonne pointure.

—En effet, acquiesça Wallie en essayant désespérément de les enfiler.

Il estima qu'il lui fallait au moins du cinquante.

—Dans ce cas, tu n'as qu'à couper le bout avec ton épée, ricana l'enfant. Un guerrier ne se promène pas pieds nus.

Wallie tira l'arme de son fourreau. Elle était effrayante.

—Ce genre d'ustensile leur sert à quoi? demanda-t-il. À chasser l'éléphant?

Il saisit l'extrémité de la lame du bout des doigts et l'utilisa pour trancher la pointe de ses bottes. Il put alors les enfiler, mais elles étaient encore très serrées, et on voyait ses orteils. Le garçon gloussa une nouvelle fois.

—Pourquoi est-ce que je ne laisserais pas l'épée ici pour le moment? demanda Wallie.

L'enfant secoua la tête.

—Un guerrier désarmé? Ça causerait un scandale.

L'étui était attaché au harnais et accroché dans le dos. Quand Wallie essaya de soulever l'arme assez haut pour l'y glisser, sa main heurta le plafond. Il voulut s'asseoir sur le lit, mais constata alors qu'il s'asseyait aussi sur le fourreau. Il commença à s'énerver tandis que le garçon affichait un large sourire.

—Tu pourrais t'agenouiller, suggéra-t-il. Ou te pencher. Mais dans ce cas, l'étui partira de travers, bien sûr.

Ce fut d'ailleurs ce qui se passa: il glissa dans son dos le long des lanières. Après de nombreux efforts – qui faillirent se solder par une oreille coupée – et d'innombrables jurons, Wallie parvint enfin à le placer en diagonale et à rengainer l'arme.

—Pas mal, dit l'enfant en l'observant. Mais la garde est du mauvais côté. Shonsu est ambidextre, alors je ne pense pas que cela ait de l'importance. Mais souviens-toi de la tirer avec la main gauche quand tu veux occire quelqu'un.

—Je n'ai pas la moindre intention de sortir ce machin!

Ce fut pourtant ce qu'il fit. Puis il rengaina l'arme de l'autre côté.

—Maintenant, redresse-la de manière que la poignée soit près de ton oreille. (Le garçon ramassa une petite bande de cuir – dernier vestige de la tunique.) Pour la queue-de-cheval, expliqua-t-il.

—Je n'ai jamais été très branché cuir, grommela Wallie.

Il ramena ses cheveux en arrière – des cheveux noirs et épais, pas ceux de Wallie Smith – et les attacha avec la lanière. Il lança un regard noir au miroir flou et piqué de taches.

— Je dois vraiment m'exhiber dans cet accoutrement ? Je vais me faire arrêter.

L'enfant éclata de rire.

— Seuls les guerriers peuvent arrêter quelqu'un, et tu es un guerrier de très haut rang. Non, tu es très bien. Les filles te siffleraient dans la rue si elles pouvaient se le permettre. Allons-y.

Wallie hésita en voyant le manteau posé sur le lit et le paquet contenant une fortune en argenterie.

— Et qu'est-ce qu'on va faire de ça ?

— Quelqu'un le volera. Est-ce que c'est important ?

Wallie perçut une intonation étrange dans cette question et vit une lueur traverser les yeux à l'affût de l'enfant. C'était un piège : s'il reconnaissait que cela le dérangeait, il admettait que ces objets avaient de la valeur et qu'ils étaient, d'une certaine manière, réels. S'il mordait à cet hameçon, il était bon comme la romaine.

— Pas pour moi.

— Dans ce cas, allons-y, répéta le garçon en virevoltant vers l'entrée.

— Une seconde, Courtebotte ! Et comment puis-je savoir que tu ne me conduis pas dans un piège ?

Le lutin malicieux grimaça un nouveau sourire, dévoilant l'emplacement vide dans sa rangée de dents.

— Mais c'est ce que je fais.

La même question resta en suspens, de manière implicite cette fois-ci. *Est-ce que c'est important ?*

Wallie haussa les épaules avec amusement.

— Je te suis.

Il lui emboîta le pas pour sortir de la chaumière.

La matinée était superbe, langoureusement tropicale, même si l'odeur des gens et des chevaux était un peu trop présente. Dès que Wallie quitta l'ombre de la chaumière, il sentit les rayons brûlants du soleil dans son dos. Tout cela évoquait les vacances d'été, la plage, les filles bronzées, les randonnées en forêt ou les courts de tennis. Le garçon traversa la route en gambadant et sauta sur un petit parapet. Il y trotta, bras écarté afin de ne pas perdre l'équilibre. Wallie traversa à son tour et constata que, si l'enfant tombait, il ferait une chute impressionnante avant de s'écraser sur les arbres. Mais il ne pouvait pas se permettre le moindre commentaire, sous peine de soulever une fois encore la fameuse question.

Peu de gens remontaient la route et, à son approche, ils exécutaient des gestes et s'inclinaient. Wallie leur adressait un hochement de tête sans s'arrêter.

— Comment dois-je répondre aux salutations ? demanda-t-il à son guide.

— Continue ainsi. C'est très bien.

Le garçon marchait maintenant d'un pas plus assuré au sommet d'une portion de mur plus large. Son visage était presque à la hauteur de celui de Wallie.

— Ignore les noirs et les blancs, bien entendu. Et les jaunes, si tu en as envie. Tu dois répondre aux verts et aux bleus – le poing serré sur le cœur. Cela signifie que tu ne vas pas tirer ton épée, tu vois, tout comme une poignée de main démontre que tu ne caches pas d'armes. (Il écarta de nouveau les bras en entamant la traversée d'un tronçon de mur en ruine.) Ne souris pas, ce serait très déplacé.

— Même aux jolies filles ?

L'enfant lui lança un regard d'avertissement.

— De la part d'un guerrier de ton rang, cela équivaudrait presque à un ordre.

Wallie examina les groupes suivants avec plus d'attention. Les vêtements orange correspondaient à quatre marques faciales, les vêtements bruns à trois, et les blancs à une seule – leurs propriétaires étaient sans nul doute de jeunes novices. Il n'avait pas encore aperçu de tenues noires, mais il connaissait déjà leur signification : esclaves. Les préadolescents – garçons et filles – déambulaient nus, tout comme son guide.

— Ce que je viens de te dire concerne les civils, poursuivit le demi-dieu. Pour les guerriers, cela devient plus compliqué. Il y a un type de salut quand on ne fait que se croiser dans la rue, et un autre pour les discussions sérieuses. Cela dépend de la personne de plus haut rang, entre autres. (Il sauta pour franchir une brèche et atterrit de l'autre côté avec l'assurance d'une chèvre.) Les répliques diffèrent des saluts.

Wallie ne répondit pas à cette dernière remarque.

La route plongeait le long du flanc de la vallée pour disparaître dans un amas dense de maisons. Au-delà se dressait un immense édifice ressemblant à une cathédrale et surmonté de sept flèches dorées : le temple de la Déesse d'Hann. Il s'agissait à n'en pas douter de leur destination. Derrière le bâtiment, on distinguait la paroi marquant la fin de la vallée. Le flanc nu et rocailleux était fendu par une gorge. La fenêtre de la chaumière était dans l'alignement de ce défilé, et Wallie avait aperçu jusqu'aux chutes et le grand panache de gouttelettes qui en montait. Maintenant, il ne voyait plus que ce nuage.

La route défoncée était parsemée de crottin de mules et autres saletés. Wallie fit de son mieux pour éviter d'y enfoncer le bout des pieds, mais il finit par abandonner et laissa ses orteils se poser où ils le pouvaient. Ses bottes martyrisaient sa chair et l'enfant maintenait une allure effrénée, même pour des jambes aussi longues que celles de Shonsu.

Quand ils atteignirent la vallée, le garçon dut marcher sur la route aux côtés de Wallie et ils ralentirent. La ville les plongea aussitôt dans un univers étroit et sordide, baigné dans une puanteur fétide et encadré de hauts bâtiments en bois qui semblaient occuper jusqu'au dernier centimètre carré de sol disponible. Entre les édifices serpentaient des ruelles miteuses et grouillantes d'une foule frénétique portant des paquets, poussant des chariots ou se hâtant vers sa destination. Pourtant, il constata avec surprise qu'un guerrier du septième ne manquait jamais de place et personne ne le bouscula bien que ses saluts soient devenus un réflexe. L'odeur était encore pire que sur la colline.

— Les bruns sont les plus nombreux ? demanda Wallie.

Le garçon devait se livrer à davantage de feintes pour rester à la hauteur du guerrier, mais celui-ci ne ralentit pas pour autant. Que ce sale gamin en bave un peu !

— Les troisièmes rangs. C'est celui des artisans. (Il disparut derrière le chariot d'un colporteur et rejoignit Wallie à l'autre bout.) Ceux qui sont qualifiés. Les blancs et les jaunes sont des apprentis. Au-dessus, tu passes en troisième cycle.

Il ricana un bref instant.

De nombreux chiens errants fouillaient les déchets et les hauts murs bloquaient les rayons du soleil. L'air était une bouillie où se mêlaient insectes, odeurs – humaines et animales –, relents des échoppes de cuisine et miasmes de matière en décomposition. Seul le bouquet d'un marchand d'épices ou d'une boulangerie offrait parfois un peu de répit agréable dans ces rues méphitiques.

Wallie avait maintenant compris la hiérarchie : blanc, jaune, brun, orange et puis rouge. Le vert et le bleu devaient être réservés aux personnes de plus hauts rangs, mais il n'en avait encore aperçu aucune. Une pure coïncidence, semblait-il.

— Pourquoi cet ordre ? demanda-t-il.

— Par ici, dit le garçon en tournant dans une nouvelle allée sinueuse – et tout aussi sombre, répugnante et bondée que les précédentes. Il n'y a pas de raison particulière. On a toujours fait ainsi. C'est l'explication habituelle pour tout et n'importe quoi.

Les mendiants étaient vêtus de noir – en général, un simple bout de tissu déchiré et crasseux. Beaucoup d'entre eux portaient aussi un bandeau en loque autour de la tête – pour ne pas déshonorer leur caste d'origine ? Wallie pouvait identifier la profession de certaines personnes grâce à leurs marques. En avant de la rue, un puissant fracas métallique annonça la présence de l'atelier d'un forgeron – dont le front s'ornait d'un fer à cheval, bien entendu. Un homme poussant une charrette de chaussures arborait un tatouage représentant trois bottes. Cependant, la plupart des motifs étaient des idéogrammes dont le sens lui échappait : des diamants, des demi-cercles, des chevrons ?

— Il faudrait raser cette ville et la reconstruire, grogna Wallie.

— C'est ce qu'ils font tous les cinquante ans environ.

La plupart des bâtiments abritaient une boutique au rez-de-chaussée, avec une enseigne au-dessus de la porte et, parfois, un étal sévèrement gardé qui ralentissait encore un peu plus la circulation. Dans certains ateliers, comme la forge, des gens travaillaient à la vue de tous, tissant, cousant ou s'affairant sur des tours. Qui disait cruche disait potier.

Wallie remarqua aussi des signes de maladie : cécité, amaigrissement, éruptions cutanées inquiétantes. La misère était accablante : de vieilles femmes avançaient voûtées sous le poids de fagots, des enfants travaillaient aussi dur que les adultes. Ce spectacle le révolta. Il avait vu la pauvreté – à Tijuana [1], par exemple. Mais Tijuana avait l'excuse d'être une ville récente, une ville en pleine évolution, à la différence de celle-ci qui semblait ancienne, immuable et, par conséquent, bien pire.

Le garçon se faufilait sans cesse d'une ruelle à l'autre en restant à l'écart des rues principales – qui étaient à peine plus larges et sans doute encore plus congestionnées en raison du nombre de chariots et de charrettes qui y circulaient.

— Tu essaies de m'embrouiller ou tu cherches à éviter quelqu'un ?

— Oui, répondit l'enfant.

Cette cité n'était qu'un bidonville affligé d'hypertrophie galopante – certains bâtiments atteignaient quatre étages. Wallie constata alors que ce qu'il avait pris pour des chiens errants était en fait de grands cochons efflanqués qui fouillaient les caniveaux à la recherche de nourriture. Les porcs mangeaient tout ce qu'ils trouvaient, y compris les excréments, et leur présence expliquait en partie la puanteur ambiante.

— Je suppose qu'une déesse de la Rivière s'opposerait fermement à un système sanitaire incluant des chasses d'eau ?

L'enfant s'immobilisa et le gratifia d'un regard furieux.

— Ce genre de plaisanteries est tout à fait déplacé !

Wallie tendit la main pour lui saisir l'oreille – et manqua sa cible. Il attrapait des mouches en plein vol, mais ce garnement était capable d'esquiver ses mouvements ?

— Voilà qui n'est pas très réaliste, dit-il avant d'éclater de rire.

Ils s'arrêtèrent dans une ruelle et les gens rasèrent les murs pour passer de chaque côté du dangereux guerrier.

— Par ici !

L'enfant se dirigea vers un étal installé dans l'embrasure étroite d'une porte. Le présentoir consistait en une planche verticale sur laquelle étaient accrochés des colliers de perles. À côté, une femme âgée et ridée, vêtue de brun, était avachie sur un tabouret, les orteils repliés. Le garçon tendit la main et s'empara d'un bijou. La vieillarde se redressa en sursautant pour flatter servilement le noble seigneur – qui ne lui prêta pas la moindre attention.

— Maintenant, regarde !

L'enfant agita le collier suspendu au bout de son doigt. Enfilées sur une cordelette sans fermoir, les billes d'argile verte formaient une boucle ininterrompue.

— Chacune est identique, et pourtant légèrement différente. Il n'y a ni fin, ni commencement, ni sens, et le fil traverse chaque grain. D'accord ? Remettons-nous en marche.

1. Tijuana est une ville mexicaine frontalière, à quelques kilomètres au sud de la ville californienne de San Diego. (*NdT*)

Il commença à s'éloigner, mais Wallie tendit la main et – cette fois-ci – réussit à lui attraper l'épaule.

— Ce collier ne t'appartient pas, Courtebotte.

— Est-ce que cela a de l'importance ? demanda le garçon en dévoilant le trou dans sa dentition.

— Oui, ça en a. Les mondes peuvent changer et les esprits peuvent sombrer dans le délire, mais la morale est immuable.

Wallie lui jeta un regard noir, sa grande main solidement refermée sur l'épaule malingre. La vieille femme eut l'air inquiet et mordilla son poing en silence.

— Encore une chose que tu devras désapprendre, alors, lâcha l'enfant. Mais si tu comprends cette histoire de perles, tu auras fait un grand pas en avant, Wallie Smith. Tiens, grand-mère.

Il fit passer le collier dans son autre main et le lança à la vieille femme, mais les perles étaient maintenant différentes. Il était clair qu'elles n'étaient plus en argile : elles brillaient.

— Allons-y, aboya le garçon.

L'enfant se lança dans la ruelle et l'adulte le suivit à grands pas. Wallie essaya de se rappeler ce qui était arrivé aux billes et comment l'enfant s'était libéré de son étreinte. Il s'efforça de comprendre le sens de ces explications brumeuses.

Ils croisèrent une autre rue et s'engagèrent dans une nouvelle allée. Ils durent se plaquer contre un mur afin de dépasser un chariot en stationnement, puis s'enfoncer dans l'embrasure d'une porte pour céder le chemin à une carriole tirée par des créatures beaucoup moins fantasques que ces étranges chevaux à tête de chameau et au corps longiligne.

Ils émergèrent à l'orée d'un espace dégagé assez vaste pour recevoir les rayons du soleil. Le garçon s'arrêta.

— Ha ! Un peu d'air frais ! s'exclama Wallie. Comparé à celui qu'on vient de respirer, en tout cas.

L'enfant examina l'autre extrémité de la cour : un mur s'y dressait comme une falaise. Deux portes gigantesques – faites de poutres plus épaisses que le torse d'un homme – étaient soutenues tant bien que mal par d'énormes gonds métalliques de part et d'autre d'un passage voûté. Les battants étaient largement ouverts et il semblait impossible de les refermer sous peine de les voir s'effondrer. De chaque côté, des bâtiments formaient une allée serrée qui menait jusqu'aux remparts. Au-delà de l'arche, on apercevait les reflets du soleil sur l'herbe verte et de grands arbres. De petits groupes émergeaient de diverses ruelles pour traverser la cour et franchir les portes.

— L'entrée du temple ? demanda Wallie.

Le garçon hocha la tête.

— Les gardes ne te remarqueront pas.

Wallie n'avait pas vu les sentinelles. Il y en avait deux de chaque côté du passage – de jeunes guerriers : trois jaunes et un orange. Deux d'entre eux étaient appuyés contre la muraille et les deux autres fainéantaient, les pouces bâtiment. Le spectacle était à couper le souffle : un grand escalier descendait sur toute la largeur de la façade surmontée de sept arches gigantesques, elles-mêmes coiffées de flèches dorées. Wallie songea que l'édifice était plus vaste que n'importe quelle église ou cathédrale de la Terre, il avait la taille de sept hangars à zeppelins mis côte à côte. Devant lui, une longue colonne de pèlerins gravissait l'escalier comme des bulles de champagne dans une flûte.

Le guerrier traversa le parvis en droite ligne pour se placer en face de la première arche. Il se tourna brusquement vers l'escalier et en commença l'ascension. Il aurait été incapable de dire pourquoi. Peut-être parce qu'il était du septième rang et que cela semblait la bonne chose à faire, ou bien parce que ce monde était le fruit de son imagination et qu'il devait par conséquent afficher sa singularité.

Tandis qu'il grimpait, il remarqua que, au sommet, les pèlerins rassemblés étaient tous agenouillés vers le temple. Il décida qu'il ne les imiterait pas, mais sans avoir la moindre idée de ce qu'il allait faire à la place. Attraper un prêtre et demander à parler au seigneur Honakura, peut-être. Et puis ? Le petit garçon l'avait mis en garde : il allait au-devant d'un piège. Pourtant, il était peu probable qu'on essaie de le tuer à l'intérieur du temple, non ?

Il avait presque atteint le sommet quand une cloche retentit, un tocsin grave, menaçant et plus puissant que le grondement des chutes. Les pèlerins se relevèrent aussitôt et se retournèrent. D'autres personnes sortirent du temple et les rejoignirent. Wallie crut d'abord que tout le monde le regardait et il en éprouva un certain réconfort : c'était le genre de situation invraisemblable qui n'arrivait que dans les rêves. Pourtant, il réalisa bientôt qu'il n'était pas le centre de leur attention. Des doigts se pointèrent.

Il s'arrêta et se tourna à son tour. La vue était remarquable : on apercevait le parvis, le plan d'eau et, à travers la gorge, jusqu'au mur blanc des chutes encadrées par un arc-en-ciel. Il songea un instant que Neddy aurait été transporté par ce spectacle – son fils adorait les cascades.

Il regretta de ne pas avoir d'appareil photo. Wallie Smith avait porté des lunettes depuis sa plus tendre enfance, mais, aujourd'hui, il distinguait les moindres détails avec précision. Cette étrangeté était également typique des rêves. Mais pourquoi ces gens étaient-ils aussi excités ? Quelqu'un allait-il descendre les chutes dans un tonneau ?

Pas tout à fait.

À mi-hauteur de la cataracte, une saillie rocailleuse formait une bande couverte de vert. Grâce à sa vue d'une acuité surprenante, Wallie constata que plusieurs personnes se trouvaient dessus. Tandis qu'il regardait, l'une d'elle se jeta dans le vide. Elle tomba d'abord avec lenteur, puis prit de la vitesse et disparut enfin dans le nuage de gouttelettes en contrebas.

Des sacrifices humains ?

La cloche continua à sonner.

Un petit groupe d'hommes et de femmes se tenait sur la rive. Une autre silhouette se détacha de la saillie. La Rivière l'amènerait jusqu'au plan d'eau, car Wallie apercevait maintenant les remous du courant. Le premier corps arrivait déjà, flottant face vers le ciel et tournoyant avec lenteur. Les guetteurs commencèrent à courir sur la berge de galets avec de grandes perches. Ils ne semblaient guère enclins à mettre les pieds dans l'eau. Le cadavre échappa à leurs gaffes et les flots de la Rivière l'entraînèrent hors de portée. Il dépassa l'extrémité du parvis et poursuivit sa route derrière le temple. Le deuxième approcha plus près du bord et on parvint à le hisser sur la rive afin de l'examiner. Puis on le rejeta dans la rivière : sa mort ne faisait aucun doute.

En tout et pour tout, Wallie assista à cinq assassinats, et aucune victime ne survécut. Les cinq corps furent emportés par le courant. Sur la saillie, les silhouettes restantes formèrent les rangs avant de s'éloigner au pas et de disparaître. Il s'agissait donc de guerriers. Quelle jolie profession vous avez choisie là, Walter Smith ! Une vague de dégoût le submergea. D'abord des esclaves et, maintenant, des sacrifices humains ! Comment avait-il pu imaginer un monde aussi répugnant ? Mais cet écœurement ne l'aidait en rien à résoudre son dilemme : s'il ne délirait pas, qui pouvait expliquer son arrivée ici ? Ni lui ni les habitants du Monde, car Honakura et Jja n'en savaient pas plus que lui. Sacrifices humains ou non, il n'avait d'autre choix que de croire que cet univers était le produit de sa fièvre et de son cerveau malade.

Il reprit son ascension d'un pas aussi rapide que possible. Les pèlerins s'étaient de nouveau agenouillés face au temple et il ne voyait plus que leurs dos. Il aperçut bientôt le toit du bâtiment – un enchevêtrement incroyable de voûtes en éventail. Il n'y avait pas de piliers intérieurs : la portée était d'une seule pièce, ce qui était impossible d'un point de vue architectural – un détail qui conforta ses doutes. Tandis qu'il approchait du sommet, il distingua l'idole à l'autre extrémité. Il devait donc aller jusque-là ! Il allait rencontrer cette Déesse et lui toucher deux mots de son monde afin de procéder à quelques améliorations.

Il se glissa entre les groupes de pèlerins à genoux. Deux guerriers en kilt brun l'aperçurent et le contemplèrent d'un air ébahi. Puis ils tirèrent leurs épées pour le saluer. Wallie les ignora et franchit l'arche pour arriver dans la nef. Il avança à grands pas et se dirigea droit vers la statue. Il s'émerveilla des dimensions gigantesques de l'édifice. Les grands vitraux étaient illuminés d'arabesques complexes représentant des fleurs, des plantes, des animaux, des poissons et des oiseaux dans de vibrants tons rouges, verts et bleus. Prenez les plus magnifiques temples, églises et mosquées de la Terre, puis fondez-les en un seul lieu…

Il avança rapidement vers son but et, tandis qu'il passait, des pèlerins et des prêtres descendant la nef le regardèrent d'un air indigné. La nouvelle de son arrivée avait dû se répandre, il allait bien voir qui réagirait. Le petit vieillard Honakura ou cet Hardduju de sinistre réputation ?

La taille du temple avait été dictée par la taille de la statue – qui, d'ailleurs, n'en était pas une. Il s'agissait d'une formation minérale naturelle, un pilier conique composé d'une roche bleutée – métamorphique, pensa-t-il, mais ses connaissances étaient aussi limitées en géologie qu'en botanique. La forme suggérait une femme assise et revêtue d'une robe ; son visage impassible était

La prison du temple était longue, étroite et très, très humide. Une fois qu'il eut récupéré, Wallie eut l'impression qu'elle ressemblait à un croisement entre des égouts à ciel ouvert et une piscine vide. Le plafond en bois était presque entièrement pourri et laissait apparaître un treillage épais où s'accrochaient de longues torsades de mousse dessinant des bandes sombres sur un fond bleu et brillant. Les pierres du sol et des murs étaient couvertes d'un dépôt visqueux brun et jaune-vert. Des grilles rouillées se dressaient à chaque extrémité de la cellule, mais l'accès à l'escalier était libre. Un homme agile aurait pu s'enfuir en se faufilant par le toit.

Wallie ne savait pas comment il était arrivé ici, mais il observa les procédures d'admission des nouveaux venus. Si le prisonnier n'était ni inconscient ni assez docile, on se chargeait rapidement de le faire changer d'avis. Il était ensuite déshabillé et allongé sur le sol. Puis une grande plaque de pierre était posée à la verticale en travers de ses jambes afin d'immobiliser ses chevilles grâce à des encoches pratiquées à la base.

Et c'était tout.

Il lui fallut plusieurs heures avant de récupérer assez de force pour s'asseoir. Tout son corps était contusionné, enflé et douloureux, maculé de sang et de vomissures à l'intérieur comme à l'extérieur. Il aurait donné tous les trésors du temple en échange d'un verre d'eau et il songea qu'il allait sûrement perdre cinq ou six dents. À travers ses yeux mi-clos, il jeta un coup d'œil vacillant au chapelet d'hommes. Tous étaient prisonniers de la rangée de plaques de pierre qui traversait le centre de la pièce. Il y en avait cinq, et lui en bout de ligne.

Son voisin lui adressa un sourire nerveux, puis fit de son mieux pour exécuter le salut à un supérieur – une tentative méritoire compte tenu de sa position assise. Il se nommait Innulari et était guérisseur du cinquième rang.

Wallie prit quelques minutes afin de rassembler ses pensées.

—Je suis Shonsu, guerrier du septième, seigneur. Je m'excuse de ne pas vous saluer dans les règles, mais je n'ai pas encore l'esprit très clair et je ne me souviens pas des formules appropriées.

— Et pourquoi donc ? demanda Wallie, curieux malgré la douleur.

— Parce que le pronostic n'est pas favorable, bien entendu. (Il désigna le squelette de toit et les murs gluants d'une main potelée.) C'est la raison qui m'a amené ici. J'ai refusé une affaire, mais la famille était riche et me proposait toujours plus d'argent. Au bout du compte, j'ai cédé à l'appât du gain. Qu'Elle me vienne en aide !

Wallie tourna la tête avec précaution.

— Vous voulez dire qu'un guérisseur va en prison s'il perd un patient ?

— Si ses proches ont de l'influence, oui, soupira Innulari. Je me suis montré cupide. Mais c'est la faute de ma femme, et elle doit maintenant se débrouiller toute seule.

— Et vous êtes ici pour combien de temps ?

Le petit homme gras frissonna malgré la chaleur suffocante.

— Oh ! j'espère sortir demain. Je suis déjà ici depuis trois jours. En général, le tribunal clérical prend sa décision plus vite que cela.

Sortir pour aller où ? Au Jugement, bien sûr. Wallie se redressa une fois de plus et regarda le long de la rangée de prisonniers nus. Il n'y avait pas la moindre vierge accorte parmi eux. Il ne s'agissait pas de sacrifices humains, mais d'exécutions. C'étaient donc des criminels qu'il avait vus précipités au bas des chutes, n'est-ce pas ? La plupart d'entre eux, acquiesça le guérisseur. Ou bien des esclaves désormais inutiles. Parfois, il y avait aussi des citoyens qui choisissaient de rencontrer la Déesse de leur plein gré, quand ils étaient très malades ou très vieux.

— Combien s'en sortent vivants ? demanda Wallie d'un ton songeur.

— Environ un sur cinquante, je crois. Cela arrive toutes les deux ou trois semaines. Mais Elle châtie sévèrement la plupart des rescapés.

De nouvelles questions établirent que la punition consistait à s'écraser sur les rochers qui se chargeaient de vous mutiler. Il était très rare qu'une personne s'en tire indemne. Pourtant, le guérisseur paraissait assez optimiste quant à son sort : il était convaincu que son accès de cupidité n'était qu'un péché mineur et que la Déesse le pardonnerait. Wallie fut incapable de dire si le petit homme essayait de faire preuve de courage ou s'il croyait vraiment à ses paroles. Dans tous les cas, le danger était considérable.

Plus tard dans la journée, on amena un jeune esclave qu'on entrava à côté de Wallie. Le garçon contempla ses marques faciales avec effroi et refusa de lui parler. Au bout d'un moment, Wallie décida qu'il avait affaire à un idiot congénital.

La journée continua à s'écouler dans la chaleur et la souffrance. La puanteur ne cessait d'empirer au fur et à mesure que les prisonniers se souillaient et le soleil avait transformé la cellule humide en sauna. Le gros Innulari parlait de tout et de rien ; sa rencontre avec un septième rang l'avait rendu enthousiaste ; il insista pour lui raconter sa vie et lui décrire ses enfants avant de revenir sur le tribunal clérical. L'accusé ne comparaissait pas devant lui – quelle idée saugrenue. En règle générale, il apprenait le verdict pendant qu'on le conduisait aux chutes. Le guérisseur reconnut que les prévenus étaient parfois acquittés.

— Dans votre cas, seigneur, c'est bien entendu inenvisageable : plusieurs membres de ce tribunal – comme le saint Honakura – ont été témoins de votre crime. (Il fit une pause avant de reprendre d'un ton songeur.) Mais je suis néanmoins curieux de connaître leur décision : démon, imposteur ou blasphémateur ?

— Je meurs moi aussi d'impatience, lâcha Wallie.

Si on lui avait donné le choix, il aurait opté pour un nouvel exorcisme – si le premier l'avait conduit dans cet asile de fou, le second serait peut-être à même de l'en sortir. Mais une remarque d'Innulari lui apprit un peu plus tard qu'une telle éventualité était fort improbable. Les démons trop insistants étaient généralement confiés aux soins de la Déesse.

Les gardes amenèrent une femme qui se déshabilla avant de s'asseoir avec docilité. On l'entrava au pilori juste à côté du jeune esclave à la mâchoire pendante. Elle avait une quarantaine d'années et les cheveux grisonnants ; sa chair était flasque et plissée, mais le garçon tourna la tête pour la fixer et resta ainsi pendant le reste de la journée.

Les charmes féminins ne préoccupaient pas Wallie pour le moment – et ils ne le préoccuperaient peut-être plus jamais. Il songea de nouveau aux paroles de l'enfant à propos des expériences désagréables. Avait-il énoncé une menace, une prophétie ou bien avait-il dit cela par hasard ? Si on comparait crûment le paradis à une extase sexuelle entre les jambes d'un homme, il était logique que l'enfer commençât par une douleur atroce dans la même région.

Premier postulat : Toute cette souffrance est réelle. Elle n'était pas sujette aux fantasmes, à la différence du sexe.

Corollaire : Ce monde existe bel et bien.

Il arriva à la conclusion qu'il y avait trois explications possibles.

La première se fondait sur son encéphalite et supposait donc que le Monde n'était que le fruit de ses délires. Pour une raison étrange, cette théorie lui paraissait de moins en moins plausible avec le temps.

La deuxième reposait sur la blessure à la tête de Shonsu : c'était sa véritable identité et Wallie Smith était la personnalité fantasmagorique.

Allongé sur le sol de pierre humide, il ferma ses yeux gonflés pour se protéger de l'éclat du soleil et réfléchit un long moment à cette hypothèse. Il ne parvenait pas à la prendre au sérieux : il se rappelait trop de détails concernant la vie de Wallie Smith. Il se souvenait par exemple d'innombrables termes techniques, mais s'il essayait de les prononcer, il ne proférait que des grognements. Il se souvenait de son enfance, de ses amis, de son éducation. La politique, les sports, la musique. La Terre n'acceptait pas qu'il l'oublie.

Ce qui laissait la troisième explication : les deux mondes existaient et il ne se trouvait pas dans le bon.

Le soleil se coucha et un grondement puissant monta près des grilles à une extrémité de la cellule.

— C'est l'heure du nettoyage, déclara Innulari d'un ton joyeux. Et de ce verre que vous désiriez tant, seigneur.

De l'eau jaillit et commença à couler à travers la pièce. Le niveau monta rapidement et doucha cinq hommes avant d'atteindre Wallie. Quand les flots le cinglèrent, ils étaient déjà si sales que le guerrier eut un haut-le-cœur – ce qui eut des répercussions douloureuses sur ses abdominaux contusionnés. Mais l'eau – toujours plus haute et d'une fraîcheur agréable – devint plus propre. Les prisonniers s'allongèrent dedans, s'éclaboussèrent, éclatèrent de rire… et burent. En prison, seul le nettoyage biquotidien fournissait de quoi se désaltérer. Innulari le lui avait certifié.

Le tribunal vous condamne à une semaine de dysenterie amibienne et à deux semaines de septicémie avec sursis. Votre cas sera réglé dans les plus brefs délais.

Quand les derniers flots s'évanouirent à travers la seconde grille, on apporta un panier contenant le repas du soir – des restes composés en majeure partie de fruits moisis, de croûtes de pain rassis et de minuscules lambeaux de viande que Wallie n'aurait pas touchés même si ses dents avaient tenu en place. Les morceaux plus intéressants avaient disparu avant que le panier lui parvienne. Une semaine ici équivalait à une peine de mort.

Le soleil se coucha avec une célérité tropicale et les mouches violoncellistes furent remplacées par le gigantesque orchestre des moustiques violonistes. L'optimisme infatigable d'Innulari parut s'étioler et l'homme se mit à ruminer. Wallie l'aiguillonna pour connaître les détails de sa foi, mais le guérisseur ne fit que répéter les paroles de Jja : des croyances simples à propos de la réincarnation.

— N'est-ce pas évident ? demanda Innulari comme s'il voulait se convaincre en même temps que son interlocuteur. La Rivière est la Déesse. Tout comme Elle coule de cité en cité, nos âmes coulent de vie en vie.

Wallie demeura sceptique.

— Mais vous ne vous souvenez pas des vies antérieures, n'est-ce pas ? Alors, qu'est-ce qu'une âme si elle n'est pas votre esprit ?

— Cela n'a rien à voir, insista le petit homme. Les cités représentent les vies, la Rivière représente l'âme. C'est une allégorie dont le rôle consiste à nous guider. Comme les grains d'un chapelet.

— Et merde ! lâcha Wallie à voix basse.

Il demeura silencieux. On ne pouvait pas déplacer une cité sur une rivière, mais il était possible de défaire le cordon d'un chapelet, de réagencer les grains avant de refaire le nœud.

Les dernières traces de lumière s'évanouirent et l'incroyable beauté des anneaux remplit le ciel au-dessus de sa tête : de fins rubans d'argent auprès desquels une simple lune paraissait aussi terne qu'une ampoule de quarante watts. Wallie songea à la splendeur des chutes d'eau qu'on appelait le Jugement. Ce monde était magnifique.

Malgré ses blessures douloureuses, il aurait volontiers dormi un peu. Tous les prisonniers faisaient l'expérience des crampes aux jambes ; dans la cellule, on entendait davantage de gémissements que de ronflements. Les anneaux – que Jja appelait le dieu des rêves – fournissaient un bon moyen de connaître l'heure. L'espace sombre qui marquait l'ombre de la planète se levait à l'est peu après le coucher du soleil et se déplaçait à travers le ciel. À minuit, il dessinait deux arcs de cercle parfaitement égaux. À l'aube, il le vit disparaître.

Une autre journée s'était écoulée et il était encore prisonnier de son délire.

La matinée s'annonça belle, promettant d'être aussi chaude que la veille. Le guérisseur sembla déçu et il finit par confier à Wallie que, les jours de pluie torrentielle, lorsque la Déesse ne voyait plus le Jugement, les exécutions étaient suspendues.

Les flots du service de nettoyage balayèrent la cellule. Les prisonniers se morfondaient dans une tranquillité anxieuse et murmuraient avec nervosité.

Enfin, deux prêtres, trois guerriers et quatre esclaves descendirent l'escalier à grand bruit. Ils grimacèrent en respirant la puanteur du cachot.

— Innulari, guérisseur du cinquième, pour acte de négligence…

— Kinaragu, charpentier du troisième, pour vol…

— Narrin, esclave, pour refus d'obéissance…

Quand un prêtre énumérait un nom, un guerrier montrait un prisonnier du doigt. Les esclaves soulevaient alors la plaque de pierre et libéraient le malheureux. Chacun hurla de douleur lorsqu'on plia ses jambes raidies. On les traîna hors de la cellule les uns après les autres. Les voisins immédiats de Wallie, ainsi qu'un homme un peu plus loin dans la rangée, furent ainsi emmenés pour être exécutés. Sa tâche terminée, l'escadron de la mort partit à son tour. Un peu plus tard, on fit passer le panier de fruits.

Wallie réalisa que les bavardages incessants d'Innulari allaient lui manquer. Une heure ou deux après son départ, il entendit la cloche sonner. Il se demanda s'il devait adresser une prière à la Déesse pour qu'elle vienne en aide au guérisseur. Il décida finalement de s'en abstenir.

Au milieu de la matinée, on amena cinq autres prisonniers et bien qu'il y ait de la place pour en accueillir bien davantage, la cellule parut soudain bondée. Wallie hérita de deux nouveaux voisins, qui furent ravis de découvrir un guerrier du septième en ces lieux. Ils se moquèrent de lui et crachèrent des obscénités lorsqu'il essaya de discuter avec eux. La douleur et le manque de sommeil l'avaient épuisé, mais dès qu'il faisait mine de s'endormir, les deux autres tendaient la main vers lui et le frappaient par pure méchanceté.

Un brusque silence s'installa. Wallie avait peut-être cédé au sommeil, car, quand il leva les yeux, il vit le premier prévôt de l'autre côté de la plaque de pierre. Hardduju l'observait avec mépris et satisfaction. Il tenait un bâton en bambou des deux mains et le pliait d'un air songeur. Sa future victime ne faisait aucun doute. Wallie décida aussitôt qu'il ne devait pas montrer sa peur – une tâche somme toute aisée dans la mesure où son visage était tellement gonflé qu'il lui était impossible d'afficher la moindre expression. Devait-il expliquer sa situation ou garder le silence ? Il réfléchissait encore à la question lorsque l'interrogatoire débuta.

— Quel est le premier soutra ? demanda Hardduju.

— Je ne sais pas, répondit Wallie d'une voix calme – ou, du moins, l'espérait-il. Je…

Avant qu'il puisse poursuivre, le premier prévôt avait fouetté la plante de son pied gauche de son bâton. Ce fut très désagréable : en plus de la douleur, un réflexe lui fit lever la jambe et il s'écorcha la cheville contre la pierre. Hardduju étudia sa réaction avec attention et sembla satisfait.

— Quel est le deuxième soutra ?

Ce fut le tour du pied droit. Puis encore du gauche pour le troisième soutra. Combien pouvait-il y en avoir ? Mais après le sixième, son bourreau cessa de poser des questions et se contenta de le frapper, observant sa douleur avec un sourire toujours plus large et une excitation évidente. Son visage était devenu rouge et luisant. Il choisissait sa cible sans ordre précis et faisait parfois semblant de taper pour voir le pied de sa victime heurter la pierre par anticipation.

Wallie voulut s'expliquer, mais le premier prévôt ne lui prêta aucune attention. Il s'efforça alors de rester silencieux et se mordit la langue si fort que sa bouche se remplit de sang. Il essaya de crier, de supplier, puis il pleura.

Il dut s'évanouir puisqu'il ne se souvint pas avoir vu le monstre quitter la cellule. Il devait aussi être sous le coup du choc, car le reste de la journée se perdit dans un brouillard – un enfer interminable, tremblant et incohérent. Il avait peut-être de la chance de ne pas voir ses pieds mutilés exposés à la fournaise, de l'autre côté de la plaque de pierre. Le soleil se déplaça et les ombres du toit treillissé l'avalèrent lentement. Les mouches vinrent inspecter ses blessures. Ses voisins avaient cessé leurs moqueries et leurs coups.

Le panier du soir avait circulé le long de la rangée et Wallie l'avait fait passer sans y toucher ni même y prêter attention. Tandis que le soleil se couchait et que le ciel s'obscurcissait à toute allure, il parvint à s'extraire de sa léthargie. Il poussa sur ses bras afin de s'asseoir et regarda autour de lui. Les autres prisonniers étaient allongés sans bruit et semblaient maintenant étrangement léthargiques. La cellule poisseuse était silencieuse, envahie par la vapeur due à la dernière inondation et plongée dans la pénombre alors que la lumière s'amenuisait.

Le petit garçon brun était appuyé contre la dalle de pierre qui immobilisait les chevilles de Wallie et l'observait. Il était toujours nu, toujours aussi fluet et toujours avec sa brindille verte couverte de feuilles. Son visage était inexpressif.

— Alors ? Est-ce que c'est important ? demanda-t-il.

— Oui. C'est important, répondit Wallie.

Ce fut ses premiers mots depuis le départ d'Hardduju. Ses pieds le faisaient horriblement souffrir, au point que cette douleur noyait toutes les autres.

L'enfant observa le prisonnier en silence pendant un moment.

— Le tribunal du temple siège afin de juger votre cas, monsieur Smith. Quel verdict souhaitez-vous qu'il rende ?

— Moi ? Et comment pourrais-je influencer leur décision ?

Il se sentait vidé de toute émotion, trop meurtri pour éprouver ne fût-ce que du ressentiment.

Le garçon haussa un sourcil.

— Tout cela ne se passe que dans ta tête. Ce n'est que le fruit du délire. Tu l'as dit toi-même. Par conséquent, tu devrais pouvoir choisir le verdict, non ?

— Je ne crois pas que je puisse influencer le tribunal clérical… Mais je pense que ce n'est pas votre cas…

— Ah ! J'ai l'impression que nous progressons.

Il posa les mains sur la plaque qui était derrière lui et se hissa dessus. Une fois assis, il se mit à balancer les jambes.

— Qui êtes-vous ? demanda l'homme.

— Courtebotte, répondit l'enfant sans un sourire.

— Je suis désolé ! cria Wallie. Je ne savais pas !

Il regarda à gauche et à droite le long de la rangée de prisonniers. Aucun n'avait bougé.

— Ils ne remarqueront rien, dit l'enfant. Il n'y a que toi. Bon, revenons un peu sur le chapitre de la foi, d'accord ?

Wallie eut besoin d'un instant pour se concentrer. Il n'avait pas droit à l'erreur sinon il mourrait – ou peut-être pis.

— Je crois que ce monde est réel. Mais la Terre était réelle, elle aussi.

Le garçon hocha la tête et attendit.

— J'y ai pensé à cause des chevaux, dit Wallie. Ils ressemblent à des chevaux, mais ils sont légèrement différents. J'ai toujours cru en la théorie de l'évolution, pas dans le créationnisme. Mais le Peuple se compose… de gens. Ils n'appartiennent à aucune ethnie terrienne, mais ils sont humains. Deux mondes distincts ne peuvent pas produire des personnes identiques grâce à une évolution convergente. Un résultat assez proche obtenu dans des niches écologiques semblables, je veux bien, mais pas à ce point. D'accord, les oiseaux et les chauves-souris sont capables de voler, mais ils sont différents. Et le nez, et le lobe de l'oreille ? Malgré leur rôle superflu, les habitants de ce monde – le Peuple – en sont néanmoins pourvus, eux aussi. En dépit de ce que racontent les histoires de science-fiction, un autre monde ne pourrait pas être habité par des bipèdes intelligents aussi proches de l'homo sapiens…

Le garçon bâilla.

— Des dieux ! se dépêcha d'ajouter Wallie. Tout cela ne peut être que l'œuvre des dieux, n'est-ce pas ? Il y a un but ! Un sens ! C'est ce que vous vouliez me faire comprendre avec le chapelet, pas vrai ? « Chacun est identique, et pourtant légèrement différent. » C'est ce que vous avez dit. Plusieurs mondes. Des variations sur un même thème. Les copies d'un univers idéal, peut-être.

— Excellent ! s'exclama l'enfant en hochant la tête. Continue.

— Alors, la déesse est… la Déesse. C'est elle qui m'a amené ici.

— Et qui es-tu ?

C'était la grande question, et Wallie pensait avoir trouvé la réponse.

—Je suis Wallie Smith et je suis Shonsu… Les souvenirs de Wallie Smith dans le corps de Shonsu. L'âme… Mais je ne connais pas grand-chose sur les âmes.

—Alors ne te tracasse pas à leur sujet. Et Hardduju ? Dis-moi un peu ce que tu penses de la peine capitale maintenant, monsieur Smith ?

—Je n'ai pas dit que je ne croyais pas à…

—Mais tu l'as pensé !

—Oui, reconnut Wallie. Sortez-moi d'ici et laissez-moi régler le compte de cet enfoiré. Ensuite, je ferai tout ce que vous voudrez. Absolument tout.

—Tiens donc ? Vraiment ? (Le garçon secoua la tête.) Motivé par la revanche ? Ça ne me suffit pas !

—Mais je crois en la Déesse, maintenant ! protesta Wallie d'une voix étranglée. Je vais me repentir. Je vais prier. Je vais La servir, si Elle me le permet. Je serai guerrier si c'est ce qu'Elle souhaite. Je ferai tout ce qu'Elle veut !

—Eh bien ! Eh bien ! marmonna le garçon d'un ton moqueur. Je ne m'attendais pas à une telle dévotion.

Il resta silencieux, les yeux fixes, et Wallie eut la curieuse impression que quelqu'un le sondait et le lisait – comme un comptable qui survole un bilan d'un simple regard.

—Ta foi est bien chétive, monsieur Smith.

—C'est tout ce que j'ai, répondit Wallie, presque dans un sanglot.

—Cela ressemble davantage à un défaut, à un doute dans ton scepticisme. Il faudra que tu prouves ta fidélité à la Déesse.

Il s'attendait à cette mauvaise nouvelle.

—Le Jugement ?

Le garçon grimaça.

—Tu n'as pas envie d'être l'esclave d'Hardduju, je me trompe ? Il ne te vendrait jamais, ce serait trop amusant d'avoir un septième enchaîné à la cave. Et il a beaucoup d'autres jeux à t'apprendre ! Alors, tu ferais peut-être mieux de te rendre au Jugement, tu ne crois pas ? (Il dévoila sa rangée de dents incomplète pour la première fois depuis son arrivée.) Voilà le truc : si tu résistes, ils te tabassent sur la tête avant de te balancer en bas des chutes – et tu atterris sur les rochers. Mais si tu prends ton élan et sautes aussi loin que possible de la paroi, tu plongeras dans l'eau profonde. C'est pour mettre ta foi à l'épreuve.

—Je suis incapable de courir avec les pieds dans cet état, dit Wallie. Dites-moi au moins s'il en reste quelque chose.

L'enfant se retourna un bref instant pour examiner les blessures plantaires et haussa les épaules.

—Il y a un autel sur le lieu de la Miséricorde. Prie pour avoir la force de courir. (Sa silhouette devenait indistincte au fur et à mesure que la lumière déclinait.) Je t'ai dit que c'était important. Rares sont les mortels qui se voient offrir une telle occasion.

—Je suis un peu rouillé question prière, déclara Wallie d'un ton humble, mais je vous promets de faire de mon mieux. J'avais envisagé de le faire pour Innulari. Est-ce que ça l'aurait aidé ?

L'enfant lui lança un regard étrange.

—Cela t'aurait aidé toi, mais pas lui. (Il s'interrompit.) Pour commencer, les dieux ne doivent pas donner la foi, monsieur Smith. J'aurais pu te rendre dévot, mais tu serais alors devenu un outil, pas un agent. Les dieux n'ont pas besoin des services d'un mortel s'ils ne sont pas consentis librement. On ne commande pas le libre arbitre. Tu comprends ? Mais si tu découvres la foi, les dieux peuvent l'attiser. Tu n'as trouvé qu'une étincelle. Je peux souffler sur une étincelle. J'irai jusqu'à faire cela pour toi, en récompense de tes bonnes intentions vis-à-vis du guérisseur.

Il arracha une feuille à sa petite branche. Aussitôt, le feu dévorant les pieds de Wallie fut douché par un bain d'eau glacée. La souffrance disparut, imitée par toutes les douleurs de son corps.

—Jusqu'au lever du soleil, dit l'enfant.

Wallie bafouilla des remerciements en bégayant sous le coup du soulagement.

—Je ne connais même pas votre nom.

—Appelle-moi Courtebotte pour le moment, répondit le garçon. (Le trou de la dent manquante était à peine visible dans la lumière de plus en plus forte du dieu des rêves.) Voilà bien longtemps qu'un mortel ne s'était pas montré aussi impudent envers moi. Je te trouve distrayant. (Ses yeux brillèrent dans l'ombre.) Tu as déjà joué au jeu que l'on nomme « échecs ». Tu sais ce qui arrive lorsqu'un pion parvient à l'autre bout de l'échiquier ?

La raillerie n'échappa pas à Wallie, mais il chassa aussitôt son ressentiment.

—Seigneur, je peux me transformer en n'importe quelle pièce à l'exception du roi.

L'enfant gloussa.

—Eh bien ! tu as atteint l'autre bout de l'échiquier et tu as été changé en une autre pièce. C'est simple, tu ne trouves pas ? N'oublie pas : demain, saute aussi loin que possible, et nous aurons alors l'occasion de nous revoir.

Il n'y avait plus personne sur la plaque de pierre.

Au cours de la deuxième nuit qu'il passa en prison, Wallie dormit donc à poings fermés, mais à l'approche du matin, il se retrouva assis à une table. Il s'agissait d'un souvenir, un épisode de sa jeunesse si réel qu'il sentait l'odeur des mégots de cigarettes et entendait un air de jazz provenant d'une radio dans une pièce voisine. Dans l'obscurité, il aperçut un tapis en feutrine verte avec une lumière qui brillait au-dessus, des cartes à jouer, des cendriers et des verres. Bill était assis à sa gauche, Justin à sa droite et Jack était aux toilettes.

Il jouait au bridge en étant déclarant, contre, ivre et en passe de ne pas réaliser son contrat téméraire dans une de ces distributions insensées de cartes par paquet. L'atout était à trèfle et il lui restait encore le dernier, le deux.

Bill glissa un pique sur l'as solitaire que Wallie venait de poser sur la table. Il poussa obligeamment l'as à sa place. Justin fournit. Cela allait obliger Wallie à faire le mort, et ils l'attendaient.

Il coupa son propre as et une voix s'exclama : « Merde ! » Il pouvait maintenant sortir sept bons cœurs de sa main. Les défenseurs étaient coincés : quelle que soit la carte dont ils se défaussent, Wallie pourrait suivre. Il s'entendit rugir de triomphe… Chelem, annonce, non contré, contre, surcontre, vulnérable, prime de partielle, partie. Il tendit la main pour attraper la fiche de score. Il la sentit entre ses doigts et, soudain, il n'y eut plus rien. Il était de retour dans sa cellule. À l'est, les premières lueurs de l'aube commençaient à illuminer le ciel.

Wallie constata que la foi vous amenait à croire aux messages. Qui avait mal joué ? Échecs ou bridge ? Est-ce que les dieux jouaient avec l'humanité pour tromper l'éternité ? Les trèfles d'un jeu de bridge trouvaient leurs origines dans les épées d'un jeu de tarot. La Déesse avait-elle coupé Son propre as d'épées, Shonsu avec Wallie Smith – le deux de trèfle, la carte la plus faible de toutes ?

La douleur revint au fur et à mesure que le jour se levait, ainsi que le petit garçon le lui avait annoncé. Wallie était prêt à croire que, aujourd'hui, on viendrait le sortir de sa cellule.

Un dieu l'avait dit.

Le tribunal clérical n'avait pas chômé. Ce jour-là, l'escadron de la mort vint chercher six prisonniers et le premier nom appelé fut : « Shonsu, guerrier du septième, possédé par un démon. » Si l'interprétation d'Innulari était correcte, le vieil Honakura avait perdu la bataille d'influences.

Wallie fut tiré sans ménagement en haut de l'escalier. On lui fit traverser une salle de garde avant de l'autoriser à s'affaler mollement sur des pavés durs et brûlants, sous un soleil torride. Il n'avait pas crié. Il resta un moment allongé, luttant contre la nausée provoquée par les articulations et les ecchymoses douloureuses, contractant les paupières pour se protéger de la lumière aveuglante. Il s'assit tant bien que mal tandis que d'autres prisonniers gémissant ou hurlant étaient traînés et jetés à côté de lui. Il lança un bref regard vers ses pieds et décida qu'il valait mieux ne pas recommencer l'expérience.

Il se trouvait à la périphérie d'une cour aussi grande qu'un champ de manœuvre. La chaleur faisait onduler l'air. La prison était derrière lui et il entendait le joyeux bavardage de la Rivière au-delà. Deux bords de l'esplanade étaient flanqués de bâtiments impressionnants et on apercevait les hautes flèches du temple au loin. Le dernier côté donnait sur un ensemble de parcs et de verdure paradisiaque.

Leur travail achevé, les prêtres s'en allèrent et un guerrier du quatrième prit le commandement. Il semblait s'ennuyer à mourir, mais il semblait être efficace et intelligent. Il observa les prisonniers en tapotant ses bottes du bout de son fouet.

—Vous avez dix minutes pour retrouver vos jambes, déclara-t-il. Ensuite, vous irez jusqu'au bout de la cour avant de revenir. En marchant – ou en rampant, pour ceux qui préfèrent.

Son fouet produisit un claquement puissant.

Un deuxième rang au kilt jaune et au visage jeune parcourut l'alignement de prisonniers en lançant à chacun un morceau de tissu noir en guise de vêtement. En arrivant devant Wallie, il fronça les sourcils et regarda son supérieur.

—Il vaudrait mieux aller chercher un chariot pour celui-là.

—Je suis guerrier, déclara Wallie d'une voix forte. Je marcherai.

Il attrapa le pagne, le fendit en deux et entreprit de se bander un pied.

—Tu n'es qu'un sale imposteur, gronda le quatrième.

Wallie déchira une petite lanière dans le second bout de tissu et s'attacha les cheveux de manière que ses marques faciales soient bien visibles.

—Il semblerait que ce ne soit pas l'avis du tribunal clérical, guerrier.

Ce n'était sans doute pas la bonne formule pour s'adresser à un garde : le visage de l'homme s'empourpra et il leva son fouet d'un air menaçant.

—Vas-y, dit Wallie. Fais donc comme ton patron.

Le quatrième le fixa un moment, puis attrapa un autre pagne et le lança à Wallie pour qu'il s'habille.

Celui-ci n'était pas certain d'agir intelligemment, mais il devait prouver sa foi en la Déesse. Le seul moyen à sa disposition était de démontrer son courage. Et peu importait de le prouver aux dieux, au guerrier ou à lui-même. Quand vint le moment de traverser la place, deux hommes commencèrent à ramper et furent fouettés. Wallie marcha. Il marcha avec lenteur et chaque pas le fit suffoquer de douleur, mais il atteignit tant bien que mal l'autre bout et revint à son point de départ. Il ne baissa pas la tête un seul instant.

Les six prisonniers furent alors enchaînés ensemble et conduits le long de la Rivière. Ils dépassèrent des bâtiments que Wallie ne vit pas à cause des larmes qui embuaient ses yeux, puis ils franchirent les eaux bruyantes et tumultueuses – des eaux qui emporteraient bientôt son cadavre mutilé si le pire devait arriver. Ils atteignirent enfin l'escalier du temple et durent attendre qu'une prêtresse sorte et bredouille une bénédiction à leur intention.

L'escorte se composait de neuf guerriers et de quatre esclaves de taille imposante. On avait attribué la place d'honneur – devant – à Wallie et un deuxième rang tenait la chaîne qui lui enserrait le cou.

Chaque pas était une torture. Les yeux de Wallie étaient couverts par un mélange de sueur dégoulinant de son front et de larmes prêtes à rouler en bas de ses joues. En quelle proportion ? Il ne le savait pas et s'en fichait. Il remarqua à peine la longue route qui traversait le parc et la grande porte. Dès que les prisonniers enchaînés entrèrent dans les ruelles de la ville immonde, Wallie entendit une voix d'enfant.

—Hé ! Il y a un guerrier !

Il essuya ses yeux d'un revers de poing et découvrit soudain une foule amassée autour du petit convoi. Il ne s'était jamais demandé ce que les citadins à cette esclave attentionnée, écrasée à la base de l'échelle sociale, dépourvue de statut, de liberté et de biens matériels, obligée de se prostituer au profit de quelqu'un d'autre. Elle lui avait offert réconfort et gentillesse. Elle était la seule à s'être donné cette peine dans le Monde. S'il survivait et si les dieux lui rendaient sa liberté, il aurait une deuxième dette à rembourser.

Pendant un moment, rien ne se passa. Les prisonniers nus, les gardes et les esclaves restèrent tous assis au soleil comme s'ils prenaient une pause-cigarette. Le vent jouait autour d'eux avec une fausse timidité. Un instant, il leur apportait le souffle glacial et mortel de la cascade, un autre, les chaudes senteurs de la terre humide et des fleurs tropicales. Personne ne regardait personne, mais, de toute façon, le grondement des chutes aurait rendu une conversation presque impossible.

Le quatrième rang commandant le détachement avait gardé un œil sur le temple. Il dut apercevoir un signal, car il cria soudain qu'il était l'heure. Selon toute apparence, l'honneur d'être le premier prisonnier de la colonne égalait celui de mourir le dernier. Wallie n'avait guère envie de débattre de préséance. La première victime hurla et essaya de se fondre dans l'herbe lorsque les gardes s'approchèrent de lui. Ces derniers crièrent contre lui et le frappèrent du pied jusqu'à ce qu'il se relève, se précipite vers le sanctuaire et s'agrippe à la statue de la Déesse. Au bout de trente secondes, un guerrier lui assena un coup de gourdin et l'homme s'affaissa comme un sac de farine. Les esclaves le portèrent jusqu'au rebord et le jetèrent dans les chutes. Si la cloche du temple sonna pour lui, le grondement de la cascade noya ses tintements.

Les prisonniers essayèrent de s'éloigner petit à petit des gardes, s'accrochant avec désespoir à quelques instants supplémentaires de vie et de terreur. Leurs efforts ne firent aucune différence : ils passèrent un par un par-dessus le rebord. Puis vint le tour de Wallie.

Le quatrième rang en personne se dirigea vers lui, seul. Il dut se pencher et hurler pour se faire entendre.

— Vous avez marché jusqu'ici, seigneur, comme un véritable guerrier. Affronterez-vous aussi le Jugement de votre plein gré ?

On lisait dans ses yeux qu'il était prêt à admirer le courage chez quiconque, imposteur ou non. Il n'était qu'un soldat qui accomplissait son devoir. Wallie parvint à lui sourire.

— Je n'ai aucune envie qu'on me jette en bas : je sauterai seul. Je souhaite juste prier au préalable, mais avertissez-moi quand il sera temps.

Il espéra que sa voix paraîtrait plus calme aux oreilles du guerrier qu'aux siennes.

Il avança d'un pas chancelant jusqu'à la statue du sanctuaire et s'agenouilla. Un peu gêné, il supplia l'idole à haute voix. Il lui demanda la force de courir et le courage de sauter.

Il ne reçut aucune réponse et ne trouva rien à ajouter. Il avait conscience des rayons du soleil sur sa peau nue, du ciel bleu parsemé de nuages blancs, du temple au fond de la vallée, des chutes d'eau incroyables de l'autre côté et des arabesques que les oiseaux traçaient dans les airs. Le Monde était très beau et la vie était merveilleuse... Pourquoi fallait-il que tout cela lui arrive ?

— Il est l'heure, déclara le garde armé d'un gourdin.

Wallie se leva, se tourna et entreprit de clopiner vers le bas de la pente. Étrangement, ses jambes acceptèrent de le soutenir. Lorsqu'il accéléra et se mit à courir, il entendit quelques acclamations derrière lui. Il atteignit le rebord presque plus vite qu'il ne s'y attendait. Il lança les bras en avant et plongea dans le vide avec une grâce qui laissait à désirer. Il sentit un vent puissant et des gouttelettes lui balayer le visage, puis plus rien.

Le tumulte et la fureur au cœur même de la tempête...

L'obscurité...

Il était suspendu à une poutre comme une serviette, plié en deux à hauteur de la taille. Le bruit insupportable lui martelait les tempes, des vibrations assez puissantes pour balancer son corps en équilibre. Il était dans le noir, mais une faible lueur lui dévoila un madrier fiché dans une paroi de pierres déchiquetées et une vague monstrueuse qui s'approchait en grandissant. Il attrapa ses genoux et s'y cramponna tandis que l'eau le submergeait, le ballottait de toutes parts et le faisait tournoyer comme un cerceau autour de la poutre. Les flots l'avalèrent goulûment et le recrachèrent avec une violence extrême. La vague suivante ne tarderait pas.

Haletant et désespéré, il grimpa tant bien que mal sur le madrier alors que l'eau recommençait déjà à monter. Il tendit la main en direction des rochers où la pièce de bois était coincée. Il trouva une prise, se hissa et s'accrocha au bloc de pierre des deux mains et des deux jambes. La vague suivante le submergea jusqu'à la taille et ses doigts commencèrent à glisser avant qu'elle soit passée.

L'obscurité et un bruit terrifiant.

Il n'avait pas le moindre espoir d'être entendu, mais il n'aurait pas la force de résister au prochain déferlement. Il essaya de crier, mais parvint juste à proférer un croassement pressant.

— Courtebotte ! Aide-moi !

Et le silence s'installa soudain. Le calme. Les vagues avaient cessé.

Wallie crut qu'il était devenu sourd, ou qu'il était mort. Une douleur atroce lui comprimait la poitrine et le roc avait écorché la moitié de son corps.

La lumière gagna peu à peu en intensité. Il cligna des yeux, puis distingua des rochers et la poutre en contrebas. Puis il aperçut de nouveaux rochers et un amoncellement hétéroclite qui formait une pente raide. Il y avait aussi des blocs de pierre – certains gros comme une niche, d'autres comme une maison – parsemés de débris : la poutre – qui provenait sans nul doute d'un mât de bateau –, des planches, des troncs et des branches s'entassaient dans un chaos indescriptible. Ils formaient une colline, une montagne de déchets sur laquelle il s'accrochait comme une mouche.

Il eut l'impression que sa poitrine allait éclater. Il respira par petits coups et chacun était une torture.

— Je suis un demi-dieu, une divinité mineure, un archange… Choisis le terme que tu préfères. Tu peux t'adresser à moi en m'appelant « maître », car tu n'as pas le droit de connaître mon nom. (Il se laissa tomber en position assise.) J'ai choisi cette forme parce qu'elle m'amuse et ne t'effraie pas.

Wallie ne fut pas impressionné.

— Pourquoi jouer avec moi ? J'aurais pu croire en toi beaucoup plus tôt si tu t'étais présenté sous un aspect plus divin – ou même avec un simple halo…

Il avait dépassé les bornes. Les joues de l'enfant se gonflèrent sous le coup de la colère.

— Très bien, puisque c'est ton souhait. Voici un petit aperçu.

Wallie cria et se couvrit les yeux, mais trop tard.

La caverne était déjà brillante, mais elle s'enflamma soudain d'un éclat magnificent aussi aveuglant que celui d'un soleil. L'enfant était demeuré un enfant, mais une infime partie de sa divinité flamboya un bref instant – et ce fut assez pour plonger un simple mortel dans une terreur sans nom.

Dans ce fragment de majesté, Wallie vit que l'âge de cet être dépassait l'imagination – il existait bien avant la formation des galaxies et perdurerait bien après la disparition de feux d'artifice aussi éphémères ; son quotient intellectuel se mesurait en trillions et il était capable de connaître chaque pensée de chaque créature dans l'univers ; sa puissance aurait pu détruire une planète aussi facilement qu'on se cure les ongles ; comparés à sa noblesse et à sa pureté, les êtres humains ressemblaient à des bêtes infâmes et inutiles ; rien n'était capable de résister à ses objectifs froids et inébranlables ; sa compassion dépassait l'entendement humain et connaissait la souffrance des mortels ainsi que leurs raisons d'être, mais il ne pouvait pas la supprimer sans supprimer l'essence mortelle à la base de cette douleur. Wallie sentit aussi quelque chose de plus profond et de plus terrible encore, une présence que nul mot ne pouvait décrire, mais qu'un mortel aurait apparentée à l'ennui ou à la résignation. Il y avait des côtés négatifs à l'immortalité : le fardeau de l'omniscience et l'absence de futur limité, plus la moindre surprise, plus de fin même après la fin des temps, à jamais et à jamais…

Wallie réalisa qu'il était à plat ventre et qu'il se tortillait sur le rocher. Il marmonnait des phrases inintelligibles sous le coup de la terreur et de la contrition. Il s'était souillé et hurlait, suppliant pour obtenir grâce et pardon. Ses membres tremblaient malgré lui et il avait envie de se cacher, de mourir, de s'enterrer dans le sol. Il serait retourné à toutes jambes jusqu'à sa cellule s'il avait existé un moyen d'échapper à cet éclat de magnificence.

Il lui fallut un long moment pour retrouver le contrôle de ses facultés. Sa vue s'éclaircit et il se remit à genoux. Le petit garçon n'avait pas bougé. Il était assis au même endroit, mais il observait maintenant le rideau de cristal scintillant qui avait jadis été une chute d'eau. Il avait pointé un doigt dans sa direction et certains fragments se déplaçaient selon sa volonté pour s'agencer en un grand treillage dont la complexité multidimensionnelle dépassait l'entendement humain. Une sculpture divine... Un simple coup d'œil suffit à étourdir Wallie. Il détourna aussitôt les yeux.

—Maître? murmura-t-il.

—Ah!

L'enfant chétif se tourna vers lui en affichant un sourire satisfait et poinçonné. Il ne perdit pas de temps à attendre des tentatives d'excuse.

—Tu as récupéré! Je vois que tu t'es éraflé un peu plus. Bien, nous avons maintenant redressé ton âme, plus ou moins guéri ton corps et amendé ton comportement. Que dirais-tu de nous mettre au travail?

—Oui.

—Oui, *qui*?

—Oui, maître, dit Wallie d'une voix aussi humble que possible.

Selon toute apparence, les dieux n'appréciaient guère les mortels qui se voulaient un peu trop futés.

Le garçon appuya son coude sur un genou et agita un doigt dans les airs comme s'il racontait une histoire.

—Bien! Shonsu était un très grand guerrier – peut-être le plus grand qui existe dans le Monde à l'heure actuelle. (Il s'interrompit et réfléchit.) Il y en a un qui pourrait être son égal, mais c'est difficile à dire. Nous verrons plus tard. (Un rictus malicieux lui tordit les lèvres.) Shonsu avait une mission, une tâche. Il a échoué et a été puni de mort.

Wallie ouvrit la bouche, mais le petit garçon tonna: « *Tu ne mettras pas en doute la justice des dieux*! » d'une voix qui mit un terme aux éventuelles protestations de Wallie.

—Bien, maître.

—La Déesse exige que tu accomplisses ce que Shonsu a été incapable de faire.

Jusqu'à quel point Wallie oserait-il poser des questions?

—Maître, pourquoi moi? Comment et pourquoi m'a-t-on amené ici. Et par quel miracle pourrais-je réussir si le meilleur...

L'enfant leva la main et l'interrompit.

—Tu veux des éclaircissements? déclara-t-il d'un ton sec. Tu ne comprendrais même pas la politique du temple et tu voudrais comprendre tout ceci? J'ai arrêté le temps de manière que nous puissions parler, mais je ne l'ai pas fait pour toi. Et si j'essayais de t'expliquer la situation, tu mourrais de vieillesse avant de sortir d'ici. (Il soupira.) La vérité est comme un joyau taillé, monsieur Smith. Elle a des millions de facettes. Si je t'en montre une, tu seras satisfait, mais n'oublie pas qu'il en existe bien d'autres.

—Je ferai de mon mieux, maître.

Wallie se tortilla un peu plus sur son rocher et s'assit enfin au bord, laissant ses jambes se balancer au-dessus de l'abysse. Le garçon l'examina d'un air songeur.

—Après tout, dit-il, les humains estiment que la vie vaut la peine d'être vécue, bien qu'ils sachent la mort inévitable. Vous pensez qu'un électron est une particule et une onde en même temps, n'est-ce pas? Vous savez que l'amour et le vice sont le meilleur et le pire moteur de l'humanité – bien qu'ils soient souvent indissociables. Il est indéniable que vous avez un don pour concilier les vérités contradictoires.

Wallie hocha la tête et attendit.

— Eh bien ! dans ce cas, je vais te donner quelques indices, poursuivit l'enfant.

— Des images liées aux échecs et au bridge ? Les dieux jouent donc ?

Wallie se refusait à y croire : l'histoire de l'humanité n'était-elle qu'un simple jeu pour les êtres divins ?

— C'est une des facettes du joyau, dit le garçon. Vois-le comme une allégorie. Et quelqu'un a joué une mauvaise carte, ainsi que ton rêve te l'a montré. Il n'y a pas de règle qui s'oppose à tirer parti d'une erreur ! Dans les affaires des dieux, vois-tu, il n'y a ni coïncidence ni imprévu, mais il arrive parfois des événements qui sortent de l'ordinaire – comme toi. Et cela explique pourquoi tu étais disponible. Je ne peux t'en dire plus. (Il regarda Wallie avec dégoût.) Et ne commence pas à bâtir une religion là-dessus. Cette option est réservée aux mortels à qui les dieux ont fait des révélations. Tu vois, si cette facette montre que certaines… puissances… s'opposent, elles n'en sont pas moins alliées lorsque tu observes le joyau sous un autre angle. C'est déroutant, n'est-ce pas ?

Le terme était faible. Wallie acquiesça.

— Et sur bien d'autres facettes, il n'y a pas de jeu du tout, alors ne va pas croire que ma parabole sous-entend que tu n'as pas d'importance. Dans ton ancien monde, quand les guerriers à la mâchoire carrée et au corps bardé de fer se réunissaient pour jouer à la guerre, est-ce qu'ils n'étaient pas sérieux ?

Wallie sourit.

— Oui et non, maître.

L'enfant parut soulagé.

— Bien ! Continuons, et ne t'inquiète pas pour les explications. Tu as montré ton courage. Tu as le corps de Shonsu et tu parles sa langue, nous pourrons t'inculquer son talent. En es-tu digne ?

Wallie songea que cet entretien d'embauche était sans doute le plus étrange de toute l'histoire de la galaxie – quelle que soit cette galaxie. Un petit garçon nu posait des questions à un colosse tout aussi dénudé entre une paroi rocheuse et une chute d'eau figée.

— Je ne suis pas aussi vil qu'Hardduju et c'est la seule personne qui peut me servir de comparaison.

L'enfant grommela quelque chose d'inaudible à propos du premier prévôt.

— Toutes les professions ont leurs soutras, dit-il. Et dans la plupart des cas, le premier contient un ensemble de règles. Quand un garçon devient guerrier, il jure de respecter ce code. Sois attentif !

Il débita une longue liste de serments et Wallie les écouta avec une consternation et un scepticisme grandissants. Selon toute apparence, les guerriers étaient un croisement entre les chevaliers templiers et les scouts.

Aucun mortel ne pouvait se montrer aussi vertueux – enfin, pas Wallie Smith en tout cas.

#1 – Le Code

Je m'efforcerai à tout jamais de respecter
Les souhaits de la Déesse,
Les soutras des guerriers,
Et les lois du Peuple.
Je serai fort avec le fort,
Obligeant avec le faible,
Généreux avec le pauvre,
Et impitoyable avec le ladre.
Je ne ferai rien qui puisse me couvrir de honte,
Mais je ne fuirai nul honneur.
Je n'accorderai aux autres rien de moins que justice,
Et je ne chercherai rien d'autre pour moi.
Je me montrerai vaillant dans l'adversité,
Et humble dans la prospérité.
Je vivrai dans la joie.
Je mourrai dans l'honneur.

— Je prêterai serment, dit Wallie d'un ton prudent. J'espère que je parviendrai à le respecter aussi bien qu'un autre, mais ça ressemble davantage à un code pour dieux que pour de simples humains.

— Les guerriers aiment les serments terrifiants, déclara l'enfant d'une voix sinistre. (Il fixa Wallie jusqu'à ce qu'il se mette à trembler.) Oui. Je pense que tu feras de ton mieux. Tu commences au sommet, au septième rang. Tu n'auras pas la chance de suivre un long apprentissage pour t'apprendre à te comporter de manière adéquate. Ta vie précédente ne t'a pas vraiment préparé à ton nouveau rôle. Tu dois comprendre que la bataille contre le mal exige parfois des mesures radicales, et que le bon sens ne suffit pas.

— Eh bien ! j'ai quand même une vague idée : mon père était dans la police.

Au grand désarroi de Wallie, le petit dieu se laissa aller en arrière, s'appuya sur ses bras frêles et éclata de ce long rire perçant propre aux enfants. Le cristal répercuta ses joyeux éclats jusqu'à ce que la caverne résonne.

— Tu fais des progrès, monsieur Smith. Très bien. La première chose que tu vas faire, c'est retourner au temple et tuer Hardduju. Ce n'est pas ta mission ! C'est ton devoir envers la Déesse et une faveur qu'Elle t'accorde. Cet homme est haïssable. Il ne fait aucun doute que la Déesse pourrait s'occuper de lui – une crise cardiaque ou un trait empoisonné –, mais il est si vil qu'il faut faire un exemple. Elle pourrait le foudroyer, mais ce serait un miracle plutôt vulgaire. Les miracles se doivent d'être subtils et discrets. Il y a une certaine justice dans le fait qu'un meilleur guerrier arrive et l'exécute en public. Est-ce que tu en es capable ?

— Ce sera avec plaisir, répondit Wallie. (Il en fut le premier surpris, mais il se rappela ce visage bouffi, rougeaud et suant de bonheur dans la cellule.) J'aurai besoin d'une arme. Vous n'auriez pas un lance-flammes ?

Le garçon sourit et secoua la tête.

— Tu pourras utiliser celle-ci.

Il arracha une autre feuille à sa branche. Une épée et un harnais apparurent sur le rocher à côté de Wallie.

La poignée de l'arme était en argent bordé d'or et la garde représentait une bête tirée d'un blason. La créature était sculptée avec tant de minutie qu'on distinguait chaque muscle et chaque poil ; entre le bec et les minuscules griffes des pattes avant, une énorme pierre brillant comme un soleil bleuté formait le pommeau.

Wallie souleva le fourreau avec déférence avant de tirer l'épée. La lame était un rayon de clair de lune par une nuit d'hiver ; des scènes de batailles opposant des héros et des monstres étaient gravées sur le métal ; elle lançait des éclairs et brillait davantage que tout ce qui se trouvait dans la caverne cristalline pourtant étincelante. C'était une véritable œuvre d'art, l'équivalent d'un Rembrandt ou d'un Vinci dans le domaine des armes. Non, plutôt d'un Cellini : sa place était parmi les bijoux de la couronne d'un empire planétaire.

Wallie ne sut pas ce qui l'impressionnait le plus, la beauté artistique ou la simple valeur marchande d'une telle merveille. Il leva les yeux vers l'enfant et déclara d'une voix étonnée :

— Elle est superbe ! Je n'ai jamais rien vu d'aussi admirable.

Le demi-dieu ricana.

— Elle risque de te coûter cher : tous les voleurs de rue vont aiguiser leurs dagues à ton approche. Tous les guerriers du Monde vont vouloir te défier pour s'en emparer.

Si les guerriers remplissaient les fonctions de police, cette perspective n'était guère rassurante.

— Je m'en doute, dit Wallie avec une certaine appréhension. (Que ferait la Déesse s'il se faisait voler l'épée ?) Et le premier arrivé sera le premier servi : je manie une queue de billard mieux que cette arme. Je ne suis pas guerrier, maître.

— Je t'ai promis le talent de Shonsu.

Il arracha une autre feuille.

Wallie ne sentit rien en lui, ce fut l'arme qui se transforma dans sa main. C'était toujours une merveille, mais il savait maintenant que c'était le chef-d'œuvre d'un forgeur d'épées – un Vinci, mais aussi un Stradivarius. Son poids semblait s'être considérablement réduit, car elle ne pesait presque plus rien. Wallie bondit sur ses pieds et frappa dans le vide.

Quarte.

Estoc…

Parade…

Quinte contre-attaque !

L'équilibre était parfait, la prise ferme. Wallie pouvait maintenant apprécier la combinaison idéale de la flexibilité pour la force et de la rigidité pour le tranchant. Il aurait pu se raser avec cette lame – s'il avait eu besoin de se raser. C'était un exploit de métallurgie, de style et de beauté. Elle était un doigt plus longue que les autres épées afin de contrebalancer le poids de la poignée décorée, mais l'acier était d'une qualité telle que cela ne la fragilisait en rien. Avec ses grands bras, Wallie était capable de tirer cette arme et il aurait un avantage redoutable en matière d'allonge. Il cita d'instinct le quatrième soutra.

— Du soin des épées : « L'épée est la vie du guerrier et la mort de son adversaire. »

Il s'interrompit et fixa d'un air ébahi le garçon assis en tailleur sur son rocher. Il existait onze cent quarante-quatre soutras et il aurait pu les réciter tous. Leur somme lui conférait tout ce qu'il avait besoin de savoir...

Il était guerrier du septième rang.

— Vous avez vraiment accompli un miracle, maître.

Le dieu gloussa comme un enfant.

— Cela n'arrive pas tous les jours. Mais prends garde : c'est une épée de mortel. Elle n'a aucun pouvoir magique. Tu peux la perdre ou la briser, et tu peux être tué. Je t'ai accordé le talent et le savoir de Shonsu, pas davantage. Tu n'es pas invincible.

Wallie ramassa le harnais, l'enfila et glissa l'arme dans son fourreau d'une main experte. Il serra les sangles : l'armure était exactement à sa taille. Un sentiment de foi et de confiance l'envahit. Il savoura soudain la jeunesse, la force et le talent qu'on lui avait offerts – cette nouvelle vie étrange, mais merveilleuse. La terreur qu'il éprouvait envers ce dieu avait disparu pour laisser place à un respect prudent. Pour la première fois depuis son réveil dans la chaumière de pèlerins, il envisagea l'avenir. Il constata qu'il avait même une petite idée quant à la signification des sept épées sur son visage – sur Terre, au Moyen Âge, cela aurait correspondu au titre de duc de sang royal. Le Monde était à lui. Il n'était guère étonnant que le dieu se soit interrogé sur la façon dont il gérerait cette puissance absolue, car *tout pouvoir corrompt* ! Les citadins avaient montré ce qu'ils pensaient des guerriers du septième rang.

— Puis-je maintenant vous prêter ce serment, maître ? demanda-t-il en maîtrisant son excitation.

— Ce serment ne m'est pas destiné, répliqua le garçon d'un ton brusque. (Il se leva soudain.) Mais je te servirai de témoin. Vas-y !

Wallie tira de nouveau son épée, la leva dans la position voulue et jura de respecter le code des guerriers. Les mots anciens étaient empreints de révérence et il se sentit heureux en rengainant son arme. Désormais, il n'avait plus à s'inquiéter de savoir si la garde était droite dans son dos : les réflexes de Shonsu se chargeraient de cette tâche.

— Quelle est ma mission, maître ?

L'enfant se rassit sur le rocher, les jambes pendant dans le vide. Il observa Wallie en réfléchissant un moment.

Puis il prit la parole :

Tu commenceras par enchaîner ton frère.
Et apprendras aux sources d'une nouvelle sagesse.
Quand le puissant sera chassé,
Une armée commandée et le cercle bouclé,
Alors, tu pourras apprendre la leçon.
Enfin restituer cette épée
Et à sa destinée se conformer.

Il s'interrompit.

— Mais… commença Wallie avant de s'arrêter.

Le garçon éclata de rire.

— Tu t'attendais à ce que je te demande d'aller tuer un dragon, réprimer une révolte ou quelque chose dans ce genre, pas vrai ? Ta mission est beaucoup plus importante que tout cela.

— Mais, maître, je ne comprends pas.

— Bien sûr que non ! Si mes paroles sont énigmatiques, ce n'est pas par hasard. C'est une tradition chez les dieux.

Debout sur son perchoir rocailleux, Wallie baissa les yeux et son enthousiasme – pourtant tout récent – fondit comme neige au soleil. Pourquoi confier une tâche à un homme sans lui dire en quoi elle consistait ? Il songea qu'il n'y avait qu'une seule explication possible : le demi-dieu ne lui faisait pas confiance. Sur quoi avait-il des doutes ? Son courage ou son honnêteté ? Il sentit alors les muscles de son cou se tendre et sa tête se tourna vers le visage ricanant de l'enfant sur le rocher en surplomb.

— C'est comme pour la foi, dit le dieu avec douceur. Tu devras faire tes propres choix. Les dieux préfèrent un acte héroïque accompli de plein gré plutôt que sur injonction.

Wallie songea que ce principe ressemblait furieusement à la règle d'un jeu. Le demi-dieu sembla lire ses pensées. Il fronça les sourcils, puis éclata de rire.

— Va et comporte-toi en guerrier, Shonsu ! Montre-toi honorable et valeureux. Et amuse-toi, car le Monde t'appartient. Ta mission te sera révélée. Tu comprendras mon énigme le temps venu.

— Est-ce que je dois devenir premier prévôt du temple, comme le voulait le prêtre ?

Le garçon renifla avec mépris.

— Ben voyons ! Et pourquoi ne pas se servir du temple pour entreposer des oignons ? Le temple n'a pas besoin d'un homme de la trempe de Shonsu. (Il lança à Wallie un de ses regards si pénétrants.) Ce serait comme placer Napoléon Bonaparte sur le trône de l'île d'Elbe.

— Et ce frère ? protesta Wallie. Vous m'avez donné le talent et le langage, maître, mais qu'en est-il des autres souvenirs ? Ceux de sa maison et de sa famille ? Je ne sais pas où commencer, ni même à quoi mon frère ressemble. Je vais commettre impair sur impair – lors des repas, par exemple.

L'enfant éclata une nouvelle fois de rire.

— Et qui va se plaindre des mauvaises manières d'un septième rang à table ? Si je te donnais tous les souvenirs de ton prédécesseur, tu deviendrais alors Shonsu, et tu ferais les mêmes erreurs que lui. Tu ne penses pas comme Shonsu et cela me plaît. Tu seras guidé.

Wallie se sentit soulagé.

— Il y aura donc d'autres miracles ?

Le garçon fronça les sourcils pour le mettre en garde.

— Souviens-toi de ce que je t'ai dit à propos des miracles. Les dieux les accomplissent lorsqu'ils en ont envie, rarement pour répondre à une demande et jamais à un ordre. Honakura est un homme bon, tu peux lui faire confiance. Va le trouver et raconte-lui l'histoire du dix-septième soutra. Elle illustre très bien ton cas.

Il sourit comme s'il s'agissait d'une plaisanterie pour initiés. Wallie se demanda si un miracle ne venait pas de modifier ledit soutra. Il se garda de poser la question.

— Bien, maître.

L'enfant le toisa en fronçant de nouveau les sourcils.

— Tu ne ressembles pas encore à un héros, plutôt à une de ses victimes. L'épée est un cadeau de la Déesse, mais je vais aussi t'en faire un.

Il ramassa un fragment de cristal et le jeta en bas. Wallie l'attrapa. Dans sa main brillait une barrette en argent incrustée d'un autre saphir géant – le pendant du joyau qui ornait la poignée. Des flammes et des reflets bleus dansaient à l'intérieur de la pierre. Wallie songea une nouvelle fois aux dagues qui s'affûtaient dans son dos. Il remercia néanmoins le demi-dieu, rassembla ses cheveux et les attacha avec la barrette.

— C'est mieux! remarqua l'enfant. Tu n'avais pas une très bonne opinion du Monde quand nous avons traversé la ville. Qu'en penses-tu aujourd'hui ?

— J'en sais davantage, maître, répondit Wallie avec précipitation, mais sincérité. Une pauvreté semblable existait sur Terre et je n'ai rien fait pour y remédier. Il n'y a pas si longtemps, on exécutait encore les voleurs et on y torturait les prisonniers. D'ailleurs, ces pratiques sont toujours en vigueur dans de nombreux pays. Je ne me permettrai plus de dire à la Déesse comment gérer Son monde.

L'enfant hocha la tête.

— Il semblerait que tu fasses des progrès. Et tu ressembles un peu plus à un guerrier. Et maintenant, voyons pour tes frais.

Il arracha une nouvelle feuille de sa brindille. Pour autant que Wallie puisse en juger, rien ne se passa. Le demi-dieu le fixa un long moment.

— La bête sur la garde de l'épée est un griffon : elle a le corps d'un lion et la tête d'un aigle. C'est tout à fait adapté à ta situation, tu ne trouves pas ?

— Il n'y a pas de doute pour le corps. J'essaierai de penser comme un aigle.

Le demi-dieu ne sourit pas.

— Les aigles voient plus loin que les lions. Le griffon est un symbole très apprécié des petits rois. Pour le peuple, il symbolise le *Pouvoir employé avec sagesse*. Rappelle-toi de cela, Shonsu, et tu n'échoueras pas.

Wallie frissonna en songeant aux implications de ces paroles.

Le garçon se leva.

— Et maintenant, il est temps que le temps lui-même reprenne son cours. Il ne s'est pas écoulé un battement de cœur depuis ton arrivée ici. Les prêtres attendent sur la berge. (Il pointa son doigt vers les montagnes de glace bleutée en contrebas.) Va et fais ton devoir, seigneur Shonsu. Saute !

Wallie lança un coup d'œil vers le chaos noir et déchiqueté qui l'attendait tout en bas de la paroi. Il se retourna pour regarder l'enfant avec horreur. Celui-ci lui répondit avec un sourire moqueur. Il s'agissait à n'en pas douter d'une autre épreuve pour éprouver son courage et sa foi. Wallie tira son épée et fit le salut dû à un dieu. Il rengaina son arme et approcha au bord du gouffre. Il inspira deux fois profondément et ferma les yeux.

Puis il sauta.

Il n'essaya même pas de nager : les tourbillons l'entraînèrent comme un morceau de carotte dans un mixer et il fut aspiré dans les profondeurs obscures. Au moment où il pensait que ses poumons allaient éclater, un courant le remonta à la surface et il émergea dans l'écume pour respirer un air salvateur. La descente de la gorge se révéla beaucoup plus rapide que son ascension. Les flots faiblirent et il s'aperçut qu'il avait atteint le plan d'eau près du temple.

Le harnais ne le gênait pas et il entreprit de nager le papillon aussi vite que possible pour se diriger droit vers la façade imposante de l'édifice. Il fut émerveillé par la puissance de ses nouvelles épaules.

Quand il put se mettre debout, ses pieds lui rappelèrent qu'ils étaient encore dans un état pitoyable. Il parvint néanmoins à sortir de l'eau en boitillant et arriva sur une plage de galets rendus brûlants par les rayons aveuglants du soleil tropical. À peine conscient de sa nudité, il se sentit comme Christophe Colomb débarquant dans un nouveau monde. Il était guerrier ! C'en était fini des cellules et des séances de torture ! Cependant, Hardduju représentait toujours une menace dont il fallait s'occuper en priorité – avant même de chercher des vêtements, de la nourriture ou quoi que ce soit d'autre.

Son savoir de guerrier était tout frais et il se souvenait du moindre détail avec précision. Il savait ce qu'il fallait faire tout comme il avait su poster une lettre dans sa vie antérieure. Comme le demi-dieu le lui avait dit, il suffisait de provoquer son adversaire en duel. Aucun guerrier ne pouvait refuser un défi officiel. Pourtant, un duelliste devait être accompagné d'un témoin – il ne s'agissait pas d'une obligation, mais c'était conseillé. Aussi, avant même de sortir de l'eau, Wallie examinait-il déjà les différents membres du groupe qui attendait sur la rive.

Ils étaient une douzaine à le fixer avec stupéfaction. Il était rare de voir un homme revenir indemne du Jugement, mais on n'en avait jamais vu un revenir avec une épée en prime. Les spectateurs ne savaient pas s'ils devaient acclamer le rescapé ou bien s'enfuir à toutes jambes. La plupart d'entre eux étaient des prêtres et des prêtresses âgés, mais il y avait aussi deux guérisseurs et un guerrier.

Wallie avait espéré qu'il s'agirait d'un troisième rang ou plus, mais il s'aperçut que ce n'était qu'un adolescent osseux et dégingandé du deuxième. Il faudrait faire avec. Le garçon avait la peau claire et des cheveux d'un roux hors du commun, presque couleur cuivre. Il arborait une expression tout aussi étonnée que celle de ses voisins, mais alors que ces derniers reculaient, lui ne bougea pas. C'était bon signe. Wallie traversa la berge de galets en titubant et s'arrêta devant lui, pantelant.

L'adolescent déglutit tant bien que mal et regarda les marques faciales de Shonsu. L'apparition qui venait de sortir de l'eau ne portait peut-être qu'une épée et un saphir, mais seuls les tatouages du visage comptaient. Le jeune garçon tira son arme et, les yeux écarquillés, fit le salut à un supérieur en parlant d'une petite voix aiguë.

—Je suis Nnanji, guerrier du deuxième rang, et mon souhait le plus humble et le plus sincère est que la Déesse en personne estime judicieux de vous accorder une vie longue et heureuse, et qu'elle vous convainque d'accepter mes modestes services zélés pour vous soutenir par tous les moyens nécessaires dans vos nobles desseins.

Son arme était une parodie d'épée – en saumon de fonte – qui n'aurait pas été capable d'arrêter la charge d'un lapin, mais il la tenait d'une main sûre. Wallie tira le présent de la Déesse pour répondre.

—Je suis Shonsu, guerrier du septième rang, et je suis honoré d'accepter votre offre bienveillante.

Les épées retournèrent dans leurs fourreaux. Les prêtres approchèrent tout sourires et levèrent les mains pour entamer leurs salutations.

Wallie fit alors le signe pour provoquer un deuxième rang en duel.

Le garçon frémit et blêmit autant que sa peau déjà pâle le lui permettait. Un défi à mort lancé par un septième à un deuxième, ce n'était plus un combat, mais une exécution. Le jeune guerrier se dépêcha de faire le signe de soumission.

Les spectateurs aux sourires béats ne virent rien de cet échange : seul un guerrier du deuxième rang ou plus était capable de comprendre ces codes. Ainsi, il était possible de lancer un défi ou de le retirer sans perdre la face. Le prêtre le plus important essaya d'attirer l'attention du septième afin de commencer ses propres saluts. Wallie l'ignora et continua à observer le jeune guerrier.

—Le premier serment, commanda-t-il.

L'adolescent lança un regard bref en direction de l'épée de Wallie, puis il tira son arme à contrecœur.

—Moi, Nnanji, guerrier du deuxième rang, jure d'obéir à vos ordres et de vous être loyal, ne gardant pour moi que mon honneur. Au nom de la Déesse.

Les spectateurs se turent. Il se passait quelque chose d'étrange.

Wallie réalisa que le premier serment était trop fragile pour ce qu'il avait l'intention de faire. Il était surtout employé afin d'impressionner les civils, quand le maire d'une petite cité louait les services de mercenaires pour nettoyer un nid de brigands par exemple. Dans le contexte présent, c'était à peine une reconnaissance publique du rang supérieur de Wallie. Le prestataire n'engageait pas son honneur, et cela laissait le champ libre à toutes les interprétations.

— Le deuxième serment également.

Le serment de tutelle. Cela devenait beaucoup plus sérieux. Les yeux du jeune Nnanji semblèrent jaillir de leurs orbites, puis se reposèrent sur les marques faciales du nouveau venu comme pour les recompter. Il s'agenouilla avec lenteur et présenta son épée en la tenant à deux mains. Il la baissa avec un froncement de sourcils inquiet.

— J'ai déjà prêté ce serment, seigneur.

Bien entendu. Et la demande de Wallie était une insulte mortelle au mentor actuel de Nnanji – quel que soit son rang. Une insulte qui devrait être lavée dans le sang. D'un point de vue technique, jurer fidélité à un autre maître constituait une trahison de la part de Nnanji, mais il n'y aurait pas eu beaucoup de volontaires prêts à discuter de ce problème avec un septième.

Wallie fit de son mieux pour afficher une expression farouche sur le visage de Shonsu – en étant cruellement conscient qu'il s'agissait sans doute d'une grimace terrifiante.

— De quel rang est ton mentor ?

— Il est quatrième, seigneur.

Wallie tira son épée. On entendit les galets s'entrechoquer avec force tandis que les prêtres et les guérisseurs se retiraient à la hâte.

— Il sera incapable de te venger. Prête serment !

Le garçon présenta de nouveau son arme avant de l'abaisser. Il leva vers Wallie des yeux douloureux. Son épée ne valait rien, son kilt jaune avait été lavé si souvent que ce n'était plus qu'un bout de tissu brun usé jusqu'à la corde et ses bottes étaient rapiécées. Pourtant, ses mâchoires se contractèrent dans un acte de défi désespéré.

Wallie fut déconcerté. Il avait juste besoin d'un subalterne pour l'assister lors du duel et voilà qu'il tombait sur un idéaliste prêt à sacrifier sa vie pour protéger son honneur. Un simple deuxième qui tenait tête à un septième ? Cet entêtement stupide irrita Wallie au plus haut point. Une vague de colère le submergea. Il entendit un grognement furieux… Son bras se leva…

Il interrompit son geste juste à temps : sa lame s'arrêta à deux centimètres de la gorge de Nnanji. Ce dernier avait fermé les yeux et attendait le coup fatal.

Wallie fut horrifié. Que s'était-il passé ? Il avait été à deux doigts – voire à un seul – de décapiter le garçon. Parce que celui-ci faisait preuve de courage ? Il ramena le bras en arrière pour mettre l'arme à bonne distance du jeune guerrier. Celui-ci constata qu'il était encore en vie et ouvrit les yeux avec méfiance.

Ce n'était qu'une pause. Il avait frôlé la mort, mais cela n'avait pas fait disparaître son expression butée et maussade. Le seigneur Shonsu du septième ne pouvait pas renoncer à sa demande. La vie d'un guerrier de haut rang n'était pas aussi simple que le demi-dieu l'avait laissé entendre. Wallie examina frénétiquement son nouveau savoir sur les us et coutumes des guerriers. Puis il trouva une porte de sortie.

— Très bien ! (Il donna l'ordre précédant le combat.) « Le sang doit être versé : prête allégeance. »

Le jeune homme écarquilla les yeux.

— Le *troisième* serment, seigneur ?

— Est-ce que tu le connais ?

Nnanji acquiesça avec énergie. Il ne demanda aucune précision, bien qu'il fût théoriquement en droit de le faire. Cette solution lui sauvait la vie tout en ménageant ses scrupules.

— Oui, seigneur répondit-il avec enthousiasme. (Il déposa son arme aux pieds de Wallie et se prosterna sur les galets.) Moi, Nnanji, jure sans réserve sur mon âme immortelle que je vous serai fidèle, Shonsu, mon suzerain. Je servirai votre cause, obéirai à vos ordres, verserai mon sang à votre requête, mourrai à vos côtés, affronterai les pires souffrances et ne serai loyal qu'à votre personne. À jamais, au nom de tous les dieux.

Il embrassa les pieds de son nouveau maître.

Si ce n'est pas de l'esclavage, songea Wallie, *je me demande bien ce que c'est.*

Le demi-dieu n'avait pas menti en affirmant que les guerriers aimaient les serments terrifiants.

— J'accepte ton allégeance, Nnanji, et je te prends comme vassal lige, au nom de tous les dieux.

Nnanji laissa échapper un énorme soupir de soulagement et se redressa précipitamment pour s'agenouiller. Il ramassa son épée à deux mains et leva un regard plein d'espoir vers Wallie.

— Maintenant, vous pouvez *m'ordonner* de prêter le deuxième serment, seigneur.

Wallie faillit éclater de rire. Il était ici pour se lancer dans un combat à mort et ce gamin lui faisait perdre son temps avec des arguties jésuitiques. Pourtant, il était préférable d'écarter toute ambiguïté quant à sa loyauté.

— Vassal, dit-il d'une voix solennelle, prête-moi le deuxième serment !

Les yeux pâles du jeune homme restèrent rivés sur ceux de Wallie.

— Moi, Nnanji, guerrier du deuxième rang, déclare prendre Shonsu, guerrier du septième, pour maître et mentor. Je jure de me montrer fidèle, obéissant et humble, de faire loi votre parole, d'apprendre par votre exemple et d'être attentif à votre honneur, au nom de la Déesse.

Wallie toucha l'épée avant de donner la réplique protocolaire.

— Moi, Shonsu, guerrier du septième rang, accepte Nnanji, guerrier du deuxième rang, comme protégé et élève. Je jure de l'affectionner, de le défendre et de le guider sur les chemins de l'honneur et des mystères de notre profession, au nom de la Déesse. (Et il ajouta aussitôt avec enthousiasme :) Voilà une bonne chose de faite.

Il aida Nnanji à se relever. Il disposait à présent d'un protégé et d'une épée. Dès qu'il aurait trouvé des vêtements, il parviendrait peut-être à être crédible.

Les spectateurs avaient disparu, à l'exception de deux solides esclaves qui observaient la scène avec un visage soigneusement impassible – dans la mesure où ils n'étaient que des objets, ils ne couraient pas de danger.

— Merci, sei… sire.

Nnanji ressemblait à un homme qui sort de son lit pour s'apercevoir qu'il a des serpents jusqu'aux genoux. Il rengaina sa misérable épée, cligna des yeux et se redressa. Il réfléchissait sans nul doute aux mesures à prendre pour s'adapter à sa nouvelle situation. Il venait de changer de mentor – ce qui était déjà considérable en soi – et il était devenu un vassal – un événement de la plus haute importance pour un guerrier, quel que soit son rang. Le troisième serment était peu employé : on le prêtait seulement à la veille d'une bataille. Par conséquent, on ne le demandait jamais à un deuxième rang, car on n'attendait pas d'un simple apprenti qu'il participe à de tels combats. Il était même possible que Nnanji soit le premier à le prêter dans l'enceinte du domaine clérical.

Le jeune homme regarda Wallie d'un air dubitatif. Il avait été arraché à sa routine fastidieuse pour frôler la mort – il en était du moins persuadé – et vivre de grandes aventures. Si ses marques faciales n'étaient pas des fausses, cet adversaire funeste était maintenant devenu un protecteur hors du commun.

— Sire.

Il répéta ce nouveau mot comme s'il voulait en découvrir la saveur.

Wallie lui accorda un moment pour se remettre de ses émotions et prit la parole.

— Bien ! Maintenant, Nnanji, le sang va couler. Tu me seconderas, mais tu ne tireras ton épée en aucun cas. Si tu es attaqué, tu feras soumission à ton adversaire – et je renonce à mon droit de vengeance. (Il était inutile qu'ils meurent tous les deux si la situation tournait mal.) Est-ce que tu connais les devoirs d'un témoin ?

Un large sourire éclaira le visage de Nnanji.

— Oui, sire ! s'exclama-t-il d'une voix excitée.

C'était inespéré, car ils étaient énoncés dans un soutra bien supérieur à ceux demandés à un deuxième.

— Tu ne feras nulle offre et tu n'en accepteras aucune.

Les yeux de Nnanji s'écarquillèrent, mais il acquiesça.

Wallie hocha la tête, satisfait.

— Et maintenant, dis-moi où se trouve le premier prévôt.

— Je crois qu'il est au temple, sire. Il assistait au Jugement.

Bien entendu ! Il n'allait pas manquer ça. Wallie leva la tête. Son regard balaya la cour rendue floue par la chaleur et se posa sur le grand escalier. Au sommet, une foule bigarrée observait la tournure imprévue prise par les événements. Quelque part parmi ces gens, Hardduju devait se demander avec frénésie ce qu'il allait bien pouvoir faire.

Wallie fit une pause afin de préparer son défi.

— De quel rang devraient être les hommes qui l'accompagnent, apprenti ?

Nnanji retroussa son nez camus.

— Je l'ai vu un peu plus tôt en compagnie de l'honorable Tarru et de deux cinquièmes.

— Va le trouver, dit Wallie. *Et ne le salue pas*! Dis-lui ensuite : « Le seigneur Shonsu m'envoie vous porter ce message. » Garde le bras droit le long de ton corps avec le poing fermé, le pied droit en avant et la main gauche à plat sur la poitrine. Montre-moi.

Nnanji fit ce qu'on lui demandait en fronçant les sourcils sous l'effort de concentration. L'absence de salut constituait une première insulte, le signe de défi lancé à un cinquième en était une autre. Nnanji avait peut-être deviné ce que cela signifiait, mais on ne devait pas lui en expliquer le sens ni lui indiquer le rang de la personne à qui ce geste s'adressait.

Wallie hocha la tête.

— C'est ça. Et souviens-toi : pas de salut ! S'il est seul, va chercher un témoin de haut rang avant de commencer. Et ne réponds à aucune question. Il va peut-être dire qu'il arrive, mais c'est tout.

Nnanji acquiesça avec solennité, ses lèvres articulant des mots silencieux. Puis, contre toute attente, une grimace à la fois joyeuse et puérile se dessina sur son visage. Il avait compris.

— Va !

Wallie lui sourit afin de l'encourager.

— Oui, sei... Sur-le-champ, sire !

Et il s'élança comme une flèche sur la grève de galets. Ses jambes bougeaient si vite qu'on les distinguait à peine.

Wallie l'observa un moment. Il serait malheureux, mais ô combien compréhensible, que ce garçon poursuive sa course jusqu'aux limites du domaine clérical, à travers la ville et au-delà de l'horizon.

Il se tourna alors pour contempler les deux esclaves recroquevillés dans l'ombre minuscule d'un acacia. Ils tressaillirent légèrement. Il regarda le plus grand.

— Déshabille-toi !

L'homme sursauta, inquiet, puis se débarrassa en toute hâte de son pagne noir et de ses sandales crasseuses.

— Tirez-vous !

Les deux esclaves ne se le firent pas dire deux fois

Wallie enfila le vêtement avec soulagement, car il en avait assez de ne porter rien d'autre que des taches de sang. Le soleil avait déjà séché sa peau.

Il avança sur la grève en faisant crisser les galets sous ses pas et arriva sur les dalles flamboyantes de la cour. Il avait oublié que le temple était aussi vaste – large comme un pâté de maisons et au moins deux fois plus long.

Les prêtres et les guérisseurs qui avaient assisté à sa sortie des eaux traversaient la cour, échelonnés par tranches d'âge ; le plus jeune et le plus alerte avait déjà franchi la moitié de la distance qui le séparait de l'escalier du temple. Nnanji courait toujours : il avait dépassé les groupes des soixante et des cinquante ans et se rapprochait de celui des quarante. Prêtres et pèlerins étaient alignés au sommet sur quatre ou cinq rangées. Ils tournaient le dos à la Déesse et suivaient avec attention le spectacle qui se déroulait sur la berge. Les grandes marches ressemblaient maintenant aux travées d'un stade – une comparaison tout à fait adéquate dans de telles circonstances. Quel dommage que Wallie ne puisse pas vendre de billets !

Il aperçut Hardduju à hauteur des arches. Le premier prévôt avait commencé à descendre l'escalier en compagnie de quatre autres guerriers. Nnanji atteignit les premières marches et grimpa vers eux.

Wallie se souvint avec remords de ses impressions en découvrant le temple. L'édifice avait évoqué pour lui la mégalomanie, un clergé avide prospérant aux dépens de la paysannerie démunie. Mais il était encore un incroyant à ce moment-là. Aujourd'hui, il avait parlé avec un dieu et le bâtiment lui apparaissait désormais comme un hommage majestueux érigé par des générations de fidèles. Car il était bel et bien majestueux, bien que son style architectural lui soit étranger. Les colonnes auraient pu provenir de Karnak, avec des chapiteaux corinthiens supportant des arches gothiques, elles-mêmes surmontées de fenêtres baroques et, enfin, de minarets islamiques dorés tendus vers les cieux. Il ne faisait pas le moindre doute que les plans des bâtisseurs avaient été changés et modifiés à de nombreuses reprises durant les siècles nécessaires à la construction. Mais avec le temps, les éléments disparates avaient fini par former un monument harmonieux aux pierres moussues et érodées, un ensemble splendide qui témoignait d'une grande ferveur religieuse.

Nnanji avait rejoint Hardduju. Wallie se demanda si l'adolescent avait encore assez de souffle pour délivrer son message. Il sembla que oui, car il se retourna et se mit à descendre l'escalier à grandes enjambées pour revenir auprès de son suzerain.

Par pitié, ne va pas te casser une jambe, mon jeune ami !

Maintenant, il restait à savoir si le premier prévôt allait accepter le défi, appeler des renforts ou venir à lui à la tête de ses quatre compagnons. Ah, parfait ! Il descendait les marches accompagné d'un seul quatrième. Les trois autres les suivaient sans se presser. Le carnage allait pouvoir commencer.

Nnanji avait atteint la cour et il entreprit de la traverser sans ralentir son allure. Sa silhouette était brouillée par les brumes de chaleur qui dansaient au-dessus des dalles. Quelque part dans la tête de Wallie, sa conscience lui souffla : *Tu ne tueras point !* Il rétorqua que ce meurtre avait été commandité par un dieu. La petite voix grommela qu'il pourrait quand même avoir la décence de ne pas attendre ce moment avec impatience. Wallie savait que son pouls s'accélérait et qu'il savourait la perspective du duel à venir.

Et les coups de bâtons, alors ? *Ce salaud va me le payer* !

Sans compter que le demi-dieu lui avait affirmé qu'il serait vainqueur, ce qui ne gâtait rien.

Des spectateurs continuaient à sortir du temple en masse pour se répandre comme du lichen sur les marches du sommet. Wallie examina la cour avec inquiétude, se demandant quand le reste de la garde ferait son apparition.

Nnanji le rejoignit. Couvert de sueur et à bout de souffle, il réussit tant bien que mal à parler.

— Il arrive, sire.

— Bon travail, vassal ! La prochaine fois, je te fournirai un cheval.

Le jeune homme sourit sans cesser de haleter.

Hardduju avançait d'un pas tranquille. Il devait se poser de nombreuses questions : où donc le prisonnier s'était-il procuré une épée ? La réponse évidente impliquait une trahison des membres de la garde : le condamné n'avait pas été conduit au Jugement. Cet étranger était-il l'imposteur qu'il semblait être ou bien un authentique guerrier ? Ce Nnanji avait fait un signe qu'il devait inévitablement tenir d'un supérieur de haut rang, et donc de Shonsu. Mais s'il n'était pas un imposteur, comment expliquer sa conduite dans le temple ? Oui, Hardduju devait se poser de nombreuses questions. Il était peut-être arrivé à une conclusion assez proche de la vérité : il y avait eu un miracle. Maintenant, Wallie comprenait pourquoi le demi-dieu n'avait pas fait disparaître toutes ses blessures : Hardduju avait vu Shonsu la veille et une guérison totale n'aurait laissé aucun doute quant à une intervention divine.

Wallie ne bougea pas et laissa le premier prévôt avancer jusqu'à la distance protocolaire convenant à une discussion. Cet homme n'était plus en bonne condition physique et son poids le ralentirait. Son ventre replet transpirait autant que les flancs de Nnanji. La chaleur ambiante avait rendu le visage cramoisi encore plus rouge qu'à l'accoutumée, mais elle n'était pas responsable de toute la transpiration qui y perlait : la peur n'y était pas étrangère et Wallie trouva cette idée très agréable.

Nnanji se plaça à gauche de son suzerain et le quatrième fit de même. Wallie esquissa un sourire et laissa un moment la tension monter. Il connaissait maintenant les rituels : en tant que benjamin et visiteur, c'était à lui de saluer le premier. Il tira son arme, puis déclama la tirade de mots fleuris et hypocrites tandis que sa merveilleuse épée accomplissait les mouvements adéquats en lançant des éclairs. Il rengaina et attendit.

Oui, le premier prévôt avait peur. Ses yeux s'égaraient un peu trop sur les côtés. Il retardait sa réponse sachant très bien ce qui se passerait une fois les préliminaires achevés.

Wallie prit les devants et fit le signe de défi – pas celui réservé au septième, celui que tout le monde comprenait.

— Un moment ! s'exclama Hardduju. Vous étiez sous le coup d'une condamnation de la cour. Vous n'avez pas obtenu cette épée au lieu de la Miséricorde. Tant que la sentence n'aura pas été exécutée, je ne reconnaîtrai pas votre rang.

Wallie répéta le signe une seconde fois. À la troisième, Hardduju n'aurait d'autre choix que d'y répondre.

Le premier prévôt lança un coup d'œil derrière lui, puis regarda son témoin.

— Va chercher des gardes ! aboya-t-il. Un prisonnier s'est échappé.

Le quatrième resta bouche bée.

Hardduju n'avait pas amené le témoin qu'il fallait, songea Wallie. Il n'avait pas réussi à préparer un plan en si peu de temps. Mais il ne fallait pas lui laisser l'occasion de faire traîner cette affaire plus longtemps ou il risquait d'imaginer un moyen de s'en sortir.

— Va ! hurla le premier prévôt au quatrième.

— Reste là ! rugit Wallie. Seigneur Hardduju, allez-vous répondre à mon salut ainsi que le demandent les règles de l'honneur ? Si ce n'est pas le cas, je me verrai contraint de vous accuser d'imposture et je dégainerai mon épée de toute manière.

— Très bien, lâcha le premier prévôt d'un ton sec. Mais vous allez m'expliquer d'où vient cette épée.

Il tira son arme et commença les gestes de réponse au défi… avant de se fendre sans avertissement. Il aurait probablement dupé Wallie, et sans doute neuf guerriers sur dix, y compris les septièmes. Mais Shonsu était le dixième. Ses instincts n'avaient pas cessé de surveiller l'épaule gauche d'Hardduju. Quand elle commença à s'écarter, il recula soudain le pied gauche et dégaina. La superbe lame se tendit comme un arc afin de lui accorder quelques précieuses millisecondes. Il para de quinte, mais sa contre-attaque échoua faute d'équilibre. Hardduju se remit aussitôt en garde.

Le premier prévôt observa attentivement son adversaire. Cet homme n'était pas un imposteur. Il se fendit de nouveau. Parade, riposte, parade. Pendant quelques secondes, les lames s'entrechoquèrent et ce fut encore une fois Hardduju qui se remit le premier en position. Mais il avait choisi une garde en quarte, trop basse compte tenu de l'avantage de Shonsu en termes d'allonge et de taille. Une seule erreur suffisait. Wallie toucha son adversaire au dos du poignet. Il s'agissait d'un mouvement inhabituel et qui aurait pu le laisser vulnérable s'il avait été paré avec efficacité. Ce ne fut pas le cas. L'épée d'Hardduju heurta le sol avec un bruit métallique tandis que son propriétaire serrait sa main blessée.

— Nous abandonnons ! cria le quatrième sans attendre de recevoir une offre de Nnanji, comme l'exigeait le protocole.

Mais Nnanji resta silencieux – ainsi qu'on le lui avait demandé – et l'intervention du quatrième fut frappée de nullité.

Wallie vit l'horreur remplir les yeux de sa victime et sa résolution chancela. Puis il se rappela la puissance du demi-dieu tel qu'il l'avait contemplée. Il termina donc sa tâche avec davantage de crainte que de haine. La lame divine s'enfonça dans la poitrine du premier prévôt et s'en libéra sans difficulté tandis que le corps s'affaissait.

Le combat n'avait pas duré plus de trente secondes.

Wallie Smith était désormais un assassin.

Les râles d'agonie d'Hardduju succédèrent aux cliquetis des épées. Le premier prévôt donna quelques derniers coups de talon contre les dalles de la cour et le silence s'installa – jusqu'à ce que Nnanji pousse un cri de triomphe aigu. Le jeune guerrier avança, mais s'immobilisa en remarquant que personne ne bougeait. Wallie lui adressa le signe de reconnaissance à un subalterne sans oser quitter le quatrième des yeux. Celui-ci déglutit plusieurs fois avec peine tandis que son regard passait sans cesse du cadavre à cette Némésis surgie des eaux. Pendant quelques secondes de plus, le temps suspendit son vol. Allait-il reconnaître que le combat avait été loyal ou appeler la garde en hurlant et mourir ? Il y avait certes matière à litige, car les règles n'avaient pas été respectées à la lettre. Mais les fautes n'avaient pas été le fait de Wallie et le quatrième le savait. Il tira son épée et salua. Wallie fit de même. L'homme avait décidé d'arrêter les hostilités – du moins pour le moment.

Nnanji pouvait maintenant avancer d'un air digne et ramasser l'épée du mort. Ainsi que le demandait le protocole, il mit un genou en terre et l'offrit à Wallie, conciliant la solennité du rituel et un large sourire. Être contraint de prêter allégeance à un étranger tout nu était une chose, se retrouver dans le camp du vainqueur après une passe d'arme mémorable en était une autre.

Wallie regarda à peine l'épée qu'on lui tendait. Elle était trop voyante et la complexité du filigrane de la poignée nuisait à son équilibre. Cependant, elle lui appartenait désormais et il pourrait sans doute en tirer une petite fortune. Elle pourrait aussi remplacer avantageusement l'arme de Nnanji et la coutume voulait que le vainqueur d'un duel rémunère son témoin.

— Tu peux la garder. Assure-toi que la broche à poulet qui te pend dans le dos retrouve sa place à la cuisine.

— *Par les couilles du Diable* ! s'exclama Nnanji, sidéré. Enfin, je voulais dire : *merci*, sire !

Wallie essuya sa lame sur le kilt du cadavre – la manière traditionnelle d'afficher son mépris envers la victime.

— Nous n'en avons pas encore terminé. Qui étaient les seconds du seigneur Hardduju ?

— Il n'y avait que Tarru, sire, du sixième.

— Pour toi, c'est l'honorable Tarru, ne l'oublie pas. Est-ce que tu peux me conduire à lui ?

— Il arrive, sire.

Nnanji pointa un doigt vers les trois hommes qu'Hardduju avait laissés en arrière. Un kilt vert et deux rouges – un sixième et deux cinquièmes. Ils avaient déjà traversé la moitié de la cour. D'autres guerriers descendaient en hâte l'escalier, d'autres se rassemblaient de chaque côté de l'esplanade.

— Eh bien ! Allons-y ! dit Wallie.

Il s'avança en laissant au quatrième le soin de s'occuper du corps – une tâche qui revenait au témoin de la victime. La situation était encore susceptible de s'envenimer : Tarru voudrait peut-être venger Hardduju. En tant que premier prévôt par intérim, il pouvait lancer toute la garde du temple contre lui, mais cette hypothèse demeurait improbable, car elle allait à l'encontre du code de la profession. Les réactions s'amorçaient et Wallie se sentit de plus en plus las.

Les deux guerriers de haut rang se rapprochèrent et s'arrêtèrent en silence. Tarru était un vétéran couvert de balafres ; ses cheveux grisonnaient, mais son corps était encore mince et alerte, ses yeux étaient toujours vifs. Il portait un kilt vert, propre et élégant, dépourvu du moindre bijou ou de la moindre parure dont Hardduju était si friand. Les profondes lignes gravées sur son visage laissaient deviner que c'était un homme expérimenté et aguerri. Il rendait peut-être un rang à Wallie, mais il était en bien meilleure forme que feu son supérieur et il représentait un adversaire redoutable.

Il leva son arme pour saluer et Wallie réagit de manière appropriée.

Les deux hommes s'observèrent pendant un long moment. Les yeux vifs de Tarru se posèrent rapidement sur l'épée ornée d'un saphir et sur les sandales imprégnées de sang. Il n'y aurait pas de remise en question si le témoin d'Hardduju considérait que le duel avait respecté les règles de l'honneur, mais cette arme exerçait un charme irrésistible sur lui, tout comme le demi-dieu l'avait prévu. Il lui suffisait de tuer un adversaire déjà blessé pour s'emparer de cette merveille. Pareille occasion était alléchante.

La cupidité l'emporta et Tarru fit le signe de défi.

— Maintenant ! rugit Wallie.

Les épées jaillirent de leurs fourreaux, Nnanji et un cinquième prirent leur place de témoin.

Tarru frappa de taille et Wallie dévia le coup – et retint de justesse une contre-attaque qui n'aurait laissé aucune chance à son adversaire. Allait-il encore succomber à cette crise de rage ? Tarru para trop tard et essaya de se fendre – beaucoup trop lentement. Wallie détourna l'attaque sans difficulté. Il constata qu'il ne courait pas de risques et se détendit, se contentant de parer facilement des coups transparents. Il dévia les suivants comme il le voulait, sans même faire l'effort de riposter.

Tarru alternait pas en avant et pas en arrière. Wallie tournait lentement afin de rester face à lui. Les secondes orbitaient autour des combattants comme des planètes autour d'un soleil. Une foule se rassembla pour observer le duel et l'autre cinquième se mit à crier pour maintenir les spectateurs à distance.

Les bottes frappèrent les dalles en soulevant de la poussière. Les lames s'entrechoquèrent. Taille, parade, estoc… La respiration de Tarru devint plus forte dans la chaleur étouffante et son visage se fit plus féroce.

Wallie découvrit ce qu'on ressentait lorsqu'on était le meilleur guerrier du monde. L'escrime était une belle discipline. Il avait à peine besoin de déplacer ses pieds martyrisés et son bras pouvait manier l'épée jusqu'à la nuit. Tarru était un sixième compétent – c'était du moins l'avis de Shonsu –, mais les guerriers ne comprenaient que sept rangs, alors que, selon une échelle de progression logique, l'alter ego de Wallie aurait dû être huitième ou neuvième. Il surpassait largement son aîné. Il n'osa pas regarder, mais il savait qu'il y avait des guerriers parmi les spectateurs toujours plus nombreux. Il se demanda comment Tarru se sentait. Celui-ci payait le prix de ses efforts et son souffle devenait rauque. Il avait lancé le défi et, dans la mesure où il n'avait pas réussi à approcher son adversaire, il avait l'air ridicule. Quelle émotion avait succédé à sa cupidité ? La colère ? La peur ? L'humiliation ?

Il recula enfin et s'immobilisa, pantelant, les yeux écarquillés et presque vitreux. Sa défaite ne faisait plus de doute. Wallie fit semblant d'étouffer un bâillement. Quelques ricanements et un sifflement méprisant – quoique très discret – jaillirent de la foule.

— Égalité ? proposa le témoin de Tarru.

Il avait raison d'essayer, mais il ne devait pas se faire beaucoup d'illusions.

Selon le règlement, Wallie ne devait pas parler, et il n'osait pas quitter son adversaire des yeux. Il fit un petit hochement de tête.

Plus personne ne bougea. Nnanji avait reçu des instructions très strictes. Il était à peine envisageable qu'un duel à mort s'achève sans que le sang ait été versé. Le garçon comprendrait-il le sens de son geste ?

— Nous acceptons !

L'excitation avait rendu la voix de l'adolescent suraiguë.

Wallie laissa échapper un soupir de soulagement. Un nouveau sourire d'approbation se dessina sur ses lèvres et il rengaina son arme. Pendant un moment, Tarru demeura trop essoufflé pour se déplacer, puis il avança pour sacrifier à l'étreinte rituelle.

Il n'offrit aucunes excuses ni félicitations et dissimula la honte qu'il pouvait – et devait – ressentir en se lançant dans la présentation protocolaire de son témoin.

— Puis-je avoir l'honneur de présenter au vaillant seigneur Shonsu mon protégé, maître Trasingji du cinquième rang ?

Wallie accepta son salut et enchaîna d'un ton innocent.

— Je suppose que vous avez déjà rencontré mon témoin, honorable Tarru ? Voici l'apprenti Nnanji du deuxième rang, mon vassal.

Tarru eut l'air furieux et Trasingji faillit s'étrangler. Un deuxième lié par un serment du sang ? Nnanji se rengorgea sans aucune discrétion et salua.

Ils auraient pu passer la journée dans cette cour transformée en fournaise par le soleil, à remuer les lèvres en silence pour échanger des formalités inutiles comme une assemblée de mandarins, mais Wallie était épuisé et trouvait ces rituels absurdes.

— Vous vous assurerez que la dépouille du noble Hardduju est traitée avec tout le respect qui lui est dû ? (Tarru s'inclina.) Et j'aurais moi-même besoin des services d'un guérisseur. Auriez-vous l'obligeance de m'indiquer un lieu où je pourrais me reposer ?

Tarru s'inclina de nouveau, encore essoufflé.

— Le bâtiment militaire de la garde du temple ne peut offrir que des quartiers bien humbles pour un guerrier aussi puissant que vous, mais si sa seigneurie avait la bonté d'accepter notre misérable hospitalité, nous lui en serions des plus reconnaissants.

n'a réussi. (Il gloussa.) On raconte que certains types ont perdu plus qu'ils s'y attendaient dans ce pari.

— C'est la femme de mes rêves, dit Wallie d'une voix somnolente. Et les gratteurs ?

— C'est une tradition. Nous... Les deuxièmes rangs leur disent qu'ils doivent prouver leur virilité. Chaque gratteur passe sa première nuit avec Ani la Sauvage. (Il gloussa de nouveau.) C'est pour ça que je n'ai pas entendu la fin de la balade.

— Tu n'es pas obligé de me raconter.

— Ça ne me dérange pas, dit Nnanji sans la moindre honte. Ani est une sacrée femme, je vous assure. Vous avez envie d'un dragon femelle, elle sera un dragon femelle, aussi féroce que vous pouvez le souhaiter. Mais avec les gratteurs, elle est patiente, bienveillante et... secourable. Enfin, je veux dire que je ne savais pas où... Enfin, comment...

Il grimaça un sourire en se rappelant cette nuit, puis il s'aperçut que son seigneur s'était endormi.

Sur un côté de la lame, sept guerriers affrontaient sept bêtes mythiques, sur l'autre, les sept bêtes mythiques étaient nourries, chevauchées et cajolées par sept vierges. Aucun personnage n'avait exactement la même pose ni la même expression. Wallie ne parvint pas à comprendre comment on avait pu graver des traits aussi délicats et aussi harmonieux sur une surface si dure.

Le bâtiment militaire était silencieux et l'aube encore balbutiante à l'est, se préparant à annoncer la journée dans une débauche de lumière. En travers de l'embrasure de la porte, une couverture anonyme était roulée en boule : un certain vassal avait négligé le confort tentateur d'un lit au profit de sa conception romantique du devoir. Une touffe de cheveux roux émergeait à une extrémité.

Allongé sur le gigantesque matelas en plumes, Wallie examina l'épée du dieu à loisir en se trémoussant parfois avec volupté. Ses ecchymoses s'étaient décolorées et ne provoquaient plus que cette douleur agréable qui résulte d'un excès d'exercices. Les élancements de ses pieds n'étaient plus qu'un écho de la torture de la veille. Le Monde était à lui ainsi que le demi-dieu le lui avait dit. Après quelques jours de repos, il engagerait une paire de solides protégés de rangs intermédiaires. Il partirait alors à la découverte de cet univers et se comporterait avec honneur et courage en attendant que sa tâche lui soit révélée. La veille, il s'était réveillé sur une surface de pierre visqueuse, dans l'attente de son exécution. Aujourd'hui, il baignait dans le luxe en se délectant de son pouvoir et de sa liberté.

Le Monde était à lui ?

Il se tourna alors vers le harnais qu'on lui avait donné. Le cuir était frappé de scènes inspirées de celles de l'épée, mais leur finesse était loin d'égaler les originales. La poche gauche était vide. En général, elle contenait une pierre à aiguiser. Il y avait donc là un autre message : l'arme était un don des dieux, mais il devait veiller à entretenir son tranchant. Dans la poche droite, il découvrit un véritable trésor sous la forme de gemmes bleutées étincelantes. Il comprit alors la remarque de Courtebotte à propos de ses dépenses. Il n'était pas seulement puissant, il était aussi riche.

Ses yeux vagabondèrent sur le haut plafond. Au-dessus du lit, les fresques étaient explicitement érotiques. On lui avait confié un corps des plus gaillards... Et la simple compagnie de guerriers ne lui suffirait pas. Il tourna la tête et regarda par la fenêtre la plus éloignée, vers la mince ligne dessinée par les huttes de pèlerins le long de la route qui longeait le flanc de la colline. Il avait une autre dette à rembourser, mais celle-ci était d'un genre très différent. Si elle voulait bien... Mais il fallait que cette décision soit librement consentie. Pour Wallie Smith, la possession d'une concubine ou d'une esclave équivalait à un viol. Il ne transigerait pas sur ce point. Honneur et courage, mais surtout le premier.

Un clairon sonna au loin. Près de la porte, la momie se transforma soudain en un tourbillon de couverture et de membres longilignes. Nnanji apparut, assis en tailleur, l'œil brillant et seulement vêtu de cet incroyable sourire qui courait d'une oreille à l'autre. Il était prêt à partir n'importe où et à faire n'importe quoi.

— Bonjour, vassal.

— Que la Déesse soit avec vous, sire.

— Qu'Elle soit aussi avec toi. Je suppose qu'ils servent un petit déjeuner dans cette auberge ? Je pourrais avaler un cheval.

— En règle générale, c'est ce qu'il y a au menu du petit déjeuner.

Nnanji avait répondu d'une voix joyeuse, mais il ne semblait pas plaisanter.

Wallie posa avec prudence ses pieds bandés sur le sol. Il grimaça.

— Aujourd'hui, je n'ai pas l'intention de m'éreinter. Tu as quelque chose d'important à faire ?

— Apprendre à me battre aussi bien que vous, répondit Nnanji avec timidité.

— Oh ! (Wallie réfléchit.) Je crains que ça prenne un peu plus longtemps qu'une journée, mais je te donnerai une ou deux leçons.

Un sourire extatique se peignit sur le visage de l'adolescent.

Ils se livrèrent ensemble à leurs consécrations matinales et se préparèrent à partir. Nnanji ramassa l'épée d'Hardduju et la contempla d'un air dubitatif.

— Vous m'offrez vraiment cette arme, sire ?

Il observa l'or et les rubis avec incrédulité. Wallie acquiesça et le jeune homme se sentit d'autant plus perplexe.

— Faut-il que je la vende ?

Il fallut un moment pour que Wallie comprenne. L'idée était si horrible qu'il la formula comme une plaisanterie.

— Si tu ne le fais pas, je devrai te venger, bien sûr. Chaque fois.

Nnanji sourit avec docilité.

— Jetons-y un coup d'œil, proposa Wallie.

Il montra à son vassal le mauvais équilibre et le poids inutile de l'arme. Puis il le laissa essayer l'épée du dieu. Il n'y avait aucune comparaison possible. Celle d'Hardduju n'était qu'un bibelot destiné à plastronner, il était impossible de se battre avec. Sa vente rapporterait assez d'argent pour acheter une dizaine de lames de première qualité, mais pour un guerrier de rang inférieur, elle équivalait à une condamnation à mort.

Nnanji sembla rassuré. Il fut néanmoins surpris qu'un septième s'abaisse à plaisanter avec un deuxième et lui fasse cadeau d'une telle fortune sans la moindre hésitation.

— Merci, sire.

Il laissa l'épée sous le lit de Wallie et emporta la sienne pour aller déjeuner.

Ils retournèrent au rez-de-chaussée et traversèrent la partie du bâtiment réservée aux activités professionnelles. Celle-ci était aussi à une échelle monumentale, mais en grès et non plus en marbre. Le mess était aussi grand que la chambre et encore plus haut de plafond. Ses fenêtres étaient à bonne distance du sol et des bannières couvraient le bas des murs. Wallie les contempla d'un air dubitatif et songea qu'elles étaient les créations d'un décorateur d'intérieur et non pas d'authentiques reliques de batailles.

La grande salle était à moitié remplie de guerriers assis à de longues tables en planches. Ils mangeaient dans des bols et parlaient entre eux. Tout le monde se tut lorsque Wallie s'arrêta dans l'encadrement de la porte. Pendant quelques secondes, on n'entendit plus que le reniflement des chiens obèses qui cherchaient bruyamment des restes par terre. Wallie parcourut la pièce du regard pour examiner les places libres. Quand il eut fait son choix, il s'élança à grands pas sans prendre le temps de réfléchir.

— Non, dit-il à Nnanji. Toi en premier.

Ils s'assirent tous les deux – sur des tabourets, bien entendu : les guerriers avaient besoin d'espace pour leur fourreau.

— Pourquoi, sire ? demanda Nnanji, perplexe.

— Pourquoi quoi ?

— Pourquoi avez-vous choisi cette place et pourquoi m'avez-vous demandé de m'asseoir en premier ?

Wallie chercha dans les souvenirs de Shonsu.

— Ici, nous sommes dos au mur et nous voyons l'entrée. Et le meilleur vassal se tient toujours à droite de son maître.

— Merci, sire, déclara Nnanji avec gravité.

— Je t'en prie. C'était la leçon numéro un.

Pour Nnanji comme pour lui.

Les conversations reprirent avec prudence, mais nombreux étaient ceux qui observaient les nouveaux venus à la dérobée. Wallie les ignora. Un serveur avec une jambe de bois apporta deux bols de ragoût, deux miches de pain de seigle noir encore fumantes et deux chopes de bière. Le plat était peut-être à base de cheval, mais il sentait bon et la bouche de Shonsu se mit à saliver. Il y avait aussi assez de bière pour éteindre trois débuts d'incendie.

Wallie s'aperçut vite que cette boisson était indispensable, car le plat était très épicé – une coutume courante sous les tropiques lorsqu'on cuisine la viande de la veille. Il était cependant délicieux.

Les pieds de Wallie le lancinaient de nouveau sous leurs bandages, il les posa sur le tabouret d'en face. Il était conscient que cela semblait ridicule, mais cela ne le dérangea pas beaucoup. Il s'était plaint au demi-dieu qu'il ne savait pas se tenir à table dans le Monde, mais s'il se fiait au comportement de Nnanji, il suffisait d'une bonne dose d'enthousiasme et de rapidité. Pendant un moment, ils mangèrent et burent en silence. Des hommes allaient et venaient en toute liberté : ils entraient et sortaient, ramassaient leur plat et leur chope et changeaient de place. Wallie observa cette animation et remarqua qu'à la fin du repas il fallait déposer son bol par terre afin que les chiens le nettoient. Il mangea moins vite et regarda plus attentivement.

Quand le demi-dieu l'avait conduit aux portes du temple, Wallie avait tout d'abord eu l'impression que les guerriers ne prêtaient aucune attention à leur tenue. En examinant le mess, il aperçut quelques personnes qui le firent changer d'avis. Un septième se devait d'habiller ses protégés avec une certaine classe, mais l'épée d'Hardduju permettrait de faire face à cette dépense. De plus, Nnanji était propre et peigné, ce qui était loin d'être le cas de tous les guerriers de rangs inférieurs présents. Quels hommes devait-il essayer de recruter en premier ?

Il vit alors un quatrième qui le fixait ouvertement, un homme robuste d'une trentaine d'années. Il était aussi plus soigné et mieux habillé que la plupart de ses collègues. Ce guerrier ne lui était pas inconnu.

— Vassal ? demanda-t-il à voix basse. Qui est ce quatrième là-bas ? Celui qui est assis en compagnie d'un troisième ? Il commandait l'escadron de la mort hier.

Nnanji regarda l'inconnu avant de détourner aussitôt la tête.

— C'est l'adepte Briu, sire.

Les yeux du jeune homme plongèrent dans son bol. Il semblait avoir perdu l'appétit.

La veille, Briu avait accompli une tâche immonde avec dignité, il avait gardé son sang-froid lorsque la foule s'était faite menaçante et il s'était abstenu d'utiliser son fouet quand Wallie l'avait défié. Il pouvait se révéler une recrue de choix.

— Tu crois qu'il accepterait de participer à notre mission ?

Nnanji esquissa un bref sourire en entendant le « notre », mais il secoua la tête.

— Sa femme va bientôt accoucher, sire.

Quel dommage ! songea Wallie.

— Mais est-ce que c'est un homme d'honneur ?

— Bien sûr, sire.

Nnanji avait répondu après une fraction de seconde d'hésitation.

— Et tu penses que l'adepte Gorramini ferait l'affaire ? demanda Wallie avec méfiance.

Il songea que Tarru était sans doute plus jeune qu'il en avait l'air – ses cheveux avaient grisonné avant l'âge et sa peau était plus burinée que ridée. Il pensa aussi que cet homme était aussi digne de confiance qu'un léopard enragé. Pendant la discussion qui s'ensuivit – un échange poli de banalités, des questions sur l'état de santé et autres propos sans importance –, les yeux de Tarru s'égarèrent à plusieurs reprises sur la garde de l'épée de Wallie.

Nnanji fit signe qu'on lui apporte un nouveau bol de ragoût. Tarru accepta une chope de bière et Wallie en refusa une seconde bien qu'elle soit peu alcoolisée et assez inoffensive. Il songea que, dès que le flot de la conversation faiblirait, Tarru l'interrogerait sur ses intentions. Il anticipa donc en abordant un sujet de son cru.

— Il y a un petit détail qui me dérange, dit-il. Lorsque les prêtres ont essayé de m'exorciser, il y a trois jours, j'ai perdu connaissance. Je me suis réveillé dans une espèce de hutte, en haut de la route de la gorge.

— Une chaumière de pèlerins, dit Tarru. Elles sont gérées par une prêtresse qui est un véritable dragon femelle.

— Je n'ai pas vu de dragon femelle, mais une esclave s'est occupée de moi… Elle s'appelait Jja. Je l'ai beaucoup appréciée.

Tarru eut une moue méprisante.

— Pouah ! Ce ne sont que des putains, seigneur. Elles nettoient le sol pendant la journée et les pèlerins, les vendeurs de chevaux, les lanceurs de pots et les simples marins pendant la nuit – au bénéfice de Kikarani, bien entendu. Aucune comparaison avec le superbe cheptel de jeunes filles que nous avons ici, au bâtiment militaire…

Wallie entendit un bruit étrange et réalisa avec stupéfaction qu'il s'agissait du grincement de ses dents. Il avait serré les poings et son cœur martelait sa poitrine avec rage. Tarru avait blêmi et s'était interrompu au milieu de sa phrase.

— Il doit être possible d'acheter une putain pour un prix raisonnable ? murmura Wallie. (Il plongea deux doigts dans sa bourse et en tira une gemme bleue et brillante qu'il laissa tomber sur la table.) Je suppose que ceci suffirait largement, non ?

Tarru eut un hoquet audible.

— Seigneur, cela suffirait à acheter toutes les esclaves de Kikarani avec le dragon femelle en prime !

— Je n'ai pas de monnaie. (Il savait qu'il ne se montrait pas raisonnable, mais il n'en avait rien à faire.) Nnanji, est-ce que tu connais cette Kikarani ?

— Oui, sire, répondit son vassal, les yeux écarquillés.

— Tu vas aller la trouver sur-le-champ. Offre-lui cette gemme en échange de la propriété totale de l'esclave Jja. Ramène la fille ici avec tout ce qu'elle possède. Des questions ?

— Kikarani va penser que cette pierre a été volée, sire.

Les yeux de Wallie le foudroyèrent. Nnanji ramassa aussitôt la gemme et s'éloigna rapidement vers la sortie. Il fit quelques pas, puis se retourna et se dirigea vers la porte du fond. Ce détour lui permit de traverser toute la salle la tête haute et de savourer les regards qui le suivaient.

— Son père est un fabricant de tapis, lâcha Tarru avec un mépris infini. Vous risquez de ne jamais revoir la pierre et la fille, seigneur.

— Je préfère encore perdre une gemme plutôt que de m'associer avec un voleur, dit Wallie dont la pression sanguine était toujours élevée.

— Vous avez raison, dit Tarru avec diplomatie. (Mais il était incapable de s'arrêter.) Il aurait peut-être été préférable de le soumettre à une tentation plus modeste. Je parie qu'il va vendre la pierre contre espèces sonnantes et trébuchantes. Kikarani ne la verra jamais et vous, vous ne verrez jamais le reliquat de la transaction.

L'idée d'une quelconque malhonnêteté de la part de Nnanji était totalement ridicule.

— Je tiens le pari ! (Un autre saphir tomba sur la table et les yeux de Tarru s'écarquillèrent.) Je suppose que la garde du temple dispose de quelques agents discrets ? Faites suivre mon vassal. S'il vend la gemme ou s'enfuit avec elle, je vous donne cette pierre.

Il connaissait la cupidité de Tarru. L'homme était hypnotisé par l'étoile bleutée qui brillait sur la table. Ses mains se tendirent vers elle avant de s'immobiliser.

— Je n'ai rien qui égale la valeur de votre pari, seigneur.

Wallie réfléchit un moment.

— Si je gagne, je ne vous demanderai qu'une petite faveur en contrepartie – rien qui menace votre honneur. Tenez, gardez la mise.

Tarru ramassa la gemme et la contempla. Il se méfiait, mais les reflets bleutés lui brûlaient la paume. Il se leva et quitta la salle à la hâte.

Wallie but quelques gorgées de bière et attendit que sa rage retombe. Cette fois-ci, la testostérone de Shonsu l'avait emporté. Dans un contexte social détendu et sans rapport avec les histoires de guerriers, Wallie avait baissé sa garde et cette brusque colère avait surgi avant qu'il puisse réagir. À cause d'elle, il avait donné l'image d'un irresponsable qui dilapidait sa fortune, d'un joueur ; il avait employé l'argent qui devait couvrir ses frais pour satisfaire à un caprice personnel, alors qu'il ne savait même pas dans quel dessein on lui avait confié ces gemmes. Sa quête commençait sous de mauvais augures. Il réalisa aussi qu'il avait peut-être signé l'arrêt de mort de son vassal. Il entreprit de se lever, mais s'interrompit et se rassit lourdement. Il était maintenant trop tard pour annuler le pari et récupérer le saphir. Il songea avec tristesse que, Tarru étant le seul témoin, il ne pouvait pas voler la pierre sans se compromettre.

Il s'en remit donc à l'espoir. En début de matinée, il avait lancé une plaisanterie – qui n'en était pas vraiment une – à propos de venger la mort de Nnanji, mais la boutade ne lui semblait plus drôle du tout.

Puis Tarru revint, accompagné par un grand septième à la carrure impressionnante. Les marques faciales de l'inconnu représentaient bien des épées, mais elles étaient à l'envers. Il portait une robe azur immaculée et ses fins cheveux blancs étaient peignés avec soin ; ses mains étaient néanmoins calleuses et noircies, et même la peau rosée de son visage était incrustée de petits points noirs. Il était plus âgé que Shonsu, mais ce n'était pas un guerrier. Il fut présenté et exécuta le salut rituel.

Athinalani, armurier du septième.

Il laissa à peine à Wallie le temps de répondre.

— Ça ne peut être qu'elle ! s'exclama-t-il en allant droit au but. La septième épée de Chioxin ! Seigneur, je vous en supplie : montrez-la-moi !

Wallie posa son arme sur la table. Athinalani l'étudia avec soin, examinant les lignes et les marques les plus infimes. Tarru et Wallie burent un peu de bière tandis que l'examen se poursuivait. L'armurier retourna l'épée. Il scruta l'autre côté avec impatience et dans les moindres détails. Quand il termina, il semblait très ému.

— C'est l'épée de saphir de Chioxin, déclara-t-il. Il n'y a aucun doute. Le griffon qui forme la garde... La qualité de la lame. Ce ne peut être qu'une Chioxin ! Lorsque j'ai entendu la rumeur, j'étais persuadé qu'il s'agirait d'une copie, mais après l'avoir vue, je suis convaincu de son authenticité. Seigneur, puis-je l'essayer ?

Ses grosses mains saisirent la poignée avec amour, testèrent la rigidité, le poids et l'équilibre de la lame. Une chose était certaine : cet homme était un expert. Athinalani reposa l'arme sur la table et regarda son propriétaire d'un air interrogateur.

Wallie haussa les épaules.

— Racontez-moi.

Athinalani fut sidéré – mais avec tact – par son ignorance.

— Chioxin, dit-il, était le plus grand fabricant d'épées de tous les temps. On utilise encore de nombreuses lames qu'il a fabriquées il y a sept cents ans. Elles sont très recherchées. Son talent de forgeron n'avait d'égal que son talent artistique. Ses armes n'étaient pas seulement les meilleures, elles étaient aussi les plus belles. Les traits de ses gravures... Vous voyez ? Ici, et là ?

» Aujourd'hui, la tradition raconte qu'il fabriqua sept chefs-d'œuvre quand il se fit vieux. Les ménestrels affirment qu'il acheta sept années de vie supplémentaires à la Déesse contre la promesse de forger ces armes. C'est peut-être la vérité. Chaque épée avait une créature héraldique différente qui formait la garde et chacune avait un gros joyau sur la poignée... Une perle, une aigue-marine, une agate, une topaze, un rubis, une émeraude et un saphir. Chaque arme a sa propre histoire. Je ne suis pas ménestrel, seigneur, et je ne m'aventurerai pas à vous chanter leurs épopées, mais, par exemple, c'est avec celle d'émeraude que le grand héros Xinimi terrassa le monstre de Vinhanugoo. Elle fut ensuite la propriété de Darijuki, qui remporta la bataille d'Haur avec elle – c'est du moins ce qu'on raconte. Les ménestrels sont intarissables lorsqu'on aborde le sujet.

Il remarqua enfin la chope qui lui était dévolue et but une longue gorgée. Tarru affichait un air sceptique. Wallie s'attendait à entendre parler de terribles malédictions ou autres amabilités dans ce genre – en règle générale, il y en avait toujours une ou deux dans ces histoires. Le mess se vidait tandis que les guerriers partaient vaquer à leurs occupations. Les serviteurs ramassaient les bols que les chiens avaient nettoyés.

L'armurier essuya la mousse qui lui couvrait les lèvres et reprit aussitôt son discours.

— J'ai vu l'épée à la perle ! Enfin, une partie. Le roi de Kalna possède la garde et un bout de la lame. Il me les a montrés quand je n'étais qu'un jeune apprenti. On raconte que la cité de Dis Marin détient celle avec l'aigue-marine et il y a le fragment d'une autre lame à la loge de Casr – la poignée a été perdue, mais on prétend qu'il appartient à l'épée de rubis.

Un nouveau fantôme de souvenir traversa l'esprit de Wallie : *Casr ?*

— Et l'épée de saphir ? demanda-t-il.

— Ah ! Il n'y a aucune histoire à propos de celle-ci. On ne connaît que les six premières. Les ménestrels affirment que Chioxin l'avait donnée à la Déesse en personne.

Le silence s'installa.

Cette histoire expliquait la réaction qu'il avait lue sur le visage du vieux Coningu, la veille. Une question logique planait, mais on ne demandait pas ce genre de chose à un septième.

— Pas de malédiction ? voulut savoir Wallie. Pas de pouvoirs magiques ?

— Ah, ces ménestrels... Ils vous diront qu'un homme possédant une telle arme est invincible. Mais moi, je suis un artisan et je ne connais aucune recette pour insuffler de la magie dans une épée.

— Celle-ci en est pour le moment à deux victoires et un match nul, dit Wallie d'une voix plate.

Tarru parvint à rougir.

— Elle est dans un état remarquable pour une arme de cet âge, remarqua-t-il.

— La Déesse en aura pris soin, dit Wallie pour s'amuser aux dépens des deux hommes. (Il sourit à Tarru.) Vous m'avez vu sortir de l'eau, je suppose que vous avez interrogé le guerrier qui m'a vu y entrer ?

— Oui, seigneur, répondit Tarru d'un air sévère. Je l'ai questionné en détail. Comme son ancien supérieur, c'est un homme qui ne croit pas aux miracles.

— Seigneur, intervint Athinalani, accepteriez-vous que je demande à un artiste de reproduire les motifs de la lame ? Je vous en serais éternellement reconnaissant.

— Bien entendu. Je suppose que vous avez des épées à vendre ? Mon vassal viendra vous voir afin de monnayer une arme d'une certaine valeur. Il souhaitera également en acheter une plus pratique, le genre de lame dont on se sert tous les jours.

Peu après, le vieil intendant voûté s'approcha en traînant les pieds. Il tourna poliment autour d'eux jusqu'à ce que Tarru hausse un sourcil.

— Un messager du temple est arrivé, seigneurs, déclara Coningu. Il désire voir le seigneur Shonsu. C'est un vert.

Il releva les yeux pour observer la réaction de Tarru. Un sixième envoyé comme messager ? L'ancien vassal d'Hardduju se renfrogna.

La conversation se termina au grand dam d'Athinalani qui était prêt à rester assis là toute la journée rien que pour admirer la septième épée de Chioxin. Tandis qu'ils se dirigeaient vers la sortie, Tarru demanda à voix basse :

— Vous avez donné l'arme d'Hardduju à l'apprenti Nnanji, seigneur ?

— Oui. (Tarru esquissa un sourire carnassier.) Vous trouvez ça drôle ?

— Nnanji n'est qu'un fils d'artisan. Plusieurs recrues de basse extraction ont été acceptées au même moment bien qu'il y ait eu des candidats plus qualifiés – des fils de guerriers. C'est à peu près à cette époque que le seigneur Hardduju a acquis cette épée.

Tarru avait pu – ou non – être le complice d'Hardduju dans des méfaits plus graves, mais ce petit pot-de-vin avait été au seul bénéfice du premier prévôt. Cela expliquait peut-être la nette aversion que Tarru éprouvait vis-à-vis de Nnanji.

— Vous croyez que c'est la famille de Nnanji qui la lui a offerte ?

Tarru renifla avec mépris en tenant la porte pour son hôte.

— Juste une modeste partie, j'en suis persuadé, seigneur. Le prix d'une telle arme permettrait d'acheter de nombreuses boutiques de tapis. Mais, comme je viens de le dire, ils s'y sont mis à plusieurs. Je trouve la situation ironique : cette épée n'a pas vraiment porté chance au seigneur Hardduju et elle appartient désormais à un de ces apprentis de basse souche.

La satisfaction le fit sourire. Tarru n'était pas un homme bienveillant.

Pas plus qu'un guerrier honorable dans la mesure où il n'était pas intervenu malgré ses soupçons.

— Je vous en prie, confiez-moi votre opinion éclairée concernant ce modeste vin, seigneur, chevrota le vieux prêtre édenté.

— C'est un millésime exceptionnel, vénérable, grogna le guerrier, plusieurs octaves en dessous.

Honakura était perché sur une grande chaise en osier en forme de sousaphone. Son sourire dévoilait ses gencives. Il jouait au maître de maison et discutait de sujets sans importance, mais ses yeux étaient à l'affût. Wallie était assis sur un tabouret, en face de son hôte. Entre les deux hommes, il y avait une table chargée de gâteaux somptueux, de carafes de vin et de coupes en cristal. Ils étaient enveloppés dans l'ombre verte et vaporeuse de trois arbres aux troncs plus larges que Shonsu bras écartés. Ces géants avaient été plantés afin de décorer la cour et ils l'avaient colonisée, envahie et recouverte de leurs branches. Les vieux pavés effrités se soulevaient pour venir lécher leurs racines massives et descendaient en pente douce vers l'espace triangulaire délimité par les trois titans. Les deux hommes étaient assis au centre de ce triangle. Pour Wallie, l'immensité de ces arbres soulignait mieux que tout le reste l'âge vénérable du temple et, par conséquent, de la civilisation qui l'avait érigé.

La cour où poussait cette jungle était à l'usage exclusif d'Honakura. Les murs étaient tapissés de mousses vigoureuses et tendus de bougainvillées aux couleurs criardes. Au-delà, on entendait le roulement et le vacarme de la Rivière. Le bruit couvrait la conversation tout comme les branches arrêtaient les rayons du soleil rageur et les regards indiscrets. Les insectes s'activaient autour des deux hommes, mais ces derniers restaient assis, tranquilles, dans l'ombre moite. Le vin était mémorable, lui aussi : âpre et métallique, le pire que Wallie ait jamais bu.

Honakura se décida enfin à mettre un terme aux banalités.

— Vous avez accompli hier un fait d'armes méritoire, seigneur. Un acte de dévouement envers la Déesse. Bien que vous n'ayez pas eu de contacts formels avec le conseil, on m'a autorisé à vous offrir une récompense : soit le poste de premier prévôt (il sourit), soit des émoluments appropriés.

De l'argent couvert de sang ? Wallie s'aperçut qu'il fronçait les sourcils – même s'il était curieux de savoir combien un septième touchait pour dégainer son épée.

— Je l'ai fait avec plaisir, saint homme, se contenta-t-il de répondre. Comme je vous l'ai dit, je ne peux pas accepter le poste de premier prévôt et je n'ai aucun besoin de votre argent. Mon maître est généreux.

Les sourcils invisibles d'Honakura se haussèrent. Il baissa la voix.

— Je crois que j'ai entendu un rossignol.

Les seuls oiseaux que Wallie entendait, c'étaient des pigeons à moitié assoupis qui roucoulaient au loin.

Le prêtre gloussa en observant le visage impassible de son interlocuteur.

— C'est une vieille expression, seigneur. On raconte qu'il y a fort longtemps, deux souverains se rencontrèrent dans une forêt pour discuter d'affaires importantes. Dans les arbres, un rossignol chantait si bien qu'ils n'écoutèrent que lui. Aucun d'eux ne fut capable de rapporter ce qui avait été dit, car ils n'y avaient pas prêté la moindre attention.

Wallie sourit.

— Ce rossignol est très mélodieux.

Le prêtre sourit à son tour et attendit.

— Hier, commença Wallie avec enthousiasme, il m'est arrivé une chose curieuse : j'ai parlé avec un dieu. C'est une histoire assez longue et je n'ai pas envie de vous ennuyer…

Le seigneur Shonsu n'aurait jamais prononcé de telles paroles, c'était certain. Wallie vit la stupéfaction se peindre sur le visage d'Honakura, suivie d'un sourire poli, mais perplexe.

— Excusez-moi, saint homme, je ne devrais pas plaisanter avec le sacré. Cela m'attire toujours des ennuis. Mais j'ai bel et bien parlé avec un dieu et il m'a dit entre autres : « Honakura est un homme bon, tu peux lui faire confiance. » J'ai donc envie de vous raconter toute l'histoire, si vous le permettez, et d'entendre vos conseils éclairés.

arriveront quand je déciderai de partir, n'est-ce pas ? Je pense que le meilleur plan est de clopiner de-ci de-là en exagérant et d'attendre le plus longtemps possible. J'en profiterai pour essayer d'identifier quels sont les gardes à qui je peux vraiment faire confiance. Puis je m'éclipserai peut-être à la faveur de la nuit, sans avertissement.

Le vieil homme affichait un sourire rayonnant – un vieil oiseau comblé dans une cage en osier.

— Entre-temps, poursuivit Wallie, je suppose que j'ai intérêt à rester le dos au mur, d'éviter les allées obscures, de ne pas manger seul et de dormir avec le verrou tiré ?

Honakura se frotta les mains avec allégresse.

— Excellent, seigneur !

Il avait sans doute considéré Wallie comme une montagne de muscles dotée de réflexes fulgurants. Il était heureux de constater que ce guerrier ne confondait pas prudence et lâcheté.

— Il n'y a que deux semaines avant le Jour des Guerriers. J'aurais dû prévoir des réjouissances plus spectaculaires en prévision de votre nomination au poste de premier prévôt. Comme cela risque de ne pas arriver, nous devrions peut-être annoncer une cérémonie de bénédiction spéciale en faveur de votre mission ? Cela devrait vous protéger jusqu'au moment fatidique. Ainsi que vous l'avez dit, les ennuis surviendront quand vous essaierez de partir. (Il hésita.) Ayez la bonté de pardonner mon audace, seigneur Shonsu, mais c'est un plaisir de rencontrer un guerrier qui ne craigne pas de déroger au conformisme. Je ne sais pas quel adversaire la Déesse vous réserve, mais je crois qu'il va au-devant de grosses surprises.

Il gloussa.

Wallie avait employé son bon sens et sa vague connaissance des soutras – qui se résumaient eux-mêmes à un peu de bon sens ; par ailleurs, la tactique était censée être son domaine de prédilection. Il trouva donc que l'étonnement du prêtre frôlait l'insulte, mais cela n'en demeurait pas moins amusant.

Tu ne penses pas comme Shonsu.

— Un de mes neveux est guérisseur, dit Honakura, et sa discrétion ne souffre aucun doute. Il se chargera de prolonger votre convalescence aussi longtemps que possible.

— Je le paierai à la journée, assura Wallie d'un air grave. (Il fut récompensé par un nouvel aperçu des gencives du vieillard.) Mais dites-moi un peu, saint homme, si la Déesse s'est donné tant de mal pour moi, est-ce qu'Elle restera sans rien faire alors que je suis en danger ?

La jovialité du prêtre s'évanouit sur-le-champ. Il agita un doigt en direction du guerrier.

— Vous n'avez donc pas compris la leçon sur les miracles ? En tant que guerrier de haut rang, vous êtes censé maîtriser la stratégie. Mettez-vous un instant à Sa place. Vous envoyez votre meilleur homme accomplir une mission et il échoue – lamentablement, pourrait-on dire. Qu'est-ce que cela signifie ?

Wallie réprima une réplique acerbe.

— Ne connaissant pas la mission, je ne sais pas. Peut-être que Shonsu a perdu une armée ? Ou qu'il a reculé devant l'ennemi – quel que soit ledit ennemi.

— De toute manière, vous n'avez pas vraiment envie que ce genre de désagrément se répète trop souvent, n'est-ce pas ? Alors que faites-vous ? Vous envoyez votre deuxième meilleur homme et, s'il échoue aussi, le troisième, et ainsi de suite. Les dieux ont bien entendu des ressources inépuisables...

— Vous avez raison, saint homme, déclara Wallie d'un ton repentant. (Il aurait dû comprendre cela.) On prend le suivant, puis on l'entraîne afin qu'il soit meilleur que le précédent.

— Ou, tout au moins, on le met à l'épreuve, approuva le prêtre. Et s'il n'est même pas capable de s'échapper du temple...

Il n'avait pas besoin de terminer sa phrase.

— Et même s'il y parvient, grommela Wallie, cela ne signifie pas qu'il n'y aura pas d'autres épreuves, hein ? Je comprends maintenant. Pas de miracles.

Les miracles créaient une accoutumance immédiate, songea-t-il.

Honakura tendit de nouveau le plat de gâteaux et proposa de remplir la coupe de Wallie. Celui-ci refusa les deux offres de crainte que cette vie luxueuse l'empâte comme Hardduju. Il se rappela qu'il devait désormais se considérer comme un athlète professionnel et s'entraîner avec régularité. Sa vie allait en dépendre.

— Votre première tâche est claire, dit Honakura. Vous devez recruter des compagnons.

Le vieil homme se laissa aller contre le dossier de sa chaise pour savourer un roulé à la crème.

Wallie gloussa.

— Eh bien ! j'en ai déjà trouvé un. Vous l'avez vu hier.

Il parla de Nnanji, de son courage et de ses idéaux romantiques absurdes à propos de l'honneur et du devoir. Puis il décrivit au prêtre ce qui s'était passé le matin même avec Briu.

Les yeux vénérables et perspicaces du vieillard pétillèrent.

— C'est peut-être le chemin sur lequel on vous guide, seigneur.

— Un miracle ? Ce garçon ? se moqua Wallie.

— C'est ainsi qu'Elle agit : dans la discrétion ! Vous avez trouvé ce guerrier près de l'eau. Les pouvoirs de la Déesse se manifestent toujours plus clairement à proximité de la Rivière et votre rencontre a eu lieu sur un bras de la Rivière. Je ne suis pas surpris d'apprendre que c'est quelqu'un de très jeune.

Wallie afficha une incrédulité polie.

— Dans ce cas, il faudra que je voie ce qu'il vaut avec une épée dans les mains.

— Ce n'est pas un grand escrimeur, mais il a une excellente mémoire, dit Honakura en se concentrant sur le dernier bout de gâteau.

Au bout d'un moment, il releva la tête pour s'enquérir de la réaction suscitée par ses paroles.

— Est-ce que c'est le seul rouquin de la garde ? demanda Wallie.

Il ne savait pas trop s'il réagissait en tant que Wallie – avec amusement – ou en tant que Shonsu – avec colère.

Le prêtre acquiesça.

— Vous ne prenez pas ombrage ? C'est une fois de plus assez inhabituel de votre part, seigneur Shonsu.

Wallie ignora la pique.

— Qu'avez-vous appris de plus au sujet de Nnanji ?

— Je ne saurais vous dire s'il est honnête ou pas. Son ancien mentor fulminait en évoquant son manque de talent à l'épée, mais semblait incapable de le faire progresser. Il était hors de question de le promouvoir au troisième rang tant qu'il ne s'était pas amélioré. Il n'est pas très populaire auprès des autres hommes – mais c'est peut-être à mettre à son crédit.

Le prêtre prit un air suffisant. Les guerriers ne parlaient pas de leurs camarades et les employés du bâtiment militaire étaient tous d'anciens guerriers qui respectaient sans doute la règle – mais peut-être pas avec la même rigueur. Cela signifiait que les espions d'Honakura tenaient leurs informations d'une autre source.

— Et est-ce qu'il est populaire auprès des femmes ?

Une brève grimace approbatrice traversa le visage du vieil homme et indiqua à Wallie qu'il avait mis dans le mille.

— Elles lui attribuent des notes remarquables en matière d'enthousiasme et de persévérance, mais c'est beaucoup moins brillant en ce qui concerne la délicatesse.

Les yeux du prêtre brillaient d'amusement.

— Comme ses manières à table ! dit Wallie.

La référence aux femmes lui rappela Jja.

— Saint homme, vous souvenez-vous de cette esclave qui m'a soigné dans la chaumière ?

Le sourire d'Honakura disparut aussitôt.

— Ah, oui… J'avais l'intention de faire quelque chose à propos de cette fille. Elle mérite mieux que son sort. Mais j'ai été si occupé que je n'en ai pas eu le temps. Est-ce que vous la voulez ?

Tellement qu'il avait sacrifié un précieux saphir pour acheter une esclave qu'il aurait pu obtenir en la demandant.

— Je pense qu'elle m'appartient déjà, répondit Wallie. J'ai envoyé Nnanji l'acheter ce matin.

Il réalisa alors qu'il avait été plus idiot encore qu'il l'avait imaginé : il avait montré l'étendue de sa richesse à Tarru. Celui-ci comprendrait qu'il y avait d'autres joyaux en plus des deux qu'il avait vu sortir en un tournemain. Il savait aussi que Wallie avait offert la précieuse épée d'Hardduju sans sourciller.

Le vieux prêtre étudia son interlocuteur pensivement.

— J'espère que vous ne l'avez pas payée trop cher.

Wallie eut l'impression d'être frappé par la foudre.

— Je crains que si, reconnut-il. Comment avez-vous deviné ?

Honakura prit un air suffisant.

— Vous avez dit que votre maître était généreux. Je crois savoir comment il paie.

— Ah bon ?

— C'est le dieu des pierres précieuses.

— Des pierres précieuses ?

Wallie n'avait pas parlé des gemmes.

— En effet. (Honakura s'interrompit, perplexe et étrangement mal à l'aise.) Il est en général associé au dieu du feu, pas à la Déesse. Je me demande pourquoi c'est le cas aujourd'hui. On trouve les pierres précieuses dans le lit de la Rivière.

— Dans mon monde, on pense que la plupart des gemmes sont créées par le feu avant d'être disséminées par l'eau.

— Ah ? (Le prêtre jugea l'information intéressante.) Cela expliquerait tout, alors. Il apparaît en général sous la forme d'un petit garçon. Un prospecteur qui trouve une pierre précieuse de qualité dira : « Le dieu a sacrifié une dent pour me l'offrir. »

Wallie éclata de rire et vida sa coupe de vin.

— Je trouve cela très amusant. Tout autant que l'histoire du rossignol. Vous êtes un peuple de poètes, saint homme. Expliquez-moi pourquoi il a un bâton couvert de feuilles.

Honakura laissa échapper un reniflement méprisant et baissa la voix.

— Ce n'est rien d'autre que poudre aux yeux à mon avis. Les dieux ont leurs petites vanités, eux aussi. Je ne crois pas qu'il ait besoin d'une aide mnémotechnique.

— De quoi ?

Le vieil homme soupira de nouveau et secoua la tête.

— Vous me faites penser à un nourrisson, seigneur ! Je ne remets pas en doute la sagesse de la Déesse, mais je me demande comment Elle espère vous voir survivre alors que vous ne connaissez rien de rien ! Une aide mnémotechnique ! Un système pour aider votre mémoire. Vous n'avez donc pas de crieurs publics dans votre monde ? Ils prennent une brindille et font une marque sur chaque feuille pour se souvenir des annonces qu'ils doivent faire. Ils arrachent ensuite les feuilles au fur et à mesure. C'est très efficace quand on maîtrise la technique. Qu'est-ce que vous utilisez lorsque vous voulez mémoriser un soutra très long ?

— Nous avons d'autres systèmes, saint homme. Mais, pour en revenir à Jja… Comment fait-on pour affranchir un esclave ?

La question sidéra Honakura comme il ne l'avait jamais été.

— *Affranchir un esclave ?* Cela ne se fait pas.

— Vous voulez dire que c'est à vie ? demanda Wallie, atterré. Qu'il n'y a aucune échappatoire ?

Le prêtre secoua la tête.

— Un esclave est marqué à la naissance. S'il remplit bien son rôle, il aura une chance de renaître un peu plus haut dans l'échelle sociale. Vous aviez l'intention de *libérer* cette fille ?

Wallie en avait trop dit pour s'arrêter là. Il raconta donc comment il avait perdu la maîtrise de lui.

— À ce moment-là, si une pensée m'a traversé l'esprit, c'était celle de racheter cette femme plus tard et de l'affranchir. (Son ton se fit revendicateur.) Elle a été gentille avec moi et elle m'a peut-être sauvé la vie quand cette prêtresse est venue voir si j'étais là.

— Est-ce que c'est aussi une bonne affaire au lit ? (Le vieillard ricana.) Ne me foudroyez pas du regard, guerrier ! Je l'ai vue. Si elle était née libre, on aurait sans doute offert plusieurs gemmes à ses parents pour la demander en mariage. Mais vous l'avez achetée et elle est votre esclave. Vous pouvez la donner, la vendre ou la tuer, mais vous ne pouvez pas l'affranchir. Si cela vous amuse, vous avez le droit de la brûler avec des fers portés au rouge, personne ne vous dira rien, sauf peut-être la Déesse, ou un guerrier plus puissant si cela offense son sens de l'honneur – ce qui serait assez surprenant. Walismiss, vous devez comprendre qu'un guerrier du septième a le droit de faire à peu près ce qu'il veut, mais pas de transformer une esclave en femme libre. Pas plus qu'il ne peut l'épouser – sauf s'il souhaite devenir lui-même un esclave.

Wallie le regarda d'un air sombre.

— Je suppose que vous pensez qu'il s'agit d'un autre miracle ?

Le prêtre hocha la tête, songeur.

— C'est fort probable. Lorsque vous étiez dans la chaumière, elle vous a protégé alors que ce n'était pas dans l'ordre des choses. La Déesse vous a peut-être choisi des compagnons pour votre périple. Il est possible que cette fille ait un rôle mineur à jouer dans l'accomplissement de votre mission – en dehors de vous procurer un peu d'exercice assez agréable. Ne sous-estimez jamais le plaisir, c'est le salaire des mortels ! (Il était encore sidéré.) Vous pouvez vraiment *affranchir* des esclaves dans votre monde fantastique ?

— Dans le monde d'où je viens, il n'y a pas d'esclaves, répondit Wallie avec virulence. Nous considérons que c'est une pratique abominable.

— Aussi, bien entendu, allez-vous sur-le-champ revendre cette fille aux enchères, n'est-ce pas ? (Le prêtre ricana.) Je ne crois pas que la prêtresse Kikarani vous rendra votre gemme.

Le courroux de Shonsu se réveilla, mais Wallie l'étouffa. Il était vain de se mettre en colère contre les dieux. Il avait été dupé.

Honakura l'observa avec attention.

— Puis-je vous donner un petit conseil, seigneur ? Connaissez-vous le secret pour devenir un bon maître d'esclaves ?

— Dites-moi, grommela le guerrier.

— Faites-les travailler dur, gloussa Honakura.

Puis il éclata de rire, ravi de son trait d'humour.

Dans le magnifique hall en marbre du bâtiment militaire, Wallie rencontra le vieil intendant et lui demanda si Nnanji était revenu.

— Oh, oui ! seigneur, répondit Coningu avec une expression qui trahissait un amusement secret – trop précieux pour être révélé.

Wallie devait éviter de se hâter au détriment de sa dignité. Il prit son temps pour gravir le grand escalier, mais il se dépêcha de grimper le suivant et se précipita dans le couloir. Il traversa la première pièce sans faire de bruit du fait de ses pieds bandés et se dirigea vers la porte de sa chambre. Des éclats de rire montaient de celle-ci.

Il y avait trois personnes à l'intérieur, toutes assises par terre sur un tapis éclairé par le soleil. Jja était à droite – se tenant comme la petite sirène de Copenhague, tout aussi gracieuse et désirable que dans les souvenirs de Wallie ; c'était elle qui riait. Nnanji était à gauche, à quatre pattes. Derrière lui, le fourreau de son épée se relevait comme une queue et il ressemblait à un chien creusant un terrier de lapin. Il chatouillait le ventre de la troisième personne : un bébé nu à la peau brune qui gloussait de bonheur.

Wallie observa le tableau pendant quelques secondes. C'était une de ces scènes qui se gravent dans votre tête pour se transformer en souvenir. Au bout du compte, de quoi la vie est-elle faite sinon de souvenirs ? Puis on remarqua sa présence. Jja se leva, traversa la pièce pour s'approcher de lui et se laissa tomber à terre pour lui baiser les pieds, le tout dans un enchaînement de mouvements souples. Elle ne sembla pas se dépêcher, mais elle eut terminé avant que Nnanji se relève à la hâte, les yeux écarquillés par l'embarras.

—Sire, je ne savais pas si vous vouliez aussi le bébé, dit-il. Vous avez dit d'emporter ce qui lui appartenait. Kikarani a dit qu'elle le reprendra s'il ne vous intéresse pas.

Wallie se racla la gorge.

—Le bébé ne pose aucun problème. Pourrais-tu aller présenter mes hommages à maître Coningu et lui demander s'il peut m'accorder un moment ?

Nnanji se dégagea de l'enfant qui s'accrochait à ses jambes et quitta aussitôt la pièce. Il était écarlate jusque derrière les oreilles.

Wallie baissa les yeux pour regarder la jeune femme agenouillée à ses pieds et se pencha pour la relever. Il lui sourit en observant de nouveau ses pommettes hautes qui donnaient une telle impression d'énergie à son visage, ses immenses yeux noirs en amande qui l'avaient fasciné quelques jours plus tôt. Elle ne ressemblait en rien à une princesse elfe : elle était grande et solidement charpentée, forte et dotée d'une poitrine généreuse. Mais ses mouvements étaient pleins de grâce et son regard pétillant. Elle était plus jeune qu'il l'avait pensé, mais il remarqua les séquelles d'une vie d'esclave : des mains crevassées et des cheveux noirs coupés court et mal. Si on lui en laissait l'occasion, elle deviendrait une véritable beauté et il connaissait sa tendresse. Si un guerrier devait posséder une esclave, alors cette femme était la candidate idéale.

Elle regarda son visage avec angoisse, puis ses yeux détaillèrent les autres marques et ecchymoses le long de son corps.

—Bienvenue, Jja, dit-il. J'ai récolté quelques égratignures depuis notre dernière rencontre. J'ai demandé qu'on t'amène ici parce que tu sais t'occuper des guerriers contusionnés.

—Je suis heureuse d'apprendre que je serai votre esclave, maître.

Elle semblait empressée, mais réservée, si bien qu'il ne put deviner ses pensées.

À quatre pattes, le bébé se dirigea rapidement vers la porte pour suivre son nouvel ami.

— Amène-le ici et assieds-toi, dit Wallie. Non. Sur la chaise. (Il s'installa sur un tabouret et observa la jeune femme.) Comment s'appelle-t-il ?

— Vixini, maître.

L'enfant avait une marque sur le visage : le trait des esclaves.

— Qui est le père ?

— Je ne sais pas, maître, répondit-elle sans montrer la moindre gêne. Ma maîtresse a juré au marqueur de visage qu'il s'agissait d'un forgeron, mais elle ne m'a jamais envoyée servir un forgeron.

— Pourquoi a-t-elle dit ça ? Qu'est-ce que les forgerons ont de si spécial ?

Il devina à son expression qu'il aurait dû le savoir.

— Ils sont censés être grands et forts, maître. Une marque paternelle de forgeron permet de vendre un esclave à un bon prix.

Wallie jura en silence et s'efforça de reprendre son calme. Acheter une esclave pour l'affranchir était une chose, l'acheter et la garder à son service en était une autre. Le matin même, il avait estimé qu'il s'agissait d'un viol. Pourtant, en voyant la jeune femme et en se rappelant la nuit qu'ils avaient passée ensemble, il était déjà tout excité. S'il ne l'employait pas alors qu'il était son maître, elle se sentirait insultée. De toute façon, il était sans doute incapable de résister à ses pulsions de désir… Comment conduisait-on un entretien entre un employeur et son investissement ?

— Je veux que tu sois mon esclave, Jja, mais je veux que tu sois une esclave heureuse, parce que les esclaves malheureux ne travaillent pas bien. Si tu préfères rester au service de Kikarani, dis-le-moi. Je ne me mettrai pas en colère et je te rendrai à ton ancienne maîtresse. Je ne demanderai pas qu'on me restitue l'argent et tu n'auras donc aucun ennui.

Elle secoua légèrement la tête, perplexe.

— Je ferai de mon mieux, maître. Maîtresse Kikarani n'a jamais eu à me battre. Elle faisait payer mes services plus chers que ceux des autres et elle ne m'a pas vendue pendant que j'attendais mon enfant.

Wallie songea qu'elle ne comprenait pas la question. Les esclaves ne pouvaient pas choisir leur propriétaire et ils n'avaient pas de préférences.

— Tu t'es montrée bonne avec moi quand j'étais malade. J'ai aussi aimé… (Il avait l'intention de dire « faire l'amour », mais l'expression se traduisait ici par « l'acte de joie » et cela stoppa son élan.) J'ai apprécié la nuit que j'ai passée avec toi plus que toutes celles que j'ai passées avec d'autres femmes. (Il sentit son visage s'empourprer tandis qu'il poursuivait en balbutiant :) J'espère que tu auras encore envie de partager ma couche.

— Bien sûr, maître.

Pour quelle autre raison l'aurait-il voulue ? Quel choix avait-elle ?

Wallie se sentit de plus en plus méprisable et, par conséquent, de plus en plus en colère contre lui. À la vue de cette peau douce comme la soie, des courbes de ses hanches et de ses seins... Il s'efforça de faire taire le sentiment de culpabilité pour se comporter comme un natif du Monde.

Il lui demanda si elle avait des parents, des amants, des proches amis et elle continua à secouer la tête. Il en fut soulagé. Il lui adressa un sourire aussi rassurant que possible.

— Dans ce cas, tu seras mon esclave. Je ferai de mon mieux pour que tu sois heureuse, Jja, parce que tu me rends heureux. Ce sera ta première tâche – me rendre heureux. La seconde sera de t'occuper de ce magnifique bébé pour qu'il devienne aussi grand et fort que le plus puissant des forgerons. Mais tu ne feras l'acte de joie qu'avec moi et seulement moi. Il n'y aura plus que moi.

La jeune femme réagit enfin : une expression éberluée et ravie se peignit sur son visage.

— Merci, maître.

Il y avait un autre problème.

— Je devrai partir dans quelques jours. (Aucune réaction.) Il est possible que nous ne revenions jamais. (Idem.) Hier, j'ai fait de Nnanji mon protégé et je lui ai offert un cadeau. Que puis-je te donner ? Y a-t-il quelque chose que tu désires ?

— Non, maître.

Il eut cependant l'impression qu'elle serrait les bras un peu plus fort autour de l'enfant qu'elle tenait contre elle.

— Je vais te faire une promesse. Je te jure que je ne te séparerai jamais de Vixini.

C'était un serment aussi facile que pathétique ! Elle se glissa à genoux et lui embrassa les pieds. Il se dressa hors de lui et la releva. Il vit alors qu'elle pleurait.

— Tu me surprends, dit-il en se forçant à sourire.

— Je vous surprends, maître ? demanda-t-elle en s'essuyant les yeux.

— Oui. Tu es aussi belle que dans mes souvenirs et je ne pensais pas que ce soit possible.

L'enfant était maintenant sur le sol, Wallie pouvait donc l'enlacer et l'embrasser. Il avait envisagé une étreinte amicale, mais celle-ci se transforma aussitôt en un duel de langues, de bras contractés et de doigts qui s'enfonçaient dans la peau de la jeune femme. Le désir explosa en lui, il le consumait. Il la lâcha sur-le-champ et se retourna, honteux, pour se ressaisir. Quand il la regarda de nouveau, elle avait ôté sa robe en loques et l'attendait assise sur le lit.

— Pas maintenant, souffla-t-il d'une voix rauque. Nous devons d'abord savoir si j'ai le droit de garder une esclave dans mes quartiers. Nous devons aussi te trouver des vêtements convenables et prendre des dispositions pour Vixini.

L'enfant se dirigea de nouveau vers la porte. Wallie s'approcha de lui à grandes enjambées et se pencha pour le prendre dans ses bras. Il le chatouilla en retournant à sa place. Vixini hurla de joie. Une sensation chaude et humide se répandit contre la poitrine de Wallie. Sa première pensée fut pour l'inestimable tapis de soie sur lequel il se tenait : il intercepta le liquide de sa main libre pour le détourner sur le plancher. Quand il réussit et écarta enfin l'enfant à bonne distance de lui, Vixini avait déjà accompli son forfait. Jja laissa échapper un hoquet d'horreur et Wallie éclata de rire. Le petit garçon lui adressa un sourire aussi édenté que celui d'Honakura.

Jja fixa Wallie avec consternation et, sans savoir pourquoi, celui-ci trouva la scène si comique que son rire redoubla d'intensité. La jeune femme parcourut la pièce du regard à la recherche d'un bout de tissu ou d'une serviette. Elle n'en découvrit aucun. Elle ramassa alors sa robe et entreprit d'essuyer la poitrine de son maître.

Nnanji et Coningu pénétrèrent dans la chambre à ce moment-là. Wallie essaya de leur expliquer la situation en désignant le bébé qu'il portait encore et la tache sombre qui maculait son kilt. Il fut cependant incapable de trouver les mots tant l'expression de Nnanji était inénarrable. Coningu n'était pas homme à se laisser surprendre par quoi que ce soit, et il était trop respectueux pour éclater de rire au détriment d'un septième. Il se tourna néanmoins vers le mur pour redresser les tapisseries.

Nnanji avait ramené une matrone, une servante nommée Janu, la gouvernante du quartier des femmes. Wallie apprit avec surprise que la présence de Vixini ne posait aucun problème et qu'on s'occuperait de lui.

— Il y a aussi des enfants qui vivent ici ?

— Oh, oui ! seigneur, répondit Coningu. Les femmes affirment que c'est la faute des guerriers, mais je n'ai jamais vu un guerrier accoucher d'un bébé. Je vais sonner pour qu'on vous apporte des vêtements propres et un peu d'eau, seigneur.

— Janu, dit Wallie, j'ai envoyé mon vassal acheter un esclave et je me retrouve avec deux. Comme vous le constatez, ils sont nus pour le moment. La robe de Jja n'était même pas digne de servir à réparer les dégâts de son fils. Je veux qu'elle soit habillée de manière correcte. Que me recommandez-vous ?

Il espéra qu'il se comportait comme il fallait.

— Fera-t-elle partie de l'équipe de nuit, seigneur ?

Elle observa Jja comme un cuisinier étudie un morceau de viande, mais n'attendit pas de réponse. Elle se renfrogna en voyant les pieds de la jeune femme et regarda ses mains de plus près.

— Pour le bébé, une couverture, une écharpe pour le porter dans le dos et une capuche en cas de pluie. Pour la femme, deux robes de tous les jours, une paire de sandales, des bottes pour le mauvais temps et un manteau. Je présume qu'il faudra aussi une robe de soirée et des chaussures convenables ? Nous ne pouvons pas faire grand-chose pour ses cheveux tant qu'ils n'ont pas repoussé. Quant aux ongles des doigts et des pieds… Nous ferons notre possible. Quelques parfums et des huiles corporelles, des cosmétiques, rien de trop élaboré.

Wallie regarda Jja.

— Veux-tu autre chose ? Est-ce que ça suffira pour commencer ? (Elle hocha la tête, les yeux écarquillés.) Bien, je suis certain que Janu te conseillera et t'habillera comme il sied à l'esclave d'un septième. Je paierai les dépenses plus tard.

Il adressa à Jja un sourire qu'il espéra encourageant et la jeune femme sortit enveloppée dans un drap. Elle semblait complètement dépassée par les événements.

Wallie ressentait la même chose. Il avait l'impression agaçante d'avoir lui aussi reçu un cadeau. Sa conscience ne le laisserait pas en paix pour avoir eu cette pensée.

Lorsque Wallie eut réparé les dégâts occasionnés par l'exploit de Vixini, Nnanji avait enfin trouvé le comique de la situation.

— Quel courage, dit-il avec timidité. Se soulager contre un septième !

Wallie acquiesça.

— C'est une journée mémorable. La gemme convenait-elle à la redoutable Kikarani ?

Nnanji éclata de rire.

— Je n'ai jamais vu quelque chose disparaître aussi vite, sire.

Il avait réussi l'épreuve, car s'il avait essayé de mentir, son visage serait devenu aussi brillant qu'une enseigne lumineuse. Wallie décida cependant de ne pas lui parler du pari qu'il avait fait avec Tarru.

— Au fait, dit-il, l'armurier a confirmé ton avis : mon épée est bien la septième de Chioxin.

Nnanji sourit d'une oreille à l'autre.

— Alors je regrette de ne pas avoir entendu cette partie de la balade, sire.

— Il semblerait qu'elle ne parle pas de la septième. Chioxin l'a donnée à la Déesse et on n'en a plus jamais entendu parler.

Contrairement à Tarru, Nnanji était prêt à croire aux miracles. Il éclata d'un rire enthousiaste.

— Et maintenant, la Déesse l'a donnée à Shonsu !

— En effet, mais je suis si vicieux que je me refuse à l'avouer. Je suis pourtant curieux : tu as entendu cette balade il y a trois ans de cela ?

Un sourire timide passa dans les yeux de Nnanji.

— Un peu plus, sire.

Wallie le fixa, puis s'assit par terre et posa son épée à plat. Nnanji s'installa aussitôt en face de lui et plaça son arme en travers de la première. Il s'agissait de la position traditionnelle pour réciter les soutras.

— Quel est le dernier que tu as appris ?

— Le cinq cent dix-septième, sire. « Des Duels. »

Était-ce une coïncidence ?

— Quelle chance ! Récitons-en quelques-uns. Le quatre-vingt-quatrième : « De l'art de bien se chausser. »

Ils les déclamèrent chacun leur tour. Les soutras furent une révélation pour Wallie : il les avait en mémoire, mais il ne les avait jamais appris.

Chacun d'entre eux était une découverte, comme s'il les entendait pour la première fois. Ils étaient assez variés, allant du chant grossier à des listes sans fin. Certains étaient brefs, d'autres interminables. Ils abordaient une myriade de sujets : la technique, les rituels, la stratégie, l'éthique professionnelle, la tactique, l'anatomie, les premiers soins, la logistique et même l'hygiène personnelle. La plupart étaient monotones et n'exprimaient que des banalités, mais quelques-uns dégageaient une grandeur barbare semblable à celle des meilleurs récits prélittéraux. Il y en avait sans intérêt ou aussi abscons que les koans du zen. La majorité contenait une loi, une anecdote et un proverbe. Ainsi qu'Honakura l'avait dit, les histoires aidaient à les mémoriser. Pourtant, l'association d'idées était souvent subtile et choquante.

Nnanji ne commit pas une seule erreur dans tous ceux qu'ils récitèrent et Wallie chanta le cinq cent dix-huitième : « Des Otages. » Nnanji le répéta aussitôt. Surpris, Wallie lui en cita deux autres avant de revenir à « Des Otages ». Son vassal ne se trompa pas une fois. Wallie savait que, dans les civilisations prélittérales, les gens étaient capables de performances mémorielles exceptionnelles, mais Nnanji était un prodige. Honakura avait raison : c'était là l'œuvre de la Déesse.

Son protégé afficha une expression suffisante qu'on ne pouvait guère lui reprocher.

— D'accord, grosse tête. Voici le soutra cinq cent quatre-vingt-deux, « De l'Art de Bien Nourrir les Chevaux ».

C'était le plus long, le plus ennuyeux et le moins associatif de tous. Wallie hésita lui-même deux fois avant d'arriver au bout. Nnanji s'assit plus confortablement et regarda les lèvres de son mentor. Puis il répéta le soutra – sans les hésitations de son seigneur.

Wallie Smith savait lire et écrire. Comparé à Nnanji, son esprit avait donc perdu quelque chose.

— Tu as gagné, dit-il. (Le vassal sourit.) Si je récitais les onze cent quarante-quatre à la suite sans m'arrêter, est-ce que tu les mémoriserais tous ?

Nnanji fit de son mieux pour prendre un air humble.

— Je ne crois pas, sire.

Wallie éclata de rire.

— Ne me mens pas, vassal ! Tu es certain du contraire et je pense que tu en serais effectivement capable, mais je ne suis pas assez courageux pour courir le risque. Allons donc nous occuper de ton épée.

L'armurerie était située loin du temple, près des portes, là où le bruit ne dérangeait pas le travail des prêtres. Athinalani avait abandonné sa robe de cérémonie pour revêtir un tablier de cuir. Il martelait quelque chose sur une enclume tandis qu'un esclave en sueur actionnait le soufflet de la forge. L'armurier s'interrompit dès qu'il les aperçut et conduisit ses visiteurs dans une pièce où des centaines d'épées étaient suspendues dans des râteliers. Jamais la garde n'arriverait à en casser ou à en perdre autant. Le système économique intriguait Wallie, mais le Monde avait peut-être la chance inestimable de ne pas savoir ce qu'était un économiste. Cet endroit dégageait pourtant une atmosphère marchande que Wallie trouva familière et réconfortante.

Athinalani savait quelle épée on allait lui vendre. Le respect qu'il témoigna à son propriétaire était une expérience nouvelle et flatteuse pour Nnanji. Il était impossible de vendre une telle arme de ce côté de la Rivière, expliqua l'armurier, mais il était prêt à en offrir trois cents pièces d'or si le vaillant apprenti voulait s'en débarrasser tout de suite. Nnanji laissa échapper un hoquet de surprise.

— C'est d'accord, dit-il.

Cela convenait tout à fait à Wallie : il était déjà assez difficile de posséder une arme de valeur, alors deux... Il sortit un saphir et demanda à Athinalani comment il pouvait le changer en argent. L'armurier saisit l'occasion d'aider le porteur de la septième épée de Chioxin et accepta de vendre la gemme pour lui en ville.

Le choix d'une nouvelle arme exigea plus longtemps. Il fallut discuter de sa longueur, de son poids, de sa flexibilité, des tranchants, du biseau et du damasquinage. Nnanji écouta, les yeux écarquillés, buvant les informations comme du petit-lait. Wallie était fasciné par l'étendue des connaissances qu'il employait alors qu'il les ignorait encore deux jours plus tôt. Shonsu maîtrisait aussi bien la théorie que la pratique. Athinalani était ravi par l'intérêt et le professionnalisme de ce client.

Puis il se promena dans la pièce. L'acier n'était pas sa spécialité, mais un ingénieur chimiste se devait d'en connaître un minimum sur le comportement du fer et du carbone dans des matrices cristallines. Il commença donc à discuter trempe et forge. Le visage de l'armurier se fit soupçonneux et s'assombrit : un guerrier empiétait sur les soutras et les secrets de sa profession. Wallie changea aussitôt de sujet et la convivialité s'installa de nouveau.

Au bout d'un long moment, les trois hommes tombèrent enfin d'accord sur la future épée de Nnanji... et ce dernier décida de conserver celle qu'il portait lors de sa rencontre avec Wallie. Celui-ci lui énuméra ses nombreux défauts et l'adolescent finit par avouer qu'il avait un jeune frère qu'il prévoyait d'enrôler dans la garde. Il avait l'intention de le faire dès qu'il aurait atteint le troisième rang et serait en droit de prendre un protégé. Ce recrutement resterait une chimère si Tarru avait son mot à dire en la matière et, de toute façon, Nnanji allait bientôt partir. Mais tout cela ne regardait pas Wallie et il décida de le laisser faire.

Il y avait aussi le problème de l'arme d'entraînement. Il fallait qu'elle reproduise les mêmes sensations que sa propre épée. Athinalani avait anticipé la demande pour Wallie et était déjà au travail. Tout aussi incroyable que cela puisse paraître, il se souvenait parfaitement du poids et de la longueur de la Chioxin. Il promit que l'arme serait prête au coucher du soleil. En tant que banquier officieux de la garde, il prit un peu d'argent dans le sac de cuir qui lui servait de caisse et l'avança à ses deux clients. Wallie l'utilisa pour acheter une pierre à aiguiser.

La visite de l'armurerie avait été aussi amusante qu'une séance de shopping lorsque vous jouez les touristes dans un pays étranger – ce qui, grosso modo, était le cas de Wallie. Il se promit de revenir pour discuter de nouveau avec l'armurier. Les deux guerriers s'arrêtèrent sur le pas de la porte tandis qu'Athinalani retournait polir la nouvelle épée de Nnanji. Aucune arme ne sortait de son atelier tant qu'elle n'était pas parfaite. Wallie estima que le repas de midi devait être servi au même endroit que le petit déjeuner.

— Bon, dit-il. Je suis plus lent que toi. Je vais donc partir tout de suite. Mange avec tes amis et nous nous retrouverons après. J'ai besoin de toucher deux mots à l'honorable Tarru.

Nnanji se dirigea vers le bâtiment militaire. Son ancienne épée était accrochée dans le dos et la nouvelle glissée dans un fourreau, tout comme celle d'entraînement. L'adolescent ressassait un problème dans sa tête.

Une nouvelle épée devait être offerte, mais à qui pouvait-il demander ce service ? C'était une tradition importante bien que les soutras ne la jugent pas indispensable, sauf dans le cas d'un gratteur. Dans un tel cas, ainsi que Briu le lui avait expliqué des années plus tôt, cette règle permettait de s'assurer qu'un garçon était initié à la profession par deux guerriers au moins : son mentor et celui qui offrait la première épée. Mais la pratique avait été étendue à toutes les occasions, même si un homme achetait la sienne ou en prenait possession en tuant son propriétaire. Avant de la porter, il fallait qu'un ami la lui « donne ». Un ami. Une personne autre que son mentor. Mais qui ?

Il pouvait bien entendu demander à un autre deuxième, comme Darakaji ou Fonddiniji. En théorie, ils ne pouvaient pas refuser, mais ils lui avaient lancé des regards noirs pendant le petit déjeuner. Briu avait retiré ses accusations, mais il n'en restait pas moins une certaine amertume – et tout le monde était jaloux de son merveilleux nouveau mentor. S'il demandait à Darakaji – ou à Fonddiniji –, il pouvait très bien se heurter à un refus. Et tous les autres l'imiteraient. Que faire ?

Nnanji était encore perdu dans ses pensées lorsqu'il atteignit l'entrée secondaire du bâtiment militaire. Au même moment, l'adepte Briu et le guerrier Landinoro sortirent et descendirent les marches du perron. La solution était là ! Au moins, Briu était le seul homme de la garde qui ne pouvait pas le traiter de lâche en public. Ce serait un acte de réconciliation. Nnanji se dirigea vers eux et les salua.

— Adepte, commença-t-il. (C'était curieux de ne plus l'appeler « mentor ».) J'ai une faveur à vous demander.

Briu le regarda avec froideur, puis lança un coup d'œil à l'épée que l'adolescent tenait sous le bras.

— Il ne manque pas de culot, tu ne trouves pas ? demanda-t-il à son compagnon.

Le troisième secoua la tête en fronçant les sourcils.

Briu tendit la main et Nnanji lui remit l'arme, plein d'espoir. Le guerrier examina l'épée.

— Joli morceau de métal. Qu'est-ce que tu en penses, Lan'o ? Est-ce que je dois le donner à Rouquin ou le lui planter dans la gorge jusqu'à ce que la garde lui fasse exploser les dents ?

Landinoro ricana.

— Après ce qui s'est passé ce matin, tu ferais bien d'avoir un cheval rapide déjà sellé si tu as l'intention de faire ça… Mais ça vaut peut-être le coup.

— Ton patron t'a acheté cette arme? demanda Briu en testant l'équilibre de l'épée.

— I… Il m'a donné celle du seigneur Hardduju, adepte, bafouilla Nnanji. Je l'ai vendue.

Ce n'était peut-être pas une bonne idée de dire cela.

Le quatrième et le troisième échangèrent un regard, puis Briu toisa l'adolescent.

— Tu t'es trouvé un mentor bien étrange. Il t'a sacrément porté chance, pas vrai, apprenti ?

— Oui, adepte.

— Oui, adepte, répéta le quatrième. Moi, il m'a plutôt porté malheur. (Il regardait toujours l'épée, songeur.) Il ne manque pas de cran, je dois lui reconnaître ça. Je n'avais jamais vu un homme marcher jusqu'au Jugement après que le gros se fut occupé de ses pieds. Et il a plongé la tête la première. Tu le savais ?

— *La tête la première ?* Du lieu de la Miséricorde ?

C'était incroyable, mais Shonsu était incroyable.

— C'était la première fois que je voyais une chose pareille, avoua Briu. Il a sauté les bras écartés. On aurait cru qu'il allait s'envoler comme un petit oiseau. On est resté pour regarder et on l'a vu sortir de l'eau. D'accord, on était content que ça se soit passé ainsi, même si on se doutait que le gros ne tarderait pas à lui tomber dessus. Quand on est rentré, tout était sens dessus dessous : le gros était mort et le maigre réclamait ma tête. Il m'accusait d'avoir donné une épée au prisonnier et affirmait que je ne l'avais jamais emmené au Jugement. (Il regarda Nnanji avec sévérité.) Est-ce que *tu* sais où il a trouvé cette épée incroyable, apprenti ?

Un protégé ne parlera pas de son mentor…

Nnanji se mit au garde-à-vous et commença à transpirer.

N'obtenant aucune réponse, Briu reprit la parole.

— Il court de curieuses histoires à propos de cette arme. Tu crois à la légende de Chioxin, apprenti ?

Nnanji réfléchit à la question.

— Oui, adepte.

Briu fit la grimace.

— Et ensuite, j'ai appris qu'un de mes protégés avait… (Il s'interrompit et poursuivit d'un ton sarcastique :) reçu une instruction lacunaire de la part de son mentor en ce qui concerne le troisième serment.

Nnanji resta silencieux.

— Ce n'est pas que tu avais le choix, apprenti, mais à cause de toi, je me suis retrouvé avec un sale travail sur les bras. Et il vient m'accuser de lâcheté ! De lâcheté ? Quel courage faut-il donc à un septième pour défier un quatrième ? Quand j'ai fait le signe, j'ai cru que j'étais mort.

Shonsu ne tuait pas à moins d'y être obligé, mais Nnanji ne pouvait pas le dire non plus.

Briu lança un coup d'œil vers son compagnon et haussa les épaules. Il se retourna vers l'adolescent.

— Tu étais prêt à répondre à mon défi ce matin, n'est-ce pas ?

Landinoro assena une claque dans le dos de Briu.

— Je vais leur dire que tu arrives, déclara-t-il.

Il adressa un regard énigmatique à Nnanji et partit avec tact. L'adolescent aurait tout donné – y compris sa nouvelle épée – pour l'accompagner.

— Alors ? Tu n'avais pas l'intention de t'esquiver, hein ?

Nnanji se tortilla comme un ver.

— J'aurais imploré une grâce, adepte. Vous me l'auriez accordée, n'est-ce pas ?

— Trois jours ? (Briu renifla avec mépris.) Tu crois que ton sauveur miraculeux est capable de te transformer en guerrier en l'espace de trois jours ? (Il secoua la tête avec pitié.) J'aurais essayé de te toucher à la jambe plutôt qu'au bras, mais même ce genre de blessure a parfois du mal à guérir.

Nnanji se tortilla un peu plus.

— Si j'avais fait acte d'obéissance, vous auriez quand même exigé l'acte d'avilissement, n'est-ce pas ?

— Et alors ? On peut remplacer une arme et les cheveux repoussent.

Nnanji resta silencieux. Il préférait mourir cent fois plutôt que de connaître cette humiliation.

Briu haussa les épaules et leva l'épée pour regarder le long de la lame.

— Et nous savons tous pourquoi il est tombé sur Rouquin en arrivant sur la plage, hein ? Pas Fonddiniji, ou Oreille, mais Rouquin.

— Vous me postiez toujours de garde à cet endroit quand vous commandiez un escadron de la mort, protesta Nnanji.

Briu lui jeta un regard mauvais.

— Tu n'aimais pas lancer des sacs lestés de pierres à la place des condamnés, n'est-ce pas, apprenti ? Tu sais pourquoi tu étais là : parce que tu ne voulais pas savoir ce que nous balancions dans la Rivière. Et j'ai fait mon possible pour te satisfaire – que les dieux me viennent en aide.

Nnanji n'avait assisté qu'une seule fois à un rachat. Il avait refusé l'argent qu'on lui proposait lors du règlement du pot-de-vin. Par la suite, tout avait changé.

— Qui est le premier ? aboya Briu.

— A… Adepte ? bégaya l'adolescent sans comprendre.

— Qui est le premier ? Tu t'es trouvé un véritable bleu maintenant, pas vrai ? Pour toi tout seul. Les gardes voudraient savoir, apprenti : qui sera le premier que Rouquin va dénoncer ?

Comment avait-il pu être assez idiot pour demander à Briu de lui offrir l'épée ? Quoi que Darakaji et Fonddiniji aient pu dire ou faire, la situation n'en serait jamais arrivée là. Il avait dit à Shonsu que Briu était un homme d'honneur, mais c'était une conversation entre un protégé et son mentor : il ne pouvait donc pas le raconter à son ancien maître.

— Qu'est-ce que vous croyez que je vais faire, adepte ? Dénoncer l'ensemble de la garde ? Est-ce que vous pensez qu'il ajouterait foi à mes propos ? Je n'ai pas été témoin d'abominations ! Je n'ai assisté à rien ! Les abominations, c'était le gros qui les commettait. Le reste d'entre nous suivait les ordres. Nous sommes tous des hommes d'honneur si on nous en laisse l'occasion.

Briu l'observa avec froideur.

— Certains. Nous avons tous empoché l'argent sauf toi, apprenti.

— Je ne pense pas que cela l'intéresse ! cria Nnanji.

Les yeux de l'homme se plissèrent.

— Dans ce cas, il ne va pas devenir premier prévôt. Il a l'intention de partir ?

L'adolescent aurait sacrifié sa main droite pour être ailleurs. N'importe où. Même en prison.

— Tu as trouvé ce que tu as toujours cherché, hein ? dit Briu au bout d'un moment. Tu vas devenir une libre épée ?

— Adepte… Le soutra cent soixante-quinze !

Briu soupira.

— Oui, tu ne peux pas parler de Shonsu. Parlons un peu de toi, alors. Tu étais son témoin quand le maigre l'a défié. Pourquoi est-ce que tu as accepté une égalité à la fin du duel ?

Parce que Shonsu le lui avait demandé d'un hochement de tête. Un hochement de tête était-il assimilable à un ordre de la part d'un mentor ? Un ordre qu'on ne devait pas discuter ? Nnanji transpira un peu plus.

— Si mon maître avait voulu du sang, il aurait fendu son adversaire en deux à la première passe, adepte.

— C'est ce que j'ai entendu dire. Mais un témoin sait se montrer discret. Est-ce que tu es fier de ta décision, apprenti ?

Nnanji acquiesça en silence. C'était ce que Shonsu avait demandé.

Briu fronça les sourcils, puis haussa les épaules.

— Bon, il faut encore que je décide ce que je vais faire avec ce bout de métal. (Le jeune garçon leva des yeux brillants d'espoir.) Ouvre grand la bouche, Rouquin.

Nnanji sourit de soulagement.

Un groupe de guerriers sortit et se mit à descendre les marches. L'adolescent pensa que Briu allait attendre qu'ils se soient éloignés, mais il se trompait. Le quatrième posa un genou à terre et tendit l'arme en prononçant la formule de consécration.

— Vis par cette arme. Porte-la au service de la Déesse. Meurs sans jamais la lâcher.

Nnanji agrippa la garde avec gravité et entama sa réplique.

— Cette arme sera mon honneur et ma fierté.

Briu se releva. Il ne semblait pas avoir conscience des regards étonnés que lui lançaient les guerriers à proximité.

— Merci beaucoup, adepte.

— Bonne chance, jeune Nnanji. Tu le mérites peut-être bien.

— Merci, adepte, répéta l'adolescent.

— Tu vas en avoir besoin, tu sais.

— Pourquoi ?

Briu regarda Nnanji d'un air étrange.

— Cent soixante-quinze ! dit-il à voix basse.

Il se retourna et s'éloigna.

L'adepte Briu avait prêté allégeance à maître Trasingji.

Dans le grand mess, les bannières pendaient avec mollesse dans la chaleur de midi. Wallie entra en clopinant avec davantage de précautions qu'il était nécessaire, car ses pieds guérissaient plus vite qu'il s'y attendait. Il n'y avait pas signe de Tarru dans la salle. Seule une dizaine d'hommes étaient présents, la plupart mangeant debout. Le repas de midi était visiblement une collation sans cérémonie. Wallie se dirigea vers un trio de cinquièmes attablés et leur rendit leur salut tandis qu'ils se relevaient avec précipitation pour l'accueillir. Puis il s'assit délibérément dos à la pièce pour afficher une confiance qu'il était loin de ressentir.

L'honorable Tarru avait été convoqué à une réunion d'un certain conseil des saints Vénérables. Les cinquièmes en avaient donc déduit que Shonsu ne serait pas leur prochain patron. Ils étaient détendus, presque amicaux.

— Je suppose qu'ils vont demander au vénérable Tarru d'occuper le poste de premier prévôt, dit Wallie avec désinvolture. Au moins à titre temporaire.

Il se servit une part de roulé et prit un morceau de fromage mou et jaune. Il accepta une chope de bière légère de la part d'un serveur, puis sourit à son auditoire. Les guerriers gardaient un silence poli, mais il était clair que la curiosité les démangeait.

— J'ai refusé le poste ce matin. J'ai reçu l'ordre de me rendre ailleurs.

— *L'ordre ?* répétèrent deux cinquièmes en chœur, une expression horrifiée sur le visage.

Wallie leur fit un résumé de ses aventures sans interrompre ses mastications. L'introduction d'une petite dose d'autorité divine dans son histoire et celle de son épée ne pouvait pas faire de mal. Il ne savait cependant pas jusqu'à quel point ils le croiraient.

Un nouveau cinquième arriva tandis qu'un autre partait. Avant de sortir, ce dernier s'arrêta pour échanger quelques mots avec des quatrièmes. Tout le monde serait bientôt au courant. Tarru fit son apparition en compagnie de Trasingji du cinquième – qui semblait être son meilleur ami. C'était un homme imposant au visage taillé à la serpe ; sa peau était sombre et il avait d'étranges sourcils blancs ; il était presque chauve et sa chevelure se résumait à une maigre queue-de-cheval.

Tarru paraissait très satisfait de lui-même et accepta diverses félicitations. Ce n'était qu'une nomination temporaire, bien sûr, jusqu'à l'arrivée d'un septième…

À condition qu'un septième parvienne au temple en vie, songea Wallie.

Il fit traîner son repas en longueur, attendant Nnanji et l'occasion de se retrouver seul avec Tarru. Ce dernier point se révéla inutile : le cinquième l'assura que lui et son vassal restaient les bienvenus dans le bâtiment militaire et qu'ils pouvaient y séjourner aussi longtemps qu'ils le souhaitaient, puis il se pencha soudain en travers de la table. Il tendit le poing vers Wallie et lui rendit discrètement le saphir. La pierre avait toutes les apparences de l'originale, mais Wallie la rangea dans sa poche gauche en se promettant de l'examiner avec attention un peu plus tard – au cas où elle aurait rétréci.

— Que puis-je faire pour votre service, seigneur ? demanda le prévôt suppléant avec une certaine aigreur. Y a-t-il une faveur que nous puissions exaucer pour agrémenter votre séjour ici ?

Il était l'heure de payer ses dettes… Mais Tarru avait choisi un endroit public pour ne pas avoir à complimenter Wallie sur l'honnêteté de Nnanji.

— Il y a en effet quelque chose, dit Wallie.

Il allait savourer ce moment. Il regarda les cinquièmes perplexes autour de lui.

— Comme vous le savez, j'ai passé récemment deux nuits aux bons soins de la garde, mais dans un établissement beaucoup moins salubre que celui-ci.

Les guerriers froncèrent les sourcils, mal à l'aise : on n'évoquait pas ce genre de chose entre gentilshommes.

— Les prisonniers sont attachés par les chevilles. Au bout de quelques heures, cela devient particulièrement douloureux. Est-ce que cette torture est une innovation récente ou bien est-ce une tradition ?

Personne ne savait à quoi Tarru s'attendait, mais il était peu probable que ce fut à une discussion à propos de la prison.

— Il en a toujours été ainsi, seigneur – pour autant que je sache, du moins, répondit-il en fixant Wallie.

— Donc, si vous changez cela, votre décision sera sans doute appliquée jusqu'à la fin des temps ? Sans compter que certains prisonniers se révèlent plus tard innocents. Si vous ne les attachez que par une cheville, ils auront une plus grande liberté de mouvement. Est-ce que la Déesse exige les tourments qu'endurent ces malheureux ? Est-ce que c'est juste ?

Les guerriers s'entre-regardèrent, stupéfaits. Quelle idée singulière ! Qui se souciait des personnes emprisonnées ?

— Un homme fort pourrait déplacer la plaque de pierre en s'en approchant, objecta Tarru en fronçant les sourcils.

— J'en doute, répliqua Wallie. Il faut deux esclaves debout pour en soulever une extrémité. Voulez-vous que nous allions vérifier ensemble si j'en suis capable ? Si j'échoue, c'est que peu de personnes peuvent le faire. La plaque a été taillée dans une roche très lisse et glissante.

Tarru sembla prendre une décision.

— Votre remarque est fort judicieuse, seigneur ! Je vais en faire ma première tâche en tant que nouveau prévôt. De plus, je vais demander qu'on refasse le toit de la prison. Cet endroit fait sans doute honte à la Déesse.

Cette capitulation généreuse était des plus suspectes ! C'est alors que Wallie comprit : en acceptant, Tarru réglait sa dette sans que cela ne lui coûte rien à titre personnel.

Les yeux du sixième ne cessaient de se poser sur l'épée de Chioxin.

Les guerriers terminèrent leur repas les uns après les autres, se levèrent pour saluer et quittèrent la salle. Il ne resta bientôt plus que Wallie, Tarru et Trasingji. Nnanji entra à ce moment. Il effectua un détour entre les tables afin de s'assurer que Wallie le voie et sache qu'il était de retour – ou bien c'était dans le seul dessein de se montrer à un maximum de personnes. Le kilt de l'adolescent était en toile de lin jonquille, avec des plis aussi tranchants que le fil de son arme ; il portait des bottes en daim jaune pâle et un harnais gaufré rutilant ; une barrette en argent brillait près de la garde de sa nouvelle épée. Il semblait un peu essoufflé, comme s'il venait de courir.

Tarru et Trasingji échangèrent un regard et évitèrent ensuite les yeux du seigneur Shonsu… Ce qui était aussi bien. Les septièmes se devaient de conserver un minimum de dignité en public et Wallie, qui faisait des efforts surhumains pour ne pas éclater de rire, était écarlate.

La zone d'exercice était une cour en partie abritée. Trois côtés étaient ouverts afin de laisser passer le moindre souffle de vent daignant arriver du terrain de parade. L'endroit était vide à l'exception de quelques miroirs en pied, de râteliers fixés au mur pour ranger masques ou épées d'entraînement et d'une petite galerie surélevée pour accueillir les spectateurs. Wallie y resta une minute pour examiner le lieu. À côté de lui, Nnanji bouillait d'impatience en songeant que ce magnifique septième allait lui donner une première leçon d'escrime.

Les rayons du soleil frappaient sans merci le terrain de parade. Dans une chaleur suffocante, une vingtaine de guerriers rassemblés en petits groupes avançaient en traînant les pieds et en discutant sans enthousiasme. Wallie observa la couleur de leur kilt et, dans la mesure du possible, leurs bottes. Il avait fait de même en quittant le mess, car la tenue éclatante de Nnanji avait souligné la pauvreté de ses propres habits – le gris délavé de son kilt et ses bottes rapiécées. Wallie chercha s'il y avait d'autres guerriers pauvres dans les environs.

Il n'en vit aucun. Nnanji donnait peut-être toute sa solde à ses parents, ou bien il la consacrait aux femmes.

Ou était-il le seul honnête homme de la garde ?

On avait maintenant remarqué le septième et son vassal. En quelques instants, tout le monde revêtit un casque, se choisit un adversaire et se mit à bondir d'avant en arrière en soulevant des nuages de poussière. Les armes d'entraînement s'entrechoquèrent avec un enthousiasme terrifiant.

— Il semblerait que notre présence soit stimulante, observa Wallie d'un ton sarcastique.

— Ils ont entendu dire que vous alliez partir, sire. Ils passent leur audition.

— Ils peuvent toujours rêver ! (Wallie examina les escrimeurs avec soin à travers les yeux de Shonsu.) Est-ce qu'ils sont représentatifs du niveau général ou s'agit-il d'une classe de tocards qui essaie de rattraper son retard ?

Nnanji eut l'air surpris.

— Ils sont dans la moyenne, sire.

Il pointa le doigt vers certains hommes, glissa quelques commentaires à propos de ceux qui étaient susceptibles d'obtenir une promotion rapidement – dont une poignée par recommandation.

— Rappelle-toi que tu ne dois rien répéter de ce que je te dis, lâcha Wallie au bout d'un moment. Je vais te donner mon opinion : c'est la pire collection de bras cassés que j'ai vue en dehors d'un hôpital.

— Sire !

— Je t'assure ! Je ne vois pas un seul troisième tirer comme un troisième, pas un seul quatrième tirer comme un quatrième. Certes, ils tiennent tant à montrer leurs talents qu'il n'y a plus personne pour corriger leurs erreurs, mais je les trouve pathétiques. Dans le meilleur des cas, je les rétrograderais tous d'un rang.

Nnanji eut l'air inquiet, mais demeura silencieux.

Parmi ces guerriers, rares étaient ceux qui avaient déjà participé à un vrai combat. Ils rassemblaient des prisonniers et rançonnaient les pèlerins, rien de plus. La majorité semblait ne jamais avoir reçu une leçon d'escrime digne de ce nom. Tarru était pourtant un guerrier compétent. Est-ce qu'il s'en fichait ?

Wallie était penché sur la rambarde et observait cette masse incompétente d'un œil incrédule.

— Combien y a-t-il de deuxièmes au sein de la garde ? demanda-t-il soudain.

— Douze, sire. Sans me compter.

— Combien d'entre eux sont normalement capables de remporter deux manches sur trois contre toi ?

— Deux, peut-être trois, répondit Nnanji, mal à l'aise.

Wallie se tourna vers lui pour le regarder. L'adolescent affichait maintenant un teint particulièrement rose.

— Et combien peux-tu en battre ?

— Trois, marmonna Nnanji.

— Quoi ? Mais c'est ridicule !

— Briu affirme que ma défense est excellente, sire. Mes adversaires arrivent rarement à me toucher.

Wallie fronça les sourcils. À moins que l'œil expert de Shonsu lui fasse défaut, il se passait quelque chose de bizarre. Il remarqua une étrange construction à l'autre extrémité de la cour et oublia pour un temps les soucis de Nnanji. Il s'agissait d'un assemblage de poutres massives et de sangles, et ni lui ni Shonsu ne parvinrent à en deviner l'utilité. À côté, de longues perches semblables à des queues de billard sortaient d'un tonneau.

— Mais qu'est-ce que c'est que ce truc ? demanda Wallie en pointant son doigt, incapable de croire ce qu'il commençait à entrevoir.

— Le chevalet de fouet, sire.

Wallie se retourna d'un coup pour regarder son vassal.

— Et qui se fait fouetter ?

Nnanji haussa les épaules.

— En règle générale, des esclaves. Certains mentors en font profiter leurs protégés.

— Et ils espèrent en faire des guerriers ? (Wallie contempla une fois de plus le chevalet de fouet, puis lança un bref coup d'œil en direction des escrimeurs.) Partons d'ici. Avant que je vomisse mon repas.

Nnanji suivit son seigneur jusqu'à la suite royale dans un silence boudeur. Il partait sans doute du principe que la leçon d'escrime avait été annulée. Ils traversèrent l'antichambre.

— Ferme la porte, dit Wallie.

Il s'éloigna à bonne distance dans la pièce principale.

Puis il se retourna soudain en sortant son épée.

— Dégaine ! cria-t-il.

Nnanji sursauta et tira son arme.

— Hé, pas mal. Surtout que tu n'es pas encore habitué à cette épée. (L'affolement de l'adolescent le fit éclater de rire.) Du calme ! Crois-tu que j'allais commencer l'entraînement avec de véritables lames ? Je n'ai fait que tester ta vitesse de réaction. Tu es plus rapide que Briu, beaucoup plus rapide. C'est logique : tu es plus jeune.

Un large sourire fleurit sur le visage de Nnanji. Voilà bien longtemps qu'on n'avait pas dû le féliciter sur son talent d'escrimeur – s'il était dixième sur une classe de treize.

La chambre d'hôte était presque aussi grande que la cour d'exercice. Elle était aussi plus fraîche, ombragée et à l'abri des regards indiscrets. Wallie déposa la septième épée avec soin sur une table laquée et rapprocha un tabouret d'une chaise brodée de soie. Il s'assit sur cette dernière avec un soupir de contentement et posa les jambes sur l'autre siège. Nnanji sourit de nouveau. Il n'avait pas lâché son arme.

— Pas d'épée d'entraînement, dit Wallie. Tu dois apprendre la sensation que procure une lame de toute façon. Maintenant, mets-toi en parade de quarte. Montre-moi une fente.

Nnanji frappa d'estoc et le monde sembla se figer.

— C'est pathétique, lâcha Wallie. Le pied est tourné vers l'intérieur, le pouce est vers le haut, le poignet est mou... Le coude idem. Dieux ! C'était l'attaque du ver de terre tueur ? (Il désigna le miroir.) Essaie encore par ici. Comment on t'a montré le mouvement la première fois ? Mets donc ta mémoire à profit.

Nnanji se fendit une fois de plus en direction de la surface de verre, puis rectifia la position de son pied, de sa main, de son bras et de son poignet. Il réattaqua et corrigea de nouveau ses défauts. Il regarda autour de lui, mal à l'aise.

— Tu es mort, apprenti, dit Wallie à voix basse. Tes adversaires sont déjà à l'armurerie en train de vendre ton épée. Dommage, tu étais un gentil garçon.

Ledit garçon se fendit une dizaine de fois sans réussir une seule attaque convenable. Wallie lui demanda alors de se concentrer sur son poignet. Nnanji était capable de faire cela, mais s'il essayait de rectifier sa position de pied en même temps, sa main redevenait aussi tremblante qu'auparavant. Après une demi-heure d'efforts, il n'avait pas progressé d'un pouce. Wallie et Shonsu étaient tous deux sidérés. Le premier se leva et saisit la main gauche de son protégé.

— Je m'occupe de ton équilibre. Essaie très, très lentement.

Nnanji se déplaça comme au ralenti : il avança le bras, leva le pied droit et se fendit petit à petit. Wallie le soutint jusqu'à ce que le pied droit regagne le sol. En corrigeant sans cesse sa position, l'adolescent parvint à exécuter une parodie d'assaut. Ils répétèrent l'exercice pendant un moment, mais la moindre accélération réduisait les progrès de l'élève à néant.

— C'est ta putain de mémoire ! rugit Wallie. Tu ne peux donc pas oublier ce que tu as appris ?

Il semblait que non, bien que la frustration ait conduit le garçon au bord de la crise de nerfs. Il avait enregistré les mauvaises habitudes comme les soutras. Ils repartirent de zéro en changeant de main, mais Nnanji n'était pas gaucher et ils abandonnèrent cette idée.

Ils utilisèrent alors une arme d'entraînement, puis son ancienne épée. Ils essayèrent les yeux fermés. Si le désespoir de Nnanji n'avait pas été aussi évident, Wallie aurait juré que l'adolescent faisait exprès de rater les exercices.

— Bon, voyons un peu cette fameuse défense, soupira Wallie.

Ils prirent des masques et des armes d'entraînement dans le gros coffre bardé de fer puis se firent face.

Les parades de Nnanji étaient excellentes, tout le contraire de ses lamentables attaques.

Wallie jeta son masque à terre, se traîna jusqu'à sa chaise et croisa les bras. Nnanji resta debout et le regarda avec désespoir.

— Je ne comprends pas, dit Wallie. Tes réflexes sont bons et ta défense est bien meilleure que celles des deuxièmes que j'ai vus en bas. Elle est au moins digne d'un troisième, même selon mes critères. Ta coordination ne pose pas de problème parce que tu répètes toujours la même erreur. La seule chose que tu es incapable de faire, c'est un assaut. L'ennui, c'est que ça représente la moitié des techniques d'escrime. Tu fais un blocage mental.

Mais « blocage mental » se traduisit par « malédiction » et les yeux de Nnanji s'écarquillèrent. Wallie éclata d'un rire gêné et déclara qu'ils feraient mieux d'envoyer chercher les saintes mères.

Il était incapable de la moindre pensée machiavélique.

— Il y a un garde devant la porte, dit Wallie. Il aura sans aucun doute reçu des ordres. Il saura que nous partons. Nous serons suivis ou ils enverront un messager en avant de notre route. Il est possible qu'ils aient déjà préparé une embuscade. Tu as vu comment Tarru lorgne cette épée. Est-ce qu'il n'y a pas une autre issue ? Une manière de contourner l'enceinte ?

— Il n'y a qu'une seule porte, répondit Nnanji d'un air sombre. Et les murs vont jusqu'à la Rivière.

Encore cette étrange répugnance à entrer dans l'eau ! Le tabou devait être très fort. Pourtant, ces gens utilisaient des bateaux. D'un autre côté, beaucoup de cultes terrestres exigeaient qu'on se déchausse à l'entrée de leurs temples pour y marcher pieds nus. Les religions n'ont pas besoin de logique.

Nnanji s'assit et fronça les sourcils avec énergie, mais sans trouver d'idée pour autant. Il était dépassé.

Wallie avait imaginé un vague plan qu'il garda pour lui. S'il parvenait à se retrouver seul avec Tarru, il pourrait l'obliger à prêter le serment du sang comme il l'avait fait avec Nnanji – le sixième était sans nul doute un meilleur guerrier que l'adolescent. Il exigerait alors que le prévôt suppléant appelle ses protégés les uns après les autres pour qu'ils jurent à leur tour fidélité à Shonsu. En théorie, Wallie pouvait devenir le maître de tous les gardes, du plus important au plus insignifiant, riches et sans le sou confondus. Les individus malhonnêtes resteraient malhonnêtes et indignes de confiance, mais les guerriers de valeur respecteraient leur serment, et ils représentaient sans doute une majorité, non ? Le problème, c'était que Wallie était l'hôte de Tarru : tirer son épée contre lui serait considéré comme une abomination et Nnanji mourrait de honte s'il apprenait que son héros envisageait un tel acte.

— Des chevaux, dit l'adolescent. Il n'y en a qu'une dizaine dans la vallée et ils appartiennent tous à la garde.

Il regarda son maître avec espoir.

— Génial ! s'exclama Wallie. Carrément génial ! (Nnanji essaya de prendre l'air humble – en vain.) Parle-moi un peu de ces chevaux.

Il n'y avait pas grand-chose à raconter. La route de la vallée était si raide que les marchandises et les produits agricoles arrivaient en chariot et les visiteurs à dos de mule. La garde disposait de quelques montures pour faire la liaison avec le poste avancé de l'embarcadère – en général occupé par trois guerriers et un prêtre. Les écuries du temple étaient situées près des portes du domaine et elles étaient gardées par trois hommes.

— Vous pourrez aller vous rendre compte par vous-même demain, sire, termina Nnanji.

— Jamais de la vie ! Je n'ai pas l'intention de m'en approcher, je suis trop facilement repérable.

Ils pouvaient voler les chevaux : ce ne serait qu'un délit, pas une abomination. De plus, on estimerait sans doute qu'un septième avait le droit de prendre ce dont il avait envie. Les montures devaient appartenir au temple et Wallie pouvait même essayer de passer un marché avec Honakura pour les acheter à l'avance. Restait encore le problème des gardes…

—Je crois que tu as trouvé la solution, vassal. Nous allons nous faire voleurs de chevaux. Mais je ne sais pas si je peux affronter trois hommes à moi tout seul sans provoquer un bain de sang – ce que je préférerais éviter. Il faut les neutraliser et les ligoter… J'ai besoin d'un bon guerrier pour réussir cela. (Nnanji sombra de nouveau dans le désespoir.) Par conséquent, tu ferais bien de reprendre ton entraînement. J'ai besoin de toi. L'épée a besoin de toi. La Déesse a besoin de toi, Nnanji. (Wallie pointa le doigt en direction du miroir.) Cent assauts le pied aligné. Ensuite, on augmentera la difficulté.

Maintenant qu'il avait de l'argent, il y avait des choses à faire. Mais ses pieds le lançaient et il estima prudent d'exagérer sa claudication. Il tira donc sur la corde pour appeler un esclave. Il s'appuya contre le dossier de son siège comme l'hôte royal qu'il était et, jusqu'à la fin de l'après-midi, il laissa les serviteurs du bâtiment militaire virevolter autour de lui. Pendant ce temps, Nnanji se fendait comme un piston devant le miroir. Le tailleur apporta des échantillons de tissu et prit les mesures de Shonsu. Le cordonnier traça les contours de ses pieds sur du cuir – il lui faudrait faire des retouches une fois que lesdits pieds auraient désenflé. Wallie ne savait pas à quoi Shonsu avait occupé son temps au cours des deux derniers mois, mais il était sûr que le guerrier n'était pas passé chez le coiffeur. Le nouveau propriétaire de son corps appela donc un barbier. Il ne faudrait pas oublier de donner une gratification à Coningu – et à Janu, car celle-ci pouvait transformer la vie de Jja en enfer. Le guérisseur-neveu d'Honakura vint changer ses bandages et marmonna quelques prières au-dessus des pieds blessés.

Wallie ordonna qu'on lui envoie son esclave au coucher du soleil – avec un repas pour deux. Il s'agissait là d'un manquement aux précautions qu'il avait énumérées à Honakura, mais, pour sa première nuit en compagnie de Jja, il était prêt à risquer l'empoisonnement. Il avait prévu de recréer le curieux dîner aux chandelles qu'ils avaient partagé dans la chaumière de pèlerins, même si ses quartiers actuels étaient cent fois plus vastes. Un repas au calme, une conversation intime pour bâtir quelques rêves et découvrir ce qu'ils avaient en commun malgré leur héritage culturel si différent… Le tout suivi d'un défilé d'épreuves amoureuses dignes des jeux olympiques !

L'après-midi se poursuivit. Wallie fit apporter assez d'eau chaude pour prendre un bain, mais sans aide cette fois-ci. Il garda un œil sur Nnanji qui continuait inlassablement ses assauts.

Il fit travailler son vassal jusqu'à épuisement complet sans que l'adolescent fasse le moindre progrès. Enfin, lorsque le soleil se coucha sur l'horizon, Wallie le laissa se reposer. Nnanji s'effondra sur un tabouret comme une vieille chemise, prêt à éclater en sanglots.

—Tu as de la famille en ville ? lui demanda Wallie.

Nnanji reprit quelques couleurs et se redressa, tendu et sur la défensive.

—Oui, sire, répliqua-t-il d'un ton presque agressif.

Qu'est-ce que Wallie avait bien pu dire de mal ?

—Je me disais que tu aimerais peut-être leur rendre visite ce soir. Je vais montrer mon talent d'escrimeur à mon esclave et je n'ai pas besoin de toi pour cela.

—Merci, sire.

Nnanji était abasourdi par tant d'égards.

—Je suppose que tu vas avoir beaucoup de choses à leur raconter, dit Wallie avec un sourire. Et tu ferais bien de les avertir que tu vas bientôt partir.

Restait encore à savoir quand. Et comment.

LIVRE QUATRE

Comment le guerrier tomba dans un piège

— Enfile tes chaussures maintenant, dit Janu.

Elle redressa l'épaule de Jja tandis que celle-ci obtempérait. Puis la gouvernante frappa à la porte et fit entrer la jeune femme dans la chambre de son nouveau maître.

Jja avait passé une journée plutôt étrange et sa tête lancinait. Elle fit de son mieux pour ne pas trembler. Elle devait aussi faire attention de ne pas se casser la cheville, car elle n'avait pas porté de chaussures depuis qu'elle avait quitté Plo – et jamais avec des talons pareils. Elle n'oublia pas de balancer les hanches et de regarder son maître avec amabilité ainsi que Janu le lui avait appris. Le seigneur Shonsu se leva pour l'accueillir.

— Le manteau ! dit la gouvernante.

Jja fit glisser le vêtement à terre pour que le seigneur Shonsu voie sa robe – un curieux assemblage de pompons et de perles. La jeune femme avait l'habitude d'être nue devant les hommes. C'était son devoir envers le temple et la Déesse ; elle l'accomplissait chaque soir. Pourtant, elle se sentait plus exposée dans cette robe. Elle espéra que le seigneur Shonsu la trouverait à son goût, mais elle connaissait les hommes et remarqua la lueur de consternation et de mécontentement dans les yeux du guerrier. Son cœur chavira.

La journée avait vraiment été étrange : elle avait pris un bain chaud, puis on l'avait parfumée et massée avec de l'huile ; elle sentait l'odeur de ses cheveux qu'on avait bouclés avec un fer ; ses pieds avaient été poncés pour les débarrasser de leurs cals ; ses mains avaient tremblé lorsqu'on lui avait montré comment se maquiller les yeux, les cils et le visage ; elle avait ressenti une petite douleur aiguë quand on avait percé le lobe de ses oreilles pour y accrocher les pendants brillants...

Les autres esclaves lui avaient appris que le seigneur Shonsu allait être appointé premier prévôt. Ils lui avaient répété des anecdotes à propos de son prédécesseur et des choses horribles qu'il infligeait aux esclaves. Mais Jja connaissait déjà la plupart de ces histoires. Ses homologues avaient plaisanté en évoquant la taille du seigneur Shonsu et la brutalité dont il ferait preuve. Mais Jja savait que ce n'était pas un homme brutal. Ils lui avaient dit que les guerriers battaient leurs esclaves avec le plat de leur épée. Elle avait essayé de leur parler de la promesse du seigneur Shonsu concernant Vixi. Ils avaient éclaté de rire et affirmé qu'une promesse faite à un esclave n'avait aucune valeur.

— Merci, Janu ! dit le seigneur Shonsu.

Il referma la porte en la claquant. Une délicieuse odeur de nourriture flottait dans la pièce immense. Elle provenait d'une table sur laquelle étaient disposés des plats couverts d'une nappe blanche. Mais Jja n'avait pas faim. Elle était au bord de la nausée. Elle avait envie de satisfaire son nouveau maître, mais il n'aimait pas sa robe. Si elle ne parvenait pas à le contenter, il la battrait, ou la vendrait.

À ce moment, il prit ses mains et la fixa. Elle sentit son visage s'empourprer et fut incapable de soutenir son regard. Il avait sans doute remarqué qu'elle tremblait. Elle essaya de sourire comme Janu le lui avait appris.

— Ne fais pas ça ! dit-il avec gentillesse. Oh, ma pauvre Jja ! Qu'est-ce qu'ils t'ont fait ?

Il la prit dans ses bras et elle se mit à sangloter. Quand elle parvint enfin à se maîtriser, il attrapa la nappe qui couvrait les plats et entreprit d'essuyer le maquillage de la jeune femme – et celui qui avait coulé sur son épaule.

— Est-ce que c'est toi qui as choisi cette tenue ? demanda-t-il. (Elle secoua la tête.) Quel genre de robe aimerais-tu porter ? Décris-la-moi, je vais essayer de l'imaginer.

— En soie bleue, maître, répondit-elle entre deux sanglots. Longue. Coupée bas devant.

Il sourit.

— C'est la robe dont je t'ai parlé quand nous étions dans la chaumière, n'est-ce pas ? J'avais oublié. J'ai dit que tu ressemblerais à une déesse ainsi vêtue. Qu'est-ce que Janu en a pensé ?

Janu avait dit que les esclaves ne portaient pas de soie, pas plus que du bleu, et que les robes longues n'étaient pas affriolantes.

— Tiens donc ! s'exclama le maître d'un ton ferme. Eh bien ! nous allons leur montrer ! Enlève-moi cette horreur et enfile ça.

Il lui tendit la nappe et se détourna. Elle se débarrassa des pompons, des perles et des parures rutilantes avant de s'envelopper dans le tissu blanc.

— C'est beaucoup mieux ! Tu es une femme magnifique, Jja. La plus belle et la plus excitante que j'ai rencontrée. Tu n'as pas besoin de trucs vulgaires comme… comme cette horreur. Maintenant, viens t'asseoir.

Il lui offrit du vin et, plus tard, il insista pour qu'elle s'installe à la table et dîne avec lui. Il refusa qu'elle le serve. Elle se força à manger, mais elle se sentait encore nauséeuse. Était-ce à cause de la forte odeur de musc et de pétales de rose qui émanait de son corps ? Le seigneur lui posa des questions, elle s'efforça de répondre. Les pèlerins ne lui avaient jamais demandé de leur faire la conversation et elle était incompétente dans ce domaine.

Elle lui parla de la lointaine Plo ; l'hiver, il y faisait si froid que même les enfants portaient des vêtements. Il sembla la croire, ce que personne n'avait jamais fait à Hann. Elle lui raconta tous les souvenirs qu'elle avait de sa mère – elle ne savait rien de son père, sinon qu'il avait lui aussi été esclave, bien entendu. Elle lui décrivit la ferme d'esclaves où elle avait été élevée. Elle dut lui expliquer que ces fermes faisaient l'acquisition de bébés esclaves pour les former. Elle éprouvait beaucoup de mal à parler au seigneur Shonsu et elle avait conscience de s'exprimer difficilement.

— Et puis j'ai été achetée par un homme de Fex. Quand nous avons embarqué, nous sommes arrivés à Hann et les marins ont dit que mon maître était un Jonas. Alors, il a répondu que c'était moi qui étais un Jonas, parce qu'il était déjà monté dans un bateau et que tout s'était bien passé. Il est allé prier la Déesse pour qu'elle le laisse rentrer chez lui et il m'a donnée au temple comme offrande.

Elle vit que le seigneur Shonsu était perplexe bien qu'il fasse son possible pour le cacher. Elle sut qu'elle avait lamentablement échoué dans sa tâche.

Enfin, à son grand soulagement, le seigneur Shonsu lui demanda si elle voulait se coucher. Ni sa conversation ni sa robe ne l'avaient satisfait, mais elle savait contenter un homme au lit.

Pourtant, cela ne se passa pas bien non plus. Il refusa qu'elle fasse certaines choses qu'elle estimait propres à lui plaire, des choses que les pèlerins exigeaient. Elle fit de son mieux. Il réagit comme les hommes le font toujours, mais elle eut la curieuse sensation que seul son corps répondait à ses efforts. Le seigneur lui-même n'était pas satisfait, son plaisir était superficiel. Et plus elle essayait, plus la situation empirait.

Au matin, tandis qu'elle enfilait son manteau, le seigneur s'adressa à elle.

— Tu ne m'as pas dit que la couture faisait partie des enseignements que tu as reçus à la ferme d'esclaves ?

Elle hocha la tête.

— Si, maître.

Il se leva du grand lit et se dirigea vers elle.

— Si nous achetons le nécessaire, saurais-tu coudre une robe ?

Il avait déjà dépensé tant d'argent pour elle, et elle était incapable de le satisfaire... Elle répondit sans prendre le temps de réfléchir.

— Je peux essayer, maître.

Il sourit.

— Alors, pourquoi pas ? Est-ce que les autres t'aideront si je le demande ?

— Je pense. (Elle laissa glisser le manteau.) Expliquez-moi, dit-elle avec courage.

Son sourire de petit garçon se dessina sur son visage et il lui montra. Serré ici, soutenant sa poitrine comme ça et lâche par là ; moulant en bas et fendu jusqu'ici.

— Pourquoi pas une autre fente de ce côté ? suggéra-t-il. Fermée quand tu restes immobile, mais dévoilant tes superbes cuisses quand tu marches ?

Elle frissonna soudain sous ses multiples attouchements et s'aperçut qu'elle lui rendait ses sourires. Il l'enlaça et l'embrassa avec tendresse.

— Ce soir, nous essaierons de nouveau, dit-il. Pas de maquillage et juste une goutte de parfum, d'accord ? Je dirai à Janu que c'est ainsi que j'aime les femmes qu'on me sert. Crues ! Je te préfère comme tu es maintenant, mais n'importe quel vêtement sera mieux que cette horreur à pompons.

Au moment où Wallie estimait qu'il faisait des progrès, il aperçut Nnanji allongé sur un lit de l'antichambre. L'adolescent avait les yeux pochés, plusieurs dents branlantes et un grand choix d'ecchymoses et de points douloureux. Son nouveau kilt jaune était en boule par terre, tâché de sang.

— Ne bouge pas ! ordonna-t-il à son vassal lorsque celui-ci fit mine de se lever. Jja, va voir Janu et demande-lui de faire venir un guérisseur. (Il approcha un tabouret du lit, s'assit et fixa le visage ravagé de Nnanji.) Qui a fait ça ?

Les coupables étaient Gorramini et Ghaniri, deux des hommes qui avaient battu Wallie pour le plaisir d'Hardduju. Wallie avait pensé qu'ils étaient partis, mais ce n'était pas le cas. Meliu avait quitté le temple après avoir essuyé un affront, mais les deux autres étaient encore dans les parages et évitaient soigneusement de croiser le chemin du septième. En revenant de chez ses parents, Nnanji s'était rendu au salon du bâtiment militaire, sans doute pour se pavaner et se vanter un peu. Les épées y étaient prohibées, mais rien n'interdisait de se servir de ses poings – la pratique était peut-être même encouragée pour soulager les antagonismes.

— Ça suffit ! rugit Wallie. Nous avions déjà un compte à régler et ils ont violé les lois de l'hospitalité !

— Vous allez les défier ? demanda Nnanji d'un ton nerveux tout en léchant ses lèvres tuméfiées.

— Les défier, mon cul ! s'écria son mentor, prêt à grincer de nouveau des dents. C'est une abomination ! Je vais les dénoncer pour qu'on leur tranche les pouces ! Je suppose que ce sont eux qui ont tapé en premier ?

Ah, non… C'était Nnanji qui avait lancé les hostilités.

Au cours de sa nuit désastreuse en compagnie de Jja, Wallie avait appris une chose : le vocabulaire de Shonsu manquait cruellement de mots tendres. Il découvrait maintenant que, en contrepartie, il offrait un choix impressionnant de jurons, d'insultes, d'obscénités et autres vitupérations. Il expliqua à Nnanji qu'il avait agi comme le dernier des imbéciles, en seize paraphrases choisies avec soin et sans répéter un mot. L'adolescent parvint à reculer en restant allongé sur le dos.

— Bon, deux contre un, c'est quand même minable, conclut Wallie. (Il lança un regard soupçonneux à son vassal mal en point.) Ils étaient *bien* à deux contre un, n'est-ce pas ?

Euh… Pas tout à fait. Ghaniri avait insulté Nnanji. Nnanji l'avait frappé et avait reçu une sacrée correction. Ghaniri était un guerrier puissant, Wallie était bien placé pour le savoir. Il était plus petit que Nnanji, mais beaucoup plus large d'épaules et plus lourd. Ses oreilles en chou-fleur et son nez enfoncé trahissaient le bagarreur. Quand l'adolescent était parvenu à se relever, Gorramini avait répété l'insulte et Nnanji avait essayé de le frapper – et pris une dérouillée encore plus sévère que la première.

Wallie était maintenant si furieux et si abasourdi qu'il en oublia de jurer.

— Ainsi donc, au lieu d'aller les dénoncer, il faut que je descende et que je me mette à plat ventre devant Tarru pour implorer son pardon *à ta place*? Mais, par le Monde, qu'est-ce qu'ils ont raconté pour que tu te conduises comme le dernier des crétins? *Quelle* insulte justifie de prendre deux raclées à la suite? (Nnanji tourna la tête.) Dis-le-moi, vassal! C'est un ordre! aboya Wallie, soudain curieux.

Nnanji tourna de nouveau la tête et leva des yeux accablés de douleur. Puis il ferma l'œil droit et montra sa paupière. Il fit de même avec le gauche et fixa Wallie avec tout le désespoir du monde. Son maître ne comprit rien à son manège.

— J'ai demandé que tu me le dises! Avec des mots!

Pendant un moment, il crut que son vassal allait refuser, mais l'adolescent déglutit avec peine et murmura:

— Mon père est fabricant de tapis et ma mère orfèvre.

Wallie eut l'impression qu'il confessait un inceste ou un trafic de drogues.

Les marques faciales? Jja en avait parlé, mais Wallie n'avait pas osé demander où elles se trouvaient. L'énigme des dieux – d'abord ton frère… Wallie ressentit le besoin urgent de se précipiter devant le miroir pour inspecter ses paupières. Qui s'amuse à observer les siennes d'habitude?

— Et puis? Est-ce qu'ils ne sont pas honnêtes? Durs à la tâche? Bons avec leurs enfants? (Nnanji hocha la tête.) Alors, honore-les! Qu'importe le métier de ton père si c'est un homme respectable?

La différence culturelle entre les deux mondes était ahurissante. Wallie ouvrit la bouche pour raconter que son père avait été policier, mais s'interrompit juste à temps. Dans sa tête, il entendit le rire strident du demi-dieu lorsqu'il le lui avait dit. Cela signifiait peut-être que Courtebotte avait prévu la conversation présente, car «policier» se traduisait par «guerrier». Wallie ne devait donc pas donner cette information à Nnanji.

Pourtant, le père de l'inspecteur Smith avait exercé de nombreuses professions au cours de sa carrière douteuse. Il avait même travaillé deux ans dans une filature de tapis.

— La coïncidence est étonnante, Nnanji. Mon grand-père fabriquait des tapis, lui aussi.

Nnanji laissa échapper un hoquet de surprise. Si la vénération d'un héros s'était mesurée sur l'échelle de Richter, Wallie aurait atteint neuf et demi ou dix.

— Quelle importance? poursuivit-il. C'est toi qui es mon vassal, pas ton père. Il fait sans nul doute de l'excellent travail quand il s'agit de faire des fils – en dehors d'un certain manque de cervelle, bien sûr, espèce de sombre andouille!

À cet instant, le guérisseur entra en trombe. Tandis qu'il examinait son patient, Wallie se glissa dans la pièce principale et claudiqua aussi vite que possible jusqu'au miroir. Ses deux paupières étaient vierges de toute marque. C'était pourtant une bonne idée.

Il fit demi-tour et réfléchit à Nnanji. Il était d'une sensibilité exacerbée quand on lui rappelait qu'il ne venait pas d'une lignée de guerriers. Cela expliquait peut-être sa conception idéaliste de l'honneur et du courage. Il surcompensait, quoique ce terme n'existe pas dans le Monde. Un peu de psychiatrie s'imposait. Si un tas de muscle de cent kilos au visage imberbe parvenait à jouer le rôle d'un médecin viennois doté d'une barbiche et d'une solide culture, il était temps de devenir Sigmund Freud. Une fois que le guérisseur eut assuré au vaillant seigneur que son protégé ne souffrait d'aucune blessure sérieuse, il empocha ses honoraires et sortit. Wallie demanda à la victime de rester allongée où elle était, puis il s'assit sur un tabouret près du lit.

— Discutons un peu de tes problèmes avec une épée. Quand est-ce qu'ils ont commencé ? Tu les as toujours eus ?

Absolument pas, répondit Nnanji en fixant le plafond. Il parlait avec difficulté du fait de sa bouche enflée. Quand il était gratteur, le novice Nnanji du premier avait été une recrue modèle. Briu avait affirmé qu'il était un guerrier-né, le meilleur qu'il ait jamais vu. Il avait ajouté que personne n'apprenait les soutras plus vite et aussi bien que lui. Après *deux semaines seulement*, Briu avait déclaré qu'il était prêt à accéder au deuxième rang. Mais la garde avait une règle : les guerriers devaient rester au moins un an au premier rang. Ce fut donc le jour anniversaire de son initiation que le garçon avait démontré son talent d'escrimeur face à deux deuxièmes...

— La vache, qu'est-ce que je leur ai mis, se lamenta-t-il avec nostalgie.

Il avait ensuite travaillé d'arrache-pied afin d'accéder au rang suivant dans un temps record, une fois de plus. Puis le désastre était survenu. Un beau matin, il s'était aperçu qu'il ne parvenait plus à toucher ses adversaires, quoi qu'il fasse. Il en était ainsi depuis.

Nous progressons ! songea Wallie.

— Dis-moi, est-ce qu'il est arrivé quelque chose d'important à ce moment-là ?

Les parties indemnes du visage de Nnanji blêmirent, ses poings se contractèrent et tout son corps se raidit.

— Je ne me souviens pas ! lâcha-t-il.

— Tu ne te souviens pas ? *Nnanji* ne se souvient pas ?

Soit il mentait, soit le simple fait d'essayer le terrifiait. Non, affirma l'adolescent, il ne se souvenait pas. Il tourna le dos à son mentor et plongea la tête dans l'oreiller. Wallie n'en tira rien de plus.

Il était à peu près certain de deviner ce qui s'était passé. Le nouveau deuxième avait soudain découvert que les gardes n'étaient pas aussi purs et incorruptibles qu'il l'avait imaginé dans son innocence. Il était toujours un romantique et un idéaliste – encore plus qu'à ce moment fatidique. Comment avait-il appris les trafics de ses collègues ? L'avait-on intimidé pour qu'il garde le silence ? À quoi s'était-il attendu ? Qu'avait-il été obligé de faire ? Toutes ces questions étaient secondaires. L'important, c'était que Wallie n'était pas psychiatre, que le langage employé ici ne contenait pas les mots adéquats et que toute tentative pour expliquer à Nnanji les causes de son blocage ne ferait sans doute qu'empirer la situation.

— Bon, dit-il en se levant. Je ne peux pas dénoncer Gorramini et Ghaniri, et il faut que j'aille faire des courbettes devant Tarru. Mais quoi qu'il en soit, je vais leur rendre la monnaie de leur pièce. Et tu vas m'y aider.

— Moi ? dit une voix étouffée.

Nnanji roula pour se tourner vers son mentor.

— Oui, toi ! Dans une semaine, je vais demander à ce que tu les affrontes pendant l'épreuve d'accès au quatrième rang. Et tu vas leur mettre une raclée devant tout le monde.

— C'est impossible, sire, protesta l'adolescent.

Wallie rugit.

— Ne me dis pas ce qui est impossible et ce qui ne l'est pas ! Je vais te hisser au quatrième rang, même si tu dois y laisser ta peau !

Nnanji le fixa. Son mentor ne plaisantait pas. Il ferma les yeux, extatique. Nnanji du quatrième ?

— Ce qui n'empêche pas que tu aies fait preuve d'une bêtise incommensurable. Tu m'as embarrassé, tu as mis ma mission en péril et tu m'as retardé dans mes affaires. Tu seras puni.

Nnanji déglutit et s'arracha avec appréhension à ses rêves enchantés.

— Tu ne bougeras pas de ce lit avant midi. Rien à manger et tu restes sur le dos. C'est le meilleur traitement possible pour tes hématomes. Et tant que tu y es, tu vas essayer de te rappeler ce qui est arrivé le jour où tu as perdu ta faculté d'attaquer.

Wallie se retourna et traversa la pièce à grands pas, laissant son vassal bouché bée. Il se souvint alors de la volonté acharnée de l'adolescent et décida de partir sur une boutade.

— Ça ne t'autorise pas à pisser au lit.

Le petit déjeuner se révéla assez lugubre ce matin-là. Tarru l'attendait. Il était assis à une table au centre de la grande salle, flanqué de deux cinquièmes et entouré de sa cour. Un chemin avait été dégagé jusqu'à eux – sans nul doute à l'intention de Wallie. Quand celui-ci entra, des sourires discrets fleurirent dans toute la pièce : voilà ce qui arrivait aux guerriers qui prenaient des fils de fabricants de tapis comme protégés.

Wallie demanda pardon pour le comportement de son vassal et assura à son hôte que le coupable avait été châtié en conséquence. Tarru accepta les excuses à contrecœur et sourit. Wallie était incapable d'expliquer pourquoi, mais ce sourire le faisait toujours penser à une mâchoire de requin. Le premier prévôt n'avait pourtant pas les dents en pointe ; ses yeux enchâssés de rides ressemblaient à ceux d'un éléphant, ils n'étaient ni vitreux ni lisses comme les globes oculaires des squales. De plus, les prédateurs des mers arboraient rarement des cheveux gris. Cette impression se justifiait peut-être par la manière dont Tarru lorgnait la septième épée : on l'imaginait décrire des cercles autour, attendant le bon moment pour s'en emparer.

—Maintenant, il est certain qu'un hôte qui insulte et provoque un invité ne se conduit pas non plus avec honneur, déclara Wallie tandis qu'on posait un bol de ragoût devant lui. Je devrais m'entretenir avec les mentors de ces gentilshommes. Qui sont-ils ?

—Ah ! lâcha le premier prévôt suppléant, une expression curieuse et indéchiffrable sur le visage. Ce ne sont pas des hôtes, seigneur, mais des invités tout comme vous. Ils étaient les protégés du seigneur Hardduju. Ils ont demandé la permission de séjourner ici un moment et j'ai accepté.

Pas bête ! Ils avaient cru que Wallie prendrait le poste d'Hardduju. S'ils avaient juré allégeance à un autre mentor au sein de la garde, ils se seraient retrouvés dans une position vulnérable. Ils avaient donc obtenu le statut privilégié d'invités, comme lui. Un invité devait se conduire honorablement envers ses pairs, bien entendu, et maintenant que Shonsu n'était plus une menace…

—Ils n'ont pas de mentor ? demanda Wallie en sentant que quelque chose n'était pas normal.

—Ils n'ont prêté le deuxième serment à personne, confirma Tarru avec un visage toujours impassible.

Des signaux d'alarme se mirent à clignoter dans la tête de Wallie, mais il n'eut pas le temps de chercher pourquoi : maître Trasingji des Sourcils Blancs se tourna soudain vers Tarru.

—Comment se passent les travaux à la prison, mentor ?

Il avait posé la question en ânonnant, comme s'il l'avait apprise par cœur.

—Plutôt bien, répondit Tarru. Ils se termineront plus vite lorsque nous aurons davantage de charpentiers. La plupart d'entre eux travaillent sur les nouvelles installations des écuries.

—J'ignorais que vous aviez des écuries, dit Wallie. Existe-t-il quelque chose que le temple ne possède pas ?

Il ne leurra personne. Tarru avait repéré cette porte de sortie et il avait aussitôt entrepris de la verrouiller. Il avait demandé la fortification des écuries, et sans doute augmenté le nombre de gardes affectés à leur surveillance.

Il y avait également quelque chose de bizarre avec les cinquièmes. La veille, ils s'étaient détendus dès qu'ils avaient appris que Shonsu ne remplacerait pas Hardduju. Ce matin, seul Trasingji croisait son regard.

Tarru se leva, s'excusa et partit. Quatre cinquièmes le suivirent comme des gardes du corps. Il s'était lui aussi ménagé une porte de sortie : personne ne lui imposerait de prêter le serment du sang.

Wallie se retrouva seul au milieu de la salle. Il s'assit et mangea dans une solitude pesante, se sentant comme le pensionnaire d'un zoo, cerné par des sourires en coin. Bande de barbares stupides et obsolètes ! Brutes préhistoriques assoiffées de sang! Il avait promis au demi-dieu de devenir un guerrier, mais il n'avait pas précisé qu'il y prendrait plaisir. Il méprisait cette culture ignorante et primitive tout comme ces scélérats assassins…

Dès que sa dignité le lui permit, il quitta le mess avec raideur et se dirigea vers le quartier des femmes. Une fois arrivé, il fit appeler Janu et lui donna assez d'argent pour que son esclave se fabrique une robe. L'expression désapprobatrice de la gouvernante fut sans équivoque: voulait-il une putain ou une couturière?

Il déambula ensuite au hasard et sortit sur les marches de l'entrée. Il resta là en proie à une fureur noire tandis qu'il contemplait le terrain de parade d'un œil mauvais. Les faibles échos de coups de marteau lui parvinrent de la prison et cela le réconforta un peu. Il avait au moins fait une petite bonne action. Mais Nnanji était un cas psychiatrique désespéré et ses tentatives pour récompenser Jja ne faisaient qu'attiser chez elle un sentiment d'incompétence et d'insécurité. Elle aurait peut-être été plus heureuse au service de son ancienne maîtresse, à s'occuper des pèlerins en accomplissant des tâches relevant de sa compétence. Quant à Tarru… Si ce minable chef de gang barbare se croyait capable d'entuber Wallie Smith, eh bien!…

La signification de toutes ces manigances le frappa comme un éclair!

Wallie grommela un juron qui était presque un gémissement.

Un piège!

Il oublia ses pieds blessés, descendit les marches quatre à quatre et se précipita vers le temple à la recherche d'Honakura.

La chaleur était intenable et chaque jour semblait plus étouffant que le précédent. Des vagues de flammes invisibles balayaient le sol et Wallie avait l'impression qu'elles brûlaient la chair de ses pieds et l'arrachaient à ses os dès qu'il marchait au soleil. Une fois au temple, il fut escorté de nouveau à travers les couloirs obscurs et le labyrinthe de sombres cours intérieures qui s'étaient transformées en fournaises sans le moindre souffle d'air. Les lanières de son harnais lui collaient à la peau. Au bout de quelques minutes, le prêtre minuscule arriva en hâte. Sa robe bleue était tachée de sueur, prouvant ainsi que son propriétaire n'était pas encore momifié.

Cette fois-ci, ils n'échangèrent aucune banalité après le salut de rigueur. Les deux hommes s'assirent, le vieillard sur une chaise en osier, le guerrier sur un tabouret.

—Je regrette de ne pas avoir accepté le travail que vous me proposiez, lança aussitôt Wallie. Même si ce n'était qu'à titre temporaire.

—Cela peut s'arranger, répliqua le prêtre d'un ton prudent.

—Non, c'est trop tard. Tarru m'a pris de vitesse. Il fait prêter le serment du sang à la garde.

Il expliqua ce qui était soudain devenu évident: Ghaniri et Gorramini n'avaient pas prêté le deuxième serment, mais le troisième. L'altercation avec Nnanji avait été provoquée par Tarru, pour le punir de son honnêteté et pour avoir gagné un pari au profit de son maître.

L'attitude des cinquièmes avait changé parce qu'on les avait fait jurer fidélité à Tarru, sans doute avec une lame contre la gorge. Ils étaient humiliés et se sentaient coupables. C'était pour cette raison qu'ils avaient évité de croiser son regard, le regard d'un homme qu'ils devraient peut-être tuer au mépris de leur honneur.

Tarru ne s'était pas contenté de prévoir tous les mouvements possibles de Wallie et de les contrer, il avait avancé une pièce lui aussi – un coup superbe. C'était sans appel ! En ce moment même, il faisait sans doute prêter serment à tous les membres de la garde, du plus haut rang au plus petit. Quand il aurait terminé, il serait prêt à déclencher son piège.

— Si j'agis maintenant, conclut Wallie, j'encourage un coup d'État. J'ignore le nombre de gardes qui lui ont déjà juré fidélité, mais je pense qu'il est suffisant. Les autres obéiraient d'abord à leur mentor. Je serais premier prévôt, mais n'aurais aucun guerrier sous mes ordres. (Il se renfrogna.) Je ne peux même pas tuer cet enfoiré. Les vassaux doivent venger leur maître. Merde ! Merde ! Merde !

Honakura comprit aussitôt la situation, comme à son habitude.

— Il a profité des avantages de son nouveau poste, seigneur. Il fait réparer la prison et les écuries. Il a augmenté le nombre de gardes aux portes du temple. Je vois pourquoi il s'occupe des écuries, mais je reconnais que je suis un peu perplexe quant à la prison.

Wallie renifla avec mépris et le lui expliqua. Même le prêtre fut surpris par l'intérêt que le guerrier portait à de simples prisonniers.

— Alors, seigneur, qu'allez-vous faire ?

— Je ne sais pas, avoua Wallie. Rester assis et attendre que mes pieds soient guéris, je suppose. Maintenant, il est trop tard pour recruter des hommes, même si je savais lesquels sont honnêtes. Ils sont peut-être liés par le serment du sang et ont reçu l'ordre de ne pas en parler. Il n'y a rien de plus puissant que cette saloperie de promesse.

— Ah ! dit Honakura. Par conséquent, vous allez devoir engager des compagnons autres que des guerriers. Il vous en faut six, vous savez.

Il s'interrompit alors qu'un prêtre de rang inférieur arrivait en trottinant pour déposer un plateau sur leur table. L'homme s'en alla en slalomant avec nervosité entre les arbres. Il ressemblait à un papillon blanc.

— Dites-moi ce que vous pensez de ce vin, seigneur. Il est un peu plus doux que celui d'hier.

Aujourd'hui, les coupes étaient en cristal et non plus en argent, contrairement au plat où s'entassaient des petits gâteaux encore plus magnifiques et surchargés de crème que ceux de la veille.

— Six ? Par tous les dieux, et pourquoi donc ?

— Sept est un nombre sacré. (Honakura fronça les sourcils en voyant l'expression de Wallie.) Le dieu vous a dit de me faire confiance, n'est-ce pas ? Alors, faites-moi confiance. Vous devez être sept.

— Moi, Nnanji, Jja, le bébé… Vous comptez les bébés ? Vous comptez les esclaves ?

Les religions n'avaient pas besoin d'être logiques.

Le vieil homme se laissa aller contre le dossier de sa chaise en osier et, pendant un moment, contempla la vaste canopée au-dessus de sa tête.

— En temps normal, je ne compterais pas les esclaves, mais je pense que vous ne raisonnez pas comme moi. Alors, oui, j'estime que vous pouvez dire que vous êtes quatre.

Il balaya l'air de la main afin de chasser les mouches des gâteaux, puis il présenta le plateau à Wallie qui déclina.

— Comment se porte votre protégé ? Avez-vous évalué ses compétences à l'épée ?

— Avec une arme, il serait incapable de se frayer un chemin à travers une cour déserte. (Wallie but une gorgée de vin par politesse : le goût évoquait vaguement celui de l'huile de vidange.) Le problème de Nnanji me sidère et j'aimerais entendre votre avis en tant qu'expert de la nature humaine.

Il laissa de côté sa théorie sur l'expérience traumatique responsable de l'inhibition de Nnanji et essaya d'expliquer la notion terrestre de blocage mental. Il eut du mal à trouver les mots appropriés.

Honakura hocha la tête.

— Je n'ai pas de nom pour ce genre de trouble, mais ce n'est pas la première fois que j'y suis confronté. J'ai eu un protégé qui fut victime d'une telle paralysie quand il devait réciter certains soutras. Il n'était pas idiot, mais, lorsqu'il devait accomplir cette tâche, il était complètement obtus.

— C'est ça ! Est-ce que vous avez trouvé une solution ?

— Oh, oui ! Je l'ai fait flageller.

Wallie se souvint du chevalet de fouet et frissonna.

— Jamais ! Ce n'est pas ainsi qu'on forme un guerrier.

— Et votre esclave, seigneur ? Accomplit-elle ses devoirs avec assiduité ?

Conscient du regard perçant posé sur lui, Wallie esquissa un faible sourire.

— Elle a besoin de plus d'entraînement, et je m'en chargerai en personne.

Ce serait plus facile de prendre une antilope bien grasse et d'essayer de lui faire traverser discrètement une cage remplie de lions. Le prêtre l'examina d'un air songeur.

— Ce n'est qu'une esclave, seigneur.

Wallie n'avait pas envie de parler de sa vie sexuelle, mais les propos d'Honakura le contrarièrent.

— J'ai l'intention d'en faire ma compagne.

— Votre compagne ? D'une esclave ? Je constate que les dieux ont choisi un homme très ambitieux. (Le prêtre se redressa, garda un moment les yeux clos et sourit.) Avez-vous songé que cette esclave et ce jeune guerrier vous ont peut-être été donnés en tant qu'épreuve, seigneur ?

Non, Wallie n'avait pas envisagé cette possibilité. L'idée lui déplaisait au plus haut point.

— J'ai renié mes principes pour acheter une esclave, dit-il. Si le dieu était derrière tout ça, il m'a eu. Mais il est hors de question que je fasse fouetter Nnanji ! Jamais ! Jamais ! Jamais !

Honakura gloussa.

— Il est possible que vous envisagiez le problème à l'envers. C'est peut-être une épreuve pour s'assurer que vous êtes assez dur pour le faire fouetter, ou peut-être une épreuve pour s'assurer que vous êtes assez patient pour ne pas le faire fouetter.

Il semblait très content de lui maintenant que Wallie ne savait plus quoi penser.

Ce dernier changea de sujet. Ce n'était pas les questions qui manquaient.

— Parlez-moi un peu des marques faciales. Je me suis aperçu que je n'en avais pas.

Le prêtre sourit.

— Je l'avais remarqué aussi. C'est très inhabituel. C'est même la première fois que je vois cela. La marque sur la paupière droite indique la profession du père, et l'autre, celle de la mère, bien entendu. Si vous n'étiez pas un guerrier, les gens vous poseraient des questions sur cette anomalie.

Il sourit de nouveau et attendit que Wallie réfléchisse.

— Mais quand vous avez rencontré Shonsu, le premier jour...

— Il portait alors les marques de la profession de ses parents, reconnut le prêtre. Je ne m'en souviens pas, mais leur absence est si rare que je l'aurais sans aucun doute remarquée.

— Je suis censé retrouver mon frère ! Est-ce que ce sont les dieux qui ont enlevé ces marques ?

— Il semblerait, répondit Honakura avec suffisance.

Wallie rumina ses problèmes pendant un moment et reparla évidemment de Tarru.

— Le dieu m'avait averti que je devrais me montrer plus dur. J'aurais dû le tuer quand il m'a défié.

C'était ce que Shonsu aurait fait, comme n'importe quel septième sans doute.

— Vous avez donc échoué, remarqua Honakura. Et votre tâche n'en est que plus difficile. (Il ne semblait pas très inquiet, mais, d'un autre côté, ce n'était pas son sang qui irait abreuver le sable.) Cependant, certains de vos problèmes s'annulent, seigneur.

— Qu'est-ce que vous voulez dire par là ?

Le vieil homme compta sur ses doigts.

— Vous vous inquiétez à propos des brigands, des guerriers malhonnêtes en général et de Tarru. J'ai le regret de vous informer qu'il faut maintenant y ajouter les prêtres. Certains de mes collègues estiment que l'épée de la Déesse doit rester au temple – à condition que ce soit bien la Sienne. Mais si l'honorable Tarru la convoite, il n'alertera pas les brigands et ne coopérera pas avec les prêtres. Il doit déjà avoir assez de soucis avec les guerriers.

C'était juste. Les impies étaient prêts à se battre entre eux pour prendre possession de l'arme. Par malheur, cela arriverait sans doute une fois que Wallie serait mort.

— Je suppose que la Déesse finira un jour par choisir un premier prévôt plus convenable pour Son temple, dit le guerrier d'un ton songeur.

— Je n'en doute pas, seigneur.

Un autre septième ? Avec un autre septième à ses côtés, Shonsu pouvait transformer la garde en chair à saucisse.

— Un jour, répéta Wallie.

— Un jour, confirma Honakura. Nous pouvons bien sûr nous tromper, seigneur, mais si tout cela est une épreuve, je ne pense pas que le remplacement aura lieu avant… que vous ayez résolu les problèmes par vous-même.

— Merde ! s'exclama Wallie. J'ai besoin de temps. J'ai besoin de guérir. Du temps pour trouver des alliés ! Je vois Tarru en train de contaminer tous les gardes comme un cancer, les obligeant à prêter allégeance sous la menace d'une épée, un par un. Quand ils seront tous – ou presque – à ses ordres, il frappera. Il me tuera, il prendra l'épée et il partira. Si cette arme possède ne serait-ce qu'une fraction de la valeur que vous lui attribuez, il n'hésitera pas à tout abandonner pour se refaire une vie ailleurs. Ou il décidera de devenir le maître du temple.

Il s'interrompit en réfléchissant aux implications de ce qu'il venait de dire. Puis il observa l'amusement tranquille du prêtre.

— Mais dans ce cas, il n'aurait pas besoin de l'épée. Il pourrait s'emparer du trésor du temple ! Est-ce que c'est déjà arrivé ? Depuis les milliers d'années qu'il existe, est-ce qu'un prévôt a essayé ?

Le visage ridé se fendit d'un large sourire.

— Cinq fois au moins, mais pas depuis plusieurs siècles maintenant. Je suppose donc que quelqu'un ne va pas tarder à se laisser tenter de nouveau. Sans succès, bien entendu. D'abord, votre serment du sang n'est pas ce qu'il y a de plus important, seigneur. Le code des guerriers stipule que la volonté de la Déesse prime tous les soutras, n'est-ce pas ?

— C'est exact. Le temple est donc protégé ? Ce n'est pas mon cas !

— Je le crains, en effet. Mais il y a une autre protection : d'éventuels voleurs devraient partir par bateau.

Le prêtre gloussa et remplit les coupes en argent.

Wallie le fixa, le regard vide.

— Et alors ?

— Alors, les bateaux resteraient à quai ! lâcha Honakura, surpris par la lenteur de son interlocuteur. La Déesse ne viendrait pas en aide à ceux qui pillent Son temple !

— Ah, vous parlez de miracle.

Non, répondit le prêtre. Il ne parlait pas de miracle, il parlait de la Main de la Déesse. Les embarcations allaient où Elle le décidait, car la Rivière était la Déesse…

— Et la Déesse est la Rivière, compléta Wallie. (Son grognement sourd noya les marmonnements qui sortaient de la bouche édentée.) Vous feriez peut-être bien de m'expliquer, seigneur.

Cela nécessita un certain temps, car Honakura ne comprenait pas que le guerrier ignore à ce point les voies de la Rivière. La Rivière était unique et omniprésente à travers le Monde. Non, elle n'avait ni commencement ni fin pour autant qu'il le sache. Toutes les villes et toutes les cités avaient été bâties près de la Rivière, à l'image d'Hann. En règle générale, Fon se trouvait en aval d'Hann et Opo en amont, mais ce n'était pas toujours le cas.

Wallie commença enfin à comprendre : la géographie du Monde n'était pas figée. Le récit de Jja devenait plus cohérent. Il demanda ce qu'étaient les Jonas. Le prêtre lui répondit qu'il s'agissait d'une personne que la Déesse souhaitait voir ailleurs. Si elle embarquait sur un navire, il l'emmenait à l'endroit qu'Elle avait choisi. Si Elle ne voulait pas que vous partiez, le bateau revenait sans cesse à son point de départ. Non, insista Honakura, ce n'était pas un miracle. Les miracles étaient exceptionnels alors que ce genre de choses arrivait tout le temps. L'épée de Wallie, elle, relevait du miracle.

Il y avait de bons et de mauvais Jonas, mais la plupart appartenaient à la première catégorie – ce qui expliquait peut-être pourquoi le mot se traduisait de manière aussi confuse pour Wallie. Dès que le Jonas était débarqué, le navire reprenait sa course normale et recevait souvent une bénédiction.

Le Monde était un endroit très intéressant. Le pillage du temple se révélait une opération sans intérêt, mais le demi-dieu avait stipulé que l'épée, elle, pouvait être volée.

— Est-ce que les prêtres dont vous avez parlé ne croient pas aux miracles ?

Honakura fixa les pavés avec colère.

— J'ai honte de l'avouer, mais plusieurs d'entre eux font preuve d'un manque de foi remarquable, seigneur. Certains pensent que… la légende dit que l'épée a été offerte à la Déesse. D'autres ont une interprétation différente et estiment qu'elle a été confiée au temple et cachée il y a plusieurs siècles de cela. (Il releva la tête, furieux.) On m'a accusé de vous l'avoir donnée, seigneur Shonsu.

Voilà qui expliquait le raisonnement de Tarru.

Honakura éclata d'un rire maladroit et lui proposa de nouveau le plat – il avait déjà mangé la plupart des gâteaux.

— Ayez foi, seigneur ! Les dieux ne choisissent pas des idiots. Vous trouverez une solution. Mais pour le moment, c'est à moi de vous écouter. Dites-m'en un peu plus sur votre monde fantastique.

Pendant le reste de la matinée, Wallie resta affalé sur son tabouret dans la cour étouffante et raconta à Honakura ce qu'il voulait savoir sur la planète Terre. Il lui parla de Jésus, de Mahomet, de Moïse, de Bouddha, de Zeus, de Thor, d'Astarté et de tous les autres. Le petit prêtre but ses paroles et sembla s'en délecter.

Au cours de l'après-midi, Wallie partit en reconnaissance. Accompagné par un Nnanji tout aussi flageolant que lui – ils ressemblaient à deux rescapés d'une catastrophe –, il fit le tour complet du domaine clérical.

À certains endroits, il était possible de traverser la rivière, à d'autres de grimper la falaise, mais jamais les deux en même temps. En aval, des rapides menaçants empêchaient toute fuite en bateau ou en radeau. Maintenant que

Wallie savait que la gorge avait été créée par la Déesse afin de protéger Ses trésors, il n'en fut pas surpris.

Ainsi que Nnanji le lui avait dit, le mur d'enceinte s'interrompait de part et d'autre au pied de la Rivière, à un point où le courant était fort, l'eau profonde et les tourbillons nombreux. Il était impossible de le contourner.

Wallie resta un moment près des portes. Il observa les allées et venues des pèlerins ainsi que le flot régulier des artisans, des marchands, des esclaves et des chariots. L'entrée du domaine grouillait d'activité. Il y avait maintenant huit gardes postés là, dont trois quatrièmes. Shonsu était parvenu jusqu'au temple sans se faire remarquer, mais les miracles n'arrivaient pas sur commande.

Les nouvelles installations des écuries consistaient en une porte massive flanquée d'un guichet afin d'identifier les visiteurs. Un sixième devait connaître l'intégralité des soutras et Tarru n'avait pas fait d'impasse sur ceux traitant des fortifications.

Le domaine clérical était un endroit très agréable, mais, en ce moment, ce n'était qu'une prison confortable pour le seigneur Shonsu. Combien de temps Tarru le laisserait-il en profiter ? Combien de temps allait s'écouler avant qu'il décide d'envoyer son armée ?

Au coucher du soleil, Nnanji allait beaucoup mieux et avait presque retrouvé sa bonne humeur habituelle. Wallie l'informa que, ce soir, il allait tenir le rôle de secrétaire mondain et d'attaché du protocole – ce qui, une fois traduit, se résumait à « héraut ». Les deux hommes se dirigèrent vers le quartier des femmes pour aller chercher Jja.

La jeune femme s'arrêta timidement dans l'encadrement de la porte pour laisser son maître admirer sa robe. Wallie le fit sans difficulté : le vêtement aurait sans nul doute dépareillé dans la boutique d'un grand couturier parisien et il habillait encore Jja d'une manière honteusement sexiste, mais les torses nus, les harnais de cuir et les épées avaient leurs propres connotations sexuelles. La tenue de la jeune femme était peut-être leur pendant féminin. Elle avait choisi une soie aigue-marine pâle, si fine qu'elle semblait prête à s'envoler comme un nuage de fumée au moindre souffle d'air ; elle l'avait transformé en un simple fourreau étroit qui ne cachait rien des détails de sa superbe anatomie ; l'encolure plongeait vers la taille et la pointe de ses seins luisait à travers l'étoffe vaporeuse. Wallie trouva le spectacle mille fois plus excitant que les pompons et le maquillage pourpre de la veille.

Quand elle avança, la fente qu'il avait suggérée sur le côté s'ouvrit et révéla la perfection lisse de la jambe. Nnanji hoqueta de surprise et lâcha un grondement sourd – sans doute l'équivalent local d'un sifflement admiratif. Puis l'adolescent regarda son maître avec nervosité.

Wallie lui adressa un petit sourire en coin, incapable de quitter son esclave des yeux tandis qu'elle s'approchait.

— Tant que tu ne fais qu'admirer, dit-il, je m'abstiendrai de t'étriper.

Il songea que Jja avait accompli son propre miracle. Il l'embrassa avec tendresse et lui fit part de cette pensée. La jeune femme resplendit de plaisir à l'idée d'avoir satisfait son maître.

Nnanji les conduisit jusqu'à l'endroit qu'il appelait le salon, le centre mondain des soirées du bâtiment militaire. Dans le vestibule, un vieux gardien manchot surveillait un râtelier d'épées. Nnanji tira consciencieusement la sienne et la lui tendit. Wallie haussa un sourcil : il n'avait pas l'intention d'offrir son arme à Tarru sans un minimum de résistance. L'homme lui adressa un sourire poli et l'invita à entrer en le saluant.

L'endroit ne ressemblait à aucun salon que Wallie avait vu. C'était un croisement entre un bar, une salle de bal, un restaurant, un club privé, une réception mondaine et un bordel. Il s'étendait en grande partie à l'extérieur, sur une terrasse couverte de tables et illuminée par des torches fixées le long des balustrades. Un groupe de musiciens jouaient plaintivement sur une curieuse échelle de sept tons tandis que des jeunes gens tapaient du pied ou s'ébattaient sur la piste de danse. Des célibataires étaient penchés au-dessus d'une rambarde ; ils buvaient, discutaient, riaient ou se querellaient.

Dans une société aussi formelle et hiérarchisée, la vie nocturne était d'un relâchement stupéfiant. Certes, un balcon plus élevé était réservé aux personnes de haut rang et à leurs invités – dont Nnanji faisait partie, puisqu'il était avec son maître –, mais cela semblait être la seule règle. Les hommes se mêlaient librement les uns aux autres accompagnés par leur femme, leur esclave ou une fille communautaire du bâtiment militaire. Tout le monde mangeait, buvait, parlait et dansait. Les guerriers, grands adeptes des mouvements de jambes, étaient des danseurs acharnés et, en règle générale, plutôt bons. La nourriture, les boissons et les femmes n'étaient pas gratuites, sans doute afin d'empêcher les abus de la part des novices trop enthousiastes. Cependant, on informa Wallie que les invités avaient un libre accès à tous les services. Il choisit une table sur le balcon et s'assit l'épaule gauche contre la balustrade. Il entreprit d'observer la vie mondaine et, pendant un long moment, oublia ses ennuis.

Les personnages de plus haut rang se devaient bien entendu de présenter leur femme au septième si bien que Wallie ne cessa pas de se lever et de se rasseoir. Son esclave avait le devoir de l'imiter. Wallie remarqua avec amusement les regards curieux qui se posaient sur la tenue de Jja ou suivaient les mouvements subtils qu'elle faisait afin de la mettre en valeur. Les robes longues n'étaient pas excitantes, hein ? Il semblait que ce soit le credo local : la majorité des femmes portaient des vêtements très courts aux couleurs criardes et surchargés de pompons et de paillettes ; d'autres se limitaient aux pompons, comme celui de Jja la veille. Le code de couleur lié au rang ne paraissait pas en vigueur lorsqu'il s'agissait de tenues de loisir – au sein du bâtiment militaire, du moins. Mais la robe longue de la jeune esclave créait la surprise et l'expression des hommes montrait que la mode n'allait pas tarder à changer.

Au bout d'un moment, Nnanji s'excusa et descendit à l'étage inférieur. Wallie l'aperçut quelques instants danser comme un sauvage en compagnie de jeunes filles à peine vêtues. Puis il disparut. Il revint très peu de temps après et vida une pleine chope de bière. Il répéta ce numéro trois fois pendant le repas. Wallie songea qu'il devait préférer la chair fraîche à la viande cuite, mais la traduction rendait mal la plaisanterie.

Ils avaient presque terminé leur dîner quand une certaine agitation éclata à l'autre bout du balcon. Wallie se prépara aussitôt au pire. La cause de ce remue-ménage sortit alors de l'ombre et le guerrier posa son verre sous le coup de la surprise. Elle était gigantesque et hideuse, la version femelle d'un sumotori ; son corps presque nu était orné de pompons et de paillettes qui soulignaient plus qu'ils ne cachaient une laideur bouffie ; sur son visage, des couches de maquillage ne parvenaient pas à dissimuler les rides ni le nez affreusement cassé et déformé ; elle était vieille, balafrée de partout et un bandeau pailleté lui couvrait l'œil gauche ; des bourrelets de graisse et des varices gonflaient sa peau.

Ses seins ressemblent à des sacs de viande, avait dit Nnanji.

Aucun doute n'était possible : Ani la Sauvage.

Son arrivée provoqua une certaine consternation. Il était logique de supposer qu'une esclave n'était pas censée venir ici. L'instinct de Shonsu parla : quand il y a de l'agitation, vérifie autour de toi qu'il ne s'agit pas d'une diversion. Wallie repéra aussitôt le groupe de deuxièmes sur la terrasse inférieure : ils regardaient en grimaçant des sourires. Il tourna la tête pour observer Ani la Sauvage qui se dirigeait vers lui en slalomant entre les tables. Son balancement hésitant n'était pas seulement le fait de son obésité.

Deux cinquièmes anticipèrent la destination de l'esclave et bondirent pour s'interposer.

— Shonsu ! s'écria la femme.

Elle écarta les bras et tituba légèrement. Les cinquièmes s'approchèrent et la saisirent. Ils étaient décidés à ne pas laisser leur noble invité se faire insulter.

Il était clair que les deuxièmes avaient saoulé la vieille femme avant de la lancer sur Shonsu pour s'amuser. Un esclave pouvait être battu pour ce genre d'excentricité.

— Ani ! cria Wallie du plus profond de sa voix tonnante. (Il bondit sur ses pieds et tendit les bras alors que Nnanji lâchait un hoquet horrifié.) Ani, mon amour !

Les cinquièmes relâchèrent la femme et se retournèrent pour le fixer d'un air incrédule. Ani cligna des yeux, puis se redressa avec toute la concentration propre aux personnes ivres. Elle reprit sa marche en zigzaguant entre les dîneurs outrés du balcon. Elle atteignit Wallie et son unique œil injecté de sang le regarda avec curiosité.

— Shonsu ? demanda-t-elle.

— Ani ! répondit Wallie, toujours bras tendus.

Elle était impressionnante, presque aussi grande que lui et une fois et demie plus lourde. Elle lui adressa un sourire affecté qui dévoila des chicots brunâtres et l'enlaça avec ferveur. Wallie eut l'impression d'être attaqué par une montagne de guimauve.

Nnanji avait compris ce qui se passait. Il afficha un large sourire et se leva pour offrir sa chaise à Ani. Celle-ci s'effondra dessus et observa le noble seigneur d'un œil méfiant.

— Je ne vous connais pas!

— Bien sûr que non, mais nous allons remédier à cela. Garçon! Une cruche de ce que vous avez de meilleur pour cette dame.

Les yeux du serveur se révulsèrent d'horreur. Jja demeura impassible – la situation lui échappait peut-être. Nnanji faisait des efforts désespérés pour ne pas éclater de rire et son visage avait viré au pourpre. Les personnes de haut rang et leurs épouses ne savaient pas si elles devaient se sentir outrées ou afficher une indulgence prudente. En contrebas, les deuxièmes observaient la scène, bouche bée.

Ani fit de son mieux pour comprendre.

— Est-ce que je vous connais? demanda-t-elle d'une voix pâteuse.

Elle accepta une grande coupe de vin, la vida d'un trait et rota. Puis elle se remit à examiner Wallie.

— Non, je ne vous connais pas. Vous n'êtes pas un gratteur, hein? C'est dommage. (Elle tendit son gobelet pour qu'on le remplisse et remarqua Nnanji.) Salut, Rouquin. Qu'est-ce que tu deviens ces derniers temps?

Nnanji disparut presque sous la table.

Après son troisième verre, Ani retrouva sa lucidité pendant un moment et compta les marques faciales de Wallie.

— Je suis désolée, seigneur, grommela-t-elle.

Elle essaya de se lever, mais en vain.

— Il n'y a pas de mal, Ani. Les deuxièmes vous ont poussée à faire ça, hein?

Elle acquiesça.

— Vous allez avoir des ennuis, Ani?

Elle hocha la tête, puis son visage s'égaya et elle vida une autre coupe.

— Mais pas avant demain!

Wallie regarda Nnanji.

— Si j'allais avec Ani à l'endroit où tu allais tout à l'heure, il n'y aurait plus de problème, n'est-ce pas?

Nnanji acquiesça. Il semblait à la fois outré, stupéfait et très amusé.

— Il y a des lits de l'autre côté de cette porte, sire.

— Parfait! Reste ici et surveille Jja pendant une minute.

Ses pieds allaient souffrir, mais Ani n'était sans doute plus capable de se déplacer sans aide.

Il s'accroupit, glissa un bras sous celui de la femme et – après une seconde pleine de suspense – la souleva. Il était fort possible que Shonsu lui-même n'ait jamais soumis ses muscles à si rude épreuve. Des acclamations enthousiastes montèrent de l'étage inférieur.

Nnanji avait dit la vérité. La porte menait à une grande salle où six lits étaient disposés. Celui qui était dans le coin le plus éloigné grinçait avec ferveur, mais les autres étaient vides. La pièce était faiblement éclairée par une unique lanterne. Wallie déposa son fardeau avec autant de précautions que possible et se frotta le dos avec regret.

Ani resta allongée et le regarda, l'œil écarquillé. Elle était assez sobre pour le voir glisser les doigts dans sa bourse.

— C'est inutile, seigneur. Mes services sont gratuits.

— Je n'achète pas la nuit, Ani, murmura-t-il. Mais ne le répète pas aux autres. Tiens.

Il lui donna une pièce d'or. Celle-ci disparut aussitôt dans un vêtement qui semblait pourtant incapable de dissimuler quoi que ce soit.

Elle resta allongée et le regarda d'un œil trouble. Puis elle comprit et lâcha :

— Merci, seigneur.

Il s'assit sur le lit et lui sourit. Elle le lui rendit avec un peu d'hésitation. Des bottes claquèrent sur le sol et quelqu'un quitta le fond de la pièce. Quelques minutes plus tard, Ani ronflait.

Wallie attendit un moment raisonnable, puis retourna à sa table. Il adressa un sourire rassurant à Jja.

— Je n'ai rien fait.

— Pourquoi, sire ? demanda Nnanji d'un air innocent.

— Je crois que je me suis esquinté le dos avant d'arriver au lit.

Wallie tendit la main vers la bouteille de vin. Il ne plaisantait qu'à moitié.

Ils ne s'attardèrent pas très longtemps. Wallie conduisit Jja à travers la salle et tous les regards se braquèrent sur eux. Des esclaves portant des torches les précédèrent jusqu'à la suite royale.

— Et maintenant, est-ce que tu es convaincue par les robes longues ? demanda-t-il quand ils se retrouvèrent seuls.

— Bien sûr, maître ! Mais il semblerait que ce ne soit pas le cas de l'apprenti Nnanji. Il les trouve difficiles à enlever.

— Ça fait partie du jeu. Tu vas voir.

Mais, pour Jja, tout cela n'avait rien d'un jeu. Elle se montra aussi diligente et empressée que la veille, impatiente de le satisfaire. Le corps de Shonsu prit une nouvelle fois son plaisir animal, mais l'esprit de Wallie Smith ressentit encore cette dépression postcoïtale. Ce n'était pas la faute de la jeune femme. Il possédait maintenant une esclave et la culpabilité le rongeait au point qu'il ne parvenait plus à apprécier quoi que ce soit.

Dans la chaumière de pèlerins, elle l'avait réconforté. Dans la suite royale, elle ne faisait que son devoir. Ce n'était pas du tout la même chose.

Le lendemain, Jja trouva le courage de lui faire une suggestion timide : sa robe serait peut-être plus jolie avec quelques broderies. Elle voulait copier le griffon de l'épée. Wallie réagit avec enthousiasme et, vers 10 heures, Jja était assise dans un coin de la grande chambre d'hôte et cousait à côté du septième.

Nnanji semblait encore dans un piteux état, mais il affirma qu'il était capable de prendre sa leçon d'escrime. Wallie remarqua que ses blessures étaient superficielles, ainsi que le guérisseur l'avait diagnostiqué. Il n'y avait donc plus de doute : Tarru était bel et bien le coupable. Gorramini et Ghaniri n'avaient fait qu'obéir aux ordres, à contrecœur. Ils avaient fait de leur mieux pour laisser des marques spectaculaires, mais sans gravité. C'était, une fois de plus, la différence entre l'obéissance et la loyauté.

Wallie et Nnanji se préparèrent donc à la leçon. Ils sortirent les masques du coffre et Wallie choisit l'arme entraînement la plus petite.

Les guerriers n'utilisaient pas de protection en dehors des casques et des passes-gardes. Par conséquent, les coups d'estoc et de taille devaient être maîtrisés avec soin pour ne pas causer de blessures. Cette habitude avait tendance à influencer les véritables affrontements et réduisait considérablement une mortalité qui, dans le cas contraire, aurait décimé les rangs de la profession. Les points vulnérables comme la clavicule ou l'aisselle étaient des cibles strictement interdites. Un guerrier qui blessait un partenaire d'entraînement acquérait aussitôt une réputation de boucher et ne tardait pas à être ostracisé.

— Maintenant, dit Wallie, je vais essayer de me battre comme un deuxième – un vrai deuxième, pas un de ceux du temple.

Il mit de côté son arsenal de techniques et réduisit son rythme à celui d'un escargot. Il était encore trop rapide pour que Nnanji lui porte un coup, mais il n'arriva pas à toucher son vassal non plus.

— Ta défense est superbe, déclara-t-il d'un ton approbateur. Ton poignet ! Ton pied ! Merde ! Si seulement tu pouvais lancer une attaque aussi bonne que… Fais attention à ton pouce !

Il essaya tous les systèmes qu'il put imaginer, mais rien n'y fit. Le vers de terre tueur était toujours là. Si les dieux voulaient mettre sa patience à l'épreuve, il était sur le point d'échouer. Nnanji s'énervait de plus en plus contre lui-même. Il finit par jeter son épée par terre, arracha son masque et déversa un torrent d'obscénités.

— Je suis un incapable total ! cria-t-il. Pourquoi est-ce que vous ne m'attachez pas au chevalet pour me fouetter ?

Wallie soupira. Ce garçon avait besoin d'un an de psychothérapie et le temps pressait. Il ne lui restait plus qu'une idée en tête.

— Est-ce que tu te sentirais mieux ensuite ?

Nnanji eut l'air surpris. Il arriva à la conclusion que son courage était en doute et il répondit « oui » d'un ton de défi.

— Je n'ai pas envie que tu te sentes mieux. Je veux que tu te sentes comme le sale môme inutile et stupide que tu es vraiment. Maintenant, enfile ce masque.

Nnanji se mit en garde. La mouche de l'arme de Wallie le frappa à hauteur des côtes et y laissa une zébrure rouge.

— Aïe, lâcha l'adolescent d'un ton accusateur.

— Je crois que tu as peur de m'attaquer…

Wallie lui porta un violent coup de taille à la poitrine.

— P… de dieux !

Nnanji tituba sous la puissance de l'impact.

— Parce que je suis un guerrier… (Wallie frappa le casque de son adversaire avec force.) Et tu n'es qu'une *petite merde de fils de fabricant de tapis* !

Il le fouetta aux fesses – un coup insultant.

Le plan était loin d'être gagné d'avance. Avec son amour-propre en lambeaux, rejeté par son héros, Nnanji pouvait s'effondrer comme une tour en ruine et retourner conduire des troupeaux de pèlerins pendant le restant de sa vie. Mais si les dieux octroyaient des cheveux roux à quelqu'un, c'était pour avertir les autres qu'il fallait se méfier de cette personne. Nnanji explosa de nouveau, mais, cette fois-ci, sa colère fut dirigée vers l'extérieur, contre son bourreau. Le grand-père de Wallie avait aussi fabriqué des tapis, ce fut peut-être cela le déclencheur. L'adolescent hurla en entendant l'insulte et se lança à l'attaque.

Wallie frappa comme un boucher, de taille et d'estoc, en continuant d'abreuver son adversaire de toutes les injures qui lui traversaient l'esprit : c'était un gamin frimeur, un vicelard qui traînait les bordels, un guide de pèlerins, il gaspillait son argent dans les tavernes, il n'avait pas un ami prêt à l'aider… Chaque fois qu'il héritait d'un nouvel hématome, Nnanji s'écriait : « putains de dieux ! », mais repartait à l'attaque. Ses assauts devenaient de plus en plus sauvages.

— Espèce de manchot ! Tu ne serais pas foutu de toucher la façade du temple avec le nez dessus !

Wallie le railla et le traita de mauviette, de castrat à visage de femme, de lopette impuissante et de batteur de tapis. Les traits de Nnanji étaient dissimulés par le masque, mais ses jurons gagnèrent en volume sonore et même sa poitrine devint écarlate. Sa queue-de-cheval dansait comme une flamme. Wallie dut faire un gros effort d'attention pour continuer à se battre en dessous de ses possibilités, pour retenir ses coups, pour anticiper les assauts de Nnanji presque avant qu'ils soient lancés et abreuver son vassal d'insultes. En même temps.

— Je ne veux pas un guerrier du premier rang démoulé trop chaud. J'ai besoin de quelqu'un qui sache combattre. Je vais te rendre à Briu – mais il y a peu de chances qu'il ait envie de te récupérer.

Nnanji lançait maintenant des cris stridents et incompréhensibles à travers son casque. Incapable de toucher le septième, il commença à expérimenter de nouveaux assauts sans même s'en rendre compte. Il effectua enfin une fente qui était meilleure que tout ce qu'il avait accompli jusqu'ici. Wallie laissa passer l'attaque. Il tituba sous l'impact et se demanda si elle ne lui avait pas cassé une côte.

— Un coup de chance, ricana-t-il.

La remarque était juste, mais Wallie la cracha comme une insulte. L'assaut suivant fut à peu près semblable et Wallie le para de manière que la lame le frôle. Puis l'adolescent enchaîna avec un coup de taille vicieux. Wallie décida qu'il méritait de passer – et son sang se mit lui aussi à couler. Il commença à moins appuyer ses attaques, mais Nnanji hurlait désormais comme une meute d'hyènes et tentait tous les assauts imaginables. Les mauvais étaient bloqués, mais chaque fois que Wallie remarquait une amélioration, il laissait le coup porter. Il ne fallut pas longtemps pour qu'il souffre autant que sa victime. Ils se frappèrent, se crièrent dessus et s'insultèrent comme des fous furieux.

Wallie comprit enfin qu'il avait gagné : les attaques de Nnanji étaient maintenant puissantes et précises, si mortelles que le septième n'était pas à l'abri d'une blessure grave.

— Ça suffit ! lança-t-il.

Mais Nnanji ne voulait ou ne pouvait plus s'arrêter. Wallie recommença à se battre comme un guerrier de son rang et arracha l'arme des mains de son adversaire. Puis il le saisit et l'immobilisa en le serrant contre lui. Nnanji hurla, donna des coups de pieds et s'affaissa soudain.

— Tu as réussi, dit Wallie en le relâchant.

Il enleva son masque et celui de son vassal. Le visage de Nnanji était violet et ses lèvres en sang.

— Quoi ?

Wallie le traîna devant le miroir et lui tendit son arme.

— Fais une fente !

L'adolescent se fendit avec rage vers la paroi de verre, puis recommença. Il comprit alors et se tourna vers Wallie.

— Je peux le faire !

Il lança un hurlement inquiétant et se mit à gambader en faisant le tour de la pièce et en agitant les bras en l'air.

Wallie se sentit aussi fier que le professeur Higgins – l'homme aux phrases si difficiles à prononcer. Il assena une grande claque dans le dos de Nnanji et éclata de rire. Puis il le rassura en affirmant qu'il ne pensait pas du tout les insultes dont il l'avait couvert. D'une manière générale, il fit de son mieux pour calmer le garçon. Nnanji, qui ne parvenait toujours pas à y croire, sautilla jusqu'au miroir et se fendit, puis il se remit à danser autour de la pièce.

Le blocage avait disparu.

— J'ai réussi ! J'ai réussi ! (Il regarda alors ses blessures et celles de Wallie ; son visage se décomposa.) Vous avez réussi. Merci, sire ! Merci ! Merci !

Wallie se frotta le front avec l'avant-bras.

— Ce n'est rien ! Maintenant, bouge-toi avant que les muscles se raidissent ! Cours jusqu'en bas et fais quelques étirements, puis prends un bain chaud. Allez, ouste !

Wallie claqua la porte derrière l'adolescent avant de s'appuyer contre elle et de fermer les yeux. Il avait besoin du même traitement, mais aussi d'absolution. Il se sentait souillé, infect, perverti. Qui avait été mis à l'épreuve ? Était-il possible que ce fût Nnanji ? Ou était-ce pour vérifier si Wallie aimait faire couler le sang ? Il avait juré de ne jamais battre le garçon et il venait de se parjurer. Quel était le prix des scrupules maintenant ? Il était encore pire qu'Hardduju.

Il s'arracha à ses pensées et s'aperçut que Jja se tenait devant lui. Elle l'observait de ses grands yeux sombres et impénétrables. Il avait complètement oublié qu'elle était dans un coin de la pièce. Elle avait tout vu. Que devait-elle penser de l'immonde sadique qui était son propriétaire ?

— Jja, dit-il. N'aie pas peur, je t'en prie ! Je ne fais pas ce genre de choses d'habitude.

Elle lui prit les mains.

— Je n'ai pas peur, maître. Je sais que vous n'êtes pas méchant.

— Je l'ai blessé, dit Wallie d'un ton plaintif. Il va avoir mal pendant des semaines et gardera des cicatrices toute sa vie !

Elle passa les bras autour de sa taille et posa la tête sur son épaule. Il était pourtant couvert de sang et de sueur, mais elle ne lui proposait pas de faire l'amour, elle lui offrait du réconfort. Il s'en abreuva comme un homme qui meurt de soif.

— L'apprenti Nnanji est un garçon très résistant, dit-elle. Je pense que cette leçon était beaucoup plus difficile pour Wallie que pour Nnanji. Il ne vous en voudra pas.

Wallie saisit la balle au bond.

— Tu crois ?

Elle rit à son oreille.

— Ce ne sont que des hématomes, maître. Il va les exhiber comme des bijoux. Vous lui avez rendu sa fierté !

— Ah bon ? (Il commença à se détendre.) Oui, c'est vrai, hein ?

Il avait réussi l'épreuve. Il avait transformé son vassal en guerrier et...

— Comment m'as-tu appelé ?

Jja se raidit soudain, inquiète.

— C'est le nom que vous avez utilisé la première nuit, maître. Je suis désolée.

— Oh ! ne le sois surtout pas, Jja. Je suis ravi que tu m'appelles ainsi. (Il l'écarta de lui afin de la regarder.) Que sais-tu de Wallie ?

Elle leva les yeux vers lui et le fixa, perplexe, cherchant les mots susceptibles d'exprimer sa pensée.

— Je crois qu'il se cache à l'intérieur du seigneur Shonsu, répondit-elle avec timidité.

Il la serra contre lui.

— Tu as parfaitement raison, mon cœur. Il se sent bien seul là-dedans, et il a besoin de toi. Tu peux le faire sortir chaque fois que tu en as envie.

Il ne s'en apercevrait pas avant un certain temps, mais ce moment fut le point de départ de quelque chose de nouveau. Nnanji avait défait son blocage mental, Jja en avait construit un – une étrange distinction entre son propriétaire et son amant. Elle était parvenue à différencier les deux hommes grâce à des facteurs purement émotionnels, des facteurs qui ne pouvaient pas être explicités par des mots, des facteurs qui auraient rendu Honakura fou. Un monde différent ou un pays différent n'intéressaient en rien la jeune femme. Elle pensait peut-être même que Wallie était invisible puisqu'il était caché à l'intérieur du corps de son maître – ce qui expliquait l'absence de marques sur les paupières. Mais il était peu probable qu'elle soit capable de pensées aussi complexes. C'était une affaire de sentiments. Elle l'avait vu pleurer dans la chaumière de pèlerins. Aujourd'hui, il était désespéré parce qu'il avait blessé son ami. S'il était tourmenté, elle pouvait l'apaiser, le réconforter, lui prêter sa force stoïque d'esclave pour qu'il accepte les décisions des dieux. Il réagirait alors en homme, pas en maître.

Wallie avait trouvé la compagne dont il avait besoin, une autre âme solitaire cachée aux yeux du Monde, tapie à l'intérieur de son esclave. L'analyse arriva plus tard, mais il n'oserait jamais la remettre beaucoup en question, de peur de briser l'enchantement en le réduisant à une simple logique.

— Wallie ? demanda-t-elle avec timidité en fixant la lanière qui couvrait son épaule. (Elle voulait juste prononcer son nom.) Wallie !

Elle le répéta quatre ou cinq fois en modifiant légèrement l'intonation et le sens. Puis elle leva la tête pour qu'il l'embrasse et le baiser alla au-delà de ce que les mots pouvaient raconter. Elle le guida vers le lit et lui montra de nouveau comment le plus petit des dieux était capable de chasser le dieu des larmes.

Wallie redressa soudain la tête et tendit la main vers son épée quand la porte de la chambre s'ouvrit à toute volée, mais ce n'était que Nnanji qui rentrait. Il avait fait ce qu'on lui avait demandé. Il était revenu pour porter un assaut féroce face au miroir – bien que de nombreuses blessures soient encore ouvertes et maculent son kilt de sang. N'importe quel homme sensé se serait rendu chez un guérisseur. L'adolescent adressa à peine un regard aux deux silhouettes trempées de sueur avachies sur le lit. Le Peuple n'attachait pas une grande importance à la nudité. De plus, Nnanji considérait le sexe comme une simple fonction organique plutôt agréable, comme le fait de s'alimenter. Il aurait été fort surpris si son mentor lui avait reproché de violer son intimité. L'adolescent souhaitait sans doute que Wallie récupère le plus vite possible pour se consacrer à des choses plus importantes, comme l'escrime.

Wallie se laissa retomber sur la couche profonde et douce. Il examina le visage de Jja pendant un moment. Une barre verticale le traversait au centre et deux autres, minuscules, étaient tatouées sur chaque paupière... Esclave et fille d'esclaves. Elle lui sourit dans un état de somnolence béate.

Ses doutes de la veille s'étaient envolés. Il avait eu raison de l'acheter à Kikarani. Jja et lui pouvaient se rendre heureux, devenir des amants, voire des amis. À condition que Tarru leur en laisse le temps...

— Le dieu des larmes est revenu, maître ? demanda-t-elle dans un murmure. Déjà ?

Il acquiesça.

C'était maintenant le tour de la jeune femme de l'observer.

— L'honorable Tarru fait prêter serment aux guerriers pour qu'ils se liguent contre vous ?

Il hocha la tête, surpris.

Elle devina ses pensées.

— Les esclaves sont au courant de tout, maître. Ils m'en ont parlé.

Il ressentit un frisson d'excitation. Une amie ! Il s'était rendu coupable du crime qu'il reprochait au Peuple : il avait considéré cette femme comme son bien, une simple source de plaisir physique.

— Est-ce qu'ils seraient prêts à nous aider ? demanda-t-il. Est-ce que tu nous aiderais ?

La question parut l'étonner.

— Je ferais tout ce que vous voulez. Les autres vous aideront, eux aussi. À cause d'Ani.

— Ani ?

Elle hocha la tête avec gravité. Son visage était si près du sien qu'il avait du mal à le distinguer.

— Ani aurait été battue si vous ne l'aviez pas acceptée.

Ainsi donc, cette petite sollicitude, ce geste sans grande importance qu'il avait accompli presque par plaisanterie, lui valait l'amitié des esclaves ? Il réalisa que ces derniers étaient nombreux à proximité du bâtiment militaire. Il les avait à peine remarqués. Il était probable que les gens ne les voyaient même pas. Ils devaient connaître tous les secrets. Ils avaient appris bien entendu ce qu'il avait fait pour Ani. Elle était l'un d'eux. La veille, lorsqu'il l'avait portée dans la pièce voisine, deux personnes faisaient l'amour dans un coin et l'une d'elles était sans doute une esclave, elle aussi.

Il réfléchissait à l'utilisation possible de cette armée secrète quand Jja prit la parole.

— Si vous essayez de partir avec l'épée, est-ce qu'il vous en empêchera, seigneur ? C'est ce qu'ils m'ont dit.

— Oui.

— Et si je la sortais du temple pour vous ?

Il commença à sourire tandis que de nouvelles idées germaient dans sa tête.

— Non, dit-il. Je ne crois pas. Les guerriers te connaissent. Tu ne parviendrais même pas en bas de l'escalier, Jja. On t'arrêterait si on te voyait te promener avec un paquet tout en longueur, un ballot, un…

Il s'assit.

— Nnanji ! hurla-t-il.

L'adolescent interrompit aussitôt ses fentes pour se retourner.

— Sire ?

Il souriait comme un dément. Lui aussi était prêt à tout pour son maître. Il mangerait des charbons ardents si Wallie lui en donnait l'ordre.

— Tu m'as bien dit que tu avais un frère ?

Surpris, Nnanji s'approcha et rengaina son épée.

— Katanji, sire.

— Quel âge a-t-il ?

Nnanji rosit aussitôt.

— Il est assez vieux pour se raser, avoua-t-il.

Un instant déconcerté, Wallie caressa son menton glabre. Puis il comprit que Nnanji ne faisait pas référence à la pilosité faciale. Il voulait dire que son frère était assez âgé pour porter un pagne. Les familles pauvres avaient du mal à trouver un apprentissage pour leurs enfants. Nnanji avait été admis au sein de la garde grâce à un pot-de-vin, mais les artisans mentors exigeaient ouvertement un droit d'initiation.

— Est-ce qu'on peut lui faire confiance ? Vraiment confiance ? demanda Wallie.

Nnanji fronça les sourcils.

— C'est un trublion, sire, mais il a du bagout et parvient toujours à se tirer d'affaire.

— Est-ce qu'il t'est loyal ? Est-ce que tu lui confierais ta vie ? (Nnanji affichait une expression éberluée, mais il hocha la tête.) Il veut devenir guerrier ?

— Bien entendu, sire !

Nnanji ne concevait pas d'ambitions plus nobles.

— Parfait. (Wallie n'avait pas le choix.) Jja ira le trouver. J'ai un travail pour lui. S'il l'accomplit avec loyauté, il pourra demander n'importe quelle récompense à ma portée.

— Vous prendriez un gratteur comme protégé ? s'exclama Nnanji – qui n'était pas grand-chose de plus une heure plus tôt.

— Si c'est ce qu'il veut. (Wallie sourit.) Mais tu vas passer quatrième la semaine prochaine, tu te souviens ? On peut faire de toi un troisième dès aujourd'hui si tu continues à attaquer comme tu le faisais tout à l'heure. Ton frère pourra prêter serment à toi ou à moi, je m'en fiche.

Encore fallait-il qu'un des deux survive.

Les plaies et les bosses de Nnanji suscitèrent une grande hilarité silencieuse lors du repas de midi. Le septième avait dû perdre patience envers son protégé qui, tout le monde le savait, était un parfait incapable. Seul un observateur attentif aurait remarqué que le seigneur Shonsu avait lui aussi son lot de coupures et d'hématomes, ou se serait demandé pourquoi la soi-disant victime affichait un sourire béat.

Au cours de l'après-midi, le seigneur Shonsu se révéla un hôte fort exigeant. Il fit de nouveau venir le tailleur et le cordonnier. Le guérisseur Dinartura arriva et jugea utile de requérir un deuxième, un troisième et un quatrième diagnostics sur l'état des pieds du noble seigneur. Il apporta aussi un message secret de la part de son oncle. Le masseur du bâtiment militaire fut appelé. Des prêtres se mirent à circuler en portant de mystérieux paquets. Le seigneur Shonsu décida d'acheter une selle et convoqua donc le sellier. Il voulut de la musique et des musiciens entrèrent et sortirent de la pièce tout au long de l'après-midi. Il exigea ensuite que son esclave couse d'autres robes et des drapiers vinrent lui présenter leurs rouleaux de soie. Il réclama un bain – deux fois – sous prétexte que la chaleur était intenable. Enfin, vers le coucher du soleil, même le seigneur Athinalani quitta son armurerie pour se rendre à la chambre d'hôte accompagné par deux novices qui transportaient des caisses remplies d'épées. Si Tarru se tenait informé de cette activité frénétique et absurde, l'identité du dernier visiteur aurait dû éveiller ses soupçons. Mais à ce moment-là, c'était chose faite depuis longtemps.

Un peu avant le crépuscule, la chaleur provoqua une tempête spectaculaire. La pluie s'abattit en rideaux. Des buissons d'éclairs couleur lavande déchirèrent un ciel aussi noir que du charbon au-dessus des clochers du temple – le revêtement en or les transformait en excellents paratonnerres, et grâce à d'autres accidents d'inspiration divine, ils étaient sans nul doute bien mis à la masse.

Wallie et Nnanji observaient le spectacle de leur suite royale. Le tonnerre les frappait comme des coups à la tête et faisait bourdonner leurs oreilles.

— Les dieux sont en colère, sire, dit Nnanji, mal à l'aise.

— Je ne crois pas. Je pense qu'ils sont juste morts de rire.

La soirée mondaine débuta plus tard que d'habitude, après l'averse, mais la nuit était d'une fraîcheur merveilleuse. Les torches sifflaient et fumaient tout autour de la terrasse tandis que leurs flammes se reflétaient sur les pavés humides. Alors que le noble invité traversait la salle en paradant à la tête de sa petite suite, tous les yeux se tournèrent pour le regarder. Wallie remarqua avec un amusement discret les regards intrigués des guerriers qui essayaient de deviner ce qui avait changé. Des bouches béèrent et des exclamations fusèrent quand ils y parvinrent.

Ce n'était pas le triste état du protégé qui suscita la surprise, pas plus que la silhouette déliée de la belle esclave dans sa robe bleue ornée d'un griffon d'argent sur le sein gauche – une bonne moitié des femmes présentes ce soir portaient une tenue similaire, maintenant connue sous le nom de « shonsus ». Non, toute l'attention s'était focalisée sur le valeureux seigneur Shonsu en personne, et sur son fourreau vide.

Le seigneur Shonsu avait laissé son épée au vestiaire.

Tarru était absent, mais trois cinquièmes se précipitèrent aussi discrètement que possible vers l'entrée. Le vieux garde manchot leur présenta l'arme que le noble seigneur Shonsu lui avait confiée. Ils la reconnurent sans doute : une parodie d'épée en fonte, incapable d'arrêter la charge d'un lapin.

Wallie avait déplacé sa pièce maîtresse.

Les guerriers étaient mis en échec.

À vous de jouer, honorable Tarru.

Le réseau de renseignements d'Honakura avait fait de l'excellent travail comme à son habitude. Le lendemain, le vieux prêtre accueillit Wallie et sa toute nouvelle épée avec des gloussements édentés. Il se tordait les mains de ravissement. La cour ombragée était fraîche et humide, les bougainvillées la parsemaient d'une poudre étincelante et l'air embaumait.

— Je vous ai dit que vous ne deviez pas sous-estimer le champion de la Déesse, dit-il en sortant une bouteille en argile couverte d'une épaisse couche de poussière. Ceci, seigneur, est la dernière survivante d'un grand millésime, Plon quatre-vingt-neuf. Je l'ouvre en l'honneur de votre victoire !

— Ce n'est pas une victoire ! protesta Wallie en s'installant sur le tabouret désormais familier. Mais cela m'a permis de gagner le temps dont j'avais besoin.

— Vous avez remporté une manche, mais pas la partie ? demanda Honakura en gloussant de nouveau. C'est cela ? (Il posa la bouteille sur la petite table, se pencha dessus et s'efforça d'ôter le cachet de cire avec un couteau.) Vous avez terrorisé mon neveu – il était convaincu que le démon était revenu vous hanter. Vous m'avez aussi inquiété, seigneur. Lorsque Dinartura m'a annoncé que vous vouliez recevoir la visite de prêtres portant de longs paquets, j'ai cru que vous aviez l'intention de me confier l'épée. Je me suis épuisé à imaginer des cachettes sûres. Quand ils sont revenus avec leur chargement intact… (Il éclata de rire en postillonnant à la ronde.) Voilà !

Il remplit une coupe de vin.

Wallie renifla la boisson dans un calice de cristal et but une gorgée. Il complimenta Honakura. C'était plutôt agréable, assez proche du goût du muscat.

— J'ai cru comprendre qu'ils ont fouillé vos appartements ?

— Au moins quatre fois, à en juger par la pagaille. J'ai convoqué Coningu et j'ai hurlé au sacrilège. Le lit était à moitié éventré ! Il y avait des plumes dans toute la pièce.

Le vieux prêtre faillit s'étrangler en buvant.

— Qu'est-ce que maître Coningu a trouvé à répondre ?

— Il a vaguement laissé entendre que le coupable échappait à sa juridiction. (Le vieil intendant désapprouvait clairement les méthodes de Tarru et pourrait se révéler un allié précieux.) La chasse au trésor se poursuit donc, mais j'ai eu de nombreux visiteurs hier. Tarru ne peut pas savoir lequel est reparti avec l'épée.

Honakura hocha la tête avec enthousiasme.

— Et sur qui peut-il compter pour opérer les recherches ? Les personnes honnêtes, qui désapprouvent son action, ne feront pas de zèle. Les malhonnêtes la cacheraient ailleurs si jamais ils la trouvaient. Et il ne peut pas fouiller partout tout seul.

Il dégusta le vin en silence, savourant le dilemme peu enviable de Tarru. Puis il haussa un sourcil inexistant.

— Pouvez-vous me dire, sans entrer dans les détails, comment vous avez procédé ?

— Avec plaisir. (Wallie attendait cette question avec impatience.) Le plus difficile était de l'apporter discrètement en bas et de la faire sortir du bâtiment. On nous épiait et je suis suivi partout. On aurait sans nul doute remarqué l'épée. Ce que j'ignorais, c'était s'il en allait de même pour Nnanji…

Tandis que Jja allait voir le frère de Nnanji, Wallie avait enseigné à son vassal comment repérer une filature. L'adolescent avait été déçu d'apprendre qu'il ne s'agissait pas d'un soutra, mais Wallie s'était contenté de répéter les règles essentielles décrites dans les romans d'espionnage : se tapir dans l'embrasure d'une porte, revenir soudain sur ses pas… Il lui avait aussi indiqué quelques astuces pour semer un poursuivant – bien que le temple soit assez dépourvu en matière de taxis et de halls d'hôtel, pourtant recommandés par les écrivains de ce genre de littérature. Nnanji avait pris cela comme un jeu et avait gagné les portes du domaine clérical afin que son frère Katanji le voie. Katanji fit ce qu'on lui avait demandé : il suivit Nnanji jusqu'au bâtiment militaire en restant à bonne distance derrière lui.

Les yeux d'Honakura se mirent à briller.

— Son frère a les cheveux noirs ?

— Oui, répondit Wallie. Je n'aurais pas couru ce risque si... Comment le savez-vous ?

— Une simple supposition, répliqua le prêtre avec un petit sourire suffisant.

Il mentait, c'était certain.

Wallie fronça les sourcils et poursuivit son récit.

— Bien sûr, les gardes de l'entrée n'ont pas prêté attention à un garçon nu qui portait un tapis. Il a suivi Nnanji et ils se sont tous deux cachés dans un buisson sous le balcon. J'ai laissé tomber l'épée.

Honakura fut sidéré. Il connaissait la hauteur du bâtiment militaire.

— *Vous avez laissé tomber l'épée ?* Elle ne s'est pas brisée ?

Wallie lui expliqua le concept du parachute. Il avait attaché une taie d'oreiller à la garde avec quatre longueurs de fils qu'employait Jja. Cela n'avait pas ralenti beaucoup la chute, mais elle avait permis à cette arme parfaitement équilibrée de tomber droit. Chioxin l'avait conçu pour résister aux chocs violents dans le sens de la lame. Seul un rocher enterré aurait pu l'abîmer, et il fallait courir ce risque.

De fait, la septième épée s'était plantée dans une racine enfouie, ce qui s'était révélé un problème : Katanji s'était efforcé de la dégager, mais l'arme n'avait pas bougé d'un pouce. Pendant ce temps, Wallie retenait son souffle en haut du balcon. Il avait alors songé – avec une certaine hystérie – à l'histoire du jeune roi Arthur par Thomas Malory : *celui qui libérera l'épée de sa gangue de pierre et de l'enclume sera le souverain légitime et naturel de toute l'Angleterre.* Dans le cas présent, c'était le frère aîné et dégingandé d'Arthur qui se tenait à la lisière du sous-bois et faisait des efforts désespérés pour accomplir sa tâche. Mais Chioxin n'avait pas imaginé que sa lame serait soumise à de telles tensions et Wallie voyait déjà la garde s'arracher de la soie. Puis l'épée avait fini par se dégager. Sire Kay – Nnanji – s'était effondré sur le dos sous le coup du soulagement tandis que le jeune Arthur était agité d'éclats de rire nerveux et irrépressibles.

— Il est certain que les gardes auraient dû s'intéresser à un garçon qui *sortait* du domaine clérical avec un tapis, mais il faisait si chaud hier... Et le jeune homme avait les marques faciales d'un fabricant de tapis... Une simple histoire de raccommodage aurait suffi à les convaincre. Jja le surveillait et elle a dit qu'il a traversé le poste de garde sans qu'on lui pose la moindre question.

Le vieux prêtre fronça les sourcils.

— Cette épée inestimable est à cette heure dans la demeure d'un fabricant de tapis ?

— Certainement pas ! répliqua Wallie d'un ton sec. C'est une cachette trop évidente.

Il savoura son vin, et l'expression d'Honakura. Quelqu'un avait-il déjà dit au vieux prêtre qu'il raisonnait de manière trop évidente ?

— Ce matin, poursuivit-il, au petit déjeuner – au fait, il était facile de deviner qui était de mon côté en observant les sourires qui ont accompagné mon arrivée au mess… Mais de toute façon, je ne peux même plus faire confiance à ceux-là. Où en étais-je ? Ah, oui. Tarru était absent, mais Trasingji était fidèle au poste…

Wallie et sa suite avaient terminé leur repas à leur table habituelle. En sortant, ils étaient passés à côté de Trasingji qui était assis en compagnie de deux autres cinquièmes. Wallie s'était arrêté pour leur rendre leur salut. Seul un léger fléchissement de sourcils blancs avait laissé entrevoir les pensées de Trasingji, mais ses compagnons avaient adressé un large sourire au septième.

— Dites ceci à votre ami, avait dit Wallie. Je ne sais pas où elle est. Nnanji ne sait pas où elle est. Pas plus que ses parents. Elle n'est pas chez eux. En fait, elle n'est même pas en ville. Je le jure sur mon épée. Que la Déesse soit avec vous, maître.

Puis il était sorti d'un pas digne, très content de lui. Pour un guerrier, il n'y avait rien de plus sacré que de prêter serment sur son outil de travail, il était donc probable qu'on le croit.

— Je vois, dit Honakura. Enfin, je pense. Il sait par conséquent qu'elle est encore dans le domaine clérical ?

Le prêtre était agacé : il avait été mystifié par un simple guerrier et il savait que Wallie s'en était rendu compte.

Wallie hocha la tête.

— Hardduju va peut-être croire que c'est vous qui l'avez, saint homme. J'aurais dû signaler que ce n'était pas le cas. Il est possible que vous soyez en danger.

— Bah ! (Honakura fronça les sourcils d'un air sombre.) Je pense toujours que vous lui avez fait quitter l'enceinte du temple. Mais vous ne vous parjureriez pas…

— Et Tarru a placé des gardes supplémentaires à l'entrée. Ils jureront que ni moi ni Nnanji ne sommes sortis. Ils ne connaissent pas Katanji. Ils ont peut-être vu Jja aller et venir – car ils ne se privent pas de regarder les femmes –, mais elle ne transportait rien. (Il savoura une gorgée de vin avant d'ajouter d'un ton désinvolte :) Sauf une couverture, quand elle est revenue.

— Une couverture ?

Wallie eut pitié du vieil homme.

— Son bébé avait besoin d'une couverture. J'ai donné une pièce de cuivre à Jja pour qu'elle aille en acheter une à Kikarani. En l'ayant sentie, je sais comment Vixini l'a reconnue, mais j'ai du mal à comprendre pourquoi il y tenait tant.

— Vous avez donc confié l'épée à une esclave et à un garçon que vous n'avez jamais vu ?

Wallie hocha la tête, satisfait. Si Honakura le retors – qui savait que Jja n'était pas une esclave ordinaire – estimait que son plan était fou, Tarru n'était pas prêt de deviner ce qui s'était passé. Le premier prévôt était un homme avide et un joueur, mais il ne faisait confiance à personne. Il n'aurait jamais confié un bijou à Nnanji le guerrier.

— Katanji l'a emporté en haut de la route enveloppée dans un tapis, avec Jja qui le suivait pour le surveiller. Puis elle s'est glissée dans une chaumière vide et a caché l'arme sous le chaume. Mais je ne sais pas de quelle maison il s'agit, et je ne sais donc pas où elle est.

— L'achat de la couverture était une excuse pour sortir du bâtiment militaire et aller là-bas, conclut le prêtre. (Il sourit et hocha la tête.) L'épée n'a pas seulement quitté le temple, mais aussi la ville. Oh, oui ! Vous êtes un guerrier particulièrement subtil, seigneur !

Il n'y avait sans doute pas de plus grand compliment de sa part.

Wallie accepta un gâteau et un peu plus de vin. Il y avait de quoi se réjouir. Il amusa encore plus le prêtre quand il lui raconta comment il avait laissé la vieille épée de Nnanji au vestiaire, la veille.

— Comment se passent ses leçons d'escrime ? demanda Honakura. J'ai entendu dire que vous l'aviez traité avec dureté.

Wallie avoua qu'il avait dû infliger une sévère correction à Nnanji, mais de manière plutôt inhabituelle.

— C'est un épéiste incroyable. Sa défense était déjà excellente et il a maintenant une attaque qui va de pair. Il a essayé de me massacrer ce matin, mais ça lui passera.

Nnanji accéderait au troisième niveau sans difficulté compte tenu des critères du temple, et même selon ceux de Shonsu. On aurait dit que l'adolescent récoltait enfin les fruits de plusieurs années d'entraînement sans résultat. Wallie lui avait proposé de s'occuper de sa promotion le jour même, mais Nnanji avait joué les faux timides et demandé s'il y avait une règle interdisant de franchir deux niveaux d'un coup. Il n'y en avait pas et Wallie avait accepté qu'il attende d'être prêt pour le quatrième. Le garçon était devenu son arme secrète.

Honakura se pelotonna dans son siège en osier et lança un regard pétillant à son invité.

— Et l'esclave ?

Wallie bâilla inconsciemment. Il n'était pas certain d'avoir fermé l'œil au cours de la nuit dernière. Il regretta qu'Honakura n'ait pas la culture nécessaire pour apprécier une blague à propos du livre des records. Mais c'était ainsi. Il se contenta de remarquer que, ce matin, il y avait davantage de plumes par terre que la veille. Shonsu était infatigable lorsqu'il était encouragé, et Jja s'était révélé une partenaire enthousiaste. Ensemble, ils avaient atteint des sommets de plaisir – Wallie n'aurait jamais cru cela possible s'il ne l'avait pas vécu.

— Et maintenant, qu'est-ce que vous allez faire ? demanda le prêtre en remplissant son calice.

— Maintenant, je ne suis plus pressé. J'ai le temps de guérir, d'entraîner Nnanji, d'en apprendre davantage sur le Monde grâce à vous… J'ai le temps de réfléchir ! L'honorable Tarru peut bien fouiller le temple de fond en comble, il ne doit pas moins envisager la possibilité d'un échec. Je pense donc qu'il va se montrer prudent.

— Et à propos de ce Katanji ?

— Ah ! Je ne l'ai pas encore rencontré, mais je crois qu'il sera le cinquième. Il m'en manque toujours deux.

— Vous faites des progrès, Walismiss.

Wallie ne pouvait pas se permettre de se détendre, mais il ne sentait plus la mort rôder dans son dos, toute proche. Les jours s'égrenèrent et ses pieds guérirent avec une rapidité qui sidéra Dinartura. Il les garda néanmoins bandés. Il passa le plus clair de son temps dans la chambre d'hôte. Il entraînait Nnanji ou récitait des soutras avec lui, il jouait avec Vixini, faisait l'amour avec Jja. Chaque fois qu'il sortait, il était certain d'être suivi et il soupçonnait qu'il en allait de même pour son vassal.

Shonsu était un professeur émérite et Nnanji un étudiant parfait. Quand on lui montrait un mouvement, une astuce ou une technique, il ne l'oubliait jamais. Son talent à l'épée faisait penser à la tête d'un cumulonimbus par un après-midi d'été, comme Wallie s'en rendit compte en adaptant son niveau à celui de l'adolescent. Celui-ci aurait dû s'entraîner avec d'autres partenaires, mais ils prenaient tous deux plaisir à garder ces progrès secrets.

Les jours s'égrenèrent…

Un soir, alors que le maître et l'élève avaient terminé de se baigner et qu'ils ressentaient la lassitude agréable qui succède à un effort soutenu et intense, Nnanji confia sa frustration à Wallie.

— Vous êtes un meilleur instructeur que n'importe quel guerrier de la garde, sire. Vous m'apprenez toutes ces merveilleuses techniques, mais je ne semble pas progresser du tout, pas depuis le premier jour.

Il jeta sa serviette avec colère.

Wallie éclata de rire.

— Je ne sais pas ce qu'il te faut ! C'est moi qui fais de moins en moins d'effort pour me mettre à ton niveau.

— Oh ! (Nnanji eut l'air surpris.) Vraiment ?

— Vraiment. Allons faire un tour au terrain d'entraînement.

Ils gagnèrent la petite estrade et regardèrent les affrontements des guerriers présents. À cette heure de la journée, il n'y avait qu'une demi-douzaine de combats engagés ; quelques hommes surveillaient alors que d'autres se contentaient de s'entraîner. Nnanji les observa pendant un moment, puis se tourna vers son mentor avec un sourire stupéfait.

— Ils sont *lents* ! *Ça crève les yeux* !

Wallie hocha la tête.

—On ne se devient pas rapide du jour au lendemain. Il faut du temps pour cela. Mais tu es cent fois meilleur qu'avant.

—Regardez un peu comment celui-là tient son pouce ! grommela l'adolescent avec mépris.

Deux hommes arrêtèrent leur duel d'entraînement et ôtèrent leurs masques : il s'agissait de Ghaniri et Gorramini. Nnanji poussa un glapissement.

—Je suis capable de *les* battre, sire !

—C'est possible, dit Wallie qui en était persuadé. Mais attendons quand même quelques jours de plus.

Chaque matin, il rendait visite à Honakura dans la petite cour et en apprenait un peu plus sur le Monde. Il posa aussi des questions sur Shonsu et fut très déçu d'entendre que le vieux prêtre ne savait presque rien à son sujet. Le septième avait fait du chemin, mais cela ne signifiait pas qu'il soit venu de loin. La Main de la Déesse l'avait sûrement amené jusqu'ici, insista Honakura. De la même manière, Wallie pouvait être transporté où Elle le souhaitait. Il suffisait qu'il embarque sur un navire à Hann et il découvrirait peut-être le but de sa quête – ou son mystérieux frère – dans le port suivant.

—Il y a une chose que vous devriez savoir, seigneur. (Honakura semblait hésiter à lui en dire davantage.) Il est clair que le démon avait été envoyé par la Déesse et que notre exorcisme fut un échec.

Wallie trouvait le sujet déroutant étant donné qu'il était le démon en question. Cela lui rappelait toujours les allusions du demi-dieu à propos des Gens Qui Ont Pris le Mauvais Chemin.

—Et alors ? demanda-t-il.

—Le locataire précédent – je parle de… l'honorable Shonsu… – pensait que ce démon avait été envoyé par des sorciers.

—Des sorciers ! s'exclama Wallie avec mépris. Je ne savais pas qu'il y avait des sorciers dans le Monde.

—Moi non plus, répliqua Honakura. (Une telle déclaration était étonnante de sa part.) De vieilles légendes y font référence, mais je n'ai jamais entendu un pèlerin en parler. On raconte qu'ils étaient jadis associés aux prêtres.

La perspective d'affronter des sorciers n'enthousiasma guère Wallie. Comment un guerrier pouvait-il vaincre ces gens ? Mais un monde de dieux et de miracles pouvait fort bien inclure la magie.

—C'est logique, marmonna-t-il dans sa barbe. Là où il y a des guerriers, il doit y avoir des sorciers, non ?

—Je ne vois pas pourquoi, dit Honakura en faisant la grimace. Mais je ne peux vous donner aucun renseignement sur eux. Ils étaient censés vénérer le dieu du feu. Leur marque faciale est une plume.

Pourquoi une plume ? Personne ne le savait. Wallie se rendit compte que personne ne savait grand-chose à propos des sorciers. Quand il en parla à Nnanji, celui-ci se contenta de se renfrogner et se plaignit qu'ils ne gagneraient aucun honneur à combattre de tels adversaires. Les idéaux de l'adolescent

une troisième cobalt, et chacune était plus achevée et plus provocante que la précédente. Elle broda un griffon blanc sur le bord des kilts de Wallie et de Nnanji – au ravissement de l'adolescent.

Maintenant que l'épée avait été « égarée », ainsi que Wallie le disait, il n'avait plus à craindre un assassinat par la dague ou le poison. Certains soirs, il dînait donc en seule compagnie de son esclave dans la suite royale ; ou bien ils se rendaient au salon pour que la jeune femme fasse admirer ses dernières robes.

Lors d'une soirée, un ménestrel itinérant chanta une épopée à propos des sept brigands massacrés par trois vaillantes libres épées. Les guerriers l'écoutèrent d'une oreille plus ou moins polie. À la fin du spectacle, ils applaudirent et remercièrent le baladin en lui octroyant deux filles du bâtiment militaire pour la nuit – trois étant la récompense ultime.

Le récit du chant flottait aux limites indistinctes de la mémoire duale de Wallie. En tant que Shonsu, il la considérait comme une anecdote intéressante, mais qu'il ne fallait pas prendre trop au sérieux – un peu comme les nouvelles sportives ; en tant que Wallie, il songeait avec inquiétude que cette histoire décrivait assez bien sa mission. Il se demanda s'il trouverait un jour un Homère pour écrire les fameux exploits qu'il était censé accomplir au nom de la Déesse.

Il avait pensé que l'épopée narrait des prouesses récentes, mais Nnanji le détrompa le lendemain : l'adolescent avait déjà entendu ce récit deux ans plus tôt – raconté avec beaucoup plus de talent. Il prouva ses dires en récitant mot pour mot une centaine de vers de la première version. Pour éviter toute dispute, Wallie se garda bien de mettre les paroles de son vassal en doute : il était incapable de citer un couplet du poème de la veille.

Les jours s'écoulèrent et le cœur du problème demeurait irrésolu. Tôt ou tard, Wallie devrait partir et il ne parvenait pas à trouver comment. Le Jour des Guerriers approchait et il devait jouer un rôle clef pendant les célébrations. Comment pouvait-il accomplir cette tâche sans sa fameuse épée ?

Nnanji avait comblé son retard en matière d'escrime. Il continuait à progresser, mais à un rythme moins impressionnant. La partie Shonsu de Wallie éprouvait une certaine culpabilité vis-à-vis de l'adolescent : celui-ci était désormais un « dormeur », un homme dont les talents étaient très supérieurs à ceux de son rang. Les dormeurs n'étaient guère appréciés et il était difficile d'en former un.

Nnanji donna son accord : il serait heureux de passer les épreuves pour changer de rang.

— Est-ce que je suis maintenant un quatrième, sire ?

— Tu es un quatrième selon mes critères et, par conséquent, un cinquième selon ceux de la garde du temple. L'honorable Tarru pourrait te peler comme un oignon et t'arracher le cœur, mais les autres, tu es capable de les transformer en chair à pâté.

Nnanji sourit – comme d'habitude.

— Demain, alors ?

— Demain, acquiesça Wallie.

Demain...

Le lendemain matin, Wallie porta ses bottes en public pour la première fois en l'honneur de la promotion attendue. Pourtant, lorsqu'il s'assit pour prendre le petit déjeuner – le dos contre le mur, comme d'habitude –, il parcourut le mess d'un regard inquiet. Il avait déjà observé la majorité des cinquièmes se servir de leur épée à un moment ou à un autre et aucun d'eux n'était supérieur à Nnanji aujourd'hui. Tarru allait être sidéré en constatant que son adversaire ne se limitait pas au guerrier le plus puissant de la vallée. Il fallait désormais prendre son vassal en compte, car le niveau de l'adolescent dépassait sans doute celui du meilleur troisième de la garde. Ce choc était susceptible de pousser le premier prévôt suppléant à des actions imprudentes et excessives. Wallie hésitait maintenant à révéler les talents de son dormeur.

De toute façon, on ne lui laissa pas le choix.

— Je suis Janghiuki, guerrier du troisième rang..., annonça le nouveau venu de l'autre côté de la table.

C'était un jeune garçon de l'âge de Nnanji, petit, maigre et plein d'ardeur, mais il se présenta au septième avec nervosité.

— Je suis Shonsu, guerrier...

Les formules d'usage étaient ennuyeuses : Wallie ne restait jamais assis très longtemps quand il était en public. Mais les gardes ne les employaient pas entre eux et elles lui rappelaient donc un point important : il était un invité et, par conséquent, une personne intouchable.

— Puis-je avoir l'honneur..., commença Janghiuki.

Il présenta son compagnon, un premier rang du nom d'Ephorinzu. Wallie l'avait déjà remarqué. Nnanji l'appelait « Oreille » – pour deux raisons qu'il était inutile de préciser. Tout le monde faisait sûrement de même. Il était imposant, affichait une mine renfrognée et était beaucoup trop âgé pour un novice. Il était sans doute plus vieux que Shonsu et son mentor au visage lisse était à coup sûr plus jeune que lui.

— Puis-je avoir l'honneur...

Wallie présenta Nnanji à Janghiuki – qui le connaissait depuis des années.

— Seigneur, dit le troisième en allant droit au but, mon protégé est candidat au rang de deuxième. Il a exprimé le souhait que l'apprenti Nnanji accepte de se joindre à ceux chargés d'évaluer sa compétence à l'épée.

Wallie avait déjà deviné. Les guerriers parlaient d'escrime comme les banquiers parlent d'argent : les mystérieux progrès de l'adolescent devaient sérieusement les intriguer. Le septième savait qu'on posait de nombreuses questions à son vassal et que celui-ci se contentait de réponses évasives, mais on lisait sur son visage comme dans un livre.

— Prenez donc un siège, guerrier Janghiuki, dit Wallie en se rasseyant. Je vais vous donner un petit conseil : si vous tenez vraiment à ce que votre protégé accède au deuxième rang, vous devriez opter pour un autre adversaire.

Il se trouve que l'apprenti Nnanji est lui aussi candidat à une promotion ce matin. En revanche, si on vous a demandé de le choisir pour que certaines personnes puissent évaluer ses capacités, je suis certain qu'il acceptera avec joie de rendre service au novice Ephorinzu. Mais je vous avertis que mon vassal va le tailler en pièces.

Le visage du malheureux Janghiuki vira au pourpre. Il se tortilla sur sa chaise sans savoir quoi dire.

— Mon protégé manie l'épée bien mieux que son rang le laisse supposer, seigneur, déclara-t-il enfin.

Il était clair que la majorité des gardes était maintenant liée par le troisième serment. Si Wallie avait encore eu le moindre doute, cette demande les aurait balayés. Janghiuki avait reçu des ordres. On le forçait à sacrifier les intérêts de son protégé et il s'inquiétait des conséquences que cela aurait sur son honneur.

Wallie accepta la proposition et annonça qu'il demanderait à son vassal de retrouver le novice Ephorinzu après le petit déjeuner. Il regarda avec tristesse les deux hommes s'éloigner. Il se tourna vers un Nnanji amusé qui focalisait maintenant toute son attention sur le ragoût de cheval et le pain noir.

— Le novice Oreille a quelques problèmes à se souvenir des soutras ?

— Quand il n'est pas en forme, il n'arrive même pas à se rappeler son nom, lâcha Nnanji avec mépris. (Il continua à mâcher sa viande.) Mais avec une épée, il est capable de rivaliser avec un troisième. (Il fronça les sourcils.) Je crois que c'est la neuvième fois qu'il essaie d'atteindre le deuxième rang, mais sa dernière tentative remonte au Jour des Archers, l'année passée. En théorie, il n'a pas le droit de se représenter aujourd'hui.

Encore cette mémoire fantastique.

— Non. C'est un coup monté, dit Wallie. Je peux te garantir que Tarru assistera au duel. Tu l'inquiètes, vassal.

Nnanji se sentit flatté.

— Est-ce que je dois jouer les incapables, sire ?

Wallie secoua la tête.

— Tu ne pourras pas tromper Tarru. Il vaut mieux que tu règles l'affaire aussi vite que possible pour qu'il n'ait pas le temps d'évaluer ton niveau. Un coup de chance peut toujours entraîner une victoire rapide. Mais tout cela n'a guère d'importance puisque nous allons aussi te faire changer de rang. Qui as-tu envie d'affronter dans l'arène ?

— Eux ! déclara Nnanji sans une hésitation.

Il hocha la tête en direction de Gorramini et Ghaniri qui étaient assis à l'autre bout de la salle.

— Je crains que ce soit impossible, dit Wallie. Ils n'ont pas de mentor. Il faudrait que je leur demande en personne et je préfère mourir plutôt que de faire ça. Ils refuseraient. Et un invité ne peut pas en défier un autre. Je suis désolé, Nnanji, mais tu vas devoir choisir deux autres victimes.

L'adolescent se renfrogna et avança les noms de deux quatrièmes. Il avoua que les deux hommes étaient sans doute les meilleurs épéistes de leur rang. La plupart des candidats choisissaient pourtant les adversaires les plus faibles.

— Restons-en là pour le moment, dit Wallie qui venait d'avoir une idée. Occupe-toi d'Oreille aussi vite que possible et je pourrais peut-être convaincre Tarru de faire quelque chose, quelque chose pour toi.

Nnanji n'était pas le seul à avoir des comptes à régler.

Les épreuves d'accession aux rangs supérieurs suscitaient beaucoup d'intérêt. Tous les guerriers qui n'étaient pas de garde s'étaient rassemblés sur le terrain d'escrime. La plupart d'entre eux formaient un cercle autour du duel en cours, mais certains regardaient de l'estrade et deux premiers avaient grimpé sur le chevalet de fouet. À l'autre extrémité de l'aire de parade, les condamnés à mort de la matinée émergèrent de la prison et Wallie tourna aussitôt la tête pour les observer. Le nouveau toit du bâtiment était terminé et resplendissant. Il n'était plus nécessaire de sortir de force des prisonniers hurlants, handicapés par une longue immobilité totale. Pourtant, Wallie détestait toujours le concept même de cette prison et toute la culture primitive qu'elle représentait.

Au milieu de la foule des guerriers se tenaient Oreille et un très jeune deuxième à la mine inquiète – sans doute le pire escrimeur de son rang. C'était presque une insulte que d'être sollicité comme examinateur et c'était pour cette raison que les demandes étaient si possible adressées aux mentors. Le calvaire du malheureux deuxième ne dura pas longtemps : Oreille remporta deux manches sur trois grâce à des touches très rapides. Le novice s'en alla aussi discrètement que possible sous les sifflements de la foule.

Wallie resta à bonne distance et observa la scène par-dessus la tête des spectateurs. Tarru et Trasingji étaient les juges. Ils appelèrent le deuxième examinateur. Un deuxième grand et mince s'avança, épée d'entraînement à la main. Une queue-de-cheval rousse se balançait dans le dos de son casque. Pendant un bref instant, Tarru chercha Wallie des yeux, puis détourna la tête.

— Combattez ! lança le premier prévôt suppléant.

Nnanji se fendit.

— Touché ! déclara-t-il.

Les juges lui donnèrent raison d'un air surpris.

— Combattez !

— Touché ! s'écria de nouveau Nnanji avant de faire demi-tour.

Wallie n'aurait pas été plus rapide.

Oreille poussa un cri de rage et jeta son arme au sol. Il devrait attendre un an de plus avant de retenter sa chance et il avait perdu à l'épreuve des duels qu'il espérait sans doute remporter – c'était celle des soutras qui lui posait problème.

Il n'y eut ni acclamations ni huées. Les guerriers connaissaient le niveau d'escrime de Nnanji du deuxième deux semaines plus tôt. Tous les regards se tournèrent vers le septième qui avait accompli un tel miracle. Wallie s'avança d'un air digne, savourant le trouble qu'il avait causé.

guerrier de la vallée, seriez sans cesse confronté à des défis mineurs si vous ne disposiez pas de cette protection.

Enfoiré de vicelard perfide! songea Wallie avec amertume.

Il fallait reconnaître une qualité à Tarru: ce n'était pas un imbécile. Si Wallie persistait à défendre son point de vue, le premier prévôt suppléant veillerait à ce que le septième croule sous les défis et se retrouve dans l'obligation de quitter le bâtiment militaire.

—Je pense que l'adepte Gorramini devrait reconsidérer son choix, dit Wallie à voix haute. Je suis sûr qu'il n'a l'intention de tuer personne, mais il devrait se rappeler que l'apprenti Nnanji est mon vassal.

Celui dudit Gorramini était sans doute Tarru. Si l'un des deux adversaires succombait, son maître aurait le devoir de le venger. La perspective d'un massacre plana soudain au-dessus du terrain d'escrime. Wallie lança à Tarru un regard qu'il espérait aussi éloquent et menaçant que possible.

—Dans ce cas, décidons qu'il s'agit d'un duel nu, déclara aussitôt le premier prévôt.

Ce type d'affrontement n'obligeait pas les combattants à s'affronter dans le plus simple appareil, mais il libérait leurs mentors de tout devoir de vengeance. Le choix des mots était curieux: le «décidons» impliquait que Gorramini avait prêté le serment du sang à Tarru. Le quatrième affichait maintenant une expression inquiète, comme s'il n'avait pas envisagé que la situation aille aussi loin.

—Adepte, vous refusez donc de revenir sur votre décision? demanda Wallie en s'adressant à lui pour la première fois.

Gorramini lança un bref regard en direction de Tarru avant de s'humecter les lèvres.

—Non! déclara-t-il d'une voix ferme.

Tout le monde attendit alors la réponse de Wallie. En tant que septième, il était en droit d'opposer son veto, mais il savait qu'il était trop tard. Nnanji le suppliait en le fixant de ses yeux d'épagneul. Son mentor l'avait déjà protégé de Briu et, s'il recommençait, l'honneur de son vassal en souffrirait – d'autant plus que Nnanji avait lui-même lancé le défi. Gorramini avait reçu des ordres et il ne pouvait pas désobéir. Tarru avait bien manœuvré. Il allait sans doute perdre un suivant, car Nnanji combattait comme un champion, mais le premier prévôt pouvait se permettre une telle perte. Ce n'était pas le cas de Wallie. De nombreux guerriers se montraient redoutables avec des armes d'entraînement, mais se retrouvaient paralysés face au tranchant et à la pointe d'une véritable épée. Nnanji allait devoir prouver sa valeur, une fois de plus.

—Ce sera donc un duel nu, dit Wallie.

Nnanji lâcha un cri de joie et lança son masque en l'air. Il s'agissait peut-être de bravades, mais il n'était pas impossible qu'il soit vraiment heureux. La foule demeura silencieuse, mais les visages exprimaient une colère et une désapprobation farouches.

On attendit qu'un premier aille chercher un guérisseur, puis les deux adversaires s'approchèrent l'un de l'autre. Le combat pouvait enfin commencer.

Maintenant, il n'y avait plus ni masque ni juge, mais de l'acier effilé comme un rasoir et de la chair. Ghaniri s'avança pour servir de témoin à son ami et Wallie alla se placer à la gauche de Nnanji. Les deux combattants se firent face en affichant un sourire confiant. Nnanji adressa un clin d'œil à Wallie.

— Nous sommes prêts, déclara le septième d'une voix grave.

— Maintenant ! lança Gorramini.

Les deux épées jaillirent en sifflant de leurs fourreaux et s'entrechoquèrent dans un fracas métallique. « Clang ! clang ! clang ! » Les duellistes étaient pied contre pied et faisaient tournoyer leur lame sans la moindre intention de reculer d'un pouce. Wallie sentit la sueur lui picoter le front. Peut-être inspirés par leur adversaire respectif, les deux hommes combattaient avec un talent bien supérieur à celui d'un quatrième rang. « Clang-clang-clang »... Quelqu'un devait finir par céder, et ce fut Gorramini. Il commença à se ressaisir, mais Nnanji le harcela sans interruption. L'adolescent faisait voltiger sa lame sans effort, avançant à l'abri d'un brouillard argenté et mortel tandis que les spectateurs s'écartaient. Maintenant, il n'y avait plus de doute sur l'identité du meilleur. Il ne manquait plus qu'une estafilade sans importance pour faire couler un peu de sang et Ghaniri pourrait demander un match nul. Wallie était tout prêt à le lui accorder. Fente, parade, riposte, parade, coup de taille, parade... Gorramini laissa échapper un cri et s'effondra, les mains crispées contre son ventre.

Un brusque silence s'abattit.

Nnanji recula en haletant et adressa un sourire à Wallie.

— Guérisseur ! lancèrent les spectateurs en se rassemblant autour du blessé.

Wallie se précipita et écarta vigoureusement de son chemin deux hommes qui essayaient de passer devant lui. Ghaniri s'agenouilla pour aider son ami, mais Gorramini agonisait, le ventre fendu.

Le guérisseur ne prit même pas la peine de se pencher pour examiner la blessure.

— Je n'accepte pas ce patient, se contenta-t-il de déclarer.

Tarru avait fait demi-tour et s'éloignait.

— TARRU !

Le grondement de Wallie résonna à travers le terrain d'escrime comme un coup de tonnerre. Pendant un moment, tout le monde oublia le blessé. Les spectateurs posèrent un regard inquiet sur le septième, puis sur Tarru. Le prévôt se retourna d'un mouvement brusque. Ses yeux brillaient de colère.

— Quoi ? aboya-t-il.

Gorramini alternait cris et gémissements, à l'article de la mort.

— Vous allez maintenant faire passer à mon protégé l'épreuve des soutras pour accéder au quatrième rang.

Wallie bouillonnait de rage en songeant à cette mort inutile. Il grinçait des dents et serrait les poings. C'était la colère de Wallie Smith, pas celle de Shonsu. Tarru hésita. Il affichait une expression tout aussi assassine et rebelle que le septième.

Wallie fit le signe du défi à un sixième.

Les esprits de la mort planaient au-dessus du terrain d'escrime, prêts à s'emparer de Gorramini et attendant de voir si quelqu'un d'autre n'aurait pas besoin de leurs services.

— Je renonce à cette épreuve ! grogna Tarru. Si vous vous êtes chargé de l'enseignement… Tout le monde connaît la mémoire de votre vassal, seigneur. (Il chercha du regard le marqueur de visages qui, dans un accès d'optimisme, avait été convoqué pour la promotion d'Oreille.) Je décerne le titre d'adepte à Nnanji. (Ses yeux se rivèrent sur Wallie.) Autre chose ?

Wallie secoua la tête – et retira son défi secret. Tarru se retourna de nouveau.

Les spectateurs se dissipèrent comme un nuage de fumée. Trasingji adressa un signe au marqueur de visages pour lui signifier son accord et s'en alla à son tour. Le terrain fut bientôt désert – ou presque. Gorramini laissait échapper ses derniers gémissements en se tordant de douleur dans une mare de sang et de boyaux ; Ghaniri pleurait, agenouillé à ses côtés ; Nnanji était debout, son épée toujours dans la main ; l'agonie de son adversaire ne semblait pas le perturber et il affichait une expression satisfaite ; le marqueur de visages, nerveux et inquiet, tournait en rond sans savoir quoi faire ; le guérisseur partit à la hâte d'un pas raide.

— Félicitations, adepte.

Wallie ne parvint pas à cacher son amertume.

Nnanji rayonna de plaisir.

— Merci, sire. Vous ne faites pas une entaille dans la lanière de votre épaule ?

— Non.

Il pensa que Gorramini avait entendu la question.

— Dans ce cas, je ferai de même.

Nnanji attendait que sa victime meure afin de prendre possession de son épée.

Pas un mot, songea Wallie. *Pas un mot de regret.*

Une silhouette solitaire s'approcha pour serrer la main du vainqueur. Nnanji sourit en acceptant les félicitations de Briu. Celui-ci lança un regard impassible en direction de Wallie, lui adressa le salut avec le poing sur le cœur et s'en alla. Tout ce que faisait le septième semblait porter préjudice à Briu, même la transformation radicale d'un élève qui avait déconcerté le quatrième pendant des années.

Le supplice du mourant arriva enfin à son terme et Ghaniri ferma les yeux de son ami. Il se releva tandis que Nnanji approchait pour essuyer son épée sur le corps – le seigneur Shonsu avait procédé ainsi après son duel contre Hardduju. Puis il se tourna vers son témoin et lui lança un regard plein d'espoir. Wallie se pencha à contrecœur pour ramasser l'arme de Gorramini, puis il s'agenouilla et la présenta au vainqueur.

Nnanji la prit et l'examina d'un œil approbateur.

— Joli morceau de métal.

L'apprenti Nnanji reçut deux marques faciales supplémentaires, puis Wallie lui donna une leçon sur les signes secrets des troisièmes et des quatrièmes. Il devint alors l'adepte Nnanji, guerrier du quatrième. Il devait se vêtir en conséquence.

L'atelier du tailleur était situé de l'autre côté du bâtiment militaire. C'était une pièce misérable dans laquelle régnait un capharnaüm sans nom. L'adolescent y acheta un kilt orange et une barrette ornée d'une pierre de même couleur. Son héros portait une gemme, il convenait donc de faire comme lui. L'orange se mariait mal avec ses cheveux roux, mais l'ensemble le faisait ressembler à un jeune dieu du feu qui brillait d'une satisfaction intense. Il se tint devant un miroir et se mit en valeur. Ses hématomes et ses plaies étaient encore apparents, mais lui ne voyait que le reflet d'un magnifique quatrième. Il n'avait toujours pas parlé de Gorramini, pas une fois.

Wallie le regarda avec tristesse et doute. Avec sa tenue de rang intermédiaire et cette confiance toute neuve, Nnanji paraissait plus âgé que lors de leur première rencontre sur la plage. Il semblait même plus grand et se tenait avec assurance. Wallie ne lui trouvait plus un air maladroit. Cette impression était peut-être due à ses pieds et à ses mains gigantesques. Quand il commencerait à s'élargir, dans quelques années, il serait impressionnant. L'adolescent gauche s'était soudain transformé en un jeune homme dont il fallait se méfier.

Nnanji termina de s'admirer devant le miroir et se tourna vers Wallie.

— Puis-je vous jurer fidélité une nouvelle fois, sire ?

— Bien sûr.

Le deuxième serment devenait caduc après un changement de rang.

Selon toute apparence, un atelier de tailleur était un endroit approprié pour prêter allégeance. Nnanji tira aussitôt son épée, tomba à genoux et redevint le protégé du seigneur Shonsu. Son sourire était si tenace qu'il eut du mal à le réprimer, même pour accomplir un acte aussi solennel.

— Maintenant, demanda-t-il en se relevant, vous allez rendre visite au saint homme, sire ?

C'était l'heure où Wallie se rendait presque quotidiennement chez Honakura et, aujourd'hui, il était impératif de ne pas manquer le rendez-vous. D'une manière ou d'une autre, il devait trouver un plan et le vieux prêtre était la seule personne susceptible de l'aider.

— Qu'est-ce que tu as derrière la tête ? demanda-t-il d'un ton prudent.

— J'ai une épée à vendre. L'armurier tient le reliquat de la précédente à ma disposition. Je veux le donner à mes parents avant de partir.

Il afficha une expression de profonde vertu et d'innocence.

Les guerriers étaient des athlètes et ils montaient donc les niveaux plus vite que dans la majorité des autres professions. La plupart des amis de Nnanji étaient encore deuxièmes, voire premiers. Un guerrier du quatrième était un citoyen important et puissant. Wallie avait appris par hasard que le père du garçon était un troisième. Et Nnanji avait aussi de nombreux frères et sœurs à impressionner.

Ce gamin éprouvait donc des émotions humaines.

— Tu as deux heures ! dit Wallie.

Il n'avait pas sitôt fini sa phrase qu'il était déjà seul. L'adolescent fila si vite que Wallie eut l'impression que son sourire béat flottait encore dans l'air.

Le septième se dirigea vers le temple.

Le très saint Honakura n'était pas disponible.

Wallie sentit une sourde inquiétude monter en lui, mais fit de son mieux pour la contrôler. Il décida de faire une petite promenade avec ses nouvelles bottes. Il inspecta de nouveau le grand mur d'enceinte et chercha des arbres susceptibles de passer au-dessus, mais aucun d'entre eux n'était assez haut et assez près. Quelques vieux bâtiments s'effondraient peu à peu contre la muraille, mais, une fois de plus, les ruines étaient trop basses pour l'escalader sans échelle et il était impossible d'en emporter une puisqu'il était suivi.

Il regretta avec amertume d'avoir révélé son dormeur. Cela avait été une erreur qui avait poussé Tarru à en commettre une autre, pire encore. Le serment du sang n'était pas à sens unique, car un maître devait protection à son vassal, mais Tarru avait sacrifié Gorramini sans état d'âme. Le prévôt était sans doute en proie à des dilemmes moraux avant le duel et cela avait dû empirer. N'allait-il pas se laisser entraîner à commettre un acte désespéré ?

Le seul embryon de plan qu'avait imaginé Wallie, c'était de se glisser hors du temple en se déguisant. C'était risqué et Nnanji serait horrifié à l'idée de se livrer à une telle infamie. Cela signifiait en outre qu'ils ne pourraient pas emporter d'armes. C'était en effet très dangereux – le corps de Shonsu était imposant et ne passait pas inaperçu –, mais il n'y avait pas d'autre solution. Les esclaves racontaient que les gardes fouillaient jusqu'aux chariots des marchands qui quittaient le domaine clérical. Et puis, même s'ils parvenaient à sortir, il restait encore un long chemin pour gagner l'embarcadère.

Et quel déguisement pouvaient-ils choisir ? La queue-de-cheval d'un guerrier était caractéristique et sacrée, tout comme les marques faciales. Les camoufler ou les maquiller était considéré comme un crime majeur. À contrecœur, Wallie en était arrivé à la conclusion que Shonsu du septième devrait se transformer en femme et utiliser ses longs cheveux pour se couvrir le front. Seules les esclaves de sexe féminin faisaient parfois cela – une pratique sans doute autorisée parce que les marques descendaient jusqu'en bas du visage.

Wallie commença à étouffer alors que le soleil devenait plus cruel. Toujours absorbé par ses sombres pensées, il revint vers le bâtiment militaire. De ce côté, le massif d'arbustes s'étendait jusqu'à l'édifice ; le chemin pavé serpentait et zigzaguait entre des buissons de haute taille qui formaient une jungle miniature. Des intersections et des embranchements dessinaient un véritable labyrinthe. Wallie ne connaissait pas très bien cette partie du domaine, mais il était néanmoins difficile de s'y perdre. Pendant un moment, il déambula au hasard, réfléchissant à ses problèmes tout en reconnaissant instinctivement le terrain – il s'en rendit compte avec un certain amusement. Soutra soixante-douze…

Il approchait le bâtiment militaire par l'arrière quand il entendit que quelque chose traversait les buissons dans sa direction. Il s'immobilisa et un esclave apparut sur le chemin devant lui. C'était un jeune homme imposant, gras et sale qui ne portait qu'un pagne noir. Il s'arrêta, pantelant, et fixa Wallie. La truelle qu'il tenait encore dans les mains et sa peau couverte de boue indiquaient qu'il faisait partie des jardiniers.

— Seigneur ?

Les esclaves n'abordaient pas les septièmes. Wallie se mit à transpirer sous le coup de l'angoisse.

— Oui ?

Le jeune homme s'humecta les lèvres. Il semblait hésiter sur ce qu'il allait dire. Selon toute apparence, il était paralysé par la crainte, mais peut-être était-ce la bêtise – ou les deux.

— Seigneur, répéta-t-il. On m'a dit d'vous chercher.

Wallie essaya de lui adresser un sourire encourageant, comme s'il avait affaire à un petit garçon, mais il ne s'était jamais senti à l'aise devant un handicapé. Il se souvint de Narrin, l'esclave idiot de la prison. Il se demanda si la servitude était responsable de retards mentaux ou si on vendait impitoyablement les enfants déficients pour s'en débarrasser. Dans le Monde, il n'y avait pas d'institutions où les parquer et les oublier de façon commode.

— Eh bien ! tu m'as trouvé.

— Oui, seigneur.

Il y eut une nouvelle pause.

— Qui t'a dit de me chercher ?

— Ma mère.

Silence.

— Qui est ta mère ?

— Ani, seigneur.

— Ah ! Et comment t'appelles-tu ?

— Anasi, seigneur.

— Est-ce que tu peux me conduire à ta mère, Anasi ?

L'esclave hocha la tête.

— Oui, seigneur.

Il se retourna et entreprit de remonter le chemin. Wallie lui emboîta le pas.

Il avait dû se passer quelque chose, c'était certain. Mais Wallie remarqua aussitôt que d'autres ennuis arrivaient : des pas discrets derrière lui. Les bruits de bottes s'interrompirent, puis reprirent. Il était suivi, bien entendu. Dans ce dédale, l'espion n'avait pas le choix : il devait talonner sa cible. Avait-on entendu sa conversation avec Anasi ? Devait-il se cacher dans un buisson avec le garçon et laisser passer l'inconnu ?

Ils arrivèrent au bout du chemin avant qu'il parvienne à prendre une décision. Devant lui, Wallie aperçut le mur du bâtiment militaire et une petite porte. Les entrées principales étaient gigantesques et majestueuses, celle-ci devait donc être réservée aux esclaves. Malédiction ! L'allée n'offrait plus la moindre bifurcation. Si Wallie disparaissait ici, l'espion devinerait sans doute que les esclaves étaient impliqués.

—Anasi!

Le garçon s'arrêta et tourna son visage lunaire vers le guerrier.

—Seigneur?

—Je vais attendre ici. Va le dire à Ani.

Anasi réfléchit, hocha la tête et entra dans le bâtiment. Wallie retourna à la dernière intersection avec toute la discrétion dont il était capable, puis il se cacha dans un buisson.

Il s'était conduit comme le roi des imbéciles : il avait permis à Nnanji de partir et divisé ainsi ses forces. Sans son vassal, il était dix fois plus vulnérable – sans compter qu'il avait peut-être divulgué ses liens secrets avec les esclaves. Tarru était assez intelligent pour deviner ce qui se passait à partir de quelques indices. Shonsu n'était pas d'une grande aide dans ces histoires d'espionnage, mais Wallie Smith aurait dû s'en tirer mieux que cela. Beaucoup mieux que cela. Crétin! Il se maudit pour son incompétence et sentit la personnalité héritée de Shonsu se hérisser à l'idée de se cacher au lieu d'affronter le danger.

Les bruits de bottes se rapprochèrent et se firent plus forts.

Un guerrier du troisième – un homme maigre et de petite taille – passa devant Wallie. Il s'arrêta en contemplant avec surprise le bout du chemin et la porte. Wallie se glissa derrière lui et lui administra avec joie un coup de poing à la jointure du cou et de l'épaule. Le guerrier s'effondra et roula de côté tandis que la garde de son épée raclait discrètement contre les pavés. Il resta immobile.

Ça faisait du bien!

Wallie se frotta le poing et réfléchit à la suite des événements. La porte était trop proche. Où que l'homme se réveille, il se souviendrait de l'entrée des esclaves au bout du chemin. Il fallait le ligoter et le tenir prisonnier.

Wallie s'agenouilla et examina sa victime.

Il s'agissait du jeune Janghiuki, le mentor d'Oreille.

Assommer ses adversaires avant de les ficeler était un comportement tout à fait normal dans un roman d'espionnage, mais il entrait en contradiction formelle avec le code d'honneur des guerriers. C'était aussi une opération difficile, surtout pour un homme qui venait d'acquérir un nouveau corps dont il ne connaissait pas la force. Il avait brisé la nuque de Janghiuki. Le garçon était mort.

#7 – Des duels entre guerriers

La Quintessence
Sept sont les abominations :

Attaquer sans avertissement préalable,
Attaquer un adversaire sans arme,

Attaquer à deux contre un,
Attaquer avec une arme autre que l'épée,
Attaquer en usant de projectiles,
Attaquer en usant d'une arme de jet
Employer une armure ou un bouclier.

L'Épisode
Cinquante-deux adversaires se jetèrent sur Langaunimi,
Il en tua vingt-cinq.
Le nom de Langaunimi est aujourd'hui vénéré.
Qui se souvient des cinquante-deux ?

L'Épigramme.
Tuer un adversaire sans honneur marque la mort de deux guerriers.

Anasi revint. Il n'était pas accompagné de sa mère, mais d'un autre esclave que Wallie ne connaissait pas et qui semblait moins idiot que le garçon.

Sa seigneurie était en danger, annonça-t-il. L'honorable Tarru avait monté une embuscade dans la chambre d'hôte – des hommes avec des gourdins et des filets. Le seigneur Shonsu ne devait pas retourner à ses appartements.

Dans ce cas, répliqua Wallie, il fallait avertir Nnanji en lui faisant parvenir un message. Il avait aussi besoin d'une cachette.

Les deux esclaves le conduisirent dans les caves – qu'on ne pouvait pas imaginer plus différentes de sa suite luxueuse.

L'endroit était si bas que Wallie n'arrivait pas à se tenir debout, même entre les poutres massives qui soutenaient le plafond. Il aurait le plus grand mal à se battre ici. Il eut l'impression d'être dans un long tunnel exigu. De petites ouvertures munies de barreaux laissaient passer de maigres filets de lumière qui dessinaient des taches hésitantes sur le capharnaüm entassé là : des piles de paille crasseuse, des toiles d'araignées, une saleté omniprésente, des amas de moisissure aux couleurs variées dans les coins et un ensemble de meubles brisés abandonnés depuis longtemps par leurs propriétaires légitimes ; un stock de précieuses étoffes en lambeaux se balançait à des patères ; deux parois de séparation branlantes avaient été érigées pour isoler de prétendus quartiers privés, mais elles ne faisaient qu'assombrir un peu plus la cave. Il s'agissait du dortoir des esclaves mâles, une étable humaine qui empestait après avoir abrité des dizaines de générations de corps étrangers à toute hygiène.

On envoyait les vieux esclaves au Jugement lorsqu'ils devenaient inutiles, mais il était difficile de comprendre comment certains parvenaient à vieillir dans de telles conditions.

Wallie se laissa tomber sur une chaise en bois qui n'avait plus de dossier et rumina de sombres pensées. Jja avait été avertie, Anasi était retourné à ses travaux de jardinier, Janghiuki avait été abandonné dans un buisson et il était probable que les insectes s'intéressaient déjà à lui.

Un assassinat ! Sur Terre, son acte aurait été qualifié de meurtre au premier degré et il en allait à peu près de même dans le Monde. Il aurait pu tuer Janghiuki dans un cadre légal s'il l'avait voulu : un défi, une épée qu'on tire de son fourreau, une fente avant d'essuyer la lame – l'affaire de cinq secondes pour Shonsu. Personne n'aurait haussé un sourcil. Mais il avait essayé de faire preuve de compassion et il était devenu un assassin.

Janghiuki du troisième… Il n'avait rien fait de mal. Il s'était contenté d'obéir aux ordres et de suivre Shonsu. Espionner un invité n'était pas à proprement parler un manquement aux règles de l'hospitalité, bien que cela témoigne d'une conduite peu respectueuse. La seule erreur de ce garçon avait été de prêter le serment du sang sans motif valable – et il était fort probable que Tarru ou Trasingji l'aient encouragé en se tenant à côté de lui, l'arme au poing. Il n'avait pas eu le choix et Tarru lui avait sans doute fourni une excuse plausible.

— Le seigneur Shonsu a dérobé l'épée de la Déesse et il nous faut la retrouver.

C'était crédible, en effet, surtout si l'alternative était la mort.

Tôt ou tard, Tarru allait comprendre que Shonsu ne retournerait pas à ses appartements et la chasse commencerait. On découvrirait le corps de Janghiuki et les problèmes moraux de Tarru seraient aussitôt résolus. Les chiens réclameraient alors vengeance.

Posséder un esclave, adorer une idole, être condamné à la peine capitale, au fouet… Tout cela aurait horrifié l'ancien Wallie. Maintenant, il avait ajouté le meurtre à son expérience personnelle. La morale ne change pas, avait-il dit au demi-dieu, le premier matin. On lui avait répondu que c'était encore une chose qu'il devrait désapprendre. Il en était pourtant incapable.

Shonsu aurait tué Janghiuki sans scrupule, en respectant les règles. Il n'aurait pas ressenti le moindre remords. Il aurait rejeté l'hospitalité en citant un soutra ou un autre précepte et personne n'aurait critiqué son interprétation. Wallie Smith n'apprendrait jamais à se comporter ainsi. Il avait promis qu'il essaierait de devenir un guerrier, mais il allait échouer.

La Déesse devrait se trouver un nouveau champion.

Quelque chose bruissa contre la paille, dans son dos. Wallie bondit sur ses pieds. Ce n'était pas un être humain qui avait fait ce bruit.

Il se demanda si Honakura avait déjà visité des dortoirs d'esclaves comme celui-ci et comment il réagirait en les voyant. Il se contenterait sans doute de son charabia habituel : les esclaves payaient les fautes commises lors de vies antérieures. C'était quand même dur à avaler d'être puni pour des trucs dont on ne se souvenait pas ! Mais Wallie avait promis à la Déesse de ne pas critiquer sa gestion du Monde.

Il y avait des centaines d'esclaves. Il y avait des centaines d'épées à l'armurerie. Comme il l'avait déjà fait à de nombreuses reprises, Wallie imagina une armée composée de ces malheureux – et il rejeta cette idée comme toujours. Les soutras permettaient d'armer les civils en cas d'urgence, mais les textes excluaient sans équivoque les esclaves. Ce serait à la fois un crime et une abomination. Encore plus important aux yeux de Wallie, ce serait sans doute un vrai massacre : les guerriers étaient cent fois plus dangereux, quel que soit le rapport de force. Il était hors de question qu'il se tire de ce mauvais pas au détriment de la vie d'innocents. De plus, il était à peu près certain que leur amitié n'irait pas jusque-là. Ils craindraient – à juste titre – des représailles. Les civilisations fondées sur l'esclavage ne toléraient pas de rébellions, quel qu'en soit l'instigateur. Si Shonsu voulait endosser le rôle de Spartacus, il unirait le reste du Monde contre lui.

Que faire ?

Wallie s'efforça de comprendre le raisonnement de Tarru. Le prévôt devait se sentir aux abois. Il avait forcé des hommes à lui jurer fidélité pour accomplir une tâche indigne et cela constituait une abomination, tout comme l'ordre de ne rien révéler du troisième serment. Il ne parviendrait pas à maintenir la cohésion de son armée clandestine jusqu'à la fin des temps, sans compter qu'il ne pouvait lui accorder qu'une confiance modérée. Il s'était donc senti dans l'obligation de passer à l'offensive. Il devait trouver l'épée au plus vite et s'enfuir. Sa seule piste était Shonsu : même si le septième ignorait où était l'arme, il devait connaître quelqu'un qui le savait. Les filets s'imposaient si le prévôt voulait le capturer en vie.

Le demi-dieu avait déclaré que l'échec était puni de mort, voire pire. Tarru envisageait de le torturer.

La porte grinça et Jja se glissa à l'intérieur, portant Vixini dans le dos. Wallie se leva – dans la mesure du possible – et embrassa la jeune femme. Il attrapa un autre vestige de chaise afin qu'ils s'assoient l'un à côté de l'autre.

Jja lui lança un sourire réconfortant et lui serra la main.

Wallie fut sidéré en constatant à quel point il était soulagé de la voir. En ne la prenant pas comme otage, Tarru avait négligé un plan imparable. Mais aucun guerrier digne de ce nom ne tomberait amoureux d'une esclave, et le premier prévôt ne savait pas que Wallie était différent.

Il essaya de le lui expliquer et elle sembla aussi surprise que Tarru l'aurait été à sa place.

— Je ne m'en tire pas bien du tout, Jja.

Elle l'observa pendant un moment. Son sentiment de culpabilité était-il si manifeste ? Est-ce que le mot « assassin » s'était écrit sur son front ?

Non. La jeune femme prit enfin la parole.

— Savez-vous ce que les dieux veulent de vous, seigneur ?

C'était l'essentiel.

Il hocha la tête.

— Oui. Et je n'ai pas envie de le faire. Tu as raison, mon amour. Je dois apprendre à obéir.

Son regard revint se poser sur le sol.

— Ani arrive, maître. L'honorable Tarru et ses hommes attendent encore dans votre chambre. Kio est allé chercher l'adepte Nnanji.

— Qui est Kio ?

Les dents de Jja luirent dans le noir.

— Sa favorite. Il ne pouvait pas se permettre de la fréquenter avant que vous lui donniez tout cet argent. Les femmes racontent qu'elle lui a déjà coûté la moitié du prix de l'épée.

Wallie sourit et resta silencieux. Il s'en voulait d'appeler Nnanji dans la fosse aux requins, mais c'était le devoir de l'adolescent. De toute façon, il fallait l'avertir et, en apprenant le danger que courait son maître, nul doute qu'il viendrait ventre à terre.

Quels ordres Tarru avait-il donnés ? Nnanji allait peut-être se faire tuer aux portes du domaine.

Vixini commença à s'agiter. Jja le libéra et le posa par terre. L'enfant entreprit une exploration des lieux comme un insecte brun impatient.

La porte grinça de nouveau et Ani apparut, immense dans son paréo noir. On ne distinguait que son énorme tête aux traits repoussants : elle flottait sous le plafond et, sur son œil gauche, la rondelle de cuir dessinait comme un trou ; ses cheveux étaient ramenés en arrière pour former un chignon et un mince cadre argenté cernait son visage – une ligne de racines décolorées qui allait d'une oreille à l'autre. Elle s'inclina avec respect vers Wallie, mais elle essaya de dissimuler un petit sourire narquois devant l'absurdité de la scène : un seigneur du septième qui se terrait dans une cave à esclaves. Son fils n'était sans doute pas beaucoup plus intelligent que les plantes dont il s'occupait, mais Ani avait élevé des hommes. Elle possédait une intelligence primitive et innée ainsi qu'une étrange aura d'autorité, comme si elle était la reine des esclaves.

— Je te suis reconnaissant de ton aide, Ani, dit Wallie.

— Et moi de la vôtre, seigneur. Vous avez été bon avec une grosse vieille un soir. Rares sont ceux qui auraient pardonné ma conduite.

— J'avais bu, moi aussi. Mais je crains que cette situation ne se représente jamais. Quelles nouvelles de Tarru ?

Elle tourna brièvement la tête sur le côté pour cracher par terre.

— Il a ordonné qu'on vous cherche partout, seigneur. Mais il ne pensera pas à regarder ici. Et s'il le fait, nous vous ferons passer de cave en cave. Vous êtes en sécurité.

Ce ne serait plus le cas si Tarru soupçonnait que les esclaves s'opposaient à lui. Ce satané cadavre était trop près de la porte et le prévôt n'était pas un imbécile. Wallie pouvait demander qu'on déplace le corps, bien entendu, mais ce serait aux risques et périls des personnes chargées de cette tâche. Il décida de ne pas mentionner Janghiuki.

— J'ai besoin de parler au seigneur Honakura, dit Wallie. Je pense qu'il est le seul à pouvoir m'aider.

Les lèvres grasses d'Ani se contractèrent pour faire la moue.

— Pas facile, seigneur.

Évidemment. Un esclave ne pouvait pas se présenter devant un homme comme Honakura et entamer la conversation – pas sans provoquer une émeute. Wallie tendit la main vers son escarcelle.

— Est-ce que ceci te serait utile ?

Les yeux d'Ani brillèrent en apercevant l'or.

— Possible.

Wallie lui donna l'argent et dicta un bref message. Ani le répéta en digne représentante d'une civilisation prélittéraire, puis s'en alla voir ce qu'elle pouvait faire.

Wallie s'assit et soupira. La cave était étouffante et il y régnait une odeur fétide. Il la détestait.

— Être mon esclave offre une vie pleine de surprises, tu ne trouves pas, Jja ? D'abord la suite royale et maintenant… ça !

Elle esquissa un sourire docile.

— Le dortoir des femmes est un peu plus propre que celui-ci, maître, mais il n'est pas très différent.

Il songea aux quartiers des femmes et fut intrigué. Ils n'étaient pas aussi luxueux que sa chambre, mais ils étaient clairs, spacieux et confortables.

— Qu'est-ce que tu veux dire ? Tu ne vivais pas dans les pièces de l'étage, où Janu…

Elle secoua la tête avec un petit sourire.

— Je n'étais là que lorsque vous veniez me chercher, maître.

Elle parlait des dortoirs des *femmes esclaves*, bien sûr. Il n'avait pas réfléchi.

— Tu dis que, quand tu n'étais pas avec moi, tu te retrouvais dans un trou comme celui-là ?

Elle hocha la tête.

— La plupart du temps.

Il lui prit les mains.

— Je n'avais pas réalisé !

Elle commença à dire que cela n'avait aucune importance, mais il l'interrompit net.

— Si, c'est important ! Jja, si on se tire de ce guêpier, je te garderai toujours avec moi. Nous ne trouverons peut-être pas mieux que cet endroit, mais nous chercherons ensemble. (Elle baissa les yeux, incapable de soutenir son regard.) Jja… Je t'aime.

Il crut qu'elle rougissait, mais il faisait trop sombre pour en être sûr. Que pouvait signifier une telle déclaration, pour une esclave ?

— Je veux t'épouser si je le peux, Jja. (Elle releva les yeux en tressaillant.) Je te donnerai tout ce que tu veux. Je ferai n'importe quoi pour toi. Je t'ai dit que tu ne ferais plus l'acte de joie qu'avec moi et je te promets que… (Elle posa les doigts contre ses lèvres et secoua la tête.) Je le pense vraiment !

Elle hésita. Comme à son habitude, elle était réticente à l'idée d'exprimer ses pensées en mots.

— Wallie le pense, mais le seigneur Shonsu ne le laissera pas tenir une telle promesse.

Il entreprit de protester et elle l'interrompit de nouveau. Puis elle frissonna.

— Vous ferez n'importe quoi pour moi, maître ?

— Oui.

— Voulez-vous chasser le dieu des larmes ?

Vixini s'était roulé en boule sur un tas de paille et somnolait en suçant son pouce.

L'idée était tentante – et c'était peut-être sa dernière occasion d'en profiter.

— Ta simple présence suffit à me réconforter, mon amour. Tu n'es pas obligée de me traîner dans un lit pour me satisfaire. À mes yeux, tu représentes bien plus qu'une amante. (Elle baissa les yeux et demeura silencieuse.) Que se passe-t-il ?

— Pardonnez-moi, maître.

— Pourquoi devrais-je te pardonner ?

— Je n'essayais pas de vous satisfaire. Je vous demandais de me satisfaire moi.

Le pensait-elle vraiment ? Il ne parvenait jamais à deviner ses pensées. Mais cela était sans importance. Deux semaines plus tôt, elle n'aurait jamais osé dire cela. De tels progrès méritaient récompense.

— Il va y avoir des punaises, l'avertit-il.

Elle répondit par un sourire joyeux et tendit les lèvres vers les siennes. Il décida aussitôt qu'il affronterait les punaises.

Le dieu des larmes était plus obstiné que d'habitude. Il fut chassé à plusieurs reprises, mais revint chaque fois sur-le-champ. Il remporta la victoire grâce à son implacable persévérance. Quand Nnanji arriva enfin, les deux fugitifs s'étaient rhabillés. Ils étaient tous deux affalés sur des semblants de chaises branlantes. Ils étaient épuisés et étouffaient dans l'atmosphère torride et puante du dortoir.

Nnanji se baissa pour éviter les poutres. Il regarda autour de lui en se renfrognant, mais afficha un large sourire en apercevant Wallie.

— Sire, puis-je avoir l'honneur de vous présenter mon protégé, le novice Katanji ?

Wallie se rappela que le courage avait été défini comme un comportement élégant dans une situation désespérée. Il se leva et accepta le salut de Katanji. Il lui adressa ensuite des signes de mains parce qu'il n'avait pas la place de faire ceux de tête. Le jeune garçon arborait une marque faciale toujours sanguinolente. Il portait un kilt blanc immaculé et affichait une expression de surprise. L'ancienne barrette de Nnanji pinçait avec fermeté une mèche de ses cheveux courts, noirs et bouclés. Il était encore incapable de les rassembler en une queue-de-cheval malgré ses efforts. Il semblait si jeune que cela en devenait ridicule.

Il n'aurait pas dû se trouver là. Wallie aurait dû deviner ce que Nnanji préparait, mais il était trop tard pour briser le serment.

Le novice Katanji ? C'était peut-être un signe des dieux, pour annoncer que la mission progressait. Le numéro cinq venait de se joindre au reste de l'équipe.

— En fin de compte, j'ai décidé de lui acheter une autre épée plutôt que de lui donner celle que j'utilisais avant, déclara Nnanji en sortant la nouvelle arme.

Par bonheur, il n'avait pas eu la mauvaise idée d'aller chercher l'ancienne dans la chambre…

Nnanji s'était tu, en proie à une gêne évidente. C'était très inhabituel chez lui.

— Tu veux que je la lui offre ?

— Si cela ne vous dérange pas de vous agenouiller devant un premier, marmonna Nnanji.

Ce qui signifiait : *Oh, oui ! Je vous en prie !*

— Ce sera un honneur. De toute façon, je serai toujours plus grand que lui.

La boutade fit sourire le novice Katanji. Son mentor le foudroya du regard. Il lui dit de se souvenir de ce qu'on lui avait dit et de faire attention à ne pas couper les pouces du seigneur Shonsu.

Wallie s'agenouilla pour présenter l'épée et prononça les formules d'usage. Katanji la prit avec soin et récita sa réponse. Il était loin d'être aussi solennel et impressionné que Nnanji l'avait été à sa place. Un éclat cynique brillait dans ses yeux jeunes et sombres.

— Nnanji, tu n'as pas été suivi jusqu'ici ? Tu en es sûr ? demanda Wallie en se rasseyant sur sa chaise.

— Tout à fait certain ! Vous m'avez appris comment faire, sire ! (Il avait donc mis à profit le soutra des espions.) En fait, Popoluini et Faraskansi étaient aux portes du domaine. Ils ont essayé de me faire comprendre que je ne devais pas entrer. (Il fronça les sourcils.) J'ai dit que c'était une affaire d'honneur et ils ont promis de ne pas me faire suivre.

Wallie fit un effort pour imaginer la conversation, mais abandonna. Ces informations confirmaient cependant un point : les guerriers le pourchassaient à contrecœur. Ils obéissaient au pied de la lettre aux ordres de Tarru, pas davantage.

Il remarqua alors la présence d'une troisième personne qui se tenait en retrait. Il avait tout d'abord pensé qu'il s'agissait de Kio, la favorite du bâtiment militaire, mais Wallie n'avait jamais vu la nouvelle venue. Nnanji grimaça un sourire et fit signe à l'inconnue d'avancer à la lumière.

— J'ai aussi acheté ça, déclara-t-il avec fierté. Nous avons toutes sortes de choses à transporter : des armes, des vêtements de rechange… Et Jja doit s'occuper de son bébé avant tout…

Wallie était repu du point de vue physique et au bord de la crise de nerf du point de vue émotionnel, mais il sentit néanmoins sa virilité réagir. La femme était voluptueuse et habillée de fines dentelles qui mettaient ses charmes en valeur – charmes qui, au demeurant, n'avaient nul besoin d'être soulignés. Sur Terre, il aurait juré que sa prodigieuse poitrine était le fruit d'une opération de chirurgie esthétique moralement contestable. Dans le Monde, seul un miracle pouvait la soutenir ainsi. Ses bras et ses jambes nues étaient admirables ; des cascades de cheveux châtain clair encadraient un visage parfait – et parfaitement impassible – aux lèvres en boutons de rose figées dans un sourire mécanique ; ses yeux immenses étaient aussi mornes que des galets. Une handicapée mentale.

Et *merde* ! Après sa promotion, Nnanji avait été saisi par une véritable frénésie et avait perdu toute mesure. D'abord son frère, et maintenant cette femme. Elle était incroyablement excitante et absolument inutile : dans moins de deux jours, son vassal se serait lassé de cette débile. Sa place était la demeure douillette d'un riche vieillard attentionné, pas au côté d'un guerrier vagabond. Il était impossible qu'elle soit le sixième membre de l'expédition choisi par les dieux. Tout à fait impossible !

— Je suppose que j'aurais dû demander la permission, sire…

Nnanji avait remarqué sa réaction.

— Oui, tu aurais dû ! répliqua Wallie d'un ton sec.

Il se laissa aller dans la chaise en proie à la plus noire des dépressions. Il tombait de Charybde en Scylla. Dès qu'il pensait avoir touché le fond, une autre catastrophe s'abattait sur sa tête.

— Comment tu l'as appelée ?

— Jénisse, sire.

Pour une raison qui échappa à Nnanji, le seigneur Shonsu parut trouver ce nom hilarant. L'adolescent en conçut une certaine irritation.

Le temps s'écoulait sans se presser. Nnanji voulut emmener son nouveau jouet dans une pile de foin *ad hoc* pour s'amuser, mais Wallie le lui interdit d'un ton venimeux. Il leur parla de Tarru et de ses filets puis, à contrecœur, il leur annonça qu'il avait tué Janghiuki, mais sans préciser les circonstances. Le visage de Nnanji devint aussi sombre que la cave et il se jucha sur un tabouret en se renfrognant. Vixini se réveilla en pleurant sous le coup de la faim et de l'ennui. Katanji s'assit sur un tas de paille, le regard fixe. Il se demandait sans doute si c'était cela, la vie d'un guerrier, ou peut-être avait-il peur du septième assassin. Jénisse resta sur sa chaise, immobile.

Comment s'échapper du bâtiment militaire, du domaine clérical, de la ville et de l'île ?

Wallie aurait voulu se lever et faire les cent pas, mais il devait se tenir courbé dans ce trou à rats et l'arpenter était hors de question. Il était coincé. Tarru l'avait manœuvré petit à petit, comme un gangster qui s'approprie le quartier voisin ou un Hitler qui engloutit un continent. Il avait implacablement profité de la faiblesse de Wallie : il répugnait à employer la force et préférait les solutions plus paisibles.

Shonsu avait compris ce qui se passait. Wallie Smith aussi, mais il avait laissé faire. Il s'était dit qu'il allait s'amuser un peu alors que le temps jouait en faveur de son adversaire. Son cerveau étudia sa situation difficile sous tous les angles pour trouver une porte de sortie. En vain. Il ne lui restait qu'un faible espoir : Honakura conservait peut-être quelques bonnes cartes en main.

Nnanji semblait de plus en plus sombre. Peut-être qu'il en voulait à Tarru d'avoir corrompu les gardes, ou peut-être qu'il révisait son jugement sur l'homme qui affirmait ne tuer qu'en dernière extrémité. Un invité qui éliminait son hôte? Qui avait initié les abominations? Tendre un piège était-il une abomination, ou est-ce que l'abomination n'était constituée qu'au déclenchement du dit piège? Est-ce que la filature d'un invité était un comportement acceptable?

Wallie remarqua l'expression acerbe de l'adolescent et se demanda si le ver tueur n'était pas de retour. Nnanji devait se sentir trahi pour la deuxième fois – la première par les gardes et la seconde par Shonsu. Tarru n'était pas le seul à être confronté à des dilemmes moraux.

Le silence fut enfin rompu par le grincement de la porte et l'énorme silhouette informe d'Ani se glissa à l'intérieur. Elle s'arrêta devant Wallie et secoua la tête avec tristesse.

— Le seigneur Honakura? demanda le guerrier.

Il vit l'expression d'Ani et comprit qu'il avait sombré un peu plus profond encore.

— Non, seigneur. Il a été emprisonné.

Il était midi et la chaleur était insoutenable. Les oiseaux demeuraient silencieux dans les arbres, les esclaves jardiniers hochaient la tête avec apathie en restant à l'écart du soleil et même les insectes se tenaient cois. Devant les marches du temple, la ligne des pèlerins agenouillés fondait et gémissait sous le joug des rayons de lumière implacables. Les eaux de la Rivière continuaient à couler en clapotant tandis que le reste du Monde supportait la chaleur en priant pour que le soir arrive au plus vite.

L'aire de parade était déserte et aussi brûlante qu'une plaque de cuisinière. Trois personnes tournèrent au coin du bâtiment militaire et dépassèrent le terrain d'escrime. Chaque garde était à la recherche du seigneur Shonsu et personne ne prêta donc attention au trio. Les mystérieux inconnus traversèrent l'aire de parade sans être remarqués et se dirigèrent vers la prison en flottant au-dessus de leur ombre dans une lumière aveuglante.

Le premier était un guerrier du quatrième, resplendissant dans son nouveau kilt orange ; il arborait une queue-de-cheval d'un noir d'encre et une expression tout aussi sombre. Il avait été à deux doigts de se rebeller contre son maître et n'avait pas prononcé un mot depuis que les esclaves avaient enduit ses cheveux de noir de fumée et de graisse.

Derrière lui venait un homme de petite taille, un premier à la chevelure de jais. Sa démarche était étrangement maladroite ; son épée était de travers et ses marques faciales enflées. Il portait un kilt blanc immaculé et ses cheveux étaient beaucoup trop courts. Il ne faisait aucun doute qu'il s'agissait d'un gratteur, ce que confirmaient ses yeux sombres et étonnés. Il serrait dans les mains une corde dont l'extrémité était attachée autour du cou d'une prisonnière.

La femme était gigantesque et très laide. Sa chevelure noire était beaucoup trop longue pour une esclave : des mèches voletaient en toute liberté, sentant encore le fer chaud. Le vêtement noir qui la couvrait entièrement aurait pu appartenir à la fameuse Ani la Sauvage ; le tissu ondulait de manière curieuse, comme si le corps de sa propriétaire était déformé.

Avec les oreillers en guise de rembourrage, la température était insupportable. Wallie savait que ce déguisement était dangereux. À supposer qu'un coup de chaleur ne le terrasse pas, l'épuisement le gagnait petit à petit. La sueur lui coulait dans les yeux et il distinguait à peine ce qu'il y avait devant lui. Il n'osait pas l'essuyer, car ses mains étaient censées être attachées dans le dos. Aucun guerrier sain d'esprit n'aurait imaginé que le seigneur Shonsu du septième irait s'affubler de la sorte. Wallie s'était abstenu de dessiner de fausses marques faciales, en partie par égard pour Nnanji. De toute façon, si une personne arrivait assez près pour les lire, le déguisement ne ferait pas long feu. Mais de loin, rien ne le distinguait d'un esclave en dehors de sa taille. Wallie continua à faire de petits pas, à courber le dos et à transpirer.

Avant que le toit de la prison soit refait, il aurait peut-être été possible d'organiser une évasion sans que les geôliers s'en rendent compte. Mais maintenant, il n'y avait d'autre choix que de passer par l'entrée et le poste de garde. La porte était ouverte et le trio pénétra à l'intérieur sans hésitation.

Briu du quatrième jouait aux dés sur une table en compagnie de deux deuxièmes ; trois esclaves étaient assis par terre, dans un coin, et retiraient les poux d'un tas de vêtements. Tous levèrent les yeux et observèrent les deux guerriers faire entrer la prisonnière.

Katanji venait à peine d'embrasser sa nouvelle carrière et il manquait d'expérience. Son mentor avait eu le temps de lui enseigner une seule technique, mais une technique qu'aucun guerrier n'avait jamais apprise. Le jeune garçon l'appliqua à ce moment : il se retourna tout d'un coup, s'agenouilla et baissa la tête. La gigantesque esclave tira l'épée du Katanji et la pointa sur la gorge de Briu avant que le quatrième puisse dégainer son arme.

— Il fallait que ce soit toi, n'est-ce pas ? dit Wallie. Garde tes mains sur la table et ordonne aux autres de faire pareil.

Le visage impassible de Briu réagit à peine. Il regarda derrière Wallie et une brève expression de surprise traversa ses traits quand il aperçut Nnanji. Puis il posa les mains sur la table. Les deuxièmes l'imitèrent sans en recevoir l'ordre : ils étaient sidérés.

— Pourquoi est-ce que c'est toujours toi qui pâtis de mes actes ? demanda Wallie. Je n'ai rien à te reprocher, mais chaque fois que je fais quelque chose, c'est l'adepte Briu qui paie les pots cassés. Est-ce que tu es le vassal de Tarru ?

— Je refuse de répondre à cette question.

— Il me pourchasse. Il a l'intention de me torturer pour me faire avouer où est cachée l'épée. Est-ce que tu le nies ?

— Non. Pas plus que je ne le confirme.

— Comment se sent un homme d'honneur dans une situation comme la tienne ?

Les yeux de Briu se plissèrent.

— Qu'est-ce qui vous fait penser que je suis un homme d'honneur ?

— Nnanji l'a affirmé. Environ deux minutes avant que tu le défies, l'autre jour.

— Il mentait.

— Je ne crois pas.

Briu haussa les épaules.

— Les crimes d'un vassal sont la responsabilité de son maître. Si je suis celui de Tarru, ainsi que vous le dites, je lui ai donc juré une obéissance absolue et mon honneur n'entre pas en ligne de compte.

Nnanji était resté derrière Wallie.

— Pourquoi auriez-vous prêté serment à un homme tel que lui? demanda-t-il d'une voix basse et amère.

— Je pourrais te poser la même question, adepte.

Nnanji faillit s'étrangler.

— Vous avez vu Shonsu sauter dans la Rivière. Vous, mieux que quiconque, savez que cette épée est un miracle.

Briu le fixa d'un air stoïque.

— Je t'ai mal enseigné le troisième serment lorsque j'étais ton mentor, adepte. Voyons un peu comment je m'en suis tiré avec le reste. Si un commandant est corrompu, à qui revient le devoir d'agir?

Nnanji réfléchit un moment et murmura:

— À son second.

— Comment? Que doit-il faire?

— Il doit le défier s'il est assez bon escrimeur. Sinon, il doit trouver quelqu'un capable de le faire.

Il s'agissait d'une citation et l'adolescent la récita comme Briu.

Celui-ci hocha la tête.

— Pourtant, ton seigneur Shonsu a épargné Tarru alors que personne n'ignorait sa culpabilité.

Wallie savait que cela avait été sa première erreur. Le demi-dieu lui avait dit que des mesures radicales étaient indispensables. Au cours de leur première rencontre, il l'avait mis en garde: un guerrier honorable estimerait de son devoir de tuer Hardduju et de laver l'honneur de la profession. Courtebotte avait fait une allusion transparente à Napoléon, car l'empereur des Français avait *bel et bien* régné sur l'île d'Elbe, même si ce règne n'avait pas duré longtemps. En laissant Tarru en vie, Wallie avait trahi les honnêtes hommes de la garde. Il aurait dû le tuer sur-le-champ avant de prendre sa place et de juger les cinquièmes sans délai, en exigeant des dénonciations... Mais il avait agi autrement.

— Je reconnais mon erreur, dit Wallie. Nnanji me l'a presque fait remarquer tout de suite après, sur les marches du temple. Mais depuis, je suis l'invité de Tarru.

Le mépris enflamma le visage de Briu comme une torche.

— Ce n'était pourtant pas les occasions et les excuses qui vous ont manqué. Il a lié Gorramini et Ghaniri par le troisième serment avant de les lancer contre Nnanji. Puis il s'est occupé des cinquièmes. Vous ne le saviez pas?

Un septième n'aurait pas dû accepter qu'un quatrième s'adresse à lui de cette manière, mais Wallie se sentait trop coupable pour agir avec assurance.

— Je m'en doutais.

Wallie se demanda s'il était exempt de toute responsabilité dans cette affaire, mais le vieil homme ne fit aucune remarque à ce propos. Dans les relations de pouvoir byzantines du clergé, Honakura avait sans doute misé une bonne part de son influence et de sa réputation sur ce guerrier énigmatique, cet homme qui avait négligé d'apurer la garde du temple. Wallie avait manqué à ses engagements envers ses sympathisants, qu'ils soient prêtres ou guerriers honorables.

Où était passé Katanji ? Wallie commença à s'agiter au fur et à mesure que le temps s'égrainait. Il avait chargé un garçon inexpérimenté d'une mission cruciale.

Nnanji sortit, le dos courbé afin de franchir la porte. Il ressemblait au dieu des épidémies, couvert d'une épaisse couche de poussière grise, zébré de coulées brunes laissées par la sueur. Ses yeux étaient rouges et larmoyants.

— Une trappe, dit-il entre deux quintes de toux. Arrive pas à l'ouvrir.

Wallie entra dans le pigeonnier et escalada des montagnes d'immondices pour accéder à l'endroit que Nnanji avait dégagé. Il découvrit une plaque en pierre avec un anneau de bronze rongé par les nitrates du guano. Il le serra avec force et tira jusqu'à ce que ses articulations grincent. Pendant un moment, il pensa que même lui ne parviendrait pas à soulever la trappe, mais elle finit par se libérer en crissant et pivota sans trop de difficulté sur un axe. Wallie baissa les yeux et plongea un regard mauvais dans l'obscurité. Il regretta de ne pas avoir demandé à Katanji d'apporter des torches. Il ressortit du pigeonnier pour laisser à d'éventuels gaz toxiques le temps de se dissiper.

Les trois hommes s'assirent par terre dans un silence inquiet. Katanji devait pouvoir accomplir sa mission, à moins de rencontrer Tarru en personne – ou qu'on ait découvert Briu et que le quatrième ait tout raconté. Un jeune premier rang était crédible, se dit Wallie. Puis il se reprocha de ne pas avoir conseillé à Katanji d'ouvrir l'œil. Deux fils de fabricant de tapis, cela faisait sans doute beaucoup.

— S'il y a une deuxième trappe à la sortie, on a peut-être construit une maison dessus, depuis le temps, remarqua Nnanji d'un air sombre.

— Nous trouverons un escalier qui monte à l'intérieur de la muraille et il conduira à une pièce en cul-de-sac, dit Wallie. Il y aura une autre plaque par terre et elle nous mènera à un renfoncement du côté extérieur.

Le prêtre le regarda.

— Comment est-ce que vous savez cela ?

Wallie esquissa un sourire suffisant.

— Je vous le dirai si vous me dites comment vous saviez que Katanji avait les cheveux noirs.

Honakura ne répondit pas. Il fit des hypothèses et analysa la disposition des lieux. Cette porte de sortie était à sens unique. Les trappes étaient les sas les plus sûrs qui soient. Le demi-dieu lui avait dit que la ville brûlait tous les cinquante ans, et Wallie avait vu comment les bâtiments s'étendaient jusqu'aux murailles. Un renfoncement était un endroit clos très utile et on en réaménageait donc lors de chaque reconstruction. Toute autre issue pouvait se retrouver obstruée par un mur ou un plancher.

Un groupe d'esclaves jardiniers s'avança d'un pas nonchalant sur le chemin et les trois hommes se turent. Puis un prêtre passa en méditant et en psalmodiant des soutras à voix basse.

Katanji et les autres arrivèrent enfin et Wallie s'aperçut à quel point il était tendu. Il accueillit Jja et Vixini en les prenant dans ses bras. Jénisse eut l'air perplexe quand Nnanji la serra contre lui. Il était clair qu'elle se demandait qui était cet homme. Son nouveau maître n'avait-il pas les cheveux roux ?

Ani gloussa en racontant que l'honorable Tarru était au bord de l'apoplexie, écumant de rage à cause de la disparition des fugitifs et de l'incompétence indolente de ses vassaux. Il avait fouillé le bâtiment militaire et les principaux édifices publics de fond en comble. Il s'apprêtait maintenant à ratisser le domaine. On ne tarderait pas à découvrir le cadavre de Janghiuki. Les gardes se lanceraient alors à la poursuite de Wallie et ne ménageraient pas leurs efforts pour venger leur camarade et punir le traître.

Ani avait apporté des éclats de silex, un briquet et des bougies.

— Tu y as pensé ? demanda Wallie, ravi de cette initiative.

— C'est le gratteur qui m'a dit de les prendre, seigneur.

Wallie fut sidéré. Il regarda les yeux pétillants de Katanji et le félicita. Il reconnut en lui-même que la Déesse avait choisi ses compagnons avec plus de discernement qu'il l'aurait fait.

Nnanji resta à l'extérieur pour monter la garde tandis que les autres se glissaient dans le pigeonnier et inspectaient le passage. La flamme de la chandelle ne s'étouffa pas quand Wallie l'abaissa au-dessous du trou – l'air était donc sain. Katanji était tellement excité qu'il ne tenait plus en place. Il avait mérité une récompense et Wallie l'envoya en éclaireur.

Il revint cinq minutes plus tard.

— Il y a un escalier, seigneur…

Wallie ressentit une profonde satisfaction en remarquant le regard admiratif qu'Honakura avait posé sur lui.

Le passage était très exigu pour une personne de la carrure de Shonsu. Les fourmis et autres insectes l'avaient souillé pendant des siècles et l'odeur était pestilentielle. Par chance, il n'y avait pas de scorpions.

Au sommet de l'escalier, il y avait une petite pièce comme Wallie l'avait annoncé. Il ne pouvait pas s'y tenir debout, mais sa force était de nouveau nécessaire pour soulever la deuxième trappe. Il avait compté les marches et en avait déduit que le renfoncement qui les attendait dessous n'était sans doute pas plus haut qu'une niche de chien – il espéra d'ailleurs qu'on ne l'avait pas aménagé en chenil. Avec des gestes gauches et en se cognant contre les murs, il attrapa l'anneau de bronze et tira. Une faible lumière envahit la pièce.

Il tomba à genoux, passa la tête dans le trou et vit où il était.

Personne ne sut vraiment qui fut le plus surpris : Wallie ou la mule.

En général, les pèlerins voyageaient le matin et le soir. Midi était un moment consacré au repos, et Ponofiti, muletier du troisième rang avait l'habitude de parquer les bêtes de sa caravane dans l'étable – sans les déharnacher, car il était partisan du moindre effort. Ce jour-là, il était rentré chez lui pour déjeuner avec sa femme, puis avait rendu visite à sa maîtresse pour faire la sieste. Il retourna à son travail en début d'après-midi.

C'était la journée ordinaire d'un conducteur de mules.

Enfin, jusqu'à ce qu'il ouvre la porte de l'étable.

Katanji était descendu dans le renfoncement où s'entassaient des chaises cassées, des bouts de harnais et des sacs divers. Il avait persuadé le bardot de se laisser conduire dans une autre stalle et avait ensuite dégagé le passage pour ses compagnons.

Jja avait expliqué pourquoi les mules étaient dans cette étable sombre et nauséabonde au beau milieu de la journée.

Elle avait aussi repéré le matériel de sellier et raccommodé le vêtement de son maître – les déchirures qui laissaient entrevoir les oreillers. Wallie avait découvert un miroir et avait constaté *de visu* que la poussière avait coloré ses cheveux en gris – une couleur qui s'harmonisait très bien avec sa robe de vieille femme. S'il gardait la tête basse, il avait une chance de ne pas se faire remarquer en ville.

Nnanji, furieux, avait admis qu'un kilt orange tout neuf n'était pas la tenue idéale dans leur situation ; il l'avait donc frotté par terre pour le maculer de crasse. Il avait même défait sa queue-de-cheval en grommelant des horreurs, incapable de trouver la force de regarder son maître déguisé.

Ils supposaient qu'Ani avait recouvert l'autre trappe de guano et fermé la porte du pigeonnier avant de retourner au bâtiment militaire.

Jénisse – qui n'avait rien fait – était parvenue à rester plus propre et plus fraîche que les autres. Wallie arrêta Nnanji alors que celui-ci conduisait la jeune femme vers la meule de foin et lui interdit de se livrer à ce genre d'auscultation jusqu'à nouvel ordre.

Vixini avait exprimé le vif désir de grimper sur le dos d'une mule et s'était déjà agrippé à une patte arrière. Sa mère y opposa son veto.

Honakura avait trouvé un sac de grains pour s'asseoir et arborait son sourire édenté.

Maintenant, il n'y avait rien d'autre à faire que d'attendre le retour du muletier.

Ponofiti n'était pas grand et il pénétra dans l'étable plus vite qu'il ne l'avait jamais fait – entraîné par la main de Wallie qui lui empoignait les cheveux. La porte se referma derrière lui.

Le muletier était mat de peau, avec un visage de rat, et il puait encore plus que ses bêtes, mais il n'était pas tout à fait idiot. Sa propre dague surgit à deux doigts de sa gorge et cela suffit à mobiliser toute son attention.

— Quel est le prix normal pour aller d'ici à l'embarcadère ? demanda une gigantesque silhouette qui portait une robe noire de vieille esclave et parlait d'une voix de basse.

— Trois pièces de cuivre… Maître ?

Wallie souleva les mèches de son front pour laisser le muletier compter ses marques faciales. Elles lui firent plus d'effet que la dague.

— Seigneur !

Si les brigands disposaient de complices au sein de la garde, il était fort probable qu'ils contrôlent aussi les conducteurs de mules, que ce soit par la corruption ou la menace. Ils avaient peut-être des codes pour communiquer. Wallie tendit le bras vers un rebord de mur tout proche et y déposa cinq pièces d'or avec lenteur.

— Ceci va rester ici jusqu'à ton retour, dit-il. (Il lut dans les yeux de l'homme que cet argent représentait une véritable fortune.) Je monterai la mule juste derrière la tienne. Si des brigands ou des guerriers nous arrêtent – surtout des guerriers… (Il lança la dague et celle-ci se planta dans le mur.) Tu ne rentreras jamais. Des questions ?

Il n'allait pas être facile de dissimuler les épées. Wallie dut invoquer toute l'autorité du troisième serment pour persuader Nnanji de se défaire de son arme et de son harnais. L'adolescent céda avec colère et mauvaise humeur. On les enveloppa dans des poches de tissu avec celle de Katanji, puis on les attacha sous un sac de grain accroché à une bête. D'une certaine manière, Wallie se retrouvait dans la même situation qu'au bâtiment militaire. Sans arme, à l'exception de la dague cachée dans le large corsage du septième, ses compagnons et lui se mirent en route à dos de mules. La caravane traversa la ville et se dirigea vers le poste de contrôle au pied de la colline.

En dehors de Jénisse, ils étaient tous d'une saleté repoussante. Wallie savait qu'il avait l'air d'un monstre de foire avec ses jambes puissantes et viriles soutenant un corps de femme obèse. Nnanji, avec ses cheveux noirs frisés et gras, ressemblait juste à un quatrième maigrelet de profession indéterminée – quoique bien jeune pour occuper un tel rang. Katanji n'était qu'un premier anonyme. Il était peu probable que les autres attirent l'attention.

Le poste de contrôle représentait le plus grand danger, car huit hommes y étaient rassemblés et Wallie ne disposait que d'une dague. Sans le chétif Honakura, il n'aurait jamais osé passer par là – il devait bien y avoir un autre chemin pour gravir le flanc de la colline.

Les guerriers se prélassaient à l'ombre d'un arbousier. Ils regardaient le trafic aller et venir à bonne distance sans s'approcher pour l'inspecter de près. Leur comportement désinvolte prouvait que la victime du meurtre n'avait pas encore été découverte. Ils cherchaient un guerrier du septième ou, peut-être, son vassal – mais la plupart ignoraient sans doute que Nnanji avait été promu au quatrième. Les groupes de six pèlerins hétéroclites ne les intéressaient pas. Les personnes d'un certain rang ne se mélangeaient pas avec cette racaille et, même si les gardes devenaient aussi vieux que le temple, ils n'imagineraient jamais qu'un septième puisse se déguiser en femme esclave. Wallie garda la tête baissée et se mit à transpirer encore plus, mais le convoi de mules franchit le barrage et, quelques minutes plus tard, partit à l'assaut de la colline.

Il était peu probable que les brigands attaquent des pèlerins sur le chemin du retour : ils préféraient les détrousser avant les prêtres, pas après. Wallie n'avait plus qu'à récupérer la septième épée et à conduire son petit groupe en sécurité sur le bac. Rien de plus simple ! S'il atteignait l'embarcadère avant que son crime soit découvert, il espérait que les gardes seraient aussi négligents qu'au poste de contrôle – des incapables rechignant à accomplir une mission qu'ils estimaient déshonorante. Pour la première fois depuis plusieurs jours, il se sentit assez optimiste. Il adressa une prière aux dieux.

Il serait facile de récupérer l'épée : toutes les mules avaient besoin de s'arrêter pour se reposer à un endroit ou à un autre de la colline. Il cria au muletier de faire halte à la quatorzième chaumière.

— Caravane de mules ! Caravane de mule pour le bac ! lança le conducteur avec docilité.

Wallie et Jja mirent pied à terre.

Ils pénétrèrent dans la bâtisse en écartant le rideau faisant office de porte et s'aperçurent qu'il n'y avait personne à l'intérieur. La jeune femme l'avait choisie parce qu'elle était parmi les plus délabrées et, par conséquent, peu utilisée. Le sol était couvert de crasse et il n'y avait aucun meuble, juste deux matelas en décomposition. Selon toute apparence, la masure dans laquelle il avait fait la connaissance de Jja était un quatre-étoiles.

— Là, maître, dit Jja en pointant le doigt.

Wallie n'eut qu'à tendre le bras pour tirer la septième épée du chaume. L'arme brilla dans sa main et le saphir étincela de mille feux. Le cœur de Wallie bondit dans sa poitrine tandis qu'il contemplait cette merveille. Il la brandit pour l'admirer un instant, puis l'enveloppa à contrecœur dans la couverture de Vixini.

Jja avait fait demi-tour et s'apprêtait à sortir, mais cette petite hutte repoussante rappela à Wallie la première nuit qu'ils avaient passée ensemble. Il tendit la main et attrapa la jeune femme par le bras. Elle se retourna et le regarda avec curiosité.

— Jja ? dit-il.

— Maître ?

Il secoua la tête. La jeune femme sourit et murmura :

— Wallie ?

Il acquiesça.

— C'est le deuxième trésor que je trouve dans une de ces chaumières.

Elle se tourna pour lancer un coup d'œil en direction de l'entrée et des mules fumantes de transpiration. Elle fronça légèrement les sourcils et reporta son attention sur Wallie.

— Vous allez me faire découvrir le Monde, maître ?

— Si tu me donnes un baiser.

Elle baissa les yeux d'un air sage.

— Une bonne esclave n'obéit qu'aux ordres.

— Embrasse-moi, esclave !

— Caravane de mules pour le bac ! cria le muletier.

Il se tenait juste à l'extérieur, mais Wallie eut l'impression qu'il était à des kilomètres. Embrasser quelqu'un en étant aussi rembourré qu'un matelas manquait un peu de romantisme, mais, un moment plus tard, Wallie répéta d'une voix essoufflée :

— Embrasse-moi encore, esclave.

— Maître, murmura-t-elle d'un ton réprobateur. Nous devons partir.

Pourtant, il lut sur son visage une expression de bonheur qu'il n'avait jamais vue auparavant. Elle quittait un endroit qui évoquait probablement peu de souvenirs heureux. Les esclaves n'étaient pas censés ressentir des émotions, mais quoi que ces chaumières sordides représentent pour Wallie, elles rappelaient sans doute à la jeune femme qu'elle avait été incluse dans le loyer.

Il savait qu'elle avait raison. Il fallait qu'ils partent, car une pause trop longue éveillerait la curiosité.

— Vite, alors !

Ils s'embrassèrent de nouveau pendant un bref instant, puis se dirigèrent vers la porte. Comme toujours, il voulut qu'elle le précède. Comme toujours, elle resta en retrait. Il insista et elle obéit. À cet instant, elle recula et le heurta avant de le repousser rapidement à l'intérieur de la hutte.

— Des chevaux ! dit-elle.

Wallie risqua un œil à l'extérieur. Trois montures grimpaient la colline. Un cavalier rouge, un cavalier orange et un cavalier vert. Tarru en personne !

— Muletier !

Wallie lui fit signe de remettre les mules en marche, puis il déballa son épée et s'approcha de la fenêtre. Prenant garde de rester à bonne distance, il regarda la caravane s'éloigner...

Le muletier montait l'animal de tête, affalé sur sa selle, s'ennuyant à mourir. Ensuite venait Nnanji – ses cheveux maintenant aussi noirs que du charbon ; il tenait Vixini dans ses bras et essayait de le rassurer en lui répétant que sa mère allait bientôt revenir. Katanji se retournait pour regarder en contrebas. Honakura était perché sur sa mule et semblait déjà épuisé. La monture de Jénisse fermait la marche.

Les yeux de Wallie se fixèrent sur elle. C'était la première fois qu'il voyait Jénisse en pleine lumière. Et elle était sur une mule ! Une de ses jambes phénoménales était entièrement découverte et le tissu de tulle se plaquait contre son corps, dévoilant ainsi le reste de ses formes sculpturales ! Waouh ! Les glandes hormonales de Shonsu passèrent en surrégime rien qu'à la vue de ce spectacle. Elle n'avait pas sa place dans une telle aventure, Wallie en était persuadé. C'était une erreur. Quelqu'un d'autre aurait dû être sur sa selle. Sans doute un guerrier, un homme plus âgé et plus expérimenté que Nnanji. Un autre guerrier, mais Wallie ne savait pas qui, et... Oooh ! Quelle plastique !

Le martèlement de sabots gagna en intensité.

Les avait-on reconnus ? Cela semblait impossible. Tarru avait probablement décidé de poster son unité la plus efficace – lui-même – à l'embarcadère. S'il ne trouvait pas sa proie dans le domaine clérical, c'était la meilleure stratégie à appliquer. Là-bas, on ne pourrait pas le contourner.

Avait-on découvert le cadavre du troisième ?

Peut-être. Et Briu ? La garde de la prison était relevée à midi et, par conséquent, on l'avait sans doute délivré – si cela n'avait pas été fait avant. Il avait dû signaler que le seigneur Shonsu avait annoncé son départ imminent.

Pire encore : il avait peut-être dit qu'Honakura s'était joint aux fugitifs et était désormais vêtu de noir, et que Nnanji s'était teint les cheveux. Par chance, l'adolescent tenait le bébé dans ses bras, ce qui détournait l'attention de lui. Mais Tarru inspectait sûrement les mules qu'il rencontrait sur le chemin. Certains de ses suivants lui obéissaient à contrecœur, mais le prévôt, lui, était motivé – et ce n'était pas un imbécile.

Ou alors… Une idée traversa soudain la tête de Wallie. Une idée terrifiante. Le passage du point de contrôle n'avait-il pas été un peu trop facile ? Ce n'était peut-être qu'un simple paravent ! Les gardes postés là avaient-ils reçu l'ordre de laisser passer les fugitifs et de signaler leur présence au temple ? Même Tarru avait intérêt à commettre ses meurtres en dehors de la ville, dans la jungle.

Tarru, un cinquième et un quatrième… Ils gravissaient la pente beaucoup trop vite pour le bien de leurs montures. Wallie et Nnanji pouvaient leur régler leur compte dans un combat loyal, sur un pied d'égalité. Mais les trois guerriers étaient à cheval, Nnanji n'était pas armé et il y avait huit hommes de plus en bas de la colline.

Même avec la septième épée de Chioxin, Wallie estimait Shonsu incapable de vaincre trois cavaliers tout seul.

Il s'écarta du rideau et écouta le bruit des sabots, s'attendant à ce que le martèlement faiblisse.

La caravane était quatre ou cinq masures plus haut et poursuivait sa marche avec lenteur quand les trois cavaliers passèrent devant la hutte où se cachait Wallie en serrant de toutes ses forces l'objet de leur convoitise. La cavalcade ne ralentit pas.

Wallie osa glisser la tête dehors pour regarder ses ennemis. Il la rentra aussitôt, car les trois cavaliers s'étaient retournés sur leurs selles. Il entraperçut Tarru, Trasingji et Ghaniri. Pendant une fraction de seconde, il crut que tout était perdu. Mais les chevaux ne ralentirent pas. Quelques minutes plus tard, le bruit de la cavalcade s'évanouit complètement.

Wallie essuya la sueur qui perlait à son front et regarda Jja. Ils s'enlacèrent dans un même élan.

—Jénisse ! dit-il enfin.

Jja leva un regard inexpressif vers lui.

Il lui expliqua et ils s'esclaffèrent. Ils riaient encore quand il enveloppa l'épée dans la couverture de Vixini et quand ils s'élancèrent main dans la main à la poursuite de la caravane.

Jénisse n'était pas là par erreur. Elle faisait bel et bien partie des sept personnes choisies par les dieux. Elle leur avait aussi permis de franchir le poste de contrôle sans difficulté, bien qu'il ne s'en soit pas aperçu sur le coup.

Tarru, Trasingji et Ghaniri étaient passés à une longueur d'épée de Nnanji, mais seule Jénisse avait attiré leur attention.

Les mules dépassèrent les dernières huttes d'un pas lent. La route poussiéreuse continuait à grimper le flanc de la vallée, la ville et le temple s'étalaient loin en contrebas et le pilier de gouttelettes du Jugement de la Déesse se dressait au-dessus d'eux comme un ange gardien.

Une fois de plus, Wallie maudit en silence ce séjour forcé sur le dos d'une mule indolente. L'inactivité lui pesait. Du sommet de la colline, il aperçut un bref instant toute la vallée qui se pressait comme un écrin autour du temple majestueux. Puis tout disparut. Un jour, peut-être, il rapporterait l'épée là-bas... Mais cela était loin d'être sûr.

La route n'était plus qu'une piste serpentant à travers une végétation qui devenait plus épaisse à chaque pas. Elle se transforma peu à peu en véritable forêt tropicale avec un haut treillis de branches qui s'arquait vers le ciel et un sous-bois presque impénétrable. L'ombre se fit plus dense et même le grondement lointain des chutes s'estompa, jusqu'à ce qu'on n'entende plus que les sabots des mules sur les pierres. Les bêtes avançaient à leur rythme imperturbable, indifférentes aux urgences et à l'agitation humaines.

Parfois, elles traversaient des clairières au sol rougeâtre et Wallie y aperçut des cultures qu'il fut incapable d'identifier. Très rarement, des layons bifurquaient et s'enfonçaient mystérieusement dans la jungle. Dans un premier temps, Wallie et ses compagnons ne croisèrent que peu de voyageurs sur le chemin, juste quelques pèlerins qui marchaient par deux ou trois et une demi-douzaine de caravanes de mules transportant ceux qui avaient les moyens de s'offrir le voyage. Mais tandis que le soleil se couchait sur l'horizon, de petits groupes d'ouvriers agricoles apparurent. Ils avançaient d'un pas lourd, sans accorder un regard aux fugitifs.

Il n'y avait aucun signe des brigands, mais ce n'était pas le genre de personnes à crier leur présence sur les toits et Wallie ne relâcha pas son attention. La route avait sûrement été tracée à leur profit : elle ne faisait que sinuer, zigzaguer, monter et descendre. À chaque virage, il s'attendait à découvrir une rangée d'hommes armés en travers du chemin.

Il transpirait sans cesse, coincé entre ses coussins et un nuage de mouches. Sa gourde ne tarda pas à être vide. Dans le Monde, les étriers n'avaient pas encore été inventés et un voyage sur une selle relevait de la séance de torture : les plis des vêtements trempés de sueur frottaient contre la chair et provoquaient des ampoules avant de les faire éclater. L'accablement dû à la chaleur devenait un véritable danger et Wallie décida de préserver le peu de force qui lui restait au cas où il devrait se battre. Il descendit de sa monture et se déshabilla pour ne garder que son kilt et son harnais. Le soulagement fut incommensurable. Il tira ses bottes du rembourrage de son déguisement et les enfila, puis glissa la dague du muletier à sa ceinture et courut pour rejoindre la colonne de mules.

Il rattrapa d'abord Jénisse qui semblait totalement perdue et pitoyable. Il essaya de parler avec elle, mais elle cligna des yeux avec lenteur et ne répondit pas.

— Ce sera bientôt terminé ! la rassura-t-il sans résister à la tentation de tapoter une cuisse ravissante.

D'ici quelques jours, Nnanji serait sans doute honoré de la prêter à son… Il réprima sans pitié ses fantasmes lubriques.

Il accéléra de nouveau le pas et arriva à la hauteur d'Honakura. Il fut atterré par sa mine défaite.

— Vous allez bien, saint homme ?

Le vieux prêtre resta un moment silencieux, puis il leva la tête vers le guerrier.

— Non. Mais que pouvez-vous y faire ?

Et il referma les yeux.

Le sourire de Katanji n'était pas aussi large que celui de son frère, mais il faisait de son mieux. De toute évidence, il s'amusait beaucoup. Si la vie d'un guerrier ressemblait à cela, il avait trouvé sa voie. Il avait déjà vécu plus d'aventures en quelques jours que la plupart des gens au cours de leur existence, mais il l'ignorait.

Wallie appela Nnanji qui sauta de sa monture et se plaça de l'autre côté de la mule de son frère. Il remarqua aussitôt la dague à la ceinture de son maître et la regarda avec mépris. Les deux guerriers semblaient escorter Katanji et le jeune garçon trouvait cela encore plus drôle que tout le reste.

— Puis-je récupérer mon arme, maintenant ? demanda Nnanji.

Il n'était jamais sorti sans une lame depuis qu'il avait atteint l'adolescence, il devait donc se sentir tout nu et très vulnérable sans sa chère épée.

— Pas encore ! dit Wallie. Je me suis juste déshabillé parce que je commençais à cuire à l'étouffée. Tu as vu que Tarru est passé devant nous. Je pense qu'il va rester à l'embarcadère, mais il peut décider de rentrer au temple. Il se peut aussi que des cavaliers fassent la navette pour porter des messages. Par conséquent, nous gardons nos épées cachées pour le moment. Si nous entendons des bruits de sabots, je plongerai dans les buissons. Parle-moi un peu de l'embarcadère.

— Je n'y suis allé qu'une fois, quand j'étais premier.

Son expression chagrine s'évanouit tandis qu'il cheminait au côté de la mule. Il fixait le chemin droit devant lui avec un regard inexpressif pendant qu'il fouillait sa mémoire infaillible à la recherche de souvenirs.

Wallie se sentit désolé pour lui. Ce matin encore, son vassal avait sans doute eu l'impression que ses rêves se réalisaient : il avait lancé son premier défi, prouvé son courage face à une véritable épée et tué un homme – tout ce qui était primordial à ses yeux. Il avait atteint un rang intermédiaire afin d'accepter le serment de son frère et d'acheter cette esclave magnifique. Comme il avait dû savourer l'idée de la faire parader au salon le soir même !

Et puis le monde s'était de nouveau écroulé et leurs ennuis avaient empiré. Il avait découvert que les pieds de son héros n'étaient pas seulement fragiles, ils étaient aussi fourchus que ceux d'un démon. Minuit avait sonné et le carrosse de Cendrillon était redevenu citrouille.

— La piste débouche tout d'un coup dans une clairière près de la rive, dit Nnanji. Elle fait une centaine de pas de côté. Il y a un enclos et une seule bâtisse, le poste de garde. Il mesure environ vingt pas sur vingt, si je me souviens bien. Il faut impérativement y entrer pour accéder à l'embarcadère ; le chemin le traverse. Il y a une grande arche de part et d'autre du bâtiment, des stalles pour les chevaux d'un côté, les pièces de l'autre – une cuisine, un dortoir et le reste. C'était en désordre et peu utilisé quand j'y suis allé. À l'étage, il y a juste un grenier, pour entreposer le foin et ce qui s'ensuit. Il n'y a pas de fenêtres du côté des écuries. C'est… en aval du courant.

— Très bien ! s'exclama Wallie. Excellent rapport, adepte !

Nnanji esquissa un sourire qui disparut aussitôt. Pendant un moment, ils marchèrent en silence de part et d'autre de la mule, chassant les mouches de la main.

— Je vais m'éclipser avant d'atteindre cette clairière, dit enfin Wallie. Dès que je serai parti, tu pourras récupérer ton épée. (Il lança un regard vers Katanji.) Écoute bien, toi aussi. Nnanji, je te demande de conduire les autres en sécurité à Hann. Ne discute pas ! C'est la meilleure chose que tu puisses faire pour m'aider, car je n'aurais plus qu'à m'inquiéter pour moi. Je vais essayer de monter à bord du bac quand il partira, mais ne vous occupez pas de moi. Continuez votre voyage. Attendez-moi à Hann. Il faut décider d'un point de rendez-vous. Tu as dû entendre parler des auberges de la ville ?

Nnanji fit un autre effort de mémoire.

— Il y a *Les Sept Épées*.

— Non, je ne veux pas d'un endroit où un guerrier pourrait séjourner.

Nnanji eut l'air surpris et réfléchit un peu plus.

— Il y a *La Cloche d'Or*, mais on raconte qu'on y mange très mal.

Quelle mémoire fantastique ! Il avait dû entendre cela par hasard, des années auparavant. Wallie allait regretter Nnanji.

— Parfait ! Si je ne parviens pas à embarquer, je te prie de conduire Jja, Vixini et le vieil homme à *La Cloche d'Or* et de leur payer une chambre pour dix jours. Si je n'ai pas donné signe de vie d'ici là, je te donne Jja. Tu peux faire confiance au prêtre, mais je ne suis pas sûr qu'il survive jusqu'à l'arrivée à l'embarcadère – et encore moins jusqu'à Hann.

— Tarru ne me laissera pas passer, lâcha l'adolescent avec colère.

— Il est possible que si, Nnanji. Je te demande juste de t'occuper de Jja, et ce n'est pas un ordre. (Wallie inspira un grand coup.) Je vais te libérer de ton serment.

— NON ! (Le garçon le fixa avec horreur de l'autre côté de la mule.) Vous ne devez pas faire ça, sire !

— Je vais le faire. Je l'aurais bien fait maintenant, mais je ne veux pas que tu prennes ton épée.

— Mais…

Nnanji avait sans doute songé que la situation ne pouvait pas être pire et il avait eu tort.

— Mais il faudra que tu me dénonces, termina Wallie à sa place. Tu as vu des abominations. C'est ton devoir de me dénoncer à un guerrier de plus haut rang ou plus fort que toi. Tarru convient à merveille. Fais-le ! Il va adorer ça. Il sera si content qu'il te laissera passer.

— Le deuxième serment ne peut être annulé sans mon consentement ! s'exclama Nnanji d'un ton triomphant.

— Alors, je t'ordonne d'y consentir, répliqua Wallie. (La situation l'amusait : ce n'était pas tous les jours qu'un seigneur exigeait que son protégé renonce à sa loyauté envers lui.) En tant que vassal, tu dois m'obéir, non ?

Ce n'était pas très juste d'empêtrer l'adolescent dans ces dilemmes abstraits. Nnanji resta silencieux. Son visage reflétait un désespoir sans bornes. Ses idéaux et son devoir s'opposaient à la foi qu'il éprouvait – sans l'ombre d'un doute – pour son maître. Il ne savait plus que faire. Wallie en fut ému, mais demeura inébranlable.

— Vous ne me faites pas confiance ! marmonna Nnanji.

Ce n'était pas tout à fait faux. Sa fidélité était indéniable, mais son inconscient pouvait ressusciter le ver tueur.

— Je fais confiance à ta loyauté et à ton courage, Nnanji, mais je crois que la situation va se terminer par un affrontement entre Tarru et moi. Je veux que quelqu'un prenne soin de Jja. Est-ce que tu peux faire ça pour moi ? Juste au nom de notre amitié ?

— Mais Tarru a commis des abominations le premier, cracha Nnanji avec colère. Comment pourrais-je vous dénoncer à lui ?

C'était l'argument dont Wallie s'était prévalu pour se justifier, bien sûr.

— Est-ce que tu l'as vu faire ? Est-ce que tu en as des preuves en dehors des récits des esclaves ? Le témoignage d'un esclave n'a pas la moindre valeur, Nnanji. (L'adolescent ne trouva rien à répondre à cela.) Tarru ignore sans doute que tu es au courant de ses méfaits.

» Enfin bref, je vais te libérer et partir. S'il te plaît, Nnanji, mon ami, est-ce que tu prendras soin de Jja et de Vixini pour moi ? Et du vieil homme s'il survit ? (L'adolescent hocha la tête, furieux, sans le regarder.) Il est possible que Tarru te fasse arrêter et laisse passer les autres. (Wallie se demanda si le premier prévôt était au courant de l'évasion du prêtre.) Si cela arrive, c'est toi, novice, qui devras mener à bien la mission dont j'ai chargé Nnanji. Le vieil homme est un anonyme. Ni lui ni les esclaves ne peuvent transporter d'argent. Si Nnanji est arrêté, tu prends le commandement.

L'enthousiasme disparut du visage du jeune Katanji. Wallie lui fit répéter ses instructions, s'assura qu'il les comprenait et lui donna de l'argent. Lorsqu'il eut terminé, les deux frères étaient aussi inquiets et tristes l'un que l'autre.

— Allez, ne faites pas cette tête ! dit Wallie. La Déesse est avec nous et je suis sûr qu'Elle nous tirera de ce mauvais pas. Une dernière chose : si le pire devait arriver, ne vendez pas Vixini sans sa mère ! Bonne chance !

Il se dirigea à petites foulées vers Jja pour lui parler un moment. Elle sourit avec courage, mais elle était inquiète pour Vixini qui était affamé et épuisé. Wallie ne trouva pas grand-chose à dire pour la réconforter. Il retourna à sa mule qui transportait l'objet le plus précieux du Monde. Il enfourcha l'animal et réfléchit.

Il avait opté pour une stratégie désespérée. Si, par miracle, Tarru n'était pas à l'embarcadère, Nnanji et le reste du groupe avaient toutes les chances de traverser le poste de garde sans qu'on leur pose de questions. Dans ce cas, Wallie nagerait jusqu'à leur bateau, ou le suivant. Si Tarru était présent, il laisserait peut-être passer Nnanji – mais c'était peu probable ! Il pouvait aussi l'arrêter et permettre aux autres de continuer leur chemin – une hypothèse tout aussi invraisemblable que la première. Dans le pire des cas, le groupe de Nnanji distrairait le prévôt assez longtemps pour que Wallie improvise. Il n'avait plus à affronter toute la garde, juste une dizaine d'hommes dont la moitié était sans doute des incapables. Le rapport de force s'améliorait.

La forêt s'éclaircit enfin et la piste atteignit le rebord d'un escarpement. Wallie aperçut la Rivière pour la première fois et sa taille le stupéfia. Il distinguait à peine l'autre rive bien qu'il soit au sommet d'une éminence aussi haute que les flancs de la vallée du temple. Au loin, le soleil couchant faisait briller des toits et des flèches – sans doute celles des temples d'Hann. En dehors de cela, seule une ligne indistincte séparait le ciel bleu de la vaste étendue d'eau miroitante. Ici et là, on apercevait des voiles de différentes formes et de différentes couleurs. Pour la première fois, Wallie comprit pourquoi le Peuple tenait cette gigantesque voie navigable en si haute estime qu'il la vénérait en tant que Déesse.

Il pria pour réussir et avoir l'occasion de naviguer sur ces eaux. Il se demanda où le mènerait une telle croisière.

La piste entrait et ressortait de la forêt, permettant d'apercevoir la rive devant eux et, pendant un court instant, l'embarcadère. Wallie vit l'unique bâtiment en bois sur la berge et une digue artificielle en pierres rouges qui s'enfonçait loin dans l'eau bleu pâle. À son extrémité, un bac débarquait et embarquait des passagers. La Rivière devait être très peu profonde à cet endroit pour justifier une jetée aussi longue. La scène disparut derrière des arbres.

Le problème suivant était de savoir à quel moment quitter la caravane de mules. Wallie trouva la réponse lorsque le chemin plongea soudain dans la jungle et s'engouffra dans une ravine pentue et très boisée. La piste devint invisible de l'extérieur et sombra brusquement dans une obscurité presque totale. Wallie se détendit en attendant d'arriver à destination. Une caravane de mules vint à leur rencontre, amenant un nouveau contingent de pèlerins au temple.

Puis la pente faiblit et ils s'aperçurent que le soleil éclairait de nouveau la route devant eux. Wallie cria au conducteur de mules de s'arrêter, puis mit pied à terre et s'approcha de lui.

— Nous sommes encore loin, muletier ?

— C'est après le prochain virage, seigneur, répondit avec nervosité l'homme au visage de rat.

—Tu as bien fait ton travail, dit Wallie. Profite de ta récompense en rentrant chez toi. J'ai besoin que nous nous arrêtions une minute ici.

Tandis qu'il se dirigeait vers un Nnanji inquiet, les mules commencèrent à braire avec fureur. Elles avaient senti que l'eau était tout proche.

—Nnanji du qua…

—Non ! Je vous en prie, sire ! Ne faites pas ça !

Il était au supplice.

Wallie sourit et secoua la tête.

—Nnanji du quatrième, je te délivre de tes serments. (Il ne lui proposa pas de lui serrer la main, car il était devenu un homme sans honneur.) S'il te plaît, ne regarde pas où je vais. Que la Déesse soit avec toi, mon ami ! Tu as été un grand vassal !

Puis il cria au muletier de relancer la caravane. Il tira la septième épée cachée sur le dos d'une mule et s'enfonça entre les arbres.

Tarru avait peut-être posté des guetteurs dans les bois, mais c'était peu probable. Si la description de Nnanji était exacte, le prévôt occupait une position tactique très avantageuse et il n'avait pas besoin de diviser ses forces. Il se tenait face à une clairière dégagée, il disposait de chevaux, il contrôlait la seule route et il avait l'avantage du nombre. Il lui suffisait d'attendre que Wallie vienne à lui.

La canopée de la jungle était si dense qu'il ne poussait presque rien sur le sol. Wallie avança à pas lourds entre les troncs dans une obscurité chaude et végétale. Il atteignit enfin une barrière de sous-bois qui s'épanouissait à la lumière du soleil, à la limite de la clairière. Il entraperçut le poste de garde, mais alla en amont et le contourna. Il se dirigea vers le cours d'eau tandis que ses pieds s'enfonçaient dans la masse spongieuse des feuilles en décomposition. Nnanji avait dit que la façade en aval ne disposait pas de fenêtres et il était plus que probable qu'un garde y soit en faction.

Il arriva au bord de la berge et s'arrêta pour reprendre son souffle, haletant dans la chaleur étouffante. Deux ou trois milliards d'insectes découvrirent alors sa présence et invitèrent leurs amis à dîner. Wallie les ignora et observa les environs caché derrière les feuilles.

La prairie était en effet plate, herbeuse et dégagée. Elle descendait en pente très douce vers la Rivière pour y former une rive à peine plus haute qu'un pas de seuil. Elle n'offrait pas le moindre abri et seul un corral branlant se dressait à l'extrémité de la piste. Les couleurs étaient aussi brillantes que celles d'un dessin d'enfant : l'herbe et la jungle en vert criard, l'eau d'un bleu incroyablement scintillant.

Seul le poste de garde était terne : les planches étaient en mauvais état ; le bâtiment avait souffert des intempéries et on l'avait retapé à de nombreuses reprises. Wallie ne s'attendait pas à ce qu'il soit aussi grand : il enjambait la rive et l'amorce de la jetée branlante en pierres rouges. Celle-ci était déserte pour le moment, mais un bateau approchait. Ses compagnons avaient mis pied à terre et traversaient la clairière avec lenteur pour se diriger vers la bâtisse.

Aucun garde n'était visible, seulement ses amis et le muletier. Un piège ?

Nnanji et son frère portaient de nouveau leur épée. Ils soutenaient Honakura, ce qui expliquait leur faible allure. Vixini pleurait avec énergie, suspendu dans une écharpe au dos de Jja. Jénisse suivait Nnanji d'un pas nonchalant en balançant les hanches de manière suggestive.

Wallie décida de ne pas bouger tant qu'ils n'étaient pas tous dans le poste de garde – il ne fallait pas qu'ils le voient, car ils risquaient de trahir sa présence aux sentinelles. Il attendit le moment le plus propice. Ses compagnons allaient pénétrer dans un abri désert, puis avancer... Quand le dernier serait entré, le piège se refermerait sur eux et Tarru surgirait pour les arrêter. Quelques instants plus tard, Nnanji lui annoncerait qu'il n'était plus le vassal de Shonsu... Le prévôt serait surpris et prendrait le temps de réévaluer la situation...

Maintenant !

Wallie s'élança à travers les branches et les épines, puis courut le long de la rive. Le muletier avait conduit ses bêtes de l'autre côté du bâtiment et remplissait un abreuvoir à l'aide d'un seau accroché au bout d'une perche. Wallie atteignit le poste de garde et s'arrêta à bout de souffle.

Rien ne se passa. Aucune alarme, aucun cri, aucun défi. Personne n'était posté dans les arbres, personne n'était aux fenêtres. Wallie ne s'était pas attendu à cela. Que faire maintenant ?

Deux portes permettaient d'entrer et le côté terre était certainement surveillé. Il avança avec précaution dans l'eau. Elle était couverte d'herbes, mais n'arrivait qu'à mi-hauteur des mollets et le fond n'était pas glissant. Il progressa le long du poste de garde en essayant de ne pas faire de bruit, s'enfonçant peu à peu. Un torrent froid pénétra à l'intérieur de ses bottes et Wallie avait toute la peine du monde à ne pas les perdre à chaque pas. Quand il atteignit l'autre extrémité du bâtiment, l'eau lui montait bien au-dessus des genoux et mouillait son kilt en lui procurant une merveilleuse sensation de fraîcheur.

Les pierres rouges de la jetée étaient rugueuses, mais couvertes d'algues sous le niveau de la Rivière. Le quai arrivait à hauteur des épaules du guerrier. Le long de la façade du poste de garde, de part et d'autre du porche voûté, il y avait des piles de roues, de morceaux de bois, de filets de pêche pourris et de vieux paniers. Wallie chercha des prises sur les pierres de la jetée et se hissa hors de la Rivière. Il s'accroupit pour que l'eau s'échappe de ses bottes.

Il resta un moment agenouillé, perplexe. Il avait contourné le bâtiment avec une facilité inquiétante.

Puis il entendit des éclats de voix, des rires et le fracas des épées.

Il se mit à quatre pattes et fit le tour d'une pile de rebuts pour s'approcher de la porte. Il jeta un coup d'œil dans l'embrasure sans se relever.

Il y avait dix gardes. Le plus proche lui tournait le dos, mais il reconnut la silhouette carrée de Trasingji qui bloquait l'ultime chance d'accès à la jetée.

À l'autre bout, juste sous l'entrée côté terre, trois guerriers de rangs inférieurs surveillaient Jja, Katanji et les autres.

Un peu plus près, une ligne de cinq hommes de rangs intermédiaires – des quatrièmes et des cinquièmes – observait Nnanji et Tarru en personne. Ces deux derniers avaient tiré leur épée. Nnanji se fendit et Tarru para sans

Le deuxième rang s'évanouit et tomba en avant.

Wallie reprit plus ou moins le contrôle de ses pensées, mais son corps était encore agité de tremblements et de spasmes. Il respira à grands coups et baissa la tête pour se regarder. Les événements des dernières minutes ressemblaient à de lointains souvenirs. Était-ce vraiment lui qui avait fait tout cela ? Était-il vraiment ce monstre hurlant et assoiffé de sang ? Il s'effondra dans l'herbe afin de reprendre son souffle. Il avait la gorge sèche.

C'était terminé !

Tarru était mort et le deuxième survivant courait sur la piste comme s'il avait le diable aux trousses.

Il avait gagné.

Que la Déesse soit louée !

Wallie se sentit curieusement étranger aux derniers événements, comme s'il n'avait été qu'un spectateur. Il essuya son arme sur l'herbe. Le jeune guerrier ouvrit les yeux et se remit à trembler de terreur en l'apercevant.

— Tout va bien, dit Wallie en souriant. C'est terminé.

Il se leva, rengaina son épée et tendit une main au garçon pour l'aider à se relever. Celui-ci frissonnait comme une feuille un jour de tempête.

— Calme-toi ! insista Wallie. Tarru est mort. Tu es vivant et moi aussi. Le reste est sans importance. Viens.

Il passa un bras autour des épaules du guerrier et le conduisit jusqu'au bâtiment, ne sachant pas trop qui soutenait qui. Le cadavre d'un deuxième rang gisait juste devant l'entrée, celui qu'il avait tué. Ce n'était pas bon, pas bon du tout. Il n'avait pas fait pire au cours de cette horrible journée, car le jeune garçon n'avait jamais représenté une menace. Même la mort de Janghiuki était excusable : elle avait été nécessaire afin de préserver sa sécurité. Mais sa dernière victime ne faisait que s'enfuir. Wallie avait été emporté par une folie furieuse qu'il n'avait pas réussi à maîtriser à temps. La fin de ses problèmes semblait presque trop cher payée en contemplant ce corps sans vie.

À l'intérieur, il y avait cinq autres cadavres, mais ceux-là ne l'émurent pas beaucoup – surtout celui de Ghaniri et de l'autre quatrième que Nnanji avait tué. Leur mort signifiait que le jeune garçon allait bien, le ver tueur n'était pas revenu le ronger. De plus, l'adolescent n'avait pas agi en vassal, mais pour protéger son ami Shonsu. Wallie sentit une vague de chaleur le réconforter.

Il vit Jja, Jénisse et Honakura assis par terre, le dos contre le mur. Il leur adressa un sourire. Personne ne le lui rendit. Le vieux prêtre avait les yeux fermés et semblait inconscient. Le visage de Jénisse était, comme à son habitude, inexpressif. Jja le fixait avec une expression qui se voulait sans nul doute un avertissement.

Il regarda autour de lui, chancelant. Il fut plus ou moins surpris de constater qu'il y avait beaucoup d'hommes debout, mais ils étaient à contre-jour, dans l'encadrement de l'autre issue. Pendant un moment, il ne parvint pas à les distinguer. Puis il aperçut Nnanji.

L'adolescent était encadré par deux guerriers. Nul doute possible, il était en état d'arrestation.

— Je suis Imperkanni, guerrier du septième rang, et je rends grâce à la Très-Haute qui me permet d'assurer à votre grandeur que sa prospérité et son bonheur seront toujours mon désir et le ferment de mes prières.

— Je suis Shonsu, guerrier du septième rang. Je suis honoré par votre courtoisie et me permets humblement de retourner ce vœu à votre noble personne.

L'homme était grand, large et dégageait une autorité naturelle ; il approchait sans doute de la cinquantaine ; l'expérience et la réussite avaient sculpté son visage tanné aux mâchoires carrées pour lui donner un air arrogant et péremptoire ; il avait des sourcils poivre et sel fournis, ses cheveux avaient été blanchis à la chaux et il arborait une superbe queue-de-cheval blanche plus longue que la moyenne. Le seul autre indice témoignant de sa vanité était son indigence : son kilt bleu était usé jusqu'à la corde et rapiécé, ses bottes éraflées et son harnais misérable. Les libres épées se présentaient souvent sous une apparence pauvre pour afficher leur honnêteté. Ses bras étaient épais et couturés de cicatrices. Son épée brillait et il y avait au moins une vingtaine d'encoches sur la lanière de son épaule droite.

Cet homme était un véritable guerrier, un vétéran, un professionnel. Comparé à lui, Tarru n'était qu'un minable. L'inconnu commandait sa propre armée et n'avait prêté serment à personne. Uniquement guidé par sa conscience et la volonté de la Déesse, Imperkanni était un des hommes les plus puissants du Monde.

Wallie n'avait jamais vu des iris aussi pâles parmi les représentants du Peuple, ils étaient encore plus clairs que ceux de Nnanji. Les prunelles ambrées observèrent la septième épée et la barrette en saphir. Imperkanni plissa les yeux d'un air désapprobateur – des yeux froids, mais francs.

— Puis-je avoir l'honneur de présenter au noble seigneur Shonsu mon protégé, l'honorable Yoningu du sixième ?

Yoningu était un peu plus jeune et plus petit que son maître, avec des cheveux châtains bouclés et un regard vif ; il avait un visage curieusement de travers, ce qui donnait l'impression qu'il devait être un joyeux boute-en-train pendant les fêtes. Mais, pour le moment, il fallait une bonne dose d'imagination pour se représenter ce côté chaleureux – à supposer qu'il existe vraiment –, car l'homme affichait une expression tout aussi hostile que celle de son mentor. Le sixième était également un véritable guerrier couturé comme une couverture en patchwork.

Wallie accepta le salut et lança un coup d'œil en direction de son ancien vassal. Nnanji se tenait tête baissée, il semblait vaincu, écrasé.

— Nous avons déjà fait la connaissance de l'adepte Nnanji, lâcha Imperkanni d'un ton glacial. (Il se tourna vers Yoningu.) Souhaites-tu te charger de cette tâche, protégé ?

— Oui, mentor. (Il jeta un bref regard à Wallie, puis à Nnanji.) J'accuse aussi le seigneur Shonsu d'avoir violé le septième soutra, déclara-t-il d'une voix forte.

Il avait donc accusé Nnanji de ce crime peu de temps auparavant. Imperkanni serait juge, Yoningu procureur. Selon les critères de Wallie, il s'agissait d'une forme de justice primaire, car les deux hommes étaient aussi témoins – et ils étaient probablement amis depuis des années – mais c'était toujours mieux que rien.

C'étaient ces hommes qui avaient débarqué du bac : une douzaine de personnes dont deux esclaves et neuf ou dix guerriers du deuxième au septième rang. Ils étaient arrivés juste à temps pour assister à l'affrontement. Une compagnie de libres épées, ces gens dont Nnanji parlait avec envie et admiration. Des gardiens de l'ordre qui faisaient appliquer les règles, aidaient, régulaient et, si nécessaire, vengeaient les guerriers des garnisons ou des gardes.

Imperkanni regarda vers l'extérieur pour observer la clairière et appela un homme par-dessus son épaule.

— Kandanni, assure-toi que ces mules ne partent pas sans nous.

Un troisième sortit du bâtiment au petit trot.

— Bonne idée, dit Wallie. Seigneur, auriez-vous également l'obligeance de retenir le bac ?

Imperkanni haussa un sourcil sceptique, mais hocha la tête en direction d'un deuxième qui remonta la jetée en courant. Il était peut-être déjà persuadé de la culpabilité de l'accusé, mais il souhaitait respecter les formalités.

Wallie était si épuisé que ses genoux tremblaient, mais les guerriers ne semblaient pas décidés à s'asseoir et il n'allait pas le leur proposer. Ils s'étaient déplacés pour barrer le chemin vers la prairie, au cas où les prisonniers essaieraient de s'échapper. Les deux accusés avaient conservé leur épée, mais Wallie était certain qu'il s'agissait d'un simple geste de courtoisie. Ces hommes étaient d'une autre trempe que les gardes du temple. Ces hommes étaient de véritables guerriers.

Wallie allait être jugé ici et maintenant, dans ce poste de garde taché de sang où les bruits se répercutaient comme dans un hall de gare. Il s'agissait d'une bien étrange salle d'audience : un grand bâtiment en planches avec une large chaussée pavée qui le traversait en son centre comme une rue. Du côté des stalles des chevaux, le mur n'atteignait pas le haut plafond en bois, mais celui d'en face était solide et seulement percé de portes ordinaires. Les hirondelles de grange rentraient et sortaient comme des flèches en passant par les entrées voûtées de chaque extrémité. Elles filaient vers leurs nids installés sur les poutres en lançant des piaillements de colère aux hommes en contrebas. Pour Wallie, ce lieu évoquait la scène d'un théâtre vue de l'arrière, un endroit d'où on apercevait l'envers du décor et les victimes du dernier acte d'Hamlet qui gisaient par terre.

On escorta le muletier et le capitaine du bac à l'intérieur et on les fit asseoir près de Jja et de Jénisse. Les guerriers préféraient l'action aux explications, et les civils en possession de toutes leurs facultés mentales étaient peu enclins à contredire leurs arguments.

Katanji se tenait dans le dos de son frère, il fixait Wallie avec des yeux exorbités et terrifiés. La faible lumière du soir entrait par l'entrée côté Rivière et éclairait le cadavre de Trasingji. Les chevaux mâchaient bruyamment derrière les portes des stalles.

— Tu peux commencer, honorable Yoningu, déclara le juge.

Le procureur se dirigea vers Trasingji avec Imperkanni et Wallie à ses côtés.

— J'ai vu le seigneur Shonsu frapper cet homme par-derrière et avec une dague.

Ils marchèrent jusqu'au corps de Tarru. Wallie constata avec effroi qu'il l'avait presque coupé en deux. Tout autour, les pavés étaient couverts de sang comme si le prévôt avait explosé.

— J'ai vu le seigneur Shonsu attaquer cet homme par-derrière.

Ils arrivèrent alors devant le groupe de cinq cadavres. Yoningu s'interrompit un moment pour raviver ses souvenirs ou pour vérifier qu'il avait des accusations crédibles à porter. Son expression ironique résultait d'une cicatrice qui relevait un coin de sa bouche. Il n'avait peut-être aucun sens de l'humour. Si son mentor donnait tort à l'accusé, Wallie allait-il devenir l'esclave de cet homme ? Non, il était accusé de crimes majeurs.

— J'ai vu le seigneur Shonsu attaquer ces guerriers sans lancer de défi protocolaire. J'ai vu le seigneur Shonsu frapper celui-ci avec une dague, et celui-là aussi.

Il haussa les épaules pour indiquer que les charges énoncées suffisaient pour le moment.

Imperkanni se tourna vers Wallie.

— Avez-vous quelque chose à dire pour votre défense ?

— Beaucoup de choses, seigneur. (Wallie sourit pour montrer qu'il ne se sentait pas coupable.) Je pense que l'honorable Yoningu en a oublié un.

Il pointa le doigt entre les deux guerriers qui surveillaient l'entrée côté terre, en direction du cadavre du deuxième qui gisait dehors. *Ça*, c'était un crime majeur aux yeux de Wallie. Le seul et unique.

Yoningu lui lança un regard noir comme si l'accusé faisait perdre un temps précieux à la cour en s'attachant à des détails sans importance.

— Cet homme prenait la fuite, lâcha-t-il.

La différence de culture sidéra Wallie au point qu'il faillit s'étrangler. En s'enfuyant, le garçon avait renoncé au droit d'être vengé. Pourtant, cette pensée réconforta Wallie au bout d'un moment, car l'autre deuxième s'était arrêté pour se soumettre et cela avait suffi à mettre un terme à la folie furieuse de Shonsu. Le soulagement était certes modeste, mais c'était mieux que rien. Le premier garçon serait encore en vie s'il s'était rappelé son apprentissage.

La cour attendait qu'il prenne la parole.

— Puis-je entendre les charges qui pèsent sur l'adepte Nnanji, s'il vous plaît ? Nous présenterons ensuite notre défense.

Imperkanni acquiesça. Nnanji cessa d'examiner le sol pour lever la tête et lança un regard amer au jury.

Yoningu hésita devant la première victime du garçon, puis décida de ne pas en parler. Il pointa un doigt désinvolte vers le corps de Ghaniri.

— J'ai vu l'adepte Nnanji frapper ce guerrier par-derrière – alors que ledit guerrier affrontait déjà un adversaire.

Nnanji baissa les yeux.

— Votre défense, seigneur ? demanda Imperkanni.

Au ton de sa voix, on devinait qu'elle avait intérêt à être bonne.

— Je crois que l'adepte Nnanji a aussi des accusations à porter contre moi, dit Wallie avec imprudence.

Sa déclaration provoqua un choc, mais Imperkanni se ressaisit aussitôt.

— Adepte Nnanji ?

Nnanji releva la tête. Il fixa Wallie avec un mélange de douleur et de reproche qui allait au-delà des limites humaines. Quand il prit la parole, il s'exprima si bas qu'il s'interrompit pour reprendre au début.

— J'ai vu le seigneur Shonsu tirer son épée sans avertissement contre l'adepte Briu, ce matin. J'ai vu le seigneur Shonsu se déguiser en femme esclave.

Ces paroles causèrent un choc plus grand encore. Wallie lança un regard malheureux en direction d'Honakura. Un prêtre du septième aurait fait un témoin irréprochable, mais le vieil homme était toujours assis comme une poupée de chiffon. Il avait les yeux entrouverts, mais on ne distinguait que le blanc. Il était peut-être mort, ou agonisant, mais certainement pas en état de témoigner.

— Nous attendons, seigneur, lâcha Imperkanni d'un ton menaçant.

— Connaissez-vous la légende de Chioxin ? demanda Wallie.

— Non, répondit Imperkanni.

Merde !

Il remarqua alors le deuxième rang qu'il avait épargné. Le garçon était tapi derrière un poteau, la tête rentrée dans les épaules. Il tremblait encore.

— Écoutons la version d'un témoin indépendant, seigneur, dit Wallie. Mon histoire n'est pas ordinaire, c'est le moins qu'on puisse dire, et je voudrais que quelqu'un corrobore mes dires. Toi ! Comment t'appelles-tu ?

Les yeux du deuxième se révulsèrent et il resta silencieux. Un membre du groupe de libres épées, un quatrième, se dirigea vers lui et le gifla. Le garçon bafouilla quelque chose d'incompréhensible et se mit à baver.

Bordel de merde !

— Il semblerait donc que je doive la raconter en personne, dit Wallie. (Il avait faim, il avait soif et il était prêt à dormir deux jours d'affilée.) Le prévôt de la garde du temple, Hardduju du septième, était un homme corrompu. Les prêtres ont longtemps prié la Déesse afin qu'Elle leur envoie un remplaçant…

Ledit remplaçant était sans doute Imperkanni, mais il valait mieux omettre cette information : elle pouvait être interprétée comme une tentative de corruption ou une basse flatterie. Voilà qui ne manquait pas d'ironie : Wallie avait attendu cet homme pour qu'il lui vienne en aide et, maintenant qu'il avait remporté la bataille, le sauveur apparaissait soudain pour venger les victimes. C'était à mourir de rire et Wallie espéra que le demi-dieu savourait le burlesque de la situation.

Il raconta la moitié de son histoire et s'interrompit pour demander à boire. Imperkanni n'avait pas mauvais fond : quand il remarqua la fatigue de l'accusé, il ordonna qu'on apporte des chaises. Ses subalternes se précipitèrent pour fouiller les pièces et revinrent avec des tabourets. L'audience se poursuivit sur le lieu du crime. Quatre hommes – Wallie, Nnanji, Imperkanni et Yoningu – assis en carré au milieu du carnage. Les autres guerriers approchèrent pour les entourer, alertes et impassibles.

Enfin, Wallie arriva à la conclusion. Sa voix était rauque et il était tellement épuisé qu'il se demanda si l'issue du procès l'intéressait encore.

— Il y a bien eu des abominations, dit-il, mais c'est Tarru qui a été le premier à les commettre. Quand il m'a gardé prisonnier dans l'enceinte du domaine clérical, il n'a plus été question d'honneur.

Imperkanni attendit un moment pour être sûr que Wallie n'avait rien à ajouter. Il inspira un grand coup et adressa un regard interrogateur à Yoningu, comme pour lui dire : « Les témoins sont à vous. »

— Est-ce que vous avez essayé de quitter le domaine clérical, seigneur ? (Wallie avoua que non.) Vous dites que vous étiez l'invité de l'honorable Tarru. Ce n'était plus vraiment le cas lorsque vous êtes arrivé ici, n'est-ce pas ?

— Eh bien, nous n'avons pas vraiment échangé des adieux en promettant de nous revoir au plus vite !

Yoningu était insistant. Seule sa bouche tordue donnait l'impression qu'il s'amusait. Il devait être difficile pour lui d'accuser un homme qui avait fait preuve d'un tel talent d'escrimeur, mais ce talent avait été employé en dehors des règles.

— Un invité qui part sans saluer son hôte ne reste pas un invité indéfiniment. Tarru n'était plus votre hôte, il était donc en droit de défier l'adepte Nnanji. Vous avez interrompu un duel honorable.

C'était ridicule. Wallie était sûr qu'il existait une réponse convenable à cet argument, mais même la peur de la mort ne suffit pas à remettre son cerveau en marche.

— Nnanji, croassa-t-il. Parle à ma place pendant un petit moment.

Nnanji leva des yeux tristes.

— Je reconnais les charges, dit-il.

Il posa les coudes sur ses cuisses, croisa ses mains gigantesques et fixa de nouveau les bottes de Yoningu qui était assis en face de lui.

— Quoi ?

Cette fois-ci, Nnanji ne releva même pas la tête.

— Je me suis laissé entraîné par l'amitié et j'ai commis des abominations. Je suis heureux de vous avoir sauvé la vie, seigneur Shonsu, mais j'ai eu tort d'agir comme je l'ai fait.

— Et qu'est-ce que j'étais censé faire ? demanda Wallie en regardant Imperkanni et Yoningu. Nous étions les invités de Tarru et il nous a tendu une embuscade dans notre chambre. Il a fait prêter le serment du sang aux gardes sous la menace. Ce serment doit être motivé par une cause précise et la seule qu'il avait, c'était de voler mon épée, l'épée de la Déesse ! Ses vassaux ne s'adressaient même pas à lui en employant « sire », parce qu'il voulait garder leur allégeance secrète. C'est encore une abomination et vous le savez très bien !

— Avez-vous vu des hommes lui prêter serment, seigneur ?

Wallie soupira.

— Non. Comme je vous l'ai dit, ce sont des esclaves qui m'en ont informé.

Nnanji releva la tête et retroussa les lèvres pour grimacer. Les esclaves ne pouvaient pas témoigner. Le seigneur Shonsu venait de discréditer toute sa défense.

— L'adepte Briu a admis qu'il avait prêté le troisième serment ! cria Wallie. Et l'attaque contre l'adepte Nnanji…

— En reconnaissant ces faits, soit l'adepte Briu vous a menti, soit il a désobéi à son maître.

Wallie avait envie de se frapper la tête contre un mur. Il ne trouva rien à répondre à cet argument.

Katanji donna un petit coup de coude à son frère par-derrière. Nnanji lui fit signe de le laisser tranquille sans prendre la peine de se retourner.

— Qui a versé le premier sang ? demanda Yoningu.

Nous y étions ! La mort avant le déshonneur. Un homme devait rester respectable quel qu'en fût le prix. Si un adversaire le tuait lâchement, c'était regrettable et il fallait venger la victime. À leurs yeux, Wallie aurait dû franchir les portes du domaine clérical et se laisser tailler en pièces, ou bien attendre que Tarru vienne s'occuper de lui. Le pécheur était celui qui lançait la première pierre.

Des guerriers étaient morts plutôt que de prêter serment à Tarru… Mais personne n'avait été témoin de leur meurtre, sinon des esclaves.

— J'ai tué le premier ! dit Wallie.

Il pensait à Janghiuki, mais le jury estimerait que ses paroles concernaient Trasingji. Cela avait-il de l'importance ?

Imperkanni brisa le long silence qui suivit l'aveu de Wallie.

— Pourquoi avez-vous libéré votre vassal et protégé de ses serments, seigneur ?

Il ne comprenait sans doute pas cette décision curieuse, et il cherchait peut-être un moyen d'épargner Nnanji.

— J'espérais que cela lui permettrait d'atteindre le bac. Lui et les autres.

Imperkanni et Yoningu se tournèrent vers les compagnons de Wallie, puis échangèrent un regard. Deux esclaves, un jeune garçon, un bébé et un mendiant ? Pourquoi se donner autant de peine ?

Imperkanni croisa les bras et réfléchit un moment en examinant Nnanji. Oui, il s'efforçait de trouver un moyen d'acquitter le complice – la culpabilité de Wallie, elle, ne faisait aucun doute.

—Je suis curieux de savoir comment les choses se sont passées à ton arrivée ici, adepte. Qu'est-ce qui a été dit avant que l'honorable Tarru te lance un défi ?

Nnanji leva la tête et regarda le septième d'un air sombre.

—C'est moi qui l'ai défié, seigneur.

Selon toute apparence, Imperkanni trouva cela difficile à croire. Il fronça les sourcils.

—Si j'en juge par tes marques faciales, tu étais du deuxième rang il y a encore peu de temps.

—Ce matin même, seigneur.

Très, très difficile à croire. Les accusés avaient tous les deux perdu l'esprit.

—Tu étais du deuxième rang ce matin et tu as défié un sixième cet après-midi ?

Nnanji lança un coup d'œil en direction de Wallie et sourit pendant une fraction de seconde. Puis son visage se rembrunit. Wallie eut envie de le frapper. Gorramini et Ghaniri n'avaient eu aucun mal à le provoquer et à le faire sortir de ses gonds. La susceptibilité de Nnanji était sans doute de notoriété publique au sein de la garde. Tarru n'avait eu qu'à faire une remarque sur les fabricants de tapis.

—Il t'a insulté ? demanda Imperkanni.

Nnanji haussa les épaules.

—Oui. Il était décidé à se battre. J'ai ignoré les insultes qui me concernaient, mais il s'en est pris à... mon ami, au seigneur Shonsu qui n'était pas là pour se défendre.

Les autres guerriers échangèrent des regards. Wallie sut ce qui allait suivre.

—Qu'a-t-il dit ? questionna Imperkanni. (Le garçon resta silencieux.) Le noble seigneur est maintenant présent et capable de se défendre.

Nnanji releva la tête avec colère.

—Il a dit que c'était un assassin.

La cour regarda Wallie qui eut la triste impression de ne pas mériter l'amitié de Nnanji. Cela était aussi pesant que la mauvaise conscience d'un meurtrier, ou que la sentence de mort imminente qui pesait au-dessus de lui.

—Je crains qu'il ait eu raison, Nnanji. J'ai tué Janghiuki d'un coup de poing. Je voulais seulement l'assommer... Mais sa mort n'a pas été honorable.

Imperkanni demanda qui était Janghiuki et Wallie lui répondit sans se soucier des conséquences.

—J'ajoute cette confession à la liste des chefs d'accusation...

Yoningu s'interrompit.

Son maître et lui échangèrent un long regard en silence. Le septième sembla rester immobile et seule sa queue-de-cheval blanche se balança imperceptiblement comme sous un léger coup de vent.

—Je retire cette accusation, lança Yoningu à la hâte.

— Je reconnais que la mort de Janghiuki résulte d'un accident, seigneur, déclara Imperkanni. Si vous aviez eu l'intention de le tuer, je ne pense pas que vous lui auriez donné un coup de poing.

Nnanji leva un instant la tête sous le coup de la surprise.

Katanji lui assena un second coup de coude, mais son frère l'ignora.

Wallie regarda de nouveau Honakura. Les yeux du vieux prêtre étaient maintenant ouverts, mais sa respiration était sifflante et haletante. Il ne prêtait pas la moindre attention aux débats. Il n'y avait aucun espoir à attendre de son côté.

— La volonté de la Déesse prime tous les soutras ! lâcha Wallie.

C'était à peine croyable, mais c'était bel et bien lui qui jouait le rôle de l'accusé. Il avait besoin de témoins ! Le vieux Coningu pouvait faire l'affaire – il avait été au courant des machinations de Tarru. Briu aussi. Mais même s'il le demandait, il était certain qu'Imperkanni ne suspendrait pas la séance pour se rendre au temple. Le septième donnait déjà des signes d'impatience.

— C'est vrai, reconnut la cour. Nous avons juré d'obéir à Sa volonté avant d'obéir aux soutras. Mais qui peut dire quelle est Sa volonté ? Nous devons partir du principe que les soutras sont les commandements qu'Elle nous a envoyés et cela tant que nous n'avons pas une preuve éclatante du contraire… Un miracle, je suppose. Je reconnais que vous avez là une épée formidable, seigneur Shonsu, mais ceci ne vous donne pas le droit de commettre toutes les atrocités qui vous passent par la tête. Il y a huit cadavres autour de nous. Avez-vous autre chose à ajouter pour votre défense ?

À quoi cela aurait-il servi ? On avait écouté ses arguments avec attention, sans doute davantage que s'il avait été un homme de moindre rang. Les dieux le punissaient. Il avait assassiné Janghiuki et un deuxième qui s'enfuyait. On allait peut-être le condamner pour des crimes dont il était innocent, mais des crimes avaient bel et bien été commis. Nnanji avait raison. Pourquoi ne pas le reconnaître ?

La mort sanctionnait l'échec. La décapitation était indolore et rapide. La situation aurait pu être pire.

— Seigneur ! glapit Katanji.

Il était blanc de terreur et il portait son épée de travers dans le dos.

Le visage d'Imperkanni s'assombrit face à une telle impudence. Un quatrième tendit une large main pour saisir le garnement effronté.

— Demandez au seigneur Shonsu pourquoi son kilt est mouillé ! cria Katanji tandis qu'on l'entraînait dehors.

— Arrêtez ! aboya Imperkanni. Que viens-tu de dire, novice ?

Le quatrième laissa Katanji se redresser avant de le lâcher.

— Seigneur, demandez au seigneur Shonsu comment il a fait pour mouiller son kilt.

Katanji esquissa un faible sourire et massa son épaule endolorie.

Imperkanni, Yoningu et Nnanji se tournèrent pour fixer les bottes et le vêtement de Wallie.

Super ! songea Wallie.

Il avait violé le tabou de la Rivière, mais personne ne l'avait remarqué à l'exception de ce satané gamin trop futé. Ce genre de crime était sans doute sanctionné de manière automatique par une mort particulièrement douloureuse – empalé sur des lances portées au rouge en guise de hors-d'œuvre, par exemple. Merci beaucoup, Katanji !

Yoningu bondit de son tabouret et se précipita vers la jetée en sautant par-dessus le cadavre de Trasingji.

Imperkanni observa Wallie avec un étrange rictus froid qui découvrait ses dents.

Nnanji le regardait aussi et ses yeux brillaient.

Sous le guano, la poussière du chemin, les marques de charbon et les taches de sang, Nnanji affichait certainement son sourire habituel : je vénère mon héros, puissance dix.

Mais qu'est-ce qui se passait donc ?

Yoningu revint à grands pas, très pâle, et se mit au garde-à-vous près de son siège.

— Mentor, lâcha-t-il avec raideur, je souhaiterais retirer les accusations que j'ai portées à l'encontre du seigneur Shonsu.

— Vraiment ? Oui, cela ne m'étonne pas ! Seigneur Shonsu, auriez-vous la grâce d'autoriser mon protégé à retirer ses accusations ?

Il affichait maintenant un sourire amical et ne cherchait pas à le cacher.

Était-ce ainsi que la justice était rendue ? Wallie se souvint d'Innulari, le petit guérisseur emprisonné. Il était mort pour avoir perdu un patient. Yoningu agissait comme un plaignant et non pas comme un procureur et si la cour décidait qu'il avait porté de fausses accusations, il devrait en payer le prix – une manière efficace de se prémunir contre les litiges futiles et un excellent remède pour lutter contre la prolifération des avocats. Wallie n'avait guère besoin d'un autre esclave – si cette possibilité était envisageable –, mais un bon sixième serait une recrue inestimable pour sa petite équipe. Il y avait peut-être moyen de négocier…

Wallie s'aperçut alors qu'Imperkanni avait cessé de sourire pendant qu'il réfléchissait. Les têtes s'étaient baissées, les poings s'étaient serrés et les yeux s'étaient plissés tout autour de lui. Quelle que soit la loi, Yoningu faisait partie du groupe. Si Wallie exigeait l'éventuel dédommagement en sang auquel il avait droit, ces hommes le défieraient en duel. D'abord Imperkanni puis ses subalternes par rang décroissant, jusqu'à l'apprenti le plus inexpérimenté.

— Est-ce que les charges qui pèsent contre l'adepte Nnanji sont elles aussi levées ? demanda Wallie sans comprendre pourquoi Yoningu avait retiré ses accusations.

Imperkanni se détendit et retrouva sa bonne humeur.

— Bien entendu, seigneur.

Il observa Nnanji pendant un long moment, puis se retourna vers Wallie pour lui sourire. Il était clair que cet homme lisait la personnalité du garçon comme dans un livre. Imperkanni était un chef chevronné, il sentait en Nnanji les doutes d'un adolescent et une vénération pour son héros qui s'effacerait au gré de l'expérience ; il y voyait aussi un courage, une ténacité et une intégrité qui ne feraient que croître.

— Ainsi que vous l'avez dit, seigneur, il ne s'agissait pas d'une affaire d'honneur, mais d'une véritable bataille. Il faut féliciter l'adepte Nnanji pour de tels débuts. Il a eu raison de venir à votre secours. Sa respectabilité est irréprochable et son courage indéniable, seigneur, tout comme les vôtres.

La mâchoire de Nnanji se décrocha, il bredouilla quelques paroles incompréhensibles et remercia le septième avant de renifler. Puis il se redressa et sourit à Wallie.

Imperkanni se leva, imité par ses compagnons.

— Je suis même tenté de le recruter pour ma compagnie, mais je suppose que vous allez le reprendre comme protégé, n'est-ce pas, seigneur ?

Ses yeux ambrés brillaient.

— S'il m'accepte comme mentor, répondit Wallie, je serai honoré – et profondément touché – par son indulgence.

Une expression de joie et d'incrédulité se peignit sur les traits crasseux de l'adolescent.

— Seigneur ! Vous êtes prêt à recevoir mon serment après les accusations que j'ai portées contre vous ?

La citrouille de Cendrillon s'était retransformée en carrosse, avec toutes les options haut de gamme.

— Tu as fait ton devoir, répondit Wallie. Si tu n'avais pas agi ainsi, je ne t'aurais pas repris.

Le pays des merveilles d'Alice était une douce plaisanterie à côté de la scène qui se déroulait entre les deux hommes.

Yoningu avait observé les réactions de Nnanji avec un sourire qui accentuait l'asymétrie de son visage. Imperkanni et lui étaient des compagnons de longue date et ils pouvaient sans doute lire les pensées de l'autre sans grande difficulté. Il adressa un clin d'œil à Wallie.

— Bien entendu, seigneur, le premier ménestrel que nous rencontrerons sera informé de la bataille où Shonsu et Nnanji ont vaincu dix guerriers lors d'un redoutable fait d'armes.

Nnanji n'avait jamais imaginé devenir célèbre. Sa bouche s'ouvrit, mais seul un vague croassement en sortit.

Le prince était arrivé avec la pantoufle de verre. Cendrillon pouvait vivre heureuse jusqu'à la fin de ses jours après une telle nouvelle.

— Il ne s'agissait pas de *Shonsu et Nnanji*, rectifia Wallie avec gravité, mais de *Nnanji et Shonsu*. Ce n'est pas moi qui ai déclenché cet affrontement.

Jja lui souriait, Jénisse dormait et même le vieux prêtre allait mieux. Il était assis droit et écoutait la conversation. Katanji… Katanji observait Wallie avec perplexité. Il semblait être le seul à voir que Wallie essayait de se comporter normalement alors qu'il ignorait les raisons de son acquittement.

—Vous avez raison, seigneur, dit Imperkanni d'un ton pensif. Je n'aurais pas l'audace de m'immiscer dans vos affaires, mais… dans de telles circonstances, vous devriez peut-être envisager le onze cent quarante-quatre.

Les anciens adoraient citer des soutras de haut niveau devant leurs cadets – aucun ne résistait à cette tentation. Yoningu fronça les sourcils, bien que les sixièmes soient en règle générale insensibles à ce petit jeu. Nnanji fit la moue, perplexe.

Onze cent quarante-quatre ? Le *dernier* soutra ? Est-ce qu'Imperkanni le mettait à l'épreuve pour vérifier si Shonsu était bien un septième ?

Wallie comprit alors et une grande vague d'excitation balaya les miasmes de la culpabilité et les affres de la fatigue. C'était l'œuvre des dieux. Tout cela n'avait pas été un test – car il l'aurait raté –, mais une leçon. Et il s'était révélé un bon élève. Il n'avait pas échoué, il était toujours Son champion. Il ressentit un soulagement comparable à celui de Nnanji.

—Bien sûr ! s'exclama-t-il. Pourquoi pas ? C'est une excellente idée, seigneur Imperkanni !

Sa tête partit en arrière et le rire sépulcral de Shonsu éclata. Les hirondelles s'enfuirent, les chevaux s'affolèrent, les mules sursautèrent dans la clairière et le bébé se réveilla. L'éclat de sa joie se répercuta dans le poste de garde, résonnant par-dessus les cadavres comme le tocsin du temple.

Il avait gagné !

#1144 – Le Quatrième serment

Heureux celui qui sauve la vie d'un condisciple, et cent fois bénis ceux qui se sauvent mutuellement la vie. Seuls ces derniers pourront prêter ce serment et il sera primordial, absolu et irrévocable.

Je suis ton frère,
Ma vie est ta vie,
Ton bonheur est mon bonheur,
Mon honneur est ton honneur,
Ta colère est ma colère,
Mes amis sont tes amis,
Tes ennemis sont mes ennemis,
Mes secrets sont tes secrets,
Tes serments sont mes serments,
Mes biens sont tes biens,
Car tu es mon frère.

Le soleil se couchait sur l'horizon comme une goutte de vin bue par le sable. Il pointait un doigt sanglant et accusateur par-delà les vagues, droit vers Wallie qui se tenait sur la jetée. Le noble seigneur devrait peut-être envisager de passer la nuit au corps de garde, suggéra Imperkanni, et continuer son voyage le lendemain ? Pourtant, malgré sa jubilation intense et soudaine, Wallie ne voulait rien d'autre que quitter au plus vite la scène du carnage et la sainte île. N'importe quelle destination ferait l'affaire.

Il se tourna vers le capitaine du bac qui était resté assis par terre, l'air résigné, pendant tout le déroulement du procès. L'homme avait été libéré depuis.

— Vous avez quelque chose contre les traversées de nuit, marin ?

— Pas si vous êtes à bord, seigneur, répondit l'homme avec obséquiosité.

Wallie ne connaissait pas les raisons de son acquittement, mais il avait visiblement fait quelque chose qui impressionnait autant les guerriers que les marins.

La suspicion et l'hostilité avaient disparu. Chaque membre de la compagnie avait été présenté à l'implacable seigneur Shonsu et au féroce adepte Nnanji. Chacun les avait humblement félicités pour leur exceptionnel fait d'armes. Le sourire de Nnanji était maintenant incrusté sur son visage.

Imperkanni avait mis son organisation infaillible à l'œuvre : provisions et matelas de paille avaient été transportés du corps de garde jusqu'au bac, les cadavres avaient été rassemblés, les chevaux avaient été examinés et nourris. Un guerrier du troisième hilare sortit de quoi manger pour faire taire les braillements de Vixini et offrit un verre de vin au vieux prêtre qui connaissait un rétablissement spectaculaire.

— Nous-mêmes allons passer la nuit ici, dit le septième. (Il regarda le muletier.) Tu peux dormir dans une des stalles. Nous aurons besoin de quelques-unes de tes mules demain matin. Pas de beaucoup.

Le muletier n'aurait pas pris un air plus désespéré s'il avait appris que la fin du monde était imminente. Ses yeux de rongeurs affligés se posèrent sur le seigneur Shonsu qui resta perplexe pendant un instant. Puis Wallie comprit et éclata de rire.

— Je pense que ses proches vont s'inquiéter s'il ne rentre pas chez lui, seigneur. On partira alors à sa recherche, n'est-ce pas, muletier ?

L'homme hocha la tête pour soutenir l'argument de Wallie.

— Ma femme, seigneur.

Elle ne trouverait ni bêtes ni mari, mais une jolie fortune en pièces d'or dans un coin de l'étable.

— Je suis certain que vos hommes sont capables de conduire des mules, déclara Wallie. N'est-ce pas, seigneur Imperkanni ? Gardez les bêtes qui vous sont nécessaires et laissez-le partir. Il m'a été d'une grande aide.

Étonné, le guerrier à la queue-de-cheval blanche haussa ses sourcils poivre et sel, mais il accepta néanmoins de concéder cette faveur au seigneur Shonsu. Wallie ressentit un certain amusement : même les criminels multirécidivistes pouvaient parfois jouer le rôle du gentil.

D'un accord tacite, les deux septièmes commencèrent à flâner le long de la jetée pour échanger quelques mots en privé.

— Vous avez compris que la Déesse vous a conduit ici pour devenir premier prévôt ? dit Wallie. Les prêtres vous nommeront à ce poste avant même que vous ayez mis pied à terre.

Le vénérable guerrier hocha la tête.

—Je dois avouer que l'idée me tente. Ces derniers temps, Yoningu et moi avons souvent parlé de ranger nos épées dans un fourreau de pierre. Je crains de me faire vieux. Les honneurs deviennent plus attrayants que les combats. (Il resta un moment silencieux.) Ce n'est pas la première fois que Sa main nous guide et nous avons toujours trouvé un noble travail pour nos lames après avoir accompli Sa volonté. Mais Hann est une surprise. Il n'y avait pas la moindre affaire qui nécessite notre intervention. Yoningu m'a alors persuadé de faire le pèlerinage. Il voulait prendre des nouvelles de son père… Et nous voici. (Il gloussa avec condescendance et gentillesse.) Lorsque nous avons débarqué sur la jetée et entendu le fracas des épées, j'ai cru que vous étiez le problème à régler, seigneur. Je comprends maintenant que vous étiez la solution.

Il cherchait sans doute à faire réagir Wallie, mais celui-ci n'était pas d'humeur à se laisser manœuvrer.

—Et qu'en est-il du père de maître Yoningu ?

Imperkanni haussa les épaules.

—Il n'a pas eu de nouvelles depuis des années. À cette époque, son père avait l'intention de venir ici pour s'engager dans la garde. Je suppose qu'il est mort et que les glands ont eu le temps de devenir chênes depuis.

—Nnanji a peut-être entendu parler de lui, suggéra Wallie. Comment s'appelle-t-il ?

—Coningu du cinquième.

—Vraiment ? (Le seigneur Shonsu parut soudain perdre tout intérêt pour le sujet.) Après réflexion, je pense que Yoningu devrait rencontrer le vieil intendant que j'ai mentionné pour obtenir des renseignements. Si quelqu'un sait quelque chose, c'est certainement lui. Vous verrez qu'il s'agit d'un homme coopératif et honorable. (Il orienta la conversation sur un point moins délicat.) Parmi vos compagnons les plus jeunes, certains risquent de trouver la vie bien monotone dans la garde, vous ne croyez pas ?

Les yeux dorés se firent aussi froids que la glace et Wallie eut l'impression que la queue-de-cheval blanche s'agitait d'elle-même. Il se demanda si les septièmes étaient capables de se détendre en présence d'un confrère de même rang, de se comporter comme deux cerfs parlant de leur harde.

—On ne m'a pas encore proposé le poste de prévôt, seigneur.

Pas de recrutement !

Wallie soupira, puis sourit.

—On a signalé que des brigands attaquaient les pèlerins sur la piste afin de les voler.

Imperkanni ricana.

—Je prie humblement la Très-Sainte pour qu'ils essaient avec nous demain.

À l'extrémité de la jetée, ils se retournèrent et regardèrent en arrière. Il n'y avait presque pas de vent. Le chargement du bac semblait terminé. Wallie commença à chercher les membres de son groupe des yeux – et croisa une fois de plus le regard du jeune Katanji.

rejeter Sa décision. Il comprenait maintenant la réaction choquée de Nnanji quand il avait suggéré de traverser le cours d'eau. Il comprenait pourquoi le verbe « nager » ne s'appliquait qu'aux poissons, pourquoi les prêtres avaient rechigné à se mouiller les pieds près du lac du temple, pourquoi le muletier abreuvait ses bêtes dans une auge, pourquoi il avait été si facile de contourner Tarru et le corps de garde. Il n'était pas étonnant qu'on l'observe avec une crainte mêlée de respect, après un tel acte de foi et de courage…

Il regarda au loin, par-delà les kilomètres d'eau calme, les derniers rougeoiements du soir. Il songea qu'une bonne séance de natation viendrait à point pour lui calmer les nerfs, pour laver son corps crasseux, pour délasser ses muscles endoloris par le voyage à dos de mule, pour soulager sa fatigue. Mais ce genre de récréation lui était désormais interdit à jamais.

Les dieux accomplissaient des miracles lorsqu'*ils* en avaient envie, pas sur demande.

Le bac ressemblait à une baleinière à gréement aurique. Il aurait pu embarquer près de vingt-cinq passagers sur les bancs de nage, mais ces derniers avaient été enlevés par les guerriers d'Imperkanni. Avec des matelas de paille étendus sur les grilles protégeant l'accès aux cales, il y avait largement assez de place pour que sept personnes prennent leurs aises et savourent les provisions fournies – de la volaille froide, du pain sec, du fromage et de nombreuses cruches de bière tiède. Poussé par une brise à peine perceptible, le navire glissa à travers les ondulations paresseuses de la Rivière sans le moindre tangage. Il y avait assez de nourriture à bord pour rassasier un régiment de Nnanjis et ils la partagèrent donc avec le capitaine potelé et obséquieux ainsi qu'avec le garçon rustaud qui lui servait d'équipage.

La nuit était chaude, silencieuse et magnifique. L'arc du dieu des rêves était splendide parmi les étoiles ; plus brillant qu'une pleine lune sur Terre, il peignait le bateau de gris et d'argent sur les eaux noires et miroitantes.

Les deux fils du fabricant de tapis et Jénisse s'étaient installés au centre du bac, le garçon d'équipage tenait la barre. À la proue, Honakura était assis en tailleur face à Wallie et Jja était à côté de son maître. Vixini avait passé la journée prisonnier sur le dos de sa mère, hurlant pour obtenir un peu de liberté. Quand on la lui accorda, il se roula en boule et s'endormit.

Dès que le navire se fut éloigné de la jetée, Wallie se tourna vers Jja et l'embrassa. Elle lui rendit son baiser comme une esclave bien élevée.

Une esclave, mais pas une compagne. Wallie lui adressa un sourire d'encouragement et essaya de cacher sa déception douloureuse. Pourtant, comment pouvait-il en être autrement ? Elle l'avait vu alors qu'il massacrait des hommes, en proie à une folie meurtrière. Lui-même osait à peine y penser. Comment pouvait-il espérer qu'elle lui pardonne, qu'elle oublie et qu'elle comprenne ? S'il avait perdu son amour, la victoire se révélait trop cher payée à son goût.

Il sentait la présence du petit prêtre indiscret près de lui et cela lui était désagréable. Honakura ne manquerait pas d'entendre tout ce qu'il dirait.

Il regretta de ne pouvoir s'isoler avec la jeune femme pour lui parler. Pourtant, il ignorait encore comment expliquer ses sentiments par des mots.

Jja s'essayait rarement à cet exercice. Elle lui adressa un long regard curieux. Son visage était impénétrable.

— Nous sommes tous les deux des esclaves, maître, dit-elle enfin.

— Qu'est-ce que tu veux dire par là ?

Un faible sourire se dessina sur ses lèvres dans l'obscurité argentée.

— Je dois satisfaire mon maître. Mon maître doit satisfaire les dieux.

Il serra un peu plus son bras autour de ses épaules.

— C'est tout à fait vrai, ma chérie.

— Est-ce qu'ils voulaient que vous fassiez cela ? demanda-t-elle à voix basse.

Il hocha la tête.

— Ils veulent du sang ! Des actes impitoyables ! De la férocité !

— De la part de Wallie ou de Shonsu ?

— De Wallie ! répondit-il d'un ton sec. Shonsu y a déjà eu droit.

Elle resta silencieuse pendant un moment tandis que le navire gagnait de la vitesse.

— C'est plus facile pour moi, murmura-t-elle. Je dois juste vous donner du plaisir, et je suis heureuse de le faire.

— Je ne serai jamais heureux de tuer, grogna Wallie.

Elle secoua la tête.

— Mais vous obéirez aux dieux, maître ?

— Oui. (Il soupira.) Je suppose que oui. Ils me récompensent au-delà de mes espérances.

Elle l'enlaça et l'embrassa avec la ferveur d'une amante. Il sut alors qu'il n'avait pas perdu son amour. Celui-ci s'était au contraire renforcé.

Il se dégagea de son étreinte avant que ses hormones deviennent hystériques et resta assis une minute, haletant et se sentant beaucoup mieux.

— J'étais en train de me dire que les navires sont beaucoup plus confortables que le dos des mules, déclara Honakura, les yeux fixés sur les étoiles.

— Ce n'était pas à cela que vous pensiez, vieil homme !

— C'est vrai, glousa le prêtre. Comment pourriez-vous l'embrasser sur une mule ?

Plus tard, quand Wallie eut terminé son repas, il jeta les restes par-dessus bord, morceau par morceau. Il observa avec un mélange d'horreur et de fascination les piranhas grouiller autour. Si près de la surface, il les apercevait en regardant attentivement : de brefs éclats argentés dans l'eau noire, pas plus grands que le majeur d'une main d'homme, mais capables de surgir en nombre illimité.

— Il n'y avait pas de piranhas dans votre monde fantastique, seigneur ? demanda Honakura en s'adossant au plat-bord.

Le prêtre l'observa d'un œil amusé. Wallie frissonna d'un air coupable.

— Pas en temps normal, reconnut-il. Si le demi-dieu m'en a appris si peu sur le Monde, c'est qu'il doit se charger de me guider.

Le vieil homme sourit.

— Je vous déconseille de retenter cet exploit maintenant que vous savez à quoi vous en tenir.

— Je me suis déjà promis que je ne remettrai pas les pieds dans la Rivière. C'est pour cette raison qu'il y a une retenue au temple ?

— Il arrive même qu'il y en ait là. Mais ils évitent les eaux trop rapides, ce qui explique pourquoi le bassin n'est pas dangereux – en règle générale. Mais je n'irai pas y batifoler de mon plein gré.

Wallie se demanda quelles autres horreurs le Monde lui réservait.

Jja s'allongea près de Vixini et s'endormit aussitôt. Wallie était encore trop énervé pour se coucher. La lumière ambiante était plus forte que celle d'un clair de lune, mais étrangement diffuse, créant des ombres doubles. De la brume se formait au-dessus de la Rivière et il était difficile de distinguer grand-chose au loin. Wallie avait déjà du mal à discerner les silhouettes indistinctes de Jénisse, de Nnanji et de Katanji au centre du navire.

Quelques minutes plus tard, Nnanji approcha d'un pas mal assuré, s'agenouilla devant Wallie et, par la même occasion, devant Honakura. Il se léchait encore les doigts et son visage couvert de crasse restait flou dans les ténèbres. Il avait gardé son épée – ce qui était assez curieux –, mais sa conduite était sans doute dictée par une de ces étranges règles propres aux guerriers.

— Seigneur ? Puis-je vous prêter le deuxième serment maintenant ?

Wallie secoua la tête.

— Tu ne crois pas que cela peut attendre demain ? Tu ne veux quand même pas prendre des leçons d'escrime sur ce navire ?

Le sourire de l'adolescent dévoila ses dents.

— Non, seigneur.

Le silence s'installa.

— Laisse-moi deviner, dit Wallie. Tu veux savoir pourquoi les dieux ont approuvé toutes ces abominations ?

— Oui, seigneur, répondit Nnanji d'une voix soulagée.

— Peut-être que notre vénérable ami pourrait se charger de cela. Pourquoi la Déesse aurait-elle permis qu'on en commette autant ? Nous partons du principe qu'Elle ne les apprécie pas. Je ne me trompe pas, saint homme ?

Il baissa les yeux vers la minuscule silhouette recroquevillée près de lui.

— Je ne suis plus un saint homme, répliqua Honakura avec mauvaise foi. Mais, oui, je pense en effet qu'on peut partir de ce principe.

— Et moi, je n'apprécie pas les mentors qui frappent leurs protégés. Cela ne m'a pas empêché de te battre comme plâtre pendant une leçon, mon jeune ami.

Les yeux de Nnanji devinrent deux taches blanches et brillantes dans les ténèbres.

— Vous l'avez fait pour briser la malédiction dont j'étais victime, seigneur.

Wallie réalisa soudain que quelque chose d'inattendu se passait au centre du navire. Il fit de son mieux pour ne pas regarder trop ostensiblement, mais Katanji s'était rapproché très près de Jénisse. Nnanji était agenouillé dos à son esclave et à son frère.

—Je crois que les dieux essayaient de briser *ma* malédiction, Nnanji.

—Vous n'étiez pas maudit, seigneur! protesta Nnanji avec loyauté.

—Oh, que si! Je t'en ai parlé, une fois. Je n'aime pas tuer. (La bouche de Nnanji s'ouvrit, puis se referma.) Les dieux m'ont ordonné de tuer Hardduju et je l'ai fait, mais seulement parce que j'en avais reçu l'ordre explicite. Le seul autre qu'on m'avait donné, c'était de me comporter en guerrier honorable et valeureux. Un honorable guerrier du septième n'aurait pas supporté Tarru et ses petites manigances pendant une seconde. Je t'ai roué de coups et je t'ai insulté jusqu'à ce que tu perdes ton calme et que tu m'attaques. Les dieux m'ont acculé jusqu'à ce que je fasse couler le sang, jusqu'à ce que je démontre que je pouvais devenir un tueur. Le procédé est le même.

—C'est comme essayer une épée, n'est-ce pas? Vous pliez la lame pour voir si elle va revenir en place ou bien casser?

—Exactement! s'exclama Wallie avec surprise. C'est une très bonne comparaison.

—Mais, insista Nnanji, même si les dieux ont planifié tout cela…

Sa conscience le harcelait encore.

—Nous n'avons commis aucune abomination, ni toi ni moi. Les gardes du temple étaient une bande de traîtres. Imperkanni nous a acquittés. Vous êtes d'accord avec ce verdict, vieil homme?

—Oh, oui! Il est clair que vous n'avez pas eu le choix. Les dieux vous ont choisi tous les deux et…

—Tous les deux, l'interrompit Nnanji.

Katanji devenait plus audacieux. Il ne rencontrait aucune coopération, mais pas la moindre résistance non plus. Dans son monde, la passivité était synonyme d'acceptation. En tant que gratteur, l'adolescent n'aurait pas eu besoin de suivre les cours du soir d'Ani la Sauvage.

—Si tu prêtes le deuxième serment devant moi, adepte Nnanji – et j'espère que tu le feras, car je serai fier de t'avoir de nouveau comme protégé –, il y en aura un autre que je prêterai avec toi.

—Le serment du sang? Bien sûr, seigneur, dit Nnanji avec enthousiasme.

—Jamais! s'exclama Wallie. J'estime que c'est une abomination, même si c'est la Déesse qui a rédigé les soutras. J'en ai plus qu'assez de ce troisième serment et je ne veux plus en entendre parler. Non, je pensais au quatrième.

Nnanji eut l'air inquiet.

—Je ne savais pas qu'il y en avait un quatrième.

Honakura affirmait qu'il ne connaissait rien aux serments des guerriers, mais il regardait le septième avec curiosité dans les ténèbres.

—Bien sûr, dit Wallie. D'abord parce qu'on y fait référence dans le soutra onze cent quarante-quatre…

—Ah! lâcha Nnanji.

— Le dernier soutra. Seul un candidat au rang de septième peut le connaître, ou un homme à qui un septième a décidé d'en parler, comme je vais le faire avec toi. Deuxièmement, il est réservé à certaines personnes…

— Oh ! s'exclama Nnanji.

— Mais toi et moi convenons parfaitement aux compétences requises. Seuls deux guerriers qui se sont sauvés mutuellement la vie peuvent le prêter. Cela peut seulement se produire pendant une bataille, en dehors des règles de l'honneur. Je crois, mon ami, que c'est pour cette raison que les dieux nous ont réservé l'affrontement d'aujourd'hui. Je t'ai sauvé de Tarru et tu m'as sauvé de Ghaniri. Le quatrième serment est très rare, tu t'en doutes, et on ne doit pas en parler souvent.

Les yeux de Nnanji brillaient dans le noir. Les signes secrets et les serments terrifiants étaient l'essence même de la profession de guerrier, un serment secret lui faisait donc doublement plaisir.

— Récitez-le-moi et je le prêterai, dit-il.

Les explorations de Katanji avaient maintenant atteint un stade très avancé. Il avait repoussé la couverture de Jénisse et poursuivait ses efforts. Nnanji adorait son frère et était large d'esprit en ce qui concernait la sexualité, mais était-il tolérant au point de prêter sa nouvelle esclave avant même de l'avoir essayée ?

Wallie détourna les yeux avec difficulté.

— Ne sois pas si pressé, Nnanji. Sous certains aspects, ce serment est encore plus terrible que le troisième. Mais il est juste. Il place les contractants sur un pied d'égalité. Cela n'a rien à voir avec les relations de maître à esclave.

Honakura toussa dans les ténèbres.

— Est-ce que, par hasard, ce ne serait pas un serment de fraternité, seigneur ?

— Si, répondit Wallie en souriant. Tu vois, Nnanji, la première chose que le dieu m'a dit de faire, c'est de trouver mon frère… Et, à ma connaissance, je n'ai pas de frère.

— Moi ? (Nnanji ne tenait plus en place.) Le dieu parlait de moi ?

— J'en suis persuadé. Il t'a placé sur la rive pour que je te rencontre en sortant de l'eau. Tu joueras un rôle dans l'accomplissement de Sa volonté si tu décides de prêter le serment de fraternité avec moi, Nnanji.

— Récitez-le-moi, seigneur !

Le temps pressait. Le kilt de Katanji gisait déjà sur le matelas.

— Nnanji, dit Wallie, je répugne à interrompre une conversation de cette importance, et je me mêle sans doute de ce qui ne me regarde pas, mais est-ce que tu as donné à ton protégé la permission de faire ce qu'il est sur le point de faire ?

— De faire quoi ? demanda Nnanji en se retournant. Aahhh !

Il se précipita tant bien que mal vers la poupe du navire tandis qu'Honakura retenait à grand-peine ses gloussements. Un cri de douleur strident se fit entendre, aussitôt suivi de coups sourds.

— Vous n'avez pas parlé de la nouvelle sagesse aux sources desquelles il faudra apprendre, remarqua le vieux prêtre.

— Je pense que « nouvelle » fait référence à un autre frère, répondit Wallie en s'allongeant sur le matelas. Et si c'est le cas, l'homme en question vient juste d'en acquérir un peu.

— Mais pourquoi cet emploi du verbe « enchaîner » ? *Tu commenceras par enchaîner ton frère.*

— Le quatrième serment est irrévocable.

— Vraiment ? Je n'avais jamais entendu parler d'un tel serment. C'est intéressant !

— Maintenant, c'est à votre tour de m'expliquer quelque chose. Comment saviez-vous que Katanji avait les cheveux noirs ? Et comment connaissiez-vous cette histoire de fraternité ?

— Mm, en effet. (Il s'allongea à son tour et se mit à l'aise.) Je vous ai dit qu'Ikondorina était mentionné deux fois dans les autres soutras, seigneur. Il y a d'abord une référence à « son frère aux cheveux roux » et une autre à « son frère aux cheveux noirs ». C'est tout. Les cheveux roux sont très rares, ainsi que vous le savez. Et les cheveux très noirs sont peu communs.

Wallie fixa l'anneau et les étoiles dans le ciel.

— Racontez-moi des histoires sur eux.

— Un jour, éventuellement.

Pourquoi le vieil homme était-il si réticent ? Qu'avait-il deviné ? Wallie n'avait aucun moyen de le savoir – et c'était peut-être mieux ainsi. Maintenant, il était certain d'avoir entrepris sa mission. Il avait résolu la première partie de l'énigme du demi-dieu. Nnanji avait un rôle à jouer et c'était sans doute Katanji qui apporterait la « nouvelle sagesse ». En fait, ce dernier avait déjà commencé : c'était lui qui avait fait basculer l'issue du procès et suscité le rire et la joie de Wallie dans le poste de garde. Il était sur la bonne piste !

Le navire se mit à tanguer de manière différente et Wallie s'assit pour en chercher la cause. La responsabilité en incombait à Jénisse.

Wallie ne parvint pas à dormir. Quelque chose manquait encore, une pensée s'efforçait de s'échapper de son inconscient. Les événements de la journée tournaient dans sa tête et refusaient de le laisser en paix. Le vieux prêtre ronflait.

Quelque chose de pointu rentrait dans le dos de Wallie et il changea de position une première fois, puis une autre – en vain. La lumière du dieu des rêves lui rappelait ses nuits en prison. Il essaya de se mettre de côté et se retrouva face à deux grands yeux noirs tout près de lui. Katanji n'arrivait pas à dormir, lui non plus, et cela n'était guère étonnant. Si Wallie venait de vivre une journée mémorable, qu'en était-il pour cet adolescent ?

— Tu as le mal du pays ? demanda le septième à voix basse.

— Un peu, seigneur. (Même à l'âge de Katanji, Nnanji se serait fait arracher les ongles plutôt que de faire un tel aveu.) Ce serait bien d'être à la maison, juste pour un petit moment, pour raconter cette journée à tout le monde.

— Ne t'attends pas à revivre cela quotidiennement.

— Mais il y aura encore des jours aussi chouettes, seigneur ?

Ils venaient de vivre une chouette journée ? Mais, après tout, c'était peut-être le cas.

— Je le crois. Bonne nuit, novice Katanji.

— Bonne nuit, seigneur.

Le bateau se remit à tanguer sous les efforts de Nnanji.

Wallie rouvrit les yeux et s'aperçut que le garçon ne dormait toujours pas.

— Merci, Katanji. Je n'étais pas au courant pour les piranhas.

— C'est ce que j'ai pensé, seigneur.

— À propos de l'argent que je t'ai donné pendant le voyage…

— Oh ! (Katanji se mit à fouiller dans la poche du harnais qu'il n'avait pas l'habitude de porter.) J'avais oublié, seigneur.

Ben voyons ! Et les poules ont des dents !

— Non ! Tu peux le garder.

Katanji le remercia d'un ton solennel.

— Seigneur ? murmura le garçon après un moment. Seigneur ? Vous n'aviez pas de marques parentales avant ?

— Ah bon ?

— Il y a maintenant celle du métier de votre père, mais pas celle du métier de votre mère.

— Vraiment ? demanda Wallie à voix haute. (Il baissa aussitôt le ton.) Tu es sérieux ? (Il se frotta la paupière droite avec un doigt enduit de salive.) Elle est encore là ?

Katanji se pencha plus près.

— Oui, seigneur. C'est une épée.

— Merci, Katanji. Maintenant, essaie de dormir.

— Bien, seigneur.

Une épée… Pour le père de Shonsu ou pour l'inspecteur Smith ? Mais ce n'était peut-être qu'un signe d'approbation de la part du demi-dieu – qui devait rire comme un bossu, quelque part.

Merci, Courtebotte.

Quelle avait été la profession de la mère de Shonsu ? Celle de Wallie Smith avait travaillé comme journaliste criminelle, ce qui correspondait ici à ménestrel – du moins le supposa-t-il. Il gloussa.

Il se rallongea et écouta les craquements des cordes et le chuintement de l'eau contre la coque. Il songea à la mort argentée qui grouillait quelques centimètres en dessous de lui.

— Seigneur ? appela un murmure presque inaudible.

Wallie ouvrit les yeux.

— Oui ?

— Qu'allons-nous faire demain ? demanda Katanji.

— Oh ! nous trouverons bien quelque chose.

Il avait déjà commis cette erreur. Il avait ruminé avec amertume les événements de la journée précédente – une journée qui appartenait maintenant au passé, à jamais disparue dans les eaux de la Déesse, à l'instar des cadavres. Il devait désormais se concentrer sur l'avenir. La pensée qui s'efforçait de s'échapper de son inconscient y parvint enfin. C'était un ordre du demi-dieu.

Va et comporte-toi en guerrier, Shonsu ! Montre-toi honorable et valeureux ! Et amuse-toi, car le Monde t'appartient.

Wallie s'endormit.

Le dieu des rêves brillait parmi les étoiles.

Ce roman est, bien entendu, dédié à mon frère.

Le Quatrième Serment

Heureux celui qui sauve la vie d'un condisciple, et cent fois bénis ceux qui se sauvent mutuellement la vie. Seuls ces derniers pourront prêter ce serment et il sera primordial, absolu et irrévocable.

Je suis ton frère,
Ma vie est ta vie,
Ton bonheur est mon bonheur,
Mon honneur est ton honneur,
Ta colère est ma colère,
Mes amis sont tes amis,
Tes ennemis sont mes ennemis,
Mes secrets sont tes secrets,
Tes serments sont mes serments,
Mes biens sont tes biens,
Car tu es mon frère.

LIVRE UN

Comment le guerrier s'enfuit

— Quili ! Réveillez-vous ! Prêtresse !

Quelle que soit la personne qui criait, elle en profitait aussi pour cogner avec énergie contre la porte d'entrée. Quili se retourna et enfouit sa tête sous la couverture. Elle venait à peine de se coucher, elle en était certaine.

Le battant grinça et le martèlement reprit contre une autre porte, à l'intérieur cette fois-ci, plus près et plus fort.

— Apprentie Quili ! Il faut que vous veniez !

« Bang ! bang ! bang ! »

Le problème, en été, c'était que les nuits n'étaient jamais assez longues pour se reposer. Pourtant, la petite pièce était toujours plongée dans l'obscurité et les coqs n'avaient pas encore chanté… Non, elle en entendait un, très loin. Elle allait devoir se lever. Quelqu'un était sans doute malade ou mourant.

La porte intérieure s'ouvrit avec un grincement et un homme apparut.

— Prêtresse ! cria-t-il en agitant sa chandelle. Il faut venir ! Des guerriers arrivent ! Quili !

— Des guerriers ?

Quili s'assit.

Salimono était un homme mal dégrossi et tout en angles, un fermier du troisième. En règle générale, il faisait preuve d'une placidité à toute épreuve, mais, en de rares occasions, il pouvait se montrer aussi excité qu'un enfant. Une de ses grosses mains agitait la chandelle brillante dans tous les sens, au risque d'enflammer sa chevelure argentée, la paille du matelas ou les vieux bardeaux du plafond. Le point lumineux tourbillonnait dans l'obscurité en tremblotant contre les murs de pierre, sur le visage hagard de l'homme et dans les yeux de Quili.

— Des guerriers… arrivent… Oh ! Je vous demande pardon, prêtresse !

Il se retourna aussitôt tandis que Quili se recroquevillait sur le lit en ramenant la couverture contre son menton.

— Salmo, vous avez bien parlé de « guerriers » ?

— Oui, prêtresse. Dans un bateau ! À la jetée ! Piliphanto les a vus. Il faut vous dépêcher, Quili…

Il ne restait plus un seul guerrier pour le faire.

Cela avait-il de l'importance ? Quili l'ignorait.

Lorsqu'on omettait de rapporter un assassinat, tous les témoins partageaient-ils la même culpabilité ou les responsabilités étaient-elles réparties autrement, de manière plus terrible encore ? Quoi qu'il en soit, Quili était persuadée que les hommes étaient en danger. Les guerriers tuaient rarement des femmes.

— Je vais aller les accueillir. Ils ne me feront pas de mal, déclara la jeune fille avec toute l'assurance dont elle était capable. (Après tout, les membres du clergé étaient sacro-saints, n'est-ce pas ?) Mais je pense que les hommes feraient bien de partir couper du bois ou je ne sais quoi en attendant de savoir pourquoi ces guerriers sont là. Que les femmes préparent le petit déjeuner ! Ils auront faim. Ils voudront peut-être se rendre directement au manoir, mais nous essaierons de les retenir aussi longtemps que possible, à condition qu'ils ne soient pas trop nombreux. Combien sont-ils, Salmo ?

— Aucune idée.

— Bon, allez informer l'adepte Motipodi de la situation. Allez couper du bois ou défricher sur la colline jusqu'à ce que nous sachions ce qu'ils veulent. Décidez de signaux pour que nous puissions vous avertir. Maintenant, partez !

Tous les hommes s'éloignèrent en courant. Quili serra son manteau contre elle.

— Myi ? Prépare à manger. De la viande, si possible. Et de la bière.

— Et s'ils demandent où sont passés les hommes ?

— Racontez-leur des mensonges, répondit Quili.

Une prêtresse avait-elle le droit de parler ainsi ?

— Et s'ils veulent que… nous les accompagnions au lit ? demanda Nia.

Son mari, Hantula, était presque aussi vieux que Kandoru au moment de sa mort.

Quili éclata de rire, ce qui la surprit. Elle craignait un massacre, des piles de cadavres et des rivières de sang, mais Nia rêvait d'un doux affrontement avec un jeune guerrier avenant.

— Obéissez si vous en avez envie ! Amusez-vous !

— Mais… une femme mariée…, dit Nona d'une voix incrédule. Est-ce que c'est convenable ?

Quili fit une pause afin de se remémorer les leçons apprises au temple. Elle était certaine de son fait.

— Oui, ça ne pose pas de problème. Pas avec n'importe quel guerrier, mais c'est toléré avec les libres épées. Ces dernières sont au service de la Déesse, elles méritent donc toute notre hospitalité.

Kandoru avait toujours affirmé que c'était un grand honneur pour une femme d'être choisie par une libre épée. Mais quand elle avait fait sa connaissance, il y avait déjà longtemps qu'il ne faisait plus partie de cette caste. Il était devenu un guerrier sédentaire limité à une seule compagne, limité par l'âge et limité enfin par une santé défaillante. Par moments, il semblait considérer que c'était la faute de la jeune fille.

— Kolo ne va pas apprécier, marmonna Nona.

Elle était mariée depuis peu.

— Il devrait, pourtant, répliqua Quili. Si tu as un enfant dans moins d'un an, il pourra porter les marques paternelles d'un guerrier.

Elle entendit les femmes siffler sous le coup d'une excitation soudaine. Quili était une fille de la ville et elle devait donc connaître ce genre de chose. Elle était aussi leur prêtresse. Si elle affirmait qu'il n'y aurait pas de problème, il n'y en aurait pas. Les guerriers ne se livraient jamais au viol, avait insisté Kandoru. Ils n'en avaient pas besoin.

— Vraiment ? Toute une année ? Pas avant ?

Quili l'ignorait, mais elle regarda les traits de Nona. Les reflets dansants des chandelles mourantes étaient trop faibles pour montrer l'expression de la jeune paysanne. Si elle était enceinte, cela ne se voyait pas non plus.

— Retiens-toi encore pendant deux semaines et je témoignerai en ta faveur devant le marqueur de visage.

Nona rougit, et *cela* se vit. Ses compagnes éclatèrent de rire. Ces gens humbles n'avaient pas grand-chose à offrir à leurs enfants. La marque paternelle d'un guerrier valait plus que de l'or. Pour une fille, cette ascendance permettrait de la marier contre une petite fortune. Pour un garçon, cela lui ouvrirait les portes d'une guilde à condition qu'il ne soit pas trop maladroit. Devant une telle perspective, même un jeune marié ravalerait sa fierté et déclarerait qu'il était honoré – même s'il ne l'était pas. Le rire détendit l'atmosphère. Parfait ! Maintenant, elles ne s'enfuiraient pas en hurlant de peur et ne provoqueraient pas d'accès de violence par inadvertance.

Mais Quili devait aller à la rencontre de ces mystérieuses libres épées. Elle frissonna et serra son manteau encore plus fort contre son corps. Soudain, elle songea qu'elle n'avait jamais rencontré qu'un seul guerrier dans sa vie. Kandoru, son mari assassiné.

La pluie semblait faiblir et l'aube était proche : à l'est, le ciel devenait plus clair. Les coqs se livraient maintenant à un duel sans merci. Quili abandonna les femmes qui discutaient entre elles et remonta le chemin boueux. D'un côté, il menait au manoir, de l'autre, à la Rivière et à la jetée. Au-delà de la maison de Salimono et du barrage, elle descendait en pente raide vers une petite gorge plongée dans l'obscurité.

Elle avança avec prudence, écoutant le bruit de ses chaussures dans les flaques, essayant de ne pas songer à ce qui se passerait si elle tombait dans le ruisseau et arrivait à la jetée couverte de boue. Elle allait à la rencontre de guerriers… Elle aurait dû emporter une chandelle.

Pourquoi ces hommes venaient-ils ici ?

C'était peut-être le fruit du hasard, mais rares étaient les navires et les bateaux qui descendaient le courant, car les Terres noires se trouvaient au sud – les eaux y étaient tumultueuses et personne ne vivait là. Il aurait été encore plus surprenant que des guerriers remontent la Rivière en venant du nord, en venant d'Ov.

Étaient-ils venus pour venger Kandoru ? Ces gens-là se montraient impitoyables avec les assassins, avec ceux qui tuaient leurs frères. Kandoru le lui avait répété souvent. Elle allait devoir les convaincre qu'ils cherchaient au mauvais endroit. Un prêtre ou une prêtresse ne mentaient jamais et ils étaient donc des témoins de choix, même si Quili n'était pas impartiale dans la mesure où elle était la femme de la victime. Une dizaine d'autres personnes avaient assisté au meurtre. Les assassins étaient venus d'Ov.

Mais le crime n'avait pas été signalé – c'était du moins son avis. Elle n'avait pas besoin de se remémorer le code de sa profession pour savoir que « tu empêcheras le sang de couler » était un des préceptes majeurs dans les listes de ses devoirs envers la Déesse.

Un caillou roula sous son pied et elle perdit l'équilibre. Même en plein jour, ce coude de la gorge était un véritable tunnel encadré par des parois abruptes et couvert par les arbres. Le ruisseau gazouillait doucement à côté de la jeune fille. La pluie avait cessé, ou bien elle ne parvenait pas à traverser la canopée. Quili redoubla de prudence et tâta son chemin du pied à chaque pas, tendant les mains devant elle pour se protéger des branches.

Si ces guerriers étaient venus par hasard, ils ignoraient peut-être ce qui se passait à Ov. Ils ignoraient peut-être qu'ils allaient au-devant d'un terrible danger.

Et si c'était la Déesse qui les avait conduits ici ? Dans ce cas, le meurtre d'un vieux guerrier ne les intéresserait sans doute pas. Ov était leur objectif. Ils venaient faire la *guerre* ! Une armée entière avait probablement débarqué sur la jetée. Lorsqu'il avait entendu les premières rumeurs sur le massacre d'Ov, Kandoru avait déclaré :

— Les sorciers n'ont pas le droit d'approcher la Rivière !

Puis les récits étaient devenus plus crédibles et il avait affirmé :

— La Déesse ne tolérera pas une telle chose. Elle enverra Ses guerriers…

Deux jours plus tard, Kandoru était tué sans même avoir le temps de tirer son épée, foudroyé par une seule note de musique. Il avait été un homme bon, d'une certaine manière. Il avait vécu en respectant le code de sa profession. Il s'était montré honorable, même si ce n'était pas une personne particulièrement tolérante ni un mari très attirant pour une apprentie prêtresse aussi jeune. Elle regretta de ne pas l'avoir soutenu davantage. Elle aurait dû s'appliquer un peu plus à faire semblant.

L'experte locale en matière de guerriers… Mais elle ne connaissait que les quelques histoires que Kandoru lui avait racontées, des rengaines qu'il rabâchait pendant des heures. Il ne lui restait plus que cela : les souvenirs de sa jeunesse et de sa force, de ses conquêtes féminines et de ses combats victorieux. Ce n'était plus qu'un vieil homme qui enlaçait sa femme-enfant dans des étreintes moites sur un lit nu pendant les interminables nuits hivernales. Elle regrettait de ne pas l'avoir écouté avec plus d'attention.

Quili s'arrêta soudain, le cœur battant. N'avait-elle pas entendu quelque chose devant elle ? Une brindille qu'on écrase ?

Elle tendit l'oreille, mais il n'y avait que le gazouillement du ruisseau et le crépitement de la pluie. Son imagination lui jouait sans doute des tours. Elle reprit sa route, plus lentement, plus prudemment. Elle avait été folle de venir sans lumière, elle savait qu'elle ne voyait pas très bien dans l'obscurité. Personne, pas même le pire des brigands, ne s'attaquerait à une prêtresse. Enfin, c'était ce qu'on disait.

Elle aurait dû se réjouir en songeant qu'on allait venger Kandoru. Elle avait été mariée à quinze ans, veuve à seize. À dix-sept, il lui était difficile de porter le deuil. Elle aurait peut-être dû retourner au temple quand le guerrier Kandoru n'avait plus eu besoin d'elle, mais elle était restée. Les métayers l'avaient bien accueillie et elle leur était utile, tout comme les esclaves – mais pas autant que ces derniers. Dame Thondi l'avait autorisée à vivre dans la chaumière et lui avait fourni les produits de première nécessité : des sacs de nourriture et parfois même de la viande. Il lui arrivait d'envoyer des petits cadeaux à la jeune prêtresse : des sandales pas trop usées, des restes de repas savoureux venant des cuisines.

Si les guerriers étaient au courant à propos des sorciers – s'ils avaient l'intention d'attaquer Ov –, ils devaient être toute une armée.

Tâtonnant dans l'obscurité, elle faillit percuter une forme indistincte qui se tenait droit devant elle, comme si elle l'attendait.

Quili poussa un glapissement et bondit en arrière, perdant une chaussure par la même occasion.

— Je suis prêtresse ! s'écria-t-elle. (Elle fit un effort pour répéter plus bas.) Je suis prêtresse !

— Dieux ! s'exclama une voix jeune et aiguë. Moi, je suis guerrier. Puis-je vous aider, sainte dame ?

Tout cela était absurde. En équilibre sur une jambe, dans l'obscurité et le cœur martelant sa poitrine sous le coup de la surprise, Quili comprenait néanmoins le ridicule de la situation : ni elle ni l'étranger ne voyaient le rang de l'autre. Qui saluait et qui répondait au salut ? Mais les guerriers n'auraient jamais envoyé un simple premier en éclaireur, bien entendu, pas plus qu'un deuxième, d'ailleurs. L'homme devait occuper un rang plus élevé que le sien.

Elle adressa donc le salut à un supérieur et parvint à ne pas tomber, même lors de la révérence finale.

— Je suis Quili, prêtresse du deuxième. Mon souhait le plus humble et le plus sincère est que la Déesse en personne estime judicieux de vous accorder une vie longue et heureuse, et qu'elle vous convainque d'accepter mes modestes services zélés pour vous soutenir par tous les moyens nécessaires dans vos nobles desseins.

L'inconnu recula d'un pas. Quili entendit plus qu'elle la vit l'épée jaillir du fourreau accroché dans le dos. Elle faillit perdre de nouveau l'équilibre, puis se rappela que les guerriers avaient leurs propres rituels : ils agitaient leur arme dans tous les sens pour saluer.

— Shonsu l'a dit. Il sait tout ! Et nous ne sommes pas venus d'une traite. Il s'est réveillé au premier changement de direction. Je suis sûr qu'il dort les yeux grands ouverts.

Quili ne connaissait pas ce Shonsu, mais l'adepte Nnanji le tenait en plus haute estime que la Déesse.

— Moi, je me suis réveillé au troisième – à cause du froid. (Le guerrier frissonna.) Nous venons des tropiques, tu comprends.

— Qu'est-ce que c'est que les tropiques, adepte ?

— Je n'en suis pas très sûr, avoua-t-il. Des régions chaudes. Shonsu pourrait l'expliquer. Le dieu des rêves est très haut et très mince par là-bas. Il s'est élargi tandis que nous allions vers le nord. Et il est plus bas ici. On aperçoit sept bandes différentes, pas vrai ? D'où nous sommes partis, il était à peine visible et les arcs étaient si près les uns des autres qu'il était impossible de les distinguer. Shonsu a aussi dit que nous nous étions déplacés vers l'est. La pluie n'est pas arrivée avant notre dernier changement de direction.

Quili songea que ce Shonsu était probablement un prêtre. D'après la description du jeune homme, il ne ressemblait pas aux guerriers dont elle avait entendu parler.

— Comment pourrait-il savoir que vous avez été emportés vers l'est ?

— Grâce aux étoiles et à l'œil du dieu des rêves ! C'est arrivé vers minuit et l'aube ne cessait de se rapprocher. Il faudra que tu demandes à Shonsu. Il affirme qu'il fait encore nuit noire à Hann.

Hann !

— Vous êtes allé à Hann, adepte ?

Nnanji regarda Quili, surpris par sa réaction. Désormais, il faisait assez clair pour que la jeune fille remarque que le visage de son interlocuteur était couvert de crasse et de graisse.

— Eh bien, pas exactement à Hann. Nous voulions traverser la Rivière pour y aller. Nous avons embarqué sur la sainte île.

— Le Temple ! s'exclama Quili. Vous visitiez donc le grand temple ?

L'adepte Nnanji renifla.

— Le visiter ? J'y suis né.

— C'est impossible !

— C'est tout à fait possible ! (Un immense sourire dévoila de grandes dents blanches et éclatantes.) Ma mère était sur le point de me mettre au monde. Elle est allée prier pour que l'accouchement se passe bien, et *hop !* je suis arrivé. Les prêtres ont à peine eu le temps de l'emporter dans une arrière-salle. Ils ont pensé que ma naissance relevait presque du miracle.

Il la taquinait. Son sourire s'élargit un peu plus.

— Mon père avait déposé six pièces de cuivre dans le bol des offrandes. Il dit que s'il en avait mis une septième, je serais né dans le chœur du temple, devant la Déesse en personne.

Ce trait d'humour était un pur blasphème, mais son sourire était irrésistible. Quili ne put s'empêcher d'éclater de rire.

— Vous ne devriez pas plaisanter sur les miracles, adepte.

— C'est possible. (Il fit une pause et reprit d'un ton plus humble.) Les miracles, j'en ai vu beaucoup au cours de ces deux dernières semaines, apprentie Quili. Depuis l'arrivée de Shonsu.

— C'est votre mentor ?

— Eh bien, pas en ce moment. Il m'a libéré de mes serments avant la bataille... Mais il dit qu'il est prêt à me reprendre comme vassal.

Avant la bataille ?

— Attention à cette flaque !

Nnanji lâcha la main de la jeune fille et passa le bras autour de sa taille pour lui faire traverser un passage boueux, mais il la garda contre lui une fois l'obstacle franchi. Il faisait maintenant presque jour et Quili ressentit une vague inquiétude. Elle apprécia la protection de son manteau. Elle n'avait pas souvent parlé à des quatrièmes et c'était la première fois que l'un d'eux l'enlaçait. Le guerrier baissa la tête et lui adressa un sourire amical. Très amical.

Au domaine, il y avait peu d'hommes libres de son âge et seulement deux étaient encore célibataires. Ils la traitaient avec une crainte mêlée de respect à cause de sa profession et, de toute manière, ils n'avaient rien à lui dire, sinon lui parler des récoltes et du bétail. Elle avait oublié ce qu'était une véritable conversation, mais elle n'avait jamais eu de véritable conversation avec un homme, juste avec d'autres filles, ses amies du temple, des années auparavant. Ce guerrier s'adressait à elle comme à une égale. C'était de la flatterie et elle s'inquiétait du sentiment de bien-être que cela suscitait en elle.

Pour quelle raison la Déesse enverrait-elle un guerrier aussi sale ? Un garçon couvert de crasse de la tête aux pieds ? Ils avaient atteint l'extrémité de la ravine. Devant eux, la Rivière s'étendait jusqu'à l'horizon oriental et brillait sous une couverture de nuages. Le monde retrouvait peu à peu ses couleurs. Le dieu Soleil allait faire son apparition d'un instant à l'autre. Il ne pleuvait presque plus, et Quili vit les filets d'eau tracer des sillons sur les épaules et la poitrine sales du guerrier. Même son kilt était...

Elle laissa échapper un hoquet de surprise.

— Mais, c'est du sang ! Vous êtes blessé ?

— Ce n'est pas le mien ! (Il sourit de nouveau, avec fierté.) Nous avons livré bataille hier – un grand fait d'armes ! Shonsu en a eu six et j'en ai liquidé deux !

La jeune fille frissonna et les bras du guerrier la serrèrent un peu plus, de manière qu'elle ne puisse pas se libérer. Elle ramena le manteau contre elle. Une telle intimité était inacceptable pour une prêtresse, mais la solide étreinte ne lui laissait guère le choix. Kandoru ne l'avait jamais tenue ainsi en public. Il voulait qu'elle marche un pas derrière lui.

— Vous... vous avez tué deux hommes ?

— Trois, hier. Deux pendant la bataille, mais, un peu avant, j'ai lancé un défi pour accéder à un rang supérieur. Un de mes adversaires a décidé de se battre avec de véritables épées. Il a voulu me faire peur, alors je l'ai tué. De toute façon, je ne l'aimais pas beaucoup.

Elle commença à rire, puis leva les yeux vers lui. Elle observa son petit sourire satisfait avec une horreur grandissante. Cet homme ne mentait pas. Sur son front, deux marques d'épée étaient encore gonflées et donc récentes. Il avait les cheveux noirs et graisseux, mais on apercevait des mèches rousses sous la crasse ; ses yeux étaient clairs, avec des cils presque inexistants ; sur son corps, les sillons tracés par la pluie révélaient un teint pâle. Ce jeune assassin impitoyable était probablement roux. Le noir de sa chevelure était une teinture appliquée à dessein qui maculait maintenant sa peau.

— S'il vous plaît, adepte !

Elle essaya de se libérer. Ils étaient presque arrivés à la jetée. Les berges formaient de véritables escarpements de pierre et il n'y avait qu'une seule surface plane couverte de galets dans l'encoche creusée par la Rivière. Lorsque le niveau de l'eau montait, il y avait à peine la place d'y faire tourner un chariot, mais ce n'était pas le cas aujourd'hui : cet endroit était émergé et, côté terre, l'extrémité de la jetée se dressait au-dessus de la surface.

Un petit navire à un mât était amarré à l'autre bout. Il n'y avait pas de grande armée, mais il n'était pas impossible qu'une dizaine de guerriers soient arrivés sur ce bateau. Quili se sentit soudain terrifiée et elle se débattit avec d'autant plus d'énergie.

Mais le quatrième la tenait avec fermeté. Il lui souriait toujours quand il l'entraîna sur la jetée. Le sommet du disque du dieu Soleil apparut au-dessus du large bras de la Rivière.

— Je t'aime bien, déclara le guerrier. Tu es jolie. La Déesse ne t'a pas réservé un grand destin, mais Elle s'est appliquée en te créant.

Quili se demanda si elle pourrait se glisser hors de son manteau et s'enfuir. Mais il courait sans doute plus vite qu'elle.

— Je n'étais qu'un deuxième dans la garde du temple jusqu'à ce qu'Elle envoie Shonsu, remarqua Nnanji. Mais à partir d'aujourd'hui, je suis une libre épée.

— Qu'est-ce que vous voulez dire par là ? demanda Quili.

Elle ne connaissait que trop bien la réponse.

— À ton avis, pourquoi la Déesse t'a-t-Elle envoyée à ma rencontre ? Tu vois, jusqu'à ce jour, j'ai toujours payé pour aller avec une femme, à l'exception des esclaves du bâtiment militaire, bien sûr. Hier, je m'en suis offert une rien qu'à moi, mais elle manque d'enthousiasme. Ton honorable Garathondi nous offrira l'hospitalité pendant quelques jours…

Quili céda à la panique.

— Lâchez-moi !

Nnanji obéit sur-le-champ, surpris.

— Qu'est-ce qu'il y a ?

— Comment osez-vous malmener ainsi une prêtresse ?

Elle avait crié pour rassembler tout son courage. Nnanji prit l'air blessé.

— Je pensais que tu aimais ça. Pourquoi est-ce que tu ne l'as pas dit plus tôt ? Tu veux dire que… Bon, j'attendrai de m'être lavé. Je ne suis pas à mon avantage, hein ?

Quili se calma.

—Je vais y songer, dit-elle avec tact.

Selon toute apparence, il n'avait pas eu l'intention de se montrer violent. Il ressemblait à un grand chiot sorti d'un trou boueux et avide de câlins. Quili avait expliqué à Nia quels étaient ses devoirs envers les libres épées, mais ces conseils étaient plus faciles à donner qu'à recevoir. Pourtant, elle devrait elle aussi se soumettre si ce guerrier la trouvait à son goût. Elle avait besoin d'un peu de temps pour se faire à cette idée...

—Je ferais mieux d'attendre que tu aies vu Shonsu, dit Nnanji avec tristesse. Les femmes sont bouche bée devant lui. Allez, viens ! Il attend.

Quoi ? Il croyait donc qu'elle était venue à leur rencontre pour choisir un guerrier avant les autres ? Quelle arrogance ! Quelle incroyable arrogance ! Elle en resta sans voix et le suivit plus lentement tandis qu'il avançait à grandes enjambées sur la jetée. Il siffla quatre notes pour signaler son approche. Pourtant, le soleil brillait maintenant à travers la pluie et les mystérieux passagers du bateau avaient sans doute remarqué leur arrivée.

Elle tendit l'oreille en quête d'une réponse et entendit avec stupéfaction les pleurs d'un bébé. Les guerriers emmenaient-ils des nourrissons avec eux ?

Nnanji s'arrêta à l'extrémité de la jetée, regarda le navire en contrebas et parla avec quelqu'un qui attendait là. Nul doute qu'il faisait son rapport et expliquait qu'il n'y avait pas de danger. Il avait interrogé Quili sur un danger *imminent* et elle ne lui avait donc pas menti. La jeune prêtresse n'avait pas eu le temps de penser à la réaction de Dame Garathondi quand elle apprendrait la présence de ces étrangers. Mal à l'aise, elle songea que sa maîtresse avait peut-être déjà envoyé un message à Ov pour signaler l'arrivée de ces hommes. Combien de temps fallait-il à un cavalier pour atteindre la ville ? Combien de temps fallait-il aux sorciers pour chevaucher jusqu'ici ? Les guerriers avaient-ils la même notion d'*imminence* qu'elle ?

Nnanji tendit les bras et attrapa un bébé comme s'il le cueillait du ciel. Il le cajola et les pleurs cessèrent.

Quand Quili arriva à sa hauteur, il se retourna et grimaça un sourire.

—Voici mon ami, Vixini.

L'enfant devait avoir un an et, de toute évidence, il faisait ses dents. Il portait la marque des esclaves. Quili eut l'impression de chanceler.

Le guerrier si déconcertant tendit la main pour aider un homme à grimper sur la jetée, puis lança d'un ton désinvolte.

—Seigneur, puis-je avoir l'honneur de vous présenter l'apprentie Quili ?

Puis il recommença à chatouiller le bébé nu comme si de rien n'était.

Un géant ! Il était encore plus grand que Nnanji et beaucoup plus large, plus épais et plus musclé ; il avait des cheveux noirs et ses yeux d'encre fixaient Quili avec une intensité cruelle et impitoyable. Elle sentit ses os se liquéfier. Le viol, la mort et le carnage...

Nnanji était jeune pour un quatrième. La créature gigantesque et menaçante qui se tenait devant elle avait quelques années de plus, mais il était impossible qu'elle soit du *septième*. Pourtant, sept épées étaient tatouées sur son front ; son kilt était sale, froissé et visiblement tâché de sang, mais il ne faisait aucun doute qu'il était, à l'origine, du bleu indiquant le plus haut rang. Le colosse était resté à l'abri de la pluie : sur sa poitrine et sur ses bras, d'autres taches de sang, plus claires, étaient presque sèches.

Pendant un moment, Quili frissonna, prête à se retourner et à s'enfuir loin de ce géant barbare et terrifiant. Puis elle bafouilla les salutations à un supérieur en se rappelant les paroles de Nnanji : les femmes étaient bouche bée devant Shonsu. Mais Quili n'avait pas l'impression d'être bouche bée, elle avait l'impression d'être une feuille au milieu de la tempête. Ses mains tremblaient tandis qu'elles accomplissaient les gestes du salut rituel. Kandoru lui avait dit qu'il n'avait jamais rencontré un guerrier plus élevé qu'un sixième au cours de sa longue carrière. Elle-même n'avait jamais adressé la parole à un septième, quelle que soit sa profession – à l'exception de Dame Garathondi, mais tout le monde savait que son mari lui avait acheté ce rang des années auparavant. Mais personne ne voulait ni ne pouvait acquérir frauduleusement sept marques d'épées.

Elle s'inclina, puis se redressa. Les yeux implacables étaient toujours fixés sur son visage. Le géant leva le bras. Le dieu Soleil lança un rayon de lumière et la lame de son arme étincela.

— Je suis Shonsu, guerrier du septième, et je suis honoré d'accepter votre offre bienveillante.

Sa voix semblait provenir des tréfonds de la terre.

Les muscles de son bras se gonflèrent tandis que l'épée regagnait son fourreau.

Les formalités accomplies, le seigneur Shonsu posa les mains sur les hanches et sourit.

La transformation fut radicale, comme si un homme entièrement différent venait d'apparaître devant elle. Il arborait un large sourire amical, un sourire d'enfant totalement incongru sur un tel colosse. La dureté de ses traits se changea en charme viril. Dans la tête de Quili, les images de barbares disparurent. Ce jeune et gigantesque seigneur était l'archétype même de la masculinité. Elle n'avait jamais rencontré un tel homme.

— Je te présente mes excuses, apprentie !

Elle n'avait jamais entendu une voix aussi grave non plus. Ses mots semblaient envelopper la prêtresse d'une aura frémissante de confiance, de compétence, de protection, de considération et de bonne humeur. Et ce sourire !

— Notre tenue n'est pas idéale pour vous rendre visite de manière aussi impromptue et à une heure si malvenue.

Elle était bouche bée. Elle était certaine d'être bouche bée.

— Vous… vous… êtes le bienvenu, seigneur.

Le sourire s'élargit et se fit aussi chaleureux qu'un lever de soleil.

— Tu as fait preuve d'une grande courtoisie en venant à notre rencontre… de courtoisie et de courage. (Ses yeux pétillèrent.) J'espère que mon ami couvert de sang ne t'a pas trop effrayée ?

Quili secoua la tête comme une poupée.

— Il n'y a pas de guerriers dans la région ? Et qu'en est-il des prêtres ? As-tu un mentor ?

— Il vit à Pol, seigneur.

— Tu es donc notre hôtesse pour le moment, au moins jusqu'à l'arrivée de l'honorable Garathondi.

— Il réside en général à Ov, seigneur. Sa mère, Dame Thondi, est en résidence.

— Tu feras tout aussi bien l'affaire, dit le géant avec un éclat de rire à vous faire fondre le cœur. Nnanji m'a rapporté que, selon toi, il n'y a pas la moindre tâche pour nos épées par ici ?

— Euh… En effet, seigneur.

Le seigneur Shonsu hocha la tête avec satisfaction.

— Je suis heureux de l'apprendre. Nous avons eu notre content de massacre hier, ainsi que tu peux le voir. Peut-être que la Très-Haute nous a conduits ici afin que nous prenions un peu de repos au calme, dans ce cas ?

Il éclata d'un rire retentissant et se retourna vers le navire.

Quili doutait que l'adepte Nnanji ait eu son content de sang. Elle s'aperçut qu'il la regardait avec un silence amusé un peu mélancolique. Elle se sentit rougir et détourna le regard.

Ses yeux revinrent d'eux-mêmes se poser sur le seigneur Shonsu. Elle observa l'épée sur ce dos si large aux muscles ondulants. Près de la queue-de-cheval noire, la garde argentée brillait sous la pluie et les rayons du dieu Soleil. Il y avait une imposante gemme bleue à son extrémité, maintenue en place par une étrange créature sculptée avec magnificence – un griffon. Elle savait que cet animal mythique était un symbole royal. Il s'agissait donc de l'épée d'un roi. La grosse pierre était certainement un saphir, tout comme celle qui ornait la barrette de Shonsu.

Pourtant…

Pourtant, ces hommes étaient censés être des libres épées, et les libres épées vivaient dans la pauvreté. Kandoru le lui avait souvent expliqué : elles servaient uniquement la Déesse en errant à travers le Monde pour punir les injustices, pour s'occuper des autres guerriers, pour les garder dans le droit chemin, pour protéger les faibles. Elles n'obéissaient à aucun maître et ne demandaient aucune récompense, elles acceptaient juste de quoi subvenir à leurs besoins quotidiens. Une véritable libre épée était fière de son dénuement.

L'épée d'un roi ? La gemme valait une fortune à elle seule et l'arme était une œuvre d'art inestimable.

Comment un honnête guerrier aurait-il pu l'acquérir ? Perplexe, elle observa l'épée de Nnanji pour les comparer. Le quatrième tenait encore ce bébé incongru dans les bras et l'enfant gazouillait en savourant l'attention dont il était l'objet, mais le jeune homme fixait Quili.

— Elle appartient à la Déesse, dit-il.

— Quoi ?

Il hocha la tête avec gravité.

— Elle est très ancienne et très célèbre. C'est sans doute la meilleure arme de tous les temps. Elle a été forgée par Chioxin, le plus grand des forgerons d'épées. Ce fut le dernier et le plus accompli de ses sept chefs-d'œuvre. Il l'a offert à la Déesse.

Quili se détourna pour cacher le terrible doute qui montait en elle et qu'on ne devait pas lire sur son visage. Ces hommes venaient d'Hann, l'endroit le plus sacré du Monde, et ils avaient livré bataille. Quelqu'un avait-il essayé de les empêcher de partir ? La garde cléricale dont Nnanji avait fait partie ? Était-ce à cause de cette épée ? Est-ce que ce Shonsu avait volé l'arme royale dans le trésor du temple de la Déesse ?

Mais si c'était le cas, pourquoi avait-Elle laissé le bateau quitter le quai lorsque le colosse avait embarqué ? Et pourquoi l'avait-Elle conduit ici, dans cet endroit rempli de sorciers ? Les guerriers du septième étaient rares et terribles. Nnanji avait dit que ce Shonsu avait tué six hommes pendant la bataille. Est-ce que la Déesse manquait de serviteurs capables de livrer ce géant à la justice ? Les sorciers, eux, pourraient sûrement s'en charger.

Ces hommes avaient-ils été conduits ici pour y mourir ?

L'incertitude la rendait malade. Devait-elle aider ces étranges voyageurs ou non ? Qu'en était-il de la règle qui lui demandait d'empêcher le sang de couler ? Le sang de qui ? Comment une simple apprentie pouvait-elle faire face à un tel dilemme ?

— Apprentie Quili, je te présente Jja, l'élue de mon cœur.

La femme sourit avec timidité et Quili fut sidérée de nouveau : Jja était une esclave ! Son visage s'ornait d'une bande verticale allant de la lèvre supérieure à la naissance des cheveux. Elle portait une tunique noire.

L'élue de son cœur ?

Elle était grande ; sans l'immonde marque de sa condition et ses cheveux noirs, courts et mal coupés, elle aurait été d'une beauté stupéfiante. Non, cela ne l'empêchait pas d'être magnifique. Sa silhouette était parfaitement proportionnée à sa taille et elle se déplaçait avec une grâce sensuelle qui exhalait une impression de force, d'habileté et de sérénité. Même un septième ne pouvait pas changer le statut d'un esclave, mais il était ironique qu'un homme si puissant soit amoureux d'un simple objet. Shonsu la présentait pourtant comme s'il s'agissait d'une personne et observait la réaction de Quili. La jeune prêtresse sourit avec prudence.

— Je vous souhaite également la bienvenue, Jja.

Les hautes pommettes s'empourprèrent légèrement et les yeux noirs se baissèrent.

— Merci, apprentie.

Elle avait une jolie voix.

Jja se tourna pour prendre le bébé assis sur les épaules de Nnanji et maintenu en place par la garde de l'épée. Le petit Vixini résista, cria avec colère et s'accrocha à la queue-de-cheval du guerrier.

Le bras puissant du seigneur Shonsu aida une autre femme à quitter le navire.

— Voici Jénisse, dit-il.

Il la présenta avec une intonation curieuse, comme s'il venait de dire quelque chose de drôle.

Jénisse était, elle aussi, une esclave, mais très différente de Jja. Si le seigneur Shonsu était la quintessence de la masculinité, alors Jénisse était la partenaire idéale. Quili n'avait jamais vu une silhouette féminine avec des rondeurs si amples, des rondeurs à peine cachées par un minuscule bout de tissu. Celui-ci avait du mal à contenir sa poitrine. Ses bras et ses jambes étaient lisses et voluptueusement galbés. Son visage doux et ravissant était inexpressif. En entendant son nom, les lèvres incendiaires s'étirèrent en un sourire mécanique, mais ses yeux vides continuèrent à fixer la berge.

Quili se rappela alors ses craintes quant à sa tunique trop étroite. En telle compagnie, il était peu probable qu'on la remarque.

Nnanji avait dit qu'il avait acheté une esclave. Quili jeta un coup d'œil dans sa direction et le jeune guerrier se détourna.

Une autre silhouette vêtue de noir fut soulevée par le seigneur Shonsu et hissée sur la jetée où elle fut déposée avec délicatesse. Il s'agissait d'un homme frêle et très vieux ; il n'avait pas le moindre cheveu sur le crâne et son cou était un empilement de rides. Il portait une robe de femme trop grande pour lui ; un bandeau noir lui ceignait le front. Quili cligna des yeux, stupéfaite par cette apparition. Des bébés, des esclaves et des mendiants ? Quelle autre surprise le seigneur Shonsu lui réservait-il ?

— Voici Honakura, qui préfère rester discret sur sa profession et sur son rang, déclara le guerrier. Je ne sais pas pourquoi, mais il nous trouve très amusants.

Le vieillard rabougri se retourna avec colère. Il agita un doigt perclus d'arthrite sous le nez du géant qui le dominait de sa taille.

— Vous ne devez pas prononcer mon nom non plus ! C'est la définition même d'un anonyme : pas de profession, pas de rang, pas de nom ! Adressez-vous à moi en employant « vieil homme » si vous le souhaitez.

Le seigneur Shonsu le regarda avec un air amusé.

— Comme vous voulez, vieil homme. Apprentie, voici un vieil homme.

Honakura, si tel était bien son nom, se tourna vers Quili, gloussa et sourit en dévoilant une bouche dépourvue de la moindre dent.

— Il se trouve que je suis aussi à Son service.

— Je vous souhaite la bienvenue… vieil homme.

Le seigneur Shonsu éclata d'un rire retentissant.

— Et voici…

Il s'agenouilla et tendit le bras vers le bateau. Puis il se releva d'un coup en soulevant un garçon. Un premier. Celui-ci resta dans les airs, les épaules prisonnières des gigantesques mains de Shonsu. Il adressa un large sourire à Quili, comme si cette arrivée peu orthodoxe ne l'indignait pas le moins du monde, ou comme si les septièmes avaient l'habitude de faire les pitres avec les premiers rangs.

La voix du géant monta de derrière le kilt blanc et sale du garçon.

— Et voici notre mascotte. Apprentie Quili, puis-je avoir l'inégalable honneur de vous présenter le redoutable novice Katanji, guerrier du premier ?

Il lâcha prise et le novice Katanji atterrit en déséquilibre. Il chancela, se ressaisit et grimaça un nouveau sourire. Il chercha la poignée de son épée à tâtons – elle avait glissé contre son omoplate gauche.

— Inutile ! lança aussitôt Shonsu. Tu ne ferais que décapiter quelqu'un – toi, sans doute.

Katanji haussa les épaules sans se départir de sa bonne humeur, puis exécuta le salut à un supérieur à la mode civile. Quili le lui rendit, sidérée. Il était très rare qu'on présente un premier de manière formelle. Les esclaves et les mendiants étaient toujours ignorés. Le seigneur Shonsu n'avait pas seulement un sens de l'humour assez étrange, il devait abhorrer le protocole et les rituels.

Le jeune Katanji ressemblait à un petit diable aux yeux noirs. Son unique marque faciale était récente et encore à vif ; ses cheveux de jais étaient bouclés et coupés court comme ceux d'un enfant ; une barrette y était accrochée tant bien que mal, mais sans former la moindre queue-de-cheval. Il était moins sale que Nnanji et Quili n'aperçut aucune tache de sang sur lui. La prêtresse se rappela les paroles de l'adepte et songea que le novice Katanji avait sans doute prêté serment sur le code des guerriers pas plus tard que la veille. Nnanji devait être son mentor, car il était impensable qu'un septième prenne un premier comme protégé. D'un autre côté, ce Shonsu était tellement excentrique que cela ne l'aurait pas surprise.

— Je te souhaite également la bienvenue, novice.

Les grands yeux de Shonsu la regardèrent avec gravité.

— Votre gracieuse hospitalité est déjà à l'œuvre, apprentie.

Puis son regard descendit sans hâte le long du manteau de la prêtresse.

Quili baissa la tête et s'aperçut que le côté droit du vêtement était sale. Le tissu jaune délavé était maculé de traces de graisse, et peut-être même de sang, à l'endroit où Nnanji l'avait serrée contre lui. Elle leva les yeux avec un mélange de honte et de colère tandis que le novice Katanji se retournait avec un petit sourire narquois et délibéré sur les lèvres. Ce garçon n'était qu'un sale petit effronté !

— On a récupéré tout le monde, marins ? (Shonsu s'adressait aux deux hommes qui étaient restés à bord.) Dans ce cas, débarquez donc pour faire le plein de vivres et pour vous reposer un peu avant de rentrer chez vous.

— Oh, non, seigneur !

Le capitaine était aussi obèse qu'obséquieux. Il était sans doute heureux de se débarrasser de ces étranges voyageurs. D'après les rumeurs, les jonas attiraient la chance sur un bateau et, en règle générale, la Déesse renvoyait le navire à bon port sitôt qu'ils débarquaient. Mais le seigneur Shonsu était probablement un passager assez déroutant.

— Nous ne devons pas La faire attendre, seigneur, expliqua le marin.

— Puisse-t-Elle vous accompagner, alors.

Le seigneur Shonsu plongea la main dans sa bourse et lui lança deux pièces. Les disques de métal brillèrent à la lumière du soleil. Des libres épées qui payaient de simples marins avec de l'or ?

— Voilà notre petit groupe, apprentie. Sept personnes qui cherchent de quoi petit déjeuner.

Le seigneur s'était de nouveau tourné vers Quili. Il semblait enthousiaste, de bonne humeur et amusé – il avait dû remarquer son effarement. Deux guerriers, deux femmes esclaves, un jeune garçon, un bébé et un mendiant ? Quelle sorte d'armée était-ce donc là ?

Puis le froncement de sourcil menaçant réapparut sur le visage du septième. Il regarda le long de la jetée en direction du chemin qui s'engouffrait dans la brèche de la gorge. Il pivota vers Nnanji.

— Moyen de transport ?

L'horreur se dessina sur les traits du jeune homme. Il bondit au garde-à-vous.

— J'ai oublié, seigneur.

— Tu as oublié ? *Toi* ?

Nnanji déglutit avec peine.

— Oui, seigneur.

Les yeux de Shonsu se posèrent un instant sur Quili avant de revenir sur Nnanji.

— Je suppose qu'il y a une première fois à tout, dit-il d'un air sombre. Apprentie, nous avons un problème. Si je ne me trompe pas, il nous faut grimper au moins jusqu'en haut de cette colline ?

— Je le crains, seigneur.

Shonsu se tourna vers les marins qui hissaient les voiles.

— Attendez ! Envoyez-nous deux de ces paillasses… et cette taude aussi. Merci. Bon voyage !

Il se pencha pour défaire une corde d'amarrage et Nnanji bondit pour se charger de l'autre, observant avec attention les gestes de Shonsu pour les reproduire à l'identique.

Kandoru ne se serait jamais abaissé à jouer les dockers, pas plus que les porteurs, mais l'étrange septième rassembla les matelas et la toile goudronnée avant de s'élancer à grands pas sur la jetée en direction de la berge. Éberluée, Quili dut trotter derrière lui pour rester à sa hauteur.

— Apprentie, est-ce que tu peux nous trouver un chariot ? Le vieil homme arriverait sans doute à gravir la colline, mais Jénisse… (Il esquissa un nouveau sourire narquois en prononçant le prénom de l'esclave.) Cette chère Jénisse a perdu une sandale et je ne voudrais surtout pas qu'elle abîme ses jolis petons soyeux.

— Je suis sûre que je peux vous en trouver un, seigneur, répondit Quili.

Un chariot ? Pour un seigneur du septième ? Restait-il assez d'hommes au village pour harnacher un cheval ? D'un autre côté, elle avait assisté à cette opération assez souvent…

— Ce serait parfait, dit Shonsu avec bonne humeur.

Ils avaient atteint la berge, l'endroit où la jetée surplombait les galets secs. Le guerrier étendit rapidement la toile goudronnée sur les planches, puis sauta à terre et plaça les paillasses au-dessous. Tandis que ses compagnons approchaient, il les attrapa sans effort pour les faire descendre.

— Ceci nous fournira un abri assez confortable en attendant ton retour.

— Je vais faire aussi vite que possible, seigneur.

— Inutile de te dépêcher. J'ai besoin d'avoir une petite discussion privée avec Nnanji. C'est l'occasion rêvée.

Il lui adressa un nouveau sourire qui la fit fondre.

Déconcertée et de méchante humeur, Quili marmonna quelque chose – elle aurait été incapable de dire quoi – et se dirigea vers le chemin. Alors qu'elle entrait dans la gorge, le soleil s'enfonça dans les nuages et le monde devint encore plus morne et plus lugubre. Elle n'avait pas menti, mais elle n'avait pas averti ces hommes des dangers qui les guettaient. Elle devait empêcher le sang de couler. *Déesse miséricordieuse !* Qui devait-elle protéger ? Les paysans, les sorciers ou les guerriers ?

Wallie fit lentement les cent pas le long de la jetée en réfléchissant. Ses bottes martelaient les planches usées avec un bruit creux et sourd. Près de lui, Nnanji avançait au même rythme. Il attendait dans un silence impatient les révélations que le grand seigneur Shonsu allait lui faire.

La jetée était parsemée de bouses – sans doute celles du bétail que le domaine exportait vers la cité la plus proche, Ov. La Rivière était très large et l'autre rive ne dessinait qu'une ligne indistincte. Aucune voile ne venait tacher l'immensité aquatique grisâtre et sans vie. Elle était à peu près aussi large à Hann, mais Hann se trouvait à un demi-hémisphère de là. La Rivière était omniprésente, avait dit Honakura. Il avait passé des dizaines d'années à s'entretenir avec les pèlerins du temple, mais il n'avait jamais entendu parler d'une quelconque source ou embouchure. Apparemment, elle était sans fin et partout la même, une aberration géographique. La Rivière était la Déesse.

Aucune voile…

— Le bac est parti !

— Oui, seigneur.

Nnanji n'eut pas l'air surpris.

Wallie frissonna face à cette démonstration de pouvoir divin, puis s'obligea à se concentrer sur les problèmes présents. Il avait déjà raconté son histoire par deux fois, mais ce serait plus difficile aujourd'hui. Honakura l'avait acceptée comme un exercice théologique. Il croyait en l'existence de plusieurs mondes et d'une échelle d'innombrables vies. Un seul point l'avait intrigué : pourquoi feu Wallie Smith avait-il été réincarné dans le corps de l'adulte Shonsu et non dans celui d'un bébé ? C'était un miracle, mais les prêtres croyaient aux miracles. Honakura avait voulu en apprendre davantage sur la Terre et sur l'existence précédente de Wallie, mais il était peu probable que Nnanji témoigne du même intérêt.

Jja ne s'était pas intéressée au pourquoi ou au comment. Elle était satisfaite de savoir que l'homme de son cœur était caché à l'intérieur du guerrier. Un homme invisible sans rang ni profession, étranger au Monde, tout comme elle. Il n'y avait pas d'autre solution pour qu'une esclave ose aimer un septième. Nnanji réagirait de manière très différente.

Les deux guerriers atteignirent l'extrémité de la jetée et s'arrêtèrent.

— Nnanji, il faut que je t'avoue quelque chose. Je ne t'ai jamais menti, mais je ne t'ai pas dit toute la vérité.

Le garçon cligna des yeux.

— Pourquoi l'auriez-vous fait ? C'est vous que la Déesse a choisi pour être Son champion. Je suis honoré d'avoir la chance de vous aider. Vous n'avez pas à m'en dire plus, seigneur Shonsu.

Wallie soupira.

— Dans ce cas, je suppose que je t'ai menti. Je t'ai dit que je m'appelais Shonsu… et ce n'est pas vrai.

Les yeux de Nnanji s'écarquillèrent et de curieuses taches pâles apparurent sur son visage crasseux. Les hommes du Monde ne pouvaient pas être mal rasés, mais, la veille, les cheveux du jeune guerrier avaient été teints en noir avec un mélange de charbon et de graisse. Un peu plus tard, du guano et des toiles d'araignées étaient venus s'y ajouter, suivis de la poussière de la route et du sang. Il en était maintenant couvert de la tête aux pieds et cette accumulation de crasse lui donnait un aspect comique et ridicule. Mais Nnanji n'était pas un clown. Il était devenu un tueur redoutable, bien trop jeune pour qu'on fasse confiance à ses qualités d'escrimeur – fruits d'un enseignement que son mentor lui avait inculqué en quelques jours seulement – ou au pouvoir inhérent à son nouveau rang – un guerrier du quatrième avait le potentiel de causer d'innombrables dommages. Il faudrait le surveiller de près pendant quelques années, jusqu'à ce que la maturité rattrape son talent. C'était peut-être pour cette raison que les dieux avaient ordonné qu'il soit lié par le serment irrévocable et obscur sur lequel cette conversation devait déboucher.

— J'ai bel et bien rencontré un dieu, dit Wallie. Voilà ce qu'il m'a dit : la Déesse avait besoin d'un guerrier et Elle a choisi le meilleur du Monde, Shonsu du septième. En fait, il a dit que personne ne le surpassait, ce qui n'est pas tout à fait la même chose à mon avis. Enfin bref, ce guerrier a échoué, et il a échoué « dans les grandes largeurs ».

— Qu'est-ce que cela signifie, seigneur ?

— Le dieu n'a pas voulu me le dire. Mais Shonsu est venu au temple à cause d'un démon. L'exorcisme des prêtres n'a pas eu l'effet escompté. La Déesse a pris l'âme de Shonsu et Elle n'a pas touché au démon, ou à ce que le septième pensait être un démon. Il s'agissait de moi en fait, Wallie Smith. Sauf que je ne suis pas un démon…

Tout cela n'est pas très clair, songea Wallie.

Pourtant, il fut amusé par les hochements de tête perplexes que le garçon lui adressait. D'autres se seraient moqués d'une histoire aussi absurde, mais Nnanji voulait plus que tout croire en son maître. Nnanji était un cas désespéré : il vénérait son héros aveuglément. La veille, cette adoration l'avait plongé dans un terrible dilemme, mais la Déesse avait accompli un miracle pour venir en aide à Son champion. Cette intervention divine avait ressuscité et fortifié la ferveur du garçon. Cela finirait par lui passer et Wallie espérait que le retour à la réalité ne serait pas trop douloureux, ni trop tardif. Aucun homme ne pouvait respecter les critères de Nnanji en matière d'héroïsme.

Ils se retournèrent tous les deux et se dirigèrent vers la berge d'un pas tranquille.

— Je crois qu'on peut aussi envisager ces événements comme les grains d'un chapelet – c'est une image des prêtres. L'âme est le fil, les grains sont ses différentes vies. Dans ce cas, la Déesse a violé les règles. Elle a rompu le fil et déplacé un grain.

— Mais…, dit Nnanji avant de rester silencieux.

— Non, je ne peux pas l'expliquer. Les voies des dieux sont impénétrables. Bref, je ne suis pas Shonsu. Je n'ai aucun souvenir de sa vie avant mon réveil dans une chaumière de pèlerins. Jja s'occupait de moi et le vieil Honakura répétait que je devais tuer quelqu'un au plus vite pour lui faire plaisir. Avant cela, si ma mémoire est exacte, j'étais Wallie Smith.

Il ne lui parla pas des problèmes de langage, du fait qu'il pensait en anglais et s'exprimait dans la langue du Peuple. Nnanji était incapable de concevoir qu'il existe des idiomes différents et Wallie ne savait pas trop comment la traduction s'opérait.

— Et vous n'étiez pas guerrier dans cet autre monde, seigneur ?

Il était responsable d'une usine pétrochimique. Comment expliquer cela à un guerrier de l'âge de fer vivant dans une civilisation non alphabétisée ? Wallie soupira.

— Non, je n'étais pas guerrier. Dans mon monde, les professions et les rangs sont différents. Disons que j'étais une sorte d'apothicaire du cinquième.

Nnanji frissonna et se mordit les lèvres.

Il y avait eu un inspecteur principal Smith, un homme qui aurait été horrifié d'apprendre que son fils était un assassin, un adorateur d'idoles et un propriétaire d'esclave.

— Mon père était guerrier.

Nnanji soupira de soulagement. La Déesse n'était pas aussi inconstante qu'il l'avait craint.

— Mais vous étiez une personne honorable, seigneur ?

Oui, songea Wallie. Il avait toujours respecté la loi, il avait toujours été un type honnête, respectueux et consciencieux.

— Je le pense. J'ai fait mon possible, comme je le fais ici. On ne vit pas de la même manière dans mon monde. J'ai fait de mon mieux et j'ai promis au dieu que je ferai de même ici. (Nnanji parvint à esquisser un faible sourire.) Mais quand le premier prévôt de la garde du temple a déclaré que j'étais un imposteur, il avait raison. J'ignorais les saluts et les réponses adéquates. Je ne savais pas par quel bout on tenait une épée.

— Mais…, bafouilla Nnanji, mais vous connaissez les rituels, seigneur ! Vous êtes un grand guerrier !

— C'est venu plus tard.

Il continua son histoire et raconta comment il avait rencontré le demi-dieu par trois fois, comment il en était arrivé à croire en lui et en ses semblables, comment il avait alors reçu les compétences de Shonsu, l'épée légendaire et une mission inconnue.

— Le dieu m'a donné la capacité d'employer cette arme et la connaissance des soutras, mais pas le moindre souvenir personnel de Shonsu, Nnanji. Je ne sais rien de ses parents, de ses origines ou de ses maîtres. Sur ce plan, je suis toujours Wallie Smith.

— Et vous n'avez pas de marques parentales !

— J'en ai une, maintenant.

Il montra à Nnanji l'épée qui était apparue sur sa paupière droite, la veille. Elle indiquait que son père était guerrier.

— Elle n'était pas là hier matin. Je crois que c'est une sorte de plaisanterie de la part du petit dieu, ou le signe qu'il approuve notre bataille contre Tarru.

Nnanji déclara qu'il préférait la seconde hypothèse. L'idée que les dieux puissent jouer des tours ne lui plaisait guère.

Ils atteignirent la berge et repartirent vers l'autre extrémité de la jetée. C'était une histoire étrange, aussi bien dans le Monde que sur Terre, et Wallie prit son temps. Il expliqua aussi bien que possible ce qu'il ressentait en étant deux personnes à la fois et comment sa mémoire professionnelle différait de sa mémoire personnelle.

— Je crois que je comprends, seigneur, dit enfin Nnanji. (Il fronça les sourcils, baissa les yeux vers la jetée et lança un regard féroce aux planches grossières rendues glissantes par la pluie.) Vous m'avez beaucoup intrigué par le passé, car vous ne vous comportiez pas comme les autres personnes de haut rang. Vous m'avez parlé comme à un ami alors que je n'étais que deuxième. Vous n'avez pas tué Meliu et Briu quand vous en avez eu l'occasion – la plupart des septièmes n'auraient pas manqué la chance de tailler quelques encoches de plus sur leur harnais. Vous traitez Jja comme une dame et vous avez même fait preuve de gentillesse envers Ani la Sauvage. C'est ainsi que doit se comporter un homme honorable dans votre monde ?

— Oui, répondit Wallie. Il est plus facile de se faire des ennemis que des amis, mais ces derniers sont plus utiles.

Le visage de Nnanji s'éclaira.

— Est-ce un soutra ?

Wallie éclata de rire.

— Non, c'est juste une petite maxime de mon cru, mais elle se fonde sur certains de nos soutras. Et elle est vraie : regarde à quel point Ani nous a aidés !

Nnanji acquiesça d'un air sceptique. Les guerriers ne devaient pas chercher de l'aide auprès des esclaves.

— Je souhaite vous prêter le deuxième serment, seigneur, si vous acceptez de me reprendre comme protégé. Rien n'a changé. Je veux toujours apprendre l'escrime avec vous, ainsi que les chemins de l'honneur… (Il fit une pause et ajouta d'un air pensif :) Et je crois que j'aimerais bien connaître quelques règles de cet autre honneur, par la même occasion.

que j'ignore. Par exemple : pourquoi as-tu gardé ton épée dans le dos toute la nuit sur le bac ? Ça n'a pas dû être facile pendant que tu étais avec Jénisse, non ?

Nnanji esquissa un petit sourire.

— Pas vraiment. (Il lança un regard surpris à Wallie.) C'est ainsi que font les libres épées, mentor.

— Ce n'est pas mentionné dans les soutras, pas dans ceux que je connais.

— Alors, ce n'est qu'une tradition, je suppose. Une libre épée garde toujours son arme sur elle – sauf pour se laver, ou affronter un adversaire.

Il fronça les sourcils, inquiet. Comment son mentor pouvait-il ignorer une règle aussi élémentaire ?

Si Shonsu avait un jour été une libre épée, l'information n'avait pas été transmise à Wallie – la mémoire de celui-ci avait été amputée de curieux souvenirs. Ils faisaient l'amour en gardant leur arme ? Cette coutume faisait sans nul doute partie de la mystique des libres épées, bien sûr, mais elle n'en demeurait pas moins inconfortable.

— Eh bien, cela démontre l'étendue de mon ignorance. Si tu restes mon protégé, tu n'oseras pas me critiquer ou me conseiller lorsque je commettrai une erreur. Ce sont des choses que fait un frère, pas un simple subordonné.

— Si vous me refaites prêter le serment du sang, mentor, vous pourrez *m'ordonner* de donner mon avis.

— Je pourrais aussi t'ordonner de la fermer ! En tant que vassal, tu étais à peine plus qu'un esclave, Nnanji. Je ne veux plus jamais qu'un homme me prête le serment du sang, et surtout pas toi !

Nnanji fronça un peu plus les sourcils.

— Mais si j'accepte votre proposition, comment m'adresserai-je à vous ? Un quatrième ne peut pas appeler un septième « mon frère » !

Le problème n'était pas négligeable. On devinait les relations entre deux guerriers aux titres qu'ils employaient pour se parler. Si un éventuel adversaire avait l'intention de tuer l'un d'eux, il apprenait ainsi s'il s'exposait à la vengeance de l'autre. Dès qu'il avait prêté le deuxième serment, Nnanji avait remplacé le terme « seigneur » par « mentor ».

— « Mon frère » me paraît très bien. Mais tu pourras m'appeler comme tu le souhaites. Je crois que tu auras envie de m'appeler « idiot » très souvent.

Nnanji esquissa un sourire poli.

— Vous me faites un grand honneur, mentor… Est-ce que vous avez bien réfléchi ?

Wallie retint un soupir de soulagement.

— Oui, j'ai bien réfléchi. Et l'honneur est réciproque, adepte Nnanji.

Les joues du jeune guerrier s'empourprèrent sous leurs plaques de crasse.

— En quoi consiste le rituel ?

— Il semblerait qu'il n'y en ait pas. Et si on se contentait de prononcer la formule et de se serrer la main ?

Shonsu et Nnanji prêtèrent le serment de fraternité et se serrèrent la main. Les eaux de la Rivière clapotaient paisiblement sous la jetée, comme si elles applaudissaient avec discrétion. Wallie ressentit un sentiment de complétude. Il avait concrétisé la première ligne de l'énigme, mais qu'allait-il se passer ensuite ?

Nnanji grimaça un sourire timide.

— Maintenant, j'ai donc Shonsu pour mentor et Wallie Smith pour frère ?

Wallie acquiesça d'un air grave.

— Les fiertés de leur monde respectif.

Ils continuèrent à se promener le long de la petite jetée délabrée. Un crachin estival suintait des nuages bas et gris flanelle, gris comme les eaux de la Rivière, gris comme les escarpements qui bloquaient la vue en direction des terres. Cet endroit humide et désertique aurait dû être déprimant, surtout avant le petit déjeuner et après une nuit beaucoup trop courte. Pourtant, Wallie était d'une humeur obstinément euphorique. Il s'était échappé du temple, il s'était tiré du piège mortel qui l'avait retenu là-bas depuis son arrivée dans le Monde, quelques jours plus tôt. Il avait démontré qu'il pouvait se comporter en guerrier et qu'il pouvait satisfaire la Déesse en tant que tel. Il jouait ce rôle à sa guise et pas nécessairement en imitant les hoplites de l'âge de fer qui vivaient ici. Il aurait la chance de visiter une nouvelle planète dont la culture était à la fois ancienne et complexe, bien que primitive. Il avait l'impression que les vacances venaient de commencer.

Par ailleurs, la prêtresse avait affirmé qu'il n'y avait pas de guerriers dans la région. Dans la mesure où ces derniers avaient le monopole de la violence, Shonsu et son petit groupe devaient être en sécurité. Wallie ne connaissait pas sa mission, mais elle impliquait certainement d'autres membres de sa profession. Leur absence démontrait qu'elle n'avait pas commencé. Il y aurait sans doute de nouvelles épreuves et de nouvelles leçons, mais il était également possible qu'on lui offre des vacances. Il se répéta les consignes du demi-dieu : *Va et comporte-toi en guerrier, Shonsu ! Montre-toi honorable et valeureux. Et amuse-toi, car le monde t'appartient.* Un fantasme très masculin lui traversa l'esprit tandis qu'il songeait à la prêtresse aux allures d'elfe. Il se reprocha aussitôt de se conduire comme Nnanji. Il avait Jja et aucun homme ne pouvait souhaiter davantage.

— Que faisons-nous maintenant, seigneur mon frère ? demanda Nnanji avec impatience.

Ils avaient atteint la toile goudronnée qui abritait le reste du groupe.

— Allons voir ce qu'ils font !

Wallie atterrit avec souplesse sur les galets et jeta un coup d'œil sous la jetée.

Le novice Katanji s'écarta aussitôt de Jénisse. Les douces étreintes étaient un bon moyen de se réchauffer, mais son frère y trouverait sûrement à redire. Nnanji arriva à la hauteur de Wallie une seconde plus tard.

Il avait déjà fait cette remarque lorsque Wallie avait abordé le sujet avec lui. Il sourit et ajouta :

— Et il n'y en a pas ici ! J'ai posé la question à l'apprentie Quili ! Pas de sorcier et pas de dragons !

— Des dragons ? Il y a des dragons dans le Monde ?

Nnanji ricana.

— Pas le moindre ! Quel est le troisième indice, seigneur mon frère ?

— Toi.

— Moi ?

Wallie éclata de rire.

— J'avais l'intention de recruter des hommes compétents pour surveiller mes arrières et mon épée, mais on a contrecarré mes projets et je n'en ai trouvé qu'un. Une personne remarquable, il va sans dire. (Nnanji se rengorgea.) Pourtant, ce n'est pas assez ! Je suis persuadé que ma mission nécessite la présence de guerriers. Or, nous avons été emportés dans une région où il n'y en a pas. Ça doit être assez rare dans le Monde ?

— Oui.

— Par conséquent, je pense que ma mission n'a pas encore commencé, dit Wallie avec bonne humeur. De nouvelles épreuves ou leçons doivent nous attendre avant cela.

— Ce sera dangereux ?

— Probablement.

Nnanji sourit de contentement.

— Mais on dirait que cet endroit est on ne peut plus sûr. Il est donc possible qu'on nous ait conduits ici pour que nous nous reposions pendant quelques jours.

— Ou pour y rencontrer quelqu'un, comme à Ko.

— Ko ?

— Vous ne connaissez pas cette magnifique épopée ?

Nnanji inspira un grand coup, ce qu'il faisait toujours avant de se mettre à chanter. Le récit était d'une longueur inhabituelle et le jeune homme ne l'avait entendu qu'une fois, des années auparavant, mais cela ne l'empêcherait pas de le réciter dans son intégralité et sans la moindre hésitation.

— Contente-toi de nous faire un résumé ! demanda aussitôt Wallie.

— Oh ! (Nnanji sembla se dégonfler et réfléchit pendant un moment.) Le seigneur Aggaranzi et sa troupe furent déplacés par Sa main et emportés à Ko, mais les villageois de la région n'avaient pas besoin de leurs épées. Inghollo du sixième et ses hommes les rejoignirent pendant la nuit, suivis de deux autres groupes de guerriers au cours des jours suivants…

De toute évidence, la Déesse avait rassemblé une armée à Ko. Elle l'avait amenée à tendre une embuscade à une importante bande de brigands qui avait été taillée en pièces. Nnanji approuvait cette politique.

— Ce n'est pas impossible, dit Wallie. Nous avons peut-être été conduits dans un endroit sûr afin d'y rencontrer quelqu'un.

Il entendit des grincements métalliques au loin. Le moyen de transport tant attendu arrivait.

—Alors voilà l'histoire, novice, ajouta-t-il à la hâte. Pourquoi t'ai-je raconté tout cela, à ton avis ?

Dans l'obscurité, les yeux de Katanji brillèrent avec une telle intensité qu'ils ressemblaient à des charbons ardents.

—Parce que la « nouvelle sagesse » peut signifier l'arrivée d'un autre frère, seigneur ?

—Dix sur dix !

—Quoi ? s'écria Nnanji. Vous croyez que cette *andouille* peut vous apporter de la sagesse ?

—Il l'a déjà fait, non ?

Nnanji sourit d'un air penaud, puis lança un nouveau regard menaçant en direction de son jeune frère.

—Je pense que les premiers devraient s'abstenir de réfléchir, dit-il d'un ton sinistre.

Le vieux chariot grinçant était tiré par un de ces étranges chevaux à tête de chameau si communs dans le Monde. Curieusement, il était conduit par Quili en personne. Il était clair que la petite apprentie n'avait pas l'habitude de ce genre de tâche, mais elle parvint à faire demi-tour et sauta à terre pour s'incliner devant Wallie.

—Dame Thondi vous envoie ses salutations, seigneur. Elle sera honorée de vous accueillir au manoir dès que vous le souhaiterez.

—Je ne me sens pas en état de rendre visite à des dames en ce moment.

Quili sourit. Elle semblait presque soulagée.

—Vous êtes le bienvenu si vous désirez vous arrêter au village pour faire un brin de toilette, seigneur. Les femmes ont préparé à manger. Le repas sera bien modeste en comparaison de ce que Dame Thondi pourrait vous offrir, mais elles seraient très honorées que vous le partagiez.

Elle attendit la réponse, pleine d'espoir.

—Nous acceptons votre invitation.

Wallie aida ses compagnons à grimper sur le chariot. Il y avait de la paille pour s'asseoir ainsi qu'une pile de vêtements et de couvertures en piteux état pour se protéger du froid.

Le septième aimait bien cette petite prêtresse qui ressemblait encore à une enfant. La pluie avait plaqué les cheveux de la jeune fille en une longue tresse et son manteau jaune était misérable, mais sa vivacité dénotait de l'humour et de l'intelligence. Elle était nerveuse et fébrile, mais c'était compréhensible et cela ne faisait que souligner son charme juvénile. Un peu plus soignée et mieux habillée, elle aurait été jolie, voire superbe. Elle méritait sans doute une vie meilleure s'il en jugeait par la saleté incrustée sous ses ongles. Étant donné que son mentor habitait à une demi-journée de marche, il était peu probable qu'elle obtienne une promotion.

Nnanji était clairement sensible à son charme et Quili lui lançait des coups d'œil inquiets quand il s'approchait d'elle avec un large sourire et un regard concupiscent. Quand elle grimpa sur le siège du conducteur, gênée par son manteau et sa longue robe de prêtresse, le jeune guerrier fit mine de la rejoindre. Wallie toussa pour attirer son attention et pointa un pouce impérieux vers l'arrière du chariot. Il se hissa sur le véhicule et s'assit à côté de Quili.

La prêtresse fit claquer les rênes et lança un ordre à l'animal de trait. Après un moment de réflexion, le cheval décida qu'il existait des endroits plus intéressants pour faire preuve de mauvaise volonté. Le chariot avança en grinçant.

Sur le chemin, les passagers ne virent que des troncs d'arbres, les parois de la vallée et le lit du cours d'eau. La piste n'était qu'une bande de terre dégagée, pleine d'ornières et hérissée de souches. Wallie songea que le passage d'un bulldozer et de quelques camions de gravier lui aurait fait le plus grand bien. Le cheval se déroba deux fois devant des gués et Quili eut du mal à lui faire entendre raison. L'eau montait et envahissait les berges.

— Il pleut toujours autant, apprentie ? demanda Wallie.

Quili se concentrait sur l'animal de trait, mais elle cessa un instant de se mordre la langue pour répondre.

— Oh, oui, seigneur. Ce n'est pas surprenant à cette période de l'année. C'est la première grande pluie depuis la fin de l'hiver.

Wallie se demanda s'il existait un lien entre ce déluge et son arrivée. Il en arriva à la conclusion que cette idée était absurde. Il ressemblait de plus en plus à Honakura, si féru de superstitions étranges. Pourtant, s'il continuait à pleuvoir ainsi, le chemin qui menait à la jetée deviendrait impraticable.

Les arbres étaient moins luxuriants que les variétés tropicales qui poussaient à Hann et il fut incapable d'en identifier un seul – ce qui n'était guère étonnant : après tout, il n'était pas botaniste. Selon toute vraisemblance, Shonsu ne s'était guère intéressé à la flore, car son vocabulaire ne contenait aucun nom d'espèces. Certaines avaient peut-être un équivalent sur Terre, similaire, mais différent, tout comme ces curieux chevaux. Ou comme le Peuple lui-même : un peuple bien défini à la peau mate, joyeux, enclin à la fête et aux plaisirs de la chair – des caractéristiques très humaines, mais pas tout à fait identiques à celles des hommes de la Terre.

Wallie déplaça son épée pour s'installer plus confortablement et étendit les bras sur le dossier du banc. Quili tressaillit et son visage devint aussitôt pivoine.

Mince ! Wallie avait oublié qu'il n'était plus dans son monde d'origine. Ici, les femmes regardaient Shonsu comme elles n'avaient jamais regardé le terne Wallie Smith. Celui-ci se serait certainement attiré des coups d'œil lourds de sous-entendus s'il avait défilé en pleine ville torse nu, vêtu d'un kilt et d'un harnais de cuir, mais pas pour les mêmes raisons.

Ce qui posait le problème de l'attitude de Nnanji vis-à-vis de Quili. Le jeune guerrier n'avait jamais caché ses ambitions de devenir une libre épée.

C'était sans doute la première confidence qu'il avait faite à son maître, le seigneur Shonsu, quand il avait commencé à se détendre en sa présence et à lui parler. Wallie avait éludé la question implicite de leur avenir commun en attendant qu'Honakura lui en dise plus à propos de ces guerriers errants. Il avait été écœuré en apprenant ce que les libres épées demandaient au nom de l'hospitalité. Il ne s'agissait pas d'un soutra, mais de convenances universelles, c'est-à-dire de lois : elles pouvaient obtenir tout ce qu'elles souhaitaient, y compris l'accès au lit de leur hôtesse.

Ce privilège attirait Nnanji tout autant que les perspectives de combats sanglants. Depuis le début de son adolescence, il avait vécu dans le monde spécifiquement masculin du bâtiment militaire. Il avait assimilé avec innocence les vantardises phallocrates et les fables à propos de jeunes filles haletant de reconnaissance. Il considérait qu'il avait maintenant l'occasion d'en profiter. Il n'avait pas la moindre envie d'effectuer des tâches de police routinières dans une petite ville ou cité. Il rêvait de voyager le long des chemins – ou, pour être plus exact, le long de la Rivière – et d'honorer de ravissantes demoiselles. Ce dernier point constituait sans nul doute l'intérêt principal de ses aspirations et il avait enfin atteint son but. Cette jeune prêtresse si jolie avait le malheur d'être la première femme qu'il rencontrait en tant que libre épée.

Wallie reconnaissait que cette tradition n'était pas dépourvue d'une certaine logique barbare : les libres épées étaient les gentils et les brigands étaient les méchants, mais, à certains moments, la distinction entre les deux devenait floue. L'hospitalité ne connaissait aucune limite compte tenu que cette générosité absolue empêchait les pillages – et c'était une manière infaillible de supprimer les viols. Cette pratique offrait un autre avantage : elle permettait une meilleure diversité génétique au sein du Peuple, car les représentants de cette culture primitive s'éloignaient rarement de leur lieu de naissance et la consanguinité risquait de poser problème.

Mais tout cela, c'était la théorie. Dans les faits, la jeune Quili était harcelée. Wallie ne pouvait pas changer les lois du Monde, mais, dans ce cas précis, il pourrait sans doute détourner Nnanji de ses intentions. Il jeta un regard en arrière pour observer ses compagnons et remarqua l'expression lugubre de son nouveau frère par serment. Heureux que ses mots soient noyés par les grincements des essieux et le grondement du cours d'eau, il se tourna vers Quili.

— Il semblerait que l'adepte Nnanji éprouve une certaine attirance pour toi, apprentie, déclara-t-il.

Le visage de la prêtresse s'empourpra un peu plus.

— Je suis très honorée, seigneur.

— Tu en es sûre ? (La jeune fille hoqueta et réussit l'exploit de rougir davantage.) Non ! non ! Ce n'est pas ce que je voulais dire ! bafouilla Wallie. Je suis très amoureux, Quili. Je suis fou de Jja ! Comme un adolescent éperdu ! Je ne veux pas d'autre femme.

Quili ne répondit pas à ce salmigondis insultant, bien entendu. Elle garda les yeux fixés sur le cheval de trait qui s'en tirait pourtant très bien sans elle.

— Ce que je veux dire… Enfin, si je peux… Et merde ! Si Nnanji pense que je te veux pour moi, il te laissera tranquille. Est-ce que je me fais comprendre ?

— Soit je… Oui, seigneur.

— Dans ce cas, je ferai semblant. Juste semblant.

— Oui, seigneur.

Il se rapprocha et passa les bras autour d'elle. Nnanji remarquerait sans doute son geste. La prêtresse semblait minuscule dans son manteau jaune, comme un canari venant d'échapper à la noyade. Il y avait pourtant une jeune fille au corps étonnement ferme sous ce vêtement. Wallie sentit les glandes indomptables de Shonsu entrer en action. Il réprima leur ardeur en songeant à Jja.

— Je te jure que je joue seulement la comédie, Quili, dit-il au bout d'un moment.

— Oui, seigneur.

— Tu n'as donc aucune raison de trembler comme ça.

Tout d'abord, le repas se déroula sans accroc. Les visiteurs avaient été conduits dans une chaumière et entassés autour d'un ensemble de tables. Six ou sept femmes s'affairaient près d'eux et servaient la nourriture en se glissant avec délicatesse entre le mur et leurs invités. Cinq ou six enfants étaient parvenus à entrer et la pièce minuscule était bondée, étouffante et sombre. Le repas était sans prétention, ainsi que Quili l'avait promis, mais le pain frais et le jambon dégraissé étaient délicieux. Devant du beurre de la ferme, des légumes appétissants, de la bière tiède dans des pichets en terre et un curieux ragoût, personne ne se plaignit.

Il en allait de même pour la qualité du service. Toutes leurs hôtesses étaient des fermières du troisième vêtues de brun, des deux matrones aux cheveux blancs en robe à manches longues aux deux jeunes femmes nommées Nia et Nona qui, toutes deux, portaient une simple tunique.

Celle de Nia descendait à mi-cuisse et lui allait à ravir, mais celle de Nona était si courte qu'il était impossible de la regarder sans retenir son souffle. Le vêtement remontait si haut sur ses cuisses que cela en devenait embarrassant – il avait sans doute été raccourci pour la circonstance. Dans un premier temps, tout le monde avait accueilli les guerriers avec déférence et humilité, mais Nona n'avait pas été longue à rassembler son courage. Même l'appétit gargantuesque de Nnanji n'avait pu le détourner des avances sans équivoque de la jeune femme. Ils commencèrent tous deux à échanger de petits sourires entendus et des plaisanteries graveleuses. Pour un peu, ils auraient crépité en lançant des étincelles. Wallie songea avec un certain soulagement que Quili était hors de danger. Il remarqua que Nia lui adressait quelques battements de cils langoureux et il mit un terme à ses espoirs en feignant de s'intéresser à la prêtresse. Après leur visite, un seul enfant à naître aurait droit à la marque paternelle d'un guerrier.

Il aurait sans doute fallu souligner ce point au novice Katanji qui faisait de nets progrès auprès de deux préadolescentes nues à la poitrine plate – beaucoup trop jeunes du point de vue de Wallie. Il n'y avait pas de filles de l'âge de Katanji et celui-ci se montrait peut-être juste amical – mais ce n'était pas certain. Au fur et à mesure que le repas avançait, le garçon se fit moins loquace et son regard perçant examina les personnes présentes avant de se poser sur Wallie – qui venait de faire la même découverte : l'atmosphère était beaucoup trop tendue. Il se passait quelque chose d'étrange.

Avant de remarquer cet état de fait, Wallie avait ressenti une certaine satisfaction. Ses compagnons et lui étaient enfin propres. Dès qu'ils s'étaient déshabillés, on avait aussitôt emporté leurs vêtements pour les laver avant de leur fournir des tenues de rechange temporaires. En enfilant le minuscule pagne brun, Wallie avait d'abord eu l'impression d'être aussi impudique que Nona. Mais une fois à table, il l'avait oublié et s'était attaqué au festin avec un solide appétit.

Deux incidents se produisirent presque simultanément. Tandis qu'il mangeait, il sentit une étrange léthargie l'envahir. Honakura bâilla, imitée par Jja, puis par Nnanji, pourtant lancé dans une entreprise de séduction enthousiaste. Le jeune adepte cligna des yeux sous le coup de la surprise avant de se concentrer de nouveau sur Nona. Wallie étouffa un bâillement à son tour. La nuit avait été courte, mais quand même… Le décalage horaire ! Ils avaient franchi l'équivalent de plusieurs fuseaux horaires tandis que la main de la Déesse les emportait. L'envie de rire se mêla à celle de bâiller. La notion de décalage horaire était ridicule dans une civilisation aussi primitive et l'idée de l'expliquer à ses compagnons davantage encore. Il serait néanmoins bon de ne pas l'oublier, car elle causait une confusion mentale capable d'altérer sérieusement le jugement d'une personne pendant un ou deux jours.

Le second incident concernait Jja.

Le village était constitué d'un agrégat de petites chaumières modestes, en général délabrées, situé au milieu des champs et parsemé de granges et de remises. Des porcs et des poulets vagabondaient un peu partout et il fallait faire attention à l'endroit où on posait les pieds. Des bruits de fond signalaient la présence de chiens et d'un âne fort peu mélomane – mais il n'était peut-être pas tout seul. Le cadre était agréable : les maisons étaient rassemblées autour d'un étang qui servait à la lessive, à l'alimentation en eau et à l'irrigation ; tout autour, la campagne était dissimulée par de petites collines dénudées et des boqueteaux d'arbres malingres.

Le village était modeste, voire pauvre, tout comme ses habitants. Ils étaient pourtant privilégiés par rapport aux esclaves du seigneur des lieux qui résidaient ailleurs et ils étaient mal à l'aise à l'idée d'héberger Jja, Jénisse et Vixini. Jénisse n'avait pas du tout conscience de ce dilemme et Wallie ne l'avait jamais vue aussi heureuse : elle engloutissait la nourriture sans paraître gênée par les effets du décalage horaire. Jja était silencieuse. Assise près de Wallie, elle se consacrait à Vixini et ne parlait que pour répondre aux questions. Wallie sentit la colère monter en lui, mais il était impuissant. Leurs hôtesses faisaient des efforts méritoires. Quili les avait sans doute averties et elles cachaient leur hostilité, qui n'en demeurait pas moins présente. Wallie n'avait pas rencontré de tels préjugés au temple. Nnanji ne faisait pas de distinction entre une esclave et une femme libre, mais ces villageoises considéraient les esclaves comme une menace à leurs moyens d'existence. La ségrégation ne relevait pas du racisme, ce n'était qu'un simple hasard de naissance, mais les gens libres étaient incapables de dissimuler leur mépris pour ceux qui ne l'étaient pas. Le Monde de la Déesse n'était pas idyllique.

Wallie fit de son mieux pour réconforter Jja sans offenser les femmes qui les servaient. Il parla également avec Quili qui était assise à sa droite. La prêtresse avait abandonné son gros manteau et ne portait plus qu'une tunique citron usée jusqu'à la corde. Le vêtement épousait ses formes épanouies aux endroits adéquats et le septième n'eut pas à faire beaucoup d'effort pour paraître intéressé.

Il apprit que le manoir était situé plus haut sur la colline et qu'il était caché par les arbres. Des abris pour le bétail, des granges pour les esclaves et d'autres chaumières se dressaient autour de la demeure du seigneur local. Les habitants de ce village semblaient jouir d'un statut intermédiaire : ils n'étaient pas vraiment des ouvriers agricoles ni des libres fermiers. Ils payaient leur tenure au propriétaire des lieux en travaillant pour leur seigneur, mais ils cultivaient aussi des légumes pour les vendre au manoir. Wallie soupçonna aussitôt l'existence d'un système de servage où les salaires étaient réglés en nature. Ses doutes se confirmèrent peu après : pour obtenir des produits importés, comme les clous et les cordes, ou des produits locaux, comme le bois de charpente, les villageois devaient s'adresser à l'intendant de l'honorable Garathondi, l'adepte Motipodi. En fin de compte, tous les échanges commerciaux passaient par le manoir.

Le jambon avait disparu et des fraises fraîchement cueillies firent leur apparition, accompagnées de crème aussi épaisse que du beurre. Wallie regretta une fois de plus l'absence de café dans le Monde.

Honakura s'attaqua au dessert avec enthousiasme tout en essayant d'en apprendre davantage sur le seigneur des lieux et sa mère, Dame Thondi. Katanji avait entrepris de séduire tout le monde et ne limitait plus ses efforts aux deux seules préadolescentes. Jja répondait par monosyllabes et Jénisse restait silencieuse. Nnanji dissertait sur la meilleure manière de planter son épée dans un adversaire et sur les sentiments qu'on éprouvait en se livrant à cet exercice. Nona respirait à grands coups, subjuguée par le courage et les nobles aspirations du jeune guerrier.

Wallie fut le premier à remarquer la gêne ambiante, suivi de près par Katanji : Quili et ses compagnes étaient aussi nerveuses que des biches par temps d'orage.

Quelqu'un avait-il eu une parole malheureuse ? Étaient-ce les sanglantes descriptions techniques de Nnanji ? En tout cas, quelque chose n'allait pas.

Le malaise était bien plus intense que celui provoqué par les tentatives de séduction du jeune guerrier envers la prêtresse. Même les femmes les plus âgées étaient inquiètes. Il était clair qu'elles considéraient Quili comme une supérieure malgré sa jeunesse. Sur Terre, la situation aurait été comparable à des paysannes recevant un général ou un duc, il était donc normal que l'atmosphère soit un peu tendue. Les hommes du village n'étaient pas là pour les soutenir : ils avaient été réquisitionnés par l'adepte Motipodi pour défricher un terrain – c'était du moins ce qu'on avait raconté à Wallie. Mais les invités n'avaient ni violé ni assassiné personne, ils avaient fait l'éloge du repas et de l'hospitalité sans que la tension s'apaise pour autant. Au contraire.

Wallie essaya d'établir une petite carte mentale de la région. À l'est, il y avait la Rivière et aucune agglomération digne de ce nom sur la rive opposée. À l'ouest se dressaient les montagnes de RegiVul. On lui signala qu'on les apercevait du village en temps normal, mais qu'elles étaient aujourd'hui cachées par les nuages de pluie. Au nord se trouvait le hameau de Pol, puis la cité d'Ov. On pensait peut-être que c'était sa destination, mais Wallie décida de ne pas prendre de décision avant d'avoir rencontré Dame Thondi.

Au sud, il n'y avait apparemment rien d'intéressant. Les Terres noires, lâcha Quili sans plus de précision. Personne n'y vivait. Elles étaient d'ailleurs inaccessibles, expliqua une femme âgée, à cause des montagnes. Ainsi donc, ce village formait un étrange cul-de-sac… Wallie n'avait pas besoin de consulter les soutras pour savoir que les culs-de-sac pouvaient se transformer en nasse. La prudence la plus élémentaire suggérait de partir pour Ov sans tarder. Mais il n'avait personne d'autre que Nnanji pour surveiller ses arrières et le protéger des voleurs de rue contre lesquels le demi-dieu l'avait mis en garde. Il était coincé !

— Vous n'avez pas de bateau, apprentie ?

Quili secoua la tête.

— Pas pour le moment, seigneur. Son excellence en a un, bien sûr, mais il est ancré à Ov.

Elle ajouta que, en temps normal, deux navires de pêche, un transport de bétail et une ou deux autres embarcations étaient amarrés à la jetée, mais que, pour telle ou telle raison…

Wallie sentit des picotements dans le cuir chevelu : cela faisait trop de coïncidences. Une épreuve approchait. La Déesse avait conduit Shonsu ici dans un objectif précis.

Ce fut à ce moment qu'il se souvint de la pluie et qu'il devina ce qui se passait. Il regarda ses compagnons. Honakura avait senti le malaise, mais semblait plus intrigué qu'inquiet. Il ignorait tout des notions de climat. Il n'avait pas entendu les remarques de Quili à ce propos. Le domaine de prédilection du vieux prêtre, c'était la nature humaine. Il était incapable de décoder le paysage semi-aride comme Wallie l'avait fait en arrivant au village, ou de comprendre que le système d'irrigation des légumes témoignait de précipitations insuffisantes.

Katanji avait des soupçons, mais c'était un garçon de la ville et les compétences botaniques lui manquaient, à lui aussi. De plus, il était probable

— Seigneur, ce n'est pas leur faute ! Ce sont de bonnes gens !

— J'en jugerai par moi-même.

Quili s'effondra et se mit à pleurer en cachant son visage dans ses mains. C'était une tactique efficace, sans doute la dernière carte qu'il lui restait à jouer. Cela n'en demeurait pas moins efficace : Wallie n'aimait guère rudoyer les petites filles.

Il la laissa sangloter un moment avant de reprendre la parole.

— Assez ! Quili, tu ne comprends donc pas que j'essaie de t'aider ? Je veux connaître cette histoire avant l'adepte Nnanji. Maintenant, dis-moi la vérité, et vite !

Nnanji avait juré de faire respecter les soutras. Confronté à un assassinat, sa réaction serait aussi instinctive qu'un clignement de paupière. Le fait que le crime ait été dissimulé aggravait terriblement la situation. Le jeune homme n'hésiterait pas à lancer une accusation publique. Il était trop impétueux et trop idéaliste pour rechercher avant tout des circonstances atténuantes. D'ailleurs, pour un guerrier, il était impossible de trouver la moindre justification à ce genre de meurtre. Nnanji jouerait le rôle du procureur, Wallie celui du juge et du bourreau. Le septième avait lui aussi juré d'obéir au code de sa profession. S'il se prononçait contre son frère, cela signifierait que Nnanji avait porté de fausses accusations et qu'il devait en payer le prix. Dans un tel cas, le seul châtiment était la mort.

Par le passé, Wallie avait essayé de se soustraire aux responsabilités draconiennes qui échoient à un homme d'honneur, mais cela avait conduit à un massacre plus terrifiant encore. Il s'agissait d'une nouvelle épreuve. Il espéra que ses erreurs passées étaient la solution au problème présent.

— Combien de guerriers ont été tués, Quili ?

— Un, seigneur.

Sa réponse ne fut qu'un soupir qui monta aux pieds du guerrier.

— Qui ?

— Kandoru du troisième.

— Était-il un homme honorable ou non ? (Silence.) Réponds !

— C'était un homme honorable, seigneur.

— Je suppose qu'il s'agissait du guerrier en poste ici ?

— Oui. Le garde du domaine, seigneur.

Il aurait été plus facile de lui arracher les dents avec une paire de tenailles.

— Était-il jeune ou vieux ?

— Il... il disait qu'il avait environ cinquante ans, seigneur. Mais je pense qu'il était plus âgé que cela... Il souffrait de terribles rhumatismes. (Elle se tut et fixa le sol de nouveau.) Il aimait beaucoup les animaux... L'adepte Motipodi disait que c'était le meilleur guérisseur de chevaux...

— Quili, j'essaie de t'aider ! Je ne veux tuer personne, mais je dois connaître les faits.

Elle se redressa sans hâte et le regarda avec des yeux cerclés de rouge.

— C'était mon époux.

— Comment ?

Il n'aurait jamais deviné qu'elle avait eu un mari – mort ou vivant. Elle semblait si jeune. Pourquoi protégerait-elle l'assassin ? Pour sauver un amant ? Mais, dans ce cas, pourquoi les autres femmes l'aidaient-elles ? Pourquoi les hommes n'avaient-ils pas signalé le meurtre au guerrier le plus proche ?

— C'est arrivé il y a combien de temps ?

— Un peu plus d'un an, seigneur.

Wallie gémit d'un air horrifié.

— Tu sais ce que cela signifie ? Une semaine, Quili !

Le châtiment sanctionnant cette dissimulation était tout à fait barbare, mais elle était inscrite dans les soutras. Et il était rare qu'on y ait recours : avec le massacre que cela sous-entendait, les gens signalaient sur-le-champ le meurtre d'un guerrier. C'était la raison d'être de cette menace : empêcher qu'un assassinat soit étouffé. Mais pour qu'elle garde son pouvoir de dissuasion, il fallait l'appliquer de temps à autre.

Wallie Smith avait longtemps rechigné à devenir le guerrier de la Déesse, allait-il devoir prouver son implacabilité une fois de plus ? En rasant tout un village, cette fois-ci ?

Massacrer des personnes sans armes ? Jamais de la vie ! Il en était incapable.

— Qui a fait ça ? Quelqu'un du domaine, je suppose ?

— Non, seigneur. Ils sont venus d'Ov.

C'était un soulagement… et une surprise.

— Alors, pourquoi est-ce que tu n'as pas… Par tous les dieux, apprentie, dis-moi !

Elle pleurait de nouveau, brisée par la tension nerveuse, incapable de trahir cinquante personnes. Il quitta son siège, attrapa la jeune fille par l'épaule pour la relever et l'assit sans douceur sur la chaise. Puis il arpenta la pièce de long en large tandis que le sommet de son crâne frôlait les poutres du plafond.

— Maintenant, raconte-moi tout ! Commence par toi ! Comment l'as-tu rencontré ?

Quili eut moins de difficultés à parler d'elle. Elle était orpheline et avait été élevée par les prêtres d'Ov. À la puberté, elle avait été acceptée comme novice. Elle avait espéré progresser jusqu'au troisième rang, comme la majorité des gens. On aurait alors décidé si elle devait continuer ses études au temple ou s'il fallait lui confier un poste quelque part, dans un hameau dépourvu de prêtre.

En atteignant le deuxième rang, Quili avait été enrôlée dans le chœur des prêtresses. Le lendemain, après un service auquel elle avait participé, son mentor l'avait conduite à une réunion avec des responsables du temple de hauts rangs. Le guerrier Kandoru et Dame Thondi y assistaient.

Kandoru s'était contenté de dire :

— Oui. Celle-là.

Dame Thondi, ou son fils, venait d'engager cette ancienne libre épée comme garde du domaine. Ils lui avaient donné une maison et lui offraient maintenant une femme. Les propriétaires voulaient un guerrier, les travailleurs et les esclaves seraient plus heureux si une prêtresse venait habiter au village. Pourquoi perdre deux chaumières quand on pouvait se limiter à une seule? L'arrangement satisfaisait tout le monde... sauf l'apprentie Quili. À la tombée de la nuit, ses serments avaient été transférés à un mentor de Pol et on l'avait jetée dans le lit d'un parfait étranger en toute légalité.

Wallie se demanda ce qu'Honakura penserait de cette histoire. Elle donnait une image sordide des prêtres. Ces derniers n'étaient pas insensibles à la corruption, tout comme les guerriers... Il n'était pas impossible que le temple lui-même ait bénéficié des largesses des Thondi. Il réfléchit un instant : sa mission consistait-elle à épurer le clergé local devenu vénal? Cette tâche était bien insignifiante pour justifier autant de miracles. La Déesse avait gardé l'épée de Chioxin pendant sept cents ans, c'était un fait. Elle ne l'aurait pas renvoyée dans le monde des mortels pour un motif aussi ridicule.

— Qu'est-ce que ton ancien mentor a pensé de cette affaire?

Quili renifla.

— Je crois qu'elle n'était pas d'accord... Mais elle n'a rien dit.

— Et ton mentor actuel?

Pour la première fois, elle réagit avec colère.

— Ce n'est qu'un vieillard alcoolique et sénile! Il faudrait le remplacer!

— Je me demande pourquoi ils n'en ont pas profité pour t'appliquer la marque des esclaves.

— Seigneur!

— Ils t'ont achetée et vendue, Quili!

Elle hésita avant de répondre à voix basse.

— Oui, seigneur.

Il était enfin parvenu à la faire parler.

— Bien. Raconte-moi le reste. Qui a tué Kandoru?

On avait remarqué que Wallie revenait et la porte de la chaumière s'ouvrit devant lui. Il entra et essuya l'eau qui lui coulait dans les yeux. Nnanji était debout, le visage rouge de colère. Il avait oublié Nona et il ne restait plus que deux villageoises présentes – les deux femmes les plus âgées. Elles étaient terrifiées. Jénisse somnolait dans un coin, Jja et Katanji étaient assis sur des tabourets, silencieux, immobiles et inquiets. La pièce paraissait plus grande et mieux éclairée.

Nnanji prit aussitôt la parole.

— Seigneur Shonsu, moi, Nnanji...

— La ferme!

— Mais il y a eu meurtre! Et dissimulation!

— Je sais. Mais tu ne peux pas lancer une accusation publique devant moi, Nnanji. Nous sommes frères par serment. Je ne peux plus être impartial. Comment pourrais-je me prononcer contre toi?

Nnanji laissa échapper un grognement rageur. Ses lèvres bougèrent tandis qu'il mesurait la complexité de la situation. Il ne contesta pas l'argument de Wallie, mais un prêtre pouvait faire office de juge, lui aussi. Il se tourna brusquement vers Honakura. Il découvrit alors un sourire narquois et édenté qui se dessinait sous un bandeau noir. Il n'y avait plus de prêtre pour le moment. Le vieillard avait-il prévu la tournure que prendraient les événements ? Était-ce la raison pour laquelle il dissimulait toujours son identité ? Non, c'était ridicule… mais cela tombait à point nommé.

—Comment l'as-tu appris ? voulut savoir Wallie.

Honakura répondit.

—Je m'étais rendu compte que quelque chose n'allait pas, seigneur. J'ai demandé à l'adepte Nnanji de me répéter mot pour mot la conversation qu'il a eue avec l'apprentie Quili lors de leur rencontre.

Cela n'avait pas dû poser de problème à Nnanji. Même Quili avait réussi à se rappeler la plus grande partie.

Wallie laissa échapper un grondement.

—Il plaisantait et la prêtresse s'est montrée un peu trop littérale.

Nnanji avait lamentablement échoué dans sa première mission en tant que quatrième. S'il avait interrogé Quili dans les règles, le bac serait encore amarré à la jetée. Il le savait. Il se mit au garde-à-vous avec raideur.

—Seigneur mon frère…

—C'est sans importance, dit Wallie. Tâche de faire mieux la prochaine fois. En attendant, nous avons un petit problème sur les bras. Dame Thondi a sûrement joué un rôle dans ce meurtre. Elle est de mèche avec les sorciers. Elle a eu tout le temps d'envoyer un message à Ov. Quili ne connaît pas d'autre chemin que la route d'Ov pour sortir d'ici.

Était-ce une nouvelle épreuve ou le commencement de la mission de Wallie ? Dans tous les cas, le danger était évident – et terrible.

—Nous sommes donc coincés ?

—Il semblerait.

Wallie observa les forces sur lesquelles il pouvait compter : deux guerriers, deux femmes esclaves, un adolescent, un bébé et un mendiant. Ce n'était pas l'idéal pour combattre une armée de sorciers assassins. Il hocha la tête en direction de la fermière qui devait s'appeler Myi.

—Allez chercher nos vêtements, je vous prie.

—Les sorciers sont en chemin ! s'exclama Nnanji. Ces deux femmes ont été témoins du meurtre !

—Dans le grand hall ? demanda Wallie.

Elles acquiescèrent en silence.

—Qui a tué le guerrier Kandoru ?

—Un sorcier, seigneur, murmura Myi.

—Avec quelle arme ?

—Avec de la musique, seigneur… Trois notes tirées d'un fifre d'argent.

Quili avait affirmé la même chose.

Wallie se tourna vers Honakura qui affichait un sourire mauvais.

—Vieillard, il semblerait que vous et moi soyons condamnés à croire aux sorciers.

Enveloppé dans une couverture, Honakura ressemblait comme deux gouttes d'eau à un ballot de haillons. Il s'était installé sur le banc du conducteur près de Quili – à la demande de Wallie qui lui avait fermement demandé de cesser ses petits jeux stupides et d'intégrer la jeune prêtresse dans le groupe. Un prêtre du septième du temple d'Hann équivalait à un cardinal de curie. Une fois son identité révélée, Quili obéirait au moindre de ses ordres.

Wallie et le reste de ses compagnons étaient assis à l'arrière, sur la paille humide, à l'abri sous des couvertures et des manteaux. La pluie tombait de plus en plus dru et formait des ruisseaux de boue laiteuse qui coulaient le long de la piste. Dans les champs, des surfaces brillantes et argentées signalaient la présence de mares tandis que, au loin, les arbres ruisselants avaient pris une teinte gris-bleu pâle. Par malheur, la route d'Ov était encore praticable – c'était du moins ce qu'avait affirmé Quili.

Le chariot cahotait, grinçait et cliquetait. Il n'était pas équipé de suspensions, mais, de toute façon, il n'avançait pas très vite. Wallie et Nnanji auraient atteint le manoir plus rapidement en y allant à pied, mais il aurait fallu laisser leurs compagnons au village et donc en faire des otages potentiels. Un guerrier était un soldat aussi bien qu'un policier et Wallie ne savait pas trop quel était le rôle dominant en ce moment. Il allait sans doute être attaqué par un détachement de sorciers sous peu, mais il était aussi moralement certain que Dame Thondi était coupable de meurtre. Kandoru avait été trahi de manière éhontée et Nnanji n'était pas le seul guerrier assoiffé de justice. Maintenant, il serait intéressant de voir si Wallie Smith était capable de décapiter une vieille femme sans défense.

Il n'apercevait pas grand-chose du Monde. Plusieurs portions de route avaient été creusées par des générations de voyageurs et formaient désormais de véritables tranchées. La piste était encadrée par des haies – plus pratiques que des clôtures en l'absence de fil de fer barbelé – et Wallie entrapercevait les champs de temps à autre. Il constata qu'ils étaient petits, de taille irrégulière et entourés de bois. Le chariot gravissait maintenant une pente : le manoir ne devait plus être très loin.

— Ce doit être notre mission, seigneur mon frère.

Nnanji était d'humeur maussade, furieux contre ses propres erreurs. Il avait enroulé le bord d'une couverture autour de son cou et laissé sa tête exposée à la pluie. Avec la protubérance de la garde de son épée, il ressemblait à un bossu. Sa queue-de-cheval trempée était d'un roux sombre et on distinguait même ses cils, d'habitude invisibles.

— C'est possible. (Wallie tenait sa couverture au-dessus de lui comme un parapluie et observait les alentours à l'abri.) Mais il n'y a eu qu'une quarantaine de guerriers massacrés à Ov...

— *Qu'une quarantaine ?*

— C'est déjà beaucoup, mais ce n'est pas la bataille de Ko dont tu m'as parlé.

Les miracles et l'apparition de l'épée de Chioxin suggéraient une mission plus importante que cela. Même si, d'une manière ou d'une autre, Shonsu avait été responsable de la perte d'Ov – et il n'avait pas été premier prévôt de la cité : ce poste était alors occupé par un certain Zandorphino du sixième –, cela ne représentait pas une catastrophe du point de vue d'un dieu.

— D'un autre côté, deux énigmes sur trois sont éclaircies : nous avons fait un long chemin et nous sommes au pays des sorciers.

Vixini tapa avec enthousiasme sur le rebord du véhicule, ce qui produisit des éclaboussures spectaculaires. Les voyages en chariot étaient passionnants.

— C'est ce que je voulais dire, déclara Nnanji. Nous avons trouvé des sorciers près de la Rivière.

Wallie le fixa.

— Et alors ?

Nnanji tira sur sa couverture pour être plus à l'aise.

— Ils descendent des collines.

— Quoi ? Que sais-tu des sorciers, adepte mon frère ?

— Je ne connais que les histoires habituelles.

Il tendit la main et tapota la cuisse de Jénisse pour lui redonner courage.

— Mais Honakura n'avait jamais entendu parler de ces gens-là !

— C'est normal, non ? Car enfin, ils adorent le dieu du feu. Une personne qui aurait eu affaire à eux ne se précipiterait pas pour le raconter à des prêtres. En revanche, elle en discuterait avec un guerrier.

Ces propos furent une véritable révélation pour Wallie. Il réprima juste à temps une poussée de colère. Pourquoi Nnanji ne lui en avait-il pas parlé plus tôt ?

Les yeux du jeune guerrier s'écarquillèrent.

— Je croyais que vous étiez au courant de leur existence, seigneur mon frère ! Vous n'avez donc pas de sorciers dans votre…

— Dis-moi ce que tu sais sur eux !

Nnanji frotta ses paupières mouillées.

— Eh bien, au bâtiment militaire, seul l'honorable Tarru avait rencontré un sorcier *de visu*. Je ne l'ai jamais entendu en parler, mais Briu oui.

Son regard sembla plonger dans le vague tandis qu'il rassemblait ses souvenirs.

Tarru ? Quelle ironie ! Wallie avait presque pris du plaisir en le tuant.

— Ne rentre pas dans les détails, s'il te plaît, Nnanji.

— Eh bien, c'est arrivé quand il était deuxième. Il y a très longtemps. Ils avaient aperçu un sorcier monté sur un âne et ils l'avaient pourchassé jusque dans un village. Ils ont cerné le hameau, mais quand ils l'ont fouillé, le fuyard avait disparu. Ils trouvèrent sa monture, sa robe, mais rien de plus. Ces gens-là sont capables de se rendre invisibles.

Des assassins invisibles.

— Tu es sérieux ?

Nnanji hocha la tête d'un air sombre.

— Il semblerait que ce soit la vérité. Et il y a d'autres histoires. Deux libres épées sont venues en pèlerinage le jour des Artisans du cuir, l'année dernière. L'une d'elles a dit que…

Il se remémora sans peine une dizaine d'anecdotes, toutes entendues au moins une fois. D'interminables sagas tissées par les gardes qui avaient été des libres épées dans leur jeunesse, ou bien par des guerriers pèlerins hébergés au bâtiment militaire. Parfois, ce n'était que de simples histoires qui circulaient depuis des années. Le thème fondamental était toujours identique : un, le guerrier repère un sorcier ; deux, le guerrier tue le sorcier ; trois, fin du récit. La réaction d'un guerrier était immuable : lorsqu'il rencontrait un sorcier, il l'attaquait sur-le-champ – comme les chiens le font avec les chats. S'il existait une histoire qui commençait par un sorcier apercevant un guerrier, le survivant ne l'avait jamais racontée au bâtiment militaire.

Les sorciers portaient des robes avec des capuches. Les marques faciales d'un sorcier représentaient des plumes… Non, personne ne savait pourquoi, mais pour quelle raison celles des fermiers représentent-elles des triangles ? On ne trouvait jamais un sorcier à proximité de la Rivière, seulement dans les collines et les montagnes. Des légendes couraient à propos de cités de sorciers – Kra, Pfath, Vul et d'autres – et de quelques tours isolées. Les guerriers restaient à l'écart de ces endroits… ou, une fois de plus, ils ne revenaient jamais pour le raconter.

Jja attira l'attention de Wallie d'un air grave.

— Il y avait un lieu du nom de Kra au sud de Plo, maître. Personne n'y allait jamais, mais je ne me rappelle pas qu'on ait parlé de sorciers… C'était dans les montagnes.

Plo était loin au sud, il n'y avait donc aucun rapport avec la situation présente.

Nnanji enchaîna sur les ballades des ménestrels. Selon elles, les sorciers étaient un ramassis de monstres : ils tuaient, ensorcelaient et lançaient des malédictions. Mais les chanteurs itinérants choisissaient le thème de leurs histoires de manière à séduire les guerriers qui les écoutaient et ils manquaient parfois d'impartialité. Pourtant, si les sorciers possédaient ne serait-ce qu'une fraction du pouvoir qu'on leur attribuait, Wallie se retrouvait dans une situation impossible. Le réflexe atavique et meurtrier des guerriers serait son seul recours : frapper le premier avant que l'adversaire découvre votre présence. Mais il était à peu près certain que Dame Thondi avait déjà signalé son arrivée et cette tactique était par conséquent inapplicable.

Malgré le scepticisme d'Honakura, les sorciers existaient bel et bien dans le Monde, mais ils n'approchaient pas d'Hann.

— Vul ? dit Wallie. C'est le nom d'une de leurs cités, n'est-ce pas ? Ces montagnes s'appellent RegiVul. La ville s'y trouve peut-être. (Il réfléchit un moment.) Les sorciers ont donc attaqué Ov et tué les guerriers… Mais pourquoi ? Enfin, pourquoi maintenant ? S'ils n'ont que la moitié des pouvoirs que leur prêtent tes histoires, ils auraient pu le faire depuis des siècles.

La civilisation du Monde remontait à la nuit des temps.

Nnanji haussa les épaules.

— La Déesse ne leur permet pas d'approcher la Rivière.

Elle avait donc envoyé Son champion pour les repousser dans les collines ? Nnanji avait raison : il devait s'agir de sa mission. Mais le champion en question n'avait pas la moindre idée sur la manière de combattre des assassins invisibles et capables de lancer des sorts. En fait, Wallie était peut-être le pire guerrier que la Déesse puisse choisir : il avait du mal à accepter l'existence de la sorcellerie. Toute son éducation s'opposait à une telle notion. D'un autre côté, il ne croyait pas aux miracles deux semaines plus tôt.

Le manoir apparut devant Wallie. Le septième vit d'autres bâtiments un peu plus loin – probablement des logements pour esclaves ou des granges –, mais il n'y prêta pas attention. La demeure de Dame Thondi était imposante selon les critères locaux, mais son architecture choqua Wallie. L'édifice était mal proportionné et les couleurs ne convenaient guère. La plus grande partie de la maçonnerie consistait en un échiquier de pierres blanches et rouges ; ses lignes étaient parsemées d'un amas chaotique de pilastres gris et noirs, de balcons et de contreforts. Les toits élevés étaient couverts de tuiles de diverses teintes, rendues brillantes par la pluie ; ils étaient décorés par un ensemble alambiqué de lucarnes vert cuivre ou de dômes en bulbe ; la façade s'ornait de grandes fenêtres qui donnaient sur des jardins à la française et la piste rudimentaire se changea soudain en une allée gravillonnée qui menait à un escalier bas, mais imposant. C'était la destination de Wallie et il y parviendrait plus vite à pied.

Il se leva et se débarrassa de son manteau.

— Nnanji, aide les autres à descendre quand vous serez arrivés. Katanji, tu viens avec moi.

Il sauta par-dessus le bord arrière du chariot. Katanji se releva en hâte et imita son seigneur – qui le rattrapa au moment où il allait glisser et tomber dans la boue. Les deux hommes coururent vers l'entrée du manoir.

Wallie s'arrêta au pied des marches.

— Reste ici et ouvre l'œil.

— Que craignez-vous, seigneur ?

L'adolescent était inquiet et on ne pouvait guère le lui reprocher.

— Surtout des archers. Crie si tu vois quelque chose de suspect.

Le septième grimpa l'escalier au petit pas tandis que ses bottes claquaient dans les flaques. La double porte était assez large pour laisser passer le chariot et le cheval, elle était aussi solide et verrouillée à double tour. Mais le bâtiment n'était pas un château fort : de grandes fenêtres à meneaux descendaient jusqu'au sol de chaque côté de l'entrée.

Wallie donna trois coups de pied dans la porte et le panneau de bois résonna comme un tambour. Puis il jeta un coup d'œil à travers une vitre. Les carreaux étaient petits et plombés – la manufacture de verre en était encore à ses balbutiements dans le Monde. Wallie ne distingua rien à l'intérieur. Le chariot alla rejoindre Katanji qui tournait lentement sur lui-même, telle la balise lumineuse d'un phare.

Des statuettes courtaudes de nymphes dansantes décoraient les balustrades de granit rouge. Wallie se dirigea vers l'une des plus petites et vérifia qu'il pouvait la soulever. Il la lança à travers une fenêtre et la vitre s'effondra dans une avalanche de verre brisé et de baguettes de plomb tordues. Le septième admira son œuvre avec satisfaction.

Il se baissa, entra par la brèche et aperçut une femme vêtue de noir devant lui. Imposante, avec des cheveux blancs, elle hésitait, incapable de décider de la conduite à tenir. Son statut ne faisait aucun doute : on envoyait une simple esclave pour accueillir un septième ? En règle générale, les esclaves étaient épargnés par la violence puisqu'ils n'étaient que des objets. Cependant, cet intrus ne semblait guère respecter la propriété d'autrui.

— Dites à Dame Thondi que je désire la voir sur-le-champ dans le grand hall.

La femme s'inclina.

— Dame Thondi vous fait part...

— Tout de suite ! Ou je pulvérise tout ce qui me tombe sous la main !

Wallie examina la porte, souleva la barre qui la bloquait et ouvrit. Ses compagnons descendaient du chariot au pied des marches.

L'esclave trottina à travers la vaste pièce dallée de marbre et se dirigea vers un escalier majestueux. Le hall d'entrée était impressionnant et visiblement conçu dans ce dessein. De grands piédestaux noirs supportaient des statues – une majorité de nus boursouflés et très laids ; les murs étaient drapés de tapisseries raffinées. Wallie avait déjà goûté au luxe lors de son séjour au temple d'Hann, mais la décoration de cette pièce relevait de l'ostentation. Il la compara avec colère à la petite chaumière humide de Quili, mais la disparité était sans doute aussi importante entre la modeste demeure de la prêtresse et le quartier des esclaves. Il avait promis à la Déesse de ne pas critiquer Sa manière de gérer le Monde et il savait que, sur Terre, il existait de telles disparités. Pourtant, cet étalage prétentieux le mit en rage. Les propriétaires terriens étaient toujours les ultimes détenteurs de la richesse.

Quili aida Honakura à gravir le perron, suivie par le reste du groupe. Katanji ferma la marche en avançant à reculons. Par un coup de chance extraordinaire, il ne trébucha pas.

Quili tomba à genoux avant que Wallie puisse l'en empêcher.

— Seigneur...

— Inutile de me présenter tes excuses, apprentie. (Il lui saisit le coude et la releva.) Tu ne pouvais pas savoir et ce n'était pas entièrement ta faute. Maintenant, guide-moi jusqu'à ce grand hall dont tu as parlé.

La décoration de l'entrée était à la fois vulgaire et ostentatoire, mais celle du grand hall relevait de l'obscénité. La pièce était assez vaste pour servir de salle du trône dans un palais ; des acres de parquet étaient parsemées de tapis somptueux ; l'âtre était aussi grand qu'un garage et le mur opposé se composait principalement de hautes fenêtres dont le centre était blasonné de médaillons et de rayons de soleil en vitraux de couleurs éclatantes. Par beau temps, ils offraient sans doute une vue superbe sur la Rivière. D'immenses chandeliers étaient suspendus au haut plafond et il y avait même une tribune aux musiciens à l'autre bout de la pièce, au-dessus de la table de salle à manger seigneuriale. Des ensembles de meubles coûteux étaient disposés un peu partout, mais le hall dégageait une impression de vide. Ce n'était qu'un étalage vulgaire d'espace vide, seulement habité par une profusion de statues. Il devait y avoir un collectionneur dans la famille, ou bien elles étaient symbole de richesse dans la région d'Ov.

Les visiteurs s'arrêtèrent sur le pas de la porte, silencieux, abasourdis par un tel luxe. Cet environnement somptueux avait servi de cadre à la trahison et au meurtre.

Wallie grogna.

— Quili, je veux voir comment le crime s'est déroulé, dit-il. Cette double porte était-elle grande ouverte comme maintenant ?

— Non, seigneur. Le battant droit était fermé.

Wallie écarta ses compagnons et ferma le battant droit.

— Est-ce qu'il est toujours ainsi ?

— Non, seigneur ! Je ne l'avais jamais vu fermé auparavant. Je ne suis pas venue ici très souvent, mais, d'habitude, les deux portes sont ouvertes.

Wallie hocha la tête. C'était logique.

— Maintenant, conduis Jja à l'endroit où se trouvait Dame Thondi, et Jénisse, là où étaient les sorciers.

Intriguée par ce procédé peu orthodoxe, Quili guida les deux esclaves et les arrêta près de l'âtre gigantesque.

— Montre-moi où étaient les autres personnes présentes.

Quili fronça les sourcils en cherchant à se souvenir. Elle indiqua l'endroit où s'étaient regroupés les honorables invités d'Ov, les métayers les plus importants – dont les femmes qui avaient décrit le crime à Nnanji. L'adepte Motipodi s'était tenu ici, plusieurs paysans de hauts rangs là… Kandoru avait été massacré devant des spectateurs triés sur le volet.

Jja et Jénisse restèrent près de l'âtre où crépitait un feu agréable, bien qu'il ne fasse pas froid dans le hall. Vixini s'était endormi dans la bande de tissu qui le maintenait contre le dos de sa mère. Wallie ramena Quili vers la porte. Nnanji était inquiet et Katanji agité de spasmes nerveux.

— Où était l'autre sorcier ?

Quili désigna un endroit où Wallie posta Katanji, près du battant fermé. Le visage de Nnanji s'assombrit tandis qu'il identifiait les prémices d'une embuscade.

Wallie fit une pause et examina le grand hall en visualisant la foule des spectateurs sous la forme de fantômes translucides.

— Redis-moi pourquoi le garde du domaine n'était pas invité, Quili ?

La petite prêtresse lui lança un regard inquiet. Elle le lui avait déjà répété deux fois.

— L'adepte Motipodi avait envoyé un message, seigneur. Sa seigneurie arrivait par la route, avec des invités. Il y avait peut-être des sorciers parmi eux. Kandoru ne devait pas bouger du village.

— Et toi ?

— J'avais reçu l'ordre de… je suis restée avec mon mari. J'ai essayé de le persuader de s'enfuir, seigneur.

— Et ensuite ?

Ensuite, un second message était arrivé : en fin de compte, Kandoru devait se présenter au manoir et rencontrer les invités.

— Lui a-t-on dit d'emporter son épée ?

— Pourquoi ne l'aurait-il pas… Je veux dire, il ne la portait pas lorsqu'il bêchait ou binait la terre, mais…

— Bien sûr. Bien sûr qu'il la portait. Il savait donc qu'il y avait du danger.

— Du danger ? cria Nnanji. De la part d'invités ?

Wallie se contenta de hocher la tête. Les règles de l'hospitalité auraient dû protéger les deux factions, mais le massacre d'Ov avait eu lieu peu de temps auparavant et la situation était tendue. Il en fallait pourtant davantage pour empêcher un honorable guerrier de faire son devoir.

Nnanji prit la place de la victime et Wallie fit répéter le crime cinq ou six fois à ses compagnons, jusqu'à ce que Quili n'ait plus le moindre doute sur le déroulement des événements et que Nnanji connaisse son rôle. Puis il les fit jouer en silence tandis qu'Honakura et lui observaient la scène avec attention et sans un mot.

Nnanji-Kandoru franchit la porte, suivi de près par Quili, légèrement sur sa gauche. Avec le battant droit fermé, son chemin était tout tracé – une bonne technique d'embuscade. Il fit quelques pas dans le hall et s'arrêta en voyant les personnes présentes. Quili faillit le percuter.

Il entreprit alors de se retourner et de tirer son arme. Alors qu'il faisait face à Katanji, le novice siffla trois notes pour symboliser les trilles du fifre magique. Nnanji s'immobilisa comme on le lui avait demandé, le bras levé, mais l'épée toujours dans son fourreau. Puis il se ratatina et s'effondra avec un certain réalisme. Son corps fut agité par quelques spasmes et ne bougea plus. Quili s'agenouilla près de lui. Kandoru avait essayé de dire quelque chose, déclara-t-elle, mais ses yeux s'étaient alors révulsés…

— Je pense que cela suffit, lâcha Wallie avec froideur. (Nnanji se releva.) Dégaine ton arme, novice. (Katanji obéit d'un air inquiet.) Pose la pointe par terre. Non, ne t'occupe pas du plancher. Prends la poignée à deux mains. Voilà, comme ça ! Ne bouge plus… lève la tête ! Tu es un garde ! Laisse les gens entrer, mais si quelqu'un essaie de quitter la pièce sans ma permission, frappe-le avec ton épée, aussi fort que possible. (Katanji pâlit.) Et sers-toi du côté tranchant !

Wallie se dirigea vers l'âtre en proie à une colère froide. Les autres le suivirent.

— Pourquoi cette mise en scène, seigneur mon frère ?

Ladite mise en scène avait peut-être été inutile, mais ce n'était pas certain. Wallie regarda Honakura.

— Eh bien, vieil homme ? Avons-nous appris quelque chose ?

— Il semblerait que oui, seigneur, répondit Honakura avec son grand sourire édenté.

Les guerriers excentriques l'amusaient follement et il venait d'assister à une première dans le Monde : la reconstitution d'un crime.

— Comment savais-tu qu'il était là, Nnanji ?

— De qui parlez-vous ?

— De Katanji. Du sorcier. Tu as commencé à tirer ton épée et à te retourner *avant* d'entendre la musique. C'est exact, apprentie Quili ?

La jeune fille se mordit les lèvres.

— Je pense que oui, seigneur.

Contrairement à ce qui se passait dans les romans policiers et les histoires de procès, les témoignages oculaires étaient toujours sujets à caution, dans le Monde comme sur Terre. La mémoire de la prêtresse lui avait peut-être fait défaut. Après tout, le drame n'avait duré qu'une seconde ou deux. Mais il y avait quelque chose d'étrange dans l'enchaînement des différentes phases du crime et la position du corps était lourde de sens.

Wallie avait cru que sa mission lui demanderait de jouer les héros comme dans un récit épique, pas les détectives comme dans un polar.

Comment peut-on tuer un homme avec des notes de musique, Holmes ?

Avec élégance, mon cher Watson.

Élégance ou pas, il y avait eu embuscade et c'était Dame Thondi qui avait convoqué Kandoru à cette réunion.

Tout le monde se rassembla devant le feu de cheminée ardent à l'exception de Katanji qui resta aussi immobile qu'une statue. De la vapeur d'eau monta des vêtements humides, mais Dame Thondi se faisait toujours attendre.

— Frère Nnanji ? Pourrais-tu me balancer cette chaise à travers une fenêtre ?

Nnanji cligna des yeux et répondit qu'il pensait en être capable.

— Bien, dans ce cas, fais-moi plaisir.

« Crac ! »

Vixini se réveilla en criant.

Wallie s'appuya contre une statue en marbre – un danseur grandeur nature – et la renversa sur une magnifique table de marqueterie – ivoire, ébène et nacre.

« Crac ! »

— À ton tour, mon frère. Choisis une autre fenêtre. Ou essaie ton arme sur les cordes qui soutiennent ces chandeliers… Non ! Attends. Nous avons de la compagnie.

Plus jeune, cette femme avait sans doute eu beaucoup de charme, elle avait peut-être même été une véritable beauté. Aujourd'hui, elle s'était empâtée, elle s'appuyait sur une canne et une bosse de sorcière brisait sa haute silhouette. Elle traversa la grande salle à pas lents et majestueux tandis que la lumière se reflétait sur ses bijoux en mouvement. Elle portait une robe cobalt en soie froissée et ornée de dentelle argentée ; d'épais rangs de perles dissimulaient son cou ainsi que ses poignets et une autre parure hors de prix brillait au sommet de ses cheveux blancs ramenés en un chignon surélevé ; ses doigts, ses oreilles et sa poitrine étaient couverts de trésors étincelants. Derrière elle venaient deux personnes qui s'efforçaient de rester discrètes : une femme du quatrième d'âge moyen et une jolie deuxième. Mais personne ne prêta attention aux deux servantes, pas même Nnanji.

Les cheveux de Dame Thondi avaient toujours été blancs : elle était albinos. Quand elle arriva enfin devant Wallie, elle leva vers lui un visage de parchemin fripé, aux rides profondes creusées par la rage. Le septième réalisa à quel point il s'était habitué aux traits lisses et mats du Peuple. Cette pâleur troublante le choquait et cela n'était rien comparé à ce que ressentaient ses compagnons.

— Vandale !

— Meurtrière ?

Il était plus jeune et il lui rendait visite, mais c'était un homme doublé d'un guerrier. La vieillarde tendit sa canne à la quatrième sans se retourner, puis exécuta le salut à un égal.

— Je suis Thondi, danseuse du septième rang, et je rends grâce à la Très-Haute…

Wallie tira son épée et lui adressa un salut tout aussi hypocrite. Il demanda ensuite s'il pouvait avoir l'honneur de présenter l'adepte Nnanji, son frère par serment et protégé, ainsi que l'apprentie Quili. Thondi daigna remarquer leur présence d'un air agacé, mais ne proposa pas de faire de même avec ses suivantes. Elle ne prêta pas la moindre attention aux autres compagnons de Wallie.

Elle avait des yeux d'un rose laiteux, voilés par l'âge. C'était la seule trace de couleur sur ce masque mortuaire qui se tourna vers Quili pour la toiser. Même ses lèvres avaient la teinte ivoire de ses joues.

— Est-ce que l'adepte Motipodi t'a contacté, petite ?

— Non, ma dame.

— Non ? Eh bien, il est occupé. Mon fils a changé d'avis. Il est prêt à accepter tes suggestions à propos des nouvelles granges à esclaves. Motipodi viendra demander ton aide afin de les mesurer et de concevoir de meilleures installations sanitaires.

Wallie observa la réaction de Quili avec intérêt. Thondi l'avait déjà achetée une fois, pouvait-elle le refaire ? La prêtresse tressaillit.

— C'est une très bonne nouvelle, ma dame, dit-elle à voix basse.

Thondi tendit la main sans regarder en arrière et la canne se glissa aussitôt dans sa paume. Puis elle se dirigea vers une chaise.

— Quand la construction va-t-elle commencer, ma dame ? demanda Quili d'une voix basse. Dès que le travail sera achevé à Ov ?

Pas de réponse.

— De quel travail peut-il bien s'agir ? questionna Wallie.

— Je parle de l'édification de la tour des sorciers, seigneur.

Garathondi était un maçon du sixième. C'était donc le motif du meurtre. Bien joué, Quili !

Dame Thondi s'assit avec raideur et plaça les mains sur le pommeau de sa canne. Ses yeux rose perle, inhumains, se rivèrent sur Wallie. Les deux suivantes se rassemblèrent derrière la chaise de leur maîtresse, comme si elles voulaient se protéger des guerriers.

— Vous avez une curieuse manière de demander l'hospitalité, seigneur Shonsu.

— Je ne vous demande que la justice.

Quel visage extraordinaire ! Pendant un instant, les yeux de Dame Thondi se posèrent avec mépris sur Nnanji.

— Va-t-on lancer une accusation publique contre moi ? Quand on juge une femme, la tradition veut que le parent masculin le plus proche... Mon fils est à Ov en ce moment. Mais je vous en prie, écoutons les charges.

Deux solides jeunes gens auraient facilement dû terroriser une vieille femme, surtout s'ils étaient armés et qu'il n'y avait aucun homme présent pour la protéger. Mais cette vieille sorcière malfaisante n'affichait pas la moindre peur. Elle étalait même une immense fortune en bijoux sous le nez des intrus. Wallie sentit sa peau se hérisser en songeant aux histoires de Nnanji : des assassins invisibles ? Les sorciers étaient-ils déjà là ou ces parures faisaient-elles partie d'un coup de bluff spectaculaire ?

— Pour des raisons de procédure, mon frère par serment et moi-même ne pouvons pas lancer une accusation formelle.

— Vous allez donc me tuer sur-le-champ ? Dois-je me mettre à genoux ?

— Vous avez convoqué le guerrier Kandoru en ces lieux afin qu'il y soit assassiné.

— Sottises !

Wallie manquait de temps et les preuves étaient irréfutables. Il ne devait pas se laisser entraîner dans des discussions sans fin, mais il était fasciné par l'aplomb de cette femme.

— Dans ce cas, auriez-vous l'obligeance de raconter votre version des faits ?

Une langue rose et serpentine se glissa sur les lèvres blafardes.

— Les faits sont incontestables. Rathazaxo du sixième est venu ici avec...

— Vous parlez d'un sorcier ?

— Tout à fait. Un gentilhomme cultivé, un mécène.

Elle regarda un bref instant les dégâts causés par les deux guerriers.

— Et il a demandé à son serviteur de tuer votre garde.

Le nez de Dame Thondi se plissa sous le coup du dégoût.

— L'honorable Rathazaxo voulait s'assurer que nul rebelle ou guerrier en fuite n'avait trouvé refuge sur nos terres. Mon fils et moi avons bien entendu accepté ses exigences et nous avons demandé à Kandoru d'agir en conséquence. Il avait la permission de poursuivre ses tâches ici à condition qu'il ne porte pas son épée au-delà des limites du domaine. Nous l'avons convoqué, mais, à peine la porte franchie, il a dégainé son arme et a attaqué un de nos invités. Celui-ci s'est défendu, bien sûr. Ce fut un accident malheureux. Et embarrassant.

—Ce fut un meurtre. Il n'a pas tiré son épée. Elle était encore dans son fourreau.

—C'était une vieille loque percluse d'arthrite.

—Apprentie, où le guerrier Kandoru souffrait-il de rhumatismes, aux bras ou aux jambes ?

—Aux hanches, seigneur.

Près de Wallie, Quili gardait la tête haute d'un air de défi.

—Il n'a pas pu charger à travers la pièce. C'était un pauvre guerrier incapable de dégainer avant d'avoir fini de se retourner, surtout avec ses hanches douloureuses. Il a été attaqué par derrière. Vous aviez un sorcier caché juste derrière cette porte.

—Où vous avez posté ce garçon ?

Exactement ! Cette femme était un adversaire redoutable et Wallie n'avait plus le moindre scrupule à la malmener.

—Et vous avez envoyé vos serviteurs masculins défricher sous cette pluie ? Est-ce là le comportement d'une innocente ?

—Vous êtes meilleur boucher que fermier, seigneur Shonsu. J'aimerais beaucoup vous voir arracher des joncs par temps sec.

Wallie aurait savouré cet échange de fines réparties s'il n'avait pas été sous le coup d'un danger imminent.

—Je ne vous crois pas, ma dame. Je pense que vous cherchez à gagner du temps, en attendant l'arrivée de vos amis sorciers.

Les yeux albinos se plissèrent dans une gangue de rides.

—Je n'ai aucun besoin de gagner du temps, seigneur Shonsu. Si vous avez l'intention de me tuer, je vous en prie, essayez donc.

—Je n'ai pas envie de salir mon épée.

Nnanji laissa échapper un grognement furieux dans son dos.

Wallie entrevit soudain une lueur d'espoir. Il se retourna et sourit à son jeune frère par serment qui frissonnait de colère.

—Le troisième indice !

—Quoi ? lâcha Nnanji d'un air ébahi.

Mais Wallie faisait déjà face à Thondi. Il savait maintenant ce qu'il devait tirer de cette sorcière perfide. Parviendrait-il à lui arracher sa coopération ?

—Je ne peux pas vous accuser dans les règles et je vais donc vous laisser, vous et votre fils, à la justice des dieux, Dame Thondi. Mais un guerrier a été assassiné dans cette maison et je vais donc la raser.

L'argument était crédible.

Il fit mouche.

Thondi le regarda en grondant. Sa bouche rose s'ouvrit sur son visage blafard et dévoila des chicots jaunâtres. Ses bagues étincelèrent tandis qu'elle serrait sa canne avec plus de force. Elle n'était pas invulnérable. Il n'y avait pas de démons invisibles tapis dans le manoir.

— En apercevant la fumée, vos servants vont revenir en toute hâte et je les recruterai pour former une troupe…

— Une embuscade ! cria Nnanji au comble de l'excitation.

En théorie, le plan était réalisable. On devenait guerrier par cooptation, mais les soutras permettaient d'armer des civils en cas d'urgence. Dans un domaine aussi isolé que celui-ci, il y avait sûrement un stock d'épées quelque part. Pourtant, dans les faits, cela ne fonctionnerait pas, pas dans une telle situation. Thondi le comprit tout de suite.

— Mes serviteurs ne seront pas très enthousiastes.

Seul un fou prenait parti pour des gens vaincus d'avance. Les sorciers étaient capables de tuer les guerriers aussi facilement qu'ils crachaient des pépins de raisin.

— Je m'assurerai de leur coopération en vous tenant en otage, ma dame. (Wallie adressa un geste à Katanji qui surveillait toujours la porte.) Ce garçon gardera la lame de son épée contre votre gorge.

— C'est de la folie !

Wallie haussa les épaules et se dirigea vers l'âtre. Jja s'écarta pour le laisser passer, les yeux écarquillés, stupéfaite par son comportement. Il souleva une bûche enflammée à l'aide de pincettes et s'approcha des rideaux les plus proches.

— Quand la raison échoue, la folie a force de loi. C'est mon dernier espoir. (Il regarda la vieille femme par-dessus son épaule.) Car il n'y a pas d'autre route pour s'échapper d'ici, n'est-ce pas ?

Une étincelle passa dans les yeux de Dame Thondi.

— Si. Il en existe une, dit une voix. Et vous feriez mieux de l'emprunter au plus vite, seigneur. Les sorciers ne vont pas tarder.

Wallie lança la bûche dans l'âtre et se tourna. Un garçon traversait la salle à grands pas en essuyant ses cheveux à l'aide d'une serviette boueuse. Ses jambes étaient encore mouillées et couvertes de terre humide sous de courts hauts-de-chausse en cuir – un vêtement que Wallie avait vu porté par les conducteurs de mules. Ses pieds étaient nus et secs : il avait dû ôter ses bottes de cheval avant d'entrer. Il y avait encore des traces de boue sur son visage, sa poitrine et ses bras.

Dame Thondi était tétanisée par la colère. Des taches roses – comme des hématomes – fleurirent sur ses joues.

Le nouveau venu s'arrêta devant Wallie et lâcha sa serviette. Il attendit. En vain.

— Présentez-moi, grand-mère !

— Je ne te reconnaîtrai jamais comme mon petit-fils, idiot !

Le garçon lui lança un regard furieux, mais guère impressionnant du fait de sa jeunesse. Il était menu, avec des cheveux bouclés et un visage étroit aux traits tirés. Il avait sans doute le même âge que Nnanji, mais il était plus petit, encore plus maigre… et beaucoup trop jeune pour son rang. Les guerriers étaient des athlètes et ils montaient en grade plus vite que dans les autres professions, mais le front du garçon s'ornait déjà de trois arcs. Il leva la main pour saluer.

—Je suis Garadooi, maçon du troisième rang…

—Je suis Shonsu…

L'esprit suspicieux de Wallie envisagea différentes hypothèses inquiétantes. Le nouveau venu n'était-il pas un sorcier qui venait de se matérialiser pour sauver le manoir de la destruction ? Cette trahison n'était-elle pas une comédie savamment préparée à l'avance ? L'arrivée impromptue de ce garçon était providentielle et on avait mis Wallie en garde : il ne devait pas espérer de miracles. Pourtant, il avait bel et bien vu une lueur passer dans les yeux de Thondi. Il existait *vraiment* un chemin pour s'enfuir et elle le lui aurait sans doute indiqué s'il avait accepté d'épargner sa demeure.

Tandis qu'il rengainait son épée, la vieille sorcière grogna :

—Voici votre otage, Shonsu !

Elle avait capitulé.

—Combien cette femme a-t-elle de petits-enfants, maçon ?

—Je suis le seul, seigneur. Et elle n'en aura peut-être plus demain. En apprenant ce que j'ai fait, mon père fera tout son possible pour me renier ou pour m'enterrer dans les fondations d'un bâtiment.

Il sourit d'un air contrit, mais avec une certaine fierté.

—Je dois donc me poser des questions sur les raisons de ton intervention.

Une ombre s'abattit sur le visage du garçon.

—J'avais un bon ami du nom de Farafini, seigneur. Mon meilleur ami.

—Et ?

—Il était guerrier. Les démons l'ont mis en pièces. (Il se tourna pour regarder sa grand-mère avec mépris et provocation.) J'ai également honte de ce qui est arrivé à Kandoru du troisième dans cette maison. J'étais absent lorsque c'est arrivé, mais j'ai entendu des rumeurs. (Il regarda de nouveau Wallie.) Je souhaite faire amende honorable, si Elle le permet. Vous êtes Ses serviteurs.

—Jeune imbécile ! (Thondi frappa le plancher de sa canne.) Tu te mêles d'affaires qui ne te concernent pas ! Tais-toi !

—Que nous conseilles-tu de faire, maçon ?

—Des sorciers arrivent. Elle… (Il désigna sa grand-mère qui bouillonnait de rage.) Elle a signalé votre arrivée à la tour. Le messager est venu nous voir après avoir rempli sa mission. Je me suis aussitôt rendu aux écuries, mais les sorciers étaient déjà partis. Une dizaine d'hommes, m'a-t-on dit.

Wallie garda un visage aussi impassible que possible. Une dizaine de sorciers, c'était sans doute plus que suffisant pour s'occuper de lui et de ses compagnons, mais s'ils étaient aussi puissants, pourquoi en envoyer autant ? Étaient-ils inquiets ? Il se souvint alors d'un détail important : un villageois avait aperçu des guerriers sur la jetée, mais il ne les avait sans doute pas comptés. Les sorciers avaient envoyé une dizaine des leurs pour affronter des adversaires dont ils ignoraient le nombre. Cela ne trahissait pas de l'inquiétude, au contraire. Maintenant, ils avaient dû rencontrer le second messager et celui-ci les avait avertis que seuls Wallie et Nnanji représentaient une menace. Peut-être que certains avaient fait demi-tour ?

— Comment as-tu fait pour les devancer ?

— Le bac, seigneur.

— La Rivière forme un coude, expliqua Quili. Un raccourci.

Wallie fut étonné d'entendre sa voix, mais il était réconfortant de constater que la jeune fille garantissait les dires du jeune homme providentiel.

Garadooi hocha la tête.

— Le bateau ne peut pas transporter dix cavaliers et trois chevaux de bât. (De quel genre de matériel un sorcier avait-il besoin ?) Ils ne sont pas à plus d'une heure derrière moi, seigneur, même si j'ai crevé une bonne monture.

Il était assez jeune pour être prompt à se vanter.

— Il n'y avait pas d'autres cavaliers à bord ? demanda Wallie.

À la place de ses adversaires, il aurait envoyé un éclaireur.

Le garçon secoua la tête et se pencha pour ramasser sa serviette.

— À Ov, le bac a accosté au moment où j'arrivais et les sorciers étaient déjà en route. Un coup de chance ! J'ai payé le capitaine en or pour qu'il lève l'ancre sur-le-champ.

Il lança un nouveau regard de défi puéril à sa grand-mère.

— Et cette porte de sortie ?

Garadooi se tourna vers une fenêtre et observa la pluie battante.

— J'espère que les dieux ne l'ont pas encore fermée, seigneur. Il y a un chemin qui traverse les montagnes. Il permet de se rendre à Aus en deux jours.

— Aus ?

— C'est une cité... Elle n'est pas aussi grande qu'Ov, je crois. Je n'y suis jamais allé. Je connais juste l'endroit d'où part le chemin qui y mène. Les marchands l'empruntent.

Wallie savait qu'on voyageait rarement par voie de terre dans le Monde. Une route commerciale relevait presque du miracle, mais les dieux n'accordaient pas de miracles. Ils aimaient les actes héroïques accomplis par des mortels et étaient donc peu enclins à leur faciliter la tâche. Garadooi disait peut-être la vérité, mais c'était trop beau pour être vrai.

Un grondement sourd interrompit les réflexions fébriles de Wallie. Il provenait d'un guerrier aux cheveux roux et aux lèvres blanches.

— Nous fuyons ? s'exclama Nnanji.

— Pour sûr, répondit Wallie.

— Seigneur mon frère !

Nnanji était horrifié, outré. Les règles de l'honneur commandaient de faire front et elles étaient assez fortes pour qu'il s'oppose à son héros, son mentor et son frère par serment.

— Vous m'avez demandé ce matin même de vous avertir si vous commettiez une erreur...

— C'est le troisième indice, Nnanji. Je n'ai pas le temps de t'expliquer, mais il n'est pas déshonorant de se dérober à une bataille dans une situation semblable. Fais-moi confiance !

Nnanji se tut, plus pâle que jamais, indécis. Sans doute pensait-il encore qu'ils pouvaient armer les villageois et vaincre les sorciers. Et quelle importance s'ils échouaient ? La mort était préférable au déshonneur. Il n'avait aucun talent de comédien et Wallie commença à se demander si son protégé était capable de ressentir de la peur. Le courage de Nnanji n'était qu'un reflet de la véritable bravoure, de la maîtrise de ses craintes. D'ailleurs, il semblait étrangement imperméable aux émotions.

Wallie observa Garadooi. Le garçon essaya de soutenir son regard, mais échoua.

— Tu sais que si tu me vends aux sorciers, je te tuerai ?

Il hocha la tête.

— Je ne vous trahirai pas, seigneur, mais le temps presse. Nous devons partir sans tarder !

C'était peut-être une ruse afin que Wallie épargne la demeure familiale. Thondi était capable de toutes les tromperies, mais Wallie avait du mal à douter de son petit-fils.

— Tu es bien jeune pour être un troisième, maçon.

Les joues de Garadooi s'empourprèrent sous les taches de boue.

— Je ne dois mon rang qu'à l'argent, seigneur. Je ne suis que le larbin de mon père, rien de plus.

Dame Thondi frappa le plancher de sa canne.

— Et tu seras encore moins que cela quand il apprendra cette folie !

Son petit-fils se tourna vers elle.

— Je m'en fiche ! cria-t-il avec une rage soudaine. Tu sais que je n'ai jamais voulu devenir maçon !

— Quelle profession voulais-tu exercer ? demanda Wallie.

Le visage du jeune homme s'empourpra.

— Prêtre, seigneur. Ce que je fais maintenant est une manière de La servir, en aidant Ses guerriers à échapper à des assassins. Je me fiche d'être renié !

Un pauvre petit garçon issu d'une riche famille qui se rebellait contre sa propre culpabilité… S'il jouait la comédie, il méritait un oscar. Wallie regarda ses compagnons.

— Nous n'avons pas le temps de discuter, mais je veux que nous votions. Pouvons-nous lui faire confiance, oui ou non ? Vieil homme ?

Honakura s'était installé depuis belle lurette dans une gigantesque chaise rembourrée. Il s'y enfonçait au point qu'on le distinguait à peine.

— Y a-t-il des gués sur cette route, maçon ? Ou des ponts ?

— Les deux.

Le garçon contempla l'anonyme avec stupéfaction. Il le remarquait peut-être pour la première fois.

— Dans ce cas, nous devons lui faire confiance. La pluie empire, n'est-ce pas ?

Des superstitions !

— Nnanji ?

— Non ! Nous devons…

— Quili ?

La prêtresse observa Garadooi et baissa les yeux.

— Je pense que oui, seigneur.

— Mais c'est la première fois que tu entends parler de cette route ?

— Oui, seigneur.

— Tu n'as jamais entendu parler de la route de la vieille mine ? lui demanda Garadooi.

— Oh, si ! Je la connais, seigneur, mais je ne savais pas qu'elle menait quelque part, sinon dans les montagnes.

— Dans le territoire des sorciers ?

La mauvaise humeur de Nnanji s'estompa un peu.

Les yeux de Wallie revinrent se poser sur l'âtre.

— Jja ? Dois-je lui faire confiance ?

Jja eut l'air horrifié : son maître voulait qu'une esclave donne son opinion et juge de l'honnêteté d'un homme libre ? Elle comprit néanmoins que le septième insisterait jusqu'à ce qu'elle réponde. Elle réfléchit un moment et hocha la tête, mais c'était Quili qu'elle avait observée, pas Garadooi. Wallie se demanda pourquoi.

— Très bien, maçon. Nous allons te faire confiance, mais n'oublie pas ma promesse.

— Merci, seigneur. De combien de chevaux avez-vous besoin ?

— Six, plus un chariot.

— Un chariot ? répéta le garçon.

— Huit ! s'exclama Honakura au même moment.

— Vous ne venez pas avec nous, vieil homme, dit Wallie. Nous devons être sept, vous vous rappelez ?

— Ne soyez pas idiot ! (Honakura entreprit de s'extraire de sa chaise en arrosant les alentours de postillons.) Je fais partie de cette mission. Il faut sept membres, mais ce chiffre peut augmenter si nous avons besoin de guides pendant un temps. Et puis, les bébés et les anonymes ne comptent pas ! Je viens ! Et l'apprentie Quili aussi !

— Seigneur Shonsu ! dit Garadooi. Je ne me permettrais pas d'aller à l'encontre de vos décisions, mais des cavaliers sont plus rapides qu'un chariot. Il sera peut-être difficile de franchir certains passages à cheval, alors un véhicule…

— Si les marchands empruntent cette route, un chariot pourra passer. Nous avons besoin de matériel – des paillasses, des haches, des cordes, des chaînes – et de nourriture. Il est plus rapide de charger un véhicule qu'un cheval. De plus, on ne nous poursuivra pas. Dame Thondi affirmera aux sorciers que nous avons embarqué sur un navire. N'est-ce pas, ma dame ?

Une nouvelle grimace découvrit les chicots jaunâtres de la vieille femme.

— Je voudrais bien savoir pourquoi je prendrais la peine de sauver un pareil imbécile. Il a raison : son père va le renier.

— Mais vous enverrez les sorciers sur une fausse piste, juste au cas où il ne le ferait pas.

Dame Thondi baissa la tête au-dessus de ses mains constellées de bijoux qui serraient le pommeau de sa canne.

— Si vous épargnez ma demeure, murmura-t-elle.

Une touche d'émotion. Elle avait dû être une artiste formidable au cours de sa carrière de danseuse, même si elle avait acquis certains rangs grâce à des pots-de-vin, comme son petit-fils.

— Je vous accompagnerai moi aussi, seigneur, déclara Quili.

Elle avait parlé d'une voix basse, mais ferme.

— Ce ne sera pas nécessaire. Tu nous as déjà beaucoup aidés.

Elle secoua la tête avec obstination.

— Je ne dois pas rester ici.

Les sorciers l'interrogeraient et, si elle refusait de répondre, ils comprendraient qu'on leur avait menti. Honakura avait déjà envisagé cette hypothèse. Et si le chariot ne pouvait pas passer, elle pourrait toujours le ramener avec Jénisse et le vieil homme. Les autres poursuivraient leur route à cheval.

— Très bien ! Nous allons voir ce que cela donne avec huit membres. Maçon, peux-tu nous trouver autant de montures ?

— Oui, seigneur !

— Alors, partons. (Il regarda Dame Thondi, vaincue.) Vous allez maintenant envoyer un messager à la rencontre des sorciers pour les informer que nous sommes partis comme nous sommes venus, par bateau. (Ce mensonge ne les empêcherait pas de continuer leur route au manoir, mais il les amènerait peut-être à ménager leurs montures.) Débrouillez-vous pour qu'ils ne nous suivent pas, ou je tuerai votre petit-fils. Je vous le jure !

Wallie était incapable d'exécuter un otage, mais un serment solennel exigeait qu'on tire son épée et qu'on proclame une formule rituelle. Ce n'était donc pas tout à fait un parjure.

La vieille femme hocha la tête d'un air morose.

— Je ferai ce qui est en mon pouvoir.

Et pendant un petit instant… Merde !

Wallie venait de perdre un pari : il n'avait pas cessé d'observer Dame Thondi sans prêter attention aux deux suivantes qui se tenaient derrière elle. Elles n'avaient pas le talent de leur maîtresse en matière de dissimulation et il avait entraperçu une lueur… indéfinissable. Quelque chose passer sur le visage de la jolie deuxième. Cela n'avait duré qu'une fraction de seconde, mais il eut la sensation irritante d'avoir négligé… quelque chose.

Les écuries étaient un long bâtiment voûté comme un tonneau et sombre comme un tunnel. Une odeur âcre de moisi se mêlait aux effluves des chevaux. Pour la première fois depuis qu'il avait débarqué du bac, Wallie se retrouva au milieu d'une foule : entre quarante et cinquante esclaves mâles d'âges divers. Il ne savait pas ce que faisaient les serviteurs du manoir, ni où ils avaient trouvé refuge, mais il était certain qu'ils n'arrachaient pas du jonc, pas tant que les esclaves restaient assis sans rien faire, bien au chaud dans les écuries en savourant ce moment de détente. Ils se rassemblèrent avec empressement pour accueillir Quili et Garadooi, mais ils ne prêtèrent guère attention aux guerriers.

Pour des raisons d'urgence et de mobilité, les fuyards garderaient la charrette de Quili au lieu de prendre un chariot. Il suffisait de la charger et de trouver d'autres montures. En matière d'équitation, l'expérience de Wallie Smith se résumait à quelques leçons pendant son enfance et celle de son alter ego n'était pas plus approfondie. Soit Shonsu était soigneusement resté à l'écart des chevaux au cours de sa vie, soit son successeur avait été privé de ses connaissances dans ce domaine. En outre, Wallie n'avait jamais organisé une expédition, même si, sur une autre planète, il avait fréquenté un enfant orphelin de père et acquis une certaine compétence du camping.

Mais le jeune Garadooi semblait savoir ce qui était indispensable et il était impatient de montrer de quoi il était capable. Il lança des ordres dès que la charrette pénétra en grinçant par la grande porte et s'arrêta dans un bruit de ferraille sur le sol pavé. Wallie se retira dans l'ombre en lui laissant le commandement des opérations, il insista seulement pour qu'on emporte des haches, des chaînes et des cordes. Il savait ce qu'Honakura avait derrière la tête. De plus en plus souvent, les superstitions religieuses du vieil homme dévoilaient avec exactitude les intentions des dieux.

— La chasse, seigneur, expliqua Garadooi avec fierté pendant un bref moment de calme. C'est à cause d'elle que je connais l'existence de la piste. Les hommes avaient l'habitude de m'emmener à l'automne, quand ils partaient chasser.

Il parlait des hommes libres, bien sûr, mais le garçon entretenait aussi d'excellentes relations avec les esclaves. Parmi ces derniers, la plupart des jeunes hommes le traitaient comme un ami revenant après une trop longue absence et Garadooi réagissait de la même manière. Il s'informait de la santé d'untel, il plaisantait sur la vie amoureuse d'un autre et promettait d'examiner les doléances. En contrepartie, les esclaves se précipitaient en nombre pour l'aider. Ils couraient chercher le matériel demandé et s'affairaient avec une rapidité et une efficacité peu courantes dans le travail forcé. L'estime que Wallie portait à ce garçon remonta d'un cran.

Nnanji fut lui aussi saisi par la fièvre des préparatifs, bien qu'il ait encore des doutes sur l'honorabilité de cette fuite.

— Expliquez-moi le troisième indice, seigneur mon frère.

— Je t'en ai déjà parlé. J'ai essayé de recruter cinq ou six guerriers. La plupart des septièmes disposent au moins de ce nombre d'hommes, n'est-ce pas ?

— Plus que ça !

— Dans ce cas, ils resteraient ici et affronteraient les sorciers. Moi, je suis coincé, Nnanji. Je n'ai aucune armée à ma disposition et j'en aurais pourtant bien besoin pour surveiller mon épée. Tout cela signifie que je ne dois pas me battre. Nous avons été conduits ici pour apprendre, rien de plus.

— Mais… (Nnanji fronça son nez retroussé.) Mais *quand* nous battrons-nous, alors ?

— Après que nous serons arrivés à Aus. Nous lèverons une armée, puis nous reviendrons ici.

Enfin, peut-être.

— Ah !

— De plus, nous allons traverser les montagnes. Il n'est pas impossible que nous y croisions des sorciers.

Encore mieux. Rassuré, Nnanji grimaça un sourire et vérifia inconsciemment que son épée glissait sans difficulté de son fourreau.

La veille, les aventuriers s'étaient échappés du temple à dos de mule, mais les bêtes avançaient alors en file indienne, attachées les unes aux autres.

— Tu es à l'aise sur une selle ?

Le sourire de Nnanji fondit comme neige au soleil. Le jeune guerrier avoua qu'il n'était monté à cheval que deux fois. Quand il était encore premier, on l'avait emmené jusqu'à la jetée pour lui montrer le poste de garde et il avait fait l'aller-retour à cheval. Lorsqu'on lui amena sa monture, il grimpa dessus tant bien que mal en dévoilant toute l'étendue de son inexpérience. Ses grandes jambes pendaient comme les cordes d'un clocher et l'animal baissa les oreilles pour lui témoigner son mépris. Les esclaves se retournèrent pour cacher un ricanement moqueur.

Katanji, comme à son habitude, les étonna tous : il monta en selle avec une technique et une confiance consommées. Son cheval était plein d'entrain, mais il le calma et le maîtrisa sans tarder. Il baissa la tête pour adresser un sourire faussement modeste à Wallie et expliqua qu'il lui était parfois arrivé d'aider des muletiers.

Wallie regretta de ne pas être aussi doué. Les montures étaient poilues, avec un gros museau et un corps allongé, mais bas. Le septième hérita de l'animal le plus imposant : un vieux cheval de trait docile. Pourtant, il savait qu'il avait l'air aussi ridicule que Nnanji : la selle était trop petite pour lui et ses jambes touchaient presque le sol – on n'avait pas encore inventé les étriers dans le Monde. De plus, un kilt mouillé n'était pas vraiment le vêtement idéal pour pratiquer l'équitation et les muscles de Wallie étaient toujours douloureux après le voyage à dos de mule de la veille. Cette expédition n'allait pas être une partie de plaisir.

Ils partirent enfin et la pluie redoubla d'intensité. Quili conduisait la charrette chargée de matériel et de passagers. Les chevaux de rechange étaient attachés derrière le véhicule tandis que Garadooi et les guerriers fermaient la marche. Ils serpentèrent d'abord à travers les champs et les vergers en se dirigeant vers l'intérieur des terres et le sommet des collines. La route commerciale rejoignait celle d'Ov non loin de Pol, expliqua Garadooi, mais il connaissait un raccourci. Le moindre creux était désormais rempli d'eau et les sabots s'y enfonçaient en projetant des gerbes impressionnantes. Cinq minutes après leur départ, tout le monde était couvert de boue. La pente se fit plus raide et la charrette ralentit la progression du groupe.

Cachés par les haies, les nombreux bosquets et les rideaux de brume balayant la campagne, ils ne risquaient guère d'être repérés par un guetteur, mais la trace qu'ils laissaient derrière eux était facile à suivre. Wallie espéra que leurs poursuivants seraient retardés encore un peu, mais il savait qu'ils viendraient tôt ou tard. Même s'il avait fait confiance à Dame Thondi – ce qui n'était pas le cas –, il était impensable que les sorciers ne cherchent pas à en apprendre davantage sur la destination des intrus. Les guerriers sacrifiaient au rituel barbare de la vengeance et cela ne jouait pas en faveur de Wallie. Les hommes libres du domaine étaient sans doute terrifiés à l'idée qu'on vienne punir la mort de Kandoru. Les sorciers trouveraient des alliés dévoués s'ils se donnaient la peine de solliciter leur aide. Oui, ils se lanceraient à leur poursuite, tôt ou tard.

Il ressentit une fois de plus l'étrange égarement provoqué par le décalage horaire. Il ne savait pas trop quelle heure il était et le ciel couvert de nuage ne lui fournit aucun indice. Il étouffa un bâillement en songeant qu'il lui restait de nombreux efforts à faire avant de se reposer.

Quand Wallie s'aperçut qu'ils avaient rejoint la piste, ils cheminaient déjà dessus depuis un certain temps. Grossière et mal balisée, elle serpentait dans les prés non clôturés des collines. Avec la pluie battante, il eut du mal à se rappeler que cette terre était aride. Mais, sur cette lande désolée et ouverte, les épineux poussaient à bonne distance les uns des autres et des enclos aux murets de pierre indiquaient qu'on ne pouvait pas y faire grand-chose, sinon un peu d'élevage. Des abris de berger isolés étaient tapis dans les cuvettes désertées – les personnes sensées ne s'attardaient pas sous un tel déluge.

L'essieu grinçait, les chevaux avançaient d'un pas lourd, la pluie tombait et les signes de vie humaine déclinaient. La région était peu à peu plus vallonnée, les pentes et les descentes plus marquées. Les crêtes se coiffaient de gravats noir cendre, l'eau coulait au fond des vallées et le chemin devenait plus difficile. La pluie gagna en intensité, maintenant portée par un vent froid qui soufflait en rafales.

Si Honakura avait deviné les intentions des dieux, la piste serait coupée après le passage des fugitifs. Après le troisième gué, Wallie craignit que cela arrive trop tôt. L'eau tourbillonnait avec fureur autour des genoux des chevaux. Certaines montures regimbèrent et Garadooi dut les calmer.

Personne ne semblait s'inquiéter des piranhas et Honakura avait affirmé qu'ils évitaient les torrents. Cette absence totale de peur suggérait qu'ils n'étaient pas familiers des affluents : seule la Rivière abritait ces assassins vifs comme l'éclair. Wallie se garda bien de poser des questions à ce sujet.

La traversée du quatrième gué fut encore pire. Le fond de la vallée était boisé et la piste se devinait grâce aux arbres coupés. Le cours d'eau bouillonnait en grondant et sortait de son lit pour recouvrir les berges et masquer sa profondeur.

Garadooi observa le passage avec inquiétude.

— Je crois que les chevaux passeront, seigneur, mais pas la charrette…

Il fit avancer sa monture. C'était le meilleur cavalier du groupe, mais il eut du mal à persuader l'animal d'entrer dans l'eau. Il traversa, puis revint. Il frissonnait et arborait une mine anxieuse.

— Est-ce que les prochains seront encore plus difficiles à franchir ? demanda Wallie.

— Les deux suivants devraient poser moins de problèmes. Ensuite, il y a un pont.

— Ah ! Est-ce que nous pourrions le détruire ?

Les yeux du garçon s'écarquillèrent.

— Je pense.

— La piste serait alors bloquée ?

Garadooi sourit.

— Sans doute.

— Nous devons donc nous en remettre aux dieux !

Wallie regretta de ne pas ressentir la confiance qu'il espérait afficher.

Sans les connaissances du jeune Garadooi, ils ne seraient jamais parvenus à franchir le quatrième gué. Le garçon traversa avec deux chevaux et en laissa un sur l'autre berge avant de revenir pour conduire la charrette. Le véhicule faillit être emporté par le courant violent, mais Garadooi maîtrisa l'animal affolé et parvint à gagner la rive. Il revint de nouveau et attacha les montures les plus dociles pour former une colonne, puis il les fit traverser tandis que ses camarades de voyage se cramponnaient sur leur dos. Enfin, il convainquit le reste des chevaux, un par un, de rejoindre les autres. Le groupe se reforma et reprit sa route en pataugeant entre les arbres. Mais ils avançaient trop lentement. Quand les sorciers apprendraient leur fuite, ils se mettraient en chasse avec des montures fraîches et auraient tôt fait de rattraper les fuyards.

Un autre pont sans prétention… une autre vallée… Après un certain temps, ils semblaient se fondre dans un calvaire humide et sans fin ponctué de gués à traverser dans des souffrances glacées. Pendant de longs moments, Wallie marchait en menant son cheval par la bride. Le corps de Shonsu avançait à pas de géant et suivait la charrette sans difficulté. Parfois, lorsque le déluge se transformait un instant en crachin, il apercevait un lointain reflet en direction de la Rivière, au-delà des crêtes, loin en contrebas. Au-dessus de sa tête, les nuages se rapprochaient.

Le petit groupe arriva alors devant un pont. Celui-ci était formé de trois travées constituées de poutres supportées par des piles, mais l'eau montait presque jusqu'au tablier. Il ne s'agissait plus d'une simple rivière en crue, mais d'un torrent déchaîné qui avait englouti les berges et atteignait presque la lisière des arbres. Les deux extrémités de l'ouvrage étaient déjà submergées et la structure ressemblait à un radeau échoué au milieu des flots.

Wallie arrêta son cheval au pied de l'eau. Entre la rive et le tablier du pont, la surface était calme, paresseuse et donc peu profonde. Mais au-delà, le torrent déferlait et tourbillonnait autour des piles. Le courant avait dû les affaiblir, car leurs fondations étaient sans doute rudimentaires.

Tandis que le septième observait l'ouvrage, des troncs d'arbre emportés par les flots pilonnèrent le pont.

—Je crois qu'il ne va pas résister longtemps, dit-il en haussant la voix afin de couvrir le rugissement de l'eau. Et il est hors de question de traverser à gué. (Garadooi hocha la tête, mais fronça les sourcils.) Quelque chose ne va pas ?

—Je ne me souviens pas de ce pont, seigneur. Je ne suis pas venu ici depuis deux ou trois ans. Vous avez vu l'endroit où la route a été élargie ?

Wallie n'avait rien remarqué.

—Que veux-tu dire ?

—Quelqu'un a fait des travaux sur cette route. Ce pont est relativement récent. Vous ne pensez pas que…

—Les sorciers l'empruntent ?

Le garçon acquiesça.

—Où mène la piste en dehors d'Aus ?

—Nulle part. Il paraît qu'il y a une vieille mine par là, mais je pensais qu'elle était abandonnée.

—Qu'en extrayait-on ? demanda aussitôt Wallie.

Garadooi l'ignorait et le plus important était maintenant de traverser. Lorsque la charrette atteignit la rampe d'accès légèrement inclinée, l'eau montait à la hauteur de l'essieu. L'ouvrage frémit et trembla tandis que les fugitifs franchissaient le tablier, mais ils parvinrent néanmoins à gagner l'autre berge. Le sol était détrempé, mais ils étaient à l'abri du torrent.

La vallée semblait se rétrécir aussi bien en aval qu'en amont et le débit de la Rivière était donc plus rapide.

—Je crois que nous devons essayer de bloquer la route ici, dit Wallie. De toute manière, il faudra bientôt s'arrêter.

Le froid avait bleui les lèvres d'Honakura et le vieil homme était épuisé par les cahotements de la charrette. Jja et Jénisse semblaient avoir atteint leurs limites. Nnanji et son frère n'étaient pas plus vaillants. Il faisait de plus en plus sombre.

—Il y a une grotte à une demi-lieue, seigneur.

—Excellent ! Nnanji et moi allons nous occuper du pont. Laissez-nous les haches et les barres à mine. Partez devant et préparez un feu.

Garadooi acquiesça en claquant des dents.

—Vous voulez aussi les chaînes ?

Wallie secoua la tête.

—Je suis incapable de retourner sur le pont avec un cheval. (Le garçon ouvrit la bouche pour proposer de s'en charger.) Non, c'est inutile. Je suis sûr que nous y arriverons à mains nues.

—Je suis certain que *vous* y arriverez, seigneur !

Wallie éclata de rire et lui assena une claque dans le dos.

—Aujourd'hui, tu as rendu un fier service à la Déesse, maçon. Je t'expliquerai à quel point ce soir. Ne t'inquiète pas si nous sommes en retard. Je monterai la garde ici jusqu'à la tombée de la nuit. Maintenant, allez-y !

Wallie et Nnanji restèrent près de la Rivière tandis que leurs compagnons s'enfonçaient dans les bois. Les deux chevaux isolés gémirent avec inquiétude et tirèrent sur leurs longes.

Wallie posa sa hache et sa barre sur son épaule, puis observa le pont pendant un moment. Les piles avaient été bâties par paires et chaque paire était surmontée d'une lourde traverse. Par beau temps, il aurait suffi de les abattre, mais il était impossible de les atteindre maintenant. Trois longues poutres massives supportaient les différents segments de l'ouvrage et le tablier en rondins était maintenu en place par des cordes goudronnées. La chaussée ne poserait aucun problème. Une fois qu'elle serait détruite, aucun cheval ne pourrait traverser, mais un homme téméraire pourrait encore passer en équilibre sur les poutres. Il fallait donc s'en occuper aussi.

— Bien, allons-y ! lança Wallie en se dirigeant vers le pont.

Nnanji lui emboîta le pas.

— Seigneur mon frère, dit-il d'un air mélancolique, est-ce que ce n'est pas l'endroit idéal pour monter une embuscade ?

Il avait raison, mais encore fallait-il qu'une embuscade soit opportune. La piste, pas plus large qu'un sentier, était au fond d'une gorge glissante ; elle traversait une forêt de pins dense ; il faisait déjà sombre et la nuit était proche. Si on tendait une corde en travers du chemin, à hauteur de genou, le cheval de tête avait toutes les chances de tomber – et il ne serait peut-être pas le seul.

— Par tous les dieux ! s'exclama Wallie. Oui, tu as raison ! Mais pourquoi monter une embuscade alors que nous sommes certains de stopper leur progression ? C'est idiot !

— Pourquoi ?

— Parce que – tu l'as dit toi-même – il n'y a pas d'honneur à combattre les sorciers. Ce sont des assassins, Nnanji ! Des brigands, des tueurs de guerriers ! J'accepterais un défi, mais…

— Je sais que vous…

— Mais il est hors de question que je me lance dans un affrontement perdu d'avance si je peux l'éviter !

Ils étaient au bord du torrent maintenant. Wallie y entra en tâtant le fond du pied à chaque pas. Il sentit le froid à travers ses bottes en cuir.

— Tu es un quatrième. Tu es censé être capable de donner des ordres à des troisièmes, à des guerriers expérimentés. Alors, réfléchis au lieu d'agir sur des coups de tête !

Sa botte droite se remplit d'eau glacée et il grimaça.

— Vous voulez bien m'apprendre, mentor, demanda Nnanji d'un air humble.

Wallie lui lança un regard contrit.

— Je suis désolé.

Il était fatigué, inquiet et toujours sous le coup du décalage horaire, mais ce n'était pas une raison pour se défouler sur son protégé. Sa botte gauche se remplit à son tour et essaya d'échapper à son pied tandis qu'il faisait un pas en avant.

— Bon, d'accord. Tu es quatrième. Je suppose que tu as l'intention de devenir cinquième ?

— Je veux devenir septième !

— Pourquoi pas ? Dans ce cas, il faut que tu prennes l'habitude de penser à tes responsabilités. Tu dois réfléchir et prévoir. Les soutras t'y aideront, bien entendu. Tu en connais huit cent trois. Tu as remarqué comment ils évoluaient ? Les premiers traitent de sujets pratiques, comme l'entretien de ton épée. Ceux que tu apprends maintenant t'initient à la tactique, d'accord ?

L'eau effleurait le kilt de Wallie et le courant se faisait plus fort. Le septième tendit la main et saisit le bras de Nnanji afin que les deux hommes puissent s'appuyer l'un sur l'autre. Le niveau de la rivière continuait à monter.

— Maintenant, tu dois apprendre la stratégie. D'ailleurs, je vais t'enseigner le prochain soutra tout de suite !

Nnanji grimaça un sourire malgré l'eau glacée qui lui arrivait à mi-cuisses.

— Devons-nous nous asseoir, seigneur mon frère ?

— Je crois que nous allons nous en… Houp !

Wallie reprit l'équilibre et les deux hommes s'enfoncèrent un peu plus dans le torrent cruel et glacial.

— Enfin, je vais faire de mon mieux pour que nous *puissions* nous en passer. Je n'ai pas l'intention de te réciter le soutra en entier, de toute façon. Je vais me contenter de l'épigramme. « Seuls les chats se battent dans l'obscurité. »

— Qu'est-ce que cela signifie, mentor ?

— J'aimerais bien le savoir.

Wallie trébucha de nouveau. Le pont était plus haut que la berge. À chaque extrémité, des rampes en terre recouvertes de bois montaient en pente douce pour rejoindre le tablier, mais le courant emportait le remblai et la plupart des rondins avaient déjà disparu. Wallie se hissa à l'aveuglette sur ce qui en restait, puis aida Nnanji à sortir de l'eau. Il s'accroupit pour vider ses bottes et se demanda si ses orteils étaient encore là.

— Comment s'appelle ce soutra ? interrogea Nnanji en imitant son mentor.

Wallie s'esclaffa.

— « De l'appréciation de l'adversaire. »

— Oh ! (Nnanji resta silencieux tandis qu'ils pataugeaient le long du pont tremblant pour gagner la troisième pile.) Est-ce que cela signifie qu'il ne faut pas se battre sans connaître son adversaire ?

— Plus ou moins. Occupe-toi de ce côté, je me charge de l'autre. (Ils commencèrent à trancher les cordes qui maintenaient le tablier en bois.) Il faut connaître son adversaire, les moyens dont il dispose et réfléchir à une bonne tactique… C'est de circonstance, tu ne crois pas ?

Ils ne tardèrent pas à découvrir la méthode idéale pour arriver à leurs fins. Les barres à mine étaient inutiles, car les rondins étaient seulement attachés aux madriers par des cordes. Les deux hommes les tranchèrent de part et d'autre du pont. Nnanji coupa le lien central et Wallie poussa les bouts de bois dans le torrent. L'eau montait désormais à mi-hauteur des poutres.

— Nous devons en apprendre davantage sur les sorciers ?

— Bien davantage.

C'était l'évidence même ! Wallie Smith le comprenait maintenant. C'était pour cette raison qu'il avait été choisi pour succéder à Shonsu. Il avait encore beaucoup de mal à croire à la sorcellerie, certes, mais il estimait déjà que c'était peut-être une réalité dans le Monde. Les preuves du meurtre de Kandoru étaient convaincantes et Garadooi avait parlé d'une attaque de démons à Ov. Wallie était prêt à accepter l'existence des sorciers, mais il n'en demeurait pas moins un scientifique. Il analysait les problèmes comme aucun guerrier ne le ferait jamais.

Les deux hommes avaient détruit la moitié de la travée centrale et mis à nu les trois longues poutres de soutien. Un cheval de cirque serait peut-être capable de passer en équilibre sur l'une d'elle par beau temps, mais le plus brave des cavaliers ne tenterait jamais un pareil exploit sous la pluie et au-dessus d'un torrent déchaîné. Cependant, il n'était pas impossible qu'un homme agile y parvienne sans sa monture.

Nnanji fit une pause pour retrouver son souffle. La destruction d'un pont était un exercice propre à vous réchauffer, même sous une pluie battante.

— Nous devons en apprendre davantage sur leurs pouvoirs ? demanda-t-il.

— Oui, mais nous devons surtout en apprendre davantage sur leurs faiblesses.

Le pont laissa échapper un craquement. Wallie s'interrompit et regarda l'ouvrage avec méfiance. Il n'avait pas l'intention de couler avec le navire et les dieux étaient peut-être sur le point d'achever son travail. Une secousse très nette déporta la structure en aval tandis qu'elle cédait sous les efforts combinés des hommes et du torrent. Une épaisse couche de débris s'était rapidement accumulée en amont et exerçait une poussée supplémentaire. Les piles s'inclinaient au fur et à mesure que le remblai de soutien était emporté par le courant.

— Partons d'ici !

Wallie et Nnanji rebroussèrent chemin sans perdre de temps. Ils avaient à peine atteint la rampe qu'un nouveau craquement – plus puissant – leur annonça la fin. Affaiblie par le travail des deux hommes, la travée centrale venait de céder. Les poutres se brisèrent, les cordes se rompirent, les longerons volèrent en éclats et s'éparpillèrent. Il y eut un bref bouillonnement et le centre du pont se volatilisa. Pendant un moment, on distingua les débris tandis que le courant les emportait en aval.

— Voilà qui devrait retenir nos poursuivants, dit Wallie avec satisfaction.

Le reste de la structure ne résisterait pas longtemps. L'intervention des deux hommes avait peut-être été superflue, mais tout le monde savait que les dieux aidaient ceux qui se prenaient en main.

Il fallait encore regagner la berge et le retour se révéla plus difficile que l'aller. Nnanji glissa deux fois sous la force du courant et seule la poigne ferme de son compagnon l'empêcha de suivre le centre de la travée vers une destination inconnue. De son côté, Wallie posa le pied dans un trou, tomba sur les fesses et disparut sous l'eau. Les deux hommes parvinrent cependant à sortir du torrent en tremblant de froid et en toussant.

Ils vidèrent de nouveau leurs bottes et sautèrent en agitant les bras pour se réchauffer. Le ciel s'assombrissait et ils devaient encore trouver la grotte, mais une intuition souffla à Wallie d'attendre un peu plus longtemps près de la berge.

— Qu'est-ce que vous entendiez par « nous devons surtout en apprendre davantage sur leurs faiblesses » ? demanda Nnanji.

Il haletait en sautant sur place, mais son obstination était légendaire.

— Une de tes histoires de ménestrel raconte qu'un sorcier s'est changé en aigle, n'est-ce pas ?

— En effet, seigneur mon frère.

— Eh bien, nos poursuivants ne sont pas venus d'Ov par la voie des airs. Ils sont venus à cheval. C'est la raison pour laquelle nous attendons ici. Ils sont peut-être capables de traverser le torrent en volant.

— Oh !

— Il doit exister un moyen de les combattre. La Déesse ne m'aurait pas confié une tâche impossible, tu ne crois pas ?

— C'est certain.

— Par conséquent, ils ont sûrement des points faibles et je dois trouver lesquels. Quarante hommes ont été tués à Ov.

Il tenait cette information de Garadooi. Le garçon n'avait pas assisté au massacre, mais il avait été réveillé par le bruit – tout comme la moitié de la ville. Des sorciers s'étaient alignés sur la place principale avant l'aube et avaient envoyé un défi au prévôt. L'honorable Zandorphino était venu avec tous ses hommes. Les sorciers avaient entamé un chant. Les guerriers avaient chargé. Des démons de feu avaient surgi et les avaient tous exterminés – pas le moindre survivant. Même les arbres et les statues avaient succombé à la rage des mystérieuses créatures. Les murs et les devantures des magasins avaient été détruits et le sang avait giclé jusqu'aux fenêtres du premier étage. La garnison avait été taillée en pièces en l'espace de quelques minutes. Garadooi avait découvert le corps de son ami Farafini, calciné, mutilé et portant des traces de morsures. Son épée avait été brisée, une de ses jambes arrachée.

Mais il existait sûrement un moyen de combattre les sorciers.

— Regardez !

L'intuition de Wallie se révéla payante. Trois silhouettes en mouvement se découpèrent sur le ciel sombre, au-dessus d'une ligne de faîte plus sombre encore. Elles étaient peut-être plus nombreuses, mais les cavaliers venaient de franchir le sommet de la crête opposée et avaient disparu dans l'obscurité pour se diriger vers les deux compagnons.

— Ils arrivent ! s'exclama Nnanji.

Son avertissement était superflu.

— Je vois ! Déplaçons les chevaux, vite !

Wallie se précipita vers leurs montures. Nnanji le suivit.

— Pourquoi ? demanda-t-il.

Wallie aurait été surpris qu'il ne pose pas la question.

— Parce qu'ils vont hennir !

Ce n'était qu'une hypothèse. La pluie étoufferait peut-être l'odeur des autres chevaux, mais il valait mieux prévenir que guérir. Ils s'éloignèrent de la rivière avant d'enfourcher leurs montures trempées et mécontentes. Ils les attachèrent de nouveau quand ils furent assez loin de la berge et revinrent à la hâte en suivant une piste qui ressemblait de plus en plus à un torrent.

Wallie dégaina son arme, la posa à ses pieds et demanda à Nnanji de l'imiter – une autre précaution afin d'éviter les reflets. Debout dans l'ombre, tremblants, ils attendirent de voir si les sorciers allaient traverser la rivière en volant. Les nouveaux venus étaient-ils capables de sentir le regard des guerriers et d'envoyer des démons les attaquer ?

Rien ne sembla se passer. Une autre travée du pont avait été emportée et la troisième était submergée. La lumière était si faible que, sur la rive opposée, la forêt apparaissait comme une muraille noire. Le rugissement du torrent argenté et brillant engloutissait tous les bruits à l'exception des battements du cœur de Wallie et du léger claquement de dents de Nnanji.

— Seigneur mon frère, murmura ce dernier.

— Quoi ?

— Je crois que la présence d'un *petit* démon de feu ne me dérangerait pas plus que ça, en ce moment.

Wallie rit tout bas.

— J'irais même jusqu'à deux.

Une lumière jaillit sur l'autre berge, au milieu des arbres. Nnanji laissa échapper un sifflement.

De la sorcellerie !

Les allumettes et les briquets n'existaient pas dans le Monde et il était impossible d'allumer un tel feu avec des silex ou de l'amadou. La lueur dansa entre les troncs et Wallie entraperçut des silhouettes encapuchonnées, une tache orange qui indiquait peut-être la présence d'un sorcier du quatrième. Puis le halo lumineux faiblit et l'obscurité retomba.

— Un démon ?

— Je ne crois pas, répondit Wallie. Ce n'est qu'une hypothèse, mais je pense qu'ils examinent les traces de notre passage. Ils ont vu le pont maintenant. Ils savent que nous leur avons échappé. Sauf s'ils peuvent voler.

Un autre de leurs pouvoirs : ils conjuraient le feu à volonté. Mais pourquoi la lueur avait-elle été aussi brève ? Dans les ténèbres, au milieu d'une forêt humide, on se passait difficilement de lumière. Pourquoi l'avoir éteinte si vite ? Avaient-ils un point faible, même insignifiant ?

Il n'y eut pas de nouvel embrasement et nul autre sorcier n'apparut entre les arbres. Le temps s'égrenait avec une lenteur insupportable. Wallie était gelé jusque dans les tréfonds de son âme. Il était sur le point d'abandonner lorsque Nnanji marmonna quelque chose en pointant le doigt. Des silhouettes indistinctes se dessinèrent de nouveau sur le ciel. Cette fois-ci, Wallie en compta quatre – plus un cheval de bât – qui rebroussaient chemin. Les sorciers partaient, privés de leurs proies. Ils rentraient en empruntant la longue piste à travers les collines.

Pendant ce temps, les deux guerriers frigorifiés allaient parcourir une demi-lieue pour trouver un refuge et un peu de chaleur. Enfin !

— En route, dit Wallie. La journée a été fructueuse, mais ne néglige pas cette dernière leçon, mon jeune ami.

— Quelle est-elle, seigneur mon frère ?

Wallie éclata de rire.

— Ne fais jamais confiance à une danseuse.

LIVRE DEUX

Comment le guerrier commit une erreur

— C'est donc à ça que ressemblent les montagnes ! dit Nnanji en sortant de la caverne aux côtés de Wallie.

L'aube pointait à l'horizon, claire, éclatante et virginale. Il n'y avait pas le moindre nuage dans le ciel. De brèves lueurs se reflétaient sur les tourbillons lointains de la Rivière, à l'est. Au nord, la vue était bloquée par une imposante montagne dont la cime majestueuse était arrondie et couverte de neige. D'autres sommets s'étendaient à perte de vue en direction du sud. Les fugitifs se tenaient sur le flanc d'une grande chaîne de volcans. À l'ouest, un col indiquait leur prochaine destination.

Wallie avait deviné qu'il s'agissait de volcans en apercevant la roche noire, la veille. La caverne de Garadooi était un tube de lave dont une partie s'était effondrée en formant une rampe d'accès parsemée d'éboulis. Ce refuge avait sans nul doute abrité des générations de chasseurs et de marchands, car un chemin avait été tracé entre les débris rocheux, assez plat pour permettre aux chevaux d'y descendre. L'intérieur de la grotte pouvait servir d'étable d'un côté, l'autre convenait à l'établissement d'un campement. La veille, lorsque les deux guerriers étaient arrivés – guidés par Katanji qui les avait attendus sur la piste en grelottant de froid –, ils avaient été accueillis par un feu ronflant, de la nourriture chaude et une literie de vieilles branches friables.

— En effet, acquiesça Wallie. C'est à ça que ressemble une montagne. Et ce ne sont pas des petites, par-dessus le marché. Que la Déesse te bénisse, maçon !

En matière de salutations, c'était un peu bref. Après tout, une nouvelle journée commençait.

— Je suis Garadooi, maçon du troisième...

Une fois le cérémonial terminé, le garçon regarda autour de lui et passa la main dans ses boucles emmêlées.

— Allez-vous demander à l'apprentie Quili de conduire la prière, seigneur ?

Il avait déjà demandé des prières la veille. Wallie croyait désormais en l'existence des dieux, mais les exercices spirituels ne l'attiraient que modérément – sans compter qu'il devait sacrifier aux dévotions matinales des guerriers tous les jours avec Nnanji. Garadooi était le premier zélateur religieux qu'il rencontrait depuis son arrivée dans le Monde. Honakura, Jja et Nnanji étaient tous trois de pieux servants de la Déesse, mais ils n'affichaient pas leur ferveur avec l'exubérance du jeune maçon. Lorsqu'il avait appris la nature de la mission de Wallie et l'histoire de son épée, il s'était mis à prier à voix haute devant tout le monde.

Cela n'empêchait pas le septième de lui être reconnaissant.

—Je n'ai rien contre les prières, à condition qu'elles soient courtes. Nous devons nous dépêcher, je le crains. Dans combien de temps le torrent sera-t-il franchissable ?

—Demain, je suppose.

Et peut-être plus tôt, songea Wallie. Ces volcans croulants absorberaient très vite le surplus d'eau. Il se tourna en amont pour examiner la pente et la piste indistincte. L'ascension serait longue et il n'y avait pas la moindre cachette. Un guetteur avec de bons yeux n'aurait aucun mal à suivre la progression du petit groupe – et sans avoir besoin de sortilèges.

—Le flanc ouest est plus boisé, seigneur, remarqua Garadooi.

Il pensait la même chose que Wallie.

—Dans ce cas, dit le septième, je serai heureux de l'atteindre.

Ils franchirent le col aux alentours de midi, couverts de sueur et déjà épuisés par l'ascension. Devant eux, les rayons du soleil pilonnaient un plateau aride où les cailloux étaient plus nombreux que les brins d'herbe. Ici et là surgissaient des pustules de scories ainsi que des cairns largement espacés balisant la piste. Wallie se retourna sur sa selle pour apercevoir une dernière fois la Rivière lointaine. Il avait hâte d'arriver en vue du flanc ouest. Le moindre de ses os le torturait et il était persuadé que les ampoules de ses ampoules avaient des ampoules.

Pendant l'ascension, il avait passé le temps en questionnant Garadooi sur les sorciers. À contrecœur, le garçon avait avoué que les citoyens d'Ov ne se sentaient pas oppressés par les nouveaux maîtres de la ville et qu'ils n'éprouvaient guère de ressentiments à l'égard de leur régime. Avec plus de réticence encore – et en réponse à des questions directes –, il reconnut que la population n'avait jamais porté feu le prévôt Zandorphino dans son cœur. Celui-ci n'avait pas tenu ses hommes et Wallie savait que les guerriers se comportaient parfois en brutes arrogantes.

Le vieux roi d'Ov n'avait pas été chassé du trône. Il prenait désormais ses ordres des sorciers au lieu des guerriers, ce qui ne changeait pas grand-chose. Il avait levé un impôt afin de financer la construction d'une tour destinée aux nouveaux seigneurs de la cité, puis fait démolir plusieurs bâtiments pour libérer un site. Ces mesures s'étaient révélées impopulaires et on pensait qu'il avait été influencé par un sort lancé par le chef des sorciers, un septième. En tant que maître d'œuvre de ce chantier, Garathondi avait fait de gros bénéfices. La conversation avait naturellement débouché sur l'esclavage.

La fortune familiale prospérait grâce à la sueur et au sang des esclaves. Cette situation tourmentait la conscience du jeune Garadooi et c'était pour cela qu'il s'était rebellé, permettant ainsi à Wallie d'échapper aux sorciers.

— Un esclave est un esclave, seigneur ! Mais il n'en demeure pas moins un enfant de la Très-Haute. Il n'y a donc aucune raison de le traiter comme un animal, vous n'êtes pas de mon avis ?

C'était la première fois que Wallie entendait des propos antiesclavagistes dans la bouche d'un représentant du Peuple, des propos qui exprimaient sa propre opinion sur le sujet. Il acquiesça avec enthousiasme.

Nnanji avait écouté les histoires sur les sorciers avec un dégoût non dissimulé et il ne s'était jamais senti concerné par les problèmes éthiques de l'esclavage. Pourtant, son idole réprouvait cette pratique et il avait donc modifié son point de vue sur la question. Il intervint pour raconter comment le seigneur Shonsu s'était lié d'amitié avec une esclave du temple et comment celle-ci l'avait aidé à s'enfuir. Wallie aurait préféré que Garadooi ne sache rien de cet épisode, mais le jeune homme écouta l'histoire avec une grande satisfaction.

Ses idées rejoignaient celles de Wallie sur un autre point, à la fureur de Nnanji. Peu après le massacre d'Ov, Garadooi affirma qu'il s'était glissé à bord d'un navire afin de gagner Gi, la ville la plus proche en aval du fleuve. Une fois arrivé, il avait personnellement informé le prévôt de la mort des guerriers d'Ov. D'autres l'avaient fait avant lui, mais cela n'avait pas provoqué la moindre réaction : Gi était une petite cité et sa garnison n'avait ni la force ni l'envie de lancer une attaque contre des sorciers maintenant retranchés à Ov. Wallie apprit avec soulagement que personne n'avait essayé d'étouffer l'affaire. S'il revenait dans le domaine des Garathondi, il n'aurait pas à juger une tentative de dissimulation. Nnanji grommela quelques propos acerbes sur la couardise des guerriers de Gi.

Pourtant, Nnanji et Garadooi, deux jeunes hommes très différents, forgeaient petit à petit une amitié inattendue fondée sur leurs obsessions respectives de l'honneur et de la religion. Wallie songea qu'il occupait sans doute deux postes au sein de ce petit cercle amical naissant : celui de fondateur et celui de membre le plus cynique.

Il fit avancer sa monture et échangea quelques mots avec Jja et Honakura, bien installés dans la charrette. Le plateau s'inclina vers l'ouest et la piste commença à descendre. Au sud-ouest et au nord-ouest, de nouveaux pics enneigés se dressaient au loin. Devant lui, il aperçut quelque chose de brillant…

— Je vous ai dit qu'Elle était partout ! remarqua Honakura d'un ton suffisant.

Ov avait été bâtie près de la Rivière, comme toutes les cités.

— À Ov, Elle coule vers le nord, dit Wallie. Elle doit donc couler vers le sud par ici ?

Il s'agissait de géométrie, pas de théologie, et Honakura réfléchit au problème pendant un certain temps avant d'admettre que c'était sans doute exact. Mais il ne voulut pas reconnaître que c'était une nécessité : rien n'était impossible pour la Déesse.

La descente se fit plus pentue et la piste se transforma en ravine pierreuse. Elle traversa d'épais buissons qui laissèrent bientôt la place à une forêt chaude et tranquille. Comme Garadooi l'avait affirmé, le versant ouest était plus luxuriant que le versant est. La canopée et l'ombre apportèrent un changement appréciable, à la différence des insectes locaux. Wallie vit des arbres qui ressemblaient à des chênes, des châtaigniers et des frênes. Des ronces, des orties et des cornouillers occupaient l'espace disponible entre les troncs. La piste serpentait de droite à gauche et ondulait de haut en bas en suivant d'anciennes coulées de lave, des chemins d'éboulis et des lits de cours d'eau – tous les endroits où la végétation originale avait eu du mal à se développer. Tandis que Wallie et ses compagnons descendaient, de petits ruisseaux apparurent dans les cuvettes.

Le septième organisa le groupe comme un détachement militaire : Katanji et Garadooi chevauchèrent en avant pour servir d'éclaireurs. La technique était primaire : le premier homme choisissait le point d'où il avait la meilleure vue, puis se plaçait plus loin quand le second le rejoignait. Le deuxième attendait la charrette et le reste du groupe avant de rattraper le premier. Leurs arrières n'étaient pas protégés, sinon par Wallie qui cheminait derrière le véhicule, mais le septième manquait d'hommes et estimait que les chances d'être suivis étaient minces – au moins jusqu'à la fin de la journée. Katanji était excité d'avoir été choisi pour cette mission, mais il était aussi amusé et lançait des regards pleins de morgue à son frère. Nnanji fit semblant de ne rien remarquer. Il était incapable de contrôler sa monture assez bien pour servir d'éclaireur. L'animal aurait refusé d'obéir à ses ordres et de s'éloigner des autres montures.

Alors que l'après-midi déclinait, Wallie constata que des travaux récents avaient été réalisés sur la piste. Il vit aussi des empreintes de chevaux et des traces des roues toutes fraîches.

La charrette arriva à la hauteur de Garadooi qui avait envoyé Katanji en reconnaissance.

— La route de la mine, seigneur.

Deux chemins identiques s'enfonçaient dans les bois. Wallie examina la croisée.

— Une fois de plus, je suis heureux de t'avoir comme guide, maçon. Elles se ressemblent beaucoup.

— Et elles sont toutes deux fréquentées, seigneur.

Pas besoin d'être un trappeur indien pour arriver à cette conclusion : du crottin parsemait les deux embranchements. La mine avait été rouverte. Était-ce une simple coïncidence ou une autre manifestation de la présence des sorciers ?

— Je meurs d'envie de savoir ce qui se passe là-bas, dit Wallie. Est-ce que ce sont les sorciers qui l'exploitent, maintenant ? Et, dans ce cas, quel minéral en extraient-ils ? Que transporte-t-on le long de cette route ? Est-ce que la garnison d'Aus est au courant ? (Il réfléchit un moment.) À quelle distance se trouve la mine ?

Le garçon haussa les épaules.

—Il me semble qu'elle est assez loin, seigneur, mais je ne sais pas exactement.

Wallie hésita, puis décida de prendre le risque.

—Je te laisse le commandement, adepte. Continue à avancer avec toute la prudence requise. Je vais explorer cette autre piste.

Des responsabilités ! Nnanji se frappa la poitrine du poing pour saluer, le visage illuminé par un large sourire. Wallie fit tourner sa monture vers la route de la mine. L'animal renâcla au premier virage, mais l'homme parvint à le convaincre que les souhaits d'un guerrier du septième primaient sur ceux d'un simple cheval, aussi têtu soit-il. Il talonna le rebelle et réussit à le lancer à un trot insoutenable. La piste était aussi sinueuse et étroite que celle que Wallie venait de quitter et la moitié des mouches de la région semblaient décidées à le suivre.

Laisser le commandement à Nnanji était une décision risquée. Si le jeune guerrier tombait sur une caravane de sorciers, il pouvait réagir d'une manière que Wallie jugeait irrationnelle. En outre, il était peu probable que la petite excursion du septième apporte la moindre information utile. Dans le meilleur des cas, il trouverait des traces du minerai extrait dans la mine – le déversement accidentel d'un chariot, peut-être. Mais le changement de rythme et la solitude lui procurèrent un moment de détente bienvenu. Il décida de continuer pendant un quart d'heure avant de faire demi-tour.

En fait, il découvrit bien plus qu'il ne s'y attendait. Tout d'abord, il ne vit que des arbres. La piste tourna vers la droite, puis vers la gauche. Elle gravit une colline avant de la descendre. Des buissons, des affleurements, des ornières... Au moment où Wallie songeait qu'il était temps de rebrousser chemin, il atteignit le bord d'une coulée de lave récente. La forêt s'interrompait de manière abrupte, offrant une vue dégagée sur une vallée aride et couverte de roche noire. La combe était fermée par une colline tout aussi stérile, sans doute brûlée par une coulée de lave plus récente encore. La piste qui la descendait était balisée... et fréquentée.

Wallie tira prestement sur les rênes et fit demi-tour pour se mettre à couvert. Il compta trois chariots et estima que le groupe de travailleurs qui marchait derrière se composait d'une trentaine de personnes – probablement des esclaves. Devant les véhicules, il y avait aussi douze cavaliers. Wallie était trop loin pour voir s'ils avaient des capuchons, mais ils portaient bel et bien des robes. Il s'agissait donc de prêtres, de vieillards ou... de sorciers. La plupart des vêtements étaient de couleur brune, mais l'homme de tête était en orange ou en rouge – un quatrième ou un cinquième rang.

Wallie fit tourner sa monture et la talonna avec force pour la lancer au petit galop. S'il avait emprunté la piste une demi-heure plus tard, il serait tombé nez à nez avec cette caravane. Il se sermonna pour avoir cédé à un caprice idiot.

Mais le pire n'était pas là. Si Garadooi ne s'était pas trompé en décrivant la région, ces hommes descendaient de la mine et celle-ci avait donc été rouverte par les sorciers. Deux chariots étaient des fardiers transportant du bois, des troncs dégrossis. La caravane se dirigeait vers le pont détruit, pour le rebâtir.

Comment savaient-ils qu'il avait été détruit ?

Wallie maintint sa monture couverte d'écume au petit galop et rattrapa ses compagnons. Ces derniers levèrent les yeux avec inquiétude quand il arriva à leur hauteur. Ils s'étaient arrêtés au milieu d'un lit de rivière large et presque asséché pour désaltérer les bêtes. Ils en avaient profité pour enfourcher des chevaux frais. L'endroit était exposé, mais ils ne risquaient pas de laisser des empreintes flagrantes sur le sol. C'était peut-être dû à l'expérience de chasseur de Garadooi, ou bien seulement à la chance. La question n'intéressait pas Wallie. Il savait que les sorciers n'auraient aucun mal à suivre leurs traces et qu'ils n'auraient pas besoin de leur magie pour cela.

Il dessella sa monture et expliqua rapidement le problème à ses compagnons. Si leurs ennemis avaient appris que le pont était détruit, ils savaient certainement que des fugitifs traversaient la région.

—Ils sont douze ? demanda Nnanji d'un ton pensif. Ils se sépareront en deux groupes de six à l'embranchement ?

—Peut-être. Mais ils ne tarderont pas à s'apercevoir que nous avons pris cette route, il est donc probable que dix hommes partent de notre côté.

Et dans moins d'une demi-heure, sans doute.

—Vous croyez qu'ils peuvent s'envoyer des messages ? demanda Honakura. (Le vieillard se pencha au-dessus du hayon et lança un regard en biais au septième.) Ou qu'ils sont capables de voir de très loin.

Il s'amusait beaucoup en observant Wallie se débattre avec le concept de sorcellerie.

—J'espère que c'est la première solution.

Mais les sorciers avaient eu besoin de temps pour charger les fardiers après avoir eu connaissance de la destruction du pont… Pourquoi n'avaient-ils pas envoyé aussitôt des hommes à la poursuite des fugitifs ? Soit ils savaient exactement ce que les guerriers faisaient et l'endroit où ils se trouvaient, soit ils pensaient qu'ils les captureraient sans difficulté le long de la piste. Ou bien un autre contingent attendait Wallie et ses compagnons plus loin.

—Des aigles ?

Nnanji inclina la tête et observa le ciel bleu. Des points minuscules y flottaient. Des cerfs-volants, des vautours ou… des sorciers ?

—Je ne vais pas prendre cette hypothèse en compte, déclara Wallie d'un ton ferme. S'ils sont aussi puissants, nous ne pourrons rien faire pour les contrer. Mais quoi qu'il en soit, nous devons quitter la piste.

—Les animaux ont besoin de repos, seigneur. (Quili avait relevé la tête avec respect, mais détermination.) Nous leur avons demandé des efforts trop intenses pendant trop longtemps.

Wallie résista à la tentation d'envoyer les chevaux au diable. Ses compagnons et lui avaient besoin de bien plus que de repos.

— Si nous quittons la piste, reprit Garadooi, nous laisserons derrière nous des traces aussi visibles que ce sommet.

Wallie regarda le long du cours d'eau de la vallée. Le sommet en question semblait plus bleu et moins net qu'auparavant, mais aussi plus imposant et étonnamment lointain. Il se tourna et examina l'autre côté. La rivière était à l'image de toutes les rivières des reliefs montagneux : elle contenait davantage de gravier que d'eau ; le lit de galets était très large, traversé par plusieurs ruisseaux et parsemé de flaques ; quelques îlots couverts d'herbe ou de broussailles rabougries apparaissaient ici et là. Elle offrait un chemin plus confortable que la piste.

— Nous ne pouvons être très loin de la Rivière, dit Wallie. Dirigeons-nous vers Elle. Et restons dans l'eau.

— Il ne devrait pas y avoir de danger.

Quili fit un signe de tête en direction de l'endroit où quelques chevaux pataugeaient.

Est-ce que les animaux étaient capables de sentir la présence des piranhas ? Wallie n'avait pas envie de faire étalage de son ignorance et ne posa pas la question.

— En route ! lança-t-il.

— Les pouvoirs de la Déesse se manifestent toujours plus clairement à proximité de la Rivière, dit Honakura avec componction.

— En effet, acquiesça Garadooi. Dans le malheur, nous devons quémander Son aide.

— Où est Katanji ? demanda Nnanji.

À cet instant, un martèlement de sabots leur annonça le retour de l'éclaireur, inquiet du retard de ses compagnons. De mieux en mieux.

Ils reprirent leur chemin en pataugeant le long de la rivière. Quand un ruisseau se tarissait, ils traversaient les galets pour en rejoindre un autre. Les sinuosités de la vallée et les îlots broussailleux ne tardèrent pas à les cacher de la route. Ils cessèrent alors de marcher dans l'eau pour avancer au sec sur les cailloux. Un bon traqueur retrouverait vite leurs traces, mais, avec un peu de chance, les sorciers continueraient un moment en direction d'Aus avant de comprendre que leurs proies avaient pris un autre chemin.

Au bout d'un certain temps, Wallie amena sa monture à la hauteur de Garadooi.

— Est-ce que nous trouverons un village ou un hameau près de la Rivière ?

Le garçon secoua la tête. Il était inquiet et perdu.

— C'est peu probable. Nous ne pouvons que nous en remettre à la grâce de la Très-Haute, seigneur. Si nous trouvons un village, il y aura certainement des bateaux.

Wallie comptait sur cette possibilité. Il pourrait alors obtenir un moyen de transport plus sûr en échange d'un peu d'or, ou sous la menace de l'acier.

Une heure s'écoula sans signe d'éventuels poursuivants. Le soleil de fin d'après-midi brillait avec intensité et ses rayons se reflétaient implacablement sur les galets sombres. Il n'y avait pas le moindre souffle de vent. Les chevaux commençaient à fatiguer. Ils avaient les jambes douloureuses à force d'avancer sur ce terrain difficile et leur allure s'était considérablement ralentie. Les cahots et les embardées de la charrette avaient ébranlé les os de ses passagers ; les cavaliers étaient courbatus, brisés ; les moustiques avaient dévoré tout le monde. La vallée se prolongeait en serpentant, toujours encadrée par des parois très boisées.

Wallie rumina ses problèmes sans découvrir de réponse. La meilleure solution était de trouver un bateau pour s'enfuir, mais la Rivière était peut-être à bonne distance, il n'avait aucun moyen de le savoir. D'un autre côté, il aurait été logique de chercher un endroit où établir un campement et d'y laisser les civils. Par chance, seuls les guerriers couraient un grand danger. Ils pouvaient donc rebrousser chemin et essayer d'atteindre Aus en voyageant de nuit. Ils reviendraient plus tard avec des renforts. Wallie n'aimait pas du tout ce plan : il n'avait pas envie d'abandonner Jja sans défense.

Soudain, la rivière se transforma en un petit lac qui obstruait presque la vallée. La rive opposée était un barrage rocheux – *une ancienne coulée de lave*, songea Wallie. Au-delà s'étendait le ciel azur et, au loin, un horizon d'eau bleue encadré par les parois de la combe. Des acclamations éclatèrent.

— Maître ! s'exclama Jja. Regardez ! De la fumée !

Les cris d'enthousiasme s'amplifièrent tandis que les autres membres du groupe apercevaient à leur tour la volute blanche et vaporeuse qui montait loin devant eux. S'il y avait de la fumée, il y avait des gens.

Wallie avait remarqué depuis longtemps que les pluies de la veille n'avaient pas touché ce versant des montagnes. Le niveau du lac était bas et la charrette le contourna en longeant une plage de galets. Ses roues n'entrèrent pas en contact avec l'eau plus de trois fois. Un grondement sourd signala la présence de chutes un peu plus loin. Même les chevaux devinrent plus fébriles quand l'expédition atteignit l'extrémité du lac et entama la traversée du barrage noir et accidenté. La rivière bouillonnait le long d'une tranchée étroite, puis cascadait en formant un nuage d'écume qui s'élevait dans les airs.

Katanji et sa monture avaient pris de l'avance et leurs silhouettes se découpaient sur le ciel. Il cria quelque chose au milieu du grondement des chutes.

Wallie mit pied à terre, lâcha les rênes et avança d'un pas raide pour se rendre compte par lui-même. Il atteignit le bord de l'à-pic, baissa les yeux et découvrit une petite gorge rectangulaire, couverte d'herbe et de broussailles. La cascade dessinait de grands arcs de cercles verticaux et se précipitait dans un lac de taille modeste. Un cours d'eau s'en échappait et serpentait à travers les arbres avant de se jeter dans la Rivière, tout près d'une jetée primitive en pierre noire. Celle-ci était déserte et aucun navire n'y était amarré.

Deux chaumières sans toit en gardaient l'accès. Elles étaient très vieilles et couvertes par la végétation.

Jja avança et s'arrêta près de Wallie. Il approcha la bouche de son oreille et cria :

— Nous avons un siècle de retard !

— Mais, la fumée…

— C'était de la vapeur d'eau !

Il avait oublié que les régions volcaniques engendraient parfois des sources chaudes. Un côté de la gorge était boisé, mais l'autre était nu, couvert de galets bosselés qui brillaient et fumaient comme une avalanche de porridge figée.

Le reste du groupe s'était approché pour voir. Au bout d'un moment, tout le monde retourna à la charrette, loin du grondement.

— C'est une carrière, dit Wallie. Enfin, c'en était une. C'est l'eau chaude qui est responsable… de cette roche marron. (Il était clair que Shonsu n'avait jamais entendu parler de tuf calcaire, car son champ lexical ne possédait pas de traduction pour ces mots.) Écoutez, personne n'a mis les pieds ici depuis une éternité. Au moins, c'est un coin bien abrité et nous pourrons y prendre des bains chauds.

— Il y a des bateaux par là-bas, seigneur, dit Katanji en plissant les yeux pour se protéger des rayons du soleil, à l'ouest.

Les embarcations étaient beaucoup trop loin, mais un chef devait entretenir le moral de ses troupes. Wallie observa la queue-de-cheval rousse de Nnanji d'un air songeur.

— Nous allons emmener ton frère jusqu'à la jetée. Il essaiera d'attirer l'attention des bateaux.

La gorge de la carrière était un endroit idéal pour établir un campement. Il y avait des mares d'eau chaude à la base de la paroi ; les orties avaient pris possession des chaumières en ruine, mais des zones herbeuses permettraient de planter les deux petites tentes que les aventuriers avaient emportées ; de plus, ils pourraient faire du feu sans prendre le risque d'être repérés par un guetteur à l'intérieur des terres. Ils disposeraient d'eau douce et seraient à l'abri du vent si celui-ci venait à se lever.

Nnanji, Katanji et Wallie gagnèrent le fond de la gorge au prix de nombreuses difficultés. Il leur fallut une heure supplémentaire pour faire descendre leurs compagnons, les provisions et les chevaux jusqu'à la vallée. Quand ils eurent terminé, le soleil se couchait sur l'horizon. La charrette fut poussée un peu plus bas sur la pente et calée contre un arbre pour être moins visible du lac en amont.

Wallie ne s'était jamais senti épuisé à ce point au cours de ses deux vies et ses compagnons étaient tout aussi éreintés que lui par cette longue et difficile journée. Il envoya les femmes se baigner dans les sources chaudes et demanda aux hommes d'établir le camp, puis il descendit jusqu'à la jetée pour l'examiner. Elle avait été construite avec des pierres sans intérêt extraites de la carrière. Elle était très ancienne, mais pouvait encore servir.

Il se joignit à ses camarades masculins pour prendre un bain chaud et voluptueux qui détendit ses muscles, apaisa ses ampoules et transforma son épuisement douloureux en fatigue somnolente. Quand il sortit de l'eau, le repas était prêt.

Le soleil se coucha dans un festival d'or et de pourpre alors que le ciel et la Rivière participaient de conserve à la fête. Les oiseaux de mer regagnèrent leurs nids.

L'obscurité envahit peu à peu la vallée et les conversations furent rares autour du feu de camp. Jénisse tombait de sommeil et Nnanji lui intima l'ordre d'aller dormir. Un vague sourire se dessina sur ses lèvres et elle se dirigea vers les tentes d'un pas nonchalant. Le silence retomba. Même Katanji, d'ordinaire si fébrile, avait perdu son air enthousiaste et Honakura semblait à bout de force. La veille, Wallie avait débarqué sur une jetée déserte près d'une petite gorge. Aujourd'hui, il se retrouvait dans une situation identique sur la même Rivière, mais de l'autre côté des montagnes. Il n'eut pas vraiment l'impression d'avoir progressé.

—Eh bien, novice! dit-il à Katanji. Voilà trois jours que tu es guerrier. Tu ne t'ennuies pas encore, j'espère?

Le garçon parvint à grimacer un sourire.

—Non, seigneur.

Nnanji renifla avec mépris et fit semblant de désapprouver l'attitude de son frère.

—Quand j'étais gratteur, j'ai passé mes trois premières journées à faire des exercices d'escrime. J'ai cru que mon bras allait tomber.

Katanji changea de position.

—Le problème, ce n'est pas mon bras, mentor.

—Je sais ce que tu ressens et où tu le ressens. Il s'est bien comporté, n'est-ce pas, seigneur mon frère?

—Très bien. Comme nous tous.

Nnanji hocha la tête avec fierté et demanda:

—Qu'allons-nous faire, maintenant?

—Je suis ouvert à toutes les suggestions.

—Nous devrions prier, déclara Garadooi d'un ton ferme. Nous jeter à genoux pour implorer Sa pitié…

—Sottises!

Les rides d'Honakura se creusèrent tandis qu'il faisait la moue.

—Vous blasphémez, vieil homme!

—Sottises, vous dis-je! Je peux vous assurer que la Déesse sait très bien ce qu'Elle fait. Vous avez participé à des parties de chasse, maçon? Vous avez déjà campé dans un endroit pourvu de sources chaudes et froides, couvert d'herbe tendre et offrant une telle vue? Un endroit plus sûr, mieux abrité ou qui ressemble davantage à un don des dieux?

—Mais…

—Le seigneur Shonsu est Son champion et Elle prend également soin de nous.

— Vous êtes prêtre ? demanda Garadooi en rougissant.

— Je l'étais, reconnut le vieil homme avec irritation. Et j'affirme que nous avons été conduits ici dans un objectif précis. Par conséquent, vos demandes relèveraient de la superfluité. La seule personne qui ait une cervelle, ici, c'est Jénisse.

Sur ce, il se leva avec raideur et se dirigea vers les tentes. Il était clair qu'il n'avait pas apprécié de se faire sermonner par un simple laïc. Cela faisait pourtant partie du prix à payer pour devenir un anonyme.

Des étincelles s'envolèrent dans l'obscurité. Les reflets dorés des flammes tremblotaient sur le cercle de visages épuisés. La mélodie des craquements aigus du feu couvrait le chœur baryton de la cascade. Katanji céda à un bâillement impressionnant, s'enroula dans sa couverture et ne bougea plus.

Le problème n'était pas résolu pour autant. Garadooi et Quili se mirent à discuter à voix basse. Wallie glissa un bras autour des hanches de Jja. Nnanji enfonça une longue brindille dans le feu pour passer le temps.

Le bois flotté ne manquait pas et, sur les berges de n'importe quelle autre rivière, Wallie aurait envisagé la construction d'un radeau. Mais ces eaux étaient mortelles. Les voiles qu'on apercevait au loin appartenaient sûrement à des bateaux de pêche ou de transport, mais Wallie ne savait pas comment attirer leur attention. Même des signaux de fumée ne serviraient à rien dans leur situation, les gens étaient sans doute habitués à voir des nuages de vapeur monter de cette vallée.

— Je pense que nous avons de la nourriture pour deux jours, songea-t-il à haute voix. À condition de se rationner. Toi et moi pourrions essayer d'atteindre Aus, Nnanji. Nous reviendrions ensuite avec un navire pour récupérer les autres.

Nnanji acquiesça en grognant doucement et bâilla.

— Nous n'avons pas beaucoup dormi ces derniers temps, dit Wallie. Une bonne dose de repos nous rendra peut-être un peu plus enthousiastes.

— Vous voulez que je prenne le premier quart, seigneur mon frère ?

— Inutile. Il n'y a nulle part où s'enfuir et il est impossible de se battre ici.

Nnanji fronça les sourcils d'un air dubitatif. Si Wallie le lui demandait, il monterait la garde avec plaisir jusqu'à tomber de fatigue.

— Je sais ce que les soutras racontent, reconnut Wallie. Mais je pense que nous sommes dans une situation qui sort de l'ordinaire. Nous avons besoin de sommeil avant tout.

Nnanji hocha docilement la tête et lui souhaita bonne nuit. Il ôta ses bottes et entreprit d'envelopper ses longues jambes dans une couverture. Il s'étendit bientôt comme une momie et, deux minutes plus tard, ronflait déjà.

Jja se pelotonna contre Wallie et gloussa d'un air taquin.

— Jénisse a de nouveau la soirée de libre, maître. Pour une esclave de nuit, elle n'est pas débordée de travail, vous ne trouvez pas ?

Il la serra un peu plus fort.

— Non. Elle mène une vie de rêve. (Il fit une pause.) Au moins, il n'essaie pas d'honorer une certaine prêtresse.

Jja leva les yeux vers lui et sourit.

— Je crois que l'apprentie cherche cet honneur ailleurs.

Wallie jeta un coup d'œil en direction du feu de camp. Quili et Garadooi étaient assis très près l'un de l'autre et parlaient toujours… à propos de granges d'esclaves ?

— Ah ! je n'avais pas fait attention.

— J'ai fait preuve de hardiesse, maître… J'ai fait remarquer à l'adepte Nnanji que la prêtresse et le maçon s'entendaient à merveille. Lui non plus n'avait pas fait attention.

— Bien entendu.

— Mais il aime bien le maçon Garadooi. Et le maçon Garadooi est très impressionné par l'apprentie Quili. Il affirme qu'il ne l'avait pas rencontrée très souvent. Il n'a pas passé beaucoup de temps au domaine depuis qu'il a prêté le serment de sa profession.

Wallie embrassa Jja sur l'oreille.

— Je te pardonne ton audace, esclave. Finement manœuvré.

Jja bâilla et resta silencieuse pendant un moment.

— La situation amuse beaucoup le seigneur Honakura, n'est-ce pas ?

— Il…

Wallie s'apprêtait à dire : *Il prend carrément son pied*, mais il se retint à temps. Jja risquait de prendre la traduction au sens littéral.

— Oui. Il est épuisé, bien sûr, mais il est heureux, c'est vrai.

— Est-ce que vous avez remarqué autre chose, maître ? Vous avez changé ma vie et celle de Nnanji. Le seigneur Honakura est heureux. Ani la sauvage a…

— Elle a reçu de l'or de ma part ?

— L'or n'est pas très utile à un esclave, maître. Elle pourra acheter du vin ou des confiseries, mais guère plus. Mais vous l'avez laissée ridiculiser toute la garde du temple. Elle a adoré ça plus que tout au monde.

— Où veux-tu en venir, ma chérie ?

— Je pense que toutes les personnes qui vous aident dans votre mission sont récompensées de leurs efforts. Le novice Katanji allait devenir l'apprenti de son père et ce n'était pas ce qu'il souhaitait.

Non, Katanji n'aurait pas aimé tisser des tapis toute sa vie. Wallie se rappela aussi des jumeaux que la femme de Briu avait mis au monde, de la nomination d'Imperkani au poste de premier prévôt de la garde du temple. Et Coningu allait retrouver le fils qu'il n'avait pas vu depuis si longtemps.

— Tu as peut-être raison, dit-il d'une voix ensommeillée. J'espère pour Quili que c'est le cas. J'espère aussi que nous nous en tirerons tous vivants pour savourer nos récompenses.

Jja l'embrassa. Un baiser énergique et novateur sous certains aspects. Ils finirent allongés sur le ventre, l'un contre l'autre.

— Vous trouverez une solution, maître.

— Ce soir, je suis incapable de trouver quoi que ce soit. Les récompenses devront attendre. Dors !

Il se rappela qu'il avait frissonné un bref moment au cours de la nuit et que Jja avait enroulé une couverture autour de lui. En été, le dieu Soleil n'avait pas besoin de se reposer aussi longtemps que les mortels, surtout les mortels épuisés par un long voyage et capables de dormir sur le sol comme sur un matelas de plumes. Des oiseaux encouragèrent l'aube de leurs piaillements, mais personne ne leur prêta attention.

C'était déjà le milieu de la matinée.

— Mentor ?

Nnanji ? Non, c'était la voix de Katanji. Les réflexes militaires de Shonsu se réveillèrent sur-le-champ. Wallie s'assit, les sens en alerte.

— Qu'y a-t-il ?

Le sourire espiègle de Katanji se découpait sur le ciel.

— Puis-je avoir l'honneur de vous présenter le novice Matarro, guerrier du premier rang ?

— Tout l'honneur est pour moi, dit Wallie. Accorde-moi un instant pour que je retrouve ma barrette.

Le garçon qui se tenait près de Katanji avait reculé en tremblant lorsqu'il avait remarqué le rang de Wallie. Il était plus grand que Katanji et plus avancé dans le processus de métamorphose qui sépare l'adolescent de l'adulte, mais il ne devait guère être plus vieux. Il était solide et bien nourri ; sa peau avait bruni au soleil ; il portait un harnais et une arme ; la seule marque corporative qui ornait son front était une épée et le tatouage était cicatrisé depuis longtemps, contrairement à celui de Katanji qui était infecté et transformé en plaie rouge et purulente.

Pourtant, Matarro ne ressemblait pas à un guerrier. Il n'avait ni kilt ni queue-de-cheval et ne portait pas les curieuses bottes des gens de sa profession. Ses cheveux étaient coupés court et il était seulement vêtu d'un pagne – une longue bande de tissu blanc passait autour de ses hanches et entre ses cuisses ; une extrémité pendait derrière lui, comme une queue, tandis que l'autre se balançait devant.

Wallie ramena ses cheveux en arrière, les attacha avec sa barrette et parvint à s'extraire de sa couverture. Il ramassa son harnais et son épée avant de se lever à la hâte. Il serra les boucles de son armure en affichant un sourire aussi amical que possible à l'intention du nouveau venu.

En partie rassuré, le garçon dégaina son arme et exécuta le salut à un supérieur.

— Je suis Matarro...

Il agitait son épée avec assurance, mais il intervertit deux postures et ne sembla pas réaliser son erreur.

— Je suis Shonsu...

Tandis qu'il répondait au salut, Wallie fixa ses yeux sur la jetée par-dessus la tête du nouvel arrivant. Le campement se trouvait au fond de la vallée, caché par les broussailles. Lorsque le bateau avait accosté, l'équipage n'avait vu qu'une carrière abandonnée et quelques chevaux qui broutaient. Le novice Matarro avait débarqué en éclaireur, ou bien on lui en avait donné l'ordre pour rire à ses dépens.

Il resterait une question à régler plus tard : comment Katanji l'avait-il rencontré ? S'il avait vu le navire arriver, il aurait dû réveiller Wallie ou Nnanji – maintenant assis, les yeux voilés de fatigue, surpris d'entendre des voix. Katanji avait bien entendu déployé tout son charme et invité le novice Matarro à se présenter à son mentor. On lui avait dit que le seigneur Shonsu remplissait aussi ce rôle et il avait choisi de réveiller le septième. Il affichait maintenant un large sourire, satisfait par la réaction éberluée de Matarro.

Nnanji se releva d'un bond.

— Novice, commença Wallie, permets-moi de te présenter à l'adepte…

Le petit navire avait une coque bleue et trois mâts blancs – ce qui semblait un peu excessif compte tenu de sa taille. Il gîtait nettement à tribord. Deux passerelles avaient été installées ; des hommes débarquaient des poutres une à une pour les empiler sur la jetée et remontaient aussitôt à bord pour aller en chercher d'autres. Leurs voix étaient noyées par le grondement de la cascade.

— Quel navire ? demanda Nnanji une fois les formalités terminées.

Les yeux inquiets de Matarro semblaient incapables de se fixer. Ils papillonnaient d'un point à un autre du campement pour regarder les autres membres du groupe qui se réveillaient.

— Il s'appelle le *Saphir*, seigneur, dit Katanji à la hâte, un sourire narquois aux coins des lèvres.

Wallie le réduisit au silence d'un regard assassin.

— Le *Saphir*, seigneur.

— Et qu'est-ce qui vous amène dans cet endroit désert ?

Matarro hésita, ne sachant pas trop ce qu'il devait révéler. Il rencontrait sans doute un septième pour la première fois de sa vie. On ne pouvait pas lui reprocher d'être tendu. Les guerriers de ce haut rang étaient des hommes dangereux, surtout pour leurs semblables. Wallie était en droit de défier le garçon s'il n'appréciait pas son allure ou ses paroles. La mort ou la mutilation d'un novice n'étaient pas vraiment des actes honorables, mais personne ne soulèverait ce point devant Shonsu et le duel serait tout à fait légal.

— Nous avons été conduits ici par la main de la Déesse, seigneur. Le navire a chassé sur son ancre, hier… C'était la première fois qu'une telle chose arrivait.

— Et le chargement a bougé dans la cale ?

Matarro hocha la tête. Le septième n'était pas marin, comment avait-il deviné ?

— Qui est le capitaine ?

— Tomiyano du troisième, seigneur.

Wallie sourit.

— Dans ce cas, je te prie de présenter mes respects au marin Tomiyano et de l'informer que je lui rendrai visite dans quelques minutes. Nous sommes au service de la Très-Haute et nous avons besoin d'un moyen de transport.

Le garçon hocha de nouveau la tête. Il fit mine de se retourner et se rappela soudain qu'il devait prendre congé de manière plus cérémonielle. Il exécuta un salut rituel et réussit à le faire encore plus mal que le précédent. Il savait pourtant manier une épée. Il s'élança à travers les broussailles comme un lièvre effrayé et se dirigea vers la jetée.

Nnanji renifla avec dédain.

— Un rat de navire ! lâcha-t-il avec un mépris infini. Le *Saphir*, hein ?

Il grimaça un sourire à l'intention de Wallie, puis se tourna vers Katanji avec le rictus d'un bourreau démoniaque. C'était le moment de lui expliquer quelques notions essentielles sur le respect des procédures militaires.

Wallie se dirigea vers les tentes. Honakura était déjà sorti et aurait souri de toutes ses dents s'il en avait eu.

— Que la Déesse soit avec vous, vieil homme.

— Qu'elle vous accompagne également, seigneur.

— Vous aviez encore raison !

— N'est-ce pas toujours le cas ?

— Jusqu'à présent, oui, reconnut Wallie. Alors, dites-moi donc ce qui est arrivé aux sorciers. Est-ce que je ne devais pas accomplir ma mission sans le moindre miracle ?

Les frêles épaules d'Honakura se haussèrent sous sa robe noire.

— En ce qui concerne les sorciers, il est possible que vous les ayez surestimés, vous ne croyez pas ? Les personnes qui possèdent de grands pouvoirs peuvent aussi commettre des erreurs, vous savez. Ce sont des êtres humains. Ils suivent peut-être la piste qui mène ici, mais ils arriveront trop tard. Et l'apparition de ce navire ne relève pas du miracle : il a été conduit jusqu'à cet endroit par la main de la Déesse. D'ailleurs, je n'ai jamais affirmé que les dieux ne vous accorderaient pas de miracles, j'ai juste dit qu'il ne fallait pas compter dessus. Les héros ont le droit d'être chanceux, seigneur. Ce n'est pas du tout la même chose.

Il esquissa un sourire satisfait. Honakura aurait pu embobiner un collège de jésuites autour d'une aiguille à tricoter.

Wallie gloussa, admira le temps splendide et savoura la solution spectaculaire que les dieux avaient apportée à son problème. Il se dirigea vers le petit bassin près de la chute d'eau et entreprit de se rendre présentable. Nnanji le rejoignit quelques instants plus tard, grommelant des invectives contre les gratteurs et faisant semblant d'essuyer le sang de Katanji censé lui couvrir les mains. Son frère ne pouvait pas devenir un parfait guerrier en trois jours et il ne satisferait jamais aux critères de qualité utopiques de son mentor, mais Nnanji ne le comprenait pas.

— Laisse-moi deviner, dit Wallie. Il t'a demandé de décrire la procédure adéquate dans notre situation et tu as dû reconnaître qu'elle n'avait pas été respectée, parce que je n'avais pas posté de sentinelles.

Nnanji grogna. Il pouvait se prévaloir de son rang supérieur auprès de son frère, mais, trop souvent, il le laissait argumenter et la discussion tournait toujours à l'avantage du novice. Wallie retint un sourire et changea de sujet.

— Bien, allons rendre une petite visite au *Saphir*, dit-il lorsque les tâches matinales eurent été expédiées. Quelles sont les formalités à respecter quand on monte à bord d'un navire, Nnanji ? Il faut demander la permission ?

— La permission ?

Nnanji eut l'air choqué. Il suivit Wallie pendant un instant, perdu dans ses pensées.

— Oui ! s'écria-t-il soudain. L'adepte Hagarando a évoqué le sujet un jour. Il faut saluer le capitaine comme un supérieur, quel que soit le rang du visiteur. Il est interdit de tirer son épée à bord…

C'était le genre de règles que Wallie ignorait dans le Monde. C'était la raison pour laquelle les dieux lui avaient adjoint Nnanji : la mémoire implacable du jeune homme contenait les connaissances que tous les membres de la garde avaient accumulées au cours de leur vie. Mais sa grande fierté, c'était son talent d'escrimeur et Wallie devait prendre soin de ne pas lui révéler son véritable rôle dans cette mission divine : servir de bibliothèque de références ambulante. Son protégé ne s'en remettrait pas s'il apprenait la vérité.

Wallie le remercia donc avec désinvolture, comme si la question était sans importance, et poursuivit son chemin à travers les broussailles.

— Un rat de navire, c'est un guerrier qui fait partie d'un équipage ? (Wallie avait hérité du vocabulaire de Shonsu en ce qui concernait l'argot de la profession.) Combien existe-t-il de classes de guerriers ?

Nnanji cligna des yeux, surpris par la question.

— Trois, je pense. Les gardes, les libres et les rats de navire.

— Ils n'ont ni queue-de-cheval ni kilt ? Les rats de navire sont de vrais marins avec des marques corporatives de guerriers ?

— Peut-être, seigneur mon frère. C'est la première fois que j'en rencontre un. Les libres parlent toujours d'eux avec mépris. Il faudrait que je me rappelle…

— C'est sans importance pour le moment, l'interrompit aussitôt Wallie. (Il n'avait pas la moindre envie d'assister à une nouvelle récupération de données mentales.) Avec un nom pareil, il ne fait aucun doute que c'est la Déesse qui nous a envoyé ce navire…

— Par les couilles du diable ! s'exclama Nnanji.

Des voiles bleues et vertes montèrent dans les mâts. Le *Saphir* était maintenant à une centaine de pas de la berge et donnait toujours de la bande, mais il avançait désormais à bonne allure dans le sens du courant. Une pile de madriers abandonnés gisait sur la jetée.

Wallie avait commis une erreur. Il aurait dû se rendre tout de suite au navire avec Matarro.

Combien de temps avant l'arrivée des sorciers ?

— Seigneur mon frère ! Qu'allons-nous faire ?

Wallie resta un instant muré dans un silence rageur, observant le bateau s'éloigner, prenant conscience qu'une bonne brise emportait cette matinée idyllique le long de la Rivière.

— Je crois que nous allons laisser un de mes amis régler ce problème, dit-il d'une voix lasse.

— De quel ami parlez-vous ?

— Je l'appelle Courtebotte.

Nnanji fronça les sourcils.

— Courtebotte ?

— Tu ne le connais pas encore. C'est un dieu.

Très drôle, monsieur Smith !

On lui avait dit de ne pas compter sur les miracles. On l'avait aussi mis en garde : Wallie Smith pouvait échouer dans sa mission comme Shonsu l'avait fait avant lui. Il pouvait trouver la mort. Et aujourd'hui, alors qu'on lui accordait un coup de chance miraculeux, il le laissait filer entre ses doigts.

Combien de temps avant l'arrivée des sorciers ?

Jja et Quili avaient préparé le petit déjeuner. Wallie était trop en colère contre sa propre bêtise pour avoir faim. Il ordonna soudain à Katanji de se rendre sur la jetée et de surveiller le *Saphir* qui disparaissait au loin. Il promit à ses compagnons que le navire ne tarderait pas à revenir. Sa fausse assurance ne trompa pas Honakura, qui esquissa un petit sourire, ni Jja, qui avait l'air très inquiète. Les autres semblèrent croire à sa prophétie, Garadooi le premier.

Wallie accepta une pile de côtes de porc grillées et de crêpes disposées sur une couche de feuilles de patience, puis fit signe à Nnanji de le suivre. Une fois hors de portée des oreilles de leurs camarades, il s'assit sur l'herbe. Nnanji l'imita en prenant grand soin de ne pas renverser son repas – trois fois plus copieux que celui des autres. Katanji surgit alors, hors d'haleine, et signala que le navire avait disparu à l'horizon. Wallie lui ordonna de regagner son poste et d'attendre qu'il réapparaisse.

— Parle en mangeant, dit-il à Nnanji. (Le jeune guerrier n'avait pas besoin de ce conseil : il procédait toujours ainsi.) Raconte-moi toutes les histoires que tu connais à propos des marins et des libres épées. Cette fois-ci, répète-moi mot pour mot ce que tu as entendu – si tu en es capable.

— Bien sûr !

Nnanji eut l'air surpris : la remarque était inutile. Il réfléchit un moment en rongeant un os, puis gloussa.

— C'était à midi, le jour des potiers, il y a deux ans.

Il s'agissait de l'histoire amusante d'un cinquième qui affirmait avoir tué quatre hommes et huit capitaines au cours de sa carrière. D'autres récits se révélèrent plus précis et Nnanji les raconta tous en imitant inconsciemment la voix du conteur original. Les libres épées considéraient qu'elles devaient voyager sans bourse délier, car elles étaient à Son service. Les marins qui refusaient de les embarquer ou qui se montraient impertinents étaient susceptibles de perdre une oreille, voire pis. Parfois, les guerriers devaient supporter ce manque de respect jusqu'à l'arrivée au port, mais, une fois le navire amarré, ils étaient en droit de prendre des sanctions et ne s'en privaient pas. Deux ou trois histoires évoquaient dangereusement un viol. Dans ces conditions, il n'était pas surprenant que des rumeurs fassent état de guerriers qui disparaissaient mystérieusement au cours de traversées.

Nnanji ne raconta que les récits dignes d'intérêt, bien entendu. Pour chacun d'entre eux, il devait en exister des centaines d'autres décrivant des rencontres moins mouvementées, voire amicales, mais la tendance générale était claire.

— Ça suffit comme ça ! Merci, Nnanji.

— J'en connais plein d'autres !

— Ça suffit. C'est vraiment un ramassis de porcs, tu ne trouves pas ?

Nnanji hocha la tête avec énergie en mâchant un bout de gras. Puis il écarquilla les yeux, avala ce qu'il avait dans la bouche et manqua de s'étouffer.

— Vous parlez des marins, seigneur ?

— Non.

Wallie se leva et s'éloigna d'un pas digne, abandonnant son protégé bouche bée et horrifié.

— Seigneur, vous n'avez plus besoin de nous maintenant. (Garadooi était certain de son fait.) L'apprentie Quili et moi-même allons rentrer, avec votre permission.

— Mais les sorciers…

— Ils ne lui feront pas le moindre mal, seigneur. Pas plus qu'à moi, je pense.

— Tu ne peux pas en être sûr.

Wallie avait espéré que le maçon et la prêtresse embarqueraient avec lui une fois le navire revenu – si jamais il revenait. Dans le cas contraire, les deux jeunes gens seraient plus en sécurité loin des guerriers, bien entendu. Pourtant, ce n'était pas la peur qui motivait Garadooi.

— Mon père est un de leurs plus farouches partisans au sein de la guilde.

Il n'aimait pas l'avouer. Un sourire innocent éclaira son visage.

— En quoi les ai-je offensés ? Trois guerriers sont arrivés, égarés. Je les ai escortés hors du domaine des sorciers par le chemin le plus court.

— Je vous suis très reconnaissant, à tous les deux. (Les traits de Wallie se durcirent.) Partez si tel est votre souhait, et avec ma bénédiction. Mais je vais exiger de toi que tu prêtes serment, maçon.

— Je ne leur dirai rien, seigneur.

— Tu leur raconteras tout ! Tu répondras à toutes leurs questions ! Tu dois me le jurer. Je ne veux pas qu'on te torture à cause de moi. Si tu refuses, tu resteras avec nous.

Le mince visage du garçon brilla de l'éclat fanatique qui lui était coutumier.

— J'ai servi Sa cause. Elle me protégera !

Peut-être, mais Wallie exigea néanmoins qu'il prête un serment solennel. Le Peuple vivait dans une civilisation sans écriture qui ne connaissait que les contrats oraux, il accordait donc une grande valeur à la parole donnée.

— Vous allez prendre la charrette ? demanda Wallie.

Garadooi eut l'air surpris et répondit :

— Oui, et les chevaux.

— Deux ne vous suffiraient-ils pas ? Je suis prêt à acheter les autres.

— Mais…

Wallie posa un doigt sur ses lèvres.

La surprise se transforma en sourire.

— Nous n'avons jamais parlé de cela ! Je ne prendrai pas votre or, seigneur Shonsu. Ma famille peut se permettre de vous offrir quelques chevaux. « Je les ai perdus, grand-mère. »

Cette fois-ci, Wallie céda. La jetée isolée était peut-être plus qu'une porte de sortie. Elle pouvait lui donner accès à la mine des sorciers et fournir un chemin détourné vers Ov. C'était l'endroit idéal pour débarquer et rassembler une petite armée. Il était peu probable que les chevaux superflus s'éloignent de ce paradis équin. Ils serviraient plus tard.

Sur la jetée, Katanji était toujours assis sur la pile de madriers, en proie à un ennui solitaire. Garadooi récupéra les deux montures qu'il souhaitait. Des provisions et une tente furent rapidement chargées sur les animaux. Wallie accompagna le jeune maçon et Quili en haut de la colline et les aida à tirer la charrette sur le plat. La vallée de la Rivière s'étendait au-delà du lac et il n'y avait pas trace de sorciers pour le moment.

Le guerrier constata que le deuxième cheval était attaché derrière le véhicule pour servir de monture de rechange : Garadooi allait chevaucher à côté de Quili. Il les remercia une nouvelle fois en criant pour couvrir le grondement des chutes et songea qu'il n'avait nul besoin de Jja pour remarquer les changements dans le comportement de la jeune prêtresse – et dans celui de Garadooi. Ils se tenaient l'un près de l'autre avec l'air indéfinissable de deux personnes qui désirent rester seules. Il leur souhaita bonne chance et espéra que leur voyage se déroulerait à la vitesse de l'éclair. Il faillit même leur offrir tous ses vœux de bonheur, mais pensa que c'était un peu précipité.

Sur la jetée, il aperçut une silhouette minuscule et lointaine qui faisait des bonds en agitant les bras.

— Je dois partir, dit Wallie.

Il les remercia encore et interrompit les énièmes excuses de la prêtresse – elle s'en voulait toujours de s'être trompée sur son compte lors de leur rencontre. Il serra la main de Garadooi et embrassa Quili. Elle en fut peut-être

— Qu'est-ce que tu entends par là, guerrier ?

Wallie attendit un moment afin de calmer l'essor de sa propre colère. S'adresser à une personne de haut rang en employant le nom de sa profession était une insulte délibérée. Il réprima aussi le désir brûlant de se retourner pour vérifier si des sorciers étaient apparus en haut de la falaise. Mais céder à la curiosité constituerait une erreur tactique pendant cette négociation difficile. Il espéra que Nnanji surveillait la crête et l'avertirait si quelque chose se passait.

— Si tu n'as pas de jonas à bord, tu as peut-être été guidé ici pour en embarquer ?

Tomiyano – si c'était bien lui – martela le bastingage de ses poings rageurs et leva des yeux suppliants vers les voiles avachies.

— Marin, ton attitude fait perdre le temps de tout le monde. Laisse-moi monter à bord et je te saluerai. Ou bien salue-moi ici. Ensuite, nous pourrons reprendre cette discussion comme des gens civilisés.

Le capitaine demeura silencieux. Pendant une minute interminable, il fixa Wallie avec colère sans décocher un mot.

— Je suis Tomiyano, aboya-t-il soudain, marin du troisième rang, capitaine du *Saphir*…

Il baragouina le reste en accomplissant quelques gestes désinvoltes. L'équivalent culturel de cracher aux pieds de son interlocuteur.

Wallie laissa l'affront planer dans les airs pendant un moment, puis dégaina son épée.

— Je suis Shonsu, guerrier du septième rang, élu champion de la Déesse, et je…

— Élu *quoi* ?

— Champion. Je porte Son épée, capitaine. Elle m'a été donnée par un dieu. Tu as remarqué le saphir ? Il y en a un autre qui orne ma barrette – un deuxième cadeau du dieu. Je suis en mission pour la Très-Haute et j'ai besoin d'un moyen de transport. Si j'ai bien compris, ton navire a été guidé ici par Sa main.

Tomiyano cracha.

— Les premiers rangs parlent toujours trop.

— Le novice Matarro a-t-il menti ?

— Non, avoua le capitaine.

Katanji toussa ostensiblement et Wallie tourna la tête avant de pouvoir s'en empêcher.

Cinq hommes en robe à capuchon se tenaient au sommet de la falaise.

Tomiyano les remarqua aussi. Il sourit avec un plaisir évident.

— Tu cherches à échapper à quelqu'un, guerrier ?

— Oui, marin. À des sorciers.

— Des sorciers ? Si près de la Rivière ? C'est ridicule !

Wallie regarda les quatre compagnons de Tomiyano. Ils fronçaient les sourcils et se posaient peut-être des questions, mais il fallait avant tout convaincre leur capitaine. Il se tourna de nouveau vers la falaise : les sorciers se précipitaient vers la pente la plus praticable. Wallie n'avait jamais vu Nnanji aussi pâle. Ce n'était pas la peur de cet ennemi inconnu qui taraudait le jeune guerrier, mais le désir ardent de donner une correction à ce marin insolent. Les autres compagnons du septième s'étaient rassemblés derrière le tas de poutres et attendaient d'un air malheureux. Il s'agissait peut-être d'une nouvelle épreuve envoyée par les dieux : Wallie n'avait que très peu de temps pour convaincre le capitaine de les laisser monter à bord.

Tomiyano se moqua de lui.

— On s'est payé ta tête, guerrier ! Tu es en train de fuir des créatures imaginaires !

Wallie maîtrisa sa voix au prix d'un effort surhumain.

— Pas tout à fait. L'année dernière, à Ov, quarante guerriers ont été massacrés par des sorciers.

— Ils peuvent bien en massacrer trois fois plus en ce qui me concerne.

— Et Matarro du premier ? Tu vas le laisser se faire tuer ? Qu'est-ce que tu attends pour mettre les voiles, capitaine ?

La colère enflamma de nouveau le visage du marin. On venait de lui rappeler son impuissance et cela le frustrait de son petit discours. Il n'était plus maître de son navire et il ne pouvait rien y faire.

— Les sorciers sont capables d'invoquer des démons du feu, capitaine. Tu n'as pas envie de les voir approcher du *Saphir*, pas vrai ?

Tomiyano était prêt à grincer des dents. Il se tourna pour regarder la Rivière. Sur une bonne distance, tout autour de la jetée, la surface de l'eau était aussi lisse qu'un miroir. Au-delà, elle ondulait sous le souffle du vent.

— Si je te laisse monter à bord, toi et ta racaille, ces sorciers viendront te chercher.

— Laisse-nous embarquer et ton navire repartira. Tu es en train de t'opposer à Sa volonté, pas à la mienne. Ce n'est pas moi qui t'ai conduit ici.

— Non !

Tomiyano avait trouvé une autre solution : les cadavres n'avaient plus besoin de voyager. Sa main apparut, les doigts refermés sur le manche d'un couteau. Wallie n'eut pas à recourir aux connaissances encyclopédiques de Shonsu dans le domaine des armes pour identifier un poignard de lancer : le capitaine le tenait de manière significative. Wallie se rappela soudain qu'il n'était qu'un simple mortel. À une telle distance, il était particulièrement vulnérable, mais trop loin pour utiliser son épée.

— Jamais plus je ne laisserai un enfoiré de guerrier monter sur mon bateau ! J'ai juré à Yok que…

— La ferme ! cria une voix.

Le bras du capitaine retomba et il se retourna avec fureur tandis qu'une silhouette franchissait la porte du gaillard d'avant. Wallie se détendit en lâchant un soupir. Il jeta un bref regard en direction de la falaise : les sorciers étaient invisibles. Ils étaient dissimulés par les arbres, mais ne devaient plus être loin du fond de la vallée. Il se tourna vers la Rivière. La mystérieuse frontière entre eau calme et vaguelettes refluait à toute allure vers le navire. Le vent se levait. Il ne disposait plus que de quelques minutes avant que le *Saphir* commence à bouger. Si le capitaine refusait de les accepter à bord, Wallie se précipiterait vers la forêt en compagnie de Nnanji pour intercepter l'ennemi à couvert.

—Je m'occupe du problème, Tomo, déclara la voix.

Wallie se retourna et fixa avec stupéfaction la silhouette qui se tenait maintenant à côté du capitaine. Une cinquième, vêtue de rouge. Une guerrière, car on apercevait la garde d'une épée près de sa queue-de-cheval veinée de gris. Une guerrière assez vieille pour s'habiller d'une tunique à manches longues. Une guerrière petite et monstrueusement obèse. Elle portait un harnais étrange, avec des lanières pectorales qui se croisaient en X au lieu de descendre à la verticale. Elle était beaucoup trop grosse, en effet, avec des bourrelets aux endroits fatidiques...

La femme entama son salut.

—Je suis Brota, guerrière du cinquième, propriétaire du *Saphir*...

Une guerrière ? D'une quarantaine d'années ? Et obèse ? Tandis qu'il tirait son épée pour répondre à son salut, Wallie fit de son mieux pour récupérer d'un tel choc. Il entendit Nnanji gronder et Tomiyano se mit à protester. La femme lui ordonna de se taire et il lui obéit. La propriétaire ? Il ne faisait aucun doute qu'elle était le véritable maître du navire et très certainement la mère de Tomiyano. L'épée du septième regagna son fourreau avec un petit bruit métallique et la guerrière tourna un instant la tête pour observer la Rivière, puis la vallée qui semblait déserte. Sa queue-de-cheval était maintenue en place par un nœud rose tout à fait incongru.

—Qu'est-ce que c'est que cette histoire de sorciers, seigneur ?

—Ils ont massacré la garnison d'Ov l'année dernière, maîtresse. La Déesse m'a guidé ici pour que je m'occupe d'eux. Mais pour le moment, je ne dispose pas des effectifs nécessaires pour accomplir ma mission. Cinq d'entre eux vont arriver d'un instant à l'autre. Je ne suis pas le seul qui soit en danger. Vous et le novice Matarro...

La femme n'était pas aussi grande qu'Ani la Sauvage, mais sans doute plus grosse. Pourtant, son visage brun et moelleux n'affichait aucune trace du défaitisme morose qui hantait sans relâche les esclaves. Wallie y lut une dureté menaçante qu'il retrouva jusque dans son regard, le regard scrutateur d'un vieil homme. Le reste de ses traits étaient doux et arrondis, mais ses yeux semblaient enfoncés dans des cavernes obscures comme des dragons à l'affût ; ses sourcils broussailleux étaient plus blancs que noirs.

—Nous commerçons depuis trente ans en naviguant sur la Rivière, seigneur Shonsu, et je n'ai jamais été guidée par Sa main. Jamais Elle ne nous a ennuyés et nous lui avons rendu la pareille. Jamais je n'avais entendu parler d'un navire emporté alors qu'il était à l'ancre. Il est possible qu'Elle tienne beaucoup à ce que vous et moi fassions affaire.

Elle jeta un nouveau coup d'œil en direction de la Rivière et observa les ondulations sur l'eau : le vent se levait. Au-dessus de leurs têtes, les voiles frémirent. Elle essayait de gagner du temps.

— Dans ce cas, nous ferions bien de commencer tout de suite, maîtresse Brota.

Elle haussa ses lourdes épaules sous son vêtement de coton pourpre.

— Que voulez-vous de nous, exactement ?

Wallie prit une seconde pour mettre de l'ordre dans ses pensées. Avec cette femme, il aurait préféré que les termes de leur coopération soient ratifiés par écrit, avec un sceau officiel et des témoins, confirmés par des déclarations sous serment et avec une garantie de bonne exécution. Mais il devrait se contenter d'une poignée de main. Il regarda la vallée qui semblait paisible.

— Un embarquement immédiat, l'assurance que mes compagnons et moi voyagerons en sécurité jusqu'à...

Attention ! La géographie du Monde n'était pas figée : Aus n'était peut-être plus la cité la plus proche le long de la Rivière.

— Jusqu'à la prochaine ville où je puisse recruter quelques guerriers. Plus de la nourriture et un abri, bien entendu.

Tomiyano voulut prendre la parole et, de nouveau, Brota le fit taire d'un mot.

— Très bien. Le voyage vous coûtera deux cents pièces d'or.

Le cri blasphématoire de Nnanji se noya dans l'éclat de rire soulagé du capitaine. Les autres marins ricanèrent. Les voiles frémirent.

Elles furent imitées par les buissons, près des deux chaumières en ruine à l'extrémité de la jetée.

Deux cents pièces d'or, c'était une extorsion manifeste, une somme que seuls les riches étaient capables de payer. Le prix d'une ferme.

— C'est d'accord ! dit Wallie.

Les yeux de la guerrière se plissèrent de colère – un regard d'homme dangereux caché derrière un masque de femme.

— Je souhaiterais voir votre argent, seigneur.

Wallie fouillait déjà dans son escarcelle. Deux doigts cherchèrent parmi les pièces les gemmes que le demi-dieu lui avait offertes. Il en trouva une et la sortit en la tenant entre le pouce et l'index.

— J'ai vendu une pierre semblable pour trois cents pièces d'or, maîtresse. J'ai donc de quoi payer. Le marché est conclu.

La guerrière se renfrogna en fixant la petite étoile bleutée. L'appât du gain l'emporta.

— Faites-les monter à bord !

Les membres d'équipage se précipitèrent pour obéir. Deux coupées s'ouvrirent dans le flanc du navire et des mains se tendirent. Le vent caressa les voiles qui gonflèrent avec enthousiasme. Au moment où Wallie sautait de la pile de poutres, des silhouettes émergèrent de la forêt. Tomiyano courut vers la dunette pour prendre la barre. Jja et Vixini embarquèrent en passant par la première coupée et Nnanji jeta presque Honakura par la seconde. D'autres membres d'équipage jaillirent des portes du gaillard d'avant et de la dunette. Wallie entraîna Jénisse, ahurie, derrière lui et la lança à bord. Le *Saphir* commença à s'éloigner et l'interstice grandit entre les pare-battage du navire

— Peut-être. Avez-vous trouvé un cercle à boucler ?

— Merde ! Qu'est-ce que vous avez découvert ?

— Moi, seigneur ? Je ne suis qu'un pauvre mendiant, un vieillard, un humble servant de la…

Wallie marmonna quelques obscénités et tourna les talons. Le prêtre était insupportable quand il commençait son petit numéro.

Des vociférations montaient toujours de la cale, mais le *Saphir* gîtait moins qu'à son départ. Jja était assise sur le pont, à proximité du gaillard d'avant. Elle calmait avec patience les ardeurs de Vixini qui rêvait de voir l'écoutille de plus près. Jénisse était affalée à côté d'eux. Katanji conversait avec deux adolescentes et Matarro. Celui-ci s'était débarrassé de son épée. Il n'avait pas de queue-de-cheval et ne portait qu'un simple pagne. À cette distance, il était impossible de le différencier d'un marin novice. Combien y avait-il d'autres guerriers parmi l'équipage ?

Le soleil brillait, le vent soufflait avec gaieté et le navire glissait avec sérénité sur les flots en filant à bonne allure. Les pics enneigés de RegiVul se dressaient sur l'horizon nord-est, majestueux et magnifiques.

Wallie gagna la rambarde opposée et s'y appuya pour observer le pont ainsi que les allers et venues des marins. Nnanji s'installa à côté de lui, fronça les sourcils et s'efforça de l'imiter. Jja se leva et s'approcha de son maître avec Vixini dans les bras. Jénisse les suivit d'un pas traînant.

— Tu es déjà montée à bord d'un navire, mon amour ? demanda Wallie. Que penses-tu de celui-ci ?

Elle sourit et examina le pont autour d'elle.

— Une seule fois, maître. Celui-ci est plus propre.

— Oui, on s'occupe bien de lui.

Le *Saphir* était de construction ancienne, cela se voyait aux nœuds dans les planches du pont : ils étaient polis par le temps. Pourtant, les cuivres étincelaient, la peinture et les vernis luisaient, les cordages avaient l'air robustes et neufs. Les marins et leurs familles étaient soignés et en bonne santé. À l'exception de deux personnes âgées vêtues de robes et de quelques enfants nus, tout le monde portait un pagne. Les femmes se ceignaient la poitrine avec une bande de tissu nouée dans le dos. Pour certaines, l'effet bikini attirait les yeux des mâles comme la confiture les mouches.

— Tu peux amener ce petit voyou dans le rouf, déclara Wallie en voyant Vixini se débattre avec énergie.

Une fillette venait d'y conduire deux nourrissons. Jénisse emboîta le pas de Jja comme un mouton docile.

Nnanji laissa échapper un grognement guttural. Une jeune fille de son âge s'affairait dans les enfléchures, de l'autre côté du pont. Elle était grande, mince. Ses couettes brunes étaient plus fines que celles de la majorité des femmes. Ses déplacements offraient un spectacle des plus intéressants.

— Arrête tout de suite ! dit Wallie.

— Je peux quand même regarder, non ? protesta Nnanji en faisant semblant d'être mortifié.

— Certainement pas comme tu le fais en ce moment ! Tu as de la vapeur qui te sort par les oreilles et ta queue-de-cheval est dressée à la verticale.

Le jeune guerrier gloussa, mais ses yeux restèrent rivés sur la jeune fille tandis que son crâne se penchait de plus en plus en arrière pour suivre son ascension.

Brota était assise à la barre, sans son épée – un harnais devait être inconfortable par-dessus une tunique. Tomiyano et un de ses compagnons avaient gagné le gaillard d'avant et s'activaient autour du cabestan, sans doute pour débloquer la chaîne de l'ancre. Ils étaient tous deux vêtus de pagnes marron, mais le capitaine portait aussi une ceinture de cuir pour y accrocher la dague symbole de sa charge. Les autres marins n'étaient pas armés et il n'y avait aucune épée en vue.

— Quand je suis monté à bord et que j'ai payé Brota, les hommes se sont rassemblés autour de nous. Est-ce qu'ils tenaient des couteaux dans leurs dos ?

— Oui, seigneur mon frère. Avec de longues lames.

— Où les ont-ils rangés après ? Tu l'as vu ?

— Non, répondit Nnanji d'un air renfrogné. Ces gens ne sont pas très respectueux, vous ne trouvez pas ?

La plupart des marins ignoraient les passagers, mais Wallie aperçut des regards chargés de ressentiment qu'il n'était pas censé surprendre. Le travail semblait terminé dans la cale et deux hommes fermèrent l'écoutille avec des planches. Ils frôlèrent les deux guerriers à de nombreuses reprises sans même paraître les remarquer.

— Ils ne sont pas très amicaux, en effet, reconnut Wallie. Qu'est-ce que le capitaine a dit, déjà, quand il était sur le point de me lancer son couteau ? Réponds à voix basse, ajouta-t-il aussitôt en voyant Nnanji prendre une profonde inspiration.

Tomiyano criait à ce moment-là et le jeune guerrier s'apprêtait à faire de même.

— Ah ! d'accord. « Jamais plus je ne laisserai un enfoiré de guerrier monter sur mon bateau ! J'ai juré à Yok que... » Je n'en ai pas entendu davantage.

Wallie hocha la tête.

— C'est ce que j'ai compris, moi aussi.

Au village, les femmes s'étaient montrées nerveuses, inquiètes et un peu trop amicales. Ces marins étaient loin de faire preuve du même enthousiasme, mais Wallie sentit qu'il existait une certaine similitude. Une fois de plus, l'atmosphère était beaucoup trop tendue.

Il y eut une seule exception : la jeune fille aux couettes brunes se laissa glisser le long d'une corde et se dirigea vers le gaillard d'avant en se pavanant. Elle était trop mince pour mettre ses rondeurs à profit, mais cela ne semblait pas important et Nnanji gronda de nouveau. Si elle essayait d'attirer son attention, elle méritait un dix sur dix. Wallie ne s'était pas rendu compte qu'elle était si jeune : elle avait sans doute le même âge que Quili. Elle était grande, avec une peau mate particulièrement appétissante.

Nnanji soupira en la regardant s'éloigner, une expression lubrique sur le visage.

— Du matériel de premier choix.

— Jette donc un œil aux autres marins, protégé.

— Les autres sont un peu trop jeunes pour moi. Je ferais bien de dire au gamin de ne pas les approcher…

— Je te parlais des hommes.

Nnanji fronça les sourcils.

— Qu'est-ce que je suis censé voir, seigneur mon frère ?

— Des cicatrices.

Ils arboraient des marques minuscules sur les épaules et les côtes, à droite en règle générale – de vieilles éraflures et des hématomes récents.

Nnanji, qui s'appuyait nonchalamment contre la rambarde, se redressa d'un coup. Son regard se chargea de colère, confirmant ainsi les observations de Wallie. Il entreprit de réciter des soutras à toute vitesse.

— Quinze : « un civil ne doit pas être autorisé à toucher une épée, sinon en cas d'urgence ». Quatre-vingt-quinze : « jamais, au grand jamais, un civil ne doit s'entraîner à l'escrime avec une arme ou un bâton »…

Le jeune guerrier se tut et fixa Wallie, abasourdi.

— Il y en a aussi sur les femmes, dit le septième à voix basse. À mon avis, tout le monde sait se servir d'une épée sur ce navire.

— Mais Brota est une guerrière ! C'est une abomination, seigneur mon frère !

— Ça n'en reste pas moins logique : les bateaux sont la proie des pirates, non ? Et il n'y a pas de gardes pour venir à ton secours au milieu de la Rivière.

Nnanji avait réagi avec surprise : il n'avait pas fait attention aux cicatrices, sans doute parce qu'il avait l'habitude d'en voir sur le corps de ses camarades du bâtiment militaire. Wallie avait pourtant espéré que le jeune homme lui fournirait une explication. Si ces marques constituaient les preuves d'une abomination, cela justifiait peut-être la réticence de Tomiyano à accepter des guerriers à bord du *Saphir*. D'un autre côté, les traces étaient visibles sur tous les adultes que Wallie avait vus et, pendant les escales, des guerriers auraient dû les remarquer. Par certains côtés, Nnanji était aussi ignorant que son mentor en ce qui concernait le Monde. Il devait exister bien des choses dont il n'avait jamais entendu parler au bâtiment militaire. Des marins couverts de marques infligées par une épée d'entraînement, par exemple.

— Vous ne voulez pas que je lance une accusation publique ?

— Oh, Nnanji, Nnanji ! Réfléchis un peu ! Brota et moi nous avons passé un marché. Nous sommes ses invités en un sens. Il n'y a rien de plus entre nous et les piranhas. Je transporte une fortune sur le dos et une autre dans les cheveux. Alors, tu restes bien gentil avec les marins, d'accord ?

Nnanji ne savait pas apprécier le danger, sauf s'il venait d'autres guerriers. Il regarda avec un certain malaise les eaux brillantes de chaque côté du navire, puis les berges qui n'étaient que des taches lointaines et indistinctes. Les seuls signes de vie se résumaient à quelques bateaux de pêche sur tribord.

— Combien de marins compte l'équipage ? (Nnanji secoua la tête.) Jusqu'ici, j'ai vu cinq hommes, six femmes, cinq adolescents et autant d'enfants. Il ne doit pas y en avoir davantage. Je *pense* qu'ils sont tous marins – à l'exception de Brota et de Matarro, bien sûr –, mais je n'ai pas bien distingué leurs marques faciales.

— Oui, seigneur mon frère.

— Bon, reste à savoir où ils ont caché leurs couteaux.

— Caché ?

Nnanji eut l'air plus inquiet.

Il examina le pont autour de lui. Wallie ne l'avait jamais vu aussi mal à l'aise. Le jeune guerrier n'avait pas l'habitude de naviguer et il comprenait qu'un navire pouvait se transformer en piège implacable. Au bout de quelques minutes, il se mit à marmonner en dévoilant ses raisonnements logiques comme des cartes à jouer sur une table.

— Ces seaux remplis de sable… Ils n'y font pas pousser des légumes… Pour lutter contre un incendie ? Ils sont assez gros pour servir de sièges, mais je suis incapable d'en soulever un. Vous pourriez, vous. Pourquoi ne pas prendre des seaux plus petits pour s'asseoir dessus ?

Il lança un regard plein d'espoir à Wallie.

— Bien joué ! Tu vois, ce n'est pas si difficile de réfléchir.

— Ça me donne la migraine. (Il était cependant ravi du compliment.)

— Mentor ? appela Katanji.

Wallie se retourna pour croiser le regard grave du garçon. Le novice Matarro se tenait derrière le frère de Nnanji et semblait nerveux.

— Katanji, clarifions tout de suite la situation. Je ne suis pas ton mentor – sinon à cause du curieux serment que Nnanji et moi avons prêté – et tu ne respectes pas les procédures. Disons que je suis ton mentor seulement quand ton frère n'est pas dans les environs, d'accord ?

— Bien, seigneur.

Katanji se tourna vers Nnanji d'un air abattu.

Le regard de Wallie croisa celui de Matarro et le septième lui adressa un clin d'œil. Le garçon esquissa un mouvement de surprise et grimaça un sourire.

— Mentor, puis-je ôter mon épée ? Mato, ici présent, a dit qu'il voulait bien m'emmener dans les enfléchures jusqu'au nid-de-pie, mais il est interdit d'emporter des armes dans la mâture.

Nnanji fronça les sourcils en entendant le jargon de marin dont Katanji faisait étalage. Wallie avait deviné le sens global de la demande, mais il avait eu besoin de réfléchir, ce qui démontrait que Shonsu ne s'était jamais donné la peine d'apprendre ces termes. Évidemment : pour un guerrier, un navire ne représentait qu'un simple moyen de transport.

hommes ne dissimulaient pas leur colère. Wallie songea que la jeune fille était sans doute aussi espiègle qu'entêtée. Sa mère était peut-être capable de lui faire entendre raison, mais ce n'était pas le cas de son frère.

— Elle est magnifique, seigneur, dit-elle enfin. (Elle regarda Wallie d'un air grave et ignora complètement Nnanji.) Nous avons de la chance de pouvoir venir en aide au champion élu de la Déesse.

Wallie glissa son arme dans son fourreau.

— J'ai eu de la chance que le *Saphir* arrive à point nommé – bien que je ne croie pas vraiment qu'il s'agisse de chance. C'est un bon navire et je vois que son équipage s'en occupe avec diligence.

Nouveaux battements de cils.

— Vous êtes fort aimable, seigneur Shonsu.

— Il a été construit il y a trente ans, si je me souviens bien des paroles de ta mère ?

— Oh, il est plus vieux que cela ! Mon grand-père l'a… acheté. Il le commandait encore il y a deux ans. Il est mort d'une fièvre. C'était un grand marin. Tomo l'a remplacé. (Elle haussa les épaules.) Il n'est pas très raffiné, mais je trouve qu'il se débrouille plutôt bien en tant que capitaine.

— Pourquoi votre père n'a-t-il pas pris la suite ?

Thana soupira avec ostentation.

— Papa est mort depuis longtemps. De toute façon, il était marchand. Nous autres, peuple de la Rivière, avons un dicton, seigneur : « Un marchand pour la tête, un guerrier pour les mains et un marin pour les pieds. » Pour le moment, il nous manque le premier. Mon frère aîné, Tomiyarro, était un sacré marchand, lui ! Maman disait toujours qu'il aurait pu convaincre une tortue de lui vendre ses écailles et de lui acheter des plumes.

— Comment faites-vous pour commercer ?

Mais Wallie avait déjà deviné. Cette fille faisait tout son possible pour le séduire. Elle était trop jeune pour s'en tirer avec talent, mais cette jeunesse transformait ses efforts maladroits en arguments renversants.

— Oh, maman s'en charge, répondit Thana avec désinvolture.

— Maîtresse Brota marchande avec beaucoup d'habileté.

Thana ricana.

— Vous vous êtes montré plus redoutable qu'elle, seigneur.

— Tiens donc ?

— Elle a obtenu de vous un joli saphir, mais c'est votre barrette qu'elle visait.

Wallie ne sut quoi répondre. Il tourna la tête vers Nnanji, mais celui-ci avait le regard vide. Il était temps de changer de sujet.

— Ton frère a déclaré que ce navire était une entreprise familiale. Qui sont les autres, en dehors de ta mère et de tes frères ?

— Des cousins, répondit Thana. Des oncles, des tantes. C'est d'un ennui ! Ce n'est pas souvent que j'ai l'occasion de rencontrer… (Elle lâcha un profond soupir.)… de *vrais* hommes.

— Il n'y a donc pas de jonas parmi l'équipage, mais vous avez été guidé par Sa main hier, n'est-ce pas ?

— C'est fantastique ! s'exclama Thana en lançant un coup d'œil inquiet autour du navire. C'est la première fois que cela nous arrive.

— C'est ce que m'a dit ta mère. Je pense qu'Elle vous ramènera dans vos eaux habituelles dès que nous aurons débarqué.

— Eh bien, pas moi ! (Ses boucles s'agitèrent.) Voilà une éternité que nous faisons du commerce entre Hool et Ki. C'est ennuyeux à mourir. Je n'arrête pas de dire à maman que nous devrions aller voir ailleurs.

— Pourquoi ne le fait-elle pas ?

— À cause de l'argent ! lâcha Thana avec mépris. Elle connaît les marchés profitables. Nous transportons du bois de santal d'Hool à Ki, des poteries et des paniers de Ki à Hool. Nous n'arrêtons pas de faire des allers et retours entre ces deux villes. C'est assommant ! Aujourd'hui, nous voguons à l'aventure ! Nous ne sommes même plus sous les tropiques, n'est-ce pas ?

— C'est exact. Mais l'aventure est parfois synonyme de danger.

Thana esquissa un sourire triomphant.

— Que craignons-nous avec un guerrier du septième à bord ? Je suis sûre que vous pourriez vous occuper de tout un équipage pirate sans aide, seigneur Shonsu.

— J'espère que ce cas de figure ne se présentera pas.

Le sujet des pirates se révélait parfois délicat, car il soulevait le problème du droit des marins à employer des épées. L'idée venait à peine d'effleurer Wallie que Nnanji s'immisça sans délicatesse dans la conversation.

— Tu dois avoir du mal à t'entraîner, apprentie Thana.

La question ne sembla pas la gêner. Elle se tourna vers Nnanji et le regarda d'un air calculateur.

— En effet, adepte. Auriez-vous l'amabilité de me donner une leçon après le déjeuner ?

Nnanji se fendit d'un large sourire.

— J'en serais ravi.

Thana sourit à son tour et se retourna vers son centre d'intérêt principal : Wallie. Celui-ci n'avait pas aimé l'expression de la jeune fille lorsque Nnanji avait accepté sa proposition.

— Nous ne devons pas être loin d'Aus, dit-il. Il est possible qu'il n'y ait pas « d'après le déjeuner ». Mais nous sommes sans doute des jonas et on dit qu'ils portent chance aux navires qui les transportent.

— Nous en avons bien besoin ! (Thana baissa la voix et murmura d'un air de conspirateur.) Seigneur Shonsu, je me demande parfois si nous ne sommes pas maudits.

— Comment cela ?

Wallie sentit qu'il n'allait pas tarder à entendre une histoire des plus originales.

— Eh bien, il y a d'abord eu mon grand-père... Ensuite, oncle Matyrri est mort d'une coupure à la main... Et puis il y a eu les pirates !

L'année dernière. Ils ont tué mon frère et un autre de mes oncles. Un de mes cousins est mort de ses blessures un peu plus tard.

—C'est horrible!

—Oui, ce fut tragique. Je suis presque remise du choc aujourd'hui, mais ils me manquent encore beaucoup, bien sûr.

—Cela s'est passé à Yok?

Elle tituba en arrière comme si Wallie venait de la frapper. Son visage devint si pâle qu'il crut qu'elle allait s'évanouir.

Du coin de l'œil, il s'aperçut que Tomiyano avait à moitié tiré sa dague. Le capitaine était trop loin pour avoir entendu la conversation, mais il avait vu la réaction de sa sœur.

Qu'avait-il dit de si terrible?

—Ton frère a parlé de Yok.

La jeune fille hocha la tête en silence. Elle le fixait en tremblant.

—Je suppose que ces pirates étaient des guerriers renégats?

Thana passa la langue sur ses lèvres blêmes et acquiesça. Elle semblait incapable de prononcer la moindre parole. Wallie comprit qu'il marchait sur une feuille de papier tendue au-dessus d'un abîme. Tomiyano n'était pas le seul à avoir remarqué que quelque chose n'allait pas.

Wallie baissa la voix.

—Apprentie, je ne dirais jamais cela à une personne n'appartenant pas à notre profession, mais un guerrier malhonnête est une terrible abomination… Il ne mérite aucune pitié.

Il jeta un rapide coup d'œil à Nnanji: le jeune homme avait l'air perplexe. Il avait remarqué le changement d'humeur de Thana, mais il n'avait pas encore compris la seule explication possible à cette frayeur.

—Mon frère par serment et moi, nous avons rencontré une bande de renégats il y a deux jours. Nous les avons châtiés avec la plus extrême sévérité. Le Monde se porte bien mieux sans ce ramassis d'ordures.

Thana se détendit un peu et quelques couleurs revinrent sur ses joues.

—Ce… ce sentiment vous honore, seigneur.

—Il n'y a pas à discuter sur un tel sujet, déclara Wallie d'un ton pompeux.

Il regarda Nnanji pour solliciter son soutien.

—Hein? Quoi?

À cet instant, des adultes et des enfants sortirent du gaillard d'avant en portant des paniers de fruits et des miches de pain. Une vague de soulagement enveloppa Wallie comme une brise fraîche.

—Ah! voici le repas! Tu vas voir ce que tu vas voir, apprentie. C'est maintenant que l'adepte Nnanji va réduire à néant les profits que ta mère espérait tirer de mon saphir.

Selon les critères du Peuple, ceux qui vivaient sur la Rivière étaient des gens qui ne s'embarrassaient pas de cérémonial. On disposa le repas sur le panneau d'écoutille avant et les marins du *Saphir* s'assirent où bon leur semblait : sur les planches fermant la cale, sur des seaux ou sur le pont. La nourriture était simple, mais convenable : des fruits, du fromage et des saucisses. Brota confia la barre à Tomiyano après une discussion enflammée et entrecoupée de regards furtifs en direction des guerriers. Puis elle installa son énorme masse sur l'écoutille avant et entreprit de démontrer comment elle avait acquis son embonpoint : sa gloutonnerie rivalisait presque avec celle de Nnanji.

L'équipage et les passagers se rassemblèrent en plusieurs groupes. Les marins ne s'approchèrent pas de Wallie, mais Katanji avait été accepté par les jeunes gens. Nnanji restait collé à Thana et se gorgeait de nourriture tout en relatant avec animation comment le seigneur Shonsu avait reçu son épée. Il s'agissait de la version que Wallie avait racontée à Garadooi, presque mot pour mot, et cela ne posait donc pas de problème.

Wallie s'assit en tailleur sur le pont et s'appuya contre le bastingage tribord avec Jja à ses côtés. Il fit de son mieux pour cacher l'inquiétude qui le rongeait. Sa tâche allait se révéler plus complexe que prévu, c'était évident. À supposer que le *Saphir* ait été envoyé afin de le tirer des griffes des sorciers, sa mission ne devait pas se limiter à le conduire à Aus. Que s'était-il passé à Yok, l'année précédente ? Thana avait mentionné des pirates, mais ce n'était pas ce que son frère avait dit. La frayeur de la jeune guerrière ressemblait de très près à celle de Quili lorsque Wallie avait parlé des assassinats. Ces marins n'étaient pas d'humbles paysans prêts à s'enfuir dans les collines. Si le seigneur Shonsu fouillait un passé trouble à la recherche d'indices, les couteaux auraient tôt fait de jaillir des seaux de sable. L'hostilité planait au-dessus du pont ensoleillé comme une nappe de brouillard invisible.

Il n'y avait pas eu dissimulation à Ov – Garadooi l'avait démontré –, mais le *Saphir* aurait pu signaler un crime aux guerriers de n'importe quelle cité établie sur la Rivière. La réponse au premier problème ne convenait pas pour le second. La prochaine escale ne serait peut-être pas Aus, mais Yok.

Wallie n'avait pas choisi le bon côté pour jouir d'une belle vue sur les montagnes, mais les louvoiements du *Saphir* lui en offraient un bref aperçu de temps à autre. Dans la chaleur de la mi-journée, les sommets indistincts et bleutés ne semblaient pas bouger malgré les zigzags du navire.

Il avait besoin d'avoir une petite discussion avec Honakura, mais il était difficile de parler discrètement sur un pont bondé. Le vieil homme était assis sur des planches couvrant une écoutille, l'air ravi. Il discutait avec une femme aussi âgée que lui.

Le repas toucha à sa fin et les enfants entreprirent de ranger la nourriture. Brota se leva sans un regard pour le seigneur Shonsu et s'éloigna d'un pas lourd pour remplacer son fils à la barre. Tomiyano descendit de la dunette à petits pas et se servit à manger avant que tous les paniers disparaissent.

Les gens regardaient à tribord. Wallie se leva. On approchait d'une ville.

Tout d'abord, il ne remarqua rien de particulier. Au nord-est, les montagnes de RegiVul n'avaient pas changé, le *Saphir* devait donc se diriger vers Aus. La ville ressemblait tout à fait à l'idée que Wallie se faisait d'une cité du Monde : érigée sur un terrain plat, elle était déjà en grande partie dissimulée par les entrepôts imposants des quais – des édifices en bois de deux ou trois étages, de couleur argent sale et chapeautés de toits en tuiles écarlates. Au-delà, quelques flèches dorées et de grands bâtiments de pierre grise – tous recouverts des mêmes tuiles rouges – se dessinaient sur le ciel cobalt de la mi-journée. Le front des entrepôts était percé de ruelles sinueuses qui menaient en ville. Le bateau était encore trop loin pour qu'on distingue les couleurs hiérarchiques des personnes qui se mêlaient en une foule dynamique, mais ces lointaines silhouettes ressemblaient avant tout à des gens ordinaires vaquant à des occupations ordinaires. Le *Saphir* se faufilait maintenant entre des navires à l'ancre de types et de tailles très différents ; d'autres étaient amarrés le long de la jetée. Des chariots tirés par des chevaux descendaient les rues avec fracas et le vacarme glissait sur les eaux, porté par le vent.

Wallie examina la route pendant un moment à la recherche de guerriers, mais il était encore trop loin. Il jeta un nouveau coup d'œil vers les bâtiments.

Il fit soudain trois enjambées en direction du panneau d'écoutille sur lequel Tomiyano prenait son repas.

— Capitaine ? Qu'est-ce que c'est que cette tour ?

Le marin lui décocha un regard peu amène et tourna la tête vers la cité. Il mâchonna quelques instants et avala.

— Aucune idée.

— Tu en as déjà vu des semblables ?

— Non. (Il éclata d'un rire méprisant.) Tu crois qu'elle est remplie de sorciers, guerrier ?

En effet. Garadooi avait raconté que les sorciers érigeaient une tour à Ov et plusieurs histoires de Nnanji mentionnaient ce genre de tours, mais sans jamais les décrire. Celle qui inquiétait Wallie était très différente des autres édifices d'Aus – à supposer que cette cité soit Aus. Elle était de pourtour carré, sombre et se dressait au-dessus des bâtiments près d'une rangée d'entrepôts, à un pâté de maisons de la berge. Ses fenêtres formaient des ouvertures encore plus noires que les murs de pierres. Une aura sinistre s'en dégageait.

— Je n'ai jamais rien vu de semblable, moi non plus, dit Wallie. (Il n'avait jamais visité une cité du Monde, mais il omit de préciser ce détail.) Si mes soupçons sont fondés, il n'y a pas que moi qui coure un risque, capitaine. Ta mère et ta sœur sont aussi des guerriers.

Tomiyano grogna.

— Je suis certain qu'elles te défendront. Tu as payé ton passage jusqu'ici, seigneur Shonsu. Tu es arrivé. Tu resteras là. (Et il ajouta :) Bon débarras.

Nnanji attira l'attention de Wallie. Il pensait la même chose que son mentor.

Le septième se dirigea vers l'escalier le plus proche et grimpa les marches à petits pas pour gagner la dunette où Brota était assise à la barre.

— Maîtresse, cette tour ? Avez-vous déjà vu quelque chose de semblable ?

— Baissez-vous, je vous prie, seigneur. Il se trouve que je suis en train de barrer le navire.

Wallie se maîtrisa et s'agenouilla.

Veuillez ne pas parler au conducteur.

Il s'aperçut alors que Brota se livrait à des manœuvres difficiles : elle pilotait le *Saphir* à travers un port bondé et avec une brise dérisoire, car le vent tombait.

— Non, dit-elle. (Elle fronça les sourcils.) C'est la première fois que je vois un tel édifice.

Quili et Garadooi n'étaient jamais allés à Aus. Soudain, Wallie se rappela l'étrange expression qu'il avait vu passer sur les traits de la servante de Dame Thondi. Celle-ci fréquentait des sorciers de hauts rangs. S'ils avaient conquis Aus en plus d'Ov, la vieillarde et ses domestiques ne l'ignoraient pas. C'était à mourir de rire. Wallie tombait de Charybde en Scylla. Voilà qui expliquait pourquoi on ne les avait pas poursuivis avec plus d'acharnement dans les montagnes.

Il était inutile de raconter cela à Brota. La guerrière lança un regard mauvais en direction de la tour mystérieuse et ses sourcils étrangement masculins se froncèrent tandis qu'elle réfléchissait.

— Vous avez bien payé pour qu'on vous emmène à la ville la plus proche, seigneur ?

— Non. J'ai payé pour qu'on emmène à la ville la plus proche où je puisse recruter des guerriers.

Brota grogna.

— C'est exact. Eh bien, je croyais que les sorciers n'approchaient jamais de la Rivière. Oui, j'ai entendu des histoires qui racontent qu'on en trouve dans les montagnes, mais ils adorent le dieu du feu. La Déesse ne permettrait pas...

Elle jeta un coup d'œil à l'épée de Wallie et s'interrompit.

Tomiyano grimpa l'escalier d'un pas nonchalant en mangeant une pêche. Il s'appuya contre la rambarde et observa le guerrier agenouillé avec mépris. La cité se rapprochait. Wallie se retourna pour examiner les quais bondés. Il regretta amèrement de ne pas avoir une bonne paire de jumelles.

— Si je ne me trompe pas, maîtresse, vous êtes en danger, vous aussi.

— Je m'attendais à en voir davantage dans une ville de cette importance. (Brota comptait les bateaux amarrés le long du quai et ceux qui étaient à l'ancre.) Chacun d'eux transporte des rats de navire, seigneur.

— Peut-être pas ici.

Elle leva la main pour défaire le nœud qui retenait sa queue-de-cheval et ses cheveux grisonnants cascadèrent sur ses épaules.

— Pour un marchand, toutes les cités se ressemblent. J'ai un chargement à vendre. Emmenez vos épéistes au rouf, seigneur. Nous verrons bien comment les choses vont se passer.

Il était inutile que Wallie ajoute quoi que ce soit : la guerrière méprisante ne l'écoutait déjà plus. Il se leva et s'éloigna avec raideur.

Il s'approcha de la porte du rouf et fit entrer ses compagnons, puis il fixa de nouveau le quai qui se rapprochait. Il était encore un peu trop loin pour distinguer la présence de guerriers ou de sorciers encapuchonnés. Lui-même ne tarderait pas à être visible aux yeux de ses ennemis. Il baissa aussitôt la tête et se glissa dans le rouf.

Nnanji esquissa une grimace à l'idée de se cacher, mais il eut la présence d'esprit de ne pas faire de réflexion. Wallie fit le tour de la pièce afin de fermer les volets et d'ouvrir les jalousies pour voir sans être vu. Honakura avait juché son corps minuscule sur le gros coffre et souriait avec suffisance.

— Vous n'allez quand même pas me dire que j'aurais dû prévoir ça ! grogna le guerrier.

— Je ne me permettrais pas de me montrer aussi grossier, seigneur.

Wallie s'assit à côté de lui. Ils étaient juste en dessous du poste de gouvernail, mais, maintenant, des cris et des grincements de chariots parvenaient jusqu'au navire, assez forts pour couvrir une conversation à voix basse. Wallie résuma au vieil homme les mystères qu'il avait découverts sur le *Saphir* : la discussion avec Thana et les cicatrices d'épée sur le corps des marins.

Honakura réagit avec une certaine jubilation. Il s'amusait comme un petit fou.

— À propos des cicatrices, seigneur, je pense que je n'en ai vu que sur les matelots.

— Mais sur aucun civil ?

Honakura secoua la tête.

— Au cours de ma vie, j'ai déjà rencontré des marins qui cherchaient l'absolution après avoir tué des hommes lors de combats à l'épée.

— Il doit donc exister un soutra qui les autorise à porter une arme. Il serait logique qu'on leur permette de se défendre contre les pirates.

Mais le Monde n'était guère logique. Wallie réfléchit et s'aperçut qu'il se frottait le menton – une habitude que Nnanji avait commencé à imiter. Il n'avait pas le temps de se remémorer les onze cent quarante-quatre règles de sa profession et l'affaire attendrait donc.

— De plus, ajouta Honakura d'un ton innocent, j'ai discuté avec la guerrière Lina…

— Qui ça ? Je ne savais pas qu'il y avait une autre… un moment, vous parlez de la vieille chouette assise près de vous pendant le repas ?

— Eh bien, si vous estimez que son âge porte préjudice à ses propos…

— Je vous demande pardon, vieil homme ! Excusez-moi.

Honakura renifla avec mépris.

— Elle a mentionné une chose que je devais vous rapporter. « Mettez votre beau seigneur en garde : il n'a pas intérêt à taquiner le capitaine avec son épée. »

— Vous croyez que cette Lina a des problèmes de vue ?

Honakura releva brusquement le menton.

— Dites aussi qu'elle est sénile, tant que vous y êtes !

Le vieil homme se renfrogna et refusa d'en dire plus.

Le *Saphir* cogna doucement contre les pare-battage du quai.

Wallie se tenait près d'une fenêtre, à côté de Nnanji qui berçait Vixini dans un silence maussade. On avait lancé des amarres et des hommes les enroulaient maintenant autour des bittes – peut-être des marins d'autres bateaux, car ils agitaient la main avec bonne humeur tandis que l'équipage du *Saphir* leur criait des remerciements. On ouvrit une coupée et on prépara une passerelle sans pour autant la descendre.

Rien ne se passa. Jja, Katanji et Honakura s'étaient rassemblés près de la seconde fenêtre donnant sur le port. Même Jénisse regardait à l'extérieur, ne sachant sans doute pas ce qu'elle cherchait des yeux.

Sur le quai, la route coincée entre la mer et les entrepôts était beaucoup trop étroite pour le trafic qu'elle supportait. Non loin de la poupe du *Saphir*, de nombreux esclaves déchargeaient des balles d'étoffe et des sacs de toile grise d'un gros navire tandis qu'une file de chariots attendait la marchandise. De temps en temps, des véhicules chargés de bois à brûler passaient dans un grondement sourd et se dirigeaient avec lenteur dans la même direction ; d'autres, transportant du bois d'œuvre, allaient dans le sens opposé. Les roues ferrées heurtaient les pavés en faisant un vacarme assourdissant. Les cavaliers solitaires, les chaises à porteurs et les charrettes à bras représentaient un danger plus sérieux pour les piétons qui s'efforçaient de se faufiler entre eux. Le port ressemblait en tout point à un port. Il y régnait une odeur de poussière, de chevaux, de poisson et de relents aquatiques.

Nnanji siffla et tendit un doigt : deux sorciers avançaient au milieu de la foule, un brun du troisième et un orange du quatrième. Leur visage était caché par un capuchon et leurs pieds par une robe longue, leurs bras étaient croisés et dissimulés par des manches très larges. Ainsi vêtus, ils dégageaient une aura sinistre et impersonnelle. Ils marchaient avec nonchalance, comme s'ils patrouillaient. Ils tournaient légèrement la tête pour regarder autour d'eux et cheminaient d'un pas lent et régulier. Les autres piétons s'écartaient pour leur céder le passage. Après quelques instants insoutenables, ils passèrent devant le *Saphir* et continuèrent leur route. Wallie laissa échapper un long soupir de soulagement. Il ne s'était même pas rendu compte qu'il retenait son souffle.

La porte s'ouvrit brusquement. Brota fit irruption dans la pièce et lança un regard mauvais au septième. Elle s'écarta pour laisser entrer Thana, le jeune Matarro qui transportait tant bien que mal un grand sac en cuir et une très vieille femme qui devait être la guerrière Lina. Brota referma la porte sans douceur. Il était clair qu'elle avait vu les sorciers et qu'elle se cachait, elle et les trois autres guerriers du *Saphir*. Aucun d'eux ne portait d'épée et seule Brota avait les cheveux longs.

Matarro laissa tomber son fardeau qui atterrit sur le plancher dans un fracas métallique. Nnanji se raidit et remit aussitôt Vixini dans les bras de sa mère. Il s'approcha sans en avoir l'air pour inspecter le sac.

— Je ne suis pas responsable de ce qui arrive, dit Wallie. Vous seriez venue ici de toute manière. Il n'y a que les Terres noires en aval.

Brota esquissa une grimace et leva ses bras flasques pour refaire sa queue-de-cheval.

— Qu'est-ce que nous attendons, maîtresse ?

— L'officier contrôleur du port.

— C'est un métier ?

Elle leva les yeux au ciel : comment pouvait-on être ignorant à ce point ?

— Non, c'est une sinécure. C'est sans doute un neveu du roi, ou le fils aîné d'une ordure de même acabit. Rien que des escrocs, des vampires et des enfoirés... (Et elle ajouta d'un ton amer :) En règle générale, ils sont plus rapides que ça quand il s'agit de venir nous soutirer de l'argent.

Voûté pour ne pas se cogner aux poutres de plafond, Wallie tira son arme au cas où... Nnanji fouilla le sac rempli d'épées que Matarro avait apporté. Il en sortit la sienne et se releva. La passerelle de débarquement glissa vers le quai avec un grincement suivi d'un bruit sourd. Les occupants de la pièce se dirigèrent vers les fenêtres côté ville.

Thana, qui se tenait contre Wallie, jeta un coup d'œil à travers les jalousies.

— Ooh ! murmura-t-elle. Très joli !

Son enthousiasme était compréhensible : le jeune homme qui franchit la passerelle à grands pas était presque aussi grand que Wallie et se déplaçait avec grâce. Il aurait pu être taillé dans du noyer frotté d'huile ; il avait le teint très mat et était d'une beauté remarquable. Il portait des sandales et un pagne orange ; une poche en cuir aux couleurs vives se balançait à son épaule. En le voyant, Wallie songea à une publicité pour des maillots de bain.

Le nouveau venu lança un sourire éclatant à Tomiyano et exécuta son salut.

— Je suis Ixiphino, marin du quatrième et officier contrôleur du port d'Aus. Mon souhait le plus humble et le plus sincère est que la Déesse en personne estime judicieux de vous accorder une vie longue et heureuse, et qu'elle vous convainque d'accepter mes modestes services zélés pour vous soutenir par tous les moyens nécessaires dans vos nobles desseins.

Tomiyano répondit avec une grâce inhabituelle tandis que les yeux du visiteur allaient et venaient le long du pont, examinant les marins rassemblés. Wallie remarqua que tous les hommes se tenaient près des seaux de sable. Ils n'appréciaient guère les guerriers, mais cela ne les empêchait pas de se méfier des sorciers.

— Je vous souhaite la bienvenue dans le port d'Aus, capitaine, déclara le mannequin pour maillots de bain avec un autre sourire étincelant. À vous et à votre navire, au nom des anciens et du sorcier.

— Le sorcier ?

— Ah ! C'est la première fois que vous venez dans cette région ? Oui, le sorcier est le puissant seigneur Yzarazzo, du septième. Il y a longtemps qu'Aus s'est libérée de la barbarie des guerriers.

— Et que pensez-vous des rats de navire ?

Nouveau sourire.

— Ils ne seront pas inquiétés tant qu'ils restent à bord. Je dois vous expliquer deux lois propres à notre ville, capitaine. La première stipule que tout guerrier qui posera le pied à terre sera radié du registre. Définitivement.

Tomiyano rougit.

— Ma mère est une guerrière. Normalement, c'est elle qui négocie les ventes.

— C'est regrettable. Elle pourra le faire depuis le pont du navire. Si elle débarque, elle violera la loi. (Ixiphino haussa les épaules avant de glousser.) Elle s'apercevra néanmoins qu'Aus est une ville où on fait de bonnes affaires. Il n'est pas inhabituel de commercer depuis son bateau. Vous réaliserez sans doute des profits plus juteux qu'à l'accoutumée.

— Pourquoi donc ?

— Parce que certains capitaines ont des préjugés contre les villes de sorciers et les navires accostent ici moins souvent que par le passé. Mais les marchands sont honnêtes – enfin, dans la mesure du possible, bien entendu – et les habitants sont paisibles.

— Ce sont les sorciers qui assurent le maintien de l'ordre ?

L'officier contrôleur éclata de rire.

— En effet, en effet. Et ils font de l'excellent travail.

L'homme n'avait pas regardé le rouf une seule fois. L'équipage prenait pourtant soin de s'en tenir à l'écart pour ne pas le lui cacher. C'était curieux !

— Et que fait un sorcier si, par exemple, des apprentis se cherchent querelle ? demanda Tomiyano.

Ixiphino rit de nouveau.

— Nous surveillons nos apprentis, capitaine. Mais nous avons déjà reçu des personnes violentes. Des guerriers de passage ont parfois essayé de faire usage de leur force. Je peux vous assurer que les méthodes des sorciers sont tout aussi efficaces que celles des guerriers. Elles le sont même davantage, devrais-je dire : un sortilège peut être lancé de loin.

Tomiyano était de nature sceptique.

— Ils les ont transformés en crapauds ?

— Ils les ont transformés en cadavres, capitaine. En cadavres calcinés, parfois.

Il y eut un silence. Dans le rouf plongé dans la pénombre, des regards s'échangèrent.

L'officier contrôleur poursuivit avec la même amabilité.

— Mais en dehors de cette restriction, capitaine, Aus ressemble à toutes les villes, si ce n'est qu'elle est plus agréable. La taxe professionnelle vous coûtera deux pièces d'or.

Les sourcils de Tomiyano remontèrent jusque dans sa frange.

— C'est très raisonnable.

— C'est le même montant que dans les autres cités, mais, ici, il n'y a pas de supplément pour alimenter la corruption. Mes maîtres ne le permettent pas.

Tomiyano lui tendit les deux pièces d'or sans dire un mot et ils se serrèrent les mains. Ixiphino inclina légèrement son ravissant visage et fit mine de partir.

— Vous avez dit qu'il y avait deux lois ?

— Oh, oui ! Que je suis bête ! (Le jeune officier contrôleur sourit de nouveau.) Il y a une interdiction de séjour absolue à l'encontre des guerriers de haut rang – les sixièmes et les septièmes. Mais on n'en voit pas souvent. Ils n'ont même pas le droit d'entrer dans le port. Vous ne transportez aucune libre épée, n'est-ce pas ?

— Bien sûr que non, répliqua Tomiyano.

L'officier se tourna vers le rouf, puis vers le capitaine avec un air amusé.

— Vous le jurez sur votre navire, marin ?

Des gouttes de sueur se mirent à perler sur le front de Wallie. Les mains du guerrier se contractèrent sur la poignée de la septième épée.

— Je le jure.

Nnanji inspira avec un sifflement.

L'officier contrôleur adressa un long sourire cynique au capitaine et secoua la tête comme une personne qui désapprouve le comportement d'un enfant désobéissant. Puis il fit demi-tour et débarqua en faisant claquer ses sandales sur la passerelle. Tomiyano s'essuya distraitement le front d'un revers de main et entreprit de lancer des ordres.

— Seigneur mon frère !

Et ça recommence !

Depuis sa première rencontre avec Nnanji, Wallie connaissait l'idéalisme utopique du jeune homme. Il savait que, un jour ou l'autre, cela amènerait des ennuis. Nnanji avait maintenant une preuve flagrante d'abomination.

— Je t'ai déjà dit que tu ne pouvais pas lancer une accusation publique devant moi, Nnanji. Et devant qui vas-tu le faire ? Devant sa mère ?

Le visage du jeune homme vira au violet et il jeta un regard furieux aux membres du groupe. Malgré l'obscurité qui régnait dans le rouf aux volets clos, il était clair que Thana, Lina et Matarro arboraient des mines hostiles. Les yeux de Brota ressemblaient à des fragments d'acier.

— Je crois que mon fils a proféré un mensonge à ton bénéfice, adepte !

— Je ne me cache pas derrière de faux serments, maîtresse ! Mon honneur s'en trouverait souillé.

C'était de la folie ! Du suicide ! Wallie avait deux cités remplies de sorciers sur les bras et Nnanji s'amusait à provoquer les marins comme s'il voulait se faire éjecter du navire. Il ne vivrait pas assez longtemps pour gagner le prochain port – et Wallie non plus, d'ailleurs. Le septième trouva soudain une solution au problème.

— Ce n'était pas un faux serment, Nnanji. Ce n'était que la pure et simple vérité : nous ne sommes pas des libres épées.

Nnanji se tourna vers le septième avec un air ébahi.

— Tu m'as dit qu'il existait trois sortes de guerriers. Tu en as oublié une : les mercenaires.

— C'est-à-dire que… ce n'est pas vraiment une catégorie, seigneur mon frère. Je veux dire qu'on n'en rencontre pas très souvent.

Nnanji avait une attitude ambivalente vis-à-vis des mercenaires. Il n'était pas honorable de faire la guerre en échange d'argent, mais ces hommes passaient leur vie dans le sang en accomplissant de hauts faits d'arme.

— Il n'en reste pas moins vrai que nous sommes en mission pour la Déesse. Nous sommes donc des mercenaires et non pas des libres épées. Le capitaine n'a pas menti. Maintenant, je t'ordonne de la fermer !

— Bien, mentor.

Brota regarda Wallie avec sévérité et, au bout d'un long moment, esquissa presque un sourire.

— Vous me jurez que c'est la vérité, seigneur ?

— Sur mon épée !

Elle hocha la tête, satisfaite.

Tomiyano entra et referma la porte derrière lui avant de s'y appuyer. Il lança un regard furieux à Wallie. La vieille Lina ouvrit le volet d'une fenêtre qui donnait sur la Rivière. Au soulagement de tous, une bouffée d'air frais et un peu de lumière pénétrèrent dans la pièce.

— Merci, capitaine, déclara Wallie.

— Il savait que vous étiez ici !

— Il semblerait.

— Je crois que nous ferions mieux de partir, marmonna Brota. Je n'aime pas la tournure que prennent les événements.

— Impossible ! répliqua son fils. Il n'y a pas le moindre souffle de vent. La Rivière est aussi calme qu'une mare.

Wallie n'en fut pas surpris.

— De toute façon, je préférerais que le navire reste ici pendant un certain temps.

Brota se renfrogna.

— Vous êtes sérieux ? Pour quelle raison ?

— Parce que je dois en apprendre davantage sur les sorciers. La Déesse ne m'aurait pas confié une tâche impossible, il doit donc exister un moyen de les combattre. Ils doivent avoir un point faible, mais je suis incapable de deviner lequel. La seule manière de le découvrir, c'est de poser des questions dans un endroit comme celui-ci. Combien d'autres cités ont été prises ? Quand ? Comment ? Où se trouve la ville de guerriers la plus proche ? Ce genre de choses. Vous pouvez obtenir les réponses à ma place, maîtresse, vous et votre équipage. Vous rendriez un grand service à la Très-Haute.

Cela pouvait aussi faire office de pénitence, mais Wallie n'avait pas la moindre intention de se renseigner sur le passé trouble du *Saphir*.

Tomiyano regarda sa mère et celle-ci hocha la tête.

— Dans ce cas, je vais préparer quelques échantillons de notre marchandise, lâcha-t-il à contrecœur.

— J'ai deux questions à te poser, l'arrêta Wallie. Tu as serré la main de l'officier du port. Est-ce qu'elle était douce ou calleuse ?

— Douce, pourquoi ?
— Ce n'était pas la main d'un marin ?
Les yeux du capitaine se plissèrent.
— Je suppose que son père est un ancien du conseil de la ville ou quelque chose dans ce genre. Ce n'est qu'un coureur de jupons qui joue au marin. Il ne faut pas faire attention à…
— Deuxième question : t'est-il déjà arrivé de payer une taxe professionnelle aussi peu élevée ?
Le visage de Tomiyano s'empourpra.
— Et qu'est-ce que ça peut bien te foutre ? Tu as vu et entendu, pas vrai ? Il savait que vous étiez ici. Les sorciers le lui ont dit.
— *C'était* un sorcier, dit Wallie.
Les gens du Peuple étaient tellement habitués aux marques faciales qu'il fallut un moment pour que l'auditoire de Wallie comprenne ses paroles. Brota fut la première à y parvenir. Ses yeux se plissèrent jusqu'à ne plus être que deux fentes enchâssées dans des rides.
— Pourquoi dites-vous cela ?
— Parce qu'il a refusé un supplément d'argent. A-t-il menti en affirmant que les pots-de-vin sont monnaie courante ailleurs ? (Brota secoua la tête.) Et alors ? Il a agi ainsi pour nous persuader que rien n'échappe à ses maîtres, qu'ils sont tout-puissants. Mais il ne se comportait pas comme un bon petit serviteur surveillé par ses supérieurs. Il était détendu, amusé. On ne peut pas acheter ce genre de loyauté sans faille – rien ne l'empêche de toucher son salaire et d'exiger un pot-de-vin en prime. De plus, ses mains ne sont pas calleuses. C'est un sorcier.
Ses compagnons échangèrent des regards inquiets.
— Bien, puisque nous sommes ici, ajouta Wallie, allez faire vos affaires, mais n'oubliez pas que tout le monde peut être un sorcier. Quelles que soient ses marques faciales. Je vous suggère de ne faire monter à bord qu'un inconnu à la fois.
— Seigneur mon frère ?
— Oui ?
— Les sorciers sont capables de se rendre invisibles. Le navire en est peut-être déjà rempli.
Wallie laissa échapper un grognement.
— Merci, Nnanji. Bien raisonné.

Des poutres et quelques pots en cuivre avaient été disposés sur le quai. Brota s'installa sur une chaise, sur le pont du *Saphir*, et attendit ses clients. Des marins se glissèrent dans la foule et s'éloignèrent en quête d'informations, de légendes se rapportant à la Rivière et de renseignements militaires. Honakura descendit également à terre et partit à son rythme de tortue. Il se révélerait sans aucun doute un enquêteur précieux. Des colporteurs s'approchèrent avec leurs chariots et annoncèrent le prix de leurs marchandises. La vieille Lina trotta jusqu'au quai pour négocier le prix de volatiles à plumes roses ou de paniers de fraises. Parfois, des sorciers passaient deux par deux, sans prêter d'attention particulière au navire. L'après-midi s'écoula, chaud et étouffant.

Nnanji était retourné s'asseoir près du sac d'épées de Matarro. Il avait examiné chacune des armes avec un air mauvais et constaté qu'elles étaient beaucoup plus courtes que celles des guerriers. Finalement, il tira sa pierre à aiguiser et entreprit d'affûter les lames.

Vixini s'était endormi. Jja et Jénisse étaient assises, aussi immobiles que des statues. Elles attendaient avec cette patience infinie propre aux esclaves. Wallie regardait à l'extérieur à travers les jalousies.

—Mentor, dit Katanji. Puis-je me rendre sur le pont?

—Non! Pourquoi est-ce que tu ne portes pas ton épée?

—Mon kilt est en bas... dans le pont inférieur. Dans la cabine de Mato.

Nnanji grogna et reprit son affûtage. Wallie ne s'en mêla pas, mais il ne comprenait pas pourquoi Katanji devait rester cloîtré avec ses deux supérieurs. Le jeune homme ne portait pas de queue-de-cheval et ses marques faciales étaient encore des plaies rougeâtres et suppurantes, presque indéchiffrables, même à quelques centimètres.

Le temps s'écoula sans changement notable. Un marchand renifla avec mépris en regardant les poutres de Brota et poursuivit son chemin. Les deux premiers sorciers traversèrent de nouveau le quai. La pierre à aiguiser de Nnanji glissait inlassablement et férocement sur les lames. Honakura repassa devant le navire pour explorer l'autre partie du port. Katanji, inquiet, passait d'une fenêtre à l'autre. Wallie en eut assez de rester debout, à ressasser ses problèmes jusqu'à en avoir le vertige. La réponse était toujours la même: il devait obtenir davantage d'informations.

Ce n'était pas juste! Comment pouvait-il faire la guerre à des ennemis dont il ne connaissait pas les pouvoirs? Il avait besoin de renseignements militaires. Mata Hari... le chevalier d'Éon... Au manoir des Thondi, il avait joué au détective; maintenant, il se retrouvait dans un roman d'espionnage. Les maudites marques faciales du Peuple réduisaient sa marge de manœuvre à néant. Il avait besoin, pour un temps, de devenir George Smiley ou James Bond. S'il pouvait passer quelques jours dans cette ville comme docker ou porteur, il découvrirait les renseignements dont il avait besoin. Mais il avait sept épées tatouées de manière indélébile sur le front.

Un bruit à faire grincer les dents monta de la pierre à aiguiser de Nnanji.

C'en était assez!

À plusieurs reprises, Wallie avait été forcé de constater que les émotions échappaient à toute logique. En héritant du corps de Shonsu, il avait aussi hérité de ses hormones. Il avait appris à surveiller les signes précurseurs de danger quand il maniait son épée et qu'une montée d'adrénaline était à craindre. Mais, parfois, il pouvait être pris en défaut.

C'était le cas maintenant.

La frustration, l'impuissance, la honte d'avoir à se cacher et peut-être même un vestige de décalage horaire… Tout cela se mit soudain à bouillir en lui. Wallie Smith fut vaincu par la colère de Shonsu.

— Au diable ! Je descends à terre !

Nnanji leva les yeux pour lui adresser un regard approbateur.

— D'accord ! dit-il en rangeant sa pierre à aiguiser.

— Toi, tu restes ici ! lui dit Wallie. Tu garderas mon épée et ma barrette. Katanji, va voir Brota et demande-lui des vêtements noirs. Pas un mot, Nnanji !

Dix minutes plus tard, il s'était déshabillé et ne portait plus qu'un bout de tissu noir autour des hanches et du front. Il ne s'était jamais senti aussi nu et sa conscience lui soufflait des mises en garde d'un ton geignard. Mais il ne pouvait plus reculer. Il se dirigea vers la porte.

— Seigneur mon frère ! (Serrant le harnais et l'arme de Wallie dans ses mains, Nnanji regardait son mentor avec colère et semblait prêt à se rebeller.) C'est mal ! Un guerrier sans épée est un guerrier sans honneur ! Vous m'avez demandé de vous avertir quand…

— Objection notée.

Wallie le contourna et sortit sur le pont.

Brota, les poings sur les hanches, l'observa avec un visage impassible.

— Une montagne de muscles sans la moindre trace de cervelle, voilà ce que vous êtes. Qu'est-ce que vous voulez prouver ? Vous vous comportez comme un imbécile !

Quelle insolence ! Mais il n'était plus un guerrier du septième lorsqu'il avait décidé de faire quelque chose. Il passa devant elle sans un mot.

Jja se tenait près de la coupée, pâle et inquiète. Il lui adressa un sourire enjoué et essaya de passer à côté d'elle, mais elle se mit en travers de son chemin et le serra dans ses bras.

— Maître, je vous en conjure ! Je sais qu'une esclave ne doit pas dire ce genre de chose, mais je vous supplie de renoncer à cette idée ! C'est bien trop dangereux !

— Le danger fait partie de mon métier, Jja.

Il l'embrassa sur le front et la poussa doucement sur le côté.

Elle s'accrocha à lui.

— Je vous en prie… Wallie ?

Elle ne l'appelait jamais ainsi, sauf quand ils faisaient l'amour.

Il secoua la tête.

— Nous devons faire confiance à la Déesse, ma chérie.

Il regarda à droite et à gauche pour vérifier qu'il n'y avait pas de sorciers en vue. Rassuré, il descendit la passerelle à petits pas et se mêla à la foule dont il adopta l'allure. Il voyait sans mal au-dessus de la tête des passants et personne ne lui prêta attention. Il remarqua néanmoins quelques regards renfrognés qu'il trouva plus étranges que menaçants. Il passa devant des étals où étaient exposés des produits surveillés par les marchands. Il croisa des charrettes de colporteurs chargées de fruits luisants, de miches de pain dorées et d'amas de viande saignante constellés de mouches. Il vit des véhicules arrêtés dont les chevaux agitaient leur mangeoire en faisant tinter leur harnais. Il s'écarta pour ne pas se faire renverser par les chariots qui avançaient dans un vacarme sourd. Il se fraya un chemin à coups de coude pour entrer ou sortir de la foule et se déplaça avec prudence : les passants pouvaient écraser ses pieds nus et il risquait de se cogner un orteil contre un pavé. Il examina les piles de marchandises qu'on chargeait et déchargeait. Il commençait à apprécier l'excursion.

Il n'y avait pas le moindre souffle de vent. L'air était chaud et moite. Les quais de la ville empestaient, mais Wallie s'amusait.

Il aperçut alors deux capuches qui approchaient et leur tourna aussitôt le dos. Il s'enfonça dans un groupe de badauds rassemblé autour de la charrette d'un colporteur. Le véhicule était surmonté d'une rôtissoire où cuisait une viande étrange qu'on servait ensuite sous forme de brochettes. Le vieux marchand ambulant lui adressa un de ces regards étranges.

— Tiens, murmura-t-il en lui tendant une pique garnie de morceaux de viande.

Wallie se rappela alors que les mendiants étaient eux aussi vêtus de noir et qu'ils portaient un bandeau sur le front. Était-ce donc ainsi qu'on voyait le puissant Shonsu ? Comme un miséreux grand et costaud qui ferait bien de se trouver un travail honnête ? Il retint un sourire en pensant à la poche remplie de gemmes qui l'attendait sur le *Saphir*. Il mordit dans la nourriture qu'on lui avait offerte : elle était caoutchouteuse, mais succulente, à la fois chaude et épicée. En avalant une deuxième bouchée, il songea qu'il s'agissait sans doute de poulpe ou d'encornet. Des mollusques d'eau douce ?

Il marmonna une bénédiction pour remercier le marchand.

— Puisse-Elle fortifier votre bras et aiguiser votre œil.

Le vieux colporteur mal habillé recula sous le coup de la surprise. Wallie regretta aussitôt de ne pouvoir ravaler ses paroles : il venait d'exprimer sa gratitude avec une formule de guerrier. Le marchand fronça les sourcils en regardant ce jeune homme athlétique aux cheveux longs.

— Comme disent ces gens-là, ajouta Wallie avec un petit sourire.

Les yeux du colporteur se fixèrent au-dessus de l'épaule du guerrier, vers l'endroit où les deux sorciers devaient se trouver.

— Plus aujourd'hui, murmura-t-il. Plus ici. (Puis il cria :) Allez, fiche-moi le camp, maintenant !

Wallie regarda derrière lui et s'aperçut que les sorciers s'étaient éloignés. Il reprit son chemin à travers la foule en dégustant sa brochette. Il passa devant un navire d'où on déchargeait des paniers de légumes ; à côté, on chargeait des tuiles à bord d'un autre. Il s'arrêta net sous le coup de la surprise. Un passant faillit lui rentrer dans le dos et lança une injure. Devant Wallie, un grand chariot tiré par deux chevaux attendait près d'un petit bateau. Un groupe de jeunes gens en extrayait des sacs pour les embarquer et la passerelle grinçait avec force à chacun de leurs pas. Un peu plus loin, le quai était submergé de marchandises – en majorité de longs rouleaux de tissu ainsi que quelques balles et paquets ordinaires. Devant la coupée, plus près de Wallie, le reste de la cargaison du navire avait été étalée un peu partout entre le bateau et le chariot : des boîtes et des jarres, mais surtout des pots en cuivre et en laiton qui étincelaient sous les rayons du soleil.

Quelque chose avait attiré l'attention de Wallie au milieu de ce capharnaüm : deux grands serpentins en cuivre qui faisaient penser à des serpents. En examinant la collection de récipients, Wallie en repéra deux de la taille d'une poubelle. Ils étaient fermés par un couvercle et munis d'étroits orifices à leur sommet. Hypothèse : les serpentins en cuivre se fixaient en haut de ces pots. Ce matériel servait à la distillation.

Du vin, oui. De la bière, oui. Mais, dans la langue du Peuple, il ne connaissait aucun mot pour l'eau-de-vie, les gnôles ou les divers spiritueux. Était-ce destiné à la sorcellerie ? Enthousiasmé par sa découverte, il se dirigea vers le navire.

Il aperçut alors Tomiyano qui discutait avec un marin. Le capitaine du *Saphir* vit Wallie au même moment et son visage s'empourpra de rage. Il interrompit sa conversation et avança à grands pas vers le guerrier.

— Qu'est-ce que tu fous ici, Shonsu ? demanda-t-il d'une voix basse et furieuse.

— Je fouine, répondit Wallie. Mais je suis un anonyme, seuls les guerriers ont le droit de me fouiller.

Tomiyano ne goûta pas vraiment la plaisanterie.

— Il y en a assez sous ton bandeau pour te faire tuer sept fois. Tu mets mon navire en péril !

C'était peut-être vrai, mais Wallie esquissa un sourire innocent.

— Certainement pas. Ton navire court moins de risques tant que je suis à terre. Maintenant, dis-moi un peu, tu vois ces serpentins de cuivre ? Qu'est-ce que c'est et à quoi servent-ils ?

Tomiyano se retourna à contrecœur.

— Je n'en ai aucune idée. Viens par ici, c'est plus discret.

Il regagna le pied de la passerelle et Wallie le suivit derrière le chariot surchargé, à l'abri du regard des passants. Le groupe d'adolescents et de jeunes hommes sales continua à transporter les sacs à bord, des sacs qui laissaient souvent échapper un filet de poussière jaune. Appuyée au bastingage, une femme vêtue en dépit du bon sens comptait à l'aide d'un boulier. Le marin le plus âgé portait une dague de capitaine et déchargeait le chariot pour aider ses hommes. La coque du bateau était en mauvais état et avait un besoin urgent d'une nouvelle couche de peinture. C'était une caricature, une parodie du *Saphir*.

Le capitaine, un obèse à cheveux gris, avait l'air aussi idiot que fainéant. Lui et Tomiyano le nerveux se ressemblaient autant que leurs navires respectifs. L'homme examina Wallie avec suspicion, mais le retour de son confrère le ravit : c'était l'occasion de cesser le travail et de reprendre la discussion. L'adolescent suivant se présenta pour attraper un sac et Wallie en souleva un pour le charger sur son dos. Il fit de même pour les autres : il ne fallait pas interrompre la conversation du capitaine.

Le guerrier tendit l'oreille. En aval d'Aus, il y avait des bancs de sable et, au-delà, les Terres noires, déclara le vieil obèse. Aucune ville, aucun peuple à moins de deux semaines de navigation. Le capitaine Tomiyano ferait mieux de se diriger en amont. La cité la plus proche était Ki San, une agglomération riche et importante. Il n'y avait pas de sorciers là-bas. À Aus, les affaires n'étaient pas très florissantes depuis qu'ils avaient pris le pouvoir. Les marchands de Ki San seraient prêts à payer davantage pour des produits de luxe comme le bois de santal. Ki San était un gros producteur de cuivre et de laiton. Tomiyano profita de l'occasion pour aborder naturellement le sujet des tuyaux métalliques. Son homologue se referma aussitôt comme une palourde constipée, une huître entêtée. Ce thème était tabou.

Cette réaction attisa la curiosité de Tomiyano et il alla examiner le mystérieux matériel *de visu.* Wallie se joignit à lui. Les tubes étaient faits de feuilles de cuivre soudées et assemblées avec soin. Quand Wallie en ramassa un, il n'eut aucune difficulté pour le brancher au sommet d'un gros pot. Les couvercles étaient bien serrés et les récipients étaient vides, mais ils avaient été conçus pour la distillation, aucun doute n'était permis. Le vieil obèse devint nerveux et essaya de changer de sujet, mais, en réponse à une question sans équivoque, il reconnut que ces objets étaient destinés à la tour. Tomiyano était maintenant intrigué. Il proposa d'en acheter un pour rendre service au guerrier silencieux. Sa demande fut rejetée avec énergie.

— Qu'est-ce qu'un marin ferait d'un de ces trucs ? demanda une voix haut perchée, dans le dos de Wallie et de Tomiyano.

Le septième se retourna pour se retrouver face à deux sorciers. L'un d'entre eux tenait un fifre d'argent.

Les deux sorciers paraissaient étrangement corpulents dans leurs vêtements amples. Le plus grand devait avoir une quarantaine d'années et portait la tenue orange des quatrièmes. On apercevait son visage émacié et soupçonneux sous sa capuche et il avait croisé les bras dans ses manches.

Le second était habillé de brun et arborait trois marques faciales en forme de plume. Il était plus potelé et plus jeune que son compagnon. Ses lèvres étaient retroussées en un petit sourire arrogant, tout près de l'embout du mince tube d'argent. Trois notes tirées de cet instrument avaient suffi à tuer Kandoru.

Le sorcier avait posé la question à Tomiyano, mais son camarade et lui regardaient tous deux Wallie.

Des gouttelettes de sueur glacée se mirent à couler sur les côtes du guerrier. Il était pris au piège. D'un côté, il y avait le chariot, de l'autre, le navire. Les sorciers bloquaient le chemin vers le *Saphir.* Derrière lui, toute retraite était coupée par l'étalage de marchandises, la passerelle de débarquement et la montagne de rouleaux de tissu. Wallie était capable de citer trois soutras qui auraient dû le mettre en garde – sans compter le simple bon sens. L'honneur de Nnanji, l'esprit pratique de Brota, l'amour de Jja… Il avait refusé de les écouter et il allait maintenant payer le prix de sa folie.

Pour couronner le tout, il ignorait à quel genre de danger il faisait face. Un homme courait-il plus vite qu'un sortilège ? Même si les sorciers n'étaient armés que d'une dague ou d'une épée, il aurait du mal à éviter les coups et à s'enfuir. Les vêtements des sorciers les gêneraient en cas de poursuite, mais quelle importance ? Un petit air de fifre ou quelques paroles psalmodiées et Wallie se transformerait en cadavre calciné…

— C'était seulement de la curiosité, adepte, déclara Tomiyano d'une voix nettement plus humble qu'à l'accoutumée. C'est la première fois que nous voyons de tels pots.

— La curiosité peut se révéler dangereuse, marin, répliqua le quatrième sans le regarder. Surtout pour les guerriers du septième rang. Vous n'êtes pas d'accord avec moi… Wallie ?

Impossible ! Seuls Jja, Honakura et Nnanji connaissaient ce nom ! Personne d'autre dans le Monde ! Même si un de ses compagnons avait été capturé, les sorciers n'auraient pas eu le temps de le faire parler, sous la torture ou par tous les autres moyens que Wallie pouvait imaginer.

Jja avait prononcé son nom près de la passerelle de débarquement, mais personne n'était à proximité, et même Brota se tenait trop loin pour l'avoir entendue. Ses adversaires devaient avoir recours à l'invisibilité, ou à la télépathie.

Mais si les sorciers possédaient un de ces pouvoirs, ils étaient invincibles.

— Oh ! Vous avez l'air inquiet ! (L'homme en brun esquissa un petit sourire narquois.) Vous avez pourtant affirmé à Jja que vous feriez confiance à la Déesse.

Personne ne pouvait avoir entendu cela !

Wallie savait qu'il était livide et il faisait des efforts surhumains pour ne pas trembler. La peur, oui. La peur de l'inconnu plus exactement, mais surtout la rage qui le saisit quand il prit conscience de son incroyable bêtise. Idiot !

— Avancez ! aboya le quatrième. Avancez par là !

Il hocha la tête en direction de la passerelle.

Le capitaine n'était peut-être pas aussi bête qu'il en avait l'air : il s'était réfugié sur le pont de son navire. Le chargement des sacs s'était interrompu.

Wallie hésita, puis haussa les épaules et se tourna. Il se fraya un chemin entre les pots et s'arrêta devant la passerelle avant de regarder les sorciers derrière lui.

— De l'autre côté ! Contre le bateau ! ordonna le quatrième de sa voix de fausset.

Wallie obéit avec docilité. Il longea le quai et se pencha pour passer sous la passerelle.

Le sorcier hocha la tête avec un air satisfait.

— Je n'aime pas l'odeur des guerriers.

Il éclata d'un rire aussi aigu que sa voix.

Son jeune compagnon grimaça un sourire.

— Enlève ce bandeau ! ordonna-t-il.

Il avait croisé les bras comme son supérieur et le fifre avait disparu. S'agissait-il d'une arme à courte portée ?

Wallie secoua la tête et prit la parole pour la première fois.

— Je suis un anonyme qui sert la Déesse.

Sa voix était plus calme qu'il s'y attendait.

— Tu es un guerrier du septième rang ! Et ici, nous vénérons le dieu du feu. Enlève ce bout de chiffon et refais ta queue-de-cheval !

Wallie obéit en silence.

Pourquoi les deux hommes gardaient-ils les mains cachées à l'intérieur de leurs manches si larges ? Ils semblaient tenir quelque chose sous leurs vêtements. Une arme ou un charme magique, songea Wallie. La situation n'aurait pas été meilleure s'il s'était agi de simples poignards et le septième ne savait pas comment lutter contre la magie. Des yeux glacés brillaient dans l'ombre des capuchons, mais les deux sorciers paraissaient plus détendus maintenant que leur prisonnier s'était éloigné. Leurs sorts demandaient peut-être un certain temps de préparation et il était préférable que la cible ne soit pas trop près. Si tel était le cas, ils s'étaient montrés plus malins que Wallie. La situation du guerrier n'avait fait qu'empirer : il était maintenant coincé par la Rivière d'un côté, les rouleaux de tissu derrière lui et la passerelle à hauteur de poitrine devant lui.

Il baissa les yeux. Entre les pare-battage du quai et la courbe de la coque pelée du navire, il y avait un espace suffisant pour sauter dans une eau trompeusement inoffensive. Sur Terre, il n'aurait pas hésité, mais ici, même dans le port, il n'y avait pas le moindre débris à la surface, à l'exception de quelques fragments de bois. Il ne pouvait plus plaider l'innocence devant les dieux pour qu'ils le sauvent des piranhas. Ils l'avaient averti : les miracles n'arrivaient pas sur commande. Impossible de s'échapper par là.

— Vous pouvez sauter si vous en avez envie, se moqua le sorcier du quatrième. Cela m'épargnera la peine de lancer un sort et de jeter votre cadavre à l'eau.

— Je préfère attendre, répliqua Wallie d'une voix aussi calme que possible.

Le sorcier ricana en signe de triomphe, puis s'adressa à son compagnon sans quitter le guerrier des yeux.

— Nous devrions nous occuper de son complice, le marin, en premier.

— Laissez-le en dehors de tout ça ! cria Wallie. Nous nous sommes rencontrés aujourd'hui. Je me suis emparé de son navire à la pointe de l'épée.

— Il a menti, guerrier. En général, on punit les parjures en leur glissant une poignée de charbons ardents dans la bouche.

— Il n'avait pas le choix, adepte ! J'étais dans le rouf et j'écoutais tout ce qu'il disait. J'avais la lame de mon épée contre la gorge de sa sœur.

Le quatrième hésita.

— Je crois que tu mens, guerrier, mais nous allons faire preuve de miséricorde. Montre-lui ce que nous faisons des alambics puisqu'il est si curieux.

Le troisième se dirigea vers Tomiyano. Il glissa en direction des pots en cuivre comme un fantôme : ses pieds ne semblaient pas toucher le sol. Il s'approcha très près et scruta les yeux du capitaine. Celui-ci recula, inquiet, et se cogna contre les fameux alambics.

— Alors comme ça, vous voulez en savoir plus sur nos petites affaires ?

Le sorcier était amusé et sûr de lui. Par comparaison, son supérieur semblait plus hésitant. Il y avait peut-être de l'espoir, mais comment pouvait-il se tirer de ce mauvais pas ? Que devait-il faire ?

Wallie ne voyait pas le visage de Tomiyano, juste son dos, mais il entendit sa voix chargée de colère.

— Excusez-moi. Je ne savais pas que ce matériel vous appartenait.

Le troisième avait une idée derrière la tête et cela n'était pas rassurant.

— Eh bien ! Attrapez-en un et je vais vous montrer, dit le sorcier d'un ton moqueur.

— Non ! aboya Tomiyano.

Le sorcier répliqua tout aussi sèchement.

— Attrapez-en un !

Le marin posa les poings sur les hanches.

— Non !

Le sorcier marmonna quelque chose et agita la main devant le visage du capitaine. Tomiyano se recula avec colère avant de hurler et de plaquer sa paume contre sa joue. Il se plia en deux et se mit à trépigner en lançant des jurons.

Wallie serra les poings et regarda le quatrième. Celui-ci ne l'avait pas quitté des yeux. Il savourait la peur et la rage impuissante du guerrier.

Tomiyano se redressa, hors de lui, et fit mine de prendre son couteau.

L'arme avait disparu. La colère du capitaine s'évanouit sur-le-champ et il tourna un visage terrifié vers Wallie. La douleur l'avait rendu livide et une horrible brûlure lui boursouflait le coin de la bouche. Il secouait aussi sa main gauche comme si les doigts lui faisaient mal.

— Les guerriers coupent les oreilles des personnes qui les agacent, dit le troisième. Nous sommes moins barbares, mais nous aimons nous souvenir des fortes têtes. À l'avenir, cette cicatrice avertira mes frères que vous n'êtes pas un homme digne de confiance. Et maintenant, capitaine Tomiyano, attrapez cet alambic !

Une foule s'était rassemblée à distance respectable derrière les sorciers et les marins observaient la scène du pont du navire. Tomiyano foudroya Wallie du regard. Il s'agenouilla et passa les bras autour du gros pot. Il se redressa sans difficulté – l'objet était léger – et se tourna vers son persécuteur.

— Nous les utilisons pour élever des oiseaux, capitaine. Vous ne me croyez pas ? Je vais vous montrer.

Il tendit la main et ôta le couvercle. Un volatile blanc jaillit du récipient dans un grand bruissement d'ailes et frôla le visage du capitaine. Surpris, Tomiyano fit un pas en arrière et trébucha contre un chaudron. Il s'effondra dans un fracas métallique tandis que des pots roulaient dans tous les sens. Les deux sorciers rirent de bon cœur et, au bout d'un moment, l'hilarité gagna les marins ainsi que la foule, toujours plus nombreuse à l'autre bout du chariot. Tomiyano se releva en tremblant alors que l'oiseau s'éloignait en décrivant de grands cercles dans le ciel.

Le sorcier le plus jeune se retourna et glissa jusqu'à son supérieur. Les deux hommes regardèrent Wallie.

— Maintenant, c'est ton tour, guerrier, dit le quatrième de sa voix aiguë.

Le cœur de Wallie battait à tout rompre. Le septième se demanda combien de temps il fallait pour lancer un sort. Serait-il assez rapide pour bondir sur ses adversaires ? Il aurait dû tenter sa chance pendant que le troisième torturait Tomiyano.

Rien ne se passa pendant une éternité. Les sorciers se contentèrent de fixer le guerrier et le guerrier fixa les sorciers. Wallie s'efforça de respirer lentement et de ne pas contracter ses muscles. Il ne savait pas ce que ses adversaires avaient l'intention de faire, mais il souhaita qu'ils en finissent au plus vite.

— Vous êtes d'une bêtise ahurissante, Wallie, dit enfin le quatrième. Même pour un guerrier, vous êtes incroyablement stupide.

— Je vous l'accorde, dit Wallie.

Que se passait-il donc ?

Le quatrième hocha imperceptiblement la tête sous son capuchon.

— Voici un guerrier bien humble, sorcier Resalipi.

Wallie scruta le visage dans l'ombre et crut apercevoir des gouttelettes de sueur. L'homme n'avait pas l'intention de le tuer. Il le ferait peut-être si Wallie les attaquait, mais tout le monde n'appréciait pas les meurtres de sang-froid. Wallie en savait quelque chose.

Le capuchon brun se tourna vers l'orange et murmura quelques paroles inaudibles. Le troisième proposait-il à son supérieur de se charger de l'exécution ?

— Non, Resalipi, répondit le quatrième. Je crois qu'un guerrier humble pourrait nous apprendre des choses. Je vous donne le choix, seigneur Wallie. Vous pouvez mourir maintenant ou retourner à votre bateau en rampant – pour faire la preuve de votre humilité.

Un espoir ! Un espoir qui ressemblait à une petite flamme s'accrochant à des charbons déjà morts. Entre mourir et ramper, Wallie n'hésiterait jamais une seule seconde.

— Et après ? Le navire et moi serons libres de partir sans être inquiétés ? Pouvez-vous me le promettre ?

Cet infime acte de résistance suffit presque à faire changer le sorcier d'avis.

— Vous n'êtes pas en position de poser des conditions ! couina-t-il. (Son subalterne lui murmura de nouveau quelque chose.) Bonne idée ! Sachez, guerrier, que nous autres, sorciers, prêtons serment sur le feu. Débarrassez-vous de ce vêtement et lancez-le par ici.

Wallie hésita une fraction de seconde alors qu'il commençait à entrevoir ce qui allait arriver. Il arracha son pagne, le roula en boule et le jeta par-dessus la passerelle, en direction des deux hommes. Tant qu'ils s'amuseraient avec lui, il vivrait. Il lança un regard contrit à Tomiyano qui observait la scène en silence, à la fois furieux et étonné. Il ne tourna pas les yeux vers la foule.

Le troisième glissa en avant et ramassa le vêtement avant de le rapporter et de le laisser tomber aux pieds de son supérieur. Celui-ci leva la main et marmonna des paroles inintelligibles. Le tissu commença à fumer, puis s'embrasa. Les deux sorciers se tournèrent vers Wallie pour voir s'il était impressionné, il prit donc l'air impressionné.

— Je jure que votre navire pourra quitter le port sans être inquiété, dit le quatrième. Maintenant, allez par là (il pointa le doigt en direction de la passerelle) et allongez-vous.

De nouveau, Wallie envisagea de résister. L'humiliation d'un guerrier était une idée qui révoltait totalement la part de Shonsu qui était en lui. Seulement vêtu du lacet qui maintenait sa queue-de-cheval, en proie à un sentiment de vulnérabilité et de honte indescriptible, il se dirigea vers l'endroit indiqué, s'agenouilla, puis se coucha. Il leva la tête pour regarder les deux hommes.

Le premier le fixa pendant une minute, surpris.

— Eh bien ! Commencez à ramper ! Si vous vous arrêtez, vous mourrez.

Wallie observa le second sorcier. Lui aussi était étonné.

— J'ai un vassal assez excité à bord. Capitaine, regagne le navire et avertis tout le monde. Cloue Nnanji au mât si c'est nécessaire. Je ne veux pas d'autres ennuis.

— Et n'oubliez pas de lui dire de regarder le spectacle, dit le sorcier le plus jeune.

Il éclata de rire. Tomiyano bondit par-dessus des pots et s'éloigna en courant.

— Rampez, guerrier !

Wallie se releva à quatre pattes.

— J'ai dit sur le ventre !

Le septième se rallongea et entreprit de se traîner sur la chaussée froide, inégale et horriblement sale. Beaucoup de chevaux passaient par là. Il dépassa le tas d'objets en cuivre et l'extrémité du chariot. La foule s'écarta pour lui laisser le passage.

Il devait seulement parcourir une distance équivalente à cinq longueurs de navire.

Il lui faudrait à peine plus de dix ans.

— Levez la tête, guerrier !

Les sorciers le suivaient en criant aux badauds de se ranger. Un couloir s'ouvrit devant Wallie, bordé de visages étonnés ou moqueurs, bourdonnant de réflexions grivoises. Il contourna les piles de marchandises disposées sur le quai, puis passa à la hauteur des roues des chariots de colporteurs et au pied des étals. Il fallait se montrer pragmatique : l'humiliation était de loin préférable à la mort.

Les rires éclatèrent avant qu'il dépasse le premier navire. Puis vinrent les projectiles : des ordures, des poissons pourris et quelques objets plus solides.

— Levez la tête, guerrier !

Il vit des pieds nus, des bottes, des sandales, puis des robes qui descendaient jusqu'au sol. Il comprit alors que d'autres sorciers étaient arrivés. Les spectateurs lui crièrent d'aller plus vite et de faire attention à ne pas rayer les pavés. Les enfants se mirent à construire une barricade avec des balles et des caisses pour l'obliger à faire un détour.

— Levez la tête, guerrier ! lança la voix de fausset derrière lui.

Ce n'était pas la première fois qu'une foule se moquait de lui, il avait déjà connu cette humiliation pendant qu'il se rendait au Jugement de la Déesse. Mais il n'était alors que Wallie Smith, un Wallie Smith perdu et souffrant le martyre. Aujourd'hui, il était un guerrier du septième et il avait pris l'habitude de se considérer comme tel. Aujourd'hui, le mépris le blessait bien davantage.

— Faites de la place pour le guerrier !

Le couloir de personnes et de caisses serpentait avant de mener à un chariot. Docile, Wallie rampa dessous et fut accueilli par des ovations lorsqu'il émergea de l'autre côté. Il se demanda à quoi il voulait échapper. À la musique ? À l'oiseau blanc ou au bout de tissu en flammes ? Et si ses tourmenteurs bluffaient depuis le début ? C'était peu probable. Les sorciers avaient tué Kandoru, les gardes d'Ov et, selon toute probabilité, ceux d'Aus. En outre, le gros capitaine s'était réfugié prudemment en haut de la passerelle dès qu'il les avait aperçus.

Wallie ne serait peut-être pas parvenu au bout de son supplice s'il n'avait pas songé à Nnanji. Le jeune garçon l'avait accusé de travestissement devant Imperkanni. Il n'était pas honorable d'avoir recours à des déguisements, mais ça… Nnanji ne pourrait jamais pardonner une telle humiliation. Wallie lui avait fait prêter le quatrième serment. *Ton honneur est mon honneur.* Il avait donc sali l'honneur de son vassal en même temps que le sien. Nnanji allait le tuer. Il le clouerait à terre, sans même lui donner une arme, sans même un avertissement, comme s'il punissait un dépravé… Non ! Nnanji penserait qu'il était lui aussi devenu un dépravé et il ne se sentirait pas le droit de châtier son maître. Il était plus probable qu'il se suicide. C'était le comportement adéquat dans une culture où la honte jouait une telle importance. Quel était l'équivalent du Romain qui s'empale sur son glaive ou de l'officier prussien qui se fait sauter la cervelle dans le Monde ? Wallie passa les soutras en revue, mais la Déesse ne semblait pas attendre de ses guerriers qu'ils fassent *seppuku*. Il fallait se rabattre sur l'argot de la profession dans ce cas : « Il a lavé sa lame. » Bien sûr.

Il entrevoyait maintenant toute l'étendue de sa bêtise. Shonsu ou Nnanji ne seraient jamais descendus à terre sans arme, mais s'ils s'étaient retrouvés coincés comme Wallie, ils auraient sauté dans la Rivière. Les sorciers avaient pensé qu'il choisirait cette solution – tout comme les dieux, sans doute. Wallie avait douté de la puissance divine. Il commettait cette erreur pour la deuxième fois.

Nnanji plaçait son honneur au-dessus de tout et Wallie le traînait – au sens propre – aussi bas que terre. Il ne pouvait pas y avoir de pardon, d'oubli ou de compréhension. Le quatrième serment était irrévocable. Wallie n'aurait pas pu agir de manière plus cruelle s'il l'avait voulu. Il était possible que Nnanji soit déjà mort lorsqu'il atteindrait le *Saphir*. Il s'évertuait encore à trouver une solution quand il constata qu'il arrivait au terme de son épreuve. Tandis qu'il s'inquiétait pour son protégé, il avait rampé sans s'en rendre compte et était devenu sourd aux moqueries de la foule.

La passerelle du *Saphir* était en vue : une oasis, le Saint-Graal. Il franchit le reste du chemin et se hissa sur la planche. Il se mit à genoux, puis se leva, s'attendant à une ultime traîtrise, mais il ne reçut qu'une ovation railleuse de la part des spectateurs.

Il était d'une saleté repoussante, couvert d'éraflures et tremblant. Il se tourna et regarda les sorciers. Ils devaient l'observer avec amusement et satisfaction, mais c'était difficile à dire, car leur visage était invisible sous leur capuche. Il hocha la tête en une ébauche de salut, fit demi-tour et traversa la passerelle.

Un : des sorciers repèrent un guerrier ; deux : le guerrier rampe.

Mais l'histoire ne s'arrêtait pas là.

Au bout de la passerelle, Jja attendait Wallie, livide. Elle lui tendit un vêtement et il s'enroula dedans. Ils s'observèrent en silence pendant un moment, puis le septième balaya le pont du regard. Il vit quelques marins, Brota et Thana, mais il ne distingua pas leur visage. Personne ne lui prêtait attention. Il était devenu invisible.

Sauf pour Jja. Les esclaves étaient censés garder les yeux baissés. La jeune femme ne regardait jamais son maître en face quand ils n'étaient pas seuls.

—Il n'y a donc que toi ! murmura-t-il. Il n'y a donc que toi qui te fiches de l'honneur ?

—L'honneur ? Qu'est-ce qu'une esclave peut bien comprendre à l'honneur ?

Elle lui saisit le bras et le tira vers le gaillard d'avant. Abasourdi, il se laissa entraîner à l'intérieur, puis vers une cabine de douche sombre et étroite empestant le moisi. Elle le débarrassa du vêtement et s'activa avec énergie sur la poignée potelée de la pompe. En frottant la crasse qui le maculait, Wallie aspergea la jeune femme qui fut bientôt aussi mouillée que lui.

—Jja… Je suis désolé.

—Désolé ? Qu'est-ce que je viens de te dire ?

Elle était en colère contre lui. Son angoisse s'était muée en rage et le spectacle de cette esclave docile transformée en furie était plus intéressant que tous les mystères auxquels il avait assisté.

— Où est Nnanji ? demanda-t-il.

— Je n'en ai pas la moindre idée !

Enfin propre, il l'étreignit et l'embrassa. Elle essaya de lutter contre cette force cent fois supérieure à la sienne – un acte de rébellion tout aussi impressionnant que la magie des sorciers. Il imposa son baiser jusqu'à ce qu'elle l'accepte et le lui rende. Quand ils se séparèrent, elle le regarda fixement un moment dans la pénombre, puis éclata en sanglots. Il la serra contre lui. Ils étaient aussi mouillés l'un que l'autre.

— Tu m'avais mis en garde, mon amour. J'aurais dû t'écouter. Je suis vraiment désolé.

Elle posa la tête contre son torse et murmura :

— Non. C'est moi qui devrais être désolée de vous avoir parlé ainsi, maître.

— À partir d'aujourd'hui, je t'interdis de m'appeler « maître » ! C'est terminé !

— Mais… (Elle leva les yeux vers lui avec l'air consterné.) Comment dois-je vous appeler, alors ?

— Appelle-moi « mon chéri » quand j'en serai digne et « idiot » le reste du temps. Je t'assure que c'est le dernier ordre que je te donne. Oh ! Jja, tu es la seule personne saine d'esprit dans le Monde et je t'aime comme un fou. Viens. Allons voir ce qui peut encore être sauvé après mes exploits.

Elle lui tendit son kilt et ses bottes. Il se passa un coup de peigne à la hâte et rassembla tout son courage pour regagner le pont et la lumière implacable du soleil. Brota, Thana, Tomiyano et les autres marins… Aucun d'eux ne daigna remarquer sa présence, la présence du guerrier invisible. Son apparition provoqua une ovation de la part des personnes massées sur le quai. Il ne les regarda pas.

Sa barrette et son épée se trouvaient dans le rouf. Il traversa le pont et contourna l'écoutille de poupe. À ce moment, la porte s'ouvrit et Honakura sortit avec prudence. En le voyant, Wallie songea au cliché du vieux docteur de campagne si gentil qui quitte la chambre du malade. *Vous pouvez entrer, maintenant.* Le prêtre avança droit devant lui et essaya de passer à côté de Wallie qui lui bloqua le passage.

— Eh bien, vieil homme ?

Honakura leva la tête, mais son visage resta impénétrable.

— Ce jeune garçon a le crâne plus dur qu'une noix de coco. Je n'ai jamais vu ça. Mais il a compris, maintenant.

— Je vous suis très reconnaissant, saint homme.

Un éclair de colère traversa les vieux yeux chassieux.

— Je ne l'ai pas fait pour vous ! Vous n'êtes qu'un pauvre imbécile !

Sur ce, il s'éloigna.

Wallie entra dans le rouf et referma la porte.

Dans un coin, Jénisse était assise sur un coffre et regardait dans le vide. Nnanji était au centre de la pièce, très pâle… si jeune, si humilié, si vulnérable. Il tenait encore la septième épée dans son fourreau et le harnais. Les sangles et les boucles de celui-ci se balançaient devant ses jambes. Wallie se dirigea vers lui. Il aurait dû réfléchir à ce qu'il allait dire mais, pendant un moment, il ne put que fixer l'étrange blessure qu'il lisait dans les yeux délavés du jeune homme.

—Les dieux sont cruels, seigneur mon frère.

—Nnanji…

—J'aurais été incapable de faire *ça* !

Qu'est-ce que c'était que cette histoire ? *J'aurais été incapable de faire preuve d'une telle couardise et, par conséquent, vous êtes plus courageux que moi ?* Cette conclusion était sans doute l'œuvre de la logique retorse d'Honakura.

—Nnanji, je suis désolé.

Le jeune guerrier secoua la tête avec tristesse.

—Les dieux sont cruels. « Quand le puissant sera chassé. » Le vieil homme a expliqué que vous deviez subir tout cela, mon frère… mais j'aurais été incapable de le supporter. Même au nom de la Déesse en personne.

Il semblait prêt à réconforter Wallie en le serrant contre lui.

—Oh… et puis merde !

Ce charmant petit solécisme pouvait justifier le comportement de Wallie aux yeux de Nnanji, mais il n'en demeurait pas moins un mensonge. Le septième ne pouvait pas se cacher derrière une telle tromperie, même si la vérité était inacceptable.

—Je n'ai pas pensé à l'énigme. Elle ne m'a même pas effleuré l'esprit. J'ai rampé parce que je ne voulais pas mourir.

Nnanji ferma les yeux et frissonna.

—J'ai suivi le code de l'honneur en vigueur dans mon monde.

Wallie ne parviendrait jamais à réconcilier une culture fondée sur le sentiment de honte avec une culture fondée sur le sentiment de culpabilité, elles entraînaient des manières de penser bien trop différentes. Mais il devait essayer, il devait essayer de montrer à Nnanji que son humiliation n'était pas si terrible à ses propres yeux.

—J'avais enfreint la loi, j'en ai payé le prix. Je suis le seul qui en ait souffert, tu comprends. C'était préférable à la mort, à mon avis. Je t'ai dit que je faisais de mon mieux dans mon monde, mais je t'ai averti : je ne suis pas un véritable guerrier.

—Euh… (Nnanji secoua la tête comme pour la vider et se détourna pour cacher son visage.) Mais les dieux devaient savoir que vous feriez une telle chose.

—Je suppose que oui. Peut-être que j'aurais dû plonger dans la Rivière. Peut-être qu'elle m'aurait laissé regagner la rive… vivant.

Il n'y avait pas de traduction pour le verbe nager.

Les secondes s'écoulèrent avec une lenteur accablante. Les bruits de la foule parvenaient du quai.

—Je t'ai averti, Nnanji. Dès le premier jour, lorsque nous étions assis sur ce mur, dans les jardins du temple.

—« Je ne suis pas un de ces héros d'épopée. » Je m'en souviens.

—Je ne peux pas te libérer du quatrième serment. Il est irrévocable. Mais le deuxième doit être renouvelé régulièrement et tu n'es pas obligé de le prêter de nouveau. Nous resterons frères par serment, mais nous ne sommes pas forcés de nous revoir. Tu pourras partir en arrivant au prochain port.

Au bout de quelques secondes supplémentaires, Nnanji se retourna vers son mentor et redressa ses maigres épaules.

—Non. J'ai moi aussi un rôle à jouer. C'est ce que pense le vieil homme. Je reste.

Il tendit la barrette de Wallie à son propriétaire.

Surpris et flatté, le septième la prit et ramena ses cheveux en arrière pour les attacher.

—Il n'est pas impossible que la mission se termine bientôt. Le petit dieu m'a mis en garde : l'échec est puni de mort – voire pis. Il est possible qu'Honakura se trompe à propos de l'énigme. Et si j'avais tout fait rater ? Cette aventure ne durera peut-être plus très longtemps.

Nnanji déglutit tant bien que mal.

—Pis que la mort ? Dans ce cas, vous avez déjà été puni, seigneur. Ou peut-être pas... Et j'ai ma part de responsabilité, mon frère !

—Tu es fou ? Qu'est-ce que tu veux dire par là ?

—Vous m'avez demandé de vous avertir lorsque vous commettriez une erreur. Débarquer sans votre arme était...

—Tu m'as averti. Je n'ai pas tenu compte de ton avis.

Nnanji tira la septième épée de son fourreau.

Le cœur de Wallie s'arrêta un instant avant de se remettre à battre un peu plus vite que d'habitude. Il était désarmé et il ne fallait pas prendre Nnanji à la légère lorsqu'il dégainait une arme.

—J'aurais pu vous en empêcher, mon frère, dit le garçon à voix basse.

Wallie resta silencieux. Dans la pénombre du rouf, la lumière se reflétait sur la lame mortelle tandis que Nnanji l'agitait de gauche à droite en la regardant d'un air pensif.

—J'aurais dû vous arrêter, mais vous étiez Son champion.

Il *était* Son champion ? Une chose était certaine : Nnanji était guéri de son idolâtrie envers le septième.

Le garçon leva les yeux vers Wallie et un petit sourire forcé apparut sur ses lèvres – aussi intangible que de la poussière, un sourire qui exprimait davantage d'ironie que de joie.

—Que vous êtes Son champion.

Il tendit le harnais et le fourreau à Wallie, mais garda l'épée.

Mal à l'aise, le septième attrapa le premier et commença à l'enfiler. Il se demanda ce qui se passait sous cette chevelure rousse.

—J'espère que je le suis toujours, mais je n'en ai pas l'impression, aujourd'hui.

Nnanji baissa de nouveau les yeux vers l'arme et regarda la lumière jouer sur le saphir, sur l'argent et sur la lame aussi tranchante qu'un rasoir.

— Vous rappelez-vous la dernière chose que Briu a dite, seigneur mon frère ?

— Non.

— La toute dernière chose. Il a dit : « Je suppose qu'il faut se contenter de faire de son mieux. »

Nnanji regrettait peut-être son ancien mentor.

Non. Il examina Wallie d'un air calculateur, puis posa un genou à terre. Il tendit la septième épée à deux mains, comme une offrande.

— Vis par cette arme. Porte-la au service de la Déesse. Meurs sans jamais la lâcher.

Il s'agissait de la cérémonie de consécration. Les soutras exigeaient qu'elle ait lieu lorsqu'un novice recevait sa première épée, mais les guerriers la répétaient chaque fois qu'ils remplaçaient leur arme. Nnanji l'employait pour réaffirmer son engagement – un renouveau, la résurrection de Shonsu. Mais elle sous-entendait aussi un sentiment d'*amitié*, car quand un guerrier changeait d'épée, il demandait à son meilleur ami de la lui offrir. Il s'agissait donc d'un pardon et d'une réconciliation, l'affirmation d'un nouveau départ. Elle signifiait : « Comporte-toi en guerrier maintenant. » Cette manière de faire était pleine de ce romantisme mollasse qu'affectionnaient les guerriers, ce romantisme que Nnanji appréciait tant, ce romantisme qui était maintenant si réconfortant et si réel que le septième en fut tout ému.

Agacé par la boule qui s'était formée dans sa gorge, Wallie répliqua :

— Cette arme sera mon honneur et ma fierté. (Il prit l'épée et sourit pendant que Nnanji se relevait.) Je te remercie, mon frère. Je tâcherai de faire mieux la prochaine fois.

Nnanji ne lui rendit pas son sourire.

— Moi aussi, dit-il à voix basse.

Ils se retournèrent tous les deux tandis que la porte s'ouvrait.

— Maître, dit Jja d'une voix pressante. Le navire est sur le point de partir et le novice Katanji n'est pas à bord.

Nnanji avait presque franchi la porte quand la poigne de Wallie se referma sur son épaule comme une mâchoire de lion.

— Mauvaise tactique, mon frère.

— Ah oui ! répondit son vassal.

Le garçon resta donc à se morfondre à l'abri des regards tandis que Wallie sortait du rouf pour se renseigner. Des acclamations moqueuses s'élevèrent du quai lorsque le guerrier apparut. On avait rembarqué les pots et le bois, maintenant étalés dans le plus grand désordre sur le pont. Le vent s'était levé. Les marins se tenaient à leur poste et Brota était à la barre. Deux hommes – dont le capitaine – se penchaient déjà pour hisser la passerelle. Ils se redressèrent avec colère lorsque la botte de Wallie se posa dessus.

Tomiyano foudroya le guerrier du regard. Sur sa joue gauche, la brûlure était noirâtre et craquelée comme du cuir d'alligator carbonisé. Malgré l'épaisse couche de graisse qui la recouvrait, il devait souffrir le martyre. Il parla d'une voix presque incompréhensible tandis qu'il essayait de ne pas bouger les lèvres du côté de la blessure.

— Par tous les diables ! Qu'est-ce que tu es en train de foutre, guerrier ?

— Notre premier n'est pas rentré à bord.

— Les capuchons nous ont dit de partir, marmonna le capitaine. Tu vas aller leur expliquer que tu n'es pas d'accord ?

— Je suppose que oui.

Wallie s'engagea sur la passerelle et la foule se tut aussitôt. Huit ou neuf sorciers étaient présents sur le quai et bloquaient la route entre la Rivière et les entrepôts. Les spectateurs se massaient derrière ce cordon de sécurité, à gauche et à droite du *Saphir*. Des gens étaient penchés aux fenêtres des bâtiments, en équilibre sur des chariots et dans les gréements des navires voisins. Selon toute probabilité, ils étaient venus admirer la discrète équipe de Shonsu, ces espions incomparables qui devaient se glisser dans Aus sans se faire remarquer.

Le quatrième à la voix de fausset était toujours là, mais un cinquième se tenait maintenant à ses côtés, un moine anonyme vêtu de rouge avec une tache d'ombre en guise de visage. L'affaire du *Saphir* avait donc rameuté des grosses huiles. Katanji se trouvait peut-être à des kilomètres, mais, avec un peu de chance, il était tout proche, caché au sein de la foule, à gauche ou à droite, séparé de la passerelle par le cordon de sécurité et la zone dégagée qu'il délimitait. Sa marque faciale était presque illisible, mais elle ne tromperait pas une personne qui l'examinerait de près.

Wallie avança sur la passerelle, suivi par tous les regards. Sa peau le picotait. Il s'attendait chaque seconde à être frappé par une imprévisible attaque surnaturelle. Il s'arrêta à quelques centimètres du quai, croisa les bras et fixa le quatrième et le cinquième.

— Je souhaiterais m'entretenir avec vous, adepte sorcier, lança-t-il.

Les deux têtes encapuchonnées, la rouge et l'orange, se tournèrent l'une vers l'autre et conférèrent pendant un moment. Puis le quatrième s'avança avec lenteur et s'immobilisa à moins de deux mètres de Wallie, hors de portée de son épée. Ses yeux froids le fixèrent sous le capuchon.

— Que voulez-vous encore, guerrier ? demanda la voix aiguë.

Wallie essaya de déchiffrer les traits fins de son interlocuteur. Il y distingua quelque chose de nouveau – une expression un peu moins triomphante ? Du ressentiment ? Un reproche, peut-être ?

— Je voulais vous remercier d'avoir épargné ma vie, adepte. En fait, je voudrais vous serrer la main si vous me le permettez.

Évidemment, si tu lis dans mon esprit, tu verras que je cherche à t'embrouiller, toi et tes amis.

— Serrer la main d'un sorcier ? Est-ce que vous avez déjà demandé à un guerrier de vous serrer la main, Shonsu ?

Dépêche-toi, Katanji.

Il avait dit « Shonsu » !

— Vous ne connaissiez pas ce nom il y a quelques minutes, sorcier.

Le visage tapi dans l'ombre s'empourpra.

— C'est faux !

Wallie avait juste prévu de faire diversion. Il prenait de gros risques en provoquant la colère des sorciers, mais cela pouvait se révéler très instructif. Il sourit.

— Vous mentez, adepte !

Les lèvres du quatrième se retroussèrent.

— Non ! Il aurait été amusant d'exécuter la condamnation initiale, mais je préfère que tout se soit déroulé ainsi. Vous ne nous causerez plus d'ennuis, maintenant. Vous auriez pu choisir de faire preuve d'héroïsme et la situation aurait peut-être mal tourné. Vos amis seront impressionnés par votre comportement.

La condamnation initiale ? Dis-m'en un peu plus.

— Je ne suis pas d'accord, adepte. Vous vous êtes montré clément et je vous en suis reconnaissant. Je demande une nouvelle fois à vous serrer la main.

— Et je rejette une nouvelle fois votre demande. La patience de mes maîtres a des limites. Vous n'êtes protégé que par la promesse que je vous ai faite. Regagnez votre navire, Shonsu ! Il vous faudra encore ramper lorsque vous rejoindrez votre repaire.

Du coin de l'œil, Wallie aperçut quelqu'un jaillir de la foule et courir le long du quai. Il n'osa pas tourner la tête. Par bonheur, le capuchon des sorciers devait limiter leur champ de vision.

Où se trouve mon repaire ? Tu en sais plus que moi à propos de Shonsu.

— Eh bien, j'espère que votre bonté ne vous a pas causé d'ennuis.

Il était probable que si, car le visage du sorcier s'empourpra de nouveau.

Quelqu'un sauta sur la passerelle derrière Wallie et se précipita sur le pont. Le septième se retourna comme s'il était surpris et aperçut brièvement la silhouette filiforme de Katanji avec la queue de son pagne flottant dans son sillage.

— Qu'est-ce que c'était que ça ? glapit le sorcier.

Wallie haussa les épaules.

— Un gamin de l'équipage. Bien, je vous dis adieu, adepte. Que la Déesse soit avec vous. J'épargnerai le prochain sorcier que je rencontrerai, en guise de remerciement.

— Ce n'est pas du prochain sorcier, mais du prochain guerrier dont vous devrez vous méfier, Shonsu.

Le quatrième fit demi-tour et s'éloigna comme s'il glissait sur les pavés.

Wallie remonta la passerelle. Il tremblait comme une feuille maintenant que la tension nerveuse retombait. Le sorcier avait raison : maintenant, on connaissait son nom et la réputation de Shonsu avait plongé sous la barre du zéro.

Comment allait-il réussir à rassembler une armée ?

— Ils peuvent se rendre invisibles, déclara Wallie. C'est la seule solution possible.

Il se tenait près de la dunette, un bras passé autour des hanches de Jja. Honakura était assis à mi-hauteur de l'escalier tribord, ce qui lui permettait, pour une fois, de regarder le guerrier sans lever la tête. Avec les coudes posés sur les genoux, il ressemblait à un singe noir ratatiné. Nnanji était appuyé contre le bastingage, une botte sur la première marche. Il avait les yeux dans le vague, comme s'il était perdu dans ses pensées. À côté de lui, le novice Katanji – maintenant habillé comme un guerrier digne de ce nom – se faisait tout petit, humble et discret. Il savait que le ciel lui tomberait sur la tête dès qu'il se retrouverait seul avec son frère – voire plus tôt si le seigneur Shonsu décidait de le réprimander en personne. Les deux derniers membres du groupe étaient restés dans le rouf : Jénisse surveillait Vixini – ou peut-être le contraire.

Aus disparaissait au loin. Le *Saphir* se mit à rouler alors que le vent se déchaînait au milieu de la Rivière. Le soleil était encore haut et le soir ne tomberait pas avant plusieurs heures. Champion de la Déesse n'était pas un métier de tout repos : au cours des trois premiers jours de sa mission, Wallie était parvenu à s'aliéner deux cités de sorciers, l'ensemble des guerriers et une poignée de marins. Et peut-être même les dieux, de surcroît.

Pour le moment, c'étaient les marins qui posaient le plus problème.

Et qu'avait-il appris en contrepartie ?

Il avait raconté ce qu'il avait vu : un pagne en flammes, un oiseau surgissant de nulle part, une dague qui disparaissait, la joue du capitaine qui s'embrasait de manière inexplicable. Il fallait ajouter à cela les histoires sur Ov – les fifres qui tuaient et les démons de feu qui semaient la désolation – et celles – rapportées par Nnanji – qui circulaient au bâtiment militaire d'Hann. Mais le pire n'était pas ce que Wallie avait vu, c'était ce qu'il avait entendu.

— Je me suis dit qu'ils étaient peut-être capables de lire les pensées, dit-il. (Shonsu ne connaissait aucun mot pour traduire « télépathie ».) Qu'ils pouvaient écouter notre esprit. Mais nous pouvons écarter cette hypothèse, parce que je les ai bernés pour couvrir le retour de Katanji. Ils ignoraient mes véritables intentions à ce moment-là. Je pense donc qu'ils peuvent se rendre invisibles. Quand Jja m'a parlé, il devait y avoir un sorcier juste à côté.

Honakura soupira.

— Et combien y en a-t-il à bord en ce moment même ?

— Qui peut le dire ? Continuons à réfléchir à voix haute et nous en entendrons probablement un éclater de rire.

Nnanji leva la tête et regarda autour de lui, comme pour compter ces ennemis invisibles. Mais peut-être regardait-il juste les marins. Ceux-ci avaient presque terminé de ranger le pont et, de temps en temps, ils observaient leurs passagers en leur lançant un regard lourd de menaces. Tomiyano avait couru en haut de la dunette en passant par l'autre escalier pour parler à sa mère qui tenait la barre. Il avait remplacé la dague qui avait disparu.

— Mon esprit pousse de grands cris lorsque je lui demande d'accepter la notion d'invisibilité, gémit Honakura.

Il n'avait pas entendu l'histoire de Tarru à propos du sorcier et de son âne – la première référence à l'invisibilité – et Nnanji la raconta de nouveau à son intention. Honakura esquissa une grimace qui découvrit ses gencives – une vision particulièrement éprouvante.

Wallie hocha la tête.

— Le mien fait de même, mais je ne vois pas d'autre explication possible. Peut-être que… ma stupide idée de descendre à terre a quand même eu une conséquence positive : j'ai pu parler avec des sorciers et j'ai appris tout ceci. Ce n'était donc pas tout à fait une perte de temps.

— Pourquoi n'y a-t-il pas de guerriers invisibles ? demanda Nnanji d'un air sombre. Seigneur mon frère, rendez-moi invisible et je nettoierai Ov et Aus en votre nom.

Nul doute qu'il le ferait – et avec enthousiasme.

Tomiyano descendit l'escalier et se dépêcha de gagner la proue du navire. Les marins, hommes et femmes, se rassemblèrent autour de lui comme une bande d'enfants se préparant à jouer un mauvais tour.

— L'histoire de l'honorable Tarru pourrait s'expliquer d'une autre façon, songea Honakura à haute voix. Les sorciers sont peut-être capables de modifier les marques faciales. L'homme monté sur un âne s'est transformé en tanneur, en serf ou en je ne sais quoi.

— J'y avais pensé, dit Wallie avec patience.

Le vieux prêtre était toujours sidéré de voir un guerrier réfléchir.

— Cela expliquerait aussi comment un sorcier s'est fait passer pour un officier contrôleur – à condition que vous ayez raison et qu'il soit bien un sorcier.

— C'est vrai, mais cela n'explique pas comment ils ont entendu ma conversation avec Jja. Il devait y avoir des espions sur le pont.

Honakura soupira.

— Certes. Si je pouvais changer mon apparence, je suppose que je prendrais celle de cet officier du port, un homme jeune et beau. Jja, seriez-vous amoureuse de moi si je lui ressemblais ?

— Il était en effet très beau, répondit Jja avec tact. (Elle sourit et se hissa sur la pointe des pieds et embrassa Wallie sur la joue.) Mais je n'aime que les guerriers.

— *Un* guerrier, corrigea Wallie.

— Un guerrier grand et fort, ajouta la jeune femme.

Ce compliment lui valut un baiser. Une éternité s'était écoulée depuis qu'il avait partagé la couche en plume de la suite royale du bâtiment militaire – et il y avait une éternité qu'on n'avait pas vu un homme aussi vigoureux que Shonsu. Le temple semblait déjà appartenir à une époque bénie.

Les marins mijotaient quelque chose. Leurs regards furtifs trahissaient maintenant un certain amusement. Ils avaient pris une décision et le message circulait parmi le reste de l'équipage. L'humiliation de Wallie avait transformé leur peur en mépris. Le capitaine avait été défiguré à vie, le navire menacé. Le septième ne connaissait pas l'origine de leur hostilité initiale, mais ils avaient désormais de bonnes raisons d'en vouloir à ces guerriers importuns et estimaient ne plus avoir grand-chose à craindre de la Déesse : les champions ne rampaient pas dans la fange.

— Sujet suivant, dit Wallie. Comment ont-ils su que j'étais à bord ? L'officier contrôleur était au courant. Je suis entré dans le rouf avant qu'on puisse me voir de la rive, j'en suis sûr et certain. Mes yeux ne sont pas plus mauvais que ceux des autres et je ne parvenais pas à distinguer les gens sur le quai.

Les rides d'Honakura se déformèrent alors que son visage simiesque se tordait sous le coup de la réflexion.

— Nous pensions qu'ils étaient capables de s'envoyer des messages, seigneur. Près de la carrière, des sorciers vous ont vu embarquer à bord d'un navire bleu. Je n'en ai pas vu beaucoup de cette couleur, à Aus.

Dans un monde sans écriture, les bateaux n'avaient pas leur nom sur la proue, bien évidemment.

— C'est une possibilité, dit Wallie. Mais je suis persuadé qu'ils ne savaient pas que je m'appelais Shonsu. Pas quand ils m'ont coincé sur le quai. Thondi leur aura sans doute communiqué mon nom, mais le message n'a pas été relayé jusqu'à Aus. Quelqu'un dans la foule a dû me reconnaître.

Ce n'était pas très difficile : il était grand et c'était chose rare pour un guerrier.

— Dans ce cas, ils peuvent voir de très loin, dit le prêtre. Ils ont vu que le pont était détruit, mais peut-être pas que des guerriers l'avaient franchi. Des sorciers des deux rives se sont rencontrés près des ruines de l'ouvrage... Oui, C'est sûrement ça ! C'est la raison pour laquelle ils ont mis si longtemps avant de nous suivre jusqu'à la carrière.

— C'est possible, reconnut Wallie. Et ils m'ont vu à bord alors que le *Saphir* entrait dans le port ? C'est possible. C'est possible.

Les marins se déployèrent avec discrétion autour de l'extrémité arrière du pont. On avait emmené les enfants dans la cale. Nnanji se redressa et leva le bras au-dessus de son épaule comme s'il voulait s'assurer que son épée n'était pas coincée. Au dernier moment, il interrompit son geste et saisit l'étai le plus proche pour s'y appuyer. Il savait maintenant que les civils pouvaient représenter un danger. Il était de plus en plus tendu.

— Vous dressez une liste impressionnante des pouvoirs de vos ennemis, seigneur, lâcha Honakura.

Il n'était pas difficile de sentir le cynisme dans sa voix et Nnanji lui lança un regard agacé.

— Et qu'avez-vous appris, vieil homme ? demanda Wallie.

— Pas grand-chose, je le reconnais. Je n'ai remarqué personne qui espionnait le navire. Je vous ai aperçu descendre à terre, puis j'ai vu deux sorciers qui vous suivaient, mais je ne sais pas d'où ils sont venus. Ils ne sont pas passés à côté de moi.

Wallie grogna. Est-ce que ces deux hommes étaient restés invisibles avant de se lancer à sa poursuite ? Impossible : sur un quai bondé, ils auraient été piétinés à mort en quelques minutes. Et s'ils étaient montés à bord du *Saphir* avant de le suivre ?

— Les habitants n'avaient guère envie de parler des sorciers avec un étranger, dit Honakura avec mauvaise humeur. C'est compréhensible. Mais j'ai appris qu'ils étaient là depuis très longtemps. Au moins dix ans.

— *Dix ans ?* (Wallie était sidéré.) De combien d'autres cités se sont-ils emparés, alors ?

— Je l'ignore.

— Seigneur ? demanda une petite voix.

— Qu'y a-t-il, novice ?

— Si je peux me permettre, seigneur, Aus est tombée entre leurs mains il y a onze ans, le jour des Guerriers de l'an vingt-sept mille trois cent quarante-quatre.

— Ah bon ? demanda Wallie. Qui t'a dit ça ?

Les joues du garçon rosirent.

— Une jeune fille, seigneur. Elle vendait du poiré dans des chopes. Elle portait une marque paternelle de guerrier.

Wallie se sentit sourire malgré lui. Il jeta un coup d'œil à Nnanji qui fronça les sourcils avec méfiance.

— Et le poiré était bon ?

Katanji grimaça.

— Infect, seigneur. J'ai discuté avec elle parce qu'elle avait cette marque. Je n'aime pas le poiré.

Wallie éclata de rire malgré la tension qui montait sur le pont.

— Qu'est-ce qu'elle t'a raconté d'autre, alors, quand tu as eu fini de la complimenter pour son excellent poiré ?

Katanji prit de l'assurance.

— Son père a été tué par les sorciers, seigneur. J'ai donc pensé qu'elle ne me trahirait pas – bien qu'elle ait remarqué ma marque faciale. Ils n'ont pas invoqué de démons de feu pour s'emparer de cette ville. Les guerriers tenaient leur banquet annuel et les sorciers sont arrivés pour leur lancer un défi.

— Et les guerriers devaient déjà être à moitié – voire aux trois quarts – ivres. Que s'est-il passé ensuite ?

— Ils se sont tous précipités vers la porte principale en brandissant leurs épées et… en criant, seigneur. La jeune fille m'a raconté que les sorciers les avaient massacrés en faisant pleuvoir la foudre sur eux.

— La foudre ?

— Des éclairs, dit Katanji d'un air grave, avec un coup de tonnerre. Chaque fois qu'un guerrier sortait, il était foudroyé. Ça ne s'est pas passé comme à Ov, seigneur. Ils n'ont pas été démembrés et dévorés. Elle a dit qu'il n'y avait presque aucune blessure sur les corps. Quelques traces de brûlure, mais très peu de sang.

Et apprendras aux sources d'une nouvelle sagesse.

— Continue ! s'exclama Wallie.

— Les sorciers ont ensuite ordonné à tout le monde de sortir et ils ont vérifié qu'il n'y avait pas de guerriers survivants cachés parmi les invités. Ils en ont découvert deux qui essayaient de s'échapper par une fenêtre donnant sur l'arrière. Ils les ont tués également. Puis ils ont brûlé le bâtiment, pour ne pas prendre de risque. Dix-huit guerriers ont été foudroyés, toute la garnison. Selon la jeune fille, une dizaine d'autres ont pénétré dans la ville depuis le massacre et ont été éliminés par les sorciers, seigneur.

— *Excellent* travail ! dit Wallie. Nnanji, je crois que tu devrais lui pardonner d'être descendu à terre sans permission.

Nnanji hocha la tête en affichant un sourire plein de fierté.

Katanji parut soulagé.

— Les sorciers ont chassé les teinturiers de la cité.

— Ils ont fait *quoi* ?

— Tous les teinturiers ont quitté Aus. La jeune fille ne sait pas pourquoi. Leur départ a entraîné une hausse du prix du tissu et des vêtements. (Il jeta un coup d'œil en direction des marins.) Et du cuir... J'ai pensé que ça pourrait intéresser l'équipage.

Nnanji grogna.

— Ne t'occupe pas de ça pour le moment ! Qu'as-tu appris d'autre ?

— C'est à peu près tout... Oh ! seigneur, en amont, la cité la plus proche est Ki San et il n'y a pas de sorciers là-bas. En aval, c'est Wal et là, il y en a des sorciers. La fille n'avait pas d'informations sur les autres villes, pas même sur Ov.

Le Peuple ne voyageait guère, à l'exception des marchands, des marins et des ménestrels. Il n'y avait pas de journaux et encore moins de télévision.

— Tu as vraiment fait de l'excellent travail, novice ! Tu as récolté des renseignements de premier choix – et en quelques heures seulement.

Katanji rougit, ravi par les compliments et très content de lui.

— Je n'ai pas eu le temps de parler à quelqu'un d'autre, seigneur.

— Nnanji, tu apprendras à ton protégé les soutras sept cent soixante-douze, sept cent quatre-vingt et sept cent quatre-vingt-dix.

Nnanji hocha la tête. Ces soutras traitaient du renseignement militaire et de l'espionnage.

— Et le huit cent quatre, seigneur mon frère !

Il esquissa un bref sourire satisfait.

— Bon, reprit Wallie. Tes marques faciales seront cicatrisées dans quelques jours, novice. Je ne pense pas que nous retournerons à Aus, mais si c'est le cas, il est hors de question que tu recommences ce petit jeu. C'est clair ?

— Bien sûr, seigneur, dit Katanji.

Le novice avait répondu d'un ton humble, mais pas suffisamment pour s'éviter un regard soupçonneux de la part de son frère. Quelque chose attira l'attention de Nnanji : la svelte Thana sortit par la porte du gaillard d'avant et son arrivée fut saluée par de larges sourires. Était-ce elle que les marins attendaient ? Elle ne portait pas son épée. Il n'y avait d'ailleurs aucune arme en vue à l'exception de la dague du capitaine.

— *Alors* ? déclara Honakura. Vous pensez que le puissant a maintenant été chassé et que vous avez appris aux sources d'une nouvelle sagesse ? Qu'en est-il de l'armée à commander et du cercle à boucler ?

Wallie le fixa avec colère.

— Vous n'avez qu'à me le dire !

— Mais c'est votre énigme, seigneur.

— Oui, mais vous avez découvert quelque chose, pas vrai ?

— Je pense que oui. (Le vieil homme lui adressa un regard en biais.) C'est une chose que vous avez dite vous-même, seigneur, mais cela semble si évident que j'hésite à…

— Voilà les ennuis qui arrivent ! le coupa Nnanji.

Deux épées et deux masques d'entraînement à la main, Thana se dirigea vers la poupe, vers les guerriers.

— Adepte Nnanji ?

Elle s'arrêta près du grand mât, svelte, ravissante et toujours vêtue de ces deux minuscules bouts de coton jaune. Un sourire timide se dessina sur ses lèvres.

— Vous ne m'aviez pas promis une leçon d'escrime ?

Nnanji déglutit avec difficulté.

— Comment diable pourrais-je me battre contre un pareil adversaire ? murmura-t-il.

Ce n'était pas ce point qui inquiétait Wallie.

— C'est un piège. Par les dieux, vérifie son arme avant de commencer.

Cette idée ne lui avait pas été soufflée par les soutras ni par l'instinct de guerrier de Shonsu – celui-ci n'aurait jamais envisagé une telle traîtrise et il n'avait jamais assisté à l'acte cinq d'*Hamlet*.

Nnanji regarda Wallie avec incrédulité.

— De toute façon, il n'y a pas la place de dégainer ici. Et encore moins de combattre !

Il leva les yeux en direction du pont moins encombré de la dunette. Même là-bas, ce serait juste.

Wallie secoua la tête.

— Tu vois comme ces épées sont courtes ? Où crois-tu qu'on se battrait si des pirates abordaient le navire ? Il est logique de s'entraîner ici.

Sur le pont principal du *Saphir*, l'endroit le plus dégagé se trouvait devant le grand mât, là où se tenait Thana. Selon les critères d'un guerrier, c'était un espace minuscule, coincé entre les canots et l'écoutille de proue. L'équipage était rassemblé tout autour et attendait la suite des événements avec une joie non dissimulée.

— Ce sera avec plaisir, apprentie Thana.

Mais Nnanji ne semblait pas très convaincu.

— Laisse-moi m'occuper de ton épée, dit Wallie en songeant à toutes les cordes suspendues au-dessus de leurs têtes. Et ne la sous-estime pas !

L'incrédulité se peignit de nouveau sur les traits du jeune homme. Il soupçonnait peut-être un coup bas, mais il était certain de vaincre une femme du deuxième rang. Wallie, lui, avait des doutes. Les guerriers s'entraînaient avec de très longues épées, aussi longues que possible. La seule limite était le poids : il fallait pouvoir les tenir d'une seule main. Ils appréciaient aussi les attaques et les bonds extravagants – des manœuvres impossibles à réaliser à bord d'un navire.

Nnanji lança un coup d'œil dans la mâture et tira son épée avec prudence avant de la confier à Wallie. Il s'avança pour examiner les armes d'entraînement que Thana lui présentait. La jeune fille fronça les sourcils comme si elle avait deviné la mise en garde de Wallie, et tendit les deux armes pour laisser son adversaire choisir. Nnanji n'était tenté par aucune, mais il finit par en prendre une et porta quelques coups de taille dans le vide. Puis il se plaça au centre de l'espace exigu et se tourna pour faire face à Thana. Tous deux enfilèrent leur masque.

— Le premier à remporter quatre manches sur sept, adepte ?

Nnanji abaissa son arme.

— Je croyais qu'il s'agissait d'une leçon, apprentie ?

— Bien sûr, adepte. Suis-je bête.

Elle adopta une garde en quarte.

— Relève un peu ta lame, dit Nnanji derrière son masque. C'est mieux. Prête ?

Thana se fendit, Nnanji recula et s'étala de tout son long sur les planches qui couvraient l'écoutille.

— Un point ! cria Thana.

L'équipage lança des hurlements de joie.

Lors de la passe d'armes suivante, Nnanji tint bon pendant une fraction de seconde supplémentaire. Il résista tant bien que mal dans un tourbillon de lames, mais il finit encore par reculer. Soit il ne se rappelait plus ce qu'il y avait derrière lui, soit il essayait de s'en souvenir et l'effort brisa sa concentration.

Thana lui porta un coup à la tête.

— Deux points !

Nnanji avait négligé la possibilité de sauter sur les planches qui fermaient l'écoutille, ce qui lui aurait procuré davantage d'espace. Mais il n'avait jamais vu de films de pirates. Pendant le troisième échange, il attaqua avec rage et parvint à faire reculer son adversaire. Cela ne posa pas de problème à Thana qui s'esquiva entre les mâts et les étais. Les passes étaient rapides et très rapprochées – un style très différent de celui dont Nnanji avait l'habitude. Il se fendit, mais sa lame se coinça dans un hauban. Thana le toucha aux côtes.

— Trois points !

L'équipage criait comme une volière remplie de perroquets. Wallie serra les dents et maudit les marins tout bas. Si Thana était une deuxième, les rats de navire étaient beaucoup plus exigeants que les guerriers lors des examens de passage. Il était impressionné par la technique de la jeune fille et songea qu'il ne refuserait pas un petit entraînement avec elle.

Face à ces assauts, le capitaine céda du terrain et s'éloigna de l'écoutille en sautant en arrière. Wallie le suivit et l'obligea à reculer rapidement tout autour du pont. Il frappait de taille et d'estoc sans la moindre pitié.

Pourquoi diable s'était-il lancé dans cette folie ? Ce n'était pas seulement pour impressionner Nnanji ou les marins. Il adressait un message aux dieux. *Voici ma chair. Voici une épée. Si je dois payer mes erreurs de ma vie, tuez-moi. Si vous avez déjà décidé de la condamnation, exécutez-la.*

À la différence de son adversaire, Wallie combattait avec une arme d'entraînement et cela constituait un handicap insurmontable. Tomiyano pouvait s'exposer davantage, car il risquait seulement de se faire fouetter par l'épée de Wallie. Mais si le guerrier commettait la moindre erreur, ce serait sa dernière. Il devait aussi frapper avec force pour être efficace. De son côté, le capitaine combattait avec l'arme de Nnanji dont la lame parfaitement affûtée tranchait aussi facilement la chair que l'air. Un seul coup pouvait se révéler fatal.

Pourtant, Wallie avait deux avantages. Les muscles de Shonsu maniaient l'épée avec une rapidité stupéfiante et assenaient des coups d'une puissance incroyable. Tomiyano était sans nul doute un escrimeur de premier plan, mais Shonsu était le meilleur du Monde.

Ce ne fut pas un duel, ce fut un massacre.

L'équipage du *Saphir* ne pouvait pas intervenir, car leur capitaine ne courait pas de réel danger. Ils n'avaient pas d'autre choix que de regarder, sauf si Tomiyano les appelait à l'aide. Et celui-ci ne le ferait pas tant qu'il avait toutes les chances de son côté. Wallie avait bien cerné le caractère de cet homme.

Il n'y avait pas de bruit en dehors des souffles rauques des deux combattants, de la clameur stridente du métal et du martèlement régulier des bottes de Wallie sur le pont – pied droit suivi du gauche. Les marins horrifiés s'écartaient avec précipitation quand la boucherie se rapprochait un peu trop. Shonsu savait ce qu'il faisait : il avait déjà combattu sur un navire. Son style de combat avait changé du tout au tout. Ni le roulis ni le pont encombré ne le gênaient le moins du monde.

L'épée d'entraînement et celle de Nnanji virevoltaient dans un brouillard argenté et sifflant. Tomiyano reculait presque aussi vite qu'il en était capable, parant du mieux possible, mais sans jamais toucher son adversaire. Wallie le suivait implacablement ; il bloquait les attaques aussi facilement que celles d'un débutant et pénétrait la défense à son gré. Bientôt, les deux hommes haletèrent, couverts de sueur, mais le capitaine perdait aussi du sang. Sa poitrine, son dos et ses côtes étaient meurtris, à vif, comme s'il avait été flagellé.

— Ça suffit ! souffla Wallie, hors d'haleine. Lâche cette épée.

Mais le combat se poursuivit.

Tomiyano était un homme fier et il n'abandonnerait pas, pas plus qu'il ne demanderait à ses marins de lui porter secours. Il avait tout essayé, mais cela n'avait pas empêché son adversaire de le rosser. Pourtant, il n'abandonnerait pas.

Wallie cessa d'attaquer et se contenta de parer.

— Je t'ai dit de lâcher cette épée !

Mais Tomiyano essayait encore de tuer le guerrier. Les deux hommes avaient interrompu leur invraisemblable ballet autour du pont. Les coups du capitaine étaient maintenant lents et mal assurés, mais il refusait d'abandonner.

Wallie allait devoir lui briser la clavicule.

— C'est ta dernière chance, marin !

Soudain, Tomiyano saisit la poignée de son épée à deux mains et frappa vers le bas – une attaque puissante, ample et peu rapide, comme s'il maniait une faux ou un club de golf. Wallie le para sans difficulté, mais la lame de Nnanji brisa celle du guerrier avant de fendre son kilt et de sectionner l'artère fémorale.

Touché !

Wallie tomba sur le dos. Il vit deux yeux triomphants, ravagés par la douleur, derrière l'épée ramenée en arrière pour porter le coup de grâce. La silhouette sombre du capitaine se découpait sur le tourbillon lumineux du ciel et des voiles gonflées par le vent. Wallie n'entendit plus que le martèlement de son cœur tandis que celui-ci faisait jaillir son sang en une fontaine écarlate. Le temps se changea en éternité. Tout le monde retint son souffle.

Le marin lâcha alors un juron et se retourna en baissant son épée.

Wallie essaya de s'asseoir, mais quelqu'un décida d'éteindre la lumière.

LIVRE TROIS

Comment l'épée fut portée par un autre

Mes biens sont tes biens, mais il allait quand même faire une distinction. Il déposa ses pièces sur le coffre. Un petit vent frais pénétrait par la fenêtre au-dessus de lui et caressait sa queue-de-cheval.

Il ôta son fourreau et le remplaça par celui de Shonsu. Puis il examina la septième épée pendant un moment avant de la glisser dans son dos. Il regretta de ne pas avoir de miroir. Il était peu probable qu'un quatrième ait un jour porté une telle arme. À contrecœur, il rangea également la barrette dans son escarcelle.

Katanji, encore très pâle, apparut à l'entrée du rouf et Nnanji lui fit signe d'approcher.

— Combien d'argent as-tu sur toi, protégé ?

La surprise se peignit sur les traits du novice.

— Cinq pièces d'or, deux d'argent, trois d'étain et quatorze de cuivre, mentor.

Comment cette petite crapule avait-elle amassé une telle somme ?

— Bien. Compte le mien, s'il te plaît.

Katanji cligna des yeux, mais s'agenouilla près du coffre et compta l'argent sans s'aider des doigts.

— Quarante-trois pièces d'or, dix-neuf d'argent, une d'étain et six de cuivre.

Bien.

— Prends-les et garde-les pour moi, dit Nnanji.

Son frère obéit et entassa les pièces dans son escarcelle.

— Ils ne vont pas nous débarquer, dit-il. C'était ce que les autres voulaient faire, mais Brota y est opposée – pour le moment. Le capitaine a été emmené en bas. Est-ce que… est-ce qu'il va s'en tirer ?

— Shonsu ? Bien sûr.

Katanji lança un regard dubitatif au blessé, puis prit cet air que sa mère appelait : « sa mine à la coque ».

— Nnanji ? Les marins ne veulent pas me parler quand je porte cette épée.

Nnanji ouvrit la bouche pour lui assener quelques principes sur la conduite respectable d'un guerrier… puis se ravisa.

— Pose-la, dans ce cas.

L'expression qui se peignit sur le visage du gamin était à mourir de rire, tout comme la rapidité avec laquelle il enfila ce stupide pagne de matelot. Il devait se dépêcher avant que Nnanji change d'avis. Il accrocha ensuite sa bourse et partit en courant. Rien ne pressait, Nnanji en ferait un véritable guerrier plus tard, quand ils auraient enfin quitté cette maudite porcherie flottante.

Le soleil ne se coucherait pas avant deux ou trois heures et Nnanji décida de rester où il était. Il ne pouvait pas trouver de meilleure position défensive et, d'ici, il pouvait garder un œil sur Shonsu. Le blessé n'était ni conscient ni inconscient. Il ouvrait les yeux lorsqu'on lui parlait et semblait comprendre ce qu'on lui disait, mais il demeurait allongé et s'agitait sans interruption. Il demandait souvent de l'eau et Jja le faisait boire avec un roseau. Puis sa tête retombait en arrière et ses paupières se fermaient.

Parfois, il se mettait à trembler et à transpirer. La jeune femme resta près de lui. Elle avait étendu une paillasse roulée contre la porte afin d'empêcher Vixini de sortir, mais, pour une fois, le bébé était sage.

Nnanji joua avec lui pendant un petit moment et échangea quelques mots avec l'esclave, mais il pensait avant tout à l'escrime. La technique des marins était très intéressante. Elle impliquait des déplacements limités et seulement avec des pas très courts ; des mouvements de bras impressionnants pour ne porter que des coups d'estoc, jamais de taille. Même sur la terre ferme, Nnanji ne serait jamais vainqueur contre Tomiyano, mais il serait sans doute capable de battre Thana – elle n'avait jamais réussi à l'approcher. Pourtant, il ne faisait aucun doute qu'il était redevenu un gratteur sur ce navire. Un bon guerrier se devait de connaître les deux techniques. C'était le cas de Shonsu.

Quel était le niveau de Tomiyano ? Il devait se situer deux ou trois rangs sous celui de Shonsu, mais il avait combattu avec une arme plus longue que d'habitude. Il fallait lui accorder un demi-niveau pour compenser ce handicap et en retirer un entier, car le combat s'était déroulé sur le pont de son navire, plus deux autres parce qu'il s'était battu avec une véritable épée alors que son adversaire n'avait qu'une arme d'entraînement. Le problème, c'était de savoir comment évaluer Shonsu : il était impossible de noter un septième. Briu aimait à dire : « Être un septième, c'est tout simplement être imbattable. » Shonsu était le meilleur escrimeur du Monde, fallait-il le considérer comme un dixième rang ?

Nnanji en arriva à la conclusion que Tomiyano était un excellent cinquième ou un sixième un peu juste. Et c'était un marin ! Où donc avait-il acquis cette technique ? Avait-il été l'élève de ce frère disparu que Thana avait mentionné ? Si ce n'était pas lui, il devait y avoir d'autres hommes presque aussi redoutables à bord du *Saphir*, car il était difficile de surpasser nettement les personnes avec qui vous vous entraîniez.

Oui, il allait apprendre cette nouvelle technique de combat. Il commença par se remémorer son affrontement contre Thana, puis celui de Shonsu. Il en étudia le moindre pas, le moindre coup.

Le soleil matinal monta dans le ciel avec lenteur, une lenteur incompréhensible pour une personne qui avait passé toute sa vie sous les tropiques. Le vent était assez fort, la Rivière large et brillante. C'était une belle journée, elle devait le reconnaître. Ce climat convenait mieux à une femme de sa corpulence. À Aus, on lui avait dit qu'il n'y avait aucun danger dans cette direction, pas de hauts-fonds ou d'obstacles imprévus, et le trafic était peu important. L'équipage avait la sagesse de se tenir à l'écart d'elle pendant qu'elle ruminait sa décision. Elle était donc assise seule au gouvernail et rien ne venait distraire ses pensées.

Elle avait mal dormi et s'était réveillée sans solution. Elle estimait pourtant que les problèmes se résolvaient plus facilement après quelques heures de sommeil. Son esprit assoupi avait juste compris que quelque chose manquait. Mais cette lacune finirait par être comblée, elle en était certaine. Il lui suffisait d'attendre. Une bonne commerçante savait se montrer patiente, elle lui laisserait donc l'initiative.

Le guerrier était encore en vie, mais elle avait toujours su qu'il ne mourrait pas. Il semblait comprendre ce qu'on lui disait, mais répondait seulement avec des grognements et des hochements de tête. Elle n'avait jamais vu un homme perdre autant de sang. Même à Yok, le pont de son navire ne ressemblait pas à ce point à un abattoir.

Tomo était encore sous sédatifs et elle avait décidé qu'on continuerait à le droguer pendant un certain temps. S'il avait offensé les dieux, il avait sans nul doute payé son insolence. Il n'avait pas d'os cassé – que la Très-Haute en soit louée –, mais il avait reçu une terrible correction. Cela assagirait peut-être son caractère pendant un moment. Il s'était montré grincheux, même avant le début de son calvaire. Tout comme Thana. En fait, la jeune fille posait maintenant un problème de taille. Après les événements de Yok, ils avaient essayé de reprendre une vie habituelle, la même routine que par le passé, sinon qu'ils restaient en aval d'Hool et qu'ils n'approchaient plus de Yok ni de Joof. De toute façon, avant le drame, ils ne se rendaient dans ces villes qu'une fois par an, pour les moissons de printemps. Pourtant, les choses n'étaient plus pareilles. Il y avait eu du changement dans l'air, même si elle avait refusé de le voir. Et aujourd'hui, les marins du *Saphir* affrontaient des bouleversements plus dramatiques qu'ils l'auraient souhaité.

Il se passait quelque chose… Des gens se rassemblaient sur le pont principal. Du coin de l'œil, elle observa discrètement les alentours, inquiète. Elle aperçut alors la minuscule silhouette qui montait à grand-peine l'escalier tribord. C'était lui. C'était la pièce manquante.

Il avança avec lenteur, un peu essoufflé, et lui sourit. Il ne la salua pas et s'assit sur le banc, à côté d'elle, sans même attendre qu'elle le lui propose. Ses orteils touchaient à peine le pont.

Elle posa un regard courroucé sur son crâne brillant.

— Vous ne pouvez pas rester ici pendant que je barre, grogna-t-elle.

Il avait réussi à la faire parler la première.

— Ce ne sera pas long. Avez-vous pris une décision, maîtresse ?

— J'ai décidé que j'appréciais autant les mendiants que les guerriers à bord de mon navire.

Ses yeux brillaient d'un éclat étonnant pour un homme de cet âge.

— Je suis d'un rang supérieur au vôtre.

Lina avait deviné juste : c'était un prêtre. Elle le comprit à la manière dont il parlait. Un sixième ? Pendant un moment, elle envisagea de lui demander une preuve, mais elle changea aussitôt d'avis. Compte tenu de l'humeur des marins, ils tomberaient tous face contre terre s'ils apprenaient que cet homme était un prêtre du sixième. Il deviendrait le véritable maître de ce navire.

Elle grogna et essaya de lui en faire dire davantage, mais il demeura silencieux, les mains croisées sur les genoux, effleurant le pont du bout des pieds comme un petit garçon. Il attendait qu'elle se décide à prendre la parole, bien entendu. Quelle insolence ! Puis elle remarqua de nouveau une certaine agitation sur le pont principal.

— Qu'est-ce qui se passe en bas ?

Elle espéra qu'elle se trompait.

— Une autre leçon d'escrime.

Oh, non !

Elle attrapa son sifflet.

— C'est *lui* qui l'a proposée.

— Je n'arrive pas à y croire ! Un homme du quatrième qui demande une leçon d'escrime à une femme du deuxième ?

Le vieillard acquiesça en souriant, sans regarder Brota. Il lui était sans doute difficile de tourner autant la tête.

— L'adepte Nnanji est un garçon ambitieux. Il affirme que votre technique de combat est différente. C'est vrai ?

— Oui, mais je n'ai jamais rencontré un terrien qui reconnaisse qu'elle était meilleure.

— Je ne suis pas sûr qu'il soit allé jusque-là, mais il aime apprendre.

Les adversaires étaient en position et la plupart des marins se tenaient autour d'eux pour observer le spectacle. Le vieil homme s'était tu, laissant une fois de plus l'initiative de la conversation à son interlocutrice.

— Je pourrais tous vous débarquer, lâcha-t-elle.

Elle avait aperçu de nombreuses jetées et la plupart étaient capables d'accueillir le modeste tirant d'eau du *Saphir*. Mais il n'y avait aucune agglomération susceptible d'héberger un guérisseur sachant faire la différence entre une blessure par lame et une morsure de serpent.

— Mais vous ne le ferez pas.

— N'en soyez pas si sûr.

— J'en suis persuadé, maîtresse. Mais je n'ai pas dit que vous n'essaieriez pas.

— Vous êtes venu pour me dire ça ?

Cette fois-ci, il tourna légèrement la tête pour lui sourire et lui faire admirer ses gencives, puis il reporta son attention sur l'affrontement. Le vent portait le fracas métallique des épées, mais la foule était étrangement silencieuse.

— Vous êtes prêtre !

— En effet.

— Que fait un prêtre en vadrouille avec une bande de guerriers ?

— Je collectionne les miracles.

— Comme ?

— Comme votre fils qui épargne Shonsu après l'avoir fait tomber à terre – enfin, sur le pont.

— Vous pensez toujours qu'il est le champion de la Déesse après ce qu'il a fait à Aus ?

Le petit homme chercha une position plus confortable sur le banc.

— N'essayez pas de deviner les desseins des dieux, maîtresse Brota. Si Elle voulait qu'un guerrier s'abaisse à ce point, Shonsu était le seul choix possible, vous ne croyez pas ?

— Mais pourquoi…

— Je l'ignore, mais je le découvrirai si je vis assez longtemps… Ou peut-être pas, selon la manière dont les choses se dérouleront. J'ai appris à me montrer patient, il y a bien deux ou trois vies de cela.

Brota observa le fanion et modifia la trajectoire du navire. Les voiles se gonflèrent davantage et le *Saphir* s'inclina avec bonne humeur, comme un chien assoupi qui s'étire.

— Racontez-moi un autre de ces miracles, alors.

— Est-ce que vous avez déjà vu quelqu'un aimer une esclave à ce point ? ou un quatrième aussi jeune ? Tous ceux qui aident Shonsu sont récompensés.

— Et mon fils a été puni parce qu'il rechignait ? (Honakura hocha la tête.) Même si j'accepte de vous garder à bord, il n'est pas certain que le reste de ma famille approuve ma décision.

Le vieil homme ricana sans lever les yeux.

— Un point ! s'écria la voix de Nnanji.

Les spectateurs murmurèrent.

— Il est en train de la *battre* ? s'exclama Brota.

— C'est un bon élève. Ne sous-estimez pas l'adepte Nnanji. Il n'est pas aussi idiot qu'il voudrait l'être. Les jeunes ! Ça lui passera avec l'âge.

— Shonsu a perdu beaucoup de sang. S'il n'y a pas de complications, il sera sur pied dans quelques jours – avant même d'atteindre Ki San. Et ensuite ? Il se vengera de Tomo qui l'a blessé.

Le vieil homme ricana de nouveau.

— Ce n'est pas le genre de Shonsu. Il lui serrera la main et lui proposera d'autres leçons d'escrime.

— Si c'est la vérité, il ne ressemble à aucun guerrier du Monde.

— Vous n'imaginez pas à quel point vous avez raison.

Il n'expliqua pas ce qu'il entendait par là.

— De plus, jamais un terrien ne proposerait des leçons d'escrime à un marin. Certains affirment même que nous n'avons pas le droit de nous battre.

— Tiens donc ?

— À cause de je ne sais quel soutra, grommela-t-elle. (Les rats de navire ne se préoccupaient pas beaucoup des soutras.) Et si Shonsu meurt ? J'ai déjà vu des blessures devenir maudites, vieil homme. Mon beau-frère s'était fait une petite coupure à la main et il en est mort. Mon neveu…

— Une blessure occasionnée par un coup d'épée ?

Ces paroles étaient-elles une menace ? Comment ce sale fouineur avait-il appris cela ? Pourtant, il semblait toujours concentré sur le combat, comme s'il n'avait rien dit.

— Deux ! cria Nnanji.

— Shonsu ne va pas mourir. Il sera peut-être très malade… (Le vieil homme s'interrompit comme s'il venait d'avoir une nouvelle idée.) Oui, il sera peut-être très malade, mais il ne mourra pas. Le reste d'entre nous ne vous causera aucune gêne. Votre fille est capable de calmer l'adepte Nnanji à votre place. Quant à son frère, Katanji...

—Son frère est un petit démon ! Ce matin, il regardait Oligarro pour apprendre à faire des nœuds. Pourquoi un terrien voudrait-il apprendre à faire des nœuds ?

Honakura éclata de rire et envoya des postillons devant lui.

—C'est la question que lui a posée Nnanji, mais vous êtes capable de deviner la réponse. Quant à l'esclave, elle ne quittera pas le chevet de son maître et ne vous causera donc aucun problème.

—C'est l'autre qui m'ennuie. Je n'aime pas avoir des putains à bord. Ce Katanji a laissé entendre certaines choses aux garçons. Non ?

—Cela ne m'étonnerait guère de sa part. (Il leva la tête vers elle, surpris.) Et puis, je pense que Jénisse a terminé de jouer son rôle. Vous pouvez vous débarrasser d'elle si vous le souhaitez, maîtresse.

—Comment ?

Les yeux du vieillard pétillèrent. Le prêtre et la guerrière éclatèrent de rire.

—En outre, la jeune Thana me semble décidée à séduire le seigneur Shonsu, dit Honakura. La jeunesse, quelle merveille ! Vous ne trouvez pas ? Vous souvenez-vous de ces sentiments, maîtresse ? Le feu ? La douleur de se sentir seul ? La manière dont une personne devient votre soleil alors que le reste du Monde n'est plus qu'étoiles ?

Il soupira.

Comment aurait-elle pu oublier ? Comment aurait-elle pu oublier Tomiy, jeune et svelte, aussi beau qu'une parure de diamants ? Qu'est-ce que les terriens pouvaient bien connaître aux tourbillons de charmes que déployaient les gens de la Rivière pour séduire l'être aimé ? Les quelques heures éparses passées ensemble lorsque les deux navires faisaient escale dans un même port ? Le terrible engagement, l'acte de foi que cela implique, sachant qu'on peut ne jamais revoir sa famille ? Que restait-il de Tomiy aujourd'hui, sinon un fils suffisamment hystérique pour offenser un guerrier du septième et une petite peste rebelle et trop futée ?

Nnanji lança un nouveau cri de triomphe. Thana n'avait pas encore marqué un point et, maintenant, elle n'y parviendrait plus. Le jeune guerrier aux cheveux roux avait déjà maîtrisé les techniques de déplacement des rats de navire.

—Thana a toujours affirmé qu'elle épouserait un septième, avoua Brota. Tomo répétait sans cesse que ce serait sûrement un vidangeur de fosses septiques du septième...

La guerrière avait laissé la confrontation se transformer en conversation, en conspiration, presque, car Honakura et elle réglaient les problèmes sans en référer à personne. Ce vieux débris était aussi malin que le meilleur des marchands.

—Mais ce ne sera pas Shonsu, dit-il. Quels que soient les efforts de votre fille.

—Vous pensez que vous allez rester à bord un bon moment, pas vrai ?

Il hocha la tête et se leva soudain.

—Le voyage sera long, à mon avis.

—Dans quelle direction ? Il y a des guerriers à Ki San.

—Mais Shonsu ne pourra pas les recruter à cause de la blessure que lui a infligée votre fils. Le contrat que vous avez passé avec nous n'est pas encore rempli.

Il lui adressa un large sourire. Même debout, il n'était pas plus grand que Brota assise.

Elle lui lança un regard furieux.

—Je pourrais vous rendre la pierre précieuse.

Il secoua la tête.

—Vous avez serré les mains de Shonsu. Je vous ai mis en garde, maîtresse Brota. Ne contrariez pas davantage les desseins de la Déesse. Servez-La du mieux possible et vous serez récompensée.

—Et s'il meurt ?

—Il ne mourra pas.

—Vous ne pouvez pas le savoir.

Pourtant, l'étrange assurance du prêtre l'impressionnait bien qu'elle soit capable de renifler un mensonge à cent mètres.

—Je ne le sais pas, répondit le vieil homme, j'en suis certain.

—Vous exagérez peut-être un peu.

—Il existe une prophétie, maîtresse. Je sais que Shonsu ne va pas mourir maintenant, car je sais qui se chargera de le tuer. Et ce n'est pas votre fils.

Il s'éloigna d'un pas mal assuré sur le pont incliné.

—Quatre ! cria Nnanji.

Il avait remporté cette *leçon*.

—Il est trop tard pour les débarquer, lança Tomiyano avec colère.

Le *Saphir* venait de dépasser une lourde barge chargée de minerai et s'apprêtait à passer du côté sous le vent d'un transport de bétail. La manœuvre ne posait pas de problème, mais le panorama serait beaucoup moins agréable pendant les prochaines minutes.

Il était beaucoup trop tard, en effet : il y avait maintenant des témoins potentiels. La Rivière était aussi encombrée qu'une place un jour de marché. La lumière du matin dansait sur les eaux agitées, des mouettes d'eau douce piaillaient et tournaient en rond au-dessus de leurs têtes. Brota resta silencieuse.

—Nous pourrions nous offrir un bateau chacun avec cette maudite épée. Et je ne parle même pas de la barrette. Et des gemmes que contient sa bourse. Allez donc savoir combien il y en a !

En quatre jours, Tomiyano s'était rétabli à une vitesse surprenante. Ses chairs tuméfiées avaient dégonflé, même si ses épaules présentaient encore des stries plus colorées que la réserve de tissu d'une couturière. En outre, il bougeait toujours les bras comme un homme qui aurait connu l'auteur des soutras. Appuyé au bastingage, près de sa mère, il continua à marmonner. Brota ne pensait pas qu'il soit sérieux, mais il pouvait le devenir si elle lui prêtait attention. Il la mettait à l'épreuve, il la tentait. Sa correction n'avait guère amélioré son humeur. Quel qu'en soit le prix à payer, il avait vaincu un guerrier du septième et rares étaient les marins pouvant se vanter d'un tel exploit.

— On a de la compagnie sur la poupe, ajouta-t-il.

Brota se tourna pour observer la galère qui s'apprêtait à les dépasser. Ses rames dorées battaient comme des ailes de papillon et sa proue était ornée d'arabesques brillantes en émail. Elle avait l'intention de dépasser le *Saphir* avant qu'il arrive à la hauteur du transport de bétail. La puanteur de ce dernier enveloppa un instant le *Saphir*. Beurk !

— Il va mourir, déclara Tomiyano.

Il se tourna et appuya prudemment les coudes sur le bastingage. Son torse était presque aussi bigarré que son dos et son visage brûlé pelait.

— Sa jambe ressemble à un melon. Est-ce que tu as écouté ce qu'il raconte ? Il marmonne n'importe quoi. Il délire !

— Je t'ai dit de ne pas traîner dans le rouf.

— C'est ce que j'ai fait. J'ai jeté un coup d'œil par la fenêtre. Et tu peux sentir l'odeur de sa blessure depuis la cale. Ces maudits terriens occupent tout le navire ! Et ce Nnanji est dangereux. Chaque fois que je le regarde, j'ai l'impression qu'il va se mettre à accuser quelqu'un d'abomination. Ce n'est qu'un petit morveux obsédé par les soutras !

Brota resta silencieuse. Nnanji avait promis de ne lancer aucune accusation en arrivant à Ki San. Nnanji était sous contrôle. Thana avait compris à demi-mot ce qu'elle avait à faire. Le jeune guerrier lui tournait autour comme un papillon docile.

— Et je ne parle pas de ce Katanji.

Tomiyano cracha dans l'eau.

Le sang de ses blessures avait pénétré jusque dans son foie : sa salive était colorée de rouge. Il faudrait lui administrer un purgatif à base de rhubarbe. Brota se demanda si la bière parviendrait à cacher le goût du remède, car son fils n'accepterait jamais de l'avaler de son plein gré.

— Tu es le seul à te plaindre de lui. Il semblerait qu'il s'entende bien avec tout le monde.

— C'est exactement ce que je lui reproche ! Tu as vu comment Diwa le regarde ? Et Mei ? On va *enfin* se débarrasser d'eux à Ki San, hein ?

Brota tourna légèrement la barre. Elle avait peut-être commis une erreur en refusant systématiquement de prendre des passagers. Tomiyano réagissait comme s'il avait été violé et il n'était pas le seul parmi les membres de l'équipage. Il était né sur le *Saphir* et n'avait jamais dormi ailleurs au cours de sa vie. Il vénérait littéralement ce vieux rafiot.

Des cris de colère montèrent de la galère. Elle vira de bord et les rames se mirent en drapeau. Le navire sembla hésiter et faillit perdre ses avirons en raclant contre le transport de bétail. Brota réfléchit à la prochaine bordée.

Deux énormes cargos – trois fois plus gros que le *Saphir* – avançaient avec lenteur devant elle et de minuscules voiliers de plaisance voltigeaient de-ci de-là comme des libellules. Sans doute les armateurs qui escortaient leurs navires. Elle n'avait jamais vu un tel trafic si loin d'un quai. De grands manoirs s'alignaient le long de la rive et on apercevait maintenant les faubourgs de la ville. Ki San devait être une cité de taille impressionnante et Brota sentit l'excitation monter parmi les marins – une excitation à laquelle elle n'échappait pas. L'équipage impatient était rassemblé contre le bastingage sur le pont principal.

— Tu vas *bien* les débarquer à Ki San ?

— Attendons de voir ce qu'en pense le garçon.

— Lui ? Il a dit à Thana qu'il n'avait jamais vu une véritable ville avant Aus. Ki San est… (Tomiyano observa les berges et les navires qui parcouraient la Rivière.) Ça va valoir le coup d'œil. Les yeux vont lui tomber de la tête. Il choisira de rester à bord !

Bien sûr que Nnanji déciderait de rester à bord, mais il ne le savait sans doute pas encore. Il était sur le pont principal avec les autres. Sa queue-de-cheval cuivrée brillait sous les rayons matinaux du soleil, mais elle était bien terne comparée aux éclats que lançaient le griffon d'argent et le saphir, tout près de son oreille. Tout le monde était en bas à l'exception de Shonsu et de son esclave. Elle était sacrément dévouée, celle-là. Elle ne dormait jamais.

Tomiyano avait jeté un regard vers l'épée, lui aussi, et il comprit soudain son importance.

— Il ne peut pas débarquer, n'est-ce pas ? Maintenant, il a plus à craindre des guerriers que des sorciers.

Il éclata de rire et marmonna quelques mots méprisants à propos desdits guerriers, mais si bas que Brota fit semblant de ne pas avoir entendu.

Il n'y avait pas besoin de motif pour lancer un défi. Cette arme signerait l'arrêt de mort de Nnanji si un guerrier de haut rang le voyait avec. En théorie, le jeune homme aurait pu la transporter dans un fourreau et porter la sienne dans le dos, mais l'adepte Nnanji considérait sans doute que ce stratagème était indigne de son honneur. Et cela ne le protégerait pas des civils et des guerriers peu scrupuleux.

Un transport de bois et deux sémaques naviguaient devant eux…

— J'ai mal à la tête, dit Brota. Mal aux yeux. Je regrette que tu ne sois pas en état de barrer.

— Pousse-toi !

— Mais, tes épaules…

— Pousse-toi, je t'ai dit !

Elle lui laissa sa place et se dirigea vers un escalier. Elle en avait assez des ronchonnements de Tomiyano – et de ceux du reste de la famille, même si celle-ci se montrait plus discrète. Elle allait permettre aux guerriers de rester à bord jusqu'à ce qu'elle ait vendu son bois de santal. Ensuite, elle les débarquerait juste avant que le *Saphir* appareille. C'était plus prudent d'agir ainsi. À moins que la Déesse prouve sa générosité, comme le vieil homme l'avait promis. Elle était marchande et les mots n'avaient que peu de valeur à ses yeux. Aux dieux de montrer qu'ils savaient se montrer prodigues !

Brota rejoignit le reste de la famille sur le pont principal. Au moment où elle s'asseyait sur le panneau d'une écoutille, Ki San apparut dans toute sa splendeur, illuminé par les rayons du soleil. Elle avait parcouru le Monde bien davantage que les autres marins, mais elle fut néanmoins impressionnée. Un million de toitures vert cuivre se déployaient sur plusieurs collines au milieu d'une forêt de flèches, de coupoles et de dômes ; sur le sommet le plus haut, un palais lançait des éclats blancs et dorés ; le quai bourdonnant d'activité s'étendait à perte de vue, soulignant un méandre de la Rivière ; une muraille de mâts et de gréements disparaissait au loin en dessinant un arc de cercle. Les péniches et les barges grouillaient comme des moucherons ; les treuils et les roues des chariots engendraient un grondement permanent qui se répercutait sur les flots.

Brota observa le tohu-bohu du port que le *Saphir* longeait et se demanda si elle parviendrait à trouver un poste d'amarrage. À ce moment, un petit bac appareilla. Tomiyano précipita le navire vers l'emplacement libre avec une facilité déconcertante. Fier de lui, il esquissa un sourire en coin. Les marins poussèrent des acclamations et coururent à leurs postes afin de ferler les voiles et de lancer les amarres.

Brota se releva tant bien que mal et se dirigea vers l'adepte Nnanji.

— Eh bien, adepte ? Avez-vous l'intention de rester à bord ?

Le jeune homme déglutit et hocha la tête en fixant la cité avec horreur.

— Oui. Pouvez-vous envoyer chercher un guérisseur, maîtresse ?

— D'accord.

— Euh, maîtresse ? (Il s'arracha au spectacle et se tortilla, mal à l'aise.) Je désire vendre Jénisse. Une esclave qui devient hystérique à la vue du sang n'est pas une compagne convenable pour un guerrier.

— En effet.

Brota acquiesça avec gravité. Bien joué, Thana !

— Euh, bégaya Nnanji. Je me demandais si vous pourriez vous en occuper. Vous en tireriez un meilleur prix.

— Sans doute. Un homme qui vend une esclave pareille ne peut pas affirmer qu'elle soit parfaite. Une femme peut prétendre qu'elle l'est trop. Je prélèverai une commission, bien entendu. Un sixième ?

Le visage de Nnanji se décomposa.

— Thana m'a dit que vous le feriez pour un cinquième.

— D'accord. Pour vous, je me contenterai d'un cinquième.

Un grand sourire éclaira les traits du guerrier.

— Mille fois merci, maîtresse.

— Tout le plaisir est pour moi, adepte.

L'officier du port partit et Matarro envoya chercher un guérisseur.

Alléché à l'idée de s'occuper d'un septième, un sixième arriva avec pas moins de trois subalternes pour porter ses sacs. Il était replet, sa voix basse et suave, son comportement mielleux ; il était vêtu d'une robe de lin verte repassée depuis peu et ses cheveux noirs étaient lissés sur son crâne. Il fronça les sourcils en apercevant son patient. Les guérisseurs se pressèrent autour du blessé et l'auscultèrent en marmonnant, tandis que les profanes se rassemblaient avec inquiétude à l'autre bout du rouf. Brota prit soin de se placer à la droite de Nnanji.

La sixième se releva enfin et fixa le groupe d'un air dubitatif.

— À qui dois-je avoir l'honneur de faire part de mes conclusions ?

— À moi, dit Nnanji en faisant un pas en avant.

Brota le suivit.

— La blessure est maudite, annonça l'homme avec prudence.

Tout le monde s'en était aperçu.

— Si le patient était un civil, je recommanderais l'amputation du membre par un chirurgien.

Brota se contracta, mais le bras de Nnanji trembla à peine et son épée resta au fourreau.

— C'est hors de question.

Le guérisseur hocha la tête.

— C'est bien ce que je pensais. Dans ce cas, j'ai le regret de vous informer que je ne peux accepter ce patient.

Brota était prête à intervenir, mais le jeune guerrier savait comment répondre.

— Nous respectons votre savoir, votre honneur. Mais tant que vous êtes ici, pourriez-vous nous conseiller sur... J'ai récolté quelques hématomes sur les côtes pendant un entraînement. Quel traitement me recommandez-vous ?

Ses yeux s'embuèrent, mais il ne sembla pas le remarquer.

Le guérisseur hocha la tête d'un air grave et déclara que Nnanji ne devait pas s'exposer à la chaleur et boire beaucoup, mais sans excès ; il fallait mettre des compresses chaudes sur les hématomes toutes les deux heures et, entre chaque opération, appliquer un baume qu'un subalterne tira d'un sac. Nnanji le remercia avec solennité et le paya en or pour ses conseils et la pommade.

— Reviendrez-vous demain, votre honneur ? demanda Brota.

Nnanji eut l'air surpris, mais le sixième afficha un grand sourire et répondit que cela ne faisait aucun doute : il se devait de surveiller les hématomes de l'adepte. La guerrière avait l'intention d'appareiller avant la nuit, mais elle n'avait pas envie que cet homme raconte à la garnison qu'un septième se trouvait à bord. Pas encore.

Elle accompagna les guérisseurs sur le pont.

— Combien de temps lui reste-t-il, votre honneur ?

— Cinq jours ? répondit le sixième, mielleux. À mon avis. Mais il est robuste. Vous pourriez bien sûr appeler les prêtres.

Cinq jours, songea Brota.

Le guérisseur faillit lui aussi recevoir un coup d'épée : Matarro et Katanji avaient décidé de former une garde d'honneur devant la passerelle comme sur les grands navires, mais leur salut manquait de rigueur. Brota retint un sourire et cria à Nnanji de venir leur donner une leçon. Le jeune guerrier jaillit du rouf comme une flèche et se mit au travail avec frénésie.

— Par les humérus des dieux ! s'exclama Matarro quand le fou furieux fut parti. Il espère vraiment que nous allons rester plantés comme ça toute la journée ?

— Non. (Katanji se détendit pour prendre une position plus confortable.) Il est inquiet pour Shonsu. En général, Nnanji est un type bien.

Brota descendit à terre et ils présentèrent de nouveau leurs épées – de façon un peu moins dangereuse cette fois-ci.

Ils la regardèrent disposer ses échantillons sur le quai : du bois de santal et quelques pots en cuivre. Brota s'installa sur une chaise tandis que l'activité fébrile du port de Ki San se poursuivait sous un soleil écrasant. Des chariots passaient en grondant, chargés de tonneaux et de balles ; ils soulevaient des nuages de poussière acide empestant le cheval pendant que des marchands de haut rang se promenaient en compagnie de leur suite pour contempler les étals avec des sourires méprisants. Des colporteurs poussaient des brouettes surchargées et lançaient des cris en direction des navires pour vendre leurs produits. Des portefaix tiraient des voitures à bras. Des chaises à porteurs, des piétons, des mules et des camelots se faufilaient entre les véhicules. On apercevait des robes, des pagnes et des toges – blancs, noirs, jaunes, bruns et oranges – qui apparaissaient ici et là au milieu de cette agitation et de ce vacarme. De nombreux guerriers patrouillaient sur les quais.

— Qu'est-ce qui va se passer maintenant ? demanda Katanji, fasciné par le spectacle.

— On va tout fourguer, répondit Matarro. Si les échantillons que nous avons sortis attirent l'œil d'un marchand, il viendra les examiner et dira que c'est de la merde. Brota lui dira alors que c'est un manche et que ses produits sont fantastiques. Ils essaieront tous les deux d'obliger l'autre à avancer un prix et crieront ensuite que c'est du vol. Après, ils discuteront sérieusement. Si le type connaît son métier, il montera lui-même à bord pour inspecter la marchandise. Et puis ils concluront enfin la vente.

Il ne se passa pas grand-chose pendant un moment. Quelques marchands vinrent jeter un rapide coup d'œil sur les échantillons de Brota avant de s'éloigner. Puis Thana sortit en compagnie de Jénisse. L'esclave était propre, coiffée et vêtue de façon appropriée. La fille de Brota la fit descendre sur le quai. Les deux premiers saluèrent et lorgnèrent les deux jeunes femmes tandis qu'elles franchissaient la passerelle.

— Tu ne l'as jamais fait avec elle, dit Matarro.

— Un peu que je l'ai fait ! répliqua Katanji en levant les yeux au ciel. Pas plus tard que la nuit dernière ! Nnanji ronflait comme un sonneur. J'ai rampé jusqu'à elle et je me suis servi. Trois fois !

— Elle a pas l'air très ardente ! dit le marin d'un ton dubitatif.

— Tu rêves, dit Katanji. Dès que je commence, elle se transforme en vraie furie. Elle adore ça. Et que ça frétille, et que ça halète ! Une sacrée affaire !

Il énuméra des détails croustillants.

Matarro fut impressionné, mais le doute subsistait dans son esprit.

— Tu le jures sur ton épée ?

Bien sûr qu'il le jurait sur son épée, répliqua Katanji avec l'assurance de celui qui a la preuve de ce qu'il avance.

Sur le quai, quelque chose attira leur attention.

L'arrivée de Jénisse suscita davantage d'intérêt qu'une montagne de bois de santal. Un marchand du sixième interrompit ses négociations devant le navire voisin et se précipita vers le *Saphir*. Ce fut assez pour que Brota se lève aussitôt de sa chaise. Un cinquième traversa la rue au même moment, imité par un autre sixième. Les serviteurs emboîtèrent le pas à leurs maîtres et formèrent bientôt une masse compacte qui commença à grandir et à s'agiter.

Matarro marmonna quelques jurons incrédules et Nnanji sortit du rouf pour regarder la scène. On aurait pu croire que Brota organisait une vente aux enchères, car des mains se levaient et des cris fusaient.

— C'est la première fois qu'ils voient une paire de nibards ? demanda Katanji.

— Comme ceux-là, je suis prêt à le parier ! répondit Matarro avec envie.

Une certaine agitation éclata dans les rangs les plus reculés de la foule et tout le monde s'écarta à la hâte pour laisser passer les nouveaux venus : des guerriers.

— Saint esquif ! s'exclama Matarro. Un *sixième* ?

Nnanji se retira aussitôt dans le rouf. Il observa la scène à travers une fenêtre, grommelant tout bas, tremblant de rage et de frustration.

Jja appliquait un baume sur la blessure de son maître. Elle leva la tête. Son visage était livide et ses yeux rouges. Elle écarta ses cheveux sur le côté d'un revers de main et adressa un faible sourire au jeune guerrier.

— Adepte ? Si vous rangiez votre épée au bord de la paillasse, vous pourriez aller près de la porte sans courir le risque d'être identifié.

Mais Nnanji n'était pas disposé à se séparer de sa source de réconfort. Il demeura dans le rouf et s'agita avec colère à proximité des volets.

La foule se dispersa rapidement et il ne resta bientôt plus que la troupe de guerriers et quelques curieux.

— Jja ! Viens voir ça ! s'exclama soudain Nnanji.

On faisait monter Jénisse dans une chaise à porteurs. Incrédules, Jja et Nnanji la regardèrent partir sous la protection d'une escorte en armes.

— J'ai assisté à de nombreux miracles depuis que je connais Shonsu, murmura Nnanji, mais ce n'était rien à côté de celui-là. Une esclave dans une chaise à porteurs ?

Brota s'arrêta un moment pour échanger quelques mots avec un marchand, puis remonta sur le *Saphir* en faisant trembler la passerelle sous son poids. Quand elle fut en sécurité à bord de son navire, elle leva la tête et lança un chapelet de jurons de marin en brandissant le poing. Son équipage disparut aussitôt du pont. Tout le monde savait qu'il valait mieux éviter de lui parler lorsqu'elle était de cette humeur. Brota se retourna d'un coup et se précipita vers le rouf. Katanji la suivit à petits pas, Matarro fit de même, mais à distance respectueuse.

La guerrière faillit arracher la porte de ses gonds.

— Voilà votre argent ! gronda-t-elle. (Elle lança avec force une petite bourse de cuir dans les mains de Nnanji.) Vingt pièces d'or !

— Le sixième l'a achetée ?

— Oui ! L'honorable Farandako du sixième, premier prévôt de Ki San ! cracha-t-elle. J'avais des propositions à cinquante pièces d'or et ce n'était pas fini ! Ça serait monté à quatre-vingts ou quatre-vingt-dix. C'est alors que votre *noble* guerrier est arrivé. Il a affirmé que vingt pièces d'or étaient un prix plus que suffisant pour une esclave. Et il est reparti avec ! Maudite soit cette engeance !

Du vol à main armée ! Nnanji posa les yeux sur la petite bourse qui reposait toujours dans son énorme paume. Il regarda de nouveau Brota, puis le visage agité et enflammé de Shonsu.

— Mon frère, dit-il avec tristesse, nous avons besoin d'un guerrier honorable.

Il n'y eut pas de réponse.

— Quel homme généreux, cet honorable Farandako ! (Brota tremblait encore de rage.) Il aurait pu se contenter d'une seule pièce. Et même de rien du tout !

— Pourquoi, maîtresse ? demanda Nnanji. Qu'est-ce que Jénisse a de si spécial ? Pourquoi une chaise à porteurs ?

— Le roi, répondit Brota. (Elle avait cessé de crier.) Il collectionne les esclaves comme elle. Il suffit de la livrer à un serviteur du palais et vous pouvez être sûr d'empocher au moins cent pièces d'or.

Si elle avait songé à étudier le marché, c'était ce qu'elle aurait fait.

— Je suis heureuse pour la pauvre Jénisse, dit Jja. Elle va vivre dans un palais. La Déesse récompense ceux qui aident mon maître.

Nnanji et Brota se regardèrent, surpris et honteux de ne pas avoir envisagé la situation sous cet angle.

— Bien, vous aviez fait monter les enchères à cinquante pièces d'or. (Nnanji vida la bourse dans son autre main.) Un cinquième de cette somme… cela fait dix, n'est-ce pas ? Voilà donc dix pièces d'or pour vous et dix pour moi – le prix d'achat de Jénisse.

Brota renifla avec mépris, mais prit l'argent avant que le jeune guerrier recouvre la raison.

— Tiens, Katanji, garde-les pour moi, dit Nnanji.

Il se rappela alors que les deux premiers étaient censés être de faction. Il explosa de colère et les chassa du rouf sous un déluge de malédictions et de prophéties funestes.

— Quatre-vingts pièces d'or, grogna Katanji quand ils furent retournés à leur poste, à l'abri du danger. Pour une paillasse ? (Il grimaça de dégoût.) La vache, quelqu'un va être sacrément déçu !

Matarro sourit : ce cri du cœur dévoilait une partie de la vérité. Les deux garçons s'esclaffèrent. Ils rirent si fort qu'ils faillirent lâcher leurs épées.

— *Trois cents !*

Tomiyano lança aussitôt un regard par-dessus son épaule pour s'assurer que les marchands n'avaient pas remarqué sa surprise. Mais ces derniers surveillaient les esclaves qui transportaient le bois de santal du navire au chariot.

Brota se contenta d'acquiescer et continua à ramasser les pièces sur la table pour les déposer dans une poche en cuir. L'équipage du *Saphir* n'avait jamais tiré un tel bénéfice de sa cargaison. À ce tarif, le bois abandonné sur la jetée où ils avaient rencontré Shonsu représentait une somme de trente pièces d'or.

Il était presque midi et ils allaient manquer un vent idéal pour naviguer.

— Le prochain port ? demanda la guerrière.

— Trois jours pour atteindre Wal. Ensuite, trois, peut-être quatre, pour arriver à Dri.

Shonsu n'avait plus que cinq jours à vivre !

— Qu'allons-nous transporter ?

— Du cuivre, répondit Tomiyano.

Sa mère hocha la tête. Ki San était fier de son cuivre et des objets qu'elle fabriquait avec. Les marchands de la ville s'étaient moqués de la cargaison de pots du *Saphir*. Heureusement, il y en avait peu, car il s'agissait du solde d'un chargement précédent. Mélangé à des produits de qualité, il serait facile de les écouler. De plus, un entrepôt de cuivre se trouvait juste en face du poste d'amarrage. C'était peut-être un signe de la Déesse, mais, en tout cas, cela économiserait les frais de location d'un chariot. Le propriétaire se tenait déjà sur le seuil, plein d'espoir. Brota tendit la poche en cuir à son fils et traversa la rue. Si elle avait été obligée de s'éloigner, elle aurait emporté son épée et, le cas échéant, elle n'aurait pas hésité à s'en servir.

Le marchand était un troisième d'une trentaine d'années. Il venait sans doute de monter son affaire et on le devinait nerveux. Son entrepôt était petit selon les critères locaux, mais la devanture ouverte était assez grande pour laisser passer le *Saphir*. Les nouveaux commerces étaient endettés. Brota entama la conversation avec quelques remarques habituelles et l'homme lui répondit. Il y eut les sempiternelles objections sur le fait que les marchands ne vendaient qu'aux marchands, mais Brota savait déjà comment les habitants de la ville contournaient le problème. De toute façon, rares étaient les commerçants qui faisaient passer les soutras avant le profit. Elle fut impressionnée par la finesse de la marchandise et Tomiyano l'informa que les produits étaient d'aussi bonne qualité que chez les autres négociants des environs. Il y avait là des chaudrons, des chopes, des couteaux, des casseroles et des assiettes – surtout des assiettes, très lourdes. Brota se promena entre les empilages, à l'affût. Le métal brillait de tous les côtés et jusqu'au plafond où certains ustensiles étaient suspendus. Elle trouva le coin sombre où s'entassaient les objets de moindre qualité et les examina : volume, poids, emballage, défauts...

Elle accepta avec gratitude la chaise qu'on lui proposait et se lança dans son numéro de pauvre veuve sans défense. Tomiyano la seconda avec talent, attentif à ses signes quand elle s'agitait. Quelle quantité de cuivre pouvaient-ils transporter ? Cela dépendait du nombre d'assiettes, du nombre de pots. Elle supplia le marchand de lui venir en aide tout en sachant que le *Saphir* était beaucoup plus grand qu'il en avait l'air – seules les cabines étaient minuscules. Le propriétaire de l'entrepôt demanda comment était la cale. « Grande » répondit Brota, mais Tomiyano affirma avec patience qu'elle était petite. Le marchand décida de croire le fils.

— Tenez ! s'exclama soudain Brota. (Elle posa la bourse en cuir devant lui.) Trois cents pièces que nous venons de tirer de la vente de notre bois. Prenez-les et laissez-nous remplir la cale. C'est le plus simple, vous ne pensez pas ?

Elle esquissa un sourire ingénu.

Tomiyano fit semblant de se mettre en colère. Trois cents pièces ? Ils n'auraient jamais la place d'embarquer l'équivalent en objets de cuivre !

Le marchand resta soupçonneux.

— Vous êtes sérieuse, maîtresse ?

— Bien sûr ! (Il fallait continuer à le décontenancer.) Trois cents pièces pour tout ce que nous pourrons embarquer et nous choisissons la marchandise. Et vous assurez le transport jusqu'au quai.

Il éclata de rire.

— Maîtresse, vous plaisantez. Pour mille pièces, peut-être…

Il mordait à l'hameçon !

— Trois cents pièces d'or, tout ce que nous avons tiré de la vente de notre bois. Si vous livrez la marchandise tout de suite, nous gagnons une demi-journée. Si je vais ailleurs, je devrai marchander et nous passerons la nuit ici.

L'homme hocha la tête et examina le *Saphir* en réfléchissant.

— Pour une telle cargaison… Huit cents pièces.

Brota sortit de l'entrepôt et regarda Tomiyano.

— Il y a deux autres boutiques par là et trois par ici, déclara son fils en pointant le doigt.

Le marchand les appela, mais elle ne s'arrêta pas. Sept cents. Elle poursuivit son chemin, Tomiyano d'un côté, le commerçant de l'autre.

— Les meilleurs artisans de la ville…

— Nous n'avons pas assez de place pour embarquer l'équivalent de trois cents pièces d'or, insista Tomiyano. La marchandise sera endommagée. Et le poids ! Le navire va couler.

Brota laissa échapper un grognement.

— Avec Shonsu à bord ? Peuh !

Les pavés lui meurtrissaient les chevilles et ralentissaient son allure.

— Cinq cents ! C'est ma dernière offre.

Le marchand les suivait toujours et le magasin d'un concurrent se profilait à l'horizon.

— Et s'il meurt ? lança Tomiyano avec férocité. Plus question de le balancer par-dessus bord maintenant.

— Le guérisseur a dit qu'il lui restait cinq jours. Il ne s'est pas écoulé une demi-journée depuis sa visite.

— Quatre cents ! s'exclama le marchand.

Ils avaient atteint l'entrepôt de son concurrent le plus proche – un bâtiment beaucoup plus grand que le précédent. Le propriétaire avait été alerté par ses espions et attendait sur le seuil. Il exécuta les gestes de salutation.

— Trois cents ! C'est d'accord ! lança le jeune marchand dans un sanglot.

Brota se tourna vers lui et tendit les mains pour conclure le marché.

Il y avait des pots en cuivre partout : dans les cabines, le long des coursives, dans les canots, sur les différents ponts. Les assiettes avaient été entreposées dans la cale et Tomiyano s'inquiétait à propos du tirant d'eau, de l'arrimage de la cargaison, des réparations inachevées, du lest et de la stabilité du navire. Le marchand, hystérique, avait éclaté en larmes, hurlant qu'il était ruiné. L'équipage était sidéré et se demandait si Brota n'avait pas perdu l'esprit. Avec tous ces récipients sur le pont, que ferait-on s'il pleuvait ? Comment grimperait-on dans les enfléchures en cas d'urgence ? Brota ignora leurs remarques. Elle savait reconnaître une bonne affaire quand elle lui frétillait sous le nez et elle ne croyait pas que Shonsu soit promis à la noyade. Elle pouvait revendre cette cargaison trois fois et demie son prix d'achat – et peut-être même davantage. Cinq jours. Une mort lente. Sa jambe n'avait pas commencé à virer au noir.

Le rouf était le seul endroit où on n'avait pas entassé d'objets en cuivre. Les marins avaient essayé, mais Nnanji avait tout sorti et il montait maintenant la garde devant la porte, des flammes dans les yeux, les bras croisés et la septième épée dans le dos. Ce n'était peut-être qu'un simple guerrier, mais, selon toute apparence, il comprenait ce qui se tramait. Personne n'osa plus approcher du rouf.

Le *Saphir* s'éloigna du quai en louvoyant dangereusement. Il obéissait au barreur avec une mauvaise volonté qui frisait le ressentiment.

Le rouf était désormais le seul endroit où il était possible de manger. Quand on jeta l'ancre, ce fut donc là qu'on apporta la nourriture – du dodo rôti, des tourtes au lamantin qui dégageaient une odeur savoureuse, des miches de pain bis et des plats encore fumants de légumes frais achetés à Ki San. Brota s'assit sur un des coffres et tous les autres s'installèrent tant bien que mal par terre.

La guerrière sentit une curieuse ambiance parmi les gens rassemblés dans la pièce. L'assiette du navire et le chargement inquiétaient les marins, tout comme la météo du lendemain. Mais ils étaient aussi ravis des bénéfices qu'ils avaient tirés de la vente du bois de santal et étaient maintenant persuadés que la Déesse veillait sur eux. Hool n'était plus qu'un lointain souvenir. Ils ne regrettaient qu'une chose : le blessé, dans le coin, allait bientôt succomber à sa blessure, comme Matyrri et Brokaro avant lui. Les passagers, eux, étaient moroses, mais ils étaient certains que le septième survivrait. Tandis que les plats circulaient, de petites conversations s'amorcèrent, mais un silence inquiet s'installa très vite.

Tomiyano apparut en portant un gros pot en cuivre surmonté d'un étrange tuyau en spirale. Brota retint son souffle. Son fils cherchait Nnanji des yeux. Quand il le trouva, il slaloma vers lui avec prudence pour ne pas écraser les jambes des personnes assises. Arrivé devant lui, il posa le récipient avec précaution.

—Adepte Nnanji, dit-il d'une voix bourrue, sais-tu à quoi sert cet engin ?

Nnanji regarda ledit engin en fronçant les sourcils, puis secoua la tête.

—Ton mentor en a vu un pareil à Aus. Plus grand que celui-ci. Pour une raison que j'ignore, il semblait s'y intéresser. J'espérais que tu pourrais m'éclairer. Je l'ai trouvé avec le reste de la marchandise.

Nnanji ferma les yeux.

—Tout ce qu'il a dit, c'est : « J'ai vu des serpentins en cuivre. J'ai pensé qu'ils avaient peut-être un rapport avec les sorciers et je suis allé les examiner de plus près. »

Il avait parlé en imitant la voix basse et grondante de Shonsu. Il ouvrit les yeux.

—Je ne peux pas t'aider, capitaine. Est-ce que tu consentirais à me vendre cet objet pour que je le montre à Shonsu quand il sera guéri ?

—Je te le donne, dit Tomiyano d'un air renfrogné.

Brota adressa une prière silencieuse à la Déesse : un cadeau ! Une offre de paix ! C'était incroyable ! Le guerrier allait-il accepter ?

—Je ne peux pas recevoir un cadeau de ta part, capitaine, dit Nnanji. Combien en veux-tu ?

Le visage de Tomiyano s'empourpra sous le coup de la colère.

—Cinq pièces d'or !

Très calme, Nnanji tendit la main vers sa bourse et en tira quatre pièces d'or et vingt et une d'argent. Il les aligna sur le pont, aux pieds du capitaine.

C'est de la folie !

À peine eut-il fini que Tomiyano donna un coup de pied dans les pièces qui s'éparpillèrent dans tous les sens. Il gagna l'autre extrémité du rouf d'un pas rageur, le visage rouge de colère. Il avait abandonné le pot devant Nnanji.

Brota soupira et décida de ne pas se mêler de cette affaire. Quand les hommes se comportent comme des enfants, les femmes doivent se tenir à l'écart.

—Ma dame, quel est le prochain port et dans combien de temps l'atteindrons-nous ? questionna Honakura, assis dans un coin.

—Wal. Nous y serons dans trois jours, répondit Brota, la bouche pleine.

—Il y a des sorciers à Wal ! s'exclama soudain Nnanji.

Brota lança un bref regard en direction de son fils.

—C'est vrai ?

— Je n'ai pas pensé à demander, avoua Tomiyano en se renfrognant, furieux contre lui-même. Je me suis renseigné sur la durée du voyage, sur le courant, sur les repères, sur les hauts-fonds et sur l'état du marché, mais pas sur les sorciers ! Je n'ai pas posé davantage de questions sur Dri – c'est la ville suivante.

— Il n'y a pas de sorciers à Dri, déclara Katanji.

Brota songea que ce garçon avait un don exceptionnel pour faire des vagues sur une mer d'huile.

— Je ne t'avais pas donné la permission de descendre à terre, grogna Nnanji au milieu d'un grand silence.

Katanji poursuivit son repas sans un mot.

Nnanji reconnut sa défaite.

— D'accord, d'accord. Qu'est-ce que tu as appris ?

— La rive gauche est occupée par les sorciers, répondit son frère en agitant un bout de pain en direction des montagnes.

— Tu ne connais pas ta droite de ta gauche ?

— Il a raison, adepte, intervint Brota. Nous remontons la Rivière. La rive gauche est donc celle-ci.

Des flammes passèrent dans le regard de Nnanji quand il comprit qu'il avait été piégé. Les yeux de Katanji pétillèrent, mais il prit soin de ne pas sourire.

— Les Terres noires se trouvent au sud, mentor, dit-il. Les sorciers se sont emparés d'au moins trois cités sur la rive gauche : Aus, Wal et Sen, mais il y en a peut-être d'autres. Sans compter Ov, bien sûr, de l'autre côté de RegiVul, la chaîne de montagnes. Même les marins semblent ignorer ce qui se trouve au-delà des deux ou trois villes voisines, mais il n'y a pas de sorciers sur la rive droite – enfin, pas par ici. Ki San, Dri et puis Casr, ces cités ne sont pas dangereuses.

Son frère hocha la tête et grogna.

— Bon travail, novice.

Il avait de nouveau parlé comme Shonsu. Katanji le remarqua et cacha son sourire en mordant dans une tourte.

— Bon travail, répéta Nnanji.

Il se gratta le front en réfléchissant, puis regarda Brota.

— Nous allons donc éviter Wal, n'est-ce pas ?

— Je n'ai plus très envie de rencontrer des sorciers, déclara la guerrière. Nous pouvons continuer notre route jusqu'à Dri.

Mais il était impossible d'atteindre cette cité en cinq jours.

Le repas se termina et on débarrassa les plats. Oligarro apporta sa mandoline et joua un peu de musique, puis Holiyi prit le relais avec sa flûte de Pan. Ensuite, un silence assoupi s'abattit sur le navire. Il faisait presque noir et le dieu des rêves se mit à briller. Il était étrangement large et très bas.

— Nnanji, demanda Katanji, chante-nous une chanson.

— Non.

— Si, exigea tout le monde.

Les passagers étaient désormais considérés avec bienveillance : les jonas étaient source de profits.

Nnanji se laissa donc persuader. Sa voix était ténue et pas assez forte comparée à celle d'un ménestrel, mais son don inconscient pour l'imitation lui permit de suivre le rythme et les paroles ne lui posaient aucun problème. Il choisit une grande saga narrant le ralliement d'Illi et du siège de dix ans et la vie de l'héroïque Akiliso du septième qui se renfrognait dans sa tente parce que son maître avait pris une de ses esclaves. L'histoire était connue de tous, mais Nnanji la racontait comme un ménestrel : il maîtrisait la cadence, les pauses, les accents triomphants et les intonations tristes.

Mais en arrivant au passage où le frère par serment d'Akiliso va se battre à sa place, il s'interrompit soudain.

— Je pense que ça suffit pour ce soir, dit-il. Je finirai un autre jour.

Les marins l'applaudirent et le félicitèrent en essuyant parfois une larme au coin de l'œil. Brota fit bouger ses épaules avec raideur. Elle aussi avait été captivée par la chanson. Le vieil homme avait peut-être raison : il n'était pas impossible que Shonsu guérisse avant que le *Saphir* arrive à Dri, une cité où se trouvaient des guerriers. La Déesse libérerait alors le navire. Trois cents pièces pour une cargaison de bois de santal !

Elle estima cependant que les chances de survie de Shonsu étaient minces.

La jeune voix de Matarro monta dans la pénombre, car le soleil était couché maintenant. Seules les fenêtres brillaient et de petites vagues de lumière dansaient sur le plafond.

— Adepte Nnanji ? Qu'allez-vous faire si le seigneur Shonsu meurt ?

— Ça ne te regarde pas, mon garçon, dit sa mère d'un ton brusque.

De l'autre côté de la pièce, la voix basse de Nnanji monta dans le noir.

— Ce n'est pas grave. C'est un problème de guerrier, il a donc raison de s'y intéresser. Je mourrai aussi, novice.

Un terrible frisson glacé traversa Brota.

— Il est temps d'aller se coucher ! lança-t-elle d'un ton ferme.

Elle se releva d'un bond. Un ou deux enfants l'imitèrent, mais tous les autres restèrent assis, curieux.

— Nnanji ! s'exclama son frère. Qu'est-ce que tu veux dire par là ?

— Il n'y a pas eu d'abomination, cria Brota. Shonsu a élevé Tomo au rang de guerrier provisoire pour lui permettre de l'affronter !

— C'est vrai, reconnut Nnanji. Je ne porte aucune accusation. Tu vois, novice, si j'étais seulement lié au seigneur Shonsu par le premier serment, en tant que suivant, ou par le deuxième, en tant que protégé, il n'y aurait pas de problème. Mais nous avons tous les deux prêté un serment plus terrible et il serait de mon devoir d'essayer de le venger.

À la droite de Brota, Tomiyano laissa échapper un grondement inarticulé.

— Mais les choses ne se passeront pas ainsi, poursuivit Nnanji. (Il aurait tout aussi bien pu discuter du prix du poisson : sa voix était parfaitement calme et régulière.) Le problème serait pourtant intéressant. Le capitaine n'est pas un guerrier et je ne pourrais donc pas le défier. Il n'a pas commis d'abomination et je ne pourrais pas le condamner et l'exécuter. Il faudrait sans doute que je lui donne une épée et que je l'élève de nouveau au rang de guerrier provisoire – pour qu'il me tue. Mais tout ceci est sans importance, car Shonsu ne mourra pas.

— Espèce de sale terrien ! Fumier de guerrier ! rugit Tomiyano. Tu crois que ça va se passer comme ça ?

— Sûrement pas. Si Shonsu mourait, tu me poignarderais ou tu m'embrocherais avec une épée avant que je te lance un défi. Et si je parvenais à te tuer, les autres s'occuperaient de moi. (Les marins grognèrent leur assentiment avec colère.) Tu n'as donc pas à t'inquiéter. Je ne t'attaquerais pas à l'improviste. Shonsu ne va pas mourir. Et même s'il mourait, quelqu'un se chargerait de me faire mon affaire.

— Vous entendez ça ! cria Brota. Il parle de vous tous ! Des témoins, de votre frère, c'est certain. Oui, de vous tous !

— En effet, lâcha froidement Nnanji. Mais un serment est un serment.

Brota lança un juron qui réduisit le brouhaha croissant au silence.

— Voilà qui règle le problème, dit-elle d'un ton sec. Vous débarquerez demain à la première jetée que nous rencontrerons. Vous tous ! Je n'ai jamais rompu un contrat de ma vie, mais je ne veux plus entendre parler de celui-ci !

Les marins acquiescèrent avec des cris.

À gauche de Brota, le vieil homme toussa dans l'obscurité.

— Avez-vous tiré un bon prix de votre bois, maîtresse ?

Brota sentit le froid l'envahir un peu plus. Elle n'avait pas seulement accepté la gemme de Shonsu, elle avait aussi pris l'or de la Déesse. Et la cale était surchargée : la moindre bourrasque coucherait le navire sur le flanc.

— Euh… nous aviserons demain, dit-elle dans un murmure.

Le rouf fut submergé de cris incrédules. Les marins se demandaient si elle n'était pas devenue folle. Elle se posa la même question.

À quatre jours de Ki San, tard dans l'après-midi, Brota envoya Tomiyano chercher Nnanji. Le jeune guerrier dégingandé avec sa silhouette osseuse et sa peau pâle était appuyé au bastingage. Il regardait fixement la Rivière d'un air morose. Des éclats de lumière se reflétaient sur la poignée en argent de sa grande épée et le saphir rutilait contre la queue-de-cheval rousse. Maintenant, rares étaient les marins qui daignaient lui répondre et plus rares encore ceux qui lui adressaient la parole de leur propre chef.

Depuis la barre, elle observa Tomiyano approcher. Son fils prit soin de bousculer quelques pots en cuivre pour avertir Nnanji de son arrivée. Oligarro et Holiyi étaient aussi sur le pont et surveillaient la scène d'un œil inquiet.

Le capitaine prit la parole. Nnanji lança un regard vers Brota, haussa les épaules et se dirigea vers la poupe suivi de Tomiyano. S'il craignait de tourner le dos au marin et à sa dague, il ne le montra pas. Il y avait encore plus de pots sur la dunette que sur le pont et les deux hommes durent accomplir maints détours pour parvenir jusqu'à la guerrière.

— Maîtresse ? demanda Nnanji avec curiosité et prudence.

Brota pointa le doigt à tribord. Au loin, la mince ligne de l'horizon oriental se dessinait au-dessus des eaux brillantes. Des yeux d'aigle étaient capables d'y distinguer des toits et, avec une bonne imagination, on pouvait même entrevoir une tour. Plus loin, les montagnes bleu froissé de RegiVul ressemblaient à un morceau de ciel cristallisé.

— C'est Wal ? demanda Nnanji.

— C'est Wal, acquiesça-t-elle.

Puis elle pointa le doigt à bâbord de la proue.

Nnanji se tourna et observa la brousse marécageuse et désolée qui défilait à quelques encablures. On n'avait pas aperçu un seul hameau, une seule cabane sur cette rive depuis des heures. Nnanji leva les yeux vers les gréements, puis regarda de nouveau Brota, intrigué.

— Que suis-je censé voir ?

— Espèce de terrien ! Le ciel !

— Oh !

Il était pourtant difficile de ne pas le remarquer : il s'y étendait une tête de cumulonimbus monstrueuse et bouillonnante. Elle était d'un blanc éclatant à son sommet d'écume et des éclairs zébraient son ventre plat plus noir que la nuit.

Nnanji se tourna vers Brota avec l'air amusé.

— Vous avez surchargé le navire, je crois ?

— Même si je ne l'avais pas fait, je préférerais attendre dans un port que cette chose soit passée. Je n'en ai jamais vu une grossir à une telle vitesse.

Un large sourire illumina soudain le visage de Nnanji.

— Elle veut que nous visitions Wal.

Brota ne voyait rien de drôle là-dedans. Elle se pencha sur la barre et le *Saphir* lui obéit à contrecœur.

— Nous n'avons pas le choix, dit-elle d'un air sombre.

— Bien, dit Nnanji. Je vais regagner le rouf.

Le visage de Tomiyano exprimait de la haine et du ressentiment. Il montra la brûlure que lui avait infligée le sorcier.

— Moi aussi, lâcha-t-il.

Une heure plus tard, Brota envoya de nouveau chercher Nnanji et, cette fois-ci, le jeune guerrier arriva seul. Tomiyano et sa mère avaient pris le risque de faire hisser un maximum de voiles et le *Saphir* roulait dangereusement dans la brise changeante. Par malheur, Wal semblait toujours aussi lointaine. Nnanji avait remplacé l'épée de Shonsu par la sienne : il ne faisait aucun doute qu'il s'attendait à des problèmes.

— Je ne sais pas si nous allons arriver à temps, lui dit Brota.

Il n'était pas impossible qu'elle se soit trompée. Les dieux avaient peut-être décidé de noyer Shonsu et de la punir pour sa cupidité.

Le guerrier était intrigué. Les doigts de la tempête s'étendaient au-dessus de leurs têtes et s'apprêtaient à cacher le soleil, mais Nnanji n'y prêta pas attention.

— Je pensais que vous vouliez aller là-bas, maîtresse ? demanda-t-il en montrant Wal.

— Nous louvoyons, lança-t-elle d'un ton sec. On ne peut pas avancer directement contre le vent, Nnanji.

— Oh ! dit-il, complètement indifférent aux détails techniques.

— Il faut dégager le pont, lui dit-elle.

Le sourire du jeune homme la fit grincer des dents.

— Vous craignez que les pots se remplissent d'eau de pluie ?

— Ils vont rouler d'un bord à l'autre. Nous allons en entasser le plus possible dans le rouf.

Le sourire s'évanouit et, pendant un moment, Brota se demanda si le guerrier n'allait pas s'y opposer. Celui-ci hocha enfin la tête.

— Si nous allongeons Shonsu derrière les deux coffres, est-ce qu'il sera en sécurité ?

— Nous y avons pensé. Au moins, il sera à l'abri des pots.

Nnanji acquiesça.

— Y a-t-il autre chose que je puisse faire pour vous être utile ?

Elle désigna la dunette envahie par les ustensiles en cuivre.

— Tu peux balancer tout ça par-dessus bord si tu en as envie.

Il cligna des yeux.

— Vous êtes sérieuse, maîtresse ?

— Oui !

Il réussit à ne pas éclater de rire, mais cela lui demanda un effort considérable.

— Bien ! dit-il.

Il entreprit de jeter à l'eau les pots, les urnes et les aiguières. Lae et Mata faisaient déjà de même sur le pont principal. Pendant ce temps, des marins en entreposaient d'autres dans le rouf et Tomiyano vidait les canots. Une armée d'ombres glissa alors sur les flots pour se précipiter vers le navire et le soleil disparut.

Le *Saphir* poursuivit sa course erratique en laissant derrière lui une traînée d'objets en cuivre ou en laiton qui dansaient sur les eaux. Brota évita de croiser le regard de Nnanji.

Le vent tomba brusquement et les voiles s'affaissèrent avec mollesse. Le navire s'écarta de sa trajectoire et fut ballotté par les vagues qui précédaient la tempête. Les pots couchés sur le côté ne roulaient plus vers la poupe, ils restaient immobiles.

— Que se passe-t-il ? demanda Nnanji avec méfiance.

— C'est le calme avant la tempête. C'était prévisible. Quand le vent va se lever de nouveau, il viendra par derrière et il sera fort. C'est pour ça que j'ai dit que nous n'arriverions peut-être pas à temps. Il ne reste plus qu'à attendre.

Maintenant, il était inutile de maintenir une telle voilure. Le sifflet de Tomiyano lâcha une note stridente et les marins coururent vers les enfléchures. Nnanji haussa les épaules et se remit à lancer les pots par-dessus bord.

—… Rien dont je puisse avoir honte… évité sans honneur…, psalmodia quelqu'un en contrebas.

C'était une voix grave, mais faible. On l'entendait seulement parce que le vent était tombé.

— Qu'est-ce que c'est que *ça* ? s'exclama Brota, surprise.

Nnanji eut l'air mal à l'aise.

— C'est le seigneur Shonsu. Il récite le code des guerriers. En général, il ne dit que des choses incohérentes, mais, aujourd'hui, il n'arrête pas d'en citer des extraits.

Brota et Nnanji échangèrent un regard, inquiets.

— Comme une prière ? demanda-t-elle à voix basse.

Une prière pour obtenir un pardon ?

Au-dessus de leurs têtes, le ciel devenait toujours plus noir. À l'ouest s'étendait la quintessence même de l'obscurité.

Brota laissa la barre à Tomiyano et à Oligarro. Ils ne seraient peut-être pas trop de deux pour la maintenir quand la tempête éclaterait. L'air était stagnant, humide et menaçant. Le *Saphir* errait sans but sur la grande Rivière.

Il ne restait plus grand-chose sur le pont, tout avait été attaché avec soin. Le rouf plongé dans l'obscurité était plein à craquer et, lorsque Nnanji et Brota vinrent l'inspecter, ils ne parvinrent pas à apercevoir le blessé. Jja était assise sur un coffre, à l'autre bout de la pièce. Elle leur adressa un sourire courageux par-dessus la forêt de récipients.

— Les sorciers auront du mal à atteindre mon maître ici, dit-elle.

Brota lança une remarque enjouée, mais s'ils devaient abandonner le navire, il serait impossible de tirer rapidement Shonsu et son esclave de ce recoin. Nnanji ne semblait pas avoir envisagé cette hypothèse. Elle se demanda ce qu'il en était de Jja.

—… Les soutras des guerriers… la volonté de la Déesse…, ânonna le blessé.

Et le vent se leva.

Le *Saphir* devançait la tempête. Le bateau était ballotté dans tous les sens, les cordes et les poutres grinçaient avec colère. À l'abri dans le rouf, Brota se blottit dans une cape en cuir et pleura pour le vieux navire. Elle s'était montrée ingrate en le surchargeant à ce point, elle avait trompé sa confiance. À chaque mouvement de roulis ou de tangage, un cliquetis étouffé montait des cabines en dessous. Mais Tomo se surpassa. Même son grand-père n'aurait pas fait mieux. Il devinait les déplacements d'air en observant les eaux et orientait le vieux vaisseau le long des vents pour se diriger vers Wal. Il restait à l'écart de la zone de calme qui les précédait et de la tempête qui les talonnait.

Il ne pleuvait toujours pas, il n'y avait que des rafales glacées, les ténèbres, le tangage et les grincements. Pendant un moment, Wal brilla sous les rayons du soleil devant le navire. La ville se rapprochait, mais avec quelle lenteur ! La silhouette de la tour se dessinait maintenant avec plus de clarté, comme un phare, un ultime espoir – quelle ironie ! Puis les ténèbres avalèrent

Wal et seules les montagnes lointaines restèrent éclairées par le soleil. Les enfants avaient déjà été embarqués dans un canot et les adultes se tenaient près du bastingage, essayant de cacher leur appréhension. La tempête les poursuivait. Elle franchissait les flots à cheval sur des éclairs et le tonnerre faisait songer aux malédictions d'un géant.

Wal ressemblait beaucoup à Aus avec ses murs en bois et ses toits de tuiles rouges. Aucun navire n'y était ancré, tous étaient amarrés en sécurité le long du quai et se balançaient nerveusement alors que les vagues forcissaient. Tomiyano glissa le *Saphir* dans le port et trouva un poste d'amarrage libre.

Il descendit avec colère dans le rouf pour que les sorciers ne voient pas son visage. Brota le regarda partir et réalisa soudain qu'il allait se retrouver enfermé dans cette pièce en compagnie de Nnanji. Il y avait de la place pour deux à l'intérieur, mais pas pour beaucoup plus. Elle l'interpella et le capitaine s'arrêta. Il hocha la tête avant de tendre sa ceinture et sa dague à Oligarro. Puis il se dirigea vers le rouf d'un pas décidé et ferma la porte derrière lui. Brota s'approcha de la fenêtre par mesure de précaution, mais son fils était désarmé et le guerrier aurait du mal à tirer son épée dans une pièce aussi basse de plafond. S'il essayait, Tomiyano le briserait comme une vulgaire brindille avant qu'il ait terminé son geste.

À travers les volets, elle n'entendit que le silence et un lointain marmonnement rauque.

— … Les soutras des guerriers…

Brota resta à proximité du rouf pour surveiller Oligarro. C'était un homme aux cheveux blancs solidement bâti qui parlait toujours à voix basse. En règle générale, on pouvait lui faire confiance, mais il était pourvu d'un mauvais caractère et agissait parfois de manière imprévisible. Les gens avaient fui les quais et la tempête qui approchait. L'endroit était étrangement vide ; la poussière balayait les pavés, les immondices et le crottin. Le seul signe de vie émanait d'un groupe d'esclaves qui débarquait la cargaison de bois du navire voisin pour la charger sur un chariot. Pour plus de sécurité, les chevaux avaient été conduits à l'abri, mais les esclaves ne craignaient ni l'eau ni le tonnerre. Le tonnerre ! Ses grondements se déversaient sans interruption du ciel couleur charbon suspendu au-dessus de leurs têtes comme une tente noire.

Brota et Oligarro… Tous les autres, les adultes et les enfants, s'étaient réfugiés en bas pour mettre de l'ordre dans la cale et célébrer leur arrivée à bon port. Elle supposa qu'il n'y avait plus de danger et leva les yeux pour lancer un regard inquiet vers la tour. Rien ne pouvait échapper à un observateur posté au sommet. L'édifice ressemblait à celui d'Aus, mais était deux fois plus menaçant dans les ténèbres. Une flèche noire sur un ciel noir. Brota espéra que les sorciers de Wal obéissaient aux mêmes règles que leurs homologues d'Aus et qu'une guerrière ne risquait rien tant qu'elle ne quittait pas son navire. Elle remarqua alors qu'une autre personne était restée sur le pont. Katanji était assis en tailleur à l'abri sous un canot. Il observait la ville en souriant comme un lutin. Il disparaissait quand un éclair projetait une ombre sur lui et réapparaissait lorsque les ténèbres reprenaient leurs droits. Il ne portait pas son épée et, par conséquent, il ne courait sans doute aucun risque. Ce gamin était futé. Il aimait voir, il aimait savoir.

Un officier du port arriva et la passerelle fut déployée pour le laisser monter à bord. Il la grimpa en boitillant avec lenteur. C'était un vieux marin émacié du troisième et Brota le trouva désagréable au premier regard. Il s'arrêta pour adresser le salut à un supérieur à Oligarro. Sa robe brune tourbillonnait autour de sa silhouette décharnée et le vent le faisait larmoyer. Il s'appelait Hiolanso. Shonsu avait affirmé que l'officier d'Aus était un sorcier. S'il en allait de même pour celui-ci, il avait choisi un aspect beaucoup moins séduisant que son homologue d'Aus : ses rares cheveux étaient blancs, il avait un cou de poulet et sa peau était couverte de rides et de taches de vieillesse.

Oligarro répondit comme s'il était le capitaine du *Saphir.*

Hiolanso lui souhaita la bienvenue à Wal au nom des anciens et du sorcier, puis se dirigea vers le rouf pour s'y abriter. Brota lui barra le chemin. L'homme fronça les sourcils, fixa les marques faciales de la guerrière et comprit qui prenait les décisions. Il la salua d'un air ironique et elle répondit.

— Vous savez que les guerriers n'ont pas le droit de descendre à terre, maîtresse ?

— Je m'en doutais.

Hiolanso observa le rouf avec suspicion, se tourna afin d'examiner le chargement, puis regarda Oligarro.

— Vous sembliez très chargés lorsque vous avez pénétré dans le port, capitaine. Votre ligne de flottaison était bien basse.

— Nous avons réussi à venir jusqu'ici, répondit Oligarro, le visage impassible.

Un sourire crispé se peignit sur les lèvres du vieil officier. Il cria pour couvrir le bruit du vent.

— Dans ce cas, réglons nos affaires au plus vite. Je n'ai aucune envie de rester dehors par un temps pareil. La taxe est de vingt pièces d'or.

— Vingt pièces d'or ! s'écrièrent Brota et Oligarro d'une seule voix.

Dans le ciel, le tonnerre rugit pour faire part de son indignation.

— On n'a jamais demandé une taxe aussi élevée pour un navire de cette taille ! rugit Brota.

L'officier sourit de nouveau, soudain illuminé par un éclair. Il grimaça en entendant le fracas qui s'ensuivit.

— C'est pourtant le montant à acquitter – aujourd'hui.

Le visage d'Oligarro vira au pourpre.

— C'est ridicule ! Nous ne pouvons pas payer une telle somme !

— Dans ce cas, vous devez partir.

Brota se demanda comment Tomiyano parvenait à contrôler sa colère, car il devait écouter la conversation derrière la porte. Ce vieil homme était-il un sorcier ?

— Voici cinq pièces d'or, dit Oligarro, furieux et hésitant. Prenez-les et fichez le camp.

— Vingt.

Ils n'avaient pas le choix et ils le savaient. Brota parcourut le quai des yeux. Il y avait là quatre ou cinq jeunes gens qui attendaient – des complices, sans aucun doute. Ce vieux rapace leur ordonnerait de défaire les amarres si elle ne payait pas. Elle avait déjà rencontré des officiers de port corrompus, mais jamais à ce point, jamais pendant qu'une monstrueuse tempête se déchaînait au-dessus de la Rivière, prête à broyer son navire.

— Dans ce cas, il faut que j'aille chercher l'argent, dit-elle.

Elle jeta un regard d'avertissement à Oligarro. Les veines saillaient sur le visage massif et écarlate du marin.

— Dépêchez-vous, ou je devrais vous en demander trente, lança Hiolanso en frissonnant dans le froid.

Furieuse, Brota adressa un nouveau regard chargé de sous-entendus à Oligarro, puis se dirigea d'un pas lourd vers la porte de l'escalier menant aux cabines. Elle espéra que son subordonné conserverait son sang-froid.

Ne cède pas à la colère, empêche cet homme d'entrer dans le rouf.

Si cette crapule découvrait un guerrier de haut rang à bord, il exigerait aussitôt cinquante pièces d'or. Mais l'argent se trouvait dans sa cabine, à la poupe, et des piles d'objets en cuivre s'entassaient dans les coursives. Katanji la dépassa en galopant et lutta contre le vent pour maintenir la porte ouverte.

Brota marmonna des remerciements. Elle avait à peine descendu deux marches que le novice lui lança :

— J'ai quinze pièces d'or sur moi, maîtresse.

Elle se retourna aussitôt, incapable de le distinguer clairement dans l'obscurité.

— Ce serait très aimable de ta part, dit-elle.

— Avec un taux d'intérêt de deux pièces d'argent ?

— Espèce de sangsue ! Tu ne vaux pas mieux que ce rapace ! Tiens, voilà tes deux pièces d'argent !

Katanji gloussa et déposa quinze pièces d'or dans la main de la guerrière. Celle-ci se demanda comment un simple premier avait amassé une telle fortune. Ces guerriers dépensaient leur argent comme s'il poussait sur les arbres et elle trouvait cela répugnant. Mais ce garçon était malin. Peu de gens auraient pensé à profiter de cette occasion pour faire un bénéfice immédiat.

Les éclairs et le tonnerre saluèrent son retour tandis qu'elle chancelait sur le pont. Elle remarqua qu'Oligarro était surpris de la voir si vite de retour. Elle tendit l'argent à l'officier.

— J'espère que votre séjour à Wal sera profitable, maîtresse, dit Hiolanso d'un ton moqueur. Je vous souhaite une bonne journée, capitaine.

Il s'inclina et fit demi-tour.

Il fit trois pas et s'immobilisa.

Un homme montait la passerelle.

Il s'arrêta en arrivant sur le pont, les mains glissées dans ses manches. Il était grand et dégageait une aura inquiétante dans les ténèbres. Il resta parfaitement immobile, seuls les plis de sa robe tourbillonnaient dans le vent ;

sa tête était invisible sous le capuchon de sorcier, mais un éclair illumina un bref instant son vêtement rouge et ses traits : il avait d'épais sourcils noirs, un visage carré et volontaire, dur et confiant.

Les ténèbres retombèrent et il glissa en avant, comme s'il était monté sur roulettes, au milieu des coups de tonnerre.

— Rendez ces vingt pièces d'or à la maîtresse Brota, Hiolanso.

Brota frissonna, mais ce n'était pas à cause du vent. Comment connaissait-il son nom ? Les dents de l'officier du port s'entrechoquaient et ses mains tremblaient sans l'ombre d'un doute quand il sortit sa bourse et compta l'argent.

— Je vous présente mes excuses, maîtresse, capitaine, dit l'inconnu d'une voix dure et grave. Les anciens et le sorcier s'inquiètent beaucoup de la corruption qui sévit parmi leurs représentants. Maintenant que nous avons attrapé un coupable, nous allons le punir. Nous vous offrons l'abri et aucune taxe ne vous sera demandée.

— Quel sera son châtiment ? questionna Brota en songeant aux nombreuses malédictions qu'elle avait lancées contre l'officier du port.

— C'est au tribunal d'en décider. (Le capuchon du sorcier se tourna légèrement pour examiner Hiolanso.) Il sera sans doute condamné à avoir une main passée au feu. Et pour un vol de cette importance, ce sera probablement les deux.

Le cri de terreur de l'officier fut noyé par un coup de tonnerre à faire vaciller la raison. Hiolanso esquiva le sorcier et se précipita vers la passerelle.

L'homme au capuchon se tourna dans sa direction et leva le bras. Un nouveau coup de tonnerre éclata, tout aussi assourdissant que le précédent. Un nuage de fumée tourbillonna un instant avant d'être emporté par le vent.

La passerelle était vide. Le fugitif avait disparu.

Brota entendit un gémissement de terreur et s'aperçut qu'il sortait de sa propre gorge. Maintenant, c'étaient les dents d'Oligarro qui claquaient.

« Plic… ploc… » La pluie commença à tomber.

Le sorcier se tourna vers le marin et fit le salut à un supérieur.

— Je suis Zarakano, sorcier du cinquième rang…

Oligarro répondit en chevrotant. Zarakano regarda Brota, puis exécuta le salut à un égal. La guerrière lui rendit la politesse d'une voix aussi mal assurée que celle du marin. L'officier du port avait disparu devant ses yeux. C'était donc vrai. Avant de rencontrer Shonsu, elle ne croyait pas à l'existence des sorciers, mais il y en avait maintenant un sur le pont de son navire – et il venait de pulvériser un homme sur la passerelle. En un instant, le fugitif s'était transformé en nuage de fumée. Au cours de sa vie, Brota n'avait jamais craint de s'évanouir, mais, à présent, cette idée lui effleura l'esprit.

« Plic… ploc… plic-plic-plic… »

— Abritons-nous pendant un moment, déclara Zarakano.

Il tendit la main vers la poignée de la porte du rouf et Brota resta paralysée, incapable de réagir. Le vent se glissa derrière le battant et l'ouvrit dans un grand claquement sourd.

Nnanji apparut dans l'encadrement, les bras croisés. Pendant un instant, son visage dessina une tache blanche dans les ténèbres. Puis un nouvel éclair illumina le pont. La chevelure rousse et le kilt orange flamboyèrent tandis qu'un million de flammes cuivrées rutilaient dans le dos du guerrier. Un coup de tonnerre terrifiant fit vibrer tout le bateau. Le sorcier recula sous le coup de la surprise et leva le bras avant de le baisser. Il ne se tenait pas devant un rat de navire : ce jeune homme était vêtu d'un harnais et d'un kilt ; il portait même des bottes de guerrier ainsi qu'une épée. Pendant un moment, personne ne bougea ni ne parla. Soudain, le vent retomba. De nouveau le calme avant la tempête. Le tonnerre s'apaisa et le silence s'installa.

— … Rien que la justice…

Shonsu délirait toujours à l'autre extrémité du rouf.

Nnanji ne pouvait pas tirer son épée dans une pièce aussi basse de plafond.

Le sorcier et le guerrier restèrent face à face pendant une longue minute à glacer le sang, puis Zarakano exécuta le signe de reconnaissance à un inférieur. Le visage de Nnanji était parfaitement inexpressif dans l'obscurité. Le jeune homme hésita et salua.

— Je suis Nnanji, guerrier du quatrième rang…

Ces derniers temps, on avait beaucoup parlé des sorciers à bord du *Saphir*. Katanji avait raconté de nombreuses histoires à leur propos. Était-il déjà arrivé qu'un sorcier et un guerrier se saluent ainsi ? Car les rats de navire ne comptaient pas. On assistait à la réunion d'une mangouste et d'un cobra – et la mangouste avait cédé à la politesse.

— Je suis Zarakano, sorcier du cinquième rang…, répondit le cobra.

— … Je serai à jamais fidèle…, grogna Shonsu au fond de la pièce.

Un éclair grésilla tandis qu'un coup de tonnerre éclatait, noyant le reste de son délire.

Tomiyano resta sur le côté, toujours invisible. Mais que se passerait-il si le sorcier pénétrait dans le rouf et apercevait la brûlure sur son visage ? Que se passerait-il s'il entendait Shonsu et reconnaissait le code des guerriers ?

« Plic ! ploc ! » De grosses gouttes commencèrent à s'abattre sur le pont.

— Combien de libres épées transportez-vous, maîtresse ? questionna Zarakano sans quitter Nnanji des yeux.

— Juste l'adepte Nnanji et un premier rang, murmura-t-elle.

Elle se demanda si Katanji était retourné sur le pont, si les pouvoirs de Zarakano lui permettaient de deviner ses mensonges. Le martèlement de la pluie se fit plus puissant et le vent se leva de nouveau, étouffant du même coup les marmonnements de Shonsu.

— L'adepte Nnanji est un homme discret, déclara le sorcier sur un ton qui paraissait jovial. Mais moi aussi. Je pense que je vais prendre congé et vous souhaiter une bonne journée, maîtresse.

Un nouvel éclair bleu-blanc déchira les ténèbres et illumina le guerrier au kilt orange. Derrière Nnanji, les objets en cuivre ou en laiton lancèrent des reflets jaunes et rouge flamme.

— Je constate que vous transportez une cargaison importante. Je vais jeter un sort de bonne fortune dessus.

Brota passa devant lui et se dirigea vers la porte. Elle la referma avec l'aide d'Oligarro et Nnanji – qui n'avait pas bougé d'un centimètre – disparut. Enfin, elle s'appuya sur le battant, épuisée et tremblant de tous ses membres.

— Je vous remercie, maître Zarakano. Je vous souhaite moi aussi une bonne journée.

En d'autres termes, elle s'assurerait que Nnanji ne l'attaque pas.

La pluie se déchaîna et un véritable déluge couvrit le pont d'un brouillard blanc.

Zarakano adressa un hochement de tête à Brota, rabaissa un peu plus son capuchon sur son visage et se dirigea sans tarder vers la passerelle. Elle le vit rejoindre le quai. Deux autres sorciers l'y attendaient, des deuxièmes en robe jaune. Les trois silhouettes se dépêchèrent de traverser la rue et furent avalées par la pluie.

Même la pire des tourmentes finit par s'apaiser et Brota se retira dans sa cabine pour soigner une migraine. Elle dut s'endormir, car elle fut réveillée par des coups contre sa porte.

— Qui est-ce ?

— Le novice Katanji, maîtresse.

— Une minute.

La tempête était presque terminée. Le bateau était plus stable, on entendait moins de craquements et la lumière du soleil entrait par la fenêtre.

La cabine de Brota était un cube en bois, mais un cube plus grand que celui des autres. Il offrait assez de place pour y installer une commode, un coffre et un lit avec des pieds – seule concession à l'âge de la guerrière. Une lanterne était posée sur le meuble, la seule du navire, une marque d'autorité plus importante que la dague de son fils. Brota avait décoré la pièce avec un tapis, des tentures et trois tapisseries. Elle se redressa sans hâte et prit le temps de rassembler ses esprits. Le vent s'apaisait. Le crépuscule ne tomberait pas avant deux heures, à en juger par l'angle des rayons de soleil qui se dessinaient au-delà de la tempête. Le navire pourrait bientôt reprendre sa route. Elle se leva avec un grondement et se dirigea vers la porte à pas feutrés pour faire entrer Katanji. Le jeune guerrier sourit. Son visage était sale et ses cheveux sentaient la pluie.

— Tu viens chercher ton argent, pas vrai ? gloussa-t-elle. (Elle sortit quinze pièces d'or de la commode.) À propos de ces deux pièces d'argent, que se passera-t-il si j'en parle à ton frère ?

Il l'examina un moment et haussa les épaules.

— Dans ce cas, la prochaine fois, je vous laisserai vous débrouiller toute seule.

Quelle prochaine fois ?

— Où est-ce qu'un novice a bien pu dénicher quinze pièces d'or ?

— Oh ! La plus grande partie de cet argent est à Nnanji. Il m'a confié les dix pièces qu'il a tirées de la vente de Jénisse, vous vous souvenez ?

Elle lui tendit quinze pièces d'or.

— Merci, *guerrier.*

— De rien, *guerrier,* répondit-il avec impudence.

Mais le charme de son sourire lui permettait de faire oublier de telles insolences.

Il rangea l'argent dans une même bourse, remarqua Brota.

— Vous allez reprendre la mer ou passer la nuit au port, maîtresse ?

— Nous reprenons la mer. Le capuchon sait que ton frère est à bord.

— Vous ne croyez donc pas au sort de bonne fortune ?

Les yeux de Katanji brillèrent.

Brota n'avait pas l'habitude de justifier ses décisions – pas auprès de Tomiyano et encore moins auprès d'un novice qui n'était même pas marin. Pourtant…

— Non. Et toi ?

Il gloussa.

— Bien sûr que oui ! Et puis, aujourd'hui, Holiyi se plaignait qu'il n'avait pas passé une nuit à terre depuis une éternité.

— Ne te mêle pas de la vie sexuelle du marin Holiyi, novice. Ou je pourrais souffler à Nnanji de s'intéresser à la tienne.

Le visage du jeune homme devint écarlate et une certaine inquiétude se peignit sur ses traits. Ce n'était qu'un gamin et elle plaisantait avec lui comme si elle s'adressait à un marchand du cinquième.

— Il y a autre chose ? demanda-t-elle en songeant qu'une douche s'imposait avant d'appareiller.

Il acquiesça.

— J'ai des informations pour vous. Je pense qu'elles valent une pièce d'or. Peut-être même deux.

Brota s'assit sur le lit – le sommier de corde grinça avec énergie – et observa le garçon avec suspicion.

— Deux pièces d'or ! Tu as découvert où se trouvait l'élixir d'immortalité, au moins ?

Il secoua la tête.

— Pas tout à fait. Ça vous intéresse ?

— Qui va décider si tes informations valent une pièce d'or, deux pièces d'or ou rien du tout ?

Il hésita, puis haussa les épaules.

— Je suppose que c'est vous.

— Si ça ne m'intéresse pas, je ne paie pas ?

Il acquiesça, peu convaincu, puis sourit.

— Ça vous intéressera. Il y a deux marchands de cuivre en ville, Jasiulko et Fennerolomini.

Il avait piqué son intérêt.

— Comment as-tu appris cela ? Tu es descendu à terre dans une ville de sorciers ? Tu es fou !

Il secoua ses boucles humides.

— Voyons, maîtresse ! Les guerriers ne peuvent pas descendre à terre dans cette ville.

Elle regarda les pieds du novice.

— Je ferais bien de dire à Tomiyano de nettoyer le pont.

Il releva la tête et se mordit les lèvres, vexé d'avoir oublié ce détail.

— S'il vous plaît, ne me posez pas de questions, maîtresse.

Comment ce gamin s'était-il sali le visage à ce point ? Ses traits étaient sales, maculés de graisse. Ce garçon ne cessait de la surprendre. Elle songea qu'il faisait sans nul doute partie des miracles de Shonsu.

— L'information sur les marchands est intéressante, Katanji, mais elle ne vaut pas deux pièces d'or.

— Ce n'est pas tout, ajouta-t-il avec un sourire rayonnant.

— Je t'écoute.

Les mots jaillirent avec fébrilité.

— Il y a deux nuits de cela, un incendie a ravagé l'entrepôt de Jasiulko et ce malheureux a perdu tout son stock.

Brota le fixa en silence pendant une longue minute. Elle ne douta pas un instant de la véracité de ses propos. Sans un mot, elle tendit la main vers sa bourse et en tira deux pièces d'or.

Était-ce le fruit du sortilège du sorcier ? Brota préféra penser qu'il s'agissait de l'œuvre de la Déesse. Quoi qu'il en fût, elle décida que le *Saphir* passerait la nuit au port et, le lendemain matin, elle fit appeler les deux marchands de cuivre. Elle les fit surenchérir sur les offres de l'autre, car Fennerolomini mourait d'envie de voir Jasiulko mettre la clé sous la porte. En fin de compte, Jasiulko acheta toute la cargaison pour cinq cent vingt-trois pièces d'or. Brota lui serra les mains pour conclure le marché, puis descendit dans sa cabine et dansa la gigue.

Lae avait été envoyée à terre en éclaireur. Elle revint dans un état jubilatoire, affirmant qu'elle avait vu des meubles taillés dans un chêne qui ne poussait que dans la région de Wal. Quand les marchands amenèrent des échantillons, Brota constata que Lae ne s'était pas enthousiasmée pour rien. Elle fit embarquer des tables lustrées, des chaises ouvragées et des coffres marquetés avec finesse. Le *Saphir* passa une autre nuit dans le port et les sorciers ne causèrent pas le moindre ennui. Nnanji se morfondait dans le rouf et les délires de Shonsu se firent plus discrets. Il était de plus en plus évident que sa blessure était maudite. Sa mort était imminente.

Personne ne demanda où était le novice Katanji, mais, le matin suivant, il était à bord quand le *Saphir* leva les voiles sous des cieux radieux. Le navire mit le cap sur Dri, à trois jours de navigation en amont de la Rivière. Le guerrier agonisant faisait toujours partie des passagers.

Les jours passèrent sans que le *Saphir* se rapproche de Dri. Toutes voiles dehors, il se traînait sur une Rivière parfaitement calme. Le vent était si faible que le navire parvenait à peine à avancer contre le courant.

Honakura s'en inquiéta. Malgré sa foi dans les miracles et dans la mission de Shonsu – une foi inhérente à son métier –, il avait de plus en plus de mal à croire au rétablissement du gigantesque guerrier. Chaque matin, l'état du blessé empirait et sa survie semblait être le résultat d'une intervention directe des dieux. Jja était minée par l'inquiétude et les soins constants qu'elle prodiguait au blessé. Nnanji était morose et renfrogné.

Les marins avaient préparé leur plan. Ils avaient demandé à Honakura ce qu'il en pensait, car, tout d'abord, ils avaient cru que Nnanji plaisantait. Le vieil homme leur assura que ce n'était pas le cas, que rien – pas même un danger le menaçant lui ou ses amis – ne le détournerait une seconde de ce qu'il considérait comme son devoir ou les impératifs de son honneur. Si Shonsu mourait, son vassal irait trouver Tomiyano une épée à la main.

Si cela arrivait, les marins le captureraient à l'aide d'un filet – c'était du moins ce que prévoyait le plan. Ficelé comme un cochon au marché, ils le débarqueraient ensuite avec ses compagnons.

Tomiyano, lui, envisageait une autre solution. Sa haine exacerbée des guerriers ne laissait aucune place aux filets dans l'éventualité de la mort de Shonsu. Si Nnanji commettait la moindre stupidité, un couteau de lancer lui ferait aussitôt comprendre son erreur et au diable les conséquences. Certains marins partageaient son point de vue.

L'ambiance n'était pas très détendue à bord du *Saphir.*

Néanmoins, le navire était désormais encalminé et la quête de Shonsu aussi. Le vieux prêtre savait que le temps pressait : cette mission, qui aurait dû prendre des années, devait être accomplie en quelques jours. Les dieux étaient impatients, mais leurs émissaires étaient bloqués. Quelqu'un devait faire quelque chose, mais il ne l'avait pas encore compris. Honakura était prêt à aider, mais il n'était qu'un personnage secondaire dans cette histoire et on ne l'autoriserait pas à outrepasser les limites de son rôle. De plus, il ignorait ce qui était censé se passer et l'identité de la personne qui en serait le déclencheur.

Les prophéties d'Ikondorina lui prodiguaient quelques indices, bien sûr, et l'énigme du demi-dieu commençait à s'éclaircir. Il en savait plus que tous les autres sur la mission de Shonsu – et sans nul doute plus que Shonsu lui-même. Mais, pour le moment, il était déconcerté.

L'après-midi était chaud et calme. Les rives lointaines se dessinaient de part et d'autre du navire, on devinait les montagnes dans la brume qui couvrait l'est, la Rivière ressemblait à un miroir azur. Quand Honakura levait la tête pour regarder juste au-dessus de lui – une manœuvre particulièrement ardue pour le vieil homme –, il apercevait des jeunes gens suspendus dans les gréements comme des paresseux. Katanji était parmi eux. Sur la dunette, un groupe de femmes étaient assises et bavardaient à voix basse en tricotant ; elles préparaient des vêtements chauds pour l'hiver, plus rigoureux sous ce climat non tropical. Holiyi, Maloli et Oligarro épissaient des bouts, un travail paisible qui ne nécessitait pas de déplacement. Linihyo et Sinboro suspendaient des cordes en silence sur le gaillard d'avant. Le jeune Matarro tenait la barre, fier comme un coq, bien que le navire soit pour ainsi dire immobile. Dans son sillage, seule une faible traînée zébrait la surface moirée des flots.

Tomiyano était le seul à s'agiter. À genoux près du panneau de l'écoutille avant, il en rabotait un côté à l'aide d'un bloc de grès. Ce travail ne semblait pas très agréable, mais le capitaine voulait sans doute démontrer qu'il avait parfaitement récupéré de son affrontement avec Shonsu. Des rabots de rechange – étalés avec soin aux yeux de tous – laissaient entendre qu'il apprécierait volontiers un peu d'aide, mais personne ne se montrait sensible à cette allusion. Après quelques instants de réflexion, Honakura songea qu'il devait sûrement enlever la vieille couche de peinture pour en appliquer une nouvelle. Le prêtre ne s'occupait plus de problèmes aussi insignifiants depuis son enfance, mais sa déduction était logique. En tout cas, sur le pont, personne ne faisait autant d'efforts que le capitaine et seuls les crissements sonores de son rabot troublaient le silence.

Un peu plus loin, Nnanji était accoudé à la rambarde et regardait les bateaux de pêche au loin. Aucun marin ne lui adressait plus la parole, il était traité comme un animal dangereux.

Honakura se dirigea avec nonchalance jusqu'à lui et appuya ses manches noires près des jeunes avant-bras maigres et nerveux. Nnanji se tourna vers lui et l'observa un moment en silence.

— Du nouveau ? demanda-t-il.

Honakura secoua la tête.

Le guerrier acquiesça et reporta son attention sur les eaux de la Rivière pendant quelques instants. La tension se lisait sur son visage. Ses traits lisses et juvéniles étaient devenus plus anguleux. Même cette contemplation silencieuse était surprenante de sa part.

— Vous savez, au bâtiment militaire non plus, je n'étais pas toujours très populaire, dit-il à voix basse.

— Que voulez-vous dire ?

— Je veux dire que ce n'est pas la peine de me suivre partout avec cette mine inquiète. Vous me faites penser à ma mère quand elle croit que je suis constipé.

Cette réflexion décontenança Honakura – un sentiment qui lui était peu familier, reconnut-il en lui-même.

— Ai-je commis une erreur ? demanda Nnanji.

Cela aussi, c'était assez inattendu.

— À quel moment ?

— Lorsque j'ai vendu Jénisse. Elle était l'une des sept.

— Aucun miracle n'est venu vous en empêcher, je suppose donc que non.

Nnanji grogna.

— J'ai l'impression que c'en était une. Jamais je n'ai ressenti une telle pulsion sexuelle.

Sa sexualité lui avait valu une solide réputation au bâtiment militaire.

— Pourquoi l'avez-vous vendue, alors ?

Les yeux pâles de Nnanji se posèrent sur les bateaux de pêche au loin, mais un faible sourire remonta un coin de ses lèvres.

— J'ai pris une allusion pour une promesse.

Intéressant ! Le garçon parvenait à se moquer de lui-même. Cela aussi, c'était nouveau. Il n'avait pas pu descendre à terre en compagnie des autres célibataires, ni à Ki San ni à Wal. Il ne pouvait pas s'amuser dans les gréements avec son épée et l'équipage ne l'invitait pas à participer aux diverses corvées.

— Ce dont vous avez besoin, c'est d'un peu d'exercice, adepte.

Nnanji hocha la tête, les yeux toujours fixés sur les flots.

— C'est ce que je voulais dire à propos de Jénisse. Mais des exercices d'un autre genre feraient aussi bien l'affaire, je suppose. Que diriez-vous d'une leçon d'escrime, vieil homme ?

— J'en rêvais, répondit Honakura avec ironie. Mais ce ne serait pas légal, n'est-ce pas ? Demandez plutôt à Thana. Il est possible qu'elle se laisse tenter par ce genre d'exercice.

Nnanji secoua la tête.

— Je crois que j'ai beaucoup maigri : elle ne me voit plus du tout depuis quelques jours, pas même quand je lui parle. Je m'entraîne parfois avec le gamin pour passer le temps, mais il déteste ça et je ne veux pas l'écœurer.

Il soupira.

Honakura avait entendu ce que Brota pensait de Katanji en tant que guerrier et il avait vu le novice se cacher dans l'armoire à chaînes quand son mentor sortait avec les épées d'entraînement.

Nnanji se tourna de trois quarts et s'appuya sur un coude avant de sourire au prêtre.

— Il va falloir que je me rabatte sur le capitaine.

Honakura tressaillit.

— Vous plaisantez ?

— Non. (Son sourire s'élargit.) Les soutras interdisent à un guerrier de donner une arme d'entraînement à un civil, mais pas le contraire. Moi, j'ai laissé la mienne à Hann et je n'ai pas le droit d'enseigner l'escrime à un civil...

— Mais comme il est meilleur que vous, vous n'êtes plus le professeur, mais l'élève. Et cela change tout, n'est-ce pas ? Vous pensez comme un prêtre, adepte.

— Allez donc savoir où j'ai attrapé cette sale manie. Enfin, que fera-t-il si je lui propose une leçon ? Au pis, il me jettera par-dessus bord, non ? En échange, il m'apprendra ce qu'il faut faire sur un navire et je lui offrirai mon aide. Quand même, je voudrais bien savoir pourquoi il fait un tel raffut avec son rabot.

De tels propos ne ressemblaient pas du tout à Nnanji ! Un guerrier qui se livrait à des tâches manuelles ? Qui demandait une leçon d'escrime à un marin ? Honakura se flattait de prévoir le comportement des gens et ces initiatives atypiques ne lui plaisaient guère. Une vague intuition lui souffla qu'il assistait peut-être à l'événement que les dieux attendaient, mais...

Mais il y avait aussi une lueur inhabituelle dans le regard de Nnanji, une lueur qui se cachait derrière son sourire. Honakura savait par expérience que la plupart des individus ne se servaient de leurs yeux que pour regarder, rares étaient ceux qui les utilisaient pour *voir.* Nnanji venait de passer d'une catégorie à l'autre, car il remarqua la réaction d'Honakura – et le visage du vieil homme trahissait rarement ses pensées.

Le sourire s'élargit un peu plus.

—Alors ?

—Tomiyano pourrait faire pis que de vous jeter par-dessus bord. Il pourrait vous donner une correction semblable à celle que Shonsu lui a infligée.

Nnanji secoua la tête.

—Non. Il est meilleur que moi, mais pas à ce point. Il n'est pas assez rapide. Je pourrais me montrer méchant, moi aussi, s'il s'amusait à ce petit jeu.

—Mais pour quelle raison accepterait-il de donner une leçon d'escrime à un homme qui essaiera peut-être de le tuer ? Ce serait de la folie !

—Pour le panache ? Il aime bien impressionner les autres. Il m'a rendu mon épée, vous vous rappelez ?

Comment ce jeune guerrier en était-il arrivé à des conclusions aussi perspicaces ? Avait-il demandé l'avis de Katanji ? Non, se dit Honakura, il était peu probable qu'il ait sollicité l'aide de son frère et, par conséquent, de tels propos étaient encore plus surprenants dans sa bouche.

—Vous voulez faire un petit pari, vieil homme ?

—Non, surtout pas ! Je crois que vous devriez rester à l'écart de Tomiyano. C'est un homme dangereux. (Honakura réalisa aussitôt que cet argument ne pesait pas bien lourd.) Il va essayer de vous estropier.

La stupéfaction se peignit sur les traits du jeune guerrier.

—Non ! Enfin, si, c'est possible. Eh bien ! Cette perspective devrait le motiver !

Une petite grimace malicieuse passa sur son visage et il se dirigea à grands pas vers la porte du rouf. Il ressortit un moment plus tard, débarrassé de son épée et de son harnais.

Tomiyano leva des yeux inquiets en entendant un bruit de bottes approcher. Il s'assit sur les talons, se renfrogna et chercha son couteau de la main. Il constata avec stupéfaction que le guerrier n'était pas armé.

Honakura avait passé sa vie – fort longue – à étudier les gens et il se savait expert quand il s'agissait de lire leurs expressions. Il vit les traits du capitaine s'empourprer de colère lorsque Nnanji fit sa proposition. Il vit cette colère se transformer en incrédulité. Il vit la tentation poindre tandis que Tomiyano réfléchissait. Nnanji pointa le doigt vers les rabots. Il semblait plein d'espoir et sans arrière-pensées. Il adressa un grand sourire à Honakura pendant que le capitaine se levait et se dirigeait vers le gaillard d'avant – pour aller chercher les épées d'entraînement, nul doute sur ce point.

Toujours inquiet, le vieil homme se jucha sur un seau de sable et se prépara à assister à l'affrontement. L'équipage était bien trop tendu pour que Nnanji et Tomiyano se lancent dans ce stupide affrontement. Le souvenir du combat entre le capitaine et Shonsu était encore vivace; il y avait trop de risques que la situation dégénère; c'était un véritable défi à la volonté des dieux. Honakura songea qu'un prêtre devait se montrer plus confiant, mais il regretta de ne pas savoir ce qui allait arriver ou ce qu'il pouvait faire pour se rendre utile.

Tomiyano disparut pendant un moment. Sa mère avait sans doute caché l'équipement. Peu de gens remarquèrent les épées d'entraînement et les casques qu'il portait à son retour, mais lorsque les deux lames s'entrechoquèrent pour la première fois, le fracas métallique résonna à travers le pont silencieux comme un tocsin. La réaction fut immédiate et tumultueuse: une masse de jeunes marins descendirent des gréements en se laissant glisser le long des cordes; sur la dunette, le groupe de tricoteuses se désintégra en un clin d'œil et des personnes jaillirent des coursives pour observer les duellistes d'un air ébahi et échanger des regards stupéfaits. Brota arriva en hurlant, les nerfs à fleur de peau après plusieurs jours de doute.

Elle émergea de la foule rassemblée près de la porte comme une baleine qui fait surface.

— Qu'est-ce que vous êtes en train de foutre? beugla-t-elle.

Le duel s'interrompit et le capitaine retira son masque pour regarder les spectateurs, puis sa mère.

— Je donne une leçon d'escrime au guerrier, dit-il. Si vous aviez l'obligeance de vous pousser sur le côté et de nous faire un peu de place...

Puis il enfila son casque et se remit en garde.

Brota laissa échapper un juron incrédule. Pendant un moment, elle songea à intervenir, puis elle se recula avec les autres et observa le déroulement de la leçon. Elle tordait ses mains potelées en silence.

Honakura ne connaissait rien à l'escrime et s'en fichait comme de sa première robe, mais il étudia la réaction des spectateurs. Tout d'abord, les femmes semblaient inquiètes et les hommes satisfaits, impatients de voir leur capitaine rendre la monnaie de la pièce qu'il avait reçue de Shonsu.

Les combattants bougeaient peu. Ils défendaient leur position, le pied gauche fermement ancré sur le pont et le bras gauche en l'air. La botte droite de Nnanji avançait en frappant le sol, « boum », avant de repartir en arrière. Les pieds nus de Tomiyano se déplaçaient en contrepoint, sans un bruit, pour rester hors de portée de son adversaire. Les lames s'entrechoquaient: « boum! cling! boum! cling! » Les deux hommes avançaient et reculaient pour la conquête de cette partie du pont. Cette tactique était inhabituelle et les sourcils des spectateurs se froncèrent. On échangea des regards, les sourires firent place à la perplexité. Thana, les yeux rivés sur les combattants, esquissa une petite grimace de contentement.

« Boum ! cling ! »

Personne ne revendiqua de touche. Le bruit s'amplifia, le rythme s'accéléra. Le capitaine recula au lieu d'avancer et Nnanji le suivit. « Cling ! cling ! » Les spectateurs marmonnèrent, sidérés. Tomiyano céda une fois de plus face à son adversaire et, cette fois-ci, il continua à céder du terrain, harcelé par Nnanji comme il avait été harcelé par Shonsu. Les marins s'écartèrent précipitamment pour leur laisser le champ libre... Les deux hommes accélérèrent encore... ils longèrent le bord de l'écoutille de poupe... dépassèrent la porte du gaillard d'avant... « Cling ! cling ! cling ! » Puis ils se déplacèrent de nouveau en direction du grand mât.

— Un point ! hurla Nnanji.

Le combat s'interrompit. Tomiyano arracha son masque et le jeta sur le pont. Il était écarlate et haletait. Visiblement furieux, il lança un regard assassin au guerrier.

Nnanji se débarrassa à son tour de son masque. Il avait le souffle aussi court que celui de son adversaire, mais son sourire était plus éloquent que le visage de tous les spectateurs rassemblés.

— Désolé, souffla-t-il. Je ne voulais pas frapper si fort.

Tomiyano avait plaqué une main contre ses côtes encore mal cicatrisées et constellées d'hématomes aux couleurs variées. Il la ramena devant lui et constata qu'il y avait du sang au bout des doigts. Thana étouffa un bruit qui ressemblait beaucoup à un ricanement moqueur et le regard furieux de Tomiyano glissa du guerrier à la jeune fille. Il poussa Nnanji et se dirigea avec raideur vers la porte du gaillard d'avant. La foule silencieuse s'écarta pour le laisser passer. Nnanji regarda les visages mécontents qui l'entouraient.

— Je n'avais pas l'intention de rouvrir sa blessure.

Les marins se détournèrent.

Il haussa les épaules, déposa avec soin le masque et l'épée sur le panneau de l'écoutille et gagna le rouf sans un mot. Les spectateurs se dispersèrent dans un silence furieux.

Honakura se laissa glisser du seau et suivit le guerrier.

Malgré les volets ouverts, il régnait une chaleur étouffante dans le rouf. Shonsu était allongé dans son coin, amaigri et couvert de sueur. Il respirait avec difficulté et du pus suintait de sa cuisse tuméfiée. Jja dormait à côté de lui, à même le sol, épuisée par sa garde ininterrompue.

Nnanji resta à l'autre bout de la pièce, près de la fenêtre, et s'essuya avec une serviette. Il avait ôté sa barrette et on aurait pu croire qu'il avait un faubert rouge sur la tête. Il haletait toujours et son sourire n'avait pas quitté ses lèvres. Sans queue-de-cheval ni harnais, il dégageait une impression étonnante de jeunesse et d'innocence.

Honakura le regarda, inquiet.

— Vous êtes donc capable de le battre ?

Il acquiesça et s'essuya le visage.

— Il m'a bien eu.

— Il *vous* a *eu ?*

— Oui. (Il haleta.) Il est très rapide… il a de bons mouvements de base… mais je les connais maintenant… (Il s'essuya de nouveau et chercha à reprendre son souffle.) Ce n'est pas un guerrier. Un guerrier possède des techniques plus variées… Pas lui. Je ne m'en suis pas rendu compte !

— Il a essayé de vous blesser ?

Nnanji éclata de rire, incapable de retenir sa joie.

— Au début. Mais je n'avais pas l'intention de… frapper si fort. Les mouvements s'enchaînaient très vite. Ce sont des choses qui arrivent.

Shonsu avait affirmé que la mémoire de Nnanji fonctionnait aussi en matière d'escrime. Il n'oubliait jamais rien. Maintenant, il avait pris la mesure du capitaine, il connaissait ses techniques.

— Vous n'avez pas vraiment apaisé les inquiétudes de l'équipage, adepte.

Nnanji avait enveloppé la serviette autour d'une épaule et se peignait avec les doigts, prêt à remettre sa barrette en place. Son sourire d'enfant disparut.

— Non. (Il fronça les sourcils et baissa les bras.) Cela change la situation, n'est-ce pas ? Je ne peux pas vraiment défier le capitaine en duel si je sais qu'il va perdre, non ?

Il fixa le vieux prêtre muet de stupéfaction avec un regard étrange. Le regard de Shonsu. Puis il fit un geste en direction du coffre en chêne.

— Je vous en prie, seigneur, ne restez pas debout.

Ces paroles aussi étaient celles de Shonsu.

Impatient, Honakura s'assit et attendit en s'efforçant de cacher une excitation grandissante.

Nnanji jeta la serviette et, sans un bruit, ferma les volets de poupe pour plus de discrétion. Il se pencha pour attraper son harnais et la septième épée posés sur le plancher.

— Seigneur Honakura, vous est-il arrivé, au cours des longues années où vous avez siégé au tribunal du temple, d'entendre une excuse valable justifiant le meurtre d'un guerrier par un civil ?

Ah, ah ! C'était donc là qu'il voulait en venir ?

— Non, adepte. J'ai pensé à la même chose, mais, non, je n'en ai jamais entendu une.

Nnanji se frotta le menton d'un air songeur.

— Une, ce n'est pas assez. Il nous en faut deux, n'est-ce pas ? Je crois que je les ai trouvées, mais je ne suis pas sûr de pouvoir les formuler comme il faut. J'ai besoin de votre aide, seigneur.

Le vent tomba complètement bien avant le coucher du soleil et le *Saphir* jeta l'ancre, toujours au milieu de la Rivière. Le repas du soir fut servi de bonne heure et les plats étaient moins copieux qu'à l'habitude. Quelques marins affirmèrent en plaisantant qu'ils allaient tous mourir de faim si la brise ne se levait pas. De l'humour noir, aussi noir que l'atmosphère qui régnait à bord ces derniers jours.

Brota avait découvert un minuscule rayon d'optimisme dans cette ambiance pesante : pour la première fois, elle estimait que Shonsu allait un peu mieux. Mais elle n'avait guère envie de soulever de faux espoirs et n'en parla à personne.

Tomiyano avait été assez idiot pour accepter de donner une leçon d'escrime au guerrier et l'affrontement n'avait fait qu'assombrir un peu plus l'atmosphère à bord. Il avait essayé d'administrer une correction au jeune homme et, du coup, il avait failli perdre dès les premières passes. Cela l'avait secoué nerveusement et Nnanji avait paré tous ses assauts avant de l'engluer dans ses enchaînements complexes et innombrables. Brota avait reconnu la technique de Shonsu dans l'escrime du jeune guerrier. Tomiyano avait probablement fait de même, mais pas assez vite pour contrer les attaques. Au cours d'un véritable combat, son fils se révélerait sans doute le meilleur, car les répétitions n'avaient aucune importance. Mais Nnanji s'était entraîné avec Thana et Matarro, des élèves de Tomiyano. Il avait aussi observé le capitaine lors de son affrontement contre Shonsu. Cette expérience lui avait conféré un avantage que Tomiyano n'avait pas prévu. Quel que soit son talent, un amateur ne doit pas s'amuser avec un professionnel.

Maintenant, l'équipage était plus inquiet que jamais et des murmures de mauvais aloi suggéraient d'enfermer Nnanji dans une cabine. Elle avait refusé de les écouter, car elle savait que le guerrier s'y opposerait l'épée à la main si on essayait. Pour la première fois depuis la mort de Tomminoliy, son commandement était remis en question et un parfum de mutinerie flottait dans l'air.

Depuis le combat, Nnanji était resté dans le rouf et personne ne l'avait vu. Soit il faisait preuve d'un tact surprenant, soit le vieux prêtre avait pris les choses en main. Le jeune guerrier n'était sorti qu'une seule fois, lorsque Tomiyano était revenu chercher ses blocs de grès. Nnanji lui avait proposé son aide – une offre de paix –, mais le marin l'avait refusée avec grossièreté. Et le navire était trop petit pour garder ces deux hommes à distance pendant très longtemps.

Brota déserta donc la place habituelle où elle prenait son repas. Elle s'assit à l'extrémité arrière du panneau de l'écoutille de proue, à côté de son fils encore plein de ressentiment. Ce n'était pas un endroit qu'elle affectionnait, car, sur les côtés, les canots bloquaient la vue sur la Rivière, mais cela lui permettait de contrôler Tomiyano et de surveiller la porte du rouf. Les autres membres de la famille remplirent leur assiette et se dispersèrent sur le pont comme à leur habitude. Les marins parlèrent peu et ruminèrent beaucoup.

Jja apparut. Elle déposa un peu de nourriture sur une assiette, esquissa un faible sourire quand on lui adressa la parole et se dépêcha de retourner au chevet de son maître. Katanji, toujours sensible à l'atmosphère ambiante, s'était installé dans un coin, à l'écart, et demeurait invisible. Le prêtre arriva et prit une tranche de pain avec un morceau de fromage mou. Il emporta son repas jusqu'à l'extrémité avant du panneau de la seconde écoutille, face à Brota et à son fils. Son choix était curieux et Holiyi dut se déplacer pour lui faire un peu de place. Le vieil homme gardait-il un œil sur Tomiyano, lui aussi ?

Tout le monde mangeait donc à l'exception de Nnanji, qui bâfrait pourtant comme un cochon en temps normal. On entendit alors des bruits de bottes…

Brota perdit tout intérêt pour l'assiette posée à côté d'elle. Le jeune guerrier à la chevelure rousse ne se dirigea pas vers les plats. Il était particulièrement tendu.

Il s'arrêta près du mât, face à la guerrière. Mais ce n'était pas elle qu'il était venu trouver.

— Capitaine Tomiyano ?

La main du marin se déplaça furtivement vers sa dague. Sa mère se prépara à lui saisir le bras s'il faisait mine de dégainer son arme.

— Quoi ?

Nnanji tira sur son menton.

— Je te dois des excuses, lâcha-t-il d'une voix bourrue.

Quelle surprise ! Non, ce n'était même plus de la surprise, c'était de la stupéfaction. Des excuses formelles de la part d'un guerrier ? C'était encore plus rare que les poissons couverts de plumes !

Les doigts de Tomiyano se déplacèrent pour effleurer la nouvelle éraflure qui balayait ses côtes. Une croûte à demi sèche avait été arrachée à la plaie. Une égratignure sans importance.

— J'accepte le fait que c'était un accident, dit le capitaine d'une voix tout aussi renfrognée.

— Je ne parle pas de ça, marin.

Personne ne savait ce que Nnanji allait ajouter, mais il était clair que ses mots avaient du mal à sortir. Le jeune guerrier était tendu comme une corde de piano.

— Je vous présente mes excuses pour vous avoir inquiété. La semaine dernière, j'ai commis une erreur, quand le novice Matarro m'a demandé ce que je ferais si le seigneur Shonsu venait à mourir.

Que la Déesse soit louée !

— J'ai déclaré qu'il serait de mon devoir de le venger. J'ai eu tort.

Un immense soulagement s'abattit sur le navire et des sourires apparurent sur les lèvres des spectateurs.

Nnanji inspira un grand coup. On aperçut toutes ses côtes tandis qu'elles saillaient sous les lanières de son harnais.

— Le serment que j'ai prêté à mon maître est très inhabituel, capitaine. Shonsu va survivre, bien entendu, mais même s'il devait mourir… J'ai mal interprété les règles de ce serment. (Il s'interrompit et inspira encore plus profondément, comme s'il devait forcer les mots à sortir de sa bouche.) Parce que, si le seigneur Shonsu devait mourir, tu n'en serais pas responsable.

Tomiyano afficha une mine soupçonneuse. Il cherchait où était le piège.

— C'est très gentil. Et pourquoi ?

— Il t'a élevé au rang de guerrier provisoire dans les règles. Il t'a demandé de jeter ton arme, mais il n'a pas employé la formule consacrée. Tu avais le droit... Tu avais le *devoir*... de continuer à obéir à l'ordre précédent. Quand un civil est recruté par un guerrier, celui-ci doit assumer la responsabilité de ses actes, quels qu'ils soient.

— Tu me dis que Shonsu est le seul responsable de sa mo... de sa blessure ?

Nnanji se tendit un peu plus en contractant les poings.

— D'un point de vue légal, oui.

Tomiyano éclata d'un rire puissant et méprisant.

— Eh bien ! Tout ça est bien joli. Je n'ai donc plus rien à craindre ? Je peux dormir sur mes deux oreilles maintenant ? Je n'ai plus à m'inquiéter de te voir approcher en douce avec une épée à la main ?

— Tomo !

Brota eut envie d'étrangler son fils.

— Cela signifie que je n'ai pas d'obligation de vengeance pour ce qui est arrivé à Shonsu. (Nnanji fixa le capitaine d'un œil mauvais.) Mais cela ne m'empêche pas de demander réparation si on m'insulte.

Brota prit la parole avant que Tomiyano ait eu le temps de répliquer.

— C'est une bonne nouvelle, adepte. Nous sommes tous soulagés de l'entendre. Maintenant, tu accepterais peut-être de te joindre à nous pour le dîner ? Tomo, si tu allais chercher un peu de vin pour fêter ça ?

Thana se précipita vers Nnanji et lui saisit la main avant de planter un petit baiser sur sa joue. Le visage du guerrier, d'ordinaire si pâle, rosit. Pourtant, il n'adressa pas un regard à la jeune fille et ne sourit pas comme il aurait dû le faire. Le vieux prêtre observait toujours la scène avec attention. Les marins exprimèrent leur joie et leur soulagement. Des conversations s'amorcèrent, mais Nnanji n'en avait pas terminé.

— Capitaine, déclara-t-il d'une voix forte, la mort de Shonsu provoquerait une situation très étrange. (Tout le monde se tut.) Un civil aurait tué un guerrier en échappant à toute sanction. Cela n'est jamais arrivé.

Thana se recula et Tomiyano se figea.

Nnanji regarda Brota et se mordit les lèvres.

— Maîtresse, ajouta-t-il très vite, où se trouve Yok ?

La guerrière saisit le poignet de son fils.

— À dix jours en amont d'Hool. Pourquoi ?

— Vous n'êtes jamais retournée à Yok ?

— Depuis quand ?

— Depuis la mort de votre fils.

Brota regarda le vieux prêtre. Il avait deviné ce qui se préparait. Ces propos maladroits et suicidaires n'étaient pas le simple fait d'un jeune guerrier impétueux et arrogant.

— Non. Nous n'y sommes jamais retournés.

Nnanji sembla une fois de plus chercher ses mots.

— Dites-moi ce qui s'est passé ! cria-t-il enfin.

Tomiyano libéra soudain la main de la prise de sa mère et jeta son assiette sur le pont. Une saucisse, des carottes et un gâteau s'éparpillèrent aux pieds de Nnanji.

—Tu n'as pas envie de savoir ce qui s'est passé, petit!

—Je dois le savoir! Je ne peux pas lancer une accusation publique contre vous, il n'y a personne à bord qui puisse faire office de juge.

—Mais il y en aura à Dri.

—Dans ce cas, vous ne me laisserez pas atteindre la ville. Vous le savez.

Le silence devint insupportable tandis que le marin et le guerrier se fixaient. Tomiyano était rouge de colère, Nnanji était pâle et une expression sinistre flottait sur son visage. Brota lança un autre regard en direction du vieil homme, mais les traits de celui-ci demeuraient impassibles.

—Comme tu voudras, cracha Tomiyano en montrant les dents. Thana? Raconte un peu à ce petit fouineur ce qui t'est arrivé à Yok.

Thana était plaquée contre le canot tribord, abasourdie.

—Mère!

Brota haussa les épaules. Il s'agissait d'une épreuve de force. Sa fille ne l'avait pas compris et il était trop tard pour y mettre un terme.

—Raconte-lui.

—Mais, mère...

—Raconte-lui!

—Je n'étais qu'une simple première, murmura Thana. Je suis descendue à terre avec mon épée. Les terriens n'aiment pas voir des filles portant des armes.

Nnanji s'était tourné pour la regarder, le visage sombre et résolu. La main de Tomiyano se rapprocha une fois de plus de sa dague et, une fois de plus, Brota lui saisit le poignet...

Attends!

—Ils étaient quatre, dit Thana en parlant plus vite. Un quatrième, deux troisièmes et un premier. L'adepte m'a lancé un défi.

—Tu as donc fait acte d'obéissance, évidemment, dit Nnanji.

Thana hocha la tête.

—Alors, il m'a dit de me déshabiller. Nous étions derrière des balles, sur les quais.

Les lèvres de Nnanji se retroussèrent en un rictus mauvais.

—Et les autres?

—Ils riaient... et plaisantaient. Je me suis glissée entre eux et j'ai couru jusqu'au navire. Ils m'ont suivie.

Une rage assassine se lisait sur le visage de Nnanji. Le guerrier se tourna vers le capitaine.

—Vous les avez tués tous les quatre?

Un long silence s'abattit... assez long pour mourir de vieillesse.

—Au bout du compte, oui. Mais ça n'a pas ramené mon frère à la vie, pas plus que Linkaro. Et Brokaro est mort sept jours plus tard.

Nnanji leva la main et Tomiyano se raidit, mais le jeune guerrier ne fit que s'essuyer le front.

— Eh bien, adepte ? dit Brota dans un silence absolu. Maintenant, tu sais. Nous avons assassiné des guerriers. Nous sommes des meurtriers. Je n'ai pas eu le temps de donner aux marins le droit de se battre avant l'affrontement.

Nnanji fronça les sourcils.

— Vous ne pouviez pas faire ça, maîtresse. Un guerrier ne doit pas intervenir dans les affaires d'honneur. Si le quatrième avait défié Thana dans les règles et qu'elle avait fait acte d'obéissance, c'était une affaire d'honneur.

Tomiyano renifla avec mépris.

— Tu parles d'un honneur !

— Je parle d'un point de vue légal. Si Thana avait fait acte d'obéissance, elle avait perdu le duel. Elle devait donc faire tout ce que le vainqueur demandait, jusqu'à ce qu'il ait rengainé son épée.

Oligarro et Maloli se relevèrent près du bastingage et s'approchèrent des seaux de sable. Holiyi les imita à contrecœur. Nnanji se tenait au centre, comme un cerf entouré par une meute de loups, face au mépris du capitaine.

— Même ça, guerrier ?

Nnanji hocha la tête.

— Le vainqueur peut demander n'importe quoi, parce que le vaincu a encore le droit de refuser, pour conserver son honneur.

— Mais, dans ce cas, il risque de se faire tuer ?

— Alors, il doit être tué. Mais il est clair que la conduite de ces hommes était honteuse ! Un quatrième n'a pas à défier un novice ni à exiger des choses ignobles. Si j'avais été présent, je l'aurais averti et je l'aurais provoqué en duel, après. Mais il avait le droit d'agir ainsi. Non, d'un point de vue légal, vous êtes des assassins.

— Ainsi donc, tu lanceras une accusation publique contre nous lorsque nous serons arrivés à Dri ?

Nnanji déglutit avec peine et secoua la tête.

Le capitaine laissa échapper un grognement dubitatif.

— Et pourquoi ?

— Parce que vous n'êtes jamais retournés à Yok. La Déesse aurait pu vous y ramener. Elle aurait pu vous empêcher d'en partir.

Un silence perplexe s'installa, une lueur d'espoir. Le vieux prêtre intervint.

— En temps normal, dit la voix pâteuse sortant de sa bouche édentée, cette excuse ne serait pas valable, maîtresse. L'adepte Nnanji et moi avons évoqué une histoire semblable, mais hypothétique. Je lui ai expliqué que les dieux peuvent se débarrasser d'un pêcheur à n'importe quel moment, mais l'absence de châtiment divin ne constitue pas une preuve d'innocence.

Si quelqu'un doutait encore que le vieil homme soit un prêtre, ce discours se chargerait de le convaincre.

— Mais, dans votre cas, dit Nnanji, la Déesse vous a choisis pour accomplir Son dessein. Elle vous a conduits à Aus, à cette carrière. Vous aviez jeté l'ancre, mais vous avez été emportés très loin. Cela prouve qu'Elle est intervenue de manière plus significative que d'habitude. Elle a Elle-même jugé ce crime et vous avez été condamnés à aider le seigneur Shonsu. Aucun prêtre, aucun guerrier ne peut rien faire lorsqu'Elle a fait connaître Sa volonté. Il nous est arrivé quelque chose de semblable, à Hann. Elle a prononcé une condamnation et aucun tribunal humain ne peut révoquer Son jugement.

— Vous le pensez vraiment, vieil homme ? demanda Brota.

Il était sans doute à l'origine de cette interprétation des faits. Aucun guerrier n'aurait envisagé la situation sous cet angle – et certainement pas Nnanji.

Il devina les pensées de Brota.

— Je suis d'accord avec les arguments de l'adepte Nnanji, oui.

Il la gratifia de son sourire édenté.

— Ils mentent ! (Tomiyano libéra sa main de la poigne de sa mère et bondit sur ses pieds.) Et surtout, je ne leur fais pas confiance !

Le visage de Nnanji s'empourpra.

— Je vais te jurer que c'est la vérité, marin. Mais pour cela, il faut que je tire mon épée.

Tomiyano hésita. Il n'était pas hors de portée.

— Je t'écoute.

Avec lenteur et sans geste brusque, Nnanji dégaina l'épée rutilante de Chioxin et la leva pour prêter serment. L'arme projetait des reflets sanglants sous les rayons du soleil couchant.

— Moi, Nnanji, guerrier du quatrième rang, frère par serment de Shonsu du septième rang, déclare solennellement que tous les marins du *Saphir* sont innocentés du meurtre de quatre guerriers à Yok. Je le jure sur mon honneur et sur le nom de la Déesse.

La septième épée regagna son fourreau en sifflant.

Tomiyano demeura silencieux, perplexe.

— Et ton patron ? demanda-t-il. S'il guérit…

Nnanji esquissa un faible sourire. Il paraissait plus nerveux que jamais.

— Lui et moi avons prêté le quatrième serment des guerriers, capitaine. Mes serments sont les siens et ils engagent donc le seigneur Shonsu au même titre que moi. Aucun septième ne reviendra jamais sur le jugement d'un pair. Un prêtre pourrait le faire, mais il n'y aurait personne pour exécuter sa décision. Vous ne risquez plus rien.

— Tu es un quatrième ! Tu crois que ton serment lie tous les septièmes du monde ?

Le sourire nerveux de Nnanji s'élargit pour ressembler au petit rictus narquois, enfantin et impudent de son frère.

— C'est une grave responsabilité ! J'ai mis Shonsu en garde lorsqu'il m'a parlé de ce serment… Oui, je le crois ! Tous les septièmes et tous les guerriers du Monde, je suppose. À jamais et irrémédiablement. Même si je me trompe, nous pouvons seulement vous laisser entre les mains de la Déesse.

— Vieil homme ? dit Brota d'un ton sec.

Honakura acquiesça en hochant son crâne chauve.

— Il a raison, maîtresse.

Elle acceptait de croire un mendiant sur parole ?

Thana se précipita alors vers Nnanji et l'enlaça. Cette fois, il éclata de rire, la prit dans ses bras et il lui rendit son baiser.

— Eh bien… je…, dit Tomiyano.

Il regarda Brota se lever. Tout le monde regardait Brota.

Trop abasourdie pour prendre la parole, elle hocha la tête en souriant.

La longue période de terreur venait de prendre fin. Des acclamations montèrent du pont ; des gens bondirent sur leurs pieds ; des femmes enlacèrent leur mari ; des enfants crièrent de joie. Katanji était allongé sur le dos, Diwa dans un bras, Mei dans l'autre tandis que les deux jeunes filles essayaient de l'embrasser en même temps. Thana était toujours blottie contre Nnanji et recevait bien plus de baisers qu'elle n'avait prévu d'en donner…

— Nnanji ! Nnanji !

Jja se fraya un chemin au milieu de la foule.

Rouge jusqu'aux oreilles, le jeune guerrier écarta Thana avec tant d'énergie qu'elle faillit tomber à la renverse.

— Nnanji !

Jja lui agrippa le bras. Ses yeux étaient remplis de larmes.

— Il est réveillé… Il dit qu'il a faim !

Shonsu allait survivre, le commerce se portait au mieux et chaque jour offrait de nouveaux horizons à découvrir. Le *Saphir* naviguait sur une vague éclatante de bonheur estival. Après tout, les guerriers n'étaient pas aussi méchants qu'on le prétendait. Et les jonas stimulaient les bénéfices.

Le *Saphir* arriva à Dri.

Dri était une ville où la brume et les rayons du soleil dansaient sur l'eau, une cité à l'éclat vaporeux et iridescent aux canaux encombrés par les gondoles et les galères. Des ponts avec des arches hautes reliaient de grandes places ; des dômes ressemblant au sommet d'un œuf et des tours d'albâtre se fondaient dans le ciel ; l'air était âcre, plein de senteurs d'épices exotiques, de parfums de fleurs et de couleurs ; il résonnait au son des vieilles chansons tristes des gondoliers sous-alimentés ; des navires parés de décorations avançaient majestueusement entre les bâtiments au treillage de marbre, sous le regard fixe et sévère d'anciennes statues.

Les officiers du port étaient les pires que Brota ait jamais rencontrés. Ils vinrent à la rencontre du *Saphir* à bord de leurs bateaux comme une meute de loups impatients de dévorer leur proie. Ils prirent l'or de la guerrière et lui indiquèrent un poste d'amarrage sur une île peu commerçante.

Shonsu était encore faible. Tomiyano s'abstint désormais de proposer sans conviction qu'on le débarque et Nnanji n'avait pas l'intention de laisser la septième épée sans surveillance – ni de la porter sur son dos en présence d'autres guerriers. Shonsu et son vassal restèrent donc à bord pendant que les marins se préparaient à écouler leur cargaison.

Brota vendit les meubles de chêne sans la moindre difficulté et en tira une somme satisfaisante – même après le prélèvement rapace des douanes.

— Des tapis, proposa Tomiyano.

Il pointa une nouvelle fois le doigt vers l'entrepôt le plus proche. Il traversa la rue avec Brota à ses côtés. Ensemble, ils examinèrent, scrutèrent et tâtèrent les tapis, puis ils discutèrent le prix et réfléchirent. Le commerçant faisait des difficultés et affirmait qu'il ne pouvait vendre sa marchandise qu'à un confrère… Ce qui signifiait qu'il fallait payer un de ses parents pour qu'il fasse office d'intermédiaire. Il y aurait aussi une taxe à acquitter. Brota se montra plus prudente qu'à Ki San. Le commerce devait reposer sur l'expérience et les informations. À Ki San et à Hool, elle savait quoi acheter, elle savait quelles marchandises se vendraient facilement, celles qui étaient intéressantes. Ces étranges transactions sous l'autorité de la Déesse étaient des paris risqués, des actes de foi qui la rendaient nerveuse. Elle finit cependant par se décider et conclut le marché en serrant les mains du commerçant. Des esclaves transportèrent les tapis et les empilèrent devant le *Saphir,* car un autre officier devait les examiner avant qu'on les embarque.

Brota sortit avec son fils dans la rue encombrée et bruyante. Ils se retrouvèrent dans la foule éclairée par le soleil. Ils discutèrent à voix basse pour savoir s'ils avaient pris la bonne décision. D'un côté, un groupe de musiciens grattaient des instruments à cordes et chantaient ; de l'autre, un colporteur vantait les mérites de ses fleurs d'une voix puissante. Piétons et chariots se mélangeaient, se croisaient, se bousculaient dans un chaos frénétique.

Brota songea que quelque chose lui échappait. Elle était persuadée qu'il y avait un problème avec ces tapis, mais elle avait conclu le marché et il était maintenant impossible de le rompre.

— Nous aurons encore de la place disponible, remarqua Tomiyano, tout aussi contrarié que sa mère.

— Maîtresse ? demanda une voix près de Brota.

Elle se retourna en fronçant les sourcils, agacée par cette interruption. Le froncement de sourcils se transforma en regard furieux quand elle aperçut un esclave. Quelle impudence ! Il était très jeune et plus mat de peau que la plupart de ses homologues, assez maigre pour qu'on distingue ses côtes ; un bout de tissu noir lui servait de pagne ; il avait les cheveux bruns et bouclés, de grands yeux brillants.

Elle esquissa un mouvement de recul.

— *Katanji !* hoqueta-t-elle. Par tous les dieux, mon garçon ! Tu es devenu fou !

Le novice avait tracé la marque noire des esclaves au milieu de sa figure et cette ligne cachait le petit tatouage en forme d'épée. Pour la distinguer, il aurait fallu l'examiner de très près – et qui se serait amusé à examiner un esclave de très près ?

Tomiyano le saisit par le bras.

— Mon garçon, murmura-t-il, tu es en train de commettre une abomination. Si quelqu'un remarque ton déguisement, tu deviendras esclave jusqu'à la fin de ta vie. Ils te graveront cette marque avec un fer porté au rouge. Retourne au navire, vite !

Katanji se débattit pour se libérer.

—Attendez ! Tout va bien. J'étais dans l'entrepôt. Et il faisait sombre là-dedans.

Brota regarda Tomiyano et Tomiyano regarda Brota. Puis ils se tournèrent tous les deux vers Katanji.

—Qu'est-ce que tu faisais là ? demanda la guerrière ?

—J'examinais les tapis. (Il montra sa marque paternelle.) J'ai une certaine expérience. Je vous ai vu entrer, alors j'ai jeté un coup d'œil pour vous. Les esclaves connaissent tout ce qu'il y a à savoir sur le commerce et ils se fichent du profit que peuvent réaliser leurs maîtres. Par conséquent, ils ne mentent pas – pas à un autre esclave.

Ce n'était peut-être pas faux.

—Et qu'est-ce qu'ils t'ont dit ? demanda Brota, maintenant intriguée.

—Ceux qui sont en soie sont les meilleurs, pas vrai ? Ils sont superbes !

—Certains d'entre eux. Mais il faut acheter dix tapis en laine pour un en soie. C'est une règle dans cette ville. Les autres marchands nous ont dit la même chose.

Le garçon grimaça un sourire.

—C'est seulement valable pour les commerçants ! Les habitants peuvent en acheter autant qu'ils veulent ! Un guerrier pourrait en acheter autant qu'il veut ! (Katanji était de plus en plus excité et trépignait presque sur les pavés.) Vous avez vu celui avec les sirènes dorées ? Une véritable œuvre d'art ! Et le seul dans le magasin, car les gens d'ici les achètent tous. Je sais où il faut aller pour trouver ce genre de marchandises et je connais le tarif en vigueur pour les habitants de la ville.

Brota regarda Tomiyano et Tomiyano regarda Brota.

De la contrebande ?

—Les tapis en laine sont très épais, dit la guerrière. Mais une gondole pourrait transporter un bon nombre de tapis en soie.

Tomiyano acquiesça d'un air songeur.

—Il faudrait soudoyer le gondolier. Il risque de perdre sa gondole – voire sa tête.

—Les gens d'ici n'oseraient pas se livrer à la contrebande. Leurs navires pourraient être confisqués.

Mais personne ne confisquerait le navire sur lequel voyageait Shonsu.

—Faisons comme ça ! s'exclama Brota. Tomo, tu t'occupes du chargement. Et toi, novice ? Comment va-t-on te ramener à bord ?

Katanji sourit de nouveau.

—Nous nous retrouverons là-bas, maîtresse.

Il recula et s'évanouit comme une bulle de savon.

Tomiyano fronça les sourcils et partit en courant, évitant les chariots et les piétons. Lorsque Brota atteignit la passerelle, son fils discutait déjà avec un officier, mais il s'interrompit pour lui adresser un signe de tête.

—Je pensais qu'il avait peut-être laissé un sabord ouvert, mais non.

Quand un vaisseau était à quai, un sabord ouvert relevait presque du crime capital : il permettait aux rats – qu'ils soient à deux ou à quatre pattes – de débarquer. Brota regarda autour d'elle, mais ne vit pas trace de Katanji – ce qui n'était pas très surprenant, car le quai était encombré par des piles de marchandises, des chariots et des gens. L'officier empressé fit claquer les billes de son boulier avec plus de force que nécessaire… Il fallait verser un nouveau pot-de-vin.

Quand Brota arriva dans sa cabine, il y régnait une chaleur étouffante. Ce maudit officier du port avait ratissé tout son argent liquide. Elle ferma le verrou de la porte, s'agenouilla et ouvrit le panneau du compartiment secret – il y en avait beaucoup sur ce navire, mais celui-ci était le plus utilisé. Elle examina le trésor qui s'y trouvait. Combien de tapis – même en soie – une gondole pouvait-elle transporter ? Pas beaucoup, mais peut-être autant que ceux qu'elle avait achetés. De toute façon, ces derniers encombraient déjà une partie de la cale. Le novice avait raison : c'étaient les tapis en soie qui rapporteraient le plus de profit. Quand on ne connaissait pas bien le marché, il fallait s'en tenir aux produits de qualité. Les tissages en laine n'appartenaient pas à cette catégorie. Katanji était un commerçant-né.

Elle choisit une petite bourse en cuir qui contenait cent pièces d'or. Elle était certaine qu'une gondole ne valait pas autant – la moitié de cette somme suffisait sans doute. Elle glissa son épée dans son dos, se peigna et remonta sur le pont.

Tandis qu'elle approchait du rouf, elle entendit des bruits sourds et réguliers. Le navire était immobile et quelqu'un en profitait pour s'entraîner au lancer de couteau. Elle fut étonnée de constater qu'il s'agissait de Nnanji. Il était assis sur un coffre – à cause du plafond bas – à côté d'une dizaine de poignards. À en juger par l'état de la cible, il s'en tirait fort bien.

Le jeune guerrier sourit en remarquant sa surprise.

— C'est plus rapide qu'une épée ! dit-il.

Il était gêné, mais très fier de son talent inné.

— Je croyais que ce genre d'arme relevait des pires abominations d'après les règlements des guerriers. Y aurait-il un nouveau soutra que j'ignore, adepte ?

— C'est moi qui lui ai conseillé de le faire, déclara une voix.

C'était celle de Shonsu. Il était en position assise maintenant, le dos contre une pile de coussins. Il était encore maigre et pâle, mais son état s'était nettement amélioré. Il était chaque jour un peu plus fort, aucun doute là-dessus.

— Savez-vous ce que disent les soutras à propos des sorciers ?

Si elle avouait le nombre de soutras qu'elle connaissait, on retrouverait l'adepte Nnanji accroché au plafond.

— Je dois reconnaître que je n'ai jamais réfléchi à la question.

— Rien du tout ! Ce ne sont pas des guerriers et les règles de l'honneur ne s'appliquent pas dans leur cas. Ce sont des civils en armes, ce qui est une abomination. Par conséquent, tous les coups sont permis.

— Mais... des couteaux ?

Même un rat de navire se sentirait mal à l'aise en imaginant un guerrier lancer des poignards. Pis encore : Jja était assise dans un coin, silencieuse, et cousait quelque chose sur une des bottes de Shonsu – et il y en avait une autre appartenant à Nnanji juste à côté. Existait-il quelque chose de plus terrible qu'un couteau dissimulé ?

Shonsu haussa les épaules. Il avait l'air fatigué. Thana était agenouillée près de lui, attentive. Elle jouait les infirmières dévouées depuis que Shonsu avait repris connaissance et qu'il était en état de remarquer ses attentions. Brota songea que sa fille n'avait pas plus de chance de séduire Shonsu que Nnanji n'en avait de séduire Thana, mais un septième méritait bien qu'on fasse un effort.

— Quand j'ai rencontré les sorciers à Aus, dit Shonsu, ils m'ont obligé à reculer. Je me suis demandé s'il leur fallait du temps pour prononcer leurs sortilèges ou je ne sais quoi. Tout ce que j'ai entendu sur eux laisse supposer que seule une attaque rapide peut se montrer efficace contre eux. D'où... les couteaux.

Il semblait néanmoins sur la défensive.

— Seigneur, je ne discute pas le bien-fondé de votre idée, déclara Brota. Thana, j'ai besoin que tu m'accompagnes à terre.

Thana tourna un regard plein de sollicitude vers Shonsu.

— Auriez-vous l'obligeance de bien vouloir m'excuser un moment, seigneur ?

— Je crois que j'y survivrai, répondit-il poliment.

Thana lui tapota la main, se leva en prenant soin de mettre en valeur ses longs membres bronzés et bondit comme un chat en direction de la porte. Les bandes de tissu qui lui servaient de vêtements devenaient de plus en plus indécentes – elles étaient à peine plus larges que des rubans. Brota constata que sa fille dégageait un effluve de musc et de violette qui aurait fait suffoquer une chèvre. Il faudrait qu'elle lui explique la situation avec tact.

Nnanji lança son arme. « Tchac ! » Dans le mille. Satisfait, il tendit la main pour attraper un autre couteau.

Jja se leva et traversa la pièce pour s'approcher de son maître. Elle fut reçue par un sourire de bienvenue qui en disait plus long que dix soutras. Puis Shonsu tourna de nouveau la tête vers Brota.

— Maîtresse ? J'ai essayé de comprendre ce qui s'était passé à Wal. Vous, le marin Oligarro, Nnanji et le capitaine... Aucune de vos versions ne concorde vraiment. Le coup de tonnerre... Vous dites que l'homme a disparu dans un nuage de fumée, mais vous n'avez pas vu d'éclair. Oligarro affirme que l'officier est tombé de la passerelle et qu'il y a bien eu un éclair. Nnanji ne pouvait pas voir la scène...

Elle lui avait raconté l'histoire par trois fois. Les témoins oculaires n'étaient jamais d'accord, bien entendu.

— Et qu'en dit le novice Katanji, seigneur ?

Shonsu et Nnanji échangèrent un regard surpris.

— Je ne savais pas qu'il était présent à ce moment.

Malédiction ! Elle venait de trahir celui qui pouvait la conduire jusqu'aux contrebandiers de tapis.

— Oh, mais si ! Il était bien là, seigneur.

Nnanji bondit de son coffre et se dirigea vers la porte d'un pas décidé. Brota le suivit sur le pont. Katanji se tenait près de la passerelle avant, avec son kilt, son épée et ses bottes. Comment diable avait-il eu le temps de… ?

Elle se dépêcha d'emboîter le pas à Nnanji en évitant les rouleaux de tapis qu'on chargeait à bord.

— J'ai besoin de te dire deux mots, protégé ! lâcha le quatrième d'un ton sinistre.

Katanji écarquilla les yeux.

— Bien sûr, mentor.

De son déguisement d'esclave, il ne restait plus qu'une petite tache d'huile sur son nez. Il s'était aussi maculé le visage, cette fameuse nuit, à Wal.

— Est-ce que tu as questionné maîtresse Brota à propos de ce soutra ? demanda le novice.

Nnanji hésita, puis se tourna vers la guerrière avec un sourire.

— Pourriez-vous m'expliquer le soutra mille quarante-quatre, maîtresse ?

Par chance, les cinquièmes ne devaient connaître que les neuf cent quatre-vingt-un premiers.

— Il ne m'est pas familier, adepte.

— Le seigneur Shonsu me l'a récité. Il dit qu'il ne le comprend pas, lui non plus, mais je suis sûr qu'il se moque de moi. (Ses yeux devinrent inexpressifs et il parla d'une voix qui ressemblait beaucoup à celle du septième.) « Du manque d'empreintes : à ceux que plus rien ne peut plus sauver, il vaut mieux donner une épée émoussée qu'un soutra. »

Brota haussa les épaules. Des conneries de terriens ! Comment allait-elle faire pour récupérer Katanji, ou même échanger deux mots avec lui ?

— C'est assez obscur, n'est-ce pas ? Comment peut-on donner quelque chose à quelqu'un que plus rien ne peut sauver ?

Nnanji hocha la tête d'un air abattu.

— Je pensais que cela signifiait qu'il faut accorder toute l'aide possible – même si ce n'est pas grand-chose – plutôt que de donner de simples conseils.

— Quel rapport y aurait-il avec les empreintes ?

— Euh… même s'il n'y a ni gloire ni honneur à gagner ?

— Il pourrait avoir un double sens, dit Katanji, et chacun pourrait choisir celui qui lui convient.

— Quel serait le second ? demanda son frère avec prudence.

Thana sortit du gaillard d'avant d'un pas nonchalant. Elle portait sa plus jolie pèlerine en satin et une paire de sandales jaunes. Une épée était accrochée dans son dos et Nnanji regarda l'arme.

— Les pirates ne laissent pas d'empreintes, marmonna Katanji comme s'il réfléchissait à haute voix, à la différence des bandits de grand chemin. L'« épée émoussée » pourrait signifier… une arme d'entraînement ? Les libres épées ne peuvent pas aider les marins.

— C'est ça ! s'écria Nnanji. Tu as trouvé ! Ça veut dire qu'un guerrier peut enseigner l'escrime à des marins ! Merci, petit !

Nnanji en oublia les sorciers. Il se retourna brusquement et se précipita vers le rouf.

Katanji le regarda partir en secouant la tête d'un air compatissant. Puis il adressa un sourire narquois à Brota.

— Tirons-nous d'ici !

Brota choisit la gondole la plus grande qu'elle trouva, mais l'embarcation tangua avec énergie lorsqu'elle embarqua. Elle s'assit derrière le gondolier afin de le surveiller. Celui-ci était maigre et tanné par le soleil ; il avait de larges épaules et était assez vieux pour avoir de nombreuses bouches à nourrir. Thana et Katanji s'installèrent devant lui, face à la guerrière.

L'homme poussa sur sa gaffe et l'embarcation glissa sur les eaux en direction du port. Il chanta une courte chanson de bienvenue – un truc pour les étrangers en visite – avant de demander :

— Où allons-nous, maîtresse ?

— En ville, faire quelques achats et les rapporter au navire.

Il devina aussitôt de quoi il retournait.

— Des tapis, dit-il.

Son visage se ferma.

Thana participa aux négociations. Elle sourit, se pencha pour qu'il admire l'échancrure de son vêtement et lui adressa maintes cajoleries. Dans la famille, tout le monde savait que rien ni personne ne résistait à Thana. Les yeux écarquillés, le front couvert de sueur, le gondolier se laissa convaincre pour une somme beaucoup plus raisonnable que celle versée à l'officier du port.

L'embarcation glissa à travers des plaques de lumière qui se reflétaient sur l'eau. Des tours brumeuses scintillaient au loin.

— Où allons-nous ? redemanda le gondolier.

— Où allons-nous, novice ? interrogea Brota.

En voyant arriver trois guerriers, le fabricant de tapis penserait qu'ils passaient une commande pour un bâtiment militaire.

Katanji s'arracha à la contemplation des grands navires majestueux, des galères élégantes et des petits navires qui filaient à toute allure. Un sourire angélique apparut sur ses lèvres.

— Quel sera mon pourcentage ?

La gondole poursuivit son chemin pendant quelques minutes. On n'entendait plus que la musique et les bruits provenant du port.

— À combien tu l'évalues ? demanda Brota, bien décidée à ne pas lâcher plus de cinq pièces d'argent.

Katanji sourit de nouveau.

— Je choisis en premier, vous transportez ma marchandise jusqu'au *Saphir*, puis du *Saphir* jusqu'au port de mon choix et vous la débarquez sur le quai – gratuitement. (Il s'interrompit et son visage devint sérieux.) Et vous

d'un bateau se devait de respecter les talents de chef et Nnanji avait démontré qu'il possédait ce talent – à un point que Wallie n'aurait jamais imaginé en regardant son sourire juvénile et désinvolte. Lui-même n'avait pas échappé aux préjugés : il avait considéré son jeune protégé comme une simple épée et une source d'informations ambulantes. Il restait donc une question récurrente : quelle était l'importance du rôle de Nnanji dans la quête de Shonsu ?

Tomiyano revint aux choses sérieuses.

— De quel problème voulais-tu me parler ?

— En un sens, mon problème c'est de savoir quel est mon problème, si tu vois ce que je veux dire. Un dieu m'a dit que j'avais une mission à accomplir, mais il n'a pas précisé en quoi elle consistait. Il a juste dit que tout me serait révélé. Maintenant, j'ai rencontré les sorciers et je sais *ce que* je suis censé faire, mais j'ignore toujours *comment*. Le dieu m'a aussi donné une énigme.

Le marin fronça les sourcils et ses trois marques faciales en forme de bateau se perdirent dans ses cheveux roux. La mauvaise humeur succomba à la curiosité.

— Une énigme, seigneur ?

— Une énigme. Et voici la partie qui te concerne :

« Quand le puissant sera chassé,
Une armée commandée et le cercle bouclé,
Alors, tu pourras apprendre la leçon. »

» Nous avons pensé qu'un guerrier de mon rang pouvait jouer le rôle du puissant et « chassé » est un euphémisme pour décrire ce qui m'est arrivé à Aus.

Maintenant intrigué, Tomiyano se gratta la tête.

— Comment en arrive-t-on à commander une armée ? demanda-t-il avec prudence.

Il ne précisa pas la suite logique de la question : comment le seigneur Shonsu en arriverait-il à commander une armée après l'humiliation subie à Aus ? Si cette histoire le précédait, les guerriers refuseraient de lui obéir dans le meilleur des cas et le jugeraient pour lâcheté dans le pire. Si la nouvelle était divulguée après qu'il eut recruté des hommes, elle déclencherait une révolte. Son contrat avec Brota précisait qu'il devait être conduit à la cité la plus proche où il puisse enrôler des guerriers, mais comment parviendrait-il à rassembler une armée maintenant ?

Était-ce pour cette raison qu'Honakura avait laissé entendre que cette armée se composerait peut-être des marins du *Saphir* ? Ces derniers maniaient l'épée avec beaucoup de dextérité, même avant que Nnanji commence ses leçons, mais grâce aux efforts du jeune guerrier, ils avaient acquis une grande variété de techniques et un poli qu'ils n'avaient pas auparavant. Pourtant, Wallie ne parvenait pas à croire qu'il allait affronter les sorciers de plusieurs cités à la tête de quelques dizaines d'amateurs, dont une moitié de femmes. Il se garda bien d'évoquer cette possibilité devant Tomiyano. Les marins considéraient maintenant les guerriers et leurs compagnons comme un mal nécessaire, mais ils n'étaient pas des soldats. La guerre ne les tentait pas et les démons de feu ne faisaient absolument pas partie du contrat.

—Je ne sais pas comment on en *arrive* à commander une armée, dit Wallie, et je suis persuadé que la « leçon » a un rapport avec les sorciers : il doit exister un moyen de les affronter. Mais je voulais te demander ton avis sur le « cercle » qu'il faut boucler.

—Quel cercle ?

—Celui sur lequel nous tournons ! (Wallie gloussa devant le froncement de sourcil perplexe du marin.) Pour l'instant, nous savons qu'il y a quatre cités occupées par des guerriers à notre gauche, sur la rive droite. Ki San, Dri, Casr sont par là, Tau est la prochaine, d'après ce que j'ai entendu.

—C'est ce qu'on dit. (Tomiyano fit la grimace.) Nous sommes des marchands, Shonsu, pas des explorateurs. Les marchands commercent entre différents points, en général entre deux villes, parfois trois ou quatre. Si la Déesse ne nous ramène pas à Hool, nous resterons ici et ça ne nous posera aucun problème. Ki San et Dri feront très bien l'affaire. Je reconnais que j'apprécie ce climat, même si j'ai entendu dire que les hivers étaient rigoureux. Nous nous renseignerons sur l'offre et la demande. Nous n'avions même pas l'intention d'aller à Tau, mais je suppose que nous devons encore te trouver des guerriers. S'il n'y en a pas à Tau, nous te ramènerons à Casr, ou à Ki San. Tu seras sans doute rétabli à ce moment.

Wallie avait espéré que Tomiyano se montrerait plus curieux. Il aurait dû avoir plus d'informations sur la géographie de cette région que celles rassemblées par Honakura et Katanji, mais il semblait que ce ne soit pas le cas. Brota avait fait preuve du même manque d'intérêt.

—Sur la rive gauche, capitaine, nous connaissons Aus et Wal – des cités sous le contrôle des sorciers. Ensuite, il y a Sen. Mais je sais qu'il y en a une autre après, plus en amont.

—Laquelle ?

—Ov.

—Mais… (Tomiyano se renfrogna.) C'est ton point de départ, Shonsu, là où nous nous sommes rencontrés. Il y a des semaines de ça !

Dans le Monde, un marin ne connaissait que deux directions : en amont et en aval de la Rivière. Les distances se mesuraient en jours. Avec patience, Wallie essaya d'expliquer la situation au capitaine. Avec son doigt, il traça des cartes invisibles sur le panneau de l'écoutille. La Rivière formait une boucle : à Ov, elle partait plein nord, puis bifurquait vers l'ouest pour contourner ou traverser les montagnes, puis elle repartait vers le sud pour revenir vers Aus. Les Terres noires en amont d'Ov et les Terres noires en aval d'Aus n'étaient qu'un seul et même endroit. C'était le cercle que les dieux souhaitaient voir boucler.

Wallie y avait réfléchi pendant sa convalescence, mais avait constaté après coup que ses compagnons avaient déjà deviné. Honakura l'avait découvert le premier, au sommet du col avait-il affirmé, lorsque Wallie avait montré la Rivière qui s'étendait devant eux et avait fait remarquer qu'elle coulait sans doute vers le sud. Nnanji l'avait probablement appris de Katanji.

La logique finit par vaincre les préjugés du marin et Tomiyano hocha la tête. Le *Saphir* remontait la partie ouest de ce cercle. Déjà, les montagnes de RegiVul se dessinaient à l'est et au sud. Des montagnes qui se dressaient au nord-est d'Aus et au nord-ouest d'Ov.

— Tu crois que nous allons te ramener jusqu'à Ov, Shonsu ? demanda Tomiyano avec colère.

— Je dois y aller, capitaine, et boucler le cercle. Je ne sais pas si le point d'arrivée est la ville ou le manoir d'où nous sommes partis. Je ne sais pas si nous devons y retourner à bord du *Saphir* ou pas, mais tu nous rendrais un fier service en posant des questions aux marins de Casr. À quelle distance sommes-nous d'Ov ? Combien de cités sont sous la domination des sorciers ? Le vieil homme affirme connaître la réponse, mais ce ne sont que des estimations.

Sept, bien entendu, avait déclaré Honakura. Comment pouvait-il en être autrement ? Wallie n'avait pas insisté sur ce point parce qu'il s'était découvert un profond respect pour les superstitions du prêtre.

Des bottes résonnèrent sur les vénérables planches polies du pont et Nnanji arriva, rouge de chaleur, couvert de sueur et avec un grand sourire. Il avait terminé ses leçons d'escrime pour le moment. Derrière lui, la ville de Casr se rapprochait sans hâte.

— Est-ce que tu vas rester à bord, seigneur mon frère ?

— Oui, répondit Wallie.

Il nota une fois de plus les changements subtils qui avaient affecté Nnanji : la courte pause précédant sa prise de parole et suivant les déclarations des autres, le raisonnement dissimulé derrière sa jovialité habituelle, la fierté secrète que lui procurait son talent. Le discours de Wallie sur la théorie de la réflexion et de la responsabilité avait rapidement été mis en pratique sur les eaux de la Rivière. Quel garçon de cet âge aurait pu accomplir cela sans y laisser quelques plumes ? De l'extérieur, il demeurait cet idéaliste radical, ce vaurien frénétique, mais quelque chose s'était réveillé au fond de lui. L'adoration aveugle qu'il vouait à son héros s'était transformée en respect pondéré. Nnanji n'oubliait jamais rien.

— Je ne descendrai pas à terre, mais je ne vois aucune raison qui t'empêcherait d'aller faire un tour pour explorer la ville. Tu pourrais rendre visite à la garnison de Casr et parler au premier prévôt.

Le sourire de Nnanji disparut. Il avait sans nul doute envisagé cette possibilité.

— Je ne pense pas que ce soit une bonne idée, dit-il à voix basse. Ils voudront savoir si j'ai un mentor, son nom et son rang. Si le prévôt apprend qu'il y a un septième à bord, il se déplacera sans doute pour le rencontrer.

Wallie fut sur le point de demander à Nnanji de mentir, mais le quatrième refuserait de s'abaisser à cela. Le jeune guerrier avait connu le vénal Hardduju à Hann et il avait vu comment Farandako avait acheté Jénisse. Il ne faisait aucune confiance aux prévôts.

— Tu pourrais néanmoins apprendre quelque chose à propos des sorciers.

— Je pense quand même que c'est une mauvaise idée… mon frère. (Nnanji s'adressait à Wallie d'un ton respectueux, mais il était décidé à ne pas changer d'avis.) Vous n'êtes pas encore remis.

Le septième soupira.

— Comme tu veux. Mais, Nnanji… ce serment que nous avons prêté, il a fait de toi mon frère.

— Et ?

— Pas ma mère.

Nnanji grimaça un sourire et pointa le doigt vers le gaillard d'avant.

— Dans votre chambre, Shonsu !

Tomiyano réfléchissait encore à l'énigme des dieux.

— Supposons que nous naviguions jusqu'à Ov, seigneur. Pourquoi Ov ? Que se passera-t-il là-bas ?

— Capitaine, dit Wallie avec tristesse, que je sois maudit si j'en ai la moindre idée. Peut-être que j'ai raté quelque chose ?

Après Casr, le temps changea comme pour signifier que l'été touchait à sa fin et ne serait bientôt plus qu'un souvenir. Le *Saphir* arriva à Sen dans le brouillard, la pluie et l'obscurité. Les marins appelaient la ville Sen la Sombre et ce nom lui allait à ravir : il s'agissait d'un assemblage de murs de basalte noir, de toits de tuiles noires, de bâtiments lugubres surplombant des ruelles méphitiques qui lançaient des reflets glaciaux sous l'averse. Coincée entre deux escarpements et recroquevillée contre la Rivière, la cité s'était développée vers le haut et des immeubles de quatre ou cinq étages transformaient désormais les rues étroites en gorges obscures. Les quais eux-mêmes étaient noirs et la tour des sorciers semblait encore plus menaçante et déprimante que le reste de la ville. Les piétons et les chevaux cheminaient avec lenteur sous la pluie, la tête basse et l'air découragé.

Katanji observa leur arrivée par un sabord depuis la cabine de Diwa. Pour le moment, on ne l'avait pas appelé au rouf où Shonsu et Nnanji resteraient cachés tant que le navire serait dans le port. Maintenant, il était trop tard pour que Shonsu envoie Nnanji le chercher, car le *Saphir* était trop près du quai, mais il pouvait encore demander à Jja de le faire.

Diwa s'agita nerveusement à côté de lui. Katanji avait déjà préparé son pagne noir d'esclave et son nécessaire de maquillage – un mélange de noir de fumée et de graisse d'oie, avait dit Matarro. Les marins l'utilisaient pour lubrifier le cabestan. Matarro ignorait que Katanji en avait volé une petite quantité et qu'il l'employait pour tout autre chose.

Shonsu l'avait sévèrement tancé en découvrant qu'il avait débarqué à Wal pour parler aux esclaves sous le chariot – même si le septième avait été plutôt content d'apprendre tout ce que Katanji avait vu. L'officier du port était tombé de la passerelle après que l'éclair l'eut frappé, il ne s'était pas transformé en fumée ainsi que Brota l'avait affirmé. Il y avait deux autres sorciers qui attendaient sur le quai… Le foudroyé était mort ou inconscient… Ils avaient récupéré sa bourse avant de pousser le corps dans la Rivière.

Ces informations avaient ravi Shonsu, mais il était néanmoins hors de lui et clamait que Katanji avait désobéi aux ordres. C'était faux. En quittant Aus, personne ne lui avait dit de ne pas descendre à terre si le *Saphir* y revenait. Personne ne lui avait dit qu'il y avait d'autres ports sous le contrôle des sorciers. Nnanji l'avait confirmé en citant les paroles exactes du colosse.

— Parfait ! avait lancé Shonsu avec un regard assassin. Mais si nous faisons escale dans une nouvelle cité de sorciers, je t'interdis de poser un pied sur la passerelle ! Je t'interdis même de monter sur le pont ! Est-ce que c'est clair ?

Parfaitement clair. De toute façon, Katanji passait par les sabords quand il se déguisait en esclave. Il avait soigneusement évité de préciser qu'il était redescendu à terre à Wal, le jour suivant, et qu'il s'était promené en ville pendant des heures.

Shonsu avait demandé à Brota de s'arrêter à Sen afin de rassembler des informations. Avec des marins et un vieil homme ? Qu'espérait-il donc ? Que pouvaient apprendre des guerriers en restant cachés dans le rouf et en épiant les alentours par les fenêtres ? La sagesse, c'était Katanji qui devait s'en occuper. Le dieu l'avait dit.

Ce vieux renard sournois d'Honakura avait compris ce qu'il avait l'intention de faire et il avait détourné l'attention de Shonsu à plusieurs reprises lorsque la conversation avait abordé des sujets sensibles. Il avait pourtant dit que ce serait son ultime escapade.

— Il faudra alors que tu leur racontes la vérité, novice. Et il faudra qu'ils t'interdisent de recommencer. Mais je pense qu'il serait profitable de te laisser faire une dernière fois.

À travers le sabord, il regarda le quai qui grossissait à vive allure. Si le navire avait approché de l'autre côté, Katanji aurait dû se précipiter dans la cabine qu'il partageait avec Matarro.

— Parfait !

Il se déshabilla pour enfiler son pagne noir.

Diwa connaissait bien son rôle maintenant. Elle lui présenta le miroir qu'elle avait emprunté dans la cabine de ses parents. Il attrapa le pot de graisse et la spatule.

— Tiens-le comme il faut, la belle !

Les mains de Diwa tremblaient.

— Oh, Katanji ! C'est si dangereux !

— Je te l'ai déjà dit : je suis un guerrier. Le danger, c'est mon métier. La femme d'un guerrier doit être aussi courageuse que ravissante… et tu *es* ravissante.

En entendant le compliment, la jeune fille oublia ses inquiétudes. Ses joues se teintèrent d'un rouge sombre et profond – très gratifiant – et ses mains cessèrent de trembler. Katanji sourit et se concentra sur son maquillage.

— Nnanji dit que seule la beauté mérite le courage.

Elle laissa échapper un petit gémissement. Elle était vraiment très jolie, avec des rondeurs plaisantes. Dans quelques années, elle deviendrait un tas de graisse infâme comme sa tante Brota, mais, pour le moment, elle appelait les gestes tendres.

— Voilà !

Il avait terminé. Il devait baisser la tête pour la regarder et c'était plutôt agréable. Mei était trop grande pour lui.

— Je ne peux pas t'embrasser maintenant, je te salirais. Mais je me rattraperai ce soir.

Elle pressa une joue contre son cou.

— Fais attention à toi, mon amour. Je ne me le pardonnerais jamais s'il t'arrivait quelque chose.

Le navire buta contre les pare-battage du quai. Katanji passa le bras autour de la taille de la jeune fille et constata avec surprise qu'il avait du mal à la lâcher.

— Il ne m'arrivera rien. Maintenant, ouvre l'œil. Redescends ici à toute vitesse dès que tu verras mon signal !

Il entrouvrit le sabord. Les amarres étaient en place. Il y avait une pile de balles juste devant… parfait ! Il poussa un peu plus le volet de bois et se glissa sur le quai froid et humide.

La foule était parsemée à cause de la pluie, les gens marchaient tête baissée et ne regardaient pas autour d'eux. Cela convenait très bien à Katanji. Il baissa lui aussi la tête et avança en adoptant le pas lent et traînant des esclaves. C'était agréable de se promener sans ses bottes de guerrier – il s'en débarrassait chaque fois que Nnanji avait le dos tourné, mais ces moments de répit ne duraient jamais très longtemps. Le bout de tissu qui lui ceignait les hanches était plus confortable que le kilt. Il eut l'impression de redevenir un enfant qui découvrait le monde les fesses à l'air. Il n'avait plus à se pavaner, à marcher la tête haute, à être un guerrier. Nnanji avait beau lui crier sans cesse dessus, il ne parvenait pas à se considérer comme un membre de cette profession.

Il se dirigea vers une ruelle, assez sombre pour que personne ne remarque sa fausse marque d'esclave. C'était sa dernière escapade et il fallait donc qu'elle soit payante. Il devait rassembler un maximum d'informations.

Il ricana en pensant à Nnanji. Sa queue-de-cheval se dresserait sur sa tête et il hurlerait comme tante Gruza s'il apprenait où était son frère. Shonsu pousserait de grands cris, lui aussi, mais, au fond, il approuverait l'initiative du novice. Le colosse ne contredirait pas Nnanji dans de telles circonstances, même s'il aimait savoir, comme Katanji. Il n'y avait pas beaucoup de personnes comme eux dans le Monde. Aujourd'hui, Katanji allait moissonner d'innombrables informations sur ce qui se passait à Wal. À son retour, il s'assiérait avec Shonsu et lui ferait son rapport. Le septième hocherait la tête avec admiration et dirait : « Bon travail, novice » de sa voix basse et grondante. Après, même Nnanji ne pourrait pas trop crier.

Il entraperçut la tour au bout d'une ruelle dans laquelle il s'engagea.

Il atteignit la place et s'accroupit dans l'embrasure d'une porte. Comme à Wal et à Aus, les capuchons avaient abattu plusieurs bâtiments pour construire leur tour dans un périmètre dégagé. À Aus, il était resté à la même distance que maintenant, mais, à Wal, il s'était approché tout près et avait récolté des informations stratégiques énumérées par les soutras. Il pouvait recommencer, mais cette tour ressemblait en tout point aux autres. Il aperçut la grande porte surélevée pour débarquer le contenu des chariots, il devait donc y en avoir une seconde, plus petite, de l'autre côté. Il ne vit pas de fenêtres en dessous du troisième étage, mais il y en avait treize rangées superposées au-delà. Les escaliers qu'ils devaient se taper ! Exactement pareil que les autres ! Les sorciers devaient avoir un soutra qui régissait ce type de construction.

Il traversa la place, se dirigea vers la tour en comptant ses pas et passa à côté avant de s'éloigner. Il emprunta alors une série de ruelles pour décrire un arc de cercle et revint par un autre chemin. Un bâtiment de circonférence carrée, vingt-deux pas de large, comme il s'y attendait. Les portes étaient en bois massif avec des ornements en bronze représentant des plumes – et il y avait toujours une fosse recouverte d'une grille en bronze juste devant.

Pourquoi ? La fosse n'était pas très profonde et la grille n'était pas munie de pivots, il ne s'agissait donc pas d'un piège.

Il y avait beaucoup de bronze – qui valait pourtant cher. Et beaucoup d'oiseaux. À proximité des autres tours, Katanji avait vu de nombreux volatiles se pavanant sur les pavés ou battant des ailes avec maladresse tandis qu'il passait. Y avait-il un rapport avec les marques faciales ? Il se tenait dans un recoin et réfléchissait à ce qu'il allait faire ensuite quand une petite porte s'ouvrit pour laisser sortir un sorcier du deuxième. L'homme portait un panier et commença à lancer quelque chose par terre. Les oiseaux se rassemblèrent autour de lui : il devait s'agir de nourriture.

Katanji se demanda si ces volatiles n'étaient pas des sorciers déguisés. Que se passerait-il s'il en attrapait un ? S'il reprenait sa forme humaine, est-ce que ses plumes se changeraient en robe ou est-ce qu'il serait tout nu ? Ou alors, c'étaient peut-être des prisonniers transformés par un sortilège, des malheureux qui se rassemblaient ici dans l'espoir de retrouver leur corps. Katanji frissonna.

Un garçon traversa la place en tirant une charrette avec des poissons peints sur les côtés. Il s'arrêta près de la petite porte et parla au deuxième qui la lui ouvrit. Il entreprit ensuite de transporter des boîtes à l'intérieur du bâtiment. Katanji sortit de son recoin et s'approcha du pas lent et nonchalant de l'esclave à qui on a dit de se dépêcher. En passant, il jeta un coup d'œil au contenu des boîtes. Des pieuvres ? Beurk !

C'était suffisant pour le moment. Il alla se promener en ville et savoura les parfums, la foule, l'odeur des gens, la sensation jadis familière du crottin entre ses orteils. Pour un citadin, la vie à bord d'un navire n'offrait pas beaucoup de distractions.

Il se dirigea vers les quais pour vérifier si le *Saphir* était toujours là. Deux commerçants montaient péniblement la passerelle pour marchander avec Brota. Tout allait bien. Il avait encore plusieurs heures devant lui.

Il partit explorer les ruelles pour trouver un repaire d'esclaves. Quand il était enfant, il s'était souvent amusé à les fréquenter en compagnie de Kana et de Jio… Qu'est-ce qu'ils étaient devenus, ces deux-là ? Kana avait prêté le serment des fouleurs de tissus et Jio avait sans doute fini drapier, comme son père.

Leurs parents n'auraient jamais imaginé tout ce qu'ils avaient appris en écoutant les esclaves. Parfois, les trois garçons avaient même peint la funeste ligne noire sur leur visage. Ce déguisement les exposait à des risques énormes et l'estomac de Katanji se tordait en y songeant. Ils n'avaient pas eu le courage de le faire très souvent. Quand il était devenu guerrier, Katanji avait pensé que c'en était fini de ces rencontres, mais il avait remarqué que la marque des esclaves recouvrait sans difficulté la petite épée tatouée sur son front. La tentation était trop forte. À Wal, il était descendu sur le quai pendant la tempête et avait rassemblé de nombreuses informations, assis sous un chariot. Il en avait tiré deux pièces d'or… alors qu'elles avaient dû en rapporter deux cents à Brota.

La Déesse avait donc approuvé son initiative et, le jour suivant, il s'était promené dans Wal pour y rencontrer d'autres esclaves.

Les esclaves étaient des esclaves. Les repaires d'esclaves étaient des repaires d'esclaves. Entre deux bâtiments, il découvrit un renfoncement profond où s'élevait un escalier en bois. Il y avait à peine la place de se faufiler entre le mur et les marches – les esclaves n'étaient jamais gros, sauf s'ils avaient été castrés. Il parvint à passer et aperçut trois hommes vautrés dans l'obscurité, la crasse et la puanteur. Ils étaient très occupés à tirer au flanc à l'abri de la pluie.

Ils se contentèrent de grogner en le voyant et il les rejoignit. Il s'installa près de l'un d'eux, à un endroit pas trop sale. Il s'assit, se serra contre eux pour lutter contre le froid et écouta leurs conversations pendant un moment. Il entendait le clapotement de la pluie et le bourdonnement de baryton d'un milliard de mouches. Comme au bon vieux temps.

Ils parlaient de femmes, bien sûr, et se vantaient des exigences de leur maîtresse quand le mari était parti. Personne ne croyait personne, ce n'étaient que des rêves et ils le savaient tous. Pourtant, ces fantasmes excitèrent passablement Katanji qui songea alors à Diwa. Maloli le tuerait s'il découvrait ce qui était arrivé à sa chère petite fille, si chaste et si innocente. Et il ferait bien pis s'il apprenait à quel point elle adorait ça.

Mais qui irait le lui raconter ? Matarro était au courant. Il s'était réveillé au moins une fois alors que son compagnon de cabine rentrait à l'aube. Pour être honnête, Katanji avait été un peu maladroit la première fois. Il n'aurait pas dû marcher sur la main du marin. Plus tard, Matarro avait voulu lui faire peur en affirmant que Diwa l'avait séduit sur l'ordre de Brota. La guerrière voulait le garder à bord parce qu'il ferait un bon rat de navire. Le frère de Nnanji n'avait pas cru à cette histoire – enfin, il ne pensait *pas* l'avoir crue. Ce genre de piège n'aurait même pas retenu un guerrier sur la terre ferme, mais les gens

chaque rive. Sept cités libres se dressaient sur la berge extérieure du cercle décrit par la Rivière. Celles qui se trouvaient de l'autre côté étaient-elles toutes sous la domination des sorciers ? Si on se fondait sur les superstitions – qui semblaient avoir force de loi dans le Monde –, il fallait le supposer. Wallie regretta pour la millionième fois de ne pouvoir écrire. Il pouvait bien sûr tracer une carte avec – par exemple – un morceau de charbon, mais il serait incapable d'y porter la moindre légende. Il avait déjà essayé, sans succès. Il demanda à Nnanji de répéter la liste de villes pendant qu'il visualisait le cheminement de la Rivière : elle coulait vers le nord des Terres noires, près d'Ov, dessinait un large cercle dans le sens inverse des aiguilles d'une montre – autour de Vul ? – et bifurquait vers le sud – pour retourner dans les Terres noires – à Aus. Cette boucle ne comportait qu'une seule brèche : l'isthme qui se trouvait entre Aus et Ov, celui que le septième et ses compagnons avaient traversé.

Wallie marmonnait encore, perdu dans ses réflexions géographiques, quand une étrange procession monta en bon ordre à bord du navire. Les esclaves avaient à peine commencé le déchargement et de nouveaux acheteurs se présentaient déjà. Avec un peu de chance, le *Saphir* ne s'attarderait pas dans cette cité lugubre.

Le cortège était mené par un quatrième d'une quarantaine d'années suivi de deux jeunes hommes en robe brune – sans doute des prêtres, car les gens de leur âge portaient encore un pagne. Les trois inconnus avaient des parapluies en cuir. Le dernier visiteur, un troisième, était le benjamin ; solidement bâti, le visage franc, il était trempé et ses cheveux humides étaient plaqués sur ses tempes. Après une brève discussion avec Brota, ils furent tous conduits dans le rouf, suivis par la guerrière et par son fils.

Dissimulé derrière les draps tendus, Wallie observa la scène et écouta la conversation. Il apprit que le solide troisième ruisselant était tailleur de pierre. À la demande de son père, il était descendu de Cha pour acheter du marbre et, sa tâche désormais accomplie, il cherchait un moyen de rentrer avec sa cargaison. Si le *Saphir* se dirigeait en amont de la Rivière, son capitaine accepterait-il de se charger du transport ?

Wallie songea qu'il s'agissait d'un problème très intéressant dans un monde non alphabétisé : il n'existait pas de connaissement, de banques, de lettres de crédit ni même de réglementation à l'extérieur des cités. Les achats et les ventes directs ne posaient pas de difficultés, mais les commerçants devaient parfois transporter des marchandises sur ordre. Wallie se demanda comment on organisait ce genre de livraison, mais ne trouva aucune solution convenable. Brota pouvait acheter le marbre pour le revendre à Cha, mais elle devait croire le jeune homme lorsqu'il affirmait que son père s'en porterait acquéreur à destination. Elle pouvait aussi espérer que, quoi qu'il arrive, la cargaison se revendrait en générant un profit substantiel. Mais rien ne l'empêchait de la céder à un concurrent de son destinataire légitime. De son côté, le tailleur de pierre devait confier son bien à des marins qui pouvaient disparaître avec. Le fait de les accompagner n'apportait pas plus de garanties, au contraire : il risquait de perdre la marchandise *et* de servir de repas aux piranhas. Dans tous les cas de figure, il fallait que quelqu'un s'en remette aveuglément à la parole de l'autre – sans même parler des aléas dus à l'inconstance de la Déesse et à la géographie instable du Monde.

Assis derrière les draps, Wallie écouta les protagonistes discuter des modalités de l'affaire et apprit qu'il existait une solution. Le chariot de marbre était stationné près du navire et Brota acheta la cargaison pour cent soixante pièces d'or – en grommelant qu'il en valait à peine la moitié. Le marchand, un notable de la ville qui toucherait une commission, certifia qu'il se rendrait acquéreur de la marchandise pour deux cents pièces d'or si Brota la rapportait sous dix jours. Tomiyano, en tant que capitaine officiel du *Saphir*, promit qu'il la transporterait jusqu'à Cha. De son côté, Brota jura qu'elle la céderait au tailleur de pierre pour moins de deux cents pièces d'or.

Wallie songea que le système était très ingénieux : le risque était réparti entre les différents protagonistes. La cargaison du tailleur de pierre serait sans doute livrée pour une somme de quarante pièces d'or – moins, si son père se révélait meilleur négociateur que Brota. La guerrière était assurée de toucher quarante pièces d'or si elle revenait de Cha avec le chargement invendu ; elle avait acheté le marbre à un prix surévalué et elle ne serait donc pas tentée de disparaître avec. Wallie suivit les discussions et l'échange de serments avec grand plaisir. Les prêtres servaient de témoins ; le tailleur de pierre jura sur son ciseau, Brota sur son épée, Tomiyano sur son navire et le marchand sur son or.

Wallie songea que les choses seraient plus simples si l'écriture avait été inventée. Il se demanda pourquoi cela n'était pas arrivé. Était-ce dû à une intervention divine ?

Les paniers encombrants furent bientôt emportés et le marbre vint s'empiler dans les soutes du *Saphir*. Wallie comprit alors pourquoi une traversée de sept ou huit jours était aussi cher payée : ce genre de cargaison était très dangereux. C'était la première fois qu'il voyait le mât de charge en action et tout le monde arrêtait de respirer lorsqu'un énorme bloc rocheux se balançait au-dessus du pont. Si l'un d'entre eux tombait à ce moment-là, il traverserait la coque. En conséquence, un guerrier invalide se retrouverait prisonnier et sans ressources dans une cité de sorciers. Quand il envisagea cette possibilité, il se mit à marmonner des malédictions. Pourquoi cette andouille de Brota avait-elle passé un contrat dans cette ville ?

Par chance, aucune corde ne se rompit et aucune charge ne glissa. Le mât de chargement s'abaissa par huit fois pour déposer un bloc de marbre dans la soute tandis que la coque du navire s'enfonçait un peu plus dans l'eau. Une fois l'opération terminée, les témoins et le chariot disparurent. Honakura, qui furetait en ville comme à son habitude, remonta la passerelle trempé jusqu'aux os. D'autres membres d'équipage regagnèrent le *Saphir* et se préparèrent à appareiller.

Du point de vue de Wallie, cette escale n'avait pas présenté beaucoup d'intérêt, mais Honakura aurait sans doute rassemblé quelques informations.

Il avait peut-être appris à quel moment la ville avait été envahie par les sorciers et sur la manière dont ils avaient procédé.

— Je ne suis pas fâché de quitter cet endroit, déclara le septième. Cette cité est déprimante.

Nnanji acquiesça.

— Et on devrait déjà avoir servi le repas.

La première des deux passerelles fut tirée à bord dans un grondement sourd.

Au contact de la main du sorcier, Katanji sursauta comme un lapin et fut incapable de retenir un petit gémissement de terreur. La sueur suintait par tous les pores de sa peau quand il se retourna, les yeux toujours fixés sur le sol. Il s'attendit à voir ses entrailles jaillir de son ventre.

— Adepte ? essaya-t-il d'articuler.

Mais seul un croassement sortit de sa gorge. Sa peur le trahissait.

— Celui-ci n'a que la peau sur les os, remarqua le deuxième.

Qu'avaient-ils l'intention de faire ? Le transformer en ragoût ?

— Ce n'est pas le muscle qui importe, répliqua le quatrième d'une voix grave et grondante. Nous avons besoin d'endurance, de résistance.

Ils allaient le torturer ? *Oh, Déesse !*

Aucun sorcier ne s'adressa à Katanji et le novice resta immobile, tremblant. Des esclaves passèrent en portant des sacs qu'ils déposèrent dans le placard avant d'en ressortir. Le quatrième tapa sur l'épaule d'un deuxième homme.

— Toi !

Il s'agissait d'un garçon de l'âge de Katanji, plus grand, mais tout aussi maigre. Il poussa une plainte inarticulée plus puissante que celle de son prédécesseur. Le jeune guerrier s'aperçut que les genoux du malheureux tremblaient. C'était la preuve que tous les esclaves craignaient les sorciers. Sa terreur ne l'avait donc pas trahi, mais les encapuchonnés regarderaient son visage…

— Et toi ! dit le quatrième en désignant un nouvel esclave. Venez avec moi.

Il se retourna, laissant le deuxième surveiller le déchargement, et s'éloigna suivi par les trois esclaves. Il passa entre une pile de petit bois et une gigantesque cuisinière brûlante sur laquelle étaient posés deux gros chaudrons – leur contenu mijotait et dégageait une autre odeur infâme. Il longea ensuite un tas de sacs dont un était ouvert : du charbon s'en échappait. Un peu plus loin, il y avait une longue table couverte de jarres, de petits pots, d'énormes bouteilles vert sombre et de trois grands récipients en cuivre surmontés de serpentins, en cuivre également. Shonsu avait vu les mêmes à Aus, mais ceux de la tour étaient bosselés et noircis par des années d'utilisation. Derrière la cuisinière, il y avait un fourneau, semblable à celui d'un forgeron, mais plus imposant. Un jeune homme presque nu actionnait le soufflet avec énergie, la peau brillante de sueur. Il lança un coup d'œil à Katanji et celui-ci aperçut une unique plume sur son front. Selon toute apparence, les sorciers du premier s'amusaient encore moins que leurs homologues guerriers. Ce novice était à peine plus âgé que Nnanji.

Le petit groupe arriva devant une cage d'escalier. Une grande cuve en bois remplie d'eau avait été installée au milieu et les marches s'élevaient le long des murs. Des marches en métal, en bronze, une fois de plus.

Quand Katanji arriva à la hauteur de la cuve, le sorcier avait déjà trois ou quatre pas d'avance. Le garçon s'apprêtait à poser le pied sur la première marche quand des bulles crevèrent soudain la surface de l'eau. Des sifflements et des jets de vapeur fusèrent du récipient. Katanji bondit en arrière, poussa un cri de peur et faillit perdre la maîtrise de sa vessie.

Le sorcier éclata de rire. Il tendit la main et marmonna une brève incantation dans un langage que Katanji n'identifia pas.

— Maintenant, il ne vous fera pas de mal. Suivez-moi !

Tremblant de tous ses membres, Katanji entreprit de monter les marches devant ses deux compagnons d'infortune. La cuve chuinta de nouveau et les esclaves laissèrent échapper un faible gémissement. Ils avaient aussi peur que le jeune homme et n'avaient pas d'épée tatouée sur le front, eux.

L'escalier fit deux fois le tour des murs avant de déboucher sur le deuxième étage. En bas, la cuve siffla à cinq reprises. Le petit groupe s'attaqua à une nouvelle volée de marches et, après avoir gravi trois niveaux, tout le monde avait le souffle court. Le sorcier s'engagea dans un couloir sombre, passa devant deux portes fermées et entra dans une grande pièce. Katanji lança un regard inquiet au trou dans le sol, aux cordes suspendues au-dessus et à la gigantesque machine en bois – un gros cylindre encastré dans un châssis et submergé de câbles et de roues. Une fenêtre s'ouvrait dans un mur de pierre – il nota sa hauteur et sa largeur, ainsi que l'exigeaient les soutras. Deux autres cloisons étaient en bois et la dernière disparaissait presque derrière des piles de sacs. Quatre sorciers attendaient dans la pièce, deux premiers et deux deuxièmes. En proie à une terreur grandissante, Katanji fixa le curieux assemblage en bois. Un instrument de torture ?

Le quatrième la pointa du doigt.

— Allez ! Dépêchez-vous ! Grimpez !

Katanji ne comprit pas le sens de ces paroles, mais les deux autres esclaves le dépassèrent, saisirent une barre qui traversait l'appareil et se glissèrent dans l'étrange rouleau muni de pales. Il les imita et le cylindre se mit à tourner sans hâte dans un grincement retentissant où se mêlaient le fracas des roues et la plainte des cordes. De grands plateaux commencèrent à descendre par le trou.

— Secouez-vous ! marmonna le quatrième. (Il attrapa un fouet et le fit claquer avec énergie.) Travaillez ou je vous écorche vif !

Les trois esclaves s'appuyèrent sur la barre et poussèrent avec toute la force de leurs cuisses. Le cylindre se mit à tourner plus vite. Les grincements, craquements et autres grondements gagnèrent en intensité. Placé au milieu, Katanji regarda ses bras maigres à côté de ceux, plus épais, de ses compagnons.

Bientôt, il dut courir pour suivre le rythme. Il se demanda si le supplice allait continuer jusqu'à ce que mort s'ensuive. Devant, il y avait le trou dans le sol et les cordes qui passaient à travers. Il remarqua qu'elles montaient et comprit qu'il ne s'agissait pas de sorcellerie : le cylindre faisait simplement office d'enrouleur. Ses compagnons et lui devaient hisser le fameux « placard » à la force des cuisses – une tâche misérable et éreintante.

Le fouet claqua de nouveau et Katanji songea qu'il n'avait aucune cicatrice sur le dos, à la différence de la plupart des esclaves. Les sorciers n'allaient-ils pas s'en étonner ? N'allaient-ils pas succomber à la tentation d'en dessiner quelques-unes, pour le principe ?

Le cylindre tournait de plus en plus vite. Le jeune guerrier commença à haleter tandis que des rigoles de sueur coulaient sur son visage et sur ses côtes. Il sentit l'odeur de la transpiration dans l'air. Sa bouche était sèche et son cœur martelait sa poitrine. Ses deux compagnons respiraient à grands coups, eux aussi, mais ils étaient mieux charpentés. Petit à petit, la pile de sacs apparut et monta au-dessus du trou. Le quatrième actionna une manette : le cylindre s'immobilisa et les trois esclaves faillirent passer par-dessus la barre. Les sorciers éclatèrent de rire comme s'ils n'avaient attendu que ce moment.

Les deux compagnons de Katanji levèrent les bras et s'essuyèrent le visage. Le jeune guerrier fit mine de les imiter et s'interrompit à temps. La pièce était mieux éclairée que le rez-de-chaussée. Est-ce que quelqu'un allait examiner sa marque faciale ? Est-ce que la graisse et le noir de fumée avaient été emportés par la sueur ? Il garda la tête baissée tandis que ses bras reposaient à l'horizontale sur la barre. Ses deux compagnons firent de même, à peu de chose près. Les sorciers de rangs subalternes déchargèrent les sacs et les empilèrent avec soin le long du mur. Apparemment, il existait un moyen de les différencier, car ils furent rangés à différents endroits, mais le guerrier ne réussit pas à deviner lequel.

— Tenez-vous prêts ! cria le quatrième lorsque le déchargement fut terminé.

Il actionna de nouveau la manette. Le cylindre bougea sous les pieds de Katanji et les esclaves se remirent à pousser. Il fut presque aussi difficile de redescendre la cabine que de la monter et, quelque part, c'était injuste. Katanji entendit alors qu'on y entassait d'autres sacs.

Il songea avec consternation à la taille du chariot et à son chargement.

Il se demanda si le *Saphir* était encore à quai. Qu'allait-il faire si le navire avait appareillé sans lui ?

Le fouet claqua et le supplice recommença.

Il fallut au moins vingt voyages pour hisser la cargaison du chariot. Quand les derniers sacs furent remontés, Katanji tremblait d'épuisement. Que les sorciers s'aperçoivent qu'il était guerrier, il s'en fichait pour peu qu'on le laisse s'allonger quelque part. Il avait un goût de terre dans la bouche et son cœur était prêt à exploser. Parfois, il avait l'impression que la pièce s'assombrissait et se fondait dans le néant. Il comprit alors qu'il était au bord de l'évanouissement. À la différence des esclaves, il n'avait pas l'habitude de travailler aussi dur. S'il s'effondrait, les sorciers verraient son visage.

Le quatrième fit claquer son fouet à de nombreuses reprises, mais il ne l'employa pas contre les esclaves – même lors des deux derniers chargements qui s'éternisèrent. Un subalterne lui suggéra de renouveler la main-d'œuvre, mais il déclara que c'était inutile, que c'était presque terminé.

Quand il reconduisit enfin les esclaves dans le couloir, Katanji claudiqua avec lenteur pour se laisser distancer. Il simula le boitillement à merveille, ce qui n'était guère difficile : ses jambes étaient en coton et il avait déjà toutes les peines du monde à marcher. Les deux portes étaient maintenant ouvertes. Il ralentit en passant devant chacune pour graver ce qu'il voyait dans son esprit. Dans la première pièce, une sorcière – une deuxième, avec un capuchon noir – était assise à une table. Elle manipulait une assiette, la frottait en cercle sur quelque chose. Elle semblait morose et Katanji songea qu'elle lançait sans doute un sortilège. Il ne vit rien de ce qui se trouvait derrière ou autour d'elle, il aperçut juste son visage. Elle devait avoir vingt-cinq ans et était plutôt jolie, mais son front arborait trois marques faciales alors qu'elle portait une robe de deuxième. Non, ce n'était pas des plumes ! Katanji ne les distingua pas bien, mais les tatouages de la jeune fille ne présentaient pas la courbure caractéristique de l'emblème des sorciers.

Il ne vit personne dans la seconde pièce, juste des chaises et deux tables. L'une de celles-ci semblait être un autel : de grandes plumes y avaient été disposées sur des supports en argent – il y avait sans doute un lien avec les marques faciales des sorciers. Le mur opposé à la porte était couvert de rayonnages où s'alignaient des centaines de boîtes brunes – probablement en cuir, songea-t-il – de différentes tailles. Puis il arriva devant l'escalier.

En descendant, il dut serrer la rambarde tant ses jambes flageolaient. Dans la cuve, la créature siffla et cracha ; il n'y prêta même pas attention. Il essaya d'observer autant de choses que possible au rez-de-chaussée, mais il y avait peu de lumière et ses yeux n'avaient pas eu le temps de s'habituer à la pénombre. La pièce était très grande – la moitié de la surface de la tour, avait-il estimé. Il y avait deux fenêtres sur les murs les plus longs et une seule sur les petits, son estimation devait donc être correcte. Des râteliers et des étagères chargés de bouteilles et de paquets parcouraient la salle dans le sens de la longueur. Comment se rappelait-on où était stocké un produit ? Le préposé au soufflet travaillait toujours. Un autre premier, en robe, broyait quelque chose dans un mortier de la taille d'une baignoire.

Katanji avait besoin de plus de temps, du temps pour observer ce qui se trouvait dans la salle, mais il n'osa pas s'arrêter. Son cerveau était comme déconnecté, il était trop fatigué. À travers un brouillard grisâtre, il remarqua un serpentin de cuivre – beaucoup plus grand que les précédents – et une meule à aiguiser à l'autre extrémité de la pièce ; il y avait aussi une version plus petite du cylindre de l'étage et, au-dessus, une chose qu'il ne pouvait pas manquer : un énorme globe en or au sommet d'un pilier, tout près de l'entrée ; un homme pouvait se tenir à l'intérieur s'il était creux. Il devait s'agir d'un instrument de sorcellerie très puissant, ou peut-être une idole à la gloire du soleil ? De nombreux tuyaux serpentaient autour et des cordes pendaient… Il aperçut deux autres tables couvertes d'objets sans intérêt, deux piles de sacs… Il arriva alors sur le quai de déchargement et constata que le chariot était déjà parti. Les deux groupes d'esclaves se tenaient dehors et attendaient.

Il était coincé ! Il s'arrêta et essaya de trouver une solution. Les deux hommes qui avaient hissé les sacs en sa compagnie sautèrent mollement à terre et se dirigèrent vers différents groupes. Lequel devait-il rejoindre ? Les sorciers attendaient pour fermer la porte. Katanji se frotta l'œil comme si une poussière s'y était glissée et quelqu'un lui cria dessus. Quand il descendit du quai, ses jambes tremblaient comme des feuilles dans la tempête.

Il s'arrêta près de la grille de bronze et hésita. Les deux groupes d'esclaves, au complet, firent demi-tour et s'éloignèrent. Les responsables de chaque section devaient penser que le retardataire faisait partie de l'autre équipe. Katanji suivit l'une d'elle avec un soupir de soulagement. Derrière lui, les grosses portes se fermèrent dans un claquement sonore. La pluie était glacée sur sa peau couverte de transpiration. Il se laissa distancer de plus en plus par les esclaves avant d'emboîter le pas à une imposante matrone du troisième. Il la suivit comme si elle était sa propriétaire et, en arrivant à proximité des bâtiments, il l'abandonna pour poursuivre sa route seul. Le froid le fit frissonner.

Le *Saphir* avait dû lever l'ancre et on ne s'apercevrait peut-être pas de son absence avant des heures. Il était guerrier et il était coincé dans une ville de sorciers. Il se dit que la meilleure solution était sans doute de se rendre au temple…

— Katanji ?

Il sursauta. C'était Lae. La vieille Lae, toute en os et en rides. Elle le regardait avec son visage maternel, sourcils froncés.

— Tu vas bien ? demanda-t-elle.

Il maîtrisa les claquements de ses mâchoires assez longtemps pour répondre.

— Oui, je vais bien. Je rentrais.

Ses yeux le piquaient et il baissa la tête ainsi qu'un esclave devait le faire.

— Ton frère et Shonsu rongent les volets du rouf tant ils sont inquiets. On a failli partir sans toi ! Je me doutais que tu serais en train de te promener près de la tour. Suis-moi !

Le jeune guerrier parvint à sourire. Il commençait à se sentir mieux.

— Je suis entré dans la tour.

Elle s'immobilisa net et les passants durent faire un écart pour les éviter : la rue était étroite.

— Mon garçon ! Par tous les dieux ! Tu es plus courageux – et plus idiot – que ton frère ! Je ne pensais pas que ce soit possible.

Il était plus intelligent que Nnanji, mais il garda la réflexion pour lui. Et oui, il était peut-être courageux.

— Oh, ce n'était pas difficile. La visite s'est révélée très intéressante, vraiment. J'ai vu des tas de choses...

Il s'apprêtait à raconter son aventure et avait une envie folle d'éclater de rire. Il se mordit les lèvres pour garder le silence.

— C'était peut-être facile d'entrer, dit Lae, mais tu es aussi parvenu à en sortir ! Tu sembles éreinté. Allez, rentrons.

Ils gagnèrent la route des quais et longèrent les navires. Ils croisèrent une patrouille de deux sorciers qui ne leur prêta aucune attention. Lae s'arrêta de nouveau. Elle lui posa des questions en le dévisageant.

— Je vais te faire monter à bord, dit-elle avec fermeté. Ensuite, tu vas prendre une douche et tu dormiras un peu dans ma cabine. Shonsu et Nnanji ne peuvent pas sortir du rouf avant de quitter le port. Je veillerai à ce qu'ils te laissent tranquille.

— Merci.

Brota aimait à penser qu'elle était la figure maternelle du *Saphir*, mais, lorsque quelqu'un avait un problème, c'était Lae qu'il allait voir. Katanji songea qu'un peu de sommeil ne lui ferait pas de mal, mais Lae était-elle capable de contenir un septième fou de rage ?

Il remarqua des sourires en coin et des regards furieux quand il franchit la passerelle, mais la vieille femme empêcha quiconque de l'approcher. Elle monta même la garde pendant qu'il prenait sa douche. Katanji actionna la pompe et ses muscles se contractèrent dans des douleurs terribles. Il tremblait de plus en plus. Malédiction ! Lae lui tendit son kilt et il la suivit en trébuchant jusqu'aux cabines.

Celle de Lae ressemblait aux autres : une petite boîte avec un coffre et une paillasse roulée, mais il y avait aussi des tentures brillantes suspendues près du sabord, un petit tapis sur le plancher et un couvre-lit brodé. La pièce sentait la lavande, comme le placard de sa mère. Il étendit la paillasse, s'allongea avec raideur et regarda Lae.

— Tu as besoin d'autre chose, novice ? Tu as faim ?

— Un verre d'eau, marin Lae. Merci pour tout.

Un fin sourire se dessina sur les lèvres de la vieille femme.

— Je vais veiller à ce que personne ne te dérange.

Katanji pensait qu'il allait s'endormir sur-le-champ, mais il resta éveillé et ses tremblements, loin de se calmer, s'amplifièrent. Il ôta son kilt et ramena les couvertures sur lui. Rien n'y fit. Il avait certainement attrapé un coup de froid.

Il songea que c'était le moment de dire quelques prières. À cet instant, la porte s'ouvrit et son verre d'eau arriva, mais c'était Diwa qui le lui apportait. Elle ferma derrière elle et poussa le verrou.

Quand il reposa le gobelet, la jeune fille s'assit et se glissa sous les couvertures.

— Non ! hoqueta Katanji. On va remarquer ton absence !

Elle rit.

— Ne t'inquiète pas. Tout le monde est au courant pour nous. Holà ! Tu es aussi froid qu'un poisson ! Lae a dit que je réussirai peut-être à te réchauffer.

Elle le réchauffa en effet. Elle lui fit même un bien fou. Elle l'enlaça et le serra contre elle. Il défit son bustier avec son menton et nicha sa tête entre ses seins. Ils étaient volumineux, doux, chauds et sentaient le pain frais. Ils étaient vraiment ravissants. Il versa quelques larmes dessus, parce qu'ils étaient si jolis. Il espéra qu'elle ne s'en était pas rendu compte.

Au bout d'un moment, ses tremblements cessèrent et il commença à se réchauffer. Il songea qu'il devait maintenant agir comme un homme, car c'était peut-être le dernier moment d'intimité qu'il partageait avec la jeune fille… Mais il était trop tard : il s'endormit.

C'était bien entendu Diwa qui avait empêché le *Saphir* d'appareiller. Brota, folle de rage, l'avait traînée jusqu'au rouf. En larmes, la jeune fille tremblante avait répété ses aveux aux deux guerriers et expliqué que Katanji était descendu à terre. Tomiyano se tenait juste derrière elle, rouge de colère. D'autres personnes entrèrent dans la pièce aux volets fermés et celle-ci fut bientôt bondée de gens furieux et trempés jusqu'aux os. Les draps mis à sécher furent arrachés pour faire un peu plus de place. Le ton monta.

Le navire avait fait escale dans trois villes de sorciers et avait été exposé par quatre fois au danger. Les marins étaient effrayés et donc en colère. Wallie fut horrifié par les risques que prenait Katanji. Nnanji était écœuré par l'idée d'un guerrier déguisé en esclave. Maloli, un homme large d'épaules au visage rubicond – dans le meilleur des cas – vira au cramoisi en apprenant l'inconduite de sa fille. Seule l'intervention apaisante de sa femme, Fala, l'empêcha de prononcer des paroles qui auraient forcé Nnanji à le provoquer en duel. Pourtant, même l'imperturbable Fala avait les lèvres serrées et affichait une expression amère. Katanji était entré dans la cabine de sa fille et la réputation de celle-ci était compromise. Tout le monde criait et se disputait sur des malentendus.

— La ferme ! hurla Wallie.

Le silence s'abattit sur-le-champ.

Il reprit la parole d'un ton plus calme.

— Maîtresse, nous parlerons culpabilité plus tard. Je vous demande pour le moment d'envoyer des gens à la recherche de Katanji. S'il a été arrêté, nous devons être prêts à appareiller au plus vite. Combien de personnes sont disponibles pour descendre à terre ?

— S'il a été capturé, des démons de feu peuvent arriver d'une minute à l'autre !

— C'est vrai. Mais rappelez-vous les sorciers dans la carrière. Ils n'ont rien fait pour empêcher le navire de s'éloigner. Leurs pouvoirs ont donc une portée très limitée au-dessus de la Rivière. Si Katanji a été arrêté, eh bien… je me proposerai comme monnaie d'échange.

— Un septième contre un premier ? s'écria Nnanji.

— Ce qui est arrivé est ma faute. Tais-toi, mon frère, s'il te plaît. Maîtresse ?

S'il s'était agi d'un autre passager que Katanji, Brota aurait largué les amarres et quitté le port. Wallie le savait. Mais Katanji avait du charme et tout le monde l'appréciait. La colère s'apaisa et les marins se rappelèrent alors les histoires à propos des sorciers et de leurs tortures. À contrecœur, Brota accepta de rester à quai et de chercher le jeune homme. Mais si on apprenait que les sorciers se doutaient de quelque chose… Au cas où le *Saphir* devrait appareiller au plus vite, ceux qui n'auraient pas eu le temps d'embarquer se retrouveraient au temple à minuit et attendraient qu'une barque vienne les recueillir…

Les marins sortirent en traînant les pieds.

Wallie se sentit nauséeux. Il avait été incapable de se faire obéir d'un novice, comment pouvait-il envisager de commander une armée ?

—Je lui ai dit de ne pas descendre à terre !

—Vous lui avez interdit de poser un pied sur la passerelle ! éclata Nnanji. (Un rictus mauvais découvrit ses dents.) Il s'est déguisé ! Et en esclave, en plus !

—Il faut avouer que je n'ai pas donné le bon exemple, reconnut Wallie.

—Au moins, vous n'avez pas falsifié vos marques faciales.

Le Peuple du Monde considérait qu'il s'agissait là d'un péché capital. L'intégralité de leur culture se fondait sur ces tatouages.

Les guerriers furent interrompus par des marins qui entrèrent pour se protéger de la pluie. Ils durent mettre un terme à leur conversation.

Le temps sembla s'arrêter. Un officier du port arriva et demanda pourquoi le navire était encore à quai. Brota avait terminé ses affaires en ville et on avait besoin du poste d'amarrage. La guerrière raconta une histoire de crampes d'estomac et d'une visite précipitée chez un guérisseur.

La pluie redoubla.

La frustration de Wallie devint insoutenable.

Combien de temps faudrait-il pour que les sorciers fassent parler Katanji ?

Que se passerait-il ensuite ? Il mettait le navire en danger alors que les chances de sauver le prisonnier – un novice sans expérience – étaient dérisoires. La froide logique commandait que le *Saphir* quitte la ville tant que c'était encore possible. Un bon général serait arrivé à cette conclusion évidente et aurait agi en conséquence. Wallie savait ce qu'il devait faire, mais il était incapable de s'y résoudre.

La petite Fia entra dans le rouf en poussant des cris surexcités : Lae et Katanji arrivaient le long du quai.

Wallie se détendit en lâchant un énorme soupir de soulagement. Il adressa une prière silencieuse à la Déesse et à Courtebotte.

—Je vais l'écorcher vif ! marmonna Nnanji.

Mais il avait les yeux brillants.

Quelques minutes plus tard, Katanji, blafard, franchit la passerelle d'un pas mal assuré, comme un chien battu, et descendit vers les cabines en suivant Lae. Les marins se ruèrent à leurs postes et les deux guerriers se retrouvèrent enfin seuls – en compagnie d'un prêtre en haillons assis sur un coffre, un petit sourire au coin des lèvres.

On pouvait désormais parler culpabilité.

Wallie pointa un doigt accusateur sur Honakura.

— Vous saviez ce qu'il allait faire ! (Le vieil homme hocha la tête avec suffisance.) Vous l'avez laissé se précipiter au-devant du danger...

— Le danger ? cria Nnanji. Ça fait partie de son métier ! Mais il a violé les lois... C'est une abomination !

— Tiens donc ? (Honakura haussa les sourcils.) Les lois sont retorses, adepte. À la différence des soutras, elles ne sont pas libellées en des termes précis. Votre protégé a enfreint une loi de Sen ? Citez-moi laquelle.

— Que je vous la... la loi précise ?

— Oh ? Vous ne le savez pas ?

Honakura lui adressa un grand sourire moqueur et le visage de Nnanji devint écarlate sous le coup de la colère.

— Toutes les lois interdisent qu'on change les marques faciales !

— Il n'a pas changé la sienne. Elle est toujours sur son front. Il a peint une bande dessus, mais le maquillage partira sans difficulté.

— C'est une abomination que de changer de profession !

— Esclave n'est pas une profession.

Wallie commença – bien malgré lui – à savourer l'humour de la conversation. Le vieil homme allait crucifier Nnanji. Et puis, l'idée qu'un guerrier s'habille avec des vêtements normaux ne le choquait pas. C'était la solution qu'il avait cherchée. Katanji pouvait rassembler des informations pour le compte du septième, ainsi que l'énigme le suggérait. Tout cela faisait donc partie du plan des dieux. Il se sentit un peu plus rassuré.

— C'est toujours une abomination que de falsifier son rang ! insista Nnanji.

— Je ne suis absolument pas d'accord : à ma connaissance, les lois interdisent de se prétendre d'un rang supérieur, pas d'un rang inférieur – comme Katanji l'a fait.

Nnanji marmonna quelque chose d'incompréhensible.

— Est-ce que Katanji savait tout cela, vieil homme ? demanda Wallie.

— Peut-être pas au début, reconnut Honakura. Mais je le lui ai expliqué.

— Vous avez dévoyé mon protégé ! Vous...

— Du calme, Nnanji ! dit Wallie. Ses arguments sont solides. Il semblerait que ton frère n'ait violé aucune règle. Qui promulguerait une loi interdisant aux guerriers de se peindre une marque d'esclave sur le visage ? Non, ce sont les risques qu'il a courus qui m'inquiètent encore.

— L'honneur !

La porte s'ouvrit brusquement et le jeune Matarro entra avec des yeux comme des soucoupes.

— Il est entré dans la tour, seigneur !

— Quoi ?

Le garçon hocha la tête avec frénésie.

— Il s'est introduit dans la tour des sorciers ! Lae raconte qu'il y a vu plein de choses !

Sur ce, le novice Matarro disparut pour accomplir les tâches qui lui avaient été assignées. Le *Saphir* était sur le départ.

« Et apprendras aux sources d'une nouvelle sagesse. »

Wallie se tourna vers Nnanji. Celui-ci était sidéré, lui aussi.

— Adepte, je te félicite pour le courage exemplaire dont a fait preuve ton protégé !

Un guerrier ne pouvait pas faire de plus grand compliment à un autre guerrier, car les membres de cette profession estimaient que l'honneur et le courage s'apprenaient par l'exemple.

Nnanji ouvrit et referma la bouche plusieurs fois sans prononcer un mot. Puis sa colère et ses principes reprirent le dessus.

— Est-ce que le courage seul justifie le déshonneur, seigneur mon frère ?

— Je ne vois aucun déshonneur dans la conduite de ton protégé ! Il est encore incapable de servir la Déesse avec son épée. Il a essayé d'accomplir Ses desseins avec les moyens dont il disposait. Je suis stupéfait par son dévouement et j'applaudis son héroïsme.

Nnanji inspira profondément deux ou trois fois. Il parvint à se calmer au prix d'un effort évident et esquissa un sourire indécis.

— Eh bien, il faut reconnaître que ce petit vaurien a du cran…

— Il veut se montrer digne de son mentor.

Le visage de Nnanji s'empourpra. Il marmonna quelque chose et se détourna. Wallie et Honakura échangèrent un sourire.

Maintenant, il était temps de remédier à la mauvaise humeur ambiante. Les relations avec l'équipage s'étaient détériorées.

— Dis-moi, protégé, demanda Wallie. Est-ce que tu as ordonné à Katanji de se tenir à l'écart des filles ?

Nnanji se tourna vers lui, surpris.

— Euh, bien sûr ! Mais il savait…

Il haussa les épaules.

— Il savait *quoi ?*

Nnanji sourit.

— Il savait que je ne lui interdisais pas vraiment. Aucun guerrier ne prendrait cet ordre au sérieux, seigneur mon frère !

— Moi si ! Cet ordre, ce n'était pas une plaisanterie !

Nnanji eut l'air déconcerté.

— Pourquoi ? Demander cela à un guerrier ? C'est un honneur de…

— Les marins ne partagent sûrement pas ton avis !

— Eh bien, ils ont tort !

Dieux, donnez-moi la force ! pensa Wallie. D'une manière très curieuse, Nnanji combinait une éthique de puritain et une morale de chat de gouttière.

— Je te l'ai déjà dit. Nous ne sommes pas des libres épées. Et même si nous l'étions…

La porte s'ouvrit de nouveau à toute volée. Tomiyano se précipita droit sur Nnanji et lui tendit la main. Il *souriait?*

— Tu peux être fier de ton frère, adepte ! Il est bien entré dans la tour !

Nnanji lui serra la main d'un air hésitant, puis accepta le compliment avec modestie.

— Il n'a fait que son devoir, marin.

— Peut-être, mais ça lui a quand même demandé plus de courage que…

Le *Saphir* glissait vers la Rivière. Les nouvelles de l'exploit de Katanji se répandaient à travers le navire comme une traînée de poudre. Le héros n'étant pas disponible, hommes, femmes et enfants se pressèrent dans le rouf afin de féliciter Nnanji à sa place. Le jeune guerrier se rengorgea comme un pigeon. Wallie et Honakura échangèrent un autre sourire.

Maloli arriva sur ces entrefaites et l'inquiétude s'empara de l'assistance.

— Adepte, grommela-t-il, je suis désolé si je vous ai dit quelque chose… nous sommes tous fiers de votre frère. Je suis heureux que Diwa… ait pu l'aider. C'est un garçon courageux, et un homme d'honneur !

— Bien entendu !

Nnanji adressa un regard suffisant à Wallie.

Qu'est-ce que je vous avais dit ?

— Il ne fait aucun doute qu'il a une bonne influence sur Diwa, ajouta Fala. Nous avons appris pourquoi il est entré dans sa cabine. Nous sommes heureux qu'elle ait pu l'aider.

Nnanji parvint à garder une mine sérieuse – au prix d'un effort méritoire.

— Il sait comment un guerrier digne de ce nom se doit d'agir en compagnie d'une dame, bien entendu.

— Bien entendu, répéta Fala d'une voix hésitante.

Ses joues rosirent.

Wallie abandonna. Nnanji et les parents de Diwa n'étaient pas sur la même longueur d'onde, mais il était à peu près sûr que tous savaient à quoi s'en tenir. Et puis, il n'était pas né dans ce monde. Maintenant, qui irait reprocher quelque chose à Katanji ?

La pluie cessa à la tombée de la nuit et Katanji apparut sur le pont pour le dîner. Il était encore tremblant et si raide qu'il parvenait à peine à marcher, mais il joua à merveille son rôle de gredin de l'année. Wallie et Nnanji avaient obtenu de Tomiyano l'autorisation de tirer leurs épées à bord et ils saluèrent le héros. Le novice sourit de toutes ses dents, un bras résolument passé autour de la taille de Diwa.

Pourtant, il n'y avait pas que de bonnes nouvelles. Brota déclara avec emphase que Tau serait la dernière étape de leur périple aventureux. Le *Saphir* irait jusqu'à Cha pour décharger sa cargaison de marbre, mais pas plus loin. Si le seigneur Shonsu ne recrutait pas ses guerriers dans la ville, elle le ramènerait à Casr. La famille établirait ensuite une ligne commerciale régulière comme par le passé, sans doute entre Dri et Casr. Les marins estimaient qu'ils avaient rempli leurs obligations envers la Déesse. Le temps dirait si ladite Déesse partageait leur opinion.

Le beau temps revint. La Rivière coulait désormais vers l'est et les montagnes de RegiVul se dressaient au sud. Wallie et Honakura interrogèrent Katanji pendant plusieurs jours pour apprendre ce qu'il avait vu. Ils le pelèrent comme un oignon, couche après couche. Nnanji resta assis près d'eux et fit office de secrétaire. Il enregistra le moindre mot dans sa mémoire phénoménale.

Katanji coopéra de son mieux. Son talent d'observateur n'avait jamais été pris en défaut : même soumis au terrible stress d'un danger imminent, le garçon avait continué à regarder autour de lui. Néanmoins, ses observations devaient être filtrées par sa propre expérience avant d'être racontées ; puis celle de Wallie les passait au crible pour les rendre compréhensibles. À un certain moment du voyage, les faits se transformèrent en suppositions.

Il ne faisait aucun doute que les sorciers n'étaient pas omnipotents. Il existait sûrement un moyen de les tromper et c'était le point le plus important. Mais qu'est-ce que c'était que ces boules en or ? Et ces plumes disposées sur des supports en argent ? Wallie eut l'impression de regarder un asile de fous à travers du verre déformant. Quel était le but de cette activité frénétique à l'intérieur de la tour ? Qu'est-ce qu'on broyait avec un pilon dans les mortiers – des appâts à démons ? Quelle était la mystérieuse créature cachée dans la cuve ? Combien de sortes d'éclairs les sorciers pouvaient-ils lancer ? Pourquoi n'avait-on pas invoqué des démons de feu ailleurs qu'à Ov ? Wallie regretta que Katanji n'ait pas eu d'appareil photo lors de sa périlleuse infiltration de la tour !

Qu'est-ce que les sorciers reprochaient aux teinturiers et aux tanneurs ? Quelle part de leurs agissements était significative, quelle part relevait de leurs coutumes ? Certains comportements étaient sans doute illogiques et dénués de sens, comme l'alchimie au Moyen Âge ou les superstitions d'Honakura. Plus Wallie en apprenait, moins il comprenait.

Sa frustration perdura jour après jour, jusqu'à ce que le *Saphir* approche enfin de Tau.

Wallie boitillait toujours, mais il décida un matin de prendre son masque d'escrime et son épée d'entraînement. Il n'aurait pas encore osé se mesurer à un guerrier de haut rang, mais il pouvait résister à un quatrième. Quand le score atteignit vingt et un à zéro, Nnanji, en nage, dut admettre que Shonsu avait récupéré de sa blessure et qu'il n'était plus nécessaire de le materner.

— Et moi, seigneur mon frère ? demanda-t-il d'un ton pressant.

— Pas mal, avoua Wallie. Tu progresses à un bon rythme.

— Je suis prêt à passer au cinquième ?

— Tu n'en es pas loin. Cela vaut le coup d'essayer.

Le dieu Soleil dans toute sa splendeur n'aurait pas brillé avec plus d'éclat. Au sein d'une petite armée, le seigneur Shonsu n'aurait pas besoin

Wallie regarda Nnanji qui fronça les sourcils d'un air perplexe, comme toujours. Les deux compagnons se dirigèrent vers la porte et l'apprenti Allajuiy prit les jambes à son cou sans attendre qu'on lui donne congé dans les règles.

Les deux guerriers entrèrent dans la boutique du cordonnier. Elle était de dimensions modestes et encombrée de tables chargées de bottes ou de souliers; les poutres du plafond étaient dangereusement basses. Près de la fenêtre, un cinquième et deux deuxièmes donnaient des coups de marteau, des formes sur les genoux. Autour d'eux, le sol était jonché de bouts de cuir – dont l'odeur était omniprésente. La porte se ferma sur les bruits de la rue.

Le cinquième se leva à la hâte et se tourna vers les visiteurs pour les accueillir. Son visage prit aussitôt la même expression inquiète que le jeune guerrier rencontré dehors. L'homme devait avoir une quarantaine d'années et était presque chauve; sa tunique rouge laissait deviner une carrure impressionnante et ses bras étaient aussi épais que ceux d'un lutteur; une vieille cicatrice lui barrait le front; une de ses oreilles était très enflée: cordonnier devait être une profession dangereuse à Tau.

Wallie lui rendit son salut.

—Je cherche le premier prévôt, dit-il.

Le visage taillé à la serpe du cordonnier n'afficha qu'un enthousiasme très modéré.

—Mon père a l'honneur d'occuper cette charge, seigneur. Il sera bien sûr très honoré de vous recevoir si vous daignez attendre quelques minutes.

Il se tourna et sortit d'un pas lourd et pressé par une petite porte au fond de la boutique. Ses deux subalternes bondirent sur leurs pieds et se précipitèrent derrière lui.

Nnanji se renfrogna en apercevant le sourire énigmatique de Wallie.

—Quelque chose me dit que je ne vais pas recruter grand monde à Tau, dit le septième. Je ne peux accepter une accusation publique de ta part, mon frère par serment, mais ils ne le savent pas. C'est peut-être une chance qui s'offre à toi pour mener une enquête.

Nnanji hocha la tête sans se départir de son expression maussade.

Il s'écoula un certain temps avant le retour du cordonnier, et il revint seul. Il avait enfilé un vêtement propre, une robe qui appartenait à un homme plus âgé. Les sourcils de Nnanji se froncèrent un peu plus.

—Mon père ne va pas tarder, seigneur. Il… il est vieux et a parfois du mal à se dépêcher le matin.

—Nous ne sommes pas pressés, répliqua Wallie avec bonne humeur. En attendant, permets-moi de te présenter mon protégé et frère par serment, l'adepte Nnanji. Je crois qu'il souhaiterait quelques informations.

Sur le visage du cordonnier, l'inquiétude céda la place à une terreur manifeste. Les mains puissantes du cinquième tremblèrent quand il rendit son salut à Nnanji. Les questions fusèrent aussitôt.

—Donnez-moi les noms et les rangs des guerriers de la garnison, maître.

— Mon père, Kioniarru du cinquième, est premier prévôt, adepte. Son second est Kionijuiy du quatrième.

Un silence lourd s'abattit dans la pièce.

— Et ?

— Il y a aussi deux deuxièmes, adepte.

Les yeux de Nnanji lancèrent un regard assassin.

— Ce ne serait pas des neveux à vous, par hasard ?

Le cordonnier frémit, puis acquiesça.

— En effet, adepte.

— Et où est…

À cet instant, une jeune femme fit entrer le premier prévôt.

C'était un cinquième, mais il avait au moins quatre-vingts ans. Il était voûté, ridé, édenté et sénile. Il sourit bêtement tout autour de lui tandis qu'on le conduisait dans la pièce. Sa queue-de-cheval ressemblait à une tige mince et blanche, comme celles qui couronnent le pédoncule des brins d'herbe dans les fossés. Son visage resplendit quand il aperçut les visiteurs et il essaya de tirer son épée pour saluer. Il y parvint avec l'aide de son fils, mais celui-ci lui prit l'arme des mains et la rengaina à la place de son père pour éviter un accident. Wallie se contorsionna et réussit à exécuter son salut malgré le plafond très bas.

— En quoi puis-je vous être utile, votre seigneurie ? chevrota le premier prévôt. Kionijuiy s'occupe de presque tout maintenant. Où est passé ce garçon ? demanda-t-il au cordonnier.

— Il est sorti, père, répondit le fils en criant.

— Et où est-il allé ?

— Il ne va pas tarder à rentrer.

— Non, ce n'est pas vrai ! Je me souviens. Il est parti à Casr, n'est-ce pas ? (Le sourire triomphant de maître Kioniarru dévoila ses gencives édentées.) Il est allé à la loge !

Le cordonnier leva les yeux au plafond.

— Oui, père.

— La loge ? cria Nnanji. Il y a une loge à Casr ? (Il lança un bref regard à Wallie.) Qui est le commissaire de cette loge ?

— Hein ? demanda le vieillard en mettant une main en cornet contre son oreille.

— Qui est le commissaire de cette loge ? hurla Nnanji.

— Le commissaire ? C'est le seigneur Shonsu du septième.

L'imposant cordonnier était au bord de la crise de nerfs, prêt à éclater en sanglots.

— Non, non, père. Ce guerrier est le seigneur Shonsu.

L'artisan ne remarqua pas le long regard que s'échangèrent le septième et son protégé. Wallie n'avait aucun besoin de demander ce qu'était une loge : le terme appartenait à la mémoire professionnelle de Shonsu dont il avait hérité. Il s'agissait d'un centre de rassemblement, un bâtiment militaire indépendant où les libres épées trouvaient abri, informations et camarades.

C'était un endroit idéal pour recruter des guerriers, un point logique pour servir de quartier général pendant la guerre contre les sorciers.

Et Shonsu ? Le Shonsu qui avait lamentablement échoué dans sa mission ?

À Aus, le sorcier avait dit : « … lorsque vous rejoindrez votre repaire. »

— Je suis sûr que c'était Shonsu, chevrota le vieil homme. Je demanderai à Kyo. Il saura. (Il se retourna et trotta vers la porte du fond en criant.) Kyo ?

La jeune femme avait assisté à la discussion sans dire un mot, mais avec un air réprobateur. Elle suivit Kioniarru avec tristesse. Les autres observèrent un moment de silence, par pitié. Le cordonnier se retrouvait seul pour affronter la colère des guerriers. Il marmonna que son père n'était pas dans un de ses meilleurs jours.

Wallie croisa les bras et s'appuya contre une table chargée de bottes. Il n'eut pas besoin de demander à Nnanji de poursuivre – il aurait même été incapable de l'arrêter. Les questions fusèrent sur un ton peu amène.

— Votre frère est donc le seul guerrier compétent de Tau ?

— Oui, adepte.

— Mais il est parti à Casr ?

— Oui, adepte.

— Pourquoi ? Pour monter d'un rang ?

— Il espérait… Oui, adepte. Il devrait être de retour…

— Enlevez cette robe !

Comparé à Nnanji, le cordonnier était plus âgé, plus grand et d'un rang supérieur, mais un civil discutait rarement les ordres d'un guerrier. Il défit les nœuds de son vêtement dans un silence servile et se dénuda le torse.

— Vous pouvez vous rhabiller. Combien d'autres frères avez-vous ?

— Cinq, adepte.

— Quels métiers exercent-ils ?

— Il y a un boucher, un boulanger…

— Est-ce qu'ils portent eux aussi des cicatrices infligées par des épées d'entraînement ?

Le cordonnier hocha la tête d'un air malheureux.

Ce Kionijuiy n'avait disposé que de deux deuxièmes pour s'entraîner. Dans ses conditions, il était peu probable qu'il ait essayé de passer au cinquième rang. Une loge était l'endroit idéal pour les guerriers en quête d'une promotion. Étant donné que Nnanji avait raté cette occasion, il serait peu enclin à la clémence.

— Ainsi donc, votre frère – celui qui est *guerrier* – est parti chercher de l'avancement en laissant la ville sans protection ?

— Les deuxièmes peuvent recruter des civils en cas de danger…

— Un apprenti n'a pas cette autorité ! rugit Nnanji.

Il bouillonnait de colère, mais il réfléchit pendant quelques minutes. Il se frotta inconsciemment le menton avant de prendre une décision.

— Je suis prêt à continuer, mentor, lâcha-t-il enfin d'une voix glaciale.

Le cordonnier semblait au bord de l'évanouissement.

Wallie devait maintenant décider de ce qu'il allait faire. Il s'agissait peut-être d'une nouvelle épreuve des dieux, ou d'une sorte d'énigme. Nnanji n'aurait aucun mal à remporter le procès. Tau était si petite qu'un seul guerrier suffirait à y maintenir l'ordre. Kioniarru était sans doute premier prévôt depuis des dizaines d'années. Chaque fois qu'il avait eu besoin de renforts, les jours de fête, pour s'occuper des ivrognes, il avait fait appel à ses fils. Les anciens avaient sûrement approuvé son choix, parce qu'il n'y avait pas de soldes supplémentaires à verser – ils n'étaient donc pas innocents. Mais le vieil homme avait appris le maniement de l'épée à ses enfants. C'était une sage précaution, mais aussi une abomination. Les bouchers et les boulangers n'étaient pas des marins.

Wallie ne pouvait pas juger une accusation publique lancée par Nnanji et les prêtres ne s'occupaient pas des manquements aux soutras des guerriers. Brota, en revanche, était apte à remplir cette tâche.

Wallie avait besoin de réfléchir. S'il laissait Nnanji poursuivre son réquisitoire, il allait priver Tau de toute protection. Un cordonnier, c'était mieux que rien du tout. Même un cordonnier qui avait laissé une altercation dégénérer juste devant sa boutique.

— Quel châtiment demandes-tu ?

— La mort ! répondit Nnanji avec colère. Que pourrais-je demander d'autre ?

Le fils du premier prévôt gémit.

— C'est peut-être un peu excessif ?

Nnanji se hérissa.

— Je suis sûr de moi, seigneur mon frère !

Wallie n'avait pas posé la bonne question.

— Quel châtiment choisirais-tu si tu étais juge ?

En tant que procureur, Nnanji demanderait toujours la peine de mort pour prouver qu'il ne craignait pas de perdre le procès.

— Oh ! (Nnanji réfléchit.) Le vieil homme n'est pas en état de comprendre, n'est-ce pas ? Il n'a pas l'esprit très clair... Je lui couperais sa queue-de-cheval et je briserais son épée. Pour les civils... je leur trancherais la main droite.

Le cordonnier se recroquevilla.

— Dans ce cas, ils mourraient de faim et leurs enfants avec.

Nnanji fronça les sourcils.

— Quel châtiment imposeriez-vous, mentor ?

Wallie était ravi que le procès ne soit qu'une simulation.

— Je pense que quelques coups de fouet feraient l'affaire. Le principal coupable est leur père.

Nnanji réfléchit de nouveau et hocha la tête.

— Oui, c'est exact. Une bonne flagellation en public.

Il acceptait un châtiment aussi clément ? Ce garçon s'adoucissait.

— Et pour l'adepte Kionijuiy ? Ou maître Kionijuiy s'il a obtenu sa promotion ?

avait été le commissaire, mais, d'après les rumeurs, il avait été remplacé depuis peu par un nouvel homme dont ils ne connaissaient pas le nom. Les titulaires de ces postes changeaient souvent.

Qu'est-ce que Wallie était censé faire ? Retourner à Casr ou continuer vers Ov ? Le choix de Casr était logique, car il pourrait y trouver des guerriers, mais il y avait aussi de grandes chances qu'on l'y accuse de couardise. L'énigme des dieux semblait désigner Ov, mais cela n'avait guère de sens.

Assis par terre et blotti contre Jja pour ne pas avoir froid, il annonça à tout le monde qu'il y avait une loge à Casr.

Holiyi prit la parole pour la première fois depuis deux jours.

— J'ai entendu dire ça. Savais pas que c'était important.

— Nous devons donc y aller, affirma Brota avec fermeté. Trois jours pour gagner Cha et nous retournerons ensuite à Casr !

On devait toujours atteindre la ville suivante en trois jours, mais, dans les faits, il fallait plus longtemps.

Dans l'ombre, un murmure inarticulé indiqua que le reste de la famille approuvait sa décision. Les relations s'étaient améliorées entre les jonas et les marins, mais le peuple de la Rivière ne voulait pas s'engager dans des missions divines. L'équipage pensait avoir rempli son rôle et s'estimait maintenant en droit de reprendre une vie normale.

— Vieil homme, quel serait l'avis d'un prêtre si nous en avions un sous la main ? demanda Wallie.

— Comment le saurais-je ? protesta Honakura. (On entendit quelques ricanements.) Je constate en effet que les signes sont contradictoires, seigneur. Vous devez prier pour trouver le bon chemin.

Les prières n'étaient peut-être pas inutiles, mais Wallie choisit de renforcer le moral de l'assistance.

— Nnanji ? Chante-nous une chanson, celle qui parle de Chioxin.

— Non. Je préférerais quelque chose de romantique, intervint une femme.

Sans doute Mata, songea Wallie.

— Je ne connais pas de chansons romantiques, dit Nnanji. On n'avait pas le droit d'en chanter au bâtiment militaire.

Sa douce voix de ténor flotta dans les ténèbres, anonyme.

Je chante les armes et l'artisan qui
Forgea la plus grande épée de tous les temps,
Son prix était le prix de la vie
Sept années Chioxin acheta.

Au bout de quelques minutes, la mandoline d'Oligarro reprit la mélodie. La ballade était médiocre et Nnanji imitait un ménestrel à la voix peu harmonieuse. Les marins n'avaient jamais entendu cette histoire, mais ils comprirent assez vite pourquoi on l'avait choisie. Les évocations de batailles, de héros, de monstres, de vilains, de sang et d'honneur glissèrent dans l'obscurité toujours plus dense avant de s'enfoncer dans la nuit. Six épées, six animaux héraldiques tenant six gemmes, de nombreux guerriers légendaires… et le silence.

—Continue ! cria Matarro avec impatience.

—Tu as oublié la suite ? demanda Tomiyano d'un ton sarcastique.

—Je ne connais qu'un autre couplet, répondit Nnanji.

Il récita alors les vers qu'il avait un jour chantés pendant que son seigneur prenait un bain :

Un griffon lové sur la garde
Vêtu de blanc argenté et de bleu Saphir,
Avec des yeux de rubis et des serres dorées
Et une lame d'acier comme la lumière d'une étoile.
Il forgea enfin la septième épée,
Et elle surpassait toutes les autres.

Le silence retomba.

—L'histoire ne peut pas s'arrêter comme ça, protesta Diwa.

—Non, dit Nnanji. Il y a d'autres couplets, mais je ne les ai jamais entendus. Chioxin meurt. Il offre la septième épée à la Déesse et personne ne la revoit pendant sept cents ans.

Le rouf était maintenant aussi sombre que le fond d'une mine de charbon. Le dieu des rêves était caché par des nuages errants et la plupart des volets étaient fermés pour se protéger du vent.

—Et Elle l'a donnée à Shonsu ? demanda Matarro en retenant son souffle.

—En effet. Elle est ici, dans cette pièce. La saga n'est pas terminée. Les événements les plus importants sont encore à venir et vous en faites partie !

—Ohhh ! lâchèrent quelques voix juvéniles.

Mais on entendit aussi quelques adultes murmurer.

—Je n'ai aucune intention d'en faire partie ! lança Tomiyano. Et je ne veux pas de votre satanée épée sur mon navire.

—Tomo ! intervint Brota d'un ton réprobateur.

Mais certains marmonnèrent que le capitaine avait raison.

—Et je ne veux pas de guerriers non plus ! Qui donc a besoin d'eux ?

Un silence gêné s'installa. Il fut soudain brisé par le bruit d'une barre qu'on plaquait en travers de la porte. Dehors, quelqu'un monta l'escalier à toute allure.

Hypnotisé par la chanson, le capitaine Tomiyano avait oublié de poster des sentinelles à la tombée de la nuit… Des inconnus venaient d'aborder le *Saphir.*

Dans le rouf, tout le monde se mit à crier et à paniquer. Wallie était assis sous une fenêtre. Il se leva et ouvrit les volets. Il passa la tête à l'extérieur, se pencha en arrière et regarda vers le haut. La masse sombre du pavois se détachait à peine sur le ciel presque noir. S'il se hissait sur la pointe des pieds, il pouvait atteindre le bastingage. À ce moment, une forme plus noire encore se dessina contre la rambarde et une épée étincela dans la nuit. Les flots de la Rivière scintillaient dans le dos du guerrier. Le septième agrippa les bords du châssis et se rejeta en arrière. Il se retrouva suspendu au-dessus de l'eau et la lame passa en sifflant à l'endroit où était sa tête un instant auparavant.

Il regagna le rouf. Il était temps d'envisager un plan B…

— Là, dit Nnanji à voix basse, tout près de lui.

Le bruit s'éloignait.

— Les hommes au milieu, ordonna Wallie. Tous les autres contre les murs.

Le silence retomba, à l'exception des reniflements d'un adolescent.

Tous les volets étaient maintenant ouverts et une faible lumière grisâtre pénétrait dans la pièce. Les nuages cachaient le dieu des rêves et il faisait sombre, même dehors. La pluie semblait s'être arrêtée, mais on entendait des pas sur le pont.

— Tomiyano, Holiyi ? murmura Wallie.

— Je suis ici.

— Je suis là.

— Je vais hisser Nnanji. Vous deux, vous allez me tenir par les sangles de mon harnais pour que nous ne tombions pas à l'eau. D'accord ? Ensuite, je le rejoindrai, mais les autres ne bougent pas du rouf. Laissez faire les professionnels. Nnanji, je te lâcherai la cheville droite quand tu seras en haut. Tu ferais bien de préparer ton couteau pour le premier acte. Par ici.

Il mena les trois hommes près de la fenêtre de poupe.

Toute trace de panique avait disparu. Ces marins étaient de rudes gaillards.

Nnanji se positionna dos à l'extérieur. Ses yeux semblaient briller de leur propre lumière, mais il s'agissait sans doute du reflet venant de l'autre extrémité de la pièce. Wallie s'approcha de lui et plaça un pied d'Holiyi derrière le sien, sur le côté. Tomiyano s'occupa de bloquer l'autre. Les deux marins saisirent ensuite les lanières de son harnais. Wallie s'accroupit en ignorant les protestations de sa blessure encore mal cicatrisée. Tomiyano et Holiyi le retinrent afin qu'il ne tombe pas en arrière. Le guerrier attrapa Nnanji par les chevilles.

— Tu es prêt ? demanda-t-il d'une voix étouffée, le nez dans le kilt de son protégé.

Il sentit le garçon glousser.

— Prêt ! dit Nnanji en arquant le dos.

Wallie le souleva et poussa sur ses genoux. Hisssse !

Nnanji fut propulsé vers le haut et faillit perdre l'équilibre quand Wallie se redressa en se penchant en avant. Les deux marins laissèrent échapper un grognement lorsque les lanières du harnais se tendirent et que les pieds du guerrier partirent en arrière au moment où il heurtait l'encadrement de la fenêtre. Dans un long mouvement, le septième était passé de la position accroupie à une extension complète. Au même moment, il avait levé les bras pour pousser son protégé vers le haut. Il s'agissait d'un véritable tour de force, mais les félicitations seraient pour plus tard.

Aux yeux des pirates qui attendaient sur la dunette, le jeune guerrier parut sans doute jaillir du néant, à l'extérieur de la rambarde, plus haut que le pont. Peut-être que Nnanji s'autorisa un sourire et qu'un éclair passa dans ses yeux. Il lança son couteau sur l'homme le plus proche et tira son épée. Un inconnu bondit en avant, mais son attaque fut parée. Il recula, heurta un galhauban et fut touché par son adversaire. Il cria et lâcha son arme qui rata Wallie de quelques centimètres avant de disparaître dans l'eau avec un « plouf » sonore. Nnanji chercha son équilibre avec précaution tandis que Wallie libérait sa cheville droite. Il para une nouvelle attaque et posa le pied droit sur la rambarde. Il attrapa un hauban, bloqua un autre coup, dégagea sa cheville gauche, para encore. Il monta sur le bastingage et sauta sur le pont.

À ce stade de la bataille, les pirates avaient déjà perdu la partie. Nnanji pouvait maintenant les contenir pendant que Wallie écartait ses deux assistants et se faufilait par la fenêtre. Il se hissa jusqu'à la rambarde et les renards furent lâchés dans le poulailler.

Ce fut un véritable cauchemar monochrome : des formes sombres sur un décor presque noir. Les ténèbres étaient à peine troublées par les minces rayons de lumière filtrant entre les lambeaux de nuages argentés, les quelques reflets du dieu des rêves et le chatoiement de l'eau. Massacrer, blesser, tuer... il ne s'agissait pas d'un affrontement noble, annoncé par des hérauts, édulcoré par la convention voulant que les adversaires soient de force égale... Wallie lança un cri de guerre pour signaler sa position à son compagnon.

— Sept ! Sept !

Sa voix résonna comme un coup de tonnerre au milieu du vacarme grandissant.

Il entendit Nnanji éclater de rire.

— Quatre ! Quatre !

Wallie para et se fendit. Quelqu'un poussa un hurlement. Une silhouette sombre se précipita vers lui. Ses yeux et son arme brillaient d'un même éclat. Le septième frappa de taille et sentit sa lame trancher la chair et heurter des os. Un autre cri de douleur monta dans les ténèbres. Un corps s'effondra sur le pont.

— Sept !

— Quatre !

Wallie distinguait à peine ses adversaires, mais il avait plusieurs avantages sur eux : c'était un escrimeur de premier ordre, il connaissait bien le pont du navire et il ne risquait pas de toucher un camarade ; en outre, il bénéficiait aussi de sa taille et de sa force. Tous ces éléments le rendaient invincible. Shonsu était la crème des guerriers et, à bord du *Saphir*, Nnanji équivalait presque à un sixième. Ce n'était pas une bataille, c'était un massacre frénétique. Les pirates avaient la supériorité en nombre, mais les guerriers les surclassaient.

— Quatre !

— Sept !

— Trois ! lança une voix.

Les échos de ce dernier cri se perdirent dans les éclats de rire aigus de Nnanji. Puis les pirates reculèrent et il y eut un moment de répit. Une ligne d'hommes en armes fit face aux deux guerriers. Les adversaires étaient séparés par quatre ou cinq corps dont un poussait des cris suraigus comme ceux d'une femme ou d'un enfant. Il était préférable de ne pas voir le carnage, de se fier uniquement aux bruits et aux sensations, de ne pas savoir ce qu'on infligeait à des hommes ou à des femmes.

— Allez, venez ! railla Nnanji.

Ils lui obéirent, six pirates au moins, tous en même temps. À première vue, leur plan n'était pas idiot, en fait, c'était pure folie : ils trébuchèrent sur les corps et se bousculèrent les uns les autres. Les guerriers les attendaient dos à la rambarde. Coup de taille. Frappe oblique. Juron. Hurlement.

— Sept !

— Quatre !

Les pirates abandonnèrent l'assaut et s'enfuirent. Les guerriers les poursuivirent comme des lions courant après les chrétiens. Une main saisit la cheville de Wallie. Le septième perdit l'équilibre et frappa. L'étreinte se relâcha. Il se fraya un chemin à coups d'épée jusqu'en bas de l'escalier. L'anneau de lumière du dieu des rêves éclaira des silhouettes qui enjambaient précipitamment la rambarde de proue.

— Ça suffit ! haleta-t-il. Laisse-les partir.

Le vent était froid comme la mort sur sa peau couverte de sueur.

Nnanji s'immobilisa pour observer la débandade et s'essuya le visage d'un revers de bras.

— C'était amusant, dit-il. Le problème de notre métier, mon frère, c'est qu'il y a trop de répétitions et pas assez de représentations.

La porte du gaillard d'avant se referma en claquant. Les pirates avaient abandonné le pont, mais il en restait en dessous. Wallie avança d'un pas raide, à l'affût d'hommes embusqués derrière les canots. Il jeta un coup d'œil par-dessus le bastingage et aperçut un groupe d'embarcations.

— Attendez les blessés ! cria-t-il à l'adresse des fuyards.

Un concert d'obscénités fusa des bateaux.

— Je suis un guerrier du septième et je jure sur mon épée que je ne vous tends pas un piège. Nous vous rendrons vos blessés. Combien d'hommes à vous sont encore dans le navire ?

Plusieurs pirates répondirent en même temps et Wallie ne comprit pas un mot. Il approcha de la porte et lui donna un coup de pied.

— Vous m'entendez ?

Silence.

Il attrapa la poignée et tira, puis bondit en arrière et sur le côté. Au-delà de l'encadrement, c'était le noir absolu. Wallie n'avait pas besoin de l'expérience de Shonsu pour savoir que sa silhouette se découpait sur le ciel et faisait une excellente cible pour un couteau de lancer.

Il répéta sa promesse : pas de piège et les pirates pourraient quitter le navire sans être inquiétés s'ils regagnaient le pont. Silence. Il n'entendit qu'une clameur étouffée monter du rouf, les gémissements lointains des blessés et le clapotement de l'eau contre la coque.

— Vous serez bien obligés de sortir si vous ne voulez pas mourir de faim, cria-t-il. (Pas de réponse.) Je vous ai dit que je vous laisserai quitter le navire, mais il faut profiter de l'offre maintenant. (Silence.) Je suis guerrier ! (Il entendit une note de désespoir dans ce cri et espéra qu'elle n'avait pas échappé aux pirates.) Les marins vont arriver d'une seconde à l'autre. Dépêchez-vous !

— On gardera nos épées ? demanda une voix, toute proche de l'entrée.

— Oui. Je le jure.

Nnanji lâcha un grondement furieux.

— Va surveiller leurs bateaux ! lui lança Wallie d'un ton hargneux.

— Je sors ! annonça une voix de femme.

Une silhouette se dessina dans l'encadrement de la porte et se précipita vers le bastingage pour rejoindre les embarcations des pirates.

Wallie lui attrapa le bras de sa main libre.

— Combien en reste-t-il là-dedans ?

— Encore quatre, répondit la femme.

À cet instant, les marins du *Saphir* arrivèrent en courant et la confusion s'installa. Quelqu'un était passé par la fenêtre et était allé débloquer la porte du rouf. Wallie se retourna brusquement : il devait maintenant défendre ses ennemis contre ses amis. Tomiyano les aurait attaqués avec sa dague si Nnanji ne l'en avait pas empêché. Le capitaine écumait de rage et hurlait à tue-tête qu'il s'agissait de pirates et qu'ils devaient mourir.

Wallie l'attrapa de la main gauche. Le guerrier était en colère : il avait dû abandonner la surveillance du gaillard d'avant. Plusieurs hommes étaient encore à l'intérieur et pouvaient se révéler dangereux.

— Ce sont des marins, rugit Wallie. La moitié d'entre eux sont des femmes. Il y a des enfants à bord de leurs embarcations ! Comment ton grand-père est-il entré en possession du *Saphir* ?

Ce n'était qu'une hypothèse, mais elle réduisit Tomiyano au silence. Le dernier pirate enjamba le bastingage et rejoignit ses camarades. Wallie entendit qu'on jetait quelque chose dans l'eau à la poupe : l'équipage nettoyait le pont. Il se tourna et courut en espérant que la personne passée par-dessus bord était bien morte. Une fois de plus, il faillit tirer son épée pour défendre les trois pirates blessés des marins du *Saphir*. Ceux-ci les abhorraient presque autant que le feu.

Les blessés furent soignés et on les aida à regagner le dernier bateau. Wallie s'appuya sur le bastingage avec prudence. Il sentait les taches de sang sécher sur son bras et sa poitrine ; un sombre lancinement de protestation montait de sa jambe ; il détestait ce monde barbare. Il observa la triste fuite de la flottille pirate. Ce jeu sanguinaire se répétait sans cesse, avec ses propres règles. Si l'attaque avait réussi, le *Saphir* aurait poursuivi sa carrière de navire marchand au petit matin, seul le nom de son propriétaire aurait changé.

Brota et sa famille auraient servi de déjeuner aux poissons, à moins qu'on leur ait fait grâce, et ce seraient elles qui s'éloigneraient maintenant à bord de ces embarcations. Avec ou sans armes. Ils seraient devenus des réfugiés sans foyer et des pirates en puissance.

Il avait l'impression d'avoir les joues en feu et il frissonna quand le vent caressa son visage. Les ténèbres refluèrent tandis que le vent libérait le dieu des rêves de la couverture nuageuse

— Je crois que j'en ai tué quatre et blessé un, dit Nnanji. Ça fait donc deux morts et deux blessés pour vous, c'est ça ?

— Je n'ai pas compté.

Thana jaillit des ténèbres et se jeta au cou de Nnanji. Wallie fut soudain enlacé par une Brota en larmes. On lui assena des claques dans le dos, on lui serra la main en lançant des acclamations et en riant. Il resta stupéfait quand Tomiyano le prit dans ses bras. La colère du capitaine avait disparu et il s'excusa en maugréant de tout ce qui lui passait par la tête. Les guerriers étaient devenus des héros.

Wallie s'esquiva discrètement par l'escalier du gaillard d'avant. Seul, il s'appuya sur le cabestan et frissonna. Ce fut là que Jja le retrouva.

Elle glissa les bras autour de sa taille.

— Que se passe-t-il ? Êtes-vous blessé ?

Les tremblements empirèrent.

— Non.

Cet affrontement n'avait été qu'une simple escarmouche sur la Rivière et il devait reprendre sept cités aux sorciers. Encore combien de sang ? Encore combien de morts ?

— Vous avez fait votre devoir, mon amour, murmura Jja en devinant l'horreur suscitée par le massacre. Les dieux voulaient que cela se passe ainsi.

— Je ne suis pas obligé d'aimer ça, non ?

Lors de la bataille sur la sainte île, il avait laissé la soif de sang de Shonsu le posséder. Il aurait pu faire de même ce soir, mais il ne l'avait pas ressentie et ne l'avait pas invoquée. C'était Wallie qui avait combattu et il avait détesté cela.

— Non, vous n'êtes pas obligé d'aimer ça, dit Jja. Mais il fallait le faire. Ces gens sont vos amis – les amis de Wallie.

Il était rare qu'elle l'appelle ainsi, sauf quand ils faisaient l'amour. Il la serra très fort contre lui et enfouit son visage dans ses cheveux.

Oui, ils seraient amis maintenant. Sur le pont principal, les marins avaient commencé à faire la fête. Quelqu'un venait de renverser du vin sur la tête de Nnanji.

Il sentit des gouttes de pluie tomber sur son dos et ses tremblements augmentèrent. Des voix l'invitèrent à descendre et à boire.

Les pirates étaient morts pour confirmer l'énigme des dieux. Il commandait désormais une armée.

Il n'était rien d'autre qu'un assassin !

LIVRE CINQ

Comment l'épée sauva le guerrier

Le lendemain, pendant que Nnanji donnait une leçon d'escrime à Matarro, Tomiyano se dirigea vers Wallie avec un sourire contrit et deux épées d'entraînement. C'était une capitulation en règle, mais elle ne faisait que confirmer ce que Wallie avait déjà deviné : dorénavant, le *Saphir* était sous son commandement. Ce n'était pas la première fois que la famille avait failli perdre une bataille contre des pirates, mais elle n'était jamais passée aussi près de la défaite. En outre, il n'y avait pas eu de victimes parmi les membres d'équipage. Les marins avaient compris. Ils étaient prêts à coopérer. Leur reconnaissance envers les guerriers n'était pas feinte. Plus personne ne proposerait de débarquer les passagers et même le capitaine revêche se dégelait et devenait amical.

Pendant deux jours, Wallie s'appliqua à lui enseigner quelques techniques peu connues et terriblement complexes ; il lui fit aussi un bref exposé des points faibles de Nnanji. En conséquence, Tomiyano battit le jeune guerrier à plate couture – à la grande indignation du vaincu. À partir de ce jour, le duel quotidien des deux hommes devint l'attraction principale des marins. L'un et l'autre harcelaient Wallie pour recevoir de nouvelles leçons et le septième avait beaucoup de mal à savourer un moment de calme. Le niveau moyen des combattants du navire atteignit des sommets vertigineux.

À Cha, le novice Katanji apprit avec stupéfaction qu'il avait désormais l'autorisation de se mêler aux esclaves – il y était même encouragé. On maintint l'interdiction de pénétrer dans les tours, de parler aux sorciers et de se livrer à d'autres imprudences de ce genre, mais le garçon promit de se montrer prudent avec une sincérité qui lui était peu commune.

Brota revendit les blocs de marbre ainsi que les chaussures et les bottes en cuir, puis acheta des barriques de vin à l'arôme envoûtant. Aucun marin ne protesta quand le *Saphir* reprit sa route vers l'amont de la Rivière. Les montagnes se dressaient désormais du sud au sud-ouest.

La première nuit après leur départ de Cha, le dîner se transforma en fête aussi bruyante qu'un rassemblement de mouettes. Tomiyano fit goûter des échantillons de vin à tout le monde.

— C'est du vin ensorcelé! clama-t-il. Vous n'imaginez pas combien les viticulteurs vendent ça, mais il y a une grosse demande sur la rive droite. J'ai vérifié.

Wallie devina le prix avant même de déguster le breuvage – et pas seulement à cause des claquements de langues et des soupirs des dégustateurs rassemblés en cercle.

— Au moins six fois le prix d'un vin ordinaire ?

Le capitaine hocha la tête d'un air soupçonneux.

— Huit fois. Comment le sais-tu ?

Wallie but une petite gorgée avec précaution. C'était presque de l'alcool pur, parfumé avec du vin – un cognac primitif et puissant.

— Si tu as du vin ordinaire, capitaine, je t'en ensorcellerai demain. Mais tu n'obtiendras qu'un litre de breuvage magique pour cinq litres de vin.

Tomiyano lui lança un regard sceptique et Wallie éclata de rire.

Nnanji et Tomiyano n'avaient pas voulu revendiquer la propriété de l'alambic en cuivre trouvé à Ki et l'appareil était resté dans un coin du rouf. Le lendemain, Wallie le descendit dans la coquerie et s'appliqua à distiller un peu de vin devant des marins médusés.

— Et voilà ! dit-il. Si vous avez envie de vous installer à terre, vous pouvez vous faire ensorceleurs de vin. Mais je crains que les sorciers n'apprécient guère la concurrence. Vous risquez vite de succomber dans un accident particulièrement horrible. Je vous déconseille cette carrière.

Les marins le fixèrent avec une peur superstitieuse et déclarèrent qu'ils n'étaient pas tentés.

Dans la mesure où les sorciers possédaient des alambics, il n'était pas étonnant qu'ils aient un jour découvert la distillation de l'alcool. Ce qui intéressait davantage Wallie, c'était le fait qu'ils en tirent de l'argent. Il ajouta ce point à la liste de ses interrogations. Qu'est-ce que les sorciers vendaient d'autre en dehors des potions magiques, des sortilèges et du vin ensorcelé ?

Cha était sur la rive gauche... La prochaine ville serait Wo, sur la rive droite. Les cités de sorciers et les cités de guerriers se succédaient, d'une rive à l'autre, comme des traces de pas. Quand le *Saphir* arriva à quai, une fanfare défilait le long de la rue. L'officier du port franchit la passerelle en chancelant et Tomiyano – dont la démarche était tout aussi hésitante – retint son souffle après avoir salué.

— Bienvenue à Wo et au carnaval ! déclara l'officier en titubant un peu.

Brota frotta ses mains potelées en apprenant que c'était la fête en ville : elle avait toute une cargaison de vin ensorcelé à vendre.

Un sombre pressentiment effleura Wallie. Le septième se tourna vers Nnanji.

— Je te parie la prochaine corvée de latrines que nous ne pourrons pas parler au premier prévôt.

Nnanji refusa, il faisait bien trop confiance aux intuitions de son mentor. Ils tombèrent d'accord pour s'entraîner une heure à l'épée au cas où ils gagneraient tous les deux.

— Débarquez la première pour vendre votre vin, maîtresse, dit Wallie. Je sais ce que nous autres allons faire, pas vrai, mon frère ?

— Sûr ! s'exclama Nnanji. C'est carnaval !

Wallie se tourna vers Jja.

— Nous allons danser ! Boire du vin, chanter et admirer de belles dames dans des robes vaporeuses.

Jja baissa les yeux.

— Les esclaves n'ont pas le droit de danser, mon amour.

— Et nous mettrons des masques, ajouta Wallie tout bas.

Wallie avait eu raison à propos du premier prévôt : il ne rencontra que deux subalternes et ils étaient tellement ivres qu'ils auraient été incapables de trouver la poignée de leur épée. Nnanji était furieux et voulait trancher leur queue-de-cheval, mais Wallie l'entraîna avant qu'il mette sa menace à exécution. Maintenant, Brota ne le débarquerait plus, même si des guerriers disponibles se présentaient. Pourtant, les dieux semblaient s'opposer à une telle rencontre. Il était en voyage d'exploration et devait tout découvrir par lui-même. En arrivant à Ov, avec un peu de chance, la leçon serait apprise.

Il s'était trompé à propos des jolies robes : le niveau de vie n'était pas assez élevé pour permettre ce luxe. Les fêtards du carnaval portaient un minimum de vêtement : ils se peignaient le corps en guise de costumes et de masques. On se procura sans délai une certaine quantité de peinture et les plus jeunes se séparèrent par groupe, chacun élaborant le déguisement de l'autre. Nnanji offrit ses services à Thana, mais dut se contenter de faire équipe avec Katanji.

Wallie et Jja se retirèrent dans leur cabine et découvrirent que la peinture sur chair était encore plus amusante que la conception de vêtements – activité qu'ils avaient appréciée il y avait bien longtemps au bâtiment militaire d'Hann. Ils durent s'y reprendre à de nombreuses reprises avant de pouvoir se concentrer sur le seul aspect artistique.

Cette nuit-là, ils dansèrent dans les rues à la lumière des feux de joie tandis que les musiciens jouaient et que le vin coulait à flots. L'air était frais sur leur peau seulement couverte de peinture, mais ils se réchauffaient près des brasiers géants, en exécutant des tarentelles endiablées ou des fandangos torrides, en buvant du vin épicé agrémenté de cannelle et de clous de girofle.

Jja était une danseuse-née, la meilleure de toutes. Elle ne tarda pas à donner des conseils à son partenaire et ils dansèrent jusqu'à ce que l'aube se change en matin.

Les peintures de Nnanji comportaient quatre nuances de vert et le guerrier ressemblait à un farfadet à la chevelure rousse. Thana était déguisée en lutin doré originaire d'une légendaire forêt d'Arcadie. Les deux jeunes gens bondissaient avec davantage d'enthousiasme que de talent et remportèrent l'épreuve d'endurance.

La peau de Jja resplendissait d'un bleu nuit parsemé d'étoiles argentées et Wallie s'était changé en arlequin. On leur décerna le grand prix du couple le plus séduisant du carnaval, bien entendu.

De Wo à Gor…

À Gor, deux sorciers interpellèrent Tomiyano dans la rue et lui posèrent des questions sur sa cicatrice, son navire, ses affaires et ses habitudes. Il regagna le *Saphir* en lançant des jurons, le visage rouge de colère et clairement intimidé. Il jura que, à l'avenir, il resterait discret.

Petit à petit, Wallie rassemblait des informations à propos de ses adversaires, mais il lui manquait encore les plus cruciales : comment les guerriers pouvaient-ils affronter ces êtres mystérieux ? De nombreuses histoires les décrivaient lançant des éclairs ; d'autres, plus rares, leur prêtaient des pouvoirs étranges – dont certains, Wallie en était persuadé, relevaient de la pure fantaisie. Un témoin oculaire fit un récit poignant du massacre de la garnison de Gor : les guerriers avaient chargé les sorciers dans un grand pré, sous un ciel sans nuage ; un gigantesque éclair les avait tous foudroyés en même temps. Mais peut-être s'agissait-il de l'œuvre des démons de feu, car certains cadavres avaient été en partie dévorés, comme à Ov.

La population considérait les tours avec effroi et elle s'en tenait à l'écart une fois la nuit tombée, terrifiée par les bruits et les lumières étranges qui s'en échappaient. Ces bâtiments étaient tous construits sur un même modèle, insista Katanji, et il y avait toujours des oiseaux à proximité. L'une d'entre elles – au moins – achetait de l'urine de cheval et le jeune guerrier avait vu un marchand livrer des pieuvres à celle de Wal. Les sorciers faisaient de gros bénéfices en vendant leur vin ensorcelé ; ils s'appropriaient tout le cuir de première qualité disponible ; ils proposaient des filtres d'amour et racontaient la bonne aventure contre un peu d'argent. Ils semblaient toujours un peu moins nombreux que les guerriers qu'ils remplaçaient, mais qui pouvait dire qui était un sorcier ? Il n'était pas impossible que des dizaines d'entre eux vivent sous un déguisement ?

Wallie ne trouva aucune limite à leur pouvoir, aucun défaut dans leur armure. S'il existait dans le Monde une kryptonite antisorciers, il n'en entendit pas parler. Les couleurs de l'automne paraient désormais les collines et les jours se succédaient à toute allure. Les montagnes glissèrent vers l'ouest et, à bord du *Saphir*, il fut bientôt difficile de distinguer les passagers des marins. Il arriva même que Nnanji enfile un pagne et grimpe dans la mâture en compagnie des autres.

Thana poursuivit ses efforts pour séduire le seigneur Shonsu et ignora les sentiments passionnés de Nnanji. Dans un premier temps, Wallie avait pensé que les avances de son protégé étaient motivées par de simples désirs sexuels, puis il en était arrivé à la conclusion qu'il s'agissait d'une passion d'adolescent. Thana était sans doute la première qui refusait sans équivoque les propositions de Nnanji et il n'y avait pas d'autres jeunes filles de son âge à bord. Cette obstination inépuisable ne lui ressemblait pas – encore un aspect complexe de sa personnalité que Wallie n'aurait jamais imaginé. Par malheur, le comportement social de Nnanji restait des plus primaires et ses tentatives de séduction étaient comparables à ses manières à table : d'un enthousiasme inébranlable, mais sans le moindre raffinement. Il ne savait pas faire la cour à une demoiselle. Wallie n'avait pas l'intention de lui prodiguer des conseils tant qu'on ne lui demandait rien, mais Nnanji était trop fier pour solliciter son aide.

Après Gor, sur la rive gauche, le *Saphir* arriva à Shan, sur la rive droite. C'était une petite cité agréable qui produisait des poteries et des laitages. Brota acheta une cargaison de grandes roues de fromage jaune et l'équipage plaisanta en affirmant que la Déesse récompensait même les rats de navire.

Wallie partit de nouveau à la recherche du premier prévôt de la ville. Il se demanda avec angoisse quelle catastrophe allait frapper le malheureux pour l'empêcher de voir Shonsu. Il se trouva que le premier prévôt et son adjoint étaient à la chasse aux canards. Wallie n'en fut pas surpris. Il rencontra pour la première fois des guerriers compétents : six hommes de rangs intermédiaires terrifiés à l'idée de recevoir un septième. Mais tous étaient mariés, heureux en ménage et trop âgés pour vouloir partir à l'aventure. Wallie ne leur proposa même pas de le suivre. Sans compter qu'ils ne connaissaient rien aux sorciers et qu'ils s'en fichaient royalement.

Puis le *Saphir* fit escale à Amb, sur la rive gauche. Brota y acheta de longs rouleaux de toile à voile et des outils – des scies, des haches, des pelles et des tonnelets de clous. Tandis qu'on les embarquait, un visiteur demanda à monter à bord, un prêtre grisonnant et ratatiné du cinquième. Il franchit la passerelle d'un pas affecté derrière la minuscule silhouette d'Honakura.

Wallie, Nnanji et Tomiyano – les trois petits singes, comme Wallie avait baptisé le trio – ne pouvaient pas descendre à terre et ils observèrent la scène du rouf. Ils n'entendirent pas la conversation, mais virent de l'or changer de main et le cinquième s'en aller. Honakura les rejoignit d'un pas nonchalant et s'expliqua, très content de lui.

Il se laissa tomber avec lassitude sur un coffre.

— Une information intéressante, seigneur. Nous partons accomplir une œuvre humanitaire.

Il refusa d'en dire davantage avant d'avoir bu un verre de vin et mangé une tranche de pain d'épice que Tina venait de sortir du four.

Wallie savait que le prêtre le faisait languir et qu'il lui faudrait attendre. Cet homme ne cessait de le surprendre : il semblait savourer chaque minute de cette vie errante et pleine de dangers, si différente de son existence choyée au temple. Dans chaque ville, il partait en exploration avec les marins ; grâce à son jugement et à son talent, il rassemblait plus d'informations intéressantes que quiconque à l'exception de Katanji.

Il rapportait aussi toutes les rumeurs qui circulaient parmi les prêtres. Le clergé n'appréciait guère la domination des sorciers, car ils exigeaient la présence d'autels dédiés au dieu du feu dans les temples, ainsi que des prières à sa gloire, mais leur mécontentement n'allait pas jusqu'à envisager une révolte. Les sorciers prenaient soin de satisfaire la population avec beaucoup d'habileté. Wallie songea qu'ils entretenaient avec elle de meilleures relations que les guerriers.

— Ah ! lâcha Honakura, enfin désaltéré. (Le *Saphir* était sur le point de partir.) Savez-vous que maîtresse Brota a acheté des outils ? Je rentrais lorsque j'ai aperçu le saint maître Momingu qui entrait chez le marchand. Je me suis donc présenté à lui.

— Et en quoi maître Momingu est-il si intéressant ? demanda Wallie d'un ton patient.

Nnanji et Tomiyano étaient prêts à étrangler le vieil homme.

— Il était venu pour acheter une cargaison d'outils et affréter un navire pour en assurer le transport. Le temple veut envoyer du matériel à la ville de Gi, le prochain port sur la rive droite. Je lui ai dit que c'était notre destination et maîtresse Brota a accepté de vendre sa marchandise et d'en effectuer la livraison.

— Elle a fait ça ? marmonna Tomiyano.

Les yeux du vieil homme pétillèrent.

— Je ne pense pas qu'elle ait perdu de l'argent, capitaine. Le révérend Momingu espérait accompagner la cargaison et superviser la distribution des outils, bien entendu, mais j'ai réussi à le convaincre que ce n'était pas nécessaire.

— Pour quelle raison les prêtres d'Amb veulent-ils acheter des outils et les envoyer à Gi ? demanda Wallie, comme Honakura s'y attendait.

— Parce que, répondit le vieil homme d'un ton triomphant, les sorciers leur ont appris qu'un grand incendie ravage la ville ! La plupart des bâtiments sont déjà détruits et de nombreuses personnes sont sans abri. Le temple prépare aussi des envois de vivre et de bois.

— Un incendie *ravage* la ville ? En ce moment ?

— En ce moment même ! Les sorciers ont déclaré qu'il avait éclaté ce matin.

Wallie, Nnanji et Tomiyano s'entre-regardèrent.

— Il faut trois jours pour aller à Gi, remarqua Tomiyano.

— Précisément ! (Honakura se frotta les mains et adressa un grand sourire à Wallie.) C'est l'occasion de vérifier l'étendue du pouvoir des sorciers, seigneur.

Wallie hocha la tête. Les sorciers avaient appris que le pont était détruit dans la montagne, mais Gi se trouvait très loin et était en territoire guerrier. En outre, ils n'avaient pas proposé de transporter les outils et le bois grâce à leur magie.

— C'est très intéressant, vieil homme. Vraiment très intéressant.

Brota et Tomiyano étaient des marchands accomplis, mais ils n'étaient pas dépourvus de compassion ni de foi en la Déesse. Ils naviguèrent tard et levèrent l'ancre de bonne heure. Les vents étaient favorables et le *Saphir* ne mit que deux jours pour atteindre Gi.

Il existait des cités en bois et des cités en pierre. Gi appartenait à la première catégorie et s'étendait sur le delta, entre deux collines basses. Les marins du *Saphir* avaient commencé à sentir une odeur de brûlé âcre et nauséabonde plusieurs heures avant d'arriver à destination. Quand le navire approcha du port, tout le monde se rassembla sur le pont pour observer le spectacle de dévastation avec un mélange de stupéfaction et de désarroi.

La plaine était grise. Elle ressemblait à un immense champ de chardons, une forêt de cheminées pétrifiées dont la monotonie n'était brisée que par quelques carcasses de temples sans toit. Des colonnes de fumée solitaires signalaient les endroits où le feu couvait encore, mais de minuscules huttes de planches carbonisées s'entassaient déjà autour des vestiges mornes des cheminées. Le vent soulevait des nuages de cendre pour les disperser aux alentours avec le plus grand mépris. Du quai en pierre jusqu'aux collines, il ne restait presque aucun bâtiment intact. Tandis que les marins surmontaient le choc de cette vision de cauchemar, des gens sortirent de ce désert comme une colonie de fourmis et marchèrent vers le port. Ils étaient des milliers, des sans-abri, des fantômes affamés au teint cadavérique, aussi gris que les ruines de leur ville.

Wallie débarqua le premier avec Nnanji sur ses talons. Ils durent se frayer un chemin parmi la masse des rescapés et la repousser pour permettre aux marins d'amarrer le *Saphir*. Les gens étaient sales et traumatisés, avec des yeux pâles qui semblaient jaillir de leur visage couvert de cendre. Ils criaient, se bousculaient et les mouvements de foule incontrôlés menaçaient de précipiter des centaines de personnes dans les eaux mortelles de la Rivière.

Wallie tira son épée et l'agita en l'air et hurla pour rétablir le calme au sein de cette masse chaotique. Il demanda aux guerriers survivants d'approcher. Trois ou quatre hommes parvinrent enfin à s'extraire de la foule. Ils étaient sales et désorientés, comme les civils. Wallie fut incapable de deviner leur rang et il n'avait pas de temps à perdre en salutations protocolaires. Il aboya des ordres et on lui obéit. Les gens se rangèrent avec la soudaineté d'une averse dans le désert et le risque de panique disparut. Wallie bondit sur une bitte d'amarrage et cria que des navires chargés de vivres étaient en route et que de l'aide arrivait. Il demanda aux rescapés de faire circuler la nouvelle et de s'écarter.

Ce jour-là, l'équipage du *Saphir* se consacra donc à aider les survivants. La toile à voile fut déchirée pour fabriquer des tentes et des petits sacs destinés à transporter les clous. Un outil et un sac de clous par personne – que tout le monde coopère au mieux. Les marins déchargèrent la cargaison du navire comme des esclaves. D'autres bateaux arrivèrent, envoyés par les prêtres d'Amb et d'Ov, guidés par la chance ou par la main de la Déesse. Ils apportèrent de la nourriture et du bois ; l'équipage d'un transport de bétail improvisa un abattoir sur le quai. Wallie recruta tous les rats de navire disponibles et forma une petite armée pour organiser et pacifier la foule. Il découvrit le premier prévôt de la ville, mais celui-ci était vieux et brisé par la catastrophe. Wallie le démit de son poste et appointa son second pour le remplacer. Personne ne remit en question son droit de faire ce que bon lui semblait. Après tout, c'était un guerrier du septième.

Quand le soir arriva, les tentes et les huttes se répandaient à travers la plaine. Le *Saphir* était couvert de cendre grise et empestait le bois brûlé comme le cadavre de la cité. Mais la civilisation reprenait ses droits.

Par on ne sait quel miracle, Brota avait trouvé le moyen de faire des affaires. Plusieurs entrepôts avaient abrité des lingots de bronze, de grandes plaques avec une poignée à chaque extrémité – les anciens Grecs avaient l'habitude de les couler ainsi pour les transporter à dos de mule. Beaucoup avaient résisté à l'incendie et s'empilaient au milieu des décombres. La guerrière en acheta une cargaison et Wallie fut certain qu'elle l'avait obtenue à un prix très intéressant. Il fut inutile de recourir aux services d'une équipe d'esclaves : des centaines d'hommes noirs de suie étaient prêts à travailler pour une pièce de cuivre. Quand le chargement fut terminé, les coulées de sueur les avaient transformés en zèbres. À la tombée de la nuit, il y avait au moins une femme heureuse à Gi.

Wallie, Nnanji et les autres avaient fait tout ce qui était en leur pouvoir pour aider les survivants. Les marins hissèrent les voiles tachées de cendres et le *Saphir* se dirigea vers le centre de la Rivière, vers l'air pur. Tout le monde était sale et éreinté. Le feu était encore pire que les pirates.

Wallie s'affala près du bastingage à côté d'un Nnanji couvert de suie et aussi épuisé que lui. Il songea que, pour une fois, il avait apprécié sa condition de guerrier du septième rang. Le pouvoir ne le tentait pas, mais on pouvait l'employer à bon escient.

Jja arriva, propre et ravissante dans son bikini noir. Elle avait remporté le tirage au sort qui avait décidé de l'ordre de passage à la douche et, à son grand amusement, elle s'était donc lavée avant son puissant propriétaire. Pour qu'il ne la salisse pas, elle se pencha à distance respectueuse et tendit les lèvres pour l'embrasser. Ravie de sa plaisanterie, elle gloussa et partit s'occuper des enfants.

Wallie soupira et fit une remarque qui allait avoir de curieuses répercussions.

— Quel dommage qu'une esclave n'ait pas le droit de porter des bijoux. Si ce n'était pas le cas, je lui offrirais des parures de rêve. C'est un des moyens les plus simples pour honorer une femme.

N'obtenant aucune réponse, il se tourna vers Nnanji et surprit un coup d'œil amusé. Il se détourna aussitôt. Son protégé avait compris le sous-entendu : la remarque ne s'appliquait pas qu'à Jja.

— Merci, mon frère, dit le jeune guerrier à voix basse. J'aurais dû y penser tout seul.

Wallie savait que son visage était écarlate sous la couche de cendre. Il regarda Nnanji.

— Excuse-moi, dit-il. Je continue à te traiter comme le deuxième que j'ai rencontré sur cette plage. J'oublie toujours les nombreux progrès que tu as faits depuis.

— Si j'ai progressé, tout le mérite vous en revient, répondit Nnanji avec amabilité.

Il fixa les ruines de Gi et, chose incroyable, une larme coula sur sa joue en traçant un sillon dans la poussière.

Le dieu de la pluie s'était manifesté pendant la nuit et avait lavé les gréements, mais les voiles restaient zébrées de noir et le pont était parsemé de boue. L'équipage se lança dans le nettoyage du navire en chantant des chansons de marins aux lueurs du petit matin.

Wallie passa le faubert en rang avec les autres. C'était sans doute la première fois qu'un septième exécutait une telle tâche, mais il aurait été ravi de l'accomplir s'il ne s'était pas retrouvé à côté d'une certaine jeune fille svelte en âge d'être mariée. Il était impossible d'ignorer ces rondeurs enveloppées dans un bikini safran, cette beauté de pin-up, le profil académique de ce visage encadré de boucles d'un noir brillant ou ces œillades enflammées, car, pour une raison mystérieuse, Thana était soudain devenue gauchère. Par conséquent, elle était toujours tournée vers lui et, à intervalles très réguliers, ses bras ou ses hanches l'effleuraient.

— Je vous demande pardon, seigneur, murmurait-elle alors.

— Ce n'est rien, répondait-il.

Ce petit manège était très agaçant : il n'ignorait pas qu'elle le faisait exprès et ces contacts ne le laissaient pas indifférent. De plus, la jeune fille sentait les réactions du guerrier et elle savait que Wallie le savait. Shonsu avait-il été capable de mieux contrôler ses hormones ? Sans doute pas, mais la parade amoureuse de Thana ne l'aurait pas embarrassé le moins du monde.

Nnanji ouvrit la porte du gaillard d'avant à toute volée et traversa le pont à grands pas, une bourse à la main. Derrière lui, Katanji – avec son kilt, son épée et ses bottes – dut presque courir pour le suivre. Pour une fois, il semblait inquiet et il y avait de l'électricité dans l'air – au point que Nnanji ne prêta même pas attention à Thana.

— Je vous serais reconnaissant de nous accompagner, seigneur mon frère. J'ai besoin de m'entretenir avec maîtresse Brota.

Wallie portait son épée, mais il était pieds nus.

— Si tu veux bien attendre un moment, je vais aller chercher mes bottes.

Mais Nnanji gravissait déjà à grandes enjambées l'escalier de la dunette.

Wallie lança un regard à Katanji. Celui-ci leva les yeux au ciel avec désinvolture pour dissimuler son inquiétude manifeste. Les deux hommes suivirent Nnanji.

Brota, assise derrière la barre, ressemblait en tout point à une gigantesque vesse-de-loup écarlate. Son visage demeura impassible quand le petit groupe approcha. Wallie constata sans surprise que Thana et Honakura leur avaient emboîté le pas : ils adoraient les spectacles susceptibles de dégénérer. Cinq personnes formèrent donc un arc de cercle devant Brota.

— Vous m'empêchez de voir ! aboya la guerrière.

Nnanji grogna, mais tout le monde s'assit. Première manche pour Brota, songea Wallie. Maintenant, elle les dominait de sa position et il n'était pas facile d'être en colère avec les fesses par terre. De toute façon, elle n'avait pas besoin de surveiller la Rivière : seules quelques voiles croisaient dans les environs. Le ciel et les flots étaient bleus, les collines dorées par l'automne se dressaient contre la chaîne de montagnes couleur fumée, loin au nord-ouest.

Un instant plus tard, Tomiyano arriva discrètement et s'accouda au bastingage pour observer le groupe d'un œil cynique et soupçonneux. Wallie se rappela que sept était un chiffre magique. Cette réunion avait-elle été décidée par les dieux ? En outre, presque tous les rangs étaient représentés – dans la mesure du possible sur ce navire : Honakura, le petit vieillard desséché en vêtements noirs se tenait derrière ; la svelte Thana dans son minuscule bikini... Katanji était à côté d'elle ; il avait la peau aussi mate que celle de la jeune fille, mais son kilt blanc – d'une propreté inhabituelle – assombrissait un peu plus son teint ; Nnanji était un assemblage de membres pâles et dégingandés qui émergeaient de son kilt orange, sa colère lui donnait une apparence faussement maladroite ; Brota se dressait devant eux dans sa tunique pourpre balayée par le vent ; Tomiyano, en pagne marron, se tenait à l'écart et jouait les spectateurs silencieux ; et il y avait enfin la gigantesque silhouette de Wallie avec son kilt bleu. Il ne manquait que le vert du sixième rang.

Nnanji regarda son mentor.

— Le jour où vous avez été blessé, mon frère, j'ai pris votre argent pour le surveiller. J'ai confié le mien au novice Katanji afin que les pièces ne se mélangent pas. Je lui ai donné quarante-trois pièces d'or et de la menue monnaie. Quand j'ai vendu Jénisse, je lui ai donné dix pièces d'or supplémentaires. Il en avait cinq à lui. À Wo, j'en ai repris trois, mais je n'ai pas eu besoin de davantage. Aujourd'hui, je lui ai demandé de me rendre le reste de l'argent.

Bien sûr, il avait l'intention d'offrir un cadeau à Thana.

— Cinquante-trois plus cinq font cinquante-huit, dit Wallie. (Il savait que les mathématiques n'étaient pas le point fort de son protégé.) Et il te doit cinquante-trois moins trois, soit cinquante.

Nnanji hocha la tête d'un air farouche.

— Il ne les a pas. Il ne lui reste que ça.

Il vida la bourse et un flot de rubis, d'émeraudes et de perles coula sur le pont pour former un amas scintillant. Les spectateurs marmonnèrent avec stupéfaction. Nnanji remua les joyaux du doigt.

— Trois pièces d'or et quelques pièces d'argent, dit-il en les ramassant.

— Je suis certain que ces gemmes valent plus que cinquante pièces d'or, remarqua Wallie. Il te remboursera dès que nous atteindrons une cité libre.

Les yeux de Nnanji se firent glaciaux.

— Mais je veux savoir où il a trouvé ça, mon frère ! Il affirme qu'il ne les a pas volés et qu'il a promis à maîtresse Brota de ne rien dire. Voilà ce qui me dérange !

— C'est la première fois que je vois ces pierres, se dépêcha de dire la guerrière.

Puis elle scruta l'horizon comme si elle cherchait des repères. Personne ne voulut ajouter un mot. Wallie estima qu'il s'agissait d'un problème entre Nnanji et son frère, mais il était curieux de voir comment son protégé allait le régler.

Nnanji comprit que le septième ne l'aiderait pas. Il inspira un grand coup.

— Maîtresse, dit-il, pourriez-vous expliquer comment un protégé peut cacher quelque chose à son mentor ? Pensez-vous qu'il est correct qu'un autre guerrier – comme vous – lui suggère de se comporter ainsi ?

Deuxième manche pour Nnanji.

Brota grogna sans détourner son regard de l'horizon.

— Non ! Mais je ne me souviens pas lui avoir dit de le faire. Il me semble même qu'il s'est passé le contraire. C'est moi qui lui ai promis de ne rien te dire.

Nnanji se tourna vers Katanji d'un air triomphant. Le novice faisait des efforts méritoires pour avoir l'air d'un petit garçon qui essaie en vain de comprendre une discussion d'adultes. Il était beaucoup moins convaincant que par le passé. Au cours des dernières semaines, sa silhouette s'était allongée et étoffée. Il ne serait jamais grand, mais il ressemblait davantage à un homme que lors de sa première rencontre avec Wallie. Il était en meilleure forme et on distinguait même une amorce de queue-de-cheval sur son crâne – par malheur, ses cheveux bouclaient et formaient plutôt un chignon.

— J'ai acheté des tapis, mentor. Brota m'a apporté son aide.

À ces mots, Thana fut saisie par le fou rire et manqua de s'étouffer. Brota la fixa dans un silence furieux, mais cela ne fit qu'ajouter à l'hilarité de sa fille.

— Laissez-moi vous dire ce qui s'est passé ! dit Thana lorsqu'elle eut repris son souffle.

Elle raconta une histoire à propos de tapis en soie et de marchandages à bord d'une gondole. Wallie dut bientôt s'enfoncer les ongles dans les paumes pour ne pas éclater de rire à son tour. Il osa jeter un coup d'œil vers le vieux prêtre qui haussa un sourcil. Un simple gratteur s'était montré plus malin que Brota ? Cet exploit relevait du miracle !

À Dri, Katanji avait acheté les meilleurs tapis de la boutique pour soixante-deux pièces d'or et les avait chargés à bord de la gondole. L'affaire n'avait rien rapporté à Brota, au contraire : elle avait dû payer le transport et le pot-de-vin du gondolier. En outre, elle avait dû transporter de la marchandise de contrebande au risque de voir son navire saisi par les autorités. Wallie savait qu'elle s'était sentie liée par la poignée de main des marchands, mais il ne s'expliquait pas comment elle avait résisté à la tentation de noyer ce sale gamin.

— Et comment as-tu vendu ces tapis ? demanda Nnanji.

Katanji avait retrouvé un peu d'assurance, mais il répondit en s'efforçant de ressembler à un grand enfant naïf.

La suite était encore plus savoureuse.

Lors de l'escale à Casr, il avait demandé à ce que sa marchandise soit déchargée et exposée sur le quai, à côté de celle de Brota. Cette requête avait plongé la guerrière dans une colère noire et une dispute avait éclaté, mais à voix basse pour que personne n'entende. Katanji avait rétorqué que la guerrière avait accepté de décharger sa marchandise où il voulait. Si la proximité des deux points de vente la dérangeait, elle n'avait qu'à installer l'étal du garçon un peu plus loin – il ne pouvait pas s'en charger lui-même et l'équipage se serait posé des questions. Il avait promis que personne n'apprendrait que ces tapis lui appartenaient, à condition que Brota tienne les marins à l'écart – surtout Diwa et Matarro. À ce stade des événements, Wallie songea que la guerrière était sans doute subjuguée par le talent précoce de Katanji : elle n'avait pas eu d'autre choix que d'obtempérer et d'observer. Katanji s'était installé au sommet d'une pile de tapis et s'était absorbé dans un jeu solitaire qui comportait un plateau et des pions à déplacer.

Quand des marchands étaient arrivés, Brota avait essayé de leur vendre ses tapis, mais les plus jolis étaient ceux de Katanji. Elle fut donc obligée de conduire les acheteurs auprès du jeune homme. Celui-ci avait montré ses produits en faisant preuve de la plus grande politesse, mais il avait signalé qu'il ne faisait que les surveiller pour son père qui était parti en ville. Les tapis n'étaient pas à vendre ? Eh bien, son père avait dit qu'il vendrait le lot pour cent vingt pièces d'or. Quand allait-il revenir ? Katanji avait juste haussé les épaules avant de se replonger dans son jeu. Il arborait une marque paternelle de fabricant de tapis et son histoire était donc crédible.

Il n'avait rien à faire de la journée : le *Saphir* ne partirait pas sans Brota et Brota ne partirait pas sans avoir écoulé sa marchandise. Encore fallait-il trouver un acquéreur, car elle ne parviendrait pas à vendre grand-chose avec une pile de tapis de meilleure qualité exposée à côté des siens. Les acheteurs, déroutés par l'absence de personne avec qui marchander, s'étaient attardés à proximité en attendant le retour du père fictif. Au bout de deux heures, ils avaient compris que le fameux père ne rentrerait peut-être pas avant le coucher du soleil. L'un d'entre eux avait demandé à Brota si le garçon était en droit de vendre les tapis, puis il paya le prix exigé. Avant de remonter à bord, Katanji avait déposé son jeu près de la guerrière...

Cette dernière insolence fut de trop pour Wallie. Il se laissa aller en arrière et éclata d'un rire tonitruant. Nnanji se renfrogna et regarda Thana qui faisait écho au septième. Des larmes coulaient sur les joues d'Honakura et un fin sourire se dessinait sur les lèvres de Brota – ces souvenirs étaient encore trop douloureux pour qu'elle aille au-delà. Un rire sonore s'éleva depuis le bastingage signalant que Tomiyano, lui aussi, n'avait pas résisté au sel de l'histoire. Outré, Nnanji se tourna vers le capitaine, puis vers Katanji. Celui-ci l'observait avec des yeux écarquillés, pleins d'espoir... Mais cette fois-ci, il était allé trop loin. Nnanji resterait imperméable aux facéties de son frère. Il s'agissait d'une affaire d'honneur.

— Parfait, dit-il d'une voix glaciale, une fois que le calme fut revenu. Tu as donc dépensé soixante-deux pièces d'or sur... Comment se fait-il que tu aies eu soixante-deux pièces d'or ?

Il regarda Wallie, l'air déconcerté. Le septième confirma que Katanji n'aurait pas dû avoir autant d'argent, même en comptant les cinq pièces qui lui appartenaient.

—Vous m'aviez aussi donné dix-neuf pièces d'argent, mentor, expliqua Katanji à contrecœur. Et puis j'en ai gagné deux autres en…

—Cela ne fait qu'une seule pièce d'or supplémentaire.

Katanji soupira.

—Quand vous avez voulu acheter le pot en cuivre au capitaine, il a refusé l'argent et a donné un coup de pied dedans.

—Et tu l'as empoché tout de suite après, bien entendu ! (Des flammes passèrent dans les yeux de Nnanji.) Il s'agissait de l'argent du seigneur Shonsu, pas du mien. Non, d'ailleurs, il était au capitaine.

—Mais il n'en voulait pas !

Même Wallie commençait à se perdre dans les calculs. On finit par établir que Katanji, après avoir vendu ses tapis, aurait dû être en possession de cent vingt-deux pièces d'or – dont cinq appartenaient à Wallie ou à Tomiyano. Puis on apprit que le jeune homme en avait soutiré deux de plus à Brota pendant l'escale à Wal… Ce qui faisait un total de cent vingt-quatre.

—Combien vaut tout ça ? demanda soudain Nnanji en regardant le petit tas de joyaux.

Thana se pencha pour étaler les bijoux sur le pont.

—Au moins cinq cents pièces d'or, dit-elle.

Brota acquiesça.

Nnanji fixa le coupable.

—Combien ?

Katanji fit la moue.

—Entre sept cents et huit cents… Plus près de huit cents.

Tout le monde se regarda.

—J'ai acheté des pierres précieuses à Casr. Tiens, tu vois ce rubis ? J'en ai eu deux pour soixante pièces d'or. J'en ai vendu un à Tau pour cinquante, mais c'était le plus gros. À Wo, j'ai acheté deux améthystes et quatre topazes que j'ai revendues à Shan.

—Comment se fait-il que tu t'y connaisses si bien en pierres précieuses ? demanda Wallie.

Les talents cachés de Katanji ne cesseraient jamais de le surprendre.

Nnanji rougit.

—Notre grand-père était orfèvre, seigneur mon frère. Katanji avait l'habitude de passer son temps dans son atelier jusqu'à ce qu'il décède. Il y a quatre ans, ajouta-t-il d'une petite voix.

Wallie savait maintenant d'où provenait le pot-de-vin qui avait permis à Nnanji d'entrer dans la garde du temple.

—Il ne voulait pas me prendre comme apprenti, seigneur, dit Katanji en saisissant l'occasion de changer de sujet.

—Comment es-tu passé de cent vingt pièces d'or et quelques à sept ou huit cents ? demanda son frère.

Katanji lança un regard implorant à Brota.

— Il a travaillé pour moi, avoua-t-elle.

Elle s'expliqua à contrecœur. Katanji avait un talent unique pour soutirer des informations aux esclaves et il ne l'avait pas seulement employé dans les villes de sorciers. À Casr, Tau, Wo et Shan, il s'était livré à l'espionnage industriel pour le compte de la guerrière et ses émoluments avaient augmenté à chaque mission – il demandait maintenant dix pièces d'or en échange de ses services. Brota payait, car les marchandages étaient beaucoup plus faciles lorsqu'elle connaissait le prix unitaire des produits de ses concurrents.

Nnanji prit un air dégoûté et même Wallie était perdu dans les comptes.

— Qu'est-ce que tu avais en arrivant à Gi ? demanda-t-il.

— Un rubis, deux émeraudes et cent onze pièces d'or, seigneur.

Il restait trois pièces…

— Tu as acheté le reste des joyaux pour cent huit pièces d'or ?

Katanji hocha la tête d'un air coupable.

L'offre et la demande. Dans un monde dépourvu de banques, le refuge financier absolu était la terre, mais, si on voulait emporter sa fortune avec soi, l'or et les pierres précieuses convenaient à merveille. La première chose que les survivants de Gi avaient récupérée, c'était leurs bijoux, mais ils avaient un besoin urgent d'argent liquide. Les joyaux avaient connu une brusque dévaluation et tout le monde cherchait des pièces de monnaie. Katanji n'avait pas raté cette occasion unique. Wallie regarda Brota qui se renfrogna avec colère. Elle avait perdu son temps en achetant des lingots de bronze pendant que le novice faisait affaire avec les notables de la ville.

— C'est monstrueux ! s'exclama Nnanji quand on lui expliqua la situation en termes simples. Ces gens mouraient de faim ! Ils n'avaient plus de maison ! Tu n'as donc aucune pitié ?

Il regarda Wallie d'un air dégoûté et le septième se demanda si son protégé aurait témoigné davantage de compassion à l'âge de Katanji. Peut-être pas, mais il avait évolué, il avait appris. Katanji n'en serait jamais capable.

— La seule chose qu'il regrette, c'est sans doute de ne pas avoir gardé assez de liquide pour te rembourser, dit Wallie. S'il l'avait fait, tu n'aurais rien su. Il a cédé à l'appât du gain.

— J'allais le faire, seigneur, dit Katanji avec tristesse. Et puis j'ai vu les perles. (Il tendit la main vers la pile de joyaux et ramassa un collier de lumière scintillant.) Je n'ai pas pu résister. Je l'ai eu pour vingt pièces d'or et il en vaut au moins deux cents.

Non, il n'avait pas le moindre regret.

— À partir de maintenant, déclara Nnanji, tu n'iras plus te mêler aux esclaves sans ma permission ! C'est clair ? (Son frère hocha la tête d'un air abattu et Brota fit la moue en fixant l'horizon.) C'est sans doute une activité honorable lorsqu'on le fait pour aider les dieux, mais pas pour gagner de l'argent ! Combien pourras-tu tirer de… ça ?

Il ramassa une broche en or sertie d'émeraudes.

— Environ soixante-dix pièces d'or, estima Katanji avec prudence.

Nnanji lui tendit le bijou.

— Alors, prends-la, vends-la et rembourse ce que tu as emprunté. Tu pourras garder le reliquat.

Les yeux de Katanji brillèrent de bonheur.

Nnanji observa le reste du trésor d'un air dubitatif. Il sollicita silencieusement l'aide de Wallie et d'Honakura, puis comprit que les deux hommes n'interviendraient pas.

— À qui appartient ceci ?

— C'est à moi !

Mais la voix de Katanji manquait de conviction.

— Certainement pas ! lui rétorqua son frère.

Même assis sur le pont, Nnanji le toisait comme un héron fixant le poisson qui va lui servir de repas.

— En tant que premier, tu n'as pas le droit de posséder quoi que ce soit. Et même si tu étais deuxième, ces bijoux ne t'appartiendraient pas. Si ma vache vêle pendant que je t'ai demandé de la surveiller, le veau n'en reste pas moins à moi. C'est la loi.

Il lança un coup d'œil au prêtre qui hocha la tête avec amusement.

Il se renfrogna intérieurement pendant un moment. Les autres attendaient son jugement. Le navire glissait dans la lumière matinale.

— Je pense que ces bijoux sont impurs, déclara Nnanji. Il faudra les offrir à la Déesse au prochain temple.

Katanji et Brota échangèrent un regard écœuré.

— Une petite minute, intervint la guerrière du haut de son trône. (Elle ressemblait à un bouddha pourpre s'apprêtant à transmettre l'illumination divine.) Shonsu, vous avez vu Katanji se battre à l'épée. Quel genre de guerrier peut-il espérer devenir ?

— Un guerrier mort.

Elle hocha la tête.

— Nnanji, vous le savez, vous aussi. Ce gamin n'a aucun avenir dans votre profession, mais c'est un marchand-né, comme l'était mon aîné, Tomiyarro. Je me demande même s'il n'est pas meilleur. Il se débrouillera à merveille sur la Rivière et qu'importe s'il ne doit jamais porter de nouvelles marques faciales.

— Il n'est pas aussi mauvais escrimeur qu'il veut le faire croire, dit Wallie. Il fait semblant de ne rien comprendre au maniement de l'épée.

Nnanji regarda Katanji avec suspicion. Son frère affichait un masque d'impassibilité soigneusement étudié.

Wallie se tourna vers Nnanji.

— Cependant, dit-il avec douceur, il ne passera jamais au troisième rang, même dans mille ans, Nnanji. Cette dame n'a pas tout à fait tort.

— Laissez-le me prêter serment et devenir un rat de navire, proposa Brota. Il est fait pour ça. Un jour, il épousera une marchande et ils achèteront peut-être un bateau. C'est un destin plus agréable que la mort, vous ne croyez pas ?

Elle adressa un sourire maternel à Katanji, un sourire qui n'était sans doute pas feint.

Les joues de Nnanji s'empourprèrent.

— Un guerrier ne fait pas de commerce !

— Aurais-tu l'obligeance de m'expliquer ce qu'il y a de mal à ça ? demanda Thana d'une voix aussi suave que menaçante. Ma mère et moi aimerions le savoir.

Le silence s'installa tandis que Nnanji gardait les yeux rivés sur les bijoux. Son cou devint aussi rouge que ses joues. Wallie songea que le jeune homme venait de creuser sa propre tombe avec ses dernières paroles. Le septième attendit avec impatience de voir comment il allait se tirer de ce mauvais pas.

— Est-ce que c'est ce que tu souhaites, protégé ? Tu veux devenir un rat de navire ? Un *marchand* ?

Katanji hésita.

— Je pense que je serai meilleur marchand que guerrier, Nnanji, dit-il à voix basse. Mais je veux rester avec toi – pendant quelques années, du moins.

— Si tu veux devenir un rat de navire, je crois que ce ne sera pas superflu, lâcha Nnanji à contrecœur.

— Mais… et mon honneur, mentor ?

Les yeux de Katanji étaient grands ouverts. On lui aurait donné le Bon Dieu sans confession.

Nnanji le foudroya du regard, puis choisit ses mots avec soin.

— Un guerrier de garnison ou une libre épée ne doit pas se livrer au commerce, car cela l'éloigne de son devoir. Mais un rat de navire a des obligations envers son bateau, il a donc le droit de se comporter en marchand. Est-ce que c'est clair ?

Katanji soupira.

— C'est astucieux ! (Il leva une fois de plus les yeux vers son frère.) Mais que dirait tante Gruza ?

Nouveau silence… interrompu par un bruit qui ressemblait à un jet de vapeur… Nnanji éclata enfin de rire, imité par Katanji. Ils s'esclaffèrent de conserve à cette plaisanterie familiale que les autres ne pouvaient pas comprendre. Les spectateurs les regardèrent sans dire un mot, amusés et intrigués.

Nnanji était incapable de parler et tapait du poing sur le pont. Il s'essuya les yeux par deux fois et s'efforça de reprendre son sérieux… mais dès que son regard croisait celui de Katanji, les deux frères replongeaient dans un rire hystérique. Wallie ne savait pas qui était la tante Gruza, mais son seul nom avait un pouvoir magique terrifiant.

Le spectacle émut Wallie, car il lui rappela que ces deux garçons avaient partagé leur enfance – une enfance encore toute récente, d'ailleurs. Il essayait de mener une guerre en compagnie de seconds bien jeunes. Malgré leurs différences radicales, les deux frères s'adoraient.

Le fou rire se calma au bout d'un long moment et Nnanji parvint à reprendre son sérieux.

— D'accord, sale gamin. On va garder les joyaux… à l'exception de celui-ci. (Il tendit la main vers le trésor et souleva le collier de perles qui se tortilla entre ses doigts comme un rayon de soleil prisonnier.) Maîtresse Brota, pourriez-vous sceller le reste dans une bourse et la ranger dans un endroit sûr ? S'il m'arrive quelque chose, Katanji en deviendra propriétaire.

— Bien sûr, adepte.

Nnanji examina les perles pendant un moment.

— Quant à ceci… il n'existe pas de bijou plus magnifique et plus honnête – c'est grâce à lui que la vérité a été révélée. Je vais donc le garder en vue pour ne pas être tenté par la corruption. Mais je vais cacher sa beauté sur une beauté plus grande encore.

Il se leva, accrocha le collier au cou de Thana et s'éloigna à la hâte.

Thana laissa échapper un hoquet de surprise et porta la main aux perles. *Deux cents pièces d'or ?* Elle regarda sa mère, puis Wallie. Enfin, elle bondit sur ses pieds et se précipita derrière Nnanji.

— Pouah, c'est à gerber ! marmonna Katanji avec un écœurement infini.

— Vous pourriez peut-être être témoin du scellage de la bourse, vieil homme ? demanda Wallie.

Honakura comprit à demi-mot et s'éloigna en entraînant Katanji et sa fortune avec lui. Tomiyano les suivit et Wallie resta assis sur le pont, les yeux levés vers Brota.

— Voilà qui devrait faire l'affaire, dit-il.

Brota l'observa en silence pendant un moment.

— Vous êtes un homme d'honneur hors du commun, seigneur. Peu de gens, quel que soit leur rang, auraient refusé les avances de ma fille.

— Il me semble qu'elle attendait un retour sur investissement. Mais… et Nnanji ? Parfois, je le vois comme un œuf, un œuf d'oiseau énorme que j'ai découvert sur une rive. De temps en temps, un morceau de coquille tombe et j'aperçois la créature qui finira par éclore. Je ne sais pas ce qui va sortir, mais ce sera un être exceptionnel. Qui l'aurait cru capable d'un compliment aussi gracieux ?

— Qu'est-ce que vous sous-entendez, seigneur ?

— Que Thana vient de perdre un pari très intéressant !

Brota hocha la tête d'un air pensif.

— Une mère ne devrait pas dire ça, seigneur Shonsu… mais je ne pense pas qu'elle soit digne de lui.

— Quelqu'un arrive ! s'exclama Nnanji.

Il écrasa un moustique de la main – ce qui portait son score à plus de cent.

Le long de l'horizon ouest, le profile ondulé des montagnes était net et aussi noir que l'obsidienne sous un ciel terne et sans nuages. Le soleil avait disparu, mais les ténèbres s'installaient sans hâte dans l'ombre profonde de RegiVul. Les collines et la Rivière avaient pris un aspect lugubre, triste et morne. Un vent froid ridait la surface de l'eau, mais était impuissant à décourager les légions d'insectes vicieux et assoiffés de sang – les pires que Wallie ait jamais vus.

À midi, le *Saphir* était passé devant Ov – une ville de sorciers – en évitant les bancs de sable et les hauts-fonds pour faire route au sud. Il était maintenant au milieu de la Rivière, devant le domaine des Garathondi.

Un de ses canots était amarré à l'extrémité de la jetée, près de deux bateaux de pêche délabrés. On avait l'impression qu'il était là depuis une demi-journée, alors qu'il ne s'était écoulé qu'un peu plus de deux heures depuis son arrivée. Le niveau de l'eau était beaucoup plus haut que lors du premier passage de Wallie – des siècles plus tôt, songea-t-il.

Il avança le long des vieilles planches usées par le temps et examina les alentours. Il entendit le bruit que les oreilles de Nnanji avaient discerné malgré le clapotement des vaguelettes : un martèlement de sabots, le gémissement d'un essieu et le crissement du gravier sous les roues. Le canot se balançait doucement sur l'eau.

— C'est pas trop tôt ! s'exclama Tomiyano.

Ils étaient cinq : trois guerriers, avec Thana, plus un marin et un esclave – six si on comptait Vixini qui dormait. Holiyi avait été envoyé au village pour trouver Quili.

Mais il était parti depuis trop longtemps : quelque chose n'avait pas dû se passer comme prévu. Étant donné le caractère peu loquace du marin, il était improbable qu'il se soit laissé entraîné dans une conversation oiseuse. Tomiyano avait grommelé de sombres menaces de vengeance à l'encontre des agresseurs éventuels de son cousin.

Le cercle avait été bouclé. Ils se trouvaient à l'endroit où la mission avait commencé, à l'extrémité de la jetée, et attendaient le retour de Nnanji parti en reconnaissance. En revenant ici, Wallie avait obéi aux ordres. Sa tâche lui avait été révélée à cet endroit. Il avait traversé les montagnes et complété le cercle à bord du *Saphir*. Maintenant, il était à même d'apprendre la leçon. Enfin, peut-être, car il n'était pas certain de pouvoir la retenir et déplora ce manque de confiance en soi. Un doute le tourmentait sans relâche : il avait l'impression d'avoir oublié quelque chose, quelque part.

Satanés taons ! Il s'assena une claque sur la nuque.

Un chariot tiré par deux chevaux apparut au fond de la gorge. Deux personnes en descendirent et se mirent à marcher. Une troisième resta dans le véhicule et s'efforça de lui faire faire demi-tour – une manœuvre longue et difficile. Les animaux auraient refusé d'entrer dans la Rivière et il y avait peu de place pour tourner, car le niveau de l'eau était haut.

Un des marcheurs était Holiyi, l'autre était une femme, mais pas Quili.

— Vous restez ici ! dit Wallie à ses compagnons.

Il avança sur le quai à grands pas et se dirigea vers les nouveaux venus. Ses bottes frappaient les vieilles planches avec un bruit creux qui résonnait dans l'atmosphère sereine du soir.

Quand Holiyi fut assez près pour qu'on le distingue clairement, Wallie s'aperçut qu'il affichait son éternel sourire sardonique – ce qui était plutôt rassurant. Il était accompagné par une femme d'une cinquantaine d'années portant la robe orange des quatrièmes. Wallie songea plus ou moins inconsciemment que le vêtement de velours était d'excellente qualité et qu'il était dommage que son ourlet en dentelle traîne sur cette jetée sale et branlante. Les cheveux de l'inconnue étaient argentés et bien coiffés ; elle portait des bagues aux doigts. Il s'agissait d'une prêtresse et, de toute évidence, elle n'avait pas besoin de quémander tous les jours.

— Seigneur Shonsu, voici l'adepte Valia, marmonna Holiyi.

On échangea les saluts d'usage.

— Tu as eu des ennuis ? demanda Wallie.

Holiyi secoua la tête avec un haussement d'épaules désinvolte et évasif.

— La prêtresse Quili va bien, seigneur, dit Valia, mais elle est dans l'impossibilité de venir vous voir en ce moment. Elle est en compagnie de sorciers.

Elle sourit, gracieusement amusée par la réaction du guerrier. Ses manières étaient plutôt amicales, mais elle se prenait pour une grande dame.

— Ce n'est pas gênant ?

— Pas tant qu'ils ignorent où vous êtes, seigneur ! Et je suis certaine qu'ils ne le découvriront pas.

Wallie se tourna et fit signe à ses compagnons de le rejoindre. Il aurait pu demander des détails à Holiyi, mais il aurait fallu des heures pour lui arracher toute l'histoire.

— Pourriez-vous vous expliquer, adepte ?

Le martèlement de bottes et de pieds nus se rapprocha. Le reste du groupe arriva en courant et il fallut présenter Valia à Nnanji, puis les autres à Valia.

— Quel ravissant enfant ! s'exclama la prêtresse.

Vixini, furieux d'avoir été réveillé, ne se sentait pas d'humeur à jouer le rôle du bébé modèle. Il enfouit la tête entre les seins de sa mère et refusa toute tentative de communication.

Wallie adressa une prière silencieuse aux dieux pour qu'ils lui accordent patience.

— Nous ne pouvons pas vous offrir une chaise confortable, adepte, et cet endroit pullule de chauves-souris vampires ; par conséquent, nous devrions peut-être en finir au plus vite.

Valia hocha la tête pour signifier son consentement altier.

— Actuellement, j'ai l'honneur de servir dans cette paroisse, seigneur. La prêtresse Quili est ma protégée. Elle est aussi ma supérieure séculière, mais cela ne pose pas de problème. Nous travaillons bien ensemble.

— Je ne comprends pas, dit Wallie. Mais je suis ravi d'apprendre que Quili a été promue au troisième rang. Qu'en est-il de Dame Thondi ?

— Elle a rejoint la Déesse.

— Je ferais preuve d'hypocrisie si je disais que cette nouvelle m'attriste.

Cette remarque lui valut un froncement de sourcils réprobateur, puis la prêtresse sourit avec toute la condescendance due à un septième.

— Vous avez peut-être vos raisons. Il me semble que vous l'aviez promise à la justice des dieux. Votre prière a été entendue, seigneur, et sa mort fut douloureuse.

— Expliquez-vous !

L'adepte Valia regarda les membres du petit groupe en savourant l'attention de son auditoire impatient d'entendre une histoire passionnante.

— Elle est venue jusqu'à cette jetée pour embarquer sur le navire familial. Elle avait l'intention de se rendre à Ov pour affaires. Cela s'est passé peu après votre départ, seigneur Shonsu. Une planche vermoulue a cédé sous ses pas et elle est tombée à l'eau.

— Par la Déesse ! murmura Wallie.

Les poils de sa peau se hérissèrent. Pourquoi se sentait-il coupable ?

— Il ne fait aucun doute que c'était Sa volonté ! Des hommes plus lourds qu'elle étaient passés au même endroit juste avant. J'ai cru comprendre que ce n'était pas une personne très corpulente.

— Les piranhas l'ont dévorée ?

La prêtresse attendait cette question.

— Non. Ils n'ont pas voulu d'elle. Ce sont des choses qui arrivent, bien sûr. Le courant l'a entraînée au fond de la Rivière, hors d'atteinte. Elle est restée coincée sous la jetée et s'est noyée. Personne n'a pu la secourir à temps.

La prêtresse se délecta de la réaction de son auditoire.

Jja glissa un bras autour des épaules de Wallie afin de le réconforter. Nnanji et Tomiyano étaient choqués.

— Si vous voulez, je peux vous montrer l'endroit où cela s'est passé, proposa Valia.

— Sans façon, je vous remercie ! Et son fils ?

— L'honorable Garathondi est bien malade, seigneur. Quelques jours après le décès de sa mère, il a été victime d'une crise qui l'a laissé paralysé et muet. Les guérisseurs ne s'attendent pas à la moindre amélioration et pensent que sa fin est proche.

— C'est horrible !

La prêtresse eut l'air étonné.

— Vous mettez en doute la justice divine, seigneur ? Alors que c'est vous-même qui l'avez invoquée ?

— Je ne voulais pas… Parlez-moi de Quili. J'espère qu'elle va bien.

— Elle se porte à ravir, seigneur. Je n'ai jamais vu un couple aussi heureux.

Wallie résista à l'envie, pourtant pressante, de frapper une sainte femme.

— Elle a épousé Garadooi ?

— Bien sûr ! Ils sont faits l'un pour l'autre. De vrais tourtereaux.

Wallie sentit la main de Jja lui serrer le bras. Il la regarda et sourit. Certaines choses se passaient de commentaires.

— Je vous prie de leur adresser nos félicitations.

— Je n'y manquerai pas. Et vous, seigneur, vous êtes-vous remis de votre blessure ?

— Comment dia… Comment savez-vous que j'ai été blessé ?

Un amusement hautain se peignit sur les traits de Valia. Sa robe la protégeait mieux du vent et des insectes que les vêtements des autres.

— Il y a quelques semaines, les sorciers ont affirmé au maçon que vous étiez mort. On vous avait aperçu à Aus, puis à Ki San, mais vous aviez été grièvement blessé par un coup d'épée. Les guérisseurs vous considéraient déjà comme perdu. Quili a explosé de joie en apprenant que vous étiez ici ce soir et que ces histoires n'étaient que des mensonges.

Elles ne l'étaient pas toutes. Wallie ne regarda pas Nnanji. Son cerveau réfléchissait avec frénésie aux implications de cette information : les pouvoirs de ses ennemis étaient terrifiants. Les sorciers disposaient d'agents à Ki San – voire ailleurs. Le guérisseur avait peut-être été l'un d'eux. Mais celui-ci s'était trompé. Était-ce pour cette raison que la surveillance du *Saphir* s'était relâchée à Wal, lorsqu'un autre sorcier était monté à bord ? Ils avaient cru que le guerrier était à l'article de la mort. Une fois de plus, leur pouvoir immense était mis en échec par une erreur humaine…

— Leurs histoires ne sont pas toutes fausses, reconnut-il. Mais que font-ils ici ce soir ?

La prêtresse gloussa.

— La construction de leur tour avance lentement depuis que le maçon Garadooi a réduit les heures de travail de ses esclaves. Il a aussi interdit les châtiments corporels sans son autorisation expresse, seigneur.

— Des décisions qui peuvent avoir des conséquences néfastes, je suppose.

— Pourtant, ces derniers temps, la production du village d'esclaves a augmenté de manière considérable, seigneur. C'est du moins ce qu'on m'a dit.

Cette nouvelle politique n'était guère étonnante de la part de Garadooi. Bientôt, il leur ferait servir de la viande aux repas – à supposer que cela ne soit pas déjà fait. Peut-être même avait-il installé des lits dans les dortoirs.

— Et les sorciers ?

— L'honorable Rathazaxo lui a rendu visite aujourd'hui, répondit Valia avec un sourire cynique. Il voulait que le maçon Garadooi retourne en ville avec lui et supervise les travaux en personne, ainsi que le faisait son père. La discussion a été bruyante. On les entendait à travers les portes.

— La tour n'est pas terminée ?

— J'ai cru comprendre que la tour elle-même est presque achevée, mais il y a encore des aménagements à réaliser sur la place où elle est érigée. Je pense que le maçon Garadooi remplira ses engagements, seigneur, un jour ou l'autre. L'honorable Rathazaxo et ses compagnons ont bien sûr été invités à rester dîner. C'est à ce moment que le marin Holiyi est arrivé au village. La nouvelle est parvenue au manoir. Il y a eu quelques difficultés pour identifier le bon destinataire – j'étais présente au repas.

On avait demandé à Holiyi de trouver Quili, mais il y avait deux prêtresses au lieu d'une. Et puis, il avait fallu faire passer le message sous le nez des sorciers. Le retard du marin n'avait plus rien d'étonnant.

— Quili et moi sommes parvenues à quitter la salle à manger pour échanger quelques mots, expliqua Valia. Mais cela a demandé un certain temps. Elle n'ose pas encore prendre congé. Si vous revenez au manoir avec moi, il faudra attendre un peu plus longtemps, pour être sûr qu'il n'y a plus de danger. Si vous préférez rester ici… Elle envoie ses meilleurs sentiments à votre seigneurie et à l'adepte Nnanji.

Nnanji grimaça.

— Dites-lui que je lui envoie les miens.

— Ainsi que les miens, ajouta Wallie. Combien d'hommes accompagnent ce sorcier du sixième ?

— Il est arrivé avec deux subalternes. Des troisièmes.

Le cœur de Wallie se mit à battre un peu plus vite.

— Est-ce que le maçon Garadooi retournera à Ov avec eux ?

Nnanji se raidit légèrement.

Valia s'autorisa un petit rire indulgent.

— À condition qu'ils lui jettent un sort, un sort puissant ! Il a promis que dans quelques jours…

Elle comprit alors et ses lèvres se contractèrent dans un silence furieux.

Tomiyano s'était approché.

— La route longe la Rivière ?

Nnanji hocha la tête.

— Il y a un bac, dit-il à voix basse.

— Ils ont beaucoup insisté pour qu'il les accompagne, seigneur, protesta Valia. (Elle était maintenant inquiète, en colère contre sa propre bêtise.) Et il a essayé de les persuader de passer la nuit dans sa demeure. Le navire familial arrivera demain matin.

— Vous nous avez pourtant proposé de venir au manoir. Vous pensiez qu'ils allaient partir.

Elle ne voulut pas céder sur ce point.

— C'était une probabilité.

Wallie ne prêta plus attention à elle. Honakura avait l'habitude de manipuler la vérité sans pour autant mentir et le vieux prêtre maîtrisait ce petit jeu avec infiniment plus de talent que cette prêtresse prétentieuse.

Dans l'obscurité de plus en plus profonde, les chatoiements de la Rivière se reflétaient dans les yeux de Nnanji et les faisaient briller. Il n'y avait nulle trace de la soif de sang qui aurait dû embraser son regard. Il fixait Wallie avec intensité, parfaitement immobile. Il ne tremblait pas d'excitation comme il l'aurait fait auparavant à la perspective de passer à l'action. Il connaissait la réponse et attendait de voir si Wallie la connaissait aussi.

— Eh bien, voilà ta chance, Shonsu ! (Tomiyano se frotta les mains avec jubilation.) Nous sommes cinq et ils ne sont que trois. Le rapport de force n'est pas mauvais, tu ne crois pas, surtout quand on a la surprise de notre côté ?

— Non, je ne crois pas, répondit Wallie.

— Quoi ? Et pourquoi donc ? On en tue deux et on garde le troisième en vie ! C'est l'occasion rêvée pour découvrir ce qu'ils ont dans les poches, mon gars ! C'est une aubaine envoyée par les dieux ! On ligotera le dernier, on le bâillonnera et…

— Non.

— Pourquoi ? cria le capitaine. Qu'est-ce qui cloche dans ce plan ?

— Le seigneur Shonsu n'est pas le guerrier Kandoru, murmura Nnanji, plus bas que jamais.

— Qu'est-ce que ce type a à voir là-dedans ?

Le marin était abasourdi. Son regard passait d'un guerrier à l'autre.

— C'est un homme qui a tiré son épée contre un invité.

Thana était tout aussi étonnée que son frère.

— Mais cette prêtresse a dit que nous ne pourrions pas aller au manoir tout de suite. On nous a refusé l'hospitalité et nous ne sommes donc pas des invités.

— Mais les sorciers le sont.

Nnanji esquissa un petit sourire d'un air approbateur.

— Nous n'irons pas affronter les sorciers, adepte, dit Wallie à Valia.

C'était de la folie. Tomiyano avait raison : c'était une aubaine envoyée par les dieux, une occasion de capturer un sorcier du sixième. Mais Valia avait involontairement trahi les invités du manoir. Il n'était pas honorable de tirer avantage d'une telle erreur. Les bonnes manières interdisaient de mener une guerre ainsi… C'était de la folie ! De la folie furieuse ! Mais Nnanji était heureux : le seigneur Shonsu était un homme d'honneur. Pourquoi Wallie se souciait-il de l'opinion de son protégé ? Pourquoi était-il content de voir ce petit sourire satisfait sur le visage de son frère par serment ? Faisait-il pénitence pour s'être ridiculisé à Aus ? C'était de la folie !

Tomiyano renifla avec mépris. Thana secoua la tête, incapable de comprendre ces aberrations de terriens.

— Je vous remercie, dit Valia avec humilité. La faute en serait retombée sur Quili… (Elle avait perdu ses manières de grande dame.) Vous ne viendrez pas au manoir ?

— Je crois qu'il se fait tard, dit Wallie. Nous devrions retourner à notre navire avant que la nuit soit tombée.

— Comme il vous plaira, seigneur. (Valia hésita.) Je ne voulais pas vous le dire… On me l'a dit en confidence, mais je n'ai pas promis le secret. Je crois qu'il est de mon devoir de vous le signaler. De toute façon, vous ne tarderez pas à l'apprendre.

Un brusque sentiment de prémonition traversa Wallie.

— Oui ?

— C'est à propos de l'impatience des sorciers… (Elle était incapable d'en arriver au fait.) L'honorable Rathazaxo a dit qu'un ralliement se préparait.

— Un ralliement ? s'écria Nnanji. Où ?

Valia fit un pas en arrière.

— À Casr, adepte.

— Quand ?

— Hier.

— Et Elle lui a accordé sa bénédiction ?

Valia recula un peu plus, effrayée par la véhémence du jeune homme.

— Il semblerait, adepte.

— Ses guerriers sont en route ?

— C'est ce que l'honorable Rathazaxo a affirmé…

Nnanji se dirigea vers Wallie et le saisit pas les épaules. S'il essaya de le secouer, cela n'eut aucun effet.

— C'est ça, mon frère ! Vous vous demandiez par quel moyen combattre les sorciers et la réponse est arrivée ! Pourquoi n'y avons-nous pas pensé ?

— Par tous les diables, grogna Tomiyano, qu'est-ce que c'est qu'un ralliement ?

— C'est une guerre sainte ! Elle exige la présence d'un guerrier et d'un prêtre du septième. (Il se retourna soudain vers Valia, de plus en plus enthousiaste.) Et les bouvillons ? Est-ce que les bouvillons ont passé l'épreuve ?

La prêtresse hocha la tête.

— Pourquoi des bouvillons ? demanda Tomiyano. Ils vont faire un barbecue ?

— Non ! non ! non ! (Nnanji dansait presque de joie.) Il n'y a pas eu de ralliement depuis… Oh ! Des siècles ! Il faut un prêtre et un guerrier pour en organiser un. Ils vont marcher dans la Rivière et les bouvillons passent en premier.

Tomiyano écarquilla les yeux.

— Il faudrait davantage qu'une avant-garde de bouvillons pour me convaincre de mettre les pieds dans la Rivière !

Nnanji se tourna brusquement vers Wallie.

— Mais si cette histoire est vraie, si les guerriers arrivent, c'est que la Déesse a donné Son accord. C'est un véritable ralliement ! Comme dans la saga d'Arganari, de Za, de Guiliko !

— Qui mène ce ralliement ? demanda Thana en regardant Wallie. Les septièmes qui l'ont organisé ?

Nnanji s'interrompit et fronça les sourcils.

— Non, je ne crois pas… pas nécessairement. (Ses lèvres bougèrent tandis qu'il réfléchissait.) Le commandant est choisi par un système de duels, il me semble. Le meilleur guerrier devient le chef. (Il regarda Wallie et cria :) LE MEILLEUR GUERRIER DU MONDE ! Évidemment ! Vous souvenez-vous de la ballade de Chioxin, mon frère ? L'émeraude a mené un ralliement, comme le rubis ! Le quatrième l'a fait, lui aussi ! Voilà pourquoi Elle vous a confié cette épée !

Et puis, le second et frère par serment dudit chef serait dépeint comme un vaillant guerrier dans les sagas qui relateraient cette grande aventure. Nnanji était aussi excité qu'un seigneur du Moyen Âge à qui on vient d'offrir un ticket pour la prochaine croisade. Son enthousiasme gagna Thana et

Tomiyano. Même Jja et Holiyi affichaient un large sourire. Bien entendu : un ralliement contre les sorciers, mené par le seigneur Shonsu et l'épée de la Déesse.

Cette nouvelle donnait matière à réflexion, ou à réflexions. Wallie avait-il mal interprété l'énigme du demi-dieu ? Il avait cru qu'il affronterait les sorciers avec l'aide de l'équipage du *Saphir*, mais ce n'était peut-être pas le cas. Un ralliement formait une véritable armée, la plus grande que le Monde ait jamais connue. Wallie n'avait rien fait pour mériter son commandement.

Nnanji se tut. Ses lèvres articulaient des mots silencieux tandis qu'il se racontait des sagas épiques et cherchait des références aux précédents ralliements.

— Je ne vous convaincrai pas de venir au manoir, seigneur ? demanda Valia. Quili était impatiente de vous voir et le maçon vous recevra avec plaisir s'il n'a pas accompagné les sorciers.

Mais Wallie avait l'esprit trop occupé par les énigmes, les ralliements, les cercles, les armées, Casr et Aus. Il n'avait aucune envie de rencontrer les personnes qui l'avaient aidé et de leur avouer que ce qu'ils avaient entendu sur lui était vrai.

— Je ne crois pas, sainte femme. Passe-leur mon bon souvenir et, une fois encore, mes remerciements. Dis-leur que nous continuerons à combattre le mal et que nous faisons quelques progrès en ce sens. Je pense que nous devrions regagner le navire avant la nuit.

Craignait-il que le *Saphir* disparaisse ? De retourner à Casr à bord du canot ? Confronté à ces amères pensées, il savoura le réconfort que lui apportaient Jja et Vixini.

— Nous repartons à Casr, seigneur mon frère ? demanda Nnanji avec impatience.

Wallie soupira.

— Oui. Elle a convoqué Ses guerriers. Alors, oui, nous repartons à Casr.

Les yeux de Thana s'écarquillèrent et son visage se colora d'un rouge iridescent. Ses compagnons se tournèrent vers le nord avant qu'elle ait eu le temps de parler. Au loin, une gigantesque rose de feu déploya ses pétales gracieux sur la sombre toile du crépuscule. Elle s'éleva, toujours plus haut, toujours plus brillante, au point de paraître toute proche. Elle éclaira le paysage nocturne et embrasa le ciel. Son sommet s'assombrit et sembla toucher les étoiles. Le soleil invisible le caressa alors de ses rayons et la rose s'ouvrit dans une cascade d'or et de fuchsia.

Une éruption volcanique… Le souffle arriverait plus tard, mais il emporterait les cendres vers l'ouest, vers Casr… Wallie réfléchissait encore quand il comprit ce qu'un tel phénomène représentait pour ses compagnons.

— Le dieu du feu est en colère ! s'exclama Valia. (Elle fit le signe de la Déesse.) Il craint que le ralliement décime ses sorciers !

— Il n'avait pas peur tant qu'il ignorait l'identité de son futur commandant ! lança Nnanji.

Il adressa un sourire empreint de fierté à Wallie. Un fragment de la vénération qu'il avait portée à son mentor refaisait surface. Le seigneur Shonsu était un homme d'honneur.

Quand le dieu Soleil revint éclairer le Monde, il aperçut immédiatement le champignon monstrueux qui se dressait au-dessus de RegiVul en dominant les montagnes de sa taille. Par jeu, il s'amusa à le peindre en rouge, en doré et enfin en bleu très pâle. Mais le dieu du feu zébrait encore le ventre du nuage d'éclairs rageurs couleur fuchsia. Un peu plus tard, le soleil entraperçut le *Saphir* en route vers Ov.

Wallie avait dormi peu et mal. Il avait compté sur l'énigme du demi-dieu pour résoudre le problème à sa place. Il avait pensé que, s'il bouclait le cercle, une révélation divine lui enseignerait le moyen de combattre les sorciers. Mais ses ennuis n'avaient fait qu'empirer. Les sorciers avaient appris qu'il était blessé, à Ki San. Ils avaient de nouveau prouvé leur pouvoir incompréhensible à communiquer. Un ralliement avait été décrété. En tant que guerrier, Shonsu avait le devoir sacré de se rendre à Casr. Cela expliquait pourquoi on lui avait confié l'épée légendaire de la Déesse, mais le septième courait au suicide s'il retournait à Casr. Il devrait peut-être faire face à des accusations de lâcheté, mais aussi aux défis des autres septièmes qui se rassembleraient en ville pour prendre part au ralliement.

Aux heures les plus amères de la nuit, il s'était reproché d'avoir commis une autre erreur : il aurait dû tendre une embuscade à Rathazaxo quand le sorcier serait rentré à Ov. Au lieu de cela, il avait cédé aux scrupules idiots de Nnanji.

Mais avait-il bouclé le cercle ? Au cours d'une discussion qui avait commencé au milieu de la nuit pour s'achever à l'aube, Honakura avait envisagé la possibilité que ce ne soit pas le cas. Sept cités étaient tombées aux mains des sorciers, mais ils n'en avaient visité que six. En retournant à Casr, le *Saphir* passerait devant Ov, alors pourquoi ne pas y faire escale ? Aucun de ses compagnons ne proposa de meilleure idée, bien que celle-ci n'enchante personne. En raison du ralliement, les sorciers se montreraient deux fois plus vigilants à l'égard des guerriers et Brota ne pourrait pas déclarer qu'elle s'arrêtait pour écouler sa cargaison : Ov était un centre minier d'étain et c'était de là que provenaient les lingots de bronze qu'elle avait achetés à un prix défiant toute concurrence, à Gi. Il serait idiot d'essayer de les vendre en ville, cela ne ferait qu'attirer les soupçons.

Wallie suggéra donc de faire escale très peu de temps et proposa de payer les droits d'amarrage. Brota accepta sans discuter.

Les marins disaient qu'Ov était une cité imposante, bien plus grande que Dri ou Ki San. Les constructions s'étendaient en plaques et en zébrures au sommet de collines basses et grisâtres, elles-mêmes séparées par des marécages putrides. Les bâtiments étaient d'un gris terne, insipides et laids. Wallie, d'humeur maussade, songea qu'il s'agissait d'une ville construite avec des complets vestons fossilisés. Au milieu d'une telle monotonie, la vue de la tour des sorciers était un véritable soulagement. Droit, menaçant, cet édifice symbolisait le mal alors que le reste de la cité ne faisait penser qu'à un cimetière. Elle était, comme les autres tours, située à un pâté de maisons de la Rivière. L'extérieur paraissait terminé et les rayons du soleil se reflétaient sur la vitre d'une fenêtre des derniers étages.

La Rivière était peu profonde et les quais ne ressemblaient à aucun de ceux que Wallie avait déjà observés : un long ponton s'étendait loin de la rive pour former un T à son extrémité. Les capitaines essayaient de s'amarrer aussi près que possible de la berge, ce qui exigeait une certaine audace. En conséquence, le pied du T était bondé alors que sa barre transversale était presque déserte.

Wallie, Nnanji et Tomiyano – les trois petits singes – se rassemblèrent dans le rouf pendant que Brota faisait entrer le navire dans le port. Elle trouva un poste d'amarrage au milieu du pied du T, en aval de la Rivière.

— C'est un bon emplacement, dit Tomiyano. Il suffit de trancher les amarres et le courant nous emportera. C'est un avantage si nous devons partir précipitamment.

Il observa Wallie.

— C'est une bonne position pour se battre, concéda le guerrier. Il n'y a pas d'entrepôts devant nous. Des renforts ne viendraient que d'un seul côté.

Son regard croisa celui du capitaine et les deux hommes reconnurent en silence que chacun était mal à l'aise. Le marin avait pris le risque de conduire sept fois le septième dans des villes où les guerriers étaient interdits de séjour. C'était la dernière. Si quelque chose devait arriver, les superstitions voulaient que ce soit ici. Et les superstitions se vérifiaient souvent dans le Monde.

Nnanji était d'humeur sombre, lui aussi. Pendant la moitié de la nuit, il avait péroré à propos des ralliements – celui de Rof, celui de Za, celui mené par Guiliko, par Farhanderi. Il avait déclamé des histoires d'honneur, de gloire, de sang et d'immortalité. Mais maintenant, il avait succombé à la morosité omniprésente d'Ov.

Son frère entra dans le rouf habillé en esclave.

— Tu n'es pas obligé de faire ça si tu n'en as pas envie, dit Nnanji.

Même Katanji était moins énergique que d'habitude. Il hésita un instant.

— N'est-ce pas mon devoir, mentor ?

Nnanji se mordit les lèvres et acquiesça.

— Reste le moins longtemps possible à terre, dit Wallie. Contente-toi d'un petit coup d'œil à la tour et reviens tout de suite, d'accord ?

Le *Saphir* cogna en douceur contre les pare-battage du quai.

Le dieu du feu était en colère… Honakura entra à son tour dans la pièce.

— La ville est trop loin pour mes vieilles jambes, grommela-t-il avant de s'installer sur un coffre.

Tout le monde le sentait, mais personne n'osait le dire : quelque chose n'allait pas.

Un chariot passa dans une cacophonie de chocs et de grincements sur la chaussée en bois du ponton de pierre. Le passage était étroit et encombré à gauche comme à droite par les cargaisons des navires.

— Pouah ! (Nnanji fit une grimace.) Maintenant, je comprends pourquoi cet emplacement était libre.

Un transport de bétail était amarré de l'autre côté du quai, comme l'indiquaient un concert de meuglements lugubres et une puanteur caractéristique provenant de ses cales.

— Il doit transporter une cargaison de guerriers, plaisanta Tomiyano.

Il parvint à éviter le coup de poing de Nnanji. Pendant un moment, les deux hommes firent semblant de se bagarrer. Wallie les observa avec amusement et se rappela le début du voyage. L'ambiance à bord était bien meilleure aujourd'hui.

Nnanji mit fin à un match inégal et se frappa l'épaule en marmonnant. Si les moustiques du Monde véhiculaient la malaria, l'état sanitaire de la ville devait être catastrophique. Le rouf en était déjà rempli.

— Le cercle bouclé, murmura le prêtre dans son coin. (Il semblait plus fatigué et plus vieux qu'à l'accoutumée.) Avez-vous décidé de ce que nous ferons ensuite, seigneur Shonsu ?

— Oui, répondit Wallie. Rien.

Nnanji hoqueta de surprise.

— Rien, mon frère ?

— À moins que vous me disiez comment affronter les sorciers.

— Bah ! dit le prêtre. Ce ne sont que des charlatans !

Les trois hommes se tournèrent vers lui et le fixèrent avec indignation.

— Des charlatans ? railla Wallie. Nnanji, en comptant les victimes des garnisons et des autres histoires, on arrive à combien ?

— Deux cent quatre-vingt-un.

— Deux cent quatre-vingt-un guerriers ont été tués. Un homme est mort foudroyé sur le pont même de ce navire. Et vous pensez que ce sont des charlatans ?

— Vous avez raison, dit Honakura. Mais je suis certain que leurs pouvoirs ne sont pas réels. Pourquoi ce sorcier a-t-il proposé de lancer un sort de bonne fortune sur le *Saphir* alors qu'il savait déjà que sa cargaison atteindrait un prix record ? Pourquoi a-t-on fait jaillir des oiseaux d'un pot sous le nez du capitaine ? Ce sont des fanfaronnades destinées à impressionner les spectateurs. Des petits garçons ne se conduiraient pas autrement. Ils ne sont pas aussi puissants qu'ils veulent vous le faire croire.

Ce n'était pas la première fois qu'il avançait ces arguments et il ne faisait aucun doute que les sorciers avaient un faible pour la mise en scène. Ils disposaient néanmoins de pouvoirs mortels que Wallie ne pouvait expliquer dans une civilisation de l'âge de fer.

— Qu'est-ce que vous allez faire avec eux ? demanda de nouveau Honakura du haut de son coffre.

— La réponse n'a pas changé : rien. Dans chaque ville, il s'est passé la même chose : les sorciers sont apparus, les guerriers ont chargé et « zap ! »

Ils ont commencé leurs conquêtes il y a quinze ans à Wal et, tous les deux ans, ils s'emparent d'une autre cité. Je pense qu'ils ne vont pas tarder à franchir la Rivière. Est-ce que cela a une importance ? Les guerriers n'ont rien appris sur eux en quinze ans – rien du tout ! Je ne saurais pas quoi leur dire et, de toute façon, ils ne m'écouteraient pas. Ils essaieront de reprendre les villes en employant la tactique qui a conduit leurs camarades à la mort. Je ne participerai pas à cette boucherie.

Le vieux prêtre fit le signe de la Déesse.

— Que faites-vous de l'édit des dieux ?

— La Déesse n'apprécie pas de voir des autels consacrés au dieu du feu dans Ses temples, et alors ? Quelle importance ? Même les prêtres s'en fichent ! Pendant des milliers d'années, Ses guerriers ont écrasé les sorciers comme des insectes. Et maintenant qu'il y a un retour de bâton, Elle se décide à accomplir des miracles ?

Honakura faillit s'étrangler.

— Vous blasphémez !

Wallie n'était pas loin de se laisser convaincre par ses propres arguments. Les sentiments d'échec et de frustration bouillonnaient en lui. Il perdait son calme.

— Si vous voulez ! Je blasphème ! Balancez-moi donc dans la Rivière comme vous l'avez fait la dernière fois ! Lancez une accusation publique devant Brota. Je ne sais pas ce qui s'est passé il y a quinze ans. Vous croyez que les sorciers ont découvert un sortilège permettant de jeter des éclairs plus puissants ? Ou vous croyez qu'ils en ont eu assez de se faire massacrer par les guerriers ? La population se fiche de leur rivalité. Elle n'est pas plus heureuse avec les uns qu'avec les autres. C'est exactement pareil. En tout cas, les gens n'ont aucune envie que des batailles éclatent dans les rues, que des civils soient tués, que des guerriers soient tués, que leur maison parte en fumée. Vous avez vu les conséquences d'un incendie, à Gi.

» Non, je ne vais rien faire.

Le regard de Wallie se tourna vers la fenêtre et fixa un point à l'extérieur.

Nnanji était sidéré et irrité.

— Mais, seigneur mon frère, et le ralliement ?

— Je crois que les sorciers sont capables d'anéantir un ralliement aussi facilement qu'une garnison. Ça va être un désastre.

Shonsu avait échoué lamentablement dans sa mission, mais un autre mystère demeurait. Au cours de leurs diverses enquêtes, les détectives du *Saphir* n'avaient pas découvert la moindre référence au guerrier. Ils avaient appris qu'il avait occupé le poste de commissaire de la loge de Casr, mais rien de plus. Ils n'avaient pas entendu parler de massacres après la conquête d'Ov et il n'y avait aucune explication quant à son départ de Casr pour aller en pèlerinage à Hann, pourchassé par les démons des sorciers.

— Vous vous rappelez l'énigme ? demanda Wallie. Enfin restituer l'épée ? Oh, je ne manquerai pas de la rendre… à la Déesse. Je la donnerai au temple de Casr. Ensuite, les guerriers du ralliement pourront s'entre-tuer pour en prendre possession. Moi, je m'achèterai un pagne bleu et je me ferai rat de navire. Tu n'aurais pas besoin d'un grand costaud dans ton équipage, capitaine ?

— Tu racontes n'importe quoi, Shonsu, dit Tomiyano avec gaieté. Tu es prêt à jurer que tu feras tout ça ?

— Alors, dis-moi comment affronter les sorciers, gronda Wallie. (Il se retourna et regarda à travers un volet.) Voilà l'officier du port !

Honakura et Katanji s'approchèrent des fenêtres au moment où l'extrémité de la passerelle se posait sur le quai avec un bruit sourd.

L'officier du port était une femme âgée et potelée. C'était une troisième de poids. Elle avait des cheveux blancs, arborait un sourire amical et portait une tunique de laine marron. Une grosse sacoche officielle en cuir gaufré était accrochée à sa taille. Elle grimpa la passerelle et arriva sur le pont à bout de souffle.

Wallie songea qu'elle ressemblait à une mère ou à une voisine et pensa aussitôt que c'était peut-être le but recherché. Puis il laissa échapper un sifflement de colère : deux sorciers venaient d'apparaître derrière elle, un troisième et un deuxième. Ils gravirent la passerelle sans aucun effort, comme s'ils glissaient sur le sol, et montèrent à bord sans en demander la permission. Ils s'immobilisèrent comme deux statues encapuchonnées, le visage invisible, les mains dissimulées dans leurs manches.

— Oh ! oh ! murmura Nnanji.

— S'ils fouillent le navire…

Wallie tira le poignard de sa botte.

— Je m'occuperai de l'officier, dit Tomiyano. (Il savait que les soutras des guerriers n'encourageaient guère le combat contre des femmes.) Shonsu prendra le brun et Nnanji le jaune.

Oligarro jouait le rôle du capitaine et Brota se tenait juste derrière lui. La moitié des marins étaient sur le pont et fronçaient les sourcils en regardant les sinistres intrus.

L'officier du port salua.

— Je vous souhaite la bienvenue à Ov, capitaine, au nom du roi et du sorcier. Qui sont les guerriers qui voyagent à bord de votre navire ?

Brota fit un pas en avant, exécuta le petit salut à un inférieur et accepta le signe de soumission de la femme.

— Moi, ma fille du deuxième et un novice.

— C'est tout ? grogna un sorcier.

Les observateurs auraient été incapables de dire lequel avait parlé, mais c'était sans doute celui qui portait la robe brune du troisième.

— Pas de libres épées ? Vous êtes prêt à le jurer sur votre navire, capitaine ?

— Tout à fait, répondit Oligarro.

Tout l'équipage savait maintenant que les passagers du *Saphir* ne se considéraient pas comme tels.

— Maîtresse, est-ce que vous jurez également qu'il n'y a pas de libres épées à bord ?

— Bien sûr, répondit Brota.

Les sorciers pivotèrent sur eux-mêmes et descendirent la passerelle en flottant.

— C'est une nouvelle procédure ? demanda la guerrière.

L'officier aux allures de grand-mère hocha la tête.

— Elle est entrée en vigueur aujourd'hui. On dirait que les capuchons ont quelque chose qui leur gratte les fesses. (Elle haussa les épaules.) Mais je ne sais pas de quoi il s'agit.

Wallie, lui, le savait. Il fut soulagé de voir que Brota se méfiait autant que lui de cette charmante vieille dame. Aucun officier de port ne se serait jamais permis une telle réflexion.

— Bien ! dit Brota. Revenons-en à nos affaires. Combien ?

— Cinq pièces d'or, répondit la vieillarde d'un ton affable.

Oligarro fronça les sourcils.

— Je croyais que la taxe n'était que de deux pièces ?

— Peut-être que oui, peut-être que non. Mais vous allez m'en donner cinq et qui le saura ?

Elle secoua sa sacoche en cuir pour en faire tinter le contenu, puis sourit de nouveau.

Brota se renfrogna. Oligarro essaya de marchander, mais finit par payer la somme demandée.

La charmante vieille dame prit l'argent, salua avec politesse et s'en alla en claudiquant. Brota lui adressa un geste obscène dans le dos, puis se dirigea vers le rouf pour se faire rembourser la taxe par le seigneur Shonsu.

En tant qu'esclave, Katanji se montrait si discret qu'il en devenait presque invisible. Wallie l'entrevit alors qu'il descendait la passerelle d'un pas traînant. Ensuite, le jeune homme se volatilisa. Brota gagna la poupe afin de superviser les manœuvres, mais les marins accomplissaient déjà les opérations nécessaires. Wallie se tourna vers le quai juste à temps pour apercevoir deux autres sorciers qui semblaient flotter au-dessus du sol.

Holiyi et Linihyo descendirent tant bien que mal la passerelle en portant un lingot. Ils en déchargèrent un second et l'appuyèrent contre le premier pour former une espèce de tente à lutins. Des colporteurs arrivèrent et Lina marchanda avec eux pour obtenir des provisions et des fruits frais. Pendant ce temps, d'autres marins s'éloignèrent le long de la jetée afin de glaner des informations. La plupart se dirigèrent vers la gauche, en direction de la ville ; deux d'entre eux choisirent la droite et allèrent vers la Rivière. Brota installa son énorme masse sur une chaise, au sommet de la passerelle, et attendit les clients.

Un flot ininterrompu de gens et de chariots se pressait sur la chaussée. Les mâts et les gréements formaient comme une double avenue de sapins. Les roues des véhicules cahotaient sur les planches dans un vacarme sourd et caverneux. Les conducteurs lançaient des jurons et criaient après les esclaves ou les marins. Ces derniers répliquaient avec la même énergie tout en continuant à empiler des marchandises sur les bas-côtés – sans se gêner pour empiéter sur la chaussée. Les piétons évitaient les obstacles et jouaient des coudes. Des oiseaux ressemblant à des mouettes étaient perchés sur les gréements et plongeaient parfois vers la cohue à la recherche d'un déchet comestible.

Un groupe de cavaliers arriva et le bétail fut descendu du transporteur amarré près du *Saphir*. Pendant un moment, la confusion tourna au chaos. Puis, les beuglements décrurent tandis que le troupeau était conduit en ville. Le navire largua les amarres et s'éloigna – à la plus grande joie des marins et des passagers du *Saphir*.

Nnanji se mit à faire des exercices. Honakura, assis sur son coffre, était plongé dans ses pensées. Wallie et Tomiyano, chacun installé devant une fenêtre, observaient la foule d'un air découragé. Tout le monde s'administrait des claques furieuses pour exterminer les moustiques.

Comme toujours, les sorciers arpentaient les quais par groupe de deux. Ils glissaient le long de la chaussée, indifférents à la cohue, à ceux qui voulaient passer, mais qui n'osaient pas les approcher de trop près. Ils ne suivaient pas un chemin précis et Wallie fut incapable de calculer le nombre total de patrouilles. Il pouvait uniquement se fier à la couleur de leur robe, et ils semblaient changer de partenaire très souvent.

— Shonsu ! appela soudain Tomiyano. Tu vois ce quatrième ! Tu le reconnais ?

— C'est notre ami d'Aus ! L'homme aux mains si douces !

— Ixiphino ? demanda Nnanji en approchant pour regarder.

C'était bien l'officier du port d'Aus, toujours aussi grand et éclatant de beauté. Il portait un pagne orange et des sandales en cuir brillantes. Wallie songea qu'il ressemblait vraiment à un mannequin pour maillots de bain. Il était accompagné par un sorcier du cinquième en robe rouge, grand et voûté, dont le visage demeurait invisible sous sa capuche. Derrière eux, un esclave – sans doute à leur service – tirait une charrette chargée de paniers cubiques. Ils venaient de la ville.

— Voilà qui met un terme à mes derniers doutes, dit Wallie. C'est bel et bien un sorcier ! Et regardez par là !

Katanji les filait à quelques mètres de distance. Il avait probablement croisé le petit groupe et l'avait pris en filature pour connaître sa destination. Ce gamin était un sacré malin !

Wallie, Nnanji et Tomiyano observèrent les deux sorciers et leur serviteur disparaître derrière le navire voisin, suivi par un jeune esclave anonyme. Tomiyano sortit du rouf et grimpa dans les gréements comme un écureuil.

Thana entra pour demander si les deux guerriers avaient aperçu Ixiphino.

Jja arriva. Wallie l'embrassa et lui raconta ce qu'il venait de voir.

Deux espions regagnèrent le *Saphir*. Fala n'avait pas découvert grand-chose d'intéressant, mais Lae avait vu le faux officier accompagné par un sorcier en ville. Elle les avait filés, elle aussi. Elle avait attendu un moment sur le quai pour s'assurer qu'elle-même n'était pas suivie. Lae était fantastique : elle était douée pour tout, y compris l'espionnage.

—Je pense qu'ils venaient de la tour, dit-elle.

Elle avait parlé avec assurance : dans sa bouche, une hypothèse équivalait à une affirmation.

Tomiyano se laissa glisser le long d'une corde et se précipita dans le rouf.

—Ils ont tourné à droite au bout de la jetée. (Il courut jusqu'à une fenêtre de poupe.) Ils sont allés vers ce navire, là-bas. Le blanc.

Il y avait peu de bateaux sur la barre transversale du T et on voyait sans difficulté celui que Tomiyano désignait. Amarré à l'écart des autres, il était de taille modeste et pourvu d'un seul mât. Si la charrette avait suivi les deux sorciers, elle était maintenant cachée par la coque.

—Permets à un pauvre terrien de te poser une question sur les bateaux, dit Wallie à Tomiyano. Celui-ci est petit, il ne pourrait pas s'approcher plus près de la rive ? Pourquoi est-il ancré tout au bout de la jetée ?

—Pas nécessairement, répondit le capitaine d'un ton impatient. Ce joujou a été conçu pour aller vite. Son tirant d'eau est probablement plus important que celui du *Saphir*. Il doit avoir une grosse quille, sans doute fixe.

Wallie se tourna vers Lae.

—Est-ce que tu as vu ce qu'il y avait dans les paniers ?

Lae lança un regard vers Tomiyano et ses rides se creusèrent pour esquisser un sourire.

—Des oiseaux, seigneur.

Le capitaine marmonna des horreurs à propos des sorciers et de leurs volatiles.

Le temps continua de s'écouler avec lenteur.

Dans l'esprit de Wallie, une petite lumière se mit à clignoter dans l'obscurité. Katanji avait toujours vu des oiseaux à proximité des tours, des oiseaux sur le sol. Les sorciers les nourrissaient, certes, et leurs marques faciales représentaient des plumes, mais… Il essaya de se souvenir du volatile que le sorcier avait fait jaillir du pot. Des paniers carrés ?

—Est-ce que tu pourrais préciser à quelle espèce ils appartenaient ?

Il retint son souffle en attendant la réponse de Lae.

—Ils roucoulaient comme des pigeons.

—Par tous les dieux ! s'écria Wallie. Des pieuvres et des plumes !

La petite lumière se transforma en brasier. Ses compagnons le fixèrent d'un air surpris, mais il était perdu dans ses pensées. Il ne remarqua ni leurs regards ni les coups d'œil inquiets et amusés qu'ils échangèrent. Son cerveau tournait à plein régime tandis qu'il essayait de faire le lien entre les pigeons, les paniers carrés et le navire rapide.

—Seigneur mon frère ? demanda enfin Nnanji, préoccupé.

Wallie revint à la réalité et administra une grande claque dans le dos de son protégé – avec tant d'enthousiasme que Nnanji faillit tomber. Il exultait !

— J'ai compris ! s'exclama-t-il. Ce n'est pas le plus important, mais j'ai percé un des secrets des sorciers. (Il se tourna vers Tomiyano et lui sourit.) Vous extrayez une substance noire des pieuvres ?

— Tu parles de l'encre ? demanda le capitaine.

Ce petit jeu de devinette l'agaçait.

— De l'encre ?

Le mot était nouveau pour Wallie. L'ancien Shonsu ne connaissait rien aux pieuvres, sinon qu'elles pouvaient faire office de repas. De l'encre d'origine animale, comme on en tirait des sépias. La marque en forme de plume, une plume d'oiseau, mais aussi une plume pour écrire. Des plumes ! De l'encre ! Honakura avait dit que les sorciers étaient jadis associés aux prêtres. Des scribes, par tous les dieux ! Les pigeons voyageurs n'étaient d'aucune utilité sans message. Et pour rédiger un message, il fallait savoir écrire. Voilà comment les sorciers avaient appris si vite que le pont avait été détruit, que Gi avait été ravagé par un incendie ou qu'un ralliement se préparait.

Les pigeons étaient seulement capables de retourner à leur pigeonnier d'origine. Pour établir un réseau de communication, il fallait acheminer les oiseaux aux autres tours. Le moyen le plus rapide était de les transporter sur un navire taillé pour la vitesse… et, par voie de terre, de prendre le raccourci entre le domaine des Garathondi et Aus. C'était une des raisons qui expliquait la réfection de cette route. Ixiphino, le faux officier, avait emporté des pigeons capables de retourner à Aus, et sans doute à Wal, pour les livrer à Ov et à Amb. Bingo !

Les implications de cette découverte étaient immenses : si on identifiait le marchand qui gardait les pigeons dans les cités libres, on identifiait du même coup un espion à la solde des sorciers. La chasse au faucon était un sport répandu dans le Monde ; ces rapaces pouvaient couper les lignes de communication de l'ennemi. Wallie ne savait toujours pas comment affronter les sortilèges, mais il avait commencé sa guerre contre les sorciers.

— Je ne peux pas vous expliquer maintenant, dit-il.

D'ailleurs, il ne le ferait peut-être jamais : la notion d'écriture dépassait l'entendement de ses compagnons. L'emploi de signes graphiques était une révolution qui pourrait transformer la société en profondeur et, si Wallie en révélait le principe, il briserait le monopole des sorciers et ébranlerait le fondement de leur culture. Les dieux ne le permettraient sans doute pas. Non ! Les *sorciers* ne le permettaient pas. Il se rappela son trait d'humour quand il avait affirmé qu'il était capable d'ensorceler le vin. Si le Peuple n'avait pas découvert l'écriture, il y avait une raison à cela : elle avait déjà été inventée et était à l'usage exclusif des sorciers. Wallie avait identifié leur but : ils parcouraient le Monde sous divers déguisements afin d'empêcher que l'écriture soit redécouverte. Voilà pourquoi leurs tours étaient semblables : ils avaient des plans avec des mesures précises.

Wallie s'agita sous le coup de l'excitation.

— Nnanji ! Quand Katanji est sorti de la tour, il a vu des étagères avec des boîtes dessus. Tu te souviens de leur description ?

— Il a dit que c'étaient des boîtes en cuir, répondit Nnanji en fronçant les sourcils. Ensuite il a parlé de boîtes en cuir brunes, puis de boîtes aplaties. Il a dit qu'il y en avait beaucoup.

Des livres ! Ils achetaient le cuir de meilleure qualité – le vélin ! Était-il possible de dérober certains de ces ouvrages et de réapprendre à lire ? De découvrir la magie ? Voilà qui changeait tout ! *Les sorciers maîtrisaient l'écriture !*

— À ton avis, pourquoi Katanji traîne-t-il tant ?

Les oiseaux s'élancèrent soudain vers le ciel, les chevaux attelés se cabrèrent et les têtes se tournèrent. Près du navire blanc, à l'endroit où la charrette avait disparu derrière la coque, à l'endroit où les deux sorciers étaient allés, à l'endroit où Katanji les avait suivis, un nuage de fumée s'éleva sans hâte.

Un claquement de tonnerre sec et puissant se répercuta dans le port.

Un claquement que Wallie identifia tout de suite.

Ce n'était pas le tonnerre. C'était un coup de feu.

L'avènement de la sagesse.

« Tu pourras apprendre la leçon. »

Imbécile !

Tomiyano et Nnanji se télescopèrent en voulant sortir en même temps. Le guerrier dut céder le passage. Le capitaine grimpa dans la mâture à toute allure et les amarres tremblèrent quand les marins l'imitèrent. Nnanji reprit son équilibre et se dirigea de nouveau vers la porte. Il se rappela alors le règlement et courut vers son mentor.

— Katanji ! s'écria-t-il. Je dois aller voir ce qui s'est passé !

Wallie fixait le vide, comme si son protégé était devenu invisible. Le reste de l'équipage se précipita dans le rouf avec des regards apeurés. Sur la chaussée, les patrouilles de sorciers réagirent sans délai et se dirigèrent vers la Rivière, presque au pas de course. Dans la foule, les plus téméraires leur emboîtèrent le pas tandis que les plus timorés retournaient chez eux.

— Seigneur mon frère ! Seigneur Shonsu !

— De la pisse de cheval, lâcha Wallie dans un murmure.

Son cerveau était en ébullition. Il n'avait pas encore récupéré du choc de sa découverte précédente et n'avait pas eu le temps d'envisager toutes ses implications. Pourtant, sans ce coup de tonnerre qui l'avait arraché à ses pensées, il n'aurait peut-être pas fait ce formidable bond en avant. Dans sa tête, le brasier s'était transformé en soleil. Les idées fusaient si vite qu'il ne parvenait plus à les suivre. Pour lui, le Monde venait de basculer.

Il s'était conduit comme un imbécile aveugle et têtu ! Il avait eu toutes les cartes en main. Il cria et martela la paroi du rouf avec rage. De l'urine de cheval et des flammes qui jaillissaient dans une forêt sombre. Des éclairs et des mines à proximité de volcans. Des démons de feu et des cuves d'eau bouillonnante. Des flûtes magiques et des moustiques. Des oiseaux dans des pots et des manches longues. Abruti ! Pourquoi n'y avait-il pas pensé plus tôt ?

Seigneur mon frère !

— Tomiyano ! rugit Wallie.

Il regarda autour de lui et constata que le capitaine était absent. Il attrapa Brota par les épaules.

— Aus ! cria-t-il. Le navire devant lequel j'ai rencontré Tomo. Qu'était-il en train de charger ? Est-ce qu'il vous l'a dit ?

Il s'aperçut qu'il secouait la guerrière comme un prunier et s'arrêta.

Brota le regarda bouche bée, terrifiée.

— Il a parlé de soufre, seigneur !

— Du soufre ! (Encore un mot nouveau dans le vocabulaire de Shonsu.) À quoi est-il destiné ?

— J'en utilise pour désinfecter les cabines par fumigation, seigneur.

Brota tremblait de tous ses membres face à ce fou furieux.

Seigneur mon frère !

Du soufre, hein ? Toute une cargaison de soufre ? Il aurait dû deviner à ce moment-là. Les sorciers en extrayaient à Aus et l'acheminaient jusqu'aux autres tours. De plus, Katanji avait vu du charbon dans celle de Sen. De la poudre ! De la poudre à canon primitive : quinze mesures de nitrate de potassium, trois mesures de soufre, deux mesures de charbon... La Déesse avait choisi un ingénieur chimiste et il avait été trop bête pour comprendre pourquoi. Le Peuple connaissait sans doute le nitrate de potassium sous la forme de salpêtre, pour conserver la viande... C'était sans importance pour le moment. Cette cuve dont le bouillonnement avait tant effrayé Katanji dans la cage d'escalier de la tour... C'était pour cette raison que les sorciers érigeaient ce genre d'édifice – enfin, une des raisons, du moins. Des gouttes de plomb en fusion tombaient du sommet et plongeaient dans une cuve d'eau – un système destiné à la fabrication de balles. Pas étonnant que Katanji ait entendu des sifflements et vu des jets de vapeur ! Mais cela signifiait que les sorciers n'avaient pas découvert le canon rayé, ils employaient encore des âmes lisses.

Les mystérieux démons n'étaient rien d'autre que des bouches à feu qui tiraient de la mitraille, ou bien des obus à balles. Bien sûr que les corps étaient lacérés et mutilés !

— Katanji ! hurla-t-il. Tu me l'avais dit ! Tu m'as apporté la sagesse et je n'ai pas su quoi en faire !

Autour de lui, les autres échangèrent des regards consternés.

Ainsi donc, les sorciers étaient restés tapis dans leurs montagnes pendant des millénaires, encerclés par les guerriers. Mais ils connaissaient l'écriture et, grâce à elle, ils avaient accumulé le savoir, siècle après siècle, jusqu'à l'invention de la poudre. Sur Terre, les Chinois l'avaient découverte des centaines d'années avant de l'employer à des fins militaires. Les sorciers avaient inventé les armes à feu, primitives, certes, mais assez efficaces pour tuer des guerriers.

Pourtant, elles devaient manquer de précision et le chargement était sans doute assez long. C'était pour cette raison que le sorcier n'avait pas tiré sur Nnanji, à Wal : il n'avait pas eu le temps de recharger après avoir abattu l'officier du port.

L'avènement de la sagesse – l'avènement des sorciers. Wallie s'était demandé pourquoi ils ne s'étaient emparés d'aucune cité avant les quinze dernières années. Une simple déduction aurait dû lui permettre de trouver la réponse. Seule une avancée technologique changeait le cours de l'histoire d'une manière aussi radicale.

Wallie revint à la réalité et la première chose qu'il vit, ce fut le visage de Nnanji. Celui-ci affichait une expression à la fois stupéfaite et affolée : il venait peut-être de perdre son jeune frère et son mentor le trahissait en sombrant dans la folie furieuse. Les marins s'étaient rassemblés autour du septième, traumatisés, inquiets. Le rouf était rempli de personnes terrorisées qui attendaient qu'il prenne la situation en main. Nnanji le premier.

— Je veux aller voir ce qui s'est passé, seigneur mon frère !

Wallie eut l'impression que son protégé avait déjà répété cette phrase – à plusieurs reprises.

— Non ! Tu ne pourras rien faire.

Que dire d'autre ? Wallie poursuivit dans cette voie.

— Nnanji, le ralliement a commencé. Si Katanji est mort, il a été le premier à tomber. Les ménestrels chanteront ses exploits jusqu'à la fin des temps. Son nom brillera au firmament des héros.

Il avait touché juste. Les épaules décharnées de Nnanji se redressèrent et le jeune homme hocha la tête d'un air grave.

— Mais, continua Wallie, imagine qu'il soit encore en vie. Mets-toi à la place des sorciers : tu viens de découvrir un espion, qu'est-ce que tu fais ?

Cinq minutes plus tôt, il n'aurait jamais envisagé qu'un éclair puisse rater sa cible.

— Je l'emmène à la tour pour l'interroger, évidemment. Non ! (Il marmonna en silence tandis qu'il se remémorait les soutras, le manuel du guerrier.) Il est sans doute venu d'un bateau et il faudrait passer devant tous ceux qui sont amarrés. Trop dangereux. Je le fais monter à bord du mien pour le mettre en sécurité. Puis je signale que j'ai été attaqué. On postera des gardes à l'entrée de la jetée pour protéger la tour et on commencera à fouiller les navires un par un.

— Parfait, dit Wallie en hochant la tête. Je pense la même chose. Mais nous sommes des guerriers, pas eux. Ils sont peut-être assez idiots pour le ramener à terre en empruntant la jetée.

Les yeux de Nnanji s'illuminèrent, puis son visage se décomposa de nouveau.

— Encore faut-il qu'il soit vivant, seigneur mon frère.

Il poussa un jappement quand Wallie l'attrapa par l'épaule et la malaxa comme de la pâte à modeler. Le septième le lâcha.

— Partons du principe que c'est le cas tant que nous ne sommes pas sûrs du contraire. Nous allons leur tendre une embuscade !

Des murmures dubitatifs s'élevèrent tout autour de lui. Combattre des adversaires qui jetaient des éclairs? Si Tomiyano avait été présent, il n'aurait pas manqué de lancer une de ses remarques sarcastiques à propos des guerriers.

On entendit des bruits de pas sur le pont et le capitaine fit irruption dans le rouf.

— Il est vivant! s'écria-t-il. Il a l'air blessé, mais ils l'ont relevé.

Un concert d'acclamations accueillit la nouvelle.

— SILENCE! rugit Wallie.

Il se retourna pour faire face aux marins présents dans la pièce. La situation n'était pas bonne. Les sorciers voudraient savoir d'où venait ce guerrier déguisé et s'ils recherchaient des personnes au comportement suspect, un équipage tout entier s'engouffrant par une même porte ne manquerait pas d'attirer leur attention. *Lancer un sort en frottant une assiette?*

— S'ils le font passer devant le *Saphir*, Nnanji et moi essaierons de le sauver. Est-ce que vous êtes prêts à nous aider?

— Oui! répondirent les marins, presque en chœur.

— Ce sera dangereux, avertit Wallie. Il est possible que plusieurs d'entre vous perdent la vie pendant l'opération.

Acclamations!

Ils étaient décidés à le suivre et au diable le risque! Depuis l'attaque des pirates, Wallie avait une armée à sa disposition.

Nnanji affichait un grand sourire. Son héros était redevenu héroïque et il allait y avoir de l'action.

Wallie ferma les yeux pendant un moment. Différents plans s'entrechoquaient dans sa tête comme des dés dans un gobelet.

— D'accord, dit-il enfin. Nous n'avons pas beaucoup de temps. Vous allez faire exactement ce que je vous dis sans discuter. Quand je crierai « chargez », vous vous jetterez tous à terre. Vous avez compris? C'est un code. « Chargez », ça signifie que vous vous jetez tous à plat ventre. Et vite! « Debout », ça veut dire debout. Imaginez que les éclairs ne sont que des couteaux de lancer. Ils sont sans doute aussi précis, mais je crois que les sorciers ne peuvent en lancer qu'un en même temps. Et il leur faudra plusieurs minutes avant de pouvoir recommencer. Est-ce que vous avez compris? répéta-t-il.

Si sa dernière affirmation se révélait fausse, il allait perdre de nombreux amis sous peu. Pourquoi pensait-il cela, d'ailleurs? Une partie de son cerveau fournissait des réponses aux questions qu'il n'avait pas encore eu le temps de se poser. Parce que les sorciers faisaient ainsi depuis quinze ans, depuis qu'ils s'étaient emparés de la première cité, et une technologie qui donne satisfaction ne fait pas beaucoup de progrès en quinze ans. Voilà pourquoi! Les bouches à feu crachant les démons étaient sans doute une invention récente, mais il n'y en avait pas ici. Wallie se prépara à donner des ordres avec la sensation de se jeter dans le vide. Il ignorait encore quels mots il allait prononcer.

— Linihyo, Oligarro, Holiyi, Maloli, ramenez les lingots du quai et...

— La marchandise est sans importance..., commença Brota.

— SILENCE ! rugit de nouveau Wallie. Je ne veux pas de discussion, je vous ai dit.

Personne n'avait osé s'adresser à Brota ainsi depuis des années. La guerrière se ratatina dans un silence abasourdi. Wallie se tourna de nouveau vers les marins.

— Sortez-en autant que possible de la cale. On n'a pas le temps d'utiliser le mât de charge, il faudra le faire à la main. Placez-les sur les bords, contre le bastingage, du côté de la chaussée. Compris ? Allez-y !

Ces lingots étaient une chance inespérée. Si les dieux étaient avares de miracles, ils n'avaient rien contre la bonne fortune. Ces plaques de bronze arrêteraient une balle de mousquet en plomb.

— Nnanji, débarrasse-toi de ton épée pour le moment. Je veux six guerriers sur le quai, cachés à des endroits différents – des femmes, elles paraîtront moins suspectes. Indique-leur leur position et reviens chercher des armes. Dépêche-toi !

L'épée et le harnais de Nnanji tombèrent sur le plancher, près de la porte. Le jeune guerrier disparut en criant les noms de celles qu'il avait choisies.

— Sinboro, prends Fa et Oligata avec toi et grimpe dans la mâture. Toi, tu resteras là-haut et tu me les enverras s'il y a du nouveau.

» Diwa, tous les enfants et ceux qui ne prennent pas part au combat descendent sous le pont. Tu te charges de les y garder tant que le navire n'est pas en flammes. Lina, vieil homme, vous allez avec eux. Et pas dans les cabines ! Au fond de la cale !

» Lae, je veux une hache près de chaque amarre. Il faudra peut-être les trancher et s'enfuir si mon plan ne fonctionne pas.

» Capitaine, il y a combien de sorciers ?

Tomiyano hésita.

— Par tous les diables ! Je ne les ai pas comptés. Je crois qu'il n'y en avait que deux ou trois autour de Katanji. Avec les patrouilles, ça doit faire huit de plus. Ils seront là, eux aussi, maintenant. Et je ne parle que des encapuchonnés.

Wallie hocha la tête avec satisfaction.

— Parfait, il n'y a qu'eux qui m'inquiètent. Fais monter les épées.

Il passa en revue les différentes étapes de son plan et s'aperçut qu'il y avait un problème : il allait se faire tuer.

— Brota, j'ai besoin d'un truc qui ressemble à une tête.

Le visage potelé de la guerrière tremblota.

— Une tête ?

— Avec une arme d'entraînement dessus.

Il fallut un certain temps pour lui expliquer. Quand elle quitta le rouf de son pas pesant, le premier messager revint du poste de vigie. C'était Oligata.

— Ils l'amènent par ici ! s'écria-t-il, pantelant, les yeux écarquillés par l'excitation. Sept sorciers et Katanji !

— Parfait ! Dis à Sinboro de garder un œil du côté de la ville. Ils vont peut-être envoyer des renforts. Retourne à ton poste, messager !

L'épée à la main, Wallie conduisit les autres sur le pont et annonça à Nnanji que son frère arrivait. L'embuscade se préparait : les marins avaient placé dix lingots le long de la rambarde et il était impossible de les remarquer depuis le quai. Mais ces plaques seraient-elles assez solides ? Wallie en déplaça deux à lui tout seul et les installa à côté de chacun des câbles.

Brota apparut avec une épée d'entraînement et un panier de la taille d'une tête. Elle était enveloppée dans du tissu noir dont une extrémité formait même une espèce de queue-de-cheval. Wallie planta l'arme dans le nœud et admira le résultat avec un petit sourire.

— C'est l'heure du spectacle de marionnettes.

— Vous êtes encore plus fou que d'habitude, Shonsu, déclara Brota d'un ton nerveux.

— Bien au contraire. Je n'ai jamais eu les idées aussi claires depuis Aus. (Il observa le pont tout autour de lui et se demanda combien de dizaines de détails il avait pu négliger.)

— Jja et vous, vous vous allongerez dans les haussières, derrière ces lingots. Je ne crois pas que les éclairs puissent les traverser. Mais d'abord, j'ai besoin de vêtements afin de dissimuler les armes.

— Il va falloir un sacré lingot si je dois me cacher derrière !

Brota leva les yeux au ciel sans dire un mot, puis s'éloigna de son pas chaloupé.

Wallie se tourna vers le quai pour observer la foule qui ne s'était pas beaucoup dispersée. De nombreux innocents allaient peut-être se faire blesser. Il eut soudain envie de tout arrêter, de rassembler ses troupes et de s'enfuir. Une seule chose le retint : la possibilité qu'on torture Katanji. Oh, Katanji !

Cinq hommes et un garçon se tenaient autour de Wallie, sur le pont, et attendaient ses ordres avec impatience. Nnanji et six femmes ou jeunes filles étaient sur la jetée. Wallie aperçut Fala près d'une pile de balles – elle parlait à une inconnue faisant partie d'un autre équipage ; un peu plus loin, Mata discutait avec deux marins. Autour du *Saphir*, le quai était assez dégagé, car on n'avait rien déchargé de la cale ; mais, tout autour, des marchandises s'entassaient un peu partout, des chariots attendaient, des gens se poussaient ou patientaient, de nouveaux véhicules approchaient. Dans peu de temps, un chaos de tous les diables allait se déchaîner ici.

Wallie se tourna vers Nnanji dont les yeux brillaient.

— Prends les épées et apporte-les aux autres. Que personne ne les sorte des vêtements tant qu'on n'en a pas besoin ! (Il fit signe aux hommes d'approcher pour écouter.) Rappelle-leur qu'il faudra se jeter à terre quand je crierai « chargez ! » Nnanji, ce qui m'inquiète plus que tout, c'est la torture. Nous ne devrons laisser aucun blessé derrière nous et cela inclut ton frère.

Nnanji se contenta de hocher la tête, mais son sourire montrait qu'il n'envisageait pas l'échec.

— Nous allons apparaître sur le pont et les défier, puis nous nous accroupirons. J'espère que ça les poussera à utiliser leurs… leurs éclairs. Ça va faire un raffut de tous les diables ! Ensuite, nous les attaquerons avant qu'ils aient le temps de lancer un autre sort.

La minuscule Fia glissa le long d'un gréement et se laissa tomber sur le pont. Elle passa les mains sous ses bras pour essayer de soulager ses paumes irritées par la corde.

— Shonsu, ils viennent de s'engager sur la branche principale de la jetée.

— Parfait. Remonte et dis à Sinboro que vous devez rester là-haut maintenant. Et ne vous étonnez pas si vous entendez un sacré vacarme !

» Nnanji, vas-y ! Ne vous faites pas repérer tant que nous ne nous sommes pas montrés au bastingage. Oh, Nnanji ? Dis à tout le monde de viser les bras, ni la tête ni le corps.

Les yeux marron faillirent jaillir de leurs orbites et le jeune guerrier se retint *in extremis* de demander des explications. Il se précipita sur le quai, un paquet d'épées enveloppées dans du tissu dans une main, son arme et son harnais dans l'autre.

— Pourquoi faut-il viser les bras, seigneur ? voulut savoir Holiyi.

— Parce qu'ils transportent des choses dans leurs manches, dit Wallie d'un air mystérieux.

Tout le monde se contenta de cette réponse, pourtant sincère. Wallie avait fait une promesse : « J'épargnerai le prochain sorcier que je rencontrerai, en guise de remerciement. » Il était possible qu'on exerce des représailles contre les équipages ou les habitants de la ville, mais c'était peu probable. De plus, certains marins du *Saphir* seraient peut-être blessés et abandonnés sur place malgré les sinistres avertissements adressés à Nnanji ; les prisonniers seraient mieux traités si aucun sorcier n'était tué dans l'embuscade. Et puis, dans la mesure du possible, Wallie voulait éviter les morts inutiles.

— Shonsu ! cria Sinboro du haut du grand mât. Il y en a d'autres qui rappliquent !

Il pointa un doigt en direction de la ville. Wallie fit signe qu'il avait entendu. Il conduisit sa petite armée près du bastingage et les fit répéter deux fois.

Un nouveau renseignement parvint de la mâture : les sorciers arrivaient à la hauteur du navire.

Wallie s'accroupit au sommet de la passerelle, l'épée à la main. De l'autre côté de la jetée, un navire avait déchargé une cargaison misérable composée de gros paquets bruns et de longs rouleaux de toile à voile. Ces marchandises formaient un obstacle et, pour le contourner, les véhicules et les piétons devaient se serrer du côté du *Saphir*. Fala était assise sur une balle, une épée derrière elle. La femme avec qui elle parlait quelques minutes auparavant avait disparu – elle s'était peut-être rendu compte que les vêtements dissimulaient des armes.

À droite de Wallie, dans la direction où l'ennemi allait apparaître, la largeur de la chaussée était réduite par une montagne de sacs de grains du côté du *Saphir* et un chariot qui chargeait des caisses de l'autre. Nnanji était accroupi derrière les sacs, l'épée à la main. À première vue, il avait choisi un endroit curieux pour se cacher. Pourquoi ne s'était-il pas placé en retrait, au cas où les sorciers essaieraient de forcer le passage en courant ? Fala et Mata se tenaient près du chariot.

À gauche, Wallie n'aperçut aucun de ses soldats, mais sa vue – comme celle des sorciers – était bloquée par deux autres chariots. Le premier transportait des paniers jaunes et le second des briques rouge ocre. Un troisième véhicule chargé de bois essayait de se frayer un passage entre eux dans un concert d'insultes. Un vieux colporteur passa le long du *Saphir*, traînant sa charrette de poissons rutilants d'un pas lourd. Deux autres chariots approchaient par la droite et les sorciers se trouvaient juste derrière. On apercevait parfois des capuchons jaunes au milieu de la foule.

Au fur et à mesure que les passants remarquaient les épées, ils se faisaient de plus en plus rares à proximité du *Saphir*. Il s'agissait d'un test de loyauté pour le peuple de la Rivière et les habitants d'Ov : l'un d'entre eux allait-il avertir les sorciers de ce qui les attendait ? C'était pour cette raison que Nnanji s'était installé près des sacs. Si quelqu'un les alertait, ils feraient demi-tour et se replieraient avec leur prisonnier. Cette hypothèse donna la chair de poule à Wallie : il ne parviendrait pas à les faire décharger leurs mousquets et Nnanji se lancerait sans nul doute à leur poursuite.

Il observa une dernière fois le pont et sa petite armée accroupie derrière les lingots. Les marins avaient tiré leur épée et regardaient le septième avec nervosité. Il leur adressa l'équivalent local du pouce dressé et aperçut alors Honakura près d'un mât. Le vieil homme souriait avec suffisance.

— Descendez dans la cale ! lui cria Wallie.

Le prêtre fit la moue et secoua la tête.

— Je collectionne aussi les actes héroïques, en plus des miracles.

Il esquissa une petite grimace narquoise.

— Vous allez surtout récolter un éclair en pleine figure, espèce d'andouille ! Montez sur le gaillard d'avant et restez à l'abri derrière le cabestan.

Honakura se renfrogna, mais se dirigea vers la proue sans se presser.

Le chariot chargé de bois avait réussi à se faufiler entre les deux autres. Il s'immobilisa près du *Saphir* en attendant que le quai se dégage devant lui. Par chance pour les personnes embusquées, le maître d'attelage fut assez égoïste pour s'arrêter au beau milieu de la chaussée. Les véhicules venant en sens inverse devraient le croiser en se serrant du côté du *Saphir*. Un flot de piétons s'engouffra dans la brèche d'un pas pressé.

Le premier des deux chariots précédant les sorciers passa devant les caisses, puis le *Saphir*, dans un grondement sourd. Son chargement de tonneaux laissait échapper une forte odeur de bière. Le second véhicule suivit. Il transportait une pile impressionnante de petites cages qui tanguait dangereusement – des casiers à homard, semblait-il.

Puis les sorciers apparurent enfin – des robes jaunes, brunes et une rouge. Ils avançaient en deux lignes de trois et surveillaient les navires ainsi que la foule d'un œil prudent. Tous avaient les mains cachées dans les manches, devant eux. Katanji marchait au milieu, minuscule, presque invisible. Wallie vit qu'il avait le bras droit bandé et en écharpe. Une corde passée autour de son cou était tenue par un gigantesque cinquième qui ne quittait pas le prisonnier des yeux.

Le cœur de Wallie martelait sa poitrine et sa bouche était aussi sèche qu'un vieux parchemin. Les casiers à homard arrivèrent à sa hauteur et il vit clairement le prisonnier. Katanji avait l'air ébranlé, rabougri, pâle. Celui-ci fixait le sol pour ne pas regarder le *Saphir*, mais on distinguait son visage contusionné et en sang. Les sorciers avaient conduit un interrogatoire préliminaire.

Les enfoirés !

— Debout ! cria Wallie. Sorciers ! Je suis envoyé par la Déesse !

Il s'avança au sommet de la passerelle pour qu'ils voient son kilt bleu, puis il leva son épée.

Ses adversaires tournèrent aussitôt les yeux vers le *Saphir* et aperçurent un septième à la tête d'un groupe d'hommes en armes. Ils réagirent d'instinct et tirèrent leurs armes de leurs manches. Comprenant qu'une bataille était sur le point d'éclater, les passants s'enfuirent en hurlant.

— Chargez ! lança Wallie.

Et il se jeta par terre.

Un coup de tonnerre éclata, une détonation assourdissante et irrégulière. Près de lui, les lingots tremblèrent et des éclats de bois mitraillèrent le pont. Wallie attrapa l'épée d'entraînement avec le panier et l'agita au-dessus du bastingage pour déclencher de nouveaux tirs, mais rien ne se passa. Le septième se releva et aucun projectile ne le frappa.

Il avait prédit le chaos, mais il ne l'avait pas imaginé ainsi. La combustion de la poudre noire primitive engendra une quantité de fumée incroyable : l'air en fut saturé ; les gens et les chevaux poussèrent des hurlements terrifiés – surtout les chevaux, qui s'élancèrent à bride abattue et renversèrent tout ce qui était sur leur passage. Le véhicule chargé de casiers à homard – un chargement encombrant, mais léger – partit comme une flèche sur la gauche. Il percuta le chariot de bière et les tonneaux roulèrent sur le quai. Il fonça ensuite vers la droite en obligeant les sorciers à se disperser, franchit les rouleaux de toile à voile et bascula sur le côté. Son chargement de casiers se répandit sur la chaussée entre les barils et les nombreux civils affolés.

Wallie avait descendu la moitié de la passerelle lorsqu'il vit Nnanji embrocher le premier sorcier. Mais où était Katanji ? Il aperçut alors une tache rouge à travers la fumée : le grand cinquième disparut derrière le chariot de bière pour se diriger vers la ville. Wallie laissa son armée s'occuper de la bataille et se lança à sa poursuite.

Les caisses et les tonneaux avaient distrait l'attention des sorciers, mais ils constituaient maintenant une gêne pour Wallie. Le septième slaloma, sauta de côté et proféra une quantité astronomique de jurons avant de franchir le plus gros des obstacles. La vue se dégagea et il aperçut le cinquième, son prisonnier sur l'épaule. L'homme était au milieu d'un flot de personnes affolées qui se dirigeait vers la ville à travers un labyrinthe de chariots, de marchandises et de chevaux apeurés. Wallie courut en écartant les gens de son passage, mais le cinquième était puissant et endurant. Katanji le ralentissait à peine et il s'écoula plusieurs minutes avant que Wallie le rattrape… presque au bout de la jetée. Le septième arriva dans son dos et plongea son épée entre ses jambes.

Le sorcier s'effondra sur Katanji, roula sur le côté et entreprit de sortir quelque chose d'une poche. Wallie prit vaguement conscience du visage haineux qui le fixait. Il assena un coup de pied à son adversaire. Le premier sorcier rencontré était maintenant hors de combat – dans un sale état, peut-être, mais sûrement pas mort. Le guerrier avait respecté la promesse faite à Aus.

Katanji s'assit, tremblant et hébété. Puis il vit Wallie.

— Oh ! Seigneur Shonsu !

Il éclata en larmes.

Wallie lança un coup d'œil en direction des personnes qui fuyaient vers la ville. Il distingua des capuches de sorciers qui s'efforçaient d'avancer à contre-courant. Il avait failli tomber nez à nez avec les renforts venus de la tour. Il tira son épée, jeta Katanji sur une épaule et se mit à courir.

La foule avait maintenant déserté le quai, ce qui était regrettable, car elle lui aurait fourni une couverture appréciable. Il remonta la jetée aussi vite que possible ; son crâne le démangeait et il s'attendait à tout moment à être frappé par un éclair. Il se mit à zigzaguer, même lorsque la voie était dégagée. Katanji gémit à cause des secousses ininterrompues. Wallie aperçut la coque bleue du *Saphir* : il lui restait encore à parcourir un long chemin encombré de piles de marchandises et de chariots. Le quai, encadré par les flancs des navires et dominé par les enchevêtrements de cordes et de vergues, semblait s'étendre à l'infini.

Derrière lui, il entendit des cris assez proches – très proches, même. Quelque chose le frappa dans le dos avec la force d'un éléphant et un coup de tonnerre résonna. Il fut projeté en avant et, pour la seconde fois, le malheureux Katanji amortit la chute d'un colosse.

Wallie eut le souffle coupé et l'impact l'ébranla des pieds à la tête. À moitié sonné, il resta allongé et haleta comme un poisson hors de l'eau.

On lui saisit les bras et on les tira en arrière. Quelque chose de froid se referma autour de ses poignets avec un claquement métallique.

— Un septième ! s'exclama une voix ravie. (Un pied frappa le guerrier dans les côtes.) Debout, guerrier !

Il suffoqua de nouveau en recevant un deuxième coup. On le releva sans ménagement et il chancela, hébété. Chacune de ses respirations rauques était une torture. Autour de lui, il y avait des sorciers portant des robes de diverses couleurs. L'une d'elles était verte.

— Un guerrier du septième ! s'exclama le sixième. (De nouveaux rires montèrent et l'homme sourit à son prisonnier.) Vous êtes le bienvenu, seigneur. Vous allez beaucoup nous distraire.

Maudites entraves ! Des menottes ! Il se balança et vit qu'on relevait Katanji. Le jeune guerrier était à peine conscient et son bandage était imbibé de sang.

— Laissez partir ce garçon ! dit Wallie.

— Il servira de hors-d'œuvre, dit le sixième, tandis que son minuscule visage ridé émergeait de sa capuche verte. Vous pourrez assister à sa mort. Vous êtes Shonsu, bien entendu ? Il n'est pas facile de vous tuer, guerrier ! Mais, cette fois-ci, nous prendrons toutes nos précautions. Nous nous occuperons de vous avec calme et méthode.

Il fronça les sourcils et se tourna vers la Rivière. Wallie remarqua alors le grondement.

Il se concentra pour clarifier le brouillard coloré qui tourbillonnait autour de lui. Un chariot approchait. Deux hommes étaient dessus. Le premier fouettait les chevaux et le second agitait son épée. À l'arrière du véhicule, de nombreuses silhouettes brandissaient aussi des armes. De nouvelles personnes se joignaient à eux au fur et à mesure de leur avance. Des guerriers ! Ils débarquaient des navires à l'approche du chariot et étaient hissés à bord.

Dans un autre univers, dans une autre époque, un cri monta dans la tête du septième, mais celui-ci n'entendit qu'un murmure. La voix ressemblait à celle de Wallie Smith. Le chef des sorciers lança des ordres d'un ton strident. Le guerrier parvint alors à exprimer l'appel qui venait des profondeurs de son être : *Retarde-les ! Détourne leur attention !*

Il avait l'impression d'avoir un poisson mort dans la bouche.

— Honorable… Rathazaxo !

Le sorcier s'interrompit et le fixa, étonné.

— Bravo ! Comment… C'est sans importance. Vous nous le direz plus tard. Vous nous direz absolument tout, un peu plus tard.

Il se tourna pour observer l'approche du chariot.

Wallie se fouetta mentalement et se força à articuler :

— Le ralliement arrive, sorcier !

Cette fois-ci, le sixième lui décocha un regard noir.

— Vous ne pouvez pas le savoir !

— Les dieux m'ont averti. Vous pensiez que vos pigeons feraient mieux que les dieux ? (Autour de lui, tout tournait de plus en plus vite.) L'encre, les plumes et des petits bouts de cuir ?

Il avait touché juste. Le vert n'était plus tout seul à le regarder, bouche bée. Cinq ou six de ses compagnons faisaient de même. Comment ce guerrier pouvait-il connaître leur secret ? Un secret protégé depuis des milliers d'années ?

— Comment avez-vous appris cela, Shonsu ?

— Le soufre… le charbon… l'urine de cheval…

Sous les capuches, la colère et la peur déformèrent les visages.

Le grondement se fit plus fort. Le sixième reprit soudain conscience du danger et lança des ordres. Wallie fut poussé sur le bord de la chaussée. Il tituba et s'effondra sur une pile de balles. La douleur embrasa son dos et il laissa échapper un cri. Les gréements se balançaient sur un ciel de plus en plus sombre. Wallie songea qu'il allait vomir…

Pourtant, il résista. Il tourna la tête pour voir ce qui se passait. Le grondement sourd s'amplifiait, le chariot prenait de la vitesse, les hurlements devenaient plus clairs. Malgré sa vue trouble, Wallie distingua les deux hommes à l'avant du véhicule. Il reconnut la carrure impressionnante d'Oligarro qui conduisait les chevaux en poussant des cris et en faisant claquer son fouet ; à côté de lui, la silhouette filiforme de Nnanji faisait tournoyer son épée et hurlait aux guerriers de le rejoindre ; sa queue-de-cheval rousse flottait au vent comme une bannière ensanglantée. Les rats de navire répondaient à son appel et sautaient des bateaux pour se joindre à la bataille contre les sorciers. Il y avait aussi des marins en armes… et même quelques libres épées avec leur queue-de-cheval et leur kilt. Selon toute apparence, Oligarro n'était pas le seul menteur du port.

Cette vague irrésistible approchait de plus en plus vite. Elle avançait dans un vacarme grandissant tandis que de nouvelles personnes se joignaient à elle. Wallie vit alors ce que les sorciers avaient l'intention de faire. Il se tourna et s'agita avec frénésie jusqu'à ce qu'il se lève. Des vagues de douleur tourbillonnaient dans sa tête. Katanji titubait derrière ses ennemis, sur le chemin de la vague destructrice, trop sonné pour prendre conscience du danger. Wallie s'approcha pour le soutenir. Ses mains menottées saisirent son bras valide et il le tira sur le bord de la chaussée. Il le projeta une nouvelle fois à terre et tourna son attention chancelante vers les huit sorciers alignés en travers de la route. Tous étaient jambes écartées et tenaient un pistolet.

— À mon commandement ! cria le sixième.

Ils tendirent le bras droit devant eux. Le chariot approchait à toute allure. Au milieu de la poussière, du vacarme et de la confusion, Wallie remarqua les yeux terrifiés des chevaux.

— Visez ! lança le sixième.

Il ouvrit la bouche pour donner l'ordre de tirer, mais Wallie s'élança et percuta de plein fouet le sorcier le plus proche. Celui-ci vacilla avant de perdre l'équilibre et de tomber sur son voisin. Si Wallie avait été en possession de tous ses esprits et de toute sa force, il aurait peut-être réussi à abattre toute la ligne, comme une rangée de dominos. Mais il était affaibli et le choc le renvoya mollement en arrière. Il tomba par terre et sa tête frappa les planches de la chaussée. Au même moment, une volée de couteaux passa en sifflant au-dessus de lui et les pistolets rugirent en crachant de grands nuages de fumée. La moitié des sorciers s'effondrèrent et le chariot percuta ceux qui étaient encore debout.

Il n'y avait plus que des guerriers, des cris, des épées, des hurlements, des poignards, des acclamations, de la fumée et du sang.

Le nuage noir se dissipa et le bruit cessa.

On releva Wallie presque aussi rudement que la fois précédente. Les huit sorciers étaient morts… une foule de guerriers s'était rassemblée : des libres épées en kilt, des rats de navire en pagne, des marins… Tomiyano, Holiyi et Maloli étaient présents. Il y avait même quelques femmes. Tout le monde poussait des cris de joie et riait. Nnanji passa un bras autour de lui et sourit avec exultation.

— On a réussi, mon frère ! On les a tous balayés !

— Bon boulot, murmura Wallie. Une démonstration de bravoure.

Mais il songea que sa voix était sans doute inaudible.

Ce n'était pas le cas de celle de Nnanji.

— À LA TOUR !

Acclamations.

— À la tour !

— Non ! hurla Wallie.

Il tendit le bas vers Nnanji alors que le jeune guerrier s'éloignait. La douleur le fit hoqueter. La tour était piégée. Elle était sans doute défendue par des canons tirant de la mitraille et des obus à balles.

— Vous ne pouvez pas vous emparer de la tour ! Regagnez vos navires !

Par tous les dieux ! Chaque mot était une véritable torture !

La colère et la déception grondèrent tout autour de lui. Wallie s'appuya faiblement contre Nnanji.

— Regagnez vos navires, répéta-t-il d'une voix à peine audible.

— Mon frère ! plaida Nnanji. Nous avons remporté une victoire ! Nous devons poursuivre sur notre lancée ! Les soutras...

Le choc à la tête ! Wallie était incapable d'organiser ses pensées, il avait l'impression que sa langue avait gonflé dans sa bouche.

— Zezuiduzétième..., marmonna-t-il.

— Mon frère !

— Un septième, répéta Wallie tout bas.

Ses genoux étaient en guimauve. Le hurlement du vent...

Il était du septième rang. La foule maugréa, puis fit demi-tour et remonta la jetée en direction des navires.

— Katanji ? demanda Wallie.

La route tanguait encore assez pour lui donner la nausée. Sous son crâne, la tempête se déchaînait.

— Il retourne au bateau.

Nnanji était de plus en plus inquiet.

— Les pertes ?

— Juste Oligarro, mon frère. Et sa blessure n'est pas grave.

Wallie était maintenant la victime d'un tremblement de terre : le quai montait et descendait comme s'il était porté par une grande vague erratique.

— Il a un petit trou rond dans l'épaule, dit Nnanji, à des kilomètres de distance. Je crois qu'il se remettra sans difficulté – à condition que la plaie ne devienne pas maudite.

Wallie devait dire quelque chose de très important, mais il ne se souvenait pas quoi... Il glissa à genoux et le Monde disparut dans un rugissement gris.

Il repensa au problème tandis qu'on le transportait à bord du *Saphir*, quand il vit les autres cadavres de sorciers. Il avait donné l'ordre de blesser leurs adversaires, de ne pas les tuer... Selon toute apparence, on ne l'avait pas écouté. Il essaya de parler, de demander à Nnanji de récupérer les armes des sorciers. S'il parvint à articuler les mots, il ne le fit pas assez fort pour qu'on les entende.

On l'allongea sur un panneau d'écoutille et on hissa les voiles.

Il examinait un seau de sable depuis un moment – quelques minutes, ou peut-être plus longtemps. Il n'avait pas conscience d'être inconscient… Il se rappela qu'on avait coupé ses menottes, défait son harnais et qu'on l'avait allongé avec douceur sur ces planches. Il y était toujours, une joue sur les genoux de Jja. Un traumatisme à retardement ? Un héros n'était pas censé être victime d'un tel désagrément. Il essaya de se tourner, grimaça et parvint à bouger la tête et à lever les yeux vers la jeune femme. La perspective était intéressante et il l'étudia avec joie pendant un moment. Puis son regard continua son chemin pour admirer le visage le plus ravissant du Monde, un chef-d'œuvre aux couleurs cuivrées sur un fond d'azur.

—C'est ce genre de sourire qui rend les hommes fous, dit-il. (Le sourire s'élargit, mais Jja demeura silencieuse.) Alors, qu'est-ce qu'il y a de si drôle ?

Les lèvres s'étirèrent un peu plus.

—Il n'y a rien de drôle, mon amour. Je suis juste heureuse.

Il essaya encore une fois de bouger et gémit de douleur.

—Je crois que tu ne devrais pas sourire comme ça pendant mon agonie. Est-ce que tu vois le trou dans mon dos ? Les petites miettes blanches, ce sont les côtes. Les fragments rosâtres, ce sont des morceaux de poumon.

—Il n'y a pas de trou dans votre dos. (Les doigts de la jeune femme glissèrent de l'omoplate jusqu'à la base des côtes avec la légèreté d'un flocon de neige.) Vous avez juste des contusions. Et une bosse sur la tête. Pas d'os cassé, a dit Brota.

—Brota peut seulement regarder l'extérieur. À l'intérieur, ça doit ressembler à un étal de boucherie.

Il conclut que le sourire de Jja était à cinquante pour cent celui qu'elle adressait parfois à Vixini, plus cinquante pour cent de soulagement et cinquante pour cent d'une vague d'admiration. Le reste devait être de l'amour. Eh bien ! C'était plutôt agréable de recevoir un tel sourire. Pourtant…

—Qu'est-ce qu'il y a de si drôle, damoiselle ?

Jja poussa un petit cri.

—Vous avez une marque maternelle. Je suis sûre qu'elle n'était pas là ce matin.

Il avait remporté une autre victoire. Après avoir gagné la précédente, une marque paternelle en forme d'épée était apparue sur sa paupière droite, mais la gauche était restée vierge – ce qui était rarissime dans le Monde.

—Dis-moi ce que c'est, dit-il.

Comment le petit dieu avait-il choisi de symboliser le métier de journaliste criminel ?

Jja continua à sourire.

—C'est une plume, mon amour !

Une scribe, bien entendu. Ou est-ce que Courtebotte lui adressait une autre de ses plaisanteries ? Les sorciers étaient bien plus que des scribes, c'était aussi des chimistes. Et le nouveau seigneur Shonsu était un mélange de Shonsu le guerrier et de Wallie Smith le chimiste.

Très drôle, Courtebotte ! Je croyais que tu avais promis qu'il n'y aurait pas de miracles ? Que vont penser les guerriers du ralliement en voyant ça ?

La sorcellerie en tant que technologie ? Il allait falloir y réfléchir.

Il avait comparé sa situation à celle d'un personnage de roman d'espionnage, de roman policier. Mais lui, il ne devait pas découvrir *qui* était passé aux actes, il devait découvrir *comment* passer aux actes. Ses yeux l'avaient renseigné, Katanji l'avait renseigné, mais il ne leur avait pas prêté attention.

De la poudre noire, très certainement. La seule odeur de la fumée confirmait l'hypothèse. De quoi d'autre les sorciers disposaient-ils ? Pas grand-chose, sans doute. Honakura avait eu raison : la plupart étaient des charlatans. Quelle que soit la nature du schisme entre les prêtres et les scribes, les guerriers avaient choisi de soutenir les premiers. Les seconds avaient été chassés et acculés dans les montagnes. Afin de se protéger, ils avaient affirmé qu'ils possédaient des pouvoirs magiques et imaginé toutes sortes de petits tours, comme celui qui permet de subtiliser le couteau d'un marin sans que personne s'en aperçoive. C'était pour cette raison qu'ils avaient des manches amples, et qu'ils ne montraient pas leurs mains.

Le tour de passe-passe expliquait l'apparition de l'oiseau : Tomiyano n'avait pas ouvert le pot, car il le tenait à deux mains. Le sorcier en avait soulevé le couvercle et le volatile avait jailli de sa manche. Si on garde un oiseau dans une poche sombre, il restera parfaitement immobile. Cette conjuration n'avait pas été gratuite. Un pigeon pouvait transporter un message, mais il pouvait aussi donner un signal, un signal pour demander de l'aide. Le but de cette démonstration avait été de libérer l'animal et d'autres sorciers étaient apparus peu après.

Des bouts de tissu en flammes ? Des lumières dans la forêt ? Du phosphore, très probablement. Sur Terre, on l'avait découvert au milieu du XVIIe siècle, mais, dans le Monde, les innovations technologiques se succédaient peut-être dans un ordre différent. Le phosphore était donc une possibilité. L'urine – d'origine humaine et animale – était une source possible de phosphore et de nitrate pour la poudre noire. C'était pour cette raison que les tanneurs et les teinturiers avaient été chassés des cités : ces artisans utilisaient les mêmes produits et les sorciers voulaient s'en assurer le monopole. Pourquoi ne l'avait-il pas compris plus tôt ? La brûlure de Tomiyano avait été provoquée par un acide, quoi d'autre ? Wallie devait repenser tout ce qu'il avait appris et le réinterpréter. Maintenant, chaque mystère pouvait s'expliquer de manière rationnelle – par la magie ou par la science, mais pas par les deux.

Il avait eu la solution sous les yeux, ce fameux jour, à Aus : les serpentins des alambics, le soufre, les pigeons. Plus tôt, même : que pouvait-on extraire des mines d'une région volcanique, sinon du soufre ? Crétin de guerrier !

Il avait effleuré la vérité lorsqu'il avait reconstitué le meurtre de Kandoru. S'il était allé au bout de sa logique, il aurait compris que la note de musique n'avait été qu'une enjolivure, l'arme du crime était le fifre. Il ne se serait pas laissé convaincre de l'existence de la sorcellerie et la suite des événements se serait déroulée différemment.

Il se tourna : Nnanji et Thana se tenaient l'un à côté de l'autre, près du bastingage. Ils le regardaient. Wallie fit un effort et Jja l'aida à s'asseoir. Il était resté inconscient pendant un bon moment, semblait-il. Le *Saphir* naviguait déjà entre les îles, au nord de la cité, et remontait un chenal au sein d'une colonne de navires. Tous fuyaient Ov et la colère des sorciers. Le soleil brillait sur des eaux outremer et des forêts de cornouillers ou de saules qui coloraient les îles des teintes chaudes de l'automne. Des hérons blancs se promenaient sur les plages à l'affût d'une proie. Au-dessus de RegiVul, le gigantesque nuage crayeux était presque invisible tant il était loin ; son ombre bleu clair était identique à celle des cieux. Brota était penchée sur la barre et savourait sans doute cette solitude apaisante après tous ces événements. Elle le vit bouger et leva un bras potelé pour le saluer.

Nnanji et Thana s'approchèrent sur-le-champ du septième, main dans la main.

— Où est Katanji ? demanda Wallie.

— Dans une cabine. Il se repose. (Nnanji secoua la tête avec tristesse.) Maintenant, il faudrait vraiment un miracle pour en faire un guerrier, mon frère ! Son bras est dans un triste état. Brota a dit qu'on ne pouvait même pas le plâtrer tant qu'il n'avait pas désenflé.

— La Déesse récompense ceux qui nous viennent en aide, dit Wallie de manière un peu déplacée. Si Jénisse est allée vivre dans un palais, je pense que le novice Katanji n'aura pas à se plaindre de son destin.

Nnanji hocha la tête. Wallie demanda ce qui s'était passé, ce qui avait mal tourné. C'était très simple, lui répondit le jeune guerrier : tout était la faute des moustiques ! En essayant de les écraser de la main – comme tout le monde –, Katanji avait en partie effacé sa marque d'esclave. Le faux officier du port l'avait remarqué alors que le garçon s'approchait pour examiner le contenu des paniers. Oligarro, de son côté, allait bien. Sa blessure était propre, aucun os, aucune artère n'avaient été touchés.

Son sourire ne tarda pourtant pas à disparaître.

— Quant aux autres, ils n'ont même pas eu un ongle cassé ! Nous devrions demander à un ménestrel de se joindre à nous, mon frère. (Il serra Thana tout contre lui.) C'est la première victoire de votre ralliement, seigneur Shonsu !

— Ce n'est pas mon ralliement. Aïe ! (Il bougea de nouveau.) Qu'est-ce que c'est que ça ?

Nnanji lui tendit le mince tube argenté avec précaution.

— Je l'ai trouvé sur le quai. Est-ce que c'est dangereux, seigneur mon frère ? Je peux le jeter par-dessus bord…

— Oh ! C'est sans danger tant que c'est vide ! Tu n'as rien ramassé d'autre ?

— Non, mon frère.

Dommage ! Wallie prit le fifre et l'examina. Il n'y avait que trois trous pour les doigts, ce qui ne permettait pas de jouer grand-chose, mais il n'avait pas dû être facile de les percer sans fausser le canon. Il essaya de souffler dedans. Il en tira une note qui le fit grimacer et ses compagnons poussèrent un cri plaintif.

— Kandoru n'a pas dégainé son épée, Nnanji. Il aurait pourtant pu le faire sans difficulté. Il a levé la main avant de se retourner, mais il n'a pas dégainé son arme. Il n'a même pas essayé de le faire !

Le visage de Nnanji resta impassible.

Wallie soupira.

— Il a cru qu'il avait été piqué par un moustique, mais ses doigts ont découvert une fléchette quand il a voulu écraser l'insecte. Il s'est retourné pour savoir d'où elle venait.

Elle avait été tirée par une sarbacane, une arme pratique pour le combat de près, efficace en intérieur, ou en extérieur s'il n'y a pas de vent. Voilà pourquoi Wallie en avait vu une à Aus. Il n'y avait pas eu la moindre brise cet après-midi-là, quand les sorciers avaient acculé Shonsu. Par temps calme, cette arme se révélait aussi sûre qu'un pistolet à courte distance et le résultat était plus impressionnant pour les spectateurs. Les sorciers aimaient la mise en scène. Ces illusionnistes accomplissaient des tours mortels.

L'équipage se rassembla en silence autour de Wallie et le septième expliqua le fonctionnement d'une sarbacane et d'une fléchette empoisonnée.

— Qu'on me donne mon épée !

On lui tendit son harnais. Au milieu du fourreau en cuir ouvragé, il y avait un trou circulaire dont la périphérie était brûlée. Le guerrier grimaça et tira son arme. Il y avait une marque noire sur la lame, tout près de la gravure représentant une vierge caressant un griffon.

— Est-ce que c'est l'endroit où a frappé l'éclair ? demanda Nnanji d'un ton grave. Je suppose que le sortilège d'un sorcier ne peut pas traverser l'épée de la Déesse.

— Pas plus que les lingots de Brota. Tu as regardé le côté qui était dirigé vers le quai ?

Nnanji secoua la tête et alla se rendre compte.

Wallie examina le fil de la lame, mais il n'avait pas la moindre ébréchure. Il fallait saluer le talent de forgeron de Chioxin, car une arme de moins bonne qualité se serait sans doute brisée sous l'impact d'une balle de mousquet. Il faudrait quand même s'assurer que l'acier n'avait pas été affaibli de manière critique. Quelques centimètres plus à gauche ou plus à droite et le projectile aurait manqué la lame. S'il n'avait pas porté Katanji, le fourreau n'aurait pas été aussi à gauche… Il se dépêcha de penser à autre chose.

Il se promena avec prudence sur le pont et observa le bastingage. Il avait été percé de deux trous et de gros fragments de bois avaient été arrachés. Tomiyano le vit examiner les dégâts.

— Il va falloir que je te fasse payer les réparations, déclara-t-il. Les passagers ne sont pas censés endommager le navire.

Puis il éclata de rire – au grand étonnement de l'équipage, car le capitaine affichait rarement une telle bonne humeur.

— Ne les fais surtout pas réparer ! répondit aussitôt Wallie. Ce sont des cicatrices honorables que le *Saphir* a gagnées au combat.

Nnanji était parvenu à tirer un lingot sur le côté. Il revint en portant deux petits morceaux grisâtres et informes.

— J'ai trouvé ça, dit-il d'un ton songeur. On dirait de l'argent.

— C'est du plomb, corrigea Wallie.

— Pourquoi nous avez-vous empêchés d'attaquer la tour, seigneur ? demanda Nnanji avec une pointe de regret dans la voix. En fin de compte, il n'était pas si difficile de les combattre ! Nous en avons tué quinze ! (Il s'interrompit et esquissa un sourire soupçonneux.) Ou bien n'était-ce que quatorze ?

— Quatorze, confirma Wallie. Je crois que le cinquième était encore vivant.

Nnanji secoua la tête pour marquer gentiment sa désapprobation envers ce guerrier qui n'aimait pas donner la mort.

— Nous avons eu de la chance, Nnanji. Beaucoup de chance ! Ils ne savent pas très bien se battre, n'est-ce pas ? Tu as compté les erreurs qu'ils ont commises ?

— Il y en a eu des dizaines ! laissa tomber le jeune homme avec mépris. Ils se sont alignés devant un chariot qui fonçait sur eux. Ils auraient dû s'écarter et monter à bord d'un navire. Ils auraient dû vous jeter à l'eau avant notre arrivée, mon frère ! Ce sont des amateurs !

Ces informations étaient intéressantes. Les guerriers étaient des soldats entraînés à combattre, les sorciers n'étaient que des civils en armes. Ils avaient perdu la tête. Pourtant, Nnanji ne soupçonnait qu'une infime partie de la vérité. Les portes de la tour étaient sans doute piégées ; les défenseurs pouvaient lancer des grenades antipersonnel. Une escarmouche sur la jetée, c'était une chose ; une attaque en règle contre un quartier général de sorciers, c'en était une autre. Une nouvelle pièce du puzzle se mit alors en place : Katanji avait signalé la présence de grilles en bronze devant les entrées de la tour et il avait vu une grosse boule en or au sommet d'une colonne. Il s'agissait d'un générateur électrostatique – les indésirables étaient électrocutés.

— Tu m'as encore sauvé la vie, mon frère, dit Wallie. Je te remercie.

Nnanji sourit.

— Je m'en suis plutôt bien tiré, non ?

— Tu as été impérial !

Jadis, Nnanji aurait rougi en entendant un tel compliment. Aujourd'hui, il se contenta de glousser.

— J'ai bien réfléchi ?

— Vite et bien !

— J'ai bien évalué la situation ?

— Une merveille !

— La tactique était bonne ?

— Digne d'un grand stratège !

Wallie éclata de rire en compagnie de Nnanji, mais il le regretta aussitôt.

— Pour résumer, mon frère, un vrai général ! Tu n'as pas seulement le niveau d'un cinquième en matière d'escrime, maître Nnanji, tu as l'étoffe d'un chef. Tu deviendras un cinquième, et un bon cinquième !

Où était passé le garçon maladroit et dégingandé que Wallie avait rencontré sur une plage de galets ? Peu de guerriers – quel que soit leur rang – auraient réagi assez vite et assez efficacement pour organiser son sauvetage. Le septième n'avait pas songé à faire appel aux rats de navire comme renforts. Nnanji y avait pensé, comme il avait pensé à se servir d'un chariot.

Thana était à côté du jeune guerrier. Ils se tenaient par la taille. Elle prit la parole pour la première fois depuis le réveil de Shonsu.

— Et pour le sixième rang ?

Wallie essaya de hausser les épaules – et cela aussi, il le regretta.

— Bientôt, répondit-il. Très bientôt.

Les yeux de Nnanji étincelèrent.

— Nous allons donc à Casr, mon frère ?

Oui, le seigneur Shonsu devait retourner à Casr. Il devrait peut-être y faire face à une accusation publique pour ce qu'il avait fait à Aus, mais il avait maintenant une victoire pour contrebalancer son humiliation. Il se demanda combien d'autres bombes à retardement se préparaient à exploser autour de lui, combien de mines son prédécesseur avait-il enfouies dans son sillage ?

— Nous allons à Casr, si telle est Sa volonté. Tu obtiendras ta promotion, tu l'as méritée. Nous nous en occuperons dès notre arrivée.

Le reste de l'équipage, debout ou assis autour du septième, sourit pour approuver cette décision. Les marins attendaient sa guérison, ils attendaient de savoir quel destin il leur réservait. Il était devenu l'amiral, on lui avait accordé la sagesse, c'était le champion de la Déesse, c'était lui qui déciderait de leur avenir.

— Et le ralliement, mon frère ?

Wallie bougea les épaules afin de trouver une position plus confortable. Le ralliement ? Il savait désormais comment combattre les sorciers, mais cela n'assurait pas la victoire.

Et l'énigme du demi-dieu ne fournissait plus beaucoup d'informations. *« Tu commenceras par enchaîner ton frère »*… Nnanji et lui avaient prêté tous les serments possibles, c'était donc chose faite. Tu *« apprendras aux sources d'une nouvelle sagesse »*, il avait découvert les secrets des sorciers. Il avait aussi été chassé d'Aus ; il avait bouclé le cercle en revenant à Ov ; il avait commandé une armée lors de la bataille sur la jetée…

« Enfin restituer cette épée / Et à sa destinée se conformer. » Qu'est-ce que cela signifiait ? À quel moment cet « enfin » faisait-il référence ? La destinée de l'épée était peut-être de prendre la tête du ralliement, mais elle ne venait pas de Casr, alors comment pouvait-on la restituer dans cette ville ? Devait-il retourner au temple d'Hann pour la rendre à la Déesse ? Il caressa du regard la superbe poignée, le griffon d'argent et le saphir. *Il faudra me passer sur le corps !*

Le Destin de l'épée

La Septième Épée – tome 3

De la part d'un protégé reconnaissant
À son mentor exceptionnel,
Je dédie ce livre à Veronica Chapman,
Éditrice du septième rang.

Tu commenceras par enchaîner ton frère.
Et apprendras aux sources d'une nouvelle sagesse.
Quand le puissant sera chassé,
Une armée commandée et le cercle bouclé,
Alors, tu pourras apprendre la leçon.
Enfin restituer cette épée
Et à sa destinée te conformer.

Instructions données à Shonsu sous forme d'énigme par le demi-dieu.

PROLOGUE

L'appel du ralliement

Un rassemblement se préparait à Casr, et la Déesse l'avait béni. Désormais, les navires et les embarcations transportant un guerrier étaient susceptibles d'être conduits jusqu'à la ville.

Les guerriers débarqueraient dans la cité en quête de gloire, et la Main de la Déesse ramènerait ensuite les bateaux dans leurs eaux habituelles. Les marins et les passagers répandraient alors la nouvelle : un rassemblement se préparait.

Dans tous les villages, toutes les cités et tous les palais du Monde, les guerriers entendaient Son appel. Ils l'entendaient dans les jungles moites d'Aro et dans les plaines venteuses de Grin, dans les vergers d'Allia et dans les rizières d'Az, dans les déserts de sable d'Ib Man et au pied des pics glacés de Zor.

Les guerriers en garnison l'entendaient dans les couloirs ou dans les rues trépidantes. Les libres épées l'entendaient sur les collines ou sur les jetées branlantes des petits villages. Ils affûtaient alors leur lame, graissaient leurs bottes et leur harnais, puis se dirigeaient vers la Rivière.

Les garnisons étaient en émoi : les jeunes subalternes surexcités allaient voir leurs mentors et demandaient à être conduits à Casr ou libérés de leurs serments. Les anciens devaient prendre une décision : rester auprès de leur famille et conserver leur train de vie confortable et leur sinécure, ou bien répondre à l'appel de l'honneur et aux supplications de leurs protégés. Certains choisirent l'honneur, d'autres la honte.

Les troupes errantes de libres épées échappèrent à ce dilemme : ces hommes demeuraient à Son service en toutes circonstances. La plupart d'entre eux ne se demandèrent même pas ce qu'il convenait de faire : ils se contentèrent de se lever et de se mettre en route.

Pourtant, la Déesse ne pouvait mobiliser que quelques-uns de Ses guerriers sous peine de laisser Son monde sombrer dans le crime et le chaos. De nombreuses compagnies enthousiastes embarquèrent pour remonter ou descendre la Rivière, et virent bientôt la lumière, le temps et le paysage changer de façon notable à l'approche de Casr. D'autres troupes, sans doute tout aussi braves et enthousiastes, embarquèrent pour remonter ou descendre la Rivière, mais ne connurent que la frustration : la Déesse ne les guida pas vers le rassemblement. Aucun guerrier digne de ce nom ne pouvait croire qu'il avait démérité. Des discussions enflammées éclatèrent au sein de mêmes compagnies et se transformèrent en récriminations, les récriminations en querelles, les querelles en insultes, les insultes en défis, les défis en bains de sang. Les guérisseurs s'occupèrent des blessés, la Rivière des morts. Les survivants débarquèrent et formèrent de nouveaux groupes avant de retenter leur chance à bord d'autres navires.

Les guerriers ne furent pas les seuls à entendre l'appel. Ils étaient suivis par leurs femmes, leurs esclaves, leurs concubines et, souvent, leurs enfants. On trouvait aussi dans leur sillage des hérauts, des armuriers, des ménestrels, des guérisseurs et même des prêteurs sur gages, des cordonniers, des valets d'écurie, des cuisiniers et des prostituées. Les jeunes gens du Monde embarquaient avec les guerriers pour voir si la grande Rivière daignerait les emmener. La Déesse n'avait pas convoqué Ses serviteurs à un rassemblement depuis des siècles. Aucun représentant du Peuple ne se souvenait d'un tel bouleversement et d'une telle confusion de l'ordre social.

En atteignant Casr, chaque guerrier se posait la même question : ce rassemblement avait été organisé pour combattre un ennemi, mais lequel ?

La réponse était : *les sorciers !*

LIVRE UN

Comment le guerrier pleura

Aucun homme ni aucune chose ne pouvait pousser un guerrier du septième rang à se cacher, mais Wallie faisait tout son possible pour rester discret – et c'était un euphémisme.

Il avait passé la matinée sur le pont, appuyé au plat-bord, à observer le tumulte et la frénésie qui régnaient sur les quais de Tau. Il avait défait sa queue-de-cheval et laissé ses longs cheveux noirs et épais tomber sur ses épaules. Il s'était débarrassé de son harnais et de son arme qu'il avait posés à ses pieds. La rambarde du navire dissimulait son kilt bleu de septième rang ainsi que ses bottes de guerrier. Les passants ne voyaient qu'un jeune colosse avec des cheveux étrangement longs, à moins qu'ils s'approchent assez pour remarquer les sept épées tatouées sur son front. Mais, à Tau, le quai était bas et il aurait fallu des yeux d'aigle pour accomplir un tel exploit.

Depuis que le *Saphir* avait quitté Ov, il avait navigué sans interruption pendant deux semaines. Ses réserves étaient au plus bas et il y avait de nombreuses choses à faire. Les mères avaient rassemblé les enfants pour les conduire chez des dentistes. La vieille Lina avait descendu la passerelle en trottant et marchandait avec les colporteurs pour acheter de la viande, des fruits, des légumes, mais aussi de la farine, des épices et du sel. Nnanji avait emmené son frère voir un guérisseur afin qu'il refasse le plâtre de son bras. Jja était allée faire des courses en compagnie de Lae. Le jeune Sinboro avait atteint l'âge adulte et, fier comme un paon, il avait suivi ses parents à la recherche d'un marqueur de visages – il y aurait une fête à bord, ce soir.

En temps normal, Brota vendait la cargaison et Tomiyano explorait la ville en quête de nouveaux produits à embarquer. Mais les problèmes de lest et d'assiette inquiétaient désormais les marins et, pour une fois, les rôles avaient été inversés. La grosse Brota avait accroché son épée dans son dos et demandé à Mata de l'accompagner – celle-ci prendrait l'arme et se battrait si le besoin s'en faisait sentir. Puis la guerrière s'était éloignée de son pas chaloupé à l'affût d'une bonne affaire. Tomiyano ordonna qu'on dépose deux lingots de bronze devant la passerelle. Il plaça le jeune Matarro à côté et retourna à bord afin de régler d'autres problèmes.

Le répit fut de courte durée : des acheteurs se présentèrent et Matarro partit chercher le capitaine. En matière de marchandage, Tomiyano était presque aussi habile que sa mère. De son poste d'observation près de la rambarde, Wallie écouta avec plaisir les négociations faire rage. Quand les deux parties furent sur le point d'arriver à un accord, les acheteurs montèrent à bord pour examiner le reste de la marchandise dans la cale. Wallie reporta son attention sur les activités du quai.

De toutes les cités du méandre de RegiVul, Tau était sa préférée – même si qualifier Tau de cité relevait presque de l'abus de langage. Comme dans la plupart des grandes agglomérations, la route qui longeait le quai était trop étroite pour remplir sa tâche ; d'innombrables obstacles réduisaient la largeur de la chaussée : bittes d'amarrage, passerelles et piles de marchandises déchargées du côté Rivière, entrepôts de marchands du côté terre. Le soleil était curieusement chaud pour une journée d'automne et il éclairait un spectacle tapageur, coloré et chaotique. Les chariots passaient en grondant et en cliquetant, les piétons fourmillaient, des groupes d'esclaves en sueur travaillaient, des colporteurs tiraient leurs carrioles et vantaient leurs produits à grands cris. Il n'y avait aucune règle : hommes et véhicules se glissaient partout où il y avait de la place. La cacophonie des roues se mêlait aux jurons et aux insultes. Pourtant, les représentants du Peuple étaient de nature affable et, dans l'ensemble, ce tumulte était exempt de toute animosité. Des odeurs de chevaux, de poussière et de sueur flottaient dans l'air.

Wallie adorait regarder les chevaux du Monde. Ils ressemblaient à des créatures mythologiques : une tête de chameau et le corps d'un basset. Mais d'un point de vue olfactif, ils étaient très proches de leurs homologues terriens. Au cours de la matinée, le guerrier avait observé un troupeau de chèvres qui descendait d'un navire. Il avait remarqué avec amusement que ces animaux avaient des bois et non des cornes. Les chèvres aussi dégageaient une odeur semblable à celles que Wallie avait connues dans sa vie antérieure.

Cette activité frénétique avait pour toile de fond les façades des entrepôts hauts de un étage. Wallie était fasciné par ces bâtiments aux charpentes de chêne sombre, aux parquets beiges rappelant le décor d'un film situé dans la vieille Angleterre, aux fenêtres en losange et aux toits de chaume doux en surplomb. Pourtant, si l'architecture évoquait l'époque médiévale ou Tudor, il n'y avait ni demoiselle en robe à cerceau ni élégant élisabéthain en col ondulé pour se pavaner sur cette scène. Les vêtements du Peuple étaient simples et de couleur unie : des kilts ou des pagnes pour les hommes, des tuniques pour les femmes ; les personnes âgées des deux sexes se cachaient avec décence sous de longues tuniques ; les jeunes se promenaient nus. Ce peuple avait la peau sombre et des cheveux châtains ; ils étaient sveltes et joyeux. Le marron était la couleur dominante de leurs habits, la couleur du troisième rang, les membres qualifiés des trois cent quarante-trois professions du Monde. Les deuxièmes rangs étaient vêtus de jaune, et le blanc des premiers ravivait l'éclat de ce mélange. Les oranges, les rouges et les verts des rangs élevés étaient plus rares ; on en apercevait ici et là, filant au milieu du déferlement de couleurs.

Un garçon maigre en pagne blanc passa en courant à côté de Wallie, dévala la passerelle et se précipita à travers la foule en évitant les obstacles – il échappa de peu aux roues meurtrières d'une charrette tirée par deux chevaux. Il s'agissait d'un subalterne des marchands qu'on avait sans doute envoyé chercher de l'aide. Cela signifiait que Tomiyano avait conclu l'affaire. Quelques minutes plus tard, le capitaine apparut sur le pont et raccompagna ses visiteurs. Le sourire qu'il s'accorda indiqua à Wallie que la transaction avait été plus que profitable.

Tomiyano était un jeune homme résolu, agressif et musclé ; sa peau halée avait acquis la teinte d'une châtaigne foncée et ses cheveux étaient roux, mais pas autant que ceux de Nnanji. Il ne portait qu'un minuscule pagne marron ainsi qu'une ceinture et une dague montrant qu'il était le capitaine de ce navire. Trois marques en forme de bateau étaient tatouées sur son front, mais c'était un marin expérimenté et il aurait pu accéder à un rang bien supérieur s'il l'avait souhaité. La cicatrice de son visage avait été infligée par un sorcier, avec de l'acide, comme Wallie l'avait découvert plus tard.

Malgré sa carrure, Tomiyano n'en demeurait pas moins un gringalet comparé à Wallie. Il était rare que les guerriers soient grands, mais Shonsu faisait exception. C'était un véritable géant. Le marin devait lever la tête pour croiser son regard. Il le fit d'ailleurs à ce moment-là et la surprise se lut sur son visage.

— Tu te caches ? demanda-t-il.

Wallie haussa les épaules et sourit.

— Je suis prudent.

Le capitaine plissa les yeux.

— C'est comme ça que se comportent les guerriers dans ton monde onirique, Shonsu ?

Il s'était à peine écoulé deux semaines depuis que Wallie avait vraiment gagné la confiance de l'équipage du *Saphir*. Il avait expliqué qu'il n'était pas le véritable Shonsu, guerrier du septième rang. On avait amené son âme d'un autre monde pour lui offrir le corps de Shonsu, son talent d'escrimeur et la mission divine qu'il avait été incapable de mener à bien. Tomiyano était de nature sceptique. Il avait appris à faire confiance au seigneur Shonsu – avec réticence, car les marins du *Saphir* ne portaient pas les guerriers dans leur cœur –, mais il avait encore du mal à croire une histoire aussi invraisemblable. Et le tact n'était pas vraiment son point fort.

Wallie soupira en songeant aux policiers en civil et aux voitures de patrouille banalisées.

— Oui, avoua-t-il. Ils agissent assez souvent comme ça.

Tomiyano renifla avec mépris.

— La dernière fois que nous sommes venus à Tau, tu poussais de grands cris parce que tu ne trouvais pas de guerriers à recruter. Aujourd'hui, il y en a partout.

— Tout juste, dit Wallie.

Il les observait depuis un moment, ces guerriers. Leur queue-de-cheval et la poignée de leur épée permettaient de les repérer sans mal quand ils avançaient à travers la foule tandis que les civils sains d'esprit s'écartaient pour les laisser passer. Ils se déplaçaient par groupes de deux ou trois, parfois de quatre ou cinq. Les kilts marron étaient bien sûr les plus nombreux, mais Wallie avait aperçu plusieurs quatrièmes, deux cinquièmes et même un sixième – ce qui n'était pas courant. Il avait compté quarante-deux guerriers au cours de la dernière heure. Il y en avait partout, en effet.

Tomiyano baissa les yeux en direction de la rue grouillante d'activité. Il l'observa un moment avant de reprendre la parole.

— Pourquoi ?

Wallie posa les coudes sur la rambarde et chercha les mots pour exprimer ses inquiétudes.

— Réfléchis un peu, capitaine. Imagine que tu sois un guerrier. La Déesse t'a conduit à Tau et tu es en chemin pour te rendre à Casr. Tu as un protégé ou deux qui t'accompagnent. Tu es du troisième, voire du quatrième rang. Il doit y avoir des centaines de guerriers dans cette ville, en ce moment… Quelle est la première chose qu'ils cherchent en arrivant ici ?

Tomiyano cracha par-dessus bord.

— Des femmes !

Wallie gloussa.

— Oui, bien sûr. Et quoi d'autre ?

Le capitaine hocha la tête en comprenant où Wallie voulait en venir.

— Un mentor ?

— Tout juste ! Ils vont commencer à se rassembler et à chercher un bon supérieur à qui prêter serment.

— Tu ne voulais pas réunir une armée ?

Wallie lui sourit.

— Tu as assez de place pour l'accueillir à bord ?

Il devait y avoir quelques septièmes en ville, et certains d'entre eux ne devaient plus être très jeunes : on atteignait rarement un tel rang avant d'avoir trente ans et d'être au sommet de son art. Pourtant, Shonsu y était parvenu. Wallie avait souvent examiné son visage dans un miroir. Il en était arrivé à la conclusion qu'il devait avoir autour de vingt-cinq ans. Il était donc jeune. De plus, il était grand et son regard était dur. Si jamais il se montrait au sommet de la passerelle avec son kilt bleu, il devrait repousser les aspirants au titre de protégé à coups d'épée.

— Non ! dit le capitaine d'un ton ferme.

À la seule idée de transporter plusieurs dizaines de guerriers à bord de son cher *Saphir*, il sentit ses dents sur le point de se déchausser. Il esquissa un faible sourire et murmura :

— C'est gentil d'y avoir pensé !

Wallie songea que cette amabilité était sûrement un autre miracle de la Déesse.

— Regarde par là ! dit-il.

Le guerrier du sixième revenait et il marchait maintenant à la tête d'une colonne de dix hommes. Un cinquième suivi de deux troisièmes les croisèrent. Les rayons du soleil se reflétèrent sur les lames tandis qu'on échangeait des saluts. Les civils firent un détour, en marmonnant sans doute des jurons tout bas.

Tomiyano grogna et s'en alla vaquer à ses occupations. Wallie songea que les explications qu'il avait fournies au capitaine étaient plus proches du mensonge que de la vérité. Les guerriers de rangs inférieurs cherchaient des mentors, certes, mais ceux de hauts rangs tenaient encore plus à recruter des protégés. Le nombre de suivants influait sur le prestige et, à Casr, le prestige était une denrée très demandée en ce moment.

Une question se posait : n'aurait-il pas dû, lui aussi, lever une armée ? Il portait l'épée de la Déesse, il était Son champion… N'était-il pas censé arriver au ralliement auréolé d'un certain prestige ? Ce ne serait pas difficile. Il lui suffirait d'accoster le sixième et de lui faire prêter serment, à lui et à sa dizaine de laquais. Si l'homme se montrait récalcitrant, Wallie pouvait lui lancer un défi – un sixième n'avait aucune chance contre Shonsu. Il pourrait ensuite le soigner et l'envoyer recruter d'autres guerriers.

Était-ce pour cette raison que la Déesse avait conduit ces hommes-là à Tau plutôt que de les mener directement à Casr ?

Ce projet ne plaisait pas à Wallie. Rien dans cette histoire de ralliement ne lui plaisait. Il n'avait pas encore décidé s'il allait s'y joindre ou non. Il laissa donc le Napoléon en kilt vert parader en paix le long du quai. Si les dieux voulaient que cet homme prête serment à Shonsu, ni le sixième ni le septième ne pourraient quitter Tau avant d'avoir accompli leur volonté. Leurs navires respectifs reviendraient inlassablement au port sans pouvoir gagner Casr.

Pour Wallie, Casr ressemblait à un gros nuage noir au-dessus de l'horizon. Il ignorait ce qu'il allait y faire et ce qui l'y attendait. Il savait que le premier Shonsu avait occupé le poste de commissaire de la loge des guerriers de Casr, il était probable qu'on le reconnaisse à son arrivée. Il se découvrirait peut-être de la famille ou des amis, voire des ennemis. Nnanji, pour sa part, était convaincu que Wallie était destiné à prendre la tête du ralliement. L'idée n'était pas absurde, car le septième en savait plus que tous les autres guerriers à propos des sorciers et de leurs pouvoirs surnaturels. Mais il en savait également assez pour comprendre que cette expédition militaire était une terrible erreur. À la limite, il aurait préféré y mettre un terme plutôt que d'en prendre le commandement.

Tomiyano avait rassemblé ses hommes : Holiyi, Maloli, Linihyo et Oligarro – deux cousins de sang et deux cousins par alliance. Ils ôtèrent les panneaux des écoutilles et empilèrent les planches à l'écart. Sur la dunette, les enfants encore à bord jouaient en poussant des cris sous l'œil vigilant de Fia, une fillette de douze ans investie de l'autorité inébranlable que confère un âge aussi avancé.

Un chariot s'approcha du navire et un groupe d'esclaves en descendit. Le marchand, un cinquième potelé, lança des ordres inutiles d'une voix de fausset. Le mât de charge pivota vers le quai et commença son travail. Wallie regarda les lingots de bronze provenant de Gi monter dans les airs. Il se demanda avec désinvolture lequel d'entre eux lui avait sauvé la vie en arrêtant les balles de mousquets des sorciers d'Ov.

Les esclaves portaient des pagnes noirs aussi courts que possible – pourquoi gaspiller du tissu pour de simples bêtes de somme ? Ils étaient inquiets, maigres et sentaient mauvais. Ils travaillèrent avec acharnement. La sueur s'évaporait tandis que leurs poitrines squelettiques palpitaient au rythme de leur respiration haletante. Leurs dos étaient zébrés de cicatrices. Ils couraient, de peur de marcher. Ils s'épuisèrent sur les poignées du treuil jusqu'à ce que leurs yeux soient prêts à jaillir de leurs orbites. Wallie eut le plus grand mal à supporter ce spectacle ; c'était avant tout l'esclavage qui lui avait permis de prendre conscience des défauts de ce Monde barbare de l'âge de fer. Les entrepôts aux toits de chaume étaient infestés de rats, les gens étaient couverts de puces, les ruelles empestaient l'urine et une odeur de poubelle régnait dans les rues… il pouvait endurer ces désagréments. Mais l'esclavage faisait vaciller sa détermination. Sur le chariot, leur maître sortit un fouet et le fit claquer plusieurs fois en l'air pour accélérer le rythme. Il n'avait pas conscience du danger tapi au-dessus de lui, près de la rambarde du navire, en la personne de Wallie. S'il avait porté un seul de ses coups – un seul –, il se serait retrouvé à plat ventre sur les pavés et aurait goûté à sa lanière de cuir… Mais il ne soupçonna jamais la menace qui planait au-dessus de lui.

Le chariot fut chargé et s'éloigna. Un autre vint prendre sa place. Des marins du *Saphir* revinrent d'un pas tranquille de leur promenade en ville et s'arrêtèrent pour bavarder avec le colosse en kilt bleu. Ils lui apprirent que Tau était une cité en pleine effervescence. Deux cents guerriers y avaient fait halte au cours de leur voyage vers Casr, sans compter plusieurs centaines de suivants. Tau était une ville de petite taille et cet afflux de nouveaux venus rendait les habitants nerveux.

Tomiyano descendit à terre et entreprit de peser l'or du marchand. Wallie continua à regarder le quai et remarqua que les guerriers se rassemblaient comme il l'avait prévu. Les groupes de deux étaient maintenant rares. Un cinquième avait recruté sept hommes et, un peu plus tard, le sixième triomphant repassa en paradant à la tête de quinze suivants.

Katanji revint. Son kilt blanc était presque terne comparé au plâtre étincelant qui ceignait son bras blessé. Le garçon paraissait flétri, son visage plus brun et ses grands yeux sombres n'étaient pas aussi brillants que d'habitude – le guérisseur avait-il joué du marteau avec trop d'enthousiasme en enlevant l'ancien plâtre ? Ses cheveux atteignaient une longueur respectable pour un guerrier, mais ils bouclaient en formant un petit chignon au lieu de cascader en une queue-de-cheval. Il ne portait pas d'épée, bien entendu. À moins d'un miracle, il ne pourrait plus jamais se servir de son bras, mais les miracles étaient monnaie courante dans le sillage de Shonsu.

Katanji parvint à grimacer une imitation passable de son habituel sourire mutin. Ses dents blanches étincelèrent sur son visage brun, puis ses yeux s'emplirent de surprise lorsqu'il remarqua que Shonsu ne portait ni son harnais ni son épée.

— Où est ton frère ? demanda Wallie.

Le faible sourire de Katanji se transforma en rictus narquois.

— Je l'ai laissé à ses occupations, seigneur.

Il n'avait pas besoin d'en dire davantage. Nnanji éprouvait toujours un amour aveugle pour la svelte Thana, mais il ne s'était pas amusé à terre depuis quatre semaines.

— Je suppose que les filles n'ont pas chômé ? demanda Wallie.

Katanji leva les yeux au ciel.

— Les pauvres ! Elles sont sur les rotules, m'ont-elles dit. (Il se renfrogna.) Et elles ont augmenté leurs tarifs !

Le pauvre et innocent Katanji, lui, avait séduit Diwa et Mei – et peut-être même Hana par la suite – à bord du *Saphir.* Ses besoins étaient donc moins pressants que ceux de son frère. Il faudrait davantage qu'une femme pour faire perdre la tête à ce garçon.

Wallie acquiesça et se replongea dans l'observation du quai. Ses pensées se mirent à vagabonder et le ramenèrent à ses perpétuelles inquiétudes à propos de Casr et des ennuis qui l'y attendaient.

Tomiyano remonta sur le pont à grands pas en balançant une sacoche en cuir. Il adressa un sourire heureux à Wallie et fit tinter le contenu de la poche avec jubilation. Puis il s'en alla regarder à travers l'écoutille avant et discuta en criant avec Oligarro et Holiyi qui inspectaient le lest dans la cale. Les esclaves avaient terminé leur travail. Ils redescendirent par la passerelle en traînant les pieds.

À ce moment-là…

Merde !

Wallie oublia les marins et les esclaves. Deux guerriers traversaient la rue et se dirigeaient sans nul doute vers le *Saphir.* Les vacances étaient terminées ! Le septième étouffa un juron, s'accroupit pour se cacher et récupéra son épée à tâtons. Il était encore à genoux et essayait frénétiquement de boucler son harnais quand un bruit de bottes résonna sur la passerelle. Les deux guerriers montèrent à bord et passèrent juste à côté de lui.

Tomiyano se retourna comme si on venait de lui donner un coup de pied aux fesses. Il fit aussitôt deux pas en avant pour se porter à la rencontre des nouveaux venus. Il s'arrêta jambes écartées, les poings sur les hanches et la tête en avant – une posture agressive. La colère suintait par tous les pores de sa peau.

Wallie observa les bottes des guerriers avec surprises : elles étaient en cuir repoussé et aussi brillantes que du verre. Au-dessus, leurs kilts étaient en laine, soyeuse d'une qualité et d'une coupe bien meilleures que la moyenne, avec des plis aussi nets que la lame d'un couteau ; rouge pour le cinquième et blanc pour le premier. Le regard de Wallie remonta un peu plus : les harnais et les fourreaux des deux hommes étaient tout aussi luxueux que leurs bottes, gaufrés et décorés de topazes. Les yeux du septième poursuivirent leur ascension : les gardes des épées étaient ornées d'un filigrane d'argent et de nouvelles topazes. Les barrettes étaient, elles aussi, en argent.

Eh bien!

Il se releva en silence, ramena ses cheveux en arrière et les accrocha avec sa barrette sertie d'un saphir sans cesser d'examiner les inconnus. Il était clair qu'il ne s'agissait pas de libres épées, car ceux-là s'enorgueillissaient de leur dénuement. Des guerriers de garnison? Peu de cités étaient à même d'habiller les membres de leur police avec un tel luxe. Un guerrier pouvait-il accumuler autant de richesses de manière honnête?

Wallie fit rouler ses omoplates pour ramener son arme à la verticale, de manière à ce que la garde soit cachée derrière sa tête. Puis il posa les coudes sur la rambarde et se laissa aller en arrière, savourant à l'avance le spectacle qui allait suivre.

Le cinquième avait enfreint les règles en montant à bord sans en demander la permission. C'était peut-être par ignorance, mais l'homme en connaissait cependant assez pour saluer le capitaine comme un supérieur et pour ne pas tirer son épée sur le pont. Il présenta ses respects d'un geste de la main, à la mode civile.

—Je suis Polini, guerrier du cinquième rang. Mon souhait le plus humble et le plus sincère est que la Déesse en personne estime judicieux de vous accorder une vie longue et heureuse, et qu'elle vous convainque d'accepter mes services modestes et zélés pour vous soutenir par tous les moyens nécessaires dans vos nobles buts.

Il ne mentionnait aucun titre, aucune charge?

L'homme était grand et élancé, sans une once de graisse; il devait avoir une trentaine d'années; sa voix était puissante et témoignait d'une bonne éducation. De prime abord, en ne l'ayant vu que de dos, Wallie se sentit enclin à trouver ce Polini agréable. Tomiyano ne partageait pas cet avis. Le capitaine attendit une longue et insultante minute avant de répondre, les yeux plissés.

—Je suis Tomiyano, marin du troisième, capitaine du *Saphir*, et je suis honoré d'accepter votre offre bienveillante.

Il prononça la réponse rituelle comme s'il ne pensait pas un mot de ce qu'il disait.

L'autre guerrier n'était encore qu'un gamin, maigre, léger et beaucoup plus petit que son mentor. En règle générale, on ne présentait pas les guerriers de rangs inférieurs. Il resta droit comme un I, silencieux, à la gauche de son maître. Maloli et Liihyo se rapprochèrent discrètement des seaux de sable qui contenaient les poignards. Tomiyano devait voir Wallie en arrière-plan, mais il gardait les yeux rivés sur le cinquième.

—Je demande la permission de monter à bord, capitaine.

Les lèvres de Tomiyano se pincèrent.

—Il me semble que c'est déjà fait.

Wallie savait d'expérience combien Tomiyano adorait provoquer les guerriers.

—Capitaine, dit le cinquième, je souhaiterais voyager à bord de votre navire en compagnie de mon protégé.

Les pouces de Tomiyano se glissèrent dans sa ceinture. Sa main droite était toute proche de sa dague.

— Le *Saphir* est un navire familial, maître. Nous ne prenons pas de passagers. Que la Déesse soit avec vous.

— Je suis prêt à payer deux pièces d'argent, marin ! Si tel est Son souhait, vous pouvez être de retour dans la journée.

Oligarro et Holiyi émergèrent en silence du gaillard d'avant et se rapprochèrent eux aussi des seaux de sable. Sur la dunette, les enfants s'étaient tus. Ils étaient maintenant alignés le long de la rambarde et observaient la scène. Les bruits des chariots et des chevaux montaient du quai.

— Vous êtes des Jonas ? demanda Tomiyano. Où donc vous a-t-Elle pêchés ?

La nuque de Polini vira au pourpre, mais sa voix resta calme.

— Nous venons de Plo. Je ne pense pas que vous en ayez entendu parler.

Le capitaine évitait toujours de regarder Wallie, mais sa réponse était aussi destinée au septième.

— Bien sûr que j'ai entendu parler de Plo. La plus belle femme que j'ai jamais vue venait de là. C'est à bonne distance vers le sud, si je ne me trompe pas.

— Plo est célèbre pour la beauté de ses femmes, acquiesça Polini.

— Mais pas pour les bonnes manières de ses hommes.

Peu de guerriers auraient toléré ce genre de remarque de la part d'un civil, très peu. Le jeune premier laissa échapper un hoquet de surprise sonore et le bras droit de Polini tressaillit. Il parvint cependant à conserver son sang-froid.

— Votre réflexion n'est pas un exemple de courtoisie non plus, marin.

— Eh bien, il ne vous reste qu'à partir d'un air outré.

— Je vous ai dit que nous souhaitions voyager à bord de votre navire. Je serai généreux. Cinq pièces d'argent et je ne tiendrai pas compte de votre impudence.

Le capitaine secoua la tête.

— La garnison de Tau affrète un bateau pour les guerriers. Il doit appareiller demain. Hier, un autre a atteint Casr en moins de une heure, guidé par Sa main.

— Je suis au courant.

Les sourcils de Tomiyano se haussèrent brusquement.

— Vous n'avez pas l'intention d'aller à Casr, hein ?

À la manière dont il posa la question, il était clair que Tomiyano sous-entendait que Polini était un lâche. Wallie s'attendit à voir le cinquième exploser.

Pourtant, Polini garda son calme au prix d'un effort méritoire. Sa voix baissa d'une octave.

— Non, je n'ai pas l'intention d'aller à Casr. Pas encore – si Elle le permet.

— Et moi, je n'ai aucune envie de visiter Plo – malgré la beauté de ses femmes.

Les yeux de Polini s'écarquillèrent.

— Vous vous moquez, seigneur !

— Non, absolument pas. À terre, il ne serait pas aussi redoutable, car il ne peut pas travailler son jeu de jambes à bord. Mais il est préférable de se montrer tolérant envers un civil aussi dangereux. (Ce raisonnement illogique impressionna les deux invités.) Je vous raconte cela en guise d'avertissement, maître Polini. Maintenant, dites-moi pourquoi vous avez choisi ce navire.

Le cinquième se raidit lorsque la conversation revint sur ses ennuis.

— Il m'a semblé qu'il était bien entretenu, seigneur.

Wallie hocha la tête d'un air approbateur.

— Puis-je vous donner un conseil ? (Un conseil de la part d'un septième, comment Polini aurait-il pu refuser ?) Vos effets valent une petite fortune, maître. Au milieu de la Rivière, il n'y a pas de témoins et certains marins se laissent parfois tenter par un peu de piraterie. Pourquoi n'échangeriez-vous pas votre équipement contre quelque chose de plus discret ?

Le visage de Polini devint écarlate.

— Je vous remercie pour ce conseil, seigneur !

Il n'avait cependant pas l'intention de le suivre. Wallie soupira. C'était le genre d'attitude bornée dont il s'était efforcé de débarrasser Nnanji. Polini ne supportait pas l'idée d'arriver à Plo sans ses jolis kilts, harnais et bottes. Cela entacherait son satané honneur. Wallie avait oublié combien les membres de sa profession pouvaient se montrer obtus – ce qui soulignait à quel point il avait fait progresser son frère par serment.

— Et il n'est pas impossible que votre navire arrive à Casr, maître, insista Wallie. La plupart des guerriers présents seront des libres épées. Vous pouvez être certain qu'il n'y aura pas le moindre premier avec un équipement aussi luxueux que celui du novice Arganari.

Le cinquième lui lança un regard furieux. Le garçon fronça les sourcils.

— Je m'aperçois maintenant que ce navire ne convient pas à nos besoins, seigneur, dit Polini pour changer de sujet. Il ne fait aucun doute qu'Elle va requérir vos vaillants services au bénéfice de Son ralliement. Vous allez faire route vers Casr.

Ce fut au tour de Wallie de se sentir nerveux.

— Pas tout à fait ! Nous avons entendu parler du ralliement il y a deux semaines et nous naviguons toujours dans ces eaux.

Le dieu des vents s'était montré coopératif depuis qu'ils avaient quitté Ov, mais la main de la Déesse n'avait pas effleuré le navire.

Polini fut stupéfait – ce qui était fort compréhensible : la Déesse refusait de conduire un septième au ralliement ?

— Mais nous avançons à bonne allure, poursuivit Wallie. Encore sept ou huit jours et nous parviendrons peut-être à Casr.

— Vous connaissez donc ces eaux, seigneur, dit le garçon.

Sa phrase était censée être une question, mais il la prononça comme une affirmation. Wallie comprit : Arganari n'avait aucune oreille. Il se couvrirait de ridicule s'il s'avisait un jour de chanter – et cela faisait partie des devoirs d'un prêtre, même de sang royal. Il avait donc été enrôlé dans la caste des guerriers, car il n'existait pas d'autre profession digne d'un fils de roi.

— Je commence à les connaître, novice. Tu vois ces montagnes, au sud ? C'est RegiVul. Elles abritent Vul, une cité de sorciers.

Les deux invités regardèrent au-delà de la Rivière lumineuse. Au-dessus de la ligne basse et incertaine de la rive opposée, des pics lointains brillaient d'un vague éclat bleuté dans la brume de chaleur, couronnés par un nuage volcanique plus flou encore.

— La Rivière coule tout autour de RegiVul. La rive gauche – l'intérieur de la boucle – a été conquise par les sorciers. Les sept cités qui s'y trouvent sont tombées entre leurs mains. Ne vous aventurez pas par là, vous y laisseriez certainement la vie.

— C'est donc vrai ? demanda Polini. Des légendes racontent qu'il y a des sorciers dans les montagnes, au sud de Plo. Je n'ai jamais cru à l'existence de ces créatures avant d'arriver ici et d'entendre parler du ralliement.

Holiyi, un marin très maigre, s'approcha sans en avoir l'air et offrit une autre bière à Wallie avec un sourire en coin. Le septième le remercia et but une gorgée pour chasser le goût infect qu'il avait dans la bouche.

— Ils sont pourtant bien réels. Ce navire a fait escale dans les quatorze cités qui se trouvent sur la boucle de la Rivière, mais je dois reconnaître que je suis resté caché dans le rouf lorsque nous étions dans des villes de sorciers.

Cet aveu choqua Polini, mais le cinquième fit de son mieux pour ne pas le montrer.

— Ils sont donc aussi dangereux que l'affirment les rumeurs qui circulent par ici ?

— Ils le sont sans doute davantage, déclara Wallie. L'un d'eux a foudroyé un homme sur le pont de ce navire. Ils sont capables de tuer à distance. Seule la vitesse permet de les vaincre. Un couteau de jet serait plus efficace qu'une épée contre ces gens-là.

Les deux invités auraient été horrifiés d'apprendre que Wallie cachait un poignard dans sa botte et qu'il s'entraînait tous les jours à le lancer sur une cible. Le septième ne jugea pas utile de préciser que les trous criblant la rambarde avaient été causés par des balles de mousquets.

— Mais ils ne sont pas invincibles ? s'exclama Arganari en essuyant la mousse de bière qui lui maculait les lèvres. Les habitants de cette ville racontent qu'un guerrier a remporté une victoire contre eux !

— Tiens donc ? Parle-moi de cette histoire.

Un grand sourire illumina le visage du garçon qui se lança dans son récit d'une voix étrangement ânonnante. Les traits taillés à la serpe de Polini exprimaient déjà des doutes quant à la véracité de ces événements.

— Cela s'est passé à Ov, seigneur. Il y a deux semaines. On dit que les guerriers d'un navire ont attaqué un groupe de sorciers sur le quai et qu'ils ont survécu à leurs éclairs. Ils ont chargé à bord d'un chariot, seigneur, et ils ont massacré un grand nombre de ces hérétiques. Ils étaient menés par un septième et par un quatrième très jeune à la chevelure rousse, seigneur. On nous a raconté qu'ils auraient pu s'emparer de la tour de ces misérables, mais que… le septième… a préféré… renoncer ?

L'horreur se peignit sur le visage juvénile.

Des cris et des bruits sourds montèrent du quai. Des oiseaux blancs s'élancèrent vers le ciel, portés par le vent. Sur le navire voisin, un treuil grinça douloureusement.

Les septièmes étaient rares. Les septièmes naviguant dans ces parages étaient aussi courants que des œufs carrés. Les septièmes n'appréciaient guère que l'on mette leur courage en doute. Polini se raidit et se demanda quelle catastrophe son protégé venait de déclencher.

— Je suis certain qu'il avait d'excellentes raisons d'agir ainsi, seigneur, murmura le garçon.

— Sans doute, dit Wallie d'un ton amer.

Il n'aurait pas cru que cette histoire se propagerait aussi vite en aval et en amont de la Rivière. Il ne pensait pas que, dans ce monde primitif, une nouvelle puisse voyager plus vite que les pigeons des sorciers – ni même, à vrai dire, qu'elle puisse voyager du tout. Mais la Déesse déplaçait maintenant les navires comme des flocons de neige et on avait dû entendre parler de la bataille d'Ov tout le long de la Rivière, c'est-à-dire dans le Monde entier. Des guerriers avaient affronté des sorciers ; un quatrième aux cheveux roux ; un septième aux cheveux noirs qui avait rappelé ses troupes alors que la victoire semblait inéluctable. Un nouveau problème venait s'ajouter aux autres, un problème que Wallie n'avait pas anticipé.

Il s'aperçut qu'il était resté silencieux et maussade pendant un certain temps. Il sourit.

— Les rumeurs circulant sur le quai ne relatent peut-être pas tous les détails.

Les deux invités répondirent en chœur.

— C'est certain, seigneur !

— C'est certain, seigneur ?

Nnanji apparut à cet instant au sommet de la passerelle. Il aperçut les guerriers invités et se précipita vers eux comme un faucon sur sa proie. Son éternel sourire enthousiaste était plus large qu'à l'accoutumée – peut-être en raison de ce qu'il avait fait à terre. C'était un jeune homme grand et dégingandé ; ses cheveux étaient d'un roux profond selon les critères du Peuple ; il portait le kilt orange des quatrièmes.

Polini et Arganari échangèrent un regard et se levèrent.

— Maître, puis-je avoir l'honneur…

Wallie présenta Nnanji, son protégé et frère par serment. Une fois ces formalités accomplies, il surprit Nnanji en présentant le novice Arganari.

— Arganari ? (Le nez retroussé de Nnanji se plissa, ce qui arrivait toujours lorsque le jeune homme réfléchissait.) Un grand héros a porté ce nom, jadis.

— C'était mon ancêtre, adepte.

Nnanji crut qu'on lui posait une question et eut l'air perplexe.

— Il s'agissait du fondateur de la maison royale de ce novice, déclara Wallie pour éclairer son protégé.

Le garçon hocha la tête avec fierté.

— Le royaume de Plo et de Fex. Mon père a le grand honneur d'être saint Arganari le Quatorzième, prêtre du septième rang.

Le jeune Arganari était donc le fils aîné. Le problème de Polini était encore pire que Wallie l'avait imaginé.

— De nombreux poèmes épiques font référence à lui, déclara Nnanji d'un ton solennel. Celui que je préfère commence par…

Après une vingtaine de vers, Wallie posa la main sur le bras du jeune homme pour l'arrêter et proposa que tout le monde s'assoie.

Nnanji s'accroupit entre Wallie et les visiteurs.

— Et, bien sûr, Arganari a conduit le ralliement de Xo, déclara-t-il. (Il adressa un clin d'œil à son frère par serment.) Il portait l'épée de topaze, la quatrième épée de Chioxin !

Voilà pourquoi ce nom n'était pas étranger à Wallie !

— C'est maintenant la mienne ! s'exclama Arganari avec fierté.

Nnanji regarda l'arme du garçon et fronça les sourcils.

— Il ne la porte pas en ce moment, dit Polini. C'est l'objet le plus précieux de la maison royale que je sers. Quand mon protégé a été accepté dans notre profession, le seigneur Kollorono, le premier prévôt de la garde du palais, la lui a confiée. Arganari est le premier guerrier de la dynastie depuis Arganari le Grand. Cette décision était donc judicieuse et la cérémonie fut des plus émouvantes.

Wallie gloussa.

— Je suis sûr que vous vous êtes empressé de lui fournir une autre arme tout de suite après.

Polini sourit d'un air entendu.

— Il faut être un grand guerrier pour porter une des sept épées plus de quelques jours, seigneur.

— Décrivez-la, demanda Nnanji, ravi.

Les yeux du jeune Arganari pétillèrent de fierté.

— La garde est en or et représente un basilic qui tient une topaze. Le basilic symbolise la « justice tempérée de clémence ». C'est la devise de ma famille. La lame est gravée sur toute sa longueur. D'un côté, il y a des guerriers qui affrontent des monstres, de l'autre, les mêmes monstres qui jouent avec des vierges.

— C'est une arme magnifique, dit Polini. (Il était sans doute heureux que cette étrange conversation aborde maintenant un sujet plus impersonnel.) Je l'ai essayée. L'équilibre, la flexibilité… c'est extraordinaire ! La réputation de Chioxin est amplement méritée.

Nnanji tourna son sourire vers Wallie.

— Je suppose qu'elle ressemble à quelque chose comme ça ? demanda le septième.

Il tira son épée et la brandit pour que tout le monde la voie. La poignée était jusqu'alors restée cachée derrière sa tête et les deux invités n'avaient pas eu l'occasion de la regarder en détail.

Polini et son protégé laissèrent échapper un hoquet de stupéfaction.

— La septième ! s'écria Arganari. Un saphir et un griffon ! Et les gravures ressemblent à celle de la quatrième ! Est-elle authentique ? Je veux dire, est-ce vraiment la septième épée de Chioxin ?

— Sans doute.

Cette arme légendaire plongeait toujours les guerriers dans la stupéfaction. Polini avait pâli de manière notable et l'excitation avait rosi les joues de son protégé.

— Mais, seigneur...

Arganari s'empourpra un peu plus.

— Oui ?

— Les six premières épées sont célèbres... mais la saga ne raconte rien à propos de la septième. On dit que Chioxin l'a offerte à la Déesse.

— L'histoire n'est peut-être pas finie ? suggéra Nnanji sans se départir de son large sourire.

Polini et Arganari acquiescèrent avec gravité, toujours fascinés par l'arme.

— Le griffon est un symbole royal. Il évoque le *Pouvoir employé avec sagesse*, dit le garçon en admirant la garde qui était un véritable chef-d'œuvre.

— La lame est très longue.

Polini utilisait sans doute une épée plus grande que la moyenne en raison de sa taille.

— Elle vous tente ? Souhaitez-vous me défier pour vous en emparer ? demanda Wallie.

Polini devint livide.

— Bien sûr que non, seigneur !

— Elle est en parfait état, remarqua le garçon. (Avec sa curieuse façon de parler, on aurait pu croire qu'il posait une question.) La mienne est ébréchée et usée. Sur celle-ci, il n'y a qu'un seul défaut.

Nnanji hocha la tête d'un air solennel.

— Cette marque a été laissée par l'éclair d'un sorcier.

Polini et son protégé échangèrent un nouveau regard, puis le garçon se replongea dans l'examen de l'arme. Il pointa le doigt vers les personnages gravés sur la lame.

— Vous voyez le moirage, mentor ? On raconte que Chioxin était gaucher. Sur toutes ses épées, et pas seulement la septième, le moirage va de gauche à droite.

— Qu'est-ce que tu dis ? marmonna Wallie en se penchant au-dessus de la lame. Comme Léonard de Vinci ? Je te remercie, novice. Je ne l'avais pas remarqué. Ce n'est donc pas une copie, en fin de compte !

Nnanji laissa échapper un petit rire.

— Seigneur..., commença Arganari.

Arganari s'interrompit et son mentor lui marmonna un avertissement.

— Tu veux savoir comment je suis entré en possession de cette arme, dit Wallie en rangeant l'inestimable épée dans son fourreau. (Il haussa les épaules.) C'est une bonne question. Un dieu me l'a donnée.

Il avala une gorgée de bière.

Les deux visiteurs restèrent médusés, ce qui n'était guère étonnant.

— Il m'a aussi offert cette barrette ornée d'un saphir avant de m'annoncer que j'avais une tâche à accomplir pour la Déesse.

Polini comprit et fut impressionné.

— Vous êtes donc celui qui commandera le ralliement, seigneur !

— C'est possible, dit Wallie. Si c'est le cas, Elle n'est pas pressée de me conduire à Casr. C'est peut-être là que vous intervenez.

Le cinquième regarda Nnanji qui hocha la tête d'un air pensif.

— Moi ? Nous ?

— Je me demandais si nous étions destinés à nous rencontrer, maître Polini. Cela n'aurait rien de très étrange – et faites-moi confiance : en matière d'événements étranges, je suis blasé. Il est curieux que vous ayez choisi ce navire, et encore plus curieux que votre protégé et vous soyez en possession d'une des sept épées de Chioxin. Un ralliement peut être une expérience intéressante pour un prince guerrier. Après tout, c'est un novice : il ne participera pas aux combats, et ne courra donc aucun danger.

Pour la première fois, le garçon témoigna d'une excitation juvénile propre à une personne de son âge. Il se tourna vers son mentor pour voir sa réaction.

Polini se leva en signe de désapprobation.

— Il est possible que vous ayez raison, seigneur, et j'espère de tout cœur que c'est le cas. Mais j'ai déjà prêté serment et je dois ramener mon protégé à Plo. Si je me trompe, je suis certain que nous nous rencontrerons de nouveau, à Casr.

La lueur d'excitation mourut dans les yeux du garçon. Il se leva comme l'exigeait son devoir. L'éducation des princes ne se bornait pas au langage précieux et les novices ne discutaient pas les décisions de leurs supérieurs. Il se tourna et leva les yeux vers Nnanji.

— Adepte, dit-il d'une voix étrangement atone, êtes-vous ceux qui ont mené la charge contre les sorciers sur un chariot, à Ov ?

Nnanji grimaça un sourire.

— On les a écharpés ! Quatorze cadavres !

Il lança un regard chargé de regret à Wallie qui avait épargné la vie d'un quinzième.

Le garçon leva les mains et défit sa queue-de-cheval.

— Il est peu probable que je me joigne au ralliement, adepte. La barrette du seigneur Shonsu lui a été offerte par un dieu, il ne verra donc aucune objection à mon geste. Celle-ci appartenait à mon ancêtre, elle lui maintenait les cheveux lors du ralliement de Xo. Accepteriez-vous de la porter à ma place dans votre lutte contre ces infâmes sorciers ?

Il tendit la pince en argent.

—Novice ! aboya Polini. Cette barrette appartient à ta famille depuis des siècles ! Ton père n'approuverait pas que tu l'offres à un étranger. Je t'interdis de faire cela !

—Ce n'est pas un étranger, mentor, c'est un héros.

—Je crois qu'il a raison, novice, dit Wallie avec douceur.

L'intervention du septième régla le problème. Nnanji, flatté au plus haut point d'avoir été qualifié de héros, déglutit avec peine et annonça qu'il partageait l'avis de son frère par serment. Arganari rattacha ses cheveux à contrecœur. À côté de ces trois hommes de grande taille, il ressemblait à un enfant.

—Nous vous remercions pour votre hospitalité, seigneur, déclara Polini d'un ton solennel. Je souhaite maintenant me retirer, avec votre permission. Il me faut encore trouver un navire. Il serait sans doute préférable que j'en cherche un plus petit que celui-là. Et sans guerrier marin du sixième à bord.

Son sourire se fit ouvertement ironique.

Intrigué et un peu inquiet, Wallie raccompagna les visiteurs au sommet de la passerelle. Ils y arrivèrent au moment où Lae regagnait le *Saphir*, suivie de près par Jja. Celle-ci avait abandonné le Bikini traditionnel des femmes de la Rivière – de simples bandes de tissu – qu'elle portait d'habitude à bord, au profit d'une tunique d'esclave noire plus conventionnelle. Mais aucun vêtement ne pouvait altérer la perfection de sa silhouette, et son visage était digne d'une héroïne de légende. Wallie l'accueillit avec un sourire. Il passa un bras autour de sa taille et, sans réfléchir, commit un terrible sacrilège culturel. Il n'avait pas quitté le *Saphir* depuis des semaines et s'était habitué au mode de vie décontracté des marins. Il avait oublié l'étiquette rigide des gens vivant à terre.

—Jja, ma chérie, dit-il. Voici des visiteurs de ta ville natale, maître Polini et Sa Majesté, le novice Arganari.

Les deux invités fixèrent la marque des esclaves sur le visage de la jeune femme, atterrés. Jja resta paralysée pendant un instant, elle aussi. Il n'existait pas de rituel de présentation des esclaves et Wallie aurait dû s'en souvenir.

Elle tomba à genoux et posa le front contre le pont. Wallie se mordit les lèvres, furieux de sa propre bêtise. Polini ne savait pas quoi dire, et ce fut le jeune Arganari qui réagit le premier. Il fit un pas en avant et releva Jja.

—En vérité, dit-il de sa voix enfantine et ânonnante, je comprends mieux la réputation de Plo quant à la beauté de ses femmes. Si elle n'était pas déjà établie, ce serait maintenant chose faite.

Comment imaginer un compliment plus élégant ?

Maître Polini se dirigea vers la passerelle suivi de son protégé. Il était sans doute soulagé de fuir l'atmosphère de folie qui régnait sur ce bateau, ce septième insolite et ce capitaine enragé. S'il adressa une prière de remerciement silencieuse à la Déesse, il le fit un peu vite, car une nouvelle surprise l'attendait : il posa le pied sur le quai et se retrouva face à Brota qui regagnait le navire.

Les habitants du Monde vivant sur la terre ferme considéraient les guerrières comme une hérésie, les guerriers obèses comme un blasphème et les guerriers d'âge mûr portant encore leur arme comme une insolence. À elle seule, Brota entrait dans ces trois catégories : plantureuse dans sa robe rouge, sa queue-de-cheval était veinée de gris et son épée était accrochée dans son dos. Wallie observa la rencontre et gloussa. Quelque chose sur le visage de Polini dut irriter la guerrière, car elle le fixa de ses yeux porcins avant de l'aborder sans détour. Elle tira son arme et le salua comme un égal. Le cinquième répondit avec une répugnance évidente. Ils échangèrent quelques mots et Polini s'élança à grands pas furieux le long de la rue. Son minuscule protégé trottina derrière lui pour ne pas se laisser distancer. Brota remonta la passerelle de sa démarche chaloupée, un petit sourire satisfait au coin des lèvres. En tant que rat de navire, elle adorait tourmenter les terriens presque autant que son fils.

Polini n'avait probablement pas remarqué Mata, un peu à l'écart. C'était pourtant une femme encore ravissante dans son Bikini marron. Wallie se demanda comment le cinquième aurait réagi si on lui avait dit que ce marin du troisième rang, mère de quatre enfants, lui aurait donné du fil à retordre dans un affrontement amical, voire dans un véritable duel.

Wallie présenta ses excuses à Jja en se maudissant à de nombreuses reprises pour sa stupidité. Il dut ensuite raconter le début de la conversation à Nnanji qui acquiesça d'un air satisfait avant de s'en aller tête haute. Il devait se répéter inlassablement le mot « héros » – un compliment de la part d'un prince, il y avait de quoi enivrer le fils d'un fabriquant de tapis.

Brota se dirigea vers Wallie ; ses yeux surplombés de sourcils blancs et broussailleux le fixèrent avec sévérité.

— Je suppose que vous avez maintenant hâte de partir, seigneur ?

Wallie haussa les épaules.

— Pas spécialement. Si la Déesse est pressée, Elle peut raccourcir notre voyage autant qu'Elle le souhaite. Vous avez trouvé quelque chose d'intéressant à acheter ?

— Pouah ! Leurs prix sont scandaleux.

Katanji avait fait une réflexion sur les honoraires des prostituées du bordel. Le novice était un garçon très éveillé lorsqu'il s'agissait d'argent. Wallie se demanda si le ralliement allait provoquer une inflation locale. À Casr, la présence de plusieurs centaines de jeunes hommes vigoureux pouvait entraîner une hausse des prix de la nourriture – et des femmes –, mais le septième n'aurait jamais imaginé que le phénomène se répande aussi loin que Tau.

Cette situation économique soulevait de nouveaux problèmes. Qui allait payer les frais du ralliement ? La plupart des guerriers arrivant à Casr étaient sans doute des libres épées. Ces gens étaient pauvres et la ville allait connaître de sérieuses difficultés, car ils exigeraient la gratuité de l'hébergement et de la nourriture – sans parler des femmes. L'économie du Monde était primitive et fragile. Le demi-dieu avait offert une fortune en saphirs à Wallie, pour ses « frais », avait-il dit. Il s'agissait peut-être d'un nouvel indice tendant à prouver que le septième devait prendre la tête du ralliement. Mais alors, pourquoi la main de la Déesse ne le conduisait-elle pas à Casr ?

Il regarda l'entrepôt le plus proche, de l'autre côté de la rue.

— Par le passé, la Déesse vous a souvent guidée vers la marchandise la plus profitable, maîtresse, dit Wallie. Que vend le propriétaire de ce bâtiment ?

— Des peaux de bœuf ! cracha Brota avec mépris. Une horreur ! Il n'est pas question que j'entasse ces saletés puantes dans la cale de mon navire.

— Des peaux ? répéta Wallie d'un air pensif.

Brota comprit tout de suite. La guerrière et le profit éprouvaient une tendre affection l'un pour l'autre.

— Des peaux..., répéta-t-elle à son tour.

La conversation devenait monotone.

— Si nous atteignons Casr... si je deviens le chef du ralliement – cela fait beaucoup de « si » –, je crois que ces peaux pourraient prendre beaucoup de valeur.

— Pour fabriquer des fourreaux ? Des bottes ?

Brota fronça les sourcils d'un air dubitatif.

— Je pensais à des objets plus massifs.

— Des selles en cuir ? Vous allez combattre les sorciers avec du cuir, Shonsu ?

Il sourit et hocha la tête.

Brota l'examina avec attention.

— Les sorciers ont chassé tous les tanneurs hors de leurs cités. Est-ce qu'il y a un lien ?

— Pas le moindre.

Brota fit la moue. Elle se retourna, appela Mata et se dandina en direction de la passerelle.

Wallie regarda autour de lui. Il constata avec joie que Katanji était de retour sur le pont et qu'il avait presque retrouvé son teint habituel. Le septième lui fit signe d'approcher.

— Tu te sens mieux ? demanda-t-il.

Le garçon le gratifia d'un sourire à la fois malicieux et ingénu.

— Oui, seigneur. Je vous remercie.

Selon les circonstances, Katanji pouvait s'exprimer avec la politesse d'un ange ou la vulgarité d'un charretier.

— J'ai encore besoin d'un petit coup de pouce de ta sagesse, novice.

— Je suis toujours à votre service et à celui de la Déesse, seigneur.

À condition que cela ne nuise pas à son escarcelle, bien entendu.

— Parfait ! dit Wallie avec un sourire de conspirateur. La maîtresse Brota a décidé d'acheter du cuir. J'aimerais connaître la somme qu'elle souhaite investir.

Le visage de Katanji rayonna.

— C'est tout ?

Le garçon hocha la tête et s'éloigna. Il serait sans doute capable de découvrir les secrets de la vie sexuelle du grand-père du tanneur si Wallie le lui demandait.

Le septième resta près de la rambarde et observa son espion suivre Brota. Il n'y avait pas de guerriers en vue. Nnanji apparut à côté de lui, l'air inquiet. Qu'est-ce que son frère par serment avait bien pu demander à son frère de sang ? Son protégé avait des aptitudes incompatibles avec le statut de guerrier et cela lui causait d'innombrables soucis – sans compter que son mentor ne valait guère mieux. Par pure perversité, Wallie décida de ne rien dire au jeune homme.

— Est-ce que tu as trouvé l'adepte Kionijuiy ?

Nnanji se renfrogna.

— Quelqu'un s'en est chargé avant moi, seigneur mon frère.

Lors de leur précédente escale à Tau, Kionijuiy occupait *de facto* le poste de premier prévôt. Il avait quitté ses fonctions et laissé la ville aux soins d'une garnison incompétente. Ce manquement à ses devoirs avait offensé l'idéal de Nnanji quant à l'honneur des guerriers. Le sujet n'avait pas été abordé depuis, mais Wallie savait que le quatrième n'oubliait jamais rien. Son protégé avait sûrement cherché à régler ce problème au cours de la matinée.

— Le nouveau prévôt est l'honorable Finderinoli, ajouta Nnanji. Il est arrivé à la loge avec ses hommes juste avant votre message. Il s'est aussitôt rendu à Tau pour régler le problème. Je ne l'ai pas rencontré, mais on dirait qu'il fait du bon travail.

Il hocha la tête d'un air approbateur.

— Quel sort a-t-il réservé au vieil homme ? demanda Wallie.

Le père de Kionijuiy avait commis une faute en ne démissionnant pas lorsqu'il était devenu trop âgé pour remplir les missions de premier prévôt. Pis encore : il avait enseigné l'escrime à des civils, ses fils. Il s'agissait d'une abomination, d'un manquement aux soutras, d'une infraction aux règles de la caste très fermée des guerriers.

— Il lui a réglé son compte, à lui aussi, se contenta de répondre Nnanji en observant les gens sur le quai.

Wallie frissonna.

— Et ses fils ?

— Il leur a tranché les mains. Ah, la voilà !

Thana descendait la rue en direction du navire. La fille de Brota était grande, mince et ravissante dans son Bikini jaune. Son visage avait un profil grec classique et était encadré de boucles noires. Chaque fois que Wallie la voyait avec son épée dans le dos, comme maintenant, il pensait à Diane la Chasseresse. Quand Thana était en vue, Nnanji avait le plus grand mal à se concentrer sur quoi que ce soit.

La minuscule silhouette d'Honakura avançait au côté de la jeune fille. L'ancien prêtre faisait partie des compagnons de Shonsu. C'était la première personne à qui Wallie avait parlé lorsqu'il avait été transporté dans le Monde et s'était réveillé dans le corps du guerrier. Aujourd'hui, le vieil homme s'était

— C'est ça, dit-il. La cité à trois voisines, contrairement aux autres qui n'en ont que deux.

— Par conséquent, il est possible que ce soit la prochaine cible des sorciers ?

Nnanji hocha la tête. Les sorciers s'emparaient d'une nouvelle ville tous les deux ans environ. Ils contrôlaient aujourd'hui toute la rive gauche, l'intérieur du cercle. Il était difficile, voire impossible, de franchir les Terres noires et ils ne pouvaient donc pas poursuivre leurs conquêtes le long du méandre de RegiVul. Ils devaient maintenant se préparer à traverser la Rivière.

— Casr est une très vieille cité, ajouta Nnanji. Certaines des sagas les plus anciennes y font référence. Elle a été pillée, brûlée et reconstruite plusieurs dizaines de fois, je pense.

— Et il y a là une loge de guerriers.

Nnanji sourit et passa les bras autour de Thana avant de la serrer avec fermeté contre lui.

Wallie se replongea dans l'observation des quais qui rapetissaient à la poupe du navire. Ils étaient maintenant cachés derrière un rempart de mâts et de gréements. Au fur et à mesure que les détails s'estompaient, Tau ressemblait de plus en plus à une image de l'Angleterre de l'époque Tudor.

Nnanji renifla avec mépris.

— Vous avez toujours envie de devenir premier prévôt ?

— Moi ? demanda Wallie, surpris.

Il se tourna et fixa le jeune homme.

Nnanji lui adressa son large sourire.

— Vous avez oublié ? La dernière fois que nous sommes venus ici, vous avez dit… (Ses yeux se perdirent un peu dans le vague et sa voix se fit plus grave pour imiter celle de Shonsu.) « Après quelques années, je suppose que je m'installerai dans une petite ville tranquille comme celle-ci et que je deviendrai premier prévôt. J'élèverai sept fils, comme le vieux Kioniarru. Et sept filles, aussi. Jja y tient ! » Et j'ai répondu : « Premier prévôt ? Pourquoi ne pas devenir roi ? » Et vous avez dit : « Il faut verser trop de sang pour y parvenir. Et puis, cela demande trop de travail. J'aime bien Tau. »

Ses yeux perdirent leur fixité et son sourire se redessina sur ses lèvres. Personne ne salua l'excellence de sa mémoire : tout le monde savait qu'un tel exploit était un jeu d'enfant pour Nnanji. Thana eut l'air dégoûté.

— Vous plaisantiez, seigneur ? Premier prévôt ? Dans un endroit pareil ?

Elle se tourna pour regarder les toits de chaume de la cité qui disparaissait au loin.

— C'est une jolie petite ville, protesta Wallie sans conviction.

— Je vous la laisse bien volontiers, mon frère, déclara Nnanji avec générosité.

Le lendemain, le dieu du vent les délaissa et une étrange brume dorée s'installa sur la Rivière. Elle sentait vaguement le chaume brûlé. L'eau devint aussi immobile qu'une nappe d'huile. Au-dessus du navire, le ciel était d'un bleu écœurant et blafard ; autour, il n'y avait plus qu'un néant opaque. Tomiyano ne prit même pas la peine de faire hisser les voiles et le *Saphir* jeta l'ancre. Parfois, on distinguait au loin d'autres bateaux encalminés, comme des drapeaux plantés pour signaler l'extrémité du Monde. Mais, pendant la plus grande partie de la journée, le *Saphir* sembla abandonné des hommes et des dieux.

Ce changement de temps inquiétant mit les marins mal à l'aise. Ils pensaient que le seigneur Shonsu devait prendre le commandement du ralliement, alors pourquoi la Déesse ne le conduisait-Elle pas là-bas à la vitesse de l'éclair ? L'avaient-ils offensée d'une manière ou d'une autre ? L'équipage vaqua à ses occupations dans un silence angoissé, sans exprimer ses craintes de vive voix. Ils nettoyèrent, polirent et vernirent ; ils tissèrent des vêtements en prévision de l'hiver tout proche ; ils apprirent aux plus jeunes les traditions ancestrales de la Rivière et les soutras des marins ; ils attendirent le bon vouloir du vent.

Honakura était aussi troublé que les autres. Il aimait à songer qu'il avait été choisi pour servir de guide à Shonsu au cours de sa mission, pour l'aider et interpréter la volonté des dieux quand ils daigneraient la lui révéler. Mais aujourd'hui, il ne savait pas quoi penser de ce brusque changement de rythme. Après la bataille contre les sorciers, à Ov, pourquoi n'avait-Elle pas emmené Shonsu directement à Casr ? Elle avait sans doute décidé d'accorder un peu de repos au guerrier. De nombreux problèmes paraissaient tracasser le colosse, des problèmes dont il avait du mal à parler, ou qu'il préférait garder pour lui. Il ruminait sans cesse et cela ne lui ressemblait pas. Le dieu du vent les avait pourtant poussés avec célérité... jusqu'à aujourd'hui.

Ce n'était pas la première fois que la course du *Saphir* était interrompue et il y avait toujours eu une bonne explication à ces pauses : les dieux attendaient qu'un événement advienne, ou que les humains accomplissent une tâche qui leur incombait, et qu'ils avaient négligée. Honakura n'avait aucun moyen de savoir laquelle de ces deux éventualités justifiait l'absence de vent, mais il penchait pour la seconde. Pour quelle autre raison le navire aurait-il été enveloppé dans le brouillard ? Il avait l'impression d'avoir été enfermé dans un placard – lui-même avait souvent cloîtré un protégé dévoyé pour l'amener à méditer sur ses erreurs. L'après-midi arriva et Honakura devint très inquiet.

Il s'assit sur son seau de sable préféré et surveilla le pont. Sur le gaillard d'avant, les adolescents s'étaient rassemblés autour du novice Katanji. À en juger par leurs pitreries, le jeune guerrier devait raconter des histoires salaces. La plupart des femmes étaient réunies sur la dunette ; elles tricotaient, raccommodaient et bavardaient à voix basse. Deux hommes pêchaient... sans grand succès, remarqua le prêtre d'un air sombre.

Pour une fois, personne ne s'entraînait au maniement de l'épée. L'adepte Nnanji se trouvait sur le panneau de l'écoutille avant en compagnie du novice Matarro et de l'apprentie Thana. Ils étaient assis autour de trois épées – une coutume stupide des guerriers pour réciter les soutras. Les prêtres les enseignaient en marchant de long en large, c'était plus sain et moins idiot, car l'exercice stimulait le cerveau.

Le seigneur Shonsu était assis sur le panneau de l'autre écoutille. Les marins savaient qu'il avait besoin de réfléchir et, lorsque cela arrivait – comme maintenant –, ils le laissaient en paix. Son esclave était à côté de lui, le septième devait donc estimer qu'il n'était pas seul. Pourtant, le couple était silencieux et c'était inhabituel. Il n'y avait sans doute pas d'autres guerriers à travers le Monde qui bavardaient avec leur esclave de nuit, ils se contentaient de dire « allonge-toi ».

Shonsu taillait quelque chose à l'aide d'un couteau. Il s'était lancé dans cette activité après la bataille d'Ov et passait désormais des heures parmi les copeaux de bois et les outils chapardés dans le coffre du navire. Il refusait de dire ce qu'il fabriquait, et il était clair qu'il ne prenait aucun plaisir à cette tâche. Ses mains étaient trop grosses pour se livrer à des travaux aussi délicats, elles étaient plus adaptées à la poignée d'une épée qu'à celle d'une dague. Il se renfrognait, se mordait la langue, s'entaillait les doigts, puis commettait une erreur irréparable et recommençait à zéro. Mais il refusait d'expliquer pourquoi.

Une odeur âcre et sulfureuse se mêla aux relents de cuir et de bois brûlé. Ce n'était pas la première fois. Shonsu affirmait qu'elle venait sans doute de RegiVul, où le dieu du feu dansait sur les pics. Une poussière pâle s'accumulait sur le pont.

Honakura soupira et chercha une position plus confortable. Ses douleurs empiraient. Il se souvint de la manière dont sa mère cuisait le pain quand il était enfant, comment elle faisait glisser une lame de couteau sur les bords du plat pour que la miche se démoule facilement. La Déesse agissait ainsi avec lui : elle lui rappelait qu'il était vain de craindre la mort, car ce n'était pas une fin, mais le commencement de quelque chose de nouveau et d'exaltant. Quand il avait quitté Hann en compagnie de Shonsu, il avait offert d'humbles prières pour que son cycle de vie perdure le temps de connaître l'issue de la mission de Shonsu. Aujourd'hui, il se montrait moins présomptueux. Il songea qu'il était peut-être préférable d'ignorer comment cette aventure se terminerait.

Six mois plus tôt, il aurait ri jusqu'à ce que sa vieille carcasse se disloque si quelqu'un lui avait annoncé qu'il deviendrait un jour l'ami d'un guerrier. C'était pourtant ce qui s'était passé. Il aimait ce gros tas de viande, il lui arrivait même de l'admirer – lui qui avait toujours tenu les membres de cette profession en piètre estime. Bien sûr, Shonsu n'était pas un véritable guerrier, mais il s'efforçait d'obéir aux ordres des dieux ; il cherchait sans cesse un moyen de concilier sa nature paisible avec la violence de son métier. Les deux étaient incompatibles, bien entendu. Shonsu le savait et cela le tourmentait, mais il essayait. C'était un homme bon et honorable.

Dans ces conditions, il était étrange que son maître divin n'ait pas eu assez confiance en lui pour lui révéler les détails de sa mission. Cette défiance avait beaucoup troublé le guerrier – et le troublait encore. Il pensait maintenant savoir en quoi consistait sa tâche. Il s'était montré implacable envers les sorciers lorsqu'il les avait rencontrés – enfin, implacable selon les critères de Shonsu. Pourtant, il avait acquis la sagesse à Ov, une sagesse qu'il ne pouvait ou ne voulait pas expliquer. Depuis lors, il était plus tourmenté que jamais.

Honakura avait aussi son hypothèse quant au but de cette mission – une hypothèse plus vraisemblable que celle du guerrier, il en était persuadé. Aujourd'hui, le prêtre n'avait plus envie de vivre assez longtemps pour en voir la fin. Les dieux savaient ce qu'ils faisaient et ils savaient pourquoi, même si les mortels l'ignoraient. Mais les dieux pouvaient se montrer cruels.

Il leur arrivait même de se montrer ingrats.

Une certaine animation souffla soudain sur le navire. Deux femmes descendirent de la dunette en bavardant et gagnèrent la coursive du gaillard d'avant. Au même moment, les pêcheurs décidèrent de changer d'activité et se dirigèrent vers le rouf en marmonnant quelque chose à propos d'une partie de dés. L'apprentie Thana, lassée des soutras, se leva et s'étira avec grâce. Honakura soupira. Si la Déesse le renvoyait tout de suite dans un nouveau cycle, il ne s'écoulerait pas vingt ans avant qu'il se mette en quête d'une jeune fille telle que Thana – à moins qu'il revienne dans le corps d'une femme, bien sûr. Dans ce cas-là, il chercherait un homme comme Shonsu.

L'adepte Nnanji tourna la tête et cria pour appeler son frère. Katanji fit la grimace et abandonna ses histoires grivoises pour participer à la séance de soutras. Avec Nnanji, ces séances s'éternisaient souvent. En dépit de son jeune âge, c'était la personne la plus résolue que Honakura ait jamais rencontrée. Et sa mémoire était prodigieuse.

Ces qualités faisaient de lui un élève sans pareil. Le vieux prêtre avait observé avec amusement les efforts de Shonsu pour ressembler à un guerrier – ou, plus exactement, pour ressembler à Nnanji, car celui-ci était un guerrier né – tandis que, de son côté, le jeune homme s'efforçait de ressembler à son héros, Shonsu. Il n'y avait aucun doute quant à celui qui avait accompli le plus de progrès. L'adepte – et bientôt maître – Nnanji n'avait plus grand-chose en commun avec le jeune impertinent aux yeux écarquillés qui avait accompagné Shonsu dans le temple après la mort d'Hardduju. Pourtant, aucun des deux hommes n'était en mesure d'égaler son modèle, car ils étaient aussi différents que le lion et l'aigle qui formaient le griffon de la septième épée.

Un lion et un aigle ne faisaient pas deux griffons.

Le calme se réinstalla inexplicablement et l'agitation cessa. Le navire était enveloppé dans son cocon de brume dorée, le silence n'était troublé que par le doux bourdonnement des soutras.

Thana avait gagné la proue d'un pas nonchalant et était maintenant assise sur l'escalier menant à la dunette. Honakura eut l'impression qu'il manquait quelque chose à l'apprentie Thana. Il lui fallut un moment pour trouver quoi : elle ne portait pas le collier de perles que Nnanji lui avait offert. Il s'aperçut alors qu'il n'avait pas vu la parure à son cou depuis plusieurs jours.

La jeune fille observait Shonsu en fronçant les sourcils, plongée dans ses pensées.

Hum ?

Il était certain que le septième était, du point de vue de Thana, digne d'intérêt : grand et musclé, il était l'incarnation même de la virilité – et c'était un guerrier du septième rang, un homme tout-puissant dans le Monde.

Brota et Tomiyano couraient sans cesse après l'or, mais cette caractéristique familiale se manifestait chez la jeune fille sous une forme sensiblement plus évoluée : elle voyait plus loin. Elle savait que le but ultime était le pouvoir – qui demeurait surtout l'apanage des hommes dans le Monde – et que l'or n'était qu'un outil pour y parvenir. Pour la plupart des gens, l'or était le moyen le plus sûr pour obtenir le pouvoir, mais il existait un chemin plus rapide pour une jeune fille en âge de se marier.

Honakura se leva et la rejoignit sur l'escalier de la dunette. Thana se renfrogna.

Même à son âge, le prêtre était heureux de s'asseoir à côté d'une personne aussi jolie.

— Quand une belle demoiselle fronce les sourcils, elle a sûrement des ennuis, dit-il. Et les ennuis, c'est mon métier.

— Les mendiants n'ont pas de métier. (Il leva les yeux et la fixa jusqu'à ce qu'elle détourne le regard.) Je vous demande pardon, saint homme, marmonna-t-elle.

Tout l'équipage avait deviné qu'il était prêtre. Sa façon de parler l'avait sans doute trahi.

— Je ne suis pas un saint homme en ce moment, dit-il avec douceur. Mais je suis toujours à Son service. Racontez-moi ce qui vous fait souffrir.

— Je suis juste intriguée. À propos de quelque chose que Nnanji a dit.

Honakura attendit. Il était un million de fois plus patient que l'apprentie Thana.

— Il a répété une chose que le seigneur Shonsu a dite, expliqua-t-elle enfin. Lors de la première escale à Tau. Il a exprimé le souhait de devenir le premier prévôt de la ville. Vous vous rendez compte ? Le prévôt d'une ville aussi insignifiante que celle-là ? Il parlait de ce qu'il ferait une fois sa mission achevée. Je trouve ça curieux, c'est tout.

— Moi, je ne trouve pas cela curieux, apprentie.

Elle le regarda, étonnée.

— Pourquoi donc ? Un septième ? Dans un trou à rat aussi minable ?

Honakura secoua la tête.

— Shonsu n'a jamais demandé à devenir septième. Il ne voulait même pas devenir guerrier. Les dieux l'y ont contraint pour qu'il accomplisse leurs desseins. Vous parlez de pouvoir, gente dame, et le pouvoir n'attire pas Shonsu.

— Le pouvoir ? répéta-t-elle d'un air pensif. Oui, je suppose que vous avez raison.

— Il ne se soucie pas du pouvoir, et n'a pas d'ambition. Il est déjà septième : que pourrait-il souhaiter de plus ? Il ne ressemble pas à son protégé. L'adepte Nnanji, voilà un garçon ambitieux.

Thana fronça de nouveau les sourcils.

— C'est un assassin ! Vous rappelez-vous quand les pirates ont abordé le *Saphir* ? Oui, c'était une bonne chose que de tuer ces gens-là, mais le seigneur Shonsu pleurait après la bataille. J'ai vu les larmes couler sur ses joues. Nnanji, lui, riait. Il était couvert de sang et il adorait ça.

Honakura avait connu des tueurs bien pires que le gentil quatrième.

— Tuer, c'est son métier, apprentie. Il était heureux d'avoir l'occasion d'accomplir sa tâche. C'est un garçon honorable et il ne tue jamais en dehors des règles imposées par les soutras. Un guerrier n'a pas souvent la chance d'utiliser ses talents. L'adepte Nnanji remplit très bien son devoir – mieux que le seigneur Shonsu, d'une certaine manière.

— Vous croyez que Nnanji atteindra le septième rang, un jour ? demanda-t-elle d'un ton désinvolte.

Le prêtre sentit néanmoins tout l'intérêt qu'elle portait à cette question.

Il hésita un moment et songea à l'inexplicable absence de vent, et à cette interruption de la mission de Shonsu. Il eut une brusque intuition, et décida de s'y fier.

— J'en suis certain.

— Certain, vieil homme ? Comment pouvez-vous en être certain ?

Elle posait les mêmes questions que sa mère.

— Ce que je vais vous dire doit rester entre nous, Thana.

Elle hocha la tête, sidérée.

— Il existe une prophétie. Quand Shonsu a parlé avec le demi-dieu, celui-ci lui a confié un message à mon intention. Un message dont Shonsu n'a pas compris le sens. Seul un prêtre en était capable. Et ce message venait d'un dieu. Alors, oui, j'en suis certain.

Elle avait des yeux magnifiques, grands et sombres, encadrés par de très longs cils.

— Cette prophétie concerne Nnanji ? (Il hocha la tête.) Je vous le jure sur mon épée, saint homme – sur mon honneur de guerrière. Si vous me dites de quoi elle parle, je ne le répéterai à personne.

— Je vais donc vous faire confiance. Cette prophétie est une épigramme d'un de nos soutras. Nous – les prêtres – avons toujours considéré que c'était un grand paradoxe, mais un représentant de la caste des guerriers pourrait avoir un autre avis sur la question. Voici son contenu : *L'élève peut se révéler meilleur que le maître.*

Thana inspira brusquement.

— Est-ce que cela fait référence à Nnanji ?

— Oui. Il était destiné à devenir le protégé de Shonsu. Il n'était que deuxième lorsqu'ils se sont rencontrés. Son mentor en a fait un quatrième en deux semaines. Et, de l'avis de Shonsu, il a le niveau d'un cinquième aujourd'hui.

— Il a le niveau d'un sixième ! s'exclama-t-elle.

Elle demeura silencieuse, pensive.

Honakura attendit avec patience et, après un moment, elle leva les yeux vers lui.

son navire. Ces services n'en restent pas moins vitaux pour le bien-être du Peuple. Les conduites d'eau sont très utiles, mais le plomb est le métal le plus vil. Conclusion : il ne faut pas mépriser les gens humbles : ils ne font pas de grandes choses, mais ils rendent des services appréciables. Je me trompe, érudit ?

Honakura avoua à contrecœur qu'il avait raison. Après avoir passé tant de temps en sa compagnie, il savait pourtant bien que Shonsu n'était pas un guerrier ordinaire. Même parmi le clergé, peu de prêtres auraient été capables de deviner le sens de l'épigramme, surtout aussi vite.

— Je suppose, poursuivit Shonsu, que la quintessence souligne la valeur du travail – non, du commerce !

Il avait encore raison, Honakura le reconnut avec mauvaise humeur.

— Maintenant, pouvez-vous me raconter l'épisode, s'il vous plaît ?

Le prêtre s'apprêtait à répéter qu'il ne pouvait révéler les secrets de sa profession quand son regard croisa celui de Shonsu. Un petit sourire se dessina sur les lèvres du guerrier et Honakura imagina des plaques de granit soulevées par la poussée irrésistible des racines d'un arbre. Pourtant, Shonsu exprimait juste un amusement affectueux qu'il invitait le vieillard à partager. Les deux hommes éclatèrent soudain de rire. Honakura eut l'impression de recevoir un coup de couteau entre les côtes, mais la douleur disparut presque aussitôt.

— Très bien, seigneur ! Je suppose que vous l'avez mérité. Mais je vous avertis que ce sont des vers de mirliton, aussi idiots qu'insipides.

— Cela les empêche-t-il d'énoncer de précieuses vérités ? demanda Shonsu d'un air innocent.

Honakura éclata une nouvelle fois de rire avant de lui réciter l'épisode à voix basse.

Ikondorina avait un frère aux cheveux noirs,
Qui arriva au village bien après le soir,
Épuisé après une longue journée de corvées,
Affamé, assoiffé et éclopé.

Il entendit deux paysans se disputer en criant,
Et d'un porcelet le couinement.
« Ah ! », déclara le guerrier aux cheveux noirs,
« Voilà que j'entends mon repas du soir. »

« Villageois ! » déclara-t-il aux deux paysans,
« Regardez, par pitié, mon visage franc.
Je suis étranger en cette contrée,
Laissez-moi donc juger vos tristes démêlées. »

Les deux hommes s'expliquèrent,
Chacun se déclarant du porcelet le propriétaire.
Le guerrier tira son épée et l'animal tua,
Puis invita les paysans à partager son repas.

Le guerrier leva la tête et éclata de son rire puissant, un grondement assourdissant semblable à celui du tonnerre. La litanie des soutras s'interrompit. Du beaupré au gouvernail, tout le monde se retourna avec étonnement. Des sourires fleurirent sur les lèvres : les marins étaient heureux de constater que leur héros avait retrouvé sa bonne humeur habituelle.

— Merveilleux ! s'exclama Shonsu. Aucun artiste ne pourrait brosser meilleur portrait de lui ! C'est Katanji plus vrai que nature ! *Mon visage franc !* Et vous disiez que cet épisode était hors de propos ? Allez, saint homme, racontez-moi l'autre.

— Non, seigneur.

Le regard du guerrier redevint aussi froid que de la glace.

— Je fabrique un jouet pour Vixini.

— Vous êtes injuste, seigneur ! protesta Honakura.

Mais le vieil homme ne se souciait plus du bout de bois. Shonsu ne devait à aucun prix entendre l'autre soutra.

— Une demi-vérité pour une demi-vérité ! s'entêta Wallie. Si Vixini est capable de se servir de cet objet, je pense que les guerriers le pourront aussi… Pourquoi refusez-vous de me raconter le deuxième soutra ?

— Le demi-dieu vous a dit de me faire confiance, répliqua Honakura.

Près du bastingage, Nnanji et Thana étaient plongés dans un monde qui n'appartenait qu'à eux.

— Puis-je faire confiance à un demi-dieu ? demanda Shonsu.

— Seigneur !

Honakura fit semblant d'être choqué, mais, au fond de lui, il se posait la même question. Le problème dépendait de la définition donnée au mot « confiance ».

Shonsu observa le prêtre avec attention.

— Pourquoi n'a-t-il pas voulu m'expliquer en détail ce qu'on attend de moi ? Comment puis-je accomplir les desseins de la Déesse dans ces conditions ? Que dois-je faire, prêtre ? Dites-le-moi puisque vous êtes tellement digne de confiance.

— Je ne suis plus prêtre, dit Honakura. Je suis un anonyme.

— Vous êtes prêtre quand ça vous arrange ! tonna Shonsu. Très bien, alors, répondez à cette question : après l'affrontement sur la sainte île, le demi-dieu a imprimé une marque paternelle de guerrier sur ma paupière droite. Parfait : dans mon monde onirique, mon père était en effet une sorte de guerrier. Mais après la bataille d'Ov, j'ai reçu une marque maternelle de sorcier sur la paupière gauche. Qu'est-ce que cela signifie ? Comment le ralliement pourrait-il être commandé par un homme dont la mère est une sorcière ?

Honakura l'ignorait. Cette marque en forme de plume l'inquiétait depuis son apparition.

Il n'eut pas le temps de répondre, car la conversation fut interrompue. Thana et Nnanji se tenaient devant eux, main dans la main. La jeune fille baissait la tête d'un air sage, son collier de perles scintillait d'une blancheur aussi virginale que les lueurs de l'aube sur la Rivière. Le visage de Nnanji était aussi rouge que ses cheveux. Ses yeux étaient écarquillés par la joie et l'excitation.

— Seigneur mentor ! cria-t-il. Votre protégé vous demande humblement la permission de se marier.

La fête commença sur-le-champ.

Cette union inquiétait Wallie. Nnanji, idéaliste et romantique, allait épouser cette petite peste au cœur mercenaire. Le septième avait cependant donné son accord en gardant ses craintes pour lui. Il ignorait les coutumes du Peuple en matière de mariage, mais son protégé hilare le prépara avec soin et lui souffla ses répliques quand Wallie alla trouver le mentor de Thana pour négocier officiellement les fiançailles. Le septième offrit une pièce de cuivre à Brota pour la dédommager de la perte de sa fille. La guerrière l'accepta, mais Wallie songea qu'elle doutait autant que lui de l'équité de cette transaction.

Même lui estimait que Thana valait davantage qu'une simple pièce de cuivre, mais, d'après ce qu'il avait compris, l'autre solution consistait à se livrer à des marchandages sans fin et, à ce petit jeu-là, Brota dépouillerait les deux guerriers de tout ce qu'ils possédaient.

Il y eut des accolades, des embrassades et des éclats de rire lorsque la famille accepta le marché. Le navire était à l'ancre et le dieu soleil ne se coucherait pas avant deux heures. La fête devait donc commencer tout de suite. Tomiyano rapporta quelques fioles de vin ensorcelé – dont les effets se firent voir et entendre presque immédiatement. Oligarro sortit sa mandoline, Holiyi sa flûte de Pan, le jeune Simboro ses tambours… tout le monde se mit à chanter et à danser. Les enfants poussèrent des cris enthousiastes quand la vieille Lina rapporta des douceurs tirées d'un compartiment secret – des fruits et du gingembre confits ainsi que d'étranges confiseries que Wallie fut incapable d'identifier.

Il se demanda combien de temps duraient des fiançailles dans le Monde et quels rituels élaborés le mariage lui réservait. Pour dire bonjour à un autre septième, il devait prononcer quarante mots et accomplir six gestes. À ce degré de raffinement, la cérémonie prendrait des heures. Et quel cadeau un guerrier de haut rang pouvait-il offrir à son protégé ? Sûrement pas un four à micro-ondes…

Il dansa en compagnie de toutes les femmes et jeunes filles. Il chanta en chœur des chansons de marins parmi les plus grivoises. Il rit aux piques paillardes de l'équipage et aux répliques fanfaronnes de Nnanji. Il se sentit de plus en plus malheureux.

Le vent ne se leva pas et le dieu du soleil s'évanouit dans une brume lumineuse. La puanteur sulfurique et putride des volcans se dissipa pour ne laisser que les relents âcres du cuir entreposé dans la cale. Le ciel s'assombrit. Wallie finit par s'éloigner avec discrétion et grimpa seul sur le gaillard d'avant. Il s'appuya contre la rambarde, sous le cabestan, et contempla les eaux immobiles. Il écouta la musique et les rires. Parfois, lorsque les échos de la fête faiblissaient un instant, il entendait le bruit joyeux des vaguelettes contre la proue. Le brouillard se fit plus froid et plus humide contre sa peau.

Un homme libre ne pouvait pas épouser une esclave.

Il rumina cette injustice et décida enfin que le mariage d'un protégé n'était qu'un petit souci venant s'ajouter aux autres. Il passa tous ses problèmes en revue. La liste semblait s'allonger sans cesse. Nnanji lui-même commençait à l'agacer. Il exigeait la permission de se présenter aux épreuves du sixième rang. Maintenant, Thana allait sans doute se joindre à ce harcèlement pour promouvoir la carrière de son fiancé.

Honakura était l'instigateur de ces stupides fiançailles ! Wallie avait écouté la conversation à voix basse entre le vieux prêtre et la guerrière. Il en avait entendu assez pour être sûr de son fait. Il était persuadé qu'ils avaient prononcé le mot « prophétie ». Il devait s'agir d'une référence au soutra évoquant le frère aux cheveux roux d'Ikondorina. Les réticences d'Honakura à aborder le sujet n'étaient pas de bon augure, surtout maintenant que Wallie lui avait extorqué le premier soutra, celui qui décrivait indubitablement Katanji. Que racontait la prophétie à propos de Nnanji ? Pourquoi Wallie ne devait-il pas la connaître ? Il regretta de n'avoir pu mieux entendre ce que le vieil homme avait dit à Thana.

Il se demanda si ces soutras avaient été modifiés par les dieux afin de mieux répondre aux exigences de sa mission. Courtebotte était capable d'altérer la mémoire de tous les prêtres du Monde. Et d'ailleurs, il lui aurait suffi d'altérer celle d'Honakura. Wallie décida qu'une fois à Casr, il se mettrait en quête d'un prêtre. Il lui demanderait ce qu'il savait d'Ikondorina.

Non, cela ne réussirait pas. Un mortel ne pouvait pas déjouer les plans d'un dieu.

Nnanji était un problème négligeable en comparaison des autres. Qu'est-ce que Wallie allait découvrir à Casr, quand il rencontrerait les hommes et les femmes qui penseraient le connaître, les proches du Shonsu original ? Au moins, il n'aurait pas à se soucier de leurs noms : toutes les conversations commenceraient par un salut officiel. Ces rituels étaient aussi utiles que les badges déclinant votre identité dans les colloques sur Terre. « Salut, je m'appelle… » Il n'avait pas à s'inquiéter non plus d'un éventuel défi : seul un septième pouvait le provoquer en duel. Et il faudrait que ce septième soit courageux, car les habitants de Casr devaient savoir qu'il était un escrimeur hors pair.

Le plus grand danger était qu'on l'accuse, le juge, le condamne et l'exécute pour lâcheté. Cela arriverait sans doute et ses talents de guerrier ne l'aideraient pas à se tirer de ce mauvais pas.

Des éclats de rire lui firent tourner la tête vers le pont principal. Plusieurs jeunes garçons s'étaient entassés, et s'agitaient dans tous les sens. Même Holiyi s'était joint à eux. Puis le groupe se dispersa et Nnanji apparut, couché par terre. Matarro s'était emparé de son kilt et courait en brandissant le bout de tissu. Le quatrième bondit sur ses pieds et le poursuivit en hurlant à travers le pont sous les railleries et les acclamations des spectateurs.

Il n'y avait pas si longtemps, Nnanji serait devenu fou de rage si des civils l'avaient traité ainsi.

Wallie soupira. Il aurait dû rester à la fête avec les autres et s'amuser au lieu de s'isoler ainsi pour ressasser des idées noires.

Les sorciers !

C'étaient eux le problème majeur. Ces gens étaient avant tout des charlatans et des imposteurs. Leur magie n'était qu'un ensemble de tours de passe-passe exécutés grâce à une ribambelle de gadgets soigneusement dissimulés dans leur robe.

À l'origine, ils formaient sans doute une caste de scribes, car leur marque corporative représentait une plume. Wallie avait imaginé ce qui leur était arrivé. Il n'avait aucune preuve, mais sa théorie était si logique qu'il était sûr de son fait. Il ne savait pas si l'écriture avait été un don des dieux ou une invention des mortels, mais elle était restée l'apanage unique. Mais il s'agissait là d'un talent si précieux que les prêtres avaient cherché à s'en emparer. Les scribes avaient résisté. Il n'était d'ailleurs pas impossible que ce soient eux qui aient ouvert les hostilités. Les guerriers s'étaient rangés dans le camp du clergé – un choix aussi logique qu'inévitable – et avaient chassé les scribes. Ceux-ci avaient trouvé refuge dans des forteresses de montagnes comme Vul, loin de la Rivière et de la Déesse. Ils avaient ensuite prétendu posséder des pouvoirs magiques afin de se protéger. Ils avaient aussi parcouru le Monde sous divers déguisements et assassiné des gens pour préserver leur monopole. Cela expliquait pourquoi le Peuple ignorait encore l'écriture et pourquoi les guerriers vouaient une haine farouche aux sorciers.

L'écriture permettait d'accumuler les connaissances, ce que les sorciers avaient fait pendant des siècles, jusqu'à ce qu'une chimie rudimentaire vienne perfectionner leur pseudo-magie. Ils connaissaient la poudre à canon, le phosphore, une forme de décolorant qui effaçait les marques faciales et l'acide qui avait brûlé le visage de Tomiyano. Ils avaient peut-être fait d'autres découvertes, mais rien de très inquiétant. Leurs mousquets étaient primitifs – ce n'étaient que des jouets à un coup, lents à recharger et d'une précision médiocre. Les sorciers n'étaient que des civils en armes. Confrontés aux guerriers, à Ov, ils avaient cédé à la panique. Ils ne résisteraient pas longtemps lors d'un affrontement sur terrain dégagé.

Les tours, par contre, constituaient un réel danger. Wallie savait que leurs portes étaient protégées – sans doute par des canons, des bombes à fragmentation et d'autres horreurs. Si les guerriers essayaient de prendre l'une d'elle, ils se feraient massacrer. Il était possible de s'en emparer, mais pas en employant les techniques traditionnelles de la profession, pas en respectant les soutras.

Selon toute probabilité, c'était là que devait intervenir Wallie Smith. C'était pour pallier ce problème que la Déesse avait décidé de glisser l'esprit d'un chimiste dans le corps de Shonsu – pour qu'il prenne la tête du ralliement, établisse son autorité par une série de duels et conduise les guerriers à la victoire. Mais pourquoi, pourquoi diable, avait-Elle choisi une personne aussi timorée que Wallie Smith ? Il devait y avoir pléthore de chimistes assoiffés de sang dans l'univers alors que Wallie, lui, détestait les massacres. La nuit, il était encore hanté par la bataille qu'il avait livrée sur l'embarcadère de la sainte île, l'attaque du *Saphir* par l'abordage des pirates, par l'affrontement d'Ov. Pourquoi lui ?

Le ciel était presque noir. Le dieu des rêves s'étendait au-dessus de l'horizon sud et brillait de manière diffuse. Les extrémités des anneaux se perdaient dans la brume et seule la crête de l'arc céleste était visible. Sur le pont, la fête se calmait. Il fallait que Wallie descende et rejoigne les autres.

Le brouillard était épais – une nuit idéale pour des pirates – et le *Saphir* signalait sa présence à travers la moitié de l'hémisphère. Tomiyano doublerait le nombre de sentinelles, cette nuit.

Les sorciers… des charlatans.

L'étaient-ils vraiment ? Wallie pouvait s'expliquer tous les tours auxquels il avait assisté ou dont il avait entendu parler à l'exception d'un seul. À Aus, il était descendu à terre comme un imbécile et s'était retrouvé face à des sorciers. Ils lui avaient répété ce qu'il avait dit à Jja avant de quitter le pont du *Saphir*. Quand l'un d'entre eux était monté à bord, à Wal, il connaissait déjà le nom de Brota. Dans les deux cas, on était tenté de croire qu'ils avaient obtenu leurs informations grâce à la télépathie. Wallie n'avait pas trouvé d'autre explication. C'était le seul tour qu'il était incapable d'expliquer de manière rationnelle et cela l'inquiétait plus que tout depuis les événements d'Ov.

La sorcellerie… la science. Elles étaient incompatibles, n'est-ce pas ? Il n'allait quand même pas devoir affronter les deux simultanément ?

Mais *personne* n'avait pu entendre ce qu'il avait dit à Jja, ce jour-là.

Et la jeune femme n'était pas descendue à terre, à Aus. Il avait posé la question et cela lui avait fait comprendre à quel point il était inquiet : il en venait à douter de sa bien-aimée.

C'était son pire problème : il n'était certain de rien.

Non, ce n'était pas le pire. Il y en avait un autre suspendu au-dessus de sa tête comme un couperet de guillotine : *dans quel camp était-il ?*

Des doigts froids glissèrent sur ses côtes et se rejoignirent sur sa poitrine. Une joue se posa contre son omoplate.

Jja s'inquiétait pour lui. Il n'avait pas essayé de lui expliquer tous ses ennuis, car elle n'aurait jamais pu les comprendre. Elle ne lui en voulait pas, il en était persuadé. Elle faisait de son mieux : elle offrait sa compassion silencieuse pour atténuer une douleur secrète, comme maintenant. Il savoura cette attention paisible pendant un moment.

— Thanji ? Brotsu ? Shota ? Nnathansu ?

Wallie se retourna et enlaça Jja à son tour. Il la serra fort contre lui et sentit la chaleur de la jeune femme à travers l'étoffe de coton, aussi fine que du tulle.

— Qu'est-ce que tu marmonnes, ma belle ? demanda-t-il avec douceur.

— Les noms de leur premier-né, bien sûr !

— Oh, mon amour, murmura Wallie. Comme j'aimerais que nous soyons à leur place.

— Idiot ! dit-elle sur un ton que nul propriétaire d'esclave n'aurait eu le courage de sanctionner. Quelle importance ? Je suis bien davantage une épouse que Thana ne le sera jamais.

Elle était aussi mille fois plus jolie, pensa Wallie. Jja n'était pas un spectre squelettique, elle ne ressemblait pas à un mannequin de haute couture. Elle était grande, solidement bâtie et pourvue d'une poitrine généreuse. C'était la femme la plus désirable du Monde.

Il le lui fit remarquer.

Elle ronronna de plaisir.

— On m'a envoyée vous chercher, seigneur Wallie, murmura-t-elle. Ils vous attendent.

— Moi ? Pourquoi ?

— Pour le mariage, bien sûr.

— Hein ? Maintenant ? Ce soir ? Mais… que faut-il que je fasse ?

— Vous devez simplement dire oui.

— Oui ?

— Oui !

Elle le conduisit à l'escalier en gloussant. Ils descendirent les marches avec précaution dans l'obscurité.

Pas de robe de mariée, pas de demoiselles d'honneur, pas de couronne de fleurs d'oranger ? Nnanji et Thana étaient l'un à côté de l'autre. Brota était derrière sa fille et Tomiyano se tenait face à eux. Un capitaine devait être en mesure de célébrer un mariage, comme sur Terre. Wallie se plaça derrière Nnanji. Celui-ci – qui avait récupéré son kilt – se tourna et accueillit son mentor avec un grand sourire concupiscent. Le reste de l'équipage – la famille de la mariée – s'était rassemblé autour du petit groupe. Les visages indistincts souriaient en silence dans la nuit.

La cérémonie fut d'une brièveté surprenante et encore plus inéquitable que Wallie s'y attendait dans ce Monde sexiste.

— Seigneur Shonsu, autorisez-vous votre protégé à épouser cette femme ?

— Oui.

— Maîtresse Brota, autorisez-vous votre protégée à épouser cet homme ?

— Oui.

— Adepte Nnanji, guerrier du quatrième rang, acceptez-vous de prendre Thana, guerrière du deuxième rang, pour épouse, de lui assurer de quoi se vêtir et se nourrir, de donner à manger à ses enfants, de les élever, de leur enseigner l'obéissance aux dieux et de leur trouver des métiers honorables quand ils auront atteint l'âge adulte ?

— Oui.

— Apprentie Thana, guerrière du deuxième rang, acceptez-vous de prendre Nnanji, guerrier du quatrième, pour mari, de lui offrir votre corps pour son plaisir et de le refuser aux autres, de concevoir et de porter ses enfants, d'obéir à sa volonté ?

—Oui.

Wallie songea que, en dehors de sa pièce de cuivre, Brota n'obtenait pas grand-chose de Nnanji en échange de l'exclusivité des faveurs de sa fille.

Selon toute apparence, il ne manquait qu'un baiser pour sceller le mariage. Le regard brillant, Nnanji se tourna et enlaça Thana. La jeune fille leva son visage vers lui.

Il inclina la tête…

Et la releva.

Il regarda Wallie, les yeux écarquillés…

Le silence s'abattit soudain sur le navire et le septième entendit alors le bruit qui se propageait sur les eaux dans l'obscurité. Le fracas des épées.

Oui, il se passait quelque chose, quelque chose qu'on distinguait à peine dans les ténèbres et le brouillard, quelque chose de pâle et de scintillant qui descendait le courant et se dirigeait sans hâte vers le *Saphir* à l'ancre.

Quand Wallie comprit enfin qu'il y avait un problème, Tomiyano avait déjà fait enlever la bâche du canot tribord et ses ordres claquaient dans le noir. Les vapeurs d'alcool s'évanouirent et les marins bien entraînés se précipitèrent à leurs postes. Des épées et des crochets d'abordage apparurent… les quatre hommes adultes de l'équipage rameraient et Tomiyano tiendrait la barre… les deux guerriers…

—Je ne veux pas que Thana nous accompagne ! aboya le capitaine.

—Thana viendra avec nous ! déclara Nnanji avec fermeté.

Il y eut un moment de silence, puis Tomiyano acquiesça et retourna à ses préparatifs. La jeune fille était maintenant la femme de Nnanji et c'était à celui-ci de décider. Le canot fut descendu à l'eau avec précipitation. Wallie comprenait plus ou moins le raisonnement de son protégé : Thana était une bonne guerrière et les familles restaient unies sur la Rivière, car la Déesse pouvait se montrer capricieuse. Si le septième n'avait pas été là, l'équipage du *Saphir* ne se serait sans doute pas donné la peine d'aller voir ce qui se passait – peut-être l'auraient-ils fait, car Elle récompensait parfois les actes généreux. Wallie regretta de ne pouvoir emmener Jja.

Les quatre marins propulsèrent l'embarcation à travers les eaux noires de la Rivière à coups de rames amples et puissants. Les dames de nage grincèrent tandis que le canot fendait les vaguelettes sifflantes. Thana était assise à côté de son frère, près de la barre. Wallie et Nnanji étaient accroupis à la proue – leurs efforts maladroits n'auraient fait que gêner les marins s'ils s'étaient mis en tête de les aider à ramer.

« Floc ! » « Floc ! » Les coups d'avirons se succédaient. Devant, des claquements métalliques retentirent de nouveau dans les ténèbres, plus nets maintenant. Une boule d'angoisse noua l'estomac de Wallie. Il avait une petite idée quant aux personnes qu'il allait trouver sur ce bateau. Il inspira un grand coup et plaça les mains en cornet devant sa bouche.

— Ohé ! Du navire ! Identifiez-vous !

Aucune réponse.

« Floc ! »

— Au nom de la Déesse, abaissez vos épées ! Je suis du septième rang...

À cet instant, il entendit un appel très faible.

— Au secours ?

La voix d'une femme ? D'un enfant ?

— Identifiez votre navire ! cria Wallie.

« Floc ! » « Floc ! » Nouveaux bruits d'épées, plus proches maintenant.

— Le *Tournesol*, répondit un homme. Restez à l'écart !

« Floc ! »

Le brouillard s'assombrit et se concentra pour prendre la forme d'un petit navire, qui se fit de plus en plus nette. L'embarcation était à peine plus grande qu'un bateau de pêche, avec un gréement aurique. Les voiles étaient hissées, mais celle de misaine était étrangement disposée. Elle était légèrement inclinée et pendait sur le côté.

« Floc ! »

— Je suis guerrier du septième rang ! Abaissez vos armes !

« Floc ! »

— Seigneur Shonsu !

Encore cette voix aiguë.

Wallie était maintenant certain qu'il s'agissait de celle d'un adolescent. L'angoisse la rendait stridente.

« Floc ! » « Floc ! » De nouveaux claquements d'épées retentirent.

— Je suis Polini, seigneur ! cria une voix masculine, dure et essoufflée.

— Restez à l'écart ! lança un autre homme.

« Floc ! » Les rames projetaient des éclats argentés dans les ténèbres.

La peur s'était emparée de Wallie et celui-ci avait maintenant l'impression d'être une statue de glace. Il serra les poings si fort qu'il en eut mal. Il scruta la nuit froide pour observer la tache pâle qui grossissait lentement – si lentement ! Il allait arriver trop tard. Le fracas des épées redoublait sur un rythme accéléré. Des cris et des jurons montèrent. Les victimes seraient assassinées et jetées par-dessus bord sans qu'il puisse intervenir. Les piranhas se chargeraient de faire disparaître les preuves.

— Polini ! Tenez bon ! rugit-il. Nous arrivons !

Il avait envie de crier et de pleurer de frustration. Ses poings martelèrent le plat-bord avec impatience.

Le combat avait cessé.

Déesse toute puissante ! Venez-leur en aide !

« Floc ! » « Floc ! » Un cri de douleur strident monta dans la nuit. Puis la coque surgit du brouillard, toute proche. Tomiyano tourna le gouvernail et cria aux guerriers de ne pas se relever pour le moment. Le canot vira et se rangea sans douceur contre le navire inconnu. Le choc l'ébranla. Au-dessus de leurs têtes, des épées brillèrent dans l'obscurité ; des visages apparurent sous la forme de taches plus pâles. Nnanji accrocha la rambarde avec sa gaffe munie d'un crochet. Holiyi se redressa et agita une rame. Wallie se baissa, attrapa le bastingage de la main gauche et tira la septième épée de la main droite. Il grimpa sur le plat-bord et para un coup. Nnanji était là, lui aussi. Des lames s'entrechoquèrent dans la nuit.

Mais les guerriers savaient qu'ils arrivaient trop tard.

Les guerriers ne pleuraient pas.

Polini était mort, tué au cours de cette dernière attaque désespérée. Le jeune Arganari n'allait pas tarder à le suivre. Une lame l'avait transpercé et tous les guérisseurs du Monde auraient été incapables de le sauver. Il était allongé sur le pont parsemé de taches noires. Wallie et Nnanji s'agenouillèrent de part et d'autre du mourant. Par chance, il faisait si sombre que les deux hommes ne distinguèrent pas la blessure.

Le corps de Polini reposait au centre du navire, avec deux autres. Trois survivants étaient gardés à la poupe, sous la menace d'une rangée de crocs de dragons – les épées des marins du *Saphir*. Ces derniers attendaient en silence des instructions de Wallie, dévorés par la colère.

On avait jeté l'ancre et ramené les voiles.

— De l'eau… seigneur, murmura de nouveau Arganari. (Wallie souleva la tête du blessé et Nnanji lui fit boire une autre gorgée.) Merci, dit-il d'une voix tremblante.

Le visage du garçon se tourna sur le côté et il vomit un flot de sang noir comme de l'encre dans l'obscurité.

Les guerriers ne devaient pas pleurer.

— Que s'est-il passé ? demanda Wallie.

Mais il connaissait déjà la réponse. Les victimes portaient encore leurs équipements luxueux : bottes, kilt, harnais et barrettes d'argent. Comme il s'en était douté, Polini n'avait pas voulu suivre son conseil. Le Monde était pauvre. On assassinait pour bien moins que de beaux vêtements – maintenant gorgés de sang.

— Ils ont accepté notre argent, souffla le prince. Nous les avons payés. (Même son murmure restait étrangement ânonnant.) Ils nous ont attaqués la nuit dernière. (Il hoqueta sous le coup d'une douleur soudaine et Nnanji lui prit la main.) Maître Polini les a repoussés.

Toute une nuit et tout un jour ? La situation était tombée dans l'impasse : le grand guerrier avait tenu la poupe et empêché ses cinq adversaires d'approcher. Il avait défendu sa position à un contre cinq. Le garçon ne lui avait été d'aucune aide.

Polini avait tranché l'étai de misaine et provoqué la chute de la voile. Le bateau était devenu ingouvernable. Le guerrier avait peut-être espéré que cela attirerait l'attention et que des gens viendraient à son secours. Il avait tenu une nuit et un jour. Mais la faim, la soif et l'épuisement l'affaiblirent, et les cinq marins avaient lancé une nouvelle attaque.

Et la Déesse avait déplacé le navire.

Mais pas assez vite !

Les dents de Wallie grincèrent comme des meules. Ses poings tremblaient.

— Je crois que j'en ai blessé un, adepte.

Arganari ne prêtait plus attention au septième. Son héros était Nnanji, le jeune quatrième qui avait tué des sorciers à Ov. Wallie songea avec un étonnement soudain que les deux garçons devaient avoir entre trois et cinq ans d'écart.

— Tu t'es bien battu, déclara Nnanji. (Il parlait toujours avec douceur, mais, maintenant, sa voix était plus calme, plus posée et plus paisible que d'habitude.) Nous allons bientôt te trouver un guérisseur.

Il semblait maître de la situation. Wallie en resta muet. Les sanglots qu'il retenait lui meurtrissaient les yeux et la gorge.

— Adepte ?

— Oui, novice ?

— Accepteriez-vous ma barrette ?

— Oui, répondit Nnanji. Je vais la prendre et je la porterai face aux sorciers. Je la porterai jusqu'aux portes de Vul. Et je leur dirai que tu m'envoies. Je leur dirai : « C'est le novice Arganari qui m'envoie ! Je viens en son nom ! »

Il était inutile de déplacer le blessé : il ne lui restait plus longtemps à vivre. Il hoqueta et cracha un nouveau flot de sang.

— Adepte, racontez-moi ce qui s'est passé à Ov.

Nnanji lui décrivit la bataille d'un ton calme et détaché. La chaîne de l'ancre grinça doucement et un faible brouhaha monta de la poupe.

Arganari interrompit Nnanji. Il n'avait sans doute pas compris grand-chose au récit, car il agonisait en s'efforçant de ne pas gémir.

— Nnanji. J'ai mal. Est-ce que je vais mourir ?

— Je le crains, oui. Là, pose ta main sur la poignée de ton arme. Tu as promis de mourir l'épée à la main, tu te souviens ?

— Je regrette de ne pas avoir mon autre épée.

— Je raconterai ce qui t'est arrivé aux ménestrels de Casr. Dans la saga du ralliement, ton nom et celui de maître Polini seront les premiers parmi ceux des braves.

Le garçon sembla sourire.

— J'essayais juste de rentrer chez moi. (Quelques minutes s'écoulèrent.) Nnanji. Ramenez-moi chez moi ?

— Si c'est ton souhait, je le ferai, répondit Nnanji avec calme.

— Je crois… que oui. J'ai mal.

— Dois-je me servir de la septième épée ? demanda le quatrième.

Il n'y eut pas de réponse, mais Nnanji se leva et tendit la main vers Wallie. Le septième se leva à son tour, donna son arme et se retourna aussitôt. Il serait à jamais incapable de faire ce que son protégé allait faire, même si le malheureux blessé était inconscient. Pourtant, cet acte de miséricorde faisait partie de ses obligations de guerrier. Il adressa une prière de remerciement fervente et silencieuse à la Déesse : ce n'était pas à lui qu'Arganari avait demandé ce service.

Il fixa la nuit et essaya de concentrer son attention sur autre chose. Il n'entendit rien. Les guerriers ne devaient pas pleurer.

— Inutile d'essuyer la lame tout de suite, n'est-ce pas ? demanda Nnanji.

Wallie se tourna et récupéra l'arme que le quatrième lui tendait. Il ne baissa pas les yeux, il ne regarda pas par terre.

— Non, pas encore.

Les deux hommes se dirigèrent vers la poupe, côte à côte, sur le pont plongé dans les ténèbres. Ils arrivèrent devant la rangée de marins armés qui surveillaient les trois prisonniers.

— Vas-y ! lança Wallie d'un ton hargneux.

La voix de Nnanji se fit aussi dure.

— Seigneur Shonsu, j'accuse publiquement ces hommes d'avoir tué des guerriers.

— Qu'avez-vous à dire pour votre défense ? demanda Wallie.

Il était juge, témoin et, bientôt, bourreau.

Le trio se lança dans des protestations indignées. Les accusés semblaient assez jeunes, mais ils portaient des pagnes et seraient donc jugés comme des adultes.

Une voix noya les deux autres.

— Ils se sont emparés de notre navire l'épée à la main, seigneur ! Ils étaient quatre ! Nous en avons tué deux !

Wallie les laissa débiter leurs mensonges et leurs calomnies pendant un moment.

— Ça suffit ! cria-t-il enfin. Je vous déclare coupables !

Le silence s'installa, seulement troublé par les sanglots d'un prisonnier.

Wallie se prépara à frapper, mais Nnanji posa la main sur son épaule.

— Seigneur mon frère, laissez-moi me charger de l'exécution.

— Non. Je vais le faire avec plaisir !

Nnanji pensait peut-être que son mentor n'avait pas envie de les tuer, ou qu'il n'en était pas capable, mais le septième tremblait de rage. Il serra la poignée de son épée de toutes ses forces, ses muscles frémissaient d'impatience. Le tempérament tumultueux de Shonsu bouillonnait et Wallie Smith était en proie à une colère tout aussi terrible. Il écumait de haine, de mépris et d'écœurement. Il avait envie de saisir ces assassins par la gorge ou de les écarteler à main nue.

Mais non, la requête de Nnanji ne devait rien à la compassion.

— S'il vous plaît, mon frère ? Accordez-moi cela comme cadeau de mariage.

— Écarte-toi ! aboya Wallie.

Il passa entre Tomiyano et Holiyi, avança et abattit son arme sur les trois jeunes hommes sans défense. Ceux-ci poussèrent de nombreux hurlements et essayèrent de parer la septième épée avec leurs mains. Wallie ne voyait pas grand-chose et il les mit en pièces pour être sûr qu'ils ne survivraient pas à son jugement. Il n'éprouva aucun plaisir à ce travail, mais aucun regret non plus.

Wallie mourrait donc cette arme à la main, ainsi qu'il l'avait promis. Dans quelques années, lorsque sa rapidité se serait émoussée, les défis se succéderaient les uns aux autres. Les prétendants dévorés par la cupidité et l'ambition viendraient à lui et, un jour, l'un d'eux parviendrait à son but.

Jja sortit des ténèbres, une cape à la main. Wallie marmonna quelques remerciements et passa le vêtement sur ses épaules pour se protéger du brouillard humide et froid. Celui-ci était de plus en plus dense, ce qui facilitait son quart : même les pirates auraient du mal à trouver leur chemin par un temps pareil.

— Est-ce que vous redescendrez plus tard ? demanda Jja.

— Non. Je dormirai dans le rouf. Va te coucher maintenant.

— Bien, maître, dit-elle sans bouger.

Il lui avait demandé de ne plus l'appeler ainsi… mais il avait aussi juré de ne plus lui donner d'ordres.

Il l'embrassa sur le front.

— S'il te plaît, va te coucher, répéta-t-il en se retournant.

Il réalisa qu'elle était toujours là lorsqu'elle reprit la parole.

— JJonsu ? Shona ?

Il pivota et la saisit par les épaules.

— Tu en es sûre ?

— J'ai vu une sage-femme à Tau.

Ils s'enlacèrent et restèrent ainsi jusqu'à ce qu'il remarque qu'elle pleurait.

— Qu'y a-t-il ? Tu n'es pas heureuse ?

— Oh, si ! (Elle renifla et s'essuya le visage du revers de la main.) Je suis trop heureuse ! Je veux tant vous donner des fils, mon maître chéri. Et les choses sont si calmes en ce moment. Je suis si heureuse… Est-ce que nos enfants seront libres ?

— Comment peux-tu te poser une telle question ? Et j'accepterai aussi bien les filles que les garçons.

Il promit de regagner leur cabine lorsqu'on viendrait le relever et persuada Jja d'aller se coucher.

Puis il se retrouva de nouveau seul avec ses pensées.

Un enfant ? D'un point de vue biologique, ce serait celui de Shonsu et non pas celui de Wallie Smith, mais cela ne le dérangeait pas. Vixini l'appelait papa et Wallie adorait ce gamin. Tous les enfants de Jja trouveraient grâce à son cœur, mais quel avenir les attendait ?

La technologie allait plonger ce monde dans l'anarchie. Les sorciers avaient mille ans d'avance sur le reste de cette civilisation. Jusqu'ici, ils étaient parvenus à conserver leurs secrets, mais cela ne durerait pas – c'était devenu impossible depuis qu'ils avaient émergé de leurs lointains refuges. Les armes à feu, la distillation et même l'écriture… toutes ces découvertes allaient se répandre. Des changements radicaux allaient balayer un monde incapable de s'adapter. Celui-là allait connaître de grands bouleversements et plonger dans le chaos. Il y aurait peut-être des guerres, des famines… La Déesse l'avait sans doute prévu et Elle comptait sur Wallie Smith pour empêcher cette catastrophe. Son messager, le demi-dieu, avait déclaré que sa mission était importante. Wallie n'avait pas imaginé à quel point.

Et pourtant…

Et pourtant, les sorciers n'avaient – tout au plus – que quelques siècles de retard technologique sur la Terre de Wallie Smith. S'ils en étaient à ce stade primitif du développement des armes à feu, il était tentant d'imaginer qu'ils n'étaient pas loin de faire des découvertes plus utiles : les anesthésiques pour soulager la douleur, les antibiotiques pour soigner les bébés malades ou encore la machine à vapeur pour remplacer les esclaves. Un simple registre écrit répertoriant les propriétaires de navires pouvait éradiquer les pirates qui écumaient la Rivière. En trois ou quatre cents ans, les sorciers pouvaient apporter de merveilleux changements au Monde ! Ils s'efforçaient même de stimuler le commerce dans les villes sous leur contrôle – un projet que les guerriers auraient traité avec mépris, mais qui séduisait Wallie Smith, ancien citoyen d'un monde fondé sur les échanges économiques.

Dans quel camp était-il ?

Sa mission ne faisait aucun doute : il devait repousser les sorciers dans les montagnes et rétablir l'autorité des guerriers dans les sept cités. Maintenant qu'il le savait, il comprenait mieux pourquoi son maître divin, le demi-dieu, s'était montré aussi ambigu à propos de ses objectifs. Le jour où il avait reçu l'épée de la Déesse, qu'aurait-il répondu si Courtebotte lui avait déclaré : « Va, Shonsu, et assure-toi que les barbares dominent ce monde en toute tranquillité » ?

Dans quel camp était-il ?

— Seigneur ? murmura une voix.

Honakura apparut, aussi fragile qu'une feuille morte dans l'obscurité de la forêt.

— Allez-vous-en ! lâcha Wallie avec dureté. Je n'ai aucune envie d'entendre vos élucubrations ecclésiastiques ce soir.

— Mais, seigneur…

— Aucune envie ! cria Wallie. Je connais tous vos expédients habituels. Vous êtes capable de soulager toutes les douleurs, d'apaiser tous les doutes et de m'amener à éclater de rire en dix minutes. Vous allez me dire que je ne dois pas juger les dieux. Vous allez me répéter que je ne connais pas toute l'histoire. Nous pouvons supposer qu'Arganari a un frère qui se révélera meilleur roi que lui. Nous pouvons nous dire que son sacrifice sera sûrement récompensé dans une autre vie. Un tas de poncifs, vieil homme, des promesses usées jusqu'à la corde ! Les sempiternelles excuses que les mortels prêtent aux dieux !

Il aurait dû savoir qu'il ne parviendrait pas à chasser Honakura en lui faisant peur. Le petit prêtre se contenta de rester là, tête baissée, en attendant que Wallie arrive au terme de sa diatribe.

— C'est ma faute, seigneur.

— Votre faute ? (Wallie demeura bouche bée.) Non ! C'est la mienne. Savez-vous pourquoi les choses se sont passées ainsi, vieil homme ?

Il se rappela juste à temps qu'il y avait des sabords en contrebas et que beaucoup de gens auraient du mal à dormir cette nuit. Sa voix se transforma en sifflement.

— Les choses se sont passées ainsi parce que vos fameux dieux voulaient que Nnanji entre en possession de cette barrette !

— Je le sais.

— Une barrette en argent, très ancienne. Elle a appartenu à Arganari le Grand. Nnanji va l'adorer ! Je crois que rien n'aurait pu lui faire davantage plaisir dans le Monde entier ! Un superbe cadeau de mariage pour un serviteur loyal... Vous le savez ? Comment ça, vous le savez ?

— Excusez-moi, seigneur, il faut que je m'assoie.

Il trotta jusqu'au banc du timonier. Wallie le suivit avec méfiance, se demandant s'il ne s'agissait pas d'un stratagème pour éveiller sa pitié. Mais le vieillard était d'une humeur étrangement sombre ces derniers temps. Wallie daigna oublier ses problèmes pendant un instant et réalisa alors que, depuis quelques jours, le prêtre semblait encore plus gris et ratatiné qu'à son habitude. Certes, Honakura était très âgé et ses conditions de vie actuelles n'offraient qu'une lointaine ressemblance avec l'existence sereine, choyée et luxueuse qu'il menait jadis au temple de Hann.

Le prêtre s'assit sur le banc, dessinant une tâche indistincte dans l'obscurité. Wallie s'arrêta devant lui et continua à surveiller la Rivière avec méfiance.

— C'est ma faute, seigneur, souffla le vieillard dans une respiration sifflante. Le demi-dieu a dit que vous pouviez me faire confiance... mais, moi, je ne vous ai pas fait confiance, vous comprenez ?

C'était clair ! Wallie attendit.

— J'ai connu bien des guerriers, seigneur. C'est pourquoi je n'ai pas cru en vous. Vous rappelez-vous la malédiction ?

— Quelle malédiction ?

Honakura fur saisi par une quinte de toux douloureuse.

— Lorsque vous avez rencontré l'adepte Nnanji – c'était encore un apprenti Nnanji –, vous avez dit qu'il était incapable de se frayer un chemin à travers une cour déserte avec une arme à la main.

— Oui, je me souviens.

— Pourquoi, seigneur ? Vous êtes-vous déjà demandé pourquoi les dieux lui avaient lancé une telle malédiction ?

Wallie estimait que Nnanji était le seul responsable de cette malédiction. Il ne s'agissait que d'un blocage mental provoqué par ses sentiments ambigus envers les guerriers corrompus du temple. Mais ce n'était pas le moment de parler de psychologie freudienne.

— Pourquoi cette question ?

Honakura fut secoué par une nouvelle toux convulsive.

— Il aurait constitué une menace, seigneur.

Wallie essaya de se représenter le jeune Nnanji sans son inhibition. Il aurait gravi les rangs au sein de la garde comme un chat grimpe à un poteau.

Même avec sa faible instruction, Nnanji faisait office de cygne au milieu des canards. Et il était incorruptible.

— Tarru ? demanda le septième.

— Et le seigneur Hardduju, acquiesça le vieillard dans un murmure. Ils l'auraient tué. La Déesse a donc protégé le seul guerrier honnête de sa garde en cachant ses talents. Il arrive que des maîtres fassent obstacle à la progression de leurs élèves. J'en ai déjà été témoin, seigneur, à de nombreuses reprises. Dans le cas des guerriers, l'obstacle peut se révéler infranchissable... Je ne vous ai pas fait confiance.

— Nnanji ? se moqua Wallie. Nnanji représenterait une menace pour moi ? Mais nous sommes frères par serment maintenant ! Il ne toucherait pas à un seul de mes cheveux. Il était prêt à sacrifier sa vie pour me venger... Vous avez cru que j'avais peur de Nnanji ?

Le brouillard se fit plus épais autour du navire et sur le pont. Honakura toussa de nouveau.

— Nnanji n'est pas une menace, dit Wallie. Il aime à penser qu'il a le niveau d'un sixième rang, mais il se trompe. Dans deux ans, il sera septième – un excellent septième. Mais il n'en est pas encore là. De toute façon, je n'ai pas de craintes à son sujet. C'est mon frère par serment !

— Je ne parlais pas de craintes, seigneur, non, insista le vieil homme. Je pensais juste que vous pourriez devenir jaloux. C'est pour cela que je ne vous ai pas parlé de l'histoire du frère aux cheveux roux d'Ikondonira. J'ai cru que vous céderiez peut-être à l'aigreur. (Ainsi donc, il allait enfin la raconter ?) Vous avez vu la barrette, n'est-ce pas ?

— Oui, je l'ai vue.

Le prêtre toussa de nouveau.

— Pas moi. Mais j'ai demandé à l'adepte Nnanji de me relater la rencontre de Tau, seigneur, lorsque maître Polini est monté à bord. Tout comme vous, j'ai trouvé cela curieux. Bien entendu, votre protégé m'a répété jusqu'au moindre mot de la conversation et j'ai entendu parler de la barrette.

— Un griffon d'argent.

Wallie commença à comprendre.

— Le symbole royal, acquiesça Honakura d'une voix rauque.

— Nnanji va devenir roi ?

Wallie fut saisi par le vertige. Nnanji était encore très jeune, il était difficile de l'imaginer dans cinq ou dix ans.

— Je le pense, seigneur. Je ne crois pas que la prophétie ait un rapport quelconque avec votre mission. Je crois qu'elle évoque ce qui se passera après. C'est ce que j'ai laissé entendre à l'apprentie Thana aujourd'hui : Nnanji est trop doué pour rester une libre épée. La Déesse lui réserve un destin plus glorieux. Cette barrette était un message destiné à Thana, pas à vous.

Wallie comprit les manigances du vieil homme. Mais Nnanji devenant roi, voilà qui était difficile à concevoir. On pouvait l'imaginer dans le rôle d'un révolutionnaire, à la limite, mais pas dans celui d'un souverain. Cette perspective faisait penser au chien qui court après une voiture : c'est très distrayant, mais que fera-t-il une fois qu'il l'aura rattrapée ? En revanche, il était facile d'imaginer Thana en Lady Macbeth, poussant son mari toujours plus loin.

Wallie s'assit sur le banc à côté d'Honakura. Le brouillard s'était épaissi au point qu'il était maintenant impossible de distinguer la surface de l'eau autour du navire. Même le vieux prêtre était presque invisible. Par un temps pareil, les gardes devaient se contenter de tendre l'oreille. Il y en avait sans doute deux sur le pont principal et un troisième sur le gaillard d'avant, immobiles et silencieux. Impossible de faire les cent pas sous peine de faire du bruit. Il valait mieux ne pas bouger et laisser d'éventuels pirates passer sans leur signaler qu'une proie était tapie dans les ténèbres.

— Racontez-moi la prophétie, demanda Wallie à voix basse.

— Si vous le voulez, seigneur, croassa le prêtre. Mais ce soutra est encore plus banal que l'autre. Les vers ne riment même pas.

» Le frère roux d'Ikondorina vint le voir et dit : mon frère, ton talent à l'épée est incommensurable. Apprends-moi afin que je puisse, comme toi, m'emparer d'un royaume. Ikondorina accepta et lui enseigna l'escrime. Son frère apprit. Puis Ikondorina déclara : je n'ai plus rien à t'apprendre. Maintenant, va et cherche ton royaume. Son frère partit et trouva un royaume bien plus vaste et bien plus impressionnant.

— Ah ?

— Si je vous en avais parlé plus tôt, murmura Honakura, vous auriez compris l'importance de la barrette la première fois que le jeune Arganari l'a offerte à Nnanji.

Les soutras pouvaient être longs ou courts, simples ou obscurs, banals ou sournoisement retors. Ils pouvaient contenir une quintessence, un épisode et une épigramme, mais aucun de ces éléments n'était indispensable. Pourtant, Wallie n'en avait jamais entendu d'aussi puéril. Un horrible doute se mit à le ronger.

— C'est tout ? demanda-t-il.

— C'est tout, répondit le vieil homme d'une voix sifflante.

— Vous me le jurez ?

Silence.

— Quel serment voulez-vous que je prête, seigneur ?

Les soupçons de Wallie s'effondrèrent pour laisser place à un sentiment de culpabilité. Chaque métier avait ses propres serments, à l'exception du clergé. Un prêtre ne devait jamais mentir, jamais. Le simple fait de complimenter un cuisinier constituait un parjure si le repas était mauvais. Honakura était aussi retors qu'un collège de jésuites, mais il ne raconterait jamais un véritable mensonge. Wallie s'excusa aussitôt pour avoir douté de ses paroles.

Le roi Nnanji ? Honakura avait sans doute raison. C'était la destinée qui attendait le jeune homme après le ralliement, après les sorciers, et cela n'avait aucun lien avec Wallie.

Celui-ci s'aperçut qu'il était soulagé de l'apprendre – et à quel point cette affaire l'avait inquiété ! C'était peut-être pour cette raison qu'il avait autant ruminé ses autres problèmes : il s'était efforcé de ne pas penser à Nnanji et à son griffon d'argent.

Une nouvelle quinte de toux secoua Honakura et les remords assaillirent le septième. C'était cruel et idiot d'obliger le vieux prêtre à rester dans cette froide humidité.

— Venez, mon vénérable ami, murmura-t-il une fois que son compagnon eut récupéré. Je vais vous aider à descendre l'escalier. Ce temps ne vous convient pas.

Le brouillard avait encore épaissi.

Wallie accompagna Honakura jusqu'à sa cabine avant de retourner à son poste. Quand Holiyi vint prendre la relève, le septième tint sa promesse et rejoignit Jja.

Elle était réveillée et l'attendait. Ils firent l'amour pour fêter sa grossesse et la jeune femme – qui excellait dans ce genre d'exercices – s'assura que leur doux affrontement serait à la fois long et épuisant. Elle poussa son maître à des exploits charnels surhumains et l'amena à d'innombrables sommets de passion. Elle l'épuisa tant qu'il s'endormit – ce qu'il n'avait même pas osé espérer.

Deux cabines plus loin, l'adepte Nnanji avait consommé son mariage avec efficacité, compétence, rappels et immense satisfaction. Il sombra lui aussi dans le sommeil tandis que sa jeune épouse, étendue à ses côtés, réfléchissait à leur avenir.

Trois cabines plus loin, le novice Katanji était allongé dans le lit de Hana – où il n'avait théoriquement rien à faire. Il rêvait de Mei, à qui il avait rendu visite un peu plus tôt.

Dans une autre cabine, Honakura, prêtre du septième, passa le reste de la nuit sur ses genoux osseux. Il pleura doucement en demandant à la Déesse de lui accorder Son pardon.

Au petit matin, le brouillard s'était levé. Le *Saphir* était ancré à sept encablures de Casr.

LIVRE DEUX

Comment le guerrier rencontra un adversaire à sa mesure

La vertueuse Huli, prêtresse du troisième rang, arriva à grands pas sur le quai de Casr en ruminant de sombres pensées tandis que sa robe brune tourbillonnait autour de ses chevilles. Le soleil était chaud, mais les bourrasques la malmenaient et lui soufflaient de la poussière dans les yeux – elle ne savait plus si ses larmes résultaient de la méchanceté du vent ou bien de la colère et de la frustration.

La cité s'était transformée en asile de fous, en refuge pour psychopathes. Il n'y avait pas assez de barreaux pour retenir les malades et il en arrivait d'autres chaque jour. Elle passa entre la brouette d'un marchand de fruits et deux jeunes guerriers qui se promenaient en se pavanant. Ces derniers prirent des pommes sans rien demander. Non seulement ils n'envisagèrent pas un instant de les payer, mais ils n'eurent même pas la grâce de remercier le commerçant ou de lui adresser un signe de tête. Pour ces deux voyous, le marchand n'existait pas, alors que le pauvre homme devait avoir huit ou neuf enfants à nourrir.

Ces guerriers ! Elle grinça des dents – il ne leur en manquait d'ailleurs pas une seule.

Des guerriers par groupe de six, des guerriers par groupe de douze. Ils se donnaient des airs en défilant. Ils malmenaient les gens et importunaient les jeunes filles. La prêtresse s'écarta avec colère tandis qu'une épée sifflait : un cinquième à la tête de dix hommes saluait un sixième qui en commandait cinq. Plus personne n'était à l'abri !

Chaque jour, les victimes de leurs exactions se rendaient au temple pour demander de l'aide. Des hommes mutilés ou roués de coups, des jeunes filles violées, des propriétaires ruinés et chassés de leur maison. Les prêtres ne pouvaient leur offrir qu'un peu de réconfort. Chaque jour, la prêtresse Huli remerciait la Très-Haute de faire partie du clergé, d'être sacro-sainte et à l'abri des brutalités. De toute façon, ces jeunes débauchés s'attaquaient avant tout à des femmes plus jeunes qu'elle, ce qui lui offrait une protection supplémentaire.

Le ralliement avait plongé la cité dans le chaos. Même l'humble existence de Huli avait été bouleversée… Elle avait envisagé d'accepter une demande en mariage – de la part de Jinjinno, du quatrième, un drapier respecté, un veuf digne et prospère, père de trois enfants qui avaient grand besoin d'une mère aimante pour leur apprendre quelques bonnes manières. Elle s'était presque décidée. Il lui avait fait la promesse solennelle que ses exigences seraient raisonnables et discrètes sur le chapitre des devoirs conjugaux. Aujourd'hui, Jinjinno avait fui la ville en emmenant ses enfants. Quelle déception ! Sa fille la plus âgée n'avait pourtant que douze ans et même ces porcs de guerriers ne s'abaissaient pas à choisir des victimes aussi jeunes.

Elle se renfrogna à la vue de trois guerriers qui avaient encerclé une jeune fille. Ils la lorgnaient avec concupiscence et plaisantaient – des remarques obscènes, à n'en pas douter ! Huli se demanda si elle allait trouver le courage d'intervenir. Il ne s'agissait que de jeunes deuxièmes, mais ils étaient massifs et rustauds. La prêtresse s'arrêta, hésitante. Elle remarqua alors avec horreur que la jeune femme appréciait leurs avances. Une dévergondée ! Huli poursuivit son chemin en grimaçant de dégoût.

Il régnait toujours une activité frénétique sur la grande place, mais son immensité lui permettait d'absorber sans difficulté le trafic et, en temps normal, l'endroit semblait plutôt paisible. D'habitude, une dizaine de navires étaient amarrés au quai pour charger ou décharger leurs marchandises. Aujourd'hui, il devait y en avoir cinquante qui formaient une ligne presque continue, et il y avait des gens partout. Les guerriers n'étaient pas les seuls à avoir envahi Casr : ils étaient venus avec leurs suites qui allaient des enfants au berceau jusqu'aux prostitués et aux coupe-jarrets. Un véritable asile de fous !

Le problème consistait à trouver un responsable à blâmer. Le très saint seigneur Kadywinsi, grand prêtre de Casr, était un coupable tout désigné, mais Huli ne parvenait pas à condamner un homme aussi vénéré que vénérable – même s'il était peut-être un peu, un tout petit peu… sénile ?

Sois charitable, songea-t-elle en contournant un chariot afin d'éviter un groupe de guerriers qui tourmentaient les passants. *Le saint seigneur Kadywinsi n'est plus celui qu'il était lorsque tu étais novice, mais il mérite encore ton respect.*

Un navire bleu, lui avait-on dit, près de la double statue. Elle aperçut un petit bateau de cette couleur au loin.

Si Kadywinsi du septième n'avait rien à se reprocher, ce n'était certainement pas à la prêtresse Huli de critiquer la volonté de la Déesse.

Elle ne s'était pas méfiée et avait même ressenti une certaine excitation lorsque, deux semaines plus tôt, la nouvelle s'était répandue comme une traînée de poudre autour du temple : le commissaire de la loge, le beau et séduisant seigneur Tivanixi, était entré dans la ville à la tête de ses hommes et avait persuadé le grand prêtre de se joindre à lui pour organiser un ralliement. Un ralliement ! Ce serait le premier depuis des siècles si la Très-Sainte entendait leur appel et cela impliquait des risques terrifiants. Huli avait regardé la cérémonie en craignant de s'évanouir de terreur. Quarante-neuf bouvillons – les pauvres… Les flots pourpres et bouillonnants… Les deux seigneurs avançant dans l'eau derrière les animaux ! Elle frissonna d'horreur en se remémorant cette image.

Une telle foi ! Bénie avec tant de grâce par la Très-Haute ! Les premiers navires chargés de guerriers avaient accosté moins de une heure après la cérémonie.

Le coupable devait donc être le seigneur Tivanixi, car il s'était montré incapable de maîtriser ces barbares quand ils avaient débarqué – mais il était si beau !

Soudain, Huli entendit un bruit de bottes précipité.

— Un défi ! lancèrent des hommes.

Des guerriers la dépassèrent en courant, suivis par tous ceux qui avaient entendu le cri et n'étaient encore affiliés à aucun groupe. Tous disparurent au bout de l'allée. Eh bien, voilà qui nettoierait le quartier pendant un moment. La prêtresse se dit qu'il y aurait bientôt un guerrier de moins pour tourmenter les innocents habitants de la cité – elle se reprocha cette pensée peu charitable. Ils arrivaient à Casr bien plus vite encore qu'ils ne s'entre-tuaient.

Elle atteignit les deux statues de bronze – si corrodées qu'il était impossible de savoir si elles représentaient des hommes ou des femmes. Il y avait un navire bleu, ainsi qu'on le lui avait dit. Elle redressa les épaules et franchit la passerelle, puis s'arrêta pour observer le pont. C'était la première fois qu'elle montait à bord d'un bateau. Celui-ci n'était pas grand, mais il était propre et sentait bon le cuir. Deux ou trois marins étaient assis ici et là. L'un d'eux se leva et se dirigea vers elle. Un couteau était accroché à sa ceinture, ce devait donc être le capitaine. C'était un troisième, comme elle… mais on lui avait demandé de le saluer comme un supérieur – une concession avilissante pour une prêtresse ! Il ne se montra guère respectueux, mais répondit tout de suite à son salut.

— Je porte un message à l'intention d'un « guerrier de haut rang », capitaine.

L'homme fit un signe de tête en direction d'une porte à l'arrière du navire. Quel manque de savoir-vivre ! Huli renifla avec mépris, se dirigea vers la porte et entra dans une grande pièce lumineuse et presque vide. Une jeune esclave était agenouillée là et jouait avec trois ou quatre petits enfants. Un homme se leva du coffre en bois où il était assis. Un septième ! Gigantesque ! Sa tête et la poignée de son épée touchaient presque le plafond. La plupart des guerriers qui avaient envahi Casr étaient petits, secs et nerveux, mais celui-là était un véritable géant. Un bel homme, reconnut Huli. Elle s'aperçut alors avec stupéfaction qu'il lui adressait un sourire amical – et qu'elle le lui rendait. Il s'agissait sans doute de la personne de haut rang qu'on l'avait envoyée chercher. Elle le salua.

Il répondit.

Shonsu !

Bien sûr ! Elle l'avait vu à de nombreuses reprises, de loin… mais on le disait mort ! Elle chancela, puis se ressaisit au prix d'un gros effort. L'infâme Shonsu était de retour ! Mais…

Il remarqua sa réaction et son sourire disparut. Huli n'aima pas du tout l'expression qui y succéda.

Les libres épées vivaient de la charité, une forme rudimentaire d'extorsion. De tels abus étaient tolérables pendant une nuit ou deux, lorsqu'une troupe arrivait dans une ville ou un village pour punir les crimes que la garnison était incapable de réprimer, s'assurer que les guerriers locaux étaient honnêtes et culbuter les plus jolies filles avant de reprendre la route. En règle générale, une cité importante remarquait à peine leur présence, mais une invasion de cette ampleur ne pouvait que déstabiliser Casr, qui comptait pourtant une population nombreuse. Tous ces hommes devaient manger à intervalles réguliers, dormir quelque part et trouver quelqu'un pour partager leur couche – car jamais un guerrier ne passait la nuit seul quand il était en ville. Des centaines de jeunes hommes vigoureux se retrouvaient désœuvrés et qui était responsable de ce zoo ? Qui avait été assez présomptueux pour organiser un ralliement ?

Wallie avait gardé son épée dans le dos, prêt à descendre à terre et à intervenir s'il remarquait des troubles graves. Cela ne s'était pas révélé nécessaire, bien que ce ralliement soit organisé de manière totalement anarchique. Il était hors de question qu'il se joigne à ce cirque.

Puis une prêtresse au visage revêche avait apporté le message d'Honakura – un message qui soulagea Wallie : Shonsu n'avait aucune famille à Casr. Il était presque l'heure de déjeuner et il décida de fêter la bonne nouvelle. Il demanda à Jja d'aller lui chercher une chope de bière, mais il n'eut pas le temps de la boire. Les bottes de Nnanji retentirent sur le pont tandis que le jeune homme avançait à grands pas, écrasé par la chaleur et couvert de poussière. Sa gaîté désinvolte avait laissé place à une expression renfrognée et hargneuse de mauvais augure.

Wallie lui tendit la chope.

— « Mes biens sont tes biens », lança-t-il.

Nnanji secoua la tête.

— Non, merci, mon frère. On n'a pas arrêté de m'en proposer depuis ce matin.

Un quatrième était une recrue de choix, surtout aussi jeune et aussi grand. L'enrôlement était féroce et éhonté. Dès que le *Saphir* avait accosté et que l'officier du port en était descendu, pas moins de huit guerriers avaient essayé de monter à bord pour engager les nouveaux arrivants. Brota avait glissé son épée dans son dos avant de se planter au sommet de la passerelle. Avec sa tunique rouge et son regard assassin, cette femme laide et obèse incarnait le pire cauchemar des guerriers. Aucun autre n'avait osé approcher, mais Nnanji n'avait pas pu leur échapper pendant son excursion en ville.

— Combien as-tu reçu de propositions ? demanda Wallie.

Son protégé se renfrogna et compta sur ses doigts.

— Treize !

Il secoua la tête, changea d'avis et attrapa la chope avant de la vider. Pourtant, ce n'étaient pas les offres de recrutement qui l'inquiétaient. Il y avait autre chose.

— Qu'est-ce que tu leur as répondu ? demanda Wallie, amusé.

— Que j'avais déjà un mentor ! Ils ont tous voulu savoir son nom et son rang. Je leur ai servi le soutra cent soixante-quinze ! Ah !

Thana entra à ce moment et Nnanji la tira contre lui pour lui donner un long baiser parfumé de bière.

Pleine de tact, Jja fit sortir les enfants. Wallie s'assit sur le coffre près de la fenêtre, là où il avait passé la matinée. Nnanji et Thana s'installèrent sur l'autre et s'enlacèrent. Le septième leur résuma le message d'Honakura.

Katanji entra dans le rouf d'un pas nonchalant, une expression joyeuse sur le visage. Il avait été envoyé en reconnaissance, lui aussi. Son bras blessé le dispensait de porter son épée et Wallie songea que, dans les circonstances actuelles, c'était sans doute un avantage.

— Assieds-toi, novice, dit-il avec bonne humeur. (Il pointa un doigt par terre.) Je suppose que les recruteurs ne t'ont pas beaucoup importuné ?

Katanji s'installa en tailleur et sourit.

— Vous vous trompez, seigneur ! On m'a abordé quatre fois ! Ils savent reconnaître un homme de valeur quand ils en voient un !

Wallie tressaillit. Si les guerriers en étaient à solliciter un premier rang estropié, ce concours de recrutement prenait des proportions effarantes.

— Parfait, faisons le point sur les dernières informations. Novice ?

Katanji avait l'air content de lui. Il fit son rapport comme un acteur qui a bien répété son rôle.

— Le seigneur Shonsu était l'ancien commissaire de la loge. Il est venu de très loin et je ne crois pas qu'il était marié. Il a quitté la ville il y a environ six mois et n'est jamais revenu. Les habitants préfèrent son successeur.

— Où est-ce que tu as appris tout ça ? demanda Wallie.

Katanji esquissa un petit sourire suffisant.

— Au lupanar, seigneur. J'ai posé des questions à plusieurs personnes et elles ont toutes éclaté de rire avant de me conseiller d'aller là-bas. C'est donc ce que j'ai fait. Toutes les filles connaissaient Shonsu. J'ai dit que j'étais son neveu, que la Déesse m'avait conduit à Casr et que j'essayais de le retrouver. C'était un client régulier, seigneur, même s'il n'avait pas l'habitude de payer. Mais les filles… (Son sourire se fit grivois.) Je ne crois pas qu'elles aient beaucoup pleuré en apprenant sa disparition.

Wallie connaissait les besoins sexuels monstrueux de Shonsu et il avait vu comment les guerriers se servaient sans vergogne sur les étalages des colporteurs. Le principe était le même.

— Personne ne semble savoir où il est parti, ni pourquoi. Il a simplement disparu. Je pense que c'est tout, seigneur.

— Bon travail, novice. Tu as dépensé beaucoup pour ces renseignements ?

Katanji hésita.

— Non, seigneur, avoua-t-il à contrecœur. Les Anciens ont déclaré que le bordel était gratuit pour les guerriers.

Voilà qui était intéressant.

— Je suppose que les filles ne chôment pas ?

Katanji gloussa.

Wallie hocha la tête. Dans un tel cas, le rapport de force serait de mille contre un.

— Oui, poursuivit-il. Il n'y a pas de problème pour Ov. Nous avons des témoins. (Brota, Honakura et même Thana – les guerriers croyaient plus facilement les témoignages de leurs pairs.) Et mes détracteurs seraient incapables d'en produire un seul pour attester ce qui s'est passé à Aus !

Thana fronça les sourcils.

— Ils pourraient en trouver, seigneur. Des marins, des rats de navire…

— Mais pas en un après-midi, c'est impossible ! Ils n'en auraient pas le temps ! Nous pourrions leur rendre une petite visite et déguerpir tout de suite après. Allons-y !

Il adressa un sourire espiègle à Nnanji. Il s'attendait à ce que cette décision audacieuse enthousiasme le jeune homme, mais celui-ci pâlit et secoua la tête avec énergie. Wallie ne l'avait jamais vu montrer la moindre frayeur lorsqu'il était dans une situation périlleuse. Nnanji semblait au contraire se délecter du danger, et il était à peu près incapable de le dissimuler. Selon toute apparence, il ignorait la peur. Pourtant, il était horrifié par le risque que prenait son frère par serment. Si Nnanji lui-même jugeait la situation hasardeuse…

Tout le monde resta assis en silence pendant un moment.

— Nnanj ? demanda soudain Katanji. Tu as dit que les grands ralliements étaient menés par sept septièmes ? Un septième a organisé le ralliement. Trois autres y ont répondu. Deux sixièmes sont montés de rang. J'ai entendu dire qu'on attendait que la Déesse en envoie un septième.

Des superstitions ! Elles étaient monnaie courante dans le Monde.

Wallie éclata de rire.

— Eh bien ! Voilà qui change tout ! Dans ce cas, on ne me jettera pas dans une fosse d'aisance avant d'avoir écouté ma version des faits, n'est-ce pas ? Ne te gave pas à midi, protégé, tu dois te battre cet après-midi.

Nnanji semblait toujours mal à l'aise.

— Mon frère ! S'ils vous accusent de traîtrise… ou de lâcheté…

— Non ! (Wallie abattit son poing sur le coffre en bois.) J'en ai assez de me cacher sur ce navire ! Il est temps de *faire* quelque chose ! Ils ne peuvent pas prouver que je suis un traître… et je me charge de leur démontrer que je ne suis pas un lâche !

Les yeux de Nnanji s'écarquillèrent.

— En allant à la loge ? (Il déglutit avec peine et esquissa un sourire admiratif.) Soit !

Vêtu du nouveau kilt outremer que Jja avait taillé pour lui, Wallie conduisit son armée jusqu'à la passerelle. La garde de son épée brillait sous les rayons du soleil et son sang bouillait d'impatience à la perspective d'un peu d'action. Enfin !

Il était suivi par Nnanji du quatrième. Le jeune homme souriait jusqu'aux oreilles, et il avait le cœur dans les étoiles. *Nnanji du cinquième ?*

Il avait le plus grand mal à maîtriser son allure et à ne pas bousculer son mentor tant il était impatient d'atteindre la loge. Il portait lui aussi son meilleur kilt, mais ses cheveux étaient attachés par son ancienne barrette ornée d'une pierre orange. Il n'avait pas sorti le griffon d'argent d'Arganari, et ne l'avait pas même évoqué – une preuve de tact inhabituelle de sa part.

Derrière lui venait Thana qui arborait fièrement la tenue classique du peuple de la Rivière : un pagne et un soutien-gorge formés de longues bandes de tissu jaune bouton-d'or. Seule une paire de chaussures trahissait une petite concession au mode de vie des terriens. Wallie avait hésité en la voyant apparaître avec son épée et l'entendant déclarer qu'elle souhaitait elle aussi accéder au rang supérieur. Le ralliement serait déjà hostile à Shonsu et la présence d'une femme rat de navire à ses côtés ne ferait qu'empirer la situation. Elle était certes capable de passer les épreuves d'escrime du troisième rang les yeux bandés et elle l'avait sidéré au cours des séances de soutras. Pourtant, Wallie était certain que cette soif d'apprendre était récente et que la jeune fille ignorait encore bien des règles du code des guerriers. Nnanji l'avait alors gratifié de son regard de cocker triste. Wallie avait décidé que Thana pourrait tenir compagnie à Jja et avait accepté de l'emmener.

À la suite de Thana venait le novice Katanji. Le garçon essayait de cacher son manque d'expérience flagrant derrière un cynisme de vieux baroudeur, mais il parvenait mal à contenir son excitation : il allait visiter la loge et son frère allait devenir cinquième. Deux épées dans leur fourreau étaient glissées sous son plâtre et maintenues en place par sa main valide.

Jja fermait la marche, un paquet dans les bras – les guerriers ne pouvaient transporter qu'une épée d'entraînement et une arme de rechange sous peine de ternir leur honneur. Elle portait des sandales et la tenue habituelle des esclaves, une tunique noire. Mais elle avait taillé celle-ci avec habileté dans du lin de la meilleure qualité que son maître avait acheté et teint de la couleur appropriée.

Les encouragements des marins du *Saphir* retombèrent et le petit groupe s'engagea sur la place balayée par un vent qui faisait venir les larmes aux yeux. Wallie et ses compagnons eurent tout juste le temps de faire quelques pas avant d'être repérés par des guerriers de rangs inférieurs. La réaction des novices et des apprentis fut naturelle : le septième septième tant espéré arrivait enfin ! Ils firent demi-tour et se précipitèrent vers la loge. D'autres guerriers – dont ceux chargés du recrutement – remarquèrent leur galopade et se lancèrent à leur poursuite.

Nnanji indiqua le chemin à suivre à son mentor, mais Wallie n'avait nul besoin de ses indications : une foule de guerriers toujours plus nombreuse les précédait, une foule qui rassemblait les nouveaux arrivants comme une boule de neige. Wallie n'avait qu'à la suivre. Les habitants de la cité remarquèrent cette effervescence et interrompirent leurs activités pour regarder. Le septième eut plusieurs fois l'impression d'être reconnu et d'entendre son nom. Shonsu revenait d'entre les morts.

Le petit groupe se dirigea vers le centre de la ville et traversa une ruelle pour arriver sur un espace dégagé trop bosselé pour mériter le nom d'esplanade. La plupart des bâtiments qui l'encadraient ressemblaient à des ruines abandonnées. Devant eux se dressait un immeuble impressionnant disposé selon un angle curieux. Une foule de guerriers y pénétrait à travers une unique porte voûtée.

De l'extérieur, on ne voyait qu'un mur de pierre nu qui ressemblait à la face d'un cube, l'entrée voûtée et, plus haut, un balcon au-dessus duquel était suspendue une épée en bronze. Il n'y avait pas de fenêtres. Tandis que Wallie et ses compagnons approchaient, les derniers membres de cette avant-garde officieuse s'engouffrèrent à l'intérieur pour ne pas manquer l'entrée du septième.

Quand Wallie arriva enfin à l'autre bout de la cour, la foule avait disparu dans le bâtiment. Deux gardes du troisième tirèrent leur épée pour saluer et une silhouette vint à sa rencontre. Il s'agissait d'un septième, mais pas d'un guerrier. Il ressemblait à un crapaud-taureau bleu et sa tête chauve était posée sur ses épaules comme s'il n'avait pas de cou. Wallie examina ses marques faciales inconnues d'un air dubitatif. On aurait dit des bouches. Il attendit le salut.

Il s'agissait d'un héraut. Une expression choquée se peignit sur son visage lorsqu'il entendit le nom du guerrier.

— Seigneur Shonsu ! répéta-t-il avant de se ressaisir. Par quel titre Sa Seigneurie souhaite-t-elle être annoncée ?

Sa voix évoquait une chute de cailloux.

— Mon nom suffira, seigneur héraut.

L'homme s'inclina et conduisit le petit groupe à travers un couloir sombre qui débouchait sur une cour. Selon toute apparence, la loge était bâtie comme une boîte à chaussures, un rectangle creux. Si les murs extérieurs étaient nus, ceux de l'intérieur étaient garnis de rangées superposées de balcons qui dominaient un espace central dégagé. Wallie arriva devant un petit escalier et embrassa du regard un endroit qui, d'habitude, devait être aussi joli que paisible. Mais aujourd'hui était un jour qui sortait de l'ordinaire et, à cet instant, la cour n'avait rien de joli et encore moins de paisible.

Elle était immense. De vénérables chênes noueux et dépourvus de feuilles se dressaient à chaque extrémité, symboles de force et d'endurance. Entre les deux rangées d'arbres, un espace rectangulaire était délimité par des bancs en pierre et des socles supportant des statues en marbre ou en bronze ; rongées par les intempéries, elles n'étaient plus que des caricatures des guerriers qu'elles avaient jadis représentés. Ce petit espace central était réservé aux passes d'armes. Il était plus grand que le *Saphir* tout entier.

L'endroit était, en effet, loin d'être paisible. La cour était bondée de guerriers bruyants et aussi animée qu'une place un jour de fête. Des haies en bois divisaient l'espace central en quatre zones distinctes sur lesquelles des hommes s'affrontaient en duel. Autour du périmètre et sur la majorité des balcons inférieurs, d'innombrables spectateurs s'agitaient et encourageaient leurs favoris. Des hauts rangs accompagnés de leurs suivants bousculaient, contournaient ou enjambaient des guerriers assis en tailleurs qui récitaient des soutras. Un peu partout, des gens bavardaient ou se disputaient en criant sans prêter attention à leurs voisins. Deux ménestrels – au moins – essayaient de chanter assez fort pour couvrir les braillements des colporteurs qui vantaient les mérites de leur marchandise. Des guerriers affûtaient leurs épées sur des meules, mangeaient, se querellaient, jouaient aux dés, faisaient cuire de la nourriture sur des braseros et s'affrontaient parfois à la lutte. Une rangée de drapeaux colorés était suspendue comme du linge à sécher, formant une ligne qui traversait la cour en son milieu ; les plus bas frôlaient la tête des spectateurs au centre de la place. Sur la rambarde de la moitié des balcons, on apercevait de véritables vêtements qui séchaient ou des paillasses qu'on aérait.

Il n'y avait pas que des guerriers. Wallie vit aussi des esclaves, des cuisiniers et des dizaines d'autres civils, trop éloignés pour qu'il puisse identifier leur profession. Beaucoup étaient des femmes. Cet endroit était un véritable champ de foire ! Cela déplut à Wallie et il songea que l'instinct de Shonsu partageait sans doute son avis.

Le héraut n'était pas le seul à avoir été averti de l'arrivée du nouveau venu : un septième et quelques sixièmes attendaient au pied de l'escalier. Quand Wallie franchit l'arche, une fanfare assourdissante éclata juste au-dessus de leur tête. Le vacarme chassa une nuée de pigeons du toit, se répercuta contre les murs, noya le tumulte de la foule et fut à son tour englouti par un roulement de tambours qui laissa un bourdonnement dans les oreilles de Wallie. Les duels s'interrompirent. Les échos d'un dernier soutra s'évanouirent dans un silence respectueux et apaisant. Enfin, mille paires d'yeux se tournèrent pour examiner le septième tant espéré et ses compagnons.

Le septième qui attendait au pied de l'escalier n'était autre que le commissaire de la loge, Tivanixi. Il était un peu plus âgé que Shonsu et devait avoir une trentaine d'années ; il était svelte, gracieux et très beau. Sa queue-de-cheval était plus longue que celle de la majorité des guerriers ; elle ondulait et avait la même teinte brun doré que sa peau. Son kilt et son harnais étaient d'une couleur bleu cobalt inhabituelle, comme ses bottes. L'ensemble de son équipement était luxueux et élégant, à l'exception de la poignée de son épée qui était tout à fait banale. Il s'agissait sans nul doute d'un effet calculé et assez impressionnant. D'ailleurs, tout était impressionnant chez cet homme.

Le sourire de Tivanixi s'évanouit avant que le héraut prenne la parole, avant que le fracas des trompettes retombe. Pour un guerrier, la vitesse était plus importante que la force. Les colosses étaient rares. Les géants du septième rang n'étaient pas légion ; quant à ceux dont les cheveux étaient de ce noir de jais, il n'en existait qu'un. Le nouveau venu ne pouvait être que son prédécesseur, et le commissaire pouvait difficilement écarter l'idée que Shonsu revenait peut-être pour récupérer son poste. Shonsu, l'homme qui collectionnait les épées de ses victimes ? Shonsu, l'homme que les rumeurs décrivaient comme un zombi manipulé par les sorciers ? Les yeux de Tivanixi se tournèrent alors vers Nnanji qui se plaça à la gauche du colosse. La surprise se peignit de nouveau sur les traits du commissaire. Un quatrième aux cheveux roux ? On parlait beaucoup du mystérieux héros de la bataille d'Ov et voilà qu'un homme correspondant à sa description se présentait aux côtés de Shonsu. Derrière Tivanixi, les sixièmes souriaient toujours. Wallie en conclut que le commissaire réfléchissait vite et bien.

Le crapaud-buffle humain prit le temps d'inspirer et provoqua un nouvel envol de pigeons. Sa voix était encore plus puissante que les trompettes.

—Mes seigneurs... Au nom de la Déesse... et selon les traditions et les usages de votre vénérable et honorable profession... Je vous prie d'accueillir le valeureux seigneur... *Shonsu*... guerrier du septième rang.

Consternation !

Mépris !

Incrédulité !

Frissons de crainte superstitieuse ?

Pendant un moment, Wallie resta immobile et savoura le spectacle. Puis il tira son épée et exécuta le salut à une assemblée. Un brouhaha s'éleva en bourdonnant comme une nuée d'abeilles et gagna vite en intensité. Tous les sourires avaient disparu à l'exception d'un seul : celui de Tivanixi était revenu sur ses lèvres.

Wallie descendit l'escalier et le silence retomba, comme si les spectateurs ne parvenaient pas à croire l'annonce du héraut et voulaient réentendre ce nom. Wallie tira une nouvelle fois son arme et fit le salut à un égal.

Le commissaire répondit, confirmant ainsi l'identité de Shonsu. Il affichait toujours un prudent sourire de bienvenue. Il accomplit ses mouvements d'épée avec confiance et grâce. Pour un œil aussi expérimenté que celui de Shonsu, il s'agissait encore de signes révélateurs.

—Je suis Tivanixi, guerrier du septième rang et commissaire de la loge de Casr. Je suis honoré par votre courtoisie et retourne humblement ces félicitations à votre noble personne et je vous souhaite la bienvenue à la loge et au ralliement votre seigneurie.

Il termina cette tirade si vite que la fin fut pratiquement incompréhensible.

Cette conclusion précipitée lui avait peut-être permis de se poser comme l'hôte de Shonsu et, par conséquent, de ne plus craindre un défi. Le point était discutable, car le visiteur n'avait pas demandé l'hospitalité.

Les sixièmes reculèrent discrètement : ils n'avaient aucune envie d'être présentés au nouveau venu. La foule était silencieuse, attentive et sombre.

—Je ne suis pas venu me joindre au ralliement.

Un nouvel élan de consternation parcourut les spectateurs et accentua l'inquiétude du commissaire.

—C'est une sainte cause pour laquelle la Déesse a rassemblé Ses guerriers, seigneur.

Wallie inclina légèrement la tête.

—Je n'en doute pas ! Mais je ne suis que de passage. J'ai deux affaires à régler.

S'agissait-il d'une menace ?

— Quelles affaires peuvent être plus importantes qu'un ralliement? demanda Tivanixi.

Les spectateurs à portée de voix répercutaient tout bas les paroles des deux hommes à ceux qui étaient plus loin, mais la plupart des guerriers présents écoutaient avec attention.

— Un serment.

Pendant un instant, Wallie crut que Tivanixi allait suggérer qu'une petite visite au temple mettrait un terme à cet engagement inopportun... mais la discrétion l'emporta.

— En quoi pouvons-nous vous être utiles, en ce cas?

Wallie haussa la voix jusqu'à ce qu'elle se répercute sur les murs de la cour.

— J'ai deux tâches à accomplir, l'une d'elle est assez triste, l'autre plus plaisante. Par malheur, je dois rapporter la mort de deux valeureux et honorables guerriers massacrés par des pirates alors qu'ils se rendaient à Casr. J'ai rendu justice et puni les coupables. (On écouta cette nouvelle en silence.) La tâche la plus agréable, c'est que je suis aussi venu ici afin que deux guerriers accèdent à un rang supérieur. Seigneur commissaire, puis-je avoir l'honneur...

Wallie présenta Nnanji du quatrième, protégé et frère par serment. Il décida de ne pas décliner l'identité de Thana tout de suite.

Tivanixi répondit au salut, rengaina son arme et ne put refréner sa curiosité.

— Nous avons entendu dire d'un quatrième aux cheveux roux a mené la bataille contre les hérétiques à Ov, adepte.

Nnanji avait l'air d'un gamin maladroit à côté du suave Tivanixi, mais il esquissa un sourire triomphant et cria presque :

— Cette bataille a été conduite par le seigneur Shonsu, seigneur. J'y ai pris part, mais tout l'honneur lui revient.

Nouveaux frissons de surprise et nouveaux murmures.

— C'est une grande nouvelle, seigneur ! déclara Tivanixi, radieux. Il nous faut appeler des ménestrels pour que cette noble bataille soit immortalisée. Il est possible que les faits aient été déformés avant de parvenir jusqu'ici.

Wallie esquissa un vague sourire pour lui faire comprendre qu'il savait comment l'affrontement était décrit.

— Avant cela, honorons ceux qui sont tombés, seigneur, déclara-t-il. Je pense qu'il y a des guerriers du royaume de Plo et de Fex parmi cette assemblée?

— Honorons d'abord nos morts les plus célèbres, répliqua le commissaire. (Il affichait maintenant une expression étrange.) Les nouveaux venus doivent se présenter devant notre monument du souvenir, la cause qui nous a amenés à organiser ce ralliement.

Il se tourna vers sa droite et pointa le doigt en direction de la rangée de drapeaux flasques suspendus en travers de la cour. Puis il observa la réaction du seigneur Shonsu.

Des drapeaux ? De curieux drapeaux ! Ils étaient bruns à chaque extrémité de l'alignement, puis oranges, rouges, vert clair, vert foncé ; au centre, un unique étendard bleu était suspendu. Il ne s'agissait pas de drapeaux, mais de kilts. Certains étaient déchirés, d'autres brûlés ; les marques sombres ne pouvaient être que des taches de sang. Wallie pâlit – à la plus grande joie des spectateurs.

— Pouvez-vous m'expliquer ? demanda-t-il d'une voix hésitante.

— Ils ont été apportés à Casr par un marin, à la demande d'un certain seigneur Rotanxi qui se pare du titre de sorcier de Sen. (La voix de Tivanixi était sombre.) Le jour suivant, j'ai appelé au ralliement – que la Déesse a béni.

Il s'agissait donc des restes macabres de la malheureuse expédition de Shonsu contre Vul. La restitution des vêtements et des harnais des morts était un geste noble de la part d'un guerrier, mais les sorciers n'avaient renvoyé que les kilts, sans doute en guise d'insulte. Tivanixi avait habilement transformé cet affront en défi, et la honte en honneur. Wallie en était à peine arrivé à cette conclusion qu'une nouvelle pensée lui traversa l'esprit : les sorciers avaient délibérément provoqué le ralliement, ou du moins s'attendaient à une réaction de cet ordre. Tivanixi comprenait-il qu'il avait peut-être péché par orgueil ?

Le kilt bleu avait sans doute appartenu à Shonsu : il était un peu plus grand que ceux qui flottaient à côté. Wallie aurait donné sa barrette sans une hésitation pour en être certain, mais il devait partir du principe qu'un seul septième avait participé à cette funeste expédition. Shonsu n'était pas homme à partager le commandement, n'est-ce pas ?

Les guerriers attendaient sa réaction. Le rituel était clair : Wallie devait s'avancer et faire le salut aux morts. À son propre kilt ? Il adressa un hochement de tête à Nnanji dont le teint verdit légèrement, puis se dirigea vers le symbole commémoratif tandis que la foule s'ouvrait devant lui. Il passa entre deux bancs de pierre et se glissa dans une brèche de la première barrière de haies. Il entendit les bottes de Nnanji derrière lui et lui fit signe de s'arrêter.

Les kilts étaient suspendus au-dessus de la deuxième rangée de haies. Le bleu, plus bas que les autres, se trouvait au centre. Sans ralentir, Wallie sauta sur une barrière et tira son épée. Il la fit tournoyer au-dessus de sa tête et bondit en arrière pour ne pas perdre l'équilibre. Son arme avait regagné son fourreau avant qu'il touche le sol. Un bel exemple de gymnastique guerrière ! Le kilt bleu virevolta et tomba par terre. Wallie fit volte-face et rejoignit l'endroit où Nnanji l'attendait, à distance respectueuse. Le jeune homme avait les yeux écarquillés, mais affichait une expression approbatrice.

Ils saluèrent ensemble, puis se dirigèrent vers Tivanixi et le cercle de spectateurs silencieux.

— Celui-ci n'appartenait pas à la personne que vous croyez, seigneur. Les autres doivent être vengés, mais pas celui-là.

Wallie ignorait ce qui était arrivé à Shonsu. Il n'était pas impossible qu'il se soit enfui sans son kilt, car il portait des habits d'anonyme à son arrivée à Hann. Personne ne semblait en savoir davantage – et cela incluait peut-être les sorciers.

Tivanixi était toujours soupçonneux. Que peut-on penser d'un chef qui est dernier survivant d'une expédition ?

— Il y a des ménestrels ici, seigneur Shonsu. Pourriez-vous nous énumérer la liste de ceux qui sont tombés afin qu'ils soient honorés comme il se doit ?

Comment Wallie allait-il se tirer de ce mauvais pas ? C'était comme se battre à l'épée dans le noir complet – voire pis ! Pourtant, on ne pouvait pas demander à quelqu'un de se souvenirs des noms et rangs de quarante-neuf personnes six mois après leur mort, même dans une civilisation prélittéraire.

— Non, seigneur. Ni leur nom ni leur rang. Qu'ils soient tous honorés avec la même ferveur.

— Dans ce cas, pourriez-vous nous raconter leurs actes d'héroïsme ainsi que les abominations commises par les sorciers qui les ont massacrés ?

Wallie transpirait maintenant. Il espéra que cela ne se voyait pas trop. Ses propres bévues l'avaient obnubilé au point qu'il avait oublié qu'on lui tiendrait aussi rigueur de celles de Shonsu.

— Je ne peux pas le faire non plus.

Autour de lui, la foule silencieuse crépitait d'hostilité. Comment un général pouvait-il perdre une bataille et refuser ensuite d'aborder ce sujet ?

Personne ne discutait les décisions d'un septième, sauf peut-être un autre septième. Tivanixi sembla sur le point de le faire, mais il était lié par les règles de l'honneur et ne pouvait requérir l'aide des guerriers qui se tenaient près de lui. Il avait le choix entre accepter ce refus ou provoquer Wallie en duel.

Il pouvait aussi lancer une accusation publique.

Le visage du commissaire était aussi dur que du granit.

— Vous n'avez pas l'intention de vous joindre au ralliement et de réclamer vengeance, seigneur ?

Wallie secoua la tête.

— J'ai un serment à tenir, seigneur.

— La Déesse vous a pourtant conduit ici ?

Tivanixi et les autres se demandaient peut-être à quel dieu Wallie avait prêté ce serment.

— En effet ! (Wallie remarqua que le commissaire était un peu moins soupçonneux, mais encore plus abasourdi.) Et à propos des guerriers originaires de Plo ? Pourriez-vous convoquer vos hérauts, seigneur Tivanixi ?

— Je suis de Plo, seigneurs ! lança une voix.

Un troisième plutôt nerveux se fraya un chemin parmi les spectateurs et arriva au premier rang. Il salua Tivanixi, puis Wallie. Son harnais était incrusté de topazes.

Wallie se tourna vers Tivanixi.

— Qu'en est-il des ménestrels ?

Le commissaire fit un signe en direction d'un groupe de civils qui s'efforçaient d'approcher des septièmes. La masse des guerriers s'écarta de mauvaise grâce et laissa passer une dizaine de personnes avant de se refermer pour contenir les autres. Les ménestrels étaient des hommes et des femmes

— Voudriez-vous tenter votre chance pour accéder au sixième ?

Nnanji lança un coup d'œil lourd de reproches à son mentor.

— Par malheur, je ne connais pas tous les soutras exigés pour ces épreuves, seigneur.

Tivanixi eut l'air étonné, mais il hocha la tête avec compassion.

— Bien des guerriers estiment que c'est la partie la plus dure.

— Comme vous avez raison, dit Wallie avec tristesse.

Nnanji lui jeta un regard furieux.

— Ma femme peut-elle maintenant passer les épreuves ?

Tivanixi grimaça et observa Wallie d'un air pensif. Peut-être se demandait-il s'il ne s'agissait pas d'un piège en vue de justifier un défi. Il estima enfin que ce n'était pas le cas et sourit de nouveau.

— À ma connaissance, jamais une guerrière ne s'est montrée assez téméraire pour s'approcher d'une loge – et encore moins pour y venir passer les épreuves de promotion. Cependant, maître Nnanji, je vais faire une exception pour vous. Présentez-la.

Les spectateurs murmurèrent, mais Thana fut présentée et Tivanixi tomba malgré lui sous le charme de la jeune fille.

— Deux troisièmes comme adversaires, je suppose, apprentie ? demanda-t-il avec un sourire.

— Deux quatrièmes ! répliqua Thana.

Wallie ravala une protestation. Thana avait de bonnes chances de remporter les combats, car cet espace restreint convenait parfaitement à son style de rat de navire alors qu'il désavantageait les autres guerriers. Mais il était à peu près certain qu'elle ne connaissait même pas assez de soutras pour accéder au troisième rang… Il se tourna vers Nnanji pour l'interroger et fut accueilli par un grand sourire. Le jeune homme avait dû donner des leçons en secret à son épouse. Wallie haussa les épaules et il fut trop tard pour intervenir. Il songea alors que le sourire de Nnanji avait quelque chose d'étrange…

Tivanixi se tourna vers certains des sixièmes qui observaient la scène et leva les yeux au ciel, puis il chercha des adversaires. Les deux premiers hommes qu'il sollicita refusèrent sur-le-champ. Il regarda Wallie d'un air de dire : *comment pourrait-il en être autrement ?* Pourtant, le suivant accepta. En apprenant qu'une jolie guerrière allait combattre, de nombreux spectateurs grondèrent et parlèrent d'hérésie. La foule se rassembla néanmoins autour de l'aire de combat et certains jeunes gens grimpèrent dans les arbres pour avoir une meilleure vue.

Thana commençait avec un gros avantage : son adversaire n'avait sans doute jamais affronté une femme. Il commit aussi l'erreur de la sous-estimer gravement et paniqua lorsqu'il perdit la première passe. La jeune fille remporta aussi la seconde. Maintenant, on plaçait des paris dans les rangs les plus éloignés et on rabâchait les vieux arguments sur la légalité des femmes guerrières.

Il aurait été très difficile de trouver un autre adversaire prêt à risquer sa réputation, mais Thana avait l'habitude de toujours parvenir à ses fins.

Elle aperçut un grand jeune homme et lui lança un sourire ensorcelant. Le guerrier aurait sans doute refusé de se battre contre elle, mais ses camarades hilares le poussèrent en avant. Wallie devina aussitôt pourquoi – et il constata bientôt qu'il ne s'était pas trompé. Thana allait affronter un « dormeur » : un guerrier qui avait le niveau d'un bon cinquième et qui aurait donné du fil à retordre à sixième pendant un duel. Un combattant aussi redoutable que Nnanji ! Il aurait certainement pu écraser Thana comme Nnanji avait écrasé ses adversaires, mais il décida de s'amuser avec elle. La foule le comprit et les premiers éclats de rire fusèrent. Thana bondit, frappa d'estoc, puis de taille. Le quatrième déplaça à peine ses pieds, comme s'il était prêt à faire durer le combat jusqu'à la tombée de la nuit. Il ne laissa jamais l'épée de Thana l'approcher… Un chat sauvage contre un arc-en-ciel.

Nnanji s'empourpra de colère et marmonna des malédictions à l'adresse des dormeurs. Même les juges souriaient. Thana était jeune et vigoureuse, mais elle commença à donner des signes de fatigue.

À ce moment, on entendit les premières demandes de match nul monter du fond de la foule. Elles se firent de plus en plus nombreuses et de plus en plus fortes. La guerrière avait démontré son talent d'escrimeuse et une victoire n'était plus nécessaire. Les juges finirent par accepter. L'état d'esprit des spectateurs avait changé : les préjugés avaient été vaincus par l'admiration professionnelle – ainsi qu'une certaine sympathie. Les mouvements et les courbes de la jeune femme avaient sans doute pesé dans la balance, eux aussi.

Une pause fut décrétée afin que la candidate retrouve son souffle – et pour que Wallie persuade Nnanji de ne pas défier le quatrième au sourire narquois. On passa à l'épreuve des soutras. Deux juges s'assirent en face de Thana pour former un triangle au centre duquel trois épées entrecroisées étaient posées par terre. La foule se désintéressa de l'épreuve et s'éloigna. Tivanixi commença avec le six cent trente-cinq : « De la conception d'une forteresse ». Wallie grogna : ce soutra était long, ennuyeux et difficile et il n'avait jamais entendu la jeune fille le travailler.

Thana lui rendit son sourire et se lança dans sa récitation avec lenteur et précaution. Elle se trompa deux fois, se reprit et termina sans encombre. Le sixième en demanda un autre et la jeune fille ne commit aucune erreur. Wallie fut sidéré. Comment arrivait-elle à faire cela ? Il se tourna vers Nnanji qui se tenait à côté de lui. Celui-ci lui adressa un large sourire triomphant. Pourtant, il y avait de nouveau quelque chose d'étrange dans ce sourire : il n'était pas de circonstance.

Nnanji reporta son attention sur l'épreuve. Six cent treize, « De la marche sur de longues distances ». Il encouragea son épouse d'un nouveau sourire. Wallie fixa son protégé, regarda autour de lui et observa Thana.

Il eut l'impression d'être frappé par la foudre quand il comprit soudain ce qui se passait.

Thana employait la sorcellerie.

Lorsque Wallie avait débarqué à Aus, les sorciers avaient appris ce qu'il avait dit à Jja avant de quitter le pont du navire. Celui qui était monté à bord, à Wal, connaissait le nom de Brota. Dans les villes sous leur contrôle, ils étaient parvenus à éradiquer la corruption des officiers du port, sauf à Ov où il n'y avait pas d'entrepôts donnant sur les quais.

Quand Katanji s'était infiltré dans la tour de Sen, il avait vu une sorcière frotter une assiette sur quelque chose. Il avait pensé qu'elle préparait un sort, mais ne polissait-elle pas une lentille de verre ?

Wallie regarda de nouveau la rangée de spectateurs derrière lui. Une bonne moitié d'entre eux articulaient en silence. Nnanji faisait de même à chaque soutra demandé. Wallie observa Thana : les yeux de la jeune femme allaient et venaient le long de l'alignement de visages. Ils croisèrent le regard de Wallie et le septième murmura en silence :

— Tu es en train de tricher, Thana. (La candidate balbutia et s'interrompit.) Je ne peux pas cacher cette tromperie à Nnanji. Il est mon frère par serment.

Thana reprit sa récitation et trébucha de nouveau. Les spectateurs retinrent leur souffle, comme au théâtre lorsqu'un acteur est paralysé par la peur. Les mouvements de lèvres se firent plus clairs, mais restèrent silencieux.

— Il va te tuer, Thana.

Wallie exagérait peut-être, mais ce n'était pas certain. Honakura et lui avaient beaucoup travaillé pour assouplir les critères rigides et implacables du jeune homme. Ils lui avaient enseigné la pitié ainsi que la tolérance et Nnanji en était même arrivé à pardonner le meurtre de guerriers par des civils – dans des circonstances bien particulières néanmoins. Mais les circonstances présentes n'avaient rien de particulier : Thana trichait de manière éhontée. La colère et l'humiliation de Nnanji ne connaîtraient aucune limite.

Le visage de la jeune fille devint écarlate.

— Recommencez depuis le début, suggéra Tivanixi pour l'encourager.

— Non, je crois que c'est inutile, seigneur.

Nnanji se précipita pour l'aider à se relever et la serra dans ses bras pour la consoler. Les juges se tournèrent vers Thana, lui souhaitèrent poliment bonne chance pour la prochaine fois et la félicitèrent pour son talent d'escrimeuse.

Wallie exultait. Il avait résolu le dernier mystère ! L'ultime secret des sorciers avait été dévoilé et il le devait à l'ambition de Thana !

Il sursauta et reporta son attention sur Tivanixi.

— Je vous demande pardon, seigneur ?

Le commissaire avait posé la main sur l'épaule d'un jeune premier qui portait un râtelier d'épées.

— Je vous demandais si vous accepteriez de faire quelques passes en ma compagnie, seigneur Shonsu ? Nous savons tous les deux combien il est difficile pour un septième de trouver un adversaire à sa mesure.

Wallie fut sur le point de refuser, puis remarqua que le commissaire le fixait avec attention et suspicion. Tivanixi n'en était peut-être pas à le prendre pour un zombi, mais il était désireux de vérifier les références de ce mystérieux étranger. Nnanji avait démontré qu'il était un véritable guerrier. Son compagnon en était-il un, lui aussi, ou bien s'agissait-il d'un imposteur ?

De son côté, Wallie était intrigué par ce commissaire aimable et gracieux. De toute manière, il n'osa pas refuser sa proposition.

— Pourquoi pas ? Le premier à remporter trois manches sur cinq ?

Il choisit une arme d'entraînement, la plus longue qu'il trouva.

Tivanixi ôta son épée de combat et la tendit à un sixième pour ne pas être gêné. Wallie l'imita et confia la sienne à Nnanji. Il se glissa entre deux bancs et pénétra sur l'aire de combat.

Si le commandement du ralliement devait se décider par des duels, les septièmes avaient évalué le niveau respectif de leurs concurrents sous prétexte d'entraînement. La bataille finale aurait lieu avec de véritables lames, mais ne serait qu'une pure formalité que les ménestrels enjoliveraient avec du sang et quelques rebondissements dramatiques à l'intention du peuple et des générations futures. Les guerriers admiraient le courage, mais ils n'étaient pas des imbéciles congénitaux pour autant.

La nouvelle du duel se répandit et la foule se rassembla une fois de plus. Les balcons se remplirent comme par magie et le brouhaha s'estompa.

Les deux septièmes se firent face, attrapèrent leurs armes avec prudence et esquissèrent quelques feintes. Le commissaire avait la grâce d'un danseur de ballet et ses mouvements étaient d'une fluidité surprenante. C'était un excellent escrimeur, très rapide, le premier adversaire digne de ce nom depuis que le demi-dieu avait transformé Wallie en guerrier. Les deux hommes bondirent à la manière des terriens – très différente des techniques mortelles et rapprochées des rats de navire. Tivanixi avait plusieurs septièmes à sa disposition pour s'entraîner alors que Shonsu n'avait pas affronté de combattant aussi redoutable depuis que Wallie avait pris le contrôle de son corps.

Parfois, on entendait des murmures ou des acclamations monter de la foule, mais la plupart des spectateurs se contentaient de regarder. Feinte ! Coup d'estoc ! Parade ! Riposte ! Les lames s'entrechoquaient tandis que les deux hommes avançaient et reculaient.

— Un !

Wallie reçut quelques leçons et en donna d'autres, mais s'il existait un guerrier du niveau de Shonsu, ce n'était pas Tivanixi.

— Deux !

Les deux hommes s'interrompirent un moment, pantelants, puis se remirent en garde. « Clac ! clac ! »

À ce moment, des exclamations montèrent et la foule s'agita. L'attention de Wallie se détourna une fraction de seconde du brouillard argenté et brillant à l'extrémité du bras de son adversaire.

— Un ! exulta Tivanixi.

Malédiction ! Shonsu aurait dû remporter ce duel sans être touché. Wallie grogna de colère et attaqua avec énergie. Il obligea le commissaire à reculer contre la haie, là où le jeu de jambes se révélait moins important.

— Trois ! lança Wallie.

Le premier à remporter trois points.

Les deux septièmes haletants ôtèrent leur masque et se remercièrent. La foule applaudit avec ardeur ce duel de qualité et commença à discuter l'aspect technique du combat. Il y eut sans doute de nombreux commentaires assurant que Shonsu avait peut-être perdu une armée, mais qu'il n'en demeurait pas moins un bretteur redoutable.

Wallie rendit le masque et l'épée au premier et accepta la serviette qu'on lui tendait. Il se dirigea vers ses compagnons en s'essuyant, le souffle court. Il s'attendait à des sourires, mais leur expression le mit en garde. Tous avaient les yeux fixés derrière lui. Wallie se retourna aussitôt. Deux septièmes se tenaient au-delà des haies les plus éloignées.

Malédiction !

Il faillit céder sur-le-champ au tempérament diabolique de Shonsu.

Certes, il avait dévoilé son style et ses talents à Tivanixi, mais celui-ci lui avait rendu la politesse. Il n'avait pas prévu de faire une démonstration gratuite à ces deux-là. Ils avaient le droit d'assister au combat, mais Wallie eut l'impression d'avoir été épié. Une vague de colère brûlante remonta dans sa gorge et des bandes rouges clignotèrent sous ses paupières. Il fit un gros effort pour réprimer cette folie meurtrière et serra le poing pour ne pas faire le signe de défi.

Il était clair qu'un des septièmes ne présentait aucun danger, mais l'autre…

« Le favori le plus en vogue était un homme du nom de Boariyi », avait dit Nnanji. Le second septième était plus grand que Shonsu – ce qui était injuste, dans la mesure où de telles personnes étaient fort rares dans le Monde. Il était son cadet – une nouvelle injustice, car Shonsu était très jeune pour un septième et Wallie en était fier.

Il devait s'agir de Boariyi. Il ressemblait à un croisement entre une mante religieuse et un être humain, à un joueur de basket – on avait certainement dû le modeler d'après le soutra sur les girafes. Son kilt formait un tube bleu étroit autour de ses hanches de gibbon, et ses cuisses évoquaient des battes de baseball ; sa mâchoire était trop large pour sa tête et sa bouche trop grande pour sa mâchoire ; ses sourcils dessinaient une fine ligne noire au sommet de son visage désagréable. Il se tenait sur la jambe droite tandis que la gauche était fléchie ; ses bras épais comme des clubs de golf étaient croisés sur sa poitrine de canari ; sa tête était légèrement inclinée sur le côté et il fixait Wallie avec un petit sourire arrogant sur ses énormes lèvres boudinées.

Wallie prit sa décision dans ce moment de rage.

Espèce de sale petit enfoiré sournois ! songea-t-il en ayant le plus grand mal à ne pas crier ce qu'il pensait. *Tu crois que tu peux me régler mon compte, pas vrai ? Eh bien, Monsieur Boariyi – si tel est bien ton nom –, je vais te dire un truc : si tu veux la tête du ralliement, il faudra d'abord me passer sur le corps !*

Wallie resta un instant de plus au milieu de l'aire de combat, seul, sans bouger. Il savait que sa colère se lisait sur son visage et que les spectateurs avaient dû la remarquer. Le septième le plus âgé fut le premier à rompre l'immobilité qui s'était abattue sur la cour : il tira son épée et fit le salut à un égal… Zoariyi, guerrier du septième.

C'était un homme petit, mince et sec ; il avait les cheveux gris et devait avoir une quarantaine d'années. Quel que soit son talent d'escrimeur, il ne devait plus être aussi rapide que dans sa jeunesse – c'était pour cette raison que l'instinct de Shonsu l'avait rayé de la liste des menaces. Il portait une tenue de libre épée sans fioritures et sa peau était constellée de cicatrices peu discrètes. Ses sourcils formaient une ligne identique à celle de Boariyi et les noms des deux hommes se ressemblaient beaucoup. Étaient-ils père et fils ?

Wallie arracha une épée d'entraînement des mains du premier rang – qui tressaillit de surprise – et rendit le salut. Un tel geste équivalait à une insulte et Zoariyi fronça les sourcils.

La grande perche tira son arme – dotée d'une très longue lame, bien entendu – et exécuta un salut désinvolte sans redresser les hanches ni modifier sa position négligée. Son sourire arrogant n'avait pas quitté ses lèvres.

Il s'agissait bien de Boariyi, le favori. Avec de tels bras, il était facile de comprendre pourquoi.

Wallie répondit de nouveau avec l'épée d'entraînement. L'expression amusée et méprisante du gamin ne fit que croître. Une de ses marques faciales n'était pas encore cicatrisée.

Il devait être un peu plus vieux que Nnanji, ce qui était ridiculement jeune pour un septième. En règle générale, on accédait à ce rang vers l'âge de trente ans. Le système de promotion était conçu pour empêcher que les jeunes progressent trop vite – comme tous les systèmes. Quand un homme réussissait à maîtriser onze cent quarante-quatre soutras, à se battre assez bien pour parvenir jusqu'au sixième rang, à trouver un mentor du septième et à réunir deux autres septièmes pour officier comme juges – un véritable exploit –, il ne pouvait pas avoir moins de trente ans. Wallie ignorait comment Shonsu avait accompli un tel prodige en si peu de temps. Nnanji irait plus vite encore, grâce à sa mémoire et parce qu'il avait un mentor qui s'intéressait à lui et qui savait enseigner.

Tout cela suggérait que Zoariyi s'était occupé de tout. Il était le cerveau tapi dans l'ombre de Boariyi.

Wallie observa de nouveau le guerrier le plus âgé. Oui, cet homme était sans doute beaucoup plus malin que l'aberration dotée d'une hypophyse hyperactive qui se tenait à côté de lui. Il se retourna et se dirigea d'un pas nonchalant vers le banc derrière lequel attendait Nnanji.

— Mon épée, s'il te plaît ! lança-t-il d'une voix forte.

Nnanji regarda son mentor d'un air dubitatif, mais se prépara à obéir…

— Laissez-moi voir cela ! demanda sèchement Tivanixi.

Nnanji réagit d'instinct au ton autoritaire et tendit la septième épée au commissaire.

Celui-ci examina le griffon de la poignée, le saphir à son extrémité et la lame – surtout la lame. Wallie rendit l'arme d'entraînement au premier rang, répondit au sourire de Katanji et adressa un clin d'œil à Jja sans cesser de s'essuyer avec la serviette. La foule attendait.

— Shonsu ! murmura Thana d'un ton pressant.

Il la regarda d'un air surpris. La jeune fille avait les yeux fixés au-delà de Wallie, en direction de Boariyi.

— Ne défie pas cet homme ! siffla-t-elle. (Wallie résista à la tentation de se retourner.) Sous aucun prétexte !

— Vous avez là une arme remarquable, seigneur Shonsu !

Une expression étrange se lisait sur ses traits.

Wallie hocha la tête.

— Puis-je vous demander où vous vous l'êtes procurée ?

— Elle m'a été offerte.

Tivanixi le regarda d'un air calculateur.

— On dirait qu'elle vient de sortir de la forge.

Wallie sourit sans enthousiasme.

— Pas tout à fait. Je suis son deuxième propriétaire.

Tivanixi pâlit.

— Est-ce que vous pensez ce que je pense ?

— Oui.

Le commissaire le fixa avec sévérité pendant un long moment.

— Et pourtant, vous n'avez pas l'intention de prendre part au ralliement ?

Wallie secoua la tête.

— Je suis encore hésitant.

Les yeux de Tivanixi glissèrent en direction de Boariyi et Zoariyi, puis revinrent se poser sur Wallie.

— À votre place, j'éviterais de montrer cette arme, dit-il à voix basse.

Wallie songea au jeune Arganari et à l'épée de topaze. Le garçon avait porté cet inestimable héritage durant à peine quelques minutes après la cérémonie d'initiation au métier de guerrier. Maître Polini s'était empressé de lui en fournir une autre, moins voyante.

— Nous avons tous notre fardeau, dit Wallie.

Il récupéra la septième épée des mains de Tivanixi qui le fixait toujours avec stupéfaction.

— Le nom de Shonsu est célèbre dans cette loge, lança une voix.

Wallie se tourna vers Boariyi et rengaina discrètement son arme.

— Ce n'est pas le cas du vôtre, répliqua-t-il.

Les yeux du garçon se plissèrent.

— Certaines réputations ne sont pas bonnes à avoir.

— Mais c'est toujours mieux que rien.

La main de Boariyi tressaillit et Zoariyi lui murmura quelque chose. Dans leur dos, il y avait une véritable forêt de sixièmes en vert et, au-delà, une immensité de cinquièmes en kilt rouge. Ils ne se pressaient pas contre les barrières comme le reste de la foule, ils se tenaient comme des soldats derrière leurs supérieurs. Étant le grand favori, Boariyi avait recruté de nombreux suivants qu'il avait disciplinés.

Wallie se tourna pour regarder ses compagnons. Nnanji fronçait les sourcils et articulait en silence comme s'il répétait des soutras. Le sourire moqueur de Katanji avait disparu. Thana lança un autre regard d'avertissement à Wallie et ses yeux retournèrent se fixer sur l'ennemi.

— Son oncle, lâcha Tivanixi à voix basse, sans s'adresser à personne en particulier.

Une chaude vague de réconfort envahit Wallie quand il comprit que le commissaire était dans son camp.

— Seigneur Shonsu, je suppose que vous êtes venu prendre le commandement du ralliement ? lança Boariyi de l'autre côté de l'aire de combat.

Wallie se retourna une fois de plus.

— Non.

La réponse surprit le jeune septième qui baissa la tête vers celui qui devait être son oncle – si la remarque de Tivanixi s'appliquait bien à lui.

— C'est une cause honorable pour des hommes honorables.

— J'en suis persuadé, répliqua Wallie avec calme.

— Vous avez peur des sorciers ?

Les spectateurs laissèrent échapper un hoquet de surprise à l'unisson. Ce genre de réplique était propre à faire couler le sang

La main de Wallie se leva vers la poignée de son épée, mais il se rappela les avertissements de Thana et la baissa. Était-ce ainsi que se déroulaient les combats pour le titre de chef du ralliement ? Pas de cérémonie, juste une vulgaire querelle qui dégénère ? Il comprit alors les intentions de son adversaire : Boariyi voulait le pousser à le provoquer en duel, puis il refuserait le défi en affirmant que Shonsu n'était pas un homme honorable. Sans témoins ni argumentations préparées à l'avance, une accusation publique pouvait se révéler dangereuse : un accusateur qui ne parvenait pas à établir la culpabilité de la personne incriminée devait en payer le prix. Il était plus prudent pour Boariyi de procéder ainsi, car Tivanixi, en tant qu'hôte, et chef provisoire du ralliement, ferait office de juge. Au pis, le jeune septième risquait seulement de ne plus être en position de refuser le défi, mais, entre-temps, il aurait eu tout le loisir de rassembler assez de rumeurs sans fondement pour consolider ses dires. C'était un plan machiavélique, sans doute conçu par Zoariyi, plus âgé et plus expérimenté. Si Wallie ne mordait pas à l'hameçon, il passerait pour un lâche. La seule défense possible consistait à amener Boariyi à lancer un défi, car le jeune septième reconnaîtrait alors implicitement que Wallie était un homme d'honneur. Il avait peu de chances d'y arriver, mais il n'y avait pas d'autres solutions.

Il gagna sans hâte le centre de l'aire de combat, laissant ainsi la tension monter. Son cerveau essayait frénétiquement de rassembler des munitions, mais Wallie savait que, par malheur, le duel était presque inévitable… et que Boariyi pensait être le meilleur.

— Laisse-moi te poser une question, fiston, avant que je te réponde. Tu as déjà vu un sorcier ?

Boariyi se renfrogna avec colère.

— Pas encore, mais…

— Moi, si ! cria Wallie. Je vais maintenant te répondre. Oui, j'ai peur des sorciers. Est-ce que tu as vu ça ? (Il pointa le doigt vers la rangée de kilts suspendus dans la cour, derrière la tête du jeune septième.) Un homme qui comprend la signification de ce spectacle et qui n'a pas peur des sorciers, c'est un abruti qui n'aurait jamais dû sortir du ventre de sa mère. La peur n'empêche pas de les combattre ! Nous en avons tué quatorze à Ov, mon jeune ami. Je n'ai pas encore vengé tous les nôtres, mais c'est toujours quatorze de plus que toi.

— Non, Shonsu. Tu en as trente-cinq de retard.

Aïe ! Ce gamin n'était pas aussi bête qu'il en avait l'air.

— Tu veux prendre la tête du ralliement, pas vrai, fiston ?

— Si c'est la volonté de la Déesse.

Il était clair que Boariyi n'avait aucun doute sur Ses intentions.

Presque tous les guerriers du ralliement devaient être présents maintenant. Ils étaient silencieux, hypnotisés par la confrontation entre les deux septièmes.

— Tu ferais mieux de faire quelques progrès en calcul, rugit Wallie. (Sa voix se répercuta d'un mur à l'autre comme un roulement de tonnerre.) Il y a onze ans, à Aus, dix-huit guerriers ont été tués par les éclairs de vingt sorciers. Une bonne dizaine ont connu le même sort depuis. Quatre ans plus tôt, à Wal, trente-deux guerriers ont été massacrés par vingt-huit sorciers. Et il y a deux ans, un groupe de quatre guerriers a débarqué…

Wallie avait appris à se passer de notes. Il utilisait la mémoire de Nnanji et les deux hommes avaient revu ces chiffres une centaine de fois. Il énuméra les cités du cercle de la Rivière et, pour chacune, indiqua le nombre funeste de victimes… Aus, Wal, Sen, Cha et Gor – où toute la garnison avait été foudroyée par un seul éclair. Ces informations étaient peut-être disponibles dans une bibliothèque de Vul, mais Wallie était certain qu'aucun guerrier ne s'y était intéressé. Il avait rassemblé ces données – ou plutôt, Katanji, Honakura et les marins du *Saphir* les avaient rassemblées en posant discrètement des questions et en tendant l'oreille dans les villes sous contrôle ennemi. Depuis quinze ans, les sorciers s'infiltraient peu à peu ; et depuis quinze ans les guerriers continuaient à agir comme de parfaits imbéciles. Personne n'a rien appris pendant cette période. Et à Amb, et à Aus… quarante hommes réduits en pièces à Aus…

— Fais l'addition, fiston, et ajoutes-y les quarante-neuf victimes dont les kilts sont accrochés ici. Tu arriveras à un total de trois cent trente guerriers tués. C'est la meilleure estimation que je peux donner. Et toi, tu en es à combien ? Tu as envie de porter le nombre à *treize* cent trente ?

Les échos de sa voix retombèrent dans un silence abasourdi. Boariyi et son oncle étaient consternés. Tout le monde était consterné. La sinistre litanie du seigneur Shonsu avait alarmé tous les guerriers du ralliement. Zoariyi fut le premier à se ressaisir.

— Vous occupiez les fonctions de commissaire dans cette loge, seigneur Shonsu ! Pourquoi n'avez-vous pas agi plus tôt ? Pourquoi n'avez-vous pas organisé ce saint ralliement ?

Pendant un instant, Wallie envisagea de le défier à la place de son neveu, mais le même problème se poserait : il refuserait.

— Grâce à la Déesse, je ne l'ai pas fait, seigneur Zoariyi ! (Il pointa une nouvelle fois le doigt vers la triste rangée de kilts suspendus dans la cour.) Si j'avais pris une telle décision, ce n'est pas cinquante kilts qui seraient accrochés ici, mais mille. À ce moment-là, je ne savais pas comment affronter les sorciers ! Mais j'ai appris depuis. Je l'ai prouvé à Ov !

Il se tourna et s'éloigna d'un pas digne. Avec un peu de chance, on allait le laisser en paix pendant qu'on réfléchissait à ses paroles. Tivanixi était pâle : Shonsu menaçait son ralliement.

Il eut à peine le temps de faire un pas.

— Mais vous avez refusé d'attaquer la tour d'Ov ? lança Boariyi. Quel genre de chef rappelle ses troupes alors que la victoire est à portée de main ?

Wallie ne craignait pas d'aborder les événements d'Ov. Il adressa un signe à Katanji qui sursauta, apeuré, et cogna son plâtre contre un râtelier d'armes avant de s'avancer à contrecœur. Wallie le plaça face à Boariyi, passa derrière lui, posa les mains sur ses épaules et regarda par-dessus sa tête.

— Cette personne, seigneurs, est le novice Katanji, le protégé de mon frère par serment et, par conséquent, le mien. Je ne vais pas le présenter, car il est incapable de saluer avec sa blessure. (*Et vous seriez capables de ne pas répondre, ce qui m'obligerait à vous défier.*) Son bras a été cassé par l'éclair d'un sorcier. (Il haussa encore la voix pour couvrir les clameurs.) Écoutez bien, vous tous ! Il n'y a pas un homme plus brave que ce garçon dans toute cette cour. Il est descendu à terre dans toutes les villes de sorciers en s'exposant chaque fois à une mort terrible. Il a été capturé à Ov et nous l'avons délivré. Il a pénétré dans une tour et il a vu ce qu'il y avait à l'intérieur. Il est sans doute le seul guerrier à avoir accompli cela sans y laisser la vie. (Il dut attendre que les exclamations retombent.) Quelles sont les dimensions d'une tour, seigneur Boariyi ? Quelle épaisseur font ses murs, seigneur Boariyi ? Combien y a-t-il de portes, seigneur Boariyi ? À quelle hauteur se trouvent les fenêtres, seigneur Boariyi ? Vous l'ignorez, seigneur Boariyi ? Le novice Katanji le sait, lui ! Il détient plus d'informations sur les sorciers que vous, vous n'en apprendrez jamais ! Et j'affirme qu'il est plus apte à commander le ralliement que vous, vous ne le serez jamais !

— Assez ! (Tivanixi s'avança et se plaça entre les deux factions.) Ce genre de discussion ne doit pas se tenir en public. Seigneur Zoariyi, seigneur Boariyi, veuillez nous excuser. Seigneur Shonsu, je souhaiterais m'entretenir avec vous en privé !

Ouf ! Sauvé !

Le commissaire entraîna Wallie et Katanji vers leurs compagnons.

— Maître Nnanji, vous devez voir notre marqueur de visages. Nous avons ici un tailleur qui vous fournira le kilt que vous avez mérité avec un tel brio. Seigneur Shonsu, que diriez-vous de visiter le musée en ma compagnie ?

Wallie hocha la tête.

— Allez-vous vous assurer que mes amis ne seront pas importunés ?

Tivanixi fronça les sourcils, puis claqua des doigts pour appeler un sixième. Il lui donna des ordres, puis regarda Wallie comme s'il attendait quelque chose.

— Passez devant, seigneur Shonsu.

— Après vous, seigneur Tivanixi, répondit poliment Wallie.

Tivanixi se dirigea vers la partie sud-ouest de la cour. Un rapide coup d'œil apprit à Wallie qu'il y avait une porte à chaque coin du grand rectangle. D'après la forme des fenêtres, il devina que ces entrées donnaient sur une cage d'escalier. Une conception simple et de bon goût, songea-t-il avec cynisme. Il ne fallait pas que l'agencement du bâtiment soit trop compliqué, de peur que les guerriers se perdent.

L'escalier en colimaçon montait haut et le giron des premières marches avait été raboté par les bottes de générations de guerriers. Les étages inférieurs de la loge étaient bruyants et empestaient la sueur, mais au fur et à mesure de l'ascension, les bruits s'atténuèrent et les degrés se firent moins usés. L'air, plus frais, sentait le renfermé quand les deux hommes atteignirent le sommet. Ils échangèrent un regard pour savoir lequel avait le souffle le plus court.

— Vous croyez que nous allons arriver à ouvrir ? demanda le commissaire.

Ils se tenaient devant une porte fermée par une gigantesque barre de fer pourvue de six poignées au lieu des quatre habituelles.

— Je le faisais toujours seul, déclara Wallie sur un ton modeste.

Les deux septièmes eurent néanmoins toutes les peines du monde à soulever l'énorme pièce métallique et à la reposer sans s'écraser un pied ni se froisser un muscle indispensable à la pratique de l'escrime. Le sol était éraflé et parsemé de trous – il avait pourtant été rebouché à de nombreuses reprises, remarqua Wallie. Il fallait trois hommes ou deux colosses pour pénétrer dans le musée. Les serrures n'existaient pas dans le Monde.

La gigantesque porte s'ouvrit avec un grincement de douleur et les guerriers s'engagèrent dans une longue salle qui sentait les rongeurs, la pourriture et les temps anciens. D'un côté, les fenêtres étaient obscurcies par la poussière ; de l'autre, le mur lambrissé était décoré de centaines d'épées tachées de rouille. Le sol était d'une saleté repoussante, parsemé de déchets et de détritus en décomposition. La pièce était encombrée par un alignement de tables vermoulues supportant des piles de reliques anonymes. Des vestiges de bannières étaient suspendus au plafond, couverts de toiles d'araignées et rongés par les insectes. Le temps les avait décolorés et le tissu était désormais d'un gris uniforme dans la lumière pauvre et froide. Même l'air sentait le vieux. Une fenêtre tremblait sans interruption sous la poussée du vent.

Wallie frissonna en suivant Tivanixi le long de cette salle lugubre. Le commissaire s'arrêta et souleva un fragment de lame accroché au mur.

— L'épée de rubis, dit-il. La cinquième, d'après les rumeurs.

Il balaya la table la plus proche avec la relique. Une pluie de détritus s'abattit par terre et souleva un nuage de poussière rance. Tivanixi posa le morceau de lame et plaça l'arme de Wallie à côté.

Il se pencha pour les comparer et Wallie en profita pour aller jusqu'au bout de la pièce. Il n'avait jamais vu un endroit aussi déprimant. Le musée était destiné à honorer le courage de jeunes hommes dont les noms avaient été oubliés de tous, jusque par leurs propres descendants – du moins, pour ceux qui avaient survécu assez longtemps pour avoir des descendants. Les kilts commémoratifs, dans la cour, seraient un jour apportés ici, peut-être au cours d'une grande cérémonie accompagnée de discours creux. Les souris feraient la fête et, en l'espace d'une génération, ces vêtements seraient réduits à un tas de crasse informe comme le reste de cette quincaillerie.

Il se tourna pour examiner la myriade de lames accrochées au mur. Il y en avait de toutes les qualités et de toutes les formes. La plupart étaient très longues, remarqua-t-il. Peut-être les représentants du Peuple devenaient-ils plus petits – mais c'était peu probable. Les armes en bon état avaient sans doute été volées.

Il rejoignit Tivanixi. Celui-ci frottait le fragment de lame à l'aide de sa pierre à aiguiser pour effacer une tache de rouille et mieux étudier le damasquinage de l'acier. La relique n'avait plus de poignée, comme dans les souvenirs de Wallie – des souvenirs lointains, les seuls vestiges qu'il avait de la mémoire personnelle de Shonsu : une demi-épée sans poignée, sans pointe, sans utilité… comme le reste de ce dépotoir désespérant.

Le métal avait été gravé de manière identique sur les deux lames. Des guerriers affrontaient des monstres mythiques d'un côté, des vierges jouaient avec ces créatures de l'autre. L'ordre et les poses des personnages étaient légèrement différents, mais la perfection de ces œuvres trahissait sans nul doute la main d'un seul artiste.

— Je suis convaincu, dit Tivanixi en continuant à observer les lames.

Il souleva la septième épée et vérifia son équilibre ainsi que sa flexibilité. Puis il la rendit à Wallie en lui adressant un regard pénétrant.

— Elle est trop longue pour moi, lâcha-t-il.

— Mais pas pour cette charmante asperge de Boariyi.

Tivanixi secoua la tête et s'appuya en arrière contre la table. Il croisa les bras sur son harnais couleur cobalt.

— Vous ne connaissiez pas le chemin qui mène à ce musée, seigneur ?

— Non, en effet.

— Et vous ne connaissez pas Doa ?

— Qui ça ?

Le commissaire haussa les épaules.

— Une ménestrelle… Shonsu devrait connaître Doa.

Wallie se résolut à lui dire la vérité – mais peut-être avait-il fait ce choix depuis un certain temps.

— Je suis peut-être censé prendre le commandement de ce ralliement, mais, selon vous, je suis incapable de battre Boariyi, de toute façon personne ne me suivrait.

— Vous savez comment affronter les éclairs des sorciers ?

Wallie haussa les épaules.

— Ils disposent au moins de trois types d'éclairs et la plupart ne sont que des illusions. Le point crucial est la vitesse, mais elle ne nous sera d'aucune utilité quand il faudra s'emparer des tours. J'ai quand même quelques idées sur la question. Si Boariyi prenait le commandement, est-ce qu'il écouterait mes suggestions ?

— J'en doute. Le simple fait de passer au septième rang lui est monté à la tête. S'il devient seigneur-suzerain, son cerveau va entrer en ébullition. (Tivanixi n'appréciait guère le jeune parvenu.) De plus, vous devrez lui donner l'épée ! Soit il ne l'a pas remarquée, soit il n'a jamais entendu parler de Chioxin, mais un de ses hommes doit l'avoir mis au courant à l'heure qu'il est. (Il fronça les sourcils d'un air inquiet.) En fait, je suis étonné qu'il ne soit pas encore venu vous chercher. Il ne la laissera sûrement pas quitter la loge. (Il se dirigea vers la fenêtre et entreprit d'essuyer un carreau, poursuivant par-dessus son épaule.) Choisissez-en une autre, seigneur. Prenez-en une sur le mur et je prononcerai la formule pour vous l'offrir. Vous pourrez ensuite la ranger dans votre fourreau.

Wallie s'aperçut qu'il était devenu plus sensible à l'honneur qu'il ne l'avait cru. S'il sortait avec une vieille relique rouillée dans le dos et la septième épée sous le bras, ce serait reconnaître publiquement qu'il ne s'estimait plus digne de la porter. Et, en ce moment, il avait besoin de tout le prestige et de tout l'amour-propre qu'il était capable de rassembler.

— Oui, il est encore en bas, annonça Tivanixi.

— Est-ce qu'il y a une autre sortie? demanda Wallie. Si je peux regagner mon navire, je serai en sécurité. Sur le pont du *Saphir*, je peux vaincre n'importe qui.

Le commissaire se retourna tout d'un coup, fronça les sourcils, puis haussa les épaules.

— Oui, il y en a une. Allons-y.

Ils remirent leurs barrettes et sortirent. Ils refermèrent la vieille porte gémissante, abandonnant les fantômes à leur solitude froide et grisâtre.

— Ne vous occupez pas de la barre, dit Tivanixi alors que Wallie se préparait à la soulever. Je ferai découvrir les joies de la hernie à quelques rangs inférieurs.

Ils se mirent à descendre l'escalier.

— Je ferai raccompagner maître Nnanji et vos autres compagnons sous escorte. Y a-t-il un mot de passe qui lui permettrait de savoir que vous m'envoyez ?

Wallie réfléchit et gloussa.

— Ver de terre tueur ! Il se battait comme ça quand je l'ai rencontré.

— Aujourd'hui, il ressemble davantage à un cobra, seigneur Shonsu. Quel dommage qu'il ne connaisse pas assez de soutras ! Il aurait eu toutes ses chances d'accéder au sixième rang.

Ils descendirent une deuxième volée de marches et arrivèrent à un autre palier. Il y avait deux portes à cet étage, une de chaque côté de l'escalier.

— Par ici.

Ils pénétrèrent dans une nouvelle salle tout en longueur, nauséabonde, crasseuse, jonchée de paillasses roulées et de petits sacs contenant les effets personnels que les libres épées emportaient au gré de leurs pérégrinations. Toutes les pièces de la loge étaient sans doute de cette forme, longue et étroite, avec, d'un côté, des fenêtres donnant sur un balcon d'un côté.

— Si aucun autre septième n'apparaît, combien de temps me reste-t-il ? demanda Wallie tandis qu'ils avançaient à grands pas.

— Bien peu, je le crains ! Vous avez déclaré que vous ne vous joindriez pas au ralliement, on ne peut donc pas compter sur vous. Mais si personne d'autre n'arrive, je crois que nous devrons passer rapidement à l'étape suivante. (Ils sortirent par la porte située à l'extrémité de la pièce et descendirent un nouvel escalier.) La cité ne va pas supporter cette situation longtemps.

Tivanixi s'intéressait donc aux problèmes des habitants.

— Vous ne pouvez pas imposer un peu plus de discipline ?

Le commissaire lui lança un regard noir et chargé de ressentiment.

— J'ai essayé ! Cela risque de dégénérer en lutte fratricide, mes hommes contre les autres. C'est la faute des sixièmes sans affiliation et d'une paire de cinquièmes. Ceux qui ne sont pas très à cheval sur la discipline ont moins de problèmes pour rassembler de nouvelles recrues, bien entendu. Je pense que les septièmes contrôlent leurs protégés, ce sont les autres qui causent des ennuis. La situation est pénible pour les citoyens et je ne parle même pas des taxes – je n'avais aucune idée des frais qu'exigerait ce ralliement et les Anciens hurlent à la mort lorsque je leur demande davantage d'argent.

Il ouvrit une porte qui menait une fois de plus à une pièce tout en longueur, nauséabonde et plongée dans une pagaille indescriptible. La moitié des vitres manquaient, les panneaux de lambris étaient voilés et laissaient entrevoir le mur. La salle était jonchée de vieux meubles et de piles de paillasses, de harnais, de vêtements et de boîtes couverts de moisissures. Le sol s'était affaissé en certains points. L'endroit empestait la pourriture.

Les deux septièmes passèrent tant bien que mal entre les obstacles en suivant un chemin étroit et tortueux.

— Dites aux Anciens qu'entretenir un ralliement revient moins cher que de construire une tour de sorciers.

Tivanixi s'immobilisa et fixa Wallie.

— Je n'avais pas pensé à ça !

— Selon toute logique, Casr sera leur prochaine cible.

— Les sorciers ne peuvent pas traverser la Rivière !

— Oh que si ! Seigneur Tivanixi, je peux vous garantir qu'en ce moment même, il y a au moins un sorcier dans la cour de la loge. Il a sans doute l'apparence d'un esclave, d'un colporteur ou d'une personne qui n'attire pas l'attention. Je suis sûr qu'il a déjà envoyé un message à Vul pour signaler mon arrivée.

Wallie était prêt à regagner le navire seul, mais Tivanixi regarda sa barrette et insista pour lui fournir une escorte. Il chargea son vieil ami Fiendori de raccompagner le seigneur Shonsu jusqu'au *Saphir*. Wallie emprunta donc les ruelles et traversa les grandes places suivi par ledit Fiendori et six autres guerriers.

Il parvenait à peine à contenir son excitation : ses doutes avaient disparu. Grâce à l'ambition de Thana, il comprenait mieux la prétendue télépathie des sorciers. La petite peste ! Elle avait demandé à sa mère, à Wallie et à Nnanji de lui donner des leçons afin que personne ne sache quels soutras elle connaissait réellement. Nnanji avait pensé qu'elle avait appris ceux du quatrième rang avec son mentor – à la grande surprise de celui-ci. Wallie se demanda combien Brota pouvait en réciter – les rats de navires ne s'intéressaient guère aux rituels.

Le peuple de la Rivière devait être habitué à lire sur les lèvres. C'était un talent utile lorsqu'on était dans les haubans par grand vent, et qu'il était impossible d'entendre ni de faire des signes. Les sorciers avaient adopté ce système et l'avaient perfectionné à l'aide de télescopes – un comportement typique de leur part : un zeste de technologie et un boisseau de mise en scène pour faire croire à des pouvoirs magiques. La fabrication d'appareils optiques était sans doute à leur portée – il était d'ailleurs curieux que sur Terre, ces appareils n'aient pas été inventés avant la fin du XVIe siècle.

Wallie avait également élucidé l'énigme du demi-dieu. Il avait ramené l'épée à la loge où elle avait été forgée et s'était conformé à sa destinée en acceptant de prendre la tête du ralliement.

Il n'avait pas le choix. Boariyi n'était qu'un gamin effronté. Tivanixi avait démontré qu'il n'était pas idiot, mais il avait déjà commis des erreurs flagrantes. Il avait été manipulé pour organiser le ralliement à la mauvaise période de l'année, alors que l'hiver approchait. Il s'était précipité tête baissée sans disposer de la moindre information à propos de l'ennemi. Il n'avait pas songé au coût financier d'un tel rassemblement. La foi en la Déesse était admirable, mais les dieux ne venaient pas en aide à ceux qui agissaient sans réfléchir. Si le ralliement avait besoin de Wallie, c'était parce que le septième possédait de nombreux renseignements sur les pouvoirs des sorciers, mais aussi parce qu'il était capable de résoudre les problèmes de gestion : objectifs, identification, rapport coût-bénéfice, méthode d'analyse par réseau maillé, définition des structures de commandes, prévisions budgétaires…

Le bref affrontement d'Ov lui avait montré que ses ennemis étaient de piètres combattants, de simples civils armés qui paniquaient aux moments critiques. Les guerriers étaient des tacticiens expérimentés, mais les sorciers les surpassaient peut-être dans ce domaine – ainsi que le prouvait la réaction impétueuse de Tivanixi à leur défi. Il existait certes des soutras traitant de la stratégie, mais qui les utilisait ? Les guerres étaient presque inexistantes dans le Monde ; il était rare qu'un guerrier commande plus d'une dizaine d'hommes, eux, les sorciers préparaient leur plan avec soin depuis quinze ans. Toutes les cités de la rive gauche étaient tombées entre leurs mains. Ils avaient maintenant le choix entre se satisfaire de leurs conquêtes ou traverser la Rivière. Ils savaient écrire ; ils avaient des archives ; ils disposaient d'un réseau de communication et d'une bonne organisation. Ils envisageaient l'avenir à long terme. Wallie raisonnait encore comme eux, même s'il était devenu analphabète. Il avait aussi l'avantage de connaître un peu l'Histoire d'un autre monde, un monde beaucoup plus belliqueux que celui-ci. Il était, plus que les guerriers de ce Monde – des sauvages de l'âge de fer –, capable de concevoir un plan et de l'organiser. Il avait reçu une solide éducation et il était cultivé, c'était un scientifique du XXe siècle assez compétent… qui se trouvait être dans le corps d'un barbare primitif. Le ralliement avait besoin de sa capacité de raisonnement tout autant que de ses informations à propos de la technologie des sorciers. Il devait prendre le commandement des guerriers, d'une manière ou d'une autre.

Oui, mais comment ?

Il devait accomplir un coup d'éclat, mais il ne pouvait pas demander un miracle aux dieux. Par bonheur, les héros avaient le droit d'être chanceux. Wallie avait déjà une idée des ingrédients qui lui seraient indispensables – et la chance était en tête de liste.

La méfiance naturelle que les guerriers du ralliement éprouvaient à son égard posait un problème, Boariyi en posait un autre. Le demi-dieu avait laissé entendre qu'il existait peut-être un guerrier aussi redoutable que Shonsu – et de qui pouvait-il s'agir, sinon de Boariyi ? L'avertissement avait été clair : si deux adversaires de force égale se rencontraient, l'un d'eux étant bien entraîné et l'autre pas, qui gagnerait ?

Sans coup férir ?

Wallie devait se consacrer à l'escrime et, pour cela, il avait besoin d'un partenaire. Nnanji n'était pas assez bon. Il réalisa alors qu'un sixième l'escortait, un sixième qui était parfois capable de battre le commissaire de la loge en personne. Lorsque Tivanixi était parti chercher Fiendori, il avait demandé à Wallie de patienter derrière la porte de derrière. Et Wallie avait attendu longtemps – assez pour que sa vessie menace d'exploser. Peut-être cela signifiait-il que Tivanixi avait pris le temps d'expliquer la situation en détail à son ami ?

Quand Wallie en arriva à ce point du raisonnement, il atteignait la grande place venteuse. La Rivière brillait à travers une forêt de mâts et de gréements qui s'incurvait avant de disparaître au loin, à gauche comme à droite. Il aperçut le *Saphir* un peu plus loin en aval et fit signe à Fiendori de marcher à côté de lui.

C'était un homme plutôt sympathique. Il était assez petit, mais épais et trapu, avec un grand sourire amical. Ses gestes et ses pas étaient empreints de la même grâce énergique que ceux de son mentor.

Wallie entama la conversation en demandant comment et quand il était arrivé à Casr. Il répondit que, à Quo, la troupe de libres épées de Tivanixi avait appris qu'il y avait une loge à Casr. Les guerriers avaient décidé de s'y rendre dans l'espoir de recruter quelques jeunes talents prometteurs. Ils avaient enfourché leurs montures et étaient arrivés environ trois jours après le départ de Shonsu. Ils avaient alors découvert qu'il ne restait que quatre premiers et deux deuxièmes qui essayaient en vain de maintenir l'ordre en ville.

— Ils pillaient maison après maison, seigneur, lâcha Fiendori avec mépris, mais sans expliquer qui était ce « ils ». Nous avons fait rouler quelques têtes le long de cette avenue, ici, seigneur, et les exactions ont cessé très vite.

Il ne faisait aucun doute que Fiendori considérait Tivanixi comme le guerrier parfait, l'archétype du héros selon les critères de la grande tradition, un homme qui ne se trompait jamais. Son mentor avait nettoyé la ville et y était resté en attendant le retour de Shonsu. Plusieurs semaines s'étaient écoulées et les premières rumeurs à propos du désastre étaient parvenues à Casr. Tivanixi avait remplacé Shonsu en tant que commissaire de la loge, sans déclaration ni décision officielles, plus ou moins par défaut. Ses hommes n'avaient pas protesté. Ils étaient prêts à accomplir n'importe quelle tâche pourvu qu'elle soit envoyée par les dieux et acceptée par leur commandant.

— Je ne sais pas si le commissaire vous a mis au courant, honorable Fiendori, mais j'ai besoin de m'entraîner. Je suis resté coincé sur un navire pendant des semaines.

Un grand sourire éclaira le visage du sixième.

— Il m'a demandé de demeurer à votre disposition si je pouvais vous être utile, seigneur – enfin, tant qu'une urgence n'exige pas ma présence auprès de lui.

Un bon point pour Tivanixi ! Il avait prévu le problème bien à l'avance. Wallie exprima sa gratitude.

— Dans ce cas, il va falloir trouver un endroit dégagé et à l'abri des regards indiscrets ! Le commissaire m'a confié qu'il tenait vos talents d'escrimeur en haute estime. Est-ce qu'il vous a parlé de mon épée ?

— Oui, seigneur. (Fiendori lança un coup d'œil en direction de la poignée.) C'est un grand honneur que de porter une telle arme, mais aussi un grand fardeau, si je puis me permettre.

Wallie songea que le sixième devait être un parfait suivant et que ses idées novatrices avaient peu de chance de lui valoir un prix Nobel. Pourtant, sa réflexion ressemblait à une mise en garde discrète quant à la nécessité de se tenir à l'écart de Boariyi et Wallie ne chercha pas à approfondir le sujet. Il s'apprêtait à demander si Fiendori connaissait une cour à louer pour s'entraîner, de préférence à proximité des quais, un étrange spectacle interrompit la conversation.

Deux esclaves et une chaise à porteurs étaient coincés sur la passerelle du *Saphir*. En raison de l'inclinaison de la planche, l'homme qui était à l'arrière supportait la plus grande partie du poids et commençait à faiblir. Son camarade de devant était dans une situation encore plus difficile : il faisait face à Tomiyano et rien au Monde n'amènerait cette maudite chaise sur le pont contre la volonté du capitaine. Le malheureux avait néanmoins des ordres et ce n'était pas un simple troisième qui l'arrêterait. Une force irrésistible venait de se heurter à un objet immuable.

Un guerrier du septième était cependant de taille à régler le problème. Wallie ordonna à l'esclave de derrière de reculer et celui de devant n'eut d'autre choix que de suivre le mouvement. La chaise redescendit à terre et les deux porteurs la posèrent sur le quai. Wallie salua le regard noir du capitaine d'un geste enjoué. Puis il s'avança et tira les rideaux du véhicule.

Ainsi qu'il s'y attendait, Honakura était à l'intérieur et souriait de toutes ses gencives.

— Il me semblait bien que cette voix mélodieuse aux accents de tremblement de terre était la vôtre, seigneur, gloussa-t-il. Vous vous êtes rendu à la loge. (Il ne s'agissait pas d'une question : Honakura serait parvenu à tirer des informations d'un pavé.) Que pensez-vous du seigneur Boariyi ?

— Il est meilleur que moi, je le crains. Et le seigneur Kadywinsi ?

— Il est gâteux ! murmura le vieil homme. Mais je vais lui apporter mon aide.

Il accepta la main tendue pour descendre.

La tenue noire des anonymes avait disparu. Honakura s'extirpa du véhicule et se redressa, toujours minuscule, chauve et édenté, mais on distinguait désormais les sept ondulations qui ornaient son front et il portait une robe en satin bleu ciel où miroitaient des symboles religieux identiques à ses marques faciales. Le vieux prêtre semblait épuisé et son teint grisâtre était inquiétant, mais il avait recouvré toute son ancienne autorité. Sa simple présence pouvait faire baisser les yeux à n'importe quel guerrier, quel que soit son sang. Wallie recula et tira la septième épée pour exécuter le salut à un égal. Le vieil homme répondit de sa voix traînante. Wallie présenta alors l'honorable Fiendori du sixième – qui était très impressionné.

Il y avait bien longtemps que Wallie avait cessé de se méfier des coïncidences. Il entraîna Honakura et Fiendori à l'écart des autres guerriers tandis que les passants, prudents, faisaient un large détour pour les éviter.

— Saint homme, expliqua-t-il, l'honorable Fiendori et moi parlions justement de trouver un endroit convenable et discret où nous pourrions échanger quelques passes d'armes. Vous comprendrez qu'il faut un lieu assez vaste et à l'abri d'éventuels importuns.

Honakura leva les yeux et le regarda d'un air amusé.

— On m'a demandé de vous informer que les prêtres de Casr seront ravis d'apporter tout leur soutien au champion de la Déesse.

Fais attention à toi, Boariyi !

— Dans ce cas, c'est à nous de jouer, dit Wallie à Fiendori. C'est un peu tard pour aujourd'hui : retrouvez-nous au temple demain matin. (Il se tourna vers Honakura.) Je suppose que nous pourrons amarrer le *Saphir* à proximité ?

— Il me semble que la Rivière est très peu profonde à cet endroit, seigneur, mais nous pourrons ancrer le navire un peu plus loin et débarquer avec un canot. Maîtresse Brota ne va pas tarder à se plaindre des taxes d'amarrage.

Wallie éclata de rire et acquiesça. Il congédia son escorte et accompagna Honakura en haut de la passerelle.

Le changement de tenue du prêtre n'était pas passé inaperçu et une rangée de visages stupéfaits s'alignait maintenant le long du bastingage. Tomiyano était tellement surpris qu'il exécuta spontanément le salut à un supérieur avant de bafouiller que son navire serait honoré de recevoir un visiteur de cette importance. Les autres marins fixaient le vieil homme la bouche ouverte. Ils n'auraient pas été davantage étonnés si, dans le garde-manger, un œuf avait éclos et qu'un dragon était sorti de la coquille. Était-ce le vieillard qui, hier encore avait récuré la vaisselle dans la coquerie ? Tout le monde avait deviné que c'était un prêtre, mais pas de ce rang. Dans leur culture, le prestige d'un septième était tel que personne ne s'étonna lorsque Wallie présenta toutes les personnes en âge de saluer. Ces dernières accomplirent le rituel de présentation et reçurent une réponse du prêtre. Une fois la cérémonie accomplie, il y eut un moment d'hésitation. Honakura regarda le visage des marins, trotta jusqu'à son seau de sable favori, s'assit et éclata de rire. Tout le monde l'imita.

Le long de la Rivière, la place commençait à se vider à l'approche du soir. Le ciel rosissait à l'ouest et même le vent semblait enclin à mettre un terme à sa journée de travail. Wallie pouvait enfin se consacrer au verre de bière qu'il s'était promis un peu plus tôt. Il en apporta un peu aux deux esclaves – sidérés – qui attendaient sur le quai et retourna s'installer sur le panneau d'une l'écoutille. L'équipage se rassembla autour de lui et le guerrier raconta ce qui s'était passé à la loge.

—Et que fait-on maintenant, ô chef? demanda Tomiyano, sur l'autre panneau d'écoutille.

—Il est possible qu'on nous attaque sur le *Saphir*, répondit Wallie. Si tu vois arriver un immense septième, surveille ta langue. Il est capable de te couper en deux à la moindre réflexion. Laisse-moi m'en occuper et, pendant ce temps, vous autres, profitez-en pour déguerpir.

Il n'était pas impossible que Boariyi apprenne l'importance de la septième épée et se précipite sur les quais la bave aux lèvres. Mais, à bord du *Saphir*, Wallie pouvait se charger de lui. Zoariyi ignorait peut-être qu'il existait deux sortes de guerriers dans le Monde – et même s'il le savait, son neveu ne tiendrait pas forcément compte de ses avertissements.

—Et en dehors de ça, qu'est-ce qu'on fait ? insista Tomiyano.

Wallie se demanda où étaient passés Nnanji et les autres. Ils auraient dû être rentrés maintenant. Il entreprit néanmoins de répondre à la question du capitaine entre deux gorgées de bière et la bouche pleine de cacahouètes.

—Nous avons deux problèmes. D'abord, le grand favori au poste de commandant est cette girafe humaine du nom de Boariyi. On m'a dit qu'il était meilleur que moi.

—Conneries ! marmonna Brota dans un élan de loyauté.

—Peut-être pas ! Il a le bras aussi long que votre beaupré. Il faut donc que je m'entraîne. Le plus vite possible ! L'autre problème, c'est que les guerriers ne me font pas confiance. L'armée du Shonsu original a été vaincue. Ils pensent que je pourrais en mener une autre à sa perte. Ils ont aussi appris l'erreur que j'ai commise à Aus. Il m'est impossible de prendre la tête du ralliement par de simples duels, comme Boariyi ou le commissaire pourraient le faire. Mais je suis le seul général qui a une chance d'éviter un désastre. Les sorciers sont malfaisants et les guerriers sont stupides ! Vous et moi – si vous êtes toujours prêts à m'aider – allons empêcher un massacre.

Tomiyano avait l'air sceptique.

— Comment ?

— Bonne question ! À mon avis, nous devons accomplir un coup d'éclat. Quelqu'un a une idée ?

— Oui, dit le capitaine. Toi, alors explique-nous en quoi elle consiste.

Leur confiance fit sourire Wallie – ces commerçants rusés étaient-ils capables de lire les pensées sur son visage ?

— Le *Saphir* ne se rendra plus sur la rive gauche. Mon plan est dangereux, mais, après tout, c'est la guerre. Vous êtes toujours prêts à me suivre ?

Ils l'étaient tous, de la vieille Lina – qui devait être aussi âgée que Honakura – jusqu'aux enfants qui le contemplaient avec des yeux écarquillés. Il les remercia du fond du cœur, plus ému qu'il aurait voulu le montrer. Il se tourna vers Honakura.

— Quel soutien pouvons-nous espérer de la part des prêtres, saint homme ?

— Ils feront tout ce que vous voulez, répondit le vieillard d'un air suffisant.

S'il pouvait obtenir l'aide du temple, Boariyi venait de heurter un iceberg et commençait déjà à prendre l'eau. Wallie réfléchit en silence pendant un moment, mais ne trouva pas d'autre solution que son plan insensé. Il inspira profondément.

— Je crois que j'ai du travail pour chacun de vous, alors. Capitaine, tu vas m'acheter un navire.

La surprise se peignit sur les traits de Tomiyano.

— Grand ? Petit ? Quel type de gréements ?

Wallie haussa les épaules.

— Un bateau capable de transporter huit ou dix personnes, je pense. Aussi rapide que possible. Assez grand pour qu'on puisse se tenir debout sous le pont.

Tous les marins adorent jauger les bateaux. Tomiyano se leva et observa les navires amarrés le long du quai, puis ceux qui étaient ancrés sur la Rivière.

— Comme celui-là ? Qu'est-ce que tu en penses ?

— Tout ce que tu pourras trouver. Combien est-ce que ça va coûter ?

— Deux ou trois mille pièces d'or.

Wallie tourna la tête vers Brota, à côté de lui, et fut pétrifié par son regard glacial. La guerrière craignait qu'il lui demande de faire une donation en faveur d'une Noble Cause. Elle cachait sans doute un trésor plusieurs fois supérieur à cette somme, réparti en divers endroits du navire – les profits de trente ans de commerce.

Il sourit d'un air innocent.

—Dans ce cas, il n'y a pas de problème.

Brota fronça un peu plus les sourcils et lança un coup d'œil à son fils.

Tomiyano laissa échapper un grognement.

—Tu avais donc d'autres saphirs !

Wallie glissa la main dans sa bourse et en sortit une poignée de pierres précieuses aux reflets bleutés.

—En effet. Est-ce que ça aurait changé quelque chose si tu l'avais su ?

Un sourire carnassier découvrit les dents du capitaine.

—C'est possible ! J'étais prêt à te régler ton compte rien que pour la barrette. Je me demandais ce que nous ferions de l'épée. Ma mère n'a pas voulu… mais elle aurait changé d'avis si elle avait su que tu avais ça dans ton escarcelle.

Il plaisantait, mais disait peut-être la vérité. Brota le foudroya du regard.

Wallie éclata de rire et rangea les gemmes.

—Dans ce cas, je vous suis reconnaissant, maîtresse ! Peut-être que Katanji et vous pourriez vendre quelques-unes de ces pierres pour moi ? Quand nous connaîtrons la somme dont nous aurons besoin ?

—Un instant, seigneur ! intervint Honakura. Je suppose qu'il s'agit des saphirs que le demi-dieu vous a donnés ? (Wallie hocha la tête.) Dans ce cas, ils sont spéciaux. Je pense que le temple s'en porterait volontiers acquéreur.

—Merci, saint homme, dit Wallie.

Il avait parlé d'un air grave, mais avait du mal à contenir un sourire. Ce vieux renard lui annonçait qu'il était prêt à piller le trésor du temple au profit du guerrier.

—Brota, il va nous falloir de la soie. Je suppose que nous pouvons nous en procurer en ville ? Elle est de bonne qualité ?

—Du tissu remarquable, seigneur, acquiesça la guerrière avec prudence.

—Ce serait parfait si elle était orange. À votre avis, que pourrions-nous utiliser pour l'imperméabiliser ? De la cire ? De la cire d'abeille ?

—J'opterais pour de la cire de cordonnier, répondit-elle.

—Lina ? appela Wallie. Est-ce que le récipient en cuivre se trouve toujours dans la coquerie ? Celui avec un tuyau en spirale que j'ai utilisé pour vous montrer comment on fabriquait du vin ensorcelé ?

Le soleil couchant se refléta dans les yeux de la vieille femme. Elle les abrita derrière une main presque transparente tandis qu'elle fixait le septième de l'autre côté du pont.

—Cette saleté me gênait. Elle doit être quelque part au fond de la cale.

Tomiyano s'empourpra et fit des efforts considérables pour ne pas exploser de colère. Honakura sourit en dévoilant ses gencives et essaya de ne pas éclater de rire.

— Parfait ! Capitaine, est-ce qu'il nous reste du vin ensorcelé ? (Tomiyano déclara qu'une flasque ou deux devaient encore traîner quelque part.) C'est sans importance ! Nous allons acheter cinq ou six bouteilles de vin normal et nous l'ensorcellerons, puis nous l'ensorcellerons une seconde fois.

— Nom d'un calmar ! s'exclama Tomiyano. Est-ce qu'il devient beaucoup plus fort lorsqu'on fait ça ?

— Non, il n'y a pas beaucoup de différence, mais j'ai besoin qu'il soit très pur. Nous ferions mieux de faire ça à terre, quelque part – à bord, le risque d'incendie est trop grand. Mata, tu peux t'occuper de ça pour moi ? Je te montrerai comment faire.

Les marins se divisaient désormais en deux groupes : ceux qui étaient agacés par le travail qu'on leur confiait et ceux qui savouraient l'agacement des premiers.

— Lae ? demanda Wallie. Pourrais-tu me faire une robe ?

La grand-mère *honoris causa* du *Saphir* fronça les sourcils.

— Jja est meilleure couturière que moi, seigneur.

— Mais elle sera occupée à coudre des sacs en soie, répliqua Wallie comme si cela allait de soi.

Où était Jja ? Qu'est-ce qui avait pu retarder le petit groupe à ce point ?

— Je voudrais que tu me fasses une robe bleue, avec un capuchon et de grandes manches pendantes.

— Tu vas te faire passer pour un sorcier ? hurla Tomiyano. Tu vas descendre à terre en te faisant passer pour un sorcier ?

Wallie feignit la surprise.

— Tu me prends pour un fou ?

— Il n'est pas impossible que cette pensée m'ait effleuré l'esprit.

— C'est ridicule ! Holiyi, tu es le meilleur charpentier du navire. Tu perceras quelques trous dans le bateau que nous allons acheter, d'accord ?

Holiyi était aussi maigre que Boariyi, mais de taille normale. Il n'avait sans doute pas ouvert la bouche depuis des heures – une poignée de mots par jour lui suffisait, comme Onuphre l'anachorète qui survécut soixante-dix ans dans le désert en mangeant quelques dattes. Pourtant, le marin ne se contenta pas de hocher la tête comme à son habitude.

— Bien sûr ! s'exclama-t-il comme s'il s'était attendu à cette demande.

Les sourires s'élargirent.

Wallie se leva et se dirigea vers le bastingage pour regarder au-delà de la place.

— Bon, je pense que ça suffira. Le seigneur Honakura suggère que vous jetiez l'ancre près du temple pour économiser la taxe d'amarrage.

— Et où tu veux aller avec ce navire plein de trous ? demanda Tomiyano, avec sa cargaison de sacs en soie remplis de vin ensorcelé et son guerrier du septième déguisé en sorcier ?

Wallie pointa le doigt vers l'est, en direction de RegiVul. Les volcans s'étaient rendormis et ne crachaient presque plus de fumée.

— Et qui s'occupera des manœuvres ?

On abordait le moment délicat. Tous ces mystères avaient eu pour seul but d'intriguer Tomiyano et de le pousser à accepter ce qui allait suivre.

— J'espérais que ce serait toi, capitaine.

— Moi ? Tu veux que je quitte le *Saphir* ? Le simple fait de me le demander prouve que tu es fou !

Pour Tomiyano, cette requête était presque une insulte.

— Il le faut ! déclara Wallie d'un ton sérieux. J'ai présenté ce plan comme s'il s'agissait d'un jeu, mais c'est important ! Si les guerriers tombent dans le piège des sorciers, ils mourront tous, par centaines.

Le visage du marin devint écarlate.

— C'est hors de question ! Je me suis plié à la volonté de la Déesse. Nous avons risqué nos vies et notre navire et je suis prêt à continuer à t'aider, mais je refuse catégoriquement de quitter le *Saphir* ! Point final !

— Imbécile ! (Honakura se tortilla pour descendre de son seau.) Vous, un marin, voulez La défier ? La Déesse est la Rivière et la Rivière est la Déesse ! Ce sont Ses guerriers qui sont venus participer au ralliement ! (Le fils de Brota pâlit quand le petit vieillard se dirigea vers lui à grands pas, la voix tremblante de colère.) Plus jamais les vents ne vous seront favorables ! Plus jamais vous n'atteindrez votre destination ! Plus jamais vous ne connaîtrez une nuit sans pirates ! C'est ce que vous voulez, capitaine Tomiyano ? Combien de temps survivrez-vous sur la Rivière si vous provoquez Son courroux ?

— Et *merde !* (Tomiyano fixa le pont d'un air renfrogné.) Je suppose que je n'ai pas le choix, alors.

— Merci, capitaine, dit Wallie à voix basse.

— Un instant, seigneur ! (Brota se méfiait.) Vous avez dit que vous aviez du travail pour chacun d'entre nous. Est-ce que vous n'auriez pas oublié de nous parler de certains détails ?

Elle rentra la tête dans ses épaules grasses et le fixa en fronçant les sourcils.

— Eh bien, si, reconnut Wallie. Quand j'aurai terminé de faire joujou avec mon nouveau navire, il y aura encore une petite tâche à accomplir – enfin, au moins pour vous, maîtresse Brota.

— Comme ?

— Je m'occuperai des sorciers. Vous devrez arrêter le ralliement.

Il n'était pas facile de sidérer Brota, mais Wallie y était parvenu. Des enfants gloussèrent.

Puis Tomiyano éclata de rire – ce qui était aussi rare que la neige en été.

— Shonsu, dit-il, il n'y a pas que toi qui vas devoir reprendre l'entraînement !

Nnanji du cinquième bondit sur la passerelle et atterrit sur le pont avec élégance, bras écartés pour recevoir les applaudissements et les bouquets, parfaitement synchronisé avec la fanfare imaginaire jouée par un orchestre fantasmatique. *Ta-da !* Son nouveau kilt rouge était si court que cela en devenait ridicule et un horrible reflet framboise brillait dans ses cheveux. Ses marques faciales étaient symétriques pour la première fois depuis que Wallie l'avait rencontré. Il parvenait à accomplir l'exploit de sourire et de rire en même temps.

Wallie songea que ce guerrier était désormais parfaitement à l'aise en compagnie des marins – à la différence du malheureux Polini. Quelques mois plus tôt, si on avait demandé au jeune Nnanji de la garde du temple de quitter une loge remplie de guerriers pour aller se mêler au peuple de la Rivière, il aurait broyé du noir pendant des heures.

Thana apparut à côté du jeune homme et glissa un bras autour de lui afin de partager son triomphe tandis que l'équipage du *Saphir* se précipitait pour le féliciter. Elle remarqua Wallie, sourit et lui tira la langue. Il articula « tricheuse » en silence, mais elle afficha une expression moqueuse et exempte de toute trace de repentir. Katanji franchit la passerelle à son tour. Il était aussi joyeux que la jeune fille.

Jja arriva et repéra Vixini avant même de s'élancer vers Wallie. Le bébé était assis à côté de Fala, heureux, mais il lâcha l'os sur lequel il aiguisait sa dernière dent et se leva les fesses les premières. Après tout, Jja était sa mère préférée...

Wallie enlaça la jeune femme dans une étreinte puissante. Elle accepta le baiser de son amant en éclatant de rire tandis que son fils percutait ses jambes.

— Pourquoi avez-vous mis autant de temps pour rentrer ? demanda Wallie. J'étais prêt à déclencher une guerre !

Jja prit Vixini dans ses bras.

— C'est à cause des ménestrels ! (Elle était à la fois excitée et heureuse.) Juste après ton départ, l'un d'eux a chanté un poème épique – sur toi ! Sur toi, Nnanji et votre bataille contre l'honorable Tarru et ses hommes. Espèce de petit monstre de Rivière, tu es tout sale !

Cette dernière remarque s'adressait à Vixini.

Par tous les dieux ! La bataille contre Tarru, l'évasion de la sainte île... Tout cela semblait si loin ! Mais Yoningu avait promis à Nnanji qu'il raconterait l'histoire au premier ménestrel qui ferait halte au bâtiment militaire et ce ménestrel était aujourd'hui à Casr – lui ou un collègue à qui il avait relaté cette aventure.

Wallie éclata de rire.

— Est-ce que le poème était bon ?

Jja sourit d'un air malicieux.

— Excellent – selon maître Nnanji.

— Maître Nnanji n'est pas impartial. Enfin, il doit être content.

En fait, il était même enthousiaste ! Sans compter que ce genre de récit était excellent pour son image.

Le cinquième se libéra de ses admirateurs les plus jeunes et approcha en se frayant un chemin à travers les marins.

— Seigneur mon frère, j'ai fait la connaissance de quatre septièmes aujourd'hui, déclara-t-il d'un ton grave. J'en ai donc rencontré sept dans ma vie !

— Qui était le quatrième ? voulut savoir Wallie.

— Le seigneur Chinarama. Il ne vous posera pas de problème, rassurez-vous. Il est vieux !

Pour Nnanji, le troisième âge commençait à trente ans.

— Qu'est-ce que tu entends par « vieux » ?

Nnanji réfléchit.

— Il doit avoir au moins soixante-dix ans… mais il est plutôt sympathique pour une relique de cet âge. Il a dit qu'il avait toujours rêvé de participer à un ralliement. Quand il a entendu parler de celui-ci, il est allé chercher son épée dans la cabane à bois et il est venu dans l'espoir de donner quelques conseils. Je ne crois pas qu'il soit dangereux.

— Qu'est-ce que tu as pensé de Boariyi ?

— C'est un homme d'honneur, dit Nnanji avec prudence. Le manque de discipline des guerriers le préoccupe. Il estime que leur comportement fait honte à la profession. Et il dit qu'il était plus vieux que moi quand il a atteint le cinquième rang. (Boariyi avait su trouver les mots pour charmer le jeune homme.) J'ai aussi un poème pour vous ! (Un grand sourire illumina son visage et il se tourna vers les marins.) Qui veut entendre un récit épique ?

— Pas maintenant ! décréta Wallie. Nous avons une guerre à mener.

Casr était devenue un endroit dangereux pour lui. En ce moment même, Zoariyi et son neveu avaient dû découvrir l'importance de la septième épée et prendre des mesures afin qu'elle ne quitte pas la ville. S'ils parvenaient à trouver un rat de navire ou un marin qui avaient assisté à l'humiliation de Wallie à Aus, ils lanceraient aussitôt une accusation publique et un détachement de guerriers se présenterait à la passerelle du *Saphir*. Wallie devait disparaître dans les brumes de la Rivière, le plus vite possible.

Mais l'équipage conspua sa dernière déclaration avec de grands cris. Le Monde était un endroit paisible et le *Saphir* prenait des vacances. Sa guerre pouvait bien attendre un peu. Le septième faillit perdre patience, mais Honakura déclara d'un ton ferme qu'il voulait entendre le poème et la question fut réglée. Des chariots, des chevaux et des passants bavards se frayaient un chemin à travers la foule pour rentrer chez eux. Le vent continuait à faire claquer les auvents et les voiles avec mollesse, mais de tels détails n'empêcheraient pas Nnanji de raconter son histoire. Wallie s'assit à contrecœur et s'adossa au bastingage à l'abri de la brise, les bras autour de Jja.

Nnanji bondit sur le panneau de l'écoutille arrière.

— Bien ! Rassemblez-vous ! Vous êtes prêts ? *Comment Nnanji du quatrième et Shonsu du septième affrontèrent dix guerriers renégats !*

Il lança un regard en direction de Wallie.

— Hé ! protesta celui-ci. Comment se fait-il que ton nom soit en tête d'affiche ?

Ce qui se traduisait par « à la place d'honneur ».

Nnanji esquissa un sourire narquois.

— C'est vous-même qui avez demandé à Yoningu qu'il en soit ainsi, mon frère !

C'était exact. Wallie avait suggéré en plaisantant que le nom de Nnanji soit cité en premier. À ce moment-là, peu lui importait l'honneur douteux d'être le héros d'une ballade barbare... mais, à ce moment-là, il n'était pas en lice pour le poste de commandant du ralliement.

Il songea avec amertume que, avec un titre pareil, cette histoire ne connaîtrait pas un grand succès. Il changea cependant d'avis dès que Nnanji commença. Il s'agissait d'une œuvre de qualité. En fait, elle était même excellente, bien supérieure aux poèmes éphémères que les ménestrels racontaient pour informer les gens des événements en cours, les vers de mirliton qu'il avait jadis qualifiés de « nouvelles sportives pour guerriers ». À cette époque, il s'était souvent demandé s'il trouverait un Homère pour perpétuer les exploits potentiels qu'il accomplirait au nom de la Déesse. Si l'auteur de cette œuvre était à Casr, c'était peut-être chose faite. On retrouvait certes dans le texte les poncifs et le stéréotype du genre : les interminables discours emphatiques ponctuant les affrontements à l'épée, les vilains méchants et les héros héroïques. Pourtant, le rythme était entraînant et l'imagerie frappante. En outre, l'artiste avait pris des libertés avec l'intrigue afin de rendre l'histoire plus dramatique. Tandis que le récit se poursuivait, Wallie ressentit un certain malaise.

Nnanji du deuxième avait cherché une promotion au sein de la garde du temple – *exact* –, défié deux quatrièmes et tué l'un d'eux – *exact.* Il avait ensuite accusé la garde de corruption – *faux et invraisemblable : comment aurait-il obtenu sa promotion après avoir fait une chose pareille ?* Après quoi, le téméraire Nnanji du quatrième s'en était allé avec son frère Katanji, ses marques faciales encore suintantes de sang...

Wallie faillit intervenir lorsqu'il aperçut Katanji lui adresser un sourire impatient. Pourquoi ce garçon était-il mentionné ? Il avait pris part aux événements, mais il n'avait joué qu'un rôle mineur. Wallie constata avec stupeur que le ménestrel avait improvisé : il avait imaginé le poème au fur et à mesure de sa composition. Ayant eu connaissance des faits originaux, il les avait remaniés afin qu'ils s'accordent aux événements de l'après-midi : il avait minimisé les exploits du peu recommandable Shonsu et privilégié ceux du héros téméraire de la bataille d'Ov et de son jeune frère – présenté avec emphase comme l'homme le plus courageux de la loge quelques heures plus tôt. Il avait donné au public ce que celui-ci attendait. Dans ce salmigondis d'inepties, Shonsu n'avait pas encore été cité une seule fois.

Le poème aborda les événements de la jetée, lorsque l'abject Tarru du sixième avait fait d'infâmes promesses avant de soumettre ses sbires malfaisants par le serment du sang. Nnanji et Katanji étaient arrivés. Tarru les avait raillés. David avait aussitôt défié Goliath au rythme de pentamètres iambiques.

Le ménestrel avait décidé de laisser planer le suspens de la bataille pour revenir à la sainte caverne cachée derrière la cascade sacrée. À cet endroit, la Déesse évoquait l'honneur de ses guerriers, les péchés de Tarru, la vertu ainsi que le brillant avenir de Nnanji et, enfin, invoquait le demi-dieu pour lui ordonner de sauver Son champion.

Wallie lança un regard exaspéré à Honakura : le vieil homme était écarlate tant il s'efforçait de ne pas éclater de rire.

Le demi-dieu trouvait Shonsu – *et où ça ? Dans une agence d'intérim ?* – et lui donnait la septième épée – décrite par des vers volés à la saga de Chioxin. Puis un miracle transportait le septième sur les lieux de la bataille.

Après des torrents de sang et un peu d'aide de la part de Shonsu, le fabuleux Nnanji remportait la victoire. La vertu triomphait. Les deux héros prêtaient le serment de fraternité et embarquaient sur un navire afin de poursuivre leur lutte contre le mal. Fin du poème. Applaudissements.

Il n'était pas étonnant que l'on fasse référence à l'épée de la Déesse – sur la jetée de Hann, les hommes d'Imperkanni avaient appris son existence. Mais seuls les membres du *Saphir* savaient que les deux guerriers avaient prêté le quatrième serment avant que Wallie l'annonce à la loge. Et parmi les hommes présents à ce moment-là, peu devaient savoir en quoi il consistait.

Homère avait sans nul doute fait partie des spectateurs !

Maintenant, tout le monde connaissait l'existence de la septième épée. Wallie se sentit comme Agamemnon écoutant l'*Iliade*. Le poème allait certes améliorer l'image, mais pas celle de Wallie. Celui-ci s'efforça de dissimuler son ressentiment lorsqu'il applaudit avec les autres. Les plus jeunes demandèrent qu'on raconte l'histoire une fois de plus, mais Nnanji refusa. L'expression de Wallie n'était peut-être pas aussi impénétrable qu'il le souhaitait.

—Ce n'est pas tout à fait ainsi que je me rappelle les faits, dit-il en s'efforçant de sourire, mais le poème est superbe ! Qui était le ménestrel ?

Nnanji haussa les épaules.

—Je ne sais pas. Mais il était plutôt bon, non ? (Il sembla un peu désenchanté.) Je suppose qu'il ne faut pas croire tout ce que les poèmes racontent.

Les marins se levèrent, maintenant prêts à se consacrer à la guerre.

—Où allons-nous, ô chef ? demanda Tomiyano.

—On disparaît ! répondit Wallie. Le mystérieux Shonsu disparaît aussi mystérieusement qu'il est apparu. (Nnanji le fixa avec horreur et mépris.) Et puis on revient discrètement au temple.

—Ah ! Et qu'allons-nous y faire, mon frère ?

—Nous entraîner à l'épée.

—Oh !

Nnanji fut surpris, mais l'escrime relevait toujours d'un comportement honorable.

Honakura descendit de son seau.

—Je vous y retrouverai. On m'a suggéré l'extrémité haute du domaine. Les canots me semblent encore pires que les mules, alors que les déplacements en chaise à porteurs sont un exercice qui convient très bien à un homme de mon âge.

Wallie raccompagna le prêtre jusqu'à la passerelle tandis que les marins se préparaient à larguer les amarres. Quelque part sur l'immense place, il devait y avoir des guetteurs attendant de voir ce que Shonsu allait faire.

Wallie se dirigea vers Nnanji qui avait passé un bras résolu autour des hanches de Thana. Il n'avait pas visité son lit depuis des heures et il en souffrait apparemment beaucoup.

—Ton kilt est hideux, remarqua Wallie.

— Ils n'avaient que ça, protesta son protégé, outré. Les cinquièmes sont censés être petits ou gros.

Wallie expliqua que Jja lui en avait taillé un – un vêtement superbe, avec un griffon brodé sur le bord. Nnanji fut ravi et annonça qu'il allait tout de suite se changer. Thana déclara que les nouveaux kilts étaient difficiles à enfiler et qu'elle devrait peut-être venir l'aider. Les deux époux gloussèrent.

— Thana, dit Wallie, merci de m'avoir averti pour Boariyi. Tu nous as tirés d'un mauvais pas.

— De quoi parlez-vous ? demanda Nnanji.

— De rien ! répliqua aussitôt la jeune fille. Commençons par te débarrasser de cet horrible kilt.

C'était une offre que Nnanji ne pouvait pas refuser. Le couple s'éloigna en courant.

On ramena la passerelle à bord. Il était temps de se consacrer aux détails du plan. Wallie rejoignit Jja près du rouf pour lui expliquer quel genre de sacs en soie elle devrait coudre. Aucun guerrier ne se précipita vers le navire.

— Est-ce que vous avez aimé le poème, mon chéri ? demanda Jja.

Il y avait quelque chose d'étrange au fond de ces yeux sombres et impénétrables.

— Il est de bonne qualité, même s'il prend quelques libertés avec la vérité.

— Il y en aura d'autres ! dit-elle. Nnanji a parlé d'Ov aux ménestrels.

Wallie avait promis à Tivanixi qu'il le ferait, mais il avait oublié. C'était sans importance. Nnanji s'en était tiré mieux qu'il l'aurait fait.

— Mais combien y a-t-il de ménestrels ?

— Des dizaines, mon amour, répondit-elle en fronçant les sourcils.

Tant que cela ? Le ralliement rassemblait déjà un millier de guerriers, sans compter les rangs inférieurs qui devaient être trois ou quatre cents. Bien sûr, les ménestrels avaient afflué pour assister à un tel événement. Et les hérauts ? Les armuriers ? Les suivants ? Les épouses ? Les enfants ? Les musiciens ? Les esclaves de nuit ? Wallie se demanda combien de milliers de personnes avaient envahi Casr. Il n'était pas étonnant que les Anciens soient mécontents.

— Thana leur a aussi raconté que Nnanji et vous aviez combattu des pirates.

Cette information replaça Thana au centre de ses pensées. Quelque chose inquiétait la jeune fille.

— Est-ce que cela vous dérange, mon amour ? Cette histoire ne risque pas de vous nuire.

Certes, mais il ne s'agissait que d'une bande de marins misérables, dont une moitié de femmes. Les ménestrels les présenteraient comme des Barbe Noire, Henry Morgan ou John Long Silver, mais ce ne serait que des histoires de cape et d'épée inoffensives. Les libres épées détestaient les pirates, car ils ne pouvaient rien contre eux. Le poème serait donc apprécié.

Jja baissa les yeux avec timidité, ne voulant pas presser son maître d'ordinaire si prompt à réagir.

— Et qui les a affrontés le premier ?

Nnanji. Wallie l'avait soulevé par la fenêtre. Wallie comprenait maintenant ! Le cadre avait été fixé : Nnanji était le héros du combat contre Tarru, il serait celui de la bataille d'Ov et de l'affrontement à bord du *Saphir*. Si l'histoire avait été racontée par Thana, Wallie aurait de la chance d'entendre son nom cité une seule fois.

— On leur a aussi posé des questions à propos de Gi, ajouta Jja. On a demandé si c'était vous qui étiez arrivé avec un chargement d'outils et aviez remis de l'ordre en ville après l'incendie.

Wallie sourit.

— Voilà au moins une histoire que Nnanji ne pourra pas s'attribuer.

— Les outils venaient d'Amb, mon amour.

Amb, une ville de sorciers ! Cela allait attiser les soupçons… en général, Wallie n'était pas si lent à comprendre, mais Jja avait eu le temps de réfléchir au problème.

— On a aussi posé des questions à Katanji à propos de la tour des sorciers…

Merde !

Wallie se contenta de fixer la jeune femme, trop abasourdi pour parler. Bien sûr qu'on lui avait posé des questions. C'était la faute de Wallie. C'était lui qui avait mentionné l'exploit du garçon à la loge. Katanji était beaucoup plus intelligent que son âge le laissait supposer, mais comment aurait-il pu résister à un tel auditoire ? Des dizaines de ménestrels…

Merde ! Merde ! Et merde !

Qu'est-ce que les guerriers allaient penser d'un septième qui se cache à bord d'un navire et qui envoie un novice affronter tous les dangers ? D'un septième qui se déguise en esclave ? Ils réagiraient comme Nnanji avait réagi : ils affirmeraient que la falsification de marques faciales était une abomination. Ils se méfieraient toujours d'un guerrier qui s'habillait en civil. L'histoire des pirates ne nuirait pas, mais celle de Katanji était une véritable catastrophe pour l'image de Shonsu.

Merde ! Merde ! Et merde !

Maudits ménestrels ! Wallie avait oublié leur importance dans le Monde. Tandis qu'il songeait avec suffisance à mettre en place des techniques de gestion modernes, ses suivants jouaient les fiers-à-bras devant les journalistes.

LIVRE TROIS

Comment la meilleure épée l'emporta

S'il arrive à certaines personnes de passer une mauvaise journée, Casr, pour sa part, passait un mauvais siècle – et l'on s'en rendait très bien compte en regardant le temple. Le bâtiment était une réplique, quoique de taille moindre du grand modèle de Hann ; ses sept arches faisaient face à la Rivière, c'est-à-dire à la Déesse qu'on honorait en ce lieu. Elles étaient fermées par une paroi de verre, une concession au climat plus rigoureux de la région. Deux des sept flèches s'étaient effondrées et, sur les autres, la majeure partie du revêtement en feuille d'or était écaillé. La plupart des vitres manquaient – et parfois même les montants en pierre qui les maintenaient en place. Tandis que le dieu du soleil se levait au-dessus de RegiVul, sa gloire se refléta sur la façade du temple, mais cette dernière était constellée de marques noires ressemblant à des taches de moisissure.

À côté de l'édifice religieux et du réseau complexe de bâtiments voisins, en amont de la Rivière, on apercevait une jungle d'arbres et d'arbustes à l'abandon parsemée de ruines et, un peu plus loin, une jetée délabrée et déserte. Il devait s'agir de celle dont Honakura avait parlé. Wallie frissonna légèrement dans l'air frais de l'aurore. Lorsque son canot atteignit la rive, une délégation de prêtres vint à sa rencontre. Après maints gestes et révérences rituels, on le guida à travers le sous-bois humide et touffu jusqu'à un réfectoire abandonné. C'était une grande pièce, à demi enterrée ; le plafond voûté était haut et le sol pavé ; l'air était moite et sentait le renfermé, mais l'endroit aurait convenu à merveille s'il n'avait pas été aussi sombre. Dans les circonstances présentes, il ferait l'affaire. Les fenêtres étaient peu nombreuses et très hautes, en partie obstruées par les mousses et les fougères. De l'extérieur, on entendrait à peine les épées s'entrechoquer. Le réfectoire était pourvu d'une cuisine contiguë, crasseuse et jonchée d'ordures, mais on pourrait y réaliser les travaux de distillerie nécessaires et Wallie n'aurait aucun mal à les superviser. Les prêtres attendirent son verdict avec angoisse. Il répondit que l'endroit ferait l'affaire.

Brota et Pora iraient acheter de la soie, de la cire et de l'huile. Lae se chargerait d'acquérir du tissu épais de couleur bleue. Tomiyano et Oligarro partiraient à la recherche d'un navire. Thana, Jja et Katanji avaient reçu pour

Wallie se tourna vers les deux sixièmes qui détournèrent le regard.

— C'est au mentor que reviennent le devoir et le privilège d'enseigner les soutras à son protégé, n'est-ce pas, honorables guerriers ?

Les deux hommes acquiescèrent dans un silence coupable.

— Alors, je vous prie de ne pas vous mêler de mes affaires !

L'entraînement reprit…

L'après-midi du quatrième jour, alors que Wallie affrontait Fiendori et que Nnanji combattait Forarfi, deux silhouettes sombres apparurent dans la lumière qui pénétrait par l'entrée. À travers la grille de son masque, Wallie remarqua que l'une d'elles était un guerrier et pensa aussitôt que Boariyi l'avait trouvé. Puis il vit que les visiteurs n'étaient autres que le grand prêtre et le commissaire de la loge. Il ôta son masque, attrapa la septième épée posée sur un banc et s'avança pour saluer, encore pantelant. Il se sentait sale et inconvenant devant ces deux hommes d'une élégance désinvolte.

— Je vous en prie, seigneur, dit Tivanixi. Poursuivez votre combat. Je l'appréciais au plus haut point.

Wallie refusa et conduisit les deux hommes jusqu'aux bancs. Les deux visiteurs s'installèrent sur le premier, Wallie sur le second. Nnanji et les deux sixièmes se retirèrent avec tact.

— D'après le peu que j'ai vu, remarqua le commissaire, vous n'avez pas perdu votre temps.

— Vous êtes venus faire des pronostics ? demanda Wallie en souriant.

Mais Tivanixi n'était pas d'humeur à plaisanter.

— J'en serais bien incapable. Je n'ai jamais vu Boariyi affronter Fiendori. De toute façon, celui-ci combat de manière trop inégale pour établir une comparaison.

— Mes vacances sont terminées ?

— Je le crains. Voilà deux jours qu'il n'est plus arrivé de guerriers. Les autres septièmes sont tous d'accord sur l'interprétation de ce signe : la Déesse veut que le ralliement passe à l'étape suivante. Le seigneur Kadywinsi partage cet avis.

Wallie soupira. Le navire serait prêt dans la soirée, ses nouveaux aménagements achevés et ses cales remplies. Les travaux de couture, d'imperméabilisation et de distillation étaient terminés. Il devait maintenant décider s'il allait les mettre à profit ou non. Allait-il poursuivre tête baissée ce plan insensé ou l'abandonner pour se soumettre aux règles des guerriers ?

— Vous ne pouvez pas faire traîner les choses un peu plus longtemps ?

— Combien de temps ? demanda le commissaire à contrecœur.

— Six jours. Peut-être sept ?

— Impossible ! La ville est au bord de la révolte. Il y a eu huit défis hier et déjà trois aujourd'hui. Il ne restera plus un guerrier pour prêter serment si cette situation perdure. Je crains qu'un duel ne dégénère en bataille rangée. Non, seigneur. Nous devons passer à l'étape suivante : l'invocation du ralliement et le choix d'un chef.

Wallie posa les coudes sur ses cuisses et fixa le sol d'un air sombre.

— Dans ce cas, donnez-moi votre avis, seigneur. Est-ce que les ménestrels ont joué un rôle positif ? Est-ce que les guerriers m'accepteront si je bats Boariyi ?

Tivanixi hésita. Il regarda le prêtre pour solliciter son aide, mais ne reçut qu'un sourire inexpressif en guise de réponse.

— Certains, oui, d'autres, non. Si vous parvenez à en convaincre suffisamment, vous pourrez toujours faire prêter serment aux récalcitrants sous la menace d'une épée.

Ce serait inutile et ils le savaient tous les deux. Un ralliement sans foi en son chef obéirait aux ordres, mais à contrecœur et sans enthousiasme. Un général ne pouvait pas se contenter de cela. Wallie fixa Tivanixi d'un air songeur.

— Et vous ?

Le commissaire fronça les sourcils.

— Comment ça, et moi ?

— Si vous aviez le choix entre Boariyi et moi, est-ce que vous me choisiriez toujours ?

Tivanixi demeura silencieux un long moment. Puis Wallie tendit la main vers sa barrette pour la défaire.

— Non ! lâcha le commissaire.

Peut-être l'effet produit par la septième épée s'était-il dissipé. Peut-être Boariyi avait-il séduit Tivanixi comme il avait séduit Nnanji. Wallie songea que c'était le ridicule du *Novice Katanji à la sombre tour se rendit* qui avait fait pencher la balance. Il n'en aurait jamais confirmation.

— Je vous remercie, dit-il en remettant sa barrette. Je peux seulement vous demander de retarder la sélection du chef aussi longtemps que possible, seigneur. Je quitte la ville.

Le visage de Tivanixi s'empourpra de colère. Le commissaire se releva d'un bond.

— Dans ce cas, je ne comprends pas ce que vous faites ici, seigneur, pas plus que ce que vous avez fait au cours de ces quatre derniers jours. Il y a un excellent sixième qui repassera les épreuves de promotion demain. Il est possible qu'il soit destiné à devenir notre septième septième. Ou peut-être que ce rôle vous revient, bien que vous ayez dédaigné Sa convocation. (Il s'inclina légèrement.) Puisse la Déesse être avec vous… et vous avec la Déesse.

Cette conclusion justifiait un défi, mais Wallie l'ignora. Les visiteurs partirent et il demeura affalé sur le banc, fixant le sol d'un air abattu, réfléchissant à la meilleure décision à prendre. S'il restait à Casr et essayait de devenir le chef du ralliement, on lancerait une accusation publique contre lui avant qu'il ait le temps d'y parvenir. S'il réussissait à affronter Boariyi, il risquait de se faire tuer. S'il remportait le combat, la plupart des guerriers refuseraient de toute façon de lui prêter allégeance.

L'autre solution consistait à monter une expédition insensée qui mettrait en péril sa vie et celle de ses compagnons. Même si son plan fonctionnait, il n'était pas certain de persuader les guerriers de l'écouter, sans compter qu'il pouvait revenir trop tard. La Déesse pouvait conduire le *Griffon* à Sen et le ramener à Casr en un clin d'œil, bien sûr, mais il ne s'attendait pas à ce genre d'aide. Les dieux voulaient des actes héroïques accomplis par des mortels, pas des miracles. Le Peuple ne considérait pas les transformations géographiques comme des actes divins, car elles étaient aussi fréquentes que la foudre ou les arcs-en-ciel, mais Wallie voyait le phénomène sous un angle différent.

Déesse ! Il n'y avait pas d'autre solution !

Tivanixi était reparti en compagnie de ses sixièmes, bien entendu. Lorsqu'une ombre se dessina dans le rectangle brillant de la porte, Wallie crut qu'il s'agissait de Nnanji – une grande silhouette avec la poignée d'une épée près de l'oreille droite.

Puis il s'aperçut qu'il se trompait et bondit sur ses pieds.

Ce n'était pas Boariyi non plus, mais une femme qui s'avança d'un pas lent. Il la vit clairement quand elle traversa un faisceau de lumière constellé de poussière tombant d'une fenêtre en hauteur. Elle était presque aussi grande que lui – il ne devait pas y avoir de femme plus grande parmi tout le Peuple – et ses cheveux longs n'étaient pas attachés ; au-dessus de son épaule, ce qu'il avait pris pour la poignée d'une épée était en fait le chevillier du luth accroché dans son dos ; elle était enveloppée dans une tunique bleu saphir dont l'extrémité effleurait le sol. C'était une ménestrelle du septième rang. Elle se dirigea vers lui d'un pas si léger qu'elle semblait flotter sur les dalles…

Elle arriva devant lui et s'arrêta. L'étiquette était claire : Wallie était un guerrier et un homme ; l'inconnue lui rendait visite. C'était à elle de saluer la première, et à lui de répondre. Pourtant, elle se contenta de le fixer sans bouger.

Wallie l'avait vue à la loge tandis qu'elle regardait par-dessus la tête de ses pairs. Il avait pensé qu'il s'agissait d'un jeune homme en raison de sa taille.

Sa beauté ne correspondait pas aux canons classiques : sa bouche était trop grande, son nez trop haut et trop pointu, mais des flots de cheveux châtains brillants cascadaient sur ses épaules nues et sa tunique était retenue par une poitrine ferme. Wallie songea que ses seins n'étaient pas très volumineux, mais qu'ils étaient parfaits sur un corps aussi allongé. Son visage était banal, mais sans défaut. Une déesse ! Son vêtement était en soie lumineuse, presque satinée… et moulante. Cette femme avait de la stature, de l'aplomb. Wallie réalisa soudain que sa visiteuse inattendue et surprenante était aussi follement désirable – et elle en était consciente.

Le silence s'éternisa.

Tivanixi avait parlé d'un ménestrel que Shonsu aurait dû connaître, mais Wallie ne parvint pas à se rappeler son nom. Le commissaire avait-il amené cette femme ici ou l'avait-elle suivi ?

— Est-ce que quelqu'un est venu avec vous ? demanda-t-il enfin.

Elle secoua la tête.

Il envisagea de l'embrasser. Cela lui permettrait peut-être de savoir quel type de réaction elle attendait de lui. Elle pouvait s'enfuir en courant ou… il pouvait se retrouver dans une situation encore plus déconcertante que celle-là. Mais pourquoi ne disait-elle rien ? Sa pose arrogante avait quelque chose de lascif.

— Chantez-moi une chanson puisque vous ne voulez pas parler.

Elle haussa un sourcil d'un air sceptique.

— Depuis quand appréciez-vous la musique ?

Il connaissait cette voix chaude de contralto. Nnanji l'avait imitée lorsqu'il avait chanté *Les dix guerriers renégats*.

— J'ai appris à apprécier beaucoup de choses que je n'aimais pas par le passé, dit-il en se demandant comment elle allait interpréter cette remarque.

— Qu'allez-vous faire ?

— À propos de quoi ?

— À propos du ralliement, dit-elle d'un ton impatient. Allez-vous en prendre le commandement ?

L'absence de salutations formelles démontrait que cette femme avait été proche de Shonsu – mais à quel point ? L'idée de Shonsu partageant une relation platonique avec cette femme n'était guère crédible. Cela signifiait que ses mains avaient caressé ces membres gracieux, que ces seins s'étaient pressés contre son corps, que ses lèvres…

Mais ce n'était pas certain. Cette femme ne se laissait peut-être pas faire.

— *Les dix guerriers renégats* ? demanda-t-il. C'est de vous ?

— Oui.

— Vous êtes donc allée à Hann ?

Elle secoua la tête.

— Nous sommes allés à Quo avant de redescendre. J'ai rencontré un ménestrel qui m'a raconté l'histoire. J'ai compris que vous étiez toujours vivant, alors je suis revenue ici. Et à propos du ralliement ?

— Nous ?

— Je ne crois pas que des guerriers m'accepteraient parmi eux. (Elle sourit et il fut choqué de voir qu'il y avait une certaine satisfaction dans ce sourire.) Sage décision de leur part.

— Et qu'est-ce que vous allez faire ? demanda-t-il.

Il avait l'impression d'avoir un tourbillon dans la tête.

Elle l'observait d'un air bizarre maintenant. Elle soupçonnait quelque chose.

— Je vais faire ce que j'ai toujours dit que je ferai : chanter à vos funérailles.

Voilà qui éclaircissait un peu la situation.

Pourtant, sa posture était toujours provocante. Avait-elle fait un trait d'humour ? Que devait-il croire ? Ses mots ou ses yeux ?

— J'hésite encore un peu à satisfaire votre souhait, ma dame. Je pense que je vais quitter la ville une fois de plus.

— Pour aller où ?

— Je n'ai pas le droit de vous le dire.

Nnanji fronça les sourcils.

— Nous ne sommes que six !

Wallie soupira. Pour respecter les critères du Monde, il aurait fallu être sept. Jja ? Elle n'était pas à bord. En outre, Vixini devait être considéré comme un membre du groupe à part entière, cela porterait donc le compte à huit – car il était hors de question de séparer Jja de son fils, ce serait… ce serait aussi désagréable que d'avoir Jja et Doa sur le même bateau. Non, pas Jja.

Il aperçut alors la lueur d'espoir qui brillait dans des yeux sombres et malicieux… C'était ridicule : avec un bras cassé, Katanji ne leur servirait à rien. Pourtant, ce choix semblait s'imposer. Ce garçon était descendu à terre, à Sen, la cité la plus proche sur la rive gauche et, par conséquent, leur destination. En outre, Katanji attirait la chance comme le miel les mouches… et Wallie préférait garder un œil sur lui plutôt que de le laisser rôder dans Casr pendant son absence.

Nnanji gloussa.

— Je partage ton avis, mon frère ! C'est lui qui apporte la sagesse.

Ce serait donc Katanji. Les autres retourneraient sur le *Saphir* à bord du canot et le *Griffon* se mettrait aussitôt en route. Si Doa était une espionne, elle n'aurait pas les moyens de signaler leur départ.

Et Wallie n'avait pas envie de se retrouver en compagnie de Jja.

Nnanji énuméra la liste du matériel nécessaire : six sacs en soie, du vin ensorcelé, de la nourriture… Dans la cale, une voix signalait au fur et à mesure que rien ne manquait à l'appel.

Wallie se dirigea vers la ménestrelle. Elle était accoudée à la rambarde et observait le temple. Elle se retourna pour lui adresser un regard sensuel et le guerrier eut toutes les peines du monde à ne pas la prendre dans ses bras.

— Qu'est-ce que vous a raconté le vieil homme exactement ? demanda-t-il.

— Quel vieil homme ?

— Honakura.

Doa fronça les sourcils.

— Qui ça ?

Le Monde était en endroit simple. On n'y possédait pas grand-chose et les documents administratifs y étaient inexistants. Le départ fut donc organisé en un rien de temps. Wallie ramena l'ancre et les marins hissèrent les voiles. Les laissés-pour-compte lancèrent des encouragements du canot et le *Griffon* passa vent arrière avant de s'éloigner à vive allure.

Le navire était plus que vif, il était rapide et son dynamisme démentait son vieil âge. Le pont était plus bas que celui du *Saphir* et gîtait tant que Wallie s'en inquiéta dans les premiers temps. Le *Griffon* était secoué par les vagues minuscules de la Rivière. Mais le guerrier ne tarda pas à se détendre. Cette expédition relevait peut-être de la folie furieuse, mais, pendant les deux ou trois jours à venir, il allait savourer une petite croisière.

Le *Griffon* était un navire sobre : un mât et un seul pont plat, encadré par le bastingage, bien entendu, car celui qui tomberait dans la Rivière ne survivrait pas assez longtemps pour réclamer une bouée. Les planches étaient en mauvais état, éraflées et parsemées d'écailles de poisson. Il y avait deux écoutilles : une petite à l'avant pour permettre aux marins de descendre dans la cale, et une seconde à l'arrière pour les marchandises. Pour le moment, les deux étaient ouvertes. Un modeste canot était posé à l'envers sur le pont, juste derrière le mât et presque en face de la coupée par laquelle on faisait glisser la passerelle. Si l'on s'était donné la peine de le nettoyer et de le repeindre pour se débarrasser de l'odeur infecte qui y régnait, le *Griffon* aurait été un charmant petit navire.

Mais, grâce aux efforts de Holiyi, ce navire était devenu un piège à sorcier. Même l'innocent canot renversé faisait partie du dispositif.

Le soleil était brillant et le vent furieux. Un large sourire éclairait le visage de Tomiyano : le marin se concentrait sur les sensations montant de la barre et poussait son nouveau jouet toujours plus vite avec l'enthousiasme d'un jeune garçon étrennant un nouveau vélo.

Un navire de transport plus gros que le *Saphir* avançait avec lenteur devant eux et Wallie fut sidéré par la vitesse avec laquelle le *Griffon* le dépassa. Le premier grand méandre de la Rivière était déjà en vue. Le septième se tourna vers la poupe et vit que Casr disparaissait au loin. Le trafic était moins important qu'au cours des dernières semaines dans cette région : la Déesse avait fermé Son service de livraison de guerriers.

Il songea que la brise favorable était de bon augure, mais, s'il s'était trompé, le prochain méandre les ramènerait peut-être à Casr. Sur le pont, ses compagnons cherchaient un endroit confortable du côté au vent et s'accoudaient au bastingage… Il compta quatre silhouettes. Mais où était donc passée la ménestrelle ?

Doa émergea soudain d'une écoutille. Elle avait déchiré sa tunique en soie pour obtenir des bandes de tissu qu'elle portait comme un Bikini de marin – aussi minuscule et provocant que celui de Thana. Elle se dirigea d'un pas digne vers le bastingage pour observer le paysage.

Mais *elle* était le plus beau des paysages. Les glandes de Shonsu passèrent de nouveau en surrégime. La jeune femme était pieds nus ; ses cheveux, qui lui arrivaient normalement à la taille, volaient au vent ; son visage peu avenant était tourné vers la rive ; ses vêtements réduits à leur plus simple expression ne cachaient presque rien de son anatomie ; sa silhouette était parfaite. Le spectacle fit l'effet d'une fanfare de trompettes à Wallie. Jja était grande, mais elle n'était pas bâtie à l'échelle de Shonsu, à la différence de cette amazone ménestrelle. Il décida qu'il était temps d'entreprendre les manœuvres de séduction. À la loge, il ne l'avait pas reconnue et l'avait offensée sans le vouloir. Il regretta de ne pouvoir expliquer cet événement de manière plausible. Il se dirigea vers elle et passa un bras autour de sa taille nue.

Elle réagit à la vitesse de l'éclair. Seuls les réflexes fulgurants de Shonsu lui permirent de sauver ses yeux. Il recula en titubant, porta une main à son visage et sentit une plaie sur sa joue.

— Ne me touchez pas !

Il la regarda, bouche bée, tandis qu'elle s'éloignait à grands pas pour rejoindre les autres.

Les compagnons de Wallie se tordirent en deux pour ne pas éclater de rire, impatients de voir comment le grand Casanova allait réagir.

Le soleil était couché et le ciel s'assombrissait. Thana débarrassait les restes du dîner, les autres membres de l'équipage du *Griffon* étaient allongés à la proue du pont.

— Il est bientôt temps de jeter l'ancre, capitaine ? demanda Wallie en ramenant une couverture sur ses épaules.

— Pourquoi ? (À contrecœur, Tomiyano avait enfin consenti à laisser Holiyi piloter le navire.) Le ciel est clair, le vent favorable.

— Parfait !

Wallie n'avait jamais navigué de nuit depuis qu'il avait quitté la sainte île, mais le *Griffon* pouvait prendre des risques qui auraient été inacceptables pour le *Saphir*. Les héros avaient le droit d'avoir de la chance. Il songea de nouveau à Doa.

Ses compagnons lui témoignaient le respect dû à son rang. La ménestrelle s'était d'abord montrée hautaine et distante avec eux, mais elle avait répondu de bonne grâce à leurs questions et à leurs remarques. Elle les avait traités avec tolérance et sympathie. Son comportement envers Wallie était radicalement différent : elle le gratifiait de regards provocants sous ses cils baissés, de profonds soupirs et d'autres signes implorant un rapprochement intime, mais les rares paroles qu'elle lui adressait étaient pleines de hargne et ouvertement injurieuses. Cette attitude paradoxale n'avait aucun sens, c'était comme un panneau de bienvenue apposé sur une porte verrouillée à double tour. Il n'avait pas la moindre idée de ce qu'il était censé faire.

Doa bavardait maintenant avec Katanji – une concession remarquable, car rares étaient les septièmes prêts à adresser la parole à un premier rang, même si celui-ci avait d'excellentes dispositions sociales. L'adolescent lui avait fourni la matière première de sa ballade satirique et elle découvrit qu'il ne l'avait encore jamais entendue. Elle attrapa son luth, gratta une corde et entama *Le novice Katanji à la sombre tour se rendit*. Thana et les deux marins s'esclaffèrent en écoutant l'histoire, Katanji ne tarda pas à les imiter. Les premiers sourires de Nnanji furent bientôt remplacés par des regards furieux. Wallie, quant à lui, fit de son mieux pour enfouir son ressentiment sous l'admiration qu'il éprouvait pour le talent de l'artiste, mais la satire était aussi mordante qu'une vipère : Shonsu était resté caché et tremblant au fond d'un navire, alors qu'il avait envoyé ses troupes – un unique garçon déguisé en esclave – au-devant du danger. Les sorciers n'étaient pas épargnés, eux non plus, mais ils s'en tiraient à bon compte comparé au guerrier.

La ménestrelle s'arrêta de chanter.

— Ma dame, lâcha Nnanji d'une voix glaciale, que diriez-vous d'en chanter une pour moi maintenant ? *L'adieu*, peut-être ?

Doa fit la moue et tira une note mineure de son instrument. La conversation entre Nnanji et le malheureux Arganari à l'article de la mort flotta sur le pont de plus en plus sombre et parvint jusqu'aux oreilles de Wallie. Ses yeux le brûlèrent tandis que ces tristes souvenirs lui serraient le cœur.

Doa s'interrompit soudain.

— Cette chanson ne vaut rien ! gronda-t-elle. Accordez-moi une minute.

Elle pinça les cordes et Wallie identifia des fragments de la complainte qu'elle avait entamée dans le réfectoire. Au bout de quelques minutes, elle avait terminé et était prête à chanter.

— Nnanji... Nnanji...

La première chanson était loin d'être aussi mauvaise qu'elle l'avait affirmé, mais, comparée à la nouvelle mouture, ce n'était qu'une rengaine à deux sous... Le génie avait dépassé le simple talent. Les paroles de Doa se révélèrent mille fois meilleures, la nouvelle mélodie était aussi obsédante et émouvante que *Shenandoah* ou *The Londonderry Air*. Wallie s'aperçut que ses joues étaient trempées de larmes. Il pleura en silence en mémoire d'Arganari, cet adolescent imperméable à la musique qui aurait été incapable d'apprécier une seule note de la composition géniale que sa mort avait inspirée. La chanson se termina enfin et le guerrier remarqua que ses compagnons étaient tout aussi émus que lui.

Wallie était stupéfait. Il eut l'impression d'avoir assisté à la création d'une œuvre digne de passer à la postérité – et il ne s'agissait pourtant que d'une improvisation. Cette femme était Mozart, Shakespeare, ou les deux en même temps. Il avait trouvé son Homère, mais encore restait-il à la convaincre de lui apporter son aide.

Cette nuit-là, le *Griffon* dansa avec le dieu du vent sur les eaux noires incrustées de platine. Une balise rouge brillait pour lui au sommet d'un pic de RegiVul. Tomiyano et Holiyi barrèrent et montèrent la garde tandis que les autres dormaient au fond de la cale humide et infecte.

Wallie proposa à Doa l'unique cabine du navire. La ménestrelle demanda si la porte était munie d'un verrou, mais Holiyi avait remonté celui-ci à l'extérieur pour transformer la pièce minuscule en prison. Elle déclina l'offre.

Wallie s'y installa avec le mélancolique espoir que, sous le manteau discret de la nuit, quelqu'un le rejoindrait peut-être. Mais personne ne vint. Il dormit mal, car il n'était pas habitué aux balancements du navire. Il ne parvint pas à ignorer les craquements du bois et le clapotis des vagues, l'odeur fétide et répugnante... pas plus que son désir sauvage et non partagé.

Elle avait été la maîtresse de Shonsu. L'expédition de Shonsu avait tourné au désastre. Dans quel camp était Doa ?

Le deuxième jour, à la tombée de la nuit, le *Griffon* jeta l'ancre devant Sen, à moins d'un mille de la rive. Le dieu du vent avait apporté une aide enthousiaste et le navire avait rejoint son objectif en un temps record.

Une seule chose avait manqué à Wallie : le temps nécessaire pour tester son piège à sorcier. Si le vent soufflait trop fort, il ne pourrait pas se servir de son matériel, mais les dieux jugeaient peut-être ces répétitions inutiles. Le vent se calma comme s'il en avait reçu l'ordre. L'ancien Wallie Smith s'en serait inquiété, car un calme plat le retiendrait prisonnier et à la merci des sorciers. Mais, maintenant, il croyait aux superstitions et faisait confiance aux dieux.

Les héros avaient le droit d'avoir de la chance.

Ou, pour l'exprimer différemment : un homme malchanceux ne vivait pas assez longtemps pour devenir un héros.

Non, il préférait la première formulation.

Son plan se fondait sur des hypothèses très hasardeuses. Wallie partait du principe que les sorciers surveillaient la Rivière et les navires avec soin. Il supposait qu'ils employaient des télescopes peu performants – il estimait que leur grossissement devait être, au mieux de dix. Mais surtout, il comptait sur la réputation de stupidité des guerriers. La dernière chose que les sorciers attendaient de leur part était un piège.

Il ne fallait cependant pas sous-estimer l'ennemi. Les guerriers n'avaient jamais tiré d'enseignements de leurs erreurs, mais Wallie était persuadé que les sorciers ne s'en privaient pas – et ils avaient connu une cuisante défaite à Ov. Ils avaient sans doute été informés de l'arrivée de Shonsu à Casr, puis de sa disparition. Ils se montreraient particulièrement méfiants envers les septièmes de grande taille et les quatrièmes aux cheveux roux – et Wallie était prêt à reconnaître que leurs services de renseignements étaient assez compétents pour avoir signalé que Nnanji était maintenant un cinquième rang.

Il avait donc consigné son protégé sous le pont bien avant que Sen soit en vue – les cheveux roux étaient rares dans le Monde. Katanji avait connu le même sort, à cause de son bras plâtré. La taille de Doa la rendait suspecte et les sorciers savaient peut-être qu'elle avait été la maîtresse du premier Shonsu. En outre, il n'était pas impossible qu'elle travaille pour eux. Elle avait rejoint les deux frères dans la cale.

Wallie portait la robe bleue que Lae avait taillée pour lui. Il avait rabattu le capuchon et ne tournait pas la tête vers la cité. Tomiyano avait dissimulé la brûlure que lui avait infligée un sorcier sous une couche de maquillage brun. Seules les marques faciales de Thana pouvaient désormais alerter l'ennemi et Wallie ne pensait pas qu'elles soient visibles à une telle distance. Et puis, si les guetteurs étaient de sexe masculin, ce n'était pas le front de Thana qui les intéresserait le plus.

L'ancre fut jetée et les voiles ramenées. Wallie avait étalé son matériel sur le pont, à l'ombre du bastingage, car le soleil était bas. Il n'y avait pas d'autres navires visibles dans les environs et une douce brise soufflait sur la Rivière. Au cours des deux derniers jours, Wallie avait revu son plan mille fois en compagnie de ses compagnons. Il s'aperçut qu'il avait la bouche sèche et que son cœur martelait sa poitrine. Il passa de nouveau chaque étape en revue. Il se demanda quels détails il avait négligés et s'inquiéta des millions de risques qu'il avait envisagés.

Avait-il jeté l'ancre trop loin ? Les sorciers étaient-ils capables de produire des télescopes d'un grossissement de dix ? Il ne devait pas tourner la tête vers la cité, mais il apercevait les berges juste en aval et les maisons étaient minuscules. Et si personne ne remarquait l'appât ? Et si le plan ne se déroulait pas comme prévu ? Et si…

— Eh, bien, ô chef ? demanda Tomiyano avec impatience.

— Que se passera-t-il si le vent nous fait défaut ?

— Bah !

Le capitaine marcha sur le tapis anodin étalé sur le pont – qui faisait partie du plan – et le lissa du bout de son pied calleux.

— Les vents chantent au rythme de ton luth, Shonsu ! Chaque fois que nous avons foncé tête baissée dans les ennuis, il nous a soutenus. Où est donc passée ta foi, champion de la Déesse ?

Il était nerveux, lui aussi, et essayait de le cacher.

— Dans ce cas, allons-y !

Wallie s'agenouilla et versa de l'alcool dans un bol en cuivre. Thana remplit son rôle et alluma une mèche d'amadou à l'aide d'un silex – un exercice qu'elle ne maîtrisait pas encore très bien. Wallie glissa l'amadou dans le récipient que la jeune fille maintenait droit. La flamme était invisible, mais le septième sentit sa chaleur. Il se redressa et souleva le fond du sac en soie orange en implorant la chance. Le bol n'était-il pas trop lourd ? Ou trop petit ? Les boyaux de chat qui le suspendaient à la poche ne risquaient-ils pas de brûler ? N'allait-il pas mettre le feu au navire ? Et s'il ne se passait rien du tout ?

Le sac commença à gonfler. Thana leva des yeux inquiets et Tomiyano fit le signe de la Déesse. La poche enfla de plus en plus vite. Le vent soufflait dessus et Wallie dut l'attraper à deux mains pour qu'elle ne lui échappe pas. Puis il décida que c'était suffisant. Il se pencha, retint d'une main le ballon qui cherchait à s'envoler, prit le bol en cuivre que tenait Thana et souleva le tout. Il sentit la poche en soie s'élever et lâcha prise.

Le premier aérostat à air chaud du Monde fut emporté à toute allure par la brise. Il tournoya lentement, puis prit de l'altitude au-dessus de la Rivière. Wallie entendit plus ou moins les exclamations de ses compagnons, mais il était trop occupé à tendre l'oreille. Il était impossible que les sorciers aient déjà assisté à un tel événement, n'est-ce pas ? Ils ne manqueraient pas de penser que ce septième était des leurs et qu'il venait leur enseigner un nouveau tour de magie. Le ballon allait tomber dans quelques minutes, mais, d'ici là, il aurait disparu dans la brume de chaleur et les reflets du soleil.

On ne le voyait déjà plus. Wallie regarda autour de lui et constata qu'on le fixait avec une crainte superstitieuse mêlée de respect. Thana tremblait et Holiyi était blanc comme un linge. Il restait encore un ballon, celui qu'il avait prévu d'utiliser pour les essais.

— Recommençons !

Il gloussa et le second aérostat s'éleva dans les airs plus vite que le précédent. Maintenant, on ne pouvait plus considérer qu'il s'agissait d'une illusion quelconque.

Doa était montée à bord du *Saphir* et se tenait derrière les marins attentifs, observant la scène par-dessus leurs têtes. Son état était encore plus inquiétant que celui des autres personnes réunies sur le pont : ses yeux étaient enfoncés dans leurs orbites, ses traits étaient tirés et émaciés à l'extrême, ses cheveux formaient un enchevêtrement confus. Elle n'avait sans doute pas dormi depuis Sen. Elle avait fait ce qu'elle avait dit qu'elle ferait : elle avait passé deux heures enfermée dans la cabine en compagnie de Rotanxi – pour l'interroger, supposait Wallie, mais si elle travaillait pour le compte des sorciers, elle avait dû lui faire le compte-rendu de la situation. Ensuite, elle s'était réfugiée dans un coin de la cale et avait gratté les cordes de son luth d'un air absent, sans interruption, de jour comme de nuit. Elle avait refusé toute conversation et toute nourriture. On avait essayé de la raisonner, mais elle avait exigé en hurlant qu'on la laisse seule ; elle composait un poème épique sans effusion de sang. Wallie avait craint qu'elle sombre dans un état autistique complet.

C'était à peine croyable, mais elle avait maintenant retrouvé son arrogance et son attitude passées malgré sa mine défaite. Ses yeux étaient assombris par la fatigue, mais il n'y avait plus trace de cette lueur de folie. Le poème était donc terminé… Wallie allait obtenir ce qu'il avait commandé. Cependant, il était hors de question de permettre à la ménestrelle de le chanter aux quatre coins de la ville avant de l'avoir entendu au préalable – et peut-être même après.

Les marins s'écartèrent en hâte pour laisser passer cette femme immense et à peine décente avec ces deux bandes de soie sales qui lui ceignaient le corps. La bouche d'Honakura béat – offrant une vue imprenable sur ses gencives – lorsqu'il la vit. Le vieil homme fixa ensuite Wallie, puis se leva et salua la ménestrelle avec calme.

— Quelle est cette histoire de poème épique ? demanda-t-il d'un ton prudent.

— Il parle du seigneur Shonsu. C'est une œuvre excellente.

Le guerrier et le prêtre échangèrent un nouveau regard. Wallie leva les yeux au ciel pour exprimer son désaccord.

— À ma connaissance, jamais un ménestrel n'a chanté dans un temple, dit Honakura. Il faudra que je demande l'avis du seigneur Kadywinsi.

— Ma dame, intervint Wallie, vous êtes fatiguée et avez grand besoin de repos. Thana, pourrais-tu conduire dame Doa aux douches et lui trouver de quoi manger – ainsi qu'une cabine pour dormir, peut-être ?

Thana lui lança un regard entendu et hocha la tête. Elle entraîna la ménestrelle qui la suivit sans protester. Wallie respira un peu mieux.

Il fallait maintenant revenir au problème principal…

— Un poème épique ? dit Honakura d'un air pensif.

— *Non !* (Wallie soupira et évita le regard de Jja.) J'ai fait une bêtise en l'emmenant. J'ai réfléchi avec tout autre chose que mon cerveau. Elle a peut-être composé quelque chose, mais à quoi cela pourrait-il servir ? Une autre chanson décrivant le seigneur Shonsu tapi au fond d'un navire et illustrant son esprit retors ? Oubliez Doa ! (Le vieil homme hocha la tête d'un air dubitatif.) Est-ce que je serai en sécurité si je me rends au temple ?

— Bien sûr ! répondit Honakura.

— Non ! répondit Nnanji.

Le silence s'abattit sur le pont.

Wallie sentit la colère et la confusion monter en lui.

— À propos de cette cérémonie, qui va être béni ? Les guerriers ? Les chefs ? Tout le ralliement ?

Honakura leva les yeux et le fixa. Puis un petit sourire sournois se dessina sur ses lèvres flétries.

— Et pourquoi pas l'épée ?

La cabine était minuscule, sombre et nauséabonde. Son sabord avait été cloué avant le départ du *Griffon* et un homme y était retenu prisonnier depuis maintenant deux jours et trois nuits. Le sorcier était assis dans un coin, enveloppé dans des couvertures, lorsque Wallie et Nnanji entrèrent.

La captivité avait ébranlé cet homme habitué à être obéi et respecté. Son visage était squelettique, avec des cernes sombres sous les yeux ; les rides encadrant sa bouche s'étaient creusées et faisaient songer à des entailles ; ses minces cheveux blancs étaient hirsutes. Pourtant, le sorcier avait été bien traité selon les critères du Monde, Wallie le savait d'expérience.

— Nous sommes arrivés à Casr, déclara le guerrier. Le ralliement n'a pas embarqué.

— Vous avez donc gagné ?

— Pour l'instant. Si vous voulez m'accompagner à bord du *Saphir*, seigneur, nous vous permettrons de prendre un bain. Nous vous fournirons ensuite des vêtements propres – mais pas ceux que vous portiez en montant à bord. Je sais que les sorciers tirent leur pouvoir de leurs robes, voyez-vous. C'est ce qui nous a permis de vous neutraliser.

Rotanxi fronça les sourcils, puis hocha la tête avec admiration.

— Que va-t-il se passer maintenant ?

Son arrogance s'était étiolée et le vieil homme offrait désormais un spectacle pathétique tandis qu'il se blottissait instinctivement contre la cloison.

Wallie tendit une corde.

— Que je sois maudit si je le sais ! Il va falloir que je vous garde attaché, bien sûr. Je n'avais jamais imaginé que je capturerais un septième. (Il gloussa.) Vous voyez, seigneur Rotanxi, la situation est assez compliquée en ce moment. Les sorciers sont sur la rive gauche et les guerriers sur la rive droite. L'infâme Shonsu et sa bande de scélérats n'ont pas cessé de faire des allées et venues entre les deux camps en semant le chaos dans l'un comme dans l'autre. Si vous me vendiez au plus offrant, je pense que les guerriers proposeraient une enchère supérieure à celle des sorciers.

Le captif le fixa d'un air curieux pendant un moment, puis tendit la main vers ses chaussures.

— J'en doute. Êtes-vous prêt à vous laisser corrompre ?

Wallie songea au pouvoir du demi-dieu et sourit.

— Pas même si vous m'offriez le Monde ! Je vais montrer aux guerriers que vous êtes mon prisonnier, mais je jure que vous ne serez pas torturé et que les humiliations seront réduites au strict minimum étant donné les circonstances. Vous êtes plus utile vivant que mort et, par conséquent, on ne vous fera pas de mal.

— Il faut donc que je sois bien sage ? Vous me prenez pour un imbécile, Shonsu !

Rotanxi était amoindri, mais pas brisé. Il lâcha un ricanement méprisant et se leva avec raideur.

Wallie haussa les épaules.

— Je ne peux pas vous faire de véritables promesses, car je risque moi aussi ma vie. Mais si je meurs, maître Nnanji deviendra votre geôlier et respectera ma volonté.

Il conduisit le sorcier à l'échelle. Nnanji et Wallie s'étaient déjà lavés et avaient passé des vêtements propres. Thana et Katanji s'habillaient. Honakura et les prêtres étaient partis.

— Où me conduisez-vous avec tant de précipitation ? Vous êtes donc si pressés ?

— Le ralliement se rassemble au temple, expliqua Wallie. Je vais vous montrer aux guerriers et revendiquer le commandement.

Le sorcier le regarda avec inquiétude.

— Et ensuite ?

— Ensuite ? gronda Nnanji. Les guerriers l'accuseront de trahison et, comme il ne sera pas protégé par les règles de l'honneur, ils le tueront.

— Je vois ! (Rotanxi fixa les guerriers l'un après l'autre d'un air pensif.) Je crois percevoir un désaccord quant à la stratégie à appliquer. Et quand Shonsu sera mort, de qui deviendrai-je le prisonnier, avez-vous dit ?

— Le mien ! lança Nnanji avec violence. Mais comme je mourrai quelques secondes après mon mentor, c'est le ralliement qui héritera de vous. Je vous souhaite une bonne journée, seigneur.

Le canot se rangea contre la vieille jetée et fut accueilli par un prêtre inquiet – un vénérable sixième replet. Wallie s'agenouilla sur les planches visqueuses et tendit la main à Tomiyano qui n'avait pas débarqué.

— Capitaine, dit le guerrier, si Nnanji et moi ne… Euh, pourras-tu prendre soin de Jja et de Vixini ? Je te remercie pour tout ce que tu as fait pour moi.

Tomiyano haussa les sourcils et ses marques faciales se perdirent dans ses cheveux. Les deux hommes se serrèrent la main.

— Qu'est-ce que tu voudras manger ce soir, seigneur ? Je ferai part de ton menu à Lina.

Wallie sourit et se leva pour suivre le prêtre impatient.

Ils passèrent devant le réfectoire familier, puis entre des bâtiments abandonnés. Ils empruntèrent des chemins envahis par les mauvaises herbes, franchirent des clôtures presque couchées dont les portes étaient tombées… ils aperçurent de vieilles glacières et des chapelles désaffectées, des étables et des dortoirs délabrés, des pelouses aujourd'hui couvertes de broussailles impénétrables. Le faste avait délaissé Casr, mais la prospérité reviendrait dans quelques siècles. Le clergé aurait alors besoin de nombreux bureaucrates et le domaine serait restauré.

Ils se dirigèrent vers la masse imposante du temple et le bâtiment cacha bientôt la moitié du ciel. Ils pénétrèrent à l'intérieur par une petite porte discrète, puis longèrent des kilomètres de couloirs obscurs et traversèrent des halls empestant la terre et la pourriture. Ils entendirent les échos lointains d'un chant et leur guide se retourna en mettant un doigt sur ses lèvres. Il ouvrit une porte avec maintes précautions et le bruit gagna en intensité.

Ils débouchèrent dans ce qui ressemblait davantage à une alcôve qu'à une pièce, car une des parois était constituée d'un rideau de perles derrière lequel s'étendait la nef. De cet endroit, on pouvait voir sans être vu ; le groupe de six personnes pouvait épier mille guerriers. Wallie s'arrêta pour regarder et ses compagnons se rassemblèrent autour de lui afin de l'imiter.

Il songea d'abord que le temple était bien petit comparé au gigantesque édifice de Hann. Pourtant, cinq septièmes en bleu se tenaient sur sa gauche ; derrière eux, à distance respectueuse, on apercevait une ligne de trente ou quarante sixièmes et, un peu plus loin, les rangées de cinquièmes en kilt rouge. Plus de mille guerriers étaient rassemblés à la gauche de Wallie. Les cinquièmes cachaient les couleurs des hommes de rangs intermédiaires dont on ne distinguait que les têtes et les poignées de leurs épées. Mais la nef n'était pas comble et la notion de petitesse était donc relative. Le bâtiment était plus grand que toutes les cathédrales que Wallie avait vues. Et il n'y avait pas que des guerriers qui assistaient à la cérémonie. Au fond, derrière les épaules étroites des premiers rangs, il y avait une foule de personnes sans arme – des hérauts, des musiciens, des armuriers, des guérisseurs, des ménestrels et, peut-être, des notables de la cité.

Le chœur se tenait à droite de Wallie et iodlait sans interruption une gamme discordante. Les chanteurs étaient tournés vers la Déesse, une réplique en pierre de l'immense silhouette taillée par le vent et les intempéries qui se dressait dans le temple de Hann : une femme assise, vêtue d'une robe, avec de longs cheveux cascadant et un regard qui suivait la nef en direction des sept arches et de la Rivière. Le sculpteur de Casr avait été incapable de restituer la majesté de l'original. La peinture bleue s'écaillait et se détachait de la pierre en lui donnant un air galeux – une Déesse souffrant d'eczéma. Un véritable trésor s'étalait sur l'estrade, mais rien de comparable avec les richesses incommensurables de Hann. Il n'était pas impossible que le temple de Casr ait été pillé à plusieurs reprises.

Wallie s'aperçut que l'instinct de Shonsu était fort occupé à trouver des issues pour se replier en cas de danger. Tu parles ! Les portes principales étaient sans doute devant le bâtiment, à hauteur des arches, sous les parois de verre. De l'intérieur, on remarquait les châssis dépourvus de vitres : ils formaient des taches brillantes, alors que les carreaux encore en place étaient couverts de crasse – au point qu'il était difficile de distinguer la Rivière et la lointaine silhouette de RegiVul surmontée de sa colonne de fumée habituelle. Mais entre Wallie et la sortie, il y avait les guerriers. Un deuxième rideau de perles était tendu de l'autre côté de la nef et il devait avoir une porte derrière – et sans doute une troisième derrière la statue.

Wallie aperçut Boariyi. Le guerrier était à l'écart des autres et semblait bien solitaire. En toute justice, il aurait dû se trouver devant les septièmes, à la tête de son armée, mais il avait été placé à un endroit plutôt curieux : sur le côté, devant Wallie. Si celui-ci écartait le rideau de perles et sortait de sa cachette, les deux hommes se retrouveraient face à face de part et d'autre de la nef, comme des personnes de même condition. C'était rassurant : cela démontrait que les prêtres étaient bien sous le contrôle d'Honakura. Kadywinsi était un allié à qui il était impossible de faire confiance : il accordait son soutien à la dernière personne qui lui parlait. Pourtant, quelque part dans le temple, Honakura s'évertuait à empêcher le grand prêtre de changer une énième fois d'avis en attendant la fin de cet interminable chant.

Boariyi était trop loin pour que Wallie distingue son expression. Le grand septième n'avait sans doute pas eu le temps de s'entraîner plus que son rival au cours de ces derniers jours, mais il ne les avait pas passés à bord d'un navire secoué par les vagues et ressemblant à un asile de fous. Wallie réalisa alors à quel point il se sentait épuisé.

Tivanixi se tenait avec les autres septièmes. Il avait un bras bandé.

Wallie observa ses propres compagnons. Le sorcier avait les mains ligotées ; sa robe n'était pas à sa taille et lui donnait un air négligé ; un sourire suffisant était gravé sur son visage hagard. Nnanji tenait le bout de la corde qui entravait le prisonnier et faisait de son mieux pour afficher une mine enthousiaste – il avait déclaré que l'opération échouerait et il se trompait rarement quand il prédisait les réactions des guerriers. Thana avait insisté pour les accompagner et Katanji était présent, lui aussi. Le novice paraissait minuscule et si jeune… il arborait un large sourire tandis que ses yeux noirs pétillaient dans l'obscurité de l'alcôve.

Une petite poche en cuir se balançait à sa ceinture. Wallie songea soudain qu'elle devait contenir le butin qu'il avait extorqué sans vergogne aux survivants de Gi : une fortune en pierres précieuses. Si Nnanji lui avait rendu ce méprisable trésor, c'était parce que le jeune cinquième était persuadé qu'il ne reverrait pas le soleil se lever.

Le rassemblement de guerriers commença à s'agiter. Au fond du temple, les rangs inférieurs, invisibles derrière leurs supérieurs, devaient en être à se lancer des boulettes de papier mâché.

À Hann, la nef était longée par des vitraux, à Casr, de murs couverts de mosaïques en grande partie effritées. Wallie se demanda dans quel état était le toit et leva les yeux pour vérifier qu'il n'était pas sur le point de s'effondrer.

Il constata alors qu'il devait être la seule personne à ne pas attendre avec angoisse la fin de cet interminable chant. Il avait le mousquet du sorcier passé à la ceinture ainsi qu'une réserve de poudre et de balles dans sa poche, mais jamais il n'aurait le temps de recharger. La tension atteignit son point culminant. Sa cote était à cent contre un, mais il éprouvait davantage de résignation que d'inquiétude. Les dieux ne lui avaient pas laissé le choix : ils l'avaient harcelé sans cesse et conduit ici comme un berger mène ses moutons à l'enclos. Était-ce la signification du dernier vers de l'énigme, *À sa destinée se conformer ?* Devait-il remettre l'épée à Boariyi ? Quel âge avait Alexandre le Grand quand il avait pris la tête de l'armée de son père et était parti conquérir le monde ? Vingt ans ? Boariyi était sans doute plus vieux et il ne convenait pas vraiment pour ce rôle.

Le soleil disparut derrière un nuage. La pénombre envahit la nef haute et froide.

Le chant se termina enfin et les derniers échos se perdirent dans un soupir de soulagement général. Le chœur salua et se recula pour s'aligner sur deux rangs de chaque côté de la statue, hors du champ de vision de Wallie. Une minuscule silhouette en bleu s'avança d'un pas traînant, ses cheveux neigeux brillant dans la pénombre. Kadywinsi se prosterna sur ses vénérables genoux en signe de dévotion à la Déesse et se releva plus lentement encore pour se tourner vers l'assistance. Il leva les bras et entama le long rituel de la bénédiction. Boariyi et les autres septièmes se détendirent – la cérémonie touchait à sa fin. Les prières plaintives du vieillard laissèrent place au silence et Kadywinsi pivota vers la statue.

— Sainte entre les saintes ! chevrota-t-il. Ton commissaire et moi avons eu le privilège de décréter ce ralliement et l'honneur de Te voir lui accorder Ta bénédiction. Nous Te remercions d'avoir répondu à nos prières, de nous avoir envoyé les novices, les apprentis, les guerriers, les adeptes, les maîtres, les honorables et les seigneurs… et surtout, de nous avoir envoyé le champion que Tu as élu, un noble et courageux guerrier, un homme qui a déjà rencontré les sorciers et prouvé qu'il était capable de les vaincre, un grand chef que Tu nous envoies *armé de Ton épée.*

Un hoquet de surprise secoua l'assemblée et se transforma en un rugissement de colère. Des commencements d'émeute éclatèrent un peu partout dans le temple. Boariyi se redressa et posa les poings sur ses hanches, la tête en avant. Les cinq autres septièmes étaient stupéfaits. La plupart d'entre eux s'empourprèrent de colère à l'idée d'avoir prêté serment au mauvais candidat.

Wallie tendit la main vers le rideau, mais un ordre fusa dans son dos.

— Pas encore !

Il se tourna vers le prêtre et fronça les sourcils – n'était-ce pas le moment idéal pour un coup de théâtre ?

Le silence s'abattit soudain. Le soleil refit son apparition et inonda le temple d'un torrent de lumière. Les rayons se reflétèrent sur la chevelure argentée de Kadywinsi et sur une grande femme vêtue de bleu qui s'avançait dans la nef, un luth accroché dans le dos.

Wallie se retourna pour fixer ses compagnons.

—Je croyais qu'elle était à bord! aboya-t-il assez fort pour les faire sursauter.

Nnanji acquiesça, mais Thana secoua la tête.

—Elle est partie avec les prêtres.

Wallie prenait une douche à ce moment-là. Furieux, il se tourna de nouveau pour regarder la suite des événements. Doa était propre et bien habillée. Elle était calme et digne. Sa cascade de cheveux châtains avait retrouvé son éclat et ne ressemblait plus à une jungle miniature. Elle portait une robe de prêtre en coton, un vêtement bon marché, bouffant et trop court, mais elle le portait avec majesté, comme s'il avait été taillé sur mesures par un maître couturier. En désespoir de cause, Wallie espéra que Honakura savait ce qu'il faisait. Le vieil homme avait peut-être interrogé la ménestrelle à bord du canot. Il était également envisageable qu'il ait imaginé ce plan sur la seule base d'une foi aveugle.

Doa ne salua pas et ne donna pas le titre de son poème épique. Lorsqu'elle pinça les cordes du luth pour les accorder, elle ne semblait ni inquiète ni enthousiaste, juste concentrée. Elle leva la tête, joua une note et remplit le temple d'une voix mystérieuse aussi chaude qu'un zircon.

Les guerriers au petit matin arrivent la gloire au front,
La justice sur leurs épaules,
L'honneur dans leurs ambitions.
Ils vaincront le mal et embrasseront la vertu.
Rien n'arrêtera Ses épées!

Wallie lança un nouveau coup d'œil à Nnanji. L'expression sidérée du jeune homme lui apprit que, lui non plus, n'avait jamais entendu une chanson de route dans un poème épique.

L'air était entraînant et... non! Était-ce possible? Wallie écouta le refrain et le deuxième couplet avec attention.

Non, même avec une gamme de sept notes, c'était différent. Pas beaucoup, certes, mais meilleur, plus enthousiasmant qu'il l'avait imaginé l'espace d'un instant. Il comprit que cette marche serait adoptée sur-le-champ par le ralliement. Les pieds des guerriers commençaient à battre la mesure... Mais peut-être se trompait-il. Le chant racontait le périple de Shonsu menant son armée à travers les montagnes de Vul. Wallie allait enfin apprendre quelle catastrophe avait mis un terme à cette expédition – à condition que Rotanxi n'ait pas menti à Doa et que Doa n'ait pas accommodé les événements à sa guise.

La musique évolua vers le style classique des poèmes épiques. Les méchants sorciers préparaient leur défense. Leur chef était bien entendu le seigneur Rotanxi qui débordait de haine pour les guerriers et invoquait un démon de feu. Wallie regarda derrière lui. Le visage du prisonnier était un kaléidoscope d'émotions: on y lisait de la colère, de l'amusement et de l'étonnement.

Le rythme se transforma en un thème impétueux et inquiétant ; la voix de la chanteuse changea également. Les guerriers atteignaient un pont franchissant un abîme et apercevaient RegiVul au loin. Ils commençaient à traverser le gouffre, le démon de feu surgissait et déchaînait des torrents de flammes et d'éclairs dans un concert de notes discordantes. Le pont et les guerriers disparaissaient dans le vide.

Un pont miné ? Bien sûr ! Les sorciers n'auraient pas pu trouver de solution plus simple et jamais les guerriers n'auraient imaginé un tel stratagème. Wallie se tourna vers Rotanxi et demanda sans réfléchir :

— Est-ce vraiment ainsi que les choses se sont passées ?

Il ne reçut qu'un regard stupéfait en guise de réponse.

Shonsu était le seul survivant, car il marchait à la tête de ses hommes. En passant, le démon de feu l'avait jeté à terre. Il avait perdu son épée et avait été capturé par les sorciers triomphants.

La musique changea de nouveau et se transforma en mélopée funèbre. Wallie commença à apprécier cette œuvre qui allait marquer le début d'une nouvelle forme d'art, l'oratorio héroïque. Nnanji avait la bouche béante. Les poèmes faisaient office de journaux et de distractions dans le Monde. Les guerriers en étaient friands. Ils les aimaient comme les Italiens aiment l'opéra. Cette composition sublime avait cloué l'auditoire sur place.

Les noms et les rangs des disparus… Doa les connaissait depuis longtemps, car elle avait été la maîtresse de Shonsu. Tivanixi avait-il pensé à lui poser la question ? Avait-elle refusé de lui répondre ?

La mélopée funèbre céda le pas à un thème entraînant et sauvage accompagnant le récit de la fuite de Shonsu. Attaché à un arbre, sur le point d'être torturé, le guerrier avait brisé ses liens avant de plonger nu et sans arme dans la forêt…

Une complainte obsédante raconta comment les démons de la Déesse l'avaient conduit jusqu'à Hann. La ménestrelle avait choisi les faits avec un grand discernement. Shonsu avait demandé un exorcisme qui avait échoué. En pénitence, il s'était jeté du haut des chutes sacrées – Doa ne précisait pas que, en cas de refus, des gardes se seraient chargés de l'aider.

La Déesse chantait une aria, refusant l'offrande de l'âme de Shonsu. Elle se lamentait sur la mort de Ses quarante-neuf serviteurs et sur l'honneur sali de Ses guerriers. La mélodie reprenait le thème que Wallie avait déjà entendu deux fois, lorsque Doa s'était attelée à sa composition. La jeune femme avait maintenant atteint la perfection : les notes montaient en vous déchirant le cœur, elles remplissaient le temple de tristesse et d'angoisse. Wallie aperçut les guerriers subjugués cligner des yeux pour refouler leurs larmes et lui-même se sentait très ému. La plainte se transforma en résolution par petites touches subtiles tandis que la Déesse ordonnait à Shonsu de retourner vaincre les sorciers avec Son épée… Les larmes séchèrent et le sang bouillonna d'une rage légitime.

L'air retrouva les accords du style épique classique tandis que Rotanxi ourdissait de nouvelles machinations. Il envoyait les kilts à Casr, le ralliement était décrété et les guerriers se rassemblaient. Shonsu arrivait avec la septième épée et un petit refrain moqueur expliquait comment ses pairs le rejetaient et l'éconduisaient de la loge. Les événements ne s'étaient pas déroulés ainsi, mais tout le monde – Nnanji compris – savait qu'il ne fallait pas croire tout ce que les poèmes épiques racontaient.

Le suspens revint en force. Les sorciers complotaient de nouveau dans un écho de la scène précédente, mais dans un port anonyme de la Rivière. Ils avaient prévu l'arrivée des guerriers et invoqué leurs démons de feu pour détruire le ralliement. Jamais le temple n'avait accueilli un auditoire aussi attentif qu'aujourd'hui. L'ignoble seigneur Rotanxi arpentait le quai en claironnant les horreurs qu'il allait déchaîner contre ses ennemis.

La musique, tout d'abord effrayante et mystérieuse, gagna en intensité et s'acheva sur un air triomphant. Un navire arrivait devant le port. Shonsu apparaissait sur le pont et expliquait d'un ton moqueur qu'il avait empêché le départ du ralliement et déjoué les sombres machinations des sorciers. Les reparties spectaculaires s'enchaînaient jusqu'à ce que Rotanxi annonce qu'il allait s'occuper en personne de ce jeune guerrier arrogant. Il montait à bord… et sa magie se révélait impuissante face à l'épée de la Déesse.

Le *Griffon* larguait les amarres et Shonsu déclarait que Rotanxi était désormais son prisonnier et qu'il le ramenait à Casr pour y être exécuté. Pendant une fraction de seconde, on entendit des murmures incrédules dans la foule. Puis tout le monde se tut et attendit la suite avec impatience.

Molto Vivace! Les démons étaient lâchés – les démons de feu, les démons de l'eau, les démons du ciel, les démons de la foudre et des tempêtes. Ils rugissaient, flamboyaient et bouillonnaient tout autour du navire. Dans un geste de défi divin, Shonsu brandissait l'épée de la Déesse et les chassait. Les esprits s'enfuyaient, penauds, vaincus…

Le final éclata sous la forme d'une marche triomphante, une répétition du thème d'ouverture entraînant, les paroles à peine modifiées pour décrire le chemin des guerriers en route vers une gloire assurée.

Le silence retomba. Un silence absolu, total.

Wallie cligna des yeux et se tourna. La bouche de Nnanji s'était refermée, mais il avait les yeux brillants et avait lâché la corde qui retenait le sorcier. Rotanxi aurait pu s'éclipser sans qu'on le remarque, mais il était captivé, lui aussi. Tout comme Thana. Katanji croisa le regard de Wallie et sourit. Wallie ramassa la corde et la redonna à Nnanji avec une grimace qui rompit le charme.

Dans le temple, l'auditoire demeura envoûté encore quelques instants. En général, les guerriers manifestaient leur enthousiasme en frappant du pied, parfois en applaudissant et rarement en lançant des ovations. Maintenant, ils faisaient les trois en même temps et chaque membre de cette vaste assemblée était décidé à faire autant de bruit que possible. Une tempête sonore s'abattit sur la ménestrelle. Même les septièmes battaient des mains, même Boariyi. Doa paraissait sur le point de sortir de transe. Elle esquissa un faible sourire, salua et se tourna pour s'incliner devant la Déesse. Le vieux Kadywinsi était encore là, debout. Il bénit la jeune femme qui s'éloigna et disparut tandis que le tonnerre d'applaudissements semblait ne jamais vouloir finir. Wallie fut persuadé qu'il avait assisté à un événement aussi mémorable que la première représentation d'*Hamlet*... M. Homère va nous réciter sa dernière composition, l'*Odyssée*... Les poèmes épiques du Monde ne seraient plus jamais les mêmes.

Doa avait fait ce qu'elle avait promis de faire. Si un vote était organisé après cette interprétation, Wallie serait sans nul doute élu chef sous les ovations. Mais les guerriers avaient déjà prêté serment. L'autocratie était reine dans le Monde, la démocratie n'avait pas voix au chapitre.

—Seigneur, dit Wallie au sorcier. (Il dut presque hurler pour couvrir les cris des spectateurs.) Même si nous devons mourir aujourd'hui, tous les deux, nous sommes assurés de passer à la postérité.

Le prisonnier ne lui adressa pas son habituel ricanement sarcastique. Il examina le guerrier pendant quelques instants.

—Je crois que vous avez raison, seigneur Shonsu. Il est possible que ce soit une petite consolation.

—Allez-y, seigneur! dit le prêtre.

—Un moment. (Le vacarme ne faiblissait pas.) Quelle est la suite du programme?

—Il n'y a plus rien de prévu, seigneur.

Il fallait changer cela. Wallie observa la nef, juste à temps pour apercevoir Boariyi lever la main afin de réclamer le silence – qu'il obtint sur-le-champ. Sacrément impressionnant! Wallie écarta le rideau et s'avança à la rencontre du ralliement.

Il fut à deux doigts de ruiner ses espoirs en trébuchant sur une marche et en s'étalant de tout son long. Il n'avait pas remarqué que l'emplacement de l'orateur était légèrement surélevé. Une fois l'obstacle surmonté, il avança et se positionna presque en face de l'allée centrale. Il se tourna vers la statue pour exécuter le salut à la Déesse, puis vers la foule pour le salut à une assemblée. Les échos de sa voix sépulcrale se répercutèrent sur les arches vitrées.

Devant lui, juste en bas des marches, se tenaient les cinq septièmes. Zoariyi, le plus petit, arborait une mine impassible et seuls ses yeux trahissaient une certaine méfiance. Tivanixi était déconcerté et furieux. Ce vieillard devait être le seigneur Chin... je ne sais quoi dont Nnanji avait parlé. Il y avait aussi un guerrier replet avec une cicatrice et un homme plus jeune d'apparence quelconque. Derrière eux se tenait la ligne de sixièmes en kilt vert. Certains fronçaient les sourcils, d'autres étaient intrigués, un ou deux souriaient à ce coup de théâtre... Un peu plus loin, à mi-distance des arches, Wallie aperçut des rangées et des rangées de poignées d'épée et de visages masculins.

Il se tourna de trois quarts pour s'adresser au grand Boariyi qui avait croisé les bras et relevait fièrement la tête. Un masque de colère se dessinait sur son visage caoutchouteux et écarlate.

—Seigneur Boariyi, je viens réclamer le commandement du ralliement ainsi que la Déesse m'en a intimé l'ordre.

Le temple était silencieux. S'il avait fermé les yeux, Wallie aurait pu croire qu'il était désert. Il ne savait pas du tout à quoi s'attendre. Il y avait mille cinq cents guerriers face à lui, mais soumis à la volonté d'un seul. L'œuvre de Doa les avait sans nul doute impressionnés, mais Boariyi n'avait aucune raison de céder son poste de son plein gré.

—Tiens donc ? Vous arrivez un peu tard, seigneur Shonsu. Le ralliement a déjà prêté serment.

Sa voix manquait de profondeur comparée à celle de Shonsu, mais elle n'en demeurait pas moins imposante.

—Veuillez m'en excuser. J'avais quelques affaires à régler à Sen, ainsi que vous avez pu l'entendre.

—Oooh ! s'exclamèrent les rangs inférieurs au fond du temple.

Les yeux de Boariyi se plissèrent.

—Vous pensez vraiment que nous allons croire à cette histoire ? Votre longue relation avec dame Doa est bien connue, seigneur Shonsu, et même si nous avons tous apprécié sa représentation, il vous faudra d'autres preuves pour nous convaincre.

Il pivota vers son armée, prêt à leur donner l'ordre de rompre les rangs et de sortir. Une manœuvre très intelligente.

—J'ai un prisonnier pour prouver la véracité de mes propos ! tonna Wallie.

Une vague d'excitation traversa la foule comme un coup de vent sur un champ de maïs.

Boariyi se tourna de nouveau vers lui, dubitatif.

—Mon prisonnier est le seigneur Rotanxi, sorcier du septième rang, grand sorcier de Sen, l'homme qui vous a fait parvenir les kilts…

Sa voix fut noyée par les exclamations de surprise.

Boariyi réclama le silence une fois de plus – et l'obtint. Son visage était de plus en plus rouge.

—Montrez-nous donc cet homme !

Wallie fit semblant d'hésiter.

—Je pourrais demander qu'on aille le chercher… Vous convenez qu'il s'agit de *mon* prisonnier, selon les soutras ?

—Je ne le toucherai pas tant que vous êtes en vie ! rugit Boariyi. Mais je n'offre aucune garantie quant à votre sécurité !

—Je suis parfaitement protégé par les règles de l'honneur et la lame de mon épée, déclara Wallie en regrettant de ne pas y croire.

Il se tourna et fit un geste.

Rotanxi franchit le rideau d'un pas mal assuré tandis qu'une énorme main le tenait par la peau du cou. Toute la splendeur du dieu des rêves n'aurait pu éclipser l'éclat du sourire de Nnanji lorsqu'il poussa le vieil homme devant lui et traversa la nef en direction de Boariyi. Le bras droit tendu, la corde dans la main gauche, il fit avancer le prisonnier à grands pas jusqu'au seigneur suzerain. Boariyi recula, sidéré, en apercevant les marques faciales du sorcier. Nnanji fit pivoter son prisonnier face à l'assemblée et le poussa sans ménagement vers l'entrée du temple, passant devant les septièmes, puis les sixièmes, pour qu'ils observent Rotanxi. Les deux hommes décrivirent un cercle qui s'acheva à côté de Wallie. Nnanji adressa alors un sourire à tout le ralliement. Le silence céda une fois de plus la place à un brouhaha de plus en plus puissant – le ressac des vagues sur les galets se transforma en déferlante, puis en rouleau se brisant contre un récif.

Thana et Katanji étaient sortis de l'alcôve et s'étaient rangés aux côtés de leur chef. Le spectacle était si ridicule que Wallie faillit éclater de rire tant il était nerveux et épuisé. Les guerriers avaient dû le remarquer aussi : d'un côté, il y avait Boariyi et sa horde ; de l'autre Shonsu en compagnie d'un novice blessé, d'une apprentie du deuxième et d'un jeune homme aux cheveux roux habillé comme un cinquième. Mais Shonsu avait amené son prisonnier… et quel prisonnier !

Boariyi n'avait plus vraiment le choix pour se tirer de ce mauvais pas en conservant son honneur. Le vieux Kadywinsi se tenait entre les deux hommes, face au ralliement. Il se tourna vers le seigneur suzerain et tout le monde l'imita.

— Je suis venu ici pour obtenir une bénédiction, lâcha Boariyi d'une voix rendue sèche par la colère, pas pour tomber dans un traquenard. Me lancez-vous un défi, seigneur Shonsu ?

La question était délicate. Wallie serait en mauvaise posture s'il répondait oui et définitivement écarté s'il répondait non.

— Je n'ai aucune envie de vous affronter, seigneur, mais je n'ai pas peur de le faire, car je suis meilleur guerrier que vous et j'ai la Déesse de mon côté. (Enfin, il l'espérait.) Mais je ne combattrai pas le ralliement tout entier. Acceptez-vous un duel d'homme à homme ou allez-vous vous cacher derrière le bouclier du serment du sang ?

Boariyi adressa un bref regard à son oncle, le petit Zoariyi aux cheveux gris qui se tenait parmi les autres septièmes.

— Je n'ai jamais assisté à de tels événements dans l'enceinte d'un temple, déclara Boariyi. Je dois consulter mon conseil.

Les septièmes s'approchèrent docilement de lui. La manœuvre était tout au bénéfice de Boariyi : elle lui procurait un soutien important et mettait un terme à son isolement apparent.

Les membres du conseil se rassemblèrent un moment tandis que le reste des guerriers retenait son souffle dans un silence tendu. Zoariyi fut pour ainsi dire le seul à parler et son neveu l'écouta en penchant la tête. Puis le seigneur suzerain s'avança de manière à ce que les septièmes soient derrière lui.

— Mes conseillers me suggèrent qu'il ne s'agit pas d'une affaire d'honneur ! N'est-ce pas vous, Shonsu, qui avez mené une troupe de cinquante guerriers qui s'est fait massacrer par les sorciers ?

— En effet.

Mais Wallie fut interrompu avant de pouvoir poursuivre.

— N'est-ce pas vous qui avez rampé nu dans la poussière devant les sorciers d'Aus ?

— En effet…

— N'est-ce pas vous qui avez arrêté l'élan victorieux des guerriers à Ov alors qu'ils se préparaient à couronner leur triomphe par la prise de la tour ?

— Certes, mais…

— N'est-ce pas vous qui avez livré les plans du ralliement aux marins qui ont appareillé et hissé de faux pavillons de quarantaine en amont du port, nous empêchant du même coup de lancer notre attaque ?

— Oui, mais uniquement parce que…

Boariyi leva un bras immense et le pointa sur Wallie.

— Dans ce cas, je déclare que vous êtes un imposteur, une abomination, un agent des sorciers ! Je vous condamne à mort en tant qu'ennemi du ralliement. Septièmes, tuez cet homme !

Wallie réfléchit à sa réplique. Il regarda ses compagnons. Nnanji avait l'air malade. Rotanxi lui lança un regard moqueur – bien que sa vie dépende de celle de son ravisseur.

Wallie se tourna vers Boariyi et le conseil. Il constata qu'il était inutile d'argumenter : ils avaient dégainé leurs épées et approchaient de front. Ils avançaient sans hâte, espérant peut-être qu'il allait s'enfuir. Mais ils avançaient tout de même. Nnanji ne s'était pas trompé.

Wallie tira le pistolet de sa ceinture et maîtrisa son envie d'abattre Boariyi. Il avait besoin d'une cible sur laquelle la balle ne ricocherait pas. Il visa au-dessus des têtes des guerriers rassemblés, en direction des arches et des lointaines montagnes.

Puis il appuya sur la détente.

Le vacarme de l'explosion le surprit. L'arme bondit dans ses mains et un gros nuage de fumée âcre enveloppa la rangée de sixièmes. À l'exception du sorcier et des membres de l'expédition de Shonsu, personne n'avait jamais entendu un bruit semblable. Des plaques de plâtre s'abattirent du plafond ; des carreaux de mosaïques tombèrent des fresques murales. Wallie avait fait mouche : il avait touché une des vitres de l'arche du milieu – probablement un point vulnérable du treillis en pierre pourri. Alors que l'écho de la détonation se répercutait encore, un terrible fracas de verre brisé s'y ajouta lorsque toute la structure de la fenêtre centrale s'effondra, rangée après rangée. Une avalanche de pierre, de verre, de panneaux et de châssis s'abattit dans une réaction en chaîne ; une succession de cascades de cristal scintillant se déversa sur le sol en dénudant l'arche tout entière.

La panique s'empara du ralliement et les guerriers – du premier au septième – s'enfuirent. Wallie glissa le pistolet dans sa ceinture sans le recharger. Il regarda ses compagnons. Même le sorcier était sidéré par l'effet de la détonation. Nnanji déglutit avec peine et parvint à sourire.

— Ouah !

Derrière eux, une masse de prêtres aux robes de diverses couleurs se battaient pour franchir une porte dans la statue. Seul le minuscule Honakura n'avait pas bougé. Les coins de ses lèvres se relevèrent et il adressa un geste de félicitations à Wallie. Les septièmes furent les premiers à recouvrer leur calme.

Ils formèrent un groupe compact à l'endroit où ils se trouvaient avant la détonation et échangèrent des propos virulents en lançant des coups d'œil honteux en direction de Wallie. La majorité des civils essayaient encore de fuir, mais les guerriers se ressaisirent avant d'atteindre les congères de verre près de l'entrée principale. Ils regagnèrent lentement leur place d'un air penaud. Tous avaient remarqué que seul le groupe de Wallie n'avait pas paniqué.

Wallie n'attendit pas que les guerriers finissent de s'aligner.

— Oui, proclama-t-il. Je commandais l'expédition qui a été massacrée à Vul et pour cela, je dois m'amender.

Tout le monde était suspendu à ses lèvres maintenant. Derrière lui, les prêtres s'étaient tus et les septièmes avaient interrompu leur discussion pour l'écouter.

— Oui, j'ai débarqué à Aus, sans arme. C'était stupide et j'ai payé cette erreur au prix fort.

» Oui, j'ai empêché les guerriers de poursuivre leur attaque à Ov, pour les mêmes raisons que j'ai empêché le ralliement de quitter Casr. Vous ne savez pas comment combattre les sorciers ! Moi, si ! Maintenant, je le sais ! J'ai capturé le seigneur Rotanxi et je l'ai neutralisé. Cet éclair était un des sortilèges qu'il transportait – un petit objet qu'il avait dans sa poche. Appelez ça un éclair du premier rang, si vous voulez. Nos ennemis sont capables de déclencher des horreurs bien pires, des éclairs du septième rang. Ils en avaient aligné le long du quai de Sen et ils les ont lancés contre notre navire. La ménestrelle a parfaitement décrit leurs effets, mais il n'y avait pas de démons. Je ne maîtrise pas la magie, seigneurs. (Il tira son épée.) Cette arme n'a rien de magique, mais elle est sacrée. Elle appartient à la Très-Haute, Celle qui nous a sauvés.

» Elle m'a envoyé prendre le commandement du ralliement, car le courage ne suffira pas à remporter cette guerre. Je ne remets pas en doute votre vaillance, guerriers, mais je suis le seul à pouvoir vous apprendre comment vaincre les sorciers. La Déesse m'a confié Son épée et m'a accordé la sagesse. Je peux vous mener à la victoire, mais vous, seigneur Boariyi, vous en êtes incapable. Allez-vous oser vous opposer à Sa volonté divine ?

Les septièmes reprirent leur discussion houleuse. Kadywinsi fit un pas en avant, mais Wallie l'empêcha de parler d'un geste. C'était à Boariyi de décider ; Wallie se sentit désolé pour le jeune septième. Il avait sans doute rêvé d'entrer dans l'Histoire en tant que seigneur suzerain et voilà que la sorcellerie et les machinations du clergé s'alliaient pour ruiner ses espoirs. Sa décision ne laissait pourtant que peu de doute : Wallie avait réussi à exposer sa version des faits et l'affaire se résumait désormais à un défi personnel. Boariyi ne pouvait plus refuser le duel, mais il pouvait encore croire que les guerriers du ralliement lui étaient fidèles.

Le jeune septième était parvenu à la même conclusion que Wallie. Il fit taire ses conseillers et fixa son adversaire par-dessus leurs têtes. Il affichait toujours ce petit sourire insolent et méprisant qu'il arborait lors de leur première rencontre. La colère de Wallie se déchaîna en le voyant.

— Et la dernière ! dit Wallie avec émotion. Enfin, en ce qui me concerne. (Il assena une claque dans le dos de Boariyi.) Et vous ?

— Plus jamais, seigneur !

Les guérisseurs se rassemblèrent comme une nuée de mouches à viande pour soigner la blessure de Wallie, mais celui-ci les écarta. Son bras ne saignait presque plus et il n'avait aucune envie d'attraper une infection sanguine.

— Seigneurs…

Le héraut qui ressemblait à un crapaud-buffle trompeta le résultat du duel. De grosses gouttes se mirent à tomber dans les rayons du soleil. Wallie frissonna tandis qu'une angoisse rétrospective et inévitable s'emparait de lui.

On avait pansé la blessure de Boariyi et celui-ci écarta les guérisseurs à son tour.

— Seigneurs mes vassaux, vous prêterez le serment du sang au seigneur Shonsu. Seigneur Shonsu, puis-je avoir l'honneur de…

Il présenta Tivanixi et Wallie répondit avec l'impression d'avoir mille ans. Il craignait de ne plus tenir droit sur ses jambes.

— Mais où est donc passé Nnanji ? demanda-t-il en regardant autour de lui.

Tivanixi sourit.

— Onze cent quarante-quatre, murmura-t-il.

Les septièmes froncèrent les sourcils tandis qu'il réfléchissait à la signification de ces paroles. La majorité des sixièmes formant la première ligne de spectateurs lancèrent des regards agacés, mais quelques-uns hochèrent la tête d'un air entendu pour montrer qu'ils connaissaient les soutras jusqu'au dernier. Deux septièmes restèrent perplexes.

Mais Wallie comprit et ressentit un choc. *Mes serments sont tes serments !* Nnanji allait devenir seigneur suzerain au même titre que son mentor ! Wallie n'avait pas songé aux implications du quatrième serment, contrairement à son jeune protégé. Si celui-ci était présent au moment de la cérémonie d'investiture, les septièmes devraient embrasser ses bottes en plus de celles de Wallie. Mais Nnanji n'était qu'un cinquième et une telle situation aurait été tout aussi outrageante à ses yeux qu'à ceux des membres du conseil. Il s'était donc retiré avec tact.

Les cinq septièmes furent présentés à Wallie et se prosternèrent pour prêter le terrible serment du sang et embrasser ses pieds. Le soleil se coucha au loin et la pluie redoubla d'intensité. Boariyi emprunta une épée et prêta le premier serment – un engagement mineur. Il jurait d'obéir aux ordres du seigneur Shonsu, mais conservait la liberté de protéger son honneur – ce qui signifiait tout et n'importe quoi.

— Souhaitez-vous vous adresser aux hommes, seigneur ? demanda le capitaine des hérauts.

La pluie fournissait une excuse convenable et Wallie secoua la tête avec lassitude.

— Demain, je réunirai le conseil et les sixièmes pour leur expliquer comment combattre les sorciers. Seigneur Zoariyi, votre neveu a promulgué certaines règles de conduite en ce qui concerne le comportement des guerriers envers les civils. Je vous prie de les proclamer de nouveau en mon nom. Seigneur Tivanixi ? Deux navires ont été saisis ? (Le commissaire hocha la tête, mal à l'aise.) Libérez-les et veillez à dédommager les équipages. Cinq pièces d'or chacun. (Wallie crut un instant que Tivanixi allait protester, ce qui signifiait sans doute que les caisses du trésor étaient presque vides.) Annoncez aux marins et aux marchands que le ralliement ne capturera plus de navires à l'avenir et qu'il paiera les transports requis à un taux négocié. Je le jure sur mon épée.

Quels autres problèmes devait-il régler ? Sa tête tournait et il avait mal au cœur.

— Qui est le meilleur cavalier du conseil ?

Les septièmes échangèrent des regards surpris et, après une pause assez longue pour satisfaire à la modestie, Tivanixi annonça qu'il avait vaguement pratiqué l'équitation dans sa jeunesse.

— Dans ce cas, je vous prie de me rejoindre une heure avant le coucher du soleil. Venez avec un forgeron et un sellier.

— Mais sans ménestrel, ajouta Nnanji en se matérialisant soudain à côté de Wallie, un large sourire aux lèvres.

Wallie passa un bras reconnaissant autour des épaules de son protégé et faillit s'effondrer.

— Ramène-moi chez nous, murmura-t-il.

Il ne tenait plus debout.

Nnanji chancela sous le poids et examina son mentor pour évaluer son état.

— D'accord ! (Il pointa un doigt impudent vers deux solides sixièmes.) Vous, et vous, debout ! (Pis encore, il se tourna vers le groupe de septièmes.) Seigneurs, vous allez nous suivre.

Wallie fut hissé sur les épaules des deux sixièmes malgré ses protestations. Et Nnanji n'en avait pas terminé.

— Musiciens ? Ménestrels ? *Les guerriers au petit matin*, je vous prie !

Tomiyano attendait dans un canot du *Saphir*, à quelques encablures de la berge, au cas où une fuite précipitée se révélerait nécessaire. Nnanji avait le choix entre deux jetées. Il choisit la plus éloignée. Les musiciens entamèrent une marche, une trompette donna le ton, les ménestrels commencèrent à chanter et le ralliement se mit en branle tandis que deux solides sixièmes conduisaient le nouveau seigneur suzerain à son bateau en le portant sur leurs épaules. Tout le monde reprit la chanson avec allégresse. Il ne s'agissait plus seulement de la marche du ralliement de Casr, mais du chant de route adopté par toute une profession : *les guerriers au petit matin*. Nnanji du cinquième avançait d'un pas fier à la tête du défilé, épée brandie, chantant aussi fort que les autres, un grand sourire aux lèvres.

LIVRE QUATRE

Comment le guerrier prit le commandement

— Qu'est-ce que je vais faire maintenant ?

La question résonna dans sa tête avec une telle clarté qu'il crut un instant l'avoir posée à voix haute. Il tressaillit. Ses yeux s'ouvrirent brusquement et son regard vide fixa les planches nues du plafond. Si ces mots avaient été prononcés, ce ne pouvait être que par lui.

Il se trouvait dans sa cabine, à bord du *Saphir*. Son bras blessé l'élançait sous son bandage. Sa peau avait la douceur, le toucher laineux qu'apporte le sommeil. Jja avait lavé le sang avec de l'eau chaude – un luxe insensé sur un navire en bois. Sa fatigue avait disparu, ce qui signifiait que son corps s'était remis de l'hémorragie. Il était bien. Maintenant, il ne courait plus aucun danger et sa tâche allait commencer.

Des planches nues en guise de plafond, des planches nues en guise de murs… mais il se sentait chez lui. Si Brota acceptait, il continuerait à vivre sur le *Saphir*. Un général se devait de rester avec ses troupes, mais Wallie était incapable d'adopter le comportement habituel des chefs de guerre. Brota choisirait sans doute rester à Casr pendant un moment plutôt que de perdre Thana.

La lumière du jour filtrait encore à travers le sabord, il n'avait donc pas dormi très longtemps. La vie était simple dans le Monde : pas de télévision, pas d'air conditionné ni de chaudière, pas de livres ni de magazines. Dans les cabines, il n'y avait que des paillasses roulées, des couvertures et un petit coffre pour ranger leurs quelques vêtements. La minuscule literie de Vixini était repliée dans un coin… Ils n'avaient pas grand-chose.

Il aperçut alors un autre objet lui appartenant. Elle était assise en tailleur et l'observait. Elle était peut-être restée là pendant qu'il dormait, telle une statue, un bouddha, l'attendant avec le stoïcisme infini des esclaves. Sa peau était mordorée et douce, couverte de deux bandes de tissu noir ; ses yeux sombres étaient impénétrables ; ses cheveux bruns avaient enfin atteint une longueur acceptable. Son sourire exprimait des choses qu'il était impossible de résumer avec des mots.

— Qu'est-ce que je vais faire maintenant ? demanda-t-il.

— Une monture est un bon moyen d'affronter ses adversaires, mais avez-vous déjà essayé de tenir une épée à cheval, vassal ?

— Une seule fois, lorsque j'étais novice.

Le commissaire gloussa.

— Que s'est-il passé ?

— Je suis tombé et j'ai eu bien du mal à m'asseoir pendant un moment.

— Avec ces objets, qui s'appellent des étriers, vous ne seriez pas tombé, lui certifia Wallie. Nous allons mettre sur pied une unité de cavalerie. Vous en prendrez le commandement. Vous aurez besoin d'entraînement, bien sûr, mais ces étriers vous permettront de frapper un ennemi, de faire tourner votre monture ou de vous servir d'un arc – sans risquer une chute. Le cavalier et son cheval fusionneront pour devenir un animal de guerre à six pattes.

Tivanixi réfléchit un moment, puis ses yeux se mirent à briller. Rotanxi fronça les sourcils : il n'était pas idiot, lui non plus. Le nez de Nnanji se plissa de dégoût – cette manière de combattre n'était pas digne d'un guerrier.

Des adolescents apportèrent la nourriture : de l'esturgeon au beurre, des cuissots d'auroch fumants qui emplirent le rouf d'une délicieuse odeur, des miches de pain frais et gonflé, des piles impressionnantes de légumes brillants. Comment la vieille Lina parvenait-elle à produire ces festins quotidiens au fond de sa minuscule coquerie ? C'était un miracle propre à sidérer les dieux en personne.

Wallie remarqua avec irritation que Tivanixi et Rotanxi partaient s'installer chacun à une extrémité de la pièce. Le premier avait juré une obéissance aveugle, le second était un prisonnier de guerre. Wallie décida d'imposer son autorité : il allait confronter les deux hommes et observer ce qui se passerait. La rencontre pouvait être amusante, voire instructive. Il demanda avec prudence au sorcier de s'asseoir à sa gauche et au guerrier de venir à sa droite. Lui-même s'installa dans un coin de manière à ce que ses invités, placés presque en vis-à-vis, ne puissent pas s'ignorer. Rotanxi s'assit avec des mouvements prudents, imposés par son âge. Le gracieux commissaire se laissa glisser au sol avec la légèreté d'un flocon de neige – il dut pourtant accomplir quelques gestes supplémentaires pour tirer son épée, ce qui n'était pas chose facile dans une pièce aussi basse de plafond. Jja comprit le clin d'œil que lui adressa son maître et joua le rôle de servante pour la soirée.

Tandis que le reste de l'équipage se rassemblait autour des plats, un silence tendu s'installa dans un coin du rouf. Wallie désigna le bandage de Tivanixi qui se trouvait au même endroit que le sien.

— Je vois que le seigneur Boariyi a un faible pour les coups à l'épaule.

Le commissaire eut l'air confus.

— Je dois avouer que ce bout de chiffon n'est pas vraiment nécessaire ! Épreuves de sélection du seigneur suzerain, première manche. Je reconnais qu'il a fait preuve de beaucoup de délicatesse : il y avait si peu de sang que les spectateurs ont failli ne pas remarquer qu'il m'avait touché. Je pense pourtant que notre affrontement a été de qualité, seigneur suzerain – enfin, jusqu'à la deuxième manche. Je ne manquerai pas de raconter cette histoire à mes petits-enfants. (Rotanxi renifla avec mépris et Tivanixi lui jeta un regard mauvais.) Vous nous apprendrez demain comment combattre ces vermines de sorciers, seigneur suzerain ?

— En effet, dit Wallie. Les sorciers eux-mêmes ne posent pas de problème, ainsi que nous l'avons démontré à Ov. Ce sont leurs tours qui seront difficiles à prendre.

— Beaucoup plus difficiles, remarqua Rotanxi.

Jja apparut avec une assiette dans chaque main. Elle eut la présence d'esprit de les proposer aux deux invités en même temps, sans privilégier l'un ou l'autre. Wallie sourit pour approuver ce geste.

— Nous bénéficions néanmoins d'un rapport de force de cinquante contre un.

— Je pense donc que la bataille sera équilibrée, dit Rotanxi.

Il avait un certain avantage, car Tivanixi ignorait bien des choses et manquait d'arguments. Wallie décida d'intervenir. Il sentait l'antipathie grésiller autour de lui comme une charge d'électricité statique. Sur Terre, il existait des rivalités ancestrales : chrétiens contre juifs, catholiques contre protestants… mais elles étaient fort récentes en comparaison de la haine que se vouaient guerriers et sorciers.

— La bataille serait sans doute équilibrée si elle se déroulait selon les règles habituelles, seigneur Rotanxi. Mais j'ai l'intention d'apprendre quelques techniques nouvelles à mes hommes.

Les membres d'équipage du *Saphir* avaient l'habitude de s'asseoir le long des cloisons lorsqu'ils dînaient dans le rouf. Les plats étaient posés sur le premier coffre et Brota trônait sur le second. Pourtant, Nnanji choisit de s'installer en face de Wallie pour participer à la conversation. Son assiette était remplie d'une pile de nourriture monstrueuse, comme toujours. Thana ne tarda pas à rejoindre son mari.

— De quelles techniques parlez-vous, seigneur ? demanda Rotanxi.

— De la cavalerie, bien entendu, répondit Wallie en ignorant un grognement d'avertissement de son vassal. Des arcs et des flèches – qui sont sans doute plus efficaces que vos éclairs. De catapultes pour abattre vos murailles.

Le sourire de Tivanixi se fit si large qu'il eut le plus grand mal à mordre dans son morceau de viande.

Le sorcier haussa un sourcil neigeux.

— Tiens donc ? Il vous faudra un certain temps pour entraîner vos cavaliers et construire des catapultes, vous ne croyez pas ?

— En effet, acquiesça Wallie.

Le silence s'installa pendant un moment. Wallie décida de changer d'interlocuteur.

— Le seigneur Rotanxi m'a informé que les caisses du ralliement étaient presque vides, seigneur vassal.

Tivanixi se renfrogna.

— Ses informations sont justes, seigneur suzerain.

— C'est si terrible que cela ?

Le commissaire expliqua la situation à contrecœur.

— Il nous reste une vingtaine de pièces d'or. Nous avons bien sûr entassé assez de provisions pour tenir pendant… nous avons assez de provisions.

— Assez de provisions pour accomplir le voyage que vous avez annulé, ajouta Rotanxi d'un ton sec. De quoi tenir une semaine, je suppose ? Une semaine suffira-t-elle pour former vos cavaliers ? En outre, il vous faudra acheter du bois et des chevaux, sans parler des arcs, du foin et des selles…

— Du cuir ? murmura Nnanji.

Thana sourit et jeta un bref regard à sa mère. Tout le monde mangeait, mais personne ne perdait une miette de la conversation.

— Du cuir pour les selles et pour les catapultes, acquiesça Wallie. Et de la poix.

— De la poix ? demanda Nnanji.

Il ignorait à quoi la poix allait servir, mais il désapprouvait l'idée par principe.

— Nous lancerons de la poix enflammée sur les tours. Le résultat risque d'être spectaculaire, vous n'êtes pas de mon avis, seigneur Rotanxi ? Surtout si nous parvenons à tirer un projectile à travers la troisième fenêtre en partant du bas, celle qui est au sud-est ?

Wallie parlait de la salle dans laquelle Katanji avait pénétré, à Sen, celle dans laquelle on entassait des sacs. Le novice avait insisté sur le fait que toutes les tours étaient identiques. Wallie supposait qu'il s'agissait de la réserve de poudre et la soudaine pâleur de Rotanxi confirma son hypothèse. Un point pour lui.

Tivanixi ne comprit pas de quoi parlaient les deux hommes, mais il remarqua la réaction du sorcier et poursuivit son repas avec un sourire silencieux. Rotanxi riposta quelques instants plus tard.

— Il faut encore une fois partir du principe que vous parviendrez à financer cette attaque.

Wallie lança un regard curieux à Tivanixi pour lui enjoindre de répondre.

— Nous avons demandé par deux fois des fonds aux Anciens, lâcha le commissaire avec mauvaise humeur. Chaque fois, ils ont levé un impôt spécial qui a rapporté quatre cents pièces d'or, mais nous en dépensons cinquante par jour ! Nous avons accueilli autant de guerriers que possible à la loge, mais il a fallu acheter des paillasses – et des esclaves, bien sûr. Les autres sont logés chez l'habitant et nous payons ces loyers…

— Est-ce que cet argent n'est pas détourné ? demanda Nnanji.

Le commissaire rougit de colère, mais l'impudent cinquième était son seigneur suzerain.

— Je ne le pense pas. Il y avait sans doute beaucoup de corruption avant que le seigneur Boariyi rétablisse l'ordre. Des indemnités ont été versées pour les dommages et les blessures. Il n'y a pas que les guerriers qu'il faut loger et nourrir, seigneur suzerain, il y a aussi les épouses, les esclaves de nuit, les enfants, les ménestrels et les hérauts. Les profiteurs font monter les prix de manière scandaleuse. Si vous prévoyez de repousser notre départ, il faudra penser à acheter des vêtements d'hiver. Les catapultes et les chevaux nous coûteront beaucoup d'argent, tout comme les selles et les frais d'écurie. Sans compter que vous avez promis de payer les marins pour le transport…

Il termina avec une note de désespoir dans la voix.

La situation était catastrophique. Wallie avait songé à vendre le *Griffon* pour récupérer la somme investie, mais il était clair qu'il avait lui aussi sous-estimé le coût du ralliement. Deux ou trois mille pièces d'or ne seraient qu'une goutte d'eau dans la mer s'il envisageait d'attendre plusieurs semaines. De toute façon, il aurait encore besoin du *Griffon*. Rotanxi tendit la main vers la bouteille de vin et remplit sa coupe pour montrer sa satisfaction. Brota et Tomiyano échangèrent un regard. L'argent était un sujet de conversation qu'ils appréciaient beaucoup plus que les discussions de guerriers.

— De quelle sorte d'impôt avez-vous parlé tout à l'heure ? demanda Wallie.

— Un impôt sur les âtres, répondit le commissaire, surpris. En temps normal, il est perçu une fois par an.

Dans un Monde ne connaissant pas l'écriture, le système de taxation devait être particulièrement primitif. Même les impôts locaux devaient être impossibles à percevoir. Un impôt sur les âtres ? Wallie essaya de se remémorer Casr vue de loin. Il se souvint qu'il y avait de nombreuses cheminées – l'hiver devait donc être rigoureux.

— Combien faut-il payer par âtre ?

— Deux pièces d'argent.

Une taxe sur les âtres et une taxe d'amarrage ? Les Anciens étaient sans doute un mélange de marchands et de propriétaires fonciers. Wallie réfléchissait encore quand Thana intervint.

— Quatre cents pièces d'or ne représentent qu'une partie de ce qui a été collecté. Où est passé le reste ?

Tivanixi fronça les sourcils devant le sous-entendu que laissaient planer les paroles de la jeune fille, mais Rotanxi ne laissa pas passer cette occasion de marquer des points.

— Les percepteurs ont fait main basse dessus, évidemment.

— Ils sont aussi corrompus que les officiers du port ? demanda Thana. Ce sont eux aussi des parents des Anciens ? Et les Anciens touchent une part sur l'argent détourné ?

Le sorcier hocha la tête avec un sourire sans joie.

— Ils touchent leur part au même titre que les guerriers qui accompagnent les percepteurs pour obliger les habitants à payer. Seigneur, certaines personnes ont dû vendre leurs meubles afin de s'acquitter du dernier impôt. Qu'allez-vous exiger d'eux maintenant, leurs vêtements ?

Ses espions avaient fait un travail remarquable.

Les guerriers restèrent silencieux, mais Thana avait visiblement développé un certain intérêt pour la politique.

— Qui nomme les Anciens ?

— Les Anciens eux-mêmes, répondit Rotanxi en lui adressant un large sourire de grand-père. Ils nomment également les membres de la garnison, bien sûr. Dans ces conditions, les guerriers font tout pour qu'ils restent au pouvoir. Ce n'est qu'une bande de parasites !

Thana regarda Nnanji. Le jeune homme fronçait les sourcils : cette discussion à propos de politique et de finance le dépassait complètement.

— Devenons des Anciens, chéri ! dit-elle.

Wallie regretta que Honakura ne soit pas présent pour entendre cette proposition.

Les guerriers avaient perdu les dernières manches et on pouvait compter sur Nnanji pour aggraver la situation.

— Mon frère ? Vous avez seulement demandé au seigneur Boariyi de vous prêter le premier serment. Il doit avoir des vassaux ? Cela signifie-t-il qu'il y a deux ralliements en ce moment ?

Wallie n'avait pas envisagé ce problème. Il regarda Tivanixi qui se renfrogna.

— Je suppose que c'est le cas, seigneur suzerain Nnanji. Beaucoup de sixièmes lui ont prêté allégeance – la moitié, je dirais.

Rotanxi savoura une autre gorgée de vin.

Nnanji se leva et partit remplir son assiette.

— Qu'est-ce que les Anciens font de tout cet argent ? demanda Thana, toujours intéressée par les mécanismes complexes du gouvernement.

Wallie regarda Tivanixi qui haussa les épaules d'un air absent. Les guerriers ne se préoccupaient pas de ce genre de problèmes – à la différence des sorciers.

— Oh, ils financent quelques services, intervint Rotanxi. Ils font nettoyer les rues de temps en temps, ramasser les excréments – qu'ils vendent aux fermiers en faisant un bénéfice au passage. Ils entretiennent les quais et les puits. C'est la garnison qui leur coûte le plus cher, bien entendu. La plus grosse partie des frais consiste en des banquets qu'ils organisent pour les guerriers de passage en ville.

Tivanixi rougit et vit que son seigneur suzerain attendait des explications.

— Il y a toujours des bals et autres réceptions mondaines ! En tant que visiteurs, les hauts rangs y sont conviés. Il y en a un prévu pour demain soir. Maintenant que le départ du ralliement a été repoussé, vous y serez invité, bien sûr.

— Et Nnanji ? demanda Thana.

— Euh… lui aussi, je pense.

Elle applaudit comme un enfant devant un cadeau.

— Je vais avoir besoin d'une robe ! Jja, est-ce que tu…

Elle s'interrompit dans un hoquet et Jja baissa les yeux vers son assiette. Un malaise s'installa tandis que la famille de la jeune fille lui lançait des regards acerbes.

Wallie se devait de participer aux événements mondains afin de rassurer les Anciens et de renouer de bonnes relations avec certaines personnes.

Il lui serait impossible d'aller à cette fête en compagnie de Jja et il paraîtrait curieux qu'il s'y rende sans cavalière. Merde ! Comme s'il n'avait pas assez de problèmes sur les bras ! Nnanji ferait partie des invités, lui aussi... Wallie envisagea un instant de ne pas y aller. Il songea cependant que son protégé y assisterait alors seul, et qu'il en profiterait peut-être pour faire son numéro de jeune seigneur suzerain en second. Il frémit d'horreur.

Nnanji revint avec son assiette pleine et apprit son invitation de la bouche de Thana.

— Parfait ! lança-t-il d'un ton joyeux. J'espère que je ne serai pas trop fatigué pour danser ! Combien y a-t-il de sixièmes, vassal ?

— Trente-neuf, répondit Tivanixi.

Nnanji leva les yeux au ciel d'un air béat – sans s'arrêter de mâcher.

— Et je suis leur suzerain ! Je peux leur ordonner de s'entraîner avec moi ! Voyons, à raison de six par jour...

Il fronça les sourcils et se perdit dans de longs et laborieux calculs.

Pour Nnanji, le ralliement n'était-il qu'une merveilleuse occasion de s'entraîner ?

— Ils te massacreraient, dit Wallie. Et il est possible que tu puisses encore me rendre quelques services.

Son protégé sourit la bouche pleine.

— Tout ce que vous voudrez, mon frère. Mais je ne sais ni monter à cheval ni tirer à l'arc. Vous pensez à moi pour percevoir les taxes ?

— Tu pourrais trouver les cavaliers confirmés ! Il doit se trouver, au sein du ralliement, mille talents qui nous seraient utiles. Tu te souviens de Kandoru ? Quili a dit que c'était un excellent guérisseur de chevaux. Thana est un bon marin. Nous aurons besoin de forgerons, d'archers, de cavaliers, de charpentiers...

— Des charpentiers ? explosa Nnanji. C'est une profession ! Et forgeron aussi !

Wallie le foudroya du regard. Cette réaction était typique d'un esprit raisonnant de manière linéaire – le genre de comportement que Wallie devrait affronter. Il avait espéré que Nnanji se montrerait un peu plus ouvert.

— Tu préfères emmener de véritables charpentiers à la bataille pour réparer les catapultes ?

Nnanji mastiqua d'un air songeur pendant un certain temps. Puis il avala ce qu'il avait dans la bouche.

— Non, bien sûr que non. Sellier est aussi une profession, mais nous avons des soutras qui traitent du cuir, des chevaux... et de la cuisine ! Ils traitent de beaucoup de choses ! Merci, mon frère ! Vous allez donc demander aux guerriers de se mettre en ligne et de défiler devant moi pour me donner leur nom et leurs talents particuliers en dehors de l'escrime... Cela va prendre un certain temps, mais je le ferai pour vous.

Il sourit avec joie avant d'enfourner une betterave entière dans sa bouche.

Wallie fut soulagé. Il avait craint que le jeune homme se sente offusqué en se voyant proposer le poste de secrétaire du ralliement.

mais celle-ci se révélait d'un tout autre niveau. Tivanixi avait suivi ses ordres et choisi deux sixièmes de talent pour servir d'examinateurs à Nnanji.

Wallie n'avait cependant rien précisé à propos des juges. Le commissaire était le vassal du candidat et ne pouvait donc remplir ce rôle, mais il avait effectué la sélection avec soin. Il ne s'était sans doute pas abaissé à leur suggérer de faire preuve de clémence : il avait fait appel à des hommes capables de comprendre la situation par eux-mêmes. Il avait accueilli Wallie à l'entrée de la loge, suave et élégant bien que le soleil soit à peine levé. Il leur avait présenté quatre sixièmes : deux qui affronteraient Nnanji et deux qui le jugeraient. Mais un marqueur de visages et un tailleur avaient été tirés du lit pour assister aux épreuves, ce qui était inhabituel. Il avait salué Nnanji comme un supérieur, puis avait remarqué que la lumière était encore trop faible pour combattre. Les juges accepteraient-ils de commencer par l'examen des soutras ? avait-il suggéré en sachant que Nnanji excellait dans ce domaine. Les deux sixièmes chargés de l'évaluation avaient fait preuve de bienveillance et demandé au candidat de réciter les plus simples. Si les juges d'escrime n'avaient pas compris le message, la disposition des barrières aurait mis un terme à leurs derniers doutes : elles délimitaient un espace minuscule alors que toute la cour était disponible.

Le premier adversaire était un bon guerrier, mais beaucoup plus âgé que Nnanji et celui-ci gagna bien entendu du temps pour le fatiguer. Ce fut pourtant le sixième qui reçut un avertissement pour refus de combattre. Découragé par cette injustice flagrante, il perdit l'affrontement peu après.

Le second adversaire, indigné par ces basses manœuvres, avait combattu avec ardeur. Le score était à un partout quand un litige survint. Les controverses étaient monnaie courante – c'était la raison d'être des juges – et si Wallie avait dû donner son avis, il aurait donné tort à Nnanji.

Pourtant, cette décision n'aurait pas été juste, car il n'avait pas vraiment prêté attention au combat. Une nuée de questions tournait dans sa tête et il avait le plus grand mal à rester près des barrières. Il avait envie de marcher de long en large entre les statues et les bancs. Des spectateurs à moitié endormis apparurent aux balcons, réveillés par le claquement des lames.

— Touché ! s'exclama Nnanji.

Les juges lui donnèrent raison.

Nnanji du sixième ! Wallie s'avança pour le féliciter. Cette parodie d'épreuve l'avait un peu irrité, mais il constata avec amusement que son vertueux frère par serment était capable d'assouplir ses critères inébranlables le temps de se prêter à cette mise en scène. C'était pourtant une leçon inestimable quant à la différence entre l'obéissance et la coopération. Tivanixi afficha un sourire suffisant.

Le tailleur s'inclina et tendit un kilt vert. Nnanji le plaqua contre ses hanches et déclara d'un air surpris qu'il convenait à merveille. Le tailleur s'inclina une fois de plus, satisfait.

— Le seigneur Tivanixi est venu me voir avec un deuxième de votre taille, honorable.

Le vêtement était donc une commande spéciale réalisée au cours de la nuit ? Wallie fronça les sourcils et lança un regard réprobateur à Tivanixi qui détourna les yeux. Nnanji se débarrassa de son kilt rouge pour enfiler le vert. Un sourire de ravissement – qui n'était destiné à personne en particulier – illumina ses traits. Il s'assit sur un banc pendant que le marqueur de visages préparait ses outils. Wallie ne pouvait pas livrer le fond de sa pensée sans provoquer un scandale, il se contenta donc de remercier les quatre sixièmes avant de les congédier.

— Quels sont vos ordres pour la journée, seigneur suzerain ? demanda Tivanixi d'une voix impassible.

Par où commencer ?

— Je souhaite rencontrer les membres du conseil dès que possible. Puis les sixièmes. Je suppose que des patrouilles sillonnent la ville, comme d'habitude ? (Il réfléchit.) Il doit y avoir de nombreux guerriers à la retraite à Casr ?

Le commissaire hocha la tête, intrigué.

— Ils passent le plus clair de leur temps à la loge.

— Trouvez-en un qui ressemble autant que possible à Rotanxi, faites-lui prêter serment au ralliement et faites-le embarquer discrètement à bord du *Saphir*.

Tivanixi éclata de rire.

— Et je le fais ramener ici et l'exhibant dans les rues de la cité couvert de chaînes ? Accompagné par une fanfare et sous les huées de la foule ?

Wallie hocha la tête. Tivanixi comprenait vite. Le commissaire poursuivit.

— Nous devrions peut-être recruter d'autres sosies et former une équipe qui puisse se relayer pour hurler du fond d'un cachot, vous ne croyez pas ?

Wallie glousssa et déclara que c'était peut-être exagéré.

— Y a-t-il des guerriers à la retraite parmi les Anciens ? Ou les employés de la ville ?

— Juste un, seigneur suzerain. Il est officier du port.

— Parfait ! (Wallie avait espéré que ce soit le cas.) Faites-lui prêter serment à lui aussi. À la pointe de l'épée, si nécessaire. (Le commissaire fronça les sourcils en essayant de deviner ce que Wallie avait derrière la tête.) Nous avons besoin de connaître les montants exacts des taxes d'amarrage. Un navire de la taille du *Saphir* doit s'acquitter d'une somme de deux pièces d'or dans une ville de sorciers et de cinq dans une ville de guerriers. J'ai entendu dire que la différence alimentait des pots-de-vin.

— Seigneur suzerain ?

Tivanixi était toujours perplexe.

— Les sorciers veillent à ce que les officiers du port restent honnêtes. Ils essaient de stimuler le commerce parce que certains navires évitent leurs cités. Pour le moment, nous allons nous contenter de percevoir les taxes d'amarrage à Casr. Nous avons besoin de connaître les tarifs officiels et le coût des véritables charges. Ensuite – en se fondant sur la somme que j'ai citée tout à l'heure –, nous remettrons deux pièces d'or à la ville ainsi que le veut la loi. Nous empocherons les trois autres au profit du ralliement au titre du service que nous rendons. Voilà qui devrait résoudre le problème financier.

Tivanixi laissa échapper un hoquet stupéfait et faillit assener une claque sur les épaules de son seigneur suzerain. Il préféra cependant se frapper la cuisse.

— C'est un plan génial, seigneur suzerain ! Je m'en occupe sur-le-champ ! L'honorable Fiendori convient tout à fait pour cette tâche !

Il s'en alla presque en sautant de joie. Wallie soupira. L'opération ne se déroulerait pas aussi facilement qu'il venait de l'expliquer, mais il avait peut-être gagné un peu de temps pour trouver des revenus plus sûrs. Nnanji arriva d'un pas nonchalant. Il souriait en se frottant le front du revers de la main.

— Encore toutes mes félicitations, honorable Nnanji, dit Wallie. Tu parais encore bien jeune pour occuper ce rang, mais je suis certain que tu t'en tireras.

— Merci, mon frère ! (Il se mit à bafouiller.) Je suis loin d'avoir un bon niveau pour ce rang, n'est-ce pas ?

— En effet, répondit Wallie avec prudence. Tu étais un cinquième exceptionnel, tu es aujourd'hui un sixième moyen, à mon avis. Quel dommage qu'il y ait eu un désaccord sur cette touche, mais je ne critiquerai pas la décision des juges.

Les yeux de Nnanji lancèrent des éclairs glacés.

— Merci, mon frère. Je vous assure que je n'ai pas senti le coup.

Wallie grimaça. Nnanji ne mentirait pas sur ce point. S'il avait accepté l'aide discrète de Tivanixi, c'était parce qu'il ne l'avait pas remarquée.

— Tu devrais t'entraîner avec une lame plus longue, mon frère, se dépêcha-t-il d'ajouter.

Nnanji secoua la tête.

— Celle-ci est de la même taille que mon épée.

Il tira son arme et le mesura selon la tradition : en la tenant au-dessus de sa tête et en regardant à quelle hauteur de sa poitrine arrivait la pointe. Il leva des yeux écarquillés vers Wallie.

Wallie lui rendit son regard, abasourdi.

— Quand nous t'avons acheté cette épée, à l'armurerie du temple, tu étais plus petit que moi.

Il n'avait pas mesuré combien le jeune homme avait grandi. Il songea que ce lent changement avait été masqué par l'élargissement des épaules et l'épaississement des muscles. Ces longues journées consacrées à l'escrime commençaient à montrer des résultats.

— Dis-moi, Nnanji, dans le Monde, il est courant qu'un homme de ton âge continue à grandir comme ça ?

Nnanji secoua de nouveau la tête. Il ne s'était pas contenté d'égaler la taille de Shonsu ; ses yeux brillaient maintenant dans la lumière de l'aube.

— Non ! Bien sûr que non ! Il doit s'agir d'un miracle, mon frère !

— C'est plutôt à cause des petits plats de Lina ! (Wallie essaya de cacher le malaise que cette découverte avait fait naître, mais il se sentait également honteux d'avoir mis l'honnêteté de Nnanji en doute.) Viens ! Nous allons te trouver une nouvelle arme.

À ce moment, il sursauta tandis qu'un coup de trompette brisait le silence de la loge en entamant les premières mesures des *Guerriers au petit matin*.

Wallie conduisit son protégé jusqu'au musée. Il s'arrêta un instant dans un dortoir pour recruter trois guerriers de rangs inférieurs à la carrure impressionnante et aux yeux bouffis de sommeil. Il leur demanda de soulever la lourde barre de la porte, puis les congédia. Les trois hommes obtempérèrent, terrifiés par son rang et intrigués par la tâche qu'ils venaient d'accomplir. Le battant s'ouvrit dans des grincements inquiétants et Wallie fit entrer Nnanji.

La longue salle était encore plus froide que lors de sa visite précédente, toujours aussi sombre, poussiéreuse et déprimante. Les yeux de Nnanji s'écarquillèrent en découvrant où il était.

— Voilà une autre épée de Chioxin, dit Wallie. Il paraît que c'est celle de rubis. Je ne crois pas qu'il y ait beaucoup d'informations disponibles quant au reste de ce bric-à-brac. Choisis une arme. Celle que tu veux.

Nnanji fixa le long mur couvert d'épées.

— Ce serait du vol, mon frère !

— Absolument pas ! À qui appartient tout ceci ?

— À la loge ? À la corporation des guerriers ? À la Déesse ?

— Eh bien ? Tu es le seigneur suzerain de Son ralliement. Je suis sûr qu'Elle souhaite que tu aies une bonne arme. Sers-toi.

— Oh ! (Les dents de Nnanji étincelèrent dans la pénombre.) Je vais laisser l'ancienne ici. C'est l'épée qui a remporté la bataille d'Ov. C'est une pièce historique. Voyons un peu.

Ils mesurèrent quelques lames sur Nnanji et déterminèrent la longueur convenable. Puis les deux hommes se promenèrent dans la salle en examinant les armes à la bonne taille. Ainsi que Wallie l'avait déjà remarqué, les épées longues ne manquaient pas. Certaines étaient rouillées, mais les meilleurs aciers avaient résisté à la corrosion et étaient encore dans un état satisfaisant.

— Celle-ci ! s'exclama bientôt Nnanji.

Wallie l'examina près d'une fenêtre, la plia, la fit siffler dans l'air et acquiesça. C'était une bonne lame, encore meilleure que la précédente.

— Maintenant, tu as besoin de quelqu'un pour te l'offrir. Je suis sûr que de nombreuses personnes seraient fières de se charger de cette tâche. Tivanixi, Boariyi… même Katanji, si tu préfères. Thana, peut-être ?

— Vous ne m'avez pas encore enseigné les signes du sixième rang, mentor, remarqua Nnanji sur un ton faussement timide.

— Exact ! Il y en a six.

Wallie les lui montra : le défi, l'obéissance, l'avertissement, l'appel à l'aide, la reconnaissance et l'antiphrase. Une seule démonstration suffit, bien entendu.

— Et ce sont les derniers ! conclut-il. Il n'y a pas de signes propres aux septièmes rangs. S'ils veulent communiquer quelque chose à l'un de leur pair, ils emploient les mêmes signes que les sixièmes.

— Pourquoi ? demanda Nnanji comme s'il se sentait floué.

— Sans doute parce que les septièmes sont si rares qu'ils ne se croisent pas souvent.

Nnanji gloussa.

— Bien, voilà une bonne chose de faite ! Je suis maintenant un sixième et vous n'êtes plus mon mentor. (Le deuxième serment devenait caduc lorsque le protégé accédait à un rang supérieur.) Me permettez-vous de vous prêter allégeance une fois de plus ?

— Bien sûr ! J'en serai flatté ! Et je suis certain que tu passeras au septième juste après la dissolution du rassemblement.

— Merci ! (Nnanji n'avait pas le moindre doute à ce sujet.) Mais pour le moment, vous n'êtes pas mon mentor, vous pourriez donc m'offrir cette épée… si vous êtes d'accord ? J'en serais très heureux, mon frère par serment.

— Si tu veux.

Wallie eut néanmoins l'impression qu'il faisait un petit accroc à la tradition : il n'était plus le mentor de Nnanji, certes, mais ce n'était que temporaire. Il posa un genou à terre et tendit l'épée selon le vieux rituel.

— Vis par cette arme. Porte-la au service de la Déesse. Meurs sans jamais la lâcher.

Il pensa alors au jeune Arganari recevant l'épée de topaze.

— Cette arme sera mon honneur et ma fierté.

La réplique traditionnelle, mais Nnanji y croyait sans doute davantage que la plupart des guerriers qui la prononçaient. Il prit l'épée et la glissa dans son fourreau avant d'accrocher l'ancienne au mur.

— Puis-je maintenant vous prêter le deuxième serment, seigneur Shonsu ?

— Pour la dernière fois, honorable Nnanji. Nous devrions tous deux trouver quelques protégés – et gardes du corps. Les sorciers ne vont pas tarder à réagir.

Quand ils regagnèrent la cour, celle-ci retrouvait son animation habituelle. Des esclaves actionnaient deux pompes pour remplir un long bassin dans lequel se lavaient des guerriers nus. D'autres entretenaient le feu de cuisinières en fer faites de bric et de broc ou préparaient le petit déjeuner. Nnanji se dirigea vers une meule afin d'affûter son arme et recruta un novice pour faire tourner la roue en pierre. De nouvelles personnes venaient peu à peu gonfler les rangs de la foule. Boariyi, Zoariyi et une dizaine de sixièmes arrivèrent de la ville à la tête d'une troupe importante.

Tivanixi apparut à côté de Wallie.

— J'ai parlé à Fiendori, seigneur suzerain. Désormais, des guerriers escorteront les officiers du port. (Il rit.) Il n'est pas impossible que les Anciens émettent quelques réserves quant à ce changement.

—Pourquoi ? demanda Wallie d'un ton innocent. Nous accomplissons une tâche tout à leur bénéfice.

Le commissaire gloussa, puis hocha la tête en direction de la colonne de guerriers qui s'approchait.

—Cet argent est un coup porté au second ralliement, seigneur suzerain. Le seigneur Boariyi n'a pas les moyens de nourrir ses hommes. Nous devrions peut-être l'inviter à prendre le petit déjeuner ?

—La manœuvre manquerait de subtilité. Accordons-lui quelques jours. Ne dites rien.

L'idée était cependant plaisante : il allait soumettre Boariyi grâce à l'argent.

Boariyi s'arrêta et exécuta le salut à un égal. Son visage était impassible sous le bandage bleu où il avait tracé sept épées à l'aide d'un morceau de charbon. Wallie lui répondit et fit de même pour Zoariyi – encore amer et soupçonneux. Nnanji était toujours occupé à affûter son arme sur la meule. Tivanixi remarqua le coup d'œil que Wallie lui adressa.

—Nous pouvons commencer la réunion du conseil sur-le-champ, seigneur suzerain, comme vous l'avez souhaité. Les autres attendent.

Pour des raisons de convenances, Nnanji ne pouvait pas rencontrer les autres septièmes en public avant qu'ils lui aient prêté serment.

Wallie acquiesça et Tivanixi ouvrit le chemin. Ils entrèrent dans le bâtiment par la porte la plus proche de la sortie donnant sur la rue et s'engagèrent dans une pièce toute en longueur. Un côté était tapissé de fenêtres par lesquelles on apercevait des amas d'ustensiles de cuisine. L'autre était couvert de lambris aux panneaux éraflés et fendus par le temps. Le haut plafond se cachait derrière une brume de toiles d'araignée.

La pièce était déjà remplie de guerriers qui riaient ou murmuraient entre eux. Certains étaient debout, d'autres assis sur des tabourets ou des bancs. Tout le monde se redressa dans des raclements de chaises et de bottes lorsque les hauts rangs entrèrent. Parmi les guerriers de rangs intermédiaires, Wallie eut la surprise de découvrir Katanji.

Son kilt blanc était sale et froissé, sa barrette ne retenait que la moitié de sa queue-de-cheval et ses yeux étaient cernés de rouge, mais il sourit d'un air plutôt détendu en apercevant Wallie. Il était toujours le garçon aux exploits héroïques et, selon toute apparence, il avait régalé la compagnie de ses aventures. Il avait pourtant les traits tirés comme s'il n'avait pas dormi de la nuit. Qu'est-ce que ce petit diable avait encore manigancé ? Il ne proposa pas à Wallie de le lui raconter et celui-ci hésita à poser des questions. En fin de compte, le septième se contenta de hocher la tête et de lui adresser un sourire en passant.

La pièce n'était qu'une antichambre. À l'autre extrémité, une porte menait à une salle carrée et plus petite, bien que de dimensions respectables. Une énorme cheminée en pierre se dressait sur le côté et de vieilles cendres jonchaient le foyer. Trois murs étaient couverts de panneaux en bois, le quatrième de fenêtres crasseuses. Un tapis grisâtre et répugnant de saleté était étendu sur le plancher hérissé d'éclats de bois. Au centre, sept sièges avaient été disposés en cercle. Le long du mur, faisant face aux fenêtres, se trouvaient un coffre, une misérable chaise en brocard qui perdait sa garniture de plumes et, assez curieusement, un lit recouvert d'une fourrure graisseuse. Un miroir en bronze à la glace opaque était accroché près de la porte. Cette pièce sordide empestant le refermé ne servait pas que de salle de réunion.

Trois septièmes se levèrent et saluèrent. Le vieux Chinarama se distinguait des autres : il était ratatiné et un peu ridicule comparé à ses compagnons plus jeunes et plus musclés ; sa queue-de-cheval se résumait à une fine mèche de cheveux blancs et son harnais n'était pas à sa taille, mais ses yeux étaient vifs et intelligents. Un homme de cet âge pouvait se révéler un conseiller précieux. Et puis, comme Nnanji l'avait dit, sa présence au sein du ralliement ne pouvait pas faire de mal. Le vieillard avait des gestes maladroits qui trahissaient peut-être de l'arthrite. Enfin, il arborait un visage peu amical : il soutenait donc Boariyi.

Il y avait aussi Jansilui, un solide guerrier d'une trentaine d'années avec une mâchoire carrée. Une de ses marques faciales n'était pas encore tout à fait cicatrisée. Il avait l'air moins hostile que le vieux Chinarama – il se fichait sans doute de savoir qui était le chef dans la mesure où ce n'était pas lui.

Linumino était plus âgé, une cinquantaine d'années, et s'empâtait. Un côté de son visage avait été horriblement balafré par un coup d'épée qui avait emporté la moitié d'un sourcil, une joue et, selon toute apparence une partie de l'os qui se trouvait en dessous. Il avait la peau creusée, plissée et blanchâtre comme du cuir usé par le temps. C'était un miracle que son œil n'ait pas été arraché. Il n'avait pas dû être candidat au poste de général du ralliement. Il salua avec désinvolture – un autre partisan de Boariyi. Wallie se demanda un instant lesquels de ces six hommes il choisirait s'il était à la place de Nnanji et s'apprêtait à passer les épreuves d'accession au septième rang. Le vieux Chinarama étant sous la protection de ses pairs, Wallie porterait son dévolu sur le gros Linumino et sans doute sur Zoariyi, qui ne devait pas être loin de la retraite non plus.

Il les invita à s'asseoir. Une atmosphère de méfiance flottait dans l'air comme une odeur désagréable. Au terme du duel judiciaire, la Déesse avait déclaré Wallie innocent, mais le combat s'était pour ainsi dire soldé par un match nul – et, de toute façon, le recours à cette procédure n'était pas habituel. Les septièmes ne faisaient pas encore tout à fait confiance à Wallie. Ils obéiraient, mais ils pouvaient le faire de leur plein gré, ou à contrecœur – respectant un ordre à la lettre tout en contrariant son objectif principal, comme Tivanixi l'avait fait pour les épreuves de promotion de Nnanji.

Wallie annonça que Nnanji avait été promu au sixième rang et qu'il les rejoindrait bientôt afin de recevoir leurs hommages. En tant que sixième, le jeune homme ne ferait pas partie du conseil, mais Wallie avait quelques tâches particulières à lui confier. Il commença par les difficultés financières et expliqua comment le ralliement allait détourner à son profit les pots-de-vin perçus sur les taxes d'amarrage. Tout le monde sourit en écoutant son plan.

—Vous avez donc résolu nos problèmes d'argent d'un seul coup, seigneur suzerain ? demanda Chinarama.

—Pour le moment, répondit Wallie. (Il aborda alors des sujets plus délicats.) Seigneur Boariyi, vous n'avez prêté que le premier serment. Je propose qu'on vous considère comme un membre à part entière de ce conseil et vos vassaux comme des guerriers du ralliement. En retour, je demande que...

Nnanji ne frappait jamais. Il entra à grands pas et claqua la porte derrière lui. Il avait l'air de mauvaise humeur. Les septièmes se levèrent et la plupart lui rendirent son regard noir.

Il s'essuya une main sur son nouveau kilt vert avant de la porter à la poignée de son épée. Il adressa un irréprochable salut à un supérieur au seigneur Boariyi, puis lança un coup d'œil énigmatique à Wallie et attendit.

Qui devait saluer qui ? Ce maudit serment de fraternité bouleversait les rituels. Wallie hésita, puis présenta Nnanji à Chinarama. Les deux hommes échangèrent les saluts et les réponses d'usage.

—Dois-je maintenant vous prêter le troisième serment, honorable Nnanji ? demanda le vieux guerrier avec humeur.

—Seigneur, dit Nnanji à voix basse, je suis désolé de devoir accepter ce serment de la part d'un supérieur aussi respectable que vous, mais il semblerait que ce soit la volonté du seigneur Shonsu...

Wallie vit un masque d'horreur se glisser sur le visage de Boariyi, puis sur celui de Tivanixi. Il suivit leur regard : Nnanji tirait sur le lobe de son oreille gauche et avait passé le pouce droit dans sa ceinture ; sa jambe droite était légèrement fléchie.

Il adressait au seigneur Chinarama le signe secret du défi.

Quoi ? Était-il devenu fou ? Que cherchait-il ? Une nouvelle promotion ? Non ! Bien sûr que non ! Il aurait d'abord fallu qu'il s'assure la coopération de deux septièmes pour lui servir de juges et la coutume voulait que cette demande soit accomplie avant de lancer un défi. De toute façon, cette manière de procéder était illégale...

Nnanji continuait à parler des serments. Chinarama n'avait pas remarqué les signes qu'il lui adressait, mais soudain, il se rendit compte de la tension qui planait autour de lui. Il lança un regard bref et inquiet aux différents membres du conseil.

En un éclair, Wallie tira son épée de la main gauche et en appuya la pointe contre la gorge du vieil homme.

—Levez les mains en l'air ! cria-t-il en écartant Nnanji de son bras blessé – ce qui lui fit très mal. Dis-le, Nnanji !

—J'accuse cet homme d'être un imposteur !

Chinarama retroussa les lèvres en un ricanement méprisant.

—Il existe donc des guerriers qui ne sont pas totalement idiots ?

Puis il se lança dans une diatribe obscène et furieuse. Sa haine atavique des guerriers se déversa tandis qu'il vociférait contre ces violeurs, ces assassins, ces voleurs, ces pervers et ces brutes... Un discours répugnant et abject, mais

Wallie laissa le vieillard continuer jusqu'à ce qu'il n'ait plus rien à dire. Il garda son arme appuyée contre sa gorge. Un procès était inutile : le coupable avait reconnu les faits.

— Seigneur Zoariyi, lança Wallie. Passez derrière lui. Vous autres, reculez. Maintenant, ôtez-lui son harnais, s'il vous plaît. Et son kilt.

— Est-ce vraiment nécessaire ? protesta Boariyi.

— Oui. (Wallie ne cessa pas un instant de surveiller les yeux haineux du vieillard.) La barrette aussi ! Faites-moi voir vos mains !

L'imposteur obéit.

— C'est amusant de voir tous ces jeunes et solides guerriers terrifiés par un vieil homme, ricana-t-il.

Wallie ignora sa remarque.

— Vous pouvez vous asseoir pour enlever vos bottes.

Quand la silhouette pathétique fut complètement nue et ses affaires hors de portée, Wallie commença seulement à se détendre et rengaina son épée. Il regarda autour de lui les visages horrifiés, apeurés, honteux et furieux.

— Un peu plus tard, je vous montrerai certains de leurs tours, expliqua-t-il.

Il s'aperçut qu'il restait sur la défensive. À première vue, il était tout à fait ridicule de prendre autant de précautions pour neutraliser un adversaire aussi insignifiant.

— Comment as-tu su, Nnanji ?

Nnanji fixait Chinarama avec un mélange de dégoût et de mépris.

— Katanji me l'a dit, mon frère.

— Katanji ? Mais comment a-t-il…

— Rappelez-vous ! Sur le *Griffon*, vous nous avez montré certains sortilèges des sorciers, mon frère. Ce faisant, vous vous êtes sali les doigts. Hier, Katanji était avec moi lorsque j'ai été présenté à cet… homme. Il avait les mêmes taches que vous sur les mains. Je n'ai rien remarqué et Katanji n'a rien dit, mais, ensuite, il l'a suivi. Cet imposteur s'est rendu chez un marchand et y est resté un long moment. Il y avait une cage pleine de pigeons dans la cour…

— Des pigeons ? bafouilla Boariyi.

— Nous ne comprenons pas, mais nous vous sommes reconnaissants, seigneur suzerain Nnanji, déclara Tivanixi. À vous et à votre frère. Ainsi qu'à vous, seigneur suzerain Shonsu. Nous vous sommes redevables.

La rage et l'humiliation avaient transformé son visage en un masque de basalte, comme celui des autres septièmes.

— Que faisons-nous de lui ? demanda Zoariyi.

— Commençons par l'enfermer dans une cellule, dit Wallie.

Il se tourna et se dirigea vers la porte. Il était sidéré à l'idée qu'un espion soit parvenu à infiltrer le conseil – mais pourquoi pas ? Chinarama avait seulement eu besoin de connaître les saluts et les serments – et ceux-ci n'étaient pas secrets. On ne lui aurait pas demandé de combattre, et il aurait pu arguer de troubles de la mémoire dus à son âge si on lui avait posé une question embarrassante. Les guerriers plus jeunes avaient admiré secrètement celui qu'ils prenaient pour un vieux baroudeur. Ils l'avaient protégé. L'imposteur avait envoyé à Rotanxi des informations sur les plans et les finances du ralliement, ainsi que sur l'importance de la septième épée. Maintenant que l'espion était démasqué, tout cela semblait d'une évidence horripilante. Et c'était Katanji qui avait découvert le pot aux roses, bien entendu. Wallie avait eu raison de le choisir comme membre de l'expédition à bord du *Griffon* : Katanji apportait la sagesse. Rien n'échappait à son regard, pas même les taches d'encre.

Wallie tendit la main vers la poignée de la porte et une planche grinça derrière lui. Il se retourna aussitôt en tirant son arme. Nnanji assena un puissant coup d'épée à Chinarama qui s'effondra dans une gerbe de sang, la tête presque tranchée. Un poignard tomba en cliquetant aux pieds de Wallie.

Les guerriers furent tellement surpris qu'ils en oublièrent de jurer. On n'entendait plus que les râles d'agonie du vieil homme. Plus rien ne bougeait à l'exception de son corps parcouru de spasmes. Boariyi avait tiré son épée, Tivanixi avait la main sur la poignée de la sienne, les trois autres avaient le bras levé.

— Merci, Nnanji, dit Wallie.

Sa voix tremblait.

Nnanji détacha ses yeux du corps. Il regarda Wallie et grimaça un sourire. Sa nouvelle épée ruisselait de sang.

Wallie se pencha pour ramasser le couteau. L'arme était petite et aussi affûtée qu'un rasoir, mais le guerrier se garda bien d'en éprouver le tranchant avec le pouce : la lame était enduite d'une substance identique à celle des poignards découverts dans la robe de Rotanxi. Cela faisait-il partie de l'équipement de base des sorciers ?

La salle était sordide, ses fenêtres couvertes de crasse, ses panneaux de bois tapissés de toiles d'araignée, son âtre parsemé de vieilles cendres… tous ces détails devinrent, par la proximité de la mort, d'une netteté et d'une précision terribles. Wallie avait failli être assassiné ici… son corps aurait été allongé sur ce lit immonde. Cette pièce était sans doute l'ancienne chambre de Shonsu. Était-ce sur cette couche que Doa s'était étendue en attendant que son amant revienne du bordel ? Wallie espéra que ses tremblements ne se remarquaient pas, mais c'était peu probable. Il l'avait échappé belle. Seuls les réflexes incroyables de Nnanji l'avaient sauvé.

— Seigneur Shonsu ! Boariyi était écarlate. J'avais tort ! Complètement tort ! Je souhaiterais maintenant vous prêter le troisième serment.

Nnanji essuya sa lame sur le kilt de Chinarama. Les autres avaient oublié leurs soupçons et souriaient. L'honorable Nnanji avait démasqué un espion et l'espion avait tenté d'assassiner le seigneur Shonsu… Il n'y avait plus le moindre doute quant à la loyauté du seigneur suzerain maintenant.

— Honorable Nnanji, poursuivit Boariyi. Je n'ai jamais vu une telle virtuosité à l'épée. J'ai réagi avec un an de retard comparé à vous.

Il enjamba le cadavre et tendit une main admirative. Nnanji la lui serra avec un sourire timide après avoir rengainé son arme.

—Je partage cet avis, déclara Tivanixi. J'ai à peine eu le temps de saisir la poignée de mon arme. C'était magnifique ! Ce couteau... s'agit-il d'un sortilège ?

—Je suppose qu'il était caché dans sa botte, expliqua Nnanji d'un ton désinvolte.

Il en dissimulait un au même endroit parce que son mentor le lui avait demandé.

—Puis-je maintenant prêter le troisième serment, seigneur Shonsu ? voulut savoir Boariyi.

—Attendez, seigneur ! (Le visage de Zoariyi rayonnait.) Ne pensez-vous pas que le soutra onze cent trente-neuf s'applique parfaitement à ce qui vient de se passer ?

Le silence s'installa tandis que cinq hommes s'efforçaient de se souvenir dudit soutra. Puis quatre sourires apparurent et un concert d'approbations s'éleva.

Nnanji observa la joie des membres du conseil avec irritation et perplexité, puis tourna les yeux vers Wallie. Celui-ci était loin de partager l'allégresse de ses pairs. Les septièmes avaient trouvé la solution à leurs stupides problèmes de statut et, pour y parvenir, ils étaient prêts à couvrir Nnanji de ridicule. Wallie haussa les épaules et s'efforça de demeurer impassible, mais tout le monde attendait avec impatience qu'il prenne la parole. Il n'avait aucun moyen de réfuter leur argument. Aucun. Nnanji lui avait sauvé la vie, une fois de plus.

Il n'avait d'autre choix que de leur donner raison.

Il se tourna vers Nnanji et leva son épée. Son protégé cligna des yeux, surpris.

Il y eut un bref silence.

—Je suis Shonsu, guerrier du septième rang, seigneur suzerain du ralliement de Casr, et je remercie la Très-Haute...

La suite fut noyée par le cri de joie de Nnanji et les éclats de rire des autres septièmes.

Il venait d'exécuter le salut à un égal.

Thana passa sous l'arche et s'arrêta au sommet de l'escalier pour observer la cour bruyante et animée. Celle-ci était plongée dans l'ombre des quatre murailles parsemées de balcons qui l'encadraient. Des guerriers s'entraînaient à l'escrime, récitaient des soutras, se disputaient, chantaient, jouaient... Un joli spectacle ! Il y avait des hommes d'un bord à l'autre.

Elle lança un regard en direction de Jja qui portait un paquet et faisait de son mieux pour cacher son angoisse.

—Ne t'inquiète pas ! Tu es la propriété de Shonsu. Il te suffira de le signaler et tu n'auras pas le moindre problème.

Jja sourit et hocha la tête sans conviction. Malgré son assurance, Thana aussi sentait des frissons désagréables parcourir ses entrailles. Depuis Yok, elle était incapable de voir un groupe de guerriers terriens sans éprouver ce malaise.

On lui avait pourtant assuré que ces hommes se conduisaient correctement maintenant. Ils étaient liés par le serment du sang et devaient respecter des règles très strictes envers les civils. Envers les civils, certes, mais qu'en était-il vis-à-vis des autres guerriers ? Néanmoins, Jja appartenait à Shonsu et Thana était la femme de Nnanji, le second seigneur suzerain du ralliement. Encore restait-il à savoir combien de personnes étaient au courant…

Des rangs inférieurs passèrent en bas de l'escalier. Ils aperçurent les deux femmes et s'arrêtèrent pour les observer. Le pouce passé dans la ceinture, ils sourirent, se dandinèrent et échangèrent quelques coups de coude – un comportement admiratif et badin qui rappelait celui des taureaux qui frappaient le sol du sabot. Ils ne semblaient pas dangereux, juste amusants.

— Viens, dit Thana en commençant à descendre.

On leur avait dit d'attendre près des marches et elles auraient eu du mal à faire autrement : des rangs inférieurs ne tardèrent pas à les entourer et à leur adresser des sourires, des plaisanteries, voire des suggestions un peu scabreuses – « Que diriez-vous d'astiquer mon épée ? » « Et si vous me faisiez visiter votre cabine ? » Il s'agissait de jeunes hommes virils, solides, plutôt jolis – pour la plupart – et, surtout, pleins d'assurance et de suffisance. Après tout, la Déesse ne les avait-Elle pas conduits ici pour se joindre à Son ralliement ? La foule des prétendants se composait en majeure partie de premiers et de deuxièmes, mais ils ne tardèrent pas à être écartés par des troisièmes. Non, il n'y eut pas de gestes déplacés, mais beaucoup de compliments. Deux d'entre eux étaient de vrais adonis, absolument ravissants. Jja se trouvait dans une position plus difficile, bien sûr, parce qu'elle ne pouvait pas leur retourner leurs plaisanteries, mais Thana savait que l'esclave savourait l'attention dont elle faisait l'objet et se montrait aussi charmante que ses admirateurs. La guerrière comprit alors à quel point Nnanji était jeune pour son rang. Elle se demanda comment il s'était tiré des épreuves de sélection. S'il avait échoué, il devrait attendre un an. Il ne le supporterait pas. Il deviendrait invivable.

Un coup de trompette ! Que se passait-il maintenant ? Le silence s'abattit sur la cour et tous les visages se tournèrent vers le balcon où se tenait le musicien. Le conseil arriva : Shonsu, gigantesque et la mine sombre, et, derrière lui, Nnanji ! Il portait un kilt vert ! Il avait réussi ! Jja saisit le bras de Thana dans un geste d'allégresse et murmura des félicitations. Les deux femmes se rapprochèrent. Nnanji du sixième ! Ce soir, il y aurait une fête de tous les diables !

Les autres septièmes apparurent. Non, pas tous. Le plus âgé manquait. *Katanji ?* Mais que faisait-il donc là ?

— Honorables, maîtres…

Un homme trapu – le chef des hérauts – avait rejoint les membres du conseil et entonnait sa proclamation d'une voix tonnante.

— Pfff ! lâcha Thana à l'oreille de Jja. Ces terriens adorent vraiment ces conneries de grandes pompes, tu ne trouves pas ?

Le héraut raconta comment Chinarama, l'espion des sorciers, avait été démasqué. Thana sursauta tandis qu'une explosion de huées viriles éclatait autour d'elle, mais les deux femmes se joignirent à la foule en ajoutant une note plus aiguë au chœur. Elles échangèrent un sourire.

Elles faillirent ne pas entendre la suite. C'était à propos de Nnanji qui avait tué l'imposteur. Il semblait que Wallie l'ait échappé belle. Thana passa un bras autour des épaules de Jja qui était devenue très pâle.

— Le soutra onze cent trente-neuf... « Extraordinaire démonstration de courage ou de virtuosité à l'épée en présence de l'ennemi », suffira à justifier une promotion...

Thana examinait le sourire de Nnanji. Tout le monde se mit à parler autour d'elle. Avait-elle bien entendu ? *Septième ?* Ce fut au tour de Jja de la serrer contre elle, ainsi qu'il convenait de le faire dans de telles circonstances. Thana avait réussi. Elle avait toujours affirmé qu'elle y arriverait.

Bien sûr ! Comment avait-elle pu en douter un seul instant ? Maintenant que c'était chose faite, cela semblait inévitable.

— J'en ai un, moi aussi, Jja ! s'exclama-t-elle.

L'esclave hocha la tête et éclata de rire avec elle.

De nombreuses personnes murmuraient autour des deux femmes.

— Jamais entendu parler de ça...

— Ça veut dire qu'il n'a pas à prouver...

— Et les soutras alors...

— C'est une arnaque...

Thana examina les visages. Les rangs inférieurs souriaient et riaient, mais les hommes plus âgés étaient de mauvaise humeur. Il fallait s'y attendre. Seigneur Nnanji ? Voilà qui sonnait bien. Le héraut parlait désormais de Katanji. Il n'était pas facile d'entendre – ni même de voir maintenant, car la foule de plus en plus nombreuse se serrait autour des deux femmes. *Troisième ?* Eh bien, ce n'était guère étonnant ! Katanji parvenait toujours à tirer son épingle du jeu !

Quelques voix entamèrent le refrain qui évoquait les aventures du jeune homme, mais les regards courroucés des Anciens les réduisirent au silence. Des acclamations montèrent. Les membres du conseil rentrèrent dans le bâtiment.

Seigneur Nnanji !

Thana avait envie de danser la matelote. Quand Tomo apprendrait ça !

— Allez ! Juste un petit coup d'œil ! lança quelqu'un derrière elle.

Elle n'y prêta pas attention. Un grand quatrième aux pectoraux saillants lui posait des questions à propos de Nnanji. Elle répondit avec fierté que oui, elle était sa femme. À ce moment, Jja lâcha un bruit entre le cri et le gémissement. Thana se retourna aussitôt et chercha l'esclave des yeux au milieu de cette foule d'épaules masculines, de poignées d'épée et de queues de cheval – en vain. Elle aperçut alors deux deuxièmes qui avaient déchiré la tunique de Jja et qui essayaient de lui arracher le paquet qu'elle tenait devant elle. On entendit des rires et des cris de colère. Thana agrippa le bras du quatrième et hurla que cette femme était l'esclave de Shonsu, que l'enfer allait se déchaîner si...

Et l'enfer se déchaîna.

Elle ne sut jamais d'où Shonsu avait surgi, mais il arriva en écartant la foule comme s'il traversait un champ de blé. Des corps semblèrent voler dans toutes les directions. Quelqu'un la bouscula et elle tomba au milieu d'une forêt de jambes et de bottes sous une canopée de kilts. Après quelques piétinements et des coups de pied, on la releva. Paniquée, elle tenta de se frayer un chemin vers la sortie à travers une marée d'hommes en kilt, mais le courant l'entraîna dans l'autre sens. Nnanji apparut alors à ses côtés et la serra contre lui. Elle s'accrocha à son mari comme à une bouée de sauvetage.

Une expression assassine se lisait sur le visage du jeune homme. Il tira sa femme sans ménagement à travers la foule. Il était assez grand pour voir au-dessus des têtes, pas elle. Elle n'avait jamais réalisé à quel point il était grand. Elle entraperçut Shonsu dominant les guerriers de plus d'une tête tandis que son mari et elle avançaient péniblement vers lui. Nnanji avait peut-être atteint le septième rang, mais pour se sortir d'une telle situation, il fallait être lourd et massif. Il s'en tira néanmoins honorablement. Ils arrivèrent enfin au bord d'un espace dégagé.

Les deux deuxièmes étaient à genoux et Shonsu flamboyait de colère. Il flamboyait. Le mot s'imposa de lui-même dans l'esprit de la jeune femme : elle n'avait jamais vu quelqu'un en proie à une telle rage. Un géant rayonnant. Il tourna la tête vers une personne qui se tenait près de Thana. Elle s'aperçut alors que *les yeux de Shonsu étaient rouges !* C'était impossible ! Le colosse rugit, l'épée à la main – l'épée de Chioxin. Autour de lui, il n'y avait que le vide entouré par une armée de guerriers tremblants. Les autres septièmes étaient là, mais ne disaient rien, ils se contentaient de répondre lorsque Shonsu leur parlait. Il se tourna de nouveau vers la jeune femme. Non, ses yeux n'étaient pas rouges, mais… les deux deuxièmes agenouillés baissèrent la tête en avant. La septième épée décrivit un cercle dans les airs et s'abattit avec un sifflement puissant. Thana cria, persuadée que les deux garçons allaient être décapités, mais seules leurs queues de cheval tombèrent à terre.

— Fais-les disparaître de ma vue ! hurla Shonsu à un quatrième livide.

— Nnanji ! s'écria-t-elle. Que se passe-t-il ?

Son mari affichait une expression aussi sombre que celle de son frère par serment.

— Shonsu les a condamnés à l'esclavage. On va les vendre.

Oh, non !

Jja s'était rhabillée. Elle se précipita vers son maître et s'accrocha à son épaule en lui disant quelque chose. Il la repoussa violemment et sans un mot. La jeune femme tomba aux pieds de Tivanixi qui se pencha pour l'aider à se relever.

— Nnanji ! cria Thana. Ces deux hommes ne faisaient que s'amuser ! Ils n'allaient rien lui faire de plus. Ils ont juste déshabillé une jolie esclave. Ce sont des choses qui arrivent tout le temps…

Son mari la regarda à peine.

— Il est seigneur suzerain. Sa parole a force de loi.

Thana regarda Jja.

—Nous pouvons laisser le paquet et rentrer ?

Il hocha la tête. Son visage rayonnait de joie.

—Je vais m'en occuper, mais vous allez rater quelque chose d'hilarant. Shonsu parle maintenant de réserves d'eau, d'hygiène, de latrines et de cuisines propres ! Il va vendre tous les esclaves que Tivanixi a achetés et utiliser l'argent pour obtenir d'autres paillasses ainsi que du matériel divers. Il va obliger les rangs inférieurs à préparer les repas et à nettoyer. Seuls les guerriers seront maintenant admis à la loge. Même les hérauts devront se faire accompagner ! (Il éclata de rire.) Tu dois être heureuse de ne pas être sa vassale ?

Elle l'observa avec surprise.

—Tu ne crois pas que ces corvées sont indignes d'un guerrier ?

Il secoua la tête.

—Pas si nous sommes en guerre ! Pas lorsque le troisième serment a été prêté. Il y a des soutras à propos de tout cela. Je crois que Shonsu nous ferait coucher dans des tentes s'il avait assez d'argent pour en acheter. Les guerriers s'ennuyaient. Merci, Jja.

Le visage de l'esclave était un masque de désespoir. Elle avait les traits bouffis et les yeux rouges à force de pleurer, mais elle leva son regard vers lui, stupéfaite. Nnanji sourit de nouveau.

—Il s'est énervé ! Il devrait le faire plus souvent. Maintenant, les guerriers savent qu'ils ont un seigneur suzerain !

—Mais, mon ché… seigneur Nnanji ? Il a vendu ces deux hommes alors qu'il déteste l'esclavage !

Nnanji fronça les yeux avec colère.

—De droit, il aurait dû les tuer. Ce qui s'est passé est une bonne chose pour le ralliement, Jja. Ils ont désobéi aux ordres de leur seigneur suzerain. Il aurait dû les tuer, vraiment. C'est ce que j'aurais fait à sa place. Mais je suppose que sa décision a davantage frappé les esprits. On a recouvert une marque faciale à chacun des mentors des deux coupables, puis on les a condamnés à s'occuper de l'évacuation des excréments jusqu'à nouvel ordre. (Il renifla avec mépris.) Je n'aurais jamais eu une idée pareille ! (Il se tourna pour observer les torrents d'ordures qui tombaient des balcons et les piles de déchets qui s'entassaient dans la cour.) Il y en avait certains qui étaient vraiment dégueulasses – presque autant que les gardes du temple. Certains, mais pas beaucoup.

Thana se leva. Après avoir vu cet asile de fous, le *Saphir* lui semblerait un îlot de calme, un havre de paix. Elle allait y conduire Jja, puis elle partirait en quête d'une robe pour le bal. Jja pleurait de nouveau.

Mais… seigneur Nnanji !

Son mari avait gagné sa septième épée.

La longue antichambre était maintenant propre – enfin, en théorie. L'âtre avait été vidé, la couche de poussière était moins homogène. Les panneaux de lambris avaient été frottés avec soin aussi haut qu'un homme juché sur un tabouret pouvait lever un chiffon. Au-delà, une corniche de crasse et de toiles d'araignée avaient échappé au nettoyage et sa base formait un ensemble de guirlandes gracieuses. Les fenêtres avaient été nettoyées et n'étaient plus couvertes que d'un voile graisseux.

Un vacarme montait de la cour où régnait une activité aussi frénétique que dans une fourmilière. Une rangée d'insectes transportait les ordures jusqu'à un bûcher dressé au milieu de la place tandis qu'une seconde cheminait en sens inverse – les hommes qui logeaient jusqu'ici chez l'habitant et qui ramenaient leurs affaires à la loge. Sur presque tous les balcons, on distinguait une silhouette qui nettoyait les vitres. Dans la cour, un groupe d'hommes donnaient des coups de marteau et sciaient des planches afin de construire de nouvelles latrines et de nouveaux lavoirs. Deux rues plus loin, un temple désaffecté était aménagé pour servir de dortoir aux femmes.

Wallie avait ordonné qu'on dispose une table au centre de la pièce, six tabourets devant les fenêtres et trente-neuf autres de l'autre côté, alignées sur deux rangées. Trente-neuf sièges pour trente-neuf sixièmes. Les novices chargés de cette tâche avaient songé que cet agencement était plutôt curieux, mais, pour Wallie, l'endroit ressemblait maintenant à une salle de conférence longue et étroite. *Diapo suivante, s'il vous plaît!* Le septième avait retrouvé son calme et ne se sentait pas trop coupable de l'avoir perdu… pas *trop*. Nnanji avait approuvé sa colère, ce qui était rassurant.

Son ancien protégé était déjà assis sur un des six tabourets, jambes croisées, les yeux dans le vague. Wallie lui avait donné des instructions précises et on pouvait sans doute lui faire confiance pour qu'il joue son rôle. Rien ne viendrait gâcher la journée du jeune homme, la journée du seigneur Nnanji., guerrier du septième rang, membre du conseil. Les guerriers considéraient maintenant que c'était lui le dernier septième du ralliement. Il avait atteint son but, le rêve d'un petit garçon du Monde. Il était sans doute le plus jeune septième de tous les temps. À quoi allait-il consacrer le reste de sa vie?

Les sixièmes entraient au compte-gouttes, intimidés, couverts de poussière et peut-être en proie à un certain ressentiment, mais ils obéissaient sans protester. Ils remplirent les deux rangées de sièges en face des fenêtres – en commençant par les extrémités afin que les retardataires se retrouvent au milieu, au plus près du terrible suzerain quand il se pencherait au-dessus de la table. Les derniers sixièmes et membres du conseil entrèrent et on ferma les portes. Tout le monde attendit la suite des événements avec inquiétude.

Wallie se tourna vers Nnanji.

— Quatre cent dix-huit?

Les yeux pâles du jeune homme clignèrent sous le coup de la surprise, mais il obtempéra et récita le soutra demandé. Wallie l'interrompit et s'adressa à Boariyi, installé à côté de son ancien protégé.

— Trois cent vingt-deux?

Quand il en eut terminé avec les septièmes, il se dirigea vers un sixième assez jeune et passablement nerveux assis en bout de la première rangée. Il lui demanda le sept cent vingt-neuf…

Il interrogea tout le monde, regagna enfin sa place et s'appuya sur la table.

— Et voilà ! s'exclama-t-il d'une voix enjouée. Pas de sorcier parmi nous ! (Quelques ricanements nerveux montèrent.) Au cours des deux ou trois prochains jours, honorables, vous allez faire passer cette petite épreuve à tous les guerriers du ralliement ! Si vous en trouvez un incapable de citer le soutra demandé, faites attention ! Chacun de vous interrogera ses protégés et s'assurera qu'ils font de même avec les leurs, et ainsi de suite.

Son regard parcourut la salle. Il aperçut des hochements de têtes approbateurs – les sixièmes comprenaient où il voulait en venir.

— Quelqu'un avait-il déjà vu un sorcier avant aujourd'hui ? (Personne.) Bon, je vais vous expliquer comment les combattre. Il n'y a que deux points à retenir. Que disent les soutras à propos de ces gens-là ?

Des lèvres articulèrent en silence, des sourcils se froncèrent, mais personne ne répondit. Les soutras ne disaient rien du tout à propos des sorciers. Wallie s'expliqua avec soin afin que tout le monde suive son raisonnement. Les sorciers n'étaient pas des guerriers, il n'était donc pas nécessaire de les défier et de les affronter selon les règles de l'honneur. Ce n'étaient pas des civils non plus, il n'était donc pas impératif de les traiter avec *amabilité, courtoisie et fermeté* – ainsi que l'exigeaient les soutras les plus optimistes. Il fallait par conséquent les considérer comme des civils armés, c'est-à-dire comme des abominations. Dans ces conditions, tous les coups étaient permis, sans restriction.

Dans la cour, les coups de marteau redoublèrent d'intensité et Wallie haussa la voix pour couvrir le vacarme.

— Le premier point, c'est la rapidité. Seigneur Boariyi, auriez-vous l'obligeance de me prêter assistance ? (Il plaça le géant maigre à côté de lui et pointa le doigt vers la porte qui menait à la chambre du conseil, à l'autre bout de la longue salle.) Nous allons faire une course, seigneur. Nous allons imaginer qu'un sorcier est apparu devant cette porte et nous allons voir qui le tuera le premier.

Boariyi lui lança un regard incrédule, puis amusé. Les guerriers se détendirent. Une course, ils savaient ce que c'était.

— Seigneur Tivanixi, pourriez-vous nous donner le signal du départ ?

Le commissaire laissa le suspens monter pendant un moment tandis que les deux géants attendaient, côte à côte.

— Maintenant ! lança-t-il enfin.

Boariyi s'élança comme un sprinter tout en dégainant son épée... Le poignard de Wallie se planta dans la porte avant qu'il ait parcouru la moitié du chemin. Il s'arrêta en dérapant et se retourna, le visage empourpré de colère.

— Vous êtes mort, seigneur, déclara Wallie. Désolé.

Les spectateurs frissonnèrent de dégoût, mais restèrent silencieux. Les poignards – surtout cachés – étaient une abomination de la pire espèce.

Zoariyi intervint et lança la remarque que Wallie attendait.

— C'est une chose de toucher une porte, seigneur suzerain, mais un homme représente une cible beaucoup plus petite.

— Nnanji ! cria Wallie. Un sorcier !

Il pointa un doigt comme s'il ordonnait à un chien d'attaquer un intrus.

Nnanji n'était pas aussi perdu dans ses pensées qu'il en avait l'air. Il avait croisé les jambes de manière à ce que le couteau caché dans sa botte soit à portée de main. Il bondit sur ses pieds et le lança. Puis il se rassit et continua à sourire comme si de rien n'était. L'arme se planta à une largeur de doigt de celle de Wallie. Boariyi esquissa un mouvement d'esquive, mais bien après que le couteau fut passé.

— Ohh ! murmura l'assemblée en chœur.

Wallie fut ravi que le lancer ait été aussi chanceux.

— Curieusement, reprit-il, il se trouve que le seigneur Nnanji est bien plus adroit que moi avec un couteau.

Les sixièmes enregistrèrent l'information avec un certain intérêt.

Wallie alla récupérer son poignard et le rangea ostensiblement dans sa botte. Il lança le second de manière à ce qu'il se plante devant Nnanji et celui-ci n'eut qu'à se baisser pour le ramasser. Les heures d'entraînement à bord du *Saphir* payaient enfin, mais pas vraiment comme il l'avait imaginé.

— Si vous combattez les sorciers en respectant les règles de l'honneur, ils gagneront toujours. À Ov, Nnanji et mes camarades marins m'ont sauvé de leurs griffes, avec des couteaux. Les lance-éclairs sont aussi précis qu'un poignard, mais plus puissants. En revanche, il faut du temps pour les recharger.

» Nnanji, tu n'as pas besoin d'assister à cette conférence. Nous t'excusons.

Nnanji se leva, hocha la tête avec joie et sortit d'un pas léger pour s'occuper des nombreuses tâches dont on l'avait chargé. Il était prêt à satisfaire toutes les demandes de son frère par serment, quelles qu'elles soient.

La porte se referma derrière le jeune homme.

— Une dernière chose à propos de la traque des espions. Faites attention aux rats de navire qui se trouvent sous vos ordres. Certains d'entre eux sont capables de lire sur les lèvres et nous sommes nombreux à marmonner les soutras quand nous les écoutons. La plupart des rats de navire ne connaissent pas bien les soutras, mais vous pouvez les tester avec une épée d'entraînement : si ce ne sont pas des imposteurs, ils s'en tireront haut la main !

Il n'osa pas regarder Tivanixi.

La conférence continua. Le second point, expliqua le seigneur suzerain, était de dépouiller les sorciers de leurs robes. Sans elles, ils devenaient aussi inoffensifs que le vieillard qu'il avait amené au temple. Le paquet de Jja était posé sur la table. Il en sortit la tenue de Rotanxi. Il leur montra les manches longues, les multiples poches, les fentes astucieuses par lesquelles son porteur pouvait y accéder alors qu'il semblait avoir les bras croisés. Puis il exposa les appareils un par un et en expliqua la fonction. Il en fit circuler certains parmi l'assistance. Il demanda qu'on apporte un chien errant et le piqua de la pointe du couteau de Chinarama. L'animal mourut presque aussitôt et de manière fort convaincante.

et s'enfuir. Une mission sans honneur et pleine de danger ! Mais je veux qu'ils aient peur ! Il me serait agréable de penser qu'ils n'osent plus se promener dans les rues de leurs cités une fois la nuit tombée. Ils doivent savoir que nous pouvons nous battre !

» Seigneur Boariyi, je vous laisse le choix.

Le géant était affalé sur son siège, penché en avant, un coude sur une cuisse. En entendant son nom, il se redressa et un grand sourire illumina son visage.

— Je prends le bateau !

Wallie espérait cette réponse : l'attrait du danger avait vaincu les scrupules du jeune guerrier. Maintenant que Boariyi avait accepté la tâche la moins honorable, les autres septièmes rechigneraient moins.

— Merci, dit Wallie avec sincérité. Seigneur Zoariyi, voulez-vous essayer de vous occuper des catapultes ? Seigneur Jansilui, pouvez-vous superviser la production d'arcs avec l'aide de ces deux sixièmes ? Seigneur Linumino, que diriez-vous du poste d'adjudant ?

Les septièmes hochèrent la tête sans enthousiasme.

Wallie était épuisé, mais rassuré. Si les sorciers parvenaient à le tuer maintenant, cela n'arrêterait plus le ralliement. Leur magie avait été percée à jour.

Il s'aperçut alors que tout le monde attendait. Il se redressa et sourit.

— Rompez !

Et faites attention : je viendrai peut-être vérifier comment vous vous en tirez !

La confusion tourna au chaos et Wallie en était partiellement responsable. Il refusait de répondre aux appels à l'aide que lui lançaient les septièmes, affirmant qu'ils devaient apprendre à réfléchir par eux-mêmes. Il se montra intraitable et les questions ne tardèrent pas à cesser. Dans la cour, de grands cris remplacèrent les coups de marteau : Linumino recrutait des archers et des fauconniers pour Jansilui, des rats de navire et des lanceurs de couteaux pour Boariyi, des cavaliers pour Tivanixi et des charpentiers pour Zoariyi. Quand le chef des hérauts se présenta aux portes de la loge, un quatrième l'escorta à l'intérieur. Face à un tel outrage, l'homme aux allures de crapaud-taureau tempêta et fulmina – et fut aussitôt reconduit à l'entrée. Nnanji avait commencé à établir des règles de sécurité. Fiendori arriva avec quarante pièces d'or prélevées sur les taxes d'amarrage et on lui demanda de les apporter à Linumino. Forarafi, le gaucher avec qui Wallie s'était entraîné, vint annoncer qu'il avait été nommé chef des gardes du corps. Wallie jugea qu'un sixième n'était pas nécessaire pour ce poste, mais il estima que ce n'était pas le moment de critiquer cette affectation.

Et le manège se poursuivit…

Au bout d'un certain temps, il ne resta plus que Wallie et ses gardes du corps dans l'antichambre. Le septième était épuisé, sa voix était éraillée et une migraine lui fendait le crâne, mais le ralliement se mettait en branle en apprenant à ne pas dépendre uniquement de son chef. Il demanda de quoi manger et observa avec un amusement ironique que l'ordre se transmettre à trois personnes successives avant que quelqu'un quitte enfin la pièce. Il annonça qu'il ne recevrait plus que les septièmes rangs, puis entra dans la chambre du conseil et ferma la porte.

Cette pièce avait été nettoyée avec la même désinvolture que le reste de la loge, mais cela représentait un progrès non négligeable : les cendres avaient disparu de l'âtre, la paillasse répugnante avait été remplacée par un matelas de paille convenable et des couvertures presque propres. Il se débarrassa de son épée, s'enfonça dans la chaise en brocard et posa les pieds sur un tabouret. Mille idées bouillonnaient encore dans sa tête et il mourait d'envie de les coucher sur du papier, mais c'était impossible. Il avait essayé de se servir de la plume de Rotanxi, mais sans succès. Il pensait en anglais, parlait dans le langage du Peuple, mais ne pouvait écrire ni l'un ni l'autre. On l'avait amputé de cette partie de sa mémoire.

Nnanji lui manquait. Jusqu'à présent, le jeune homme lui avait servi de secrétaire infaillible, mais il se serait senti humilié et insulté si Wallie l'avait conservé dans ce rôle alors qu'il y avait tant de tâches à accomplir – des tâches que Nnanji mènerait probablement à bien avec plus d'efficacité que quiconque. Il savait comment Wallie raisonnait, sa mémoire était un instrument de précision, il s'entendait avec les marins et les civils et il parlait aux guerriers bien mieux que son ancien mentor ne le ferait jamais. C'était le plus jeune membre du conseil, mais il se révélerait sans doute le plus compétent. Il ne rencontrerait qu'un seul problème : la jalousie des guerriers plus âgés que lui – ce qui représentait la plupart des hommes au-dessus du deuxième rang.

On frappa à la porte. Eh bien, de quoi se plaignait-il ? Il avait savouré deux minutes de calme…

— Entrez…

Doa pénétra dans la pièce et referma derrière elle.

Wallie bondit sur ses pieds.

La ménestrelle portait une tunique en satin chatoyant d'un bleu barbeau. Le vêtement était très court, serré contre les courbes de ses seins dont il couvrait à peine les pointes ; il dévoilait presque l'intégralité de ses interminables jambes galbées. Elle avait abandonné les sandales ordinaires qu'elle affectionnait d'habitude au profit de chaussures à talon qui la rendaient plus grande que lui. L'ensemble aurait dû paraître vulgaire, obscène ou ridicule, mais il n'en était rien. L'arrogance infinie de la jeune femme triomphait de la décence comme du bon goût. Une fine chaîne en argent ceignait son cou et descendait jusqu'à l'échancrure de sa tunique. Wallie songea que Doa aurait pu se promener vêtue de ce seul bijou sans que personne la trouve impudique.

Elle ne dégageait plus cette aura de folie sauvage et Wallie ne la considérait plus comme une démente, mais comme un génie immortel. La stature et la présence de la ménestrelle firent bouillonner ses entrailles une fois de plus. Il était conscient qu'elle avait été la maîtresse de Shonsu et qu'il y avait un lit dans le coin de la pièce. Même Jja n'arrivait pas à l'exciter plus vite que cette immense jeune femme. Elle remarqua sa réaction, ou la devina, ou la présupposa. Son visage banal, presque chevalin, brilla de satisfaction.

Cette ménestrelle était la réponse aux problèmes de Wallie.

Il récupéra son épée et exécuta le salut à un supérieur. Elle ne répondit pas.

— Vous cherchez à me flatter ? demanda-t-elle.

— Ce n'est qu'un témoignage d'admiration, ma dame. Hier, j'ai assisté à la naissance d'une œuvre qui perdurera aussi longtemps que la Rivière coulera. Vous avez rendu mon nom immortel.

Elle se dirigea vers la fenêtre d'un pas désinvolte, démontrant une maîtrise parfaite de la marche avec des talons. Oh ! Quelles jambes ! Son luth flottait dans la cascade châtain brillant de ses cheveux.

— Les ménestrels l'appellent *Le poème épique de Rotanxi.*

Elle ne semblait pas se considérer comme un membre de cette profession. Elle était d'une tout autre trempe et elle le savait.

— C'est sans importance. Mon nom vivra à travers votre œuvre et le vôtre sera loué à jamais.

Une lueur d'amusement passa sur ses traits taillés à la serpe.

— Les ménestrels quittent la ville en masse. Je frémis en pensant à ce qu'ils vont faire de ma chanson, mais ils ont déjà commencé à la faire circuler.

— Quelle récompense puis-je vous accorder ?

Il parla d'une voix pâteuse et rougit comme un adolescent. Imbécile !

Elle se détourna de la fenêtre et le regarda d'un air provocant.

— Je vous laisse seul juge.

Sa voix était devenue aussi rauque que celle du septième – peut-être pour se moquer de lui.

Il lui restait un des saphirs que le demi-dieu lui avait donnés afin de couvrir ses frais. Il le sortit de son escarcelle et se dirigea vers la jeune femme tout en se traitant de crétin et d'obsédé sexuel. Elle recula d'un pas devant lui, puis inspira soudain alors qu'il posait le petit soleil bleuté contre la chaîne qu'elle portait autour du cou. Il maintint la pierre, entre le pouce et l'index, au-dessus du creux de ses seins.

— C'est encore trop peu, mais je n'ai rien d'autre.

Elle se dépêcha de prendre la gemme et recula d'un nouveau pas.

— Cela suffira, seigneur, lâcha-t-elle dans un souffle. C'est une récompense digne d'un roi.

Il y avait dans ses paroles un sous-entendu qu'il ne comprit pas, un sous-entendu qui était destiné à Shonsu. Sous ses sourcils baissés, les yeux de la ménestrelle lui lancèrent un regard qui, de la part d'une autre femme, aurait été une invitation à poursuivre son approche. Wallie songea que ce n'était certainement pas le cas avec elle, mais cela n'empêcha pas ses mains de trembler.

—Accepteriez-vous d'être ma cavalière au bal des marchands, ce soir?

Elle hocha la tête comme si l'invitation avait été réglée à l'avance. Qui d'autre que dame Doa pouvait accompagner le seigneur suzerain en public? Le plus grand des guerriers et la plus talentueuse des ménestrels, ils étaient faits l'un pour l'autre.

—Me laisserez-vous vous embrasser?

Elle recula, toutes griffes dehors.

—Ne me touchez pas!

Il haussa les épaules – et soupira.

—Je ne vous comprends pas, dame Doa. Vous êtes si...

—Vous comprenez très bien, Shonsu, lâcha-t-elle.

Elle avait parlé d'un ton chargé de mépris alors que sa pose était langoureuse.

—Je vous ai dit que je ne me rappelais rien de mon passé...

—Gardez ces histoires pour vos sbires!

Elle se dirigea vers la porte.

Il enfonça ses ongles dans ses paumes et regarda le voile de satin glisser sur les hanches de la jeune femme.

—À ce soir, donc, ajouta-t-elle avant de disparaître.

Wallie ne savait pas où elle habitait et ignorait si le protocole exigeait qu'on escorte une dame. Une chaise à porteurs? Une voiture? Il faudrait qu'il se renseigne à ce propos, mais il était censé mener une guerre. Cette femme le transformait en étalon et lui coupait tous ses moyens en même temps. À la simple mention de son nom, les hormones de Shonsu prenaient le contrôle de l'esprit de Wallie Smith. Qu'aurait fait Shonsu dans une telle situation? L'aurait-il jeté sur le lit pour la violer?

Wallie se laissa tomber sur la chaise avec un gémissement et se demanda si ce n'était pas ce que la ménestrelle cherchait: se faire violer. Était-elle seulement consciente qu'elle ne cessait de le provoquer. Il songea que son comportement était encore pire que celui de Nnanji envers Thana: la femme se refuse, l'homme devient fou de désir. Nnanji avait au moins l'excuse de sa jeunesse, mais Wallie n'était qu'un malade obsédé par le sexe.

Cependant, il avait trouvé une compagne de choix pour les festivités de la soirée. C'était un point important si jamais...

La porte s'ouvrit et Nnanji entra avec un grand sourire.

—Vous avez réussi, mon frère!

—J'ai réussi quoi?

—À surcharger ma mémoire! Je commençais à avoir la migraine, alors je me suis dit que j'avais besoin de faire une pause. (Son mal de tête ne semblait pas le déranger outre mesure.) Deux cents par heure! Mais cela m'a permis de découvrir des guerriers doués de talents parmi les plus étonnants. Il y a des orfèvres, des briquetiers et des souffleurs de verre...

—Ils nous seront très utiles, j'en suis persuadé, affirma Wallie en essayant d'afficher le même enthousiasme irrésistible que son frère par serment. Est-ce que tu as trouvé des fauconniers?

— Pas encore, mais la moitié des guerriers ne sont pas à la loge. C'est *rigolo*, non ?

Il se dirigea d'un pas digne vers la fenêtre et regarda dehors. Wallie se laissa engloutir par la chaise qui se déplumait et chercha vaguement une définition adéquate du terme « rigolo ».

Après quelques minutes de silence, Nnanji reprit la parole.

— Mon frère, vous m'apprendrez les trente derniers soutras lorsque vous en aurez l'occasion, n'est-ce pas ?

— Bien sûr. Mais pas tant que tu as la migraine – et la mienne est encore pire !

— Bien ! (Le silence s'installa de nouveau.) Shonsu ?

C'était la première fois que Nnanji l'appelait par ce nom. La voix du jeune homme avait perdu son entrain.

— Je suis indigne de mon rang.

— Ne t'inquiète pas ! Tu apprendras les soutras en un rien de temps et personne ne te lancera de défi avant la dissolution du ralliement. À ce moment-là, tu te battras comme un vrai septième.

Nnanji resta face à la fenêtre.

— Je l'espère.

Il doutait de lui ?

— Je suis certain que tu trouveras le temps de t'entraîner un peu ! Ce dont tu as le plus besoin maintenant, c'est de combattre avec autant d'adversaires différents que possible. Tu n'as guère eu que moi comme partenaire et un seul instructeur ne suffit pas. Tu connais toutes mes…

Wallie ne termina pas sa phrase.

Puis Ikondorina déclara : je n'ai plus rien à t'apprendre.

De nouveau le silence. Nnanji ignorait la prophétie du frère aux cheveux roux.

— Il n'y a que du menu fretin ! affirma le jeune septième d'une voix remplie de dégoût envers lui-même.

À ses yeux, rien n'était plus important que l'escrime, et il méprisait les hommes incapables de se battre à la hauteur de leur rang.

— Dès que les sixièmes auront été libérés de leur serment, ils vont profiter de ma faiblesse pour essayer d'accéder au septième et je vais me retrouver avec trente-neuf défis sur les bras ! Vous allez faire traîner un peu cette guerre, n'est-ce pas ? Pour moi ?

La requête était si ridicule que Wallie éclata de rire. Nnanji se tourna un instant vers lui et esquissa un sourire, puis reprit son observation de la cour.

Quelque chose d'autre le tracassait ?

— Shonsu ?

— Oui, Nnanji ?

Silence.

— Je ne me sens pas… Enfin, je ne suis pas…

— Arrête de tourner autour du pot !

Nnanji inspira un grand coup.

— Je sais qu'un ralliement ne peut être dirigé que par un seul chef, mon frère, bredouilla-t-il. Je voulais juste vous promettre que… j'essaierai de… *Par les couilles du diable !* Euh, vous êtes *tellement* plus savant que moi…

Voilà qui ne lui ressemblait pas.

— Qu'est-ce que tu veux me dire ? demanda Wallie, à la fois intrigué et soudain inquiet.

Nnanji se tourna soudain vers lui, le visage écarlate.

— Je vous serai loyal ! Vous êtes le véritable chef ! Je sais que, en théorie, nous sommes égaux, mais…

Par la Déesse ! Wallie n'avait pas pensé à cela. Nnanji était du septième rang, il n'était plus son protégé et occupait lui aussi le poste de seigneur suzerain. En théorie, ils étaient égaux ! Que se passerait-il s'il y avait désaccord entre les deux hommes ?

— Je n'ai jamais douté de ta loyauté, Nnanji.

Son ancien protégé hocha la tête.

Le silence retomba.

— Est-ce qu'il y a autre chose qui te préoccupe ? dit Wallie.

— Je me demandais juste pourquoi les dieux avaient décidé de faire cela, mon frère. Pourquoi ont-ils voulu qu'il y ait deux seigneurs suzerains ? Ne croyez-vous pas…

Il se mordit les lèvres et son visage s'assombrit un peu plus.

Wallie comprit. Ces réflexions amenaient à des perspectives peu réjouissantes.

— Que tu devras peut-être me succéder ?

Nnanji hocha de nouveau la tête.

— Vous serez prudent, n'est-ce pas ?

— Tu m'étonnes !

— Bien !

Le jeune homme retrouva son sourire habituel. Rassuré, il gloussa et se dirigea vers la porte. Il s'immobilisa net devant la glace piquetée. Le miroir était si petit qu'il dut tendre le cou pour apercevoir le reflet de son kilt.

— Shonsu, à quoi je ressemble en bleu ?

— Tu es parfaitement ridicule ! Mais les actes sont plus importants que les apparences et, pour le moment, tu fais un excellent travail de septième.

Nnanji esquissa un sourire. Sa tête se tourna d'un côté, ses yeux de l'autre.

— Vous avez remarqué la barrette ?

Il portait un énorme éclat de verre bleu dans les cheveux, presque aussi gros que le saphir de Wallie, celui que le demi-dieu lui avait offert.

— Il ne vous resterait pas une gemme à me donner, par hasard ? demanda le jeune homme d'une voix pleine d'espoir.

— Non.

— Dommage. Je me disais qu'elle aurait été en sécurité sur ma tête en attendant que vous en ayez besoin… Mais tant pis. On ne dirait pas que c'est du verre, n'est-ce pas ?

Une huître aveugle s'y serait peut-être laissée prendre, en effet.

— C'est vrai, ça ressemble vraiment à un saphir. Ça se marie très bien à la couleur de tes cheveux. (Une barrette ?) Mais pourquoi tu ne portes pas celle en argent ? demanda Wallie avec prudence.

Nnanji lui lança un regard énigmatique, curieusement sur la défensive.

— Un kilt bleu, c'est déjà difficile, mon frère ! Faut-il y ajouter un griffon ? (Il n'avait pas tort, mais une telle discrétion était étonnante de sa part.) En outre, j'ai promis à Arganari que je porterais en arrivant à Vul. Je le garde pour cette occasion.

Il sourit avec une assurance moins affirmée que la fois précédente et sortit en refermant la porte derrière lui.

Puis Ikondorina déclara : je n'ai plus rien à t'apprendre. Maintenant, va et cherche ton royaume.

Wallie se leva avec lenteur. Un troisième apparut dans l'encadrement de la porte. Il tenait une petite table d'une main et maintenait un plateau en équilibre sur l'autre. Une terrible odeur de viande carbonisée envahit la pièce.

Vul ?

Égaux en théorie ?

Et trouva un royaume bien plus vaste et bien plus impressionnant…

Plus impressionnant qu'un ralliement ?

Impossible !

Impossible depuis l'aube des temps ! Ce n'était que des balivernes !

Il avait été trahi ! Trompé !

Pour la seconde fois de la journée, Wallie perdit le contrôle des émotions de Shonsu. Il poussa un rugissement qui fit trembler les fenêtres, écarta le guerrier et son plateau de nourriture hors de son chemin et se précipita dans l'antichambre en hurlant à ses gardes du corps de se rassembler.

Un temple se devait d'être silencieux et pieux. Celui-ci ne l'était pas. Une petite armée d'esclaves ramassait des fragments de verre et de pierre, vestiges de la paroi vitrée détruite par Wallie. Leur bavardage et le crissement des pelles se répercutaient le long de la nef en direction de la statue de la Déesse.

Devant l'estrade, le splendide sol en mosaïque était presque désert. Aujourd'hui, on avait éconduit avec tact les adorateurs et, de toute façon, ils étaient peu nombreux à Lui présenter leurs hommages, car une activité frénétique s'était emparée de la cité. Une silhouette solitaire se tenait sur le grand espace carrelé, un petit prêtre du septième rang. Venu méditer et prier, il était resté plus longtemps qu'il ne l'avait prévu. Il n'avait pas de demande particulière, il aspirait juste à un moment de paix – un souhait profond qu'il ressentait avec de plus en plus d'intensité. Ces douleurs s'étaient apaisées. Il n'allait peut-être pas tarder à obtenir la réponse qu'il espérait – sa délivrance.

Agenouillé devant la Déesse, il avait trouvé le réconfort silencieux qu'il cherchait. Il avait attendu avec plaisir alors qu'il n'avait rien à attendre, peu pressé de quitter cet endroit, car, d'après lui, sa mission était désormais terminée. Shonsu était le chef du ralliement et la suite des événements – quelle qu'elle soit – n'exigeait plus les services de Honakura.

Il constata avec amusement qu'il avait faim. Cela posait problème. Sa vieille carcasse posait problème, tout comme la nécessité de la remettre sur pied. Il songea qu'il ne réussirait pas à se lever sans aide et il n'y avait personne à proximité. Il parvint à s'asseoir sur les talons et observa le vide qui l'entourait, savourant son impuissance avec une joie ironique. Une petite séance de jeûne ne lui ferait sans doute pas de mal.

Deux silhouettes apparurent par une porte située au fond du temple. La première était un prêtre. Il s'arrêta, pointa le doigt vers le vieillard et se retourna avant de disparaître. La seconde se dirigea à grands pas vers Honakura. Un gigantesque guerrier enveloppé dans une sombre aura de rage.

Intéressant !

N'ayant pas d'autre choix, Honakura resta où il était. Un instant plus tard, la Déesse disparut derrière un kilt bleu. Au bas du vêtement, il distingua le petit griffon blanc que Jja avait brodé avec amour.

Il n'y eut pas de préambules.

— Vous m'avez menti ! tonna une voix caverneuse.

Relever la tête aurait été trop pénible, Honakura se contenta donc d'observer l'animal fabuleux né de l'aiguille de la belle esclave. Il demeura silencieux.

— Vous m'avez menti ! rugit la voix, encore plus fort.

Il ne s'agissait pas d'une question. Pourquoi répondre ?

— Racontez-moi ce qui s'est passé, seigneur.

Au bout d'un moment, le kilt se déplaça. Le gigantesque guerrier s'agenouilla et croisa ses bras massifs sur sa large poitrine. Honakura ne leva pas la tête vers lui, il attendit en gardant son regard posé sur le harnais de cuir ouvragé.

— Nnanji a obtenu sa septième épée.

La voix n'était qu'un grondement sourd, plus grave que d'habitude.

Le prêtre regarda enfin les yeux noirs et remplis de rage. Il distingua de la douleur et de la peur derrière la colère.

— En avez-vous jamais douté ?

— Cela n'aurait pas dû être possible ! D'après les soutras, il n'avait aucun moyen d'y arriver. Pas avant la dissolution du ralliement.

Rien n'était impossible à la Très-Haute, mais Honakura préféra garder cette remarque pour lui. Il préféra attendre. Shonsu était si agité qu'il ne resterait pas silencieux très longtemps. Quelques instants plus tard, le prêtre apprit la découverte de l'espion, la tentative d'assassinat contre Shonsu et l'existence de ce soutra obscur.

Les doutes de cet immense jeune homme, si gentil et si bien intentionné, étaient pitoyables… Honakura sentit une boule se former dans sa gorge.

— Tous sauf un. Il n'est pas mon vassal. Nous sommes tous les deux septièmes, seigneurs suzerains, égaux. Il n'est même plus mon protégé ! Vous croyez vraiment que Nnanji acceptera un tel traité ? (Silence.) Eh bien ?

— Non, murmura enfin le prêtre.

— Moi non plus ! Vous avez dit un jour qu'il avait la tête plus dure qu'une noix de coco. Il faudra qu'il fasse un choix, n'est-ce pas ? Je suis son frère parce que nous avons prêté le quatrième serment, mais ce n'est qu'un soutra. Il affirmera que les sorciers sont des tueurs de guerriers, qu'ils l'ont toujours été. Il déclarera qu'un traité trahirait la cause du ralliement et la volonté de la Déesse. Il trouvera cette solution lâche et honteuse. Nous le lui avons appris, vieil homme ! Vous et moi le lui avons fourré dans le crâne : la volonté de la Déesse passe avant tous les soutras ! Votre histoire lui donne la réponse au problème : « Et il le tua avant de s'emparer de son royaume. » Ce rôle lui convient à merveille. Je l'imagine très bien déclarer : « je suis plus honorable que toi ! » (Shonsu se releva d'un bond.) C'est peut-être la vérité ! C'est peut-être ce que pense la Déesse ! Après tout, Elle lui a fait gravir les rangs à toute allure !

Le colosse s'éloigna et traversa à grands pas les volutes de couleurs dessinées par les dalles brillantes.

Honakura resta où il était, la tête levée vers la Très-Haute, le visage auréolé d'un arc-en-ciel de larmes.

LIVRE CINQ

Comment le guerrier restitua l'épée

Le lendemain, au milieu de la matinée, Wallie grimpa l'échelle de corde menant au pont du *Saphir*. Il arborait un air sombre. Les voiles carguées, le petit navire bleu était ancré sur les eaux illuminées par le soleil et dégageait une atmosphère de calme. Il ressemblait à un havre de sagesse et de raison auprès de la frénésie qui agitait le ralliement. Mais Wallie n'y retournait pas pour savourer un moment de paix : il avait un problème à régler là aussi, le seul qu'il ne pouvait pas déléguer : Rotanxi. Ce matin, les ondulations brillantes de la Rivière et les cercles des oiseaux blancs ne suffiraient pas à apaiser la mauvaise humeur qui le harcelait.

Il posa le pied sur le pont et Jja se précipita vers lui pour l'accueillir. Il serra les mains de la jeune femme dans les siennes et recula, stupéfait, en observant son visage gonflé et décoloré.

— Que s'est-il passé ? demanda-t-il.

Elle baissa les yeux.

— Un accident.

— Qui est responsable de cet accident ? rugit-il.

Une vague de rage monta dans sa gorge comme un renvoi de bile. Si cela relevait encore des compétences d'un guerrier, le sang allait couler…

— Vous, répondit-elle à voix basse.

Il hoqueta de surprise et s'aperçut soudain que de nombreuses personnes se trouvaient sur le pont. La plupart faisaient semblant d'être occupées, mais tout le monde – des enfants en bas âge jusqu'à la vieille Lina – observait et écoutait.

— Quand vous avez jugé ces deux guerriers, maître. J'ai essayé de plaider en leur faveur. Je me suis mal conduite.

Il l'avait frappée ? Il repensa au brouillard écarlate qui l'avait enveloppé la veille, à la loge. Oui, il l'avait peut-être fait.

— Mon amour, gémit-il. Oh, Jja !

Il la prit dans ses bras et l'embrassa.

Puis il recula de nouveau, intrigué. Certes, sa langue avait le goût d'une vieille semelle en fourrure et les produits destinés à vous parfumer l'haleine n'existaient pas dans le Monde. Il ne s'était pas saoulé, la veille, mais le vin de la région était immonde : il vous ravageait les entrailles et Wallie en avait bu assez pour s'offrir une migraine lancinante. Il ne devait pas être un amant très appétissant ce matin. Mais, ce baiser manquait de passion. Et elle l'avait appelé « maître ».

— J'ai perdu la tête, Jja. Je ne m'étais même pas rendu compte de ce que j'avais fait.

Elle garda la tête baissée et resta silencieuse. Pourtant, il attendit et elle finit par parler.

— Je le sais, maître.

— Dans ce cas, peux-tu me pardonner ?

Elle leva les yeux vers lui et le regarda d'un air dubitatif.

— Ferez-vous amende honorable, alors ?

— Comment ? Dis-moi comment je peux me faire pardonner.

— Suivez-moi dans la cabine, je vais vous montrer.

Il la serra de nouveau contre lui.

— Je n'ose pas, mon amour ! Je n'ai pas beaucoup dormi la nuit dernière et j'ai beaucoup de travail.

C'était un euphémisme. Il avait à peine fermé l'œil. Il avait raccompagné Doa chez elle un peu avant l'aube – et la ménestrelle lui avait claqué la porte au nez. Il était retourné à la loge et avait constaté qu'il y régnait toujours une activité frénétique et insensée. L'adjudant Linumino ne s'était sans doute pas couché de la nuit : il s'occupait des baraquements, des logements pour les couples mariés, des réserves de nourriture et de l'attribution des différentes tâches – tout en même temps. Les cris et les martèlements de bottes n'avaient pas cessé, pas plus que l'interminable litanie de conflits que le seigneur suzerain devait arbitrer. Les septièmes étaient enthousiastes et voulaient bien faire, mais Wallie leur avait confié trop de travail, trop tôt. La perspective de se glisser au lit en compagnie de Jja était un fantasme merveilleux, mais il ne pouvait pas céder à la tentation. Mais n'était-ce pas son sentiment de culpabilité qui le retenait ?

La jeune femme se mordit les lèvres.

— Les deux hommes que vous avez vendus, maître…

Le pardon prenait donc la forme d'une tentative de corruption ?

— Ne te mêle pas de ça, Jja ! La manière dont je gère le ralliement ne te concerne pas !

— Bien, maître.

— Et arrête de m'appeler comme ça !

— Non, maître.

Ah ! Les femmes !

Elle se retourna. Il l'attrapa sans douceur par une épaule et la fit pivoter face à lui.

— Les relations entre les guerriers et les habitants sont exécrables ! dit-il d'un ton brusque. Je dois satisfaire les Anciens. Est-ce que tu comprends ?

Elle hocha la tête en silence.

Menteur! souffla la conscience du guerrier. *Quoi qu'ait fait Shonsu en tant que commissaire, il terrorisait les Anciens. Ils rampaient tous devant toi hier soir.*

— Je devais assister à ce bal!

Conneries! Tout le monde aurait préféré que tu n'y ailles pas et que tu te contentes d'y envoyer Nnanji.

— Les Anciens se seraient sentis insultés si je m'y étais rendu en compagnie d'une esclave!

Tu veux dire que les autres guerriers se seraient payé ta tête.

— Et si j'ai choisi dame Doa comme cavalière, ça ne te regarde pas!

— Bien sûr, maître.

Elle essaya de nouveau de se retourner. Cette fois-ci, il saisit ses deux épaules et la secoua presque.

— Tu n'as aucune raison d'être jalouse de dame Doa!

— *Jalouse?* (Aussi incroyable que cela puisse paraître, Jja se mit à crier.) Une esclave? Jalouse? Existe-t-il quelque chose au Monde capable de rendre une esclave jalouse?

— Dans le cas présent, il n'y a rien! J'avais besoin d'une cavalière pour le bal…

— Vous croyez que je m'intéresse à la cavalière que vous avez choisie pour ce stupide bal?

— Il ne s'est rien passé d'autre!

— Vous croyez que ça m'intéresse, ça aussi? Couchez avec qui bon vous semble, maître. Vous n'avez pas à vous excuser auprès d'une esclave.

Wallie était abasourdi. Jamais Jja n'avait élevé la voix ainsi, ni devant lui ni devant personne. Il la lâcha.

— Dans ce cas, qu'est-ce qui t'ennuie?

— C'est vous qui m'ennuyez! hurla-t-elle en tapant du pied. Qu'est-ce que vous faites? Qu'êtes-vous en train de devenir?

Il était guerrier du septième. Il était seigneur suzerain du ralliement. Il était l'homme le plus puissant du Monde. Il bégaya avant de crier à son tour.

— Fais attention à tes paroles, femme! Car, oui, tu n'es qu'une esclave! Ne l'oublie pas!

— Et j'étais heureuse en tant qu'esclave! Je faisais ce que ma maîtresse m'ordonnait, avec beaucoup d'hommes. Et bien peu m'ont frappée!

Il fit un effort pour baisser la voix.

— J'ai dit que j'étais désolé. Je ne le ferai plus.

— Peut-être que vous devriez le faire plus souvent! Pour me rappeler que je ne suis qu'une esclave! Vous m'avez demandé de croire que j'étais une personne à part entière!

Jamais elle ne s'était comportée ainsi! Pendant un instant, le caractère surexcité de Shonsu faillit reprendre le dessus. Wallie résista, respira profondément et relâcha ses poings. Il regarda le pont autour de lui et vit de nombreux yeux terrifiés se détourner aussitôt. Rotanxi – qu'il était venu courtiser et impressionner – était assis sur le panneau d'une écoutille. Il écoutait comme les autres cette querelle absurde, le visage impassible.

— Vous avez dit que vous vouliez une vraie femme, cria Jja, et me voilà redevenue une esclave !

— Parfaitement ! rugit-il pour la faire taire. Va dans la cabine !

Il se détourna et se dirigea vers le sorcier. Il passa devant un Tomiyano cynique et maussade en l'ignorant. Il adressa un salut formel à Rotanxi.

Rotanxi se leva et répondit avant de se rasseoir. Wallie s'installa à côté de lui.

— Et comment se portent vos catapultes par cette belle journée ? demanda le prisonnier avec une politesse acide.

Wallie éclata d'un rire amer.

— Le seigneur Zoariyi surveille leur construction. J'ai estimé que c'était le septième le plus malin.

— Sans doute, lâcha Rotanxi pour montrer qu'il connaissait les membres du conseil.

— Il s'est attelé à la tâche avec ferveur. Je me suis arrêté au chantier en venant. Il y a déjà une catapulte à moitié terminée.

— Remarquable !

— En effet, mais parfaitement inutile – sauf s'il compte s'en servir pour envoyer les guerriers du ralliement de l'autre côté de la Rivière. Un tel engin ne passera jamais par l'écoutille d'un navire. Il va falloir s'en débarrasser et tout reprendre à zéro.

Un fin sourire se dessina sur les lèvres de Rotanxi.

— J'espère que cela lui a coûté cher en bois.

C'était le cas.

— L'argent n'est plus un problème, dit Wallie.

Il expliqua le système de prélèvement sur les taxes d'amarrage.

Le sorcier eut l'air sceptique et resta silencieux.

— Vous avez appris ce qui est arrivé à Chinarama ? demanda le guerrier. (Le vieil homme hocha la tête, impassible.) Après sa mort, Nnanji a fouillé ses quartiers. Il a découvert un lance-éclair et des munitions ; une plume, de l'encre et du vélin ; et ceci.

Wallie tendit une petite plaque d'ivoire sur laquelle était gravée une image : une jeune femme d'une beauté mélancolique.

Le sorcier observa l'objet dans la main de Wallie. Il ne fit aucun geste pour la prendre et demeura silencieux.

— Vous et moi sommes dans des camps opposés, seigneur ! dit Wallie. Mais j'honore la mémoire du seigneur Chinarama. Le courage n'est pas l'apanage des guerriers. S'agit-il de sa fille ?

Rotanxi et Chinarama avaient à peu près le même âge. Vul ne devait pas être assez grande pour que les deux hommes ne se soient pas connus.

Le sorcier hésita.

— C'est sa femme. Elle est morte en couches il y a des années de cela.

— C'est malheureux.

— Malheureux, en effet. Ce n'était pas l'enfant de son mari : elle avait été violée par une bande de guerriers.

Wallie tressaillit et observa le vieil homme qui arborait un visage aussi inexpressif que celui d'une momie. Cette histoire n'était pas invraisemblable, mais c'était peut-être un mensonge destiné à le mettre sur la défensive.

— Je ne doute pas de vos paroles, seigneur, mais nos soutras interdisent formellement toute violence envers les femmes – sauf dans deux cas précisés avec soin : s'il s'agit d'une criminelle reconnue coupable ou d'un acte de représailles pour venger le sang versé.

Il comprit aussitôt qu'il avait commis une erreur.

— Dans ce cas, il est possible que le terme de « viol » ne convienne pas, seigneur Shonsu. Il n'y a pas eu d'acte de violence direct de la part des guerriers. Cela s'est passé sur un navire. Un premier rang a importuné cette femme et quand elle s'est débattue, les autres guerriers sont venus aider leur camarade. Ils ne l'ont pas forcée, ils se sont contentés de mutiler les marins. Pour se protéger, ceux-ci ont finalement accepté de la tenir pendant que les guerriers abusaient d'elle. Il ne s'agit pas d'un viol tel qu'il est défini par vos soutras, n'est-ce pas ?

Le visage parcheminé du sorcier se chiffonna tandis qu'un sourire triomphant et méprisant apparaissait sur ses lèvres. Wallie n'eut d'autre choix que de le croire. Il frissonna.

Était-ce là l'homme qu'il avait eu l'intention de séduire ? Il lui tendit de nouveau la petite plaque.

— Accepteriez-vous de prendre ceci et, quand vous rentrerez à Vul, de la remettre à la famille de Chinarama, s'il en a encore ?

Rotanxi la prit.

— Il n'a plus de parents. Il avait un frère, mais les guerriers l'ont tué, lui aussi.

Il lança le morceau d'ivoire qui passa au-dessus du bastingage avant de disparaître.

Le silence retomba.

— Encore un événement malheureux, mais il y a des veuves à Sen, seigneur, et de nombreux orphelins sur la rive gauche. Le prix du pouvoir se paie toujours avec le sang des autres.

Le sorcier sourit d'un air dédaigneux, mais ne fit pas de commentaire.

Wallie changea de sujet.

— Avez-vous entendu mon histoire ? J'ai demandé aux marins de répondre à vos questions.

Rotanxi grogna.

— Peuh ! Je sais maintenant que je ne parviendrai pas à vous convaincre de mes pouvoirs magiques, seigneur Shonsu, mais vous espérez que je vais me mettre à croire aux miracles ?

Wallie fut surpris.

— Vous ne croyez même pas à la main de la Déesse ?

— Même pas. Chaque fois que l'un de nous monte à bord d'un navire – ce qui est assez fréquent, vous l'aurez deviné –, il débarque dans le port où il voulait débarquer.

L'information était intéressante – à condition qu'elle soit vraie. Le demi-dieu n'avait-il pas dit que l'Âge des Mythes avait précédé celui de l'Écriture ? Les sorciers étaient-ils imperméables aux miracles parce qu'ils savaient lire et écrire ? Wallie songea qu'il lui faudrait réfléchir à cela quand il en aurait le temps.

— Mais j'avoue que je suis intrigué par la source de votre savoir, poursuivit Rotanxi. Il est évident qu'un de nos sabbats a été soudoyé ou infiltré.

— Je viens vraiment d'un autre monde, seigneur. Quelle preuve puis-je vous donner ? L'étrier ? Il n'existait pas ici.

Rotanxi secoua la tête.

— Une invention impressionnante, mais c'est insuffisant pour me convaincre. Votre étrier n'a plus rien d'extraordinaire une fois qu'on y a pensé.

— Ah ! Mais c'est le cas de toutes les grandes inventions. Prenons l'exemple de votre appareil qui permet de voir de loin. Il inverse l'image, ce qui doit vous compliquer sérieusement la tâche pour lire sur les lèvres.

Le sorcier parut hésiter... puis une lueur d'excitation passa dans ses yeux.

— C'est une question d'entraînement. Pourquoi ? Vous êtes capable de construire un télescope qui n'inverse pas les images ?

Un télescope ! Le mot était nouveau.

— Bien sûr ! Il existe différents moyens pour y arriver. Cela dépend du type de lentilles que vous utilisez. Vous n'avez pas encore inventé le tour à verre pour les fabriquer, n'est-ce pas ? Sans importance. La technique la plus simple est de monter deux télescopes dans un même tube – soit quatre lentilles. Le premier inverse l'image et le second la corrige. C'est encore plus évident que l'étrier, à mon avis.

Rotanxi fit de son mieux pour garder un visage impassible, mais ses pupilles se dilatèrent. Wallie songea qu'il faisait des progrès. La plupart des marins s'étaient éloignés une fois la querelle terminée. Une conversation posée entre un sorcier et un guerrier était peut-être un événement marquant pour cette époque, mais il n'intéressait guère des gens aussi pragmatiques.

— Il existe aussi des moyens de se débarrasser des franges colorées sur le bord de l'image, mais cela nécessite une combinaison de différents types de verres – ce qui dépasse mes compétences. Mais il est possible de fabriquer un télescope avec des miroirs et ne présentant plus ces bandes de couleur.

On lisait maintenant de l'excitation dans les yeux du sorcier.

— Vraiment ? Expliquez-moi comment.

Wallie sortit un morceau de charbon qu'il avait apporté à cette intention.

— Vous allez peut-être devoir me préciser certains termes.

Il commença à tracer un croquis sur le panneau de l'écoutille – Tomiyano serait furieux. Il dessina des sections coniques. Cela l'amena à la parabole et il expliqua le principe du télescope réflecteur.

Rotanxi ne cachait plus son enthousiasme.

— Vous m'avez presque convaincu, seigneur ! Il existe d'autres sabbats que celui de Vul, mais je pensais qu'aucun d'entre eux n'avait mené des recherches aussi poussées que les nôtres. Je me demande dans quelle partie du Monde vous avez pu apprendre de telles choses.

— C'est bien là que je voulais en venir.

— Dites-m'en davantage, dans ce cas.

Le tigre était prêt à tomber dans le piège.

— Hélas ! Je n'ose le faire. Les télescopes ne causeront pas grand mal, mais les étriers m'inquiètent. Dans mon monde, ils ont permis à des cavaliers de se barder de fer des pieds à la tête. J'ai peur d'avoir ouvert la porte à de telles horreurs ici. Je vais essayer de trouver des inventions moins dangereuses pour mener cette guerre. Mais je peux vous assurer, seigneur Rotanxi, que je viens bien d'un autre monde.

Il fit mine de partir et le sorcier leva une main pour le retenir.

— Quelle était cette chose orange qui s'est envolée de votre navire devant Sen ?

Wallie éclata de rire.

— Oh ! C'est inoffensif.

Il expliqua les effets de la chaleur sur les gaz, fit allusion à la théorie des molécules et décrivit le fonctionnement d'un ballon à air chaud.

— Jja n'a rien à faire. Demandez-lui gentiment et elle vous en fabriquera peut-être un que vous pourrez rapporter chez vous. Vous devrez aussi obtenir la recette de la cire du guerrier Katanji. Je pense qu'il sera prêt à vous la céder en échange d'une centaine de pièces d'or.

Rotanxi lui adressa un regard long et sévère.

— Je me demande si vous avez vraiment l'intention de me laisser rentrer chez moi, seigneur. Vous me donnez beaucoup d'informations de votre plein gré.

Un sourire innocent se dessina sur les lèvres de Wallie.

— Faites-moi confiance.

Rotanxi secoua la tête.

— Il y a un hameçon caché dans l'appât. Quel est-il ?

Le guerrier haussa les épaules. Pendant quelques minutes, il observa la cité dorée qui s'étendait le long des flots bleutés. Casr était bien plus ancienne que les pyramides de la Terre. Il essaya de l'imaginer surmontée d'une tour noire de sorciers et songea aux paroles de Nnanji : elle avait été pillée et brûlée à de nombreuses reprises. Si Wallie parvenait à convaincre ses ennemis de faire la paix, il épargnerait ce sort funeste à bien d'autres villes. Si l'histoire n'était qu'un enchaînement de batailles, l'honneur n'était pas du côté de ceux qui la faisaient, mais de ceux qui la combattaient.

— Je suis peut-être prêt à échanger certains de mes secrets contre quelques informations. Par exemple, et par pure curiosité : dans mon monde, la poudre a été découverte plusieurs siècles avant qu'on lui trouve des applications militaires. Est-ce qu'il en a été de même ici ?

Le vieil homme réfléchit avec soin, mais ne décela aucun piège caché derrière cette question. Il hocha la tête.

— Un autre renseignement, alors. Quand Katanji est parvenu à se glisser dans votre tour, il a déclaré avoir vu une grosse boule dorée montée

Les cibles étaient Wal et Aus. Wallie regretta de ne pas disposer d'un autre bateau à envoyer en amont, vers Sen, puis Cha.

Il commençait à apprécier Boariyi. Cette grande perche ressemblait un peu à Nnanji, avec un certain cynisme ironique en plus. Wallie était satisfait de ses septièmes. La Déesse les avait bien choisis.

L'argent entrait toujours à flots dans les caisses, mais s'en échappait tout aussi vite. L'achat, l'équipement et l'entretien des chevaux coûtaient une véritable fortune. Les catapultes se révéleraient plus onéreuses encore et il devait prévoir les coûts inévitables qu'entraînerait l'organisation de la bataille en elle-même. Il pourrait vendre le *Griffon* – à condition que Boariyi revienne avec. C'était pure folie que d'envoyer un septième affronter de tels dangers, mais, au pis, il aurait un prisonnier de rang égal pour procéder à un échange.

Son cortège tourna au coin d'une rue et arriva sur la grande place qui s'étendait devant la loge. Wallie ordonna une halte afin d'observer les exercices de la cavalerie. Les étriers avaient été un franc succès et tous les guerriers voulaient maintenant rejoindre cette unité – n'en était-il pas ainsi dans toutes les armées ? Il était impossible de monter avec des masques d'escrime, ce qui rendait l'entraînement au combat trop périlleux. Wallie avait donc organisé des parties de polo. Pratiqué sur une cour pavée, ce sport n'était pas exempt de tout danger, mais il entraînait les hommes à se battre en milieu urbain. Les guerriers avaient décrété que cet exercice était la plus grande invention depuis celle de la puberté. C'était devenu le divertissement principal du ralliement – après les femmes – et la plus grande partie des soldes disparaissaient dans les paris sur les matchs.

Malgré son manque d'expérience en matière d'équitation et de soldats, Wallie remarqua que les hommes et les chevaux avaient fait des progrès. Il devait maintenant envisager la prochaine étape : les maillets n'étaient pas l'arme idéale pour affronter les sorciers. Le polo constituait un excellent entraînement, mais il allait demander aux charpentiers de fabriquer des lances. Il envoya un novice inviter Tivanixi à déjeuner et reprit son chemin.

Plus près de la loge, un groupe de guerriers s'affrontaient à l'épée. Wallie n'eut pas besoin de regarder les écussons vert brillant fixés sur les lanières de leurs épaules. Il comprit aussitôt qu'il s'agissait des hommes de Nnanji. Son frère par serment était d'ailleurs parmi eux, avec son kilt bleu et sa queue-de-cheval rousse. Il affrontait un des sixièmes de Boariyi. Nul autre septième n'avait le temps de s'entraîner à l'escrime. Wallie l'observa pendant un moment : le jeune homme s'améliorait, bien sûr. Le seigneur suzerain du ralliement soupira et essaya d'oublier ses doutes et ses craintes. Il donna l'ordre de se remettre en marche.

Sur la façade en pierre nue de la loge, l'épée en bronze avait été rejointe par de nouveaux ornements. Personne d'autre que les sorciers ne savait lire, mais tout le monde savait se servir d'un boulier. On en avait suspendu un de chaque côté de l'arme symbolique : des assemblages de cordes et de billes en paille. Le premier affichait trois cent trente, le second, seize – un prisonnier et quinze morts, Chinarama inclus. Le message était clair, tout comme la motivation qu'il suscitait. Sa construction avait mobilisé dix hommes pendant deux jours. C'était la première règle pour diriger une armée : chasser l'oisiveté.

Wallie Smith avait dirigé une usine pétrochimique avec efficacité en adaptant le nombre de ses employés aux besoins de la production. Aujourd'hui, il ne pouvait plus moduler ses effectifs, il devait donc trouver des activités pour les occuper.

Alors qu'il atteignait les portes, un groupe de guerriers sortit en portant des seaux d'où s'échappait une odeur répugnante – les hommes qui n'avaient pas satisfait aux exigences de l'inspection quotidienne, ceux dont les dortoirs étaient les moins propres. La loge était désormais impeccable, tant à l'intérieur qu'à l'extérieur, mais il fallait trouver de nouveaux malchanceux chaque jour pour évacuer les excréments. Des écussons orange indiquèrent à Wallie qu'il s'agissait de subalternes de Zoariyi. Le code de couleur devenait complexe, car les septièmes et leurs protégés en possédaient chacun un. Un troisième arborait cinq écussons. Nnanji aurait pu expliquer à quoi cela correspondait. Wallie, lui, s'en fichait.

Il pénétra dans l'enceinte du bâtiment et traversa la cour, maintenant remplie de tentes faisant office de salle de bain ou de latrines. Une fois devant l'antichambre, il congédia ses gardes du corps. Il leur demanda de se présenter à Forarfi – on pouvait faire confiance au sixième quand il s'agissait de trouver une occupation aux oisifs –, puis il entra dans la pièce.

La salle était bondée, comme d'habitude. À une extrémité, l'adjudant Linumino comptait de l'argent assis à une table, la seule de l'antichambre. Pourtant, Wallie avait toujours l'impression que cet endroit était rempli de bureaux, de machines à écrire et de téléphones. L'or restait dans un coffre, dans le cabinet de travail de Wallie qui faisait également office de salle du conseil et, la plupart du temps, de chambre à coucher. Les personnes présentes étaient debout ou assises sur des tabourets. Les membres de la deuxième catégorie se levèrent pour l'accueillir et tout le monde se frappa la poitrine du poing pour saluer. Wallie avait aboli le salut formel au sein du ralliement en affirmant qu'il s'agissait d'une perte de temps.

Il s'avança en adressant signes de tête et sourires aux personnes qu'il reconnaissait – essayant au passage de deviner ce qu'ils venaient faire ici. Il fit un clin d'œil à Katanji et fronça les sourcils en apercevant deux sixièmes désarmés et entourés de gardes. Les prisonniers avaient le visage tuméfié et l'air maussade. Il arriva devant la table de l'adjudant Linumino qui sourit et fit un geste en direction de six hommes. Il n'eut pas besoin de s'expliquer : trois jeunes troisièmes portaient l'écusson de Tivanixi à l'épaule et chacun était accompagné par un adolescent nu. Ils arboraient tous les six une mine inquiète.

— Cela en fait combien ? demanda Wallie.

— Treize, seigneur suzerain.

Wallie observa les jeunes garçons qui tremblaient. Les guerriers du troisième n'étaient pas plus à l'aise, ils venaient sans doute d'obtenir leur promotion. Il se tourna vers Linumino.

— Vous les avez mis à l'épreuve ?

— L'honorable Hiokillino s'en est chargé, seigneur suzerain. Il dit qu'ils feront l'affaire. Il a refusé quatre autres candidats qui auraient été incapables d'attraper une balle si on la leur avait tendue à bout de bras – je cite ses termes. Ils ne faisaient pas la différence entre leurs mains et leurs pieds.

Wallie éclata de rire.

— Bien. (Le temps lui était précieux, mais une telle occasion exigeait une petite cérémonie.) Présentez-les-moi.

Linumino s'exécuta et présenta chaque troisième dans les règles.

— Je suis Genotei, guerrier du troisième rang. Mon souhait le plus humble et le plus sincère…

— Je suis Shonsu… Présente-moi ton candidat, guerrier.

— Seigneur, puis-je avoir l'honneur…

— Je suis Jiulyuio, fils de Kiryuio l'orfèvre. Mon souhait le plus…

Wallie songea que les trois garçons étaient un peu jeunes, mais il répondit solennellement à leur salut. Il dut ensuite les écouter répéter le code des guerriers et prêter le deuxième serment à leur mentor. Le seigneur suzerain s'agenouilla alors et leur offrit leur épée – ils ne manqueraient pas de se vanter de cet honneur jusqu'à la fin de leur vie. Il leur serra enfin la main et leur souhaita la bienvenue au sein de la caste des guerriers. Cette tâche accomplie, il entra dans son bureau tandis que les jeunes recrues ivres de joie sortaient précipitamment en compagnie de leur mentor.

Il jeta son épée sur le lit et se laissa tomber sur la chaise – d'où s'échappa un nuage de poussière et de plumes. Linumino ferma la porte et attendit. Cet homme au visage balafré et au ventre rebondi se révélait un excellent adjudant : il possédait une patience infinie en ce qui concernait les détails et sa mémoire était fantastique. Il restait de longues heures assis à sa table et son tour de taille semblait augmenter un peu plus chaque jour. Il deviendrait bientôt si gros qu'il serait ridicule avec une épée, mais c'était sans importance tant que le ralliement n'était pas dissous. Peut-être avait-il l'intention de prendre sa retraite une fois que tout serait fini. En attendant, il empêchait l'univers du seigneur suzerain de sombrer dans la folie et le chaos – ou du moins le chaos sans nom qui aurait régné s'il n'avait pas été là.

— Asseyez-vous, dit Wallie. Quelque chose ne va pas ?

Linumino fronçait les sourcils.

— Seigneur suzerain, mes doutes sont-ils fondés ? Il semblerait que ce soient toujours les hommes du seigneur Tivanixi qui découvrent des recrues prometteuses.

Wallie éclata de rire.

— Je l'avais remarqué et je me doutais que vous aussi. Et pourtant…

— Comment le système fonctionne-t-il ? Un cheval par garçon ?

— Deux, à mon avis. À moins qu'il y en ait un qui sorte du lot.

Linumino sourit et resta silencieux. Il n'était pas honorable d'accepter une recrue en échange d'un pot-de-vin, mais le ralliement avait grand besoin de bons chevaux. Si les premiers avaient été achetés pour trois pièces d'or, leur prix avait grimpé jusqu'à vingt, voire trente pièces d'or. Il était impossible de faire face à de telles dépenses. Pourtant, les familles riches étaient prêtes à payer pour voir un de leurs fils devenir guerrier et, tant que le candidat présentait quelques dispositions, Wallie fermait les yeux. Tivanixi avait davantage de montures pour ses cavaliers, davantage de lads et davantage de bouches à nourrir.

— Bien. Passons aux choses sérieuses !

Droit comme un piquet sur son tabouret, Linumino ferma les yeux comme il le faisait toujours quand il sollicitait sa mémoire. C'était un spectacle agaçant, car la paupière gauche ne se fermait pas complètement et on apercevait une partie du blanc de l'œil.

— Le saint seigneur Honakura vous fait savoir que ce que vous avez demandé est possible – à hauteur de douze – et qu'il espère vous voir ce soir au dîner organisé par la corporation des maçons. Demain soir, vous êtes invité au banquet des marchands, à celui des bouchers le lendemain, à deux bals le jour suivant, par…

— Acceptez les deux premières invitations de ma part et de celle de dame Doa. Refusez les deux qui sont en même temps. Cette coïncidence est sans doute le fruit de luttes politiques entre différents groupes d'intérêt de la cité et je ne veux pas y être mêlé.

Linumino avait ouvert les yeux pour l'écouter. Il les referma.

— Les seigneurs Tivanixi et Zoariyi ont tous deux envoyé un sixième pour demander du cuir.

Les yeux se rouvrirent.

— Merde ! s'exclama Wallie avec colère. Il va falloir payer ! Cette vieille sorcière a menacé de lever l'ancre et de partir en emmenant Rotanxi !

Brota ne s'était pas contentée de venir à Casr avec un chargement de cuir de qualité, elle avait aussi acheté tout le stock disponible en ville pour s'assurer le monopole du marché. Elle exigeait maintenant quatre cents pièces d'or et restait imperméable à tous les arguments de Wallie. Le seigneur suzerain et la guerrière avaient eu une discussion particulièrement orageuse et bruyante la veille au soir. Lorsqu'elle s'était achevée, les enfants étaient hystériques et les marins tournaient autour des seaux de sable d'un air menaçant. L'autorité du seigneur suzerain s'arrêtait à la berge de la Rivière.

— Le déchargement ne va pas être facile, dit Wallie. Le sorcier sera peut-être tenté de s'enfuir quand Brota accostera. Occupez-vous de cette affaire. Vous avez besoin d'un peu d'air frais. Prenez l'argent et faites-vous accompagner par suffisamment d'hommes. Il faut que vous le rencontriez de toute façon. C'est un vieux renard assez fascinant.

Et la nuit dernière, il a bien failli me faire perdre patience.

L'adjudant hocha la tête, puis referma les yeux.

— Le seigneur Tivanixi signale qu'un autre guerrier s'est brisé la clavicule et qu'un novice a eu le pied écrasé. Il va finir par envoyer tout le ralliement à l'infirmerie, seigneur suzerain. Pas de nouvelle crise de maux de ventre.

Wallie fut rassuré. Plus de mille guerriers rassemblés dans un bâtiment, c'était une occasion rêvée pour que le dieu des épidémies fasse la démonstration de son talent. Il représentait une menace bien plus grande que n'importe quelle armée ennemie.

— On fait bouillir l'eau comme je l'ai ordonné ?

— Il semblerait, seigneur. Le niveau du puits ouest a baissé d'une autre coudée et celui du puits est d'une paume.

Mauvaise nouvelle ! Aucun soutra n'expliquait comment creuser un puits. C'était un travail d'esclave et Wallie les avait tous vendus.

— Le seigneur Jansilui signale qu'il a envoyé d'autres recruteurs à Tau et à Dri afin de trouver des fabricants de flèches, des fauconniers et des oiseaux. Il veut aussi savoir s'il peut en envoyer dans les villes de sorciers et, le cas échéant, s'il doit demander l'aide du seigneur Nnanji.

— Oui, il peut le faire. À condition que ces hommes ne soient pas des guerriers, bien entendu. Il n'a qu'à confier cette mission à des prêtres ou à des marchands. Dites-lui de s'adresser à Honakura. Ne passez pas par le réseau de Nnanji. Ce recrutement ne se fera pas dans la discrétion absolue.

— Bien, seigneur suzerain. Il n'y a pas d'autres messages. Une délégation attend dehors… Des officiers du port, je pense.

— S'ils ne veulent pas annoncer le but de leur visite, je ne les recevrai pas. Si ce sont vraiment des officiers du port, dites-leur de revenir dans une semaine. Un régime sans pot-de-vin leur fera le plus grand bien.

L'adjudant esquissa un bref sourire.

— Les deux sixièmes accusés de s'être battus… Les seigneurs Nnanji et Zoariyi ont jugé l'affaire et les ont condamnés à recevoir vingt et un coups de chat à sept queues. Leur décision attend votre confirmation.

— Merde ! s'exclama Wallie une fois de plus. (Il se releva d'un bond et s'approcha de la fenêtre pour regarder dehors.) Je veux de nouveaux rideaux et une nouvelle lampe dans cette pièce. Vingt et un coups de fouet *pour tous les deux* ?

— Chacun accuse l'autre d'avoir commencé, je pense. (Linumino s'était levé à son tour – un réflexe.) Les témoignages divergent. Les juges sont arrivés à la conclusion qu'Ukilio a donné le premier coup de poing, mais qu'Unamani a dégainé avant lui.

Wallie réfléchit un instant.

— Est-ce que vous avez un héraut sous la main ?

— Non, seigneur suzerain.

— Faites-en appeler un pendant que je m'entretiens avec Katanji. Autre chose d'urgent ?

L'adjudant déclara que le reste pouvait attendre et sortit. Wallie retourna à sa chaise, jeta un coup d'œil à la nouvelle et superbe couverture du lit, puis soupira. Il passait la plus grande partie de ses jours et de ses nuits dans cette pièce. Ses visites à bord du *Saphir* se faisaient de plus en plus rares et de plus en plus brèves. Il n'avait pas dormi dans sa cabine depuis quatre jours. Il passait maintenant ses nuits ici. Seul.

Katanji entra. Wallie se leva et sourit. Les deux hommes se rencontraient lors de réunions mondaines, mais ils ne parlaient jamais affaires – qui étaient la raison de vivre de Katanji. Ses deux nouvelles marques faciales étaient à peine cicatrisées, mais sa queue-de-cheval avait atteint une longueur acceptable et ses boucles rebelles avaient été aplaties avec professionnalisme. Sa barrette en or représentait un griffon, son kilt marron avait été taillé dans du daim hors de prix, ses bottes rutilaient. Il portait un harnais, mais celui-ci supportait son bras plâtré au lieu d'un fourreau. Katanji n'était pas dans le besoin.

Le jeune homme regarda la pièce d'un air approbateur et souleva une des nouvelles tentures. Il gloussa en apercevant la trace d'un vieux coup d'épée dans le panneau de bois qu'elle dissimulait, puis s'installa confortablement sur un tabouret.

— Vous m'avez demandé, seigneur ?

Son regard innocent aurait dégelé la banquise.

— En effet. Le système est très ingénieux, Katanji, mais trop long. Nous en avons besoin maintenant ! J'ai cru comprendre que tu en avais rassemblé trente-sept.

— Trente et un avec les trois derniers, seigneur. Je fais mon possible pour aller plus vite. L'honorable Trookro se contente de choisir ceux qui lui plaisent. Cela évite les disputes. Nous allons en récupérer dix de plus aujourd'hui. Des bons !

Wallie admira son impudence.

— Tu sais que tu as failli te faire jeter en prison, n'est-ce pas ? Tivanixi a envoyé Trookro acheter des chevaux au matin du premier jour et tu as triplé le prix avant même qu'il arrive en vue du pré. Tout le monde a pensé que cette inflation était due aux manigances de Chinarama. On a soupçonné les sixièmes qui m'avaient entendu demander à Tivanixi de venir au bateau en compagnie d'un sellier. On ignorait que j'avais déjà parlé de chevaux – en ta présence. Ensuite, personne n'a voulu croire qu'un simple novice – même après sa soudaine promotion – était capable de monter une telle opération. Il a fallu que j'explique que tu n'avais pas prêté serment au ralliement et que, par conséquent, tu ne le trahissais pas, que tu faisais seulement des affaires – juteuses ! (Katanji sourit avec indulgence et resta silencieux.) Avec qui t'es-tu associé ?

Katanji ne rougit même pas.

— Avec Ingioli du cinquième, seigneur. Normalement, il ne s'occupe que de tapis, mais il connaît de bons maquignons.

— Aucun doute là-dessus ! Il a été surpris de te revoir ? (Katanji hocha la tête et sourit.) Encore une chose, ce trafic commence à manquer de discrétion. Au début, on ne te remarquait pas trop. Mais on me signale maintenant que tu es accompagné par une bande de gamins et que tu attires les guerriers comme…

Il faillit dire « comme un marchand de glace », mais il était impossible de traduire ce terme.

— C'est le coup de foudre, protesta Katanji. Le spectacle est très touchant.

— Le coup de foudre ? répéta Wallie d'un ton horrifié.

La candeur de Katanji se fit plus touchante encore.

— Vous n'êtes pas au courant pour les filles, seigneur ? Il y a eu quatre mariages la nuit dernière et cinq le jour précédent…

Wallie ne put retenir un éclat de rire.

— Des chevaux en guise de dot ? Que vont devenir ces mariages, Katanji ? Combien de temps vont-ils tenir une fois que le ralliement sera dissous ?

Le haussement d'épaules de Katanji rappela à Wallie que le jeune homme ne s'inquiétait pas des problèmes des autres.

— J'avais déjà casé tous les fils.

— Mais c'est un véritable commerce d'esclaves !

Katanji plissa les yeux : il n'aimait guère qu'on mêle la morale aux discussions d'affaires.

— Les guerriers veulent des montures. Tivanixi en a une par cavalier, plus un cheval de rechange. Les éleveurs touchent vingt pièces d'or par animal, plus s'il a quelque chose d'exceptionnel – un hongre de quatre ans avec de bonnes jambes, par exemple. Le ralliement ne débourse pas un sou – on peut dire que le prix est vraiment en dessous de celui du marché. Les parents font entrer leurs fils dans la caste des guerriers et obtiennent de bons mariages pour leurs filles ! Ces nantis ne se sentent plus de joie à la perspective d'avoir des petits-fils guerriers. Qui est lésé ?

— Pas le guerrier Katanji en tout cas. J'en mettrais ma main au feu.

— Si vous voulez aller plus vite, seigneur… vous avez refusé trop de candidats. Je reconnais qu'Olonimpi ne valait pas grand-chose, mais je pensais que les autres seraient acceptés.

— Jamais de la vie ! déclara Wallie d'un ton ferme.

— Même si je vous propose trois montures par candidat ? demanda Katanji, plein d'espoir. Ça vous en ferait déjà vingt-quatre sur les trente et quelques qu'il vous faut, disponibles tout de suite. J'irai jusqu'à quatre chevaux pour Olonimpi. Il ne peut pas être pire guerrier que moi.

Ce garçon avait toutes les audaces ! Wallie ignorait qui était cet incapable d'Olonimpi, mais il devait être issu d'une famille très fortunée.

— Non, dit-il. Je ne vais pas abaisser le niveau de la profession. Quelle somme faut-il pour acheter ces trente et un chevaux ?

— Vous n'en avez pas les moyens.

Wallie bondit sur ses pieds, mais Katanji ne tressaillit même pas. Tout le monde tremblait désormais devant les mouvements d'humeur du seigneur suzerain maintenant, mais il y avait belle lurette que Katanji avait percé à jour la véritable nature du colosse.

— Sais-tu que le seigneur Tivanixi a l'intention de se déplacer et de se servir lui-même ? Accompagné par tout son détachement de cavalerie ?

— Et la poix ? demanda Katanji avec calme.

Wallie se rassit.

La poix ? Il n'y avait pas encore songé. C'était pourtant un produit indispensable pour les catapultes.

Son interlocuteur avait deviné ses pensées et s'efforçait de dissimuler son air suffisant.

— Il y a deux mille quatre cent quatre-vingt-un tonneaux de poix à Casr, seigneur. Brota en possède huit cent douze. Le reste m'appartient.

— Et les tonneaux de poix sont plus faciles à cacher que les chevaux ? (Katanji sourit.) Sais-tu qu'il y a une chambre de torture dans les sous-sols de la loge ?

Le jeune homme haussa les épaules.

— Vous avez fait une promesse au sorcier. Est-ce que vous ne torturez que vos amis ? (Il déploya de nouveau tout son charme.) Je ne pensais pas que vous feriez une razzia sur nos chevaux, mais Ingioli était inquiet et voulait des gages de sécurité. Ce fut une bonne chose, car c'est ainsi que nous avons découvert les manigances de Brota. Elle nous a pris de vitesse sur le cuir, mais elle va se brûler les doigts avec la poix.

Il gloussa.

Wallie sentit l'inquiétude monter en lui – c'était d'ailleurs le but recherché.

— Combien vas-tu demander pour la poix ?

— Je vous la cède gratuitement avec les chevaux, déclara Katanji dans un grand élan de générosité – à condition que vous acceptiez les candidats qui ont été refusés et que les Anciens accordent à un certain marchand un monopole de dix ans sur l'importation des tapis à Casr. Trente et un chevaux et plus de mille six cents tonneaux de poix ! Et que Brota mange les siens !

La proposition était tentante après la discussion orageuse de la veille et Katanji le savait très bien.

— Les candidats qui n'ont pas été acceptés, demanda Wallie d'un ton pensif, est-ce qu'on pourrait en faire des prêtres ?

Les yeux de Katanji s'écarquillèrent.

— je ne savais pas que vous pouviez...

— Honakura y parviendra peut-être. Et un monopole sur les tapis *en soie,* pendant *cinq ans,* ne nuirait pas aux pauvres marchands.

Les sourcils de Katanji se froncèrent tandis qu'il réfléchissait.

— La poix, les quarante et un chevaux, huit prêtres, six prêtresses, le monopole sur tous les tapis pendant cinq ans et Olonimpi comme guerrier.

Honakura avait accepté de recruter douze personnes. Il devrait se débrouiller pour en intégrer deux de plus.

— C'est entendu ! dit Wallie. À une condition.

Katanji haussa les sourcils, inquiet.

— Tu vas me dire – sur ton honneur – combien te donne la famille de cet Olonimpi.

— Nous sommes d'accord sur les autres termes du marché ?

— Oui. J'ai déjà parlé à Honakura, reconnut Wallie. Et je n'aurai pas grand mal à intimider les Anciens.

— Vous ne le répéterez pas à Nnanji ?

— Par tous les dieux ! Sûrement pas !

(Le deuxième pouce.) J'ai deux navires qui espionnent l'activité des sorciers sur la rive opposée. C'est le calme plat à Gob et à Ag, les deux hameaux les plus proches. Nous allons y étendre la surveillance. (Le deuxième index.) J'ai trouvé… enfin, Tomiyano a trouvé quatre hommes qui connaissent bien les régions de Sen et de Wal, ainsi que les villages à proximité. Je vous fournirai toutes les informations disponibles dès que vous en aurez besoin.

» Je dois rester à la loge, mon frère ! Il faut qu'on puisse m'y trouver. Alors, ai-je oublié quelque chose ?

Wallie avait juste tenté de mettre un terme à ces séances d'escrime, rien de plus. Il esquissa un sourire désolé.

— Non ! Je crois que je suis juste jaloux. Tu as le don de savoir déléguer les tâches. Tu fais ça bien mieux que moi. Bon… je me demandais s'il était possible de se débarrasser des pigeons…

Il s'expliqua. Son plan consistait à soudoyer des marins afin qu'ils se rendent dans des villes ennemies et sèment du grain empoisonné près des tours de sorciers. Nnanji lui rappela que les civils n'aimaient pas beaucoup s'approcher de ces édifices la nuit, mais il promit d'en parler à Tomiyano.

— Au fait, mon frère, ajouta-t-il. J'ai besoin d'argent pour couvrir mes frais. Je n'ai plus rien.

Wallie se leva et se dirigea vers le coffre posé dans un coin de la pièce.

— Tu devrais garder ton argent à part, remarqua-t-il.

C'était pourtant impossible puisqu'il n'y avait ni comptable ni livre de comptabilité dans le Monde. Wallie lui-même achetait des cadeaux à Doa en puisant dans les fonds du ralliement.

— Je suppose que vous avez raison, dit Nnanji. Mais Katanji avait besoin d'argent. Il m'a délesté de tout ce que j'avais lorsqu'il m'a fait part de votre message, à l'instant.

— *Katanji ?*

Wallie n'en dit pas davantage. Il tendit à Nnanji une bourse remplie de pièces et referma le coffre d'un geste brusque.

Nnanji éclata de rire.

— Oui. Katanji ! Je me ramollis avec l'âge, vous ne trouvez pas ? On dirait que ce petit voyou s'en tire plutôt bien – même si j'ignore ce qu'il manigance. (Il s'interrompit et rougit un peu.) Selon lui, certains de ses francs-tireurs sont des hommes de talent. Je lui ai dit qu'il pouvait leur promettre qu'ils seraient acceptés dans la caste des guerriers une fois la guerre terminée – mais pas plus de cinq ! J'ai bien fait, n'est-ce pas ?

Wallie soupira.

— Oui, à condition qu'ils ne soient pas complètement invalides.

Nnanji tressaillit.

— Vous ne croyez quand même pas… Vous ne croyez quand même pas que Katanji se laisserait soudoyer par leur famille, n'est-ce pas ?

La discussion devenait délicate. Les pots-de-vin étaient un sujet sur lequel Nnanji était particulièrement sensible.

— Ne t'inquiète pas ! Nous ferons passer une épreuve à ces hommes.

Nnanji se renfrogna et se détourna.

— Il pourrait toucher entre cinq et dix pièces d'or par candidat, hein ? La petite fripouille ! (Il ricana de nouveau.) Je ne sais pas ce qu'il traficote, mais je suis certain que c'est une activité très lucrative. Quand Thana quittera le *Saphir*, ses parts se monteront à plusieurs milliers de pièces d'or. Vous étiez au courant ? C'est drôle, vous ne trouvez pas, mon frère ? Je n'ai jamais attaché d'importance à l'argent. Tout ce que je demandais à la vie, c'était de la bière pour me rafraîchir et des filles pour me réchauffer. Et voilà que je me retrouve avec une femme et un frère cousus d'or. Si j'avais besoin d'argent, Katanji me donnerait tout ce qu'il possède.

Disons une partie, songea Wallie.

— Et tes biens sont mes biens ?

— Bien sûr ! s'exclama le jeune homme avec sincérité.

Dans la cour, le clairon sonna le repas de midi.

— Je mange en compagnie de Tivanixi, dit Wallie. Tu veux te joindre à nous ?

Nnanji eut l'air désolé.

— Excusez-moi ! Nous sommes le jour des maçons. C'est mon anniversaire.

Wallie l'ignorait. Il se retint de poser la question qui s'imposait.

Quel âge pouvait avoir Nnanji ? Dix-neuf ans ? Peut-être vingt. Dans le Monde, il était très impoli de demander l'âge de quelqu'un, car la plupart des gens ignoraient la réponse. Comme Nnanji, ils connaissaient le jour de leur naissance, mais seulement parce qu'ils devaient le célébrer au temple en y passant une nuit à jeun.

— Je me demande quel jour est né Shonsu. Il faudra que j'en choisisse un. Ce sera sans doute celui de mon arrivée dans le Monde. Trois jours avant notre rencontre.

— Ce sera donc le jour des professeurs ! lança Nnanji avec un sourire.

Il faut marquer ça sur un calendrier, songea Wallie.

— Dans mon ancienne vie, Nnanji, on avait l'habitude d'offrir un cadeau à ses amis pour leur anniversaire. Y a-t-il quelque chose qui te ferait plaisir ?

— C'est une étrange coutume, déclara le jeune homme. (Il réfléchit et éclata de rire.) Si vous m'aviez posé cette question lors de notre première rencontre, mon frère, j'aurais répondu qu'il me fallait une paire de bottes neuves. Celles que je portais alors prenaient l'eau de toute part. Mais aujourd'hui… (Il désigna son kilt bleu.) Que reste-t-il ? Y a-t-il dans le Monde quelque chose que vous ne m'avez déjà offert ?

Les jours passèrent.

Le jour des marins, l'équipe de forage de l'honorable Ukilio atteignit une couche rocheuse sur laquelle les ouvriers cassèrent leurs pioches. On réévalua les cotes et les paris augmentèrent.

Le prototype de catapulte se brisa à son troisième essai.

Le seigneur Nnanji, dont les côtes s'ornaient des couleurs des sept rangs, affronta le dernier sixième et défia de nouveau les plus habiles.

Le jour des brûleurs de charbon de bois, il y eut un éboulement sur le chantier de l'honorable Unamani et les deux brouettes furent réduites en miettes. On réévalua les cotes et les paris augmentèrent. Le même jour, le réseau d'espionnage des marins signala qu'on avait entendu des détonations nocturnes à Wal.

Le jour des ménestrels, un cinquième amateur de pigeons fut identifié et placé sous surveillance.

Des ouvriers épuisés extirpaient des rochers à main nue et titubaient tout au long de la nuit en portant des seaux de terre. Les paris augmentèrent. Les encouragements et les huées n'étaient autorisés que pendant la journée. Quatre hommes tombèrent d'épuisement et furent transportés à la maison des guérisseurs. On distribua des pénalités.

Le jour des cordonniers, le seigneur Nnanji ordonna avec impertinence au seigneur Linumino de le rejoindre sur la place avec son épée. L'adjudant replet passa la tête par la porte du bureau de Shonsu pour expliquer où il allait. Le seigneur Shonsu se rendit au rendez-vous à sa place. Il fit reculer le seigneur Nnanji tout autour de l'esplanade et lui infligea trois zébrures sur le flanc *gauche*, juste pour démontrer que c'était possible. Mais le seigneur Nnanji parvint à toucher le seigneur Shonsu une fois.

Les défauts de la catapulte furent corrigés et on en commença la production en série.

On ne repéra aucun sorcier sur la rive gauche, en face de la cité.

Plusieurs matrones aisées épousèrent de jeunes officiers de cavalerie après une cour des plus brèves. Elles apportèrent des chevaux en guise de dot. Le guerrier Katanji fut invité à toutes les cérémonies.

Les Anciens annoncèrent une crise financière et imposèrent un impôt sur les âtres. Le seigneur suzerain les informa qu'aucun guerrier n'était disponible pour accompagner les percepteurs. L'impôt fut annulé.

Le jour des dentelliers, en fin de matinée, l'équipe de forage de l'honorable Unamani signala des suintements. L'équipe de l'honorable Ukilio fit de même à midi. Les paris augmentèrent. Une heure plus tard, un orage mit fin à trois semaines de sécheresse et inonda les deux sites de forage sous six coudées d'eau. Les juges déclarèrent un match nul.

En ville, le prix de la poix s'effondra.

Le seigneur Jansilui quitta la loge après avoir informé le seigneur suzerain qu'il devenait difficile de trouver du bois dont on puisse tirer des arcs et des flèches. Il fut accosté par le seigneur Nnanji qui lui tendit une épée d'entraînement. Le seigneur Nnanji remporta l'affrontement.

Le seigneur Shonsu ne réussit pas à convaincre Ukilio et Unamani d'accepter le jugement des dieux malgré des quantités considérables de vin ensorcelé et la promesse de les nommer à la tête d'unités d'éclaireurs d'élite. En fin de compte, il fit une exception à ses principes et autorisa les deux hommes à s'affronter à mains nues – ce qu'il aurait dû faire dès le début. Les deux adversaires se battirent comme plâtre et devinrent les meilleurs amis du monde.

Les marins signalèrent que des détonations avaient été entendues à Aus.

Le seigneur Shonsu accepta un cadeau, un magnifique tapis en soie orné de deux pélicans argentés.

Le jour des guérisseurs, le *Griffon* revint à Casr.

Les prisonniers avaient été enfermés dans les cachots, la foule dispersée et les bouliers géants mis à jour. On avait décrété un jour de fête pour le ralliement. Les acclamations et les huées s'étaient tues. Les ménestrels travaillaient sur leurs poèmes épiques : *Comment Boariyi du septième frappa les sorciers à Wal et à Aus* – ou autres titres accrocheurs dans ce genre.

La chambre bureau fit de nouveau office de salle du conseil. Les septièmes étaient assis sur le cercle de tabourets, autour du tapis en soie brillante disposé au milieu de la pièce. Les craquements sonores d'un feu de bois résonnaient dans l'âtre. Wallie se tenait devant et savourait la chaleur contre ses jambes en réfléchissant à la suite de ses plans. Cette réunion serait cruciale. Jansilui, le guerrier à la mâchoire carrée, abreuvait Linumino de détails quant à la pénurie de flèches ; Tivanixi expliquait à Boariyi comment ramener sa lance à l'horizontale ; Nnanji était assis, voûté, sur son tabouret et fixait la porte avec colère. Tout le monde attendait Zoariyi.

La pièce avait subi une métamorphose radicale. Sidéré, Boariyi avait esquissé un mouvement de recul en la découvrant. Les panneaux de lambris étaient luisants de cire et les marques les plus visibles avaient été cachées sous des tapisseries lumineuses dont les tons se mariaient à ceux des rideaux ; les vieux sièges misérables avaient été remplacés par de superbes tabourets en chêne. Le lit et la chaise avaient eux aussi connu une nette amélioration. Mais l'objet qui attirait tous les regards était le cadeau d'Ingioli : le tapis brillant avec ses deux pélicans argentés et ses hippopotames couleur bronze.

— J'ai une mise en garde à vous adresser, seigneur Boariyi, déclara soudain Tivanixi. Le ralliement dispose maintenant de sept véritables septièmes.

Nnanji leva les yeux et sourit.

Boariyi haussa un sourcil et la cicatrice de son front se plissa.

— Vous pensez que je ferais bien de reprendre l'entraînement ?

— C'est certain ! Le seigneur Jansilui vous le confirmera… tout comme les trente-neuf sixièmes. Êtes-vous maintenant capable de les battre tous, seigneur suzerain Nnanji ?

Le jeune homme rosit légèrement. Il hocha la tête et sourit de nouveau.

— Mon tour ne va plus tarder, dit Tivanixi. Je l'attends avec impatience depuis des jours.

— Vous me flattez, seigneur.

Le commissaire secoua la tête.

— Pas du tout ! Je vous ai observé avec attention. Je serais surpris de parvenir à vous battre, seigneur suzerain.

Wallie sourit en lui-même. Tivanixi flattait le jeune homme, mais il ne mentait pas pour autant – les propos courtisans devaient toujours être aussi proches de la vérité que possible. Jansilui avait tout juste le niveau d'escrime d'un septième et Nnanji était maintenant dans le même cas. Zoariyi entra alors d'un pas précipité. Il présenta ses excuses et les sept septièmes du ralliement de Casr entamèrent la réunion.

Wallie fit passer des coupes pour porter un toast.

— Seigneur Boariyi, déclara-t-il, nous avons entendu vos exploits et vu vos prisonniers. Nous vous félicitons une fois de plus pour cette première opération victorieuse que vous offrez au ralliement. Je pense que nous devrions maintenant vous mettre au courant de ce qui s'est passé en votre absence. Faites des résumés aussi courts que possible, je vous prie. Nnanji ?

Wallie s'installa aussi confortablement que possible sur son tabouret et laissa les guerriers se vanter de leurs réalisations. Nnanji parla de ses espions, Zoariyi de ses catapultes, Tivanixi de sa cavalerie, Jansilui de ses archers et des deux faucons opérationnels qu'il était parvenu à trouver. En l'absence de leur mentor, les sixièmes de Boariyi avaient transformé ses hommes en une unité de spécialistes des techniques de guérilla, en assassins experts dans le lancer de couteau et l'étranglement, en commandos capables de profiter de la nuit pour débarquer discrètement et s'emparer d'un port.

Wallie ressentit une grande satisfaction. Il avait fait progresser le ralliement de mille ans, passant des phalanges grecques aux compagnies du Moyen Âge. Le niveau des sorciers équivalait à celui de soldats du début de la Renaissance, mais la différence entre les guerriers et leurs adversaires avait été réduite de manière considérable. Wallie pouvait concentrer ses troupes alors que ses ennemis en étaient incapables. Avec un rapport de force de cinquante contre un, la victoire ne faisait aucun doute.

Pourtant, tous ces efforts avaient été accomplis en pure perte. C'était la nouvelle catastrophique que Wallie allait bientôt annoncer. Comment les septièmes réagiraient-ils ? Comment Nnanji réagirait-il ?

Wallie jubilait en secret. La pensée de lancer une attaque frontale l'horrifiait. La poix enflammée tirée par les catapultes provoquerait sans nul doute des incendies – tout comme les canons de leurs adversaires. La cité où se dérouleraient les combats serait à moitié rasée et sa population serait décimée. Boariyi avait capturé huit sorciers et en avait tué six alors qu'il n'avait perdu qu'un seul homme. Il avait rapporté dix robes avec une quantité impressionnante d'appareils que Wallie n'avait pas encore eu le temps d'examiner. Pourtant, sept personnes avaient été tuées au cours de cette expédition ! Et il fallait y ajouter les quatorze victimes d'Ov. Le nombre de morts ne cessait d'augmenter. Et Tarru et ses guerriers renégats ? Et les pirates ? Wallie n'était pas loin de se classer parmi les grands assassins. Les guerriers n'apprécieraient certainement pas l'idée d'un traité, mais il devait leur faire comprendre que c'était la seule solution.

Les septièmes en avaient terminé.

— Merci, dit Wallie. (Il n'avait pourtant pas encore donné la parole à Linumino et l'adjudant le regarda, intrigué et morose.) Je vous félicite tous. Nous aurions peut-être dû inviter les sorciers à cette réunion pour qu'ils entendent tout cela ! (Les guerriers rirent par politesse, loin d'imaginer à quel point Wallie était sérieux.) Et maintenant, mes seigneurs, comment envisageriez-vous la suite des opérations ?

Il reprit sa position confortable et les laissa échafauder des plans. Ces hommes n'étaient pas des imbéciles. Wallie leur avait appris à réfléchir en s'affranchissant des idées reçues et ils pouvaient désormais programmer une campagne militaire aussi bien – sinon mieux – que lui. Chacun souhaitait bien entendu mettre son unité en valeur, mais, après de longues discussions, tous tombèrent plus ou moins d'accord. Les guerriers rompus aux techniques de guérilla débarqueraient de nuit, quand les pigeons ne pouvaient pas voler. Ils s'empareraient du village le plus proche de la cité visée et en rassembleraient les habitants. La cavalerie débarquerait sur la jetée et pénétrerait dans la ville. Elle se rendrait maîtresse du port et contiendrait les sorciers dans leur forteresse avant qu'ils comprennent qu'une attaque venait d'être lancée. On déchargerait alors les catapultes et la véritable bataille commencerait.

Wallie se leva et apporta du vin pour remplir de nouveau les coupes. Il resta debout près de la cheminée : il allait avoir besoin de toute l'autorité possible pour convaincre ces hommes.

— Nous en avons terminé avec les bonnes nouvelles. Seigneur Linumino ? Parlez-nous maintenant des finances.

C'était un sale tour à jouer à ce loyal adjudant.

Le guerrier potelé se renfrogna en fixant ses genoux.

— Nos finances sont catastrophiques, seigneurs. Nous pouvons couvrir nos besoins quotidiens, mais nous n'avons pas assez d'argent pour monter une attaque !

La stupéfaction se peignit sur cinq visages. Six paires d'yeux se tournèrent vers Wallie.

— Je crains que ce soit la vérité, dit-il. La situation est encore pire que cela. Je pense que nous ne sommes même plus capables de faire face à nos dépenses quotidiennes. J'ai accepté de baisser notre part sur les taxes d'amarrage.

— Pourquoi ? s'exclama Nnanji avec indignation.

— Parce que les pauvres gens sont au bord de la famine !

Les guerriers le regardèrent sans comprendre. Les problèmes économiques les dépassaient et Wallie lui-même n'était pas capable de mesurer toute leur étendue.

— Cet argent n'est rien d'autre que des pots-de-vin au sens où son encaissement n'est pas autorisé par la loi et qu'il ne va pas remplir les coffres de la cité. Il tombe dans la poche des percepteurs et, dans une certaine mesure, dans celle des Anciens. Oui, ces hommes sont des parasites, mais ce sont de riches parasites, seigneurs. Ils emploient des serviteurs, ont des esclaves, font appel à des services et achètent des biens aux commerçants de la ville. Nous avons amputé leurs revenus et le peuple en subit les conséquences. (Les six visages exprimaient toujours la stupéfaction.) Voyons les choses sous un angle différent : Casr achète de la nourriture aux villages, d'accord ? La cité vend aussi des produits manufacturés aux habitants de ces villages – des cordes, des pots, des outils et tout ce qui s'ensuit. Le ralliement représente des milliers de bouches supplémentaires à nourrir, mais ne produit rien. Nous avons même acheté des chevaux, du bois et d'autres fournitures à ces villages. Une grande quantité d'or a quitté la ville et n'y revient pas.

— Quel rapport avec le peuple ? demanda Zoariyi avec colère. Il n'en voit jamais la couleur, de cet or !

Wallie soupira.

— Il n'y a pas que l'or. Il y a aussi l'argent, l'étain et le cuivre ! Les prix des denrées alimentaires ont quadruplé depuis notre arrivée. (Il regarda Nnanji qui semblait incrédule.) Demande à Lina, elle le sait, elle ! Le prix des autres produits chute parce que les gens cherchent par tous les moyens à vendre leurs biens. Je le répète : les gens de Casr vont mourir de faim si le ralliement reste ici plus longtemps.

Les guerriers ne comprirent pas ces explications qui, de toute manière, ne les intéressaient guère. Wallie sentit l'exaspération monter en lui.

— Ce tapis qui te met en rage, mon frère, oui, c'est un cadeau ! (Nnanji devint cramoisi et resta silencieux.) Mais je n'ai rien cédé en échange et j'ai l'intention de le vendre avant que nous quittions la ville. J'ai accepté la plupart des présents au nom du ralliement, parce que le ralliement ne durera qu'un temps. Ils soulageront nos finances au bout du compte. Est-ce que mon comportement est convenable, *mon frère* ? (Nnanji marmonna des excuses.) Je me suis peut-être montré idiot…

Il devait faire attention. Boariyi était très susceptible sur son honneur de guerrier. Si Wallie le froissait, il s'exposait à un défi dès la dissolution du ralliement.

— …mais j'ai promis aux marins que nous paierions le transport. Ils devraient s'acquitter de cette tâche comme d'un service à la Déesse, mais je connais ces gens-là ! Nos épées rouilleront avant qu'ils se décident à nous aider gratuitement. Si nous nous les mettons à dos, ils nous laisseront en plan à Sen, à Wal ou je ne sais où. Nous ne parviendrons jamais aux six autres cités. Voilà notre plus gros problème : nous n'avons pas assez d'argent pour affréter des navires !

Cinq visages le fixaient avec un mélange de colère et de désespoir. Le sixième était juste furieux – Nnanji n'avait jamais été très doué pour cacher ses sentiments.

— Quelle somme nous faudrait-il pour monter la première attaque, mon frère ?

Wallie haussa les épaules et se tourna vers Linumino.

— J'estime qu'il nous faudrait environ quatre mille pièces d'or, seigneur Nnanji. Pour acheter le ravitaillement et régler les frais de transport. Et il ne faut pas oublier que nous ne percevrons plus de revenus une fois que nous aurons quitté la ville.

— Il a dit cinq mille !

— Qui a dit cinq mille ?

— Katanji !

— Qu'est-ce que Katanji a à voir là-dedans ? rugit Wallie.

— Il a proposé de financer la campagne.

— Tu ne m'en avais pas parlé !

— Vous ne m'aviez pas dit que nous avions besoin d'argent ! Je n'ai pas voulu le croire quand il m'a parlé de ces problèmes financiers !

— Je devrais peut-être demander à ton frère de siéger à ce conseil ?

— Vous devriez peut-être, en effet !

Wallie inspira un grand coup, puis retourna à son tabouret en signe d'apaisement. Se quereller avec Nnanji était la dernière chose à faire. Les autres septièmes fronçaient maintenant les sourcils, inquiets et hésitants.

— D'accord, mon frère, dit Wallie. Je suis désolé. J'aurais dû te tenir au courant de la situation. Je pensais juste que tu avais déjà ta part de problèmes à régler. Bon, et qu'est-ce que suggère ton petit génie de la finance ?

— Il nous prêtera cinq mille pièces d'or pour attaquer, lâcha Nnanji d'une voix toujours maussade. (L'argent n'était pas un sujet dont un guerrier digne de ce nom devait s'inquiéter.) Il fera de même pour chaque campagne suivante, tant que nous gagnerons. Pour toutes les cités à l'exception d'Ov. Il n'est pas sûr, pour Ov.

— Et qu'espère-t-il en échange ?

Nnanji se renfrogna et baissa ses yeux chargés de colère vers les pélicans argentés.

— Il veut les tours.

— *Quoi ?*

— Les sorciers ont fait abattre de nombreuses maisons pour bâtir leurs tours au milieu d'un endroit dégagé, n'est-ce pas ? Katanji veut le terrain. Il le vendra et nous reversera l'argent pour que nous prenions la cité suivante.

Il dit que, en ville, le terrain vaut plus cher qu'à la campagne. C'est vrai ? Ça me semble curieux ! On ne peut rien faire pousser sur des pavés.

Des tapis aux bijoux, des bijoux aux chevaux et des chevaux aux biens fonciers ? Katanji suivait une progression logique pour… pour devenir immensément riche ! Wallie savait que la Déesse récompensait les personnes qui lui étaient venues en aide. Il assistait maintenant à une nouvelle démonstration – très claire – de Sa générosité. Le garçon disposait-il de cinq mille pièces d'or ou avait-il monté un groupe d'intérêts pour rassembler les fonds ? Cela avait-il une importance ?

Ce qui était important, c'était que l'argument principal de Wallie venait de perdre toute sa valeur. Il allait avoir plus de mal que prévu à se tirer de cette situation épineuse.

Les autres septièmes souriaient. C'était bien normal, reconnut Wallie. Il avait négligé la possibilité de piller les biens de l'ennemi pour financer la guerre. Katanji n'avait pas commis cette erreur, mais il n'avait peut-être pas songé aux dégâts énormes que provoquerait une attaque – ni aux répercussions sur la valeur des terrains.

— Très bien, lâcha-t-il à contrecœur. Nous pourrions financer les campagnes ainsi, mais il y a un autre problème : supposons que nous attaquions Wal, ou Sen, ou n'importe quelle ville de la rive gauche. Supposons que nous nous emparions de la tour. Que se passera-t-il ensuite ?

Honakura en personne n'avait pas songé à ce problème, il était donc probable que les guerriers ne l'aient pas fait non plus, même si les soutras traitant de la stratégie auraient dû les mettre sur la voie. Ils le regardèrent d'un air ébahi et il s'expliqua. Les sorciers retourneraient dans leurs montagnes.

Ils comprirent alors.

— Il faut attaquer Vul ? marmonna Zoariyi, mal à l'aise.

Ils discutèrent de cette hypothèse et arrivèrent à des conclusions qui ne leur plaisaient guère. Ils devraient attendre le printemps, voire l'été. Personne ne connaissait l'importance ni l'emplacement de Vul, mais les sorciers auraient le temps de fortifier la ville avant l'attaque des guerriers.

Quand tout le monde eut compris le problème, Wallie décida d'en souligner un autre.

— Forarfi a fait quelques recherches pour moi. (Il évita le regard de Nnanji qui était censé diriger les services de renseignements.) Il a parlé à tous les sixièmes et à bon nombre de cinquièmes. Seigneurs, nous avons ici des guerriers qui viennent du Monde entier. Il leur a posé des questions sur les cités de sorciers que nous ne connaissons pas, comme Vul. Il y en a une à Plo… et d'autres encore. Il a établi une liste de onze villes. Je l'ai soumise à Rotanxi qui a reconnu qu'il y en avait en fait treize. Il les appelle des sabbats. Il affirme que celui de Vul est le plus important, mais c'est peut-être parce qu'il en fait partie.

Les septièmes se renfrognèrent en entendant le nom de Rotanxi.

— Est-ce que vous voulez dire que nous devrons attaquer les treize cités ? demanda Zoariyi d'un ton hargneux.

— Je veux dire que ce sont peut-être elles qui nous attaqueront ! D'après les informations dont nous disposons pour le moment, seule Vul semble posséder ces armes lance-éclairs. En tout cas, elles n'ont été utilisées que par les sorciers venant de cette ville. Il n'est pas impossible que les autres sabbats attendent de voir ce qui va se passer là-bas. Nous serons peut-être capables de raser Vul, seigneurs – quoique je sois loin d'en être sûr –, mais nous ne parviendrons pas à tuer tous les sorciers. Les survivants fuiront vers les autres cités…

Les plus intelligents hochèrent la tête. Zoariyi, Tivanixi et Nnanji.

Dehors, le vent soufflait avec force, même dans la cour. La petite cité de tentes qui se dressait là tremblait et les bourrasques faisaient claquer les parois de toile.

Nnanji formula enfin le problème à voix haute.

— Quand on essaie de faire disparaître une tache, il arrive parfois qu'on ne fasse que l'étaler ?

Wallie aurait fait un parallèle avec la prolifération des cellules cancéreuses, mais l'image de Nnanji ferait l'affaire. Enfant, le jeune homme avait nettoyé des tapis pour le compte de son père.

— Exactement ! En vérité, seigneurs, le ralliement ne parviendra jamais à triompher complètement des sorciers. Au mieux, nous les chasserons pendant un an ou deux. Au pis, nous ne ferons qu'envenimer la situation actuelle.

— Que suggérez-vous, mon frère ? demanda Nnanji avec une lueur inquiétante dans les yeux.

Nous y voilà !

— Il faut essayer de conclure un traité de paix.

Les sifflements de colère des septièmes se noyèrent dans les claquements des toiles de tente qui parvenaient de la fenêtre et dans les craquements du feu de cheminée.

Puis ils s'entre-regardèrent avant de se tourner vers Nnanji. Les anciens soupçons à propos de Shonsu avaient refait surface. Il avait une marque faciale en forme de plume sur une paupière et il gardait un sorcier à bord de son navire ; cet homme dégageait toujours une impression étrange. Nnanji, lui, était le fameux tueur de sorciers, il avait affronté l'ennemi à Ov. Il était impossible de douter de lui : c'était un véritable guerrier.

Les septièmes avaient prêté serment et étaient obligés d'obéir au seigneur suzerain, mais la guerre ne durerait pas éternellement. Wallie pouvait forcer ces hommes à renier leur sens de l'honneur pour se conformer à ses ordres, mais seulement jusqu'à la dissolution du ralliement. Ensuite, ils seraient libres de le défier et de l'affronter les uns après les autres, jusqu'à ce qu'il soit épuisé. Oui, ils lui obéiraient, mais Nnanji était lui aussi seigneur suzerain. Si, malgré sa jeunesse, il essayait de prendre le contrôle du ralliement à la place de son frère par serment, les autres septièmes ne s'y opposeraient sans doute pas. Pas après les dernières déclarations de Wallie.

La rage avait empourpré le visage de Nnanji. Wallie aurait dû le prévenir de ses intentions. Il avait été stupide de ne pas y penser.

— Un traité avec des assassins ? demanda le jeune homme après un long silence.

Il avait craché ces mots comme s'ils lui brûlaient la bouche.

— Nous savons qu'ils respectent leur parole, dit Wallie à voix basse.

— Trois cités pour eux et quatre pour nous, ou l'inverse ?

— Sept pour nous et sept pour eux. Je veux mettre fin au conflit entre nos deux professions.

Un silence abasourdi s'abattit dans la pièce.

— Et qu'en dit votre sorcier apprivoisé ?

Les autres septièmes ne disaient rien, ils s'en remettaient entièrement à Nnanji.

— Je n'ai pas parlé de ce plan à Rotanxi. J'espérais obtenir votre accord avant tout. Il est possible que l'idée lui déplaise autant qu'à vous. Je dis juste que cela vaut la peine d'essayer. C'est la meilleure solution pour tout le monde. Si nous attaquons Sen, par exemple, nous tuerons des centaines de civils innocents. Je ne pense pas que ce soit un comportement très honorable.

— J'estime qu'un traité serait encore pire !

Les autres hochèrent la tête, presque imperceptiblement.

Wallie soupira.

— La solution que je propose doit vous surprendre. Vous avez besoin de temps pour y réfléchir. Mais souvenez-vous que les sorciers savent que nous disposons de cavaliers, de catapultes et d'archers. Nous n'aurions pas pu cacher l'existence de ces unités même si nous avions essayé. Nos adversaires ne sont pas idiots. Ils connaissent le rapport de force. Ils sont sans doute inquiets. C'est le moment idéal pour leur présenter nos conditions.

— Quelles conditions ? cracha Nnanji.

— Ils se débarrassent de leurs lance-éclairs. Nous leur fournissons la même protection qu'aux autres professions. Les tours restent en place, mais des garnisons de guerriers reprennent possession des villes.

La mâchoire de Nnanji s'ouvrit d'elle-même sous le coup de la stupéfaction. Il lança un regard furieux et incrédule à Wallie, puis aux autres. Il se plia sur son tabouret et fixa les pélicans argentés pendant un long moment, secouant la tête et tirant sur sa queue-de-cheval tandis qu'il réfléchissait. Personne ne parla. Personne ne voulut croiser le regard de Wallie.

Soudain, une bûche s'effondra dans l'âtre et un nuage d'étincelles monta dans la cheminée. Nnanji leva la tête. Une étrange lueur brillait dans ses yeux.

— Que proposez-vous de faire maintenant, Shonsu ?

— Je pensais que je pourrais… que nous pourrions aller trouver Rotanxi pour lui parler.

— Je peux donc vous accompagner ?

Est-ce que cela l'amusait ? C'était pourtant une excellente idée. Nnanji représentait les guerriers : si Wallie parvenait à le convaincre, les autres septièmes suivraient le pas.

— Bien entendu ! Faisons ainsi. Le seigneur Nnanji et moi allons sonder ce sorcier du septième, seigneurs. Nous vous ferons ensuite un compte-rendu de la discussion. S'il refuse catégoriquement, mon plan est voué à l'échec.

Les guerriers prirent cette remarque comme la permission de se retirer – ce qu'ils attendaient avec impatience. Ils se levèrent à la hâte, saluèrent le poing sur le cœur et quittèrent la pièce. Boariyi fut le dernier à sortir. Il claqua la porte derrière lui et celle-ci se referma avec un bruit assourdissant.

—Je crois que vous les avez mis en colère, mon frère !

—Je pensais que ce serait aussi ton cas.

Nnanji fronça le nez, amusé.

—Je l'ai été tant que j'ai cru que vous étiez sérieux ! Vous m'avez mené en bateau pendant une bonne minute ! Alors, mon frère, mes secrets sont tes secrets. Quel est votre véritable plan ?

Le ralliement avait établi son propre quai de chargement sur la rive. Il y avait toujours des guerriers à proximité, mais, après l'arrivée des deux seigneurs suzerains et de leurs gardes du corps respectifs, l'endroit ressemblait à un camp militaire. Un vent glacial chargé de gouttelettes soufflait de la Rivière. La manufacture de dame Olonanghi avait commencé à livrer les manteaux – d'étranges vêtements qui laissaient libres la poignée de l'épée et un bras. Wallie avait insisté pour que les guerriers de rangs inférieurs soient les premiers à les recevoir, car ils passaient le plus clair de leur temps exposés au froid. Il aperçut donc de nombreuses capes blanches ou jaunes qui ondulaient au vent, sans compter quelques marron. Les guerriers de rangs intermédiaires et de hauts rangs frissonnaient et Wallie ne faisait pas exception à la règle. Il ne parvenait pas à empêcher ses dents de claquer.

Le visage de Nnanji s'ornait tout à la fois de lèvres bleues et d'une expression particulièrement sombre. Wallie avait eu le plus grand mal à le convaincre que son projet de traité était sérieux, et son frère par serment affichait maintenant un dégoût infini. Les guerriers arrivèrent alors que Thana approchait à bord d'un canot du *Saphir*. Nnanji la gratifia d'un baiser distrait et la jeune femme regarda avec étonnement les traits irrités de son mari. Elle observa aussi leurs bagages avec curiosité : plusieurs paquets et deux tabourets. Elle leur offrit de les transporter jusqu'au *Saphir*. Wallie accepta pour ne pas avoir à attendre un bateau de patrouille.

Les questions de Thana fusèrent dès que le canot s'éloigna de la rive, mais personne n'y répondit. Ses relations avec Wallie s'étaient détériorées depuis l'affaire Olonimpi – Katanji avait vraisemblablement remporté le gros lot. Quant à Nnanji, il restait silencieux et renfrogné.

Trois longs panaches de fumée montaient de RegiVul et dérivaient en direction de la ville en formant une nappe de brouillard dans le ciel. Le soleil dispensait une lumière acceptable, mais sa chaleur ne parvenait pas à traverser cette brume blanchâtre. Le dieu du feu était hors de lui, peut-être à cause du succès de l'expédition de Boariyi, ou bien parce qu'il ne voulait pas du traité de Wallie. Sur la Rivière, des rafales de vent soulevaient des vagues qui secouaient le canot avec énergie. Une faible odeur de soufre flottait dans l'air.

Wallie sentait la colère de Nnanji et faisait tout son possible pour ne pas songer à la prophétie d'Ikondorina. *C'est ton royaume que je convoite.* Si les sorciers acceptaient le traité et si Wallie l'imposait aux guerriers, il n'était pas impossible que Nnanji en arrive à penser cela. Les autres septièmes n'avaient pas le droit à la parole, mais, dans les faits, il ne fallait pas négliger leur point de vue. Il était même envisageable qu'ils poussent Nnanji à la révolte.

Et ensuite ? Le niveau d'escrime du jeune homme approchait maintenant celui d'un septième rang et les dieux n'accepteraient peut-être pas un affrontement régulier. Les dieux ? Les dieux n'auraient pas besoin d'intervenir ! Avec une épée d'entraînement, Wallie était toujours le meilleur, mais avec de véritables armes, ce serait un massacre dont l'issue était jouée d'avance. Wallie avait fait tout son possible pour ne pas blesser Boariyi – qu'il n'appréciait pourtant guère à ce moment. Il ne parviendrait jamais à affronter Nnanji. Le jeune homme, en revanche, n'avait pas autant de scrupules dès lors qu'il s'agissait d'une affaire d'honneur.

Le canot tira une longue bordée qui l'amena contre le *Saphir* et Wallie grimpa à l'échelle de corde pour monter sur le pont. Celui-ci semblait plus grand que d'habitude, car il était presque désert. Ancré par la proue, le navire faisait face aux lointaines montagnes de RegiVul. Le vieux sorcier en robe bleue se trouvait sur le gaillard d'avant, du côté sous le vent. Il était enfoncé dans la chaise que Brota utilisait pendant ses négociations. La cité dorée se dessinait au-delà de la poupe. De faibles cris montaient de cette direction, indiquant que des enfants jouaient à l'intérieur du rouf, à l'abri des bourrasques. Jja apparut, enveloppée dans un tricot et un pantalon en laine noire et épaisse. Tomiyano et Holiyi, à quatre pattes au milieu du navire, briquaient le pont ; par bravade, ils ne portaient que le minuscule pagne des marins pour signifier leur mâle indifférence au froid.

Wallie adressa un bref sourire à Jja et se tourna pour attraper les tabourets et les paquets que Nnanji lança du canot. Jja posait problème. Wallie n'était pas revenu sur le *Saphir* depuis deux jours et son corps réagirait avec ardeur si son regard s'attardait sur la jeune femme. Les glandes hormonales de Shonsu étaient prêtes à hurler à la lune. Mais le but de sa visite était trop important pour qu'il perde son temps au profit d'une simple satisfaction physique. Il s'accorderait bientôt quelques heures de pause pour régler ce petit problème personnel.

Le dernier paquet arriva et Wallie se tourna pour s'apercevoir que Jja se tenait à côté de lui. Pendant un instant, les grands yeux sombres de la jeune femme étudièrent son visage, puis elle baissa la tête et attendit en silence.

— Nous sommes seulement ici pour parler avec le seigneur Rotanxi, mon amour. Retourne à la cabine, à l'abri du vent.

Mais Tomiyano s'était également approché et se tenait les poings sur les hanches, bloquant le passage à Wallie. On en était donc revenu au temps des formalités, hein ? Le guerrier entama le salut à un supérieur, mais le capitaine l'interrompit.

— Laisse tomber les salamalecs, Shonsu ! Il faut qu'on parle affaires.

— Fais vite !

— J'ai entendu dire que le ralliement était sans le sou.

— En quoi cela te regarde-t-il, marin ?

— Je pensais qu'un millier de pièces d'or était susceptible de t'intéresser.

Étonné, Wallie prit le temps de réfléchir. Il fit un pas de côté pour laisser monter Nnanji et Thana. Tomiyano leur adressa un bref sourire, puis reposa son regard noir sur Wallie. Nnanji était un guerrier populaire que les marins du *Saphir* appréciaient. Il faisait partie de la famille et dormait à bord chaque nuit, quelle que soit l'heure à laquelle se terminaient les banquets et les bals. Le jeune homme semblait capable de se passer de sommeil pendant des semaines d'affilée si nécessaire. Mais que voulait Tomiyano ? Wallie était certain qu'il disposait de cette somme. Il savait que Brota avait caché bien davantage sur le navire – toutes les économies de la famille. Il remarqua alors que la guerrière était sortie du gaillard d'avant et se tenait près de la porte. Sa robe rouge ondulait au vent tandis qu'elle observait les deux hommes avec inquiétude. S'attendait-elle à des problèmes ?

— Un millier de pièces d'or en échange de quoi, capitaine ?

Tomiyano hocha la tête en direction de Jja.

— En échange d'elle.

Jja hoqueta de surprise.

— Tu as passé du bon temps avec l'équipage, c'est ça ? rugit Wallie.

La jeune femme secoua la tête avec frénésie.

— Non, maître ! Je ne comprends rien à tout cela !

La main de Tomiyano était tout près de la poignée de sa dague.

— Tu devrais savoir qu'elle ne ferait jamais ça, Shonsu !

— Dans ce cas, que signifie cette histoire ?

— Ça signifie que cette femme représente un bien désirable et qu'on ne lui accorde pas le rôle qu'elle mérite. Elle passe son temps à se languir. Je l'ai entendue pleurer dans sa cabine. Si tu n'en veux pas, je la prends. Mille pièces d'or ? C'est une offre raisonnable.

C'était une offre absurde. Aucune esclave, aussi jolie soit-elle, ne se monnayait plus de vingt pièces d'or. C'était aussi une offre qui réveillait des envies de meurtre. Les mains de Wallie tremblèrent tandis que des signaux contradictoires leur parvenaient.

— Reste à l'écart de mon esclave, marin ! Ou par les dieux, je te désosse !

— Mille deux cents ?

Nnanji attrapa le bras de Wallie juste à temps.

— Du calme, mon frère !

Wallie se libéra d'un geste sec et Nnanji tituba en arrière.

— Non ! (Il lança un regard noir à l'esclave pétrifiée d'horreur.) Tu m'accompagneras à terre lorsque je partirai ! Va préparer tes affaires !

Elle hocha la tête d'un air craintif.

— Et Vixini, maître ?

Ce ne serait déjà pas facile d'avoir Jja dans les pieds. Wallie n'avait aucune envie de s'encombrer en plus d'un bébé, fils d'esclave, avec une marque paternelle de forgeron. Un bébé qui s'accrocherait à ses basques, un bébé qui l'appellerait « papa » devant les autres guerriers.

— Il restera ici !

Jja pâlit un peu plus. Il lui avait un jour promis que...

— Et ne te mêle pas de mes affaires, marin !

Wallie adressa un signe de tête à Nnanji, attrapa un paquet et s'éloigna. Thana avait rejoint Brota et les deux femmes se retirèrent dans le gaillard d'avant.

Mille deux cents pièces d'or ! Wallie fit un effort surhumain pour se concentrer sur le but de sa visite. Quelle insolence ! Mais Rotanxi était plus important pour le moment. À quel jeu jouait ce marin ? Il devait bien se douter que Wallie n'accepterait pas son offre. Rotanxi avait-il entendu l'altercation entre les deux hommes ? Un marchand aussi habile que Tomiyano n'aurait jamais dû entamer des négociations de cette manière...

Nnanji posa les deux tabourets avec force devant le sorcier. Il affichait de nouveau sa mauvaise humeur. Rotanxi leva ses sourcils blancs et hirsutes. Wallie le salua en respectant l'étiquette et le vieil homme se releva pour répondre. Nnanji lança un regard noir à son frère par serment, puis esquissa un salut lapidaire. Il attendit à peine la réponse du sorcier avant de s'asseoir.

— Le vent est frais, seigneur, remarqua Wallie. Préféreriez-vous que nous descendions à l'abri ?

— Je suis très bien ici.

Wallie s'installa sur son tabouret. Le vieil homme était mieux habillé que d'habitude, ce qui lui conférait déjà un certain avantage. À ses pieds, un épissoir posé sur une pile de vélins empêchait que le vent les emporte. Sa plume et sa bouteille d'encre étaient à côté. Quelques jours plus tôt, il avait demandé – presque avec humilité – la permission de récupérer ces objets. Wallie avait accepté en estimant que le sorcier tiendrait sa parole et ne chercherait pas à envoyer de messages. Le vieil homme notait sans doute les informations étranges qu'il avait tirées du seigneur Shonsu.

— Nous sommes ici pour vous faire un compte-rendu sur les progrès du ralliement, seigneur.

— Vous êtes venus pour vous délecter de vos succès ?

Les minuscules signes de détente qui s'étaient glissés dans leurs conversations au cours des dernières semaines disparurent sur-le-champ. Rotanxi avait compris que Wallie était là pour parler de choses sérieuses et les choses sérieuses, en ce moment, c'était la guerre. Le visage taillé à la serpe se fit impassible.

Le pont était vide à l'exception des deux guerriers, du sorcier et de Tomiyano qui avait repris son travail. Tous les autres étaient descendus. Un nuage de poussière volcanique passa, porté par le vent.

Wallie ignora la question de Rotanxi et entreprit de résumer les rapports des différents membres du conseil – à propos des catapultes, des archers, l'unité d'éclaireurs de Boariyi, de la cavalerie. Il décrivit l'expédition victorieuse de Boariyi – six morts, huit prisonniers. Nnanji grinçait des dents en silence. Enfin, Wallie assura au sorcier qu'il était désormais capable de financer les campagnes. Le ralliement était presque prêt à passer à l'attaque.

—Vous souhaitez donc que je rentre chez moi et que je convainque mes camarades de se rendre ?

Rotanxi avait l'esprit vif. Les guerriers obtenaient des promotions grâce à leur talent d'escrimeur, celles des sorciers dépendaient sans doute de leur intelligence.

—Je voulais juste vous montrer que nous sommes en mesure de remporter cette guerre.

—Malgré nos lance-éclairs ? Bon nombre de vos hommes ne reviendront pas en vie.

—Nous disposons de plus d'hommes que vous, seigneur.

Les rides du sorcier se plissèrent sous le coup du scepticisme.

—Nous verrons.

—Je préférerais autant l'éviter. Pendant les combats, des villes seront détruites et des innocents tués.

—Depuis quand les guerriers se soucient-ils des civils ?

Wallie se jura qu'il ne perdrait pas patience.

—Le but de ce ralliement est de laver l'honneur des guerriers, seigneur. Tuer des civils n'est pas un acte honorable et ne l'a jamais été. Pour être honnête, je dois reconnaître que tuer des sorciers ne l'est sans doute pas davantage. Connaissez-vous l'origine de l'hostilité entre nos deux professions ?

—Non. Elle remonte encore plus loin que nos archives.

—Dans ce cas, essayons d'y mettre fin. (Cette dernière phrase brisa le masque impassible du sorcier. Le vieil homme fixa son interlocuteur d'un air incrédule.) Je suis venu vous proposer un traité. Avant que les véritables massacres commencent.

—Peuh ! Pourquoi accepterions-nous ? Vous ne pouvez pas gagner, Shonsu ! Vous vous emparerez d'une tour, peut-être de deux, mais nous vous échapperons ! Vous n'avez pas envisagé cette éventualité ? Reconnaissez-le : le ralliement finira par être dissous. Vous ne pourrez pas maintenir votre supériorité numérique éternellement. Dans cinq ans, nous serons de retour. (Un sourire fin et cruel apparut sur ses lèvres.) Vous pouvez toujours lancer une nouvelle attaque contre Vul, mais je vous souhaite bien de courage. J'espère que vous allez essayer ! Vous pouvez gagner à court terme, mais c'est nous qui remporterons l'ultime bataille. Admettez-le, guerrier !

—Je n'admets rien du tout !

Wallie ramassa un paquet et en sortit douze pistolets – celui de Rotanxi, celui de Chinarama et les dix que Boariyi avait rapportés de son expédition. La conversation s'interrompit tandis que le *Saphir* tirait sur la corde de l'ancre. Un vol d'oies passa haut dans le ciel. Le sorcier fronça les sourcils devant la nouvelle menace qui se présentait.

—Nous gagnerons à court terme, dit Wallie. Vous gagnerez peut-être à moyen terme – peut-être. Et, en fin de compte, tout le monde perdra.

—Qu'est-ce que vous voulez dire ?

— Les guerriers savent maintenant que vos éclairs ne sont pas produits par des sortilèges, mais par des armes. Ils chercheront à se procurer ces armes afin de vous combattre sur un pied d'égalité. Et ce sont de meilleurs combattants que vous ! Si vous ne leur livrez pas le secret de ces pistolets, ils l'obtiendront par d'autres moyens. Dans cinq ans, seigneur, vous devrez affronter des guerriers avec des mousquets identiques aux vôtres. Je préférerais que cela n'arrive pas, si j'avais le choix. (Nouvelle pause.) Et l'escalade ne s'arrêtera pas là. Il est impossible de garder un tel secret et les civils finiront eux aussi par obtenir ces pistolets. À ce moment-là, une vieille grand-mère sera en mesure de tenir tête à un guerrier. Des bandits emprisonneront des sorciers dans des caves et les obligeront à fabriquer des armes à feu. Ce sera la fin de votre profession et de la mienne, seigneur.

Cet argument était réservé au sorcier. Wallie ne l'avait pas exposé aux membres du conseil et se demanda ce que Nnanji en pensait. Il garda cependant les yeux fixés sur Rotanxi.

— Je n'ai aucun pouvoir de négociation, lâcha enfin Rotanxi.

Wallie comprit alors qu'il progressait.

— Vous pourriez porter un message. Je ne peux pas croire que le grand sorcier de Sen n'ait aucune influence.

Le vieil homme l'examina avec attention, une expression amère sur le visage.

— Que proposez-vous exactement, Shonsu ?

— La fin de ces affrontements stériles entre guerriers et sorciers. Cette animosité a toujours été ridicule, mais elle prend maintenant des proportions inquiétantes…

Il était difficile de trouver le vocabulaire nécessaire pour décrire une course aux armements, mais, au bout d'un moment, Wallie estima qu'il était parvenu à expliquer ce concept.

— Vous devez donc accepter de détruire vos armes et d'en cesser la fabrication. En contrepartie, nous traiterons votre profession comme nous traitons les autres et vous serez sous la protection des guerriers.

Rotanxi éclata d'un rire méprisant.

— La protection du ramassis d'assassins, de voleurs et de violeurs rassemblés à Casr ? Je préférerais encore m'en remettre à une meute de loups enragés !

Nnanji lâcha un juron et se leva à moitié en portant la main à la poignée de son épée. Puis il se rassit en marmonnant.

Wallie parvint à maîtriser sa colère.

— Je n'excuse pas ce qui s'est passé lorsque les guerriers sont arrivés à Casr, seigneur. Leur comportement a été honteux. Mais la situation était inhabituelle. Il n'y a pas eu de ralliement depuis des siècles et nous n'étions pas préparés à cela. Des centaines de libres épées ont débarqué en s'attendant à être traitées comme des rois et des héros, des hommes qui n'avaient rien à faire de la journée ! Dès que le serment a été prêté, le seigneur Boariyi a imposé une discipline stricte. Les Anciens affirment que Casr n'a jamais été aussi calme que maintenant. Les jeunes filles peuvent se promener dans les rues à minuit sans craindre une agression. Les voleurs et les vide-goussets ont disparu. Je vous offre la même chose pour vos sept cités et toutes les autres !

Rotanxi ricana.

— Vous pensez disposer d'un tel pouvoir ?

— Mon pouvoir est illimité. Les guerriers ont juré de m'obéir jusqu'à la mort et sans poser de question. (*Tous à l'exception du jeune homme écumant de rage qui se trouve à côté de moi.*) Si je décrète que les sorciers sont désormais nos amis, ils seront traités en amis. Je peux obliger les guerriers à le promettre.

Rotanxi le fixa avec froideur, mais aussi avec beaucoup d'attention.

— « Et toutes les autres », avez-vous dit à propos des cités ?

Wallie sourit.

— Je me montre un peu optimiste. Pour les quatorze villes situées sur la boucle de la Rivière, il n'y aura pas de problème. Pour le reste du Monde, ce sera plus difficile et il faudra du temps. Mais je peux dicter un nouveau soutra aux hommes qui sont ici. Je peux leur faire prêter serment pour qu'ils l'imposent partout ailleurs. La Déesse les a conduits à Casr, Elle les ramènera chez eux. Ils en parleront aux autres. Tous les guerriers du Monde ne sont pas rassemblés ici, seigneur. Il n'y en a qu'une petite partie, mais avec le temps et de la bonne volonté de part et d'autre…

» Je crois que vous autres, sorciers, avez beaucoup à apporter au Monde. (Il montra la plume et le vélin.) Ces simples objets font cruellement défaut aux marchands, aux prêtres… et même aux guerriers !

Le vieil homme était perdu dans ses pensées. Il tirait sur sa lèvre sans regarder Wallie.

— Votre idée est bien étrange, seigneur Shonsu, dit-il enfin. Vous m'avez surpris à de nombreuses reprises, mais jamais à ce point ! Laissez-moi réfléchir à la question un moment.

Il se leva avec raideur et se mit à arpenter le pont.

Wallie s'aperçut qu'il tremblait de froid, mais il distinguait une lueur d'espoir. Il jeta un coup d'œil prudent en direction de Nnanji.

Celui-ci souriait.

Wallie en resta sidéré.

— Que penses-tu de tout cela ?

— Je crois qu'il va accepter, mon frère !

Le jeune homme était surexcité, heureux ! Sa rage s'était évanouie. Est-ce que l'argument réservé au sorcier l'avait convaincu, lui aussi ? Il faudrait que Wallie le présente aux autres septièmes. Il était abasourdi, mais sentit un grand soulagement l'envahir.

— Le nouveau soutra serait le mille cent quarante-cinq, je suppose, dit-il enfin. Cette place ne lui convient pas, mais je ne peux chambouler l'ordre des autres.

Nnanji éclata de rire.

— Vous auriez préféré qu'il porte le numéro treize ?

Il n'existait pas de treizième soutra. Wallie les connaissait sans jamais les avoir appris, il n'avait donc pas remarqué ce détail. Pourtant, une personne rencontrée en même temps que Nnanji avait raconté qu'on le demandait souvent aux premiers rangs pour les piéger. Le treizième soutra avait-il existé ? Évoquait-il les relations entre les guerriers et les sorciers ? Avait-il été abandonné après leur terrible querelle ?

— Ce sera le treizième soutra ! décréta Wallie.

Il songea qu'il avait peut-être fait une découverte importante.

Rotanxi retourna à sa chaise sans un mot et ramassa son matériel d'écriture. Il tira ses lunettes d'une poche et les chaussa – ce qui fit ricaner Nnanji. Il déboucha la bouteille d'encre et la posa avec soin sur le siège, à côté de lui, puis il commença à écrire. Nnanji observa le spectacle les yeux écarquillés, puis regarda Wallie d'un air interrogateur.

— C'est leur sortilège le plus puissant, Nnanji. Le seigneur Rotanxi t'accorde une grande marque de confiance en te le montrant.

— Mais qu'est-ce qu'il est en train de faire ? murmura-t-il.

Wallie essaya de le lui expliquer. Les sourcils invisibles de son frère par serment se haussèrent à un point qui défiait l'imagination. Les sept marques en forme d'épée se plissèrent tandis que des rides barraient le front du jeune homme. Il dessinait des paroles ?

— Quel soutra nous imposerez-vous, Shonsu ? demanda le sorcier en regardant par-dessus ses lunettes.

Le vieillard écrivit sa réponse.

— Et vous ? dit Wallie.

— Que pensez-vous de ceci : la violence est la prérogative des guerriers. Les connaissances secrètes des sorciers ne devront pas être employées afin de blesser, de tuer ou de concevoir des armes ?

— Cela fera très bien l'affaire.

Le sorcier rangea son matériel, se laissa aller contre le dossier de la chaise et fixa les gréements.

— Je vais aller chercher des couvertures, mon frère ! dit Nnanji en claquant des dents.

Wallie secoua la tête. Si quelqu'un partait maintenant, le sort serait rompu. Une odeur désagréable de soufre flottait dans l'air et le navire, à vide, roulait au point de donner mal au cœur. Mais l'histoire se décidait à ce moment précis. La vie de Wallie sous l'identité de Shonsu serait jugée d'après les événements qui découleraient de cette rencontre.

— Les guerriers tuent les sorciers depuis des milliers d'années, murmura Rotanxi. Et maintenant que nous avons les moyens de riposter, ils veulent la paix ?

Il répétait un argument.

— Plus de trois cents guerriers sont morts dans la région au cours des quinze dernières années. Mon camp aussi réclame vengeance.

Rotanxi hocha la tête et s'immobilisa de nouveau, comme si le froid venait de le congeler.

Au bout d'un long moment, les yeux rusés du vieillard revinrent se poser sur Wallie.

— Votre plan peut marcher ! Je peux certifier que le chef des guerriers est un homme d'honneur, seigneur. Je dois reconnaître que vous avez fait du bon travail pour me convaincre, ces dernières semaines.

Si ce n'était pas un compliment...

— Je parle au nom des guerriers, dit Wallie. Qui parle pour les sorciers ? Y a-t-il un grand sorcier à Vul ?

Rotanxi secoua la tête.

— Nous avons un conseil de treize membres. Il y a deux factions opposées : celle qui veut chasser les guerriers barbares, et celle qui estime que notre mission est la quête de la connaissance, que la politique ne nous regarde pas.

— Les faucons et les colombes ?

— Hmm ? Bonne métaphore ! Je dois reconnaître que j'étais un faucon, seigneur. Si je change de camp, il est possible que certains de mes camarades m'emboîtent le pas – à condition qu'on accepte de m'écouter, bien entendu.

Il fronça les sourcils une fois de plus.

— Pourquoi ne le ferait-on pas ?

Une lueur amusée et cynique passa dans les yeux du vieillard.

— Je vais avoir le même problème que vous. On va me considérer comme un renégat.

— J'ai pris soin de ne révéler aucune information que j'aurais pu obtenir de votre part.

Rotanxi haussa les épaules.

— Je méprise la brutalité des guerriers, seigneur, mais je dois reconnaître que le comportement des sorciers n'échappe pas toujours à la barbarie. Si j'échoue, on me livrera aux tourmenteurs.

— Dans ce cas... votre conduite n'en sera que plus honorable, bafouilla Wallie.

— Hmm ? L'honneur est une récompense appréciable, mais une maigre consolation. En outre, comprenez bien que je n'ai aucune influence sur les autres sabbats. Uniquement sur celui de Vul.

— Mais Vul ne pourrait-elle pas peser sur leur décision ?

Rotanxi hocha la tête.

— Comme vous l'avez dit, seigneur, il faudra du temps et de nombreux efforts pour convaincre tout le Monde. Mais si la paix est respectée ici, souhaitons que l'exemple encourage les autres à nous imiter.

Wallie regarda de nouveau Nnanji. Le sourire du jeune homme était plus large que jamais. Apparemment, les sorciers écouteraient la voix de la raison comme Wallie l'avait espéré et, apparemment, Rotanxi était prêt à coopérer. Le vieillard jouait peut-être la comédie dans la seule intention de rentrer chez lui pour informer ses camarades des plans des guerriers, mais le risque valait la peine d'être couru. Nnanji, aussi incroyable que cela puisse paraître, approuvait maintenant le projet de traité. Parviendrait-il à convaincre les autres septièmes ?

Une fin heureuse ?

— Que proposez-vous exactement, Shonsu ? demanda le sorcier dans un soudain souci de pragmatisme.

— Vous et moi allons prêter serment, je suppose. (Le guerrier n'avait pas poussé ses réflexions jusque-là.) Nous allons jurer de faire notre possible afin d'établir la paix que nous envisageons. Puis je vous ramènerai sur la rive gauche et vous soumettrez mon idée à votre conseil. S'il accepte ce plan, nous conclurons un traité officiel. Le ralliement devra organiser quelques défilés avec des fanfares pour que les guerriers puissent affirmer qu'ils ont gagné, mais ces parades ne comprendront pas plus de cinquante hommes par ville. Je posterai des garnisons dans les cités sous votre contrôle. Je veillerai à ce qu'elles soient composées de personnes honorables et j'écarterai les jeunes exaltés.

— Il est hors de question que des guerriers pénètrent dans Vul !

— Bien entendu ! Les sorciers pourront rester dans les villes qu'ils ont conquises en tant que citoyens respectables et ils auront également accès aux sept autres cités de l'anneau de la Rivière. Nous nous occuperons ensuite de la situation ailleurs. Nous travaillerons ensemble. Nous enverrons des expéditions composées de guerriers et de sorciers dans le reste du Monde.

— Cette idée est proprement ahurissante ! marmonna Rotanxi. Mais elle vaut la peine de se donner du mal. Faire de notre mieux : c'est tout ce que vous et moi pouvons promettre.

— Dans mon ancien monde, un dieu a dit : « Heureux ceux qui procurent la paix ».

Rotanxi hocha la tête.

— Cependant... (Le ton de sa voix changea.) Un problème va tout de suite se poser. Vous avez une armée sur le pied de guerre. Je pense que vous êtes un homme d'honneur, mais mes camarades vont craindre un piège. De nombreux membres du conseil résident dans d'autres villes. Ils devront se rendre à Vul pour se réunir.

Wallie vit comme un grand oiseau noir poindre à l'horizon. Des ennuis en perspective.

— À cette période de l'année, les routes sont parfois difficiles. Il faudra du temps pour accomplir le voyage. Une bonne vingtaine de jours pour aller et revenir.

L'hiver était proche. Les sorciers avaient tout intérêt à retarder l'attaque des guerriers.

— Combien d'hommes vous faut-il ? Lesquels ? demanda Wallie d'une voix dure.

Rotanxi regarda Nnanji d'un air songeur.

— Je pense que celui-ci suffirait. Un septième, un des deux seigneurs suzerains du ralliement, le frère par serment du seigneur Shonsu. Ce serait le candidat idéal.

Consterné, furieux, Wallie se tourna vers Nnanji. Il n'avait pas prévu ce problème.

Le jeune homme haussa les épaules.

— Je ferai comme vous voudrez, mais je ne me séparerai pas de mon épée !

Rotanxi hésita.

— Je suppose que c'est une condition acceptable. Vous serez le premier guerrier à pénétrer dans Vul, seigneur Nnanji – à condition qu'on nous laisse aller jusque-là.

— Il n'aura pas à négocier ? demanda Wallie.

— Non. Il fera juste office d'otage pour s'assurer de votre bonne foi. On lui posera peut-être des questions sur vous et sur le moral du ralliement... (Le sorcier esquissa un mince sourire.) Mes collègues seront surpris par son jeune âge, mais, à ce moment-là, le conseil siégera déjà.

— Quelle garantie donnez-vous sur son retour et sa sécurité ?

— Aucune, seigneur. Si ma requête est rejetée, il connaîtra le même sort que moi. Étant plus jeune, il mettra plus de temps à mourir.

Nnanji ne semblait pas inquiet, au contraire. Il songeait sans doute au futur : *Comment Nnanji du septième entra dans Vul...*

— Viens avec moi ! dit Wallie.

Il attrapa le jeune homme par l'épaule, le tira de son tabouret et l'entraîna à l'écart des oreilles indiscrètes.

— Je ne peux pas accepter ça !

Nnanji gloussa.

— Vous ne pouvez plus faire marche arrière.

— Oh ? Tu crois ? Je ne vais pas prêter ce serment, Nnanji, pas dans ces conditions ! Ce fameux conseil est peut-être un ramassis de chiens enragés. Il n'est pas impossible que Rotanxi lui-même ne pense pas un mot de ce qu'il dit. Tant que je risquais seulement de perdre deux semaines, le pari valait le coup d'être tenté ! Mais je ne vais pas jouer ta tête, mon frère par serment. On t'a vu tuer des sorciers à Ov...

— Je le répète : vous ne pouvez plus faire marche arrière ! Tout a déjà été décidé.

— Quoi ?

— Vous ne comprenez donc pas ? Vous avez toujours dit que j'avais un rôle à remplir dans votre mission. Ça y est, mon frère ! Enfin ! C'est pour cette raison qu'on a fait de moi votre frère par serment, qu'on a fait de moi un septième ! Cette tâche est plus exaltante que de compter des pigeons ! Et j'ai promis à Arganari que je porterai sa barrette en entrant dans Vul ! Quoique, à ce moment-là, je ne savais pas que je m'y rendrais comme otage... (Il éclata de rire.) C'est le destin, Shonsu, la volonté de la Déesse ! (Il ajouta avec délectation :) Je vais être le premier guerrier à pénétrer dans Vul ! (Il s'appuya contre le bastingage et esquissa un sourire moqueur.) À moins que vous vouliez prendre ma place ?

Cette perspective suffit à retourner l'estomac de Wallie. Les sorciers le jetteraient dans la première chambre de torture pour le ficeler sur un chevalet.

Ils le traiteraient comme un poulet de batterie, attendant qu'il ponde un nouveau secret chaque jour. Il provoquerait une révolution industrielle à lui tout seul. Il imaginait très bien cette vieille ordure de Rotanxi brandir des fers portés au rouge sous son nez. Cette image lui fit comprendre à quel point il se méfiait encore du sorcier.

— Nnanji ! Tes serments sont mes serments ! Que se passera-t-il s'ils te font jurer de dissoudre le ralliement ?

Cette hypothèse calma l'enthousiasme du jeune homme.

— Je vous promets qu'ils n'y parviendront pas, mon frère, dit-il enfin.

— Peut-être, mais leurs efforts pour cela ne te feront pas rire !

Nnanji haussa les épaules et sourit de nouveau.

— Nous allons envoyer deux autres septièmes ! insista Wallie.

Le sourire du jeune homme se volatilisa.

— Envoyer des vassaux face à un tel danger ? Pour qu'ils accomplissent mon devoir ?

Ce n'était peut-être que son imagination, mais Wallie crut entrevoir un changement s'opérer dans les yeux de Nnanji. Il y distingua quelque chose qu'il avait toujours craint d'apercevoir. Un regard de tueur ? « C'est ton royaume que je convoite ? »Il comprit alors que rien n'empêcherait le jeune homme de saisir cette occasion d'obtenir gloire et honneur.

Il avait un jour affirmé en plaisantant que Nnanji était un œuf d'où sortirait un jour un être extraordinaire. Il venait d'assister à l'éclosion. Prenez un garçon aux cheveux roux, dégingandé, jovial, honorable et courageux ; ajoutez-y une dose de talent d'escrimeur et quelques miracles ; faites mariner le tout dans des poèmes épiques et des sagas…

Wallie avait toujours refusé de se considérer comme un héros guerrier. Son nom n'apparaissait même pas dans le titre de l'œuvre de Doa. Pourtant, il était capable de reconnaître un tel homme lorsqu'il en voyait un.

— D'accord, mon frère ?

Nnanji assena une claque sur l'épaule de Wallie et grimaça un sourire.

— Je…

Wallie ne trouvait plus ses mots.

Nnanji gloussa et retourna vers le sorcier d'un air fanfaron. Wallie le suivit, incapable d'enchaîner deux pensées cohérentes. Pourquoi n'avait-il pas insisté davantage ? Essayait-il de se débarrasser d'une menace potentielle ?

Les dieux avaient-ils créé Nnanji dans le seul dessein d'en faire un martyr ? Un homme dont la mort galvaniserait le ralliement ?

Rotanxi posa un regard approbateur sur les deux hommes.

— J'ai mon otage, Shonsu ?

Wallie hocha la tête.

— Vingt jours. Mais s'il lui arrive quoi que ce soit, je jure que je conduirai le ralliement à Vul et que je raserai la ville – quel qu'en soit le prix ! Et n'oubliez pas que j'ai huit sorciers en pension dans les cellules de la loge !

Rotanxi haussa les épaules.

— Bien sûr. Maintenant, nous devons prêter notre serment, je pense.

—Je le pense aussi.

Wallie se laissa tomber sur son siège. L'euphorie avait été de courte durée. Il imaginait toutes sortes de problèmes surgir autour de lui telles des épines menaçantes. Il était horrifié et honteux de trahir Nnanji.

—Je vais d'abord exposer la situation aux membres de mon propre conseil. Ils obéiront, mais je préférerais qu'ils acceptent le plan de leur plein gré.

Le sorcier hocha la tête pour lui signifier qu'il comprenait.

—Oui. Il faudrait que je sois certain que le seigneur suzerain ne sera pas victime d'un regrettable accident.

—Allons-y de ce pas !

Wallie regarda autour de lui et constata que Tomiyano était toujours sur le pont. Le marin était appuyé à la rambarde et observait les trois hommes sans chercher à le cacher. Wallie se leva et se dirigea vers lui avec prudence.

—Si ton équipage est prêt, capitaine, ce serait une bonne chose d'amarrer le *Saphir* au quai. Je te dispense de payer les taxes.

Tomiyano l'examina en silence pendant un moment.

—Tu es fou, dit-il enfin.

—Quoi encore ? s'exclama Wallie avec colère.

—Lui !

Tomiyano fit un geste, mais Wallie ne vit pas bien qui il désignait : le sorcier imposant ou le grand guerrier svelte aux cheveux roux. Les deux hommes étaient déjà en pleine discussion. L'animosité mutuelle qu'ils ressentaient encore une heure auparavant avait disparu. Pourvu que ce soit de bon augure !

—Tu nous espionnais, hein ?

Wallie avait oublié que les marins lisaient sur les lèvres.

—Un conseil de treize Rotanxi ? railla Tomiyano. Tu imagines un peu ?

—Pas vraiment.

—Et tu vas leur envoyer ce garçon ? La première chose qu'ils vont lui demander, c'est combien de sorciers il a tués.

Et Nnanji leur répondrait.

—Je ne crois pas être en mesure de le faire changer d'avis.

L'argument n'était pas très solide, même Wallie en convenait, mais c'était pourtant la vérité.

Tomiyano était furieux. Il haussa la voix.

—Tu sais ce qu'ils verront quand ils poseront les yeux sur lui ? Un assassin bien entraîné ! Un jeune monstre ! Je suppose que les sorciers n'atteignent jamais le septième rang avant soixante ans au moins. Ce conseil doit être un ramassis de vieillards craintifs, Shonsu, et tu leur proposes une révolution. Tu veux qu'ils te fassent confiance et tu leur envoies *Nnanji* ? Ma sœur sera bientôt veuve à cause de toi, espèce d'enfoiré ! Tu crois qu'ils lui enverront des petits morceaux de son mari en guise de souvenirs ?

Le cercle de sept hommes s'était transformé en cercle de huit. Sept guerriers étaient assis sur des tabourets, le sorcier sur une chaise. Dans l'âtre, le feu crépitait et projetait des étincelles. Un nuage de fumée montait parfois sous le coup d'une rafale de vent – la cheminée n'avait pas dû être ramonée depuis des siècles.

Le groupe de huit était divisé. Rotanxi, engoncé dans sa robe à capuchon, représentait une minorité évidente. Le vieil homme était sur ses gardes – ce qui n'était guère étonnant : il avait sans doute l'impression d'être un chat coincé dans un chenil. Il se montrait prudent et courtois.

Wallie était étrangement isolé, lui aussi : les sentiments suspicieux des autres guerriers le cernaient comme une épaisse muraille de verre. Il exposa les termes du marché qu'il voulait passer avec le sorcier et sentit ses paroles rebondir sur cette paroi invisible. Les septièmes ne voulaient pas l'écouter.

Nnanji formait un autre groupe à lui tout seul. Il avait croisé ses bras nerveux et ses jambes. Il demeurait silencieux. Il fixait ses bottes avec un petit sourire étrange. Les pélicans du tapis eux-mêmes ne parvenaient plus à l'irriter.

Les autres septièmes se montrèrent implacables. Le temps qu'on leur avait accordé pour réfléchir n'avait fait que renforcer leur hostilité au traité. S'entendre avec les sorciers ? Quelle honte ! Vingt jours de trêve alors que l'hiver approchait ? Une folie ! Livrer le seigneur suzerain Nnanji comme otage ? Une infamie ! Tous ces préparatifs de guerre pour rien ? Une trahison !

Ils n'employaient pas de tels mots, mais leur opinion était claire et Rotanxi ne pouvait que la remarquer. Le sorcier renoncerait sans doute au projet s'il avait l'impression que Shonsu ne pouvait pas compter sur le soutien librement consenti de ses officiers supérieurs.

Wallie joua ce qu'il pensait être son atout – l'argument destiné au sorcier et qui semblait avoir convaincu Nnanji. Si la guerre se poursuivait, les guerriers, puis les civils, finiraient par entrer en possession d'armes à feu. Cette idée ne changea pas le point de vue des membres du conseil. Elle était trop subtile et trop hypothétique pour eux. Leur désapprobation glacée ne fondit aucunement.

Nnanji attira l'attention de Wallie, esquissa un faible sourire et secoua la tête. Il faisait preuve d'une étrange empathie aujourd'hui. Il faisait comprendre à son frère par serment que cet argument était inutile.

Mais que dire d'autre ? Pourquoi le jeune homme avait-il changé radicalement d'avis ? Wallie l'ignorait, tout comme les autres septièmes. Nnanji les avait sidérés et ils le regardaient sans cesse en essayant de comprendre cette volte-face inexplicable.

Wallie demanda enfin si quelqu'un souhaitait faire un commentaire ou poser une question. Un lourd silence s'abattit comme une pelletée de terre sur un cercueil. Il s'éternisa et Rotanxi se tourna pour lancer un regard interrogateur et cynique à Wallie.

Est-ce là tout le soutien que vous pouvez espérer ?

Wallie sentit la colère monter en lui. Stupides barbares de l'âge de fer ! Sauvages ! Ignorants ! Pourquoi lui avait-on confié cette tâche impossible ? Pour la première fois depuis les jours qui avaient suivi son arrivée au temple de Hann, il regretta amèrement son ancienne vie sur Terre et ressentit un mépris infini pour cette culture primitive et ces guerriers bornés. Il eut presque envie de tout abandonner, le ralliement, la mission de la Déesse. Il pouvait emmener Jja sur la Rivière, trouver un bateau, partir et vivre comme un rat de navire pendant le restant de ses jours…

Ce qui représenterait un laps de temps particulièrement bref et pénible s'il défiait la Déesse.

— Shonsu, intervint Nnanji, nous devrions peut-être laisser aux vaillants seigneurs l'occasion de s'exprimer en dehors de la présence du seigneur Rotanxi.

Il était loin de feindre l'innocence avec tout le talent de son fourbe de frère. Il manigançait quelque chose. Wallie réfléchit et arriva à la conclusion qu'il n'avait pas le choix. Il devait faire confiance à son frère par serment.

— Très bien ! Seigneur ?

Il se leva et escorta Rotanxi jusqu'à la pièce voisine. Comme il s'y attendait, Nnanji ne bougea pas. La porte se referma sur les deux hommes. Le sorcier se tourna pour dire quelque chose à Wallie…

Mais celui-ci s'était déjà éloigné.

Il n'y avait plus que quelques gardes du corps dans la longue antichambre, ainsi que Jja. Wallie lui avait dit de s'asseoir sur un tabouret et d'attendre. Il n'avait pas oublié ce qui était arrivé lors de sa dernière venue à la loge. Il avait pensé qu'elle serait en sécurité dans cette pièce, à l'abri des guerriers trop entreprenants. Elle se tenait maintenant tête basse, yeux baissés, à côté d'une très grande femme vêtue de bleu. Wallie traversa l'antichambre à grandes enjambées.

— Doa !

— Ah, vous voilà, mon cher ! dit la ménestrelle d'une voix si mielleuse qu'il s'attendit à voir surgir une nuée d'abeilles.

— Je suis très occupé aujourd'hui, ma dame !

— Ce n'est pas grave, *mon chéri* ! Je posais juste quelques questions à cette esclave.

— Des questions ?

Doa esquissa un sourire qui dévoila toutes ses dents.

— Il s'agit bien de Jja ? Celle que vous m'avez promise ?

Pendant un moment, l'audace de la ménestrelle laissa Wallie sans voix. Jja resta parfaitement silencieuse.

C'était la première fois qu'il voyait les deux femmes ensemble. Une lueur passa dans les yeux de Doa : il avait intérêt à choisir une fois pour toutes celle qu'il voulait.

Jja leva la tête vers lui. Il lut sur son visage une supplication qui aurait fait descendre le dieu du soleil de son firmament.

Il se plaça entre les deux femmes et passa un bras autour des épaules de l'esclave en se demandant quelles horreurs Doa lui avait racontées. Les guerriers tendaient l'oreille sans en avoir l'air. Il ne devait pas céder à la colère.

Jja se pressa contre lui comme pour se protéger. Il se rappela son rêve fugace, cette fuite à bord d'un navire s'éloignant dans le soleil couchant.

Il se rappela aussi la personne qui était à ses côtés dans ce songe. Il ne s'agissait pas de Doa.

—Oui, c'est bien Jja. Jja, mon amour, voici dame Doa. Je n'ai aucune intention de te laisser devenir son esclave. Je ne sais pas ce qu'elle t'a dit, mais c'étaient des mensonges.

Le visage de la ménestrelle vira au pourpre. Les guerriers ne faisaient plus un bruit.

—Honorable Forarfi ! (Wallie parvint à maîtriser sa voix au prix d'un immense effort.) Escortez dame Doa jusqu'aux portes de la loge et veuillez à ce qu'on lui en interdise désormais l'accès. Ma dame, je ne pourrais pas vous accompagner au banquet des guérisseurs, ce soir.

Pendant un instant, il crut – et espéra – que Doa allait lui sauter à la gorge.

—Je m'y rendrai quand même ! On m'a demandé de donner une représentation et j'ai quelques nouvelles chansons à essayer.

—Surveillez votre langue, ménestrelle, ou vous chanterez pour les rats des cachots.

Doa hoqueta de surprise, puis se retourna brusquement et sortit à grands pas.

Wallie passa son autre bras autour des épaules de Jja.

—Je suis désolé, mon amour. Tellement désolé ! Ne la crois pas ! Quoi qu'elle t'ait dit !

Elle scruta son visage comme si elle y cherchait quelque chose.

—Wallie ? murmura-t-elle.

—Qui d'autre ?

La porte de la chambre du conseil s'ouvrit à toute volée.

—Mon frère ! cria la voix de Nnanji.

Mais Wallie était trop occupé et ne l'entendit pas. Ce fut Jja qui se libéra enfin de son étreinte.

—Ils vous attendent, mon amour, murmura-t-elle.

—Qu'ils continuent ! répondit Wallie.

Il l'embrassa pendant de longues minutes.

Il la lâcha enfin et regagna la chambre du conseil, le cœur léger et tellement excité qu'il se demanda si le sort du ralliement l'intéressait encore.

Il s'était fait un ennemi dangereux en défiant Doa.

Et alors ?

Il remarqua tout de suite que l'atmosphère avait changé : les cinq septièmes affichaient de larges sourires. Rotanxi se tenait au milieu des guerriers et essayait de cacher son étonnement sous un rictus aristocratique.

Nnanji rayonnait.

—Je crois que les vaillants seigneurs ont compris votre point de vue, mon frère !

—C'est une noble cause, seigneur suzerain ! déclara Zoariyi. (Il était le plus âgé et faisait donc office de porte-parole.) Le seigneur Nnanji est parvenu à me convaincre !

Les autres hochèrent la tête, heureux et apparemment enthousiastes.

Comment ?

Pourquoi ?

Quelle importance ? Wallie regarda Rotanxi et haussa les épaules.

— Nous pouvons donc passer à l'étape suivante et prêter tous les deux serment, seigneur.

Le sorcier acquiesça, mal à l'aise.

— Seigneur Nnanji, pourrais-je savoir de quels arguments vous avez usé exactement ?

Nnanji esquissa un petit sourire satisfait.

— Exactement ? Exactement les mêmes que le seigneur Shonsu vous a exposés, seigneur. Ceux que vous avez approuvés. Mot pour mot. Rien d'autre, je vous le promets.

La situation le ravissait. Il avait stupéfié Wallie – une nouvelle expérience pour lui.

— Shonsu, pour un tel serment, il serait préférable de faire venir les prêtres !

— Je suppose que tu as raison.

— Dans ce cas, pourquoi ne pas faire visiter les cachots au seigneur Rotanxi en attendant ? (Il ricana en voyant la réaction de Wallie.) Pour lui montrer comment nous traitons les prisonniers. Pendant ce temps… (Il se tourna avec bonheur vers le commissaire.) Le seigneur Tivanixi et moi allons en profiter pour régler notre petit duel !

Les cachots ressemblaient à des cachots : ils étaient sombres, humides et froids ; il y régnait une odeur d'urine et de rats. Wallie avait insisté pour que les détenus soient bien traités et, selon les critères du Monde, ses ordres avaient été respectés. Il laissa Rotanxi leur parler en privé, partant du principe que le vieil homme les informerait qu'il y avait désormais des otages dans les deux camps et qu'ils n'avaient plus rien à craindre pour le moment. Il aurait été intéressant de connaître l'avis des prisonniers sur le traité et ses chances de réussite.

Les cachots ressemblaient à des cachots et ce fut avec soulagement que Wallie regagna l'air frais de l'extérieur – même si celui-ci était pollué par les latrines et les lavoirs qui parsemaient la cour de la loge. La toile des tentes claquait au vent avec force, mais Wallie entendit néanmoins une clameur lointaine.

— Nous avons encore un peu de temps devant nous, seigneur, dit-il à Rotanxi. Que diriez-vous d'assister à un match d'escrime ? Je suppose que ce n'est pas votre sport préféré, mais cela vous fera une autre histoire intéressante à raconter quand vous serez de retour chez vous.

Le sorcier clignait encore des yeux pour se protéger de la lumière du jour.

— En effet ! répondit-il. Mais dites-moi d'abord ce qu'a fait le seigneur Nnanji. Comment a-t-il persuadé les autres ?

— S'il affirme qu'il s'est servi des mêmes arguments que moi, seigneur, je suis obligé de le croire. Mais je dois avouer que je ne comprends pas comment il a fait.

Rotanxi fronça les sourcils, inquiet.

— S'il s'agissait de quelqu'un d'autre – même de vous, seigneur, sauf le respect que je vous dois –, je soupçonnerais quelque traîtrise. Mais de lui…

Il secoua la tête. Au cours de sa captivité à bord du *Saphir*, le vieillard avait appris à connaître Nnanji. Même un sorcier ne s'attendait pas à une trahison de la part du jeune homme. Nnanji était capable d'assassiner quelqu'un le sourire aux lèvres, mais pas de mentir.

Wallie guida Rotanxi à travers la galerie et le porche pour gagner l'escalier qui menait à la loge. Il écarta quelques hommes de rangs intermédiaires pour faire un peu de place. Les matchs de polo étaient terminés et les guerriers rassemblés observaient le duel. Presque tous avaient un bras passé autour de la taille d'une femme et savouraient ce moment de détente. Peu remarquèrent qu'un sinistre sorcier se tenait à côté de leur seigneur suzerain.

Au centre du gigantesque cercle délimité par les spectateurs, Nnanji et Tivanixi dansaient un étrange ballet, avançant et reculant au milieu du crottin de cheval tandis que leurs épées sifflaient dans l'air.

— Ohhh ! s'exclama la foule.

Nnanji sauta de joie pour montrer qu'il avait touché son adversaire.

— Quel est le score ? demanda Wallie à un troisième qui se tenait près de lui.

— Deux à zéro, seigneur suzerain. Le match se joue en trois points gagnants.

Les deux escrimeurs se rapprochèrent l'un de l'autre. Les lames tourbillonnaient si vite qu'il était impossible de les suivre. Les deux hommes bondissaient en avant ou en arrière, le visage dissimulé derrière un masque, la queue-de-cheval tressautant à chacun de leur déplacement. La foule rugit tandis qu'un coup était évité de justesse. Mais personne ne réclama de touche et l'affrontement se poursuivit. C'était la première fois que Wallie assistait à un match entre deux septièmes. Le spectacle était magnifique – un enchaînement de mouvements vifs et gracieux exécutés par des athlètes nés. Il remarqua à quel point Nnanji était plus grand – et plus alerte – que Tivanixi. Il reconnaissait parfois certaines de ses techniques préférées, mais la plupart étaient si rapides qu'il ne parvint pas à les observer en détail. Deux experts qui s'affrontaient avec inspiration.

— Ahhh !

Le point gagnant. Le match était terminé. Le masque de Nnanji vola dans les airs et le jeune homme laissa échapper un cri de triomphe noyé par le rugissement de la foule qui se précipita vers les combattants. Le visage de Tivanixi apparut à son tour, écarlate et souriant. Le commissaire leva son épée pour saluer tandis que les guerriers hissaient Nnanji sur leurs épaules pour lui faire faire le tour de la place.

Wallie observa la scène avec stupéfaction. Nnanji n'avait plus seulement le simple titre de septième. Il avait maintenant acquis un niveau d'escrime adéquat son rang – voire excellent puisqu'il venait de battre Tivanixi. Cela semblait impossible ! Nnanji apprenait à la vitesse de l'éclair, mais comment avait-il atteint ce niveau en si peu de temps ? Quelques semaines plus tôt, il avait eu du mal à accéder au sixième rang. Le commissaire avait dû perdre à dessein ! Il s'était sûrement laissé battre pour rendre hommage au courage de Nnanji qui avait décidé de se faire l'otage des sorciers ! Si tel était le cas, le jeune homme s'était-il aperçu de la supercherie ?

La popularité qu'on lui témoignait était encore plus étonnante. Le garçon trop futé avait réussi à se faire accepter grâce à sa seule persévérance, aux prix de nombreux efforts et d'innombrables hématomes. Quelque temps auparavant, il avait conquis les septièmes. Aujourd'hui, c'était le tour de tous les autres guerriers.

Wallie se tourna pour parler au sorcier et vit que celui-ci arborait une expression satisfaite. Un otage populaire était un otage précieux.

Les deux hommes n'eurent pas le temps d'échanger un mot : deux chaises à porteurs s'arrêtèrent près des marches. Honakura et Kadywinsi en descendirent au milieu d'une nuée de prêtres et de prêtresses.

Wallie ressentit d'abord de la joie en apercevant Honakura : le visage de celui-ci avait perdu sa pâleur inquiétante. Puis le vieillard grimpa les marches en s'appuyant sur un jeune prêtre. De près, on constatait que sa peau avait acquis une curieuse transparence et que ses yeux brillaient d'une lueur fébrile. Il arrivait parfois qu'une chandelle scintille de mille feux avant de s'éteindre.

Wallie salua et présenta Rotanxi. Tous criaient pour couvrir les clameurs de la foule.

— Vous allez bien, saint homme ? demanda Wallie.

Les yeux du vieil homme pétillèrent.

— Pas vraiment, mais je constate que vous, en revanche, resplendissez de santé. Et vous avez maintenant votre traité !

Son visage était interrogateur.

Wallie hocha la tête.

Il est enthousiaste à l'idée de se rendre à Vul.

Honakura haussa un sourcil.

Pourquoi ?

Wallie haussa les épaules.

Je l'ignore !

— Nous observions un match d'escrime, seigneur, dit-il. Le seigneur Nnanji vient de battre le seigneur Tivanixi, le troisième meilleur homme du ralliement.

Honakura comprit et hocha de nouveau la tête.

— Nous autres, prêtres, avons un dicton, seigneur Shonsu : *l'élève peut se révéler meilleur que le maître.*

Wallie comprit à son tour. Il ne pouvait s'agir que de l'épigramme du soutra à propos du frère aux cheveux roux. La quintessence traitait des devoirs du mentor, bien sûr. Eh bien ! Il espéra d'ailleurs que le jeune homme ne s'y risquerait pas – surtout avec une épée à la main.

Kadywinsi s'approcha et les saluts recommencèrent sous les rugissements de plus et plus puissants de la foule. Par-dessus la tête des spectateurs,

Wallie aperçut le visage souriant de Boariyi disparaître derrière un masque. Les guerriers portèrent Nnanji jusqu'à lui tandis que le jeune homme agitait son arme en riant. Est-ce que Boariyi allait se laisser battre, lui aussi ?

Le seigneur suzerain ne pouvait pas rester pour assister à l'affrontement. Il devait conduire ses invités à l'intérieur de la loge. De toute manière, il n'avait pas très envie de regarder.

Ils arrivèrent dans la chambre du conseil et s'aperçurent qu'elle était bondée de guerriers affairés. Jja était présente, elle aussi. Honakura la salua avec chaleur et affection – et choqua les autres prêtres en exigeant un baiser.

Linumino avait démontré une fois de plus sa redoutable efficacité : le lit avait disparu ; des chaises avaient surgi de nulle part pour accueillir les invités ; les tables étaient couvertes de nappes et chargées de rafraîchissements. Il y avait même un petit brasero près de la cheminée afin que Rotanxi puisse prêter serment sur le feu sans risquer d'enflammer sa robe.

Les serments importants étaient prêtés devant des prêtres. Les serments cruciaux exigeaient la présence de sept d'entre eux, un de chaque rang pour combiner pérennité et statut social. Wallie dut les saluer tous. Il en connaissait déjà certains – dont la prêtresse maussade du troisième qui lui avait apporté un message de Honakura le jour de son arrivée à Casr. Il conduisit enfin le vieux prêtre jusqu'à une chaise, lui offrit un verre de vin et échangea quelques mots en privé avec lui.

— Nnanji est d'accord ? murmura Honakura.

Wallie lui raconta que le jeune homme ne s'était pas contenté d'approuver le plan, mais qu'il avait aussi convaincu les autres septièmes.

Le vieillard secoua la tête, émerveillé.

— Nous avons été de bons professeurs, seigneur !

Le comportement de Nnanji l'intriguait pourtant tout autant que Wallie. Il acceptait de conclure un traité avec des assassins de guerriers ? Cela ne lui ressemblait pas du tout.

D'autres membres du conseil – Tivanixi, Zoariyi et Jansilui – arrivèrent et les saluts reprirent. Boariyi et Nnanji les rejoignirent un peu plus tard, trempés de sueur, rouges de chaleur et souriant comme des enfants, suivis de Thana, plus féline que jamais.

Quand Nnanji se présenta devant Wallie, ses yeux étincelaient.

— Tu as remporté une autre victoire ?

— Trois points d'affilée ! (Il était si content de lui qu'il gloussait presque.) Vous êtes sûr de ne pas pouvoir m'accorder cinq minutes pour échanger quelques passes d'armes, Shonsu ?

— Certain ! Nous verrons cela à ton retour !

Nnanji hocha la tête, déçu.

— Vous feriez bien de vous entraîner, alors !

Wallie esquissa un sourire indulgent. Nnanji poursuivit à voix basse.

— Mon frère ? Dites-moi les mots exacts que vous allez prononcer.

— Pourquoi ?

— Parce qu'ils me lieront au même titre que vous.

— Tu as raison ! Excuse-moi !

Wallie lui répéta le serment qu'il avait préparé. Un curieux sourire se dessina sur les lèvres de Nnanji, puis le jeune homme hocha la tête.

— N'oubliez pas de vous entraîner ! dit-il avant de s'éloigner.

Ses derniers adversaires s'étaient laissés battre, c'était certain ! Comment pouvait-il en être autrement ? Tivanixi et Boariyi avaient-ils manigancé cela tous les deux ?

Impossible !

Ces deux hommes accordaient trop de valeur à leur statut d'escrimeur hors pair. Ils n'étaient pas prêts à ternir leur réputation, même pour Nnanji. De plus, aucun des deux ne se serait laissé toucher trois fois de suite. Ils auraient peut-être accepté de perdre par trois points contre deux, mais un score de trois à zéro était humiliant. Ils n'avaient pas triché. Le jeune homme les avait écrasés. Shonsu et Nnanji étaient les deux meilleurs guerriers du ralliement.

Restait encore une question.

Trois à zéro contre *Boariyi* ?

La réunion commença. Les représentants du clergé se mirent en rang et attendirent – à l'exception de Honakura qui resta assis sur sa chaise en affirmant qu'il était juste venu en tant que spectateur. Wallie s'avança au centre de la pièce et tira son épée en regardant les personnes qui l'entouraient : les prêtres, les guerriers, les hérauts, les ménestrels... Il avait insisté pour que Jja soit présente, elle aussi. La malheureuse faisait de son mieux pour rester invisible dans un coin de la pièce, blottie contre Thana.

Wallie se retourna pour lancer un dernier coup d'œil au groupe de ménestrels. Doa ! La jeune femme lui adressa un sourire narquois par-dessus la tête de ses pairs. Comment se faisait-il qu'elle soit là ? Il avait donné des ordres, mais seulement à Forarfi qui avait été envoyé au port peu après afin d'affréter un navire. Linumino, ignorant ce qui s'était passé, avait sans doute demandé que dame Doa fasse partie des ménestrels invités à la cérémonie. Furieux, Wallie tourna le dos à la jeune femme pour regarder les prêtres.

Il leva la septième épée dans la position exigée pour prêter serment – à bout de bras, pointée au-dessus de la tête des témoins.

— Moi Shonsu, guerrier du septième rang, seigneur suzerain...

Une déclaration historique. Le chef des guerriers promettait de travailler de conserve avec les sorciers pour établir la paix. Aucun miracle ne survint. Il n'y eut pas de coup de tonnerre. Nul tremblement de terre ne rasa la loge. Cela en fut presque décevant !

Wallie recula pour céder la place à Rotanxi. Le vieil homme leva la main au-dessus du brasero et prêta serment à son tour.

Et le Monde continua à tourner.

Wallie serra la main du sorcier. Les témoins lancèrent des acclamations et applaudirent.

Rien de plus ? Une ère pouvait-elle se terminer aussi calmement ? Un sentiment étourdissant d'irréalité s'empara de Wallie. D'une certaine façon, il s'était attendu à autre chose.

L'échec était total ! Un ramassis de bonnes intentions ! Pour éviter la guerre à tout prix, il avait imaginé un plan irréaliste. Et maintenant, il avait prêté serment et fragilisé le ralliement.

Un désastre !

— Pourquoi ne me l'as-tu pas dit avant ? gémit-il en levant les yeux. Pourquoi ne m'as-tu pas averti pendant le conseil ?

Nnanji reposa l'épée et haussa les épaules.

— Les guerriers ne doivent pas dire de telles choses sur leur profession. Nous savons tous ce qu'il en est, mais personne n'en parle.

Il reprit ses déambulations.

— Mais Rotanxi a prêté serment…

— Ah, oui. Mais cela n'engage pas ses amis, n'est-ce pas ? Les sorciers connaissent le quatrième serment et on m'enfermera dans la première cellule disponible dès mon arrivée à Vul. Je suppose que Rotanxi commencera par les ongles de mes pieds : je lui ai dit que j'aurais procédé ainsi avec lui.

— Hein ? Tu plaisantes ?

— C'est vrai, reconnut Nnanji. Mais nous pourrions nous assurer qu'il ne sera pas tenté de le faire !

Wallie frissonna.

— Tu as raison ! J'aurais dû y penser. Tu as donc l'intention de jurer que le ralliement ne sera pas dissous – enfin, pas avant que des garnisons aient été postées dans les cités de sorciers ?

Nnanji arriva à sa hauteur.

— Pourquoi dissoudre le ralliement si vite ?

— Pardon ?

Nnanji sourit.

— C'est drôle. Vous avez parfois une manière curieuse de dire les choses, Shonsu. Je vous comprends maintenant, mais… Rotanxi a dit : « Admettez-le », en pensant à la nécessité de dissoudre le ralliement. Et vous avez répondu : « Je n'admets rien du tout ! » Il a *cru* que vous, le seigneur suzerain, promettiez la sécurité des sorciers dans les villes, le maintien de l'ordre par les guerriers du ralliement, comme à Casr. Il était prêt à accepter cela et quand j'ai répété vos paroles aux membres du conseil, c'est ce qu'ils ont tout de suite compris, eux aussi. (Il esquissa un sourire narquois.) J'ai peut-être insisté sur certains passages, mais je n'ai fait que vous citer. Puis vous avez décidé de ne pas inclure ces termes dans votre serment. Nous ne devons pas dissoudre le ralliement !

Une vague de soulagement submergea Wallie.

— Bien sûr ! Cela fonctionnerait si les garnisons prêtaient le troisième serment !

Nnanji hocha la tête et sourit une fois de plus.

— Et nous disposons d'un groupe de bons guerriers, ici, à Casr. Si des problèmes apparaissent dans une cité, nous les dépêcherons sur place pour… éduquer les récalcitrants !

— Et cela ne coûterait pas grand-chose de plus ! Il faudrait juste quelques hommes supplémentaires ! (Wallie sourit à son tour.) Tu m'as collé une peur de tous les diables, Nnanji ! Mais je crois que ce plan peut fonctionner.

Il s'était parfois demandé ce qu'il ferait une fois le ralliement dissous. Maintenant, il savait qu'il avait un emploi assuré.

Puis le pessimisme le gagna de nouveau.

— Mais cela ne règle que le problème des sept cités. J'ai promis que tout le Monde serait pacifié.

— Ah ! (Nnanji reprit sa déambulation.) L'énigme du demi-dieu ! La restitution de l'épée ! C'est pour cette raison que vous devez retourner à Quo, mon frère, là où Chioxin vivait.

— Pourquoi ? Qu'est-ce que Quo a de si spécial ?

— Pensez en termes de stratégie ! lança Nnanji du milieu de la pièce. Neuf cent quatre-vingt-treize, mille soixante-dix. Le cercle est bouclé, ou presque. Vous ne pouvez plus remonter la Rivière en partant d'Ov ni la descendre à partir d'Aus, n'est-ce pas ? Ce serait trop difficile. Quo est notre porte d'entrée – l'entrée sur le Monde. Il ne faut pas seulement que le ralliement soit permanent, Shonsu, il faut qu'il soit universel ! (Sa voix monta sous le coup de l'excitation.) *Vous comprenez maintenant ?* À partir de Quo, nous enverrons les septièmes dans toutes les cités de la Rivière et ils feront prêter aux garnisons le serment du ralliement. Par la force si nécessaire.

Wallie éclata de rire.

— Du calme, petit ! Nous ne pouvons pas prendre pour vassaux tous les guerriers du Monde !

Nnanji ne riait pas.

— Il le faut ! C'est le seul moyen pour que les sorciers soient à l'abri – et vous venez de promettre qu'il en serait ainsi, mon frère par serment ! De plus, ce sera un gage de sécurité pour les garnisons : nous pourrons rassembler un ralliement d'une taille sans précédent si les sorciers essaient de nous berner. Avec de tels effectifs, même Vul pourrait facilement être prise.

Quitte à rêver, autant le faire dans les grandes largeurs ! Seigneurs suzerains de tous les guerriers ?

Les yeux de Nnanji brillaient.

— Plus important encore : nous nous débarrasserions du même coup des guerriers qui font honte à notre profession : les escrocs, les brutes et les sadiques. Nous chasserions les éléments indésirables pour ne garder que les hommes de valeur. Chaque ville, chaque cité se retrouverait sous le contrôle d'une garnison de guerriers dignes, honnêtes et honorables.

Le jeune réformateur idéaliste rayonnait d'enthousiasme, prêt à refaire le Monde. Voilà pourquoi il paraissait si content tout à l'heure.

— Dites-moi pourquoi ça ne fonctionnerait pas ! demanda Nnanji en arpentant furieusement la pièce, exalté par sa vision.

Ses bottes frappaient le sol et les planches grinçaient.

Un navire attendait. Il fallait faire vite.

— L'argent !

— L'argent ? répéta Nnanji avec mépris. Les guerriers ne sont pas morts de faim par le passé, pourquoi cela changerait-il ? Nous trouverons une solution.

— Nnanji ! dit Wallie avec douceur, comme s'il s'adressait à un enfant. Tous les guerriers n'accepteront pas de devenir tes vassaux. Que feras-tu des hommes qui refuseront de prêter serment ?

— *Le sang doit être versé...* Mais les guerriers honorables accepteront avec joie.

— *Le courage est le plus grand honneur...*

— Seulement si la cause est juste !

Ce n'était plus de l'idéalisme, mais du fanatisme ! Wallie sentit la peur s'insinuer en lui.

— Et si, par exemple, Boariyi se retrouve face à un guerrier meilleur que lui ? Et si c'est ton vassal qui se fait tuer, Nnanji ?

Le jeune homme se tenait près de la porte et examinait des étendards appuyés contre le mur. Il en attrapa un et un nuage de poussière le fit tousser. Il adressa un sourire à Wallie.

— J'étais sûr que cette hypothèse vous dérangerait ! Si cela arrive, vous m'enverrez régler le problème. Je suis le plus grand guerrier du Monde, après vous. Ou peut-être préférerez-vous y aller en personne, mais je serai prêt à m'en occuper à votre place, mon frère !

C'était donc le destin qu'il s'était imaginé à bord du navire : Nnanji le Vengeur, la terreur des hérétiques. Pas étonnant qu'il ait été si heureux ! Katanji allait amasser une gigantesque fortune, Nnanji avait-il trouvé sa récompense ? Devenir le bras armé de la Déesse... rien ne pourrait lui faire davantage plaisir.

Wallie frissonna. Il avait créé un monstre.

— Et la géographie ? demanda-t-il d'une voix aussi calme que possible. Que se passera-t-il si tu veux aller à Hither et que la Déesse t'envoie à Yon ?

— Elle nous soutiendra ! répondit Nnanji, surpris par la question. Vous avez bien vu à quel point les dieux me sont venus en aide ? J'ai eu droit à des miracles, moi aussi !

Des propos de mégalomane !

Nnanji le messie. Il instaurerait une dictature militaire, comme César, comme Cromwell. Ce projet ne pouvait mener qu'à une tyrannie.

Wallie transpirait en se demandant s'il serait capable de faire le nécessaire pour empêcher cette horreur.

— Et les libres épées ?

Nnanji avait réponse à tout.

— Les libres épées feront comme les autres. Si le besoin s'en fait sentir, nous les massacrerons avec votre cavalerie. Elles pourront rester ce qu'elles sont, mais nous assignerons un territoire à chaque groupe, avec, au bout du compte, un quartier général régional pour les chapeauter. Ce sera comme dans les cités : les plaintes parviendront jusqu'à moi – enfin, jusqu'à nous.

Un tel projet allait au-delà de la mégalomanie. Il exigeait un courage utopique et une absence totale de scrupules. Nnanji était un psychopathe et

Wallie aurait dû prévoir dès le début qu'on en arriverait là. Le jeune homme aimait jouer avec les bébés et il avait versé des larmes à Gi, c'était un mari et un frère affectueux… mais il n'en demeurait pas moins un assassin impitoyable. Il avait pris du plaisir en tuant des pirates et des sorciers. Wallie avait cru qu'il s'était adouci, que le séducteur du bâtiment militaire avait disparu, qu'il ne restait plus que le troubadour qui avait courtisé Thana avec patience. Quelle erreur !

— Et le conseil ? demanda-t-il pour gagner du temps et réfléchir.

— Ils ont adoré cette idée ! Des affrontements et de l'honneur ? C'est mieux que de construire des catapultes, mon frère !

Il jeta avec enthousiasme l'étendard par terre et un nouveau nuage de poussière l'enveloppa.

Les guerriers du ralliement l'avaient porté en triomphe.

— Il y aura de l'opposition, l'avertit Wallie. Des guerriers feront de la résistance et organiseront des contre-ralliements.

— S'il doit y avoir des batailles, nous aurons le nombre pour nous. Et, bientôt, les meilleurs combattants en prime.

Il devait y avoir une faille dans ce plan ! Wallie commença à arpenter la pièce à son tour, cherchant une solution logique et pacifique pour mettre fin à cette folie, pour convaincre Nnanji avant que Nnanji le convainque.

— Cela représente des milliers de guerriers répartis dans des centaines de villes. Comment te souviendras-tu de leurs états de service, de leur histoire, de leur fiabilité ? (Nnanji se contenta d'éclater de rire.) Et les communications ? Après quelques semaines, les distances seront trop importantes pour maintenir une cohésion.

Nnanji étala l'étendard pour regarder son emblème décoloré.

— Des navires rapides, des relais de poste et des pigeons ! Les sorciers soutiendront le ralliement parce qu'il les protégera. N'oubliez pas que j'ai vu ce que Rotanxi faisait avec cette plume.

Il avait raison une fois de plus. Un ralliement permanent et universel devait représenter un danger mortel pour les sorciers. Vul elle-même ne serait plus en sécurité. Wallie avait convaincu Rotanxi avec un argument auquel il n'avait pas songé. Il n'était pas étonnant que le vieil homme ait saisi l'occasion de conclure un traité ! Les sorciers pouvaient assurer les communications et gérer les problèmes administratifs. Ils feraient tout pour se rendre indispensables et, en conséquence, soutiendraient la dictature.

Wallie avait proposé une paix entre les guerriers et les sorciers. Il n'avait pas imaginé les projets que les dieux avaient peut-être pris soin de lui cacher – pour d'excellentes raisons.

Le plan de Nnanji était réalisable.

Cela peut fonctionner, songea Wallie. *Il va falloir que je pérennise le ralliement, ou Nnanji le fera à ma place et je n'aurai peut-être plus les moyens de l'arrêter. Ce n'est qu'un barbare illettré qui ne sait que tuer. Je suis un homme cultivé et j'aime la paix. Je connais les dangers à venir et je parviendrai peut-être à les contourner… Est-ce que c'est là ma récompense ? Le pouvoir absolu ? Je pourrais devenir un despote éclairé, l'empereur du Monde, avec un gouvernement et un palais...*

Cette vision l'étourdit. Il imagina la cour, la garde d'honneur composée de guerriers en kilt, les courtisans le long de la grande allée centrale, les quémandeurs s'avançant avec lenteur, s'inclinant devant le trône et présentant une requête au fils du ciel tenant l'épée de la Déesse, symbole de son autorité...

Cela pouvait fonctionner! Rien dans le Monde ne pouvait l'arrêter. Nnanji serait ravi d'être nommé chef des armées et Shonsu deviendrait empereur.

Et sur le trône de l'impératrice, à ses côtés...

La vision était si nette qu'il pouvait presque tourner la tête et regarder sa compagne...

Qui?

Nnanji s'appuya sur la hampe de l'étendard et attendit, un sourire aux lèvres.

Il attendit...

Et attendit encore...

Wallie leva les yeux avec tristesse.

—La dernière chose que le demi-dieu m'a dite, c'était que la garde de mon épée représentait un griffon et que ce griffon incarnait le *Pouvoir employé avec sagesse*. Il a dit que si je ne l'oubliais pas, je réussirais. C'était un avertissement, Nnanji! Il avait prévu cette tentation! La Déesse m'a accordé le pouvoir, je ne crois pas qu'il soit sage de l'employer pour en acquérir davantage.

—Eh bien... moi, si! Pour une cause juste!

—Dans ce cas, j'aurais le plus grand mal à utiliser ce pouvoir supplémentaire avec sagesse. Il y a une heure, j'ai menacé Doa de la faire jeter dans une cellule si elle se moquait de moi. Je ne suis pas assez fort pour résister à une telle puissance, Nnanji!

Le jeune homme fronça les sourcils.

—S'il en est ainsi, vous devez vous retirer et me laisser la place.

La prophétie: *C'est ton royaume que je convoite.*

Wallie se redressa. Il était inutile d'employer la raison face à un fanatique. En outre, le langage du Monde ne comportait pas encore de terme équivalant à «despote», «tyrannie» ou «dictature».

—Non, dit Wallie. Le ralliement était destiné à combattre les sorciers et tu t'apprêtes à le retourner contre des guerriers. Tu ignores à quoi tout cela va mener, Nnanji. Je refuse de suivre ton plan!

—Le ralliement était destiné à laver l'honneur de notre profession. Les sorciers n'ont aucune importance! Je vous l'ai dit!

—Non! répéta Wallie. Te souviens-tu de la première leçon que je t'ai donnée? Nous étions assis tous les deux sur un mur, dans le domaine clérical, à l'ombre d'un arbre. Je t'ai dit que le pouvoir corrompait!

—Pas moi!

Je suis plus honorable que toi.

C'était l'impasse totale.

Nnanji esquissa un sourire plein d'espoir.

— Vous avez dit un jour que vous aimeriez devenir le premier prévôt de Tau, n'est-ce pas ? Je vous accorderai ce titre ! Et je ne posterai pas de garnison dans cette ville parce que je sais que vous agirez dans le respect de l'honneur.

Un tyran ! Il distribuait déjà les cités ! Wallie secoua la tête en silence.

Nnanji céda à la colère.

— Nous sommes tombés d'accord : le ralliement ne peut être dirigé que par un seul chef. Je vous ai toujours obéi, non ? Jusqu'à aujourd'hui. Devons-nous organiser une troisième épreuve de duels pour savoir qui est digne de le commander, mon frère ? Dans ce cas, utilisons des épées d'entraînement et jurons d'en rester là.

Une heure plus tôt, Wallie aurait saisi cette occasion.

Les deux hommes se dévisagèrent. Leurs yeux étaient à même hauteur. Marron pâle, d'un côté, noirs de l'autre. Personne ne voulait céder le premier.

Wallie détourna enfin la tête et marcha lentement le long de la pièce en s'efforçant de trouver une solution. Comment arrêter cette folie ? S'il en était incapable, personne n'y parviendrait. Il n'était plus certain de vaincre Nnanji au cours d'un duel. Avait-il le courage de l'assassiner ? En lançant son couteau, par exemple ?

Il arriva à la hauteur du fragment de la cinquième épée de Chioxin – autre témoignage dérisoire de la bêtise humaine. Il le regarda d'un air absent. Un meurtre ?

— Non ! dit-il d'une voix forte. Je suis le chef du ralliement. Tu vas aller à Vul. Je vais retourner en bas et promettre de dissoudre le ralliement dès que des garnisons seront en poste. Si elles causent un massacre par la suite, ce sera leur faute.

Nnanji fit claquer la porte à toute volée et glissa la hampe dans la fixation qui se trouvait derrière. Puis il descendit l'escalier avec colère. Il avait presque atteint le rez-de-chaussée quand il entendit la porte voler en éclats, sept étages plus haut.

— Jja ? appela le seigneur Honakura de sa vénérable voix cassée. (Jja se précipita vers lui.) Apportez-moi un autre gâteau, vous voulez bien, ma chère ?

La jeune femme se glissa entre les invités qui mangeaient ou buvaient et s'approcha de la table la plus proche. Elle réussit à s'emparer d'une assiette de pâtisseries sans bousculer personne. Thana était là.

— Mais qu'est-ce qu'ils peuvent bien faire ? murmura l'esclave.

— Aucune idée, répondit Thana la bouche pleine. En tout cas, je ne pense pas qu'ils se battent – à moins que Shonsu soit devenu fou.

Jja fut choquée par l'expression qu'elle lut sur le visage de Thana. Elle retourna auprès du seigneur Honakura et s'agenouilla près de sa chaise. Il la remercia avant de choisir le gâteau le plus crémeux de l'assiette.

— Ne partez pas ! ordonna-t-il alors qu'elle se préparait à se lever. Prenez-en un !

Elle sourit et obéit. Elle était heureuse de rester là, elle se sentait en sécurité à côté du vieux prêtre. L'horrible ménestrelle ne l'avait pas quittée des yeux depuis le départ de Wallie.

La voix du sorcier couvrit soudain le brouhaha nerveux.

— Votre système de commandement divisé me laisse perplexe. Que ferez-vous si l'un des deux seigneurs suzerains n'est pas d'accord avec l'autre ?

Jja vit les guerriers échanger des regards. Ils laissèrent le seigneur Tivanixi répondre à cette question épineuse.

— Nous l'ignorons, seigneur Rotanxi. Une telle structure n'a jamais été mise en place. En fait, nous ne savions même pas que des guerriers avaient déjà prêté le quatrième serment avant de rencontrer les seigneurs Shonsu et Nnanji. J'ignore pourquoi la Déesse a fait ce soutra.

— Ne serait-ce pas juste pour cette occasion ? marmonna le seigneur Honakura en essuyant la crème qui maculait son menton.

Jja fut sans doute la seule à entendre la réflexion du vieil homme.

— Pourquoi diable un ralliement aurait-il besoin de deux chefs ? demanda un autre septième.

— Je pense qu'il y en a trois, remarqua le seigneur Honakura à voix basse. Il parlait à la seule intention de Jja.

— Trois, seigneur ?

Il hocha son crâne chauve.

— Shonsu, Nnanji et Walliesmith. Vous n'êtes pas d'accord ?

Jja acquiesça, surprise. Pourtant, cette affirmation n'était pas entièrement vraie : Wallie avait disparu le jour où elle avait été déshabillée par les deuxièmes dans la cour de la loge. C'était Shonsu qui avait éclaté de rage et vendu les deux hommes avant de la frapper. Le lendemain, c'était encore Shonsu qui était retourné au *Saphir*. Ce matin, c'était toujours Shonsu qui avait failli tirer son épée contre le capitaine. Ce n'était que bien plus tard qu'elle avait de nouveau aperçu Wallie, quand il l'avait sauvée de la ménestrelle. C'était lui qui était intervenu. Son cœur le lui avait certifié.

Elle songea que c'était sans doute Wallie qui avait prêté serment devant les prêtres, mais que le seigneur Nnanji était parti en compagnie de Shonsu.

Des cris montèrent de l'antichambre. La porte s'ouvrit avec violence et des invités s'écartèrent tandis que Nnanji faisait irruption dans la pièce, le visage écarlate et l'épée brandie. Il glissa sur le tapis en soie, parvint à garder son équilibre et s'arrêta, haletant. Le cœur de Jja chavira : où était son maître ? Les yeux de Nnanji parcoururent la foule jusqu'à ce qu'ils repèrent le petit seigneur Kadywinsi. Il se tourna vers le prêtre et leva sa lame dans la position requise pour prêter serment.

Il commença sans préambule.

— Moi, Nnanji, guerrier du septième rang...

Honakura lança un gâteau sur lui.

— Jeune homme ! dit-il d'un ton sec. Il existe certains rituels à observer avant de prêter serment ! Si vous souhaitez que mes saints camarades soient vos témoins, la moindre des choses serait de leur demander leur accord.

Nnanji bafouilla quelque chose et demanda aux prêtres de lui servir de témoins.

— Je crois que c'est possible, dit Honakura. Qu'en pensez-vous, seigneur Kadywinsi ?

Il fallait que les membres du clergé se mettent en ligne. Le seigneur Honakura demanda à Jja de l'aider à se lever. Il rejoignit ses pairs et déclara au seigneur Kadywinsi qu'il souhaitait diriger cette cérémonie, mais il ne se plaça pas au bon endroit. Le seigneur Nnanji bouillait d'impatience en se dandinant et son visage était cramoisi. Le prêtre du cinquième essaya d'apporter son aide, mais ne fit que semer la confusion parmi le reste de ses collègues. La scène arracha presque un sourire à Jja, pourtant inquiète.

Les prêtres parvinrent enfin à s'organiser et le seigneur Nnanji leva son épée une fois de plus.

— Moi, Nnanji, guerrier du septième… (Un fracas digne d'un tremblement de terre éclata dans l'antichambre.) seigneur suzerain du ralliement de…

Deux guerriers du quatrième percutèrent la porte et roulèrent par terre. Shonsu fit irruption dans la pièce et trébucha sur les deux malheureux. Il s'arrêta juste derrière le seigneur Nnanji, tira son arme et l'abattit sur son épaule. Elle s'immobilisa alors que l'acier touchait la peau.

Les spectateurs étouffèrent des hurlements et des cris indignés. Tout le monde resta pétrifié d'horreur. Les traits de Shonsu étaient empourprés par la rage, ses yeux semblaient sur le point de jaillir de leur orbite, les veines de son visage étaient gonflées, mais la lame ne trembla pas d'un millimètre et demeura suspendue au-dessus de l'épaule.

L'arme du seigneur Nnanji ne bougea pas davantage, mais la voix du jeune homme s'éteignit et son regard se posa sur la pointe mortelle si proche son cou, si proche des tendons indispensables au maniement de l'épée. Les deux quatrièmes se relevèrent et s'enfuirent en refermant sans un bruit la porte derrière eux.

— Lâche cette arme, gronda le colosse d'une voix qui faisait penser au crissement d'une meule.

Jja esquissa un mouvement de recul. Il ne s'agissait pas de Wallie, mais de Shonsu. Il savait pourtant que le seigneur Nnanji ne céderait jamais à la menace. Elle se souvenait que Wallie avait enseigné ce principe à son protégé et si la mémoire de la jeune femme était bonne…

Le seigneur Nnanji regardait fixement, devant lui, la ligne de prêtres pétrifiés.

— Non, dit-il à voix basse.

— Lâche ton arme ou je t'obligerai à le faire !

— Saints hommes, je vais recommencer depuis le début. *Moi, Nnanji, guerrier du…*

— Tu ne pourras jamais plus lever ce bras !

— *… septième rang, seigneur suzerain…*

— Je compte jusqu'à trois !

Jja adressa une brève prière à la Déesse.

— *… du ralliement de Casr, jure solennellement…*

Épilogue

Le dernier miracle

Le vent faisait battre les auvents des chariots et les robes des passants sur la place de la Rivière. Les rafales pourchassaient les dernières feuilles d'arbre. Les marchands rentraient chez eux et leurs esclaves les suivaient d'un pas lourd. La plupart des navires étaient silencieux et leurs marins se préparaient à savourer la soirée dans le havre de sécurité de Casr.

Wallie se laissa tomber avec découragement sur une bitte d'amarrage et observa les ombres grandissantes monter peu à peu à l'assaut des statues en bronze. La journée qui avait commencé par le retour du *Griffon* touchait à sa fin et le Monde ne serait plus jamais le même.

Nnanji était parti. Il avait franchi la passerelle au son d'une fanfare qui jouait *Les guerriers au petit matin*. Il était resté sur le pont en compagnie de Thana et des neuf sorciers tandis que le navire s'éloignait. Il était persuadé que le traité serait accepté et qu'il serait bientôt de retour, sain et sauf. Il estimait que les sorciers ne représentaient plus qu'un problème sans importance qu'il fallait régler avant de s'atteler à sa grande tâche : purifier les guerriers du Monde.

Les gardes du corps, les musiciens et les ménestrels avaient disparu. Une fois tout danger écarté, Wallie avait congédié Forarfi et ses troupes afin qu'ils savourent le peu de vacances qu'il leur restait. Il aurait dû rejoindre Jja, mais il se répétait cela depuis un certain temps et il était toujours assis sur le quai.

À quel moment avait-il commis une erreur ? Il y avait bientôt six mois qu'il avait promis à la Déesse de devenir un guerrier. Il avait essayé. Si sa mission consistait à vaincre les sorciers, il avait échoué, car ces derniers ne tarderaient pas à se répandre à travers le Monde, en toute sécurité. Leur technologie les suivrait et sèmerait le chaos.

Si sa mission consistait à sauver les guerriers, il avait encore échoué. Les sorciers ne pourraient rien contre le ralliement universel de Nnanji, mais il était certain que cette armée permanente ferait bientôt davantage de victimes dans les rangs des guerriers que les sorciers en avaient jamais fait. Les libres épées, farouchement attachées à leur indépendance, rechigneraient à se soumettre à une autorité centrale et les garnisons ne renonceraient pas facilement à leur autonomie.

Et si sa tâche avait consisté à guider Nnanji ? Le demi-dieu avait affirmé que le but de la mission serait révélé et Nnanji avait été la première personne que Wallie avait rencontrée ensuite. Le jeune homme avait reçu sa part de miracles. Mais si la mission consistait à guider son ancien protégé, Wallie avait échoué une fois encore. Il avait lâché un psychopathe assoiffé de pouvoir sur le Monde sans défense. Dri, Ki San, Wo, Tau, Quo… ces cités sans méfiance seraient les premières à tomber et des centaines d'autres les suivraient avant qu'on puisse l'arrêter. Son pouvoir grandirait un peu plus chaque jour. Rien ni personne ne pourrait s'opposer à lui !

Certainement pas Wallie, en tout cas. Il était encore le commandant adjoint du ralliement et les vingt prochains jours allaient sans doute l'éreinter, lui tout autant que Linumino et Zoariyi. Nnanji s'en était assuré. Wallie lui avait appris qu'une armée ne devait pas rester oisive.

Et après son retour ? Wallie en était arrivé à la conclusion qu'il devrait partir. Il ne serait pas capable d'assister aux conséquences de sa folie. Il se querellerait avec Nnanji et cela ne pourrait se terminer que d'une seule manière. Il accepterait donc la sinécure qu'on lui avait proposée : il prendrait sa retraite à Tau et deviendrait le premier prévôt de cette petite ville nauséabonde aux bâtiments de style Tudor. Pendant ses loisirs, il aiderait Jja à faire des bébés. Son travail était terminé. Il avait échoué dans sa mission, mais tout était fini. Oui, il avait échoué !

Il se préparait à se lever lorsqu'un groupe de jeunes enfants nus passèrent en riant près de lui. Un petit garçon à la peau brune s'arrêta et lui adressa un sourire qui révélait une dent absente… Un visage de lutin… des os saillants qui ressemblaient à des bouts de bois, des cheveux noirs aux boucles denses, des yeux aussi brillants que des gemmes.

Wallie voulut se jeter à genoux, mais l'enfant l'en empêcha d'un geste.

— Reste où tu es. Tu as eu une longue journée.

Wallie resta donc assis sur la bitte, sans un mot, mais sa peau se hérissa sous l'effet de la peur. Le dieu avait dit que l'échec serait puni de mort, voire pis.

— Mais non ! lança l'enfant. Je suis venu pour te remercier, Monsieur Smith ! Tu as fait tout ce qu'on attendait de toi et plus encore. (Wallie eut l'impression d'être submergé par une vague glacée de soulagement et de stupéfaction.) Parfaitement ! (Le demi-dieu éclata de rire.) Tu l'as entraîné. Tu lui as appris la compassion. Tu lui as donné le ralliement. Tu as proposé un traité aux sorciers et, enfin, tu lui as offert l'épée sans qu'on te le demande. Tu as bien travaillé !

Wallie renifla avec mépris et incrédulité.

— La compassion ? Il est capable de tuer comme on mange une cacahouète !

— C'est indispensable dans son métier, déclara le demi-dieu d'un ton triste. Gengis Kahn était du même bois. Mais Nnanji est poli, c'est un jeune homme qui parle avec calme et qui a beaucoup appris de toi. Il te voue encore une admiration sans bornes. Tu as fait de l'excellent travail !

— Je ne comprends pas, maître !

Le garçon rit de nouveau.

— C'est pour cette raison que je suis venu. Tu vois, Walliesmith, tous les mondes ne suivent pas le même chemin, mais l'apparition du langage précède toujours l'âge des légendes. L'apparition de l'écriture marque sa fin.

Wallie comprit soudain.

— Vous voulez dire que les guerriers étaient une malédiction pour les sorciers, comme celle qui pesait sur Nnanji ?

— Plus ou moins ! Après l'âge des légendes vient l'âge des ténèbres. Comme un fœtus qui évolue. Puis vient l'âge de la sagesse – bien que certains mondes ne parviennent jamais à sortir de l'âge des ténèbres.

Un colporteur passa lentement en poussant son chariot. Le garçon tendit la main et deux pommes jaillirent du véhicule pour se poser sur sa paume. Il en offrit une à Wallie et ils croquèrent leur fruit en même temps. Le demi-dieu sourit.

— Mais il va devenir un tyran ! s'exclama Wallie. Les dieux soutiennent-ils la tyrannie ?

Il osait à peine se montrer incrédule.

Le visage de lutin se fit triste.

— Les dieux ne se mêleront plus de grand-chose, maintenant. Je te l'ai dit. Et pense en terme d'« empire » plutôt que de « tyrannie » ! Il n'y a jamais eu d'empire dans le Monde et Nnanji ne peut donc pas en imaginer un. Il s'apercevra que diriger les garnisons va de pair avec diriger les villes. Cela l'ennuiera énormément ! C'est Thana qui va inventer la notion d'empire.

Wallie secoua la tête.

— J'ai pensé qu'il était devenu fou.

— Oh ! Pas du tout ! Ce n'est pas folie que de croire que les dieux sont à vos côtés quand on a reçu autant de faveurs de leur part. Tu as pensé la même chose. Non, il sait maintenant qu'il est promis à un grand destin. Il dispose du pouvoir suprême. Il est impitoyable, courageux, zélé et incorruptible. L'argent ne l'intéresse pas. Il veut seulement le pouvoir afin de satisfaire ses idéaux.

Un empire ? Quel problème cela pouvait-il poser aux dieux ? Ce n'était pas eux qui devraient y vivre. Wallie était un partisan de la démocratie. Pourrait-il apprendre à servir un empire ?

— Il te reste encore une chose à faire, dit le demi-dieu avec un sourire moqueur.

— Oui, maître.

— Le dernier vers de mon énigme : tu dois te conformer au destin de l'épée.

— Bien, maître.

Le garçon secoua la tête d'un air réprobateur.

— Montre un peu plus d'enthousiasme ! Ton ancien protégé va devenir Nnanji le Grand, le fondateur de la première dynastie. Pendant presque mille ans, le symbole de sa maison sera l'épée de saphir.

Wallie se rappela le jour où il avait vu la septième épée pour la première fois : il avait tout de suite pensé à une couronne de joyaux. Il aurait dû deviner ! Il regarda le demi-dieu avec prudence.

— Nnanji n'a jamais rencontré Shonsu, mais vous m'avez laissé croire que ma mission était celle que Shonsu avait été incapable de remplir. Est-ce que c'était honnête ?

Le sourire à la dent manquante réapparut.

— Je ne t'ai pas menti ! Tu savais que les oracles et les messages des dieux doivent être interprétés avec circonspection. Les sorciers n'avaient rien à voir avec ta mission, pas plus que Nnanji ou Shonsu… Le but a toujours été la création d'un empire. C'est pour cela que je ne pouvais rien te dire ! Mais tu as compris que le savoir des sorciers apporterait le chaos quand il se répandrait. Seul un empire peut maîtriser de tels changements.

» L'attaque surprise de Shonsu a failli réussir. Il aurait remporté la victoire s'il avait pensé à employer des chevaux pour approcher plus vite. Il se serait couronné roi de Vul, puis roi des autres villes grâce aux armes à feu. Tu serais resté dans ton monde et Nnanji aurait mené une vie obscure avant de mourir – jeune, car il fait partie des grandes âmes et on aurait eu besoin de lui ailleurs.

» Ton traité va permettre de garder le contrôle des armes à feu, ce qui est préférable. Il va écourter l'âge des ténèbres. Nnanji n'aurait jamais été capable de concevoir cela.

— Et je ne pouvais pas devenir empereur, dit Wallie avec tristesse.

Le garçon le regarda fixement.

— Non ! Tu aurais été incapable de lancer tes légions contre Quo et Ki San comme il vient de le faire. Tu as eu ta chance, mais tu as préféré l'amour d'une esclave à tout un monde, Monsieur Smith. Et les cloches célestes ont carillonné de joie !

Wallie cligna des yeux. C'était encore un peu douloureux à admettre. Jja avait-elle seulement servi à l'empêcher de prendre le pouvoir ?

— Il va y avoir des massacres à n'en plus finir !

— Pas autant que tu le penses, dit le demi-dieu. Les guerriers ne sont pas des sauvages sur ce point. Ils sont bien plus civilisés que ceux de ton monde. Et puis, nous sommes entrés dans l'âge des ténèbres maintenant.

Un long silence s'installa tandis que Wallie mâchait sa pomme en réfléchissant. Un groupe de guerriers à cheval passa bruyamment à l'autre bout de la place. La mélancolie de Wallie amusait le demi-dieu davantage qu'elle l'irritait.

— Tu as fait du bon travail. Vous avez tous fait du bon travail – Brota, Tomiyano. Vous serez tous récompensés.

— Et Honakura.

— Lui aussi, bien sûr ! Tu devras lui dire adieu demain, mais sa récompense sera merveilleuse ! (Wallie hocha la tête, incapable de parler.) Viens ! Je n'ai pas beaucoup de temps et je dois te montrer quelque chose. Nous bavarderons en chemin.

Wallie se leva et commença à marcher à côté du demi-dieu. Il n'était pas encore convaincu.

— Maître, dit-il. Expliquez-moi le rôle du prince Arganari. Devait-il vraiment mourir pour m'envoyer un signe avec cette barrette ?

Le petit garçon fronça les sourcils de manière terrifiante.

— Si tu as l'intention de juger les actes des dieux, Walliesmith, tu dois savoir ce que les dieux savent. Mais comme tu as bien travaillé aujourd'hui... apprends qu'il existe des âmes plus brillantes, plus anciennes, plus efficaces que les autres. Elles sont plus hautes sur l'échelle de la vie ! Comme celle de Nnanji, par exemple. Si Shonsu avait fondé son empire, il aurait dû faire face à une crise dans une quinzaine d'années. Il y aurait eu un nœud, une cuspide à Kra – une cité de sorciers au sud de Plo. Un allié puissant, un roi guerrier... Tu comprends maintenant quel aurait été le destin d'Arganari ?

— Je crois.

— Il n'avait aucun rôle à jouer dans un empire dirigé par Nnanji, car les sorciers soutiennent ton ancien protégé. Mais celui-ci est néanmoins le fondateur d'une dynastie et il y aura donc une autre crise, plus tard.

— La succession ? demanda Wallie.

Le tableau se clarifiait.

— C'est cela ! Te souviens-tu de la nuit au cours de laquelle Arganari est mort ?

— La nuit du mariage de Nnanji ?

Le garçon hocha la tête et sourit – une réaction moins inquiétante que son froncement de sourcils.

— Cette nuit-là, Thana a conçu un fils. Elle ne perd pas de temps – et Nnanji non plus ! Tu comprends maintenant le rôle d'Arganari ? Ne te prends pas pour un dieu, Monsieur Smith. Tu n'as même pas la carrure d'un empereur !

Ils quittèrent la place bordant les quais et se dirigèrent vers une rue large. Les rares passants s'écartèrent à la hâte du chemin du grand guerrier. L'homme et l'enfant ne les remarquèrent pas.

— Nnanji sera un meilleur empereur que Shonsu ne l'aurait été, déclara le demi-dieu. (Il leva les yeux, un sourire narquois aux lèvres.) Et Thana une meilleure impératrice que Doa !

Wallie gronda.

— Je ne comprends rien de rien à cette femme !

— Ce n'est pas vraiment surprenant ! Dans quelque monde que ce soit, il est rare de rencontrer un génie de sa trempe ! (Il glousssa en songeant aux caprices des mortels et tourna à une intersection.) Oublie Doa ! Elle ne s'intéresse plus à toi. Elle est capable de sentir les hommes qui font l'Histoire. Elle est à bord de ce navire !

— Elle va à Vul ?

— Elle va essayer. Tu ne la reverras plus. Tu as exorcisé Shonsu, Monsieur Smith !

Au ton du garçon, Wallie comprit que le sujet était clos.

Il songea que Doa avait rempli son rôle, elle aussi : elle avait excité ce qu'il lui restait de Shonsu. Un rapide froncement de sourcil du demi-dieu lui intima de garder cette réflexion pour lui.

Wallie savait maintenant qu'ils allaient à la loge et il avait encore de nombreuses questions à poser avant d'arriver.

— Nnanji a donc raison quand il dit que les guerriers se soumettront à lui ?

— La plupart le feront.

— Mais… et les cités, les civils ? Dès qu'il commandera les garnisons, il devra arbitrer leurs disputes : les problèmes de politique interne, de taxes et de commerce. Les finances du ralliement vont crouler sous la corruption. Toute l'économie du Monde va vaciller. Je ne vois vraiment pas Nnanji administrer ce genre de tâches. Il en est incapable et cela ne l'intéresse pas !

— Bien sûr ! (Le ton méprisant du demi-dieu donna la chair de poule à Wallie.) Mais il a Thana et Katanji – le frère d'Ikondorina à la chevelure noire ! Avec un bras dans cet état, Katanji n'inquiétera pas les civils, mais les guerriers estiment qu'il est des leurs. Et c'est le frère du seigneur suzerain. Il ne fait aucun doute que c'est une crapule ! Il deviendra l'homme le plus riche du Monde avant d'avoir vingt ans. Mais il est loyal envers Nnanji et c'est tout ce qui importe.

Katanji Premier ministre ?

— Ministre des Finances, corrigea l'enfant.

Les dieux avaient bien préparé leur plan. Perdu dans ses pensées, Wallie faillit percuter un cheval attelé à un chariot à l'arrêt. Il donna le reste de sa pomme à l'animal et poursuivit son chemin.

— Nnanji s'empare donc du pouvoir, Thana créé l'empire et Katanji s'arrange pour que cet État soit rentable ? Est-ce qu'ils deviendront des dirigeants éclairés ?

— Ils commettront des erreurs, bien entendu, mais Nnanji apprend vite. Ils ont besoin d'un bon conseiller pour limiter leurs bêtises.

Le cœur de Wallie bondit dans sa poitrine. Est-ce que cela signifiait que…

— Tout à fait ! (Le garçon disparut derrière un groupe de commères et rejoignit Wallie un peu plus loin.) Tu n'as pas vraiment envie de passer le reste de ta vie à mater les ivrognes de Tau, n'est-ce pas ? Tu as été le Merlin de Nnanji-Arthur. Maintenant, tu peux devenir Aristote, Alcuin ou Imhotep – un ami loyal, un conseiller et, parfois, une conscience. Un sorcier à demeure. Le pouvoir dans l'ombre.

— M'écoutera-t-il seulement ?

— Il le fera la plupart du temps. Je ne dis pas que ce sera facile, mais il sait que tu connais des choses qu'il ne saura jamais – tout comme il peut faire des choses dont tu ne seras jamais capable.

— Nnanji et moi ? Comme une épée : la souplesse et le tranchant de la lame ?

— Comme le griffon : un lion et un aigle !

Wallie se sentit soudain mieux. Non, il n'était pas encore prêt à se retirer à Tau. Comment pourrait-il y être heureux en sachant que Nnanji, sans personne pour maîtriser ses excès, brutalisait les habitants du Monde ? Il suivit son maître divin le long d'une ruelle et déboucha sur une large place. Il faisait de plus en plus sombre, car le crépuscule approchait… Il s'arrêta, surpris, en voyant la grande fête bruyante qui s'y tenait. Le ralliement était en vacances : des bœufs rôtissaient sur des broches ; on apercevait des guerriers avec leurs compagnes un peu partout, riant, chantant et tourbillonnant aux rythmes des danses. Les ménestrels et les hérauts étaient entraînés par la musique et le tohu-bohu.

Il constata alors qu'ils ne devaient pas seulement fêter la victoire de Boariyi. Ils avaient appris que Nnanji était désormais le seul seigneur suzerain du ralliement. Le jeune héros d'Ov était un chef plus acceptable que cet étrange Shonsu aux manières si peu orthodoxes. Les soutras et les combats à l'épée avaient retrouvé la place qui leur était due. On pouvait maintenant oublier les blasphèmes tels que le combat à l'arc. Nnanji avait prévu cette réaction.

Blessé par tant d'ingratitude, Wallie baissa la tête et vit que le demi-dieu l'observait d'un air amusé. Le visage enfantin était indistinct dans l'obscurité, mais ses yeux brillaient.

—L'argent pour Katanji, le pouvoir pour Thana, la gloire pour Nnanji, dit-il à voix basse. Mais toi, tu as choisi l'amour, n'est-ce pas ? (Wallie acquiesça.) Dans ce cas, tu l'auras… à moins que tu veuilles changer d'avis ? Si tu veux essayer de prendre la place d'empereur, la Déesse peut encore s'arranger pour que Nnanji périsse à Vul.

—Non ! lâcha aussitôt Wallie. Je… je me contenterai de l'amour !

Le garçon gloussa.

—Je m'en doutais ! Le pouvoir ne t'attire pas, Shonsu, tout comme le Peuple n'intéresse pas Nnanji ni les deux autres. Tu préférerais redresser les torts, hein ?

Il avait raison, reconnut Wallie en réfléchissant. Et un empire était à même d'accomplir tant de choses : imposer des lois identiques pour tous, mettre un terme aux injustices, à la torture et peut-être même à l'esclavage, installer des systèmes d'égouts… ces réalisations nécessiteraient la participation de centaines de sorciers de rangs inférieurs qui serviraient de scribes et de comptables. Les Anciens des cités devraient être élus et non plus autoproclamés ; les taxes devraient être calculées sur une base juste et perçues honnêtement… Quantité d'idées et de projets tournoyèrent dans la tête de Wallie, puis il s'aperçut enfin que le petit demi-dieu lui souriait. Ils éclatèrent de rire.

—Voilà ta récompense ! dit l'enfant. Le Monde te semble arriéré, Shonsu, mais n'oublie pas qu'il est très jeune. Pour tous les âges à venir, ce jour marquera l'aube de l'Histoire, l'Avènement de Nnanji. *Les guerriers au petit matin !*

Il fit signe à Wallie de se remettre en marche. Ils serpentèrent à travers la place entre les danseurs et les feux de joie. Personne ne remarqua le seigneur suzerain adjoint. Il s'agissait d'un tour que le demi-dieu avait déjà accompli par le passé et Wallie lui fut reconnaissant de cette invisibilité temporaire.

—Tu auras besoin d'une maison pour ta dame. L'immobilier est un excellent investissement à Casr en ce moment. Parles-en à Katanji.

Wallie faillit s'étouffer.

— Il faut que je me débarrasse de ce maudit tapis avant son retour ! Vous croyez qu'il acceptera que je possède une maison ? Une maison meublée, je suppose ?

— Tu offriras le *Griffon*, qui t'appartient, à Katanji. L'échange est honnête et Nnanji n'y verra pas d'inconvénient.

— Un vieux rafiot pareil ? Quel genre de taudis vais-je trouver en vendant cette baignoire qui prend l'eau ?

Le demi-dieu éclata d'un rire perçant.

— Un modeste manoir ! Nnanji est incapable d'imaginer quelque chose de plus luxueux – il ne s'intéresse pas à l'argent. Tu seras stupéfait par le palais que Thana fera construire – avec sa part des bénéfices réalisés par sa famille, bien entendu ! Tu dois apprendre à manipuler Nnanji, comme son frère et sa femme l'ont fait. N'oublie pas que c'est un autocrate et que, maintenant, tu es un courtisan.

— Je ne suis pas meilleur que ces deux-là, donc ?

— Ne porte pas de jugements ! Tu as enseigné à Nnanji qu'un homme doit évaluer son honneur tout seul. Tu lui seras aussi loyal que possible. Tu ne peux pas devenir un dieu, Walliesmith. Tu ne peux pas devenir un empereur et tu ne peux pas vivre en respectant les idéaux de Nnanji. Mais tu peux devenir un bon ami et un conseiller.

— Et qu'est-ce que Katanji – et ses amis – retireront de cet échange d'un bateau contre une maison ?

— Offre-lui de devenir le trésorier du ralliement et tu verras ce qu'il répondra ! Si tu ne le fais pas, Nnanji lui proposera ce poste de toute façon. Et dis-lui de surveiller l'or en provenance de Ki San et de Dri – il est assez intelligent pour comprendre l'impact que ce métal précieux aura sur les prix et cette simple information lui permettra de bâtir une autre fortune. Inutile de le faire avant demain. Le guerrier Katanji vient d'apprendre la grande nouvelle et, pour le moment, il exulte encore à la perspective d'un ralliement permanent. Ce monde reste primitif, Shonsu. Ne t'attends pas à des déductions salariales, à des assurances maladie et à des plans de retraite... Ah ! Nous sommes arrivés.

Il s'arrêta et pointa un doigt vers l'entrée de la loge, devant eux. Une femme vêtue de bleu descendait l'escalier avec un petit enfant nu à ses côtés.

Wallie regarda à deux fois avant de se tourner vers son compagnon.

— Mais c'est encore vous, n'est-ce pas ?

— Bien sûr ! Comment pourrais-je accomplir mon travail si je ne pouvais pas me trouver à plusieurs endroits en même temps ? Reconnais-tu la dame qui m'accompagne ? Cette couturière du septième ?

Les yeux de Wallie s'embuèrent et il ne distingua pas les traits de la jeune femme.

— Quel guerrier tu fais ! gloussa l'enfant. Shonsu, les dieux te sont reconnaissants ! Ta récompense sera fantastique : une vie longue et heureuse, du pouvoir et de grandes réalisations. (Il ricana.) Et de l'amour, évidemment !

Tu gouverneras lorsque Nnanji sera absent. Tu traceras la carte de ce monde et tu verras les cercles se refermer. Tu imposeras le sens de la justice à Katanji, la raison à Thana et la miséricorde à Nnanji. Tu voyageras à travers le Monde en tant qu'ambassadeur et tu chevaucheras au côté de l'empereur quand il retournera à Hann pour remercier la Déesse et saluer ses parents.

» Les autres connaîtront gloire et honneur, mais tu gagneras l'amour du Peuple. Et quand l'heure de ta mort sonnera enfin, tes petits-enfants seront près de toi, une foule immense tiendra une veillée silencieuse aux portes de ton domaine et le Monde tout entier pleurera. En attendant ce moment, l'amour de Jja t'appartient et sa beauté ne se flétrira jamais. Elle se souciait peu d'être une esclave, mais toi, tu ne le supportais pas. Elle et son fils sont maintenant libres. Personne en dehors de vous deux ne remarquera le changement – un miracle rétroactif et le dernier. Je viens juste de le lui expliquer.

Wallie frotta ses yeux larmoyants avec colère. Le petit garçon courut vers son double et les deux enfants s'élancèrent côte à côte – mais il n'y en eut soudain plus qu'un… et il disparut dans l'obscurité, entre les danseurs et les feux de joie…

Dame Jja s'arrêta au pied de l'escalier et sourit en attendant que son guerrier la rejoigne.

CPi
AUBIN IMPRIMEUR

IMPRIM'VERT
Votre imprimeur agit pour l'environnement

Achevé d'imprimer en novembre 2010
N° d'impression L 74087
Dépôt légal, novembre 2010
Imprimé en France
35294447-1